夜行者

第一季
I

南无袈裟理科佛 著

天津出版传媒集团

天津人民出版社

图书在版编目(CIP) 数据

夜行者. 第一季：全4册 / 南无袈裟理科佛著. --
天津：天津人民出版社，2019.10
　ISBN 978-7-201-15214-1

　Ⅰ . ①夜… Ⅱ . ①南… Ⅲ . ①长篇小说－中国－当代
Ⅳ . ① I247.5

中国版本图书馆 CIP数据核字（2019）第 189085号

夜行者·第一季 ： 全4册
YE XING ZHE DI YI JI QUAN 4 CE
南无袈裟理科佛　著

出　　版　天津人民出版社
出 版 人　刘　庆
地　　址　天津市和平区西康路 35号康岳大厦
邮政编码　300051
邮购电话　（022）23332469
网　　址　http://www.tjrmcbs.com
电子邮箱　reader@tjrmcbs.com

责任编辑　王昊静
特约编辑　李　羚
策划编辑　李　艳
装帧设计　仙　境

印　　刷　晟德（天津）印刷有限公司
经　　销　新华书店
开　　本　700×990毫米　　1/16
印　　张　76
字　　数　1040千字
版次印次　2019年 10月第 1版　　2019年 10月第 1次印刷
定　　价　180.00 元

谨以此文，感谢所有关心和支持
这本书的读者朋友们，没有你们就没
有这本书的问世。

——南无袈裟理科佛

《夜行者：平妖二十年》

目录

第一卷　灵明石猴

第三卷　京华烟云

第四卷　边境传奇

第一卷　灵明石猴

第一章　飞来横祸

"游侠儿"，出自王昌龄的《塞上曲》："蝉鸣空桑林，八月萧关道。出塞复入塞，处处黄芦草。从来幽并客，皆共尘沙老。莫学游侠儿，矜夸紫骝好。"指的是自恃勇武、讲义气而轻视生命的人。

我最早听说游侠联盟这个名字，是在一九九八年的夏天。

那个时候我在南方已经混迹了两个年头。中专毕业之后，父母托了关系，把我分配到了宋城醴陵一家国企水泥厂，担当化验科的技术员，一时间我春风得意。没承想待了半年不到的时间，就因为得罪了保卫科的科长而遭到排挤。当时的我年轻气盛，一气之下就离了职，丢下饭碗，在父母的痛心叱喝下，南下羊城。

我在羊城驻足两个多月，借住在一个初中同学的亲戚家，后来又辗转莞城、特区、香山和珠城，做过五份工。第一个工作是跟初中同学在番禺一家制鞋厂当普工，整天刷胶、贴合、打磨、转料，又脏又累，一天下来腰都伸不直，我坚持了两个星期就扛不住了。后来去小饭店给人洗碗跑堂，因为跟客人发生争执，又没了工作。

之后我还在香山一家灯饰厂和珠城一家线路板厂做过一段时间，但时间都不长。那个时候，我终于明白了在外奔生活的苦处，也明白了母亲的眼泪和父亲的叹息，并非没有缘由。

不过我并不后悔什么，当初我跟保卫科科长的矛盾，在于他调戏车间的小姑娘，我打抱不平，结果到了最后，反而变成了我企图不轨，作风不检点。

最可恨的是，那个得到我帮助的小姑娘，选择了站在保卫科科长的那一边。

我忍得住苦和累，却忍受不住这背地里的腌臜。

好在我读中专的时候学的专业跟化学有关，在水泥厂的半年的时间里，跟老科长也学了不少本事。凭着这点儿资历，我在珠城一家线路板厂工作的时候，跟一位做药水供应商的老乡处得不错，他叫老金，他邀请我去位于特区的一家化学药水公司上班。

于是，我干上了化学药水销售的行当。因为先前吃过太多的苦头，所以我工作起来十分勤奋，加上老金肯教我，我又有悟性，一年多的时间，我迅速成长为这家企业销售部的骨干。

一九九八年春节前后，老金成了销售部的课长，我也跟着水涨船高。因为业绩卓著，再加上公司主管销售的副总经理泰哥对我也十分赏识，所以我被破格提拔成了三个副课长之一。

成为副课长之后，我更加卖命，到处推销，成功地拿下了好几个大单，让公司，特别是销售部的非议声小了很多。

六月的时候，我驻扎在莞城厚街，准备攻克一家叫金信电子的线路板厂——这是一家大厂，员工有两千多人，有几个车间对于药水的需求非常大。之前的供应商是我们的竞争对手，不过竞争对手因为高层人事变动的关系，导致药水质量下降，再加上这家工厂车间的主管跟老金有些关系，所以我们这边就有了机会。

为了拿下这个单子，我在厚街附近找了家便宜的酒店，常驻下来。

抢客户这种事情，各行各业都有门道，就拿我们这个行当说，撒手锏有两招：第一是回扣，第二就是伺候好客户，特别是关键客户。

那一个星期，我想方设法地游说关键人物。第一位当然是采购部的老大，第二位则是那位负责联系的车间主管，搞定这两个人之后，剩下的就是他们身边跟着的几个副职。这期间吃吃喝喝自然是避免不了的，另外关于回扣多少、如何分配，都得跟这些人聊，而且还不能明目张胆，聊得不能过于露骨。

差不多忙了一个星期，那家工厂湿法车间的主管老马给我打电话，说基本上谈得差不多了。但采供部老大发话说，我们还是差点儿诚意。

我问老马："我诚意还不足吗，一个星期，海鲜都吃了两回？"

老马在电话那头直笑，对我说："到底是年轻人，还是差点儿火候，要不然你回头去问一下你师父？"

他说的师父就是我老乡老金。我一听这话，立刻就懂了。这是要我帮忙安排饭后活动。

我在祥辉干了一年多，什么样的客户都碰过，这种事情也不是头一回，当下也是笑着说："懂了，懂了，我来安排，回头给您电话。"

挂了老马的电话，我立刻联系公司。其实不是我安排不了，而是来厚街这一个多星期，我手头的经费都快用光了，如果真的要安排什么的话，我肯定还是要跟公司去申请的。

老金在这一行里做了多年，我又是他亲手带出来的徒弟，听完情况之后，他二话不说，直接把经费给我打了过来。

毕竟这一单能做成的话，公司能赚上不少。

经费到手，我赶紧通知老马，说我在附近最著名的金太子摆宴，让他帮忙邀请几位领导。

晚上的时候，我在金太子二楼的粤餐厅请金信采购部的老大和老马，以及他们的两位副职吃饭。这帮人本来就不是奔着吃来的。简单吃过之后，就来到了四楼的卡拉OK，我对这儿不是很熟悉，好在这几位领导都是识途老马，跟着领班来到一个包厢里，说要先唱唱歌，然后再办事。

我有求于人，自然什么都答应。过一会儿来了一排姑娘，哗啦啦十五六个，将小小的包厢挤得满满当当。

老马他们挑了两批，都选了陪酒的"公主"，见我一个没点，问我为什么。

我当时回答，说我是伺候各位领导的，你们喝好了就行。

说是这么说，最主要的是我这边经费有限。请客户什么都好说，但我自己却不敢乱来，免得到时候查账的时候说不清。

姑娘们来了，又是唱歌又是划拳又是劝酒，热闹得很，我赶忙跟几位领导谈合同采购的事情。因为我这边安排得不错，领导们都很高兴，特别是采购部的老大，直接拍胸脯说没问题，让我明天直接到他办公室签合同就行。

得了承诺，我就松了一口气，在旁人的劝闹下多喝了几杯，整个人晕乎乎的，肚子也不舒服，便想要上洗手间，结果这时包厢门被人一下子推开了。

没想到推门而入的，居然是一个长得很漂亮，皮肤白如牛乳的女孩子，特别是那一双修长的腿，立刻就把包厢里其他的姑娘都比了下去。

大长腿美女应该是走错了包厢，连声道歉，准备离开。

采购部的老吴酒喝得有点儿多，又瞧见那姑娘穿着 KTV 的制服，于是就借着酒劲儿上前，一把拉住姑娘的手，把人拖到了沙发前来，非要跟人家喝酒。

姑娘大概也知道自己理亏，就跟包厢里面的几个人挨个儿敬酒。

她喝的是啤酒，一番闹腾下去，四杯见底，人就有些迷离了。等到给我敬酒的时候，我劝说："算了姑娘，你回去吧，不用跟我喝了。"

采购部老吴一把推开我，说："你装什么大尾巴狼呢，她就是做这个的，要你可怜？"

我被他推了一下，心头升起一股火，但又不敢得罪客户，只能低头装熊。老吴一把抱住了那妹子，调笑道："妹妹你是几号，回头跟你妈咪说一下，今天你陪我。"

妹子羞红了脸，说："老板，我不是做这个的。"

老吴一边把人往自己的怀里揽，一边还笑嘻嘻地说道："哎呀，怎么这么矫情啊。没事的，一回生二回熟……"

他跟那女孩儿纠缠了好一会儿，我在旁边看不下去了，忍不住又要上前，没想到老马还有那位采购部老大都上前来调笑，动手动脚的。就在这个时候，门开了，来了一个黄头发的男人，眯缝眼鹰钩鼻，他瞧这儿闹成这样，赶紧过来劝。然后又叫来了服务生，开了一瓶看上去很不错的洋酒，给我们包厢里面的五个人挨个儿敬酒，面子做足了，这才领着人离开。

人家做事敞亮，老马等人就算是再不甘心，也不敢再闹，回去继续喝酒，而我则去外面上洗手间。

在洗手间的时候，我酒意上涌，抱着马桶就开始吐，吐得那叫一个稀里哗啦，别说晚上吃的饭，就连胆汁都吐出来了，差点儿就晕死在洗手间了。

等我好不容易吐完，浑身虚脱，在洗手台里洗漱了一下出来，准备回包厢的时候，听到远处有女人喊道："就是他。"

我抬头一看，好几个穿着警察制服的男人，朝着我飞奔而来。

还没等我弄明白什么事儿呢，我就被按在了地上，紧接着旁边有人说道："包厢里的那几个死者，跟他是一起的……"

什么，死者？

我的脑子一片混乱，又是惊恐又是害怕。随后我被人扶了起来，按在墙上，有人在我的身上搜索，还有人在我的耳边喊道："你刚才去哪里了？你刚才……"

我本来就有些头晕，被这么一弄就更糊涂了，不过好在我的意识没有丧失，大着舌头回答："洗手间，洗手间，我酒喝多了，刚才去吐了！"

这时候，一个穿着警察制服的国字脸走到我跟前，打量了我一下，吩咐旁边的人将我松开一些，然后说道："你是什么人，你跟428包厢的人是什么关系？"

我看着旁边这几个警察，还有不远处一片混乱的包厢门口，知道问题有点儿严重了，赶忙说道："我叫侯漠，我身份证和暂住证在屁股兜儿的钱包里，我是祥辉科技有限公司销售部的员工，包厢里面的是金信厂采购部和生产部的领导……"

我这一年多走南闯北的，也见识了不少场面，也知道在这样紧张的情况下，把自己的身份表明得越清楚，人家对我的敌意就会越少。

果然，当旁边一个娃娃脸女警察从我的钱包里摸出身份证，并且递给国字脸看的时候，周围那种戒备状态减轻了许多。

接下来是惯例的盘问，我都如实回答，目光却不由自主地飘向了包厢。

我终于忍不住问道："里面到底怎么了？"

国字脸面无表情地说道："都死了。"

死了？

我感觉眼前一黑，忍不住问道："怎么可能？刚才我出来的时候还好好的呢，怎么就死了呢？"

国字脸说："具体的结果得调查之后才知道，你先告诉我，你们刚才在包厢里都做了些什么，你好好回忆，不要漏掉任何细节。"

我不敢怠慢，赶紧把今天发生的事情一一述说。

包括晚上吃饭，然后到包厢里唱歌喝酒。

当我讲到包厢里来了一个妹子的时候，突然间眼前一黑，当时就感觉天旋地转，一头就栽倒在地。等我醒过来的时候，发现自己已经在病房里面，床前坐着一个人，我打量了一眼，发现是一个穿制服的男人。

这是个协警，发现我醒了之后，先让我别动，然后出去叫人。

没一会儿，病房里又多了几个人，有医生、护士，还有一个女警察，是那个娃娃脸，因为长得很像我一个初中同学，所以我记忆比较深刻。

医生给我检查一下之后，告诉旁边的警察，说我没事了，然后离开。娃娃脸女警则坐在了我身边，问我感觉怎么样。

我想要坐起来，感觉头疼得很，忍不住哼了两声，吃力地问道："我怎么了？"

娃娃脸女警一脸天真地告诉我："你中毒了。"

她还告诉我，昨天跟我一起喝酒的那四个人全部都死了，死于中毒。如果不是我当时喝高了，去厕所呕吐出了大部分毒物，我说不定也死了。

听到这话的时候，我感觉自己的后背都在发麻，脸皮僵得很。

我的天……

说实话，在此之前，我虽然吃过许多苦，但从来没有一次离死亡那么近。

我是真的被吓到了，赶忙问到底是怎么回事。

娃娃脸女警比国字脸和善许多，大概是知道我没有什么嫌疑，所以告诉我，很有可能是昨天进来给我们敬酒的那个黄毛下的手。

警方经过调查，一致认为那个黄毛和长腿美女的嫌疑最大。

我想起昨天的事情，猛点头，然后问凶手抓到没有。

娃娃脸女警突然板起脸来，说："抓什么抓，你管好你的事情吧。"

我听这意思是没抓到，忍不住问："他们不是金太子的人吗，虽然昨天老马他们做得过分了一点儿，但也不至于要人命吧？"

娃娃脸女警瞪着我说："谁告诉你人是金太子的？在场四个女服务员，没一个人认识那俩人。"

明明穿着金太子的工作服，女的小短裙，男的黑西裤、白衬衫扎领结，怎么就不认识呢？

我有点蒙，还想问什么，可娃娃脸女警的耐心终于用完了，虎着脸训斥了我一顿，然后开始给我做笔录。我耐着性子回答，至于为什么要请客，后面消费什么的，我尽量保护自己，免得折腾进去。做完笔录之后，娃娃脸女警示意旁边的协警收起笔记本，然后赌气似的瞪了我一眼，说："要不是看你还算老实，你以为你会这么容易过关？"

娃娃脸挺着腰离开了，我愣了好久，才想明白过来，大概是知道老马他们叫了小姐，而我没有，以为我是个老实本分的人……

做过了笔录之后，除了一个协警看着我之外，再没有人来。我问协警什么时候可以离开，协警懒洋洋地说："等通知吧。"

到了下午的时候，医生又给我检查了一遍，确定我没问题了。我想走，结果又被拦着。

没过一会儿，门开了，我师父老金推门进来。

原来是通知到了我的单位。

老金过来，事情就简单许多。协警通知上级领导，国字脸百忙之中赶到医院来签字放行，并且告诉我，让我这段时间不要乱走，得随时保持联系，还让老金签字保证。警方的手续办完，我们又去把医院的治疗费给结了。

我和老金从医院出来，天阴沉沉的，老金的脸也阴沉沉的。

我问老金接下来该怎么办，要不要去金信厂盯合同。他瞪了我一眼，不耐烦地说："签个屁啊，人都死了，你跟谁签？"

我当然知道是这么一个结果，但是想起自己辛辛苦苦一个星期，又塞钱又请饭，当孙子一样地伺候那帮家伙，就差这临门一脚了，结果却出了这么一档子事儿，前期的努力都化作了泡影，心中不甘得很。

不过我就算再不甘，也明白这事儿无可挽回了。

不止如此，出了这件事儿，我接下来能不能留在祥辉都是未知数。

想起这事儿，我忐忑得很，问老金："老大，那这事……"

老金说："公司派我过来接手这边的事情，你就别管了，先回公司去吧。"

他说这话的时候，长长地叹了一口气。

我跟老金分别之后，买了车票坐班车回去。公司地址很偏，那个时候还没怎么开发，穷乡僻壤的。公司之所以选址这里，主要是因为靠近工业区。我租住在附近村子的农家楼，一个月一百二，条件很简陋，地方又狭窄。我到家放下行李之后，就赶到了公司。

到了公司，我找到泰哥。他是我们公司副总经理，管理整个销售部门，之前挺赏识我的。我以为能凭着先前的好印象过关，结果泰哥说翻脸就翻脸，对着我就是一顿痛骂，骂得十分难听，到最后，冷冷地给我撂了一句话，让我放下手头工作，先回家休息。

听到这话的时候，我的心都凉了半截。

这是老板开人的前奏，而且休息的话，我只能拿基本工资，在经济上损失也很大。

不过我不敢跟这个喜怒无常的老板讨价还价，低头答应着。

离开公司之后，我不断安慰自己，这一年多东奔西跑，连过年都在驻厂，没休息一天，现在得了个机会，就好好睡几天。然而睡了两天我就耐不住了，思前想后，决定打电话给老金，结果一直打不通。又打电话给公司的同事小刘，小刘告诉我泰哥发话了，让我安心在家待着，随传随到，哪儿也别去，我可是在警察局挂了号的人。

那时候我就像热锅上的蚂蚁，完全待不住了，又不得不强行按住心头的烦躁。那种滋味，甭提多难受了。

直到第三天夜里，我在村口广场大排档喝闷酒的时候，老金电话打了过来。

他告诉我，这两天忙，手机一直没电，刚刚才想起给我打电话。

他跟我说，事情办妥了，单也签成了，让我放下心来，回头他再跟泰哥求求情就行了，没事的……

我听了很是高兴，到底是老销售，这种单都能签下来。

我跟老金聊了一会儿，手机电量不足嘟嘟作响，我这时才想起来问："你跟谁签的单？"

老金说："跟老马他们啊，对了，他们听说你因为这事儿受了牵连，挺不好意思的，说下次见你，请你喝酒呢……"

啊？

我听到老马的名字，当时就愣了——老哥你不是要我吧，老马不是已经死了吗，怎么还跟你签单啊？你怕不是遇到鬼了吧？

我刚想要跟老金求证，结果那该死的手机直接没电关机了，我赶忙找大排档的老板借充电器，老板笑说："你看我是用得起手机的人吗？"

我赶忙付了钱，准备回家去给手机充电，结果当我急急忙忙到家门前的路口时，瞧见了一个让我终身难忘的身影。

就是那天被老吴一把拉进包厢里面的长腿美女。

她怎么在这里？

我在村口大排档喝了三瓶啤酒，本来有点儿飘，结果被老金的电话弄得一下清醒了，这会儿瞧见那个长腿美女出现在我住的出租屋附近的巷子口时，整个人都愣住了，感觉浑身发麻，脚都迈不开了。

我在那儿站了三秒，后背的汗毛都竖起来了。

我之前见识过不少恶人，有丑陋的，有凶狠的，有霸气外露的，有一言不合就拔刀的，但从来没有见过动辄就杀人的。

而且还是四个。

仅仅就因为被调戏了一下，便直接下毒杀人，这得是多么恶毒的心啊！

如果你真的这么有本事，当时就冷面拒绝啊，何必当面赔笑，转身杀人呢！

那可是人啊，四条鲜活的生命，说没就没了。

到底是什么样的人才会做出这样的事情来？

我瞧见那个让人惊艳、风情万种的女子，就好像看到了一只长着血盆大口、择人而噬的猛虎。等我回过神来的时候，赶紧往人群里面躲。

我躲在街边的杂货店里，透过货架去打量那女人，小心地揣摩着她的来意。

好在那女人站在巷子口等了两分钟就走了。我目送着她离开，想了好一会儿，绕了一个圈，偷偷摸摸地回到了租住的房里。

我住的是三楼，打开铁门之后，还下意识地瞄了一眼楼道口，这才将门反锁。我也不敢开灯，摸着黑来到了床头，摸着黑给手机充电。手机刚开机，我赶忙给老金打了过去。电话刚通，我赶忙说道："老金，老金，那个何警官的联系方式，你有吗？"

老金说："有，你要？"

我说："对。"

老金有些疑惑："事情都结束了，你找何警官干什么？"

我深吸了一口气，不想让老金卷进这件事情里来，便说："你别管，给我就行。"

电话那头传来一阵嘈杂之声，老金明显去翻背包了，我又赶忙问道："对了，老马他们那天不是已经死了吗，警察都说了的，你怎么说又活过来了，到底怎么回事？"

老金在电话那头说道："唉，这件事情啊，一言难尽，我也不是很清楚……"

他在翻东西，随口说着。就在这个时候，出租屋厕所的门那边传来一个幽幽的声音："当然是我把他们都给救活了啊……"

这声音很轻，不过在黑暗的房间里显得特别清晰。

我抬起头来，看见了一个熟悉的身影。

那个女人。

　　就是刚才出现在巷子口的女人，此时此刻，她居然出现在我的卫生间门口，穿着一件大红色的雪纺裙，两条明晃晃的大长腿，紧挨着卫生间的一个窗户。外面昏暗的灯光照在她的脸上，呈现出一种诡异的白光，就好像是那含冤受屈索命的恶鬼一样。

　　看见那女人的一瞬间，我的心脏好像被人猛地攥住一样，几乎停止了跳动。下一秒，我直接挂掉了电话，朝着门口冲去。

　　等我冲到铁门前，才想起来刚才我已经把门给反锁了。

　　就在我手忙脚乱去开门的时候，那个女人就像鬼魅一样靠近，一把抓住了我的肩膀，触感冰凉，我半边身子都失去了知觉，鸡皮疙瘩一阵一阵地冒了起来。我当时被吓得面如土色，拼命地撕扯喉咙却只能沙哑地叫了两声。等我回过神来，发现自己被重重地摔在了地上，后背与地板相撞发出了一声沉闷的声响。

　　砰。

　　我被这么一摔，精神却为之一振，想着管你是人是鬼，老子堂堂七尺男儿，还怕你一个小姑娘？

　　想到这儿，我也不知道从哪儿生出了勇气，就想要反抗。结果被那女人在脖子后面按了一下，整个人就瘫了，一点力气都使不出来。就看那女人半蹲在地上，打量了我好一会儿。

　　也就是在这个时候，我闻到了那个女人呼出来的气息，很温热，带着一股说不出来的香味。

　　不是鬼。

　　我先是松了一口气，然后又紧张了起来。

　　这女人到底是做什么的，她为什么能找到我，为什么能直接进入我的房间？

　　我满脑子问号，而那女人在打量了我一会儿后，问我："你……就是侯漠？"

　　我心中虽然害怕，但也不想跌份儿，硬着头皮说道："对，是我。这位姐姐，咱们往日无冤、近日无仇，虽然萍水相逢，小弟我得罪过你，但也用不着追杀到天涯海角啊。那天是我的不对，我给您道歉，对不起，可以吗？"

长腿美女听到我一通说，冷冷地盯着我："谁是你姐姐，知道错了？"

我赶忙点头："知道知道。"

长腿美女说："抬起头来。"

我不明所以，抬起头来与那女人对视一眼。瞧见她那白得发亮的俏丽脸庞，还有饱满娇嫩的红唇，脑子闪过的第一个念头，居然不是害怕，而是在想：这么漂亮的一个女人，要是能和我在一起，老子就算是死了，也值得……

我开始理解老吴他们几个为什么鬼迷心窍了。

长腿美女见我先是两眼发直，随后有些躲闪的眼神，沉默了一会儿，然后问我说："你怎么没死？"

我愣了一下，说："那什么，我……"

长腿美女伸出右手，放在了我的脖子上。

她的手冰凉彻骨，指甲涂成了红色，又尖又长，像是小匕首一样。不知道为什么，我吓得浑身起鸡皮疙瘩，不敢不说实话："大概就是喝多了，呕吐出了大部分的毒药，后来又及时送去了医院，所以躲过了一劫。"

听完我的讲述，长腿美女蹙眉，有些不理解地说道："不可能啊，尉迟的生死花，只要是沾到，就要经历死劫的……不对，不对……"

她认真打量着我，好一会儿之后，突然说道："除非，除非……你是我们的人！"

她嘴里念叨着当时我完全不能理解的话，好一会儿之后，将我扔在地上，然后去厨房找了一个碗。

那碗里面盛着水，她摸出一把锋利的刀，还没等我反应过来，就把我的手掌割破了。

我疼得龇牙咧嘴，她却不管。将我的血滴到了碗里面，然后咬破自己的中指，也滴在碗里。

这是……滴血认亲？

我瞧这架势有点儿蒙，怎么想都觉得诡异。我虽然长得不丑，但跟这位美女的差距还是太大了，怎么看都不是一家人，她这是要干什么？

我搞不明白，想看碗里的情形，但是屋子里黑乎乎的，我什么都看不到。

难道她能看到？

我下意识地抬起头，瞧见那个女人的一对眼睛发着莹绿色的光，就跟鬼火一样，吓得我半天不敢讲话。

她，到底是鬼是人？

我感觉她简直颠覆了我对这个世界的认知，紧张得浑身发抖。而那女人盯着碗里面的血好一会儿之后，才摇头说："不对，不对，怎么会是这样呢？这不应该啊……"

她念念叨叨地说着，完全沉浸到了自己的世界里，此时我感觉自己能动了。

我当时是真的紧张极了，就只有一个心思：报警，报警，报警。

我得赶紧报警，要不然这个神经病发起狂来，我都不知道怎么死的。

想到这里，我趁着那女的正迷糊，赶忙从地上爬起来，直接冲进厨房，想把菜刀抓到手，说不定能杀出去。结果我这边刚刚一蹿，后脑勺就挨了一下，很重，我感觉"嗡"的一声，眼前一片黑，整个人晕了过去。

等我醒过来的时候，已经是大天亮了。

我躺在床上，看到窗外面漏进来的阳光，恍惚了好一会儿才想起昨天的事情。我赶忙爬起来，发现身下凉飕飕的，低头一瞅，居然没穿裤子，吓得我脸都白了。

发生什么了？那女的不会趁着我昏迷的时候图谋不轨、玷污了我的清白吧？

等我反应过来，打量了一下周围，很显然并没有发生这等"好事"，又觉得心里挺闷的，莫名的小期待落了空。

我草草地披了衣服，把房间检查了一遍，发现藏在柜子里和鞋盒子里的钱都没丢，公司配的那台手机也在。要不是我掌心的刀痕，昨天夜里的事情我都会以为是一场梦。

我把手机重新充上电，老金打了电话过来，问我昨天到底怎么回事，老是挂电话。

我愣了好久，说："没电了，咋了？"

老金说："你来公司一趟，事情我跟泰哥讲了，他同意你恢复上班了，不过金信厂的事情你别跟了，回头跟小刘去鹅城那边。"

我很是高兴，快挂电话的时候才想起来，问起老马他们的事情。

老金告诉我："这里面好像是有点儿误会，据说是什么假死，他们讲的那些我听不懂，而且警察和老马他们那边都讳莫如深，不太愿意谈，你也别多问……"

事情就这么过去了，我抱着多一事不如少一事的原则，最后还是没有去给国字脸打电话。

那件事情发生之后，我上了两天班，下班就张罗着搬家，结果还没有找到房子就被派去了鹅城。忙了三天，最后没有办成，客户被人抢了。我和小刘也被人搞得灰头土脸，公司知道后又是一通臭骂，让我们赶紧回来。

我们不敢停留，赶忙去鹅城的长途车站买票。那时候的长途车站跟现在没得比，破破烂烂的，我们在候车厅等车，我总感觉斜对面一个男人在看我。

一开始我忍着，没想到那人有事没事就瞄我，弄得我心头发毛，正想站起来去向那个人询问，没想到他反而先朝着我走了过来。

上来第一句话就问："哎，同志，你是不是得罪什么人了，怎么一头晦气？"

说句实话，我南漂这几年见过的骗子无数，特别是这种上来就说"施主你有大凶之兆"的，我基本上都不加理会。他们的套路我熟知于心，无外乎就是跟你套近乎，说点儿似是而非的话语，骗取你的信任之后，就开始挖空心思在你这儿骗钱。

但也不知道怎么回事，当我听到这人说话的时候，开始下意识地认真打量起对方来。

这是一个气质沉稳长得却很年轻的男人，他看上去二十七八或者三十来岁，两撇如同"陆小凤"一样的胡子让人印象深刻。那年头，在我的印象中，留胡子的不是邋遢鬼，就是艺术家。而面前这位，黑西裤白衬衫，给人以清爽的感觉，眼睛黝黑发亮，脸上挂着淡淡的笑容，让人生不出太多防备之心。

他既不是邋遢鬼，看样子也不是活在自己世界里的艺术家，见面说我"一头晦气"，瞬间就将我的好奇心给挑了起来。

特别是我最近还真的碰到了很诡异的事情，更让我不得不去胡思乱想。

所以我没有像对待骗子一样对他不理不睬，而是问道："您说这话，是什么意思？"

他也知道自己突然跑过来搭讪挺突兀的，笑了笑说道："别误会啊，我不是什么算命先生，只是觉得你的气色不太正常，所以就多嘴问一句。"

我看着他，心中犹豫，不知道该怎么跟他说好，而旁边的同事小刘则对我说道："侯哥，我们该走了。"

这会儿离发车还有几分钟，小刘出声，其实是想要提醒我别被人骗了。毕竟那个时候长途站一带的骗子还是挺多的，什么装聋哑人诈捐的啊，卖假报纸的啊，甚至还有人贩子，都挺猖狂。出门在外，防人之心不可无。

我犹豫着，那人却从背包里翻出了一个香囊一样的东西，巴掌大，黄布金丝绣边，很精致的样子。

看见对方拿东西了，我以为是推销，心中防范。谁知道那人却说道："我平时在羊城一带，你要赶车，我不多说，这个东西给你，你拿着贴身放好，轻易不要打开。要是碰到什么解决不了的问题，你可以到这个地方来找我。"

说完，他先是把香囊递给我，然后又摸出了一支笔和一张纸，唰唰唰写完之后，一起递给了我。

紧接着，他居然站起来离开了，并没有跟我要钱。

我低头看那纸条，上面写着"马一岙，羊城越秀十四村和记杂货铺东"，除此之外，再没有别的。旁边的小刘凑过来，看了一下，说这人的字写得真不错。

的确，这个叫马一岙的男人有一手漂亮的行书，笔锋之间颇有刚劲，一看就知道是在写字上下了苦功夫的。

说完字，又说人，小刘问我这个人是干什么的？看着不像是骗子。

一分钱也没要，当然不是骗子。其实我心里已经明白，这人之所以过来跟我打招呼，应该就是我先前在莞城招惹的祸患，特别是那个长腿女人来到我住的地方。尽管我不知道她趁着我昏迷时对我做了什么，但绝对不是什么好事。

我复念了一遍纸条上面的内容，记在心头，将其收起，又将那锦囊放在裤兜里。

旁边的小刘笑着说："瞧你这模样，还真当一回事？"

我说："世间事，宁可信其有，不可信其无，你说对吧？"

小刘提醒我说："你最好还是打开来看一下，万一有什么脏东西，那可不太好。"

我摇头，拒绝了他的建议。

回到公司，我和小刘给老金报告了鹅城的工作情况。老金面无表情地听完之后，支走小刘，然后低声问我："你们到底怎么搞的，不是十拿九稳的单子吗，怎么就被人撬了呢？这件事情泰哥那边很生气，回头你遇到他可得小心点儿。"

我苦笑说："老大，我也不想啊，我们之前联络的是采购部的人，可是对方打通了那厂子大老板的路子，你说我怎么办？"

老金说："泰哥现在对你挺不满意的，你这两天可别在他面前晃。这样吧，你先去珠城德丽待两天，那边正好有一批药水需要采购。他们是老客户了，你负责协调一下，跟相关领导联络一下感情就行。"

我点头称是。

因为不敢跟满腹火气的泰哥照面，我让小刘去财务报账，自己马不停蹄地就坐船去了珠城，在那儿待了三天，将药水交接完毕之后，请那儿的一帮领导吃饭喝酒。因为莞城的遭遇，我对去娱乐场所心有余悸，没有办晚场，乘坐最晚的船回去。到家的时候，已经是夜里十一点多。

我住的这城中村，即便是半夜还到处是人。我刚刚尽心尽力伺候厂方领导，喝得有点儿蒙，虽然回家途中醒了点儿酒，不过头还是昏昏沉沉的，直到回出租屋前，打开门，都没有感觉到什么异样。

但是当我冲澡的时候，却感觉到了不对劲。

明明是热水，但是冲在身上，我的身体却感觉到一阵冰凉。

那种凉，就好像是你赤身裸体在雪地上打滚儿一样，透心凉，像锥子一样扎人。

然后冲着冲着，我发现洗手间的地上一片血红。

狭窄的浴室里竟然一地鲜血！我吓了一大跳，关了水，四处张望，没有异样。又赶紧打量自己，前面还好，屁股却是一阵火辣辣的疼。伸手一摸，全是血。

这回我是真的被吓着了，用毛巾捂住出血的那一块儿，跑到房间里的穿衣镜前，扭着身子看。只见尾椎骨位置有一个婴儿拳头大的创口，有血在往外流，就像小喷泉一样，咕嘟嘟，止都止不住。

我拼命地用毛巾捂住，然后使劲儿甩了甩头，让被酒精麻痹的头脑清醒一些。

很快，我想起了前几日那个叫马一吞的怪人，以及他的锦囊。

我赶忙回到浴室，从换洗的衣服里面摸出了那个锦囊，看着被针线封住的口子，将其撕开。里面有一张写着符文的黄符纸、半块骨头，以及三根又硬又粗牙签一般的黑色毛发。

除此之外，什么也没有了。

我将锦囊翻了个底朝天，再也没有瞧见别的，而就在这个时候，我突然听到一声尖厉的叫声。

嗷……

这声音吓了我一跳，我赶忙朝着卫生间旁边的阳台望去，发现什么也没有。

这叫声尖锐而凄惨，有点儿像是猫，又或者什么其他动物。不过因为身上还在流血，我不敢想太多，看了一下那黄符纸，又看了看别的，也是病急乱投医，一咬牙，将那半块骨头往尾椎骨破口处按住。

我其实已经绝望了，这么做也只是潜意识地安慰自己，没想到瞎猫碰到死耗子，当那半块骨头挨着伤口的时候，一股冰冰凉的感觉传遍了全身。

那感觉就好像是沙漠里快要渴死的人，突然喝了一大口水，那叫一个爽快。

我当时蒙了一会儿，等我再回过神来，感觉手上黏黏的，我下意识地搓了一下，发现伤口结痂，已经不流血了。

真的很神奇。

我有一种严重失血的感觉，在确认伤口停止流血之后本能地擦洗了一下身体，赶忙穿上衣服，然后往村子的卫生所跑去。

那么多的血，我以为自己都快要死了。结果到了卫生所，值班医生让我脱下裤子来帮我检查的时候，却莫名沉默了许久。

当我有些不耐烦地扭身抬头看向那医生的时候，对方也用一种看傻子的表情看着我。

他说道："你说你屁股有伤口？哪儿呢？"

我说："你难道没看到吗？"

医生面无表情地拿着一面镜子照给我看，只见到光溜溜的屁股上面，除了两个米粒大的痘子和一颗黑痣之外，什么也没有。更没有什么伤口。

那位五十多岁的老医生缓缓说道："年轻人，在外面闯荡，要懂得自爱，不要结交那些不三不四的朋友，也别乱去尝试新鲜和猎奇。有的东西，一旦沾上了，这辈子就毁了，知道不？"

他说这话，大概是觉得我可能是个因为毒品而陷入幻觉的瘾君子。

我十分狼狈地逃离卫生院，回到家的时候才想起那救命的锦囊还扔在浴室，赶忙进去找。发现锦囊、黄符纸都在，就连那长得像牙签的三根黑毛也在，唯独帮我止血的半块骨头不见了。

我想了五分钟，都没有想明白那骨头跑哪儿去了。

第二天早上，我打了个电话给老金，除了汇报这两天的工作之外，还跟他请了个假。

老金一开始不太同意，说本来上面对我的印象就不是很好，现在我又要请假，很有可能会影响我年终总结时的加薪。

我没有犹豫，要是命都没了，还加什么薪呢。

请了假，我立刻买票赶往羊城，按照当初的地址，几经辗转，找到了十四村的和记杂货铺。

老板娘听我说找马一夼，笑了，说："你找那个神经病啊，他出门了，不知道什么时候能回来呢。"

啊？神经病！

第二章
游侠联盟和夜行者传说

　　杂货铺老板娘的话说得我一脸惨白，要知道我放下手头一大堆的工作，专程请假过来，就是指望这个马一吞能帮到我，结果她这一句"神经病"，让我有点儿措手不及。

　　我说："什么神经病？"

　　看我脸色不对，老板娘大概是意识到了什么，尴尬地笑了笑，说："没，没什么。对了，你跟马一吞认识多久了？"

　　我说："萍水相逢，不算朋友。"

　　老板娘这才松了一口气，说："这样啊，唉，我也不是喜欢在别人背后嚼人舌根的长舌妇，不过马一吞那人啊，还真的是有点儿怪。来这儿大半年了，没看到他做什么正经事儿，到处打晃，天天领一帮歪瓜裂枣的人来，不成模样。最可气的就是把地址留在我这儿，以为我是他的公司前台，专门帮他搞接待的吗……"

　　这老娘儿们唠唠叨叨，我一下子就听出来了，赶紧掏钱买了一包挺贵的烟。她这才笑吟吟地指着东面说道："就那边的大院儿。"

　　我顺着老板娘手指的方向望去，瞧见了一个不大的院子和两层低矮小砖房。

我跟老板娘道过谢，走到紧闭的大铁门前，想了想，然后叩门喊道："有人在家吗？"

我喊了几声，都没有人回应，想起老板娘说马一岙出远门的事情，很是郁闷，正要离开。这时候，那铁门"吱呀"一声，露出了一条小缝儿，有一个"小萝卜头"探出了脑袋，又黑又亮的小眼睛打量了我一下，然后问道："你找谁？"

这"小萝卜头"脏兮兮的小脸儿，明显偏小的破旧衣服，五六岁的样子，本应天真烂漫的年纪，却偏偏一副戒备的表情，很是违和。

我犹豫了一下，然后问道："马一岙，马先生在吗？"

"小萝卜头"没有回答我的问题，反问道："你是谁？"

我从兜里摸出了那黄色金边锦囊，拿出那张纸条递给他，说道："我跟马先生萍水相逢，不过他说如果我有什么问题，可以来这里找他帮忙。"

"小萝卜头"接过纸条，检查了一下，说："对，确实是马哥的字迹。"

确定之后，他看了一眼我，又看了一下我的身后，然后朝我招手："你先进来吧。"

他把铁门稍微打开一点儿，我勉强挤了进去。院子里原来还有人，两个躺在屋前竹椅上昏昏欲睡的老头儿、一个站在院子水缸边体重超过两百斤的胖妞、还有一个蹲在墙角念念有词的壮汉——那哥们儿看着二十来岁，光着膀子，虎背熊腰，一身疙瘩肉在阳光下油光锃亮的，好像电视上的健美先生一样。

不过这些人状态都有一些古怪，他们沉浸在自己的世界里，对我完全无视，丝毫不理睬。

"小萝卜头"领着我往屋子里走，然后对那两百斤的胖妞喊道："肥花，来客人了，去倒杯水来。"

那胖妞听到应了一声，回头看了我一眼，居然很是娇羞地跑进屋里去。

如果是美女，这样子的娇羞很动人，但这个胖妞嘛，让我颇有一种惊悚的感觉。而当我走过那水缸的时候，才发现那口一米五宽的大水缸里，居然泡着一个瘦瘦小小的女孩子。

这个女孩子约莫十六七岁的样子，别看身材瘦瘦小小的，但模样十分清秀，眉眼间颇有韵味，很是动人。

只不过这大白天的，一个女孩子穿着白衣服泡在水里，让我觉得很奇怪，不由得多看了几眼，而她也一脸好奇地望着我。我被看得有些不好意思，朝着她点了点头说："你好。"

女孩儿也冲着我咧嘴笑，露出一口白牙："你好。"

我说："你怎么泡在水里啊？"

女孩儿愣了一下，然后很是认真地回答道："我是一条鱼，就应该在水里啊。"

她一句话说得我完全不知道该怎么去接茬，只能干笑了两声，想起了刚才那老板娘说的话，这院子里的人还真都是奇奇怪怪的。

就在我尴尬的时候，旁边的"小萝卜头"瞪了那女孩儿一眼，说："有没有脑子啊，不会说话别说。"

他在这儿倒是很有威信，一句话说得女孩儿低下头，紧接着潜进了水里去。

"小萝卜头"边把我往屋里引，边说："你别多想，她就是脑子进水了。"

我一句话都不说，坐在客厅的沙发前，那个叫肥花的胖妞端来一杯白开水，放在茶几上，"小萝卜头"招呼道："我们这儿条件差，只有白开水，你别嫌弃，喝……"

我赶了好久的路，的确是渴得很，客套两句就端起杯子来一口气喝干。

放下水杯，我刚要开口说话，"小萝卜头"却支开了旁边的胖妞："你去院子里看着海妮吧，免得她呛水淹死了。"

胖妞送水过来之后就站在我对面，一双眼睛直勾勾地看着我。看得我心发慌，小萝卜头的支使让我刚刚松一口气，结果胖妞却说道："她会淹死？她一口气泡进水里三天三夜，也不会有事好吧……"

没等胖妞说完，"小萝卜头"就黑了脸："让你去就去，愣着干吗？我哥走的时候怎么交代你们的，这儿谁做主？"

他一发火，胖妞瑟瑟发抖，吐了一下舌头赶忙离开。

等胖妞离开，"小萝卜头"小大人一样地对我说道："你好，我叫钟黄，就是'钟山风雨起苍黄，百万雄师过大江'的那个钟黄，我马哥出门了，这儿由我来当家，你有什么事情跟我说就行了。"

一开始我并没有把这小屁孩儿当回事儿，还想跟这儿的大人打招呼，没想到进来之后，竹椅上那俩老头儿也没动，大个子蹲墙角看蚂蚁，而胖妞对"小萝卜头"又唯唯诺诺，这才放下轻视之心。

我遇到的这事儿十分离奇，有许多不寻常之处，而这小孩儿的言谈举止也是与寻常人等不同，反而让我平添许多信任。

有了马一岙的锦囊，我没有太多的犹豫，就跟小钟黄说起了我的事情。

我怕他的理解能力有限，特地将细节说得很清楚。

结果等我啰啰唆唆讲完之后，他有些不耐烦地说道："好了好了，我知道了，大概意思就是，你撞邪了，被人在身上做了手脚，恰好被马哥看到了。他当时忙，没跟你仔细讲，给了你这锦囊让你先保命，如果你搞不定再到这边来，对吗？"

我点着头说："对，对，马先生他去哪儿了，你能联系到他吗？"

小钟黄嘴一撇说："他有他的事情，再说了，你这件事情也用不着马哥出马啊，我帮你搞定就成了。"

我脱口而出："你？"

小钟黄见我一副不相信的表情，一下子就恼了："嗨哟，瞧不起人还是咋地？就你这点儿破事，小钟哥直接帮你搞定，咋地，不相信人啊？"

这小钟黄一着急就一口苞米茬子味儿，我有点儿想笑，不过还是认真问道："那你说说，你怎么帮我。"

小钟黄盯着我："先说你能给多少钱。"

我一听，跟我玩儿这套路，这小屁孩儿……要不是先前马一岙带给我的好印象，我还真的害怕是个骗局，于是按捺心思，问道："你要多少钱呢？"

小钟黄好像有些紧张，摸了一下鼻子问道："马哥给你锦囊的时候，问你要了多少？"

我说："没有啊，一分钱没要，我刚才不是说了吗？"

小钟黄一听，一下子跳了起来，一脸惊讶地喊道："不会吧？这不可能啊，你知道他给你的东西有多珍贵不？那符纸，龙泉山出品的，龙泉山知道哪里不？还有那知了骨，以及昆仑豹猫的三根胡须。这些东西，你知道加起来值多少钱不？"

小东西说得我一愣一愣的，我听得很迷糊，不过大概能明白的是马一呙给我的东西很珍贵。

至于有多珍贵，我也不知道，便问了问价钱。

小钟黄气呼呼地说："算了算了，跟你这种人说了你也不懂，别谈那个败家子，你就说你这边能给多少吧。"

我试探性地伸出了一个手指，小钟黄瞧见，连忙摇头说："不行，一百太少。"

一百？

我暗自松了一口气，我的意思其实是一千，没想到这小孩儿看上去稳重，毕竟年纪还是小，要价也不黑，所以我抱着侃客户的心态，跟小钟黄聊了一会儿，谈到了三百块。

谈妥之后，小钟黄跟我说道："我告诉你啊，这件事情，你找到我们算是找对人了。"

我说："怎么回事？"

小钟黄说："你这件事情啊，是撞邪了，撞邪你知道吧？"

我回想起当日之事来，一脸惊悚，说："你的意思是我撞鬼了？这个世界上，真的有鬼？"

小钟黄说："呸、呸，你这什么封建迷信，我说的撞邪跟你想的不一样，我……"

就在他准备长篇大论的时候，突然院子外的铁门传来"邦邦邦"的响声，一个女人扯着破锣嗓子大声喊道："马一呙，马一呙你给我出来！"

这一声叫喊颇为尖锐刺耳，正打算跟我长篇大论的小钟黄听到这声音，脸色都变了，连忙对我说："等等啊。"接着就匆匆忙忙跑了出去。

我弄不清楚状况，跟着走出去，瞧见一个不逊于刚才那胖妞身材的妇人，正叉着肥肉堆砌的腰，在门口跟小钟黄骂骂咧咧，原本一片安静的院子里，一下子就变得热闹起来。

躺在竹椅上假寐的俩老头儿站起来了，蹲墙角看蚂蚁的大高个儿也过来了，胖妞肥花和潜在水里的海妮都起来围观。

我这时才发现那壮汉个儿真高，怕不得有两米多，站在那儿如同一堵墙。

我走到院子里，听到妇人骂骂咧咧，而小钟黄一脸无奈地回过头来，低声说道："小侯哥，你手上有没有钱啊？江湖救急。"

我问他："怎么了？"

小钟黄低声和我说："这位是房东，马哥两个月没有交房租了，她说要是我们再不交，就要赶我们走了。"

我一听，下意识地朝旁边的几个大人望去，没想到两个老头儿的眼神飘忽，仿佛事不关己，大高个儿倒是看了过来，不过长相原本威猛的他咧嘴一笑，顿时就让人感觉智商有点儿问题，像是个傻大个儿。

这一院子的人，反倒就是这个"小萝卜头"像个正常人类。

我有求于人，不敢拒绝，问道："多少？"

小钟黄舔了舔嘴唇，然后试探性地说道："那个啥，一千五，你有吗？"

我这次过来早就做好了心理准备，也带着钱的。所以便掏出钱包，数了十五张老人头给他，小钟黄接了过去，转身递给那体型如猪的房东。结果那大婶拿了钱，沾着唾沫数了一下，居然还嘲讽地看着我，对小钟黄说道："又从哪儿找来的冤大头？"

小钟黄低着头说："拿着钱回吧您，问那么多。"

房东离开，我们回到了客厅，小钟黄对我说："让您见笑了。"

我笑着回道："你客气了，谁都有为难的时候。对了，你刚才说到哪儿了，咱们继续说。"

小钟黄说："你听说过游侠联盟吗？"

我摇头。

小钟黄认真地说道："你没听说过，那也很正常。毕竟不干我们这一行的人，很少有听过这个名字的。那么我们换一种询问方式，你觉得在你身上发生的这些事情，到底是怎么回事呢？"

小钟黄显得很认真，我也不由得认真起来，问道："莫不是……见鬼了？"

小钟黄摇头，说："这个世界上并没有鬼魂之说，即便是你听过了，那也是误传。"

我一愣，说："那是什么？"

"你应该是得罪了夜行者。"

"什么是夜行者？"

小钟黄一脸郑重地说："我现在空口白牙地说，你或许不太相信，但马哥跟我讲过，说人类的祖先是猿猴，实际上，还有许多的野兽在漫长的生存和进化过程中获得了智慧。只不过它们在与猿猴进化的'人类'长期的竞争过程中，因为种种原因失败了，最终没有办法成为主流。它们有的隐居在人迹罕至的深山大泽之中，过着与世隔绝的生活，有的则试图改变自己，融入人群之中——前者成了山精野怪，留下诸多民间传说，而后者则在漫长的混杂过程中，有的暴露身份，从此灭绝，有的则与人类生息繁衍，彻底融入了人类社会之中。"

说到这里，他抬起头来，认真地盯着我，说道："那些融入人类社会里的，一代又一代传承下来，有的保持着显性基因，就成了夜行者家族，而有的则变成了隐性基因，彻底成了人类，如果没有某种契机，将会永远地泯灭……"

"夜行者？"

我反复念着这三个字，感觉好像天方夜谭。

小钟黄继续说："对，有人将他们称之为妖，'物之反常必为妖'，这对他们来说是具有极大贬义和歧视意义的词语。他们更愿意称自己为'夜行者'，是不被主流社会认可的人类种族。"

我越发地不解，问道："你跟我讲这些干什么？"

小钟黄笑了："你还没有明白吗？你的身上很有可能传承着夜行者的隐性基因，而正是因为这个，使得你被人盯上了，这才导致了后面一系列事情的发生啊。"

我眉头一挑，忍不住心慌："你说什么啊，这怎么可能？"

小钟黄说："据我所知，生死花这东西，一般人服用之后就会立刻进入假死状态，如果三天之内没有得到解药的话，就会直接进入脑死亡，变成真死。唯一的例外，就是夜行者，或者是有夜行者隐性基因的人。"

他这么说，我还是不敢相信，犹豫了一下，又问道："那我为什么会出现创口流血的现象呢，而且当时我完全感受不到温度，浑身冰冷。"

小钟黄揉了揉脑袋，笑着说道："估计你身上被种下了启明蛊，所以才会这样。"

我越来越糊涂了："什么是启明蛊？"

小钟黄说："这是一种药引，它能在短时间内让你体内隐藏着的夜行者血脉迅速显露，让你拥有夜行者的力量，并且有可能成为一个真正的夜行者。"

我疑惑："什么叫有可能？"

小钟黄笑了："你以为成为夜行者很简单？如果在转化的过程中，你的身体承受不住基因的裂变、血脉的扩散，就会有另外一种可能，那就是因为全身的器官衰竭而死亡，对，就像得了绝症一样，无药可救。"

听到这话，不管信不信，我都忍不住骂出声来："我去，这不是害老子吗？"

小钟黄说："你以为尉迟那帮家伙会安什么好心吗？他们做事情就是那样，你若是能受得住，成了夜行者，那帮人就会在第一时间出现拉拢你；而如果你受不住痛苦，身体机能衰竭而亡，他们顶多就损失一瓶启明蛊而已。至于你的死活，你觉得他们会关心？"

我心头一跳，说："你认识那个什么尉迟？"

小钟黄点头。

他似乎不愿意说太多，点到即止。我看着这个如同小大人一般格外沉稳的小男孩儿，终于忍不住问道："那你呢，你们又是谁？夜行者？"

小钟黄摇头："不，我们不是夜行者，准确地说，我和马哥不是夜行者。我们是游侠联盟的人。"

这名字中二无比，听得我起了一身鸡皮疙瘩，然而小钟黄却是一脸严肃。

我又问："游侠联盟？这又是什么？"

他回答："游侠联盟虽然只有数百年的历史，但它的前身却是一个大江湖，道门、佛宗、武林以及朝堂，都有高人坐镇传承。清初'禁武令'颁布之后，江湖散落的无数前辈高人投入天地会、红花会等反清复明的组织，以对抗清廷。结果导致了清朝中期妖人遍布，横行肆虐。为了打击妖人，江湖上的有识之士商议会盟，取汉时名声最盛的游侠儿为号，名曰游侠联盟，之后演变成为专门用来打击夜行人作恶的一个广泛意义的同盟。"

听着这些宛如小说话本的秘闻，我揉了揉额头，说："你的意思，夜行者都是坏人咯？"

"也不尽然，人有好有坏，夜行者也是，特别是那些隐藏在人类社会的夜行者家族，他们完全适应了正常的人类生活，小心翼翼地隐藏着自己的身份，从来不会轻举妄动。但也有一些拥有隐性基因，血脉觉醒的夜行者，因为无人引导，又贸然获得了力量，就会做一些违反法律的恶事，甚至杀人放火，横行无忌。再加上一些隐藏在山林、野泽和域外的山妖野怪，也会如此，所以才需要我们的存在。"

听完他的讲述，我看了他一下，又朝外面望了一眼，说："感觉你们联盟不是很强啊，连房租都交不起。"

小钟黄尴尬地咳了咳，说："这个……因为某些变故，游侠联盟现在联系也不再紧密，大家各过各的日子。不过我跟你讲，百年之前的游侠联盟，那才是真强，虎头太保孙禄堂、武当剑仙李景林、神枪李书文、半步崩拳尚云祥、臂圣张策、南北大侠杜心武、江南第一脚刘百川、神镖李尧臣、玉面虎韩慕侠、千斤大力王王子平……那可都是联盟的旗帜。"

这些人名我一个都不知道，听得云里雾里，赶忙问道："我这个，该怎么办？"

小钟黄认真地看着我，说："我想先问一下你，你是想要成为夜行者获得血脉的力量呢，还是变成普通人回到自己的生活里去呢？"

我不假思索地说道："当然是回到自己的生活去了，我可没心思掺和你们的事情。"

听到我的回答，小钟黄有些尴尬，摸了摸鼻子说道："这件事情啊，整个南方只有一个人能帮你解决。"

"谁？"

小钟黄打了一个响指："梅州镇平学宫的梁世宽，梁老师。"

小钟黄说得头头是道，而我却是满腹疑惑。说实话，如果他再大个二十来岁，我或许会觉得他说的这一切是真的，但从这么一个小孩儿口中说出来，虽然他刚才已经让我刮目相看了，但总觉得这些话太过于幼稚了，有点儿像是话本小说，或者电视剧里面的情节。

对，这实在是太离谱、太不着调了，怎么听都觉得不太对劲。

但有一件事我是可以肯定的，那就是现在的我，唯一该有的态度就是宁可信其有，不可信其无。因为这事儿关系到我的小命，如果我讳疾忌医，根本不当一回事儿的话，回头真的没了小命，都不知道该找谁哭去。

在犹豫了一会儿之后，我决定跟小钟黄一起去梅州。

小钟黄临走时带上了那个叫王虎的傻大个儿，然后还煞有介事地交代了胖花一番，至于那两个老头儿，他视若无睹，完全不加理会。

我有些不放心，出门的时候小心翼翼地问道："你不跟家里的大人说一声？"

小钟黄说："你是说老刘头儿和老李头儿？嗨，别管，就是俩吃白饭的。"

吃白饭？

我觉得十分好奇，然而小钟黄却没有继续跟我解释的意思，带着我就往汽车站的方向走。

在路上，我有意试探小钟黄和傻大个儿，试图探听更多的东西出来。然而我很快发现，这个小钟黄简直就是个小狐狸，想让你知道的就让你知道，不想让你知道的，你怎么旁敲侧击都问不出来。至于那个王虎，我的天，除了傻笑，什么也不会，简直跟一个智障差不多。

好在对于我的事情，小钟黄不会隐瞒。他告诉我，如果我想要成为夜行者，马哥倒是有办法可以保障成功率，至少能有一半的概率不死，但如果是拔出启明蛊，这事儿只有梁老师可以。

启明蛊这名字，一听就知道出自苗疆巫蛊之术。事实上，启明蛊是小凉山萝丝洞蛊苗的独门绝学，除了那一脉的养蛊人之外，其余人都是束手无策的。

而这位梁老师，她年轻的时候，曾经去凉山彝族自治州西部山村支过教，阴差阳错，就学了些养蛊防身的手艺。

梅州位于粤省东北部，地处闽、粤、赣三省交界处，是客家人比较集中的聚居地之一，距离羊城较远，我们乘汽车，一直到夜里方才抵达。落地之后，三人都是饥肠辘辘，便在车站旁边的一个小面馆吃饭。

我的食量不大，一碗即可。没想到那王虎真能吃，一连吃了七碗，连汤带面愣没留下一点儿残渣，而且还抹着嘴巴，意犹未尽的样子。

就连小钟黄也吃了三碗，饿死鬼投胎的样子，看得我肉疼不已。

毕竟这一路过来，可都是我付账。

好在我这一年多在祥辉干得不错，存了些钱，不然这花钱如流水的，还真不知道该怎么办。

吃过饭，我们出门拦了一辆的士。说了地址，的士司机听罢一头雾水："说啥呢？镇平学宫，没听说过啊？"

我看向小钟黄，他挠了挠脑袋，心虚地说："我上次听马哥说的就是这个地方啊。"

的哥绞尽脑汁，终于想起来："你们说的是不是蕉岭文庙？嗨，那个地方早就毁了，现在是县人民小学，是不是那个地方？"

小钟黄直拍脑门："对，是，就是那儿，我听马哥说了，梁老师在当小学老师。"

的哥一脚油门，出了市区，往北直走。天色越发黑了，我怕是黑车，找个荒郊野岭的把我们扔下就走了。小钟黄大概是瞧出了我的紧张，指了一下坐在副驾驶显得有些缩手缩脚的王虎，说："你别慌，有老虎在呢，谁敢惹咱？"

一句话把我的心放在了肚子里。

一番折腾，我们终于赶到了目的地。站在县中心小学的门口，这大半夜的，人家也不开门，小钟黄招呼我先去找个地方住一宿，明天再去找人。

当晚我们找了一家招待所住下，结果王虎的呼噜声弄得我一夜都没有睡好。早晨起来，这汉子呼啦啦又连着吃了十来个包子和五碗稀饭，我总算知道这帮人为什么这么穷了。

紧接着我们来到小学，找到门卫打听梁老师。

门卫挺戒备的，一脸警惕地看着我，说："你们是干什么的？"

这个时候小钟黄的作用就凸显出来了，他冲着门卫大爷甜甜一笑，说是梁老师的亲戚，门卫大爷一听，说："嗨，不早说。来，登记一下，我让人带你们进去。"

我这边登记完，门卫大爷叫了一个学生，让他带我们去数学教务组办公室。

一番折腾，我们终于抵达了办公室，结果却被告知，梁老师请了病假，今天没有来学校。

我们问到了梁老师的具体住址，然后找了过去。

为了上门，我还特地买了点水果。

梁老师年近五十，离异单身，一个人住在类似于筒子楼的教室宿舍三楼。我们找上门，过道上十分拥挤，摆满了杂物，我和小钟黄倒还好，就是王虎有些够呛，缩手缩脚，十分憋屈。

咚、咚、咚……

我们敲了好一会儿门，里面才应了一声，又过了一会儿，门开了，一个带着老花镜的老太太出来，一脸狐疑地打量着我们，问道："你们找谁？"

我看着老太太满头的白发，心想着她有可能是梁老师的长辈，于是恭敬地招呼道："您好，我们找梁世宽梁老师。"

老太太疑惑，说："找我？我们认识吗？"

什么？

我当时有点儿蒙了，不是说梁老师不到五十岁吗，怎么面前这位看起来都有快七十了？

好在旁边的小钟黄机灵，开口说道："梁老师，您好，我叫钟黄，我祖师爷是王子平，我师父是王朝安，我师兄马一舂您应该见过的。"

老太太打量了一下小钟黄，说："原来是王朝安的徒弟。"

小钟黄嘻嘻笑着说道："对，对，我是师父的关门弟子，今天是特地过来拜访您的……"

他一边说着，一边示意我，我赶忙将买的香蕉、苹果往前递。

正所谓"伸手不打笑脸人"，老太太让开门，引我们进去，说道："唉，来就来，怎么这么客气。"

进了屋子里，我不经意地打量了一下周围，很典型的一室一厅，屋子狭窄，东西很多。靠墙的柜子上面摆放着一排玻璃瓶，大概是泡酒，里面却泡着各种动物，从蛇、蜘蛛和蝎子，到心、肺、眼睛等器官，应有尽有，让人毛骨悚然。

我们在十分陈旧的沙发上坐下，老太太倒了三杯水，然后问小钟黄："你师父还好吧？身体可硬朗？"

小钟黄点头，说："还行，就是有些支气管炎，老毛病了。"

两人寒暄两句，小钟黄终于进入正题，对老太太说道："梁老师，我这次过来呢，是为了我身边这位小哥。他被人下了启明蛊，身体出现了许多异常，而他通过我师兄马一呑找到我这儿来，想要找人帮忙取出那玩意儿。我知道整个南方地界，能解这玩意儿的也就只有您了，所以才冒昧过来……"

小钟黄跟老太太解释这些的时候，我不动声色地打量着这位梁老师。

她的精神不是很好，显然是真的请了病假，脸没洗，眼窝子发黄，屋子里有一股子的陈旧气味，给人的感觉并不好。

可不知道为什么，我对这个风吹即倒的老太太总有一种说不出来的惧怕感。

她仿佛是窝在洞里的蛇一般，给人冰凉凉的感觉。

听完小钟黄的叙述，她抬起头来，看着我说道："启明蛊说贵不贵，但想要弄来这个还是需要花费些工夫的，那些人用在他身上，是觉得他能渡成夜行者？"

小钟黄点头。

老太太问："你有没有检查过，他到底是什么夜行者？"

小钟黄说："没有，嘿嘿，您也知道我们这一门的手段，不擅长这个，而且他本人对进入我们这一行也没有什么兴趣。"

老太太听罢站起身来，去那放着坛坛罐罐的柜子前扫量了一会儿，摸出一个小陶碗来，从一罐泡着火蚂蚁的玻璃瓶里倒出一点儿刺鼻的酒液，又从一罐浸泡着黄色眼镜蛇的玻璃瓶中倒出点儿酒，将留着长长指甲的右手食指在碗里搅和着，还念念有词，弄得挺郑重其事的。

最可怕的是，玻璃瓶中的大部分毒虫长蛇，居然还是活着的，随着瓶子不断晃动，吐着信子，十分诡异。

摆弄完毕之后，她端到我面前，言简意赅地说道："喝。"

我感觉老太太的性情有些古怪，不敢违抗，望着那浑浊发黄的酒液，一咬牙一横心，一口喝完。

那酒液入喉，腹中顿时就有一股灼热难挡的热力蔓延全身，那辣口的劲儿让我有些迷糊，半边身子都有些发麻，下意识地问道："喝了这个，我就能好？"

老太太咧嘴一笑："没有，我只是想看看，你身体里到底是什么夜行者的血脉。"

啊？

这句话说得我顿时就要跳脚骂娘。

说真的，正常人瞧见那一柜子的活虫毒物和脏器泡酒，必定是恐惧的，更不用说去喝了，再加上这老太太脏兮兮的手指在里面一顿搅和，我怕自己喝着恶心想吐，所以才一口闷下去的，为的是能彻底的治病解脱。没想到我这会儿整个人发晕，她却告诉我并不是解药，让我如何不愤怒？

验那夜行者血脉有什么用，关我屁事？

大概是感觉到了我心中的情绪，小钟黄扯了我一把，用目光示意我淡定，不要乱来。

小钟黄的及时提醒让我冷静了下来，又看向老太太阴沉的目光，整个人就好像是冲了凉水澡一般，清醒了许多，我使劲儿摇了摇头，问道："需要我配合什么？"

老太太面无表情地说道："不用，你在这儿待着就好。"

她站起身来说："启明蛊这东西，说是蛊，其实只是一种药引子，寻常人吃了，新陈代谢，消化系统一排解，也就是一泡屎尿而已。但如果身上真的有夜行者的血脉，那么它就会根据不同的种类而衍化成不同的蛊引，正所谓'鼠咬天开，地辟于丑，人生于寅，卯为日出，辰为行雨，巳蛇归洞，午显阴阳，未时上膘，申时猿啼，金乌坎水，夜临戌狗，混沌亥生'。龙生九子，各有不同，所以你也别抱怨，我不确定你的血脉，又如何帮你解蛊除虫呢？"

听到这话，我整个人就精神了许多，原来她这么做，是解蛊除虫、治病救人的第一步。

我激动地问："接下来呢？"

老太太瞪了我一眼，说："急什么？"

她的眼神阴鸷而尖锐，如同苍鹰一般，看得我心头一颤，下意识地低下头，不敢多说，此时却感觉头晕乎乎的，天旋地转，晃悠得厉害。感觉那酒劲上来了，一阵一阵的，就像潮水一样冲击着我的大脑神经。没过一会儿，门外传来敲门的声音。

紧接着有人在外面喊道："梁老师，梁老师你在家吗？"

老太太回了一声："谁啊？"

外面那人回答道："我们是县工会的，听说您老病了，特地过来看望您……"

县工会？

我脑子晕乎乎的，还没等我想明白，就听到"轰"的一声，那个身体孱弱的老太太竟然整个人飞了起来，重重地撞到了摆满了泡酒玻璃瓶的柜子上，哐啷一下，十几个罐子全部跌落在地。

那玻璃瓶子里的蛇虫鼠蚁果然还活着，伴随着飞溅的碎玻璃，开始往外爬去。

我那个时候酒劲上头，却还保持着半分清醒，瞧见一条三角脑袋的烙铁头毒蛇朝着我过来的时候，吓得一下子就从沙发上跳了起来，往墙角缩去。

这个时候，我才发现门口处涌进来了好几个人，有男有女，且都是气势汹汹，面色不善。

我没有经历过这阵仗，这会儿才回过神来，刚才将梁老师踹飞的，正是领头一个脸上有刀疤的中年男人。而其余几人冲进屋子里，打量一阵之后，后面有一个女人的声音响了起来："屋子里怎么还有其他人？带走那老太婆，其余的人处理掉……"

她这话还没有说完，我旁边的傻大个王虎却是动了。

他大吼一声，就像一头发飙的狗熊一般朝着这帮人扑了过去，那气势让我感觉好像一台轰隆隆的坦克，势不可挡。

下一秒，一个骨瘦如柴的老头儿出现，也看不清他是怎么弄的，三两下，居然就把人给放翻倒地。那傻大个儿摔在地上，整个楼层都抖了三抖，跟地震一样。王虎失手被擒，还兀自奋力挣扎，结果那老头枯木一般的双手落在了他的脖子上，按了三两下之后，王虎就再无动静。

此时，梁老师也勉强爬了起来，口中嘟嘟地吹着口哨，地上的那些蛇虫仿佛得了指挥一般，朝着这些不速之客快速游动过去。

我万万没有想到，一个病快快的老太太，居然还能弄出这么一手来。

然而这场面看着华丽，但并没有什么实际作用。"刀疤脸"从腰包之中摸出了一把赤红色的粉末往地上一撒，顿时一大团黄色火焰就冒了起来，紧接着浓烟腾起，还伴随着刺鼻的雄黄气味，那些奋力蠕动的蛇虫全部都化作了灰烬。

一个矮胖的秃顶中年男人越众而出，一把抓住了梁老师的手腕，一拉一扯，两人似乎在较劲儿，但当"刀疤脸"上前的时候，梁老师终于撑不住，被摞翻在地。

眼看着把人弄倒，"刀疤脸"有些急了，急忙出声道："赶紧处理，别闹出大动静来。"

听到吩咐，"地中海"和瘦老头儿就朝着我和小钟黄围了过来。我心慌意乱地看了一眼小钟黄，期望他能站出来力挽狂澜，毕竟从他先前跟梁老师的对话来看，他还是挺有本事的，也有背景，这个时候说不定能救我们一命。

没想到被我寄予最后希望的小钟黄却是扑通一下跪倒在地，高举双手，说道："别杀我，别杀我，我是王朝安的关门弟子，别杀我……"

呃……

我被小钟黄这突如其来的表现弄得挺尴尬，不过下一秒，我便理解了他的意思。

这帮人，并没有说假话。

他们是真正的亡命之徒，所谓的处理，说不定就是杀人灭口。这个时候充大个儿，只可能是死路一条，还不如稍微服点儿软，说不定能留下小命。

果然，小钟黄的话让原本杀气腾腾的几人稍微熄了点儿火。瘦老头儿和"地中海"转过头来，看向了"刀疤脸"，而"刀疤脸"则扭过头去看向了门。这时先前那女声开口了："都带走，回去再说。"

我这个时候酒劲已经上头了，眼前的一切都在晃动，紧接着有人拿着一麻布口袋，朝着我脑门扣过来，随后我脑壳儿猛地一震，就什么也不知道了。

我醒过来的时候，头疼欲裂，眼前一片漆黑，呼吸热热的，这才发现自己的头套还没有摘下来。

我感觉不到自己在移动，应该是在屋子里。而我的手脚都被绳子捆住，身体发僵，想要动一下，结果全身针扎一样的疼，应该是被绑了许久，血液流通不畅的缘故。

我感觉全身都疼，背上湿漉漉一片，估计是在昏迷的时候发了汗，现在凉飕飕的。

我回想起昏迷之前的事情，心有余悸。

说真的，我之前从未遇到过这样的情况，也没有遇见过这样的一帮人。在我看来，王虎可比那瘦老头儿高出大半个身子，如果是正常情况，砂锅大的拳头绝对能一拳撂倒一个，没想到对方居然三两下就撂翻了他，而且还将我们都给拿下。

倘若不是小钟黄及时表明身份，说不定我们现在都已经死了吧？

哎，不对，小钟黄表明了身份，对方或许有所顾忌不会对他做什么，但我呢？

我一个没有任何价值的人，死了也就死了，根本没有谁会关注我。

如果是这样的话，我岂不是惨了？

想到这里，我心头忐忑，不知道该怎么办才好。

我甚至都不敢说话，不敢闹出半点儿动静来。《西游记》里，有背景的妖怪全活了下来，没背景的都给一棒子敲死了。

我觉得我会被敲死。

不知道过了多久，屋子里终于有了动静，"吱呀"一声门响，有人进了屋子问了一声："人醒了？"

大概三秒之后，才有人闷声闷气地回答："没呢。"

进来的那人问道："来根烟？"

我这才感觉到左边不远处有人起身，走了过去，两人仿佛在点烟，随后原先的看守问道："飞哥，那个小屁孩儿怎么处理？"

那人说道："什么怎么处理，砸手里了呗，湘南奇侠王朝安的徒弟，放也不是，不放也不是。上面也头疼，想办法呢。"

看守说："想什么想啊，这事儿谁也不知道，不行就在这荒郊野岭，挖个坑埋了呗。"

飞哥呸了他一口，说："你有没有脑子啊，这种事情谁能保证永远保密？那可是王朝安啊，湘南奇侠，千斤大力王王子平的唯一传人，你以为是什么小虾米呢？咱们老大是要干大事的，没必要为这件事得罪他。要知道，那姓王的就是个疯子，我估计上面指不定找个什么台阶，就把人给放了。"

"那这两个怎么办？"

飞哥说："那个傻大个是虎相的夜行者，上面有招揽的意思，至于这个小子，一废物而已，留着麻烦得很，不行就埋了。"

啊？

这个小子说的不会是我吧？

蒙着头的我，听完这话，冷汗一下子就流了下来。

第三章

雨夜活埋

时间又悄悄流逝，有人来也有人走，仿佛是有换班的。也不知道过了多久，我闻到了食物的香味，饥肠辘辘的肚子一下子就咕噜噜地叫了起来。

我不知道这会儿离我昏迷之前相隔多久，总之我是饿得酸水直冒，之前还好，这一闻到食物的香味，饥饿感瞬间就蔓延到了全身，将我大脑掌控，口水忍不住地分泌出来。

紧接着我感觉到有人走到了我跟前。

我下意识地抬起头，试图隔着头罩往外望，这时有人喊道："你傻啊，给他吃干啥？"

有个女人说道："已经饿了两天，不给点儿吃的吗？"

说话的是先前那个看守，他对这女人说道："你给隔壁送去，给这人吃了也是浪费。"

女人犹豫了一下，回答道："哦。"

说罢，她就离开了。

我闻着渐渐远去的食物香气，整个人就感觉天都要塌下来了一般。

什么叫浪费？

这是准备将我杀人灭口，不给我留一条活路了呗？

不知道怎么回事，强忍了许久心头藏着极大恐惧的我忍不住喊出了声："你听着！就算是要杀头的人，也得给口饱饭吃啊，你们到底讲不讲点儿规矩了？"

我当时也是豁出去了，心想着管他呢，我可不能就这样悄无声息地就被处理了，就算是死，也得弄出点儿动静来。

结果旁边的看守听到，忍不住笑了："哎哟，本事不大，脾气倒还不小呢？"

紧接着，一记窝心脚就踹了过来，丝毫没有留情。我双眼被蒙住，黑漆漆的，给猛地一脚踹中，整个人都飞了起来，"咚"的一声硬生生地撞到了墙上去，感觉全身的骨头都仿佛要断了一般，滑落下来的时候，眼前发黑，仿佛又要晕过去。

随后我听到那人的嗤笑声："你还真是搞不清楚状况啊，以为自己是谁呢？来这儿度假啊？"

他说完，脚步声渐远，我却感觉胸口处一股又一股的劲儿往外涌，有鲜血从喉头涌出，一张嘴，就全部都喷了出来。

因为我的脑袋上罩着麻袋，这口血有的喷到了麻袋上，有的则回到了我的脸上来，弄得我一头血腥。就在这个时候，我突然感觉浑身冰冷，一种莫名刺骨的寒冷涌上心头，让我浑身不断打着哆嗦。紧接着我感觉自己浑身发痒，仿佛有千百万条虫子在骨髓里爬动一般，痒得我发疯。

我开始呻吟，然后在地上翻滚，疯狂地用后背去蹭墙和地上的稻草，却完全止不住那痒劲儿。

没一会儿，我听到有人在旁边嘲笑着说："你喊吧，大声喊，你看看有人来救你不？"

我忍不住大声喊，喊了不知道多久，嗓子就哑了，干得直冒烟。

而这个时候，我感受不到麻痒了，如同坠入冰窟一般，神昏、性躁、口腥，并且产生幻觉，看见前方黑乎乎的地方不时浮现鬼影，又听到仿佛有人在我身边疯狂地尖笑着，好像有人在找我索命一般。

在那一刻，我感觉自己快要死掉了，痛苦折磨得我又仿佛要疯掉。

我试图用头部撞击墙壁，通过疼痛来分散自己的注意力，然而全身被绑着，我根本就使不出劲儿来。

我疯狂地扭动身体，想要挣扎，却感觉被捆住的手脚鲜血直流。

这样流血，对于我来说反而要痛快一些。事实上，如果当时我的手脚是自由的，或者手中有一把刀，我都会毫不犹豫地将它扎在自己的胸口上，来终结我当时的痛苦。

只可惜，我所有的努力都没有半点儿用，力量一点一滴地流逝，让我的挣扎越来越无力。

到最后，我就那样躺在潮湿的稻草上，如同一条离开了水干死的鱼，一动也不动。

渐渐地，我感觉自己的呼吸都开始缓慢了，意识模糊。

我觉得自己可能要死了。

在意识就要消亡之际，我感到有人取下了罩在我头上的麻袋，使劲儿拍我的脸，而那个时候，我已经连睁开眼皮的力气都没有了，紧接着我仿佛听到有人说道："怎么回事？这人怎么就没气了呢？"

有人在旁边解释着，但是说了什么，我已经完全听不清楚了。

因为那个时候，我的意识已经消散不见了。

黑暗，永恒的黑暗。不知道过了多久，当我的意识重新凝聚起来的时候，我感觉到胸口发闷，整个人都动弹不得，下意识地吸了一口气，结果给堵住了，好一会儿，方才有一点儿浑浊而又充满了土腥味儿的气息涌进鼻子里来。

这点儿气息让我的意识凝聚起来，我使劲儿捏了一下双手，感觉拳头有力，而且手脚都没有被绑住。

我这是在哪儿？

我的脑子混沌一片，但是出于本能，双手开始拼命地往上推。

有沉重的东西压在我的身上，束缚着我，我忍不住从嗓子眼儿发出嘶吼，那嘶吼古怪得很，如同野兽一般，死亡的恐惧在那一刻浮现在我的脑海里，我疯狂地往上顶去。我就这般持续地顶着，终于到了一个临界点，上面松动了一些，我的嗓子也吼哑了，猛地一推，感觉那重压终于消失大半，而清新的空气也在一瞬间，灌进了我的肺里。

咳，咳，咳……

我咳嗽了好一会儿，感觉头顶有大雨倾泻而下，紧接着电闪雷鸣，在我头顶轰隆隆响起。

借助着闪电的光，我才看清楚自己的处境，我居然处于一个到处都是树木的山林之中，而我的身上披着破烂的草席，下半身还埋在满是泥泞的土里，瓢泼大雨将我淋得如同一只落汤鸡。

轰……

又一声响雷在头顶炸开，我浑身哆嗦了一下，恐惧在心头浮现。我赶紧从泥坑里爬了出来，左右观察，发现四周一片昏暗，到处都是茂密的树木和灌木丛，除此之外，什么也没有。

我爬出了泥坑，回头望去，想了好一会儿，方才确定了一件事情。

我被人用草席一卷，埋在这泥坑之下。

这坑其实挺深的，如果不是正好碰到大暴雨，雨水将这儿的泥土给浸湿了，光凭着我个人的力量，未必能从那么深的坑里面爬出来。

说不定我就被人活生生地埋在这里了。

等等，那帮人为什么要埋我？

如果按照我之前的推测，他们要杀人灭口，为什么不弄死我再埋呢？还是说他们觉得我已经死了，所以就没有再多费劲儿？

又或者，埋下我的人，就在附近？

一想到这里，我就恨不得赶紧逃开，不过当我准备撒丫子跑的时候，脑子冷静下来，将事情全都过了一遍。我突然想起了之前金信厂老马等人的死而复生，说不定是自己身上的药物发作，进入假死状态，那帮人觉得我已经死了，所以才把我给埋了。

我越想越觉得有可能，我深呼吸，尽力调节好情绪，让自己冷静下来，然后左右观察一番，将身上的草席脱下，再将那泥坑填回去。

大致处理了一下，我觉得差不多了，这才深一脚浅一脚地往外跑。

雨下了好一阵，这时候终于小点儿了，我躲在一棵松树下，咬着牙，把嵌在脚板上的碎石和木刺拔了出来。我从泥坑里面逃命出来，发现自己身上除了一套衣服之外，鞋子、钱包、身份证、钥匙等等，什么都没了。

我身上满是伤痕，浑身湿透，精疲力竭，感觉像是一口气提不上来就要倒下，永远也醒不来了一样。

我不敢倒下，不敢松了那口气，更不敢多加停留。

我不知道先前囚禁我的那帮人有没有在附近，如果被他们撞见了，估计我还是逃脱不了失去小命的结局。

天黑乎乎的，我强忍着脚下的疼痛和心中的恐惧，朝着一个方向努力地走。

不知道走了多久，雨终于停了，天空渐渐地明亮了起来。

我又生出一些信心，继续往前走，突然前边瞧见了村庄的轮廓，为几近崩溃的状态又提了点劲儿，于是奋力往前走。终于来到了一处民宅前，我已经精疲力竭，过去敲门，院子里有狗疯狂的叫声，吓得我赶忙离开。挨着换了几家，终于找到一户没有狗的，敲门之后有人走了出来，看见一身污浊的我，有些被吓到。

我这个时候已经不行了，张口说道："帮我……帮我报警……"

说完，我就直接昏了过去。

迷迷糊糊之中，我听到有人在不远不近的地方说话："对，这个人看住了，别让他跑掉……对，据蕉岭中心一小的门卫钟大爷反应，梁老师失踪之前，就是这个男人带着一个小孩儿和一个壮汉来找过她，他很有可能就是梁世宽老师失踪案的犯罪嫌疑人，即便不是，也是知情者……"

我一激灵，瞬间就清醒过来，睁开眼睛，发现自己躺在一张病床上，双手一挣，发现居然被铐在了床上。

紧接着有人冲了过来，按住我的胸口，低声吼道："别动，老实点！"

我从小就是一个特别老实懂事的孩子，别的孩子青春期会去打架闹事，喝酒赌博，我却从来没有过。除了办身份证之外，从来没有进过公安机关。没想到这短短不到一个月的时间里，居然就折腾进来了两次。

这简直就不能用"倒霉"两个字来形容了。

好在有过一次的经验，我镇定了许多，赶忙喊道："别紧张，别紧张，我不是坏人。"

压住我的是一个年纪不大的协警，脸上还有好几个青春痘。听到我这般说，又瞧见我的模样，自己忍不住笑了，赶忙松开我的胸口，然后冲着外面喊道："韩队，人醒了。"

一个两鬓斑白的老警察推门进来，眯着眼睛打量着我，看得我心虚无比。过了好一会儿，他方才说道："怎么样，感觉好一点儿没有？"

我舔了舔嘴唇，说："能给口水喝吗？"

虽然我正挂着盐水，补充能量，但干渴得嗓子冒烟的我还是想要喝口水润喉咙。韩队长点头，示意那协警给我倒水。

我喝了一口水，开口说道："你好，我叫侯漠，我是鹏城祥辉科技有限公司销售部的员工，在梁世宽梁老师的家中被人绑架，身份证和钱包都丢了，我好不容易逃了出来……"

我没有隐瞒什么，都这个时候了，也没有隐瞒的道理，当下就将这几天发生的事情，这来龙去脉都一一说出。

见我如此配合，韩队长示意我先停下，叫协警拿来笔记本，开始给我做笔录。

不过很快他就喊停了我的讲述，皱着眉头说道："侯漠同志，我希望你能明白自己的处境，实事求是，配合我们公安机关办案，千万不要胡言乱语，信口开河，知道吗？"

我看他不相信我的话，顿时就有点儿激动，说道："我说的是真的，我可以对天发誓。"

韩队长挥手，示意旁边的记录员停下笔。

他盯着我，认真地说道："你的身份我们会核实清楚的，至于你刚才说的那些，我们也会进行调查。不过我希望你能明白，公安机关办案，靠的是证据，你现在这样信口开河胡乱编故事，是很不负责任的行为，知道吗？"

我苦笑说："我应该怎么说，你才能相信我？"

韩队长说："你刚才讲的那些，什么游侠联盟，什么夜行者……作为一个成年人，这些乱七八糟的东西从你嘴里面说出来，不觉得尴尬吗？是不是小说看多了，脑子也跟着进水了？"

我有些着急了，说："韩队长，我的朋友，还有梁老师都处于生命危险之中，你觉得我会跟你开玩笑？"

韩队长猛地一拍桌子，喝道："怎么，你还想威胁我？我告诉你侯漠，你现在是犯罪嫌疑人。知道什么是嫌疑人吗？我跟你讲，你编的这些故事，有一大堆的漏洞你知道吗？什么那些人觉得你死了，把你埋了，所以你就逃出来了。如果绑架梁老师的那帮人真的有你所说的那般穷凶极恶，你觉得你能活着出来？"

我被他一通训斥，也有些急眼了，大声跟他解释，结果韩队长并不理会，而是恶狠狠地指着我说："等着，你总会开口的。"

他离开之后，我依旧被铐着，还安排人盯着我。

期间医生来了两次，来的是两批不同的人，其中一批人是给我治病的，大体询问了一下我的身体情况，然后给我换了一瓶葡萄糖，另外还有护士给我端来了养胃的稀粥。不过不知道为什么，我总感觉无论是医生，还是护士，对我的态度都怪怪的，看我就好像是怪物一样。

我能感觉得出来，这种态度，并不是因为我的嫌疑人身份而造成的。

怎么讲呢，我感觉自己就好像是实验室的小白鼠。

第一批来的另外两个医生，也穿着白大褂，跟我亲切温和地聊着，一开始我还以为人家跟我拉家常呢，到了后来我才意识到——这两位估计是精神科的医生，在确认我到底有没有精神病呢。

在我与他们的交谈中，也确定了一件事，现在离我和小钟黄拜访梁老师家，已经过去五天了。

我在医院待了一天，身体养得差不多了，然后被带到了警察局里的一个房间待着。

这房间并不只有我一个人，有盗窃的、有骗子、有打架斗殴的，七七八八，形形色色地挤在一个房间里。其间我被叫出去做了一次笔录，我的讲述并没有改变，将事情的来龙去脉说得很清楚。

我试图去让做笔录的警察相信我说的话，我尽可能地让自己态度真诚，然而最终人家瞧我的表情，就好像是在看神经病或者傻子似的。

这事儿让我有些绝望。

回到临时关押的房间，我缩在角落，看着一屋子的人，心情惆怅，沮丧不已。

那是我人生最灰暗的时刻之一。

之前的我，就算是再苦再累，都没有想过自己会进到这么一个地方。

临时关押的房间狭窄而潮湿，磨牙声、打嗝放屁声和低声谈话声汇成一片。我回来不久，一个因为打架斗殴进来的混子跟同伴活跃地交流起来，随后又盘问起了旁边的人，盘问一圈之后，落到了我这里。

那位叫青皮哥的混子用脚踢了踢蹲在墙角的我，说："嘿，你怎么进来的？"

此时的我满肚子的怒火，哪里有心情跟人套近乎，看了那人一眼，然后不再理会。

没想到我有些冰冷的目光惹到了青皮哥，他以为我这是对他权威的挑衅，一下子就来了劲，打了一个手势，跟着自己一个同伴，再加上刚刚聊热乎的两个汉子，朝我围了过来。一个因为盗窃进来的毛孩子冲着我咧嘴笑，说："青皮哥，这家伙不敢答你，肯定是心虚了……"

听到他这么说，原本都坐着的人一下子就都站了起来，目光不善。

我能感觉得出来，在号子里犯事儿的也是有三六九等的，我不想让他们玷污自己，开口说道："我是被冤枉进来的。"

哈哈哈……

一伙人都咧嘴笑了，青皮哥朝着我跟前的地上吐了一口唾沫，一脸不屑地说道："冤枉？我还冤枉呢，都被关进来了，还给我在这儿装呢？小子，告诉大家伙儿，你是因为什么进来的？"

我心头一肚子火，瞪了他一眼，说："滚！"

青皮哥一听，一下子就炸了，说："别给脸不要脸啊，进这里来了还跟我横是吧？信不信我弄死你……"

他手一扬，好几个人冲上来对我拳打脚踢。

我原本就饿了好几天，又受了伤，身体十分虚弱，在医院也就养了一天，这帮人一拥而上，我抵挡两下就被弄趴下了。随后这帮人开始用脚踹我，他们都不是什么好人，打人也是有经验的，尽量往肉多的地方踢，让我疼，又不会显露出太多的伤。

我被一通揍，火气已经到了临界点，感觉就要溢出胸口来一般，忍不住大吼了一声。

"啊——"

鬼使神差地我就一拳砸在了水泥地上，只听到"砰"的一声，整个房间都抖了一下。

等我抬起手的时候，发现右手拳骨上都是血。而让在场所有人都为之诧异的，是我刚才那一拳，居然打得平整坚硬的水泥地上显露出了一个深深的凹印，旁边的水泥地还出现了蜘蛛网一般的裂痕，辐射了将近一米多的范围。

这得是多沉重的力量，才能出现这样的效果？

我看着沾满了水泥碎屑和鲜血的拳头，有点儿不敢相信刚才那一下是我打的。

旁边的人见状，也像是见到鬼一样地往后退。

等我抬起头，目光从拳头落到了跟前这帮人的身上时，他们都瑟瑟发抖，像是看到了出笼猛虎的羊群，刚才参与殴打我的人更是冷汗直流。紧接着，那个叫青皮哥的家伙，犹豫了几秒，居然扑通一下跪倒在地，脑袋使劲儿往地上磕，一边嗑，一边喊："大哥对不起，我有眼不识泰山，对不起……"

旁边几人也跪下来磕头，像鹌鹑一样瑟瑟发抖。

我不动声色地收回拳头，冷冷地看了他们一眼，然后缩回了墙角，双手抱膝，将头埋下，脑子一片混乱。

我努力回想刚才那一拳的状态，又想起之前碰到的种种离奇之事。

直到现在，我方才感觉到自己跟之前有些不同。

到底是哪里不同呢？

我越想越不对，种种画面从自己的眼前掠过，突然间，我下意识地将手往自己的臀部缓缓地摸了过去。

随后我整个身子都僵住了，一动也不动，就像一只晒干了的青蛙。

我摸到了一根软中带硬，硬中又带软的玩意儿。

这玩意儿长在屁股后面，准确地说，应该是长在尾椎骨的延长线上。

一根尾巴。

我……我什么时候居然长出了一条尾巴来？

在摸到那根原本并不存在的尾巴时，我的脑子嗡嗡响，感觉世界都要崩塌了。过了好一会儿，我突然想起一个细节来，那就是当天我在浴室里洗澡的时候，曾用了那半块骨头去止血，可是后来，那块骨头却莫名地消失不见了。

难道，它现在长出来了？

它叫什么名字来着？对了，知了骨。好像是这个名字，当时我应该多问一问小钟黄的。

只是，我这尾巴都长出来了，是不是也代表着，我死里逃生之后，成功地渡过了最难熬的阶段，成了一个真正的夜行者？

我回想起刚才的一拳之威，心乱如麻。

说实在的，刚才瞧见欺负我的这帮人一下子就蔫了，对我无比惧怕，某一瞬间我心里是很痛快的。然而我并不是一个盲目的人，经历过先前的种种事情之后，我深刻地明白，如果我真的介入这起事件之中，只怕未必能有好果子吃。

想起之前被人活埋的经历，我忍不住地后怕。

如果可以，我宁愿什么也没有，平平安安，踏踏实实地挣钱。

我脑子很乱，这时候门开了，有人喊道："侯漠，侯漠出来。"

我往外走，门口走进来一人，瞧见地上的裂痕，大声骂道："怎么回事？皮痒痒了吧，谁搞的？站出来。"

来人是一个脾气火爆的中年警察，眼色严厉。我回过头，发现刚才打我的那帮人全都低着头，不敢出卖我。那警察看没人承认，指着里面的这帮人骂道："回头再收拾你们。"

我跟着中年警察往外走，到了韩队长的办公室，发现我们公司的老金和小刘居然在这里。

韩队长瞧见我，站了起来，对我说道："行了，你们公司的人到了，事情也调查得差不多了，你走吧。"

我有些发愣，问道："梁老师回来了吗？"

韩队长瞪了我一眼，说："不该问的别问，让你走就走，怎么着，还准备留在这里过端午？"

我无话可说，在一张表格上签了字，然后跟着老金离开了警局。

出了警局门口，我还有点儿蒙，不知道为什么就这么放了我。老金拍了一下我的肩膀，说："侯子，到底怎么回事？一个月进两次局子，一次莞城，一次梅州，你到底是惹到了谁，还是今年犯太岁，怎么这么晦气呢？"

我苦笑，说："我怎么知道，我也不想。"

老金说："你说你请假请了三天，结果这一个星期都要过去了，你知不知道泰哥跟我说什么？他说你要是再不上班，以后就不要来了，听到这话没？"

我低着头，说："老金……"

老金挥了挥手，说："侯子，你是我亲手带出来的人，你以前多机灵，多拼命啊，怎么这回升了官儿，反而变成这样了呢？你实话跟我讲，到底怎么回事？"

我看着一脸恨铁不成钢的老金，张了张嘴，却不知道该说些什么。

我应该说什么呢？之前我说的那些连警察都不相信，现在跟老金说，有什么意义呢？就算是说了，估计他也会认为我在编故事，满口谎言敷衍他吧。

事实上，要是换成以前的我，估计也会这么想。

看我欲言又止，老金叹了一口气，说："我在泰哥跟前拍胸脯保证过这是最后一次，侯子，你就给我争点儿气吧……"

老金在我旁边说着话，而就在这个时候，我看见警局斜对面的巷子口，出现了一个身影。

一个算不上很熟，但让我记忆深刻的人。

马一吞。

他怎么来了？

我见他朝着我招手，便赶忙对老金说道："你稍等一下，我碰到一熟人，过去打声招呼。"

老金疑惑，说："你在这儿还有熟人？"

旁边一直没有说话的小刘也瞧见了马一吞，他那黑西裤白衬衫的装扮让小刘印象深刻，出声问道："哎，这人不就是那天在鹅城车站……"

我没有理会小刘，径直走到了马一吞的跟前，对他说道："你好。"

马一吞伸出手来，跟我说道："我听肥花说了，你去找过我，对吧？"

我跟他相握，然后说道："对，后来小钟黄带着我到这边来找梁世宽梁老师，结果在她家的时候，我们被人抓了……"

我跟他解释起来，马一吞听完之后，点头说："我听这儿局子里的朋友说了，据说你是被人埋了，然后自己爬出来的，对吧？"

我说："对，我都跟警察说了，但他们就是不相信我。"

马一吞说："他们不相信你是对的，这种事情，无论是谁听到都不会相信的。不过没事，我这次过来，主要是想要问一下你具体情况，那天掳走梁老师、我师弟和王虎的人，都长什么样子？另外关押你们的地方大概是什么样的，你知不知道？"

我跟他详细地描述起当天发生的事情，瘦老头、"地中海"和"刀疤脸"，还有他们身后那个发号施令的女人，再有就是后来关押我时出现过的飞哥，我都一一讲给他听。

听完我的讲述，马一吞眯起了眼睛，说："哦，原来是他们，过江猛龙。"

我有些惊喜，说："你认识他们？"

马一吞点点头，说："对，算是认识吧，原本以为大家井水不犯河水，没想到居然惹到我们的头上来了……"

我说："那该怎么办？"

马一吞显得十分平静，说："没事，这事儿我找我师父来处理，不管怎样，他们多少也得给点儿面子的，不然我们这边不死不休，他们也落不得什么好。"

然后，他问我："你呢，准备干什么去？"

我指着不远处的老金，说："我公司的同事过来接我了，既然你这边能处理，我也帮不上忙，就先回去了。小钟黄和王虎要是脱险的话，记得给我打个电话，不管怎么说，这件事情都是因我而起的。"

我刚想要报上自己的手机号码，才想起来自己的手机在之前的冲突中丢失了，于是报上了我们销售课的座机。

马一吞记下之后，说："好，等事情有了结果，我给你消息吧。"

说完，他准备离开，然而走了两步又回过头来，对我说道："对了，有件事情我得提醒你，凡事小心点，那帮人如果发现你没有死，很有可能会去找你麻烦……"

啊？

我有点儿蒙，一直到马一吞离开了，我都没有回过神来。

我极力想要摆脱这一切，没想到最终还是招惹到了不该招惹的人，而这些，我真的能躲避吗？

就在我发愣的时候，老金找了过来，拍了拍我的肩膀，说："我都跟你说了，别跟这些乱七八糟的人混在一起，你看看，一身麻烦吧！"

听他这么一说，我倏然回想起来，还有一件事情没跟马一吞说。

那就是我长出了一条尾巴的事情。

这件事情让我很犹豫，从情感上来说，我已经接受了小钟黄的说法，如果是这样的话，那么他们跟夜行者是天然对立的——但我仔细回想起来，在羊城那个小院子里的几个人，很有可能也是夜行者，又或者是带着夜行者血脉的人。

包括王虎，我在被囚禁的时候，就听到有人说他是虎相的夜行者。

这说明马一吞对夜行者的态度，并不是黑白对立、泾渭分明的。

更何况我还不确定自己是否过关了。

如果依旧没有渡过，那我这一路的奔波岂不是白费了？

我纠结无比，然而马一呙人影无踪，我也没办法再找人，只有跟着老金和小赵离开。

回程的路上，老金一直在唠叨我，说我因为一个过路的骗子，把自己搞成这个样子，一脸丧样，萎靡不振的，别说泰哥，就连他都看不下去了……

听到老金的唠叨，我苦笑无语——我之所以会这样，主要是因为折腾了这些天，精神和身体都还没有恢复过来而已。

不过出门在外，能有这么一个人在关心着自己，其实还真的挺温暖的。

我也知道，老金之所以这么说，是真的把我当成弟弟了。

从梅州回来之后，我搬了家，离开了那个住了一年多的城中村，搬到了公司附近的一个小区里去，房租虽然贵了许多，但至少心里踏实。回到公司之后，我自然又被泰哥大骂一通，然后警告我，如果我再出现什么差池，那就别干了，卷铺盖走人。

除此之外，本来处于副课长试用期的我，官职被降了下来，回到了储干行列。

这件事情对我的打击挺大的，毕竟这个职位是我努力了许久的结果，没想到就这么稀里糊涂地没了。然而更让我郁闷的是接下来的这些天，我仿佛是触到了霉头一样，事事不顺，做什么都出现纰漏，好几次陪客户的时候都出现了大事故，倘若不是老金帮我圆场，只怕我早就被开除了。

除此之外，我下班回家，努力回想起先前在看守间里的情形，试图感受那种力量，然而没有一次能成功。

只有那一根大拇指般的小尾巴提醒着我，我之前的那些经历都是真的。

如此过了一个多月，马一呙没有打过电话来，让我有些着急。有一天下班，老金叫住了我："侯子，等等，晚上陪我一起喝点儿，我有事情找你。"

老金上一次单独约我喝酒，是小半年前的事情了。自从他找了女朋友之后，钱包和时间都身不由己，我们就再没有像之前一样，三天一小聚，五天一大聚了。

所以，老金的突然邀约，让我有些诧异。

到了晚上下班的时候，我们相约来到了我们之前经常来的一家村口大排档，点好酒菜，两人坐下，我问老金，怎么没带嫂子一起来。

老金没有回答我的话，而是连着一口气喝了三杯啤酒。三杯酒下肚，眼睛一下子就红了起来，然后盯着我，说道："什么嫂子，不过就是一贱人。"

一听这话，我顿时就傻了。

老金的女朋友马丽，是我们公司的前台文员，是个长得很漂亮的年轻妹子，要文凭有文凭，要相貌有相貌。老金在我还没有来公司的时候就一直在追她，足足追了一年半才得手。之后对自己女朋友千依百顺，捧在手里怕掉了，含在嘴里怕化了，恨不得把天上的星星都摘给她，他怎么可能说这样的话呢？

我愣了一下，问道："出了什么事情？"

老金要来白酒，又喝了两杯，然后才借着酒劲对我说道："她之前私生活混乱也就算了，跟我在一起之后，居然还背着我在外面偷人。"

啊？

我其实心中多少有了猜测，但没有想到会是这样的结果，忍不住说道："老金，这件事情你确定了没有？"

老金对我说道："侯子，你还记得格林豪庭酒店的大堂经理阿顺吗？就是我们醴陵老乡，是他告诉我的，说得有模有样的，绝对不会有错。"

他这么一说，我心头立刻一沉。

那个叫阿顺的老乡，是两个月前我们在同乡会上认识的，当时老金是带着女朋友出席的，所以阿顺认出马丽是很正常的。只不过……作为同乡兼好友，这种事情还是劝和不劝离的，所以我就说道："这事情也未必是你想的那样，嫂子负责前台接待，帮公司的客户去酒店开房，这都是很正常的。"

老金喝酒很快，听到我的话说道："唉，话是这么说，但她已经有好几次夜不归宿了，而且我总感觉她对我撒谎……"

听到老金这般确凿无疑，我也不知道该说些什么，只有陪着他喝酒。

那天夜里，我们喝了两瓶白酒，一箱啤酒，老金有意灌醉自己，喝得酩酊大醉，让我心里很是难过。

这事儿过了两天，我看老金上班的时候神态如常，仿佛什么事情都没有发生，有心想问，又张不开口，想想还是算了。

就在我以为这件事情过去了的时候，一天下午，老金把我叫出了办公室，一脸严肃地对我说道："侯子，阿顺打电话过来，说马丽又跟人去格林豪庭开房了。"

我眉头一挑，说："老金，这件事情你确定了没有？"

老金说："我去问了，马丽没在公司，我查了一下，今天也没有什么客户要接待，绝对是她自己忍不住，跟着野男人跑出去鬼混了。"

我说："你是怎么想的？"

老金的脸都有些扭曲了，眼神直勾勾地说道："老子倒是要看一看，她的那个奸夫到底是哪一路的妖魔鬼怪。我对那小贱人那么好，恨不得把所有的东西都给她，结果却换来了这样的结果，你说我能饶得了她吗？"

我当时也有些着急，看到老金的这副凄惨样，一咬牙一跺脚，说道："那还愣着干什么？捉贼捉赃，捉奸捉双，走！"

老金待我如自家弟弟，所以他被戴了绿帽子，我的心头也是憋着一股火儿的。

销售课这边是一个相对独立的部门，老金说走就走，我们两人出门，搭了一个黑摩的，来到了附近的格林豪庭酒店。老金打了电话，没一会儿，老乡阿顺就走了出来，左右打量了一下，然后对老金低声说道："人在 3022 房间，跟一个男的，胖子，我看见两人来过几次了，次次都要磨蹭一个多小时，绝对有事。"

他说这话的时候，两眼放光，嘴角紧紧抿着，很显然，他这状态并不像是在帮老金，只是单纯对这种事情有兴趣。

看他这样，我心里是不舒服的，不过并没有说出来。

简单交流一阵之后被冲昏头脑的老金再也没有了平日里的沉稳，带着我就往三楼冲去，而阿顺则借口酒店管理严格，并没有跟着我们一起去。估计他要等闹开了之后才会及时现身，来看热闹。

我们很快到了三楼，来到了 3022 房间门口。我瞧见老金就要冲上去砸门了，赶紧拉住他，沉声说道："老金，你可想好了？"

老金的眼睛都红了，说："侯子，都这个时候了，你要拦我？"

我说："我不拦你，只是跟你说一声，要万一发生什么事情，你千万得冷静，不要意气用事，知道吗？"

老金点头，然后去敲门。

里面出现了一个男人的声音："谁啊？"

这一声说出来，我直接就蒙了，因为这个声音我再熟悉不过，那就是我们的老板泰哥。我下意识地回头看了一眼老金，却瞧见他仿佛并没有发现这件事儿，而是捏着嗓子说道："先生你好，你门口掉了一个钱包，里面有一千多块钱，不知道是不是你们的？"

老金这家伙能当我师父，自然是有本事的。简单一句话，里面的人就意动了，没多一会儿，门吱呀一声，开出了一条缝。

出来这人正是负责我们销售部门的副总经理泰哥。

他只穿着一条裤衩，光着膀子，脸上、脖子上和胸口都还有口红印呢，满脸红光的样子，显然没干好事。

他打开门一看，瞧见我和老金，不由得一愣，说："你们两个怎么来了？"

平日里的泰哥高高在上，颐指气使，而此时此刻，虽然还算镇定，但眼神之中多少还是有一些慌乱的。

很明显，做贼心虚。

老金这个人平日里勤勤恳恳，但并不是任人宰割的老黄牛，毕竟能在销售供应商岗位上做到他这种程度的，多多少少有几把刷子，他盯着泰哥说："老板，你怎么会在这里？"

泰哥脸色很不好，说："我做什么事情，需要跟你交代吗？"

他的模样有些色厉内荏，想要关门，我适时地伸脚，将门缝给挡住，而这时，里面传来了一声尖叫，正是老金女朋友马丽的声音。这动静让老金一下子就疯了，他猛然一撞，直接冲进了房间。

我也跟着进去，瞧见老金的女朋友马丽正在慌乱地穿着衣服，在看见我们冲进来之后，又赶紧钻进了床上的被子里。

老金脸色铁青，冲上去冲着马丽大声骂道："你个贱人，居然背着我跟别人睡，你对得起我吗？"

马丽平日里的模样文静淑丽，但骨子里也不是任人欺负的小姑娘。她瞧见事情败露了，横下心来，对老金说："对得起你？我们结婚了吗？没结婚，我爱跟谁睡跟谁睡，要你管？"

她这边硬气，房间里的泰哥也是一脸凶相，对老金吼道："老金，你要干什么？你还想不想干了？"

一句话，将老金心口的所有火气都给浇灭了。

我看出了老金眼里的犹豫。

他老家挺困难的，有弟弟妹妹要养，需要定时给家里寄钱，而且他前阵子打算结婚，还在附近买了一套房子，贷着款呢，如果工作一丢，那就什么都没有了。

生活的艰辛，让老金原本扬起的手，怎么都难以挥下去。

瞧见老金脸色变化，人精一样的泰哥语气缓和了下来："老金，我们也共事三年多了，你知道的，我这人当领导一直都不错。这次我跟马丽是情不自禁，真没有别的意思。你这人也是，凡事大度一点，看开些，不就什么都没有了吗？对了，现在是上班时间，你先回去，有什么事情我们回头再说。"

说着话，他就要赶人。

老金被气得又急又怒，一边是背叛自己的爱人，一边是掌握事业的老板，他要是敢稍微动一下，说不定就被公司开了。想到这事儿，老金浑身僵硬，一动也不动。

但让他就这么走了，他又心中不甘。

是个男人，恐怕都忍不了这样的耻辱吧？

泰哥见老金不肯动，就看向旁边的我，一脸严肃地说道："侯漠，愣着干什么？带金康走啊，上班时间你跑这儿来，这是什么？旷工你知不知道……"

他调转枪口对准备我，是想要让我带着老金离开，给老金一个台阶下。他不知道我在旁边看着，对老金的屈辱也感同身受，想起老金把我从流水线上拉扯出来，言传身教，对我像自家弟弟一样，又看着泰哥那副丑陋的嘴脸，顿时就像点着了的爆竹，完全控制不住怒火，上前就是一拳："睡人老婆，你还有理了？"

砰！

只一拳，泰哥整个人就飞了出去，重重地摔倒在了门口的地板上。

　　只一拳，人就飞了起来，这种只有在功夫动作片里面出现的场景，让所有人都为之惊愕。

　　捉奸事件的结局，让所有人都没有能预料得到。

　　泰哥被我一拳打得喷血，已经不能算轻伤了，自然引来了警察，我可悲地在一个月时间内，第三次进了警察局。好在后来经过老金的几番斡旋，并且答应不把这件事情宣扬出去之后，躺在医院的泰哥才答应了不追究我的责任，但我却不得不离开这个奋斗了一年多的公司，同时也失去了这一份还算不错的工作。

　　离开公司那天晚上，老金和销售部几个关系不错的同事给我饯行。那天老金的情绪特别激动，一不小心喝多了，拉着我的手就哭，说是他连累了我。

　　我也很难过，但并不后悔自己当时砸出去的那一拳。

　　没别的，痛快。

　　如果时间能再次倒回去，即便是知道会有这样的后果，我还是会毫不犹豫地一拳挥过去。

　　因为刘庆泰这孙子，太不是人了。

那天我陪着老金喝了很多。那天的事情过后，马丽就从老金的住处搬了出去，两人算是彻底分手。我还听小刘说看见马丽在医院的病房照顾泰哥，这对狗男女似乎已经完全看开了，完全不在意旁人的看法。

要知道，泰哥可是有家有室，有儿有女的，他大儿子都十八岁上大学了，还请全部门的同事去吃过饭，我们都还随了份子钱。

而且我还知道，老金和马丽在一起的这些时间，给那女人花了不少钱，估计现在手头捉襟见肘，所以才硬着头皮还在泰哥手下干。

人世间的不如意便是如此，虽然不甘，但终究没办法反抗。

喝过了饯行酒，我离开了公司，开始奔波于鹏城的几个人才市场，想要赶紧找到新的工作养活自己。只可惜想要再找到像祥辉那样的工作很难，要知道一九九八年的时候，当地普遍的工资水平只有四五百元，而我在祥辉的基本工资都在一千五以上，再加上不菲的销售提成，在当时已经算是非常高薪的工作了。

以我的条件，想再遇到差不多的，真的很难。

习惯了高薪工作，我很难再去找寻薪酬太低的活计，心态失衡，如此奔波于鹏城几个特别大的人才市场，高不成低不就，让我心烦意乱。

好不容易找到一家类似的工作，面试的时候感觉都挺好的，结果没过一会儿，人家突然问我，以前是不是在祥辉干过？而且还打过领导？

一句话，让我心中生出的所有希望都破灭了。

祥辉在行内虽然不算是龙头，但至少也能排进前五，这个圈子说小不小，说大不大，几家公司既是竞争对手，又都有些联系。我不知道泰哥是怎么跟人说的，但我又不能在外人面前去揭老金的疮疤，毕竟老金在行内，也是有面儿的。

如此蹉跎一个月，我发现自己的财务有些紧张了。

虽然我之前靠着高业绩赚了一些钱，但因为日常开销和往家里寄钱等开支，再加上搬家时交了三个月的房租，我手上的钱本来就不太多了，上次在梅州的时候手机丢了，那可是公司配备的，一九九八年那会儿的手机跟后来可不一样，贵得让人吐血，这个又赔了一笔，导致我手头越发拮据。

除了经济紧张，我还有另外一个烦恼，就是自己的身体。

自从那天将泰哥打伤之后，我发现了一件事情，每当自己情绪激动的时候，我就会控制不住自己，有的时候力量会突然增长，手上的力量十分强。我甚至试着直接将不锈钢的勺子毫不费力地弄弯，然而平常完全不行。

它就像《天龙八部》里面段誉的六脉神剑一样，一点儿都不可控。

除此之外，屁股上面那一小截尾巴也让我十分郁闷。尽管我可以穿比较宽松的裤子，在镜子里也看不出来，但我走在大街上的时候，总感觉别人在用诡异的目光盯着我，仿佛能透过裤子看见那玩意儿一样。

为这事儿我备受煎熬，甚至冲动到想要去医院动手术，将它给割了。

然而说到动手术，又回到了先前那个问题。

没钱！

心烦意乱了一个多月，有一天老金找到了我，说他认识香山一家电子厂的老板，他们那儿需要药水车间的工程师，问我要不要去试一下？虽然没有提成，但工资一千六，也算是不错了。

我在鹏城待得烦躁无比，现在有了一个还算不错的机会，自然没有拒绝，当下拿了老金给的名片，就准备回家收拾东西。

房子租约三个月，退不了的，而我也不确定面试能否通过，所以只是简单收拾了一下行李，如果能进那家厂子，到时候我再回来搬家也不迟。

没花多少时间就收拾妥当了，一个双肩包装满，然后准备离开。

就在这个时候，我突然听到了一声尖锐的猫叫。

喵——

大中午的时候，许多人都已经去上班了，楼层寂静，突然传出这么一声猫叫，让人倏然间就觉得毛骨悚然。我总感觉这声音十分熟悉，下意识地朝着猫叫的阳台走去，打量了一下，什么也没有发现。

然而当我回过头来的时候，看见一个十六七岁的少年郎，出现在我的房间里。

这是个长着娃娃脸的少年，黝黑的头发，发亮的眼睛，比我矮一个头，不知道是不是我的错觉，他黑色的眼眸之中，荡漾着一抹绿光。

喵——

他又叫了一声，我脑子里轰然一下，终于想起了这叫声为什么那么熟悉。

这声音我听过，上次是先前我在旧出租屋洗澡出事时出现的，我因为当时发病，所以脑子有些迷糊，但是这会儿，我却一下子就想了起来。

这家伙，是猫，还是人？

我整个人一下子就紧张了起来，下意识地往厨房看了过去，想要拿一把菜刀防身，多少有点儿安慰。

因为我知道这样一个突然出现在我房间里面的家伙，绝对不会是普通人。

也许这就是一个夜行者。

我盯着那个少年，他也眯眼看着我。两人对峙了几秒钟之后，我身子动了，朝着厨房冲了过去，然而他却比我更快，身子一闪就堵在了厨房门口，对我说道："你想干什么？"

我见他堵在门口，身如鬼影，不敢轻举妄动，只是问道："你是谁？"

少年咧嘴一笑，露出一口白牙，说："我们见过面，不久之前，你难道这么健忘吗？"

我眯着眼睛说："那天晚上，你在？"

少年说："不光那天晚上，其实这些天，你一直都在我的眼中，只不过你并不知道罢了。"

我心情紧张，说："你想要干什么？"

少年说："我看你这意思是准备出远门了，对吧？"

"要你管吗？"

少年嘻嘻笑，说："当然了，你身上可种了我们的启明蛊。那东西这么金贵，十分罕见，我们可是下了本钱的，可不能让你就这么跑了。"

一听这话，我顿时就一股怒火直冲额头，怒气冲冲地吼道："你跟那帮人是一伙的？你们想干什么？"

少年说："你别着急，没有想要害你的意思，我只想问你一下，你是准备离开这里，对吧？"

我深吸了一口气，说道："对。"

少年说："那行，我叫一个人过来跟你见一面，聊一聊。"

他说这话的时候，我脑海里顿时就浮现出了两个人的身影，一个是在KTV包厢给我们下毒的黄毛尉迟，另一个则是找到出租屋，给我种下启明蛊的长腿美女。而这两个人，无论是谁，我都招架不住。

既然如此，那我还不如拼死一搏。

想到这里，我也是怒吼一声，一是给自己壮声势，二来也试图激发出自己身体里的潜能，然后冲向了对方。

结果也是毫无悬念，我几乎是一照面就被那少年给撂倒在地了。随后他捂住了我的嘴，一脸严肃地说道："你别在这儿鬼喊鬼叫的好吗？万一引来人了，那可怎么办？难道要我杀你灭口？"

这一句话说得我面无血色，当时就一动也不敢动，浑身僵直。

少年压住我，认真地对我说道："我放开你，你老实点儿，我叫上面的人过来跟你谈一谈，到时候怎么处理，与我无关，你别叫，可以吗？"

我无奈，只有点头。

少年放开我，让我坐在了沙发前，然后从兜里摸出了一张黄符纸，三两下折成了一只纸鹤，念念叨叨一番，然后吹了一口气，那纸鹤居然像是活过来一般，挥着翅膀，晃晃悠悠地飞到了阳台，然后消失了。

这场面看得我目瞪口呆，不知道该怎么说，有心问一下，结果少年郎却冷着脸，一副生人勿近的架势坐在我对面。

等了十多分钟吧，门口传来动静，那原本锁住的防盗门被人轻轻扭动一下，居然就直接开了，然后从门外走进来一个女人。

一个让我记忆深刻、难以忘怀的女人。

她将门反手关上，黝黑的眼眸凝视了我好一会儿，然后樱桃般的朱唇轻启："认识一下，我叫秦梨落，是你的引路人。"

对于我来说，这个叫秦梨落的年轻女人，真的是一个谜。

最开始，我以为她只不过是一个夜场小姐，接下来发生的事情却是峰回路转。

而现如今，她又出现在了我的面前。

一直在旁边跷着二郎腿的黑发少年瞧见秦梨落，赶忙站起来，乖乖地招呼一声"梨落姐"之后，朝着阳台走去。

接着他纵身一跃，跳了出去。

这儿可是四楼。

我心头一紧，随后想起来，这家伙可是夜行者，用得着我担心吗？

我深吸了一口气，强行让自己镇定下来，然后盯着面前这个美艳如花的女人，问道："你想要我干什么？"

秦梨落如同看宝贝一般打量着我，笑着说道："没想到，你居然真的如同我猜想的一般，是个怀着隐性血脉的同类，而且居然还误打误撞地渡过了第一阶段。很好，很好，或许几年之后，你将会让整个业界都为之震惊，哈哈……"

她有点儿神经质地说着，然后看着我说道："对于我们，你应该很疑惑，对吧？"

我点头，说："对，的确如此。"

秦梨落摸着下巴，说："这件事情说起来你或许并不会相信，但是从你身后长出一截尾巴之后，你就应该明白，这个世界上，有许多事情并不是能以常理来解释清楚的，对吧？"

我说："有什么话，就直说吧。"

秦梨落拍手，说："好，爽快，我喜欢你的性格。再自我介绍一下，我来自一个夜行者家族，我们的族群在香港、澳门以及东南亚一带，都有许多的正式成员和预备役。而家族得以延续的根本原因在于包容并蓄，我们愿意接纳更多的成员加入我们，抱团取暖，不至于被人类以及其他的夜行者欺辱——对了，需要跟你解释一下什么叫作夜行者吗？"

我眉头一挑，哼了一声说："不就是妖吗？"

秦梨落竖起一对秀丽的眉毛，瞪了我一眼，给我纠正说："是夜行者，不是妖。妖，是人类对我们的蔑称，我提醒你，千万不要在别的夜行者面前这么说，否则会招惹大祸的，明白吗？"

我忍不住地撇嘴，心想妖就是妖，有什么可美化的？还夜行者呢，你们这大白天的不是也出来了吗？

不过君子不立危墙之下，我心中嘀咕，表面上还是点头称是。

秦梨落打量着我，好一会儿，方才问道："不对，你怎么会知道夜行者是妖的？你接触过其他人了吗？"

听她这么一说，我心中慌乱，怕她知道我跟马一刍的关系，赶忙说道："刚才那个小子，从猫变成人，又从人变成猫，变来变去，不是妖又是什么？"

秦梨落听到，脸色很难看，低声说道："让他别张扬，居然这么不小心，回去可得好好教训他。"

说完这个，她回过头来看着我，接着说道："既然你已经知道了，那我就不拐弯抹角。事实上，我们关注你已经不是一天两天了，我跟我上面的老板也聊过你，觉得你的血脉还不错，就让我过来邀请你加入我们。据我所知，你现在已经丢了工作，正好可以跟我们走了。"

我下意识地往后退："想让我跟你们走？去干什么？"

秦梨落笑了，一双明眸盯着我，说："你觉得我会让你干什么？"

我十分抗拒，说："我怎么知道？"

秦梨落幽幽地说："你觉得我是坏人，或者说我们是坏人？"

想起这一段时间来的倒霉经历，我忍不住讥讽道："难道不是吗？一言不合就将人给毒死，然后完全不顾我的意愿，在我身上动手脚，这些事情是好人能干得出来的吗？"

听到我的怨气爆发，秦梨落一对好看的眼睛微微发光，说道："人是尉迟毒的，但那只是他为我出气，给那帮老流氓一点儿教训而已，后来不是都给救活了吗？至于你，我给了你一个可以预期的大展宏图的未来，你不但不感激，还心怀怨怼，真的让我很难理解。你难道就想像一条咸鱼一样，普普通通地过完这一生吗？"

我毫不犹豫地说道："对，那正是我的想法。"

"哈哈……"

秦梨落气得笑了起来，说："你呀你，真是个胸无大志的蠢男儿。不过我告诉你，拥有夜行者隐性血脉的人，如果不能及时激发出来的话，通常都活得不长。所以你期望的平凡的一生，也必将是短暂而无趣的一生。而你，也终究不过是一个短命鬼而已。"

我冷笑，说："就算如此，那也是我自己的选择，能把握自己的命运，我乐意，心甘情愿，无怨无悔。"

秦梨落盯了我好一阵儿，然后冷冷说道："也就是说，你不打算加入我们？"

我深吸了一口气，点头称是。

见我表明态度，秦梨落并没有恼羞成怒，而是意味深长地看了我一眼，转身就要走。这情况让我有些惊诧，眼看着她都要走到门口了，才忍不住叫住了她："哎，等等，你，你这就走了？"

秦梨落回头，对我嫣然一笑："难道你打算请我吃饭不成？"

我十分意外地说："你，不杀我？"

秦梨落瞪了我一眼，说："你电视剧看多了吧？你还真以为我们做事会不择手段、打打杀杀？既然你不愿意，我们自然也不会强求，事实上，有很多人想要加入我们这个大家族都未必有机会呢。你不来，以后少不得要后悔的。"

说罢，她的手一扬，摸出一张镀金名片扔在了桌上，说："你要是后悔了，打这个电话，或者到这儿来找我们的人。"

我忍不住笑："我后悔？怎么可能？"

秦梨落回过头来，盯着我，认真地说道："你知道我为什么会这么肯定吗？因为你身上的血脉是被诅咒的灵明石猴——知道什么是灵明石猴吗？很久很久以前，曾经出现过一个拥有灵明石猴的夜行者，他的力量强大到连上天都嫉妒了，因为手下的亡魂无数而遭受天罚。自他之后的一千多年时间里，就再也没有出现过第二个，你知道为什么吗？"

"为什么？"

秦梨落微笑着说道："因为诅咒——自此之后的灵明石猴隐性血脉者，即便是觉醒了，想要成为真正的夜行者，也必须经过五重关。而这五重关口，每一重都危机重重，据说需要乌金、巨木、弱水、烛阴和息壤这等只存在于传说中的物件，才能帮助冲破。一旦出现什么岔子，停滞不前，便会暴毙而亡……"

这话听得我冷汗直流，一字一句地说道："暴毙而亡？"

秦梨落认真地说道："如果有我们的帮助，你或许就是自那人之后，千年以来第一个成功突破灵明石猴血脉诅咒的人，继承那个人空下了不知道多少岁月的法号。但如果是你自己，呵呵……我只能说一句话，保重吧。"

说完这些，她"砰"的一声关上了门，离开了房间。

人走了，香味还在，我闻着这淡淡的香水味，脑子一片混乱。过了好一会儿，我扔下背包，朝着小区外面的一家书店跑了过去。

很快，我在通俗文学的书架上找到了一本书，快速翻阅之后，找到了其中的一页。

第五十八回《二心搅乱大乾坤，一体难修真寂灭》：

如来才道："周天之内有五仙，乃天地神人鬼；有五虫，乃蠃鳞毛羽昆。这厮非天非地非神非人非鬼，亦非蠃非鳞非毛非羽非昆。又有四猴混世，不入十类之种。"菩萨道："敢问是哪四猴？"如来道："第一是灵明石猴，通变化，识天时，知地利，移星换斗。第二是赤尻马猴……"

呃……

这本书的名字，叫作《西游记》。

果然，我记得没错。

我一连读了几十页，这才放下，长长地吐出一口浊气，揉了揉发酸的眼睛，感觉头疼得厉害。

作为四大名著之一的《西游记》，讲述的是神话故事。它是吴承恩先生的作品。老先生在那个年代创作的这些东西，到底是凭空想象，还是在他生活的世界里有迹可循，这些我都不知道，但我晓得一点，那就是秦梨落今天对我轻拿轻放，肯定是不会说假话的。

她是笃定了我会乖乖地去找她，向她低头，才会这么轻易地放了我。

一想到自己的命运，我满脑子都在骂脏话。

那天我都不知道自己是怎么过的，索性哪儿都没去，躺在床上睡觉，睡了醒，醒了睡，浑浑噩噩的，一直到第二天早上醒来，我才想清楚。管他什么南北西东，我现在还是走一步算一步吧，别的不讲，先养活自己再说，于是去汽车站买了票，前往香山。

老金给我介绍的工厂在香山小榄，我抵达之后找到厂门口的门卫说明来意，通传之后，我被人领到了总经理办公室。那位丁老板瞧见我之后，很是惊讶，说："你怎么来了？"

我跟他说听了老金的推荐，就过来看看。

我本来以为对方会给我安排面试，然而并没有，丁老板问我道："老金的事情，你还不知道？"

我一头雾水，说："什么事？"

丁老板盯了我一会儿，这才缓缓说道："他昨天，死了……"

老金死了？

听到这话的时候，我脑子轰地一下就炸了，半天都没有反应过来。一直到旁边的丁老板推了我胳膊一把，说："嘿，兄弟，你怎么了，没事吧？"

我方才回过神来，下意识地一把抓住了他，说："怎么死的？"

丁老板却吓了一跳，仓皇地往后退开，语气结巴地说道："你，你……"

我这才回过神来，朝着他办公桌旁边的书柜玻璃望去，瞧见一个满脸通红、双眼尽是血丝，仿佛整个人都冒火一样的我，我赶紧强行收敛起心头的怒火，问他道："到底怎么回事？"

丁老板大概是被我吓到了，不敢发脾气，赶忙说道："我知道的也不多，只听了个大概，说有人闯入老金他们公司，好像是产生了冲突吧，老金和你们公司的刘庆泰都死了。具体情况，你还是自己打听一下吧。"

什么，泰哥也死了？

我看向了他办公桌上的座机，然后说道："能借您电话用一下吗？"

丁老板赶忙点头，说："可以，当然可以，没问题。"

他说话的语气都有些不对劲了，我瞧他这态度就知道，即便我各方面的条件都挺不错，甚至特别适合这公司，他也不会把我留下来了。于是也没有太多的顾及，我拿起电话来拨通了小刘的手机，结果半天都没有人接，我又拨通了两个同事的手机，都没有接通。

放下话筒之后，我对丁老板说："电话打不通，老金出事我得赶紧回去，我们以后联系吧。"

丁老板赶忙点头，说："好，我让人送你。"

我如同瘟神一般被请出了厂子，赶忙买票赶回鹏城。下午到的时候，我家都没回，直接赶到了祥辉。还没有进公司，就瞧见在路边吸烟的销售课前同事小戴，赶忙跑过去，喊道："小戴，小戴。"

小戴瞧见我，将烟扔掉，迎了上来："侯课长？"

我挥手说："猴年马月的事情了，叫我侯漠——我听到消息了，到底怎么回事？老金怎么突然就没了呢？"

小戴一脸错愕，说："你不知道？"

我说："我也是刚刚听到的消息，打小刘他们电话都打不通。"

小戴苦笑，说："小刘他们被带到警局去了，到现在都没有回来。"

我说："到底怎么回事，你赶紧跟我说。"

小戴左右看了一下，把我拉到角落低声说道："侯哥，你先跟我说，你最近在外面是不是得罪什么人了？"

我见小戴奇奇怪怪的，还问起了我，十分疑惑，下意识地否定，说："没有啊。"

小戴接着说："侯哥，说实话，这件事情说起来，跟你有关——杀害老金和泰哥的那帮人，其实是过来找你的。只不过因为泰哥跟他们起了冲突，有人就直接翻脸动手了，这几个人凶得很，个个都跟电影里面的职业杀手一样。我跟你讲，你自己小心点儿，他们是冲着你来的，出手又这么狠，指不定在哪儿堵着你呢。"

啊？

小戴的话让我手足发凉，这件事情居然还跟我有关系。

我深吸了一口气，然后问道："杀人凶手，你见过？"

小戴摇头，说："没有，我昨天在外地办事，是今天早上听马丽说的。听说是有四个人，有一个在外面没进来，另外三个，一个半老头子，一个刀疤脸，还有一个矮胖秃顶的男人。动手的是那个矮胖子，你不知道当时的场面有多恐怖，办公室满地都是血啊，恐怖得很……"

说到这里，他想起来一件事情，对我说道："对了，警察问起你了，还找了你的联系方式和住址，我以为你知道这件事情呢。"

我摇头苦笑，说："没有。"

的确没有，我从祥辉离职之后，手机上交，所谓住址，估计是之前我在城中村租住的出租屋。我现在的住处，除了老金之外公司里没人知晓，警察当然也找不到我了。

重点是小戴描述中的那几个人，我一听几乎就能确认，他们就是在梅州绑架梁世宽梁老师的那一伙人。

那一伙人，也是夜行者。

不过夜行者和夜行者还是有差别的，比如秦梨落这帮人，虽然看上去很凶，但从实际的手段来说，还是很温和的，有底线、有原则。而我在梅州碰到的这一伙人，则完全不同，他们野蛮、凶猛、强横，丝毫不讲道理，动辄出手杀人，谋人性命。

在那一瞬间，我的耳朵很热。

很热，很热，因为我想起了上一次与马一奋分别的时候，他对我提出的警告之语。

他让我注意这帮人，如果他们知道被埋在土里的我还没有死，他们一定会来对付我的。

当时我不以为然，而此刻回想起来，遍体生寒。

更让我意想不到的是，泰哥和老金怎么就惹到了那帮人，甚至不惜暴露身份，也要对他们痛下杀手。

小戴与我相处甚久，但瞧见我一脸扭曲的面容，也有些吓到，开口说道："侯，侯哥，你没事吧？"

我深吸了一口气，让自己心中的怒火稍微平息一些，问道："老金的遗体在哪儿？"

"在警局吧。"小戴有些不太确定："应该是,他们要出一个尸检报告什么的。再说虽然已经通知了老金和泰哥的家里人,但路上毕竟要有一些时间,家属认领什么的估计也没有那么快……"

警局?

我在心中默默想着,这件事情牵涉到我,如果我避而不见,总有一天警察会找到我的,还不如我去警局报到,将事情的来龙去脉说个清楚,也免得到时候引发误会。

我问了小戴具体的分局之后,离开了祥辉。

没走多远,小戴叫住了我,关切地说道:"侯哥,那帮凶手找的人可是你,说不定在哪儿等着你呢,你自己要多小心一些……"

听到他这话,我心中一暖,朝着他微微一笑。

我离开祥辉之后,赶到了分局,跟门口接警的人员说起了这件事情。那个戴着黑框大眼镜的女警察看了我一眼,说:"你就是侯漠?"

我点头,说:"对,我今天去了香山,回来的时候听说了老金的事情,了解一些情况,所以过来汇报一下。"

女警很是高兴,带着我往二楼走,在楼梯上遇见一个脸上有几颗青春痘、体格健壮的年轻警察,赶忙喊道:"杨辉,杨辉,这就是你们专案组要找的侯漠,对,就是祥辉那个案子的侯漠,人家听说了情况自己过来了。"

"侯漠?"

那个叫杨辉的警察一脸戒备地看着我,手下意识地往腰间摸去,一脸狐疑地望着我,说:"你是祥辉公司的前员工侯漠?"

我点头,说:"对,杨警官你好,我今天去香山找工作了,从朋友那里得到了消息,就赶紧赶回来了。"

杨辉瞧见我一脸真诚,毫无惧色,点头,说:"好,你跟我来。"

他带着我来到了三楼的一间办公室,让我在里面等一下,随后出去了。没两分钟,他带着一个满脸沧桑的精干男子走了进来,对他说道:"徐队,这就是我们要找的那个侯漠。"

我赶忙从椅子上站起来,想要跟那徐队握手,对方却没有理我,绷着脸走到了我对面，坐下之后看着我，说："听说你有情况要汇报？"

我点头。

徐队挥挥手，说："你先坐。"

我坐下，开门见山地说道："我刚才赶到祥辉，问了一下同事，得知昨天的那三个凶手，我之前遇见过他们。"

徐队的眼睛一下子就亮了起来，说："你认识他们？知道他们是哪里人，什么来历，叫什么名字吗？"

我摇头，说："不，我只是跟他们打过照面，没有太深接触。在大概半个多月之前，他们在梅州蕉岭绑架过一位叫梁世宽的小学老师，当时我也在场，并且还被一起绑走，后来他们将我活埋了，好在当天夜里下大暴雨，我没有死，得以逃脱……"

我将我当时在梅州的遭遇跟徐队一一叙来，听完我的说辞之后，徐队的脸变得严肃起来，说："侯漠，你没有说假话吧？"

我说："这件事情的经办人是梅州公安机关的韩金韩队长，你可以联系一下他，确认这件事情。"

听到我这般说，徐队变得慎重起来，考虑了一会儿，朝着旁边的杨辉警官使了一个眼色，杨辉起身离开了办公室。徐队等门关了之后，又继续问起一些细节方面的事情，过了不多一会儿，门被推开，杨辉警官激动地说道："徐队，联系上梅州那边了，他没说谎。"

我既然没有说谎，那么就不可能跟那帮凶手是同伙，所以接下来的待遇也就有了一些改善。

徐队和杨辉帮我做笔录，对我说："你暂时先别走，在我们这儿待着，一来是为了你自己的安全考虑，再有，梅州的韩金韩队长准备过来，也想跟你谈一谈……"

我点头说："好，没问题。"

其实，对于那帮动辄杀人的家伙，我的心里也没底，不敢乱走。警局是最安全的地方。

接着徐队叫来了绘图专家，正好就是我在大厅碰见的那个戴着黑框眼镜的女警，她向我询问凶手的相貌特征，并且根据我的描述进行素描。

她的素描能力很强，能根据我的描述随时修改，而且能很准确地捕捉到我描述中的人物特征以及时修改，这让我佩服不已。

忙到天黑，三张画像终于出来了，她跟我确认道："你再看看，是不是这三个人？"

我看着这惟妙惟肖的素描画像，点头说："对，就是他们。"

女警有些疑惑地望了我一眼，随后走了出去。没一会儿，她拿进来一叠文案，翻开来对比了一下，我瞧见她一直在皱着眉头，便问道："怎么了？"

她抬起头来，将手中的文件递给了我。

我接过来一看，发现上面有四张画像，其中还有一个是女人，从大体情况来看，应该就是昨天行凶的杀人凶手。但他们与我见到的那几人，虽然体貌特征相似，却又有许多不同的地方，脸型甚至截然不同，根本就不是一个人。

也就是说，我认识的那一伙人跟昨天行凶的凶手，并不是同一伙人。

只是……

不对，不对，如果不是一伙人，为什么体型却那么像呢？

我脑子有些混乱，看向了女警，她则说道："现在有两个可能，一是双方可能只是部分相似而已，并不是一伙人；再有一个可能，就是他们来之前可能进行过化妆——不过这个很难判定，我早前画图的时候并没有听说有这样的情况……"

弄完了这些，女警向我表达感谢之后离开，我被留在一个会议室里等待着。天色渐晚，我有些坐不住，等了差不多半个多小时，终于看见那个叫杨辉的警官匆匆而过，赶忙叫住了他。

"干什么？"

对方一脸戒备地看着我，显然即便我没有嫌疑，他也不会对我有好脸色。

我斟酌了一下语气，对他说道："杨警官，我想见一见老金。"

杨警官愣了一下，随即反应过来，说："你瞎闹什么，一具尸体有什么好见的？"

他说完准备离开，我赶忙拉住他，恳求道："杨警官，帮帮忙，都说'出门在外靠朋友'，老金是我在这边最好的朋友，我也一直把他当兄长对待。这次他出了这样的事情，我很难过，也是想见他最后一面，才会急匆匆从外地赶回来的……"

正好这个时候徐队路过，杨警官赶忙请示，徐队一听，说："没事，小杨，你带他去法医楼。"

获得了批准，杨警官只好不情不愿地带着我来到后面的一栋小楼，经过申请之后，他带着我进入了一个充满了消毒水气味的房间。

房间不大，正中间摆放着一张手术床，上面躺着一人，盖着白布。

白布从头盖到脚。

在瞧见这一幕的时候，我下意识地捏紧了双拳，一股深深的悲伤从心底油然而起，让我脚步都迈不动。

当杨警官将白布掀开，露出了老金那失去血色苍白而麻木的脸庞时，我更是脚下一软。

我差点儿跌坐在地上。

老金，老金……

我还以为能跟你做一辈子的朋友，到老咱俩人还能喝杯酒，聊聊天，没想到你就这么突然地离开了，而且还是以这样的方式。

我的心中各种情绪翻腾，五味杂陈，而旁边的杨警官却推了我一把，说："行了，行了，走吧。"

他带着我离开，刚刚走出小楼，迎面走来几人。天太黑，外面又没灯光，我看得并不清楚，却没想到对面几人中突然冲出来一人，冲着我就打，我还没有反应过来被挠了两下，下意识地往后退。旁边立刻有人过来拦住，挠我那人破口大骂道："侯漠你个白眼狼，亏得老金对你那么好，把你当兄弟，你还来害他，你良心都被狗吃了啊……"

我才认出了来人——老金的大姐。

老金大姐破口大骂着，后面几人走近了一些，我看见老金十六岁的妹妹和十三岁的小弟，他们搀扶着一个满头白发的老人，神色悲怆。

那应该是老金的父亲。

年前的时候，老金这嫁到西川的大姐曾经带着老金妹子金慧和小弟金阳来过鹏城。作为老金最好的朋友和老乡，我被他叫来吃过几顿饭，所以跟他们都算认识，也知道老金这位大姐的脾气泼辣无比，是个能叉着腰在别人门口破口大骂三天三夜的泼辣狠角色。

我心中有愧，即使被老金大姐挠破了脸，又被当着众人的面大骂，也没有任何羞恼，而是看着老金的弟弟妹妹，苦笑着说道："你们来了。"

我跟老金大姐关系一般，但跟他弟弟妹妹特别好，之前还特地抽出两天时间陪他们去大梅沙小梅沙和华侨城逛过，他弟弟总喊我"侯哥"，亲切得很。这次见面，再也没有了之前的亲热，金阳看见我，冷冰冰的眼里充满了仇恨，仿佛我就是那个杀害他哥哥的凶手。反倒是金慧眼中虽有哀愁，对我却并无恨意。

她张了张口想要说什么，但老金大姐却恶狠狠地瞪了我一眼，然后带着弟弟妹妹和自己的老父亲进了楼。

没多一会儿，凄厉的哭声就从里面传了出来。

当我听到老金父亲那悲怆的哭声，心就像突然被针扎了一样，疼得厉害。

杨辉看我的脸色不太对，拉了我一把，说："别想太多，这件事跟你没关系。"

我低头不说话，却死死攥住了手。

不，有关系！

如果不是我，老金就不会死，他依然还活在这个世界上，老父亲和兄弟姐妹们也不会如此伤心欲绝。

不，我要为老金报仇，我要将那帮视人命如草芥的家伙绳之以法。

我要让他们付出代价！

这个念头从我的心头浮现，一下子就点燃了我所有的怒火。我不能等待了，不能再将事情交由别人来主导。

我得行动起来了。

想到这里，我假意跟着杨辉回到刚才的会议室里。等人离开之后，我深吸了一口气，然后打开了窗户。

这儿是二楼，离地面有些距离，我屏住呼吸，小心翼翼地攀下。

怒火燃烧下的我身手敏捷，一切都十分顺畅，我来到一楼，没有任何阻拦地离开了警局。我出门拦了一辆车，犹豫了一下，报上了我之前租住的城中村。

我在想，那帮人说不定并没有走，或许还在那个地方堵我呢。

如果是这样，我就引蛇出洞，将这帮人给勾出来。

至于之后的事情，我当时没有想。现在回想起来真的很傻，但当时的我，已经被愤怒烧昏了头脑，所以全然不觉。

距离并不算远，我很快就到了以前的出租屋附近。下了车，我轻车熟路地找到地方，小心翼翼地观察着周围，却并没有发现任何异状。我找到了以前住的地方，结果开门的是一对年轻男女，好像才刚刚亲热过，一脸蒙地望着我。

我问了两句，他们情绪很不友好，但也告知了我并没有人来过这儿。

这结果让我有些不明白，离开之后，我边走边想，不知不觉回到了自己现在租住的小区。刚刚走进小区的大门，我就有一种兔子被苍鹰盯住了的感觉，心里莫名生出了一股凉意。

我马上回过神来，四处张望，却没有任何发现。

在这种关口，绝对不能马虎大意。那帮人很有可能打听到了我现在的住处，正在这附近守株待兔呢。

想到这里，我没有任何犹豫，转身就走。

我这次跑出来就是为了引蛇出洞，现在既然毒蛇有可能现身了，我就没有必要在这儿死磕了。

我又不傻。

果然，当我扭头就走的时候，小区深处的小林子里走出来几个人，我也不知道为什么，就能看得那般清楚，果真就是梅州遇见的那几人。我更是不停脚步，冲到大街上迎面拦下一辆出租车，开口喊道："警局，去警局……"

的哥也是一个干脆人："好嘞。"

他油门一轰，车一下子就蹿了出去，我的紧张感方才缓和。我回头朝着小区门口望去，并不见人影，不由得心头疑惑，眯着眼左右打量着。没想到车开出了两百多米后，仿佛被什么撞到了，轰的一声，整个儿车在半空中翻腾了起来。

砰！

天地旋转，我感觉自己好像被塞进了滚筒洗衣机里面，当出租车重重砸落下来的时候，破碎的玻璃拍打在我的头上、脸上，疼得我整个身子都仿佛不是自己的。

"啊……"我大声叫着，使劲儿吸了一口气，用手推开了扭曲变形的车门，勉强从那翻倒在地的出租车里爬出来。

还没等我搞清楚状况，就有一只手突然从上方伸了过来，一把揪住了我的头发。

那只手猛地一拽，我被连着拉了好几步，紧接着一记窝心拳，打得我胃部剧烈收缩，眼泪鼻涕忍不住地都流了出来。而就在这个时候，我也看清楚了出手袭击我的是一个矮矮胖胖，一脸笑吟吟的男人。

这个家伙留着地中海发型，额头油光直冒，两只眼睛眯着，在夜晚迸射出玻璃渣子一样刺眼的精光，让我一下子就想起了当初在梅州与他初遇之时的情形。

"地中海"拽着我的头发，又伸出另外一只手掐住了我的脖子，冷冷笑道："哎呀，没想到你真的没死，可以啊，居然骗到我们头上来了？"

远处传来一个女人的声音："老八，别在这里动手。"

"嘿嘿……"

听到那女人的指示，地中海拎着我往路边走去，而我这个时候也反应过来，开始拼命地挣扎。

这段时间我的力气多多少少也是有些增长的，已经不再是那个一拳就能被敲晕的吴下阿蒙。"地中海"一开始还行，到后来竟有点儿控制不住我了，旁边有人不怀好意地调侃道："老八，中午的时候叫你别去玩儿，你看看，腿软了吧？"

一个苍老的声音也响起："就是，平日还好，出门在外，你好歹也注意一点儿。"

这两人一唱一和，"地中海"的脸上有些挂不住了。

他恼羞成怒，把火气全部都发泄到了我身上，朝着我的脸上猛地一拍，紧接着将我的身子一带一甩。我就感觉自己腾空而起，越过了一道瓦蓝色的薄钢墙，砸落到了路边的一处工地泥沙堆上。

砸落在沙堆上有缓冲，我缓过了气来。然而瞥见旁边一大堆放置得乱七八糟的钢筋，我还是不由得倒抽了一口凉气。

如果我跌在那上面，按照刚才的状况，基本上是活不成了。

这是一帮亡命之徒，杀人不眨眼。

理性告诉我，这一次我实在是托大了，平日里一向谋而后动，自以为精明的我，居然做出了这么一件莽撞的事情。

还没有等我后悔，四个身影就跟着跳进了工地这边，除了"地中海"之外，其他几个也都是老相识——"刀疤脸"和那个半老头子，再加上一个留着短发藏身阴影之中的女人。

三人走上前来，我发现他们的脸又有几分不同，无论是我上次见的，还是黑框眼镜女警给我看的画像，都是截然不同的。

但声音一样。

这说明他们有改变自己样貌的手段，难怪他们会如此肆无忌惮。

我从沙堆上刚爬起来，就被"地中海"一脚踹在了肩头，巨大的力量将我推倒在沙土上，随后"地中海"走了过来，加钢板的皮鞋踩在我的脑袋上，还准备殴打我。旁边的"刀疤脸"闷声说道："行了，教训教训就行了，记住我们今天是来干什么的。"

这四人中，短发女人从来都站得很远，就像一个监工，而半老头子和"刀疤脸"总是袖手旁观，只有关键时刻才动手，"地中海"则是冲在最前面的打手。

正因为脏活累活都他干，所以这家伙的脾气才最火爆。

踩在我脑袋上的皮鞋往下一压，"地中海"说道："小子，说吧，当初你不是已经死了吗？怎么又活过来了？你赶紧说清楚，要不然老十一可就得背黑锅了，这两年都回不了内地来。"

我浑身疼痛难忍，咬着牙，没有理会他的问题，而是将自己憋在肚子里好久的话，一字一句地说了出来："为什么，要杀老金？"

"啊？"

"地中海"愣了一下，没有明白我的意思，说："什么，谁是老金？"

我努力地转过头来，斜着脑袋打量这个男人："就是你昨天在我以前公司杀的那人，不是胖子，是另外那个。"

听到我的话，"地中海"先是一愣，随即笑了，咧着嘴，露出一口发黄的牙齿来，毫不在乎地说道："哦，你说那两个啊，胖子还好，只是看他不顺眼而已，那个啥……哦，叫老金的家伙，嘿，他是真讨厌，对你护得还真紧——说句实话，要不是他在那儿黏黏糊糊，叽叽歪歪，我们未必会动手杀人……"

他饶有兴致地看着我，眉头上挑，嘲弄地说："你不知道，我当时一拳打进他肚子的时候，他都不相信，然后就哭了，忙说对不起，别杀他，他还有老爹，还有弟弟妹妹……"

听到他详细描述着杀死老金的过程，我的心中在滴血。

他没有骗我，这符合老金的性格，我甚至都可以想象得到当时的情形，然而越是这样，我越是感到，正是我和老金之间的情谊才害了他。

想到这里，我的脸越来越红，悲伤、愤怒、恐惧和难过，一瞬间充满了我的脑海。

"啊！"

被人像狗一样踩在脚底下的我，发出了一声撕裂心肺的悲鸣。

为什么，为什么，为什么？

我们都只是小老百姓，小心翼翼地过活，所求的只是那小得可怜的幸福，你们这帮家伙凭什么要这样对我们，凭什么把我们的性命当作草芥？

就只是因为拳头大，所以你们才会这么嚣张吗？

我，其实也是夜行者！

轰！

愤怒攀升到了极致，我感觉自己浑身发热，力量从每一滴血液、每一个细胞之中散发出来，当它迸发到某一个节点的时候，我终于感觉到自己不再是一个任人宰割的小鸡崽了。

我伸出手，一把抓住了"地中海"的右脚，猛然一拽。

"地中海"正滔滔不绝地说着，被我一抓，下意识地加大力量稳住。他却没有想到，我这个时候的力量陡然增大，一下子将他摔到了一边去，紧接着我从地上蹿起，抓着一把沙子就冲向"地中海"。

被我骤然放翻的"地中海"有些猝不及防，刚从地上爬起来，愤怒地抬头望来，却被我一把沙子罩在脸上，顿时就破口大骂。

我对他恨之入骨，抡起拳头猛地一下砸在了他的心口处。

砰！

明明是打在了对方胸口，我却感觉好像打中了一堵砖墙，然而越是这样，我越觉得浑身火烧一般，不管不顾又打了一拳去。这回"地中海"扛不住我的力量，整个儿腾飞而起，我奋力往前冲，抱住了对方，将他重重地撞上了那一堆触目惊心的钢筋上。

噗……

一阵杂乱的声响，紧接着是地中海凄厉的叫声响起，我也不管他哪儿被钢筋戳到了，抬手朝他的脸上砸了两拳，这个时候他也睁开了眼睛呼了一巴掌，将我一下子推出三两米远。我跌落在地，又如同疯狗一样，抓起旁边的一块砖头，朝着他的脑袋上拍去。

"啪"的一声，砖头与"地中海"的额前秃头相撞，化作两截，泥灰散落。"地中海"也是十分精准地捉住了我的右手，大声喊道："老五，胡大干，你们两个是准备袖手旁观看着我死吗？"

"刀疤脸"一边往我这边冲，一边嬉笑着说道："你刚才不是说一个人解决吗？咋一下子就不行了？"

那个半老头子却慢悠悠地说道："这小子果然不一般，看起来血脉很奇特啊……"

我被"地中海"如同钢箍一般的手抓住，动也动不得，下意识地发了狠劲，没想到他的力量更加恐怖，死死拽着我。好在他的大腿扎着钢筋，行动不便，站都站不起来，才没有更进一步，我们僵持着。很快"刀疤脸"和半老头子赶到，两人出手，朝我压来。

我的后背、屁股和大腿都被打到，这两人厉害得很，特别是那"刀疤脸"，一拳下来感觉不重，但下一秒，挨打的地方就像被烙铁烫过一样，疼得我流泪。

我虽然力气比原来大了好几倍，但终究不是这帮老油条的对手，三两下就被打得吐血。随后那半老头子一个戳腿过来，正中我腹部，我感觉眼前一黑，整个人就腾空而起。

在那一刻，我明白了。

自己肯定走不掉了。

一时间，我心中升起许多悲凉，但最大的一个念头，是愧疚。

仇人就在面前，我却没有本事给老金报仇，一想到这个我就羞愧难当，恨不得立刻就去死。

就在此时，我看见又有两道身影翻过墙来到这片工地，紧接着有人在不远处冷冷笑着说道："邪魔外道，居然敢来这儿撒野，真当我们不存在？"

话音未落，大火飞扬。

明黄色如牡丹花一般绚烂绽放的火焰将黑暗的污浊瞬间清洗，它从远处蔓延而来，落到了我与敌方几人之间，将他们的追击打断了。

我落在了泥地上，整个人都是蒙的，我从来都没有想过，火焰居然会这般的美丽多彩，映照在对面的几人脸上，却又折射出了几分古怪的诡异之象。随后那两人出现在了我眼前，将来人给拦住了。

马一吞。

在看清楚来人的一瞬间，我一下子就激动了起来。他居然在最关键的时候出现在这儿，也就意味着，当前的困局并非无解。

站在马一吞旁边的那个白发老先生则是看都没有看我一眼，他穿着一套洗得泛白的灰色练功服，就好像公园里面练功的老头儿，身形消瘦，留着一小撮山羊胡。他浑身散发着冰冷的气息，冷冷地望着前方，缓声说道："边狼胡大干，黄泉引东兴十八罗汉之中的老八朱和气，老五牛峰，以及大司马长戟妖姬，不错啊，挺热闹的……"

火焰消失，远处的灯光落了过来，那半老头子胡大干瞧着面前这人，疑惑了一会儿，方才小心翼翼地抱拳说道："敢问阁下是？"

白发老先生一字一句地说道："游侠联盟。"

"呸！"

老八朱和气终于将自己的大腿从钢筋之中抽出，捂住血流如注的伤口，骂骂咧咧地喊道："什么游侠联盟，你们联盟早就消亡大半个世纪了，跟我们扯什么犊子呢？"

他满不在乎，然而远处阴影中的女人却开了口："阁下难道是湘南奇侠王朝安王老先生？"

王朝安？

听到这名字，对面几人都吓了一跳，脸色也都严肃起来，刚才还出言嘲讽的朱和气脸色惨白，下意识地往后退去。

那白发老先生平静地说道："没错，老头子我……"

他的话还没有说完，突然间脸色一变，右手一记虚抓，从那空气之中抓出了一条茶杯口粗的大蛇来。

这长蛇浑身斑斓，鳞甲发亮，长约两米，三角脑袋烙铁头，看着就让人毛骨悚然。尽管它被这白发老先生握住身子，也没有束手就擒，而是使劲儿扭动，将脑袋扭过来，嘴巴张到了一个不可思议的程度，猛地咬过来。

白发老先生头也不回，左手一搓，化作剑指，猛然一划，那蛇头瞬间掉落在地，蛇身竟化作一阵黑烟散去。

对方出手偷袭，自然不会是一招，就在那蛇头跌落的瞬间，刀疤脸老五和半老头子胡大干也挺身冲来，不再旁观。这两人出拳，拳风呼啸，破空而起，只感觉这一拳倘若是砸在身上，肯定能砸出一个血窟窿来吧？

不过面对这两个人，白发老先生毫不在意，他也不知道从哪儿摸出了一把铁尺来，微微一抖，嗡嗡作响，紧接着往前猛然一拍。

啪！

一声轻响之后，铁尺化作短尺，老先生正面对上了那两个人。

"铛，铛，铛"，激烈的碰撞声作响，无论对方的攻势多么凶猛，老先生闲庭信步一般在两人之间游走着。铁尺如霜，将黑夜染得一片寂静，而那两人在几秒之后，各有鲜血飙射而出，却是被那短尺伤到了要害。

就在我以为这位王朝安的老先生能轻松制敌的时候，"刀疤脸"和半老头子胡大干的身形却突然模糊起来。

黑气缭绕，两人的身形一阵模糊，还没等我弄明白，突然间一声撕裂黑夜的嘶吼，从对面传了过来。

紧接着，借着远处的灯光，我瞧见一个满是黑毛、肥头大耳的脑袋，嗷嗷叫着，从黑雾中挣脱出来。

这是怎样的恐怖模样，就好像是野猪头被哈哈镜照过一样，扭曲无比。腥臭异常的味道瞬间扩散，充斥在我的鼻腔之中，随后两根雪白的獠牙从那丑陋无比的猪头中冒出，这家伙就像一台高速行驶的东风重卡，带着让人窒息的压迫力，撞向了王朝安老先生。

我心中狂跳，这才知道我心中的夜行者，跟眼前这些狠人相比，终究还是差了太远。

还真的就是妖怪啊……

就在我吓得想要转身逃跑的时候，一直站在我面前不远处的马一肴也动了。

他摸出了一块巴掌大的金属铁片，双手合十，喃喃自语，仿佛在供奉什么，又有些类似于祭祀。另外一边，王朝安老先生也是一声厉喝，往下蹲去，整个人缩成了一团，当那个长着扭曲丑陋猪头的壮汉冲到跟前来的一瞬间，他的右腿以一个不可思议地角度斜直朝上，猛地一蹬。

那个如同重卡一般冲来的猪头怪物，被这么一脚踹在了胸口，整个人腾空而起，越过蓝瓦钢墙，落到了外面的路上。

然而事情并没有结束，黑雾弥漫，又有两个身影从中冲出，身形都增大许多，面容更是狰狞可怖——一个体格粗壮，毛发稀疏，头上有角，粗大而扁，并向后方弯曲，身上仿有泥浆，双目发赤，外翻的鼻孔之中有白色气雾喷出；而另外一个则是头腭尖形，鼻端突出，耳尖且直立，毛发灰黑，大口微张，雪白色的獠牙甩落口涎无数，凶恶无比。

后面那如狼一般的家伙速度快如闪电，后发先至，就在王朝安老先生将那牛头一脚端飞的瞬间，他就冲到了跟前，挥爪而来。

那家伙如同美国大片里面直立行走的狼人，一对爪子锋利如刀，每一节指甲都比王朝安老先生手中的短尺要长。

眼看着王朝安老先生就要被扑倒在地的时候，只听到那个消瘦的老人口中突然喝道："天地无极，乾坤借法；法由心生，生生不息。太乙天尊，急急如律令！"

他念咒疾如旋风，骤然而发，下一秒，手中短尺如同电光一般摇曳起来。

短尺顶着莫大的压力，迎上对方，正面撞到了一起。

噗！

相比先前激烈的交锋，这一声极为轻微，然而我却瞧见那恐怖得如同恶鬼的家伙身子突然一滞，停了下来，紧接着跪倒在地，悲怆地说了一句："想不到，千斤大力王王子平的唯一传人，居然是剑仙一脉……"

说罢，他整个人趴倒在地，再也没有起来。

突发的变故让场中气氛骤变，原本气势汹汹的牛头夜行者瞧见身边的同伴被一击而倒，被吓了一大跳，几乎是没有任何犹豫转身而逃。

他想逃，然而王朝安老先生哪里会放过他，箭步而上，那道疾光摇曳，又朝着牛头夜行者冲去。

因为有了防备，牛头夜行者多多少少挡了几下，不过终究还是扛不住铁尺锋芒，被那破空而来的铁尺抵住心脉，气息涌出，轰然倒地而去。

一连干翻两员大将，王朝安老先生并未停住，而是朝着远处喊道："休走。"

他人如离弦之箭，朝着远处疾奔而去。却只见那儿黑乎乎的，早已没有了人影。

一直藏身在阴影之下的那个短发女人，不知在什么时候，已然消失无踪。

一想到这个，我立刻想到了刚才被踢飞到工地外面的猪头，那家伙极有可能就是亲手杀害老金的老八朱和气，他被端飞之后就再也没有出现，说不定是瞧见事情不对，自己偷偷溜走了。

我有些急了，赶忙朝着那边走去，结果刚走两步，发现身体如同生锈的机器，不动还好，一动就散架，哪儿都疼，连站都站不住就要往旁边倒下去。

好在这个时候马一呇伸过手来扶住了我，说道："你别动，好好待着。"

我有些着急，说："外面那人……"

马一呇说："一切有我师父呢，你别担心了。"

有了他的安慰，我放下心来，眼皮顿时就有些沉重，像挂了铅一样，不住地往下掉。我努力地睁眼，却感觉十分困难，听到耳边马一呇轻声低语地说道："你先睡吧，别强撑着，不然对你的身体可没好处。"

这般一想，我忍不住就睡了过去。

我睁开眼时，发现自己又躺在医院里，想要动，感觉身上全部是黏糊糊的东西，我掀开床单，原来是贴着许多膏药，散发着刺鼻的气味，我正要伸手去摸，听到有开门声，紧接着看见马一呇走了进来，对我说道："别动，你弄乱了，可就起不来了。"

我瞧见他，赶忙问道："那帮人呢？"

马一呇说："你问的是黄泉引吗？"

我一愣，问他："什么是黄泉引？"

马一呇笑了，说："你跟他们都打成那样了，居然还不知道对方的身份？黄泉引，全名叫黄泉引路人，或者叫幽冥摆渡人……"

第五章

王朝安出事

幽冥摆渡人？

听到这名字，我一头雾水，问道："那帮人到底是什么来历？"

马一吞严肃地说道："这帮人，一时半会儿说不清楚，因为他们最早是在港岛和东南亚一带活动，与我们这边是井水不犯河水的。据我所知，黄泉引在东南亚一带犯下不少恶事，甚至还参与过东南亚好几个国家的动乱，其中有几个重要成员是国际刑警组织黑名单上前五十的常客，没想到他们现在居然跑来这儿了……"

我听得胆寒，本以为杀人放火已经是极大的恶性了，没想到这帮人更加丧心病狂。

我有些头皮发麻，不敢多问，赶忙问起逃走的那两人，马一吞却摇头，说："我师父还在追，目前还没有消息回来。"

我有些失望，马一吞却笑了，说："你别担心，以我师父的能力，那帮人就算是凶名赫赫，也是逃不掉的。"

他这般充满自信，我回想起先前的场景，也的确如此，心中稍安。

我疑惑地问道："对了，我听那帮人说，你师父是什么剑仙一脉？一吞兄，剑仙是？"

马一岙哈哈一笑，说："你别想太多了，这个所谓的剑仙，跟你想象的剑仙并非一样——游侠联盟经过了数百年的演变和交流，最终形成了五秘三宗，总共八个主要的流派。五秘说的是太极、丹鼎、玄真、剑仙和符箓，而三宗说的是佛门禅宗、密宗、天台宗。这所谓的剑仙一脉，以斋心守候、炼钢神铸剑、凌空运使、出入无形为超脱至境，后分衍为神剑、慧剑、玄剑、青霞、华山、中条、九华等流派。"

说到这里，他看着我继续说道："我师父虽然是王子平的弟子，但他与陈撄宁先生又有所交集，所以学了一些剑仙门的手段。"

我听得一头雾水，小心翼翼地问道："那您这位师祖王子平，又是什么人物？"

马一岙一愣，说："你不知道他老人家？"

话一出口，他反应过来，随后释然，说："也对，你并非此道中人，当代武学、道术也渐于没落，特别是之后兴起的气功骗术，更是将这些行当和规矩推于边缘，形同骗术，你不知道也正常。我师祖是冀北沧州义和街人，回族，字永安，是武术名家，伤科医生。他老人家出身游侠世家，自幼习武，擅长查拳与太极。民国八年，曾打败在北京中山公园设擂的俄国力士康泰尔，后在陆军部马子贞部下任武术教练，他和佟忠义并称'沧州二杰'，曾被誉为'千斤大力王'，还于济南击败过日本柔道家宫本，是民国十大家之一……"

听到马一岙娓娓道来，我心头震撼，没想到还有这等历史。这个时候门外又有人来，我抬头望去，是警局的徐队长和杨辉，另外还有一人，是梅州那边的韩金队长。

这几人涌进病房，我想要坐起来，徐队长快步上前按住了我，说："行了，别动。"

我有些歉意地说道："徐队长，对不起，我……"

没等我说完，他摆了摆手，说道："别，侯漠同志，说起来这件事我们还得感谢你——倘若不是你引蛇出洞，这案子还不会有这么大的进展呢。不过话说回来，这帮凶手杀人不眨眼，个个穷凶极恶，你又不是马先生这样的高人，没有必要参与进来，幸好你现在没事，要是真有个什么三长两短的，我们可真的过意不去……"

他跟我说着客气话，聊了几句之后看向了旁边的马一否，显然是有事情要跟马一否商量。

马一否是个明白人，说道："我们出去说吧，别影响侯漠休息。"

他带着三人离开病房，外面传来了低低的对话声，我侧耳倾听，感觉自己的听觉发达许多，即便是隔得很远，也能听到只言片语，像是在谈及这次的事情。

不过这么听着十分费神，我身上还有伤，听了一会儿就感觉眼前有些发黑，赶忙定住心神，不敢再轻举妄动。

外面大概谈了一刻钟，随后几人进来跟我打了一声招呼便离开了，马一否留了下来。

我问什么情况，马一否告诉我说，昨天被他父留住的牛峰和胡大干，都是国际通缉犯，又与这一次的凶案有关，警方十分重视。而他师父王朝安在省里的公安系统还有些人脉，事情接下来的处理，都需要征求一下他们这边的意见，所以徐队等人才会前来此处。

说到这里，马一否认真地看着我，说："侯漠，你知道黄泉引这伙人为什么一定要找你吗？"

我犹豫了一下，点头说："知道。"

看着马一否清澈明亮的眼神，我叹了一口气，然后指着自己的屁股说："那天在梅州的时候，我就长出了一截尾巴来，后来那帮在我身上种下启明蛊的家伙找到我，告诉我身上隐藏的血脉，叫灵明石猴，这是一种十分稀有且罕见的隐性血脉，如果能晋升成为真正的夜行者，或许将改变这个世间的大格局……"

"灵明石猴？"

听我说完，马一否不由得吸了一口凉气，认真地打量了我一会儿，说道："侯漠，能把你的手给我看看吗？"

我点头，伸出了手。

马一否将右手放在我的手腕上，他的手指修长而白皙，微微弹了弹，我感觉他的指尖有些灼热。一开始还好，如同温水，到了后面就好像开水一般，而且还有热流融入我的手臂，如同小耗子一样四处窜动，让我有些熬不住，忍不住想要将手抽回来，却感觉手上一紧，马一吞严肃地说道："别动。"

他这般一说，我不敢再动，只有咬牙忍着，额头上的汗水就冒了出来，顺着脸廓往下滑落。

我的眼帘都被汗水挂满，视线模糊，浑身仿佛钻进了无数蠹虫，四处乱窜，又麻又痒，让我想挣扎，但马一吞的话又让我不敢轻举妄动，只有咬牙扛住。过了一会儿，马一吞放开了我的手，从兜里摸出了一个小罐子，滴了两滴馨香无比的药液，在我的太阳穴上抹了抹。

一股凉意从太阳穴上传递开，让我放松许多。

弄完这些，马一吞搓了一下手，一脸严肃地说道："既然你见过了那帮人，想必也知道，灵明石猴这血脉虽然强悍，却是被诅咒了的，对吧？"

我点头。

马一吞说："我不知道那帮人到底跟你说了些什么，但我可以很坦诚地告诉你，这帮人把你的血脉激活之后，让你的体内气血平衡已经达到了一个十分混乱的境地。照我刚才查到的情况来看，不出半年时间，你必将陷入基因崩溃的境地，无论是内脏，还是体内的血液、体液循环系统，都会陷入混乱。到那个时候，多则一年，少则一两个月，你就可能爆体而亡了。"

啊？

听了马一吞的话，我不由得冷汗直流，一下子就坐了起来，拉住他的手腕，说："那可怎么办？"

马一吞看了我一会儿，方才说道："那帮人肯定用这个事情来威胁你，并且试图招揽你，你为什么没有跟他们一起去呢？"

听到这话，我放开了马一吞的手，认真地看着他，我说："不知道，我不想说什么大义凛然的话，最简单的原因，其实就是我觉得自己跟他们不是一路人。"

马一吞笑了，说："好，很好。"

他沉思了一会儿，说："你这事儿，我也做不了主，得等我师父来了才能解决。不过你放心，你的血脉虽然很容易紊乱崩溃，但对你的帮助也是巨大的，只要你能经过系统的锻炼和培养，就能在近期提升自己的实力，在处理这件事情上，或许能更加有主动性一些……"

我想起秦梨落告诉过我，拥有灵明石猴血脉的人，想要成为真正的夜行者，需要过五重关，而这五重关需要有药引借力，分别是乌金、叵木、弱水、烛阴和息壤这五种只存在于传说之中的物件。

我若想要找寻这些物件，必须拥有足够的能力才行，否则如一只任人宰割的弱鸡，做什么都不行。

毕竟没有天上掉馅饼的事情。

事后我问起马一岙的师弟钟黄，得知人还没有找到，他们正是因为此事才找寻到这儿来的。

马一岙给我身上敷的膏药十分有效，再加上夜行者血脉的觉醒让我的体质发生了变化，我在医院待了一天就出院了。那天正好碰上老金进殡仪馆火化，我便赶了过去，马一岙也跟着我一起。

殡仪馆中，金家人愁容惨淡，我的出现更是引发了一场骂战，狼狈不堪的我只有躲在一旁，不出现在他们的视线中。

小刘跑过来安慰我，跟我聊了几句我才知道，经过协调之后，祥辉赔了一大笔钱。

正是因为如此，使得公司高层很不满意，也没有过来。

时辰已到，老金被送入焚烧炉，好端端一人进去，出来的就只有一盒骨灰了。我看着老金的弟弟抱着骨灰盒，上面还有老金的遗照，心中黯然。

关于凶手，前天虽然有两个人死了，但另外两人还在逃，特别是亲手杀了老金的朱和气，至今还没有消息。

一想到这个，我心里就堵得慌。

事情差不多完了之后，我和马一岙准备离开。金慧找到了我，向我表达了歉意，说她听徐警官说了我的事情，知道她哥哥的事情跟我无关，只不过她家人的情绪一时半会儿还没有办法转过来。

我问她要了联系地址，然后嘱咐她不要因为这件事情而沉沦，要坚强。

我告诉她，她是老金的妹妹，以后就是我的亲妹妹。等我有能力了，我会尽量帮助她的。

离开殡仪馆，刚刚走不远，我就瞧见一身狼狈的小钟黄急匆匆地跑了过来，冲着马一奋喊道："马哥，师父出事了。"

先前马一奋告诉我，说他和他师父一直在找寻小钟黄，所以才会在那天凑巧和我撞上，将我救下来，而此刻小钟黄一个人出现，匆匆跑来，着实让我有些意外。

只是他这一开口，更是让我惊讶无比。

王朝安出事了？

以他老人家那天的手段，真如敌人所言的一般，真真儿剑仙的表现，怎么突然就出事情了呢？

马一奋也是十分惊讶，快步上前，一把抓住了小钟黄的双肩，紧张地问道："师父到底怎么了？还有，你怎么回来了？"

小钟黄情绪很低落，他对马一奋说道："师父把我救回来了，不过碰到了鼠王，中了埋伏……他跟鼠王拼了个两败俱伤，强撑着一口气将我带走，然后又被人一路追杀，要不是在半路上碰到黄千叶师姑，只怕我们都死了……"

在我记忆中，小钟黄一直都是个早慧聪明的孩子，然而时逢大乱，终究还是显得有些慌乱，说话也乱七八糟的，可马一奋听懂了。

他脸色严肃地说道："师父人呢？"

小钟黄哭了："在医院呢，他情况很不好，已经陷入昏迷，千叶师姑说他是中了鼠王普锐斯的独门毒药千年引，虽然已经被她暂时抑制住，但因为师父在中毒之后还强行催动真气，毒药已经随着气血涌入心脏，让他整个人都处于昏迷状态，很有可能……就再也醒不来了，呜呜……"

听到小钟黄的哭诉，我第一感觉是敌人之恐怖，再一想，泪水不由得流了出来。

马一奋刚刚跟我保证，说有他师父在，一切都没有问题，我也是满心期待，谁知道转眼之间，他老人家就自身难保了。

这可如何是好？

我心慌意乱，而马一呑也好不到哪里去，原本气定神闲的他听到这消息，就仿佛支柱塌下来一般，眼神都发慌，好不容易深吸了一口气，着急忙慌地对我说道："不好意思，我得赶去一趟，你……"

我赶忙说道："我跟你们一起去。"

马一呑犹豫了一下，很快就做出了决断："好，一起。"

我们两人跟着小钟黄往外走，马一呑拦了一辆车，然后问小钟黄地址，是在南山的一家民办医院。

一路上马一呑都愁眉不展，问起了小钟黄今日的遭遇，小钟黄也是心神不宁，基本上是问三句答两句。不过从两人简单的对话中，我听出来了，小钟黄一直被黄泉引的人拘禁着，那帮人分成了两派，一帮人想要将他放回来，免得招惹麻烦，另外一帮人则准备把他给灭口，一了百了。

问题在于，我居然还活着，这必然会使消息走漏出去，依照小钟黄师父王朝安的地位，如果小钟黄真的被他们弄死了，那将是不死不休的事情。

这对于预谋大事的黄泉引来说，的确很不好。

所以他们也犹豫。

这一犹豫就拖到了现在，而凑巧王朝安这两天在追查朱和气和那短发女人，一来二去撞上了，这才发生了冲突。

听到两人聊得差不多了，我忍不住问道："那个……鼠王是谁？"

马一呑眯着眼睛，低声说道："鼠王普锐斯，著名的大妖之一，柬埔寨人，是黄泉引之中几个出名的凶徒，也是国际刑警通缉榜上的常客。据说他出生之时，一胎九子，婴儿时期的他就将其他的兄弟都弄死了，喝其血液，食其脑髓，经过刺激之后直接觉醒成了夜行者；经他亲手残害的生命，不止千百。"

听马一呑说起此人的来历，我不由得倒吸了一口凉气，说："这人很厉害？"

马一呑点头，说："对，相当厉害，声名狼藉的他能活到今天，可并不仅仅只是凭着运气，利用残害生灵凝聚起来的邪气，让他的妖力达到了一个难以预料的境界，也只有这样的家伙，才能让我师父吃亏……"

说到这里，他的眉头又皱了起来。

他在担心着自己的师父，那个为他们撑起一片天的老人，此刻情况不明，他如何能不焦急呢？

很快，我们到了那家医院，刚一下车就在门口碰到了一个七八岁的小姑娘，她瞧见我们迎了上来，说道："我师父说这儿龙蛇混杂，医院又没有什么办法，束手无策，就先将人转移到一个朋友家里去了，吩咐我在这儿等你们。"

马一岙拱手，说："有劳了。"

我们回到出租车里继续走，差不多二十分钟之后，来到了一处主城区的中医馆，小姑娘将我们领了进去，走过诊堂和一条长长的走廊，来到后面的一个房间。有一个五十多岁的妇人从里面走出来，与一个白发老医师聊了几句之后瞧见我们，朝着马一岙点头，说："小马来了。"

马一岙上前施礼，喊了声"师姑"之后，问道："我师父怎么样了？"

那老妇人正是他们的师姑黄千叶，她并不掩饰，忧心忡忡地说道："有点儿麻烦，你且跟我进来。"

她领着马一岙进了内室，我想要跟着进去，却被那小姑娘给拦住了。

她人小架子大，拦着我一点儿都不肯通融，反而是让小钟黄进去了。我也不坚持，毕竟相对于他们师兄师弟来说，我只是外人。

好在没过一会儿，三人就走了出来。

黄千叶领着这对师兄弟来到了老医师的跟前，帮着介绍道："这位是岭南药王张清高张老先生，他对妖毒、蛊毒、虫毒和瘴气等手段都十分擅长，是华南几省中，对这些最有研究的专家和大师。"

老医师摆手，谦虚地说道："黄娘子过奖了，老夫这点手段，别说华南，就算是岭南，也排不上前列的。"

马一岙双手抱住，朝张清高老先生深深一躬，然后郑重其事地说道："老先生，我师父该怎么救，还请您教我。"

老医师苦笑一声，说："别这么客气——你师父的病情，送到我这儿的时候已经毒入膏肓了，即便是我施展了针灸术中难度最大的挽天十七针，将毒素压住，但病情到了这个地步，人力已然不能及；我唯一能帮你做的，就是维持住他的性命而已。"

马一岙十分痛苦，说："难道就只有等死，真的没有别的办法可以解决吗？"

老医师犹豫了一下，说："这个，倒也不是没有……"

马一岙眼睛一亮，赶忙问道："有什么办法您说，只要是我能办到的，一定倾尽全力去办。"

老医师瞧见他的反应，不由得苦笑道："我只是早年间学医时听闻过一个传说——这世间有一种奇物，是吸收毒素的宝珠，叫作后土灵珠。此物集天地造化灵气而生，最擅调理，若是有此物在，就算是病入膏肓，也能起死回生，力挽狂澜……"

后土灵珠？

马一岙有些疑惑，而旁边的黄千叶却不由得深吸了一口气，说："这东西不是个传说吗，难道世间真的有？"

老医师苦笑，说："谁知道，相传此物最后一次出现是在二十世纪三十年代，当时引发了一场大混乱，后来历经辗转，听闻是被日本人带回了东瀛，又有人说是流落到了某些秘境之地，至于具体的下落，我也不知。"

听到他的话语，马一岙沉默了一会儿，然后开口说道："老先生，您这儿有电话吗？"

老医师指着角落的红色座机。

马一岙拿起电话，拨通了一个号码，听他说道："老歪，帮我散播一个消息，我想要找一个东西，叫后土灵珠。谁要是能有这个东西的确凿消息，我可以用我身上的那几样东西来换，对，没错，后土灵珠……"

他说完之后，双手合十，朝着老医师作了一个揖，表示感谢。

接下来两天，马一岙四处找人打探那个叫后土灵珠的消息，希望能通过自己的人脉得到一些有用的信息。黄千叶和她的小弟子在这儿待了一天之后就离开了，据说是去找人商讨应对黄泉引的相关事宜。我则没有什么事，就陪着小钟黄一起，照顾他师父。

我这人闲不住，便忍不住多作打听，这才从小钟黄口中得知马一吞是个孤儿，从小就跟随他师父王朝安修行。

他这个人心善，做事也随和，前些年遇到一件小孩儿被拐的案子，愣是花了三年时间，跑遍了二十多个省市，终于帮那家可怜的父母将他们被拐卖的孩子给找了回来。

除了那个小孩儿，这三年里，马一吞还救回了两百多名妇女和儿童，足迹遍布了西南、西北和许多边远地区。

听到小钟黄的讲述，我方才知晓，这个马一吞当真是个了不起的人。

第三天，一直四处求人的马一吞终于从一个情报掮客老歪的口中得到了一个还算靠谱的消息。

有证据表明，当年那个持有后土灵珠的日本人加藤次兵卫，后来没有回国。

他去了一个叫霸下秘境的地方之后，就再无消息。

霸下秘境？

听到这消息的时候，马一吞的脸色有些不太好看。

这件事情有点儿超出他的控制范围了，我看他头疼，犹豫了一会儿，最终还是忍不住问道："这个地方，你听说过吗？"

马一吞点头，说："对，知道——正所谓龙生九子，各有不同，这九子，一曰囚牛、二曰睚眦、三曰嘲风、四曰蒲牢、五曰狻猊、六曰霸下、七曰狴犴、八曰负屃、九曰螭吻。那霸下又名赑屃，形似龟，平生好负重，力大无穷。传说霸下上古时代常驮着三山五岳，在江河湖海里兴风作浪，后被大禹收服，用来治水，没曾想洪水治去，野性又起，所以大禹搬来顶天立地的特大石碑，上面刻着霸下治水的功绩，叫它驮着，不能随便行走。

"上述一切，皆为神话，然而神话却也是历史的一部分，此物乃洪荒流传下来的大妖；至于霸下秘境，说的是埋葬霸下的墓陵，传说里面别有洞天，藏了诸多宝贝和灵物，是千百年来无数修行者和夜行者追逐的所在。"

听完马一吞的解释，我顿时了解，不过这地方虚无缥缈，想找到，还真的不容易。

千百年来，无数人都在追寻，却无一人能抵达，说明了什么？

第一，这传说很有可能是假的，世间本无霸下秘境，它很有可能就是别人杜撰出来骗鬼的；第二，就算是有，凭什么那么多的前辈都找不到，而我们就能弯道超车，一下子就找到了呢？

麻烦了！我觉得这事儿悬了。然而马一呑却在沉默了许久之后，当着我们的面儿打了两个电话。

第一个电话是打给他师姑黄千叶的联系人，说他准备要离开一段时间，希望她能派人照顾一下他师父。而第二个电话则显得十分简短，仅仅只说了几句话："我要见马丁，不管他在哪里，我希望他三天之后能赶到羊城，地方你知道。"

说完之后，他挂了电话，对旁边的小钟黄说道："钟哥，师父就拜托你照顾了。"

这师兄弟之间的称呼挺有趣的，两人并不会叫师兄师弟，而是互称为"哥"，小钟黄称呼马一呑为"马哥""小马哥"，这个我都可以理解，但马一呑称呼小钟黄为"钟哥"，我就有些疑惑了。

为此我还特意问过，但是并没有得到答案。这仿佛是一种约定俗成的默契。

马一呑并没有说明自己的想法，小钟黄却一下子就猜到了，说道："带上我吧。"

马一呑摇头，说："不，尽管嘱托了黄师姑，但师父身边必须留一人，其他人我不信任，唯有你在我才能放心地离开。"

小钟黄十分担忧，说："但你这一去可是九死一生啊？"

马一呑笑了，伸手过去抚摸小钟黄的脑袋，宠溺地笑着，说："你放心，我命硬，洪瞎子不是给我算过命吗，说我能活到四十岁呢……"

小钟黄一撇嘴，说："四十岁，听着也快了。"

这师兄弟聊着天，我在旁边听着，马一呑突然扭过头来，冲我笑了笑，说道："侯兄，你怕死吗？"

啊？

突然被问到这么一个话题，着实有一些诧异，我先是一愣，随即说道："怕，当然怕，不过如果弄清楚为了什么而死，我想我能说服我自己克服的。"

马一呑满意地笑了，咧嘴露出一口白牙，说："我这次打算带你一起去，至于为什么，答案只有一个，那就是我刚才找的那个叫马丁的家伙，他的父亲曾经去过霸下秘境，而且还活着出来了。据他的说法，他父亲曾经在霸下秘境之中瞧见过一物，很像是传说中的弱水。"

"弱水？"

我顿时就激动起来，马一呑点头，郑重其事地说道："对，就是那个'弱水三千只饮一瓢'的弱水。"

他平静地看着我，我则深吸了一口气，点头说道："好，我去，需要干什么，尽管说。"

马一呑说道："你即将要走的这条路很艰难，没有任何人能替你走完，所以你需要自己努力。无论是拿到渡劫相关的药引，还是渡劫本身——当然，你放心，在这个过程中，只要你足够努力，我都会尽可能地去帮助你实现。"

这个男人的话，让我觉得安心。

《国际歌》里面唱得好，"从来就没有什么救世主，也不靠神仙皇帝"，指望别人帮你把一切都安排好了的人，从来都是弱者。

尽管很感激马一呑，但我更享受的是平等自由的朋友关系。

就如同我与之前的老金。

马一呑吩咐完一切之后，将昏迷不醒的师父王朝安交给了小钟黄照顾，自己带着我，踏上了前往羊城的汽车。

两人一番辗转，终于抵达了十四村，来到那个大门紧封的院子前，打开铁锁，往里走去。一个庞大的身影出现，矗立跟前的是那个痴肥如山的少女肥花，冲着马一呑委屈地喊道："小马哥，你终于回来了，你知道吗，这些天我都要饿死了……"

她大声嚷嚷着，水缸处传来了另外一个女孩子海妮的声音："你撒谎，吃饭的时候，哪次你不是吃得最多？"

肥花哭丧着脸说："天天吃馒头，一点油水都没有，谁能吃得饱？"

马一岙宠溺地看着这个跟他撒娇的胖妞儿，从兜里摸出一张百元钞，递给了她："去买点儿酱牛肉和叉烧回来，晚上一块儿吃。"

"好耶！"

肥花欢呼一声，朝门外跑去。攀在巨大的水缸边儿上的海妮瞧见我，说："嗨，我认得你，你叫啥来着，肥花老念叨你来着……"

肥花念叨我？

听得我后背一阵鸡皮疙瘩，而马一岙则笑着说道："他叫侯漠，以后叫他侯哥。"

海妮对马一岙挺尊敬的，听到这个，乖乖地喊道："侯哥。"

我点头，说："你好。"

马一岙问道："最近没发生什么事情吧？"

海妮想了一会儿，说道："大事没有，小事倒有一桩——李爷爷的儿媳妇过来闹过一次，非说他以前是地主，家里藏了宝贝，现在搬到这儿来是打定主意给别人了，这事儿她可不许……"

听到这话，马一岙原本还算晴朗的脸色变得阴沉，说道："下次她再来，叫肥花直接把她打出去。"

海妮眯着眼睛笑，说："好嘞。"

马一岙领着我进了屋子，看我面露疑惑，对我说道："李爷和刘爷以前是咱游侠联盟的人，都是修行中人，只可惜以前遭遇浪潮，被破了功，从此一蹶不振，晚年的时候又遇到子女不孝，生活有些艰难。我遇到了，就带回来这儿赡养，尽一些同气连枝的责任……"

他说的这俩人，就是上次我来这儿时两个躺在竹椅上打瞌睡的老头儿，小钟黄对他们并不客气，但除他之外，其他人倒还算礼貌。

原来是这样的情况。

两人坐下，我接着马一岙的话头问道："游侠联盟，这么说，你们应该都是人类，不是夜行者，对吧？"

马一岙点头，说："对。"

我张了张嘴，却没有说话。马一岙何等聪明，一下子就明白了我的意思，说道："你是想问，为何普通人能与天赋异禀、得天独厚的夜行者抗衡，对吧？"

我说："对，说句实话，我接触这些人并不多，但从那天的情况来看，夜行者的确很强，特别是他们变成妖怪显露原形的时候，生猛得可怕。"

"你说得很对，但你要知道一点，从本质上来说，夜行者和现在的人类其实并无任何的不同，我们都是经过了几千万年的进化，只是物竞天择的过程中，我们放弃了一些东西，又获得了一些东西——放弃的那部分，并不是消失了，而是变成了隐性基因，藏了在庞大的 DNA 里。但如果得到足够的刺激和正确的引导，又会重新将其激发出来。所以从哲学的层面来说，每一个生物个体，都是一个宝库……"

他侃侃而谈，瞧见我一脸蒙，不由得笑了："抱歉，我以前是学生物的，用简单的话来讲，夜行者和人类进化的方向是一样的。只不过大家的显性基因有所不同而已。或许人激发本能的过程会艰难一些，但作为主导这个世界千年、万年甚至几十万年的群体，我们最大的优势，在于传承。"

我一下子豁然开朗，说道："就是你们口中所谓的'修行者'，对吧？"

马一岙并不藏私，跟我解释道："修行，这是一个很宽泛的词，方法也很多，但归本溯源，都是一个修真，也就是找寻真我和本我的过程。而这个'真我'，说得玄而又玄，但最终就是找到解开自己身体里隐藏宝库的钥匙，期望实现超脱生死、斩断痛苦、不以物累，最终实现不老不死，甚至长生不死，天地同在，返璞归真的境界……"

我听他说这些，饱受震撼，忍不住说道："也就是说，你们的修行并不是为了对抗夜行者而存在的？"

马一岙长长一叹，说："所谓对抗，不过小道，真正的大道，在于永生啊……"

修行的目的在于永生，然而举凡世间，除了那些话本传奇之人，得道成仙的，又有几个？

所以终归到底，它只是一种让自我心灵归于宁静的手段而已。

通过交谈得知，马一呑读过大学，而且还是国内最著名的学府水木，双学位，哲学和生物，讲话的水平很高，娓娓述来，既有传统的一面，又有自我的见解。如此一番讲述，让我对于我们所处的世界，又有了更为清晰明了的认知。

他反复地跟我强调一件事情，那就是他从来都不认为人类的修行者与夜行者之间需要分得那么清楚，又或者是天然对立的。

子曰：一阴一阳之谓道。

善恶亦是道，而善恶源于人心中——清者浊之源，动者静之基。人能常清静，天地悉皆归。

他还告诉我，他见过最善良的妖怪，也见过最诡诈的人类……

听完他的话，我指着外面说道："也就是说，肥花和海妮，其实都是拥有夜行者血脉的人咯？"

马一呑点头，说："对，夜行者分作三种，第一种是有传承的显性家族，第二种是远避世外的山精野怪，第三种是阴差阳错不小心觉醒的普通之人——正如你一般。这种人最是可怜，一来无人引导，二来容易被社会排挤、歧视，有的性情暴戾乖张，走入歧途，有的则备受欺辱而死。肥花是亥猪一脉，常年饥饿，容易发福，海妮更为奇特一些，乃水属类，喜在水中，她们都被自家父母、乡人视为怪物抛弃了的，我若是不收留她们，只怕也是刚才说的那两种结果。"

夜行者的血脉繁多，最寻常可见的有十一种，分别是鼠、牛、虎、兔、蛇、马、羊、猴、鸡、狗和猪。

如果再加上中华民族的图腾龙，则可凑成十二生肖之属。

对于马一呑的观点，我十分认同，也越发坚定了跟着他混下去的信念。

当然，我并非盲从之人。在社会上历练这么久，也见过许多嘴上说得天花乱坠，但实际上却出尔反尔，一肚子鸡鸣狗盗之辈。所以许多事情，得慢慢相处，来日方长。

两人聊着，肥花已将熟菜买了回来，有喷香的酱牛肉，有切得整齐、淋上酱汁和辣椒油的猪头肉和叉烧，再加上一些素的凉菜和豆腐丝，让人看上去就特别有食欲。

再加上一锅新蒸的米饭，浓香扑鼻，简直完美。

吃饭的时候，两个一直没露面的老头儿也来了，海妮也从大水缸里爬了出来，大家伙儿围坐在偏厅的饭桌前用餐，热闹得很。

两个老人年纪大了，食欲不振，喝了点儿特别准备的稀粥便离开了。马一吞仿佛在吃素，净挑一些豆腐丝吃，海妮胃口不大，唯有肥花的战斗力超强，一个人吃得满桌的菜都光盘了，这还意犹未尽，恨不得舔起盘子的油光来。

瞧见她这馋样儿，我终于知道了当时的小钟黄为什么会这么拮据。

不是富贵人家，还真的扛不住她这么好的胃口。

用过晚饭之后，残局自然由肥花收拾。马一吞则领着我来到了院子里，开始了正式的引导。

对于修行者来说，法门万千，各有不同，这道理对于夜行者而言，也是如此。

先前我遇到的那些人，无论是黄泉引，还是秦梨落那帮人，个个厉害无比，而这些也并非与生俱来的，即便有天赋，也需要经过一定的方法来开启，再经过岁月的历练以及顿悟，最终才能达到如今的程度。否则不过是空有蛮力，而且还控制不住，时有时无。

没有人天生便是强者。

我虽然觉醒了灵明石猴的血脉，踏上了成为夜行者的第一步，但想要掌握，到底还是需要方法。

这就需要锻炼，需要修行，需要习惯这样的力量，让它成为呼吸一样的本能。

大道三千，择其一而从之。弱水三千，取一瓢而饮之。俗话说得好，最了解你的，是你的敌人，而作为与夜行者世代对垒的游侠联盟，自然也有许多夜行者修行的法门，马一吞给我的这部，叫《九玄露》。它是一本集调息、打坐、观想、凝气和锻炼手法的杂集，用来夯实基础，最好不过。

只可惜这只是一部残本，从文字表意上来看，下篇应该还有许多手段，但被人撕了。

马一岙告诉我，这本书是从他的师祖王子平手中传下来的，至于上家，他也不曾得闻。至于书为何是残本，马一岙跟我解释，说下篇有许多的手段太过残忍深奥，又容易误入歧途，被师祖撕扯了去。

书籍成文，用的是文言文，晦涩难懂，好在旁边空白处有许多的白话文注释，再加上马一岙在旁讲解，倒也没有让我一头雾水，头昏脑涨。

明师在旁，我先是将那千余字的《九玄露》背诵于心，又在马一岙的引导下开始凝气调息，渐渐地将自己身体里的那一股力量控制住。

这事儿一开始就像是捉鸡，你追它走，鸡飞狗跳，掌握了方法之后，即便是不刻意地凝聚情绪，也能控制。

当我凝神屏息，立刻就有热流从全身各处涌现，并且在马一岙的引导下凝聚。

到了后来，我甚至都不用马一岙的帮助也能自行驱动。

于我而言，这是一件很新奇的事情。随着时间的推移，我越发地感觉到力量的汇聚，五感也开始变得清晰起来，力量变得可控，这让我对于自己身体的认知飞速增长，信心也开始逐渐增强。

看着我的变化，马一岙也忍不住有些羡慕。

他对我说："血脉真的是个好东西，肥花半年方才入门，你却能一蹴而就——当然，万物是公平的，你成为夜行者的代价也远远高过她。"

我们从傍晚一直交流到了夜间十一点多，马一岙让我再试一遍凝气之后对我说道："世间万物，讲究的是一个平衡，你的身体强度有限，此刻已经达到临界。而修行讲究的是一张一弛，不能一意孤行，否则会让你反受内伤。今日修行就先止于此，我领你去房间歇下，睡觉之前你可以用那观想之法，让自己的心神浸入其中。"

此刻的我有些兴奋，意犹未尽，但马一岙这么说也是有道理的，所以便点头称是。

安排给我的是二楼的一个房间，这儿原本属于壮汉王虎的，出事之后他一直下落不明，才让我来暂居。

我去洗了一把脸就回房歇息，按照马一岙教导的方法，盘腿坐在床上，盯着《九玄露》末页的一张图。

这图是一片繁复星空，因为是雕版的缘故，所以印制得十分粗糙。

而即便如此，我盯着它，也感觉胸口一团气息在涌动，仿佛随着星空的分布和游离，陷入一种空明宁静的奇妙状态之中。

进入这样的状态，叫打坐。

这是一种近乎清醒与睡眠的模糊边界，让自己的身体快速休息，并且让身体变成一个容器，吸收这游离于天地之间的能量。

这些能量，道家将其称为"炁"，佛家则称之为"芥子"。

当夜做梦，模糊之间，我仿佛听到有人在我耳边呢喃，至于是什么，当时似乎记住了，但当我去想之时，却又一片迷糊。

次日醒来，我浑身湿透，汗水打湿了床铺。

马一岙的引导，再加上《九玄露》的残本，仿佛给我打开了一个新世界。随后的几天，我一直都全身投入这件事情里，努力让夜行者血脉引发的力量融为己用。我收获的效果也是出奇的好，力量在不断累积，五感越发灵敏，让我越发深刻地认识了这个世界。

除了夯实基础，马一岙还抽空教我搏击之术。

所谓搏击，就是与人搏斗，既然上升到了"术"的级别，自然与街头斗殴有许多的区别。这里有许多的手段和流派，并非我之前所认知的花架子，包括我一直以为软绵绵的太极……许多手段并不是想当然的花拳绣腿，有很深的讲究。

也许是夜行者血脉的缘故，我对这些还是挺有天赋的，基本上都是一点即通，甚至还能举一反三，让马一岙惊讶连连。

即便如此，时间终究还是太短，别说马一岙，我甚至都不是肥花的对手，与她交手，每一次都是以我的失败告终。

而且每一次，我都被她压在身下，根本无法动弹。

她仿佛是故意的。

这举动有点儿占便宜、吃豆腐的嫌疑，越发让我郁闷不已。为了在短时间内获得足够的实战经验，我却不得不硬着头皮，再一次与肥花交手。

正是因为我的努力和坚持，很快我已经开始能和肥花僵持，不至于太过狼狈了。

就在我为自己进步神速而欣喜不已的时候，一个男人的到来打破了平静。

来人叫马丁，是一个贼眉鼠眼、浑身邋遢的中年男人。

他仿佛好多天都没有刷过牙、洗过澡，一进院子，瞬间就有一股挥散不去的臭味涌入我的口鼻之间，让我有点儿想吐。

瞧见此人，马一舀走上前去与他紧紧地抱在了一起。

他说道："你来了，兄弟。"

虽然都姓"马"，但两人并非兄弟，也不是同宗同族。

马丁并非这位仁兄的本名，而是他成年之后自己改的，他本是西北青马一脉，家族在二十世纪初的战争中风雨飘零，到了马丁这一辈，已经是形单影只，不成族群。

马一舀对马丁曾有大恩，对于这事，马一舀并不愿意去提，但事关他师父的性命，终究还是找到了他。

两人也是隔了好几年没有见面，此刻一见，紧紧相拥，随后两人移到屋中，互述分别之情。

好一会儿，马一舀方才想起跟马丁介绍身边的我和肥花。

聊过往事之后，马一舀的脸色开始变得严肃起来。

他跟马丁说他师父的事情，谈到了他师父王朝安被臭名昭著的鼠王普锐斯暗算，现如今重伤昏迷，近乎植物人，必须依靠传说中的后土灵珠来引导毒素，调理身体，否则再也没有醒过来的那一天。

而那后土灵珠，传说是被日本人加藤次兵卫带到了霸下秘境之中去。

现如今，他需要前往霸下秘境，找到后土灵珠。

说完这些，马一舀看着马丁，认真地说道："世间知道霸下秘境入口之人，就只有你父亲了，而你父亲五年前病逝之后，知晓此事的人就只有你一个。我并不是一个愿意麻烦别人的人，但此事关系到我师父的生死，我也是没有办法了……"

马丁安静地听完，摇了摇头说道："不，除了我之外，我还有一个叔叔也知道那个地方的下落。"

"哦？"马一奋眉头轻挑，问道，"那你叔叔，如今在哪里？"

马丁叹息一声，说："失踪两年了，我曾经找过他，却一直没有找到。后来我就想，他平日里为人和善，跟任何人都无冤无仇的，这突然失踪，有可能就是因为知晓那霸下秘境所在。这也是我为什么一直隐居遁世的缘故。"

马一奋说："既然如此，那么……"

他有些迟疑，而马丁却笑着说道："你放心，接到你的消息之后，我已经安排了家里的一切，无妨。你当年帮我把女儿找回来，现如今是我还你恩情的时候了。"

听到这儿我方才知晓，马一奋对马丁的大恩，就是帮他找回了被拐卖的女儿。

当天太晚，我们并没有立即启程。第二天，马一奋才带上了我以及死命缠上来的肥花，再加上马丁，一行四人踏上了前往赣西北的火车。

一九九八年的时候，火车还没有大提速，我们晃晃悠悠出韶关往北，大雨便至，雨幕连绵，让人的心情都湿漉漉的。

这是一场几十年一遇的特大暴雨，从六月就开始一直缠绵，据报纸上讲，长江、嫩江、松花江等几大流域都相出现汛情，防汛工作的情况十分严峻。火车上不断有人议论着汛情，有人忧心忡忡，有人事不关己，至于我，对于修行这事儿执着得很，一有机会就凝气养神，或者打坐周天，勤奋得很。

马丁一开始对我并不在意，等到了湘南境内，才悄声问马一奋："这个，是……"

马一奋只是点头，但并没有说什么。

我不确定马一奋是觉得周围人多眼杂，怕隔墙有耳，还是尊重我的隐私，总之他并没有给马丁一个确定的答案。

不过这也使得马丁对我的态度发生了转变，变得客气了许多。

当然，更多的时候，这个男人十分沉默。

沉默而邋遢，这是我对他最大的印象。他的身上总是散发着古怪的味道，头发油腻，裸露在外的皮肤黑乎乎的，皮肤上一层厚厚的污垢，衣服好像很久都没有洗过，酸臭无比。这样的形象，直接蹲街边摆个小碗，说不定都能讨到十块八块的。

对于这种情况，马一岙却毫不在意，仿佛完全闻不到对方身上的味道一样，搞得我虽然有心想问，但还是忍住了。

奇人多怪癖，我可不想犯了人家的忌讳。

一路北上，抵达江州之后，大雨连绵。我们在火车站附近待了两日，雨渐小一些才往南边的郊县方向赶去。

大雨滂沱数日，道路被摧毁，我们来到了某个乡镇之后就没办法坐车了，只能靠步行。

一路下来，我发现了肥花除贪吃之外的另一大特点，就是话多。

她总是爱抱怨，一会儿说路太烂，泥巴又多；一会儿又说这雨下得没完没了，估计进山没多久又要下了，我们别太激进，要想好避雨和晚上住宿的问题。唠唠叨叨，很少有停下嘴巴的时候，弄得马一岙都受不了了，忍不住说道："要不然，你先回市里去吧，我们自己去找就行。"

肥花赶忙摇头，说："这怎么行？我不在，你们要是出了事可怎么办？"

马丁冷冷地说了一句："你不在，我们更安全。"

肥花当下就哭了。

她呜呜地哭着，说道："原来我在你们心中是这样子的……"

她哭得稀里哗啦，脚步却没有停下，紧紧跟着我们。

瞧这模样，估计是怕我们把她甩下。

然而只沉默一会儿，她又开始叨咕起来。

我们早上从市里出发，下午两点多下了班车就一直在走，一直走到傍晚时分，终于来到了一处山坳子前。远处有一个在雨中飘摇的小村庄，掩映在淡淡的薄雾之中。马丁这一路过来都在勘测地形，一会儿用造型古怪的角尺测量远方的山脉，一会儿又用看风水的青铜罗盘确定方向，且停且走，十分投入。

此时，肥花也适时地停止了唠叨，不敢出声。

倒不是她懂事，只是被马丁恶狠狠的眼神盯怕了。

到了这里，我们行进得就有些缓慢了。因为不太懂马丁需要做的事情，所以我被派去不远处的高坡放哨，观察四周的情形。

对于这个任务，我并不排斥，走到四五十米外的坡顶上，那儿有一棵树冠茂密的香樟树，我尝试着攀爬了一下，感觉并不费力，经过这几天的锻炼之后，我的身体比以前轻灵矫捷许多，三两下就攀爬到了树顶之上。

我在树顶上，往村庄的方向望去，那是一个经济并不发达的村子，三层两层的小砖房不多，土坯房处处可见。此刻正值晚饭时间，家家做饭，炊烟袅袅。

我盯了好一会儿村子，又将注意力放到了山林那边。

尽管雨幕如丝，但由于夜行者血脉的缘故，使得我的视力变得很强，能看得更远，许多原来并不在意的景物，也能涌入眼帘之中，清晰明了。

就在我来回巡视的时候，突然瞧见几百米外的林子边缘，似乎有几个人影在晃动。

虽然夜幕降临，天色昏暗，但我眯起眼睛之后，却瞧得很清晰。

的确是有人在那儿晃动，眼见有人将一棍状物体高高举起，朝着另一个人狠狠地砸了下去。

那一下十分果决，被砸的那人仿佛很痛苦地哀号一声，倒在了地上。

那人一动也没有动，仿佛死去一般。

行完凶之后，拿棍子的那人仿佛感觉到了什么，朝着我的这个方向望了过来。仅仅停顿了两秒钟，他便与同伴潜入了林子里去，而我被那人一瞪，就好像是胸口被人擂了一拳似的，忍不住向后一仰，就从七八米高的树上摔了下来。

砰！

我跌在樟树下的烂泥草地上，泥水四溅，好在我身体结实，除了暂时的疼痛之外，倒也没有伤到别的地方。

不远处的马一吞瞧见，走过来喊道："侯漠，你怎么了？"

我吃力地从泥地里爬起来，连滚带爬地往下跑，一边跑，一边喊道："杀人了，杀人了。"

马一喦快步走到我跟前，伸手扶住我，说道："冷静点儿，什么杀人了？"

我指着山林深处的方向，将刚才瞧见的事情跟他讲述了一遍。

我这边说着，远处望山看水的马丁也走了过来，耐心听完之后，望着远处黑黝黝的山林，对马一喦说道："怎么，要管？"

马一喦有些纠结，问我道："那帮人下手非常狠？"

我点头，说："对，出手果决，毫不犹豫。"

马一喦摸着下巴，说："惯犯，看起来不像是冲动杀人，一定是有前科的……"

马丁皱眉，说："那又如何？跟我们有什么关系？小马哥，你得想想，这种事情自然会有吃公粮的人去办，你师父还躺在医院的床上，生死不知呢，你还有闲心去管这破事儿？"

他苦口婆心地劝着，而就在这个时候，远处打来了两道强光手电，晃了一遍之后，落到了我们几个人的身上。

紧接着有带着当地口音的老乡问道："你们几个，大晚上的，在这里淋着雨干什么呢？"

我吓了一跳，猛然回头，瞧见从下面泥泞山道走来了十几个人，为首的是一个穿着迷彩服的中年男人，举着手电筒对我们喊话。

马一喦和马丁对望一眼，眯着眼睛不说话。

等这一行人靠近，马一喦不动声色地走到了我们身前，气定神闲。对方则呈扇形围了上来，气势汹汹，领头那人的手上居然还有一把猎枪，径直对着马一喦，然后重复了刚才的话："几位，天都快黑了，在这儿干什么呢？"

马一喦抹了一把脸上的雨水，说道："没啥，路过而已。"

男人将枪口抬高，指着他的胸口，说："举手，举手！听到没有，把手举起来！"

他的声音变得尖锐起来，马一喦并没有抵抗，懒洋洋地举起手来，漫不经心地说道："小心走火，兄弟！对了，您是哪位，有枪证吗，就敢在这儿胡来？”

旁边一村民打扮的年轻人凑上前来，说道："福哥可是我们这儿的民兵排长，你说呢？"

听到这话，马一岙立刻服软了，连忙拱手称大哥，还从兜里摸出了一包软中华来。

我们虽然都穿着雨衣，但还是经历了暴雨浇头，我反正是内外都湿透了，天知道他为什么还能留着一包不沾水的香烟。

香烟作引子，紧张的气氛稍微缓和了一些。马一岙给民兵排长点上，说道："我们是过来找亲戚的，别误会。"

老乡的感情很淳朴，一看对方是抽软中华的，知道对方的身份非富即贵，姿态就低了几分。福哥接过烟来，点上，深吸了一口，有些怀疑地打量了我们一会儿，目光从肥花身上落到了马一岙颇有性格的两撇胡子上，这才说道："亲戚？你们有亲戚在村子里吗？是哪一家？"

马一岙指着深山里面，说："人在那儿，好多年没见面了，这不是找了个女朋友，准备上门来走一走吗。"

他伸手过去，一把揽住了肥花宽阔的肩膀，样子很甜蜜。

瞧见比自己还要魁梧的肥花，以及她那油光满面的圆脸，中年男人有些惊恐，下意识地咽了一下口水，一脸敬佩地笑着说道："恭喜，恭喜。"

言罢，他心有余悸地望了一眼林子方向，说："我知道你说的亲戚是哪个了。只不过……你最好还是别去了。"

"无妨。"马一岙含糊其辞，误打误撞地蒙混过了关，也不多问缘由，而是笑了笑说道，"老乡，瞧你们这下雨天，一大伙人的，是准备干什么去呢？"

听到这话，民兵排长福哥一下子就严肃了起来，说道："下午村里来了几个陌生人，闯进翠花家里连吃带抢不说，还掳走了翠花和他大哥。我这不是听到消息说进了山，所以才带人赶过来的吗——对了，你们几个有没有瞧见三个男人，一个大胡子，一个只有一米五的矮子，还有一个胖墩……"

胖墩？

我们都朝肥花望去，而福哥赶忙摆手，说："没有你媳妇这么夸张的胖，他倒是瘦一点儿的。"

肥花听到，噘着嘴，一脸郁闷。马一咼则犹豫了一下，说道："刚才，就在那边，好像有一声惨叫传来……"他指着刚才我所说的方向，郑重其事地说道。

听到这话，几个人都变了脸色，相互看了一眼，小心确认道："什么惨叫？男的女的？"

马一咼看向了我，而我则回想了一下，那惨叫只是脑补，并非听到，不过看被砸翻倒地者的体型，好像是个男的，于是说道："男的。"

福哥听闻，赶紧招呼身后的人往那个方向走去，随后又问我们："你们怎么办，一起去？"

马一咼摇头，说："不，天马上就要黑了，而且天气也不好，我们不能耽搁时间了。"

福哥点了头，说："也好，不过你们可得小心一点，刚才进我们村子的那几个人，可不是什么简单角色，个个都是亡命之徒，凶得很呢。"

他带着人离开了，望着他们狼狈的背影，马丁皱着眉头，说："这帮人瞧见尸体，会不会过来找我们麻烦？"

马一咼摇头："不会，两边看着不远，但走路却要走好久，人刚刚死的，怎么都跟我们扯不上关系。"

马丁嗤笑一声，说："这帮村民可不是法医，哪里会知道死者的死亡时间呢？到时候几个人一盘算，我们又是外地人，来历不明，说不定就怀疑到我们身上来了。"

听他这么说，马一咼也皱起了眉头。

他问道："怎么样，位置找到没有？"

马丁将罗盘收进雨衣里，点头，指着左边斜刺里的一条小道，说："地方大体是没错，从这里走，一直往前。"

马一咼说："走吧。"

四人没有多做停留，开始踩着被暴雨冲刷过后满是烂泥的山道，深一脚浅一脚地走着。尽管我们进山的时候做好了准备，全部都穿了防水靴，但是靴子里面早就灌满了泥水，一脚踩下去，咕叽咕叽地响。脚丫子在里面浸泡着，我都能感觉到一股变质豆豉的气味在散发，有时候还一脚踩进泥坑里去，拔都拔不出来，让人想死的心都有了。

说句实话，倘若不是前几天马一岙教了我那些运气法门，再加上我用《九玄露》将自己身上的血脉妖力给炼化，让身体在这几天的时间内变得强壮了不少，这样的旅程，要是以前的我估计早就垮掉了。

即使是现在，我也觉得难熬无比，但我并没有抱怨，因为我身边的这三个人，都在埋头行走着。

连话最多的肥花也闭上了嘴巴，尽可能地节省体力。

冒着毛毛细雨行进了差不多半个多时辰，我们翻过了好几个山头儿，终于到了一个隐藏在山梁背面的小村子。

这个村子比山外那个更加破旧，规模也小许多，借着微微的天光，能看见只有七八户人家，而且还分得挺散的，不成规模。

马一岙走在前头，瞧见有民居便停下了脚步。

他眯着眼睛观察了好一会儿，说道："这深山老林的，怎么会有人家呢？"

马丁却挥了挥手，说："正常，我去过云贵高原，再深的山林里，但凡有几亩田地，能种些菜蔬粮食的，都有人住着，有啥稀奇的？"

马一岙摇头，说："不，这儿可不是云贵高原，这儿是江州。"

肥花走得气喘吁吁，整个人都快要倒下了，瞧见了民居，可管不得那些，赶忙说道："那啥，到底还有多远啊？要不然我们今天晚上就在这儿歇下吧？等明天天明了，不下雨了再出发，行不行？"

她眼泪汪汪地看着马一岙，那可怜样儿让人心软，马一岙犹豫了一下，问马丁道："你看？"

马丁爽快地点头，说："行呀，反正还有很长一段路程，与其摸黑摔跤，不如先找个地方歇下，等到明天再出发，磨刀不误砍柴工。"

几人商定之后，我们往林子前的建筑摸了过去。

望山跑死马，那地方看着近，又花了二十多分钟才走到跟前，挨着坡脚下的两栋房子已经腐朽不堪，摇摇晃晃，看着随时都要轰塌。我们这才知道，这儿极有可能是一个被废弃的村寨。

不过很快我们就否定了这个结论，因为在坡脚下种着几亩蔬菜，看这长势，肯定是有人在打理着的。

我们沿着残破的青石板路往坡上走，来到第三家，发现屋架子比别家好一些，瓦片也齐全，门没锁，虚掩着的，但往里走，发现一个人都没有。

我们不确定这到底是什么情况，继续往上走，终于瞧见了一处有光的建筑。

这是一个小庙，跟我见过的所有庙宇都有所不同，除了正中供奉着一座泥胎山神像和两盏油灯之外，其他什么都没有，破烂得不成模样，再加上漏雨，地上泥泞不堪，让人都没办法下脚。

小庙破旧，这并不奇怪，但这么小的一个聚集地，甚至都不能称之为村子，居然还盖了一座庙，这事儿就让人奇怪了。

这儿还有油灯，而且是点燃的。这就更奇怪了。

这地方，肯定有人。

我们确定了这一点，继续往坡上走，来到了距离小庙最近的屋子，发现这儿比下面几家整洁许多，屋边的杂草也清理过，一看就有人生活的痕迹。

一路行来，又饥又饿的我们很激动，想着总算是碰到活人了，于是顾不得面子，赶忙去敲门。

我敲了好一会儿，里面没有人应答。

这个时候，马一奤抽动了一下鼻子，突然低声说道："别敲了。"

我奇怪，说："为什么？"

旁边一直不怎么说话的马丁开了口："你没有闻到一股血腥味吗？"

血腥味？

我愣了一下，这才忍不住深吸了一口气，果然，除了雨夜的凉意和泥土的气息之外，还有一股浓烈的血腥之气，通过门缝儿，从屋子里正悠悠地飘了出来。

马一奤走上前，对我说道："让开。"

我起身走开，马一奤从兜里摸出一把两面发暗的尖刀，往门缝里轻轻一挑，然后往里推，那门就"吱呀"一声开了。

　　马一岙挥手，肥花赶忙举起手电往房间里照去，结果光线一扫，立刻定格在了屋子的正中处。

　　那里躺着两具尸体，一男一女，许是刚死不久，鲜血浸润了地下，正朝着我们这边缓缓流来。

　　流淌的鲜血在电筒的照耀下，十分刺眼。

第六章

麻风少年

又死人了。

看见这一幕，我下意识地打量了一下我身边的这几人，琢磨着到底哪一个比较像柯南。

这也太不科学了！怎么走哪儿，哪就死人呢？

面对这种突发状况，我有些心慌，马一吞和马丁都是精明干练之辈，见状立刻就涌进了房间。一人检查地上的尸体，另外一人则拧开一根油纸包裹的竹筒，光亮立刻充斥了房间，随后他四处打量，找寻着凶手可能留下的痕迹。

我和肥花刚要踏进屋，却被马一吞伸手拦住了，让我们先等等。

我站在门口，进也不是，退也不是，一直等到马丁检查完毕，他才示意我随意，然后沉声说道："动手的至少有三人，体重不一，有一个可能是小孩儿或者女人。事发不久，应该就在附近。"

马一吞正在检查尸体，听到之后，抬头说："是行内的人吗？"

马丁摇头，说："不确定，都有可能。你这边有什么发现？"

马一吞说："出手相当狠辣，用的是匕首，男的是一击毙命，看着好像是被偷袭，女的中了三刀，头部一刀，胸口两刀，这是不给人留活路的做法。

动手的人仿佛是想要掩饰什么，杀人灭口……"

马丁眉头一挑，说："莫不是之前在山前杀人的那几个？他们好像……也是三个人，对吧？"

后面这句话，是对我说的。

我回想了一下当时的情形，点头说："对，是三个人。"

马丁皱眉想了一会儿，这个时候，旁边马一吞的身子却是一下子就绷了起来，朝着里屋快步走去，他吼道："谁？出来！"

没多久，我听到小孩儿的哭喊声，随后见马一吞拎着一个十三四岁的少年到了正屋里来。

那少年被马一吞抓着，又哭又闹，拼死挣扎，可他哪里是马一吞的对手，完全没有办法挣脱开，还是马一吞主动将他扔在了地上。

少年一落地，在地上翻滚一下，突然发力，朝着门口这儿冲来。

我一直盯着他，当他抬起头的那一瞬间，吓了我一大跳，只见这少年的脸上五官畸形，就像是被人用力地揉了一般。不仅如此，他的脸上有许多淋巴一般的斑疹和斑块，颜色淡红、紫红或褐黄，有的发脓透亮，有的上附少许鳞屑，十分恐怖。

他这张脸上各种瘤状物体堆积，仿佛是从地狱里走出来的恶鬼。

我吓了一跳，整个身子都变得僵直，仿佛被人摄了心魄一般，眼看着他就要扑向我，突然间斜刺里伸出一条腿，猛然一戳，将恶鬼一般的少年给踢了回去。

我方才发现，那少年虽然长相丑陋如恶鬼，但身体素质却与常人一般。甚至还不如常人。

只见那少年"哎哟"一声，摔倒在了那一对死去男女的身上，我方才回过神来。这时马丁将手中烛灯扔在地上，我发现地上那一对男女和这少年一般，长相丑陋，宛如恶鬼。

不仅如此，他们的身体也是畸形扭曲的，除了血腥味，还散发着恶臭。

马一吞瞧见我和肥花都是目瞪口呆，浑身发抖，忍不住笑了，说："别怕，不是什么妖魔鬼怪，只是麻风病人而已。"

啊?

我曾听人说过,麻风病是由麻风杆菌引起的一种慢性传染病,得了这种病的人,皮肤和神经都会病变,严重的会残废和畸形,这种病症因为独特的病理,会让病人变得异常丑陋。正因为如此,过去有许多乡村的麻风病患者经常会被驱逐,有的惨死路边,有的则逃进了深山之中,苟延残喘。

我读书的时候,就听一个老家在西川的同学讲起,他们那儿的山里面有一个村子,就是专门收容麻风病人的。

麻风村与世隔绝,他们不出去,外面也没有人进来。

此时此刻,想必我们也是闯进了一个类似的麻风村里。

难怪在山外遇到那些村民听到我们几个准备进山来寻亲时,脸上的神情显得那么不自然。

如果是这样的话,凶手的杀人动机就可以理解了。在这深山之中,骤然瞧见这样容貌丑陋的人,多少也会有些恐惧。

有的人恐惧时会害怕,会逃跑。而对于某些亡命之徒,恐惧时,可能就会动手杀人。

面对着麻风病患者,马一岙态度平和,而马丁却显得凶狠许多,他走到了那个麻风病少年面前,对他呵斥道:"老实点,别乱动,否则我们不客气了!"

马一岙上前,温和地说道:"你放心,我们不会伤害你的。地上这两个人是谁?你的父母吗?"

少年从地上爬起来,满脸恨意,并不说话。

我猜他以为是我们杀了地上这两人,赶忙解释道:"我们是刚刚到这儿的,只是想要借宿,人不是我们杀的……"

马一岙伸手拦住了我,说道:"他知道。"

他继续缓和语气,对少年说道:"凶手应该离开了,你或许看到他们了,或许没看到,但没关系,我们只是来借宿,不会对你怎么样的。"

听到我们的话,少年的脸色方才变得平和一些,犹豫地打量着我们,还是不说话。

马一岙率先走出了屋子，左右看了一会儿，说道："去庙里。"

麻风病是一种有传染性的慢性病，传染类型有直接接触传染和间接接触传染两种，不管是身体接触，还是带菌者咳嗽和喷嚏时的飞沫，又或者传染患者用过的衣物、被褥、手巾、食具等，都有可能传播。

对这一点，大家都了解，所以不愿意在这儿多待。

我们回到了刚才的那个破庙，将庙里的一张破桌子劈了柴生火，而我回头，瞧见那个十来岁的麻风少年扛着锄头，在家门不远处开始挖坑。

他年纪不大，身体不好，那锄头都比他人高，挖得十分吃力。

肥花看不过去，说道："要不然，我们去帮帮他。他也够可怜了，这一晚上……"

话未说完，正在生火的马丁冷冷说道："先管好你自己吧。"

我们这边生火之后，从背包里拿出干粮和饮用水，围在一块儿简单地食用了一顿，开始计划明日之事——一路上马丁和马一岙对于我们的目的地都语焉不详，仿佛形成了某种默契，但是事到临头，却不得不给我们都提个醒，免得到时候来不及反应。

虽然马丁的父亲曾经去过霸下秘境，但是对这件事情，老头儿一直都讳莫如深，很少提及。他仿佛在里面遇到了什么恐怖的事情，被吓破了胆。

马丁之所以知晓，是在后来整理父亲遗物的时候，得到一本笔记，上面叙述了霸下秘境的大概方位以及找寻方法。

但那已经是二十多年前的事情了，时过境迁，具体什么情况，他也没有把握。

可以肯定的是，我们距离目标已经很近了。

马丁告诉我们，明天早上起来，从我们这儿往南，如果找到"秃子坳"这么一个地方，接下来的事情就好办了。

笔记里对应的山川地理，记叙得还算详细，他很有信心能找寻到。

将明天的任务分配妥当之后，马一岙抬起头来，对一直往外张望的肥花问道："那孩子怎么样了？"

肥花一脸怜惜："刚刚埋了，两床薄被子包裹，席子一卷，放进了土里去，坑挖得不深,不过他很坚强……"

我忍不住说道:"他以后可怎么生活?"

"他怎么生活,用不着你管。"马丁咬着一块梆硬的干牛肉,冷冰冰地说道:"世界上那么多的可怜人,不知道有多少人连口饭都吃不上,你管得过来吗?"

他这话让我有些无语,却也知道他说得很实在。

这时肥花喊道:"他朝着我们这儿过来了。"

啊?

包括马一吞在内,大家都很惊讶地站了起来。随后瞧见那个长相丑陋不堪的少年带着一身泥水走进了破庙,在昏黄的油灯照耀下,他的脸显得格外扭曲,浑浊的黏液从他鳞片一样的皮肤渗出,双目通红地盯着我们。

过了好一会儿,他缓缓说道:"我知道你们要去的地方,不过我想跟你们说,它不在秃子坳。"

少年的一句话,就将我们都震住了。

我下意识地向门外望去,从他家到这破庙,至少隔着十几米,那么远的距离,况且他还在忙着掩埋自己的父母,是怎么听到我们谈话的?

偷听吗?

这不可能啊,要知道,刚才肥花可是一直都在看着他的,他若靠近小庙,肥花怎么会没有警示呢?

马丁的脸色也变了,他冷冷地说道:"小孩儿,你知道自己在说什么吗?"

少年抬起头来,倔强地说道:"我知道,不信你们明天去,找得到,当我什么都没有说——这世间,知道霸下秘境在哪里的人,除了我爹娘之外,就只有我一个了……"

如果说先前马丁还是在试探对方的话,当"霸下秘境"这四个字从麻风少年的口中说出来时,所有人的脸色都变得严肃起来。

马一吞走上前一步,盯着那少年,一字一句地说道:"你听得到我们的谈话?"

少年毫不畏惧地扬起头来,说:"嗯。"

马一刳看眼门外，似乎是在测算距离："不错，隔着这么远，居然能听得到我们这儿的谈话，天赋异禀啊！"

马丁有些不高兴了，说："他就算是顺着风听到一两句，又能说明什么？"

麻风少年显然是早有准备，说道："两年前有人来过秃子坳，待了半个月。后来秃子坳垮塌了，附近一带都成了水洼，那是因为霸下秘境的地道出事，直接封住了。你们要想去，就只有一条路，而那条路只有我知道，你们不信的话，明天去实地看一下就知道了。"

听到这话，马丁没有再多争执，而是掏出了罗盘，跑了出去。

过了几分钟，他回到了破庙，盯着那少年说道："说吧，你想要我们帮你干什么？"

瞧见反对意见最强烈的马丁都松了口，麻风少年似乎松了一口气，说道："我可以带你们去霸下秘境，但你们需要帮我报仇，干掉那三个杀害我父母的家伙。"

马一刳眯着眼睛说道："之前你不说，现在讲，哪里还能找得到人？"

麻风少年仿佛早就知道他会这么说，指着自己的鼻子说："我不但顺风耳，而且嗅觉也特别灵敏，能闻到他们的气味。只要你们肯帮我，我就能带你们去找到他们。"

马一刳沉默了一会儿，问道："那帮人出手凶悍，冷血无情，为什么你能活下来？"

麻风少年脸色阴郁下来，说道："我的听觉和嗅觉很发达，当时出事的时候，第一时间躲了起来，只可惜……"

"也就是说，你并没有跟那些人打过照面？"马一刳沉吟了一下，继续问道，"如果是这样，我很难判断我们是否能制得住他们。如果不行，那我岂不是把自己和朋友的性命搭进去了？"

麻风少年有些激动，喊道："可以的，你们可以的，绝对没问题。"

马一刳盯着他，说："不如……报警吧？"

麻风少年听到，突然哈哈大笑起来，他笑得如此凄凉，眼泪鼻涕都不由得流了出来，随后他突然转身，朝着外面走去。

马丁拦住了他，说："去哪里？"

麻风少年抬头，一字一句地说道："我爹死了，我娘死了，他们是我在这个世界上仅有的亲人，没有了他们，我活在这个世界上也没有任何意义，既然如此，不如今天就随他们而去吧……"

说罢，他继续往前走，马丁伸手阻拦，但是瞧见麻风少年那扭曲如恶鬼的脸庞，终究还是停住了。

这时马一岙终于开口了："可以。"

麻风少年听到，停下脚步，回头看着他，有些激动地说道："你说什么？"

马一岙走上前去："可以，我答应你，不过你得记住你说的话，如果你只是在我面前耍心机，我会亲手送你下去陪你父母的，知道吗？"

麻风少年并没有被他的话威胁到，而是激动地说道："好，我们现在就走。"

马一岙伸了一下腰，说："我们赶了一天路，大家都很累了，明天行不行？"

麻风少年摇头，急迫地说道："不行。今晚还会下雨，如果雨幕一大，就会冲散路上的气味，这样的话，恐怕我们就再也找不到那几个人了。"

马一岙眉头一皱，再一次跟他确认，说："你确定自己能凭借着嗅觉，找到那帮人？"

麻风少年使劲儿点头。

马一岙说："你先回家收拾一下，我们这边商量商量再给你答复，可以吗？"

麻风少年看了马一岙一眼，然后转身离开。

他一走，马一岙示意肥花将门关上，然后摸出一盏青铜莲花灯，在莲花瓣的边缘摩擦了两下，有幽幽的蓝色火焰出现，随后他让大家靠拢光亮一些，低声对马丁道："这小孩儿很古怪，你觉得是夜行者不？"

麻风少年的天赋异禀让马一岙产生了怀疑，他弄出这青铜莲花灯，显然是想要隔离那少年的听觉。

马丁犹豫了一下，说："没闻到妖气。"

　　与马一岙不同，马丁并不会在意我和肥花的感受，开口就直言"妖"，好在我和肥花都不是传统的夜行者出身，对这种称谓倒是没有什么反感，也并没有感觉有太多的羞辱。

　　马一岙有些不太确定地问道："那么他刚才的话，有可能是真的？"

　　马丁点头，说："九成吧，他既然这么有把握，肯定还是掌握些东西的，如果情况真如他所讲，那我父亲留下来的笔记内容就没有用了，只能靠他。不过，他说两年前有人曾来过秃子坳，并且地道垮塌，那来的人又是谁呢？"

　　他很是疑惑，而马一岙却做了决定，说："行吧，那我们就出发。说起来，我对那帮随意夺人性命的家伙，也没有什么好感。"

　　马一岙是我们这个小群体的领头人，他既然做了决定，大家就都开始收拾起来。

　　十分钟后，我们收拾好东西准备出门，肥花去对面叫人，而那少年早就准备好了。他换了一身厚实些的衣服，用布条扎了绑腿，又捆了一根红腰带，上面还插着一把柴刀。

　　双方汇合之后，他指着南边的方向说道："往那里走，他们走得不远，我们快一点，应该能追得上。"

　　我望了一眼南边，那正是秃子坳的方向。

　　一行人摸黑出发，因为天实在是太黑了，我们四人都举着火把，免得一不小心就摔一个大马趴。可唯独麻风少年没有。他虽然容貌丑陋，身体素质也一般般，但五感发达，夜里视力也厉害得很，一个人在前面领路，就像一只上蹿下跳的猴子，很是灵活。

　　即便如此，山路难行，特别是暴雨过后的山路，到处都是稀泥，一不小心就会陷入泥坑，抬一只脚都艰难无比。

　　肥花虽然同情麻风少年，但从干燥的篝火堆边，又重新回到满是潮湿泥泞的山路之中，心情顿时郁闷起来，在连续摔了好几个大马趴之后，终于又忍不住了开始唠叨。

　　我的情况不比肥花强多少，从五米多高的坡上摔下去，要不是附近有草木托着，真的会出事。

即便如此，我还是咬牙撑着，不敢多作抱怨。

正如马一夯之前所说，能帮助我的只有我自己。如果我整日牢骚，一点儿责任都不愿意承担的话，还不如回家等死。

如此艰难地在黑夜中行进着，差不多走了半个小时后，马丁叫住了那麻风少年："喂，秃子坳在那边。"

少年回头，黑夜中他的眼睛有些发亮。

他说道："我不叫喂，叫我胡车。"

他终于说出了自己的名字，马丁却毫不在乎，继续指着左边的方向，一字一顿地说道："秃子坳在那边。"

少年胡车停下脚步，也盯着他，认真地说道："我知道，但是我们追的人，走了这边。"

两人相互瞪眼，气氛有些僵持，旁边的马一夯走了过来，拍了拍马丁的肩膀，说："行了，跟着他走吧。"

马丁不愿，说："秃子坳就在跟前，我要去那儿看一下，确定情况。"

他终究还是不愿相信这个容貌丑陋的麻风少年。

马一夯有些为难，虽然之前有过断论，但现如今秃子坳就在不远处，如果能去探查一番，必定能确定许多的事情。

想到这里，他看向了少年胡车，而胡车却是寸步不让，很是坚决，说："不行，他们刚走没多远，如果我们现在停下来去一趟秃子坳的话，未必能再追到……"

马一夯没有说话，他在思考和权衡，这时马丁说道："这样吧，我一个人去秃子坳，如果真的如他所说，我放绿色信号，然后去找你们。要是他说了假话，我放红色焰火，你们直接赶过来。我们有感应符箓，这点距离，应该能找到彼此。"

这个方法折中，比较有操作性，马一夯点头答应。

于是我们在路口分开，马丁继续往南，我们则朝西边的方向前行而去。

与马丁分开之后，麻风少年胡车的脚步显得更加急促。在路况好的地方，他甚至是一路小跑到前面去探路，接着又回过头来催促我们。从他的语气中，我能感觉到他的焦虑，也能明白，我们此刻离杀害胡车父母的凶手，已经越来越近了。

又行走了二十多分钟，我们来到深山的一处水潭前。

这水潭位于一条山涧下游，水潭之下有溪水，暴雨过后，小溪的流量大了许多，从干流蔓延开去。我们从下游往上走，十分艰难，抵达这儿之后，麻风少年显得十分紧张，再三确定无人之后方才敢靠近。

很快，他来到了一块半人高的大石前停下，并且从边上翻出了一个包袱来。

马一吞走上前，瞧见他翻捡那包袱，问道："你着急什么？"

少年指着浑浊的潭水，说道："他们进去了。"

啊？

马一吞有些惊讶："进去哪儿？"

一路走来，少年的精力有些透支，浑身打战，咬着牙说出了四个字："霸，下，秘，境！"

什么？

听到这话，我们都十分惊讶，马一吞赶忙问道："你的意思，这水潭，就是那个前往霸下秘境的另一个通道？"

胡车点头，说："对，霸下秘境，那是你们的说法。我爹把它称作乌龟墓，他还带我去过里面，不过不敢太深入，我们在乌龟墓的甬道口还拿了一些东西，爹爹拿出山外去卖了钱，换了些衣服和盐巴回来。"

我看着那被翻开的包袱，里面有刚刚换下来的衣服和裤子，满满一堆，不过除了衣物之外，再没有其他的东西。

马一吞问道："杀了你父母的那帮人，下水了？"

胡车深深吸了一口气，说："对，下水了，而且时间有些久，差不多有半个多小时了。"

马一吞皱眉，说："你刚才都说了，这世间除了你父母之外，只有你知道霸下秘境的另一个入口在哪里。但为什么这帮人能直接找到这儿来，而且看着好像还是早有准备的样子，难道是你父母告诉他们的？"

　　胡车摇头，说："没有，我爹娘被杀的时候，我在里屋的柜子里听得清清楚楚，他们就是偷袭，进来就杀人，一句话都没有说。"

　　马一杏用手揉了揉太阳穴，说："这不可能啊，怎么这么蹊跷？难道还有其他人在找寻霸下秘境？"

　　从那帮人的表现来看，杀人并不是主要目的。无论是在山外掳走无辜村民，还是在这麻风村偷袭胡车的父母，都只是一种手段而已，而真正的目的，很可能就是冲着霸下秘境来的。

　　偷袭胡车父母，是因为他们笃定这对夫妇知晓霸下秘境的秘密，所以要杀人灭口。

　　至于掳走村民，又是为了什么呢？

　　另外，怎么会这么巧？我们找寻霸下秘境的时候，偏偏会遇到这帮人呢？

　　马一杏一头雾水，我也是莫名其妙，不过胡车显然是不愿意等了，对我们说道："别想了，不管你们想要干什么，都要先进去——要是被这帮家伙发现什么，到时候不管你们想要找啥都没了。"

　　听到这话，马一杏叹了一口气，说："早知道如此，就应该叫海妮过来的。"

　　的确，作为水生一脉的夜行者，天天泡在大缸里面的海妮，最适合来这里了，只可惜跟我们来的是肥花。

　　马一杏并不是犹豫不决之人，叹完气之后，对我说道："你水性如何？"

　　我自小在河边长大，水性还算可以，而"灵明石猴"的夜行者血脉觉醒之后，憋气的功夫也有长进，此刻并不退缩，说："还行，我没有问题。"

　　马一杏又看向了胡车，那少年露出冷冷的笑意："我从这儿去过秘境，你说呢？"

　　马一杏不再多问，吩咐道："肥花，你水性不行，留在这里，一是等马丁，与他汇合，将情况跟他讲明，再有一个就是接应我们。当然，如果一会儿出来的是别人，你留点儿心，记住那些人的样貌特征就行，别轻举妄动，知道吗？"

　　说罢，他把一个金丝绣边锦囊递给了肥花，让她拿着。

这里面有与马丁汇合的符箓手段。

随后他对胡车说道："走吧，你领路——对了，需要潜游多远？"

胡车说："平日里需要三十多米。现在涨了大水，那就不一定了。"

马一杏问我："有问题吗？"

我深吸了一口气，点头表示肯定。几人不再犹豫，开始下水之前的准备，我脱下身上厚厚的雨衣，又将背包递给了肥花，把长衣长裤都脱下，就剩下贴身的衣服。这时马一杏递来一把短刃，对我说道："里面有可能会出现各种状况，你拿着防身。"

我接过短刃，这玩意儿比常见的匕首要短一些，手工制作，槐木柄，有红色棉线缠绕，刀身长约两寸，单面开锋，在火把的照耀下一片雪亮。

马一杏也脱了衣物，甚至打了赤膊，露出了八块腹肌。他舒展着全身，在火把的光芒照耀下，每一块肌肉都泛着光芒，充满了力量。

与我不同，他还准备了防水布，将背包裹着，系在了身上。

至于旁边的胡车，很快就将衣服脱了个干净，露出佝偻畸形的身形——他的脚一边高一边低，身上有许多条形瘤子，上面还渗着发黄的黏液，衣服脱下，臭气飘散，触目惊心，让人不敢久视。

我和他一起下水潭，会不会被传染？

没等我多想，那少年就扎紧了红腰带，将柴刀拿好之后，一个纵身，就直接跳进了浑浊汹涌、不知深浅的潭水中。

水道漫长，他一下去，马一杏怕跟丢，也下了水。

我是最后一个下水的，一跳进潭水里，就感觉水势很汹涌，想要把我往下游推去，我将马一杏给我的短刃咬在嘴上，然后伸展双手，开始向潭底游去。因为水过于浑浊，而且又是夜里，我尝试着睁开眼睛，却发现一片黑暗，只能凭着大致的感觉和前方的水流来判断马一杏和胡车的方位，紧紧跟随。

我跟着游到了水潭底部，往左边游去，没一会儿，我伸手摸到了岩石，继续摸，大概感觉到在靠近山壁的位置处，有一条藏在潭底深处的暗道。

胡车和马一杏已经沿着那条水道游了进去。我受水流冲击，又基本看不见，跟两人拉开了距离，所以有些焦急，赶忙跟上去，不过水道里面的水流有些湍急，不断地向外涌，让我行进有些吃力，不断地往外滑去。

如果是搁平日里，我早就放弃了，赶紧浮出水面去喘口气，可这个时候，我却能凭借着意志坚持住。

我奋力往前游，如果水流太大了，我就尝试着伸手去抓住旁边的石壁，稍微固定住自己的身形再继续前行。

这一段潜游对我的考验是巨大的，特别是在赶了一天山路身心疲惫的情况下。

然而就在我感觉自己马上就坚持不住的情况下，九玄露的作用凸显出来，我的心脏沉稳地跳动着，一股又一股力量充斥在了我的全身。不但如此，还将我几近干枯的肺部，一下子又润湿舒展了起来。

这种感觉，就好像是长跑的时候身体达到了极限，你以为你就要趴下去了，但努力坚持咬牙扛过之后，突破极限的感觉。

那个时候，你能生出更大的劲儿，继续往前冲。

我在与自己角力。

凭借着意志，以及血脉之中的力量维持，我一点一点地往前游，迎着那湍急的暗流。然而这一段潜泳的过程是如此漫长，让我甚至都有些绝望。

马一岙和麻风少年胡车早已不见了踪影。

到了这个时候，就算我放弃了前行往回游去，这一口气也未必能坚持到外面去。

就在我以为自己真的不行之时，头顶突然一空，我猛然划动双臂，双脚一蹬，终于浮出了水面。

周围一片黑暗，我不确定这到底是什么情况，只听到不远处有轻微的风声传来，仿佛厉鬼在洞中哭诉，让我的心脏猛然一阵收缩，恐惧油然而生。在深深吸了几口气之后，我将短刃握在了右手上，忍不住喊道："马兄？马兄……"

我大声喊着，然而除了回响，没有任何回应。

我有些害怕了，因为刚才潜行的时候，我就已经跟马一岙、胡车两人脱了节，此刻终于找到了出口，却不见到人，也没有任何动静。在这样幽闭寂静的环境下，一切都未可知，黑暗中仿佛潜伏着恐怖的巨兽，孤独感顿时生了出来。

我一边喊着同伴的名字，一边往旁边游。

好在这出口并不宽阔，很快我就摸到了边缘的岩石，赶忙爬上去，将要离开水面的时候，我一翻身躺在了岩石上，长长地吐了一口浊气。

呼……

果然，这一次过来，还真的是惊险，差点儿死掉。

我要不是有那几天在羊城小院里临时抱佛脚学的一点儿基础，恐怕就真的要淹死在这长长的地下暗流之中了。

我躺了十几秒，又或者半分钟，感觉浑身酸疼，两只脚直打晃，站起来都有些困难。

即便如此，我还是强撑着，左右打量着，努力从那黑漆漆的视野之中找到熟悉的身影。即使周围是一片黑暗，但是如果有人移动的话，视网膜还是能捕捉到动态物体的。

但不管我怎么看，都没有瞧见人影。

怎么回事？

我有点儿蒙，想了好一会儿，方才发觉，我很有可能是走错路了。

因为胡车先前说了，差不多三十多米的潜泳暗道，但回想起我刚才游的那段距离，别说三十米，六十米都有可能。仔细思索一下，这水潭即便是再涨水，也不可能多出这么多。

"马兄，马兄，胡车……"

我又喊了两声，依旧没有回应。我又回到了那水眼边，盯着那晃动不休黑漆漆的水面，琢磨着自己要不要再回去一趟。

毕竟在这黑漆漆的地下洞穴里，要是真的走失了，是很危险的。

只是我刚刚从那憋闷无比的水道里死里逃生，此刻再回去的话，多少是有一点儿抗拒心理的。

这时，一束光从远处打了过来，落到我的身上。

在这黑漆漆的环境里，突然被强光照着，我的眼前只有白茫茫的一片。可我还是努力睁开眼睛，想要看清楚来者何人，却听到有一个女人的声音响起："咦？侯漠，你怎么会在这里？"

在我的想象中，最好的结果是马一呙和胡车，而最坏的结果，是我们追踪的那三个穷凶极恶之人——如果是他们，我肯定必死无疑。

然而让我意外的，居然两方都不是，而是一个让我怎么都想不到的人。

秦梨落。

这个女人之前现身对我出言招揽，在我拒绝之后又十分洒脱，飘然而去，没有再找过我一回。我不知道是因为我这事儿实在是太麻烦，他们不愿意承担风险，还是笃定我就是那孙猴子，怎么都逃不出他们的五指山。

总之我以为当日一别，定不会再有重逢之日，却没想到在这么一个秘境，居然又碰面了。

人生还真是奇妙。

我的眼球逐渐适应了对面的强光，也瞧见了来人不但有秦梨落，还有当日在莞城金太子 KTV 里跟我们和和气气劝酒道歉的黄毛。

对，就是那个鹰钩鼻眯缝眼，这位爷看着客客气气，转身却在酒里下剧毒，可不是寻常人等。此刻的他出现在秦梨落的身边，脸色依然阴冷，在他们的背后，还有一个白发的老先生。

同样都是白发的老先生，马一呙的师父王朝安气质卓然，宛如谪仙，让人看一眼就心生敬仰。眼前这位则是贼眉鼠眼，一脸褶子皮和老人斑，眼神阴沉，让人瞧着怎么都不舒服。他就仿佛藏在枝头树梢上的毒蛇，阴沉而凶狠，好像随时都会蹿出来给你来上一口似的。

这三人立刻朝着我围拢过来。

秦梨落走在最前面，打量着弓身防范、紧握短刀的我，不由得笑了，说："你怎么会在这里？"

对方目的不明，我不愿意上来就交底，不答反问道："你们在这儿干什么？"

黄毛尉迟听到我的这话不由得恼怒起来，笑骂道："嘿哟，你个小兔崽子，还挺狂的，几天不见，居然敢顶嘴了？"

　　他与我虽然只有一面之缘，但应该是听说过我的，晓得我的底细，所以毫不客气，骂完之后抽身上来，一个长拳，想要将我揪住擒下之后再问。

　　他的身形矫健，骤发即至，然而眼看着就要揪住我的脖子，却被一抹寒光给拦住。

　　这抹寒光，是马一吞送给我防身的短刃。

　　我右手抓着短刃，左手前挡，整个人蹲着马步，身体的重心放低，就像与敌人对峙的螳螂。黄毛尉迟一击没有得手，差点儿还被伤到，不得不往后一退，瞧见我摆出来的架势，不由得笑了，说："嘿，三天不见，上房揭瓦，瞧你这样子，真是长能耐了啊？"

　　我这两年虽谈不上走南闯北，但在珠三角区域到处跟各种合作商以及物流系统的人打交道，什么人没有见过，所以也培养出了"沉稳"的气质。此刻虽然有些心慌，却也没有表现出来，而是平静地说道："秦小姐跟我说过，我们之间的事情早就两清，一笔勾销了，尉迟兄这回见面，上来就咄咄逼人，是不是有点儿不妥？"

　　被我点名道姓，那黄毛有些羞恼，骂骂咧咧道："给点儿阳光你就灿烂，你以为你是谁啊？来来来，老子陪你玩儿，看我不弄死你……"

　　"等等！"

　　他还要上前，却被秦梨落给叫住了。

　　这是个极有魅力的女人，即便在这样黑黢黢的洞穴里，借着强光手电的光线，我也能看见她湿漉漉的薄衫之下，包裹着一具让男人心惊肉跳、鼻血直流的美好身体。想必她跟我一样，也是在水里潜游过，全身湿漉漉的，所以将乌黑油亮的长发扎成了马尾，露出艳丽的俏脸和修长白净的脖子。

　　我下意识地咽了一下口水，秦梨落好像感受到了我炙热的眼神，瞪了我一眼，这才说道："士别三日，当刮目相待，你现在已经不是吴下阿蒙了？"

　　我费了极大的意志，才将眼神从对面这女人的身上收回来，说道："那是自然。"

　　"少年得志，一飞冲天啊。"秦梨落叹了一声，然后盯着我说，"我猜猜啊，你既然来了这里，想必也是得到了消息，知道这霸下秘境之中有弱水。你想要渡过成为灵明石猴夜行者的那五重劫，弱水是必需之物——只不过，光凭你一个散修的夜行者，是不可能找到这里来的，告诉我，你是跟着谁来的？"

没想到她不但人美，思维逻辑也是极为缜密。不过我并不愿意暴露马一奤的消息，所以说道："自己来的，不行？"

"别给脸不要脸啊！真以为我们收拾不了你？"见我如此不配合，旁边的黄毛尉迟耐不住性子了，恶狠狠地瞪着我说道，"秦小姐跟你说话是客气，你别把我们当成做慈善的老好人，真惹恼我们了，这荒郊野岭的，宰了你，谁会知道？"

黄毛的威胁让我心头一跳，想起黄泉引那伙人的毒辣，我有些心慌。

秦梨落却笑了起来，说道："你不说，我也知道你跟谁来的。"

秦梨落浅浅一笑，笑颜宛如瞬间绽开的幽昙，娇媚地指着我说："我听闻，前些天在鹏城发生了一件大事，湘南奇侠王朝安跟著名的东南亚大妖鼠王普锐斯发生冲突，两人激斗过后，鼠王断了一臂，而王朝安则毒入膏肓、重伤昏迷。他弟子马一奤正在四处想办法，想要挽救自己师父的性命。据说这霸下秘境之中，有一物名曰后土灵珠——如果我猜得没错，你应该是跟着马一奤过来的吧？"

听她娓娓道来，我不由得心惊肉跳，忍不住问道："你认识马一奤？"

秦梨落摇头，说："只曾听闻，倒未见过。不过说起那帮所谓的'正派人士'，在我看来，大多都是些虚伪君子，徒有其表，唯独这位马一奤还算不错。听闻他早年间帮人打拐，奔走三年，硬生生救下孩童和妇女数百人，算是一支清流。就算是我们内部谈论起来，也觉得唯有此人可称君子。"

我听她这般夸赞马一奤，暗自松了一口气，说道："你既然知道我们的目的，不如彼此行个方便，如何？"

秦梨落听闻，微微一笑，美眸之间清丽的光芒转动，却不说话。

旁边的黄毛尉迟却忍不住冷哼一声，说："你倒是想得美，就算他马一奤算条汉子，但跟我们半毛钱的交情都没有，我们凭什么给他面子？你知道我们为了来到这儿，是花了多少钱得来的消息吗？好了，既然大家都抵达此处，而且都想要拿到这些东西，各凭本事吧。"

秦梨落这才说话："对，各凭本事吧。"

她说罢，起身离开，尉迟也不再理我，跟着往外走，唯独那个白发老先生一直盯着我，不知道在想些什么。

我瞧见他们就要离开，想到自己一个人在这儿，什么都不懂，此刻就算回到暗道里，也未必能找到马一岙和胡车，想了想，忍不住喊道："哎，等等……"

秦梨落停步，回过头来，笑吟吟地看着我，说："怎么？"

我被她看得有些尴尬，不过还是说道："相逢即是有缘，既然大家这么巧能碰上，不如一起走？"

尉迟并不愿意，说："鼠有鼠道，猫有猫道，你自有路子，何必跟着我们一起？"

我知道此时此刻，在这样的环境下，跟着他们几人才是保命的最佳选择，于是也不恼，长期的推销工作让我并不介意低下头，更何况是为了保住小命呢。于是赔着笑说道："在家靠父母，出门靠朋友，人多力量大，你们说是吧？"

尉迟还想拒绝，秦梨落却点头说道："好，你跟着吧，不过我们可不保证你的安全。"

秦梨落在三人之中的地位仿佛最高，所以她一发话，尉迟即便是不愿意，也闭上了嘴，不再多言。

至于那白发老先生，他就像闷葫芦一样，基本不说话。

确定了入伙，我就跟着三人一起走，因为泗水潜渡的缘故，我就穿着贴身的衣物，鞋也没穿，手上就一把短刃。我们所处之处，却是一个地下溶洞之类的地方，离开水眼往外，是一个四通八达的地下空间，温度很低，有风吹来，一阵萧瑟，吹得我直哆嗦，冷得厉害。

这三人也是浑身湿漉漉的，不过走了几步，我却发现三人的身上居然有微微的水汽腾然而起，穿着的衣服居然慢慢就变干了。

这手段让我惊讶无比，下意识地运转体内血气，却发现完全模仿不了。

我跟着三人前行，尉迟手中好像有一块青铜板，他时不时用电筒照看，仿佛在比对着什么，秦梨落负责在岩壁上面画记号，免得我们在这昏暗狭小的地下甬道中迷路，至于那个从不说话的白发老头儿，他如同影子一样，走路都不出声，一点儿存在感都没有。

走了十几分钟，前面传来了水流声，紧接着我听到尉迟轻声喊道："应该到了。"

他刚刚说完，前方突然传来了一大片的扑腾声，哗啦啦一阵响，随后无数拳头大的黑影从我们的头上扑腾而来，整个空间都充斥着沉闷古怪的气味，我吓得紧紧靠住山壁，抓着短刃准备反击，但这个时候前面的手电却熄灭了。

我听到尉迟低声说道："不要慌，就是些蝙蝠而已，莫乱动，等一等就好。"

我顿时放松下来，下一秒，却瞧见那拳头大的蝙蝠突然下降，哗啦啦地扑面而来。

紧接着，我的右手臂和脖子上就传来了一阵剧烈的疼痛。

糟糕，我被咬了！

被咬的一瞬间，我有种想骂人的冲动。不是说这蝙蝠不咬人吗，怎么话刚说完，它们就张嘴了呢？

我恼怒不已，剧烈的疼痛让我的大脑在短时间内一片空白，本能地挥舞着手中短刃，另外一只手去拍打咬在我身上的蝙蝠。当时一片混乱，那些蝙蝠拍打肉翅的声音在我耳边不断回荡，无数拳头大的黑影在我头上环绕着，"啪、啪、啪"，就仿佛地狱一般。

就在这个时候，我突然听到一声"扑哧"的撕裂声，随后耳边的那些扑腾声，居然迅速上扬而去。

我背靠着山壁，抬头望去，发现蝙蝠群开始向上飞起，而一股酸臭的气味涌到了我的鼻翼之中。

这味道像极了脚臭，我吸了一口，感觉半边身子都些发麻，脸也有些僵。

正在这时，却有一只手从旁边陡然伸来。

我当时有些慌乱，遇到东西靠近就下意识地挥刀去挡，对方仿佛早有预料，一搭手将我的右手擒住，随后我的嘴巴被一颗小指头大的丹丸顶住，使劲儿往我嘴里按。

这时有手电的光照了过来，我才发现靠近我的居然是那个一直沉默的白发老先生。

紧接着尉迟的声音传来："张嘴，这是夏侯老师的解药，你要是不吃就得死在这里了。"

听到这话，我方才瞧见我们这一块区域，居然有一大股紫色的雾霭笼罩着，而在这么一大团气雾的包裹下，那一大群蝙蝠虽然不断围绕着，却一直都不敢再靠近。

当然，也有靠近的，但一接触这紫色雾霭，就如同下锅的饺子一般簌簌往下落。

我这才知道，这些蝙蝠之所以不敢靠近，是那白发老先生施展了手段。这紫色雾霭内中藏有剧毒。

弄明白这个，我赶忙张嘴，一口吃下那丹丸。

这丹丸不知道什么材质，入口即化，我还没尝出什么味道，就变成一股清凉的液体流入胃中，在四肢百骸中扩散开来，让我原本僵硬的身体恢复了活力，就连之前被蝙蝠咬过的伤口也从火辣辣的疼痛中解脱出来。

白发夏侯的手指冰冷，待我吃下，这才收回手，然后一声不吭地与我擦肩而过。

两颗丹丸从他的手中飞出，秦梨落和尉迟接住，毫不犹豫地放进了口中。

在这紫色雾霭的笼罩下，我们彼此掩护着往前走，我的身上有四五处伤口，尽管有那丹丸的清凉感觉，但还是有些疼。秦梨落走上前来帮我检查了一番，然后说道："没事，虽然这猪嘴吸血蝠的牙齿有些毒素，但有了夏侯老师的镇毒丸，应该不会感染的。"

虽然危机化解，但我心头仍有些火气，问道："不是说不会咬人的吗？"

秦梨落解释道："普通的蝙蝠，只要你不招惹它，基本上是不会主动攻击的，但是这种猪嘴吸血蝠就不同，它们的领地概念很强，任何闯入它们领地的，都会被疯狂地攻击。不死不休，所以才会这样子。"

这时尉迟接话说："这种蝙蝠一般都是在西南苗疆和东南亚一带，按理说是不会出现在江州这儿的。现在看来，很有可能是有人故意将它们放养此处，作为秘境屏障。"

他边说话边将手中的强光手电往前晃去，突然停了下来，激动地喊道："找到了。"

我顺着光亮望去，瞧见前面的转角处出现了一个大水洼。

水洼旁边有一个挂着水幕的洞口，洞口顶端处有五个大大的文字，强光手电照过去，光线透过水帘，我隐约能瞧见一些，只是那并不是我认识的文字，有点儿像是符文，或者甲骨文一样的玩意儿。

洞口里面有巨石封着，好像走不进去。

秦梨落也有些激动，吩咐我们道："走，赶紧走。"

我们快步走到水洼边缘，这水洼差不多有五六米的半径，形状很不规则，不知深浅。如果想要抵达洞口，就需要绕过水洼，走过一块湿漉漉只有半米宽的潭边岩石。这儿长期被水浸泡，又湿又滑，很容易跌进水洼。

这儿很有可能就是霸下秘境的水中入口，那我的同伴们会不会在这附近？

我脑中一团糨糊，走过那条小道的时候脚下一滑，差点儿跌进水洼中去。好在一直盯着我的夏侯老头儿伸出手一把抓住了我，才没有让我变成落汤鸡。

这个时候，秦梨落也回过头看了我一眼，指着不知深浅的水洼说道："小心点儿，下面的鱼很凶。"

我低头一看，才发现这平静的水洼下暗流汹涌，我脚下有碎石滑落，立刻有一条黑背鱼浮出水面，这玩意儿有成人巴掌那么大，硕大的脑袋占据了身子的大半。张着嘴时能让人感觉到森森的利齿尖牙。

我吓得赶紧伸手抓住旁边湿滑的山壁，瞧见黄毛尉迟和秦梨落都手脚轻灵地越过了洞口的水幕，我不敢拖延，也跟着往前走。

小心翼翼地过了雨幕，我才发现这敞口处居然摆放着一块石床一般的大石头。

那石床有半米多高，在它的四个角落各点着一支红色的蜡烛。

蜡烛应该是烧了一段时间，流了许多的烛泪。

这并不是重点，让人惊骇的是石床之上居然躺着一个红袄少女，身体被摆成一个"大"字。

烛火跳跃之下，尉迟和秦梨落的表情都很严肃。我走上前去，发现女子气息全无，已经死了。她的手掌脚心，都被大铁钉子给钉在了石床之上，七窍都被污泥封住，额头上也有一根钉子将其钉住。

鲜血从伤口中流出，布满了石床，甚至都流到了地上。

我再走近一些，瞧见石床周围，被人用鲜血为媒介画了许多乱七八糟的符文。诡异的气氛配合这些古怪的血色符文，让人心情无比沉重。

尽管我以为自己这些天见过了不少惊悚之事，遇到任何事情都会波澜不惊，但此刻瞧见被钉在石床之上的红袄少女，我还是被吓得心惊肉跳。

我忍不住问道："这个是……"

秦梨落脸色铁青，指着前方说道："血祭，有人通过祝巫邪术，用这少女的生命来作为祭祀，从而打开了霸下秘境的大门。"

我顺着她莹白的手指望去，瞧见前方堵住洞口的巨石，裂出了一条缝儿来。

这条缝儿，刚好够人侧身进入其中。

我打量着躺在石床上面的红袄少女，不由得想起了在山丘香樟树上瞧见的事儿，一下子就意识到，她极有可能就是村子里那个被人掳走的少女。

而如果是这样的话，那么杀害她的人，就是杀害胡车父母的那三个人。

也就是说，那三人，其实也是冲着霸下秘境过来的。

不但如此，他们还对秘境十分了解，不但杀掉了知晓霸下秘境另外一条通道的胡车父母，还知晓进入秘境的办法，甚至提前掳走了人来做血祭。

如果是这样的话，他们很有可能就是胡车口中两三年前来过霸下秘境的人。

想到这里，我故意问道："这是什么人干的？"

秦梨落摇头，说："不知道，不过大家都小心一点儿，特别是你，从目前的情况来看，他们都是杀人不眨眼的家伙，很难对付。"

我这么试探，是想要知晓秦梨落等人是否跟那三人有关系。听她这么一说，我心里也有了判断。

秦梨落郑重其事地提醒了我们所有人，开始往前走去，我有些犹豫，指着石台上面的红袄少女尸体说："我们不帮忙处理一下？"

尉迟回过头来，一脸讽刺地说："别在这儿装圣母了，在这个鬼地方，你首先得保证自己能活下来，再扯别的好吗？你在这儿张罗着给她收尸，有没有想过，一会儿你死了，会不会有人来给你收尸呢？"

说罢，他跟着秦梨落往前走，而白发老头儿则没动，平静地站在旁边。

尽管秦梨落表现得十分洒脱，但对于一个陌生人，他们多多少少还是会有防范的。

我有自知之明，在等着秦梨落和尉迟相继走进那门缝儿中去后，没有再停留，也跟着一起进去。

那门缝儿狭窄，巨石很长，我足足走了半分钟才进到里面，还没来得及观察洞中情形，就听到尉迟的声音又响了起来："这到底是搞什么啊？"

我往前走了两步，一股浓郁的血腥之气传入口鼻之中，借着尉迟手中的手电一看，只见头顶上，吊着一具又一具的尸体。

零零散散，差不多有三五十具。

微风一吹，摇摇晃晃，就好像是到了森罗地狱里一般。

这场面让我忍不住头皮发麻，随后我发现，这些吊在岩洞顶端的尸体，并非是刚刚死去的，而是死了很久，甚至都已经没有尸臭了。

不过这些也并不是干尸骷髅，虽然看上去衣衫褴褛，但给人的感觉还有些油腻。就像是农家挂在灶头的烟熏老腊肉一样，有一种很诡异的感觉。

等我的心情恢复过来时，听到秦梨落低声说道："嘘，禁言，别惊动这些家伙。"

我听了，忍不住小声问道："什么，这……他们还能活过来不成？"

秦梨落回过头，眯眼打量着我，微微一笑，露出了一口皎洁的白牙，说："你觉得呢？"

我搞不清楚她话里的意思，满脑子里想的都是民间传说中的僵尸鬼物，张了张嘴，却不敢再多说一句话。

几人停滞不前，秦梨落推了一把满脸不情愿的尉迟，尉迟回过头来，指着我，用命令的语气不容置疑地说道："你走前面。"

我一愣，说："为什么？"

尉迟说道："跟着我们，受到我们的保护，就得承担起必要的责任。我也不强迫你，你不上前，那就出去，离开这里，咱们谁也不欠谁的……"

如果是在最开始相遇的时候，我被他这么一激，说不定就真的走了。

但是都已经到了此处，我可不敢一个人乱走。

尉迟这般逼迫，我虽然百般不情愿，但知道自己被他们带着过来本就是用来蹚雷了。犹豫再三，终究还是生不起反抗之心，于是硬着头皮说道："走就走，我也不愿意占你们便宜。"

我走上前，小心翼翼地从那一具又一具的"老腊肉"下方走过。

这些吊起来不知道死了多少年的尸体虽然不臭，但是身上的尸油滴落在下方的岩石上，常年浸润，湿滑无比。而我入水的时候就脱了鞋，这一路都是光着脚板过来的，走过那条尸油浸润的小路上又恶心又滑溜，好几次都差点儿摔倒在地。

我想起秦梨落刚才说的话，生怕弄出什么大的动静让这些死人真的活过来，越发小心翼翼，弓着身子，将重心压低，防范着湿滑的路面。

好在这条吊着尸体的通道并不算长，如此小心谨慎地踱步，总算是走了过去。

我来到一个转角，把脚板底往地上刷蹭，将脚底沾着的那些恶心油垢擦干净，一想到这些油垢很有可能就是那些尸体身上滴落的尸油，我的胃部就翻腾不休，酸水直冒，差点儿就要当场吐出来。

就在我稍微松了一口气的时候，却听到身后不远处的尉迟突然惨叫了一声。

我回过头去，却见到后面的手电筒光线猛然一晃，紧接着尉迟整个人都摔在了地上，随后有一大片密密麻麻、指甲盖儿大的黑亮小虫不知道从哪儿爬了出来，朝着摔倒在地的尉迟涌去。

不但如此，这动静一起来，不知道从哪儿就刮起了一阵阴风，从我身后吹来。

这冷风凛冽阴寒，让我都忍不住打了一个寒战。

呼……

洞穴甬道的宁静，仿佛都随着尉迟的这么一摔而终结。

一直在我后面小心跟着的秦梨落没有回身去救黄毛尉迟，而是一脸惊慌地快步往前冲，如同一阵风似的瞬间就超过了我，瞧见我一脸茫然，她出手拽我："愣着干吗？不想死就赶快跑……"

我被秦梨落这么一拽，也赶忙往前走，结果刚走两步，突然冲出两个黑影来，手持利器，恶狠狠地朝着我刺来。

我吓了一跳，下意识地往前一滚，避开了这一刺，借助着远处的灯光看去，发现这两个身影居然是木偶。有点儿像是皮影戏里的牵线人偶，上面有线扯着一样。

它们的脸与人相似，惟妙惟肖，只不过显得僵硬木然。

这东西整体上僵直可笑，唯独那对眼珠子却十分有神，乍一看，仿佛并不是玻璃珠子或者宝石镶嵌的一般，如同活物。

事实上，这两个木偶的灵敏程度跟活人一模一样，在我避开了它们的第一次袭击之后，居然纵身一扑，又朝着我冲了上来。

我手持短刃，猛然一挥，正好斩在了那木偶上。

咚！

短刃斩在木偶的手臂上，我本以为就算是斩不断对方，至少也能削下一层木屑来，毕竟马一峦给我的这短刃制作精良，削铁如泥。却没想到短刃好像斩在了精钢上一般，不但没有伤到对方，反而有一股巨力传了回来，让我一个趔趄，有些站立不稳。

我这边身子一阵摇晃，就被另外一个木偶追了上来，对准我的心口就是一刀。

我虽然跟肥花、马一峦有过实战操练，但哪里有此刻这般危急，我手忙脚乱，避之不及，幸好在此时，从旁伸出一条滑如凝脂的雪白长腿，重重地踹在了那木偶胸口，将其击退到几米外去。

救我的人正是秦梨落。她一腿踢开人偶之后瞥了我一眼，没有再多说一句话，转头就走。

我能感觉得到她眼中的不屑，仿佛在说："我已经仁至义尽了。"

被人鄙视，而且还是被一个美女鄙视，这是很让人不痛快的事情，但这不痛快与眼前的生死相比，又显得如此渺小。我连滚带爬地起来，跟着秦梨落往前跑，却感觉身后的风声呼呼响，那两个该死的木偶如同猎豹一般，紧紧相随，完全不像是木头雕出来的玩意儿。

到底是谁在操控这些玩意儿？

如此狂奔一会儿，突然听到一声惊叫，我下意识驻足，瞧见前方居然出现了一个宽约两米的缺口。

那缺口深不见底，秦梨落因为没有注意到，失足踏入其中，虽然反应及时，但也只是攀住了缺口的边缘，差点儿就跌落下无底洞了。

我得了秦梨落的提醒，戛然驻足，没想到身后的人偶突然一撞，我整个人就失去控制，直接跌落缺口之中。

我下意识地伸手，四处乱抓，却听到上面一声娇呼，紧接着秦梨落也掉了下来。

两人都失去了支撑物，朝着下方急速跌落。

当时的情况实在是太危急了，我还没有反应过来，就跌落到了泥坑之中。

砰！

所谓泥坑，自然很浅，好在我落下来的时候，感觉身下有软滑冰冷之物垫底，将那重力缓冲了，抵消了下坠的力量，没想到紧接着一具软绵绵的身躯砸在了我的身上，是跟着摔下来的秦梨落。她虽然不重，但在加速的作用下猛然砸落，差点儿把我给活活压死。

就在我摔得七荤八素的时候，只听到身上娇躯一声尖叫，紧接着周遭短暂的平静被打破，一下子就热闹起来。

无数冰冷湿滑之物在我的身边蠕动着，甚至有一条活物从我的脚底划过，那种清澈冰冷的触感，让我的心瞬间跌入了冰洞。

蛇！

对，蛇，就是蛇。而且还不只是一条，是一大群——我们居然掉进了蛇窝！尽管一片黑暗，我却能感觉到，周遭有着无数长蛇在游绕，有的退避，有的靠近，还有的吐出细长的信子，朝着我们示威。

一想到这些凶煞吓人的冷血动物，我鸡皮疙瘩瞬间就起了一身，而身边的秦梨落也没有了刚才的沉稳，尖叫的声音将整个洞穴都搅得一团混乱。

这个女孩儿看上去沉稳淡定，但对蛇这种冷血动物，终究还是有着天生的恐惧。

怎么办？

当时我的脑海里一阵混乱，然而秦梨落的表现失常时，我却镇定了下来。

我是个男人，必须得在这个关键时刻站起来。

我迅速冷静下来，随后发现，虽然周遭的无数长蛇盘着尾巴，上半身高高抬起，不断摇晃，仿佛随时都要张嘴咬来一般，但终究还是没有一条毒蛇敢上前。

这是为什么呢？

我脑子飞速思考，在感受着这些长蛇的进退时，突然间想到了一件事情。

长蛇是什么？是冷血动物，它们有一整套趋利避害的反应机制，之所以这般小心翼翼、如临大敌，肯定是把我们当作了大的威胁，才会这般裹足不前。

但我算什么威胁？

要知道，虽然我手中有一把短刃，但如果是好几条长蛇一起游上来咬我，不管有毒没毒，我都招架不住。

那它们为什么不上来呢？

几秒钟之后，我终于想明白了——唯一的解释，恐怕是它们在畏惧我的身份。

夜行者，而且还是一个有着灵明石猴隐性血脉的夜行者。

它们怕这个？

想明白了这件事情，我做了一个大胆的决定。

说时迟那时快，我果断地用短刃在自己的左胳膊上划出了一道伤口，然后使劲儿绷紧肌肉，让里面的鲜血流淌出来。

这种尝试其实是很冒险的，因为如果我的猜测是错的，那些围着我的无数毒蛇，很有可能会受到血腥味的刺激越发狂躁，一拥而上，说不定就将我们都给淹没了。而面对这么一群又一群的毒蛇，就算是我和秦梨落再厉害，都未必能扛得住这围攻。

当鲜血流淌出来滴落在泥坑中时，原本虎视眈眈、随时准备弹射而来的蛇群，居然开始退缩了，翻卷着后撤。

我小心翼翼地试探着往前，发现除了被我掉下来时压死、压伤的长蛇之外，其他的蛇群都下意识地往旁边绕开，我终于放下了心，转过身去扶住了瘫软在地的秦梨落，说道："你怎么样，还能走吗？"

原本英气逼人的秦梨落此刻连站都站不起来，我以为她是吓得腿软了，可她说："我，我被咬了，不能动，一动就会加速血液的流动，如果毒火攻心，就必死无疑了。"

什么？

这蛇窟距离上面的通道足有七八米，黑乎乎一片，什么都瞧不见，我几乎是两眼一片黑，仅仅能凭借着感觉去感知周围的情况，自然也看不见秦梨落的伤情。听她这么一说，我赶忙说道："你别动，我帮你吸出来。"

我在确定周围的蛇群不敢上前之后蹲下身，小心翼翼地往前摸，抓到了一条小腿。

秦梨落的腿要比寻常女子长些，我抓在手中，感觉到一阵滑腻，如同摸到玉器一般。

结果秦梨落的脚一缩，略有些娇羞地说道："不是这条。"

我换了一条，半蹲下来，右手在身上擦了擦，这才伸过去，确认了一下，发现的确有两个深深的咬痕，有血液往外涌。而且因为毒素的作用，那脚踝已经肿大了许多，就像粽子一样。

我深吸了一口气，然后将嘴唇贴在伤口上，开始吮吸。

秦梨落虽然假装淡定，但当我抓着她脚踝的时候，整个人都在轻微颤抖，仿佛在极力克制一般，而且她有些不确定我是否懂这个，担忧地说道：

"你吸可以，但得赶紧把它吐出来，千万别咽下去，不然到时候你死了，我可不负责。"

我自然懂得，一口又一口地往外吸，吸一口吐一口。

尽管我十分小心，但是蛇毒在口腔里含着，短暂滞留还是有些反应，没一会儿，我感觉自己的腮帮子有些发麻，牙龈也开始疼痛起来。

即便如此，我也没有停下来。

不过即便是秦梨落的美腿，在这样的环境里吸吮那沾满了恶臭污泥的长腿，也并不是一件香艳的事情，我努力保持清醒，免得自己呕吐出来。

过了一会儿，秦梨落出声喊道："好了，这里好了。"

我放开了她的脚踝，揉了揉发麻的腮帮子，然后问道："另外一处伤口呢？"

秦梨落沉默了一会儿，最后小声地说了一句话："在这。"

说这句话的时候，她娇羞不已，我差点儿听不到她的声音了。

呃……

好吧，这儿还真的是香艳。

虽然香艳，但吸完两处地方，我脑壳儿有些发沉，两边脸都有些发麻，整个人昏昏沉沉的。我使劲儿摇了摇头，却不曾想脖子处多了一根坚硬的东西，仿佛是一根簪子，尖端如针，顶在了我的大动脉上。

簪子一用力，我的小命就没了。

握着簪子的那只手，是秦梨落的。

我刚刚救了这个女人，拼尽全力把她从阎王爷那儿拉了回来，她却在我不经意间掌控了我的性命。

被这女人用簪子威胁着，我的心往下沉，又急又恼，愤怒地说道："什么意思？"

我心中后悔不已，而这个时候，秦梨落却说道："举起你的右手。"

我听她的话，无奈地将右手举了起来，心想着这黑乎乎的，她知不知道我右手上握着短刃，如果我这个时候反击，能不能将这个女人给反制住呢？

这个念头只是想了一下，随即我想明白过来。

目前的我，并不是她的对手。

我只要一动，那根金属簪子就能将我的脖子刺穿。

我不敢轻举妄动，秦梨落缓缓说道："我要你发誓，今天的事情，你谁也不准告诉。你要是胆敢说出去的话，天打五雷轰，不得好死……"

听到她的话，我方才反应过来。她并不是想置我于死地，否则她不会这么无聊，画蛇添足地逼我发毒誓。

想明白这点，又想起刚才让两人都有些尴尬的场面，我那郁愤的心情终于释怀了许多，照着她的话说了一遍，那根簪子也就离开了我的脖子。紧接着她半边身子挨着我说道："你搀着我离开这里吧，往边上走，这里养那么多蛇，肯定是有出口的。"

温香软玉在怀，然而经历过刚才的生死威胁，我已经不敢再掉以轻心了，于是深吸一口气，说道："好。"

我面无表情地扶着秦梨落往边上走去。

经过这么一折腾，我胳膊上的血凝固了一些，不过气味依旧在，那些蛇并没有围上来，反而是我往前走时，它们纷纷退散开去。

这蛇窟之中，泥泞难行，腥臭不已。我知道脚下踩的泥土，很有可能就是这些长蛇的粪便，心中恶心想吐，却又不想在秦梨落面前丢脸，强忍着走了几分钟，终于离开了泥坑，走到了一处稍微干燥的岩石上。离那蛇群有了一段距离之后，我忍不住问道："这儿到底怎么回事？怎么会养着这么多蛇呢？"

离开蛇窟之后，秦梨落恢复了一些气色，长长舒了一口气之后，对我说道："你知道霸下秘境，是什么意思吗？"

我点头，说："听说过一些，不过还是有点儿不明白。"

秦梨落跟我解释说："霸下秘境的说法很多，有人把它称之为乌龟墓，有人也叫它玄武妖境——就我而言，觉得最后一个名字，更适合它一些。"

玄武妖境？

秦梨落说道："在历史上的某段时期，曾经出现了一批强大的夜行者，有的想要推翻人类的统治，缔造出完全属于我们夜行者的天下；也有的夜行者对于世俗的权力斗争全无兴趣，他们更在乎自身的修行。那是一个灿烂辉煌的黄金时代，也是我们夜行者最有可能扭转一切的时代。只可惜当时的人类也涌现出了许多的强者，百家争鸣，最终因为夜行者族群的不团结，使得我们丧失了机会。"

她长长叹了一口气，说道："在那个时代，诞生了好几个倾世大妖，玄武正是其中一个。"

我眉头一挑，忍不住说道："青龙白虎、朱雀玄武，你说的是这个玄武？"

秦梨落点头，说："对，你说的这四个名字，正是当时名声大振的倾世大妖，而'妖'，只有在这个特定的时候，我们夜行者才不会认为是一种侮辱，而认为是一种流芳百世的称呼。大妖玄武，精通机关谋算、天命地理之术，倘若不是当时墨家的钜子设下圈套，凭借着它的绝世修为以及种族天赋，说不定能活到现在呢……"

我听得一头雾水，见她还滔滔不绝地谈论历史，忍不住问道："你的意思，刚才的种种陷阱，以及这些蛇群、吸血蝙蝠，都是玄武的布置？"

秦梨落笑了，说："有的是，有的不是。"

我说："如果不是，那又是谁？"

她张了张嘴，准备说话，然而就在这个时候，不远处传来了一阵轻微的脚步声。秦梨落听到，伸手拦住了我，低声说道："别说话。"

她拉着我藏在一块岩石后面，我紧挨着她，闻到她身上散发出来的淡淡香气，有些心猿意马。那脚步声渐近，有人开口说道："四哥，这儿就是蛇窟，再往里走，恐怕会有危险啊。"

另外一人说道："放心，我们备得有驱蛇药。日本人说了，那东西应该掉落在蛇窟之中，拿到了那玩意儿，我们这次才算是没有白来。"

我屏气凝神，连大气都不敢喘，人越来越近，有幽绿的微光浮动着，我感觉人从左前方走过。那个男人继续说道："阿东，做完这一单，到时候我把你引荐给大老板，让他来亲自跟你谈入伙的事情。"

"真的？"

那位阿东很激动，脚步都沉重了几分："你说的大老板，可是那一位？"

那位四哥嘿嘿一笑，颇为骄傲地说："不然呢，还能有谁？"

阿东情绪激动地说道："没想到，有生之年，居然还能跟他老人家见上一面，这真是，真是……"

他有些说不清楚话了，他那位四哥则沉稳许多，说道："你放心，别看外面传得那么凶，他老人家还是挺和气的，特别是对待自己人。也是巧了，正好我们团队最近少人，空出了几个位置，所以才会在外面招揽人手，不然平日里就算你的名气再大，想加入我们也是没机会的。"

阿东赶忙附和，说："对，您说得是。不过那日本人既然对这事儿那么重视，为什么不自己过来，偏要我们来干这脏活儿累活儿？"

那人安抚他说："他也有他的事情，你别多想。日本人跟我们有合作，不管是真心还是假意，这事儿是他老人家拍板定下的，咱都得把事儿办好，你说对不？"

阿东依旧愤愤不平，说："若真是个日本人，也就算了。他杨勇就是个认贼作父的二手东洋鬼子，凭什么这么嚣张？"

那人见劝不动，有些不高兴了，说："你要真这样，不如回去。"

他一生气，阿东赶忙收起牢骚话，赔笑说道："好好好，不说了。我这不是看他对您也是吆五喝六的吗。"

那人平静地说道："咱们夜行者，逆势而为，本来就得修身养性，否则活不长久……"

两人说着话，顺着我们的来路走去。

我听着两人的对话，心中好奇，忍不住探出头来，借着那幽绿的淡光，瞧见一个魁梧的大汉，还有一个圆滚滚的胖子，两人深一脚浅一脚，朝着蛇窟走去。还没等我打量仔细，就被旁边的秦梨落猛地一拽，将我扯回了石头后面。

又等了一会儿，感觉人已经走远，我忍不住推开了她，不满地说道："你干什么？"

秦梨落冷冷地看着我，说："真是啥也不懂的傻小子，你知不知道真正的高手能感应到别人目光的直视，要是六感通明的，甚至能感受到散发出来的杀意，你这般莽撞地探头望去，不是找死吗？"

我有些汗颜，知道她讲得有道理，却还是忍不住反驳道："被发现了就是找死？不过两人而已，有啥可怕？"

秦梨落奚落地笑道："初生牛犊，胆儿真大。你知道这两人是谁吗？"

我有些诧异，说："你认识？"

秦梨落竖起一根手指，晃了晃，说："那个高个子叫邱文东，是近年来在赣西一带崛起的新锐夜行者，据说本相是黄胸鼠。自江湖上有了他的名声起经历了一场血雨腥风，此人双手沾满鲜血，著名的萍乡连环凶案，还有龙虎山观宝失窃案，都是他的杰作。凶名赫赫，得罪的人不知道多少，想要他性命的人更是难以计数，但为什么到现在他还能逍遥法外呢？无他，凭的就是一个狠字。对于这种人，别说你，就算是我，都未必有把握逃走。"

我不由得倒吸了一口凉气，惊叹道："这么凶？"

秦梨落又伸出一只手指来，说："知道怕了？你知道那个被邱文东叫四哥的家伙是谁吗？你既然跟马一岙走到了一起，应该知道黄泉引吧？他就是黄泉引东兴十八罗汉排名第四的笑面虎霍得仙，'天上九头怪，地下霍得仙'讲的就是他——此人不但有着一身磅礴妖力，而且阴险狡诈，精于谋算。这次的事情，估计都是他在操盘吧。"

我听得一阵心惊肉跳，忍不住问道："你比他，如何？"

秦梨落扑哧一笑，说："想什么呢？就笑面虎这人，别说我，就算是夏侯老师过来，都未必能打得过，你真以为黄泉引的人都是菜市场的萝卜青菜，谁都能惹得起？"

说罢，她扯了我的胳膊一下，说："看什么看，走了。"

她想趁着笑面虎和邱文东两人进了蛇窟的时机撤离，然而我却没有动。

秦梨落扯了两下，瞧见我不为所动，变了脸色，说："你想干什么？"

我眯着眼睛，打量着那黑黢黢的蛇窟说道："我听他们刚才的对话，想到一个可能。"

秦梨落问："什么可能？"

我说："他们进蛇窟是想要找一个东西，而那个东西还是日本人落下的。我们这次经过，的确是听到了一个消息，说在半个世纪之前有一个叫加藤次兵卫的日本人来过这秘境。传闻中那颗叫作后土灵珠的石头，最后一次出现，也是在他的手中。"

秦梨落冷笑着说道："你是想说，那颗后土灵珠很有可能在这蛇窟之中，所以你想要守在这里，想办法拿到那石头去救马一岙的师父王朝安，对吧？"

我不再隐瞒，开门见山地说道："对。"

秦梨落盯着我，说："马一岙到底给了你下了什么迷药，让你为他这么卖命？"

我摇头说："没有，他只是告诉了我两个道理——第一，命运是掌握在自己手上的，要想不被命运左右，就得付出足够的努力；第二，没有人会平白无故地帮你，除非你表现出足够的价值来。"

秦梨落瞧我说得这么认真，不由得笑了："说到底，还不是空手套白狼？比起我们当初给你开的条件差太多了，你是不是脑子进水了，分不清好赖？"

我很严肃地说道："不，不同，如果不是你们，我也不会卷入这些事里面来。而他不同，如果不是他救了我，说不定我早就没命了。"

秦梨落理解不了我的想法，不置可否地笑了笑，说："那行，你去送死吧，我自己走。"

她推开我，往外走去，结果刚走两步身子就是一软，歪倒在了地上。

显然，刚刚被毒蛇咬过的她，虽然被我救下，但想要恢复行动能力，还是很勉强。

我上前去扶她，却被秦梨落甩手打开。

她瞪着我，说："不要你管。"

如果说刚才的她是一个清高孤傲的美女，而此刻则更像是嘟嘴生气的可爱女生，楚楚可怜，让我不忍抛下，特别是我们两人刚刚还有一段旖旎暧昧的经历，这事儿让我有些犹豫，苦笑着说道："别闹了，你自己走不了。"

秦梨落坐在地上生气，好一会儿，方才抬起头来，说："你真不走？"

我很坚定地摇头，说："对，不走。"

秦梨落叹了一口气，从怀里摸出了一个木符，说："你拿着。"

这地方黑乎乎的啥也瞧不见，我接过来，摸了一下材质，大概是木头的，上面包裹着丝绸。我确定了一下轮廓，仿佛是某种动物，雕刻得十分随意，甚至有些扎手，但我却有种感觉，这里面蕴含着不菲的力量。

我说："这是什么？"

秦梨落说："甭管是什么，一会儿真的碰到危险，你耐住性子，等人靠近的时候，扯开丝罩，将正面印在对方身上，然后喊一声'赦'，懂了吗？"

我听她这般说，知道这是个宝贝，心中一暖。

我点头，说："好。"

想了想，我又补了一句："谢谢。"

秦梨落说："我行动不便进不去，你自己去吧，小心一点儿。记住了，不管如何，自己的安全最重要，否则在这个鬼地方，连给你收尸的人都没有，知道吗？"

我心中满满的暖意，瞧见美人如玉，近在咫尺，忍不住问道："你呢？"

秦梨落哼了一声，说："鬼才要你管呢。"

尽管得了否定的答案，但我的心中还是欢喜的，将那木符收起，然后紧紧抓着手中短刃，朝着蛇窟那边重新摸了过去。

因为知晓那两人的厉害，我格外谨慎，每走几步就驻足观察着。

重返蛇窟，感受着那些无声游动的长蛇。即便有先前的经历，我还是感觉头皮发麻。但我知道，如果走到这一步还畏畏缩缩裹足不前的话，就无异于找死。

我不愿意死，就不得不硬着头皮去冒险。好在蛇群真的不来咬我，反而是远远绕开。当我快要赶到先前跌落的大泥坑之时，突然间我听到了十分清晰的搏斗之声。

我赶忙往前走，绕过一道坎子，抬头望去，只见那幽绿的光源落在了地上，而泥坑正中，居然有一条腰身像水桶一般粗的巨蟒。

巨蟒通体雪白，长度足有十几米，甚至更长，它在泥坑之中翻腾着，溅起无数淤泥。

而与它在生死拼搏的，正是刚才闯入蛇窟的邱文东和笑面虎。

第八章

鹬蚌相争

我有些发蒙，不敢上前，只是远远地看着。

这两人一个拿着砍山刀，一个拿着精钢尖刺，一左一右与那头白蟒纠缠，而周围的蛇群不晓得是什么原因，居然很少有敢冲向前去的。

想必是他们用了刚才所说的驱蛇药的缘故。

即便如此，还是有那么一两条不受控的长蛇，瞧见这边战况激烈，也忍不住往前游去，想要加入，却被手拿尖刺的笑面虎十分轻松地陡然一刺，正扎在了七寸之上。

我瞧得冷汗直冒，在这样混乱的场面之中，光线又这么差，那家伙居然还能有精力看住这些漏网之蛇，而且还能一击必中，无论是心理，还是反应力和身手，都是一等一的角色，方才能有如此的表现。

战斗还在继续，邱文东和笑面虎身揣驱蛇灵药，身手又利落无比。但那条白蟒也非凡物，它浑身的鳞甲坚如钢铁，我瞧见邱文东那把锋利的砍山刀猛地斩在了鳞片上面，那样凶狠的力道居然没能斩进去半分，反而还有火光迸射出来，让人惊骇无比。

我仔细看了看，发现那条白蟒的额头之上，居然长了一个婴儿拳头大小的瘤子。

刀剑无效，唯一让我感觉能威胁到白蟒的，估计只有笑面虎手中的钢刺了，而且还得扎到要害之处。

只不过这头白蟒的身子灵活无比，不断游走，时而在泥坑之下潜行，时而又爬到了岩壁顶上，尾巴猛地抽打过来，气势极其凶狠。

这人蟒大战，看得我惊骇无比，平日里若是遇到这样的场面，我肯定第一个跑得没影儿了。

但此时此刻，我却又不得不待在这里，因为这蛇窟之中，也许有那颗马一吞最需要的后土灵珠，而从目前的情况来看，邱文东和笑面虎之所以要跟这条怪异白蟒死磕，很有可能也是因为那后土灵珠就在这白蟒身上。

我强行压抑着自己心中的恐惧，偷偷观看这一场人蟒大战，在经历了最混乱的时刻之后，已经进入了尾声。

虽然那条怪异的白蟒凶悍如斯，仿佛能横扫一切，但它的对手毕竟是两个凶名赫赫的夜行者。这两人战斗到最凶险的时候，也没有了任何的顾忌，直接显露出了本相——一人尖嘴猴腮，脸上满是针扎一般的黄色毛发，眼珠子里显露出凶戾而妖异的红色；而另一人，头圆耳短、四肢粗壮，嗷呜一声，整个蛇窟都在颤动。

蛇群纷纷退避，四散而逃，当真无愧"笑面虎"的威名。

这两人显露出了夜行者原始本相之后，无论是力量还是速度，又或者战斗的本能，都比之前要强大太多。

在这样的力量之下，白蟒开始节节败退。

即便是在这样的败退之中，它也表现出了足够的凶性。似乎预知到了自己接下来的悲惨命运，它几乎是不要命地翻滚着，好几次都将那两人打翻到了泥中。甚至还有一次，张开大嘴，一口咬住了邱文东的右臂，仿佛想要猛吞下去一般。

但它终究还是敌不过两个凶恶无比的夜行者，不但被邱文东死死顶住了嘴巴，将手臂拔了出来，还被笑面虎连续捅了十几下。

一开始的时候，白蟒鳞甲坚硬，火光迸射。后来，一下两下三下……尖刺终于扎进了血肉里面。

开了一个口子，接下来的事情就简单许多，越来越多的伤口出现，让白蟒痛苦地不断翻滚，它甚至不得不放弃来去自如的游击战，开始选择用水桶大的腰身，紧紧缠住刚刚把手臂从它口中拔出来的邱文东，一圈又一圈。

它已经不打算逃命了，而是准备用剩下的所有力气，勒死其中一人。

它恨。

恨意凛然，是那种不死不休的架势。

拼斗到了最后关头，谁开始松懈，谁就一触即溃。

只可惜，最后的胜者，是夜行者。

当那条白蟒绷得笔直的尾巴最终垂下的时候，邱文东从那几乎成了破筛子一般的蟒身之中挣脱出来，毛发也开始退散，恢复成原来大胡子的模样。

他扶着面前这条刚刚失去生命的巨蟒，那坚硬如钢的鳞甲开始迅速变得黯淡。他长长地吐了一口气，叹道："这破玩意儿到底跟我有什么仇，居然命都不要了，非要弄死我？"

他一脸后怕，整个人快要累瘫了。旁边的笑面虎则并没有停歇，他用钢刺在蟒身上划拉着，弄出了一个缺口之后，喊道："把你的刀子给我。"

邱文东累得一点儿力气都没有了，用尽全力才将手抬起来，开山刀"啪"的一声，掉在了烂泥潭中。

笑面虎走到他身边，弓下身去，将开山刀捡起，开始剖起蟒身来。

他很专业，专业得让我以为他是个屠夫。

很快，那家伙弄开一个口子，半个身子都趟了进去，一番翻弄，居然摸出了一大块血肉。

那玩意儿看着很像是人的心脏，桃形，上面挂满了血色肉丝，看着十分恶心，然而笑面虎却是哈哈大笑，说："总算是没白来一趟，找到了，果然不出我所料，真的是它。"

邱文东这会儿来了力气，伸出手来，说："是吗？给我看看。"

笑面虎没有犹豫，将东西递给了邱文东，然后转头对着那白蟒的脑壳说道："这玩意儿的脑门顶上都长出了角，俗话说得好，'蟒蛇长角是为蛟'，这家伙的脑壳下面，说不定会有些血珠妖丹呢，我看看……"

说罢，他又开始了解剖的行径，而且这一次熟练许多，没多一会儿，居然从那蟒蛇的脑壳下面，又摸出了一连串的肉珠子。

那玩意儿看着跟糖葫芦一般大小，因为隔得远，我看不清具体的模样，但总感觉这玩意儿跟那所谓的血珠妖丹有些不太搭。

"一二三四五六七……"

笑面虎激动地数着手中的珠子，志得意满，然而就在这个时候，他突然间痛苦地大声喊道："啊……"

凄厉之声，骤然响起，却见一道红影骤然掠过，与笑面虎交错而过。随后我瞧见笑面虎痛苦地倒在了地上，大声叫嚷着，手中那刚刚掏出来的血珠子都散落了一地。随后他强忍着痛苦站起来，左右张望，大声喊道："是谁？"

一个不到十岁的光屁股小孩儿从阴影之中走出来，一脚踩在了那散发着幽绿色光芒的东西上，场中的光线顿时变得黯淡无比。

而那小孩儿死死盯着白蟒尸身前的两人，极为晦涩地说道："你们，杀了我干娘，你们，都得，死！"

他似乎很久都没有说过话了，一点儿都不流利，几乎是一字一字地往外蹦。

笑面虎捂着右臂，盯着面前这个小孩儿。

因为背对着我，我只能看见他宽阔的背在抽动，显然是强行压制住了身体的疼痛，他说道："想不到，这儿居然还有一个野生的夜行者。"

邱文东在笑面虎的掩护下，勉强俯身下去，从浑浊的泥坑之中捡起那些落在里面的血珠子。

笑面虎大声吼道："小朋友，你惹错人了！"

说罢，他猛一蹬脚，朝那小孩子冲去，手中的钢刺凶猛，眼看着要刺中对方，那小孩儿却往后疾退，张开嘴巴，喷出一大股黑雾。

笑面虎就地一滚，再一次冲上前去。

就在这个时候，一直潜藏着没动的我，也开始了自己的冲刺。

我不得不动了，现在是最好的机会，如果我让他们就这般活生生地溜走，那么我面临的将是十分凄惨的下场。

机会，只有这一次。

就在笑面虎跟那个野生夜行者缠斗的时候，我也跟跟跄跄地穿过了蛇群，来到了邱文东的跟前。

这段距离不远不近，对于我来说却是如此的漫长。

在冲锋的路上，我想过了许多可能，比如说笑面虎已经跟那野生的夜行者决出了胜负。这个时候的我冲出来，正好撞到枪口；又比如说邱文东恢复得比较快，当我冲来时，他还能暴起将我按住，再比如……

无数的可能在我脑海中飞速盘旋，让我每一步都走得如此艰难，仿佛自己正在奔赴死亡一般。

然而最终的结果却是，我越过蛇群，踩着烂泥，跟跟跄跄地冲到了邱文东面前，而他则一脸惊诧地望着我。

他的左手抓着刚才笑面虎递给他的肉球，右手则抓着一把刚刚摸起来的血珠子。

他一脸蒙地看着黑暗中的我，想不明白，这个鬼地方，怎么又出现一个人呢？这儿难道不是霸下秘境，而是乡下集市口？

这个时候的我，也是头晕晕的。

以至于我从对方的手中将东西抢夺过来转身就走的时候，双方大眼瞪小眼，都感觉到这事儿实在是太荒谬了，不可思议。

一直到我冲出了几步之后，衣服才被对方猛然一拽，紧接着邱文东恶狠狠地喊道："将东西留下来，不然我弄死你……"

砰！

我回身就是一拳，打在了邱文东的脸上。那家伙的脸一下子就垮了，坚挺的鼻子塌下，鼻血、鼻涕、口水一齐迸出，就像开了个染色铺。而随后当我扬起手中的短刃时，寒光一闪，邱文东下意识地往后退去，不敢再来纠缠我。

他刚撂的狠话，一秒就收了回去。

我转身继续跑，这时已经没有人来拦我，唯有被人缠住的笑面虎在我身后高声喊道："你是谁，别跑。"

我知道，这种人一般能动手就不动嘴，他既然都这么喊了，肯定是没办法留下我，我当下也是一路狂奔，甚至都不小心踩到了还没有来得及退开的蛇群，踩在那光滑的蛇身之上，让我差点儿摔进了蛇堆里去。

我就这么一股脑儿跑出了蛇窟的泥坑区域。等跑到了外面的岩石通道时，我方才反应过来，我居然从邱文东那凶神的手中，将东西抢出来了？

我又惊又喜，这时方才感觉到一丝后怕，赶紧检查自己的手中，发现除了那颗心脏一般的东西之外，还有三颗血珠子——这东西比乒乓球小一些，说是珠子，但并不规则，虽然满是鲜血，但摸着又有点儿像是软骨。

这些都是好东西，特别是那个心脏一般血肉包裹的玩意儿，很有可能就是马一吞一直在找寻的那个后土灵珠。

我想了一下，将贴身的上衣脱了下来，把这一大三小四团珠子都给包裹起来，继续往回走。

我走了没几步，却听到前方有动静，顿时就吓了一大跳。

这里离我刚才与秦梨落分别的地方还有些距离。在这个鬼地方，如果不是秦梨落的话，不管是谁，我恐怕都难以对付。

想到这里，我赶紧往旁边缩去，却听到秦梨落的声音传来："侯漠？"

我愣了一下，赶紧接话，说："对，是我，你怎么过来了？"

前面的洞口出现一道倩影，真是秦梨落，她朝我这边走来，说道："先前夏侯老师给我们吃的解毒丸有清热解毒、祛除毒素的作用，再说你刚才给我吸出来了一部分。我休息了一会儿，好了一些，就过来找你了。"

我很是激动，没有想太多，迎了上去，说："这样啊，那太好了。"

两人走近一些，秦梨落看着光着胳膊的我，焦急地问道："那边什么情况？我听着好像打起来了。"

我那会儿年轻，又刚刚占了点儿小便宜，总有一种想要与人炫耀的心理，于是忍不住将刚才发生的事情跟秦梨落分享起来。她听到我的讲述后，果然十分惊讶，一脸不可思议地望着我。

感受到美人在跟前，好闻的热气扑在脸上，那一瞬间，我的虚荣心膨胀得无以复加。

即便如此，我还是保留着警惕心，当秦梨落提出要看我手上衣服卷成的包裹时，我拒绝了。

我的确对秦梨落心存好感，就跟大部分年轻人对美女的感觉是一样的，但我并不是初出茅庐的小伙子，毕竟在外面跑业务那么久，轻重缓急拿捏得还是比较精准的。当下也是十分警惕，将兜往后面收，说："不行，这可是我拿性命抢回来的，我可不想有半点儿闪失。"

秦梨落一脸失落地看着我："你不确认一下？要万一不是你找的东西，岂不是坏了大事？要不要我帮你鉴定一下？"

我摇头，说："好意心领了。"

瞧见我如此坚决，秦梨落很生气，哼了一下，转过身去。

倘若是平常，我说不定就心软了，但现在却不一样，这事儿太重要了，我可不能被她的美人计算着，于是装作不知，说道："我们得赶紧走，那两个人虽然被人缠着，但很可能马上就抽身出来了。即便他们败了，另外一个男孩也会追过来的，我刚才看了一眼，他很凶的……"

这是关键问题，秦梨落不敢耍性子，赶忙说道："那还愣着干什么，走，赶紧走。"

两人往前方走去，这个时候的秦梨落毒性已解，行动自如，倒也不用我来搀扶，只不过多少有些迟缓，让我不得不放慢脚步来等她。

两人埋头走着，走了差不多一刻钟，突然间前方的转角有亮光传来。

长期处于这种近乎失明一般的黑暗之中，再骤然见到光，那种感觉就好像是重获新生，让我激动不已，然而就当我想要往前快步追上去的时候，秦梨落却一把拉住了我。

她附身过来，在我耳边说道："小心有人。"

因为在黑暗中，距离判断有些不准，所以当秦梨落饱满的嘴唇触碰到了我的耳朵，那种紧致的触感，加上她身上散发出来的迷人香味，让即便不是纯情小男生的我在那一瞬间，也忍不住面红耳赤，心脏一下子就停住了。

我深吸了两口气，将激荡不休的心情缓下来，屏气凝神，小心翼翼地往前摸去。

很快，我瞧见了发出亮光的东西，居然是火把。

一、二、三、四，四根火把，分别插在了四尊两米高的石像手中，将这一个小空间照得透亮，跳跃的火光之下，岩石上立着一根木桩子，木桩子上面则绑着一个人，而他的对面，有一个身形敦实的背影，正扬着手中的鞭子，一下又一下地抽打着那人。

啪、啪、啪……

鞭子每一次都会在半空中抖动一下，发出炸响，随后恶狠狠地抽打在柱子上面的那人身上。

那人除了牛仔短裤之外，全身赤裸，被那鞭子恶狠狠地抽着。他身体绷得笔直，皮开肉绽，惨不忍睹，然而却硬生生地挺着，没有喊出一声痛来。

那个被抽打的人，我认识——胡车。

就是那个父母被杀的小个儿麻风少年，他之前引我们从寒潭之中潜泳入内，没想到他居然被抓住了。

我想往前看，却被秦梨落拉住，让我躲在一旁。

我想起秦梨落先前的教导，尽量用余光看那边，以为胡车是被人抓住，在这儿审讯拷问呢，却不曾想一阵鞭挞之后，那敦实男子却开口说道："小胡，你要是痛，就喊出来吧……"

胡车这时方才咬着牙，一字一句地说道："不，为了获得力量，给爹娘报仇，我怎么都能忍，您别在意，只管招呼上来。"

敦实汉子说道："你身上的确也有夜行者的血脉，而且十分稀有，但如果强行逼迫出来，只怕会对你不利，甚至会危害到你的性命，这一点你可要想好了。"

火光照耀下，少年胡车的脸显得无比狰狞，他吐出口中的鲜血，恶狠狠地喊道："父母大仇不报，我枉为人子，就算是死，我也要跟仇人同归于尽。来吧，再多的痛苦，跟我这些年来受到的白眼和歧视比起来，又算得了什么？"

敦实汉子的鞭子一挥，落到了旁边的一个小碗上，蘸了蘸，说道："我这里有传闻千年的弱水——'昆仑之北，力不胜芥，弱水绕之，鸿毛不浮'，此物质轻而上浮，疏通血脉，打通关节最是犀利，不过它会腐蚀血肉，你且忍着……"

说罢，他将长鞭一抖，又是一鞭子抽了下去。

啪！

一声炸响，紧接着一直强忍着的胡车终于忍受不住，仰天长啸一声，整个人的身子开始膨胀起来，毛发翻涌，黑气萦绕。

"啊！"

随着胡车的一声怒吼，他被绑在木桩子上的身子开始吹气球一样地膨胀起来，而且这一次没有黑雾缭绕，在火把的照耀下，让我能清晰地瞧见胡车那佝偻而扭曲的身体，一点儿一点儿地膨胀，随后那些流着黄色脓液的瘤子一个一个地爆开。

我看到那血肉模糊的伤口之上，有坚硬的毛发蓬勃生长出来，浑浊的体液和鲜血迸射一地，场面十分恶心。

随着胡车体型的增大，将他绑在木桩上面的绳子也一根一根地崩开，这个身高只有一米四的少年郎，此刻居然已经长到了两米四，身型魁梧，就像个小巨人一般。

胡车已经变成了一个全身长满了黑毛的怪物，身体极为粗壮，唯有面部、耳朵处无毛。颜面皮肤皱褶很多，重叠如木耳，一簇一簇，长相丑陋而凶恶，眉脊高耸，双眼深深凹陷，鼻孔硕大，吻部突出，嘴巴很大，犬齿发达，如同老虎的獠牙一般。

而它的双手，则垂立过膝，比大腿还要粗壮。

这……这看着，好像是一头大猩猩啊。

我看得心跳不止，胡车所化的黑毛猿怪在挣脱了绳索的束缚之后，猛地回过身去，抓起那绑住自己的木桩，猛地一拳，将其打成了齑粉。

随后它又猛然转过身来，朝着那扬着鞭子的敦实汉子愤怒地吼着，口中喷出的巨大风压，让那人都有些站立不住，往后退去。

不但如此，黑毛猿怪仿佛失去了理智，完全不管之前与敦实汉子的关系，扬起满是尖锐指甲的大手朝着敦实汉子拍去。

敦实汉子早有准备，身子一矮，绕过了旁边的大石头，一转眼，人就诡异地消失不见。

他一消失，黑毛猿怪就失去了目标，顿时就暴躁地大声吼叫起来。

这吼声在洞穴之中不断回荡，嗡嗡作响。他身体里仿佛蕴含着一头魔鬼，那力量就要奔涌而出，让他承受不住，开始疯狂地在地上打滚儿，愤怒而痛苦地用头和身子去撞山壁的岩石，巨大的震动甚至都传到了我们这边来。

那种场面，让人为之震撼。

黑毛猿怪折腾了差不多三五分钟，在它身体疲惫，气喘吁吁的时候，那个敦实男子却出现了。

他出现在了一尊手执火把的石像头顶，高高在上，单脚而立，俯视着跪倒在地，痛苦抱头的黑毛猿怪，一字一句地说道："天之道，损有馀而补不足，是故虚胜实，不足胜有馀。其意博，其理奥，其趣深。天地之像分，阴阳之侯烈，变化之由表，死生之兆章……"

这大概是一段经诀，约有数百字，他缓慢地念着，那胡车所化的黑毛猿怪听到，愤怒地冲过去，一道光从那汉子的额头处迸射出来。

那光金黄，乍看如同一道光束，仔细打量，却仿佛由无数符文组成。这束光将黑毛猿怪紧紧困住，让它挣脱不得。

敦实男子连续念了三遍，等到那猿怪不再挣扎之后，方才缓缓说道："你天生缺陷，后天虚亏，觉醒的时间并不恰当，又是强行催生，按理说是很难活下来的，好在你的血脉特殊。这世间，或者说古往今来，有你这般血脉之人，少之又少，所以，我才会冒险帮你，赌一个未知……"

吼……

没等他说完，那黑毛猿怪突然一声怒吼，附着在他身上的无数金光符文瞬间崩溃，紧接着那黑毛猿怪一跃而起，猛地一拳过去，砸在了敦实男子的头上。

我本来以为这敦实男子是世外高人，定然能避开这一拳，却没想到，他仿佛完全没有预料到，硬生生地挨了那一下。

噗！

一声轻响，那敦实男子的脑袋居然被黑毛猿怪直接锤进了肚子里去。

随后他再也不能单脚站立，而是坠落到了石像之下。

黑毛猿怪从石像之上落下，厚实粗大的双脚踩在了男子的身上，将那还未僵硬的身体踩得变形，随后它俯下身去，用那尖锐锋利的指甲划开了男子的胸膛，将还在抽搐跳动的心脏给挖了出来，用力一捏，心脏化作了血沫，随后又在里面一番掏弄，最后摸出了几颗闪烁着青绿光芒的珠子来。

它盯着这些珠子几秒钟，然后张开嘴巴，将满是血沫的珠子扔进了嘴里去。

啊！

又是一声痛苦的嘶吼，黑毛猿怪跪倒在地上，发疯似的捶地，整个空间都在颤抖着。如此持续了好一会儿，终于陷入了安静之中，而这个时候，我方才注意到，它已经变回了少年郎胡车。

不过现在这人，跟之前的麻风少年，似乎又有了许多的不同。

首先一点，是刺眼的白。

之前的胡车，因为身患麻风恶疾的缘故，身上到处都是恶性瘤子、脓疱和疥疮，看上去泛黄发黑，十分恶心。此刻一瞧，他整个人却像一块美玉一般，光洁无瑕，而且他的体型也一改先前的佝偻扭曲，挺拔昂首，玉树临风。

从我的这个角度望过去，胡车完全就像一个秀场男模，而且与之前的年龄不同，此刻的他是十九二十最朝气蓬勃的年纪。

这情形远比之前胡车化作黑毛猿怪，更让我惊讶。

要知道，从胡车之前的情况来看，应该属于晚期麻风了，而晚期麻风病基本上是无法治愈的。没想到他今天这么一觉醒成为夜行者之后，就将身上的麻风病以及所有的后遗症都治愈了。

变回正常人的胡车将踩在敦实男子身上的脚收了回来，低下头，缓缓地说道："的确，如你所说，我这次强行觉醒，很容易走火入魔，命陨于此。"

他缓缓蹲下身子，抚摸着那具没有脑袋、满是鲜血的尸身，有些难过地说道："所以，对不起了，我能想到的办法只有这个。"

说到这里，他的身体开始颤抖起来。

很显然，这个敦实男子与胡车应该是有一些关系的，或许之前认识，而现在人家也在帮助他。这样忘恩负义的行为，让他自己心中的道德体系有些崩溃。

他跪倒在地，双手紧紧握着，仿佛是在跟对方说，又仿佛是在说服自己："对不起，对不起，我必须活着，我必须获得强大的力量。我不能死，我肩负着父母的血海深仇，我必须要杀了那些人，我不能死，所以只能借你的妖丹一用了……"

突然，这个少年郎站了起来，神经质地大声吼道："谁，谁在那里？"

我心头一跳，瞧见他从不远处朝着我这边望了过来。

两人的目光，在半空中交汇。

我感觉胡车的眼神凶性毕露，下意识地想往后缩，却没想到后背被秦梨落推了一把，然后就直接往前站了出去。

等到了这个时候，我方才回想起来，从目前的情况来看，我与胡车，算得上是暂时的盟友。

毕竟我们之前并无瓜葛，也无仇怨，我们甚至还对他有过帮助。

这么一想，我就放下心来，直接走上前去，出言说道："是我，侯漠。"

胡车瞧见我露了头，又看着我身后的秦梨落，脸色变得平静，问："你们什么时候到的？"

我故意不去看地上的尸体，轻松地说道："刚到，对了，马先生呢？"

此刻的胡车，性格与之前的麻风少年截然不同，他平静地从敦实汉子身上扒下衣服，穿到了自己身上，用超越自己年纪的冷静回答我道："失散了，你是一开始跟我们失散的，到了后来，我跟他在一个机关处分道扬镳。"

我有些担心，说："他没事吧？"

胡车摇头，说："我不知道，当时的情况挺危险的，不过我并没有亲眼看见他出事。"

我这时方才将目光落到了地上的那男子身上，指着他问道："这人是谁？"

胡车轻描淡写地说道："霸下秘境的守陵人，也算是夜行者吧，他们这一族，跟之前这儿的大妖签署过灵魂契约，世世代代都得留守于此。正是因为有这些人的存在，所以即便是有人能根据各种蛛丝马迹找到秘境这儿来，也不可能从这里面拿走任何东西。"

秦梨落盯着他，说："你跟他们很熟？"

胡车看了一眼秦梨落，却不说话，我赶忙上前介绍道："秦梨落，我的一个朋友。这是胡车……"

胡车冷笑一声，没有多说什么，问我道："你们来这个地方，到底是想要找寻什么？"

我瞧见这个少年的态度越发强势，并渐渐适应了这一副新的身体，知道他跟之前的麻风少年已经不再是一人，于是并不说实话，将后土灵珠的事情隐匿，而是说道："弱水，我需要弱水。"

胡车听到，目光在地上扫量一会儿，最终落到了刚才的那个小碗上去。

那碗在刚才他与那守陵人拼斗的时候已经摔坏，里面什么也没有，胡车看了看，说："我听蒙源提过，秘境的核心区域应该有，你想要，进去便是。"

我心中防备，说："里面机关重重，如何能进？"

胡车伸手，他的右手手掌之上托着一块田黄石玉盘，他抛了抛，自信地笑了，说："我这里有守陵人的通行虎符，有了这个，霸下秘境就如同自己家，来去自如。"

跟看到电线杆子上的老中医广告一样，我有些激动，说："那还等什么，我们走吧。"

我急着往里走，找到弱水，这玩意儿能在关键时刻救我的命，然而少年胡车却笑了，说："你急什么？还没有谈完条件呢。"

他这么一说，我立刻警醒起来，说："你想要干什么？"

胡车指着我和秦梨落说道："这个世界上没有免费的午餐，你想要弱水，那么进去之后就得都听我的。要不然我让开路，你自己进去，我也不拦着你们。"

我听了，立刻想起先前之事，知道这个家伙最大的心愿，就是给父母报仇。

如果是这样，那么我可以告诉他，杀害了他父母的凶手应该就在蛇窟那边，又或者他们解决掉了眼前的麻烦，追到了这儿来。

但我心里犹豫了一下，没有说，而是看向了秦梨落。

之所以如此，是因为他刚才残酷无情的行为实在是太让人寒心了。我觉得觉醒之后的胡车跟之前的麻风少年，从某种意义上来说，已经完全不是一个人了，仇恨和怒火将他吞噬，连帮助过他的人都毫不犹豫地杀害，更何况是萍水相逢的我。

秦梨落比我更加精明，点了点头，微笑着说道："好，我同意。"

我听到，也跟着点头，说："好。"

胡车走到其中一个石像前取下火把，然后对我们说道："那行，走吧。"

他一马当先，带着我们往左边的一个小门走去，我们也相继取了火把，这时秦梨落递过来一个背包，很随意地对我说道："你的东西放在这里吧，用衣服裹着，多难看啊，而且也不方便。"

我有些意外她的体贴，心中一暖，将团成一团的衣服装进了背包，然后背上。

秦梨落待我弄完，主动提出："我先走，你在后面跟着，小心一些。"

一行三人高举火把再次出发，至于那个守陵人的尸体，没有人再去理会。

跟着胡车往前走，过了一道山缝，又往里钻，出现一个高度不过一米五的甬道，直到这里我才瞧见人工修筑的痕迹，甬道边儿上的墙壁和地板都是方砖砌成的，十分坚固，能感觉到里面的空气并不浑浊，甚至还有风，明白这儿的通风应该是有所设计的。

这个地方，大概才是霸下秘境的真正主体吧？

对于这样一个未知的地方，胡车显得十分谨慎，他应该也没有来过这儿，每一步都走得小心翼翼。我们走过那长达二十多米的低矮甬道之后，来到了一处类似矿井坑道的地方，三米多宽，高度也有两米，这才伸直了腰。

但是没走一会儿，我们的前方就出现了岔道口，三个岔道。这个还真的让人为难，不过胡车有玉盘，并不担心，他观察了一下，指着左边的道路，说："往这儿走。"

我们前行，大约十米左右，玉盘突然发出了红光。胡车立刻停下了脚步，显得十分警惕。

　　他高举手中的玉盘观察了一会儿，然后回过头来，在地上寻摸着，找到一粒石子，小心翼翼地往前扔去。

　　石子在条石铺成的地上往前蹦跶，突然，有轰隆之声传来，紧接着我听到了巨石跌落下去的声音。

　　我举起手中火把观看，见前方有一段路，除了中间大约四十厘米的狭窄过道之外，两边的砖石居然全部都垮塌了下去，这一段距离差不多有十几米，寻常人倘若是反应不过来，恐怕就真的随着石头跌落下去了。

　　我忍不住抽了一口凉气，瞧见胡车动了，我也忍不住上前，走到边缘处往下瞧，黑黢黢的深不见底。我吸了一口气，有一股尘土飘扬上来，呛鼻得很。

　　我瞧得眼晕，问道："这得有多深啊？"

　　秦梨落和胡车已经沿着那狭窄的窄道往前走了，听到我的提问，回过头对我说道："听着那动静，估计有二三十米吧。不过既然是机关，你跌下去就算是能硬扛过这高度不死，下面肯定还有折腾死你的法子，所以最好的办法就是别掉下去。"

　　四十厘米，说长不长，说短不短，然而在这悬空二三十米的高度上，而且还不确定这悬空的石道是否结实，我就有点儿心虚了。

　　我的性格是比较沉稳的，天性就不爱冒险。

　　此时此刻，我却不得不稳住自己的心情，让忐忑不安的情绪平复下来，亦步亦趋地跟着前面两人，走过这"独木桥"。

　　秦梨落是夜行者家族的人，身手利落不说，对于这种场面，想来也是见怪不怪，轻松无比。让我意外的是初逢巨大变故的胡车，这个少年走在最前面，居然稳当得很，身子一点儿都没有颤抖，感觉就好像是一台精密的机器。

　　胡车的表现让我有些汗颜，同样是刚刚觉醒的夜行者，我跟他之间的差距还真是大。

　　这种反差让我的心情有些低落，不过也让我忐忑不安的情绪稳定下来，硬着头皮往前走。

快要走到头的时候，那胡车开口说道："接下来，你们按照我走过的地方下脚，每一步都不要出差错，要不然掉下去了可别怪我。"

前方三米多宽的巷道，胡车一跃，到了左边，开始往前走。我想起刚才那轰隆隆的场面，不敢怠慢，紧紧盯着跟前的秦梨落，几乎是她走一步，我走一步，不敢有任何差池。

如此小心翼翼地前行着，走了一会儿左，又走了一会儿右，大约前行了一百多米，那玉盘的红光方才黯淡下来。

胡车一直紧绷的身子终于轻松了一些，他回过头对我们说道："这里离霸下秘境的核心应该不远了。不过你们小心一些，越是这个时候，机关越是残酷、隐蔽，而且这儿的守陵人也许不止一个。"

这样冷静的胡车，让我隐隐感觉到有些不安。

就在这时，我们的身后突然传来一声古怪的吼叫声，有点儿像是野象，又或者是熊，听着十分瘆人。胡车听到后回过头来，显得十分紧张。

他眯着眼瞧了一会儿，突然指着我的身后说道："那是什么？"

我心里原本就绷得紧紧的，听到这话，猛一回头，结果什么也没有。

我蒙了一下，而这时却听到秦梨落惊声大喊道："你去哪里？"

等我再回头的时候，却见胡车已经快步朝着前方跑去，身旁的秦梨落撞了我一下，焦急地说道："哎，别让他跑啊，这儿是腹地，机关重重，没有他手中的玉盘，我们进也不能进，退也不能退，只有困死在这儿了。"

我一听，赶忙往前跑，秦梨落在我身后追，两人追了一会儿，没想到胡车越跑越快，眼看着就没了踪影。

如此跑着，突然前方的黑暗中晃过来一块巨石，朝着我当面砸来。

这石头吊在一根绳索上，来得相当急，我感知到的时候就到跟前了。还好我反应得快，下意识地就往旁边一扑，结果落点无比滑溜，一不小心没有停住，朝侧面滑去，我慌乱地伸手想要抓住点儿什么，却什么也没有抓住。

我忍不住出声求援："秦小姐救我！"

我大声喊着，这时方才发现，那女人不知道什么时候，已经消失不见了。

还没等我明白过来，我已经从旁边的坡道滑落，在半空中划了一个弧线，然后急速往下跌落而去。

在这个过程中，我手足无措，火把和短刃都掉了。到最后，我出于本能地蜷缩起来，等待着最终的结果。

好在这儿并不深，大约十来米，而且又是一个泥潭。

有了缓冲，我屁股着地，虽然摔得头晕目眩，但好在还能爬起来。

躺在地上的那几秒时间里，我感觉身上好几处被细小的玩意儿咬到，在那一瞬间，疼痛就传遍了我的全身，火辣辣得钻心疼，甚至还有多足虫子爬到我的脸上来，这才促使我赶忙起来。我站起来后，借着不远处的火把一瞧，却见我身处的这个地方，密密麻麻地布满了多足蜈蚣。

这些蜈蚣大的有人的手臂那般长，狰狞恐怖，吓人得很，小的则跟蚯蚓一般大小，红黑色的、淡蓝色的、淡黄色的，形形色色，密密麻麻。

它们彼此堆叠在一起，不断地蠕动着，看得人头晕目眩，忍不住想要逃开。

可我哪儿又能逃得走呢？就在这个时候，我突然间瞧见在左边的五米之外，有一块干净的地方，方圆几米，竟然没有一条虫子。

而那地方的正中，有一根石棒子矗立着。

第九章

不翼而飞

我几乎是连滚带爬地来到了那一块没有虫子的区域，发现这些蜈蚣不断朝着我这儿涌来，但最终止步在两米之外，终于松了一口气。

这个时候，我才发现身上有好几处还挂着咬住我皮肉的蜈蚣。

刚才蛇窟没事，这儿反倒是糟了难。

我天生对这种丑陋而恐怖的多足生物就恐惧，而此刻也顾不得太多，伸手将其揪下来，扔在地上一顿踩，方才解了一口恶气。这时大约是毒素蔓延的缘故，我的眼前一黑，一下子就栽倒在泥坑之中，过了好一会儿才缓过气来。

我勉强半坐而起，却见那些蜈蚣不敢上前，而是转过身朝着地上的火把围去。

这些蜈蚣常年集聚于洞穴之中，性情凶狠无比，就算是被火焰烤炙，也没有任何退缩。没一会儿，它们就将火把扑灭，洞穴之中最后一缕光线都给消灭了。这个我都还没有来得及打量的鬼地方，彻底陷入了一片黑暗之中。

我背着包，半坐在泥坑之中，背靠着那根石棍，不断地喘着气，感觉伤口处那火辣辣的疼痛不断持续，自己就好像是被放在了火上烤炙一般，痛楚如浪潮，一波又一波地传入了我的脑子里，让我的思维逐渐停滞。

我感觉眼前的世界一阵摇晃，头昏昏沉沉的，困意浮了上来，仿佛眼睛一闭就要睡着了一般。

但此时我明白，自己倘若是闭上了眼睛，想要再醒过来，恐怕就难了。

想到这里，我努力地掐自己的大腿，让头脑保持清醒。

这个时候，黑暗笼罩了整个空间，除了无数蜈蚣"沙沙"的爬动声之外，剩下的就只有我的心跳以及渐渐沉重的呼吸声。

这般坐着，落魄如我，突然生出了一种强烈的不真实感。

我幻想着自己其实是在做梦。

梦醒了，我还是那个忙忙碌碌、四处奔走的药水推销员，有着体面的工作和不错的收入，到处陪着客户吃喝玩乐，然后等到月底领一笔不错的薪酬，接着就是盼望着过年了，提着大包小包回家。

真实的疼痛感，却又将我重新拉回了现实，让我深刻地认识到，我此刻正在赣西江州某处山林的地下深处，周围到处都是蜈蚣毒虫。

而且我未必能活着出去。

一想到这里，我就愤怒得忍不住骂娘，可这并没有什么用，对我离开这个鬼地方也没有半点儿帮助。于是，我盘起腿来，深呼吸，开始按照《九玄露》上面的法门打坐。

这一坐，不知道过了多久，我感觉身上火辣辣的疼痛消失了，几乎麻木的身子也开始恢复活性。

我不确定是修行《九玄露》的功劳，还是之前夏侯老师给我服用的解毒丸的效果，总之先前那中毒的迹象开始减退，让我能再次站了起来。

这时周围依旧是一片漆黑，我摸了一下身后的背包，然后开始研究起眼前这根石棍子。

在这毒虫密布之地，能有一块立足之地，全都是它的功劳。

只是，这些凶戾的蜈蚣为何会怕这根石棍子呢？

黑暗中，我只能凭借手掌去触摸，感觉它滑滑的，不知道沾了多少的黏液。茶杯粗细，很直，竖直朝上，我往上摸，能摸到顶——我身高一米七六，也就是说，这根扎在泥坑之中的石棍子，差不多有两米多一些，或许更长。

我这个时候的判断有些模糊，并不是特别的清楚，我将手上的黏液搓了一下，放在鼻子下闻，有一股松香琼脂的味道，臭味反而不多，知道并非什么古怪虫子的排泄物。

我蹲下身，将石棍周围的泥巴扒开，发现它直接连接在下方的岩石层中。

我奋力地拔了一下，石棍纹丝不动。

这让我有些郁闷。

因为我刚才在想一件事情，如果我想要离开的话，就不得不正视两个问题——第一，就是这儿满地的蜈蚣，这些虫子充满了进攻性，如果我擅自离开这个安全区，说不定就要被蜈蚣毒虫给活活淹没；再有一个，那就是这儿是否有出口。如果没有，我就不得不往上攀爬。

现在能解决第一个问题的办法只有一个，那就是将这根让毒虫震慑的棍子给整个拔出来，让我能借来驱赶毒虫。

我尝试了许久，但那石棍就跟钉在了地上的钢筋一样，怎么都拔不动。

拔不动，那就掰。

掰断了，我就能带走。想到这里，我开始抓着棍子使劲往地上折，没想到这玩意儿的韧性也是十足，我即便是用了吃奶的气力，都没有弄出一点儿缝隙来。

这可怎么办？

身体本来就还没有恢复，此刻过度的用力让我的头更加昏沉，随着时间点点滴滴地流逝，我知道越拖下去危险就越大。这般想着，我决定孤注一掷，于是开始调节气息，运用《九玄露》上面催动血脉的法门，将妖力燃烧，化作力量，再一次用力拔去。

这次如果还是不行，那我就在这儿被活活咬死吧。

我双手紧紧握住那棍子，力量从四肢百骸汇聚到了双手之中，猛地一提。

开始的时候，石棍依旧纹丝不动，然而当灵明石猴的血脉爆发的一瞬间，坚固不可摧的石棍终于出现了一点儿松动。

我利用这松动，一点儿一点儿地转着圈子，渐渐地、渐渐地，石棍越发地晃动了。

当我口中暴喝一声"起"，那根石棍子终于离开了地面。就在它离地的一瞬间，我感觉硬如坚钢的石棍子没来由地一软，一下子就从钢筋铁棍变成了煮熟的面条。

不但如此，它表面上的石垢也开始脱落。

我在那棍子变软的一瞬间，赶忙伸手去接，等我回过神来的时候，发现这玩意儿软成了一团绳索。

当那石垢脱落之后，这东西显露出原本真身，如同硅胶一般，软中带硬，硬中又有几分柔韧。我有些蒙，将这东西团成一团，发现它只有鸡蛋一般大小，软绵绵的，长度也减少许多。我拿在手里，甩了甩，感觉像是拿鞭子一样。

这样的变化让我有些措手不及，好一会儿，我才忍住心中的好奇不去想原因，而是抓着这缩成一团的东西，往前走去。

我这是在试验，那石棍子变成了软鞭子，到底还能不能震慑到这些蜈蚣毒虫。

值得庆幸的是随着我的脚步迈出，我感觉到黑暗中的那些小玩意儿开始往后退缩，也就是说，这东西虽然形状发生了改变，但对蜈蚣毒虫的震慑效果还是存在的。

这让我悬着的心终于放了下来。

不管怎么样，我总算是迈出了成功的第一步，接下来，我得找寻出口了。

凭着大概的印象，我来到了刚才火把掉落的地方。这时那些蜈蚣纷纷退散，我将软化了的石棍挂在了脖子上，俯身下去拾起火把，发现里面居然还有一些火星子。我一点一点地吹着，将那火星子变成火焰，火把重新开始燃烧，也给这个地方带来了光明。

有了光，我开始环顾起周围来，发现这是一个二三十平方米的狭小空间，中间区域是泥潭，旁边是岩石，除了山壁上那些密密麻麻拳头大的小孔之外，再也没有别的出路。

好在这个时候，我瞧见了一根从上方垂落下来的藤绳，在一个不起眼的地方。

这玩意儿感觉好像是设计者特别留下来的。

我走过去，扯着藤绳拽了拽，感觉还算是结实，抬头往上望了一眼，又看着周边不断翻涌的蜈蚣，一秒都不想多待。于是将那根软了的棍子装进身后的背包里，又将那火把用嘴咬着，开始往上攀爬。

这过程艰辛无比，稍不留意，掌心出汗的我就往下滑，吓得我赶忙抱住绳索，这才止住落势。

如此反复攀爬，我差不多爬了小半个小时，方才爬到上面。

这里还有一个湿滑的浅坡，正是我刚才滑落下去的地方，这儿也得谨慎攀爬，一旦出现任何差错，我肯定又得跌落下去。

就这么折腾着，等终于爬到上面的时候，我几乎是精疲力竭，将火把扔在一旁，躺倒在地上，一边喘着粗气，一边伸出双手，瞧见上面尽是血泡，又疼又痒。

我休息了许久，方才爬起来，将那一团硅胶似的绳索给拿出来。

我开始趁着这会儿只有一个人的时候，检查一下从邱文东手中舍命夺来的东西。

先前一直都在疲于奔命，我还没有来得及仔细瞧。

当我将整个背包都掏空的时候，却傻了眼。

我愣住了。

除了一颗血珠子和一块不知道哪儿来的石头之外，背包里面什么都没有。

包括那颗被我认为是后土灵珠的肉块以及其他的血珠子，都不见了。

到底怎么回事？

我的心脏在那一瞬间几乎停止了跳动。

这，到底怎么回事？

明明那些东西都放在这儿的，当初我整理背包的时候，还反复检查过，怎么这会儿就只剩下一颗血珠子了，其他的东西都到了哪儿？是被我掉落到了刚才的蜈蚣潭中，还是在之前的时候，就已经掉落了呢？

又或者……是秦梨落在这里面动了手脚？

想到这儿，我不由得倒吸了一口冷气，整个人都有些蒙。

这种心情，想必很多朋友在丢失重要物件时也会有，那一刹那，各种可能性涌上了心头，着实让人郁闷不已。

焦虑了一会儿，我深吸了一口气，将自己的心情放平缓一些，想着实在不行，我就先回去，在那蜈蚣窝子里找一找，先确定一下是不是在那儿丢的。毕竟有那根软绵绵的东西在，我对那些花花绿绿的小虫子也少了些恐惧。

至于后面的事情。

胡车那家伙觉醒成了夜行者之后，性情大变，没有再掩藏住自己凶戾的性子，我现在还是绕着他走好一些。至于秦梨落，尽管我不确定她是否跟我丢东西这事儿有关，但直觉告诉我，这个漂亮女人并不可信。她远远没有表现出来的那么单纯。

我一个头两个大，将东西收拾妥当之后，背上包，准备往回摸。就在这个时候，有一个身影从远处倏然冲来。

这方向，是由外而内。

我此刻已经是惊弓之鸟，对任何人都有极强的防备心，下意识地靠着山壁，想要藏起来。

不过这一段路十分狭窄，不管我怎么躲藏，那人走近一些的时候，我们还是撞了一个正着。此时，我已经看清楚了来人的模样。

居然是先前与笑面虎拼斗的小孩儿，那个野生的夜行者。

此刻的他，前胸和腹部有两道狰狞的伤口，这伤口有些时间了，两边泛白，肿得像是嘴唇一样，不过没有太多鲜血流出来。那小孩儿眯眼打量了我一会儿，吸了吸鼻子。

我不想节外生枝，伸出双手来，对小男孩儿说道："别紧张，我不是坏人，我跟刚才那两个人不是一伙的。"

小男孩儿并不听我解释，直勾勾地盯着我的背包，然后结结巴巴地说道："你的，包，有干娘，的味道，你……"

听到这话，我先是不理解，随后想起了一件事儿。

那颗唯一剩下的血珠子，可是笑面虎从那条白色巨蟒的身子里掏弄出来的。

而这个小孩儿，管那白色巨蟒叫"干娘"。

一瞬间，我有种想骂人的冲动。

不管是不小心掉了，还是有人偷了，你要掉就全部掉光去，偏偏还留了一颗珠子，这不是让我在这凶悍的小孩儿面前百口莫辩，一点儿回旋的余地都没有吗？

我有些紧张，赶忙解释道："这个……"

男孩儿没有再说话，白净的皮肤之下，突然有藏青色的血管凸起，如同蚯蚓一般，在里面游弋着，紧接着他的双眼在瞬间变成了红色，用一种类似于野兽的嗓音怒吼道："死！"

话音未落，他就如同一头猎豹冲了上来。

马一夺先前送给我的那一把短刀被我掉在了蜈蚣潭中，刚才没有来得及找到，此刻的我不但是赤手空拳，而且还刚刚从下方的蜈蚣潭中爬上来，双手全是血泡，精疲力竭，哪里是这个小家伙的对手？

别看他身上有伤，但他能跟笑面虎霍得仙血拼之后还活着，不管他是战而胜之，还是转身逃走，都不是我能对付的。

我解释无效，被小男孩儿骤然欺身过来，下意识地往后退，想要跟他拉开距离。却不曾想这小孩儿快得跟一道闪电似的，完全不遵循物理定律，我还没有反应过来呢，就被他恶狠狠地撞到了胸口处，然后整个人腾飞而起，撞到旁边的山壁上去。

当后背挨到山壁的那一瞬间，巨力狂涌，我感觉眼前一黑，仿佛魂儿都要离体了。

好在这个时候，我的心脏处猛地一抖，一股力量涌现，遍布全身。

九玄露出，神魂自宁。

我缓过一口气，从山壁上滑落，一把抓住那个小孩儿，不敢与他拼斗，而是想要将其扔开。没想到这小孩儿跟牛皮糖似的，一直黏着我，不断出手在我的身上拍打着。

小孩子的手脚看着柔嫩，但力气十足，疼得我直抽冷气。

如此几个回合下来，我直接就鼻青脸肿不成模样了，瞧见他完全不给我解释的机会，我明白过来，我若是真的再这样下去，估计就只有死路一条。

不管小孩儿是哪一方的，他身上散发出来的浓烈杀意，都让我不得不认真对待。

夜行者，都不是寻常人。

想到这里，我怒吼一声，气血遍布全身，这是《九玄露》的手段。

似乎感受到了我身上的气息，那小孩子疯狂的进攻稍微停歇了一下，看着我，然后说道："夜、行、者？"

我点头，刚要开口解释，看看是否有和解的可能，却没有想到他双目通红起来。

他用尖厉的声音疯狂喊道："去死，去死！"

他一拳砸来，我躲闪开，只见那被小拳头砸到的山壁直接裂开，碎石子迸射一地，飞溅而起。

好恐怖的力量。

我开始绕圈子，试图躲开这小孩子的攻击。可我哪里有他灵巧，屡屡遭创，心中多少有些绝望。在这个时候，一声清冽的声音从身后传来，紧接着在这幽暗清冷的洞穴里，有什么东西陡然游动起来。

唰、唰、唰……

破空声在周遭响起，对着我穷追猛打的小孩儿停住了对我的攻势，全力防范起了新来的对手。

这世间没有对比，就没有伤害，那小孩儿刚才追我跟追条狗一样，到处追打，我几乎没有反抗之力。然而这人一来与小男孩儿硬拼一记之后，他赤红的双眼褪去一些颜色，尖叫一声道："你们，给，我等着！"

一扭身，小男孩儿朝着别处快速奔逃，没有再停留一秒。

从他有些别扭的背影，我能感觉得到，他身上的伤不轻。

而这个时候我也看出了出手救我的人，竟然是分别许久的马一岙。

他在最紧要的关头，居然找到了这里。

马一岙并没有去追那小孩儿，而是停在了我的跟前不远处，看着我，说："侯子，你没事吧？"

我苦笑一声，揉了揉发疼的伤口，说："还好，没死。"

马一岙又问："你怎么会在这里？之前你到底跑哪儿去了？怎么没有跟上来呢，我和胡车等了你好一会儿，我甚至还回水里找了一次。"

我将在水道里发生的事情跟他说了一遍，接着赶忙说重点："我刚才见到了胡车。"

马一岙一愣，说："他没死？"

我将刚才的事情简单讲述一边，特别是胡车觉醒后变成夜行者，并且恩将仇报，残忍杀害守陵人的事情。他听完之后，沉默了一会儿，方才说道："虽然惊讶，但我相信这种事情他能做得出来。大抵是适逢变故，心中又有长期的仇恨和自卑累积，才会如此。"

能在这里遇到马一岙，我的心情放松许多，赶紧又说起了遇见秦梨落等人，并且又与笑面虎等人碰面的事情。

特别是那颗极有可能是后土灵珠的东西。

听到这个，马一岙变得重视起来，问了我好多细节，我经过了刚才的生死，思路也清晰许多，将种种可能和盘托出。马一岙听闻，说："行，我们先下去，看看东西有没有落在泥潭之中。"

两人稍事休息后开始沿着树藤攀爬而下，一番翻找，却只找到了掉落的短刃，别的一无所获。

最后，马一岙从自己的背包里摸出了一根线香。

这根线香看起来很贵重，他显得十分谨慎，点燃之后，在火把的照耀下，凝视着那烟形，好一会儿，他摇了摇头，说："不在这里。"

两人都有些沮丧，马一岙思考了一会儿对我说道："东西很可能落到了那个叫秦梨落的女人手中。"

我说："那怎么办？"

马一岙摇头，说："我们先上去再说吧。"

两人重新攀爬，这回轻车熟路，比上次的用时要短了许多。然而就在我们快要到抵达上面道路的时候，在我前面的马一岙却把手中的火把给弄灭了，我不知道怎么回事，刚想要出声相询，却听到上面传来了匆匆的脚步声。

紧接着，邱文东的声音传来："那小东西应该还没走远，我们跟上去，应该能跟着找到秘境内府。"

听到邱文东的声音，我整个身子都僵直起来，一动也不敢动。

马一岙也是十分谨慎，伏在那儿就如同一坨死物，一点儿动静都没有。很显然，他对于上面路过的家伙也是十分忌惮的。

而随后，我又听到了笑面虎的声音："如果让我再碰到那条小蛇娃，我要是不弄死他，我就不姓霍。"

他愤怒难平，而邱文东也是火气十足："还有抢我东西那小子，天杀的，我活了这么久，还没见到过从我手里占便宜的人，这小子是头一个。也不知道他是从哪个鬼地方冒出来的，再让我碰上，我一定要将那小子的脑袋拧下来……"

邱文东用极为恶毒的语言诅咒着，随后两人一路讲着话，不一会儿就走远了。

等人走远了，我抬头看了一眼马一岙，他还是没有动。

一直过了差不多有五分钟，马一岙才低声说道："我先上去，给你信号你再上来。"

说罢，他开始往上攀，没过一会儿，他吹了一声口哨，我也攀爬上去。站稳之后，马一岙从包里拿出了打火机将火把重燃，然后问道："这两个人，就是你刚才说在蛇窟遇到的那两位？"

我点头，说："对，尖嗓门那个叫邱文东，据秦梨落的说法，是赣西近年来风头很盛的一位新生代夜行者，另外一个叫笑面虎霍得仙的，是……"

没有等我说完，马一岙脸色严峻地说道："笑面虎霍得仙，黄泉引东兴十八罗汉之中的白纸扇，这人太有名了，我听过。"

我忍不住问道："这人很厉害，你能干得过他们吗？"

马一岙认真想了一下，摇头说道："与人拼斗这事儿，天时地利人和缺一不可，所以才会有各种各样的意外；不过真的要打起来，那邱文东我不太了解，这笑面虎霍得仙，我也没有必胜的信心。"

听他说得谨慎，我越发紧张，说："接下来，我们该怎么办？"

马一岙思索了一下，说："从目前来看，局势反而明了许多——进入这霸下秘境里面的，有我们两个、有胡车、黄泉引的三人，再加上港岛霍家的三人，以及秘境的守陵人一族。嘿，本以为是一个秘密的局，没想到闹成这样，所以说，'君不密，则失臣，臣不密，则失身，几事不密则成害'，果不其然。"

感叹一番之后他看着我，说："侯子，你的想法呢？"

我说："都已经走到这儿了，行百里路半九十，我肯定是要找到弱水的，不然前面所冒的险都白费了。"

马一岙点头，说："很好，我没看错你，混江湖讲究的就两点，第一，审时度势，第二，那就是敢于进取的勇气。不过还有几件事情我得跟你讲——这个地方十分危险，一定要小心谨慎，不然随时都有可能受伤，甚至死亡。再有一个，你刚刚入行，还很生疏，就算是你天资聪颖，血脉传奇，但是不要逞强，遇到事情让我顶在前面，知道吗？"

他说得很真诚，我都记在了心里。

我们开始往前方继续走，因为知晓敌人的厉害，所以我们特别小心，并没有鲁莽地向前，而是且走且停，尽量不遭人埋伏。

大概是有几拨人走过的缘故，接下来的路程没有了之前的凶险，许多机关似乎都已经启动过了，但除了有鲜血洒落，让我们知道这儿出了事之外，倒也没有瞧见别的东西。很显然，无论是之前的胡车，还是后来的小孩儿，以及邱文东、笑面虎等人，都毫无障碍地通过了。

往前是什么？

邱文东说了，秘境内府，也就是霸下秘境真正核心的地带。在那个地方，不仅有能助我渡劫的弱水，而且还有很多上古流传下来的好东西。

我们走过了一条长长的甬道，瞧见过翻起的尖刺钉板，也瞧见了强酸蚀地，有刀阵也有箭雨。这样的机关即便是有人趟过，也不能大意，要不是马一岙对这些机关有所了解，并且十分谨慎，说不定我们就着了道。

过了甬道，又走过了一处写着"七星桥"的地方。

这文字我并不认识，是马一岙解读的，他跟我说这种文字叫"妖文"，是属于夜行者的专属文字。

这七星桥是一个又一个耸立的石峰，有铁链吊桥，每个石峰少则三座，多则五座，虽名"七星"但并非只有七座，从我这儿往前望去，曲曲折折，不知道有多少条吊桥。

吊桥之下，白雾翻滚，又有流水潺潺，看不清底细。

根据之前的经历，我完全可以猜到，真掉下去的话恐怕很难再爬上来。

走到第一截吊桥前，马一吞停留了好一会儿。他从旁边捡来几块石子，先是往桥上扔，然后又往白雾缭绕的下方扔去。

下方是水，"咕咚"一声，而桥上则是一点儿反应都没有。

我看着马一吞半天没动，便忍不住问道："怎么了？"

马一吞将火把熄灭之后，放到了一旁。当整个空间都变得黑暗的时候，他从怀里摸出了一张黄色符箓，放在眼前，嘴里念念有词，接着打了一个响指，那符箓便燃了起来，幽绿色的光芒浮动，看起来不像明火。

随后他将那符箓一挑，这玩意儿居然凭空悬浮，朝前方飘去。

马一吞对我说道："这问路符的时间有限，跟紧了。"

说罢，他率先走上了吊桥。

问路符一马当先，马一吞紧随其后，我也在后面跟着。只见在那符箓的绿光照耀下，桥上的木板上居然显露出了隐约的脚印，而马一吞正是跟随着这脚印的方向往前。

凭借着这显露出来的隐约脚印，我们越过了错综复杂、岔路繁多的吊桥，有惊无险地走到了最后一道桥，没有遇到任何意外。

仔细算一算，我们已经走过了六条吊桥。

第七条吊桥的尽头，是一处敞开的平台，平台深处有一道虚掩着的青石大门，里面仿佛有火光。

那里面，或许就是我们想要找寻的秘境内府。

只不过，第七条吊桥从中断开，两边的绳索都垂落了下去，完全无法通行，而从我们这里到对岸，距离足足有十几米。

问路符已经燃到了最后一小截，在这绿色光芒的映照下，能看得到我们身处的这石峰之上脚印凌乱。

也就是说，不久之前，这儿曾经发生过拼斗。

正是这样的拼斗，使得通向彼岸的吊桥从中折断，而让我和马一吞不得不驻足此处，没办法继续前进。

马一吞计算着距离，犹豫了一会儿，决定攀爬着断桥往下，看看能不能凫水过去。然而他没下去一会儿，又爬了上来，对我说道："下面的水很古怪，透着一股硫黄的味道，我不敢尝试。"

我有些头疼，说："那该怎么办？难道要回去？"

马一吞眯着眼睛打量一会儿，突然间惊讶地出声喊道："咦？"

我见他眼睛一下子就亮了起来，忍不住问道："怎么了？"

此刻的黄色符纸已经熄灭，马一吞却伸出手在半空中摸了一下，然后轻轻一弹，对我说道："这儿有一根丝线通往对面。"

丝线？

此刻光明消散，只有远处那门缝里有丝毫微光透出，我伸手一摸，果然有一根丝线，极为纤细，比钓鱼线还要细，韧劲却很足，我有些惊讶，说："这是什么东西？"

马一吞说："这个应该叫金蚕丝吧，金蚕是一种十分古怪的蚕虫，这种蚕种，据说只有江阴梁溪一个专门养蚕的古老家族才有，它不但存世极为稀少，而且养活条件也十分苛刻，产出来的金蚕丝，乃世间至宝。而有人将其专门收集起来，借助其超出寻常材料的韧劲，能做到飞檐走壁，横空而行。"

说罢，他从背包里摸出一根铁棍来，架在了那肉眼几乎难以识别的金蚕丝线上，猛然一滑，居然就跨空而出，滑到了对面。

当马一吞落地，朝我打招呼的时候，我也没有犹豫，借助着背包滑了过去。

当我双脚落地之时，马一吞已经走到了凹口门缝里，我也赶紧走过去。往里一探头，却听到里面传来了一阵恢宏巨大的声响，阵阵响声传递而来，如洪钟大吕，一声尖厉的叫喊陡然响起："既入门中，无人生还！"

"既入门中，无人生还……"

这声音不大，但尖锐入耳，在耳边回荡不休，让我的脑子嗡嗡作响，不敢上前。马一吞却浑然不觉，径直往里走去。我不敢与他脱节，生怕再次跟丢，于是紧紧跟着，心中却是忐忑不安。

挤进门中，却瞧见内中一片混乱，原本神仙洞府一般的地方，到处都是狼藉之态，各种碎石烂木，如同被抄了家。

而造成这般景象的，是先我们一步抵达此处的那两个恶人。

邱文东和笑面虎。

至于他们的对手，则是刚才那个与我拼斗的野生夜行者，这小孩儿之前与马一吞交手的时候一触而退，显然是受了重伤，没想到此时此刻却又生龙活虎了起来。不仅如此，他的身上开始有无数藏青色鳞片出现，脑袋已经改变了大半，如同一个三角形的烙铁，双目赤红，时不时吐出一条长舌，上面还带着腾腾热气。

除了这化身为蛇的小孩儿，这洞中还有两人，一人盘坐在三米多高的石柱之上，垂垂老矣，雪白的长发从上面铺下来，差不多有两米多长。

这个老人已经是耄耋之年，气血不足，低着眉头，洞中翻滚不休的劲风将他的长发吹起。

除此之外，还有一人，是一个体态妖媚的少妇。

洞中光线充足，有宫灯分布四角照射其间，让我能瞧得见那少妇模样，当真是丰乳肥臀、体态妖娆，这模样直接上电视都没有问题，光彩照人。只可惜她仿佛是受了伤，胸口有一大片的血迹，嘴唇处也是，此刻已经不能再战，退守在那长发老者的石柱之前，气喘吁吁。

那化身为蛇的小屁孩儿几乎是进入了疯狂之态，抓着两根石矛，以一敌二，想要将邱文东和笑面虎击毙于此。

作为他的对手，这邱文东和笑面虎霍得仙，可不是善辈。不管是秦梨落还是马一吞，谈及这些家伙时态度都是敬而远之，足见两人都是凶恶之人。此时此刻，两人都显露出真身本相来，一头是那尖嘴猴腮的黄胸鼠，另一人则是头圆耳短的断尾虎，凶相毕露。

有劲气从身上腾腾而起，两人合力，将那小孩儿逼得怪叫连连，仿佛已至绝望之地。

瞧见这场面，我心惊胆战，下意识地看向了马一吞，而马一吞则将右手食指竖起，朝着我"嘘"了一声，然后沿着山洞边缘，往里走去。

我们绕开混乱不已的战场，远离石柱，朝反方向的那一边走，没多一会儿，前方出现了一个小池子。

这小池子不大，也就七八平方米的样子，椭圆形，内中有极为精致的小假山。

在小池子上方，有雕刻成龙形的钟乳石垂落相对。

钟乳石的顶端，孕育着黄豆大的水滴，欲坠将坠，终究没有滴下来，给人的感觉十分别扭。水池的下方，有薄雾萦绕，仿佛一处袖珍的人间仙境。认真凝视，能让人在这混乱的战场之中，心神一片宁静。

这是什么？我心中疑惑，马一岙低声说道："这儿应该就是弱水之源，此物是助你冲破关口的药引，你赶紧去舀一勺，回头我助你破关。"

听到这话，我心中激动，不再犹豫，箭步上去，却想起自己身上并无容器，回过头来刚要开口相借，却不料一道劲风扑面而来。紧接着听到一人愤怒至极的吼声："你可终于出来了，还我珠子！"

我被吓得不轻，下意识地往后退，瞧见来人竟是邱文东。

这家伙显然对我是恨之入骨的，故而在这般激烈的战况下，放弃了对那小孩儿的围攻，朝着我这边杀来。

很显然，刚才我从他手中夺走宝物这事儿对他来说，简直是奇耻大辱。

邱文东身手堪称恐怖，骤发即至，吓得我有些应付不及。好在马一岙一直在旁警戒，早有准备，邱文东刚杀将过来，他立刻就帮我接下，拦住了一劫。

邱文东用的是锋利如霜的砍山刀，而马一岙用的却是一把戒尺。

这戒尺和早年间私塾里老师揣在手里，用来教训学生的那玩意儿一样，不过是金属材质，拿在马一岙的手中，如同三尺青锋一般，十分犀利，挥舞之间竟然有剑气纵横，让发了狂的邱文东也陷入了冷静之中。

都是久闯江湖的狠角色，行家一交手，便知有没有。眼见并不能达成碾压之势，邱文东立刻收起了搏命的架势，与马一岙认真拼斗起来。

两人在方寸之间上下腾挪，斗得激烈，"铛、铛、铛"的金属碰撞之声不绝于耳，让人震撼。

马一岙挡下邱文东之后，急声催促："快去，别耽搁时间。"

我不敢停留，赶忙绕过两人，不料刚刚来到了池子跟前，后背却是一阵剧痛，随后我低下头来，却瞧见腹中伸出了一根箭头来。

我被人用箭射穿了身子？

我难以置信地看着这一节箭镞，伤口处就跟烈火烤炙一样，火辣辣得疼，鲜血也随着破口往外涌出来。我艰难地回头，瞧见朝着我射箭的居然是那个长相妖媚的妇人，她搭弓挽箭的样子相当性感，只不过这一箭是射在我身上的，那感觉就完全不一样了。

我捂着肚子，缓缓坐下，感觉疼痛一阵更甚一阵，而那女人刻不容缓地又射了一箭。

这一箭，是射向马一吞的。

那女人的箭术刁钻诡异，相当精准，马一吞差点儿被她射中，也是惊魂未定，抽身往后退。我坐在地上，感觉生命随着鲜血的涌出而流逝，眼前一阵发黑。

就在这个时候，突然间前方又有一物，从那水池的边缘蹿了出来。

此物身形巨大，全身发黑，布满盔甲一样坚硬的鳞甲，尾长而体重，大嘴一张，密布的尖利牙齿显现，腥风扑面而来，那是一头长约两丈的鳄鱼。

我以前做药水供应商的时候，在珠市的鳄鱼岛见过动物园的鳄鱼，基本上一两米，最长的也就三米多一点。

这个可是六七米长。

那畜生一出现，四脚爬行，很快就来到我的跟前，我看着这血盆大嘴扑面而来，想要站起来躲闪，腹中长箭却让我力量消退，无法站起，只有就地一滚，避开了这生猛的一扑。却没想到刚刚落地，那畜生的尾巴就扫了过来，拍得我腾空而起，重重砸落在那石壁上，滑落下来的时候，浑身直疼。

没等我缓过来，那畜生又转过头，朝我这儿爬了过来。

我浑身疼痛，腹中的箭也折断了，疼痛如一张大网将我紧紧绑着，让我无法挣脱。但我知道，真正到了这样的时刻，我如果不奋力反抗，恐怕是逃脱不了，于是猛地站起来，抓着手中的短刃，就朝那畜生的身上刺去。

短刃锋利，猛然刺下，正好那畜生扭身过来，扎了个正着，却没想到短刃卡在了里面，我想要拔出来的时候，那畜生皮肉一夹，根本无法拔出。

我奋力扯动，却拔不出来，这个时候，那头巨兽已经回过头来，张开大口，猛地一口将我吞下。

那个时候的我已经陷入绝境，被那畜生咬了一口，正好咬在身后的背包上，将秦梨落送我的背包扯烂，露出了那一大团绳索还有剩下的血珠子。我伸手抓住了那颗血珠子，结果也不知道怎么回事，整个人就被这畜生囫囵吞枣一样吞进了腹中。

呃……

这巨兽的进食习惯还真的让人意外，我感觉自己所处之处又腥又臭，又有点儿搞不清楚它为什么不咀嚼撕咬。

这事情实在是太离奇了，不过一想起我这些天来经历的种种事情，又显得不是那么突兀。

我赤手空拳，伸手去撕扯，却没想到这畜生的内脏相当坚韧，根本伤不得半分，而且还没有等我回过神来，就感觉双脚处有如火烧一般，火辣辣得疼。

这是那畜生体内消化食物的酸液在作用，如再耽搁，我恐怕会被这酸液融成一摊烂肉。

怎么办？

我拼命挣扎，却没有半分作用，心中有些绝望，捏了一下拳头，发现手里还攥着那颗血珠子，不由得想起了胡车吞服妖丹的事情，脑子一热，也顾不得什么排斥反应，将其一口吞下。

血珠入腹，一股热力直往天灵盖翻涌，紧接着，我四处乱抓的手，又摸到了一根软绵绵的东西，是那团绳子。

不过此时此刻，我腹部喷溅而出的鲜血落在了那堆软绵绵的绳子上，让它开始渐渐地有了温度。

第十章

侯漠奋起千钧棒

原本软趴趴的一团绳子，此刻居然开始逐渐变硬，一开始像是硅胶材质，等到了后来，居然如同滚烫无比的铁棍一般，不断往两边撑开。

那个时候的我刚刚吞服了血珠子，心中气血翻腾，灼热之意从胃部一直翻腾到全身各处。

在这般热力的刺激下，我伤口处的疼痛，反而给隐下去了一些，似乎没那么痛了。

而且那棍子炙热无比，握在我的手中，却并不刺痛。

在这一时刻，我突然有一种说不出来的感触，就好像这根东西跟我莫名熟悉，还有几分心心相印、气息与共的感觉。

这是很神奇的，它仿佛并非死物，而是如有生命一般。

我甚至有一种错觉，它仿佛是我的第三只手。

一种说不出来的奇妙感觉，让陷在绝境之中的我不再彷徨和恐惧，力量在我的经脉穴道之中奔涌如流，让我凭空生出几许奋不顾身的决绝和面对一切的勇气。下一秒，这跟绳子完全伸展变成了一根又烫又硬的棍子，正是这个时候，只听到一声让人牙酸的声音，紧接着我终于重见了光明。

那根棍子，将吞我入腹的鳄鱼巨兽的肚子直接撕裂，撑了开来。

鲜血翻飞，我抓着这根炙热火红的棍子，从那鳄腹之中跳出，如同重获新生。可还没有等我呼吸两口新鲜空气，就听旁边传来一声厉喝："给我死！"

我循声望去，却见马一吞依旧在与邱文东拼杀，但与刚才不同的是除了邱文东之外，旁边还有一个矮子。

这矮个儿男人高不过一米五,五短身材，头大脖子粗，长相十分猥琐。

可他的手段看起来却远比邱文东凶悍得多，双手各握一把雪亮短刀，看着仿佛是日本太刀的形状，上下翻舞，专攻下三路，逼得马一吞十分难堪，仿佛马上就要坚持不住的样子。从当下的情况来看，这个很有可能就是邱文东和笑面虎口中那个叫"杨勇"的假鬼子，实力估计能抵得过两个邱文东。

正是这样的情况，让那个性子暴躁的家伙即使心有不甘，也只能背后唠叨。

这两人联手，让马一吞有些狼狈，不过也仅仅只是狼狈而已，马一吞尽得师门真传，一身功夫扎实得很，门户紧闭，完全不给对方半分机会。当我从这鳄鱼巨兽的腹中挣脱出来，那邱文东发现我并没有死之后，又放弃了对马一吞的围攻，怪叫一声，朝着我扑了过来。

这人看起来怨念满满，是非要与我不死不休了。

如果是之前，面对这个凶徒，我或许会转身就逃，但刚才在那鳄鱼腹中我将那血珠子吞服下腹之后，不但浑身发热，汗出如浆，而且就连整个人的性子都变得狂躁起来，疼痛和流血在这一刻都变得不再重要，反而激发了我凶性的源泉。

此时此刻的我，即便是不照镜子，也知道自己脸上的表情有多么凶残恐怖。我眼中的景象一阵一阵地泛红，整个世间都染成了一片血色。

啊……

怒吼声中，我高高扬起了手中滚烫炙热的棍子，朝着这个凶神恶煞、一脸戾气的家伙扑了过去。

仇人见面，分外眼红，双方都没有任何言语。在疾奔数步之后，邱文东显露本相，最先出招，抡起那寒光雪亮的砍山刀，挽出一片刀花，将远处的宫灯烛火反射到了我的眼中，一片光芒绚烂，紧接着刀锋一转，就朝着我的身上斩来。

我在羊城小院，在马一岙的指导之下有过特训，倒不是练了什么拳脚套路，而是明晰了搏击之义，在于勇，在于敏，在于沉着冷静，时时刻刻把握住对方的攻势，并且在瞬息之间，做出最正确的判断。

真正搏击之术的套路，其实更多的是来帮助你做判断的。

眼看着对方的长刀斩来，我舍弃了当头棒喝，因为我能感觉到，对方的刀，绝对快过于我的长棍，于是我将这长棍抵在了地上，挡住了对方这狠狠一劈。

刀棍相撞，金属之声嗡嗡而鸣，而我则被棍子震得双手发麻，即便如此，那火红的棍子就像钉在了岩石地底，没有退上一分。

我挡住了对方的倾力一击。

这一下，让我信心倍增，因为我感觉力量贯通全身的时候，仿佛拥有了全世界。信心在层层累积，让我再也没有了先前的畏畏缩缩，这些日子以来累积在心中的郁闷也一扫而空。

来！战个痛快！

长棍翻腾，我主动迎上了对方。开始的时候邱文东还处于攻势，凶猛得如同一头出栏猛虎，想要快速解决战斗。可他没想到我虽然是初出茅庐的小角色，但在气势上完全不输于他，目光如炬，持棍还击。

刀棍交击，双方斗成一团，看上去难分难解，然而当那砍山刀与我手中长棍交击几个回合之后情况发生了变化。

那砍山刀看似锋利无比，寒霜凛冽，然而斩落在长棍之上，仿佛打铁一般，火星迸射，几下之后，那刀居然开始钝了。随后两人全力一拼，那砍山刀就仿佛脆饼干一样，在刀尖往回的三分之一处，直接断裂。

砍山刀一断，那邱文东大惊失色，高声喊道："你这棍子，到底是什么来头？"

他这问题当真可笑，莫说我什么也不知道，就算知道了那又如何，在这生死之交之时，难道我还会好心提醒他吗？

我没有边交手边对话分散自己注意力的习惯，当下也是举棍而上，没有任何犹豫地连续敲击。

如此又交手了几个回合，邱文东手中的砍山刀又断了一截，当下也是不敢再与我缠斗，手腕一翻，将那刀柄连着断刃朝我投掷而来，我眼疾手快，一棍挑飞后转身就跑。

他此刻已经没有了先前的凶戾，大声叫道："好你个歹毒心肠的小崽子，凭着手中的好兵器来欺负人，这算什么？"

我没有回答他，而是紧跟而上，一个箭步就贴近了他，猛地一棒子砸落下去。

这一棍是冲着那家伙的脑袋而去，没想到他反应极快，陡然一闪，避开了这要害，不过这火红的棍子还是硬生生地砸到了他的肩膀上。

砰！

只听到一声让人牙酸的闷响，邱文东倒退的身子突然一歪，栽落到了地上。

长棍与他的肩膀相交，赤红色的温度瞬间就将他肩上的黄毛点燃，而相交之处，更是漆黑一片，仿佛烙痕一般，邱文东疼得直打滚。

这个时候，我终于意识到我手中这个可软可硬的玩意儿是个宝贝了。

我并没有拖延太多的时间，继续向前，邱文东被我一棍砸中，半边膀子一片漆黑，翻滚几回方才将身上的火焰扑熄灭，此刻只能狼狈地滚地，避开我暴风骤雨的棍势，然后大声求饶道："杨勇，杨先生，救我……"

正在与马一峹激斗的那矮子扭头过来，盯了我一眼，让我感觉如坠冰窟，好像脑袋被一盆冰水淋下来一样。

不过他并没有立刻过来，而是冷哼一声，继续与马一峹相斗。

我又连着几棍下去，其中一棍打中了邱文东的右腿，直接将他的腿给打折，邱文东意识到了性命之忧，终于放下面子，杀猪一样大叫道："本间先生，本间雅贵先生，求你救救我……"

他这般喊着，我方才知晓那个矮子的日本名，叫本间雅贵。

大概是听到邱文东真的扛不住了，那矮子使出一记狠招，将马一峹逼退之后，身子一旋，扑向了我这边。

而这个时候，我体内的热力已经攀升到了极点，陡然腾空而起，往下就是一棒。

噗……

这一棍子，正好敲在了邱文东的脑袋上，那毛茸茸的丑陋脑壳顿时就开了花，脑浆飞溅。随后我往旁边一滚，避开了那矮子的袭击。

马一否随后而至，站在我的前面，将我护住。

见被我一棒敲死的邱文东恢复了原来那络腮胡大汉的模样，本间雅贵咬着牙，怒吼一声："浑蛋！"

言罢，他从怀里摸出了一块黑乎乎的东西来，恶狠狠地笑道："你们想要这弱水？做梦吧！"

话音未落，那黑色石头一样的东西就落到了那小水池之中去，紧接着原本仙气盎然的小池子突然间水汽蒸腾，就像煮开锅了的水一般。紧接着白色雾气瞬间扭转，化作滚滚浓烟，还散发着一股十分刺鼻的气味。

我见渡劫的希望瞬间破灭，心口疼痛，面红耳赤，朝那池子飞身扑去，不料身后伸出一只手，将我一把拉住。

马一否，他朝我怒声喊道："不要命了？"

当时我真的是急红了眼。

这事儿还真说不清楚到底是腹中的那颗血珠子作怪，还是我心情急躁的缘故，总之一股失望的情绪笼罩在我的心头，让我觉得自己这一路的出生入死都变得没有半点儿意义。当下也是不顾一切地甩开了马一否的手，准备冲上前去。

我不知道那矮子对弱水池做了什么，也不清楚他丢进去的黑色石块到底是什么，心存侥幸，想要在那玩意儿彻底污染池子之前，舀一瓢弱水出来。

这个时候，马一否却果决无比，直接朝着我扇了一巴掌，然后恶狠狠地骂道："脑子进水了？那里面全部都是剧毒之物，你过去不是找死吗？"

那本间雅贵也疯狂笑道："哈哈哈，我这毒心散结晶融入池中，你若敢靠近，就算是碰到那雾化的毒心散也会全身消融，就连神魂都给消解，灰飞烟灭，有本事就来试一试啊！"

他发声挑衅着，眼角却一直盯着我手中赤红的棍子。

对这根硬生生将邱文东砍山刀打断的神奇棍子，他显然十分忌惮，而我被马一吞一巴掌扇过之后，人也回过神来，知道事已至此，再去也只是枉然。

不过即便如此，我对于面前这个矮子的恨意，突然间强烈了起来。

它浓烈到了一定程度，就好像煮开的水。

我双手紧紧抓着那根热力渗透的棍子，红着眼看着对方，而远处的打斗似乎停歇了下来，突然，整个空间都陷入了一种奇怪的静谧之中。

这种宁静是突如其来的，让人猝不及防，瞬时的动静转换，让我有些不太适应。

然而这感觉没有持续一秒钟，耳听得一声恐怖的吼叫从左前方传来。

那个地方，正是被矮子用毒心散结晶污染的水池。

紧接着，整个空间都开始震动，我对那矮子满怀仇恨，死死盯住他，不舍得退后，马一吞拖着我向后躲去。

两人退了七八米，只见那假山轰然倒塌，紧接着我瞧见一个房子大小的脑袋从滚滚翻腾的黑色毒烟之中冒出，那玩意儿硕大无比，通体墨绿色，充满了褶皱，顶端上有一对黑漆漆的眼睛，仿佛能放出光华。

这是一个被放大了无数倍的乌龟脑袋，它从被污染的弱水池中冒出来，整个空间都为之震动，那弱水池一下子崩开，头顶上的岩洞也簌簌地跌落。

远处石柱上仿佛死去一般的长发老者，瞧见这个，居然跪倒在地，用虚弱无比的声音喊道："老祖宗……"

他的话还没有说完，脑袋就化作了血雾。

轰……

一声炸响，我瞧见一颗成人拳头大的圆球从那漫天喷洒的血雾之中浮现，然后一个转弯，又砸向了离水池最近的矮子杨勇去。

这突然的变故让众人都为之错愕，而那个矮子似乎早有准备，顺势一滚，避开了这一击。

轰……

又是一声炸响，那地上竟然被生生地砸出了一个巨大的窟窿。

我看得一头雾水，马一岙先明白了过来，将我往角落里拉扯，低声说道："这大王八，恐怕就是这秘境的主人霸下了，传闻它早已身死，却没有想到还在这儿苟延残喘着，当真是'千年王八万年龟'——它本就只剩一缕气息，藏身之地又被那毒心散腐蚀，应该是活不长了。不过小心，这家伙活动虽然不便，但一颗妖丹却是千年累积，宛如法宝飞剑，指哪打哪，别被这玩意儿害了。"

我听得骇然，都说是乌龟墓，却没想到主人居然还活着。

瞧见那无头的白发老者，我有些惊讶，一边往后退，一边问道："它为什么杀自己人？"

马一岙苦笑，说："它把身家性命托付于这守陵人家族，必然是给了无数好处的，结果这帮人拿了工资却不干活，玩忽职守，让人闯进了这地界来，甚至还让它陷入了濒死之境。你说说，作为老板，对待这样的员工，你会怎么做？"

很显然，那大乌龟对于守陵人的恨意，远远超过了其他人。

当白发老者死去之后，那个往弱水池之中投毒的矮个儿汉子就成了它最优先的攻击对象，那颗成人拳头大的妖丹宛如滚烫的烙铁，屡次砸向了杨勇，有种不死不休的劲儿。

话说回来，千年妖丹虽然凶悍，但毕竟本体浸泡在那销蚀肉身和灵魂的毒水池中，生命又处于尽头，所以气势还是差了几分凌厉。

至少没有出场时那般惊艳。

杨勇在地上不断翻滚，虽然狼狈，但并没有受到什么实质性的伤害。

而这个时候，那妖丹突然转变了方向，朝远处飞射而去。

我有些诧异，不知道它为什么又换了目标，却没想到一两秒之后，远处突然传来了巨大的轰隆声，灯火摇曳之间，洞穴轰然垮塌了下来。

起先还是左边的方向，紧接着右边也有轰鸣之声。

那巨石砸落其间，灰尘倏然扑来，呛人得紧。马一岙也是勃然变色，一把拉着我，大声喊道："糟糕，这霸下疯了，它自知必死，便催动妖丹将秘境几处支点砸垮，想把这秘境给毁了，让我们这些人跟它同归于尽……走，不能再留了！"

他当机立断，却没想到另外一头的笑面虎早有预料，他站在出口处，恶声笑道："想走？都死在这里吧。"

说罢，他往门口丢了一物，随即转身狂奔。

那与他拼斗的小孩儿闻言，奋力冲去，却被突如其来的爆炸给拦住，紧接着奔涌而出的气浪将他掀得老高，重重摔在一旁去。而那出口的甬道也因为爆炸而垮塌下来，堵住了去路。

那边出口被堵，这边的妖丹依旧在疯狂撞击头顶的穹壁，大块大块的石头砸落下来，整个空间仿佛末日一般。

"啊！"

我又听到一声惨叫，是那个刚才搭弓射箭的妖媚少妇发出来的。

她被一块三米多高的巨石砸中，直接就变成了一团肉泥。

我和马一呇没有退路了，只有往边缘处走去，我心中慌乱无比。而就在这个时候，却听到一声无端悲愤的嘶鸣，紧接着那从水池中浮现而起的巨大头颅垂落，重重落在了地上，淹没在了黑色雾气之中，那四处撞击的妖丹在撞穿了一处山壁之后，也戛然而止，再也没有了动静。

一直四处躲闪的矮子杨勇瞧见，兴奋地大吼一声，奋力朝那妖丹冲去。

然而就在他即将抓到妖丹之时，却有一道黑影掠过。

那黑影一把抓住了妖丹，落在一处碎石堆前，头也不回地朝着黑暗中狂奔而走。

他定格的那一瞬间，马一呇一脸茫然，然而我却心头狂跳。

这人我认识，胡车。

应该说是觉醒之后样貌大变的胡车，没有人想得到，这个家伙居然也在这儿，而且还潜伏许久，一直等到这个时候，方才骤然出手将那妖丹夺走。

到手的鸭子飞了，这回的痛苦轮到了矮子杨勇，他愤怒地大叫着想要追去，却有一道恐怖的瀑流，从上面狂涌下来。

那妖丹在最后的时候，砸破了某处山壁，将不知道哪儿的水流引了下来。

杨勇被巨大的瀑流浇得裹挟，不知道冲到了哪儿去。

而此刻已经不再是一处了，这处洞穴仿佛四面八方都开始漏水，到处都是水流涌入。没几秒钟，那水就已经漫过了我们的膝盖，并且迅速往上涨，马一吞拉着我，说："有水就有出路，你跟着我，不要再跟丢了。"

当瀑流将洞府灌满的时候，我跟着马一吞找寻到了一个出口，开始潜泳而出。

在水中，我感觉手中那根铁棒居然又变软了。

它如同煮熟的软面条，又变成了一捆软绵绵的绳子，我不得不将它缠在我的腰上——嘿，这玩意儿就跟救生圈一样，居然还有一点儿浮力。

我和马一吞找到了一处出口，潜泳而出，游了差不多三十多米，露出了头。

而这个时候，水流突然湍急起来，朝着下游快速冲去。马一吞在前，对我喊小心，这时候，我突然瞧见相隔七八米之外的地方有亮光，抬头望去，却见正是突然消失不见的秦梨落。

她和黄毛尉迟，以及那个阴着脸的夏侯老头儿在一起，与我们不同，他们是在岸上的，而我们在湍急的水里。

我瞧见人，奋力游动，然后大声喊道："秦梨落，你是不是拿了我的东西？"

秦梨落看见了河水之中的我，张了张嘴，想要说什么，但旁边的黄毛尉迟却冲着她说着什么，秦梨落终究没有回答，而是将手探入怀中，给我扔来一物。

我伸手接过，是一个白色的瓷瓶，还没等我说什么，就被水流冲了出去。

又是一番折腾，前方陡然一空，我整个儿落在了空中，倏然下落，扑进了水里。当我奋力游上水面来的时候，刺眼的亮光让我的眼睛疼痛不已。

我抬头望天，这才发现我们居然来到了外面。

此处天色微亮，四处泽国。

洪灾来了。

奔涌的江河水浑浊又浩荡，把我和马一吞往向下游冲去，洪水将两岸都给漫住了，很多地方只能瞧见屋子顶盖儿，在那屋顶上，还零零碎碎有人攀附，大声呼救着。

正所谓"地籁风声急，天津云色愁。悠然万顷满，俄尔百川浮"。

此时此刻，天光大放，暴雨滂沱。

我身体受了贯穿伤，经历了拼死搏斗，又在水中浸泡多时，先前凭着血珠子里面蕴含的力量坚持，倒也不觉得什么。此刻脱离了危险，那一口气就松懈了许多，双眼就开始发黑，又疼又麻的感觉从腹部和后背的伤口处传来，让我的身体僵直，手脚也开始不灵便了。

马一岙发现了我的不对劲儿，赶忙游过来，在我耳边喊道："侯子，侯子，你怎么了？"

我苦笑，目光往周围望去，却看不到边，只摇了摇头，说："我可能不行了。"

马一岙伸手过来，对我说道："说什么呢，刚才那样的绝境都挺过来了，这个时候说什么丧气话？来，你别动，休息一下，我来撑着你。"

在马一岙的扶持下，我们往下游漂去。不知道过了多久，我们碰到了一处被淹没的土房子，这屋顶上还有点儿空间，马一岙费力地将我给拉上了屋顶，两人躺在了瓦片上，雨势也转小了一些，马一岙休息了半分钟，又赶忙爬了起来，给我检查伤口。

我躺在屋顶的瓦片上，手脚僵硬，脑壳发沉，有些害怕地说道："我，我是不是没救了？"

马一岙笑了，说："好歹也是夜行者，身体素质比普通人要强太多，怎么可能没救？这支箭没有伤到要害，再加上你的气血很足，只要妥善处理，过十天半个月的，凭着你的体质，应该又可以活蹦乱跳了，没事的。"

听到他这般肯定的语气，我不由得松了一口气，然后递给他我一直攥在手中的白色瓷瓶，说："你看看这是什么？"

马一岙有些奇怪，说："这是哪儿来的？"

我说："刚才在洞里面不是碰到秦梨落了吗，她扔给我的。"

马一岙接过瓷瓶，有些不太确定地说道："就是偷了你东西的那姑娘？"

我闭上眼睛，想起秦梨落那张明艳清纯的面容，还有摄人心魄的大长腿，摇了摇头，说："偷东西这事儿，还不确定呢……"

马一吞冲着我笑道："英雄难过美人关啊，说起来，那姑娘还真的是勾人心魂啊。"

随后，他打开那瓷瓶的木塞盖子，一股轻灵的水汽从里面冒了出来。

我探过头去，问道："这是什么？"

马一吞盯着我，说："说吧，你跟那个叫秦梨落的，到底有什么猫腻？"

我有些诧异，想起蛇窟之中发生的香艳之事，心中一荡，不过也没有表现出来，而是故作无事地说道："哪有的事。"

马一吞说："要是没事，她会送你这瓶弱水？要知道，霸下秘境毁去之后，弱水断绝，世间恐怕再也没有此物，所以说，这一瓶可是价值千金，万里难寻了。"

他将瓶塞安好，丢给了我。

我很是诧异，有些不敢相信地说道："不会吧，这瓶子里面装着的，正是弱水？"

马一吞说："我会骗你吗？"

我握着那瓶子，思考了一会儿，问道："她怎么会有一瓶弱水呢？"

马一吞说："谁知道呢？许是她在之前就混进了那里，偷偷弄了一些，又或者是从霸下秘境的某个地方翻出来的吧。"

我犹豫了一下，说道："如果是这样，我估计，东西真的是她偷的。"

马一吞仿佛早就猜到，笑着说道："看起来你还不算糊涂。像她这样的女人，就凭你们这点儿交情，绝对不可能凭空向你示好。之所以给你弱水，最有可能的一点，不是看上你了，而是对你心有愧疚，至于为什么，你应该能猜得到。"

我有些郁闷，黯然说道："对不起，这件事情是我的错。"

马一吞摆手，说："你也别内疚，第一，东西到底是不是后土灵珠，这个还不一定；第二，东西是你抢的，被人偷了，也只是命数，用不着道歉；再有一个事儿，那就是霸下秘境这么机密的事情，按理说知道的人应该少之又少，为什么一下子就跟赶集一样，好几方的人都跑了过来，你想过这事儿是为什么吗？"

听他这么一说，我也有一些好奇，说："为什么？"

马一吞冷笑一声，说："我师父身受重伤，而我四处找寻后土灵珠这事儿，按理说是挺机密的，没曾想竟然是传得沸沸扬扬了。这件事儿不管怎么说，都绕不过老歪那个家伙，说起来，都是我信错了人，要不然也不会出现这样的事情。"

老歪是马一吞找来打听消息的江湖捐客，以贩卖消息作为生计，如果这消息是从他口中透露出去的，那还真的得找他麻烦。

两人叹息着，聊了这一夜在洞中的经历，这时马一吞突然站起来，伸手高呼道："这儿有人。"

我顺着他招手的方向望去，原来是抗洪抢险的军人乘着快艇来了。

有着这些最可爱的人帮助，我们离开了暂居的屋顶，沿途快艇又救了几人，随后我们被带到了附近一处安置营地里。这里乱哄哄的，到处都是走来走去的人，马一吞叫住一个政府的工作人员，告知了对方我的情况，当得知我受伤了之后，那人立刻带着我和马一吞去往附近的卫生院。

在卫生院里，给我检查的医生都傻了，瞧见那从后背贯穿到了腹部的箭支，蒙蒙地问我："你这是咋了？"

马一吞随口胡扯一番，医生听得懵懵懂懂，看着这泡得发白的伤口，震惊地看着我，估计是想不明白我受了这样的伤，还在水里泡了那么久，怎么就没死。

这只是一个乡下卫生院，手术经验不足，医生有些慌，对马一吞说道："这伤势，我们这里做不了，得送去县里。"

陪同我们一起的政府工作人员说道："大坝决堤，通往县城和市里的道路毁了大半，哪里走得了？"

那医生双手一摊，说："那也没办法，这根竿子穿透了他整个身子，也不知道里面到底什么情况，我们这里没有设备，贸然动手术，万一出现什么状况，人死在这里了可怎么办？"

　　这医生技术不行，又怕担责任，一时间僵在了这里，弄得马一岙一肚子火，对他说道："借你手术室一用，我自己来。"

　　医生大惊，说："这怎么行呢？你又没有医师执照……"

　　马一岙瞪了他一眼，冷冷说道："我是水木大学医学院的毕业生……"

　　不知道是这学霸的名头吓住了对方，还是觉得我这要是再拖下去恐怕就成事故了，那医生让出了手术室，不过在此之前，他草拟了一份协议，大意是这件事情与他们卫生院无关，仅仅只是我们的私人行为。

　　我和马一岙都在草拟的协议上签了字，然后进了简陋的手术间。马一岙戴上了橡胶手套，摆弄着一堆锋利的刀子、剪刀，笑着对我说道："要麻醉药吗？"

　　我舔了舔嘴唇，说："有吗？"

　　马一岙露出一口白牙，说："这破地方你觉得会有？安心啦，医学院毕业什么的虽然是假话，但我处理外伤的经验不比外科医生少。你要觉得害怕，就闭上眼睛，修习一下《九玄露》，不会把你整死的。"

　　我感觉自己就像一块案板上的肉，任人宰割，事到如今，也只有咬牙挺住了。

　　事实证明马一岙并没有撒谎，他手指灵活异常，不但帮我将箭支拔出，而且还帮我将伤口处理妥当。这家伙中西结合，利用手术器具给我处理完成之后，又在伤口上洒了一些类似于鱼骨粉的金疮药。弄完这些，他抹去额头的汗水，拍了拍我的肩膀，说："行了，去睡一觉，等明天就会好过很多。"

　　我那个时候已经困倦不已，听了他的话，不再多言，闭上了眼睛。

　　我在卫生院待了三天时间，他的那金疮药十分神奇，伤口在第二天就结痂了，第三天我都能下床走动了，这情形让那二把刀的医生错愕不已，给我检查身体的时候，一脸难以置信的表情。

　　第四天，我出院了，虽然我的伤口处依旧隐隐作痛，但正常行走已经没有问题了。

　　之所以这么急着出院，是想要找寻肥花和马丁二人。在我住院的这几日，马一岙去过几回营地和山林，都没有找到人，反而是撞到了那天与我们在雨夜相遇的民兵排长一行人。

为了避免麻烦，马一吞并没有跟他们相认。

我们在营地又待了两天，并没有得到肥花和马丁的消息，至于其他人，也都没有任何讯息。

又一日，我们在营地食堂吃过早餐后，就听到不远处有人纷纷议论。我凑过去打听，这才知道在下游的一个乡里，居然发现了一条巨大无比的蛇蟒，听说那长度百年难见，听到这个消息，好多人都去看热闹了。

大蛇？

我和马一吞相视一眼，都决定要去看一看到底是什么情况。

当我们赶到了出事的屏峰乡那巨蛇搁浅之地时，外边已经围有许多的武警，还组织了工作人员往外面撵人，许进不许出。这样的态度让各地各村赶来看热闹的人很是不满，大家虽然不敢乱来，但聚集在外围不肯散去，有的骂骂咧咧，也有的试图找路进去，还有的则围在了那些瞧见过巨蛇尸体的人身边，听这些人口沫飞溅地说着这事儿。

人都是爱吹牛的，这帮家伙说起此事，也是添油加醋，说得天花乱坠各有不同。

不过我和马一吞听了好几个人的说法，最终确定了一件事情。

那条大蛇，很可能就是先前在洞中被笑面虎霍得仙杀死，并且残忍解剖的白色巨蟒，而它之所以出现在此处，很有可能是洪水泛滥，江水倒灌进了霸下秘境，将其冲出来的缘故。

也就是说，霸下秘境的大部分地方与这外面的水域，其实是相通的了。

不过我和马一吞都生不出半分重回秘境的想法。

经过霸下临死之前的奋力一击，就算是那秘境之中有再多的宝物，恐怕都已经化作乌有、深藏于地下了。而我们此时此刻，最想要的，就是找到自己来时的同伴。

说句实话，见识了笑面虎等人的凶悍，以及霸下秘境的凶险之后，我们都挺担心他们出事。

马一吞在外围转悠了一会儿，找不到进去的机会，于是就放弃了。

而就当我们两人准备离开的时候，却有一人叫住了我们。

我回头一看，只见一身污垢的马丁出现在了人群的边缘处，朝我们招手。

他的出现让我们都十分激动，赶忙迎了上去，马一呙见面就问道："肥花呢？"

满身都是泥浆，如同叫花子一般的马丁听到，不由得一愣，说："啊，她没跟你们在一起吗？"

马一呙摇头，说："没有。"

我们把当天发生的事情跟马丁讲述了一遍。听完我们的话，马丁告诉我们，当日他去了秃子坳，发现父亲笔记里记载的入口果然轰塌，没有任何可以进入的地方，于是就折返了回来，凭着手中的感应符箓，找到了肥花，知晓了情况之后，也潜入水潭，进入了霸下秘境之中。

他进了霸下秘境，但是并没有遇到我们，也没有遇到笑面虎一行人，反而是遇到了黄毛尉迟等人，双方虽然没有交手，但起了冲突，彼此僵持了许久。

后来江水倒灌，秘境轰塌，他不得不寻路离开。但是当他出来之后，想要凭借感应符找寻肥花的时候，却不见了人影。当时我们脱下来的衣物，反倒还留着。

如果是这样的话，肥花肯定是遇到了什么事情，要不然这些东西不可能还留下，一定会带走的。

和我们一样，这几天他也在到处找寻我们，但因为洪水泛滥的缘故，到处都是一片混乱，所以并没有得到什么消息。一直到这会儿，正好听到这边有大蛇的新闻，就琢磨着过来碰一碰运气，没想到还真的就找到了我们。

听到这话，马一呙皱起了眉头。

若说危险，自然是进入秘境之中的我们才是最危险的。肥花就在水潭外面守着，只要不惹事，按理说是最安全的，怎么现在我们都露了面，她却杳无音讯了呢？

这事儿，着实是有一些奇怪。

肥花很有可能遭遇不测了。

这般想着，重逢的欣喜也被冲散了许多，我能感觉到马一爻忧心忡忡的情绪，三人在这儿还没有聊一会儿，就有警务人员过来撵人了。

见到了马丁，我们自然没有再回营地，而是去了马丁落脚的地方，找回了先前落下的衣服和背包，一番收拾之后，去找了个地方吃饭。

即便是洪灾，也总有好吃的去处，店家是老招牌，三杯石鸡、石鱼炒蛋、鄱阳湖笋干炒肉、板鸭火锅和大蒜炒腊肉，还有香喷喷的米饭，而瞧见这些当地美食，马一爻又忍不住叹气。

要是肥花在，可不得风卷残云？

我们一边吃饭，一边聊起了分离之后的经历。

谈起这些，不可避免地说到了麻风少年胡车，对于这个小孩儿，马一爻的评价很高。

虽然这个评价多少也受了我的影响，但马一爻还是觉得，大概是因为他儿时的生活境况实在是太困难了，又饱受外人的歧视，使得这个少年的心智有些扭曲，而正因为如此，胡车方才会在后来的经历中让人啧啧称叹。

这是个天才少年，如果能往好的方向引导，必然又是一位受人尊敬的传奇人物，但如果因为这种变故而没了约束，极有可能就是让人头疼的一大祸害。

一念成圣，一念成魔。

说到机遇，胡车还真是不差，不但通过吞噬那敦实男子的妖丹成功觉醒，将缠身恶疾给治愈，而且还一直潜隐着，在最终时刻夺走了霸下的千年妖丹。只要是他不乱来，恐怕就会在近几年内快速崛起，成为让人敬畏的大妖。

至于我们，马一爻一无所获，两手空空。马丁在秘境之中得到了两件古物，一个是青铜莲花阴阳碗，另外则是一小罐鲛人灯油，算是没有白走一趟。

唯独我，虽然伤痕累累，肚子处甚至来了一贯穿伤，看似凄惨无比，但从秦梨落手中得到了觉醒夜行者血脉破关最为关键的药引——弱水。

不但如此，我还得到一截十分奇怪的玩意儿。

那根我从石柱之中剥离下来的东西，它平日里如同软骨硅胶一般，甚至都能当腰带用，但当我灌注妖力进去的时候，却能改变它的状态，让它变得坚硬起来。

妖力越强，那硬度就会越发坚硬。

然而有些遗憾的是不管我怎么弄，都没有办法再像当日一般，让它变得通红，如同烙铁一样。

我跟马一吞的分析结果是，因为我的力量还不够，或者说身上有伤。

再一个，就是我当日吞服了血珠子，力量膨胀，无处喷发，方才会体现在了那根长棍之上，让它变得如此恐怖。事实上，那样的血珠子在没有任何加工和调配下直接吞服，最大的可能是消化不了，走火入魔，甚至有爆体而亡的危险，我也是误打误撞，方才留了一条小命。

我觉得自己很幸运，马一吞却不这么觉得。

幸运也是实力的一部分，而这事儿如果上升到了气运的高度，这就是命数了。

马一吞不太懂阴阳五行、天干地支及伏羲八卦等易学算术的文夫子行当，但他也能觉察到，我的运势，虽然此刻有些黯淡，但还是呈现出了上升的趋势。

与马丁汇合之后，我们又在江州待了几日，我因为身上有伤，行动不便，所以没有怎么外出，就住在县里的一家招待所里。

马一吞则和马丁则四处找寻着肥花的下落。

除了自己找，他们还到处贴寻人启事，甚至委托当地的公安机关来找人，还跟那村子的民兵排长取得联系，至于他们是怎么沟通的，我知晓得也不多。

只可惜如此找了几天，都没有任何的消息，肥花就好像是人间蒸发了一样。

这事儿还真的是让人沮丧。

一天夜里，马一吞突然找到了我，对我说道："侯子，我们走。"

我当时已经躺在了床上，准备睡觉了，迷迷糊糊，脑壳都不清楚，爬起来问："怎么了，有这么急吗？"

马一吞没有跟我解释太多，一边看着门外，一边说道："给你两分钟收拾。"

我瞧见他这么严肃，不敢再多问，赶忙穿衣起床，匆匆收拾行李，后跟着他出了屋子。来到走廊时，我看了一眼旁边马丁的屋子，刚要张口询问，却被马一岙给阻止了，用手势告诉我噤声，不要多言。

我不明就里，只有遵从，两人下了楼，又来到外面的场院，马一岙带着我往外走，边走还边回头，不知道到底在搞什么鬼。

大概走了一百多米，两人转过了街角，藏在暗处。我瞧见他没有那么紧张了，便问道："到底怎么回事？"

马一岙阴沉着脸，说："出事了。"

第十一章

君子一诺奔波去

这大半夜的从招待所跑出来，而且还一脸严肃，这事儿已经让我有了心理准备，所以并不惊讶，只不过为什么不叫马丁，这一点让我有些疑惑。

我问："什么事？"

马一岙盯着我，说："你这两天看马丁，有没有觉得他的表现有些异常？"

马丁？

我有些疑惑，说："我跟他不太熟，接触得也不多，感觉不出来。到底怎么回事，他有什么问题吗？"

马一岙点头，说："对，这次肥花出事，以及我们在霸下秘境碰到那么多敌人，很有可能是马丁在背后搞鬼。"

我先是一愣，随后惊讶地问道："这怎么可能？"

我虽然并不太喜欢脏兮兮的马丁，但不可否认的是他很有能力，而且十分靠谱，再加上他跟马一岙的渊源，我天然地有一种信任感，没想到却从马一岙口中听到了这么一句话，让我如何不惊讶呢？

马一岙严肃地说道："其实那天分开的时候，我就起了怀疑——当时的情况简单明了，他却偏偏要去秃子坳查看，除了不相信胡车之外，有没有一种可能，就是想要跟我们分开，去见其他人呢？这事儿我当时没有说，心中却是有疙瘩的，后来这几天找寻肥花无果，我就不得不怀疑了。而到了今天，我瞧见他居然故意避开我去跟几个陌生人接头，还鬼鬼祟祟的，我就觉得事情有些不对劲，立刻打电话找人打听了一下，得到了一个很坏的消息。"

我心一跳，说："什么消息？"

马一夯沉声说道："马丁这些年遁世隐居，但他老婆和女儿却住在西北的一个小镇子里，而我打听到，他女儿已经消失了一个多月，没有人知道去了哪里，我联系的那个人告诉我，说一开始说是失踪，到了后来又说是回了乡下老家去——我这么说，你能懂吗？"

我有些骇然，说："你的意思，马丁很有可能是受人胁迫，出卖我们？"

马一夯摇头，说："这件事情很难讲，我也不确定，也许事情不是这样的，但如果真的有人能算计到这一切，提前绑了她女儿来布局，这可就太可怕了。不管怎么说，我不得不防一手。跟马丁私下接触的那几人，其中有一个家伙是湘北岳阳楼的老把头，这个人跟黄泉引的关系十分密切，而且实力很强，我敌不过他们，又不能硬碰硬，只有先撤，日后再想办法了。"

我心惊肉跳，说："那我们怎么办？"

马一夯说："事到如今，只好找人来帮忙了。"

我说："找谁？"

马一夯一字一句地说道："游侠联盟。"

啊？

听到他这话，我忍不住诧异，说："小钟黄说那个游侠联盟，不是早就没了吗？"

马一夯眼神坚定，说："游侠联盟的确已经分崩离析了，但总有一些人，心中存着正义，这种人重义气。我师父曾说过，庐山谭家的谭云峰，在赣西道上算是一条好汉，他是通背拳一脉，祖师爷是民国奇人修剑痴，一手断门枪出神入化，若是能有他助拳，我就不怕岳阳楼的人了。"

我是个半路出家的人，对这种江湖往事是一头雾水，听到那古怪名字，忍不住问道："修剑痴？这是个外号，还是啥？"

马一夯给我解释："修剑痴前辈又叫修明，他是燕北人，家学渊源，又曾经跟随通背拳大师祁太昌之高徒许天和求学。年少时在京师一带访师问友，博采众家之长，对太极、形意、八卦、长拳都极为通晓，被称为燕北大侠，在当年可是能与民国十大家挨得了边儿的人物。"

跟随马一吞这么久，民国十大家我自然有所耳闻，他师祖王子平正是名列其中。

听他这么一类比，我立刻知道了对方的厉害。

不过马一吞也说了，他与那庐山谭家的谭云峰并不相识，这次鲁莽地找上门去，能说得动他们来帮我们吗？

马一吞苦笑说："事到如今，我也没有别的办法，只有一试了。"

世间最复杂的，莫过于人心，马一吞曾经为找到马丁被拐的女儿，奔走数年，终于将人给找回来。对于寻常人来说，这可是天大的恩情，也正因为如此，他这次方才有底气开口，却没想到马丁极有可能又将我们给卖了出去。

虽说此事他另有隐情，是为了自家女儿，但让我们极为心寒。

我们商量妥当之后，不再多做停留，连夜离开这个县城，在国道上拦路，搭了一辆大货车离开了。

庐山谭家还真的住在庐山脚下，这是一个叫作杨家墩的小村子，距离我们之前所在的地方并不算远，我们在天色蒙蒙亮的时候赶到了。至于马丁那边，马一吞给他留了一个纸条，说我们有事出去一趟，希望能将他拖住。

这借口不一定能拖住马丁，所以我们需要尽早赶回去。

谭家是一个大院子，建筑有些年头了，因为天未明，我和马一吞并没有上前敲门，而是守在大门口，在那儿安静等着。

我问马一吞为什么不直接敲门，他对我说上门求人办事，就得有讲究。江湖人有江湖的规矩，不讲规矩，谁会理你？

如此一直站了一个多小时，院子里有了动静。没一会儿，有一个四十来岁的汉子扛着锄头推门而出，瞧见了我和马一吞站立门前，不由得一阵惊讶，问道："你们是哪个？怎么站在这门口呢？"

马一吞抱拳，说："晚辈马一吞，湘南王朝安的弟子，前来拜见庐山谭家的谭云峰师傅，还请帮忙通传一声。"

汉子有些疑惑地看了他一眼，不确定地说道："王韶安？"

马一吞低声纠正道："王朝安。"

"哦。"

那人在嘴里复述一遍之后，对我们说道："你们等等啊，我去跟我哥说一声。"

他转身进门，顺便将院门关上。我听到脚步声走远，终于忍不住说道："马哥，这个人看起来，好像不是啥练家子啊？"

马一岙眼观鼻鼻观心，淡然说道："修行这事儿，讲究的是天赋和根骨，并不是每个有家学传承的人，都能成为修行者的。再说了，修行太苦，也未必有几人能受得住，他不会，也很正常。"

马一岙这架势，有点儿太过于拘谨。

我正胡思乱想，不远处传来了脚步声，紧接着门打开，一个五短身材的汉子从里面走了出来。他约莫五十多岁，身子有些佝偻，仿佛被常年的农活劳务压折了腰一般，脸上的皱纹也多，穿着如同一乡间老农，唯独那一对眼珠子很亮，黝黑晶莹，有点儿像是两三岁的孩童一般。

他分别打量了我和马一岙，然后朝着马一岙拱手，说："可是湘南奇侠王朝安的弟子？"

马一岙将双手伸出，左右手的拇指相扣，左手手掌朝外，右手手掌朝内，然后一齐放平，分开，又聚合，如此三次之后，恭敬地说道："'千古风流今在此，万里功名莫放休，三山五岳成一快，降妖除魔是朋友'，后辈马一岙，拜见联盟前辈。"

那老农哈哈一笑，向马一岙同样也做了刚才那手势，然后说道："久闻湘南奇侠王朝安的名声，本以为言过其实，但今日一见你这当弟子的模样，我算是服了。来，里面请。"

这人正是谭云峰。

我们被请到客厅用茶，这茶并非什么好茶，但是自家在山里种的茶树，热水冲过，格外清香，一品，回味无穷。

谭云峰告诉我们，这茶是山茶，但有个名字，叫作"香煞人"。

双方寒暄过后，马一岙直接言明来意，将整个事情的来龙去脉，从师父王朝安被人暗算，到找寻霸下秘境的种种变故，以及洞中诸事，一一叙来，又谈及了黄泉引那帮人的恶行。

当说到与自己关系颇深的马丁很有可能勾结岳阳楼的老把头准备对我们下手时，谭云峰终于表态了。

他冷哼一声，说道："岳阳楼因范文正公的'先天下之忧而忧，后天下之乐而乐'而名满天下，那是天下人的财富和信仰。这帮小人，居然敢以岳阳楼为名，勾结奸邪，行那人神共弃的恶事。平日里远在鄂北，我且不管，既然到了江州，我自然不能置之不理。"

说罢，他对我们说道："你们别担心，我这就收拾一下，随你们同去。"

老先生当真是雷厉风行，让我们且坐，片刻之后，他换了一身短打的出门装，又背着一根圆乎的扁担，就要出发。

我盯着那根扁担，发现内有蹊跷，知道解开外面的伪装，里面便是名满天下的断门枪。

这汉子，真英雄也。

当谭云峰老先生挑着根扁担，跟我们走出杨家墩的时候，我终于明白了为什么马一呑跟我提及"游侠联盟"这四个字的时候，会有那种发自内心的骄傲和自豪。

这个在我看来传奇无比的名字，它在某些人的心中，却是如此重要。

谭云峰老师傅与我们素不相识，仅仅因为马一呑的一席话，就毫不犹豫地跟了来。

要知道，此行可是会有生命危险的。

谭云峰老先生在村口一家小卖铺喊了人，让一个小伙子开着小货车将我们送过去。他平日里在村子里的威望很高，那小伙子一听说谭老先生有事，立刻就放下了嘴里叼着的烟，恭恭敬敬地请我们上车。

回去的路上，我一直都在偷偷观察谭先生，他却并不在意，而是跟马一呑聊起老一辈的故闻，互道渊源。

他们聊得最多的，是民国十大家。

这十人，在后来网络资讯发达可以随手一搜的时代，或许大家能通过各个渠道得知一些，但当时的我，是真的没有听过。

先前虽然曾听马一呑聊过一二，但当时的我更多的是醉心修行，就像刚刚得到玩具的小孩，爱不释手，无暇他顾。

此时此刻，我方才知晓这十人当年的事迹和威望。

那是一个风起云涌的时代，新旧交替，外面的世界一下子闯入了国人视野，无数人受难，流离失所，国破家亡。在这样的时代背景下，涌现出了无数的大师和传奇人物。

这里的每一个人，都值得大书特书，我听着两人一开始还只是闲聊一二，到后来却是口沫飞溅、眉飞色舞。

很难想象，这样两个平日里完全没有交集的男人，怎么就这般一见如故、意气相投。

这一路的旁听，使我建立起了对"游侠联盟"这个名字最开始的好感。

两地相隔不远，但洪水泛滥，道路不通，一直到了中午，我们方才赶到了先前栖身的招待所。

我们并没有直接在门口下车，而是远远停下，然后往里摸去。

马一吞显得十分谨慎，一直在紧张地观察着。

这件事情对我们十分重要。没有谁会甘心被人算计，而且这件事情还关系到他师父的性命。

一刻钟之后，我们潜入招待所的二楼，悄悄来到马丁的房间门口。马一吞伏低身子，尽可能地将自己的呼吸和心跳放缓，又将耳朵贴在门上。

过了一会儿，他朝我们这边打了一个手势。

屋里没人。

他掏出了一根细铁丝，在门锁里鼓捣了几下，随后轻轻一推门，进去瞧了一眼，然后招呼我们过去。

我跟着谭老先生一起走到门口，发现人虽然不在，马丁随身的破包却搁在桌子上。

很显然，马丁还没有退房。

三人进了屋子，将门缓缓关上。马一吞打量了一下房间之后，对我们说道："他应该还没走，既然如此，我们一起在这儿等他，有谭老先生在，我们也不怕他找帮手。不管怎么样，大家当面锣、对面鼓，把事情说清楚，如果他真的是因为自家小妮而情非得已，我也不怪他，只求他将这事情的幕后凶手说出，让我也好有一个明确的概念，知道是谁在算计我们。"

谭老先生点头，说："如此甚好。"

他虽然不耻马丁的两面三刀，但那家伙之所以这么做，也是为了自己女儿。

不过即便如此，马一岙对马丁的忌恨已深，就少了许多顾忌，开始翻捡起了马丁留在房间的背包来。

马丁虽然出身西北马家，但他本人却在丐门之中。

既然是一门一派，里面自然有规矩，而马丁在其中算得上是一高层人物，自然也要以身作则，所以才会常年不洗澡、不刷牙，肮脏不堪。

马丁邋里邋遢，但这个帆布背包却是十分干净，洗了又洗，颜色都有些发灰。

马一岙将包打开，里面塞了几本破烂书，两件换洗的内衣裤，再加上一块红色的布和一张照片，除此之外，别无他物。

那照片上，是马丁和一个六七岁小女孩儿的合影。

两人的笑容，都十分灿烂。

马丁从霸下秘境之中得来的青铜莲花阴阳碗，和那一小罐鲛人灯油都不在此处。

马一岙并没有翻捡出什么证据，有些不安，开始在房间里来回踱步。我能感觉得到他的情绪有些低落，也有些不确定。他好像在怀疑自己，生怕自己误会了马丁，所以才会来回踱步不断地思索着事情的前因后果。

不过他终究是一个沉稳果决之人，没一会儿就停下了脚步，坐在正对门的一把椅子上。

而我和谭老先生，则坐在了床上。

三人都没有说话，安静等待着，如此等了差不多一个钟头，门口处突然传来了动静，我们几个看了一眼，都下意识地屏住呼吸，随后马一岙缓缓地站起来。然而门并没有开，而是传来了敲门声。

砰、砰、砰……

坚定而有节奏的敲门声，仿佛击打在了我们每一个人的心头，如此三遍之后，门外有人说道："马兄弟，我是你胡桥胡二哥，时间地点都是你约的，人我们已经带过来了，你别跟我说你不在……"

我们都沉默着，彼此互看一眼，不知道来人到底什么意思。

外面那人看里面没有回应，不由得冷笑起来，说："马兄弟，别在里面给我们装死，鲁大爷托我给你带一句话，这次的事情你若办漂亮了，一切好说，你若还是再这般遮遮掩掩，拖着咱们，那您自己玩儿，我们可走了，到时候你后悔了，可是来不及的。"

当他说到这句话的时候，马一杏的眼睛一下子就眯了起来，里面有精光蹦出。

很明显，他已经想通了事情的缘由。

场中依旧一片沉默，门口有另外一人低声嘀咕道："二哥，那家伙说不定不在这里，要不然咱们先撤吧？他之前不是说过，那姓马的小子和一个夜行者就住这层楼的尽头那儿，要是动静闹大了，惊扰了他们，那可不好。"

那二哥犹豫了一下，恶狠狠地骂了一声，带着人离开了这里。

随着脚步声渐远，谭老先生用探寻的目光看着马一杏，等待着他的决定，而马一杏却并没有说话，而是无声地摇了摇头。

他并没有追上去的意思。

当人都走远的时候，我忍不住问道："到底怎么回事？"

马一杏叹了一声，说："是我想岔了，马丁跟黄泉引没关系，他应该是受了川东巨寇鲁大脚的胁迫，想要拿我的人头去换他女儿的性命吧。"

鲁大脚？

我听得一头雾水，谭师傅则立刻问道："可是巫山黄风寨的鲁大脚？那可是一代凶煞，你怎么惹到他了？"

马一杏苦笑着说道："我早年间四处帮人打拐，跟鲁大脚的独孙起了冲突。他那孙子是个变态，而且还觉醒成了夜行者，到处祸害妇人，整个巫峡两岸，东邻巴东，南连建始，西抵奉节，北依巫溪，不知道有多少女子被他坏了贞洁。我路见不平，坏了他的好事，被他不死不休地追杀，将我从渝城追到了锦官城，又从锦官城追到了大凉山，结果在大凉山碰到了川西圣手，他老人家疾恶如仇，出手结果了这畜生。”

谭老先生说："既然如此，他自该找冯自然的麻烦，又与你何干？"

马一畚说："冯老前辈闻名天下，一身修为独冠西南，鲁大脚虽为大妖，却奈何不得他老人家，便只能将气撒到我头上。"

谭老先生说："原来是这般，既然如此，你当如何处置？"

马一畚沉默了一会儿，然后说道："马丁兄此次也是遭人胁迫，事出无奈，我本应帮他处理此事，但我师父昏迷在床，也没有时间蹉跎，既然如此，那就离去，不再纠缠了吧。"

谭老先生看着他，沉默了一会儿，点头说道："好。"

谭老先生扛着扁担，撸着袖子过来帮忙，却一场架都没有打就直接离开了，我也自然没能见识到他那断门枪有多么的凶煞惊人。

他没有太多的坚持，一切都凭马一畚的心意。

短短一路上的相处，让他们成了朋友。

不过临别之前，老师傅还是深深地看了我一眼，眼神之中多少也有几分猜疑。

很明显，他知道我是一名夜行者。

我曾经听马一畚说过，游侠联盟之中，并非人人都如谭老先生一般急公好义，有人的地方就有江湖，游侠联盟也是如此，其中也诞生过不同的势力和派别，从修行的大方向来看，就有五秘三宗，而从对待夜行者的态度来划分，又分为左、中、右三派。

左派的成员信奉一个道理，叫"非我族类，其心必异"，觉得夜行者永远都无法跟人类一条心，所以碰到夜行者，就要毫不犹豫地下狠手，如有可能，最好斩草除根，不留后患。

而右派的成员则认为性本善，没有谁是天生就邪恶的，他们希望团结一切可以团结的力量，采用一种合作互助的形势，用来维持一个和平稳定的世界。更极端的，甚至还提出了"万族共治"的想法。

当然也有一些人不偏不倚，并没有表明太多自己的看法和立场，所以就被称之为中间派。

历史上，游侠联盟因为这个问题还差点儿分裂。

民国算是游侠联盟最为鼎盛时期，然而盛极而衰，分崩离析，究其根本，也是因为这核心的价值观分歧。

不过这位谭老先生虽然没有表明立场，但显然不是极端左派。

他只是深深看了我一眼，然后离开。

那个拉我们过来的小货车司机在等着他，在来的路上我方才知晓，那人是他的一个弟子，跟随着谭老先生修行的。

谭家之中，人才不多，反倒是不如一个叼着烟、染着黄毛的小司机有天赋和恒心。

马一岙并没有等马丁回来，而是给他留了一张纸条。

纸条大意是，我们已经知晓此事，让马丁别太纠结。从此江湖路远，永不相见。

肥花的事情或许与马丁有关，或许无关，但我们已经没时间在此耽搁了。我们得离开，暂时搁置此事，去办另一件事情。

那就是后土灵珠。

尽管我并不确定那坨从白色巨蟒身体里掏出来的肉块到底是不是后土灵珠，但几乎可以肯定的一点是，这东西最后是落到了秦梨落的手里。

我与王朝安老爷子交往不深，但也能理解马一岙与他的感情。而且我对他老人家的性情人品也是十分敬重的。甚至我想要渡过五重劫，也需要借助他老人家的张罗和把控。一切都是环环相扣的。

我二人离开县里，便去了江州，又乘坐火车南下，抵达羊城。我以为要去原先的小院子，却被告知，在知道马丁出了状况之后，他就第一时间通知了小钟黄，将院子里面的人都转移走了。

我们虽然放过了马丁，不与他为难，但从人性来考虑，马丁未必会放过我们。他既然来过了这院子，就很有可能拿这里成员的性命来威胁马一岙。即使他不愿意，他背后的鲁大脚也会这么做。

一番辗转，我们来到了一个村子里。相对于市中心来说，这儿只是郊区，除了一些厂房和相对集中的城镇之外，外围还有许多零星的小村子，而我们所在之处，是马一叅师姑黄千叶提供的住处。

王朝安老爷子在病情稳定之后，也由鹏城转到了这儿来静养。

竹篱笆、小池塘、老式的土砖房，我们抵达这儿的时候，已是暮色时分，远远瞧见门口附近，一左一右摆放着两张躺椅，刘爷和李爷躺在上面，昏昏欲睡。

马一叅带着我走上前，朝两位拱手问好，结果对方半天没反应，这才发现，人家睡得正熟。

我们不好打扰，轻轻绕过两人，走进屋子里。

屋里有人在吵架，是小钟黄和海妮。

瞧见我们推门进来，海妮赶紧过来抱着马一叅的胳膊，满脸委屈地说道："小马哥，你来评评理，钟黄小哥哥实在是太欺负人了……"

马一叅笑着摸了一下她黑亮的头发，说："小钟哥怎么你了？"

海妮撅着嘴巴，不满地说道："人家这皮肤，不泡在水里的话小半天就干了，难受得很。我想去外面池塘里待着，他就是不让，你说说，这算什么啊？"

小钟黄沉着脸，说："这又不是咱自个儿家，你没事儿天天泡在池塘里，要是被别人瞧见了，传出去招惹了那些坏人来，那可怎么办？师父现在还躺在床上昏迷着呢，就凭咱们，你觉得能打得过那帮坏人？"

海妮争辩："我可以一直沉在池塘底下，不露面啊。"

小钟黄说："你也不瞧瞧那池塘有多深，你这么大一个人蹲在那里，半天不出来，不是更惹人注意吗？"

两人吵着，马一叅大致听完，对海妮温言说道："特殊时期，你就忍一忍吧，去洗手间淋淋水就好，等过了这段日子，我带你去海边玩儿好吗？"

他对付心思单纯的海妮自有一套，海妮听完，脸上便露出了欣喜之色，跟他确认道："小马哥，你说的是真的？"

马一叅点头，说："当然。"

海妮立刻欢喜起来，瞪了小钟黄一眼，说："哼，还是小马哥好，哪像你……"

她欢天喜地走开了，就剩下小钟黄苦涩地笑了笑，招呼道："师兄，你回来了。"

他平日里叫"小马哥"，而这一声"师兄"说出口，就可见他身上的压力还是挺大的。

马一岙拍了拍小钟黄的肩膀，说："小钟哥，这段日子辛苦了。"

师兄弟见面，简单聊了几句，小钟黄人虽然小，但性子却很是沉稳，事情处理得井井有条，跟我们聊起了这些天的情况来。

谈到他师父的病情，小钟黄说道："离开之前，张清高老医师做过彻底的检查，说病情已经稳定，毒性也都控制住了，这三个月内问题都不大，等过段时间再去他那里复查就好。只不过这样下去也不是办法，他还希望我们尽快找到后土灵珠，说只有那样，才能让师父彻底醒过来。"

马一岙问道："黄师姑呢？"

小钟黄说："她找人跟黄泉引的人干了两架，互有损伤，黄泉引有些扛不住，转入地下。她决定去一趟川西大雪山一脉，找江湖中最顶尖的医字一脉——川西圣手冯自然。此人妙手回春，救人无数，若是能找到他，说不定能有转机。"

马一岙点头，说："也对，我当年有缘与冯老前辈见过一面，的确是谪仙一般的人物，若是能得到他的诊治，也是多一分希望。"

两人叙过之后，小钟黄带着马一岙去卧室里见师父。而我无事，转悠到了厨房，瞧见海妮正在笨拙地做饭。

那个时候还没有液化气，这灶是土灶，火旺油多，海妮手忙脚乱，我赶紧过去帮忙。

我自小就喜欢研究吃食，又在外面闯荡几年，做饭的手艺还算不错，于是就接过了来，海妮在旁边帮忙，问我："肥花姐怎么没有跟你们一起回来？"

之前的伙食，都是肥花负责，此刻变成了海妮，让她很不习惯。

我将这次出去的经过跟海妮讲述完，她的眼睛一下子就红了，说："这可怎么办啊，别看肥花姐一向大大咧咧的，但她的胆子其实最小了，刚来这儿的时候，天天搂着我睡觉，一放开就吓得不行……"

我叹了一口气，说："没事，吉人自有天相，总会有办法的。"

晚饭我做了六个菜、一个汤，有荤有素，有辣有甜，马一岙给师父预留了清淡的粥品之后，回来坐下。小钟黄早就等不及了，伸筷尝了一口，眼睛都眯了起来：“侯子哥，啧啧，你这手艺，可不比饭店里的大厨差多少啊。”

海妮也连连称赞。

旁边两个老头儿虽然没有说话，但筷子却没有停下来过。

吃过饭，我、马一呑和小钟黄在门外乘凉聊天，马一呑对我说道：“我在路上的时候仔细想了，决定去找给你下启明蛊的那帮人聊一下，不过在此之前，我们得做一件事情。”

我说：“什么事？”

马一呑指着我说道：“你的伤好得差不多了，是时候用弱水助你冲关，给你增强实力了。”

破关、渡劫、觉醒，无论是哪个词，都有一个共同之处。

那就是这事儿万分艰险。

稍微不注意，就可能进入万劫不复之地，正因为如此，才需要养精蓄锐，用尽全部的精力来对待这件事情。如果拖着伤躯，很有可能一口气上不来就死在冲关成功的前夕。

所以这件事情得慎之又慎，不能有半分闪失。

好在我现在伤口已经基本无恙，马一呑也颇有把握。他站起身，对不远处纳凉的老刘头儿喊道：“刘爷，你不是有一个固本培元的方子‘六味养谷贴’吗？麻烦写出来，我让小钟哥去找中药店买药材。”

那老刘头儿听到，咧着嘴笑起来，露出了没几颗牙齿的牙床，说：“好嘞，没问题。”

他起身去找纸笔，而马一呑又对老李头儿说道：“李爷，您老人家的推经入脉手是玄真一绝，侯子明天渡劫过难，麻烦您帮他松一松筋骨，好让气血流通顺畅一些。”

他说得客气，昏昏欲睡的老李头儿听到，也站了起来，松一松筋骨之后，拍着胸脯，说：“难得小马哥你还记得咱这手艺，你就瞧好吧。”

马一呑又吩咐小钟黄去跟老刘头儿拿方子，照单抓药。

小钟黄双手一摊，看起来是没钱。

我赶忙翻了一下钱包，将先前取出来的一千多元人民币递给了小钟黄，然后问道："够不够，不够的话，我再去取。"

小钟黄笑眯眯地接了过去，说道："差不多吧，我先拿着，到时候不够了再跟你说。"

听他这么说，我松了一口气。这些日子花销挺大，又没有进项，我的积蓄已经快撑不住了。

大家各自忙碌，我问马一吞我要干什么，他摇头，说："不用，你今天也别打坐修行了，安安稳稳睡一觉，等明天醒来，我们所有人全力助你渡劫过关。"

我感激地点头，说："好，多谢了。"

当夜我冲过凉之后，早早睡去。

等到清晨醒来，还有点儿迷糊，老李头儿已经来到了我的床前。他端着一小碗豆油，让我将全身衣服脱下。

老头儿将双手浸入豆油之中，揉搓了一会儿，然后双手放在了我的后背上。

他的双手粗糙，满是老茧子，触感十分难受，好在有了那豆油的润滑，才没刮伤皮肤。

一开始，我有点儿不太习惯一老头儿在我身上揉来揉去，然而没两秒钟，那力量从对方的双手传递而来，我有些扛不住了——他总是能在我最不受力的地方加劲儿，三两下搞得我又麻又酸，疼痛难忍，顿时就忍不住大叫起来，还想要反抗，却被他威胁道："别乱动啊，你要是不忍着跟我顶住劲儿，效果少一半，那可别怪我。"

他这般说了，我再不敢反抗，用牙齿紧紧咬住枕头，把自己当作一团死物。

老李头儿一开始还比较柔和，到了后来，开始在我全身上下涂油，把我当作面团儿，随意揉捏。我从一开始的僵持，到后来的酸麻难忍，再到最后，如同一坨死肉一般任他揉捏，全身无力，完全动弹不得。

一直到这个时候，我方才明白那所谓的"推筋入脉手"为什么是一绝了。

我甚至感觉自己的每一块肌肉都在分离，疼痛从全身各处传来，整个儿人都散了架，松松垮垮。

这样的痛苦持续了大半个小时，突然，我感觉有暖流开始从四肢百骸回涌而来，人也开始渐渐有了精神。就连老李头儿奋力地揉搓，也只是挠痒痒一般，如浸泡温泉，全身舒坦。

等到结束的时候，我心中恍然若失。

见老李头儿大汗淋漓，近乎虚脱的样子，我竖起大拇指，叹服道："您老这一手，当真绝学。"

老李头看着我，咧嘴笑道："想学吗？"

我说："您愿教？"

老李头说："嗨，不过是一门手艺，总不能带进棺材里去吧？你要真的有心学，回头我教你就是了。"

推过油、松过骨，马一咠进来，问我能不能走，我点头说可以。他接过我递过去的装有弱水的白瓷瓶，说道："走，去后院，给你熬了一上午的药浴，你进去泡一会儿，很烫，但你得忍着，凉了就没有药力了，知道不？"

我用洗澡巾围腰间，跟着马一咠来到后院，那儿有一个大木桶，里面传来阵阵古怪的中药味，旁边的小钟黄比了一个"OK"的手势，说："来吧。"

我走到木桶前，瞧见里面黑乎乎的，翻滚不休仿佛刚刚烧开的水一般，而木桶下面，居然还有一个简易的加热装置。

我有些担忧，说："这玩意儿，不会把我给煮熟了吧？"

见我犹豫不决的模样，小钟黄不屑地说道："放心，我们对你的肉没有兴趣。"

我不想被小孩子看不起，不再多言，取下洗澡巾，翻身进去。

身子一挨水，我顿时就被烫得大叫起来，皮肤一下子就红了。这不是红润有光泽，而是活活烫出来的。

这灼热的温度让我胸口发闷，恨不得立刻跳出来，而马一咠却说道："你放心，凭你的体质，再加上刚才李爷给你全身涂的豆油，伤不着你的。你盘腿打坐，让自己的心神静下来，半个小时之后，等药力吸收了，我给你加弱水，这时候才不会腐蚀你的经脉，而是借助着药力把你的经脉一举打通。"

我听到这话，只能强忍着。不过这种温水煮青蛙的方式，远比刚才李爷的推拿要难熬十倍。我盘腿打坐，运行《九玄露》，却总是静不下心来。我总有一种错觉，好像自己没一会儿就要被煮熟了一般。

我如坐针毡地等待着，不知道过了多久，耳边传来了马一岙的声音："可以了，我加弱水了，你赶紧催动《九玄露》，内视经脉，顺着弱水的劲儿打通关节，知道吗？"

这声音对于我而言，如同天籁，我猛地点头，紧接着马一岙拧开瓶塞，那弱水有若无物一般落下。

这水十分轻灵，而且冰寒，与滚烫的药水接触，竟然止住了那翻滚之势，甚至在药水的表面凝结了一片寒霜。我立刻就感受到一股凛冽冰寒之意从全身的毛孔涌入，一起往里，随后双足涌泉穴，凝结双手的少冲、少泽，再加上额头印堂、后脑勺的百会，如此六处穴窍一起有成股的气息涌入，轻灵无比，如同老鼠一般灵活。

我立刻运用《九玄露》的心法，努力将其约束，然后控制这气息朝着我修行的经脉行去。

气息轻灵，却又有一股所向披靡之势，所过之处，无一处滞碍能抵御，全部扩展，如同小溪变成了河流，宽阔了数倍。

而这样的过程，无疑是万分痛苦的，我全身紧绷，甚至有鲜血从皮肤中浮现出来。

我就好像是被吹胀的气球，快要炸开。

好在有那药力中和，让我不至于爆体而亡，过不多久，我感觉气息在心口汇聚，丹田郁积，不断旋转，某一时刻如同爆炸一般，轰然一下，我也终于忍不住疼痛，大叫了一声，眼前一黑，便昏死了过去。

等我醒过来的时候，发现自己已经躺在床上，浑身通畅无比，精力旺盛，仿佛爬起来就能打老虎一般。

马一岙在我旁边守着，瞧见我醒来，便笑道："恭喜，第一重关过了，保守估计，你又有两年的时间好活了。"

这话说得古怪，但对我来说，却是天大的好消息。

随后他对我说道："你今天先好好休息一下，别想太多，等明天一早，我们还要赶去鹏城的中英街。"

我一愣，说："去中英街干什么？"

马一岙嘴角一挑，冷笑一声道："找老歪，那家伙欠我的东西，我得找他还回来。"

位于鹏城盐田区沙头角街道的中英街，由梧桐山流向大鹏湾的小河河床淤积成，原名"鹭鹚径"。

街心以界碑石为界，街边商店林立，品种齐全，因为里面有港岛区域，进入其中，需要去局里办一张叫作"前往边防禁区特许通行证"的东西，方才能进入其中，显得十分麻烦。

因为其历史原因造就的特殊地理位置，形成了一个十分有特色的商业区域，别看后来它更类似于一个旅游景点，但是在千禧年前后的那一段时间，还是十分热闹的，商业的氛围也十分浓厚。

我们要找寻的那位老歪，就在这条中英街上。

我听马一岙说，干掴客这一行的有很多人都喜欢弄一个绰号，而"老歪"这个名字似乎非常热门，他所认识的就有三个——一个在南方一带，一个在云贵一带，还有一个在内蒙古。天知道这帮人为什么对这个名字如此情有独钟。不过从某种角度来讲，南方的这个老歪在行内的名声还算不错，马一岙与他也有过好几次合作，甚至类似于打拐这样的公益事业，那家伙也是免费提供消息，算得上是不错的人。

正是如此，马一吞才会对老歪如此的信任，两人的关系也并非只是做生意那么简单。

说起来，他算是马一吞的一个朋友。

只可惜，这次霸下秘境的消息泄露，证明了两件事情——第一，马丁是有问题的；第二，这个老歪也逃脱不了关系。

我经过第一关渡劫之后，短暂休整，次日一大早就跟马一吞赶到了中英街。

从昨日到今天，我已经感受到了渡劫后的诸多好处。

首先是身子轻灵了许多，一个箭步能蹿出几米远，如果是手脚并用，我感觉自己甚至能翻过三四米的墙头，灵活得跟猴子一样。其次就是对自己身体和力量的控制，因为经脉打通的缘故，我对这些都了然于心，再也没有了之前的艰涩感，也不存在身体的本能反应跟不上脑子的情况。

外观的变化也有，那就是尾骨后面露出来那一小截尾巴变长了，长了一寸。

马一吞在给我检查身体的时候，忍不住感慨，说许多人对于夜行者之所以有偏见，觉得那是邪魔外道，其中有一个很重要的原因就是太速成了。

进步太快，让人嫉妒。

他表示如果不是跟我很熟，他都忍不住心生嫉妒之心来。

我们抵达了中英街一个小铺面里，转过一道回廊，在一个小木门前，马一吞三长两短地敲着门，如此三次之后，门"吱呀"一声，露出半个头来，看了我们一眼，面无表情地说道："找谁？"

这是一个十八九岁的年轻人，小眼睛大脑袋，戴着一副古板的黑框眼镜，嘴唇上面满是细碎的绒毛，眯眼打量人的时候，充满了戒备和冰冷。

马一吞伸手，一把按住了门往里推去，口中说道："找老歪。"

那年轻人赶忙堵住门，口中说道："这儿没有你说的这个人。"

马一吞停住脚步，似笑非笑地看着对方，凝视了好一会儿，说道："我知道你是老歪的内侄郑勇，还知道你刚从鄂北老家过来投靠他不久，他既然愿意带你在掮客这一行走下去，应该是跟你说过了一些规矩，也应该告诉过你，哪些人的门是不能拦的。我给你三秒的时间，把门让开，不然我不会再帮他教你，三、二……"

这是我第一次感受到马一奋表现出的威严和气势，我能感觉得到这个还显得有些稚嫩的年轻人在紧张和颤抖。

这个时候的马一奋，就像一把出鞘的刀，锋芒毕露。

没有等马一奋数到一，年轻人就放开了手，侧着身子，让开了一条路。

我能感觉到他低眉顺眼下去的一瞬间，眼角处露出来的微微寒芒。

马一奋这种老江湖并不介意，而是带着我往前走，又走过了一条狭窄的楼梯。我们来到了一个看着像是库房的门，推开门往里走，我瞧见有好几个格子间，里面有男有女，大部分人正在忙忙碌碌地打着电话，边说话边记录，看上去十分热闹。

一个体型如同熊猫的中年胖子瞧见我们，迎了上来，问道："你们找谁？"

马一奋平静地说道："找老歪。"

那中年胖子眉头一抬，瞥了一眼我们身后，没有瞧见把门的郑勇，便眯起了眼睛，低声说道："我就是老歪。"

马一奋盯着他脸上的油光，几秒钟之后，缓缓说道："胖子，我见过你们老板，知道他长什么样。"

那中年胖子有些意外地抬起头来，脸色恭敬，拱手问道："敢问您是……"

马一奋一直在打量他，瞧见他的眼神往左边一处地方瞟去的时候，没有再跟他啰唆，而是一把将人推开，大步往里面走去，而被一把推开的中年胖子则大声叫道："有人捣乱！"

话音一落，立刻从两边冲出来两个彪形大汉。

这两人的身高都超过一米九，穿着打篮球的红色背心，露出一身油亮的腱子肉来，气势汹汹。

马一奋目不斜视，径直朝左边的那道门走去。

他对这些人置之不理是为了有气势，而拦住这两人的责任，则落到了我的身上。

若是以前，这样两个比我高一头的大汉恶狠狠地朝我走来，我肯定是赶紧跑开，能逃多远逃多远。但此时此刻，我的身份不同了，心境自然也产生了变化，瞧见这两人的身体素质虽然不错，甚至还懂得一些修行之法，但都是些打熬筋骨的外功，算不得登堂入室。

我深吸一口气，以头足为乾坤，肩膝肘胯为四方，手臂前后两相对，以意领气，以气摧力，先是一个戳腿飞去，将一人的长拳挡住，然后腾身而起，双拳相并，砸在了另外一人胸口。

那人哪里料得到我的身手这般灵活，气力如此刚猛，不但停住了冲势，而且整个人都往后腾空而起。

砰！

他重重地砸在了一面墙上，那并不是一面石墙，而是木板，所以就直接砸出来了一个大窟窿。

随后我双脚落地，八方发力，通身是眼，浑身是手，三两下就将另外一人打得跪倒在地。

一切结束得是如此之快，当这两人被我解决之后，中年胖子方才惊醒过来，大声喊道："阿水，阿水快来，有硬茬子。"

话音刚落，一个身形匀称，脸上有道刀疤的年轻人出现在角落。

他的眼神锐利凶狠，宛如苍鹰翔于半空之中，看谁都像猎物。手中攥着一把涂了黑色颜料的匕首。

他如同一头猎豹，仿佛随时都要扑上来咬我一口。

这是一个让我感觉到很不舒服的对手，我有些紧张，下意识地去摸藏在腰间的软金索。

就在这时，门开了。

一个四十多岁的男人走了出来，出声制止了那个叫阿水的年轻人："好了，都停手。"

这是一个干瘦的男人，四五十岁的年纪，头发又短又粗，满脸皱纹，里面似乎混含着细碎的刀疤，岁月在他脸上留下的痕迹是如此明显，却又将这些岁月揉成了气质，让他显得气势十足。

这个鹰钩鼻、眼神深邃的男人走了出来，先是喝止了自己的人，又朝着马一岙拱手，说："马兄弟，别来无恙，里面请。"

马一岙盯着他，好一会儿，方才缓缓地说道："知道我的来意吗？"

男人苦笑，说："知道，我知道你想听我的一个解释，不如进来，喝杯茶，我跟你慢慢讲。"

在我的想象中，作为一个贩卖消息的掮客，自然是长袖善舞、八面玲珑的人，至少也应该像是一个笑容可掬的商人，但没有想到，他居然是这样一个霸气外露的男人。

这是一个有大哥气质的人，很有威望，这一点从他手下那些人看向他那敬畏的眼神中就能知晓。

就算是那个让我感觉到十分不舒服的年轻人阿水，被他喝止一句之后，也不敢妄动一下。

但这样的人，在马一岙面前恭恭敬敬，这让我很是不解。而马一岙也很受用，淡然自若地点了点头，对我说道："侯子，跟我进去。"

老歪把门打开，将马一岙和我迎了进去，对手下人吩咐道："收拾一下，成何体统！"

门关上，老歪领我们来到房里一套红木沙发前坐下，然后亲自摆弄着沙发前巨大根雕茶几上的工夫茶具，给我和马一岙分别泡了一杯茶，端在我们面前，说道："尝一下，这是武夷山新下来的大红袍，特供的，我好不容易通过关系弄了一点儿来。"

马一岙坐在红木沙发上，没有了刚才的气势汹汹，而是耐心地等老歪泡完工夫茶，说完话，方才缓缓说道："茶，待会儿喝，我想先听解释。"

老歪没有再顾左右而言他："到底发生了什么事情？"

马一岙冷着脸，一字一句地说道："我找后土灵珠的事情，怎么就传得沸沸扬扬，是个人都知晓了呢？"

老歪又问："还有吗？"

马一岙又吐出了四个字来："霸、下、秘、境。"

老歪不再问了，他沉默了一会儿，然后说道："我也是刚刚从同行那里得到了消息，听说你们去了赣西江州，而且有人说赣西风头最盛的邱文东和黄泉引东兴白纸扇霍得仙也出现在了秘境之中，除此之外，港岛霍家也有人出现在了那里。"

马一舂冷笑，说："不要在我面前炫耀你的消息有多灵通，我只想知道，关于我的事情，到底是怎么传出去的？"

老歪舔了舔发黑的嘴唇，说道："你想听真话，还是假话？"

马一舂眉头一抬，说："你说呢？"

老歪说道："如果要我说假话，自然就是之前帮你到处打听后土灵珠的时候，在渠道上出了一些岔子，而且据我所知，黄千叶也到处找人询问此事。联系前后，只要是有心人，不难猜出这里面的前因后果，所以这事儿跟我其实并没有关系……"

马一舂冷冷地说道："很不错的解释，一推六二五，滑溜得很，这样一来，跟你们就完全没有任何关系了，既然如此，为何又要告诉我这是假话？"

老歪叹了一口气，说："因为你太聪明了，我不敢骗你。"

马一舂不为所动："讲真话吧。"

老歪说道："我跟你提过我那内侄吧？那小子嘴不稳被人套了话，一开始我不知道，一天前我接到消息，内部盘查的时候找出来的。马兄弟，不管怎么说，这件事情是我老歪这里出了差错，不管你想怎样，我都认栽，只是我这内侄可怜，他老娘生他的时候难产死了，他爹去年跟人起冲突被活活砍死。之后才辗转来到我这儿，我答应过我老婆，说要好好照顾他的，所以希望兄弟你饶他一条狗命……"

这个历经沧桑的男人，提及自己老婆时，眼神里多了几分柔情。

他坦诚的态度，让我原本紧张的心平复了一些。

很明显，马一舂也被他的态度所感染，沉默了一会儿，说道："这次，我们差点儿因为你内侄的这张破嘴而折在江州，按理说，我就算是不找你麻烦，也得让他受点儿教训，好长长记性，不过你既然帮他求情了，我也不想多说。这种事情，我希望不要有下一次。"

老歪连忙说道："绝对不会，我用性命保证。"

马一岙又说道："你既然收到了消息，应该知道，后土灵珠，现在落在港岛霍家的秦梨落手中。"

老歪有些诧异，说："是吗，我怎么没有听过这事？"

马一岙冷笑，说："后土灵珠乃传说中的先天至宝，对于修行者来说，绝对是调养身体、洗涤污垢的修行圣品，这样的东西倘若流落到江湖上，必然会引起轩然大波。如果是你，你会将此事到处宣扬吗？"

老歪回答："道理我当然懂，只不过……"

他有些犹豫和迟疑，瞧见马一岙锐利的眼神，他没有再藏着，说道："实话跟你说吧，我得到的消息是那后土灵珠已经落到了你身边的这个年轻人手里了。"

听到这话语，我和马一岙对视一眼，脸上都露出了愤恨之色。

马一岙皱着眉头说道："消息从哪里来的？"

老歪指了一下东边的方向，说："在对面。虽然那家伙刻意藏着掖着，没有说太多，但我能感觉出来，应该是东兴那边的路子，也就是黄泉引故意放出来的消息吧。"

从道理上来说，黄泉引并没有错，东西毕竟是我从邱文东的手里抢走的，他们也不知道那玩意儿后来被秦梨落调包拿走了。现在他们刚从霸下秘境之中生还出来，又因为之前与黄千叶和她找来助拳的同伴起了冲突，在内地行动不方便，想要找寻我们最好的办法，莫过于将消息放出去。

匹夫无罪，怀璧其罪。

到时候会有大把听到消息、利欲熏心的人过来找我们麻烦，这些人以及他们的关系网，将成为黄泉引免费的眼线。

道理上说得通，但问题在于，我们没有拿到后土灵珠。这玩意儿击鼓传花，最终落到了秦梨落的手里。

结果这黑锅，居然让我们来背。

老歪一开始还怀疑我私藏了后土灵珠，遮掩着不告诉马一岙。在得知事情真相之后，他有些诧异，不过还是跟我们分析了许多。他是老掮客，江湖上的消息，特别是华东这一片都很灵通，双方在解开心结之后，还是跟我们盘出了许多的逻辑和道理。

不过这些都是细枝末节，在搞清楚到底哪里出了问题之后，我们现在最需要做的一件事情就是找到秦梨落。

只是秦梨落这个人十分神秘，就连老歪这种老江湖都没有她的资料。

毕竟港岛霍家是十分低调和神秘的，他们在岛上的势力很大，但抛头露面来处理江湖事务的总共也就那么几个人。这个秦梨落则完全是个新面孔，以前都没有出现过。

找不到秦梨落的下落，就只能退而求其次，去找另外两个人。

一个是黄毛尉迟，另外一个则是那个夏侯。

这两人都是复姓。

老歪告诉我们，夏侯此人全名夏侯恪，他是港岛霍家的聘请的安保顾问，说白了，就是古代帮会的客卿。虽名声不显，但能做到霍家客卿这种级别的，自然是有几把刷子的。据说此人精于用毒，也有人说他是巳蛇夜行者，但这些消息都十分细碎，判断不了真假。

至于黄毛尉迟，此人原名叫作尉迟京，这些年倒是十分活跃，是霍家在江湖事务上的四大行走之一，经常帮着霍家到处网罗人手，招揽夜行者成员。

此人的风评也是两极分化的，喜欢他的人，说他豪爽大气，做事圆滑。而不喜欢他的人，则说他阴损刻薄，目无王法。

相较于前者，还是此人的行踪最好确定。

老歪跟我们聊了一个多小时，最后向我们保证，为了弥补他内侄给我们造成的麻烦，他会免费给我们提供秦梨落、夏侯恪和尉迟京的消息。

必要的时候，他还可以派驻人手，陪我们一起核实消息的准确性。

谈得差不多之后，马一盎提出了告辞。

临走之前，他将那早已凉的茶端起，一口饮尽。

我也有样学样，一口吞下，满口清香。

茶是好茶。

我们离开了这路径曲折的仓库时，马一盎瞧了一眼那个守门的年轻人。他低下头，不敢看我们，而出了外面的门，来到了街道上时，我回想起那年轻人阴沉的目光，心有不安，对马一吞说道："老歪这边，不会又出问题吧？"

马一吞说："老歪这人的口碑，在南方这一带都是很不错的，诚信是他的立身之本，而且他这个人，做事既有原则，又有手段，正因为如此，我才会跟他谈，而不是直接上门捅刀子。"

我说："我倒不是针对他，只是担心下面的人。"

马一吞知道我说的是什么，对我说道："放心，老歪在江湖上混迹这么多年，手里面养着这么一大票的兄弟，怎么做事，怎么管人，他绝对比你想象中的强，所以这个是他的事情，我们要做的，就是等待，等他到时候给我们消息就成了。"

我听他这般说，也没有再多说什么，点了点头。

不过不知道为什么，我一想到那个叫郑勇的年轻人阴沉的目光，就忍不住地心慌。

也许，是我太敏感了吧……

两人在街上走，周围都是游客，行人如织。让我感到意外的是，虽然眼前有着一大堆的烦心事，但马一吞却并没有时时刻刻都皱着眉头。他会时不时地看一下摊子上的商品，如果遇到感兴趣的东西，甚至还会驻足，跟人讨价还价。

我注意了一下，发现他特别喜欢电子产品，无论是 CD 机，还是手机、游戏机，兴趣都十分浓烈，与他平日里的沉稳气质有些不一样，也让我对他的认识更加深刻了一些。

我们从街头一直逛到了街尾，马一吞对一款马来产的 CD 机特别着迷，试了又试，那老板以为有戏，耐心讲解着。结果到了最后，马一吞却带着我离开了，惹得老板在背后咕哝，说着粗话。

我听他骂得难听，忍不住回过头去，要跟他争执。马一吞却一把拉住了我，说道："走，外面说话。"

我点头，跟着他来到外面，听到马一吞问我："侯子，你手头还有多少钱？"

这句话让我挺尴尬的。

事实上这一路走来，乘车吃饭都是我在付钱。对于这一点，我并不介意，一来我从来都不是一个小气的人，再说马一吞也帮助了我那么多，来来去去大半都是算为我奔走忙碌。我花钱，也是应该的。

只不过，我这几年工作积累下来的积蓄，在这段时间的各种破事之中已经所剩无几了，最后一笔款子，也给小钟黄去买药材熬汤了，此时此刻，我手上几乎是没有什么钱。

我将兜里面的六十多块钱全部都掏了出来，苦笑着说道："看，都在这儿了。"

马一吞有些惊讶，说："存折里面也没有了？"

我摇头，说："能取出来的都取出来了。我也不是什么大老板，就是一个小打工仔而已，哪里会有什么钱？"

马一吞挠了挠头，看起来有些头疼。

我也挺尴尬的，揉了揉鼻子，终于将心中一个续存已久的问题说了出来："咳咳，那个啥，马兄，像你们这种场面上的人物，平日里东奔西走的四处忙活，干的都是大事儿，不过……那啥，你们可能也有普通人的需求，也是要吃喝拉撒的，既然有这些事儿，就得有经济支撑……冒昧问一下，你平日里的经济来源是什么啊？"

听到我这尖锐的问题，马一吞愣了一下，突然笑了。

他说："你算是问到点子上了，说起来修行者也是普通人，不事生产，也得饿肚子，怎么，想知道我们的钱是哪里来的吗？"

我弱弱地问道："难不成是飞天大盗，劫富济贫，替天行道？"

马一吞哈哈大笑，说："你真能联想，咋不去写小说呢？还劫富济贫，替天行道？醒一醒吧，现在是法治社会，要是不想坐牢或者被四处通缉，就得安安分分，遵纪守法。"

我弄不懂了，说："那是啥？"

马一吞说："猫有猫路、鼠有鼠路——你比如说那些出家的和尚道士，他们自有香油供奉。据我所知，许多修行者祖上自有传承，都是有家产的，即便是没家产的，也有一身本事，不行就去找工作，给企业打工，给有钱人打工，又或者挂靠某个公司当顾问，这些都是来钱的活儿，至于我……咳咳，走，我带你去见识一下。"

反正要等老歪的信息，这会儿闲着也是闲着，马一吞不介意带我长长见识。

我们走出中英街，就在附近晃悠，我看着马一吞眼睛贼兮兮的四处望，有些担心，怕他没事儿做起那"三只手"的勾当，想一想又觉得可笑，他这样的人，去抓小偷还差不多，自己做，未免太跌份了。

总之走了半个多小时，他到处晃悠，也不肯说，弄得我迷迷糊糊的。终于，他来到了一处不算热闹的街口，在一个举着幡挂着旗的算命摊子前停下了脚步。

那算命先生是一个戴着墨镜的瞎子，五十多岁，留着山羊胡，穿着一件干净的青色袍子，千层鞋，端坐在小马扎上，他跟前摆着一大片写着周易八卦的黄色布毯，煞有其事的。

幡旗之上，写着"刘半仙"三个大字。

似乎感觉到了我们的到来，那先生嘴角一扬，伸手扶住山羊胡，然后招呼道："两位，走过路过，不要错过。日有纷纷梦，神魂预吉凶，在下姓刘，祖籍福建，字解玄，号指迷，乃当今江湖之上最为著名的预测师、择日师、命名师、风水师。吾自幼热衷易学，曾游走四海，拜访名师，对周易、相学、八字、日学、姓名学、风水学等学科有深层次的见解和丰富的实践经验，能真正运用易经文化为人指点迷津、排忧解难，江湖人称'刘半仙'，请问有什么可以帮你们的吗？"

这人说话一套又一套，水平很高，打扮得又是仙风道骨，让人不由得肃然起敬。

我不知道马一吞要干什么，想着兜里都没啥钱，算个啥的命，没想到他一屁股坐在了那刘半仙的对面，咧嘴一笑，说："听您老这话，的确厉害，不知道师出何处？"

他这话一出口，那瞎子的脸色就有些不对，思索了两秒钟，这才拱手说道："家师秦八斗，上知天文，下知地理，中间明白事理，通晓人理，人称三理先生是也。"

马一呑嘿嘿一笑，说："不知道你师父秦八斗的左手，有几根手指？"

这话一出口，我立刻感觉到那人的墨镜之下，似乎有点儿动静，认真一瞧，却见那人竟然睁开了眼睛来看了马一呑一眼，似乎感觉到我们在看他，又赶忙闭上了眼睛，犹豫了一下，然后说道："五……四个？"

"别紧张，是'根'不是'个'，你确定是四根？"

"呃……四根。"

"确定了？"

"您到底什么意思？不知道阁下是什么人，还请赐教。"

"据我所知，三理先生天生六指，你难道是觉得他叫秦八斗，所以才猜他两只手，一边四根指头？"

"这个……"

瞧见这刘半仙紧张得已经在擦额头了，马一呑便笑了起来，说："行了，别装了，既然能搬得出三理先生的名头，想必你也是个跑码头的汉子，我今天也不为难你了，不过需要借你的一件东西用下。"

那刘半仙知道遇到有真本事的人了，不敢怠慢，赶忙从马扎下面抽出一铁盒来，苦笑着说道："今天生意不好，也就赚了这点儿钱，您不嫌弃，都拿走吧。"

马一呑皱了下眉头，说："我会要你这点儿辛苦钱？别废话了，脱衣服吧。"

刘半仙闻言十分惶恐，说："不敢，不敢……那啥，大兄弟，我这人不好男风，对这事儿一直都挺抗拒的，以前去北方跑码头，在澡堂里看见一大帮人都有些不习惯，咱有话好说……"

马一呑呸了一口，说："想啥呢，我要借你一身行头赚点儿钱，不耽误你多久，赶紧的。"

听到这话儿，刘半仙长舒一口气，整个人轻松多了，将墨镜摘下，说："嗨，您早说啊，我还以为您看上了我这一臭骨架子呢，唉……"

他两人往树后面钻，没一会儿，马一呑换上了刘半仙的行头，摇头晃脑地走出来，问我说："怎么样，像一回事儿不？"

马一吞也坐到了小马扎上去，然后拿起地上的一本书，开始翻读起来。我和刘半仙蹲在旁边，瞧见他半天没动静，不知道他要弄什么名堂。刘半仙有些着急，问道："您这是准备干什么呢？"

马一吞放下书，抬起头来看了他一眼，说："怎么，着急了？"

刘半仙赶忙摆手，说："没、没呢，我没急，这不在等着您开张呢吗。我这是野路子，自己琢磨的，就想跟您多学点儿东西，以后也好学以致用呀。"

马一吞摇头，说："我的本事，你学不来的……嗨，女士留步！"

有一个三十多岁的少妇从摊子前经过，听到马一吞的叫喊，下意识地停下了脚步，有些不确定地问道："你叫我？"

她穿着一件藏青色的小套装，黑丝袜高跟鞋，嘴唇上面还抹着口红，这打扮在那个年代算很时髦的。马一吞微笑地点头，说："对，我叫您呢，我觉得您的气色不是很好，如果不着急的话，耽误你两分钟可以吗？"

少妇长得不算漂亮，但无论是穿着打扮，还是气质，都是一流的。这种人对街头算命的向来都挺排斥，估计很难中招。

我感觉她皱了一下眉头，仿佛有些不满，倘若不是马一吞长得还算不错，气质也好，不像我旁边这位脱了袍子换回常服的刘半仙那般猥琐，估计她早就走人了。

不过即便如此，她还是有些不耐烦地说道："不好意思，没时间。"

说罢，她转头就走，我以为马一吞这单生意就要黄了的时候，他突然开口说道："女士，你最近是不是四肢容易冰冷，对气候转凉特别敏感，如果不化妆，脸色会比一般人苍白，还喜欢喝热饮，很少口渴，冬天怕冷，夏天耐热？"

一连串的话语说出，那个本来已经走出几米开外的少妇突然停住了脚步，回过头来，一脸诧异地说道："你怎么知道的？"

少妇原本脚步匆匆，此刻却回到了摊子前，一脸惊讶地问询，显然是被这段话语给吸引住了。

马一吞捡起地上的蒲扇，扇了扇风，这才指着旁边的旗幡，说道："日有纷纷梦，神魂预吉凶，在下姓刘，祖籍福建，字解玄，号指迷，乃当今江湖之上最为著名的预测师、择日师、命名师，风水师。吾自幼热衷易学，曾游走四海，拜访名师，对周易、相学、八字、日学、姓名学、风水学等预测学科有深层次的见解和丰富的实践经验，能真正的运用易经文化为人指点迷津、排忧解难，江湖人抬举，给了个浑号，'刘半仙'。"

听到他这串儿话，旁边的刘半仙忍不住翻起了白眼来。

不过有时候不得不说，这人比人真的是气死人。同样的话语，刘半仙说出口，怎么都感觉像是在吹牛，然而马一吞的这气质则不然，虽然年轻，但气息沉稳，微笑以对，让人莫名生出几分信任感。

那少妇还是有些将信将疑，问他道："您，这能看出来？"

马一吞抬手，说："方便给你把一下脉吗？"

大概是他刚才说得太准了，又或者是马一吞给人的感觉实在良善，少妇不疑有他，伸出手来。马一吞伸手，很是专业地搭在了她的右手手腕上，搭了两下，然后用毛巾擦了一下手，这才不紧不慢地说道："是不是感觉自己最近很容易发胖，而且还伴有气短乏力、失眠多梦、盗汗等症状？"

女人大讶，小鸡啄米一样地点头，说："对，太对了。"

马一吞沉思了两秒钟，又问道："半年前你有过一次流产，对吧？"

这回少妇彻底收起了疑虑，直接坐在了摊子跟前的凳子上，说道："您说得太对了，我这到底是怎么了？"

马一吞摆摆手，说："这个另外说，我先问你一句，孩子是怎么流的？当时应该有五个月大了吧？"

听到这话儿，少妇眼眶泛红，点头，说："对，是有五个月了。唉，都怪我，孩子那么大了还拼命工作，结果劳累过度，在下班的途中大出血，最终也没有保住……"

她抽泣着，十分伤心。马一吞叹了一口气对她说道："你若是主动流的，说明咱们无缘，你且走，我不会跟你再说半句话。"

少妇伤心地说道："那怎么可能，我多希望有一个小宝宝啊……"

马一吞说："实话跟你说，你之所以有这种症状，是因为孩子没能出生，心怀怨恨，一直常伴在你的身边，一是对你心怀不满，再有一个，是嫉妒他的弟弟妹妹，不愿意让他们能顺利生下来……"

他说了一通，那少妇听罢，脸色苍白，有些发怵，结结巴巴地说道："那，那我该怎么办？"

她又纠结，又害怕，马一吞对她说道："你信我吗？"

少妇很老实地说："一开始以为您是骗子，但跟您聊了这么多，方才知晓您是高人，您说吧，花多少钱能解决这事儿，您尽管讲就是了。"

马一吞这会儿反倒清高起来，说："多多少少，各凭心意，我不强求。"

少妇从挎着的粉色坤包里面掏出了一沓老人头放在了摊上，犹豫一下，又想将手腕上一个碧绿色的玉镯子取下来，却被马一吞拦住了。

他说道："够了，够了，镯子是你最重要的人送你的，留给我，不合适。"

少妇这才打住，马一吞看都不看那堆钱，而是对少妇说道："首先，我来做法，帮你超度那孩子的怨念，让他不要缠着你；你回头请七天假，沐浴更衣，禁欲茹素，然后给他念七天佛经。佛经有三，念一遍《大悲咒》，再念一遍《心经》，最后念《往生咒》，为他往生祈福；最后，我给你一个方剂，你这半年常服，半年之后，我保准你一定能怀上大胖小子。"

少妇很是激动，双手作揖，说："谢谢，谢谢先生您了。"

两人谈定，马一吞站了起来，脚踩斗罡，抓起刘半仙的符纸，念念有词，最酷的莫过于手一挥，那符纸便无火自燃起来，让身旁的刘半仙很是惊讶。

这种把戏，他也能干得出来，但那纸符很明显没有处理过啊，到底怎么弄出来的呢？

马一吞装神弄鬼搞了半天，然后又问刘半仙要来纸笔，铺纸研墨，洋洋洒洒写了一页纸，字迹笔走龙蛇，着实漂亮，吹干之后，递给那少妇。那少妇珍而重之地收了起来，然后欢天喜地离开了。

等人走远，马一吞那大师风范荡然无存，蹲下来，开始沾口水数钱，一二三四五……这一沓居然有两千六，把我和刘半仙都给惊到了。

两千六啊，那可是在九八年，别说随身带着，有的人家，一家人存折上面的存款，都未必有两千六呢。

我是被这钱的数额惊住了，而刘半仙则更加关心马一吞刚才的说辞。

他小心翼翼地问道："大师，那女人，真的有小鬼缠身？"

他常年摆摊骗人，业务却不熟练，亏心事做久了心底里也很是害怕。马一吞数着钱，似笑非笑地说道："你觉得呢？"

刘半仙说："瞧您说得惟妙惟肖的，应该差不离吧？"

马一吞粲然一笑，说："她气血不足，皮肤干燥，精力不济，一看就知道是宫寒内虚。我一搭手，就知道她的脉相不稳，有过流产的经历，又有心结，所以才会如此郁郁，这才跟她聊起，之所以扯这个，并不是有意恐吓她，而是以毒攻毒，了却她的心结，让她放下包袱，重新出发。"

刘半仙听了，忍不住伸出大拇指，说："您这骗术，当真是高。"

马一吞眉头一扬，说："你说什么呢？什么骗术？我这是正正经经的中医问诊好吗？我此番不但解开了她的心结，而且还给她开了一个有效治疗宫寒、保养安神的偏方——那方子可是我在云贵一带得来的，非常不容易，效果也比普通方子强太多，对她的益处可是有多没少。"

我想起那两千六，忍不住说道："可这两千六，也太贵了。"

马一吞不以为然，说："行走江湖，就得察言观色，你看那女人，穿着一套名牌衣服，拎着的包包能比你一年的工资还高，再有她身上的首饰和香水，哪一样不是大富人家才能置办的？这点儿钱，算得了啥？"

他说得头头是道，我被他说得一愣一愣的，就连旁边的刘半仙也是频频点头，赞叹不已。

事到如今，我终于明白了这位爷的谋生手段。

不过也只有像他这么有本事的人，才能以这样的手段谋生。

这少妇的一单仅仅只是开始，随后马一吞频频出击，将他的医学知识发挥到了极致，各种望闻问切，而且他对于每个人的经济能力都有十足的把握，种种手段，让人叹服。

如此折腾了一下午，马一吞兜里鼓鼓囊囊，数了数钱，便没有再继续。他脱下了身上的袍子，擦了一把额头的汗水，又从兜里数出一百块钱来，递给了那刘半仙。

刘半仙赶忙推辞，说："您这是打我脸呢，今天跟着您看了小半天，收获良多，我还没给您教学费呢。"

马一吞把钱塞在了他的手里，不容推辞地说道："一码是一码，我今天借了你的场子，就得给你点儿钱。"

刘半仙推辞不过，只好收着，然后有些不舍地问道："您这是要走了？不再多留一会儿吗？再等等就到傍晚了，那个时候的人流多，您老也能多赚一些。"

马一吞笑了，说："我这是手头困难周转用的，够了就行，哪里指望这个致富？"

说罢，他又对刘半仙说道："我多嘴说一句，你也是，做这行的，坑蒙拐骗，混口饭吃可以，靠着这个发财，坑人没底线的话，很容易损阴德，遭天谴的。还是那句话，人在做天在看，举头三尺有神明，切记、切记。"

他这话儿说得严肃，刘半仙肃然起立，点头说道："谨记教诲。"

两人离开之后，马一吞带着我去附近一家邮局营业厅，花了手头大部分的钱买了一款手机。先给老歪那边打了过去，告知号码，然后对我说道："走吧，忙了一天，咱们去吃点儿好的。不瞒你说，我口水都快说干了。"

我一脸敬重地看着他，然后问了一个问题："那个……你最开始看的那个女人，她身上，真的有小鬼缠身？"

马一吞笑了，说："你猜呢？"

我摇头，说："猜不出来。"

马一吞哈哈一笑，却最终没有跟我讲个明白，而是带着我去一家潮汕砂锅粥里大吃了一顿。

我们在鹏城等待了两天，第三天的中午，老歪那边来了信息，说找到尉迟京了，人在珠市。

我们没有前往中英街，而是直接赶往了蛇口码头，老歪派了他的得力助手阿水过来，陪同我们一起去验证这个消息的真伪。

这个年轻人常年穿着一套黑色衣服，不苟言笑，给人的感觉十分冷漠。

阿水在码头跟我们汇合之后，三人乘船过海，前往珠市的旧州港。一路上那年轻人都低着头，闭着眼睛，也不知道在想些什么。

我给马一吞打手势，询问他，有没有感觉这个年轻人有问题。

马一吞点头，朝着我竖起了右手食指来。

这手势，代表了一个词——妖。

也就是说，这个叫阿水的年轻人，极有可能是夜行者，至于他的本相是什么，这个倒是不得而知——夜行者也是受着人类世界教育成长起来的，在没有被逼到绝路的时候，基本上都不会愿意显露出自己凶狠狰狞的本相。

不过不管阿水是不是夜行者，这事儿跟我们都没有太多关系。

对我们而言，他是老歪的手下，心腹铁杆的那种，这就够了。

用了差不多一个小时的时间，我们抵达了珠市。老歪通过关系，在码头这儿帮我们安排了一辆车和一个司机。司机叫小陆，人很腼腆，忙前忙后的，眼里都是活儿，帮我们张罗上车之后，阿水言简意赅地说了一个地名："武山。"

我们这回要去的地方，是位于珠市西区一个靠海的小渔村，根据老歪得到的消息，尉迟京最近也要去那里。

这个消息很隐秘，来源不明，但老歪既然愿意派阿水陪我们一起过来，说明他还是很有把握的。

从珠市市区赶往郊区，一路上颠簸不已，越往西行，房屋越发破旧，周遭的景色也越发接近农村的样子。因为车里有两个不太熟悉的人，马一吞和我都没有说话。我其实对这一带并不陌生，这附近有一个工业区，里面有好几家电子厂都在用祥辉供应的药水。

车子一路西行，过了我熟悉的工业区，一直到了海边附近，方才停了下来。此刻已经是夜里，周遭一片蛙声，车停在了村口附近，我们下了车，司机小陆没有跟来，而那个阿水则言简意赅地介绍道："村子往里走，那片最破烂的一户人家，据说港岛霍家的人来过几次，这一次轮到尉迟要过来，歪哥分析，说这家人恐怕有要觉醒的夜行者在。"

马一吞点了点头，说："我们走，去看看。"

走了一会儿，我瞧见马一吞的脸色复杂，忍不住问道："怎么了？"

马一奋想了想，对我说道："你知道海妮的老家是哪儿吗？"

我一愣，联系前后，有些惊讶地说道："难道是在这儿？"

"对，就是这儿。"马一奋皱起了眉头，说："我亲自过来把她带走的，我对这里实在是太熟悉了，没想到没过多久，我又回到了这里，而且还是这么一个情况。所以我在想，那户人家说不定就是海妮的家。"

我说："那是谁觉醒成夜行者了？"

马一奋说，海妮有两个姐姐和一个弟弟，大姐、二姐都嫁了人，并不在这村子里，只剩下一个小弟在读书，现在应该是在读高中了吧，大概是家里宠得过分，所以就是个小混世魔王，完全不懂事。海妮因为觉醒得比较早，与寻常人不同，自小就被人歧视，她这个弟弟不但不帮着，还经常打她。她身上好多伤口都是她的家人，特别是这个弟弟留下来的……

听完马一奋的话，我有些骇然。

如果真是这样，那海妮之前确实是受了许多伤害。

三人往里走，快到跟前的时候，突然间灯光大亮，还看到有好几辆警车停在那儿，不由得奇怪。我们赶紧上前去，瞧见这儿围了一大群人，都在狭窄的村道上，对着不远处的房子指指点点。我们走上前去，瞧见有好多警察封场，还有穿着白大褂的人在里面晃悠。

出事了。我们瞧见这阵仗，心中都咯噔一下，知道事情麻烦了。

现场不让人进，马一奋便问了旁边的村民，说："到底怎么回事？"

一个村民告诉我们说："夜里村子里来了两人，一个短发女人，一个大高个子，像个小巨人一样，他们进了罗汉成家。半个小时前，有人去他们家借楼梯，发现俩公婆都死在堂屋了，哎哟，那叫一个可怜啊……"

马一奋问道："这么吓人？是那两个人杀的？"

那人点头，说："可不是，估计是那个大个子杀的，我跟你讲，那个人好高哦，得有……两米五吧？"

旁边有人咧嘴笑道："查老三你就知道瞎吹，两米五有多高你知道吗？"

那人说："没有两米五，也得有两米二，李家小子跟我说的，那大个子进门的时候，要不是低着脑袋，估计都进不去咧——可惜啊，罗汉成刚刚发了一笔横财，还没捂热乎，你说说亏不亏……"

"横财？"

"嗨，你不知道吧，罗汉成之前不是把自己那神经病女儿给扔了吗。这回听说又有个老板过来，说看上他儿子了，那些人都是有钱人，据说是给了他一大笔钱，吃晚饭的时候，他还在跟对门郭家嫂子吹牛皮呢，没想到转眼就遭了殃。所以说，财不外露，老辈人讲的话，还是有道理的……"

这个叫查老三的村里闲汉吹得口沫飞溅，马一岙适时递上了一根烟去，那人低头一看，高兴地说道："哎呀，软中华啊。"

马一岙平日里不抽烟，但出门的时候，总能备一盒在身边。

那汉子叼上香烟，这时来了两个警察，一个穿着制服，一个穿便衣。穿便衣的那个年纪大一些，板着脸，仿佛谁都欠他钱一样。

两人走过来，村民对警察向来害怕，下意识地散开，查老三也是。我和马一岙也想走，却被那警察叫住了，喊道："嘿，站住，别走。"

我们停下了脚步，警察走到我们跟前来。

他打量了一下我们三人，感觉不像是当地村民，不由得虎起脸来说道："干什么的？"

马一岙不卑不亢地说道："过路的。"

警察的脸色变得凶悍起来，指着我们三个，说："你、你、你，把身份证拿出来。过路的？过什么路，没事儿跑这儿来闲晃，有病吧？"

他一开口，旁边那个警察就过来了，我们没有多余动作，规规矩矩将身份证拿了出来，警察挨个儿检查了一遍，没有发现什么问题，然后问道："你们在这儿干什么呢？"

马一岙没有开口，而我瞧见这场面，上前一步，然后笑着说道："我是前面工业区几家厂子的药水供应商，这次过来是跑客户的，真的是过路。"

便衣听到我的话直皱眉头，说："什么药水？"

我按照祥辉的那一套侃侃而谈，他听不出破绽，又问了一句："超益的厂长叫什么名字？"

我赔着笑说道："厂长我又没打过交道，听说是叫詹姆斯，中文叫啥我倒不清楚。您知道的，我们这些跑客户的，也就能跟下面车间的主管打打交道。"

警察不再怀疑，将我们的身份证退了回来，挥了挥手说道："天黑莫乱跑，小心出事，知道不？"

我赔着笑，将人应付走。马一吞笑了，说："侯子，没想到你还有这本事？"

我把自己的工作经历说了一下，然后问道："接下来该怎么办？"

马一吞看向了阿水，阿水低头，说："我去给歪哥打个电话。"

他离开之后，马一吞这才说道："从目前来看，前后来了两批人，海妮的弟弟应该是被尉迟给带走了，后面那一批人，应该是别的人，至于是谁，这个我们现在得到的信息不多，没办法判断。不过说句实话，胆敢毫无顾忌地行凶杀人，数来数去也没有几家，看看老歪那边的情况吧。"

我看了一眼不远处灯光明亮的案发地，又想起海妮那个面容清秀、开朗爱笑的女孩子，忍不住长长叹了一口气。

没过一会儿，阿水赶了回来，对我们说道："歪哥从线人那里得到了消息，尉迟没有走远，他现在应该在区里一家叫作'新富豪'的会所里玩儿呢，据说那个叫罗东伟的靓仔也在一起，我们现在过去吗？"

马一吞问道："来得及吗？"

阿水点了点头。

马一吞回头望了一眼不远处的灯光，然后点头说道："好，去区里。"

从渔村赶到区里，一路上连续碰到了两拨警车，都是朝着渔村方向，警笛长鸣。我能感觉到这起恶性事件的影响力正在持续性发酵，后续肯定还会有专案组介入，不由得有些担心，问马一吞，说："我们今天出现在那里，虽然临时蒙过了办案人员，但到时候人家仔细梳理起来，还是会回到我们这根线的，会不会有麻烦？"

马一吞看着我，笑了，说："没事，别想太多了，就算牵扯到我们也没有关系，省局里面，咱们也有认识的人。"

听到他这么说，我就放心了一些。上一次我在鹅城的时候被释放，想来也是马一吞走了些关系。

我又想起一事，说："你觉得后面来的那两个家伙，有没有可能是黄泉引的人？"

马一岙被我一提醒，抬起头来，说道："你是想说，那个短发女人很有可能是之前在宝安伏击你的长戟妖姬？"

我想了几秒钟，点头说道："对，好像就是这个名字。"

马一岙沉思了一会儿，方才说道："仔细想一下，很有可能。此人来历十分神秘，没有人知道她的真名叫什么，只晓得她在黄泉引的地位很高，连东兴十八罗汉都得听命于她。而且这个女人特别嗜血，一言不合就杀人，天生变态似的。"

我舔了舔嘴唇，然后小心翼翼地说起了另外一个猜测："如果那人真的是长戟妖姬，那个大高个儿很可能是……"

话到嘴边，我有点儿犹豫，不知道该不该说，而马一岙却一下子明白了，说："你觉得可能是王虎？"

我点了点头，说道："可能是我见过的世面比较浅，知道的人也不多，不过仔细想一想，王虎当初是跟我还有小钟黄一起被黄泉引的人抓走的，后来我因为假死得以逃离，小钟黄被你们师父救了回来，唯独王虎再无消息。而这么久过去了，又出现一个小巨人一般的汉子来，而且还有可能是跟黄泉引的人在一起，不管怎么想，我都觉得这里面好像有一些联系……"

听到我的分析，马一岙脸色阴沉下来，说："哎，你说得很对。"

说完这句话，他停顿了一下，然后继续说道："如果王虎落到了别人的手中，我或许不会有这样的判断，但黄泉引这帮人不同。他们对夜行者的研究十分深入，据说他们的幕后头目叫作噬心魔，传闻活了一百多年，长期活跃于江湖上，是曾经跟民国十大高手掰腕子、斗心眼的人物，甚至游侠联盟的覆灭都跟他有所关联。还有传言他们在东南亚等地抓了许多有夜行者血脉的人做实验，丧尽天良——有这样一群家伙在，王虎的性情大变，也是可以预料的。"

听完马一岙的话，我不由得倒吸了一口凉气，说："此话当真？"

马一岙叹气，说："我倒希望这事儿是假的。到时候一旦闹起来，我们必然会受到冲击，双方的恩怨交缠在一起，冲突在所难免。"

说完这话，我们都陷入了莫名的沉默之中。

马一岙自然是压力极大，我也一样，本来"求生存"这事儿就已经压得我喘不过气来了，再加上一个四处作乱的黄泉引，总感觉日子要过不下去了。

汽车开到了区里的江畔路，看到外面的夜景，马一岙长长舒了一口气，然后故作轻松地对我说道："别想太多，不管黄泉引怎么闹，都轮不到我们这些小人物来操心。有的是大人物，让他们来管就是了，咱们还是为自己这点儿破事奔波吧。"

我能感受到马一岙心中的无力，所以即便是心中有很多的疑问，也没有再继续说起。

据我所知，小院子里的小伙伴，无论是王虎，还是肥花，又或者海妮，跟马一岙的感情都是很深厚的。他这个人平日里不太爱表达，但都是把这些人当作家人一样对待，现如今出现这样的事情，马一岙的心情肯定是很差。

所以我尽量不去问，让他的心情能舒展一些。

没多久，车子停在了江堤路附近的一处路旁，司机小陆指着不远处一座流光溢彩的建筑，说："这里就是新富豪会所了。"

我们提前下车，一行三人，朝着新富豪缓缓走去。

我目不转睛地望着不远处的大门，想着那黄毛尉迟随时都可能从大厅里走出来，于是身子绷得紧紧的。然而一直等我们来到了门口十米外，都没有任何动静。

我有些头疼，说："这……怎么找人？"

这场子一看就很大，瞧瞧门口的迎宾，就知道做的生意特别，我们在这么一个地方找人，要么就是打草惊蛇，要么就是无头苍蝇。

马一岙微微一笑，说："没事，这事儿我熟，一会儿听我的。"

他露出了胸有成竹的笑容，让我稍稍放心一些，下意识地往兜里摸去，又有点儿头疼起费用的问题来——前些天马一岙是狠狠赚了一笔钱，不过买了手机之后就没剩多少了，虽然我不清楚具体金额，但想要在这么一处金碧辉煌的销金窟里面折腾，还是有些紧张的。

不过我瞧马一吞毫不在意的样子，知道他自有主张，也不再多问。

然而事情还是出了变故，眼看我们就要走到新富豪夜总会的门口，人家迎宾都准备上前来了，一直处于沉默状态的阿水突然说道："六点钟方向，街对面那辆富康车，里面的司机是港岛霍家的人。"

我和马一吞都停下了脚步，马一吞回过头来问道："确定？"

阿水点头，说："我这次过来的时候，歪哥把能收集的关于尉迟京的所有资料都给了我，驾驶座上的那个人，叫李龙八，外号'鬼云手'，早年间是华南一带比较有名的贼，后来投靠了港岛霍家，辗转几处，目前跟着尉迟京到处跑，算是尉迟京的马仔吧。"

马一吞说："身手怎么样？"

阿水回答："小偷儿出身，脑子灵活，察言观色的能力也强，但论到硬功夫，实在不入流。"

马一吞说："李龙八既然是尉迟京的马仔，那么尉迟京肯定也在这里，不过不确定他们有多少人。这样吧，我们去把人控制起来，问一下情况，再想办法找人。"

阿水说："不用你们动手，我来就行。"

说完，他转身朝街对面走去，装作是很随意的路过，等路过那车子的时候，从怀里摸出了一根烟，然后敲了敲窗户，叫醒了在车里面歇息的鬼云手，然后指了指自己嘴里叼着的烟，表示要借个火儿。

这一连串行云流水的动作，让我对这个一直不怎么说话的年轻人刮目相看。

阿水借火这行为有点儿不太礼貌，鬼云手看了他一眼，不想理会。没想到阿水又敲了敲窗，把里面那男人直接惹火了，他摇下窗子，张口就要大骂。结果阿水果断出手，一把擒住了那家伙的脑袋，将他卡在窗口之后，撞了两下。

这两下相当狠，原本拼命挣扎的鬼云手直接吓傻了，不敢动弹，而阿水则朝着我们挥了挥手。

我和马一吞过去的时候，阿水已经坐在了副驾驶位上。

他手中多出了一把匕首，抵在了鬼云手的心脏位置，我们坐进了车子的后排，马一呑问道："搞定了？"

阿水回答："老实了。"

马一呑坐在驾驶位的后面，伸出手去跟鬼云手强行握了一下，说道："李先生，幸会。"

那男人苦笑一声，说："您几位到底是哪路豪杰，能报个名头吗？我也好知道栽在谁手上。"

马一呑说："你还是不知道好。长话短说，我们不是找你的。找你老板尉迟京，我们跟他有点儿事情没有处理完，是你帮忙引荐一下，还是我们自己去找他？"

鬼云手到底是老江湖，相当上路，用下巴点了点夜总会，说："人在里面呢，三楼包厢，3502 房间，三个人，他和老海，再加上今天带来的小孩儿。"

马一呑疑惑，说："小孩儿？你们还带小孩去夜总会？"

鬼云手听到，愤愤不平地说道："要不是那浑蛋小孩说想要浪一浪，老板又依了他的心意，我们现在都已经从蛇口过关，去港岛了……"

港岛霍家，还有这种员工福利？

第十三章

新富豪里风云翻

其实仔细一想，秦梨落和黄毛尉迟以及他们背后的港岛霍家，行事作风其实都挺柔和的，从不强求别人，向来都是以利相诱，让人心甘情愿加入其中。

说回现实，这个港岛霍家从财力上来讲，可以称得上雄厚二字。当然，有些产业名义上都是别人的，不管是当时的新闻报刊，还是后来的网络媒体，都没有任何关于霍家的消息传出来，算得上是十分保密，知晓的人少之又少。

而就算是知晓，恐怕也只是冰山一角——即便是今天，我也未必能说出全部的公司来。

从这一点来讲，同样是夜行者的组织，港岛霍家跟黄泉引那帮人完全就是天壤之别。

当然，对于拒绝了港岛霍家的邀请这件事，我从来都没有后悔过，毕竟我这人一直都挺信奉一个原则：道不同，不相为谋。

从鬼云手李龙八的口中得到了关于尉迟京的消息之后，我和马一呇互视了一眼，随后马一呇做出了决定："阿水，你在这儿看着他，我们去新富豪里面找人。"

阿水有些犹豫，说："歪哥吩咐我跟着你们一起的……"

马一呇摆手，说："不，只要能找到人，其他的我们都能摆平，你在这儿守着，别让这家伙逃脱了给里面通报消息。"

阿水这才不再坚持，点了点头。

吩咐完了这边儿，马一岙跟我一起下了那辆老款的富康车。我们虽然兜里没钱，但也昂首阔步地走向了新富豪。一进大门，立刻有迎宾走上前来，左五个右五个，整整齐齐的两排，躬身招呼："两位先生，晚上好。"

这场面相当气派，随后又有部长走上前来招呼我们，那热情劲儿，叫人真是难以拒绝。

我虽然以前当供应商，招待客户的时候来过这样的场所，但自己并没有深入其中，瞧见这场面，我还是有些拘谨和尴尬。好在马一岙是个见过大场面的人物，与那部长一番攀谈，然后问三楼还有没有包厢，一副轻车熟路的模样。

部长不疑有他，赶忙领着我们上了三楼。

房间一派奢靡之气，马一岙与我一直盯着门牌，发现方向错了之后，马一岙赶忙说道："嘿，厕所在哪儿？"

这般说着，他就朝着 3502 的方向走去。

那部长一愣，赶忙喊道："老板，我们包厢里面有洗手间的，您走错了……"

她大声喊着，我赶忙对她说道："我去叫他。"

我脱了身，朝着走廊对面走去，两人脚步轻快，朝着前方的走廊疾奔，转过一个拐角，我瞧见有一个容貌稚嫩的少年，搂着两个丰乳肥臀、打扮妖艳的女人从一个房间里走出来。门口处有一个矮胖子冲着外面喊道："部长，部长，来个人啊，给我这小兄弟安排一个房间，快！"

他似乎喝了酒，醉眼迷离的样子，扯着嗓子大声叫唤，但当他瞟见我和马一岙的时候，脸色却是一变，回过头去，朝着包厢里喊了一句。

我听不清楚他到底喊了什么，只瞧见在我前面的马一岙大吼一声，就冲了过去。

马一岙冲得很快，一下子就来到了包厢门口，只见那矮胖子从里面冲了出来，抬腿猛踢一脚，朝着马一岙踹来。

这一脚又疾又狠，而且还是朝着下阴去的，阴狠歹毒。

马一吞早有所料，从袖子里滑落出一把铁尺朝那人的脚上拍去，两人一见面就激斗。我这边刚要往前跑，却感觉到身后拳风一阵，下意识地转身过去，抬手挡住，然后一个戳心脚，重重踢在了那人的胸口处。

砰……

一声闷响，来袭之人被我一脚踹飞了七八米远，而这个时候，我方才看清楚朝着我袭来的那人是谁。

正是刚才左拥右抱的少年郎。

他，想必就是海妮的弟弟。

少年应该是觉醒了一部分的夜行者血脉，被我这么一脚踹飞之后居然还有气力。他从地上爬起来之后，又哀号一声，如同受伤的野兽一般就朝着我冲锋而来。我刚才没轻没重，是因为不晓得对方是何人，此刻确定了身份，心念他到底是海妮的亲弟弟，不由得卸去几分力道。

我抵挡住了他那疯狂的进攻之后，对少年说道："脑子进水的东西，你知不知道，你爸你妈就在刚才被人活活砍死了。"

听到这句话，少年的眼睛瞬间变红了，原本的疯狂收敛了几分，难以置信地看着我，说："你说什么？"

我说："我们是你姐姐的朋友，刚才去过你家。你父母被人杀害了，到处都是警察，你还有心情在这里左拥右抱，你对得起你爸妈吗？"

这个时候马一吞已经将那矮胖子给制服，冲进了包厢。少年又惊又疑地看了我一眼，迟疑了两秒钟，终于大声喊道："京哥，我家出事了，我先回去看一眼，到时候再跟你去港岛啊……"

他说完话转身就跑，我没有再理他，跟着冲进了包厢，里面黑乎乎一片，只有女人的尖叫声。

我守着门，伸手将灯打开，见沙发上坐着两个女的在拼命尖叫，地上则躺着一个男人。

除此之外，再无别人。

灯光骤亮，我瞧见马一吞往洗手间里面走，出来的时候对我喊道："爬窗户跑了。"

我一惊，问："怎么办？"

马一岙说："你看住这个胖子，我去追。"

他说着话，人就进了里面去。我往前走了两步，一脚踩住了那胖子，那家伙叫唤一声，不敢再动，显然是被马一岙给收拾妥当了。我见他不敢造次，便抽身向前，探头往洗手间里瞧，见洗手池上有一个窗户。

窗户很小，一般人是钻不出去的，但无论是黄毛尉迟，还是马一岙，都已经再无踪影。

望着空空荡荡的洗手间，还有滴答滴答流着水滴的水龙头，一股巨大的失落感涌上了我的心头。

明明布置得如此缜密，还是让那家伙给逃了。

我捏着拳头，一股怒气憋在胸口，甭提有多难受了。就在这个时候，我听到身后传来一阵喧闹声，回过头来，瞧见包厢门口有四五个彪形大汉围堵着，后面还有人往里面挤。这些人的脸上都流露着彪悍和张狂，领头一个人大声喝道："闹事的人在哪儿呢？"

一个体型稍胖，一直在沙发上哭啼尖叫的女人指着我，尖声喊道："就是这个男的，就是他……"

那几人一下子就往里面涌来，有人踩到了地上的矮胖子，那人哼哼一声。沙发上的女人赶忙喊道："你们别踩到了海老板，把人弄伤了，谁来买单啊？"

几人赶紧避开，这时我也回过神来。这帮人估计是新富豪这儿的老板养来看场子的打手。

我不想跟人打架，眼瞅着这帮人气势汹汹，出言道："各位老板，出门办事，行个方便，我找这人麻烦，至于你们，别掺和进来……"

没等我把话说完，那领头的汉子就一拳砸了过来。

他上来就动手，我也不再客气，直接也一拳招呼过去。

两人的拳头碰在一起，我将力量运在拳骨之上，力贯其中，那人一拳砸来，给我的感觉软绵绵的，而他却好像是砸到了钢筋上一样，脸色剧变，大叫一声，只见他的拳骨上面尽是鲜血，随后一瞬间就变得又红又肿了起来。

那人疼得直叫唤，后面的人都不信邪，三三两两冲进里面来，差点儿将房间都给塞满了。

我冲破了第一关，又修习着《九玄露》，心中自有一股傲气，信心满满，也不怕对方来多少人，反正都不是修行者，当下也是硬碰硬地往前走。当时场面混乱，或多或少吃到了拳头和脚踢，但都跟挠痒痒一样，可我一拳挥过去，问题可就严重了，几乎没有人能挨得住几下。

没一会儿，地上就倒了一片，我则拖着地上的矮胖子出了门。

临走的时候，我将矮胖子屁股兜儿里的钱包找了出来，将里面一大堆人民币和港币一撒，说道："冤有头债有主，各位别乱动，请勿自误啊……"

我拖拽着矮胖子离开新富豪，来到马路对面，见那辆富康已经不见了，不由得一愣，左右张望，满是疑惑。

就在这个时候，一辆车从远处开了过来，停在我的身边。

这是我们的车。

车窗摇下，那司机小陆招呼我道："侯哥，阿水哥刚才去帮忙马哥追人了，那个鬼云手自己解开了捆绑，开车逃了。对不起，我啥也不会，不敢去拦。"

小陆并不是夜行者，也不是修行者，甚至都不是练家子，他只是司机而已。面对这样的突发状况，能压住心里的恐慌不跑，对他来说已经很不错了。

我见他一脸歉意，摆了摆手，说："没事。"

我押着那矮胖子，不敢停留，赶忙上了车子的后座，匆匆离开。车行在江堤路上，那矮胖子回过神来，开始反抗，我一把按住了他的脖子，双眼一瞪，喝道："不要命了？"

那矮胖子喉咙里发出了一声低吼，然后整个人开始有了变化，细碎的毛从脖子和脸上长了出来，那鼻子变圆，耳朵变得肥大，整个儿呈现出了一个猪头的形象。

我瞧见他开始显露本相，知道情况不妙，没有再留手，扬起拳头来，对着那家伙的猪鼻子就砸了下去。

一、二、三……

一拳又一拳，结结实实地砸下去，搁普通人估计早就开了染料铺，扛不住了，那家伙挣扎了几下，但终究还是顶不住了，哇哇大叫道："住手，住手。"

我扬起拳头来，说："住什么手？你不是要变猪头吗，老子把你直接打成猪头，嘿，多省事！"

那矮胖子大概是被我凶狠的模样给吓坏了，哭着和我说："哥，本是同根生，相煎何太急。大家都是夜行者，别这样搞我啊！我还小，扛不住你这样的暴揍，真的，哥，别打了。"

我这才收起拳头来，盯着他那血肉模糊的猪鼻子，说："还玩不？"

矮胖子摇头，说："不了，算您狠，不敢了。"

我揉了揉拳头，说："就你这点儿本事，该装孙子就装孙子，没事在这里跟我充什么大个儿？"

矮胖子唯唯诺诺，不敢说话，过了一会儿，低头闷声，对我说道："哥，你顶到我了。"

我奇怪，说："啥顶到你了？"

矮胖子指着我的腰间，一脸羡慕，说："哥，你到底是什么本相的夜行者啊，这尾巴也太长了吧——我不跑了，您也别压着我，这玩意儿顶着我真挺难受的，尴尬啊哥……"

听到这小子的话，我不由得气笑了，一把抽出那根软金索来，拍在他油腻腻的脸上："看清楚了没有？睁开你的狗眼，这是啥？"

矮胖子一瞧，尴尬地笑，说："唉，不是……您这是什么宝贝啊，能软能硬的？"

我说："我也不知道，你要是晓得，拜托告诉我。"

矮胖子赔笑，说："您这么一说，我倒是想起来，我认识一个鉴宝专家，对于这些稀奇古怪的东西很有研究，您……咳咳，您要是能放了我，我回头帮您问去。"

这家伙倒也挺有趣的，我忍不住笑了，拍了他脑袋一下，说："想啥呢，知道我是谁吗？"

矮胖子点头，说："知道，知道——灵明石猴，我跟尉迟老大混的，看过您的资料，知道您这血脉可是千年难得一见的……"

我拍了他脑袋一下，说："知道刚才还装傻？"

矮胖子摸着脑袋，嘿嘿笑。

我说："少扯这些有的没的，怎么称呼？"

矮胖子讨好地笑，回答道："我姓海，海大富的海，全名叫海民威。您别笑，父母给取的名字，我也没办法，'民'是人民的'民'，您叫我老海就成……"

我跟他胡扯一番，脸色变得严肃起来，说："知道我为什么找你吗？"

矮胖子老海低头，说："不，不知道。"

我一把掐住了胖子短得几乎可以忽略的脖子，说："怎么，需要我帮你好好回忆一下吗？"

老海不敢胡扯了，说道："这事儿跟我没关系啊，您要找就找尉迟老大，我就是在他眼前儿跑腿的小角色，什么都不知道。"

我冷笑，说："要不是你跑出来逞能拦人，放跑了尉迟，我会在这里跟你废话？"

老海低着头，讪讪地说道："我也毕竟是拿人家工钱的，平日里这吃吃喝喝的，人家从来都不短我，关键时候咱也不能掉链子啊，您说对吧？"

我冷哼一声，没有理他。

没过一会儿，车停了。我瞧见马一叆和阿水从不远处走了过来，便对老海说道："你别乱动啊，不然弄死你，知道不？"

老海苦笑，说："侯哥，您刚才那一顿老虎拳，我可得消化一阵，哪里还敢乱动？"

我下了车，冲着走过来的马一叆问道："人追到没有？"

马一叆摇头，指着不远处的江边，说道："跳水走了，那家伙水性好得很，我抓不到，就没有跟过去。你这边怎么样？"

我说："那胖子被我拎过来了。"

阿水问道："困在车子里的鬼云手呢？"

我指着司机小陆说道："我出来的时候，人和车都不见了，小陆告诉我那家伙应该是挣脱了绳子，自己开车跑了。"

阿水听到，忍不住骂了一声，有些怀疑："不可能啊，我明明把他捆得很结实。"

马一岙走上前，说道："你都说了，那家伙以前是纵横华南的惯偷，一身厉害手段，指不定舌头底下还含着刀片呢在。叫你看住人，你别动就是了，这下可好，西瓜也没有捡着，芝麻也丢了吧？"

明明能堵到人的，结果愣是让尉迟京那家伙给跑了，连那鬼云手李龙八也跑了，倘若不是我这边扣着老海，我们这一趟算是扑了个空。

这事儿着实让人郁闷，马一岙忍不住埋怨了两声。

然而那年轻人一听，眉头立马皱了起来，他看了一眼驾驶室的小陆，又看了一眼我，冷冷说道："我弄丢的人，再抓回来就是了。"

说罢，他转过身，跑入夜色之中。

他跑得极快，没一会儿就看不到人影了。马一岙有些尴尬，对我苦笑道："现在的年轻人，脾气真大，怎么连说都说不得了呢？"

我耸了耸肩膀，说："他估计就是这个性格。只不过人都跑了，他哪里还能找得到？"

马一岙摇头，说："不一定，也许他天赋异禀呢？"

话是这么说，但马一岙对阿水也并不抱太多希望，他左右打量了一番，然后与我一起上了车。马一岙坐在副驾驶上，瞧见老海的狼狈模样，说："这是怎么了？"

我说："他非要挣扎反抗，被我揍了一顿。"

老海赶忙赔着笑，说："对，对，都是我的错，我就不应该反抗，平白吃了这一顿拳头。"

马一岙不置可否，说："把眼睛遮上，耳朵堵上。"

我照办，随后马一岙悄声对司机小陆说道："陆师傅，麻烦你去一趟立山村。"

车行路上，我问马一岙这是要去哪儿，马一岙说："认识个朋友，那家伙也不算什么好人，就是个帮赌场老板收债的打手，身边有点儿人，平日里有赌客输了钱、欠了高利贷又没办法还上的话，就押到这边来关着，好吃好喝伺候，让赌客家人还了钱再放人。"

马一杰准备把人暂时安置在那里，想办法审一下。

我忍不住夸赞，说："你当真是人脉广泛，哪儿都有朋友。"

马一杰摇头，说："像这种人呢，我平日也很少有联系，这次只是正好在附近，又没有别的好办法，才不得已而为之。平日里这种人能少接触还是少接触，若是能不接触最好。"

半个小时后车子开进了山里，曲曲折折来到了一家藏在山里的荔枝园。路口有人放哨，马一杰报了姓名之后，那人拿对讲机一阵沟通，这才放行。

等到了门口，有一个大光头迎接，十分热情，马一杰与他简单聊了几句，就带着我和老海来到了一处地下室的房间。

房间不大，但吓唬人的辣椒水、老虎凳都备得齐全。

老海眼睛上的蒙布一脱，瞧见这阵仗整个人都软了，赶忙求饶道："哥哥，两位哥哥，这些东西就甭往小弟的身上招呼了。您要问什么，尽管说就是了，我能答得上来的绝对不含糊。"

瞧见他这烂泥扶不上墙的样子，我和马一杰都忍不住笑了，随意问了几句他的情况，这家伙跟抢答一样，事无巨细。

只不过问起黄毛尉迟的落脚点时，他却支支吾吾，说不出个所以然来。

不是他不想说，是他也不知道。

问了半天，最后也就问出了几个还算有价值的信息，其中最重要的一项，就是霍家的一个联络点，在港岛湾仔坚尼地道的一家金店里面。

马一杰精通审问技法，将问题反复组合，绕得人头晕目眩，不断确认回答的真假。差不多弄了一个多小时，这才放过了被折腾得神经衰弱的老海，马一杰拍了拍他的肩膀，说："你放心，冤有头债有主，这件事情与你无关，我们不会对你怎么样的。你先在这里住两天，到时候就能出去了，没问题吧？"

老海配合地笑笑，说："没问题，当然没问题，我就当休假了。"

这时有人敲门，我去开门，大光头对我说道："你们的那个小兄弟接到了一个电话，说有事情要找你们。"

马一杰点头，跟着我出来。司机小陆见我们赶忙迎了上来，说："阿水哥打电话过来，说鬼云手已经找到，他把人擒住了，问我们在哪里……"

听到这话，我和马一岙都忍不住倒吸了一口凉气。

这年轻人，真的生猛。

后生可畏啊……

小陆去接人，来回花了差不多四十分钟，将那个偷偷逃跑的鬼云手李龙八和把他重新逮住的阿水接了回来。

我和马一岙赶了过去，瞧见李龙八鼻青脸肿的，显然是被揍得不轻。

重新抓回了人的阿水并没有得意，反而更加沉默寡言。

只是他低头的瞬间，眼角余光中闪烁而过的桀骜不驯，让我深刻地感受到，这个二十岁不到的年轻人心中藏着多少的骄傲。

老海这人是一个觉醒不到两年的夜行者，之前一直在广南一家大型养鸡场里面做饲料工，算不上什么久经历练的江湖人物。但李龙八却不同，他虽然不是夜行者，但自小就闯荡江湖，二十多岁就成了华南一带小有名气的人物，据说还曾经跟东三省南下的五大贼王有过交手。

他这样的江湖阅历，可不是一个小养鸡场打工仔能比得了的，话里的真真假假，让人难以辨别，审问期间着实是费了不少的工夫。

好在港岛霍家并不是什么规矩很重的地方，对待成员也是十分宽容，所以李龙八挣扎了一番之后，终于也投降了。

李龙八比老海的地位至少要高上两个档次，知道的事情自然也比老海多。

但作为港岛霍家在外的四大行走之一，别看黄毛尉迟模样轻浮放荡，但本质上还是一个极为谨慎小心的人。

我们最想知道的秦梨落的下落，他也不知晓。

不过可以肯定的一点是，这个秦梨落是霍家仅有的两位镇山大妖之一秦三千的养女。不但如此，她还是霍家二号人物的徒弟，早年间在法国留学，一直到这两年才从巴黎毕业归国，从基层做起，帮忙处理事务。

从李龙八的讲述中我们知道，这位秦梨落是被霍家当作重要接班人来培养的，历练几年之后，必将会和其他的年轻一辈共同执掌起霍家的巨舵。

秦梨落跟马一岙这样的精英还真的是配一脸，至于我……

等等，我为什么会有这样的情绪呢？她从我的手里将那后土灵珠给骗走，按理说，我应该恨她才对啊？

莫非我……

我赶忙将心头那不切实际的想法掐灭，继续听马一呑盘问。

除了秦梨落的来历之外，李龙八还告诉了我们另外一个重要讯息，那就是最近他们频繁出动，包括向来都在东南亚一带活动的黄泉引和日本人没事儿都在华南一带晃荡等事，是因为两个月前发生了一次天象异变，据一位日本的观星师分析，最近南国一带会有一件很重要的妖族圣物出土。

那位观星师不确定那件妖族圣物到底是什么，却断定必将是改变夜行者世界格局的一件重要物品。

或者说，它是承托了夜行者气运的重宝。

正因为这个消息，许多组织蠢蠢欲动，一边四处招揽人手，一边根据星相的指示，找寻那宝物的下落。因为对那玩意儿，星相师有一句很重要的谶言，简单粗暴地翻译成中文，就叫作"得至宝者得天下"。

听听，这玩意儿得有多重要。

马一呑对于李龙八这一段话的判断，感觉不像是撒谎，不过我却觉得这玩意儿很虚、很悬乎，要么就是无稽之谈，要么就是有人在搞阴谋，想要搅动风云，坐收渔翁之利。

而且那个什么星相师，怎么听都像是看话本小说看多了，满嘴的套路和胡诌。

李龙八见我不信，焦急地说道："我说的是真的，那个星相师可是日本天皇的御用供奉，是有真本事的。"

我说："日本天皇御用又怎么样，要真的有那么灵通，他们早就统治天下了。"

李龙八被我胡搅蛮缠的话逼得直翻白眼，不敢再说。

审问完了李龙八，马一呑又说了刚才对老海的一套说辞，然后威胁他道："我知道你一身手艺，想要逃离，举手之劳而已。所以我想跟你商量一下，要么你现在把身上所有的刀片和铁丝都交出来，安安稳稳在这儿待着，我过些日子把你给放了。要么等我一会儿搜出来，直接把你弄死，大家都安心，你觉得呢？"

都不是什么深仇大恨，没有必要闹出人命来，李龙八十分配合地从舌下、腋下、脚趾缝、肚脐眼等地方将东西都给交了出来，然后举起双手让我们搜。

这些东西零零碎碎的，并不仅仅限于细铁丝和刮胡刀片，还有许多特制的小玩意儿。

即便如此，马一吞还是一丝不苟地搜起身来。他搜得很仔细，这种专业程度反而让李龙八松了一口气。

很显然，他的识相救了他一命。

处理完这边的俩人，马一吞出来给老歪打了电话。

我不知道两人在电话里到底交流了什么，总之阿水留了下来，在这儿帮忙看守李龙八和老海，而离开之前，马一吞也跟那位大光头打了招呼，说明情况。

对方表示他不参与这里的恩怨，不过会提供伙食。

次日，小陆将我们送回了旧州港，随后我们在鹏城待了两天，马一吞托老歪通过关系弄了两张港澳通行证来，然后带着我前往一河之隔的港岛。

我虽然来南方两年多，在鹏城也待了许久，但从未去过对面的东方之珠。

二十年后，国内的北上广深，甚至二三线城市也到处都是高楼大厦了，然而在这个时代，我总感觉眼睛都不够用，有种土包子进城的感觉。

我越发地能感受到秦梨落当初招揽我的自信是从何而来，很少有人能抵御得住这种繁华的诱惑。大部分人都如同海妮的弟弟罗东伟以及老海一般，没有任何犹豫就愉快地接受了招揽。

不过新鲜归新鲜，我倒也没有太多的羡慕，因为像我这样的情况，与其将命运交付在别人的一念之间，还不如自己去争取，更何况我还找到了一个志同道合的伙伴。

马一吞也没有来过港岛，不过他比我淡定许多，先买了地图，又跟人询问公车的路线。

忙活了一早上，我们终于来到了坚尼地道一带。

马一吞在坚尼地道一号的雍仁会馆驻足了许久，不知道在想什么。直到里面有人走出来，他才若无其事地带着我走开。

我忍不住问他这个雍仁会馆是干什么的，他摇了摇头，说："以后再告诉你。"

他语焉不详，即便是走了很远，都忍不住回头去看，搞得我都以为到了目的地。

离开雍仁会馆又往前走，没多一会儿，我们来到了那金店。

店里珠光宝气，金银首饰晃得人眼都睁不开。马一夵并不理会，直接往里面的贵宾间走，有店员迎了上来，他开口说道："我有家传的老物件，想请你们的大档头帮忙掌掌眼，给估个价儿。"

店员听闻，打量了一眼马一夵和我，很有礼貌地说道："两位这边请。"

刚才那番话是暗号，我们径直往里走，过了一个狭窄的过道，来到了一个装修豪华的隔间。店员请我们坐下，然后躬身说道："两位稍等，我去叫经理来。"

他离开没半分钟，进来一个美女店员，给我们送了两杯咖啡之后又离开。

又等了五六分钟，一个戴着黑框眼镜、身穿定制西服的中年男人出现在我们面前，看了我们一眼，招呼道："两位先生，找我们大档头有什么事？"

马一夵坐在真皮沙发上，端起咖啡，看都不看那人一眼，平静地说道："跟你们当家的谈一笔生意，你不够格。"

中年男人的眉头一跳，有些恼怒，不过还是控制住了自己的情绪，从兜里的金盒名片夹里摸出了两张名片来，递在了我们跟前的茶几上，刻意敲了一下桌子，微笑道："在下是这儿的主管，跟我说也可以。"

马一夵看着对方，一字一句地说道："那好，李龙八和海民威的性命，你能帮忙出个价吗？"

话一出口，对方浑身一哆嗦，脸色大变。

中年男人作为一个普通的管理人员，在夜行者家族的港岛霍家体系里，仅仅只是十分底层的角色，又怎么可能来跟我们谈论秘事，故而在马一夵表明来意之后，更是连连道歉，让我们稍等一下。

没多一会儿，又来了一个人，约莫有五十来岁，鹰钩鼻、瘦脸，瞎了左眼，里面安着一颗玻璃珠子，在灯光的映衬下，露出诡异的光芒来。

这个人的气场很足，一走进来便坐在了我们的对面，从兜里摸出了一根白色过滤嘴的香烟。他点上烟，深吸了一口，随后缓缓喷出了淡青色的烟雾来，这才慢慢说道："李龙八和海民威那两个小子，现在在你们手里？"

马一岙一笑，说："我有点儿奇怪，怎么就来了你一人？"

那人眉头一掀，说："怎么，你觉得我也不够格吗？"

马一岙平静说道："霍家在外的四大行走之首风雷手李冠全，自然是够资格的，只不过我有点儿好奇，这个时候，不是应该扑上来一大帮的打手，先将我们这两个胆敢冒犯你霍家的家伙给擒下来，再说后事吗？"

中年男子李冠全微微一笑，说："马先生还真的是爱说笑，我霍家虽说是这夜行者家族，但历来都不是孤立独行之辈，平日里跟各方的关系也不错，对待内地的侠义之士，向来也都是尊重的。你老师是湘南奇侠王朝安，跟我们老板霍英雄都有交情，所以咱们之间即便是有所误会，我也不觉得无法协调。世间事，只要有心，都是可以坐下来谈而且可以谈得开的……"

他这话说得好像很恭敬客气，但一边抽烟，吞云吐雾，一边眯眼聊天，态度却并不是太在乎。

我虽然见识不多，但这人一打眼，就知道是老江湖。

马一岙显然是早有预料，哂然一笑，然后说道："既然如此，那我也就不拐弯抹角了。我师父的事情，你大概是知道了，也清楚我所为何来。我身边这小兄弟，叫侯漠，当日他在霸下秘境之中，得到了能救我师父性命的后土灵珠，却不想被你们霍家的秦梨落给顺了去。老话说得好，江湖事江湖了，这事儿是他不小心，我们认栽。不过我这次过来，想请您帮个忙，将后土灵珠暂借给我，让我拿回去救了我师父性命，再行归还，可好？"

他起先气势汹汹，这会儿却是低声下气起来，毕竟是过来求人的，别的不说，态度怎么都得做足。

李冠全却是波澜不惊，眉头都不抬一下，说："哦，有此事？"

我在旁边听着，不由得焦急起来，说："你不知道？"

李冠全摇头，说："没听过啊，你们可能不太清楚，秦梨落那丫头来头很大，背景深厚得很，像我这般的小头头，哪里管得了她？她做什么事情，也未必会跟我们来汇报，不知道也是很正常。"

我说："那麻烦你给我们她的联络方式，可以吗？"

李冠全摇头，说："那丫头前两天倒是回来过一趟，然后跟人赌气，跑去泰国普吉岛度假去了。国外电话也打不通，哪里找得到人。要不然这样，你们给我留个联系方式，回头她回来了，我再打给你们？"

他一副跟我们商量的口吻，马一吞却阴沉着脸，一字一句地说道："李先生，我想你刚才可能没有听清楚，后土灵珠，我们只是借来救命用的，用完了，还会还给您。"

李冠全微笑着说道："我听清楚了，不过现在联系不到秦梨落，我们也是爱莫能助。"

听到这里，我方才醒悟过来。这个笑嘻嘻的男人，嘴上说得天花乱坠，但实际上是个老滑头。即便我们低声下气也没有用。

作为霍家的高层，说出这样的推托之词，还真的是……不要脸。

对方这般一推六二五，仔细想想，我们还真的没有办法。马一吞抬起头，与对方对视，那李冠全全然不在乎，笑容满面，良久，马一吞咬牙说道："用李龙八和海民威的性命来换，如何？"

李冠全耸了耸肩膀，说："我不太清楚你们之间的恩怨，不过我提醒你们一句，这两个小子如果失踪了，而且此事两位有所关联的话，恐怕你们就回不去了。"

瞧见他公事公办、满脸堆笑的脸庞，我恨不得一拳打下去把他砸个稀巴烂。

然而我终究不能，只是看向了马一吞。

马一吞也没有想到对方居然这么无赖，冷冷说道："很好，素来听闻霍家的风雷手和东兴的老四笑面虎齐名，今日一见，果然名不虚传。"

李冠全全然不在乎，拱手说道："过奖了，愧受，愧受。"

马一吞起身来，冷冷地拱手说道："告辞。"

当我们走到了外面的街上，我这才开口问："马兄，这家伙到底什么意思？"

马一吞刚才出来的时候脸色铁青，此刻却不由得叹了一口气，说："是我失误了。有人在的地方，就有江湖，有江湖，就有争端，尉迟京和风雷手两人虽然都是霍家在外办事的行走，但彼此之间，必然有分歧和矛盾。那李龙八和海民威两人都是跟着尉迟京的，他们的性命对风雷手来说或许并不重要，说不定还恨不得我们帮他干掉这两人呢……"

我忍不住倒抽一口凉气，说："这个……不可能吧？"

马一吞冷哼一声说道："相比黄泉引，港岛霍家自然是讲规矩得多，也没有那么血腥，但并不代表他们这些夜行者家族是来做慈善的，这一点从你最开始被他们下启明蛊就应该知晓。所以这一次来，我也料到会出师不利，只是没有想到，这个李冠全会这么简单直白地耍流氓。"

我说："接下来该怎么办？"

马一吞蹲下身，从随身的包里面拿出了一个破旧的笔记本，这本子的封面是皮的，但磨损得厉害，他在里面翻了一会儿，手指落到了一页，说："先去找这位前辈，让他居中说和一下。"

我看了一眼，写着"吴英礼"三个字。

我说："这个吴英礼是谁？"

马一吞说："他是洪门老前辈，师父是符懋塑，师祖是民国十大家的臂圣张策，我听师父说过，此人早年间名声不显，但五十岁之后，一身修为几近神通，是这一带了不起的修行高手；他是京东三河县大唐廻村人，一九四九年四月的时候随上海青帮的杜先生移居港岛，在洪门之中的地位甚高。虽然近年来隐居元朗，但如果能请他来帮忙，或许这件事情会有转机。"

我很是惊讶，说："没想到马兄还认识这样的人物。"

马一吞摇头，说："不，我不认识他，他更不可能知道我这样的小角色。"

我一愣，说："那可怎么办？"

马一吞抬起头来，眼神坚毅，说："这件事情只能撞撞运气，若是这边也走不通，那说明咱们文的不行只能走武的了——若是如此，大家就撕破脸皮，反正都走到这一步了，为了救师父，我有什么可怕的？"

听到他这话，我越发明白了马一峁心中的艰难，对他说道："放心，无论如何，我会跟你共进退的。"

马一峁看着我，郑重其事地说了一声："谢谢。"

两人不再停留，抓紧时间赶往元朗。

相比港岛而言，新界的元朗并不繁华，它是港岛十八个地方行政区中位置在最西北的一个，三面环山，地势平坦，道路两边尽是农田。因为路途遥远，我们赶到了吴老先生居住的围村时，已经是夜幕降临。

路上的时候，我很奇怪马一峁怎么到哪儿都能找到能帮忙的人，他告诉我，那笔记本是他师父留下来的。他师父这大半辈子，都在为了重建"游侠联盟"而奔波，笔记本上记录的这些人，都是有可能愿意加入游侠联盟的一员。只可惜还没等这事办成，就遭遇到了不测。

笔记本的地址只记录到了村子，至于具体的地址无处可寻，这件事儿让我们十分头疼。想了想，我们只能到处找人问。没想到一连问了好几个人，都不知道有这么一人，这事儿很奇怪，弄得我们都很无奈。正在我们两人蹲在路边不知道该怎么办的时候，瞧见陆陆续续有车子进村，而村子深处响起了哀乐声。

什么情况？

我们跟着声音往里走，身边行驶过来的汽车都是豪车，什么宾利啊加长林肯啊，看得我们眼花。

我们一直走，来到了一处大屋前，里面响着沉重的哀乐声，到处都是白色的孝布和白花，我看了一眼，不再注意，准备离开，然而马一峁却停下了脚步，一脸严肃。

马一峁指着远处，说："你看那里。"

我顺着他的手指望过去，瞧见一行大字——吴英礼师傅千古。

下书曰："悲声难挽流云住，哭音相随野鹤飞"。

屋后水田擒黄毛

　　我们花了小半天时间，越过了大半个港岛行政区，赶到了元朗角落的这围村来，就想要求助这位老爷子，让他帮忙讲句公道话，却没有想到他居然提前我们一步离开了人世。这样戏剧性的结果，让我和马一岙都不知道该说些什么。

　　过了许久，马一岙先开了口："吴英礼老前辈是臂圣张策的徒孙，老前辈坐镇港岛，曾经先后降服多名肆虐作恶的夜行者和江湖败类，是个值得尊重的前辈。今日既然碰上，咱们也过去敬上一炷香吧。"

　　时至今日，再多的失望也是无用，与其让它来影响心情，还不如将其放下，好好送吴老先生一程。

　　我们步行前往，越过了停着一大片豪车的平地，来到大屋前的灵堂。有人迎上来，躬身行礼，递上白布，我们拱手，将白布扎在左臂之上，又接过三根点燃的线香，排队过去。

　　吴英礼老前辈在港岛的人望很足，这一点从前来祭拜的人数就能看得出来。

　　人虽多，但都是见过场面、懂得规矩之人，所以都排着队，脸色肃然，并无喧器。

　　我们排了五六分钟的队，方才来到寿棺之前，手持线香，三拜之后，插在香炉之上，看着八仙桌上面的黑白遗像，心中肃然。旁边自有孝子贤孙答礼，随后走到侧边，有身穿孝服的前辈家人迎了上来，先是拱手行礼，然后恭声问道："敢问两位是……"

马一岙拱手回礼，说："我们是内地赶来的，家师湘南王朝安，师承千斤大力王王子平，与吴老前辈的师祖有些渊源，听闻噩耗，特来祭拜。"

那人肃然起敬，拱手回礼道："在下吴家隆，吴英礼是家祖，劳烦两位千里迢迢赶来，不胜感激，还请里面喝茶。"

马一岙推辞，说："不用，我们只是来表达一下敬仰之情，敬过香便离开，不必招待。"

吴家隆挽留，十分热情，我们见他这样诚恳，推脱再三之后只得应允。我们来到灵堂旁边的院子，在角落一张桌子前坐下。有女眷过来沏茶，而吴家隆事忙，告罪一声后又赶忙去迎接其他客人了。

吴英礼老前辈落户元朗，家大业大，人丁兴旺，而吴家也是名门望族，客人极多。

我和马一岙在角落喝茶，瞧见这院子里的客人，有商人、学者、政客，还有许多看上去眼神不善的江湖大佬，这些人各自形成一个集体，而我和马一岙孤立于他们之外，不过两人的心情十分低落，倒也不觉得什么，一口一口地喝茶。这茶虽好，却分外的苦。

我们待了一个多小时，那吴家隆抽空来一趟，与我们叙了几句话又走开了。我们两人觉得无聊，准备去说一声就离开，没想到此时不远处的停车场有一队汽车停下，第三辆车里走出了一个让我们"朝思暮想"的人来。

黄毛尉迟。

这个在珠市从我们眼皮子底下溜走的家伙，居然出现在了这丧礼之上。

我在瞧见那家伙的一瞬间，忍不住就要站起身来，而马一岙却按住了我的肩膀，低声说道："别乱来。"

我有些意外地看向他，不解地问："什么意思？"

马一岙的目光从远处收了回来，低声说道："今天是吴老前辈的丧事，在这灵堂之上，我们若是大闹一番，且不说是否合适，就算闹了，你觉得我们能打得过这么多人吗？"

听到他这话，我的身子一僵，又坐了回去。

的确，黄毛尉迟并不是一个人过来的，除了他之外，还有我们今天见到的风雷手李冠全。这两人还只是跟班角色，在他们身前，是一个灰白头发的老者，那老人穿着一身合体的手工灰色西服，还罕见地戴着礼帽，挂着文明杖，活脱脱一绅士的模样。

那个老人看着仿佛人畜无害，但在身边一大群气势凛然地凶人衬托下，又显得气场十足。

马一岙低声说道："那家伙应该就是霍家的当家人，霍英雄。"

我瞧见风雷手和黄毛尉迟排在队伍十名开外，就收敛了冲动的劲儿，低头说道："那该怎么办？"

马一岙收拾心情，平静地说道："等，见机行事。"

我们低头装孙子，不敢张扬，一杯一杯地喝茶，看着港岛霍家的人上过香之后，来到院子里，与人低声交流，喝茶谈事。如此过了二十多分钟，马一岙突然对我说道："走，跟上。"

我抬头，这才瞧见黄毛尉迟起身离开了人群，朝后院的方向走去。

这家伙是去上厕所吧？

我赶忙跟马一岙一起往外走，走的时候，我的心跳加速，生怕被风雷手瞧见，好在那家伙正跟在大当家霍英雄身边，小心翼翼地陪着，倒是没有注意到我们这边。

两人绕到后院，瞧见黄毛尉迟并没有去大屋里面的厕所，而是绕到了屋后，正在水田旁边方便呢。

我们两人对视一眼，不动声色地走到了黄毛尉迟的身后。在这样的地方，那家伙警惕性不强，并没有在意，反而说道："还是这地方方便，对吧？"

说时迟那时快，我与马一岙在接近他之后，几乎是同时出动，一左一右，抓住了那家伙的肩膀，然后将他往水田里面按了下去。黄毛尉迟猝不及防之下，被按到了刚刚尿了一大泡的水田里去，拼命地挣扎。

前面有灵堂，除了港岛霍家之外，港岛半个江湖的大人物都来了，若是让黄毛尉迟给挣脱，我和马一岙都跑不了。

正是明白这一点，我们没有半分懈怠，将他使劲儿按在淤泥之中，好一会儿之后，才捂住他的嘴巴，将他从淤泥里拉了起来，说道："尉迟京，想活就别乱叫，知道吗？"

马一岙一说话，尉迟京就明白过来，低声说道："是你们？"

我冷哼一声，说："想不到吧。"

尉迟京被我和马一岙一左一右拿住，不敢大喊，也不敢挣扎，甩了一下眼前的泥水，这才说道："你们怎么会在这里？"

马一岙说："你们霍家赖账，我们没办法，便想来找吴老爷子主持公道，没想到刚刚到了围村，才知道他老人家去世了。想着毕竟是同道，就过来敬一炷香，没想到还把你这浑蛋等到了，你看看，这就是命，对吧？"

尉迟京苦笑，说："你们今天去联络点找霍家的事情，我已经知道了，只不过就算你们扣住了我那两个笨蛋小弟，也是没用的。"

我用满是泥污的拳头顶着他的胸口，恶声说道："扣住你呢？"

尉迟京摇头，说："我也不行。"

马一岙在旁边冷笑，说："难不成你想怂恿我们去找你们大当家霍英雄的麻烦？你真当我们是傻子？"

尉迟京无奈地说道："这么跟你们说吧，从霸下秘境拿出来的那东西，不管你们是找到我还是秦小姐，都没有用了。我就是一小喽啰，而秦小姐也因为有想要借给你们先用一下的想法，被她义父踢到泰国去了。东西现在在三当家的手里，除非你们能撬开霍家的地库财柜，不然找谁都没用。"

马一岙说："听你这意思，这东西从此跟我们是彻底无缘了？"

尉迟京沉默了一会儿，然后说道："马一岙，我敬你是一条汉子，跟你做个交易，你先听我讲，如果你觉得可以，咱们再往下说，你看怎样？"

马一岙说："甭废话，直接说。"

尉迟京说："我给你透露一个消息，是关于那东西的——七天之后，有一个地下拍卖会，是面向咱们行内人办的，其中有一件就是那玩意儿。你们要是愿意，放了我和我那两个笨蛋小弟，我给你们提供拍卖会的具体信息以及入门的邀请函，你们看如何？"

马一吞一听，犹豫了一下，然后问道："拍卖会？用什么交易？"

尉迟京苦笑，说当然是美金了。

马一吞手一紧，勒住了尉迟京的脖子，说："你们还有点良心吗，偷了我们的东西不承认，还拿到拍卖会去，现在又要我们出钱来赎，去你的，天底下哪有这样的道理！"

尉迟京被勒得翻白眼，艰难地说道："行有行规，做生意讲究的是信誉二字，那东西已经交给恒丰集团过目了，上了拍卖会名单。别说我，你就算是拿我们霍老大的儿子来威胁，都拿不回来了。不是我不肯帮你们，事已至此，你们自己想一想吧，不行就弄死我，反正我这条破命也不值钱……"

听到这话，马一吞沉默许久，方才说道："你，不会出卖我们吧？"

尉迟京松了一口气，说："我发誓，发毒誓，行了吧。"

事到如今，就算是对黄毛尉迟恨之入骨，我们也不得不面对此刻糟糕的境况。

想要从这家伙身上拿到东西是绝对不可能了，而无论是通过他，还是李龙八、海民威这两个家伙的性命来威胁，也都是没有半点儿作用。为今之计，除了选择相信他之外，我们别无他法。

不管怎么说，我们对于那后土灵珠，是志在必得。

尽管对于我们动粗这事儿十分恼怒，但黄毛尉迟还是一个说到做到的人，他从满是泥浆的兜里掏出手机，拨通了一个号码，讲了几句，虽然是粤语，不过我还是能听得懂，他在问关于最近一期恒丰地下拍卖会的事情。

大概是出于对我们的防范，他背了身去，还刻意地走得比较远，让我们无法听到电话那头的话。

通话的最后，他让人帮忙搞一张入场的邀请函给他，那人似乎有些为难，不过在黄毛尉迟的坚持下还是让了步。

打完了电话，黄毛尉迟回过身来，说："事情谈成了，咱们不用这么剑拔弩张了吧？"

马一吞不说话，我却明白他的想法，开口说道："谁知道你不会再搞些什么鬼？"

黄毛苦笑，说："咱们往日无冤，近日无仇，抛开这件事情，咱们说起来还算得上是熟人，话既然讲开了，我还能搞什么鬼？两位，我想提醒一下你们，与其在这儿琢磨着我是不是在这里面搞鬼，你们还不如趁这段时间赶紧想办法筹钱，免得到时候眼睁睁看着东西被人拍走。或许你们打定主意去偷去抢，但我不得不告诉你们，恒丰的地下拍卖场向来都有绝世高手坐镇，莫说你们两个，就算是尊师，恐怕也不敢乱来。"

我说："那拍走了，总会有机会吧？"

黄毛尉迟笑了，说："拍走？人家舍得那么多钱来拍这东西，你觉得会花不起钱请安保吗？恒丰的地下拍卖会，有资格参加的，哪一个不是这一带鼎鼎有名的大人物，你觉得你们能在那儿翻天？别开玩笑了，还是想一想怎么凑钱吧，我多嘴说一句，那东西的价值可顶天，没有个几十万美金，最好还是别去了，免得伤心。"

这话说得我们两人一肚子气，但仔细想想，又很有道理，让我们竟然无力反驳。

这时有人在不远处喊道："尉迟，扑街仔，尿个尿那么久？老板要走了，再不回来，回头自己走回去啊……"

堂堂霍家的四大行走之一，在这儿给人喊作"扑街仔"，别说他，我都有些心酸。

黄毛尉迟却毫不在意，大声说道："好，就来。"

他应付完那边，对我们说道："两位大佬，怎么样，我走了。七天之后的下午五点，观塘秀茂平大楼地下室，门口有守门小弟，出示邀请函给他就有人领你们进去。邀请函我去弄，不过要时间，这样，两天后在尖沙咀弥敦道的重庆大厦，你们在那里等，我让人把邀请函给你们送过去，可以吧？"

我看向了马一岙，马一岙沉思了两秒钟，点了点头。

黄毛尉迟突然想起一件事情来，说："对了，收到邀请函之后，麻烦把我那两个小弟给放了吧。他们虽然蠢得很，但用多了还算顺手，也够忠心。"

马一岙点头，说："好，你放心，这两人在我手上，不会吃太多苦的。"

黄毛尉迟笑了，说："别人的话，我肯定心有疑虑，但小马哥我还是信的。"

这家伙朝着我们挥了挥手，然后走向了前屋去，我听到有人用夸张的语气大声笑道："哎呀，尉迟京你个扑街仔，去尿个尿怎么搞成这个样子啊？"

尉迟京低声回了一句，没有太听清楚，但那人却说道："你别过来，一身尿骚，走远点儿啊，一会儿你坐达叔的破车回去，别跟着我们，哎呀呀，真臭……"

那人的声音夸张，对尉迟京毫不留情。我看向了马一吞，他低声说道："霍家四大行走之一，马丽连，听着像是女人名字，却是个男人。这是个阴狠果决的人物，出手很黑。霍家的四大行走，风雷手李冠全铁腕无情，毒蛇信马丽连阴狠歹毒，红娘子罗小梅是个老鸨，水里翻尉迟京有勇多谋，都不是一般角色。"

我说："你咋知道的？"

马一吞耸了耸肩膀，说："都是老歪提供的，他消息灵通，手头的资料还算齐全，肥花的下落我也是委托他帮忙在查，不过这个不是免费的，还得收钱。免费的是关于后土灵珠和霍家的这事儿，毕竟是他内侄郑勇犯的错，但肥花这事又得单论。这个我理解，他毕竟是一个商人，手下又有那么多的兄弟要养着，四处搞消息也是要给线人钱的，又不是无本买卖，怎么可能分文不收呢？他跟咱们，到底也只是生意关系。"

我苦笑，说："我算看出来了，讲来讲去都是钱的问题，不过话说回来，你可想好了，这回可不是几千，而是几十万，还是美金。这么多钱，别说拥有，我这辈子都没见过，想都不敢想，这可怎么办？"

马一吞想了想，说："总会有办法的。"

我说："老马，你赚钱的本事我是见过的，的确很厉害。但那都是小钱，现在几十万美金，就算是把咱俩两个都卖了，也凑不够，想什么办法？难不成咱们也当一回江洋大盗，去抢金店、抢银行？"

马一吞白了我一眼，说："想什么呢，我师父要是知道咱们准备干这活计，都不用救了，能直接跳起来跟我拼命。"

我挠了挠头，瞧见港岛霍家的车队走远，忍不住说道："其实这件事情也没有那么困难，你还记得我们今天去的那个金店吗，那不就是活脱脱的钱库吗？咱们一不放火，二不伤人，反正也是羊毛出在羊身上，你觉得呢？"

马一岙摇头，说："这主意不咋样，你想，那金店是霍家的产业，而且还是最重要的联络点，你觉得那儿会没有重兵看守？好，就算是我们成功了，那金店里的东西能有几十万美金？就算有，那一堆金银首饰，你能兑换成美金吗？"

我头疼起来，说："这也不行，那也不行，那该怎么办？"

一想到当初被我揣在兜里的血团块儿能值几十万美金，我就后悔莫及。

马一岙看出了我的情绪，伸手拍了拍我的肩膀，说："你也别着急上火，车到山前必有路，不是还有七天吗。你想想，我们这是在哪里？港岛啊，金融之都，遍地都是机会，别着急，今天晚上先找地方睡下，明天我们去街上走一走，看看能不能找到点儿什么机会。"

他沉稳的情绪感染到了我，我也不再多言。

两人来到前屋，不远处的吴家隆恰好瞧见我们，赶忙迎了上来，说："这是怎么了，刚才有人掉进了水田里，怎么你们也是？没事儿吧？"

我们打了个哈哈，聊了几句，与他告辞。正准备离开，吴家隆却叫来了一个子侄，叫他带着我们找地方洗一下。

他对我们说道："现在晚了，回城也没有车，两位不如在这里暂住。大屋摆了灵堂，人来人往的确是不方便，要不两位先去我堂弟那儿住着，明日再走。"

他这么热情，再推脱就是矫情了，我们不再多言，点头称谢。

我们当晚在吴家隆堂弟家住着，次日清晨特地去与吴家隆道谢之后才离开。离开新界，来到了本岛，我们在繁华的港岛大街上四处晃悠，看着这满大街的人来人往，还有那鳞次栉比的高楼大厦，满目迷茫。走到中午的时候，我们二人待在一处热闹的茶餐厅门外，看了许久，却是囊中羞涩，不敢进去。

马一岙突然一拍大腿，说："有了，我想到了"。

我被他这突如其来的动作吓了一跳，说："怎么了你，想到什么了？"

马一岙很是激动地说道："你想想啊，那个后土灵珠能卖几十万美金，甚至上百万，那么同样的东西是不是也能卖这个价？如果是从这个思路捋过去的话，我觉得一切就都不难了。"

我看着他，说："你身上，还有什么之前的东西吗？"

马一爻闻言愣了一下，这才苦笑着说道："上次为了找寻后土灵珠的下落，我把师父给我特制的青铜法剑都卖了，手上这把铁尺不过是寻常货色，还真的卖不了什么价钱……不过没关系，我们打听打听，说不定能找到值钱的东西呢？"

他好不容易理清思路，就在这个时候，有人在后面招呼道："哎？刘大师，您怎么在这里？"

这一声"刘大师"让我和马一爻都有些意外，当人走到我们跟前来的时候，我才瞧清楚，这人却是先前马一爻夺了刘半仙的行头摆摊算命时的第一位顾客。

就是那位宫寒体冷的少妇，没想到我们居然会在这儿碰到她。

我有些紧张，生怕人家是跑过来算账的。

没想到少妇十分热情，对马一爻说道："刘大师，还真是巧啊，您换了衣服，我差点儿都没有认出来呢。没想到在这儿还能见到您。您在这儿干什么呢？"

马一爻回过神来，立刻端起了正经模样，也不解释这其中误会，而是咳了咳，将嗓子清完之后，回答道："没想到在这儿能碰到您，来旅游吗？"

少妇说："没有啊，我是香港人。哦，应该这么说，我夫家是香港人，嫁给他之后，我也跟到香港来了。"

马一爻点头，很淡然的样子。

少妇看着他和我，说："刘大师您吃饭了没有？不知道有没有这个荣幸，请您吃个饭？"

我和马一爻在茶餐厅外面驻足许久，之所以没有进去，是囊中羞涩，吃不起，这会儿有人请客，自然是十分欣喜的。

不过马一爻为了保住自己大师的面子，免不了又推脱了一番。

少妇果然是有钱人，没有请我们到这平民出没的茶餐厅，而是来到了旁边的一处酒楼，看装修，就知道十分高档。少妇对这儿显然是十分熟悉的，叫了包厢，又连着点了好几道招牌菜，什么烤乳鸽、鸡煲翅的。我眼尖，瞧了一眼菜单，都是贵得要死的价格，而马一吞却十分淡然，少妇请我们点菜的时候，他挥了挥手，说："客随主便，您安排就是。"

点过菜，上了茶，少妇跟我们闲聊。

我们这才知道她的名字叫李君，羊城人，目前在鹏城一家公司工作，那公司是她公公旗下的，她负责集团的财务工作。

简单地自我介绍之后，少妇又跟马一吞聊起了他的那个方子来。

自从上次流产之后，她的身子虚得很，总是有各种各样的小毛病，然而按照那个方子吃药之后，她整个人都精神了许多，夜里睡觉再也没有失眠多梦了，感觉好像是重生一般。

听到她的反馈和感激，马一吞显得风轻云淡，说："做我们这一行的，渡人渡己，都是天意，用不着这般感激。"

菜上了来，少妇只是饮茶，一应荤腥都不沾。

她告诉我们，自从茹素问佛之后，她整个人的身体都感觉轻松许多，所以即便是七日之期已过，她也不会再沾荤腥。

她希望自己能坚持一下，为自己未来的孩子祈福，不过让我们多吃一些，不要客气。

马一吞忙着跟人聊天，动筷不多，我反正是没啥事儿，便频频动筷子。

就在我胡吃海喝的时候，马一吞跟少妇李君不知道怎么着，就聊到了筹钱的话题来。

李君得知我们目前碰到了难事，需要一大笔钱的时候，出言说道："要不说我们碰到正是天意呢？之前我这事儿还一直藏在心里，不知道到底好不好说，您这么一讲，我倒是好开口了。"

当下她跟马一吞说起了一事来。

原来她公公王安玉在港岛商界也算是一位颇有名望之人，产业颇多，在内地也有许多投资，商界人称九叔。

她这次过这边来的原因，是她公公出了点事，突然重病，陷入昏迷，送到医院却没有任何说法，医生也搞不懂到底怎么回事。名医联合会诊，最后得出了结论，但她公公的私人医生却告诉王家人，这病因完全不会引起昏迷。

也就是说，那帮西医联席最终得出来的结论，也只是糊弄人的，做不了准。

正是如此，王家人就开始有了别的想法，有人去请中医，有人请了有名的风水师父。而她则想起了前些天在街头上认识的刘半仙，但又寻不到人，心里正焦急呢，却不曾想在这港岛的大街上，又碰到了我们。

这是天意。

李君向马一吞发出了邀请，希望他能陪着去一趟医院，不管怎么样帮忙看一看，若是能将她公公九叔给救活了，想必夫家也不会吝啬钱财。

听到这话，马一吞心中自然是狂喜，不过他又得憋着，看了我一眼。

我跟他一起许久，自然知道他的想法，有些为难地说道："事儿倒是没有问题，但这件事儿您能做主？"

我这问题问到了点子上，李君犹豫了一下，然后说道："这件事情，我当然做不了主，希望刘大师能跟着我去一趟，我会说服我老公的。我夫家家大业大，规矩挺多，我这儿媳妇的身份挺尴尬的，没办法给您个准信儿。"

她说到后面，满是歉意。马一吞却是大手一挥，说："嗨，做我们这一行的讲究的是一个有缘无缘，就算不给钱那又如何，既然碰上又怎么会不帮呢？走，走吧。"

匆匆吃完饭，我们离开了酒楼。李君联络了自家司机过来接我们，然后朝着她公公住着的私立医院行去。

王家的车是好车，我虽看不出牌子，但漂亮的车型和豪华的内饰着实让我惊叹不已。

期间李君接到了一个电话，是她老公打过来的，电话那头的情绪有些不太好，问她人在哪里，李君回答在路上，她老公有些不太高兴，说这个时候还往外跑，怎么这么不懂事，现在几个兄弟姐妹都盯在这里，万一父亲出了什么事情，怎么招呼……

我听这意思，立刻明白，敢情这位九叔人还没死，膝下的子孙们都开始惦记起了分家产的事情。

李君老公的情绪有些急躁，以至于都没有听李君说起马一奤的事情就挂了。

这事儿让李君颇为尴尬，跟我们道歉。马一奤却很开明，笑着说道："父亲重病，心中慌乱也是可以理解的，不必在意。"

没多久，我们抵达了位于半山的私人医院。

下车之后，我们来到了一处不像是医院的建筑前，瞧见门外的走廊里围了一大圈的人，有西装革履的职业经理人，也有王家人和管家、佣人等。李君的公公前后一共娶了三个老婆，生了十一个儿女，从十来岁到四十多岁都有，而她的老公则是第二任妻子生的，排行老六，是王家的第三个儿子。

当我们抵达楼层的时候，一个戴着金丝眼镜的男人匆匆走了上来，见到李君之后低声埋怨了几句，随后瞧见了身边的我和马一奤，不由得皱眉，说："他们是？"

李君连忙介绍起了马一奤来，说："这就是我这两天跟你提起的刘大师，没想到今天这么有缘，居然正好碰到了他。"

李君说明缘由，她老公皱起眉头。

他简单跟我们握了手之后，说道："我们已经请了港岛最有名的风水师和中医过来，就不劳烦你们了。端叔，你过来，帮我送两位回去……"

他都没有跟我们仔细聊，开口就撵人，这态度不但让我们很不满，连恳求我们过来的李君也脸上无光。

她朝着我们赔笑，让我们先等等，然后拉着自家老公去角落好一顿说。如此过了几分钟，那人方才过来，打量了一眼马一奤，问道："君君对先生十分推崇，想来先生也是很有本事的，不过我父亲这事情十分棘手，好多人都束手无策，先生可有把握？"

马一奤并没有把话说死，只是平静地说道："有无把握，得看到人之后我才能断明，现在还不好说。"

李君老公沉思了一会儿，终于下了决心，说："两位跟我们来。"

我们跟着他往前走，来到了病房门口，那儿堵着一人，是个老头，头发斑白，狐疑地打量着我们。李君老公开口说道："符叔，这是君君请来的师父，也有一身本事，想请他进去帮忙。给我爸看看。"

那符叔打量了马一吞一眼，漫不经心地说道："里面是回春堂的坐馆在看，这一位，用不着吧？"

李君老公咬着牙，坚持说道："符叔，我是我老爹的儿子，总不会害他。"

这时里面走出来一人，那人长得很像李君老公，年纪却大上了许多，他看着我们，低声说道："老六，你搞什么，不知道里面在忙吗，捣什么乱啊？"

李君老公瞧见这人，头更低下一些，将情况说明。那人很不耐烦地挥了挥手，说："走走走，赶紧打发走。"

他说罢，转身就要往里走，就在这个时候，马一吞却开口说道："且等。"

男人回头，一脸戏谑地说道："怎么，不愿走？想拿点儿赏钱吗？"

马一吞摇头。他伸出手，在那男人的肩上一搭，然后缓缓上扬，这时所有人的都看向了他的右手。

那右手上，有一条张牙舞爪的褐色蝎子，尾巴高高翘起来。

所有人都看到了，这蝎子是从对方的肩头上拿出来的。

这情形着实是吓人得很，蝎子仿佛凭空出来一样，旁边的符叔脸色一变，怒目骂道："居然在我面前使起了障眼法来？当真是骗人骗到家了，赶紧出去！"

他以为这是马一吞使的魔术戏法，然而作为当事人的王家老大却伸手拦住了他，然后一脸疑惑地说道："这是……"

马一吞平静地说道："没什么，让你等一等，是想把藏在你身上这条蝎子给拿下来，这玩意儿在你身上一直待着，想必你这几天不是很好受吧？"

听到这话，所有人都惊住了。

我也很是奇怪，觉得马一吞这话有点儿古怪，这么大一条蝎子藏在身上，而且还好几天，是个人都应该发现了吧？怎么可能留到现在，让马一吞抓出来呢？

说完这话，马一吞往后退了一步，将那张牙舞爪的蝎子收进了随身的一个布袋子里，然后转身欲走，那王家老大却赶忙上前，一把抓住了他的胳膊，说："大师留步。"

马一吞缓缓回过头来，无奈地说道："什么意思？这东西叫'毒蝎降'，很恐怖的，它若是再在你身上停留三天，你必死无疑，谁也救不了。怎么，你难不成还想让我把它还给你？"

"不、不、不……"王家老大连连摆手，说，"不是，我的意思是……我错了，我错了，有眼不识泰山，您别走。"

他拉住了马一岙，又叫李君老公来劝。

马一岙本就是想要显露本事留下，如此装模作样一番之后也不再准备走，而是问那王家老大的感觉，那男人点头，说："您是真有本事的——我这几天总是恶心想吐，洗澡的时候发现自己背上好几处伤口，火辣辣的，却没有印象哪里来的，晚上睡觉的时候，总做噩梦，感觉身上有虫在爬，醒来又什么都没有发现，叫我老婆看了也是一样。"

旁边有一个衣着华贵的妇人点头，说："对，我说你这两天怎么怪怪的呢，先生，这到底是什么啊？"

马一岙脸色严肃，说："这个叫'毒蝎降'，据我所知，应该是泰国八大降头之一，据说是用东南亚最毒的涅罗蝎蝎尾作引，研磨成粉之后，用八种毒液炼制，然后用来催生虫卵，练成药降……总之过程十分复杂，而且耗费时间。王先生，你到底是得罪了什么人，居然会对你用上这样恐怖的手段？"

那王家老大听了马一岙的这一番介绍，不由得深吸一口凉气，说："这，这，我的天……"他激动地握住了马一岙的双手，说："您真的是神了，估计我父亲这病也是一样的，您还请帮忙看一下，如果您能救活我父亲，大恩大德，没齿难忘……"

马一岙松开了他的手，一本正经地说道："您客气，我们这次过来的确是想要帮忙破局救人的，但有句话得说在前面——我呢，最近碰到了些事情，手头紧，需要资金。你这一单，我顺手而为，免费的。但你家老爷子，我看可以看，但有点儿贵。你若是愿意，我便进去，治好了，得给钱，治不好，我自己走，如何？"

他长期在江湖上漂泊晃荡，谈起钱来，倒也没有太多的拘谨。

王家老大听闻，这才从刚才的激动中缓过来，他是生意人，在商言商，沉心静气，问道："您说个数，能满足的，我们尽量满足。"

马一奋看了我一眼，我摇头，不知道该怎么喊，而他略一犹豫，直接开口说道："五十万。"

对方松了一口气，刚要答应，而马一奋却悠悠说道："美金。"

一九九八年那会儿人民币与美金的汇率还是挺高的，五十万美金，相当于人民币近四百万。

四百万在当时东南沿海月工资才三五百的时代，可是一笔巨款。

这对我们来说是一笔天文数字，对王家来说，也不是一下子就能筹措齐的，所以王家老大迟疑了一会儿，这才说道："这件事情，我一个人做不了主，您稍等一下，我找家里人商量商量，如何？"

马一奋也知道这数额巨大，点了点头，说："好，你们商量，不过不要太久，病人扛不住。当然，你们请来的师傅如果有办法，我们也可以不叨扰。"

我们退了出来，在角落等待。我瞧见周围的人离得比较远，忍不住说道："你还真敢喊。"

马一奋平视前方，压低声音说道："我本来想喊一百万美金的，不过想了想，还是打了个折。说实话，这位九叔的名声我以前就听说过，名下的产业挺多的，我这也不算是乘人之危。"

我说："当然不算，他要是死了，啥都没有了，不过我担心的是你能搞得定吗？"

马一奋摸了摸左耳，然后说道："从刚才的情况来看，这件事情跟东南亚那边的手段很像，如果九叔中的是降头，那么除了要帮忙解降，还得查明缘由，特别是将下降师给找到，不然什么都是白搭。这么说来，你还觉得我喊五十万美金贵吗？"

马一奋心安理得，而那边也商量妥当，王家老大带着符叔和李君老公走了过来，郑重其事地说道："我父亲的事情，拜托先生您了。"

算是谈妥了。

马一奋指着病房，说："里面的师傅看完没有？"

王家老大说："没呢，还在磨蹭，您是有真本事的人，麻烦一起看看吧。"

他说得有些忐忑，害怕马一奋对他们这种态度不满，不过好在马一奋并不是没有容人之量的人，而且在那五十万美金的诱惑下，什么都不在乎，挥了挥手，说："走，进去看看。"

我们往病房里走，走到门口的时候，符叔看了我一眼，有些犹豫，而马一吞则轻描淡写地说道："这是我的助手。"

那人才放行。

我跟着一行人走进了病房，发现这病房跟我想象的完全不一样——这儿就是一酒店大套间，走过外面六十多平方米的客厅，来到卧室里，我瞧见了三个穿着白大褂的人。

医院方是两男一女，有一个还是老外。在旁边有一个四十多岁的女人，这是九叔最后一个老婆，还有一个穿着暗金色唐装、留着长须的老头。

那老头好像是在跳大神，神神道道的，不知道在念些什么，而床头前撒了不少的米。这米是白色的，看形状，我感觉有点儿像是糯米。

病床之上躺着一个老头，头发稀少发白，脸色苍白难看，嘴唇干涸，双眼紧闭。

他仿佛饱受巨大的折磨，脖子处的筋偶尔会跳一下。

卧室虽大，但这么多人在里面，还是有些拥挤，所以除了我和马一吞之外，能进入卧室的就只有王家老大。

都说同行是冤家，我们一进来，那一直神神道道的唐装老头就"清醒"了，睁开眼睛看着我们。

因为马一吞和我都是穿着便服，所以他并不认为是同行，只是疑惑地看着王家老大，说："您这是？"

王家老大有些尴尬，说道："徐坐馆，这是我们请来的先生。"

瞧见是同行，对方的眉头一下子就皱了起来，面色不悦地质问道："您这是什么意思？如果觉得我们回春堂不行，我告辞便是了。"

说罢，他已经收拾行头，准备离开，王家老大赶忙上前说着好话。而马一吞则悠悠说道："怎么，害怕了？"

请将不如激将，简单一句话，那原本准备收拾行头离开的徐坐馆便停下了脚步。他认真地打量着马一吞。良久之后，他一字一句地说道："你很器张啊。"

马一岙平静地说道："不敢，闻道有先后，术业有专攻，做咱们这一行的，没有谁敢说自己什么都能应付得来。您若是为九叔着想，不如放下门户之见，与我一起研究一下，怎么能将九叔给救回来，您说对吧？"

徐坐馆微微一笑，说："如何处置，我自有主张，你既然这么自信，便先看一看，这到底是怎么回事吧？"

他让开了位置，马一岙也不推脱，走上前去，先是打量了一会儿九叔，然后对旁边的医生问道："我可以检查身体吗？"

这儿负责的是那老外，在经过翻译之后，点头确认。

马一岙将被子掀开，并且在旁边护士的帮助下，将九叔身上的病号服给解了下来。

他认真打量着，好一会儿之后，伸出手来，在九叔的脖子后面揉了一下，这才收了手，让人盖上被子，又去旁边的洗手间净手。

弄完这些，他对那回春堂的徐坐馆拱手，问道："徐当家，这件事情，您能处理好吗？"

他这般直接明了，那老头儿就有点儿不快了，说："你这是在考我？"

马一岙摇头，说："不，凡事都有一个先来后到，这事儿是您接的，您若是能解决，我立刻离开，不再多说一句，您看行吗？"

他这般讲规矩，徐坐馆的脸色方才好一些，他抚须而言："王老先生这病症很特别，如果我没有猜错的话，肯定是被人下了小鬼咒，每天子时，那小鬼都会过来吸他气血，七日过后，三魂七魄全消，恐怕就再无救回来的机会了……"

他侃侃而谈，周围的人听着一阵惊悚，止不住地打冷战。

唯有马一岙等待他说完之后，在众人期待的目光中，一字一句地说道："封建迷信，胡说八道！"

第十五章

一齐秒断降头师

　　八个字，将那原本得意扬扬卖弄的徐坐馆说得面红耳赤，双目喷火。

　　他一副立刻就要上前撸袖子打人的模样，然而马一齐却毫不在意，冷冷说道："原本以为你是个有真本事的人，我这钱不赚也罢，退位让贤而已，却没想到竟然是一个满口谎言的骗子。狗屁小鬼咒，若真有，你且把那小鬼显化形状出来，给我们大伙儿开开眼啊。"

　　徐坐馆被马一齐毫不客气的态度给直接激怒了，也顾不得自家的面子，指着马一齐的鼻子，说道："玄冥观测之法，博大精深，岂是你这毛头小子能理解得了的？那小鬼乃灵体，与我们所处的维度截然不同，非寻常人等能瞧见的，你这乡巴佬能说出这样的话来，根本就是外行，还好意思过这里来招摇撞骗？哼，简直是不想活了……"

　　双方各执一词，讲得仿佛都有道理，这让旁边的人都有些蒙，不知道该相信谁好。

　　而就在这个时候，马一齐冷冷地说道："你无法证明，我却可以。"

　　一句话，结束了争执。

　　那徐坐馆还待再讥讽，听到这话突然停了下来，瞪圆双眼，看着马一齐。

　　他不敢相信地说："你说你能证明？证明什么，怎么证明？"

马一否不去理会他，而是转过身来，朝着王家老大和九叔老婆拱手，朗声说道："我大约看了，九叔的情况已经确凿无疑，就是那东南亚降头所致。"

徐坐馆冷哼一声，说："当真是拾人牙慧，降头就是小鬼咒，也叫小鬼降。我以为你能说出什么一二三四五呢，竟然是这样的说法。"

马一否依旧当他不存在，开口说道："这降头之术，是流传于东南亚地区的一种巫术，这东西我想各位可能多多少少都有一些了解。不同地域，其施法过程千差百异，但也有共同点，他们多用人骨、血液、头发、指甲、成型人胎、某种木头、某种石头、花粉、油等材料作为媒介。而法术类型大部分偏于阴性——'降'，指施法所用的法术或药蛊手段；'头'，指被施法的个体……"

他大概讲了一下降头术的起源和发展，然后开始讲起了降头术的科学根据。

这家伙是科班出身，甭管他到底有没有在水木大学上过生物和哲学，但对于东南亚的降头术，乃至西南一带巫蛊之术的研究，都让人耳目一新。

他直接掀开了这神秘之术的面纱，将其大致的原理呈现于众人的面前。

总之，经过马一否这么一番讲解，场中众人对这降头术也有了许多了解，随后马一否对王家老大说道："从此刻的情况来看，这位王先生，你中的只是虫降而已，也就是说，这条毒蝎虽然让你难受，但并未发作。而九叔这个情况就更危险了，有人让他直接昏迷了过去，而这种手法也十分古怪，如果我猜得没错，应该是越南西贡扑老庙的蛛丝降。"

众人惊讶，王家老大问道："什么叫作蛛丝降？"

马一否解释："在越南、缅甸等东南亚雨林区和我国的广南、云贵地区，有一种越南捕鸟蛛，它是大型的穴栖蜘蛛，足展十七八厘米，螯肢健壮，性情凶猛，身有剧毒；当地有人将其豢养一处，经过独家法门秘制，养出的蛛王产丝之后可以有三种用处：一曰相思引，又叫红线牵，能牵引男女的心绪，让他们产生爱情；又有一种叫兄弟情，祭拜之时用，不求同年同月同日生，但求同年同日死；而最后一种，就是老爷子所中的这种，叫生死引，是用来操控人生死的……"

众人屏气凝神地听着，那徐坐馆却哈哈一笑，说："真是胡扯，无稽之谈！什么蛛丝降、生死引，说得跟真的一样。"

马一吞冷笑一声，说："不信？我说过，我可以证明给你们看……"

说罢，他往后退了一步，然后从怀里摸出了一张黄符纸。

他的右手大拇指和食指微微一搓，那黄符纸就开始无火自燃起来，火焰跳跃，热量很大，一直烧到了他指尖都不在意。

那符纸灰被他小心翼翼接在手中，符纸烧完之后，他口中念念有词几秒钟，突然朝着病床上方，猛然一洒。

呼……

符纸灰在病床之上一扬，众人纷纷往后退，九叔的这位小老婆脸色有些不对劲了，刚刚要呵斥，却不料看到那纸灰粘在了一道又一道的蛛丝网上，在灯光之下，十分明显。

这并不是一根一根的，而是彼此交叠。

整个空间，就好像盘丝洞中一般，这些蛛网看着极细，泛着微微的银色光芒。

这状况，让所有人都大吃一惊，旁边的洋医生大叫一声之后，忍不住上前想要摸一下那些密布纠缠的蛛网。

然而他的手一划而过，什么也没有捞着。

当他还想再摸一下的时候，被马一吞伸手拦住了。

马一吞严肃地说道："这些蛛丝，若是没有手段，平日里难以察觉，也无法触摸。如果真的触摸到了，上面的剧毒也会让人在短时间内陷入昏迷，所以没有必要的话，最好不要尝试。"

听到旁边医生的翻译，老外赶忙收回了手，一脸受惊的表情。

马一吞的展示，让卧室里面的众人都为之折服，就连旁边的这位同行也都适时地闭上了嘴嘴巴。王家老大赶忙说道："刘大师，我爸这病，还有救吗？"

马一吞点头，说："自然，只要找到那个在暗地里搞鬼下降头的家伙，就可以了。"

王家老大又赶忙问道："那人在哪儿？"

马一杀微微一笑，说："蛛丝降比起别的手段来说，优点多，缺点也很明显，那就是不能离太远了，否则蛛丝一断，就失去了控制力，所以那人……必然就在附近。"

王家老大松了一口气，说："您是不是可以凭借着这蛛丝，顺藤摸瓜，找到那人呢？"

马一杀摇头，说道："理论上是可以的，但我刚才用的那张是龙泉山出品的显迹符，因为十分珍贵，我手头就只有一张。想要循着那蛛丝去找到下降之人，至少也得十张以上。"

王家老大有些着急，说："那怎么办？"

马一杀微笑，说："别着急，我可以断定，那个下降头的家伙，应该就在这医院里，所以找到这个人，其实很简单。"

王家老大犯难起来，说："这个……这家私人医院住着的病人，非富即贵，我王家在港岛商界虽然算是有些地位，但在这医院里，也不能一间一间翻箱倒柜找人。"

他说得委婉，马一杀却笑了，说："不急，我有办法。"

他走到了门口，望着套房客厅里面的众人，缓缓说道："据我所知，完成蛛丝降，需要的条件很多，不但需要受降者的生辰八字，而且还需要头发、指甲和接近受降者的机会。也就是说，除了那个下降者之外，你们这儿还有一个内鬼，而那个内鬼很有可能是就背后的指使者，也必然知道那个降头师的下落……"

他说这话的时候，并不控制音量，朗声说着，然后用极有压迫力的目光，注视着客厅里面的众人。

外面的这些人，大部分都是王氏产业的高级经理人和九叔的直系子孙。

这些人听到了马一杀的话语，有的惊讶，有的坦然，有的不自在地低下了头。而这个时候，马一杀走到了一个穿西装打领带跟他一样留着两撇胡子的男人跟前来。

他微微一笑，说："先生怎么称呼？"

那人脸上一直保持着微笑，当马一杀走到他跟前的时候，眉头一皱，没有回答。

王家老大走上前，说道："大师，这是我二弟，王立仁。"

马一岙似笑非笑，说："立仁兄啊？"

王家老二往后退了一步，说道："叫我查理……"

他刚要说话，而马一岙却摇头，说："我不管你叫什么，只需要你告诉我，那个家伙到底藏在哪里？"

王家老二冷哼一声，说："我不知道你在讲些什么，你这是陷害。我跟你说，你讲这些是需要负法律责任的……"

他哇啦啦说了一堆，马一岙却掏出了一个铜球来。

这铜球只有乒乓球一般大，光滑锃亮，一端还有链子扯着，如同怀表。

马一岙将它拿了起来，在那王家老二的眼前晃悠着，王家老二不屑地说道："想催眠我吗？痴心妄想，我可是在牛津大学读过心理学……"

他说着话，而马一岙却不管不顾，开口说道："你这个弑父兄、无廉耻的家伙，别在这里否认，听我说话——灵宝天尊，安慰身形。弟子魂魄，五脏玄冥。青龙白虎，队仗纷纭。朱雀玄武，侍卫身形。敕！"

最后一个字落定，那王家老二浑身一震，双目发直，整个人居然就僵住了，仿佛一个木头人一般，动也不动。

马一岙并不停顿，开口说道："那人在哪里？"

王家老二双眼发直，仿佛傀儡一般，缓缓说道："出门左转，第三个病房。"

马一岙对着旁边负责安保的符叔说道："看好他。"

说罢，他转身就朝着门外走去，从拥挤的走廊挤开了一条道，来到了左边第三个病房门口。他先是一推，发现里面反锁了，一咬牙，猛然一脚踹了过去。

门开了，马一岙冲了进去，我紧跟其后冲进房中，瞧见这间病房的病床上盘坐着一个光着膀子、口中念念有词的男人。

这人就是那降头师。

门被踹开的一瞬间，那人就睁开了眼，朝我们这边望了过来。

凶光毕露！

我与那人对视，感觉心脏好像被毒蛇咬了一下，浑身发冷。而马一吾却完全不在乎对方的阴毒气场，箭步而上，伸手朝那人抓去。

对方一翻身，手一抬，整个病床都朝着我们这边飞来。

砰！

马一吾身子一矮，从病床下方的空隙处滑过去，而我则是一个高抬腿，将那迎面而来的病床给砸在了地上，然后深吸一口气，人跃向前，却见马一吾跟那人已经打成一团。

那人光着膀子，浑身精瘦，典型的东南亚人长相。他长手长脚，与人厮打喜欢用手肘和膝盖，走的是泰拳路数。

对方是练家子，而马一吾自然也不差，两人交手，噼里啪啦一阵打，那人到底还是差了一点儿，几招过后，立刻处于下风。

而我的加入，则将天平一下子就给压倒向了我们这一边。

只用了十几秒钟的时间，我和马一吾就将这家伙压在了地上。

马一吾知道毒蛇不打七寸，必受反噬，所以出手绝对不黏糊，扬起手中的拳头，重重地打在了那人纹有双头黑烙铁毒蛇的右臂之上。

"咔嚓……"

一阵让人牙痒的骨头折断声，那人受痛，大声叫了一句。我听不懂对方的语言，而马一吾反而怒了，说："师父救你？你怎么不叫佛祖保佑？做了这恶事，谁都救你不得……"

这时外面一行人冲进房间，领头的是李君老公，他瞧见我们这边，一脸惊恐，大声叫道："小心。"

我有些反应不及，却感觉房间里陡然一黯，紧接着马一吾伸出长腿，一脚踹在了我的胸口，大声喊道："放手。"

我下意识地照做，被他一脚踹到了门口去。

等我抬起头来，却瞧见一只巨鸟，张开了双翼从远处骤然而至，朝着这房间径直扑来。

那扁毛畜生通体漆黑，唯有头部和尾部一片雪白，双爪伸展足有一米，呈现出金黄色，上面的爪子锋利如刀，如同一辆高速行驶的火车，轰然撞进了病房之中。巨大的翅膀猛然一挥，我感觉到罡风扑面，下意识地低下了头去。

混乱中，我听到耳边传来"轰"的一声，自己整个人就像一片纸，重重摔在了那面墙上。

当时的场面当真是混乱无比，过了几秒钟，腾起的烟尘落下，我从墙上滑落下来，瞧见病房之中一片混乱，靠窗的一整面墙都消失不见了，而刚才被我和马一吞给压住的降头师，居然不见了踪影。

跑了？

"马兄，马兄……"

我勉强爬了起来，却听到翻过来的床下传来了马一吞的声音："莫慌，我没死。"

我快步走了过去，一把将那病床翻起，瞧见马一吞被压在下面，胸口出现了一道血淋淋的痕迹，脸上还沾着几根鸟类的绒毛。

我赶忙上前，将人扶了起来，又检查他的伤口，说："伤到没？"

马一吞被我扶起来，深深吸了一口气，说道："被那畜生的爪子挠了一下，不过我在胸口聚了气，只是皮外伤，涂点儿药水就行。"

我说："刚才那玩意儿是什么？"

马一吞耸了耸肩膀，说："他师父——没想到他师父就在这附近，而且还是一头猛禽夜行者，这……唉，真倒霉。"

他骂声连连，人却缓过了神来，这个时候王家老大也赶了进来，有些恍惚地说道："刚才，是一头大雕吗？好恐怖啊……"

马一吞看着他，说："你家那个不省心的老二没跑吧？"

王家老大瞧见了刚才那一幕，是彻底信服了马一吞的本事，赶忙点头，说："没，让符叔给押着呢！没想到，居然是那小子弄出的幺蛾子。"

豪门兄弟，利益至上。

马一吞在我的搀扶下走出了病房，朝九叔那边走去。里面有人走了出来，他瞧见那个外国的主治医生，招呼道："嘿，能帮忙弄点儿医用纱布和紫药水吗？我这里有点儿伤口需要处理。"

主治医生赶忙叫旁边的护士去弄，还过来问要不要去急诊室处理，马一呑摇头，说："不用，赶时间。"

说到这里，他赶忙又对我说道："你去房间里找一找，看看有什么东西没……知道找什么吗？"

我点头，将人交给了王家老大，回到了那房间。

我一阵翻找，终于在床头柜那儿找到了一个红绸袋。我打开绳结，里面有一撮毛发，以及不知道什么血书写的文字，是繁体字，看着应该是生辰八字，另外里面还有一些乱七八糟的东西，比如石子、污垢和白乎乎的虫子，都在那巴掌大的小袋子里。

我又找了一会儿，终于在屋子的角落里，掀开桌子，找到了一只金黄色的八爪蜘蛛。

那玩意儿毛茸茸的，八条腿撑开，张牙舞爪，看着足有小脸盆一般大，八眼集一丘，闪烁着一种诡异的光芒，口器不断蠕动，后腿撑着，仿佛随时都要一跃而起，朝我扑来一样。

我与那毒虫子对视，毫无畏惧。只见，那畜生开始往旁边爬，显然是要溜走。

我自然不能让其逃开，左右观察了一番，却没有发现什么趁手的物件。

我一着急，便往腰间摸去，将那软金索抽了出来。

说来也奇怪，那毒蜘蛛原本挺有攻击欲的，然而我这软金索一亮出来，立刻就从墙上滑落，停在地上，将全身缩了起来。

我见它瑟瑟发抖的样子，不敢大意，朝着软金索灌注妖力。

妖力注入，软金索立刻变硬变长，化作一根接近两米的长棍子。

棍尖戳在那小脸盆一般大的八爪蜘蛛身上，它浑身发抖，一动也不敢动。随后我将床单一扯，小心走上前去，将那玩意儿用床单兜住。

整个过程，从头到尾，这玩意儿都没有动弹一下，让我不由得松了一口气。

原来软金索不仅镇得住蜈蚣，也可以镇住这蜘蛛。

等我捉完了毒蜘蛛，来到了九叔这边的病房，瞧见马一呑已经处理好了伤口，正在给九叔推拿。

他的推拿手法跟李爷的推筋入脉手很是不同，后者由外而内，而他的则是由内而外，而且小心翼翼，仿佛对方是一个瓷娃娃，一碰即碎的样子。

马一奁瞧见我走了进来，问道："怎么样？"

我拿出了那小麻袋，跟他说明，马一奁转头来说道："得，这王老二卖自己老子卖得挺彻底的，这样弄不只是要害人性命，而且还要劫气运，让老头子回光返照的时候被控制神志，立下遗嘱，让他来继承家产……黑心啊，这玩意儿不祥，那谁，王……"

王家老大赶忙上前，说道："王立忠。"

马一奁点头，说："立忠先生，这东西很重要，需要立刻焚烧，而且不能留有痕迹，所以不能随意烧毁，否则会留有后患。这地方有锅炉吗？"

王家老大也不确定，说："应该有吧。"

马一奁说："东西给你，立刻找最信得过的人，拿去锅炉房里将其烧掉，不能有任何残余物留下来。记住，这个关系到九叔的生死，千万别不当回事，知道吗？"

王家老大巡视一圈，目光最后落到了李君老公身上。

他开口说道："老六，你跟阿龙去办一下，要快，知道不？"

李君老公不含糊，应承下来，将小麻袋接了过来，跟着符叔身边的一个保镖一起离开了病房。随后我又将那床单解开，众人瞧见那小脸盆一般大的越南捕鸟蛛，顿时吓得连连后退，马一奁却是两眼放光，说："我的天，这么大？"

他打量了一会儿，说："这玩意儿的性子很暴戾，宁死不受辱，怎么可能这么乖让你给拿住？"

我扬了扬手头的软金索棒子，说："它怕这个。"

马一奁笑了起来，说："当真是一物降一物，没想到这畜生居然还有害怕的时候。原本想这事儿挺麻烦，现在倒是好解决多了；你来，和它打个招呼，说我们可以饶它一命，不过得让它将自己的毒丝收回去……"

我忍不住翻起了白眼，说："我又不会说蜘蛛语。"

马一奁说："这东西经过长期祭炼，心智堪比四五岁的小孩儿，你跟它好好交流，让它把毒丝抽出来，问题就好解决了。"

他这般说，我也跃跃欲试起来，小心翼翼地跟那玩意儿交流。

不试不知道，一交流起来，我才发现它的心智果然厉害。我讲话它仿佛能听懂一般，没一会儿，它将口器张开，然后前面的四根节肢不断挥动，居然开始往空气中抽出一根一根的丝线来，咽到自己肚子里去。

只见那九叔的口鼻之处居然尽是蛛丝，不断地往外涌出，有的甚至还沾着一些污秽和鲜血。

这样的场面持续了十分钟左右，那蛛丝才被彻底收完。它将蛛丝尽数收入口器之中，最后又吐了出来，弄出一团鸡蛋大的白色结茧。

马一呙叫我将结茧取来，然后又开了一个方子，叫人配合这方子，拿药煎服。

这一来一去，浪费了些时间，一直拖到了傍晚时分。

那九叔在人一口一口地喂药之后，又被马一呙一阵推拿，终于缓缓地睁开了眼睛。

在此期间，马一呙把那个催眠王家老二的铜球打开，将那小脸盆大的毒蜘蛛给收进了里面去。

九叔醒过来之后神情迷茫，恍如隔世。王家老大和李君老公等子女围着他号啕大哭，述说起了事情的前因后果。

九叔听了，低声吩咐了旁边的符叔几句。

他声音压得低，我们又隔得远，只能隐约听见，好像是让符叔去找什么人过来，最后一句，是让人先别急着处理自己的二儿子。

吩咐完这些，他才看向了旁边的马一呙，问道："是你，救了我？"

马一呙脸上写着惯有的矜持，平静地说道："客气，举手之劳。"

李君老公上前，给我们鼓吹，说："爸，刘先生和侯先生这一次真的是力挽狂澜，要是没有他们在，这次您和大哥恐怕都要有危险了。想不到阿仁平日里不显山不露水的，居然会做出这样的事情来，真的是太过分了……"

马一呙是他老婆李君推荐的，在这件事情上，他是立了大功劳的，见九叔醒了，忍不住就出声表功。

不过九叔大病初愈，脑壳直疼，而且还听到了这么一个让人难过的消息，没有什么耐心听他讲话，脸色一沉，直接训斥道："什么阿仁？他是你二哥，知道不？"

李君老公没想到自己父亲到了这个时候了，还护着王立仁，不由得一愣，下意识地争辩道："爸，你是不知道……"

他话还没有说完，老爷子就瞪了眼睛，说道："出去。"

李君老公愣了一下，心中不服，没有动，还是在李君的拉扯下，方才离开。

九叔则是一脸倦息地对我们说道："两位的救命之恩，没齿难忘，等我歇息过来，一定重谢。今天麻烦两位了，阿符，你带两位去公馆别院住下，等我处理完了家事，再设宴，好好感谢这两位大师。"

他话都说到这份上了，我和马一吞也不好在人家刚醒过来焦头烂额的时候就催着要钱，只好跟着符叔一起离开了病房。

符叔领着我们在医院附近的一处别墅住下。

这儿有管家有厨娘，坐在二楼的大看台往山下望去，能看见璀璨夺目的维多利亚港湾。我们吃了一顿精心准备的海鲜大餐，躺在看台的躺椅上，我看着窗外景色说道："真想不到，中午的时候，我们还蹲在茶餐厅外面，望着人来人往吞口水，分文皆无，现在却躺在港岛地价最贵的半山别墅里看风景。你说说，人生是不是很神奇？"

马一吞伸了一个懒腰，说："这有什么，咱们这一行，一时饥寒交迫，一时荣华富贵，过眼云烟而已。"

我舔了舔嘴唇，说："说起来，刚才那象拔蚌刺身甜甜的，挺好吃，明天能不能让他们再准备点儿？至于那避风头炒蟹就算了，感觉有点儿油重……"

听我这一番闲扯，马一吞哈哈一笑，然后说道："明天估计不行了，咱们中午得去重庆大厦，跟尉迟京那小子约好的，你忘记了？"

听罢，我又想起一件事儿来，说："咱们这儿好吃好喝的固然不错，但钱啥时候给咱们啊？"

马一吞摇头，说："不知道，明天拿到了拍卖会的邀请函，回来再问问。"

我又说："今天碰到的那个猛禽夜行者很厉害吗？它进来的时候，我感觉整个人都窒息了，它要是多一分别的心思，只怕咱们都跑不了吧？"

马一吞说："不会的，你到现在还没有搞清楚，为什么拥有妖族血脉的人会把自己称之为'夜行者'吗？"

突然听到马一吞提出这么一个话题，我不由得一愣，想了想，说："为什么？"

马一吞说："阴阳之理，变化无穷，不可尽述，姑举其要者言之；夫言阴阳者，或指天地，或指气血，或指乾坤，此对待之体，其实阳统乎阴，天包乎地，血随乎气，故圣人作易——此乃古之阴阳论。又有正统为阳，歧路为阴，古往今来，人类为正统，而妖族为歧途，为阴属，崇拜月华，在阳光照耀下气血反而不足。这点儿差别，越是低级，越是不能觉察，而越到了顶尖之上，越是显著。"

我说："这就是夜行者的来源？"

马一吞点头，说："对，那家伙不愿意纠缠，此为其一；其二是港岛之地，百流会聚，不知道有多少英杰豪雄驻扎于此。他此番显化身形，妖气外漏，必有大拿注意，若是不赶紧离开，只怕就会有守岛的地头蛇过来。到了那个时候，他就算是想走也走不掉了。"

我不由得好笑，说："什么守岛的地头蛇，我咋没见过？"

马一吞盯着我，说："你没见过？昨天你忘记我们祭拜的是谁了吧？"

我吃惊，说："那位吴英礼师傅，就是守岛者？"

马一吞说："对，他是，不过只是其中之一，这些人也并不都是心怀善念的，这里能维持如今的秩序，人们看不见的黑暗之处，自有各方势力角逐。而任何想要插进这里面来的人，恐怕都得受到这些人的反击。"

我深吸了一口气，叹了一声，说："这江湖啊，还真是复杂。"

马一吞笑了笑，从兜里摸出了那个铜球来，晃悠一下，说："平衡之道，在于博弈。"

我看着他耍了一下，说："你这东西，到底是怎么能将那么大的蜘蛛给装进去的？那毒蜘蛛，可有脸盆大啊……"

他晃了晃，说道："这个东西叫炼妖球，是我师父传下来的。当年武当剑仙李景林的师弟，百手神匠温伯龙从宋朝大墓之中得到一卷《墨氏春秋》，按古法炮制，打造了许多炼妖球，我这个只是寻常货色，只能装载下寻常的异物，而据说顶级的炼妖球，甚至能直接将霸下那样的大妖装进去……"

我有些不解，说："什么是异物。"

马一杳摸了摸下巴，说："怎么说呢，你比如说这头毒蛛吧，它并非天然金黄，身体也不会这么巨大，它这种模样，是人为炼制的。这种非天然而成的，便可以称之为异物。"

我不禁啧啧称奇。

马一杳说："我这些年来，一直都在试图用科学的观点来研究我所看到的一切，正因为我们知道得太少了，所以现在的科学知识体系，还并不能完全解释那些发生在我们身上的事情……"

我们聊到月上中天，不知不觉便发了困，各回房间歇息，一夜无事。

次日清晨，我们用过早餐，准备妥当。符叔赶了过来，告诉我们因为资金庞大，筹措起来有些麻烦，所以需要我们暂等几日。

说完这些，他又给了我们五万块钱，说是当作我们这几日的花销。如果用完了，还可以再跟他要。

马一杳有些意外，多问了几句，才知道九叔虽然名下有好几处不错的产业，但是因为去年金融风暴的影响，手头的流动资金并不多。无论是从股市，还是上市公司的财务那里筹钱，都需要费一些手续和时间，这个希望我们能理解。

听到对方颇有诚意的话语，我和马一杳不再多言，表示没问题。

符叔离开了，给我们安排了一辆车，丰田皇冠，对我们而言已经足够。稍微收拾一下之后，我们乘车离开，前往尖沙咀弥敦道的重庆大厦。

重庆大厦是九龙尖沙咀的一座楼宇，由五栋楼组成，有将近四千的住户。

之所以约在这儿，大概是它足够出名，至少我这个从来没有来过港岛的人都知道，毕竟几年前王家卫的电影《重庆森林》，说的就是这个地方。

不过与电影里不同，这儿其实挺乱的，来来往往都是些印度和巴基斯坦裔的老外。

而他们看向我们的眼神不是很友善，让我有些紧张。

好在黄毛尉迟并没有失约，在中午的时候派了人过来跟我们对接，将拍卖会的邀请函递到了我们的手中。

有了入场券，再等到九叔那边将薪酬交付，我们就可以参加拍卖会，把东西拿下了。

想到这里，无论是马一吞还是我，都松了一口气。

当然，黄毛尉迟这么讲信誉，我们自然也不能含糊，马一吞找地方给老歪打了一个电话，让他小弟阿水将那两人给放了。

办完这些事，我们回到了王家的半山别墅，待了好几日。我想起那天遇到猛禽夜行者的情形，越发觉得自己的孱弱，所以一有空闲就缠着马一吞跟他请教修行中遇到的各种问题。

马一吞对我的成长也是十分期待，知无不言，言无不尽，给予了我巨大的帮助。

连日来我的收获颇丰，醉心修行，心中满足。一直到了拍卖会的前一天，马一吞突然对我说道："侯子，事情可能有点儿不太对劲了。"

我一愣，说："什么不对劲？"

马一吞问我，说："我们在这儿待好几日了，你有没有见过九叔，或者谁过来找我们谈酬金的事情？"

我想了一下才发现，这几日别说是九叔，就连他大儿子都没有露过面。李君和她老公倒是来过一次，但他们在家中并没有话语权，说不上话。至于符叔，印象中他虽然天天露面，但每次马一吞问起这事儿，都说在办了，等消息。

近两天，他却没有再出现过一回，以至于这房间里除了两个什么也不知道的用人之外，再无其他人。

想到这里，我不由得倒吸了一口凉气，说："这九叔家财大气粗的，该不会要赖账吧？"

之前我们并没有考虑过，毕竟九叔名下有这么多的产业，而且我们对他还有救命之恩，不管怎么说，他应该都不会黑下我们的辛苦钱。

然而仔细回想起来，这"一点儿辛苦钱"可是五十万美金，算下来将近四百万人民币，在那个年代，这么一大笔的钱可是会让人疯狂的。就算是九叔，拿这么多钱出来想必也有一些心疼。

再联想起这几日的遭遇和境况，我们都担忧起来，要是这九叔和王家过河拆桥，不想认下这一笔钱，那可怎么办？

毕竟我们这并不是实打实的债务，而只是一笔口头交易。王家要是翻脸，我们没有任何证据得到法律的支持。

我们想到这一点，脸都有些黑了。

我下意识地拨通了座机，刚想要拨打电话去质问，马一岙拉住了我，说："不行，你别去打电话，容易打草惊蛇。"

我有些恼了，说："那怎么办？"

马一岙思索了一会儿，说："现在说什么都没有用了，找符叔，或者找王老大都不行，咱们得单刀直入，直接找九叔当面对质。如果他真的想黑下这笔钱，那我们就让他吃吃苦头，明白食言而肥的恶果。"

我说："你要对他干什么？"

马一岙面露坚决之色，说："对待君子，咱们有君子之道，对待小人，墨守成规并不是好的选择。此事关系到我师父性命，我不想出现任何意外。"

我说："这个没问题，不过关键在于，九叔现在人在哪儿，你知道吗？"

马一岙沉思着，竖起手指来，说："蛛丝降来得快去得也快，无须在医院待着，这么多天过去了，他应该已经康复，所以要么在家里，要么在公司。这样，我们先查一下他的住处，如果不在，就直接去公司找人。"

我和马一岙这些天已经形成了足够的默契，无须太多言语，便达成了一致，于是立刻在这公馆里搜寻起了相关的线索。

马一岙找到那用人，问询起了九叔的住址。

不过那两个用人似乎得到过招呼，并没有说什么，以语言不通，支支吾吾避过。这一招十分拙劣，因为前两天的时候，马一岙还跟她们用英语交流过。

我们更加能肯定王家在对于酬金的交付上存在猫腻。

好在九叔在港岛商界也算是一个角色，家庭住址并非秘密。我们很快就得到了地址，于是赶往了九叔住处，避开保安的注意潜入王家。

这在宅院不小，我们虽然并没有找到九叔，却碰到了李君和她的老公。

这两人当时正在争吵，闹得相当激烈，随后她老公扬长而去，留下一屋乱摊子，而李君则趴在沙发前呜呜哭泣。

我和马一呙在这个时候，出现在了她的面前，把李君吓了一大跳。

在短暂的惊讶之后，李君将我们给领到了卧室，在哭泣声中，告诉了我们她与老公吵架的原因，居然是为了我们。

而我们也得知，堂堂九叔，的确是想要赖掉我们的酬金。

这一点让我们十分诧异，李君却告诉我们一件事情，那就是去年的金融风暴肆虐下，港岛的经济持续衰落，王家表面上看着光鲜亮丽，但内部已经持续亏损了。

最近他们公司连续遭遇到好几次的大事故，又传出被人恶意收购。

本来王家是有许多应对措施的，但因为九叔昏迷这一场突如其来的变故，使得大家方寸大乱。

前些天，所有人都将精力投入到了九叔的康复上面来，忽略了公司业务。因为来不及处理，王家名下的几家上市公司损失惨重。

为了应对这一场金融危机，九叔甚至拖着病体，坚持在公司一线指挥应对。然而即便如此，名下各处产业还是溃不成军，以至于曾经在港岛商界小有盛名的九叔也没了办法，现在甚至连之前答应我们的五十万美金都无法筹措。

正因为如此，他才会想要通过赖账的办法，避免这一笔支出。

对于九叔和王家来说，这也是没有办法的事情。手头但凡有点儿宽裕，他都不会做这种无品无德的事情，但现在他必须要将手头有限的流动资金掌握起来，好维持住自己辛苦了一辈子打拼出来的产业。

听完了李君单方面的叙述，我和马一呙都陷入了沉默。

李君红着眼眶，对我们说道："我并不赞同公公和立义他们的做法，觉得人不可言而无信，特别是对救命恩人，但他们就是不听，我……"

马一呙抬头，看着她，然后问道："九叔人现在在哪儿？"

李君有些慌了，说："刘大师，你想要干什么？"

马一呙笑了笑，说："你别紧张，我只是想跟你公公谈一下关于钱的事情，甭管给不给，都得有个说法，你说对吧？"

李君犹豫了一下，还是报出了一个地点，正是九叔名下最大的一家公司。

傍晚时分，我和马一杳来到那家公司。在马一杳的带领下，我们潜到了安保力量并不算充足的老板办公室外。

轻轻推开门，我们来到了里面。

秘书间无人，从里面虚掩的门里传出了九叔和他大儿子的对话声，两个人在对今日的股市状况和紧急情况做处理。

我们听不懂，只得小心翼翼地走到门边来。

而这个时候，王立忠话题一转，居然聊到了我们的身上来，王立忠问道："爸，我刚才听符叔说了一件事情，那两位先生离开了别居，临走前还问了一下花姐咱们家的具体地址，好像是要找您。"

九叔一愣，好一会儿，方才缓缓说道："看来他们是等不及了啊。"

王立忠说道："应该是，这么多天，怎么也应该反应过来了。"

"立忠，你怎么想的？"

"爸，要我说，毕竟人家救过咱们的命，不如跟他们开诚布公地谈一谈，讲清楚我们现在的境况，跟他们约定，等咱们家缓过来，到时候我们连本带利一起给他们。"

"给他们？你知道那是多少钱吗？那不是五十万港币，而是美金，美金你懂不懂？"

"爸，您创下这么大的产业，五十万美金又算什么，咱该给还是要给的……实在不行，咱们卖两处房产？"

"哼，糊涂！这件事情我后来找人了解过了，特别是回春堂的老徐，他跟我说，那个姓刘的不过是误打误撞而已，算不得什么真本事，要是他来弄，也是可以的。而且他们实在是太哄抬市价了，不是给不给得起的问题，而是值不值，你懂吗？唉，你呀你，就是太心软了，知道什么是创业难，守业更难吗？你要老是这么大方，大手大脚的，我未来怎么放心将这些产业交给你？"

"爸……"

"哼，别说了，回头找阿符处理一下。对了，你弟弟这件事情处理得怎么样？"

"立仁这件事情闹得太大了，在场的不光是我们的人，还有合作伙伴和院方的人，所以他暂时保不出来，具体的情况我让律师明天来给您汇报。不过洪律师说了，办这件事情，需要花一大笔钱。"

"立仁毕竟是你弟弟，这笔钱该花。等把他保出来，送他去澳洲，让他一辈子都不要回来了……"

原本我们听李君说的话还算心平气和，甚至还抱着一丝同情，但听到这里的时候，终于再也忍不住了。

是非不分，枉你创下了那么大的基业。天知道你到底是怎么成功的，还不如你儿子清醒。

我和马一杳推开门，走进了办公室，而那正在谈事的父子两人瞧见我们，有些瞠目结舌。

王立忠愣了一下，笑着脸，迎上来寒暄："两位是怎么过来的，也不通知一声，我让司机去接你们啊……"

马一杳毫不客气地坐在了九叔对面的真皮沙发上，朝着王立忠摆了摆手，说："不用客气，我们这次过来是想问一下酬金的事情，拖了那么多天，也该给了。"

他装作毫不知情的样子，笑容如阳光一样灿烂。

九叔的脸色有些变了，站起来，说："钱自然会给你们，不过你们这么不请自来，是不是有点儿太不懂规矩了。保安呢？立忠，去把保安叫过来。"

他有些激动了，整个身子都在颤抖，而马一杳却笑了，掏出了那颗炼妖球来。

他摩挲一下，一个脸盆大的蜘蛛就从里面跳了出来，除此之外，还有一条弓着尾巴的紫色蝎子。

马一杳站了起来，拍拍手说道："别叫保安了，我们很识趣的，马上就走。这次过来，只不过是把属于你们的东西，还给你们罢了。"

我与他离开办公室，而那两只毒物，也张牙舞爪朝着各自的宿主快速爬去。

当我们走到门口的时候，听到九叔惊慌的声音传来："别，别走！啊……钱我马上给你们，马上，求求你了，别让它再过来了……"

第十六章

拍卖会瞬息万变

我们终于拿到了属于我们的酬金。

我们拿走了一个金属手提箱，而且还没能装满。双方闹得不是很愉快，可以想象到，推荐我们过来的李君在他们王家，恐怕会有些难做。

但这件事情，我们也管不了。

在此之前，我们并没有想到堂堂九叔居然会选择用赖账的方式来回报他的救命恩人，更没有想到他对那个一心想要谋害他，进而夺取家产的二儿子如此的宽容。

林子大了，什么鸟都有。这样的人，倘若不是看在钱的面子上，我们根本就不会去管。

撕破脸之后，我们离开了九叔的公司，在拍卖会附近找了家酒店住下，等待着明日拍卖会的到来。

好在对方还算是比较识趣，并没有鱼死网破地去报警，也没有再多作声张。事实上，事情传开去，他们也是十分丢面子的。

通过这件事情，我对人性产生了深深的怀疑。然而马一乭却习以为常，对我说道："一样米养百样人，不能因为这么一件事情，就以点概面，擅自定义。"

次日，下午三点多，我们赶到了观塘秀茂平，来到了拍卖会所在的大楼。

可是我转悠了半天，都没有找到那个所谓的地下室。只有地下停车场。

我和马一岙像无头的苍蝇一样，在停车场转悠了老半天，除了引来三两个流莺之外，什么也没有见着。

我们一会儿觉得是黄毛尉迟那家伙在耍我们，一会儿又觉得是自己听错了地址。

一直到四点半的时候，陆续有豪车进入停车场，然后驶进了左边一处狭窄而黑暗的甬道之中，消失不见，我们这才有了目标。

两人跟着车子往里走，走到一半的时候，黑暗中有人拦住了我们，用粤语沉声说道："两位先生，你们是不是走错路了？这里是私人场所，不得擅入。"

马一岙将邀请函抽了出来，说道："我们是来参加拍卖会的。"

一道亮光从前方出现，照在了马一岙手中的邀请函上，紧接着一个印度裔男孩从黑暗中走了出来。

他接过了邀请函，翻检一番之后，躬身递了回来，说道："随我来。"

他转身之后，亮光立刻消失，我感觉视网膜一阵不适，随后跟着那人在黑暗中行走，大约二十多秒之后，转过一个拐角，来到了一个灯光昏黄的隔间。

印裔少年将两个硅胶材质的面具递到了我们跟前，说道："老板，请戴上这个。"

我们接过面具戴上，发现我的是一个公鸡头，而马一岙的则是一个滑稽的狗头。

那面具有皮筋绑住头部，并没有想象中的沉闷，反而十分透气。

戴上面具之后，印裔少年带领我们来到一个升降机前。它跟电梯不一样，用的是老式机械驱动，铁栅栏关上的时候，往下降落，吱吱呀呀地响。

升降机上端，是黑暗而狭小的空间，但到了下面，瞬间变得金碧辉煌。我们踩着光滑的大理石地砖，走过十米长廊之后，来到了一处小厅。地上铺着华贵而厚实的羊绒地毯，高大的大理石雕塑耸立旁边，豪华中又带着典雅。

这儿有带着半面具，穿西服打领结的侍者，还有如蝴蝶一般穿梭其间的兔女郎，在小厅尽头，大门虚掩着，不断有穿着手工西服的男人和华贵晚礼服的女人进进出出。

印裔少年向我们行礼之后离开，一个戴着只遮住了眼睛和鼻子面具的人迎了上来，朝着我们躬身行礼之后，询问道："两位是我们恒丰地下拍卖会的常客，还是第一次来？"

马一吞摸了摸滑稽的狗脸，犹豫了一下，说："第一次来。"

面具人热情地说道："那由我来给两位介绍一下拍卖会的流程和规矩，可以吗？"

马一吞点头，说："好。"

面具人一边引着我们往小厅尽头走去，一边说道："恒丰地下拍卖会是拥有三十五年悠久历史的专业会所，我们有着良好的信誉和严格的安保措施，吸引了世界各地的行业内人士前来与会。我们这里是入门偏厅，从左边走，有一个休息区和餐厅，休息区里的服务都是免费的，而右边是一个贵宾赌场，两位若是喜欢玩牌，待会儿拍卖结束，也可以去那里玩两把。"

"前面就是咱们的拍卖会场了，两位手中的邀请函上有号码，你们按号码就座，一会儿拍卖开始了，拍卖师会陆续展示拍品，然后出示起拍价和最低竞拍增幅。最后就是交易确认之后的流程，我这里有一个小卡片，两位可以参考一下。"

"对了，再有一个就是验资，一会儿我们会对所有的与会者进行验资，可以是现金，或者查验指定账号的存款金额……"

这人跟我们详细讲述了之后，领着我们去一个窗口进行了验资。

之后他将我们领到了拍卖会场的一圈沙发前坐下。

拍卖会场算不上大，与刻板的会场不同，这儿更像是娱乐会所，由一圈一圈的环形沙发组成。我们到的时候，大概看了一下，参与拍卖会的差不多有八十多人，围坐在二十几组沙发上，而中心的舞台上，则是展览和拍卖台。

周围的灯光昏暗，而拍卖台上面有灯光汇聚，旁边还有屏幕将展区放大，显得十分专业。

我们刚刚坐下，立刻有身材高挑的兔女郎过来，询问我们是否需要酒水饮料，而这些都是免费供应的。

如此等待，到了五点，有一个身型消瘦的眼镜男走到了台上，敲了敲拍卖槌，宣布开始。

我打量了一下周围，发现只是又多了几人而已。人不算多。

拍卖的第一件物品，居然是龙泉山的一套符箓。

这套符箓是制符大师安有道十年前的作品，一整套八张符箓，破地狱咒、净身神咒、都离寒庭咒、祝香神咒、净口神咒、净心神咒、安土地咒、净天地咒，应有尽有，十分周全。

起拍价从一万美金开始，两千起加，经过一番竞拍后，拍品以五万八千美金成交，算得上是十分热闹。

我有点儿被吓到了，低声问道："我瞧见你总是有事没事用符箓，这些玩意儿真的很贵？"

马一岙告诉我，他认识龙泉山一哥们儿，这些符箓都是那哥们帮他免费画的，而他在龙泉山符箓宗里还排不上号；至于安有道大师，那可是除了龙泉山符箓宗宗主之外的大行家，十年前还是他的巅峰时期。所以这玩意儿就跟猴年邮票一样，除了实用之外，还十分有收藏价值……

随后又拍卖了几样东西，什么山石玉，还有离花枝、浮仙果等等，都是我闻所未闻的东西。这些都是十分抢手的拍品，不但没有流拍，而且价格都比起拍价高上好几倍。

我们对这个没有什么兴趣，便开始研究起会场的安保情况，发现虽然会场表面的气氛十分宽松，但在几个不起眼的角落，都有气势很强的高手坐镇。我还感受到有人在刻意放出了自己夜行者的强大气息，这显然是想要震慑任何意图不轨的宵小。

拍卖会持续进行，第十个拍品出现的时候迎来了一个小高潮，这居然是一个炼妖球，与马一岙那个不同的是，这个炼妖球的表面有许多浮雕，青铜颜色，相当有历史气息。

这颗炼妖球说有数百年的历史，能将一个完全觉醒的夜行者装入其中。正因如此，它得到了极大的追捧，最后被一个说着日语的客人拍下，拍卖价达到了七十三万美金。

听到这价格出来的时候，我和马一岙相视一眼，倒吸一口凉气，都感觉到了慌张。

这是第一次价格出到了五十万美金以上。

拍卖还在继续，陆陆续续有高昂的价格出来，而当三个雪蟒珠被拿出来的时候，我和马一岙差点儿就站了起来。

这东西被介绍得十分高大上，各种天花乱坠，但我却知道，这东西就是当初在霸下秘境之中笑面虎从那条巨蟒身上掏出来的结石。

这东西在，说明后土灵珠肯定跑不了。

然而这东西，最终的拍卖价值让人头皮发麻——一百五十八万六千美金。

我和马一岙有点儿绝望了，果然，等到那块被干涸肉块包裹的石头展示在了高强度防弹玻璃里，由拍卖人员介绍起了它的来历，并且提出它疑似传说中的"后土灵珠"时，全场都沸腾了。

当拍卖师敲槌起拍的时候，底价从二十万美金瞬间就被人叫到了一百万。

这价格仅仅停留了两秒钟，就有人直接叫到了两百万。

瞧见这如火如荼的竞价现场，我和马一岙两个穷鬼相视一眼，心中充满了绝望。

然而仔细回忆黄毛尉迟的话，那家伙似乎又没有任何责任——他说后土灵珠的价值顶了天，没有几十万美金最好别去，免得伤心。

之前我们以为有个几十万美金，应该能拿下，这会儿才回味过来。他的意思，是没有几十万美金，我们连入场的资格都没有。

拍卖会的气氛越来越浓烈了，后土灵珠这东西属于天材地宝，而且还是出自神秘的霸下秘境，这信息在得到了恒丰拍卖公司的保证之后，引发的热情让我们完全意想不到。没多一会儿，价格居然攀升到了五百多万美金，并且还在持续增长。

没法活了，这么多钱，把我们卖了都弄不出来。

至于抢……别说拍卖场露面的这些强手，就连拍卖场的客人之中，也有不少的高人。特别是刚才拍下那个炼妖球的日本客人，更是让我心生畏惧。我感觉他仿佛一团黑洞般，有着极为恐怖的威慑力。

怎么办？我和马一啗都头疼无比。

当拍卖价格上到了七百万美金的时候，场中争夺拍品的人，就只剩下了三方。

当上到八百万的时候，就只剩下了两家。

一家正是刚才拍下了那炼妖球的日本客人，还有一家则说的是粤语，想来应该是港岛本地的人。

而随着价码的增加，这两方都显得有些犹豫，又不想放弃，又觉得拍卖的价格实在是太高了。

这东西，还不能确定就是后土灵珠。

作为一个不久前还在温饱线上面挣扎的前药水供应商，我听到这个自己一辈子都不可能挣到的巨额数字，整个人都蒙住了。一直到拍卖槌敲下，价格定在了一千两百七十万美金。我抬头望去，看到日本客人激动地挥起拳头来，方才知晓，这东西最终归属于他了。

时隔大半个世纪，这个后土灵珠从上一任主人加藤次兵卫那儿又落到了日本人手里。不过这样巨额的资金，恐怕也让财大气粗的日本人着实有些心疼。

然而对方却毫不在意，反而伸手去调戏了一下路过的兔女郎。

我瞧见了，心中不由得一动，对马一啗低声说道："这……"

马一啗冲着我摇摇头，让我别说话。

后土灵珠的天价成交，仿佛将拍卖会所有的人气都给抽空了，接下来的拍品虽然依旧神奇，但大家出价的意愿却降低了许多，甚至还有拍品流拍。然而，马一啗却举起了牌子，拍下了一盒四枚掌心雷。

这掌心雷是丹鼎秘法炼制，拍卖师介绍的时候，说能产生雷电和烟雾，但识货的人却都知道，这玩意儿不过是混含着炸药的小东西而已。这东西倘若是在百年之前，或许还有些实战效果，至于现在这个拥有现代武器的时代，它最大的价值，恐怕就是收藏吧。

而这样的东西，马一啗却用了五万美金，将其拍下。

五万美金，这完全可以在鹏城市区买一套房了，我有点儿不太理解马一啗的意图。一直到拍卖会结束，大家前往旁边的小厅进行拍品的确认和交接时，我方才明白，他的意图，是想要留下来，而不是双手空空地离开。

拍卖会之后，交付了五万美金，我们得到了一个红木匣子装着的四枚掌心雷。

这玩意儿有点儿像是老婆饼，外面包裹着一层薄铁，而里面则是桃木。

轻轻摇晃，能感觉到里面有细沙在晃动。

在听完了交付者讲解完使用方法之后，马一岙转过身来，不动声色地将两枚掌心雷递给了我。我悄然接下，正待询问他的用意时，突然就听到不远处的房间里，传来了巨大的轰响。

巨大的风压将我重重推倒在地，而我身边的马一岙更是夸张，直接就被卷到了一边去。紧接着一个巨大的黑影从左前方出现，猛然一拳，竟然将那一整面墙都给砸碎了。

随后一个消瘦矮小的男人出现，钻入爆炸响起的房间里，下一秒，他拎着一个檀木箱子，带着一身烟尘冲了出来。

我认识那个檀木箱子，它是用来装那坨后土灵珠的。

果然，我和马一岙都没有猜错，对后土灵珠志在必得而又没钱的人，并不仅仅只有我们。

搞事的人来了！

只不过，这帮人居然胆敢就在现场出现，这胆子实在是太大了。当那人冲出来时，里面也冲出一人，他面具裂开，露出满是鲜血的光头，冲着那个消瘦的矮子怒声狂吼。

这个人，就是花了一千两百七十万美金，将那后土灵珠拍下来的日本客商。

任谁眼看着心爱之物被人从手里直接抢走，都会愤愤不平。

他连滚带爬地出了房间，从腰间掏出一物，就朝着那个消瘦矮子的后背扔去。

拍卖场是有简单搜检的，不可能有枪支出现，但其他东西，凭恃着强大武力的拍卖场都是睁一只眼闭一只眼，这东西也是一样，倏然而出，落到了那人的后心处。

轰……

立时烟尘四起，灯光摇曳，我只感觉到那人扔了东西，紧接着巨大的炸响出现，就瞧见那个身型消瘦的身影化作了碎片。

下一秒，立刻有好几个黑影出现在了爆炸中心。

这些人，有的是会场的安保，也有不怕死凑热闹的客人。大家都凑到跟前，想要查看究竟，却发现那碎片只是一大堆的破布条，并没有半分血肉。

那人没死，只是使了障眼法，让众人以为他被击中了。

利用这短暂的时间，那人却已经离开了所有人的视线。

"鼠王普锐斯！"

"鼠王！"

一个名字，从好几个人口中喊了出来，一个穿黑西装、戴墨镜的男人大声喊道："对，只有鼠王普锐斯，才会有短时间内控制身形、操控影子的手段，一定是他，关闭出口，别让他跑了……"

他大声嚷嚷着，现场乱成一团，前来交接的客人四散而逃，却被拍卖场的安保人员给拦住。

我这时才反应过来，那个鼠王普锐斯，正是将马一呇师父偷袭成现如今模样的家伙。

只是，秦梨落不是说鼠王在那次战斗中断了一臂身受重伤的吗？

刚才那人，可是四肢完整的啊！

我满脑子的疑惑，下意识地往墙边退去，想要去找寻马一呇，却找不见他人在哪儿。失去了鼠王目标的众人，也立刻朝着那个撞开了墙的巨大黑影扑去。

我瞧见那个家伙浑身黑毛，面容丑恶，双臂奇长，是一头三米多高的大猩猩。

有人高声喊道："这是鼠王的搭档格瑞拉，拿下它。"

好几人冲向前，有人都已经拔出枪来，只不过因为现场太过于混乱，不敢开枪，怕有误伤，而一个抓着竿红缨铁枪的男人则毫无顾忌，一个借力飞冲，将枪头扎向了那黑毛大猩猩的胸口去。

大猩猩毫不示弱，一拳将那人的枪身砸歪，止不住的冲势让他的拳头结结实实地砸到了地面上。

地面顿时就是一震，紧接着大理石地板出现了蛛网一样的裂纹。

向前冲的众人受阻，一阵东倒西歪，而就在这个时候，那个日本人却是趁机冲到了跟前，从腰里摸出了一把半臂长的小太刀。

那刀身上面，竟然有一股绿光浮现，斩向了这头大猩猩。

一声炸响，大猩猩用来护住胸口的右臂被斩了一刀，顿时皮开肉绽，鲜血炸裂。它张开嘴巴大声叫着，日本人却并不停手，继续欺身上前。

他凶狠无比，用那贴身短打的手段，在大猩猩身上连续斩了三刀，疼得那大猩猩痛叫连连，仿佛就要死在跟前。

眼看着日本人高歌猛进，突然间他的身后一阵光纹浮动，随后一个人影出现在了他的身后。

"渡边先生，小心……"

有人大声喊着，而那日本人虽然反应过来，却还是被这人给偷袭到。

他的后背，出现了一根小箭。那根箭也就比牙签粗上一些，箭头刚一扎入那人的背脊，衣服一瞬间变得漆黑。而他的身子也僵硬了起来，被大猩猩一巴掌直接就给扇飞了去。

鼠王现身了，一出现就将凶狠无比的日本人狠狠地暗算了一把。

众人纷纷高呼，蜂拥上前。那日本人重重落在了我的三四米外，紧接着一阵咕噜声，一个乒乓球一般的球形物体，滚落到了我的脚尖五厘米处。

这东西，正是之前被拍到了七十三万美金价钱的青铜炼妖球。

它还没有在日本客商的手里暖和几分钟，就落到了我的脚尖前，此刻四周一片混乱，也有人朝着被暗算了的日本客商渡边先生这儿扑来，却没有人在这混乱的局面中理会这"无足轻重"的东西。

拿，还是不拿？

我的内心在那一瞬间小小地纠结了一下，然后灵活地伸脚，接着轻轻一拨，那有些暖意的青铜炼妖球就落到了我的右手上。

我捏着这玩意儿往后退。周围乱成一团，有一个戴眼镜的中年男子扑到了日本人的身边，大声喊道："渡边先生，渡边先生……"

然而被鼠王毒箭暗算的渡边先生却没有再醒过来，他呼吸全无，显然已经死去。

当我将那价值七十三万美金的青铜炼妖球放在上衣口袋的时候，那边的战斗也分出了结果。

那头身形健硕的大猩猩，居然凭借着强壮的双臂，活生生地撞破了侧墙，带着鼠王冲进了刚才的拍卖会场。而拍卖场的安保人员和场内高手，也顺着那窟窿紧追不舍。

我想起那装有后土灵珠的檀木盒子，有些跃跃欲试，然而这个时候，马一吞却出现在了我的身边。

他一把抓着我的肩膀，示意快走。

因为鼠王离开，这边的警报解除，拍卖场的基层安保人员正在安排客人离开，刚才那个拍卖师出现在了门口，不停地朝着受惊的客人们鞠躬。

他满脸歉意地说道："很抱歉让各位受惊了，请大家赶紧离开，回头恒丰会给大家一个解释的。"

我们随着人流离开侧厅的交易所，回到了长廊这边来，还听到拍卖会场那边轰隆隆的打斗声。

入口的升降机那里拥挤了不少人，慌乱的男人，尖叫的女人，还有不断闪烁的灯光。而我却不愿离开，心有不甘地问马一吞："我们就这么走了？"

马一吞提着装有剩余美金的手提箱，低声说道："我终于知道霍家为什么会愿意将后土灵珠这样的东西拿出来拍卖了。"

我没有想到他的思维会这么跳跃，愣了一下，才问道："为什么？"

马一吞拉着我往旁边走，一边走一边说道："虽然黄泉引放出风来，说东西在我们手上，但实际上，他们应该也是知道了后土灵珠就在港岛霍家手上，而且私下里应该是碰过了的。正因为如此，为了避免跟行事毫无忌惮的黄泉引正面碰撞，港岛霍家十分识趣地将东西给拿出来，交给恒丰拍卖，祸水东引，这样子既能赚到一笔钱，又可以避免跟黄泉引的正面冲突，这样一石二鸟，你说对吧？"

我没有想到这里面还有如此多的弯弯绕绕，不过现在说这些都没有用，东西被鼠王抢走了，这才是重点。

我说："对，就算你猜得没错，但那又怎么样？"

马一岙瞧见我焦急的模样，说："我明白你的心情，那鼠王是害我师父变成现在模样的仇人，我比你更恨他，况且他手上还有后土灵珠，你认为我们应该过去，参与对他的追逐战，对吧？"

我点头，说："当然啊，有问题吗？"

马一岙说："当然有问题，我们过去，就算是抓住了鼠王，把他杀了又能如何？我们能拿走后土灵珠吗？"

对啊，就算是我们杀了鼠王，夺了东西，又能如何？

难不成我们还能在这警戒重重的地方，杀出一条血路来，扬长而去？

马一岙又说道："更何况，东西还不一定在鼠王手里面呢。"

我完全糊涂了，说："不在他手里，在谁手上？"

马一岙已经领着我离开了入口的大厅，来到了一条拐角的长廊，这里一个人都没有，只能听到远处的喧嚣声。

他终于开口解密了："还在港岛霍家手里。那帮家伙早就预料到黄泉引会过来抢夺，所以买通了恒丰的工作人员，在交接的时候掉了包。就在刚才混乱的时候，我认出了霍家四大行走之一的马丽连，不过现在跑了。"

我有些难以置信："不可能吧，恒丰拍卖会的人在刚才可是验过货的啊，而且交接的时候，应该也有验货。日本人又不是傻子，怎么可能拿着一假货走呢？"

马一岙冷笑，说："所以说霍家狡猾，这帮家伙把所有人都耍了。"

他说完这话，突然停下了脚步，冲着我做了一个"嘘"的手势，然后小心翼翼地朝着拐角走去。

我跟着过去，听到那边有人紧张地问道："怎么样？"

一个有些娘的声音传来："黄泉引果然来了，是鼠王那个老不死的，他现在引走了所有的安保，正在混战。"

我听过这声音，正是在吴英礼师傅葬礼上，对黄毛尉迟出言嘲讽的那个男人——毒蛇信马丽连。

而前面那人，更是老熟人，脸皮堪比城墙厚的风雷手——李冠全。

直到现在，我方才想明白事情的前因后果，不由得倒吸一口凉气。港岛霍家除了这"祸水东引"的计策，还有一计，叫作"瞒天过海"。

他们想要瞒过所有人，将那后土灵珠又暗度陈仓地弄回到自己的手里。

要不是马一夯认出了马丽连的身影，只怕我们也会傻乎乎地卷入鼠王和拍卖场那边的争斗里去。

"东西呢？"

"在这里，你拿着，从入口那边走；我去把跟我联系的那个家伙灭口，免得到时候又出现什么纰漏。"

"行，你办事我放心，比尉迟京那烂仔强太多。"

两人交接之后，马丽连径直往前，而风雷手李冠全朝着我们的方向走了过来。

我们不敢跟他打照面，旁边有一个窄门，两人躲入其中，听着那人的脚步声又回到了大厅。

我们也回到大厅，在满场的人群之中，找到了一个戴着奥特曼面具的家伙——正是港岛霍家的风雷手李冠全。

我们跟了上去，装作不经意地靠近他。我想要上前，马一夯把我拉扯开，怕我的经验太浅，提前暴露了。

我们是乘一个升降梯离开的，出来之后，风雷手居然没有去坐车，而是步行离开。

很显然，他不想留下任何痕迹，将暴露的可能放到最小。

我和马一夯不动声色地跟在身后，两人穿过黑暗的甬道，旁边不断有车经过，没一会儿，我们来到了灯光昏暗的地下停车场，瞧见风雷手朝着角落处走去。

我们不敢跟得太近，保持了十米左右的距离，瞧见那家伙上了一辆破旧的小汽车。他打火之后，朝着外面缓缓地行驶过来。

马一夯早有准备，从包里摸出了几颗三角钉，洒在了必经之路上，然后低声对我说："这个风雷手很强，只能出其不意，攻其不备，一会儿我吸引他注意力，你帮我搞定他。"

我点头，说："好。"

他的手法很准，那车行驶而过，车胎扎到一下子就瘪气了。

风雷手驶出了几米之后，感觉不对劲，下车来检查，瞧见车轮扁了，顿时恼怒不已，抬脚就踢了一下车胎，口中骂骂咧咧。突然马一吞抽身上前，一记鞭腿直扫风雷手胸膛。

风雷手立刻反应过来，骤然打出一掌，气势汹汹。

马一吞斜身避开，再次欺身而进，一根铁尺凭空出现，宛如三尺青峰。

他这一招将风雷手吓得够呛，连连往后退，待瞧见来人戴着一个滑稽狗头的面具，不像是恒丰的工作人员，方才喊道："兄弟你干什么？有话好说。"

马一吞不敢暴露身份，哪里会跟他废话，手中铁尺越发凶狠，逼得风雷手不断后退。

两人交手三五回合，那家伙回过神来，感觉眼前这人并不是那么棘手，而这地方离地下拍卖会场又有一些距离，心头就起了狠戾之意，冷笑着说道："不敢回话？藏头露尾的鼠辈，看来不给你点儿教训，你是不知道大爷是谁了……"

此人双臂一震，交迭出掌，轰隆隆如同雷鸣，气势惊人，而就在这个时候，马一吞打出了一记掌心雷来。

轰！

硝烟腾然而起，有电光摇曳其中，如同猛虎出笼的风雷手强行止住攻势，还没有缓过神来，身子却是突然一震，浑身僵住，然后勉强地回过了头。

我则将敲在他后脑上的软金索长棍又扬了起来，微微一笑，再恶狠狠补了一棍。

风雷手双眼翻白，艰难地说出一句话："是哪个扑街仔……"

话没说完，他便栽倒在地，陷入昏迷。

功夫再高，板砖撂倒。

风雷手李冠全作为港岛霍家的四大行走之首，一身修为自然极高。但他一来心中有鬼，不敢妄动；二来我们有心算无心，被我从后面一闷棍撂倒，说起来还真是不冤枉。

我对此人是恨意十足，连续两棍子下去还不解气，揪起他的脸就是啪啪几耳光。

我左右开弓，将心中藏着的怨气一股脑儿地发泄了出来。

马一吞走过来，拦住了我，说："行了，别把人打醒了。"

我恨恨地说道："醒了就宰了他！"

马一吞瞪了我一眼，说："想什么呢，是不是妖性发作走火入魔了？收起你那根棍子，妖气十足的，被人注意到了，咱们都跑不了。"

我被他一顿训，不敢多言，收起了软金索，将其扎在了裤腰上。

我们不敢耽误时间，赶忙将地上的风雷手拖到了车上，马一吞将车开到旁边一停车位上，然后在车上一阵翻，终于找到了藏在金丝绣边绸袋中的后土灵珠。

这玩意儿依旧包裹在干瘪的血肉里，他给我确认，说："你看看，是那天你拿到的那个吗？"

我点头，说："对，就是它。你能确定它到底是不是后土灵珠吗？"

马一吞苦笑，说："这玩意儿是传说之物，我也只是听说过，哪里知道？"

说罢，他将那玩意装进了绸袋里，扎紧之后贴身放着，然后又将手提箱里的美金掏出来，分成了两份，放在我们各自的背包里，说道："现在外面很乱。此事过后我们有些扎眼，港岛看来是不宜久留，得赶紧回去。"

我点头，说："好！这家伙怎么办？"

马一吞看了一眼躺在后座上面的风雷手，苦笑着说道："能怎么办？杀了他不成？算了，东西拿到手，就别节外生枝了。"

两人将面具取下，装进了手提箱里，观察了外面一会儿，这才下了车。

我们没有走停车场，而是上了楼梯，在大厦里晃了一会儿，将手提箱扔进了一个不起眼的垃圾桶里，才挤入了外面的人流之中。

当时的场面闹哄哄的，马一吞拉住一位面善的姑娘问了一下，才知道有人在那儿追打，乱成一团。详细问过，才得知鼠王和他的那个搭档居然冲出重围，逃了出来，不过那个叫作格瑞拉的汉子显然是不行了，血流了一地，肠子都挂在了外面。

我们不敢再多停留，离开了这条街。

随后马一岙找了个地方给老歪打电话，询问怎么处理手头的美金，毕竟这么多钱我们是带不过关的。

老歪介绍我们去中环一家铺面很小的商行，我们在那儿找到了一个叫龅牙苏的老板，将钱交给了他，让他帮忙存入老歪的国际户头。又由他这边安排车，将我们送到了口岸去。

如此一番折腾，我们在夜里十一点多才过了关口，回到内地。

过了关之后，我和马一岙没有片刻的停留，直接找了一辆黑车赶往羊城番禺。

当时的路况并不是很好，赶到那村子的时候已经是深夜。

我们去敲门的时候，小钟黄第一时间回应。他为了守卫家人的安全，竟然睡在了门口。

瞧见这个一本正经的小萝卜头，马一岙忍不住伸手去摸他的头，结果被小钟黄一下子挡开，说："男不摸头，女不摸腰，懂不懂？"

我们都笑了，小钟黄瞧见我和马一岙的表情轻松，激动地说道："成了？"

马一岙掏出了那装着后土灵珠的金丝绣边绸布袋来，晃了晃。

小钟黄赶忙抢了过来，拿在手里，将其解开之后打量了一会儿，有些不敢相信地说道："这东西感觉像是一块结石啊，它就是后土灵珠？看着不像啊……"

马一岙说："应该是没错的，时不我待，车在外面停着呢，我们现在就去张清高医师那儿。"

小钟黄打了一个呵欠，看着外面的天色，说："这会儿几点钟了，现在就去？"

马一岙点头，将袋子收了回来，说："这东西很扎手，我们得赶紧用，迟则生变。"

小钟黄想起一事儿来，回了房间掏出了一张纸条来，对我们说道："师姑临走前，给我留了一个纸条，这上面是张清高医师的电话，说如果我们找到东西的话，打个电话，让他过来比较安全一些，也省得师父这状况还来来去去的。"

马一杳却摇头，说："别，我们过去。"

小钟黄一愣，说："为什么？"

马一杳没有跟他解释，而是跟他说道："小钟哥，你跟海妮说一声，让她这两天照顾好李、刘两位大爷，我去扶师父出来。"

他进了房，小钟黄一脸茫然。

我低声对他说道："这东西，是我跟你师兄冒着生命危险抢回来的，它的价值足有一个亿，外面好几方的人都在找它，如果走漏了风声，到时候不但你师父救不了，我们估计也逃脱不得。"

听我说得严肃，小钟黄不敢再多作计较，赶忙去了另外一个房间，敲门之后，跟睡眼惺忪的海妮吩咐了一番。

得知我们回来，海妮十分高兴，这个时候马一杳已经背着他师父出来，来不及招呼，吩咐两句，就往外走去。

我看着海妮，还在犹豫是否要将她家里的变故跟着小姑娘说一下，结果马一杳在外面喊我："侯子，走了。"

我不再停留，跟着出去。

一夜无话，抵达那医馆的时候已经是天亮。

我们赶到的时候，天蒙蒙亮，敲门进去，是张清高师傅的学徒接待的，我们才知道他老人家昨天半夜出急诊，这才刚刚回来躺下休息没一会儿。

对方的意思，是让我们等到中午张师傅醒了之后再说，然而马一杳却十分坚持。

他认真严肃地对那学徒说道："小七哥，不是我们不体谅张师傅，是因为现在的情况十分特殊，我们一分钟都等不了，求你了，去叫一下张师傅吧……"

马一杳跟我不一样，并不是一个习惯于说软话求人的人，但此时此刻，他的姿态摆得很低。

而那学徒却并不愿意叫醒自家师父，而是冷着脸说道："你们的病人是人，医生就不是人了？师父他折腾了一晚上，现在刚刚躺下，你们又要马上叫人，这怎么行？今天我就做主了，除非他自己醒过来，谁也别想叫醒我师父！"

他说得无比硬气，仿佛觉得自己的形象都因此高大了，然而马一夻没有如他的意，直接拔出刀子来，抵在了他的脖子上。

在性命的威胁下，学徒的硬气和节操顿时就烟消云散，不再坚持。

很快我们就见到了从沉睡中醒过来的张清高师傅，他在得知情况之后，不但没有责怪我们的鲁莽，反而对自己的学徒一顿呵斥，然后吩咐我们将王朝安师傅扶进了备用病房里。

他赶走了自己学徒之后，对马一夻说道："东西在哪里？"

马一夻将绸袋拿了出来，解开绳结，将那一坨腊肉结石一般的东西给弄了出来，随后递给了张清高医师。

张医师将那玩意捧在双手之中，盯了好一会儿，脸色十分严肃。

他的表情让我们都有些心慌，马一夻舔了舔嘴唇，然后说道："您看……这个，是不是您需要的后土灵珠？"

张医师摇了摇头，我们的心一下子就慌了，然而他却说道："不知道。"

我们诧异，说："您不知道？"

张医师没有理会我们，而是有些激动地开了一个方子，让我们去找他徒弟拿药剂。

我接了过来，去找了那徒弟，两人用铜盆调配，弄了一盆散发着酸臭味的朱红色液体。回到房中，张医师将东西放进了铜盆之中，又用小刷子不断洗刷，没多一会儿，外面的油脂散去，又将干涸的肉丝剥离，露出了里面材质的真面目来。

这是一颗近乎完美球形的珠子，大概比乒乓球还大一些，里面有一抹青光不停流转。

光芒将那朱红色的液体映照生光。

张医师端起了那颗珠子，端详了一会儿，方才苦笑着说道："这个，是癸水灵珠……"

大圣觉醒　我命由我

夜行天下　向死而生

总策划：ᴴ 宏泰恒信

选题策划：李　艳

责任编辑：王昊静

特约编辑：李　羚

投稿邮箱：88238263@qq.com

装帧设计：仙境书品

夜行者

第一季

②

南无袈裟理科佛 著

天津出版传媒集团

天津人民出版社

夜行者

第一季
②

南无袈裟理科佛 著

天津出版传媒集团

天津人民出版社

什么，癸水灵珠？

张医师的一句话，将我们都给弄蒙了。

好一会儿，马一岙方才回过神来，有些结巴地说道："您，您的意思是，这东西，并不是后土灵珠？"

老医师点了点头，说对，虽然癸水灵珠从某种意义上来说，也是传说之物，而且并不输于后土灵珠，但很可惜它并不是后土灵珠。

马一岙看向了我，眼神之中充满了质询。

我懂得他的意思，开口说道："这东西的确是从霸下秘境之中拿出来的那一颗，绝对没错。"

马一岙得到了我的确认，精神就有些垮了，说："如果是这样的话，说明霍家并没有藏私，东西的确是那东西，只不过传言出现了纰漏，那加藤次兵卫并没有拿到后土灵珠，而是癸水灵珠……"

我们拿到东西之后，奔波一路，辗转数百里，此刻却得到了这样的一个结果，都饱受打击。

小钟黄一脸焦急，说："到底怎么回事啊，这东西能不能救下师父？"

马一岙立刻回过神来，说："对啊，既然都是先天之物，这癸水灵珠能不能救下我师父？"

张医师犹豫了一会儿，方才说道："那残本医书上，对癸水灵珠倒是有过叙述的，说它又叫避水珠，天生性寒，佩戴于身，能避开江河湖海之水，行走其中，又说它气息缓行，轻灵而上……你们且等我做一下实验，确认此事。"

他仿佛想到了什么，叫来门外守候的学徒，跟他吩咐几声。

随后，那门徒从医馆的药库之中拿来了一堆乱七八糟之物，有石灰、硝石、茯苓和朱砂，还有一些，我也认不出来。

张医师将这些置于一坛中，放入水，一阵搅拌之后将癸水灵珠放置其中，用木条搅拌了一会儿，双眼开始冒出光来。

随后他对我们说道："我现在需要用人来试验一下，需要有人口服毒药——放心，这是微量的，毒不死人——然后我用这癸水灵珠来引导，看看能不能将毒集聚一处，引导出来……"

马一吞毫不犹豫地说道："我来。"

张医师摇头，说："不行，我还需要你来帮我行气，你知道的，我这医字一脉，并不擅长练气修行。"

小钟黄赶忙说道："我，我……"

我拦住了他，说道："还是我来吧，你还小，若说皮糙肉厚，你们俩都不如我。"

我毕竟是夜行者，虽然还没有真正觉醒，但论起身体素质还是十分强悍的，就算是试验失败了，也不会担心有生命危险。

当下说定，张医师配下一剂药，让我服下。

那玩意儿气味十分冲，服下去胃中就开始有灼烧感，然后咕噜噜地一阵响，直往外冒酸气，我忍不住地打嗝，胃部一阵痉挛，疼痛瞬间遍布全身，让我有些发麻。

我下意识地想要行气抵御这疼痛。

张医师赶紧拦住了我，说道："别乱来，你一行气，那毒性就随着气血进入心脏，到了那个时候，谁也救不了你。你忍着，等差不多了，我用癸水灵珠帮你运出来。"

我不敢再乱动，平静地等待着，感觉整个人都快要死掉了一样。

当瞧见我满脸惨白快要倒下的时候，张医师扶我在旁边的病床上躺下，然后将那颗散发着青绿色光芒的珠子放在了我的胸口，然后开始推行。

如此揉了一阵，他开口道："来，一岙，助我推行，往下走。"

马一岙上前，一把抓在张医师的肩膀上，我顿时就感觉到一股热力从那癸水灵珠上传递下来，紧接着感觉痛感往下移动，发麻的身体也由上往下恢复了活力。

那种感觉有点儿像是拉肚子，原本在肚中积坠，突然间一股气息出现，咕噜噜叫着往肠道处滑去。

等等，等等……

还真的是拉肚子了！

一开始我还以为是幻觉，然而到了后来，一股很响的屁声发出，紧接着温热的感觉笼罩在了我的裆部和臀部，瞬间弥漫开来。

一股恶臭顿时涌现出来，将整个儿房间的空气都给污染了。

我感觉自己的身体完全不受控，不停地放着散发恶臭的闷屁，然后大小便失禁，半截床都沾染到了，恶臭让小钟黄忍受不住，直接干呕了起来。

作为一个成年人，这种感受让我快要哭出声来——太羞耻了！

而张医师却抹了一把额头的汗水，开心地说道："成了，成了……"

当那癸水灵珠离开了我的小腹，我感觉僵直的身体恢复正常，下意识地一屁股坐起来，那种滑腻腻的触感又让我尴尬地躺了下去。

紧接着我躺也不是，坐也不是，哭笑不得地说道："接下来呢？"

张医师往后退了两步，吩咐道："小七，你带这位先生去一趟卫生间，清洗一下。"

作为小白鼠的我，带着一身的恶臭和满脸的尴尬去了旁边的卫生间。

我用凉水足足冲了二十分钟，等我洗完借了一套衣服穿上回来的时候，发现原本一直昏迷着的王朝安老先生，此刻居然醒了过来。

他在病房里跟张医师谈着话，马一岙和小钟黄在门外恭候着，我瞧见这情形，惊喜地说道："成了？"

小钟黄点头，很高兴地说道："张医师不愧是岭南药王，手段的确高明得很，三下五除二，师父就醒了过来，简直神了。"

马一衁伸手过来，一把将我的手给握住，说："这还多亏了你，要不是你以身试药，让张医师琢磨出了方法，只怕还没有这么快。"

我虽然尴尬，还是苦笑着说道："没事，能帮到忙就好。"

聊了两句，门被推开，张医师招呼我们进去，说："你们的师父有事情要跟你们说。"

马一衁和小钟黄走了进去，我不知道该不该进，结果被马一衁一把拉了进来。王朝安老先生躺在病床上，看着自己两个徒儿，微笑着点了点头，说："辛苦你们两个了。"

马一衁和小钟黄很是激动，说了两句，老先生用略微浑浊的目光打量着我，然后说道："侯漠小友，你好。"

我上前一步，有些激动地说道："王前辈您好。"

老先生说道："我都听说了，救我的这药引，是你跟着小马奔波千里，出生入死得来的，真的是得好好谢谢你。"

我赶忙摆手，说："您客气了，主要都是马兄的功劳，我只是在旁边打打下手，而且您还救过我呢。"

老先生微笑着与我说了几句，然后说道："刚才张医师说了，癸水灵珠虽然善于导引，但比之后土灵珠来说，毕竟功能不同，故而只是将那毒素稍微引开，离开了我的心脏和头部，让我能醒过来而已。"

马一衁显然是知道了这结果的，一脸愧疚地说道："弟子无能，害师父受着折磨，实在该死。"

老先生摇头苦笑，说："我命中该有此劫，这是我年轻时种下的因果，与你无关，如今能醒过来，就已经是万幸了。我刚才听你说了，这次事情闹得有些大，再待在南方已经很危险了，既然如此，就让钟黄送我回湘南郴州吧，我在青山绿水间静养，或许能自行祛除毒素，渐渐恢复行动力。"

马一衁有些担忧，说："留在这儿，让张医师帮您诊治不好吗？"

王朝安老先生摇头，说："事情既然到了这个地步，留在此处，终究还是不妥，我不想连累他和医馆，还是得回去的；至于引导之法，他既然已经传授给你们师兄弟，有你们在，那就不会有什么大问题。"

马一衁说："好，我跟您一起走。"

老先生摇头，说："不用，让钟黄跟我一起就行，我听说了，你们院里的王虎和肥花都不见了，他们待你如兄长，你视之如家人，又何必陪我一起隐隐山林呢？你忙你的事，用不着管我。"

马一岙坚持道："不行，我亲自送您回去，不然我放心不下。"

两人僵持了好一会儿，老头子方才松口。

随后张医师又找到了马一岙师兄弟，跟他们聊起了接下来的注意事项和用药疗程，其中特别说了一句，说此番癸水灵珠虽然将人给唤醒了，但并非正途，王朝安老爷子依旧还是有危险的。而且如果想要他真正能站起来，行动自如，甚至恢复原来的那一身惊人修为，还是得找到后土灵珠才行。

说罢，他递给了马一岙两张薄纸，告诉他上面写着使用后土灵珠来祛除毒素的法子，兴许以后用得着。

当天我们租了车，将王朝安老先生一路送回了粤湘交界的郴州莽山。

我们在莽山待了几日，王朝安老先生的精神有些不济，大部分时间都在休息，而清醒的时候，总会抽出时间来指导这哥俩儿的修行，对于我也是多有指点，让我收获良多。

将王朝安老先生和小钟黄安置妥当之后，马一岙把身上所有的钱都留下，只剩下了我们的路费，然后带着我回到了鹏城。

来鹏城之后，我们准备前往中英街找老歪，从他那里把我们上次寄存的美金拿出来。马一岙准备用这笔钱来买关于肥花的消息。

然而赶到地方的时候，我们却得到了一个噩耗，那就是这个与马一岙算得上是半个朋友的情报掮客老歪，居然死了。

老歪死得很突然，当手下在办公室里发现他的时候，他已经死了有半个多小时了。

我们听到这个消息之后，不管是我，还是马一岙，都有一些震惊。

好端端的，人怎么就没了呢？

我们来到老歪的灵堂前，他生前跟无数人打过交代，算是岭南一带最大的情报贩子，身后事却是冷冷清清，并没有多少人过来吊唁，也许是因为死了好几天的缘故。

老歪没有后裔，他曾经有过一个儿子，七岁的时候夭折了。自那以后，老歪的行事风格就有了很大的变化，更加愿意去帮助人，有时候表现得不太像是一个生意人。他说这是在为他死去的儿子祈福。

灵堂里的家人，除了他从潮汕乡下老家赶来的老妻之外，也就只有之前我们瞧见过的那个内侄，郑勇。

两人穿着孝服，也许是哭得太多的缘故，精神都有些不济，特别是他的老妻，眼睛红红的，眼角糊着厚厚的一层眼屎，抬头看人的时候，有点儿茫然。她显然还是有些不敢相信眼前的事实，怎么好好的人，突然就没了呢？

相比之前，他这个内侄郑勇就显得懂事许多，待人也是十分得体，当我们上完香之后，家属答礼，他朝着我们拱手，悲恸地说道："感谢两位百忙之中，前来祭拜我姑父，谢谢，谢谢。"

对方的家人离丧，马一岙也没有太拿架子，对他说道："何时下葬？"

葬礼分两种，一种是土葬，一种是火葬。

人死万事休，对于死者而言并无任何的区别，但对于生者来说却有不同的意义。那时的人但凡有能力土葬的，都不会选择火葬，而老歪这种行业魁首，自然是要送回乡下的潮汕老家下葬的。

郑勇回答我们，说："今天是最后一天，明日就会启程，送回乡下老家安葬。"

马一岙听到，看了一眼灵堂之上老歪的黑白遗像，许久之后，方才问起另外一件事情来："发财张呢？"

发财张就是那天我们遇见的中年胖子，他是老歪的副手，现如今老歪既然猝死不在，那我们的事情，就只能跟他来谈了。毕竟老歪这边，目前最了解情况的，估计也就他了。

然而郑勇却给了一个让我们非常惊诧的回答："那个死胖子，姑父一死，他就投到拐角七那里去了。"

什么？

我有点儿听不明白，马一岙给我解释："拐角七是老歪的竞争对手之一，而且还是最大的一个，人在莞城。"

说罢，马一岙有些疑惑地问道："不会吧，老歪跟拐角七是死对头，按道理讲，发财张应该不会做这样的事情。"

郑勇一脸阴霾地说："这帮人受了我姑父莫大恩惠，却个个都是自私自利之人，我姑父尸骨未寒，他就带着手下好几个家伙离开了，一点儿旧情都不讲。这事儿我记着呢，等办完姑父的丧事，我再找他们算账。"

马一吞听到他的话，立刻把握住了重点，开口问道："你的意思是，以后老歪这一摊事儿，就由你来做主了？"

郑勇没有回答，而是转头看了一眼旁边的姑姑。

老歪的老妻一脸疲倦地说道："我年纪大了，没文化，也不爱折腾。老头子家里没有什么人了，也就我家阿勇有点儿出息，就让他来接手吧，以后挣了钱，再给我些生活费就行了……"

她絮絮叨叨地说着话，马一吞耐心听完，然后将郑勇叫到了一边。

他提了一下我们先前存放在老歪账户里面的钱。

这个时候提钱虽然不太恰当，但对方换了负责人，而且还是郑勇这么一个人，马一吞也没有太多的耐心。

听完马一吞的话，郑勇的态度相当不错。

他对我们说道："我也是刚刚接手，这些天都在办姑父的丧事，业务上的事情还没有时间来理顺，两位且容我几天时间，等我将事情理顺了之后，立刻着手给你们处理这件事情。你们放心，姑父一直教育我'人无信不立'，所以只要那笔钱在，就不会跑掉的，我郑勇绝对不会辱没姑父花了三十年立起来的招牌和名声。"

他答应得很干脆，没有半点儿拖泥带水，当真是一个心怀悲痛、奋发图强的好青年。马一吞没说太多，安慰了几句之后，与我离开。

一出门，他的脸就冷了下来，沉声说道："老歪死得蹊跷。"

我对郑勇这个人的印象本来就不是很好，一想到当初我们从老歪那儿离开时他眼角流露出的那一抹怨毒，我就直起鸡皮疙瘩。

刚才我就有点儿忍不住了，瞧见马一吞在那儿跟他周旋，还以为马一吞信了他呢。此刻听到他这话，就知道他只是虚与委蛇而已，便赶忙问道："是吗，你发现了什么？"

马一吞说道："首先，老歪也是修行者，虽然算不得有多厉害，但身体向来都是不错的，突然间猝死，本来就很不符合常理。"

我说："对，对，前几天还跟我们联系呢，怎么突然就不行了呢，这问题很大。"

马一畚又说道："就算是老歪真的有什么毛病，突然不行，但发财张呢？还有他身边的几个老兄弟，这会儿一个都没有露面，就连跟了我们几天的那个阿水都没有出现，反而是一个地位并不高的郑勇在这里主持大局，这就很扯淡了。老歪是个公私分明的人，绝对不会任人唯亲的。所以他就算是死了，怎么着都轮不到郑勇来挑头，就算是有老歪老婆的支持，也不可能。"

我说："你的意思是，发财张那伙人因为跟郑勇闹翻了，所以才没有出现在这里？"

马一畚摇头，说："不，你没有弄明白我的意思——发财张那伙人，是跟着老歪白手起家打天下的老兄弟。不管郑勇多么小人得志，老嫂子如何糊涂，他们都能把握住场面，而不是赌气离去，连老歪的丧事都不给操办，因为这样子他们以后也没有脸面再混江湖。"

我想起郑勇的前科，忍不住说道："我觉得，那个郑勇莫不是跟外人勾结想要霸占自己姑父的产业，而发财张一帮人感觉斗不过外人，所以才没有露面？"

马一畚点头，说："对，很有可能，你可能说到点子上了。"

我一听，整个人都不淡定了，有些着急地说道："如果是这样的话，那你还这么冷静？我们不赶紧拆穿他，把钱要回来吗？"

马一畚摇头，说："不，现在已经不是钱的事情了，走吧，我们先离开这里，回头再说。"

他带着我往街边的巷子里面走，走了一会儿突然藏起来，等待着。我瞧见他这样，知道他在反侦察，显然也是担心有人跟在我们的身后。

两人走一段停一段，不停地转弯。

走了大半个小时，确定身后没有人追踪之后，马一畚带着我上了公交车。我们来到莲花山公园附近的一家招待所，开了紧邻的两个房间住下，随后他去路口的小卖铺打了一个电话。

电话对面的人，却是郑勇口中老歪最大的竞争对手，莞城拐角七。

郑勇说话毫无顾忌，却没有想过，马一吞有可能联系得上老歪的这个竞争对手。

江湖很大，也很小。

拐角七是认识马一吞的，一上来就嘲讽，说："无事不登三宝殿，你不是老歪的 VIP 客户吗，怎么找到我这里来了？"

马一吞没有跟他绕弯子，开门见山，询问发财张是不是在他那里，他想要找发财张。

拐角七冷笑，说："发财张？那家伙就算是去卖身，都不可能跟我。"

拐角七否定了郑勇的说法，而对于马一吞其他的询问，这家伙公事公办，说："你要给钱，我什么消息都给你提供；若是没钱，对不起，咱们挂了，我的咨询费可是挺高的。"

挂了拐角七电话之后，马一吞回过头来，心情沉重地说道："钱，可能拿不回来了。"

我有些着急，那可是四十五万美金，我跟马一吞拼了命要回来的。

我说："要不然咱们再去找郑勇？"

马一吞摇头，说："别，郑勇那家伙既然敢压制住发财张等一行人，肯定是拉了外援的，说不定早就等着我们呢。现在风声太紧，咱们不能硬上，再看看。"

我说："等什么？"

马一吞说："老歪那么多的兄弟，不可能都被郑勇给处理了，回头我们去找一找，先弄明白状况。"

打过电话，两人回到招待所，因为心情不太好，所以早早就睡了。

我躺在床上，心里想着事情，怎么也睡不着，眼皮直跳，索性不睡了，盘腿而坐，开始修行。不知过了多久，突然我听到隔壁房间传来一声轰鸣，紧接着整个建筑都抖动起来。

靠窗的一面墙，在这个时候居然出现了几道巨大的裂纹来。

我打坐修行的时候，五感处于异常灵敏的状态，所以当招待所的房子陡然一震的时候，我直接就从床上跳了下来，伸手抓住了搁在床尾的背包，马上出门去。

我这边刚刚一到走廊上，就瞧见隔壁的马一盉连门带人直接被撞飞出来。

马一盉被人拍在了墙上，滑落下来时一个黑影陡然冲出。

我当时有点儿不明所以，不过却出于本能的反应，整个人弹射出去，猛地一脚朝着那黑影踹了过去。

说时迟那时快，我一脚踹中了那人，感觉对方与我一般身高，分量却是十足，我这一脚下去就好像踹到了水泥浇筑的桥墩子上面一样。

不过对方还是被我一脚踹飞了几米，落下来的时候，听到"咚"的一声，整个楼道的地板都响了起来。那种感觉，就好像煤气罐从二楼砸落在地，将爆未爆之时散发出的无比危险的气息。

招待所的走廊灯光，在这一瞬间也熄灭了。

黑暗中，两道幽红黯淡的光浮现出来。

当我瞧见那人红如鲜血的目光时，对方已经冲到了我的跟前来。

嗖！他伸手一抓，指甲离我的眼睛只有半寸的距离。

而这个时候，我方才清醒过来，这哪里是人的手，分明是鹰隼的爪子，锋利如刀。

快，好快！

对手的强大让我感到了巨大的威胁，心跳瞬间加速，体温升高，呼吸也变得急促，心、肝、筋骨的血管扩张和皮肤黏膜的血管收缩，在一刹那完成。

马一盉跟我说过，这是肾上腺素在分泌，也是人在应对死亡威胁时最直接的自我保护。

我整个人都变得异常兴奋，妖力从心脏之下的中丹田处狂涌而出——这是一种能量的倾泻。我全身如同过电一般，往旁边猛地一让，紧接着就将手摸向了腰间，是软金索。

从腰间抽出来的软金索在一瞬间就变得又粗又硬，我恶狠狠地抽在了对方的爪子上面。

铛！

双方交击，传来一阵金石撞击的铮然之声，紧接着黑暗之中竟然有火花浮现。

我感觉到巨大的力量从对方的爪子上面传递而来，整个人都站立不住，往后疾退了两三步。而对方也没有追击，领教了软金索的恐怖硬度之后，下意识地往后退去。

两人在交手的一瞬间，都心有余悸，往后退开。而马一吞也趁着这点儿时间的缓冲，翻身而起。

他没有半点儿犹豫，直接冲进了房间里。

因为处于黑暗之中，只能凭借着很远处的一点儿灯光打量对方，无论是尖锐的爪子，还是如同鹰隼一样的头颅，都指向一个事实——夜行者。

我紧紧握着手中的软金索长棍，防止对方如同疯狗一般的进攻，却不料那家伙根本不管我，而是将左肩一耸，朝着旁边的墙壁撞了上去。

轰……

又一声轰响，那家伙居然直接撞破了墙壁，回到了房间里。

他显然是盯上了马一吞，誓要拿下我这大兄弟。

我心急马一吞，跟着进了房间，却瞧见马一吞将那根铁尺抓在手中，然后运尺如剑，一瞬间暗室里剑气纵横。

他堪堪抵住了这个力量如同出笼猛虎的夜行者，而我没有半点儿犹豫，长棍一挺，就冲了进去。

因为空间狭小，我的长棍在这房间里的发挥并不算好——要知道，棍扫一大片，它得抡起来才有杀伤力。然而这房间过于逼仄，只能戳，少了许多的威力。

就在这时，走廊那边传来了急促的脚步声。这脚步声沉稳而矫健，显然不是招待所的客人，也不是这儿的工作人员。而且不止一人。

马一吞瞬间判断了形势，对我喊道：“跳下去，不要停留。”

他以尺为剑，用卓越的剑法拦住那人，想让我先跑，我却不肯，强行挤入场中，帮他拦住，然后说道：“你先走，我拦住他……”

说完这句话，我怕马一吞推脱，又说了一句：“相信我。”

马一吞听闻，没有再延误，直接从墙上的窟窿跳了出去。

这儿是三楼，离地至少十米，但马一吞不敢犹豫。我疯狂地挥舞着长棍，待他跳出去之后，又用软金索长棍封住对方的来路，然后用力往上一戳。

头顶上的砖石簌簌下落，而我则转身，跳了下去。

因为被弱水洗髓冲脉的缘故，我这身体强度已经比起最开始的时候要高了许多。而且我身体的轻灵程度，以及对自己力量的掌控力都有显著提升，从这三楼跳下，虽然看起来危险，但只要掌握好了技巧，便能轻松着地。

当我平稳着陆以后，马一吞在街角处朝着我招手："这边，快走。"

我快步朝着马一吞的方向冲去，却听头顶上"呼啦"一阵响，抬头一看，只见一个巨大的黑影也冲出了房间。

只不过，它并没有落在地上，而是悬留在了半空中，挥舞着翅膀。

那家伙发出了一声鹰唳来，当真是惊空遏云，刺破夜空。

我这时才发现，那家伙居然是一头扁毛畜生，双翅一展，居然有四五米之宽。

那扁毛畜生高高在上，目光锐利，我顿时就感觉后背凉飕飕的，仿佛随时都可能被人用铁钩挠上一下。

跑！除了那头鹰隼之外，还有好几个黑影从三楼的窟窿处跃下。我已经来不及细加打量了，只有拼命跑，在马一吞的引导下，在弯弯曲曲的小巷子里一路狂奔。

两人狂奔了十几分钟，借助着复杂的地形甩开了身后的追兵，还没有松一口气，头顶上又传来了声声鹰唳，如同魔音灌脑，让人头皮发麻。

我抬头往上望去，只见城市灯光映照的夜空之上，有一个黑点在快速移动着，遥遥跟着我们。

有这玩意儿在高空盯着，不论我们跑哪儿，都逃不开追击。

怎么办？

我第一次遇到这样的事情，有些心慌。还是马一吞想到了办法，他带着我往附近的高楼大厦狂奔，以高高低低的楼宇作掩护，终于勉强将那东西给甩开了。

四十分钟之后，我和马一吞躺倒在一处商业区的写字楼套间的木质地板上，汗水湿透后背，心脏扑通扑通地跳动着。

我感觉自己手脚发麻，人有些虚脱。

躺在黑暗中，我有些不确定地问道："甩开了吗？"

马一吞犹豫了一会儿，方才不确定地说道："应该吧，我们刚才过了一个地下通道，从停车场走的，那家伙应该没跟过来。"

我这时才松了一口气，说："这玩意儿到底要干什么，还有跟它一起的那帮家伙，这都是谁啊？"

我惊魂未定，而马一岙也是莫名其妙，说："不知道啊，大半夜的直接破墙而入，我也蒙了。"

破墙而入？

马一岙的话语提醒了我，我一下子坐了起来，开口说道："等等，马兄，你还记得我们在港岛半山那儿的私人医院，帮那九叔治病时碰到的那个降头师吗？当时也是这么一个东西过来，把他给救了，这个扁毛畜生会不会就是那个降头师的师父啊？"

"对，对，就是那个家伙。"马一岙也想了起来，"应该是，猛禽夜行者的数量几乎是陆地夜行者的几十分之一，甚至百分之一，十分稀少，不可能这么密集的，应该就是那个家伙。"

我有些疑惑，说："除了当时我们坏了他徒弟的好事之外，咱们跟他也没什么深仇大恨，为什么这半夜三更的，突然就杀上门来啊？"

马一岙也缓过了气，挠着头说道："鬼知道啊……"说着话，他陡然坐直了身子，说，"该死，该死，我早就应该想到的。"

我问："怎么了？"

远处的灯光从窗户外射了过来，落到了马一岙阴云密布的脸上。他有些严肃地说道："郑勇那家伙，应该是跟黄泉引勾搭上了，正因为如此，他才能在短时间内将老歪手下的大部分人控制住，也正是他，将我们的行踪都通报给了黄泉引，这才引发了刚才的一切。"

我有些难以置信，说："不会吧，刚才袭击我们的人，是黄泉引？"

黄泉引。

从我一人行来，见识过最血腥、最暴戾的事件，都有这帮人的参与。以至于我一听到这个名字，都下意识地紧张害怕，心生恐惧。

这件事情如果牵涉黄泉引，问题可就变得麻烦了。

马一岙揉了揉太阳穴，想了一会儿，说："我得打个电话，问一下就清楚了。"

说罢，他拿起了手机，又从兜里摸出了一张纸条。

这张纸条是小钟黄留给马一吞的，上面写的是岭南药王张清高张医师诊所的电话号码。

他按照纸条上面的号码，拨了过去。

我一下子就明白马一吞的意思了，当下也是屏气凝神，凑过去听。

电话接通了，并不是我们熟悉的人，马一吞询问对方身份，得知是医馆的工作人员，而当马一吞说起找张清高医师的时候，得到的回馈是，张医师出门诊了，没有回来。

马一吞问走了几天，对方说有两天了。

马一吞又问起了张清高医师的学徒小七时，对方表示是一起去的。

他问什么时候回来，对方说不知道。

没有消息。

挂了电话之后，我和马一吞对视一眼，都感觉到了头皮发麻。

沉默了好一会儿，马一吞开口说道："这件事情，到底还是有迹可循的——当天我们从风雷手的手中抢走癸水灵珠之时，虽然都戴着面具，但用了一枚掌心雷，这是破绽；然后就是老歪这边出了事，郑勇也掌握了一部分关于我们的情报，而当港岛霍家跟黄泉引一碰头，很容易会找到张医师这边来。港岛霍家或许不敢肆意妄为，但黄泉引敢，这样一来，我们拿到癸水灵珠的事情，也就不再是秘密了。"

我说："话虽如此，但那东西毕竟是癸水灵珠，又不是后土灵珠，他们至于这么狠，追杀到这儿来吗？"

马一吞苦笑着说："从利益上来说，港岛霍家在得知实情之后或许会收手，因为这件事情继续纠缠下去，不符合他们的长远规划，但黄泉引不同……"

他跟我分析："他们那天为了后土灵珠，损失了大猩猩格瑞拉，结果却让我们渔翁得利。这对他们来说是一件不能接受的事情，心里面的怨恨也绝对消减不了，唯有拿我们的人头来立威，方才可以解恨。"

听完马一吞的解释，我的心不由得一寒，说："那该怎么办呢？"

马一吞叹了一口气，说："若是我师父在，事情或许有解决的办法，他毕竟有许多好友可以找来助拳，但我的话……"

他没有说，但我却知晓，他在这地方的人脉有限，号召力也浅，实在是找不到能帮忙的人。

马一吞深吸了一口气，然后对我说道："实在不行，我们先离开这个是非之地吧，等这件事儿过去了，咱们再回来。"

我想了一下，说："只有如此了。"

两人回想了一下，终究还是没弄明白我们到底是怎么被敌人找到的，毕竟当时我们离开老歪灵堂的时候，已经十分小心，结果半夜还是被人堵在房里。

因此我们越发的小心，先是去附近一家洗浴中心里洗过澡，换了一身行头，将身上有可能被人追踪的衣物都给扔了，又换了几个地方，最后躲在了一个城中村里。一直待到天亮才赶往汽车站。

当我们准备买票离开的时候，马一吞的电话响了。

他看着嗡嗡作响的电话，没有接，直接挂断了。

电话又打了过来，马一吞看了一眼我。我犹豫了一下，说道："要不然接一下呗，说不定是家里有急事呢？"

马一吞想了一会儿，然后接通了电话。

两秒钟之后，他的脸色就变得一片铁青，异常难看。

我凑过去听，却被马一吞伸手拦住，随后他说道："在哪里？"

我听到对方讲了一个地址，马一吞说了一声"好"，随后挂电话。我瞧见他的脸色有些苍白，很不对劲，小心翼翼地问道："怎么了？"

马一吞闭上眼睛，深深吸了一口气，然后对我说道："侯子，给你两个选择。"

我瞧见他突然变得很严肃的表情，有些心慌，说："什么？"

马一吞对我说道："你现在去买票，要么回老家去，不要再出来了，老老实实在家待着；要么就去莽山，跟我师父在一起。"

我一愣，这才想起来问："那你呢？"

马一吞摇头，说："你别管我了。"

我感觉到了事态的严重性，认真盯着他，说："有什么事你就说，别遮遮掩掩的。"

马一呑依旧摇头，说："这件事情跟你没关系，你做得已经够多了。"

我瞧见他一脸痛苦的表情，思维发散出去，试探着问道："难道……那帮天杀的找到番禺去了？"

马一呑听到，痛苦地用双手捂住了脸。

我一下子就跳了起来，说："不可能吧，那个地方这么隐秘，他们怎么可能找得到呢？"

马一呑缓缓吐出一口浊气，一字一句地说道："他们找到了那个黑车司机。是我低估了郑勇那个扮猪吃老虎的家伙，他当真是把老歪的能力给学了大半。"

听到马一呑的话，我的脑子一阵转，方才将事情的前因后果给联系到一起来，不由得倒吸了一口凉气。这也太恐怖了吧？

我赶忙问道："海妮被他们抓住了，对吧？李爷、刘爷呢？"

马一呑痛苦地说道："都被他们拿住了。"

我说："那怎么办呢？"

马一呑摇了摇头，说："不知道，他们让我过去，拿癸水灵珠赎人。话虽如此，但我知道，他们不但要癸水灵珠，而且还要我的性命，用来在江湖上立威，所以此去必死无疑。"

我急了，说："那就别去了。"

马一呑还是摇头，说："不行，无论是海妮，还是李爷、刘爷，他们待我都如同家人一般，我对他们也是如此，我怎么能将他们置之度外呢？"

我说："你去有什么用？那帮人兵强马壮，又都是杀人不眨眼的亡命之徒，你去了只不过是送死而已。"

马一呑揉了揉太阳穴，过了好一会儿，方才说道："对，正因为如此，我才让你别来参与此事。"

我听了，一股情绪从心中腾然而起，陡然怒了："马一呑，你说什么呢？"

马一呑抬起头来，看着怒气冲冲的我。他没有想到一向都没有发过脾气的我居然冲着他骂了起来，不由得一愣，说："怎么了？"

我伸手过去，一把揪住了他的脖子，说："你看不起人是吗？凭什么你觉得自己不怕死，而我侯漠是个胆小怕事的小人？回家养老？这是我的性子吗？就算我回老家了，那又如何？我还有四道生死关没冲，顶多也就两年性命而已——你可是答应过我的，说要帮我冲关，成为真正的夜行者，成为有史以来第二个完全觉醒的灵明石猴，你死了，我一个人活着干什么？"

马一吞苦笑，说："敢情是赖上我了？"

我听到这话，忍不住笑了，推了他一把，说："你这话说的真别扭，不过说起来也是没错的，我算赖上你了吧。"

马一吞坐在车站的候车室座椅上，闭上眼睛，沉思了一会儿。

他深吸了一口气，说道："既然你都这么说了，就算是为了你，我也不能死。"

我说："当然！怎么，你改变主意了？"

马一吞摇头，说："不，还是要去，不过不能去送死，咱们得想办法活下来，不但如此，还要把人救出来。"

我说："废话，这当然是最理想的结果，只不过该怎么做，你有办法吗？"

马一吞说："有了。"

我眼睛一亮，有些激动地说道："什么办法？"

马一吞说："对方人多势众，我们两个过去肯定是以卵击石，稀碎；但如果我们也叫上足够的人手，孰强孰弱，那还不一定呢。"

我有些意外，说："你昨天半夜不是说了吗，你又不是你师父，哪里叫得来人？"

马一吞站了起来，眼眸亮晶晶的，然后露出了一份狂热的表情来，一字一句地说道："能，就凭四个字。"

我说："哪四个字？"

马一吞深吸一口气，抬头望向东方，然后说道："游侠联盟。"

第十八章

出师不利阴霾起

游侠联盟。

在赣西洪灾之时，我们遭到了马丁的背叛，当时他带着岳阳楼的一帮人过来，准备出卖我们，马一咼当机立断，夜奔庐山，请来了民国奇人修剑痴的徒孙谭云峰。

那个其貌不扬的老汉在听闻了我们的境况之后，没有任何犹豫，背着一根铁扁担就随我们下了山。后来我们在港岛遭遇困境，走投无路之时，也是前往元朗，找寻民国十大家的臂圣张策徒孙吴英礼，让他帮忙主持公道。

而无论是修剑痴，还是臂圣张策，他们都跟一个松散的组织有关联。

那就是游侠联盟，一个存在了几百年的团体。

它虽然不如白莲教、红花会、青帮一般众人皆知，但是在降妖除魔的这一行当，却是大名鼎鼎的。然而出现几百年之后，却在人才最鼎盛的民国时期突然覆灭，人员四散，不再成型。

大半个世纪过去了，现如今，还有几人会认为自己是游侠联盟的成员呢？

但逢此绝境，唯一能让我们有翻盘希望的，也就只有游侠联盟这四个字了。

马一咼是一个意志坚定的人，在我"表明心迹"之后，不再彷徨绝望，而是将他师父留给他的那个破旧笔记本给翻找了出来，然后开始研究起可能性来。

我们有三天的时间来办这件事情。

是非成败，在此一举。

首先我们去了禅城。这个以"无影腿"闻名的城市曾经出过著名的南拳大师黄锡祥，名扬四海的虎鹤双形、铁线拳、工字伏虎拳都是他的传世国术，他创下的"宝芝林"也驰名四海。

黄师傅因为其子黄汉森与人较技横死之后，一身绝技不传后人。但他门徒众多，前后曾教授过两百多名弟子，凌云阶、梁宽、卖鱼灿、陈锦泉、帅老郁、帅老彦、陆正刚、林世荣、镜洲及继室莫桂兰等人，皆为其中翘楚，在全世界都有着极大的影响力。

根据笔记本上的说法，百年传承至今，还有影响力的宝芝林支脉，有三家。

分别是梁宽、卖鱼灿和林世荣三人的后辈分支。

我们要找的，是卖鱼灿一脉。

我们抵达禅城之后，马不停蹄地按照笔记本上面的地址找了过去。

地点是靠南海乡下一个小镇旁边的村子，我们赶到的时候，询问了一下当地村民，才知道这个村子有一大半的人，都是宝芝林的成员。

这里面有八姓，却如同一个宗族般生活。当今领头的人物叫苏城之，掌事负责的有八个族老，个个身手不凡。而后一辈的人物也是颇多，其中优秀者有十六人，被称之为宝芝林十六英杰，最厉害的一人是苏城之的小儿子苏老四，外号摸云手。

而宝芝林名下的产业也极多，医馆、武馆、药堂和凉茶铺，甚至糖水铺都有，这些产业走出了禅城，在岭南各市县、甚至海南都有分号。

我和马一吞对视一眼，顿时信心满满。

如果能得到这些人帮助，事情绝对会有转机。

只是，我们该如何说服对方呢？

时间紧迫，马一吞深吸一口气，也不敢多想什么，上门投了拜帖。

他师父湘南奇侠王朝安的名声极大，拜帖投上之后，很快就有人把我们引进了深宅大院的内堂之中，一个蓄着浓密胡须、穿着白色练功服的男人站在内堂门口迎接我们。

他大约五十多岁，因为常年练功的缘故，红光满面，双目锐利，脸上露出让人如沐春风的笑容。

这人便是宝芝林分支，卖鱼灿这一脉的掌舵人苏城之。

除了他之外，旁边还站着一人，是个严肃的老头儿，须发皆白，站在角落，平静地看着我们。

马一吞是个经常在场面上招呼的人物，走上前去，拱手寒暄。

苏掌舵显得十分热情，就好像是见面多年的朋友一般，拉着马一吞进去说话，请我们在堂前坐下之后，又有身材轻盈的小姑娘过来倒茶，很是客气。

马一吞与苏掌舵寒暄了十来分钟，瞧见对方并不主动问起，终于耐不住性子，开始讲起了此行的由来。

他讲得很有技巧，并没有开门见山、平铺直叙，而是稍微点了一下。

他主要谈及了黄泉引的危害，希望苏掌舵能按照当年游侠联盟的约定和规矩一样，带着宝芝林站出来，帮忙主持公道，不要让这帮人为所欲为，将岭南一带搞得乌烟瘴气。

听到马一吞的番话，对方一下子就明白了，开始旁敲侧击。马一吞则说起了自己朋友被黄泉引绑架的事情。

本以为对方这一脉人丁兴旺，而且看着也有守旧的传统，会如同谭云峰老先生一般，急公好义。然而让我们失望的是，苏掌舵并没有应承下来，先是顾左右而言他，随后开始大倒苦水。

他这儿是家大业大，一大帮人在跟着混饭吃。

若是他挑头跟黄泉引那帮杀人不眨眼的家伙起了冲突，对他们宝芝林名下的产业将会产生巨大的冲击。做生意嘛，还是想要以和为贵的。

当苏掌舵很明确地表达了自己的意思之后，我们并没有再多游说，而是立刻起身告辞。

游侠联盟，断绝大半个世纪，已经不成气候，当年的成员也更新换代，早就没有了之前守望互助的传统。别人愿意帮你，那是情分。不愿意帮忙，安于现状，那是本分，没有什么可以抱怨和指责的。

当下我们恭声告辞之后，又马不停蹄地赶往了香山古镇。

那里有一位奇人，名叫欧阳岳，他爷爷当年曾是大总统身边的贴身保镖，虽然因为工作的缘故并没有名列民国十大家，但一身修为造化，却也不会输于同时代的那些大家。

然而我们赶到的时候，才知晓这位先生居然去了新加坡，而且已经有半年多的时间了。

我们与欧阳岳老先生的家人简单聊过之后，也没有太多叨扰，告辞离开。

紧接着我们又去了江门的烟墩山和蓬莱山，拜访了两处人家，第一家是对方因为各种原因并不愿意帮忙，而第二家在听到我们报上名号之后，连见面的机会都不给。

这样的结果让我很是丧气，而马一岙却毫不气馁，带着我继续四处奔走。

两天多的时间内，我们奔走了四个市，拜访了十来家，最终答应并且确定能前来的，只有两人。一个是鹤山云宿的林蓝平，此人三十四岁，洪拳世家出身，擅使飞刀；另外一人是茂名的卫合道，二十七岁，一套五郎八卦棍使得还算厉害。

而不确定会不会来的，又有三人，其中有两人是兄弟。

第三天早上，我们回到了羊城，风尘仆仆，一脸疲倦。

在出发之前，马一岙信心满满，觉得这游侠联盟的大旗一招展，或许就能引来高手无数。然而事与愿违，随着时间的流逝，现如今的人们，早就忘记了当年的荣光，也没有人再将除魔卫道这件事情当作精神信仰了。

有的人甚至嘲笑我们，觉得我们不过是两只仓皇四顾、慌不择路的野狗罢了。

而心怀正义、答应前来助拳帮手的那两人，论起身手，其实并不算厉害。

所以回程的时候，马一岙跟我商量，说要不然跟人家说一声，这件事情就算了，免得害了人家性命。

我听了，没有说话，心中越发烦躁。

两人抵达了羊城火车站附近，在一个巷子里待了没一会儿，有一个人出现了。

小钟黄。

他按照马一岙留的标识找了过来，将那金丝绣边的绸袋交给了马一岙。

里面装着癸水灵珠。

我们想要换人，必须得有真东西在，否则黄泉引脾气一上来直接撕票，那可就糟糕了。所以在接到电话的第一天，马一岙就通知了小钟黄，让他将东西带过来。

至于他们师父王朝安，自有人帮忙照顾。

马一岙检查过了癸水灵珠之后，拍了拍小钟黄的肩膀，说："行了，你回莽山吧。"

小钟黄不干，说："凭什么？我跟你们一起去救人。"

他安排完师父的事情之后，急匆匆地赶到了羊城来，可不只是为了当一回快递员的。

马一岙待海妮、李爷、刘爷如同家人，他又何尝不是？

然而这一回，从来没有跟小钟黄黑过脸的马一岙却眯起了眼睛，认真地盯着他的脸，然后一字一句地说道："小钟哥，听我的话，乖。"

小钟黄依旧想要坚持，马一岙却硬生生地凭借着自己大师兄的威严，将他给打发了回去。

王朝安的年纪颇大，精力不济，大部分时间都是马一岙在教导小钟黄，正所谓"长兄如父"，这种从小树立起来的威信是小钟黄难以抗拒的，所以当马一岙的脸拉下来之后，他也没有再坚持。

送走了小钟黄，马一岙的情绪不太高。

他大部分时间都在沉思，我瞧见他痛苦地揉着太阳穴，忍不住说道："要不，咱们再想想别的办法？"

马一岙抬头看我，说："什么办法？"

我舔了舔嘴唇，说："你之前不是说过，在省局有认识的人吗？这件事情，多少也涉及绑架和违法犯罪了，要不然咱们联合警方来处理这件事情？"

马一岙摇头，说："侯子，你不懂，人在江湖，就得守底线。江湖事江湖办，这是规矩。混我们这一行的，如果将警方牵扯进来，我们没有办法在江湖上立足。"

我有点听不懂他的逻辑，说："做恶事的那帮人是黄泉引，又不是我们，难道我们连反击都不可以吗？"

马一吞说："为了行走方便，跟警察保持一个良好的关系，这个没错，但千万不能走得太近。这个不仅是我师父对我的严格要求，也是游侠联盟一直以来的教训和约定。"

他说得很坚决，我即便是不能理解，但说服不了他，也没有任何的办法。

我说："这也不行，那也不行，那你说我们该怎么办？"

马一吞摇头，说："我不知道，走一步，看一步了。"

两人奔波几日，却得到这么一个结果，多少也有一些心灰意冷。我们离开了火车站，十几分钟之后，马一吞看了我一眼，说："感觉到了吗？"

我点头，说："嗯，有人在跟着我们。"

马一吞没有再说话，而是带着我开始往复杂的巷子里钻来钻去。

两人一谨慎，那个跟着我们的人就显露了马脚，我和马一吞藏身在一巷子的窄角处，耐心等待着，果然有一阵脚步声从刚才我们经过的地方快速传来。

当那人出现的一瞬间，我和马一吞联手，一齐将他给扑倒在地，死死按着。

马一吞叫我按住那人，抬手就要朝着对方脑袋敲去，结果手扬到了一半，却停了下来，一脸错愕地说道："怎么是你？"

我低头一看，才发现这个跟踪我们的人居然就是老歪的心腹手下阿水。

那个脸上有刀疤的年轻人此刻也停止了挣扎，冷冷说道："先放开我。"

在这个时候碰到阿水，这事儿让我们很是奇怪，不过我们跟他相处也有几日，知道他的性格，不管怎么说，都不会走到我们的对立面。在马一吞的目光示意下，我放开了他。

马一吞则问道："你为什么跟踪我们？"

阿水从地上爬了起来，整理了一下白衬衫，然后说道："凑巧遇上。"

我瞧见他那冷冷的表情，有些不相信："真的？"

阿水鼻子冷哼一声，说："你们放心，我没有跟那个没种的郑勇混，就算是知道你们的行踪，也不会把你们给卖了。"

马一吞问道："郑勇，他也在找我们？"

阿水点头，说："对，开价还挺高，一个消息十万块，如果能带着找到人，五十万。”

马一岙听闻，看了我一眼，问他道："挺高的价钱，都够买人性命了，你不心动？"

阿水的眼睛眯了起来，流露出的眼神如刀锋利。

随后他抬头看向了我们，认真地打量了一会儿，然后说道："你们两个，需不需要人手？"

他突然的提问让我们都有些措手不及，我们愣了一下，马一岙方才回答道："缺，你想怎么样？"

阿水说："我大概知道你们此刻的窘况，如果需要的话，可以算我一个。不过我有一个条件，你得应承下来。"

马一岙看着他，说："请讲。"

阿水说："事情办完之后，如果你我没死，那回头你们得帮我把郑勇那个畜生干掉。"

马一岙沉默了一会儿，缓缓地说道："这么说，真的是郑勇杀的老歪？"

阿水点头，说："对，他联合了黄泉引的人，把歪哥干掉了。这件事情虽然是发财张跟我说的，我并没有亲眼看见，但后来我做过调查，八九不离十；而且现在郑勇到处在找发财张，这说明他是心虚的。"

马一岙摸了一下自己的胡子，想了一会儿，才问道："郑勇虽然跟着老歪学了点儿手段，但论起修为来说，你一根手指都能捏死他，又何必求我帮忙？"

阿水说道："如果有机会，我的确能一下子弄死他，但现在的问题是，他身边有黄泉引的人在。"

马一岙说："谁？"

阿水摇头，说："不认识，是一个能飞到天上的家伙，那家伙不但修为厉害得很，而且对于危险十分敏感。我试了几次，都没成功，还差点儿死在那里。"

马一岙眯着眼睛，仔细打量着这个有些孤傲的年轻人。好一会儿，他伸出了手，说："合作愉快。"

两人的手握在了一起，马一岙对阿水说道："提前跟你打个预防针，我们这次事很麻烦，凶多吉少，也许未必能让你得偿所愿。"

阿水看着他，好一会儿，方才说道："歪哥生前，曾经跟我说过一句话，说他哪天要是万一不行了，就让我跟你混。"

马一吞有些意外，说："为什么？"

阿水摇头，说："不知道，他这么说，我就听着。总之他是永远不会害我的，而且……"他犹豫了一下，然后指着我说道，"他，也跟在你身边，不是吗？"

原来阿水也看出了我夜行者的身份。

作为同类，即便是关系一般，但多少会有惺惺相惜的感觉。

与阿水的会合是一场意外，而他的加入，让马一吞的信心恢复了一些。随后他带着我们赶到了天河区的一间仓库，这里是我们跟其他人约定见面的地点。

出于谨慎的考虑，我们并没有大大咧咧地过去，而是在外围观察了好一会儿。确定无误之后才让阿水在外面放风，我们则小心翼翼地摸了过去。

在仓库后面的一扇窗户边儿上，我们打量着仓库里面，发现这儿居然来了八个人。

人数超出我们的预料，倘若不是这些人毫不掩饰地在那儿聚着，聊天说话，我们都以为是事情败露，被黄泉引给盯上了。

我们在外面观察了十多分钟，方才决定进去与这些人见面。

仓库里有八人，六男两女。

林蓝平和卫合道两人没有失约，另外答应前来的三人里面，来了那对兄弟，另外一人则没有如约而至。

那对兄弟分别叫钱国伟、钱国豪，一身功夫还是挺值得期待的。

至于另外四人，则是不告而来的"不速之客"。

马一吞与我露面之后，一个体型瘦弱、只有一米六高的年轻人走上前来，自我介绍说，他叫苏蒙蒙，别人习惯叫他苏老四，我们拜访宝芝林的时候，他就在屏风后面。

这人竟然是宝芝林掌舵苏城之的四儿子，没想到他老爸百般推脱，儿子却赶了过来。

旁边一个少年胖子报上了名，简大勇，他有个乳名，叫小狗。他是苏老四的儿时好友，听到了消息之后，陪着朋友一起过来的。

另外两个女子，一个三十来岁，是香山古镇欧阳岳的女弟子，名叫许梦月，而那个十七八岁的少女，则是欧阳岳的孙女欧阳青。两人听到消息之后，也找了过来。

这四人表明身份之后，主动提起了自己的门第和修为功底，并且都露了一两手，皆是高手。

特别是那位许梦月大姐，一身修为看起来比马一呑还要扎实。

瞧见这些满脸朝气的年轻人，还有在外面放风的阿水，马一呑满脸通红，变得激动起来，往后退了三步，然后双手抱拳，朝着诸人深深一躬。

"拜谢诸位了。"

半个小时之前，我们还在感慨世风日下、人心不古，游侠联盟当年守望互助、同气连枝的传统，恐怕是再也传承不下去了。

然而此时此刻，望着这一张张充满朝气的脸，马一呑感动得都不知道该说些什么。越发觉得前来此处的这些人品格之高尚。

简单交流之后，人缘最好的许梦月问起了马一呑具体的情况。

马一呑并没有隐瞒，简单地把事情的来龙去脉讲了一遍，然后谈到了与黄泉引的约定时间和地点。地点是南沙一处的堤岸，一手交物，一手交人，时间明早十点。

马一呑跟我有过交流，既然癸水灵珠已经将他师父的病情稳定住，并且他师父已经清醒了，后续并无太多的必要，所以这东西其实可以拿给对方，用于保证人质的安全。

事实上，这个决定是他师父王朝安交代的。

我们之所以四处找人，倒不是为了翻盘截杀黄泉引，而是怕他们在交易的过程中直接掀翻桌子，动手杀人。

我们需要有足够的人员保护。

马一呑将情况说明，然后跟诸位说道："当下之事，是保障海妮和李爷、刘爷的人身安全，能不动手，最好别动手，这一点希望大家能理解。"

众人听到，纷纷称善，李爷和刘爷当年也是知名的修行者，这些人都是知道的。

苏老四说道："正邪、人妖不两立，那是多年之前的事情了，古语有云，'人之假造为妖，物之性灵为精，人魂不散为鬼。天地乖气，忽有非常为怪，神灵不正为邪，人心癫迷为魔，偏向异端为外道'，修行修心，这是应有之事；你放心，是非轻重，我们心里都是有数的，不会给你添麻烦。"

马一峇双手抱拳，说："多谢，多谢。"

此时气氛热烈，便说起了聚餐之事，大家好不容易聚在一起，今天晚上可得好好热闹热闹。

谈及此事，我们都有些尴尬。

事实上，经过这两天时间的辗转，已经将我们身上有限的积蓄给花光了。到最后，若不是我存折里还有点儿钱打底，两个人连车都坐不起。

要说钱财，我们在老歪户头上有四十五万美金，不过那是镜花水月，基本上是要不回来了。

好在宝芝林苏掌舵的小儿子苏四是个富二代。

他兜里多金，又是个识得眼色的人物，当即表示："此番前来，能认识这么多的岭南俊杰，当真是开心无比，这一顿由我来请，大家千万别客气。"

晚饭安排在附近一处十分有名气的农庄，少当家出手就是大方，上来就点了一份闻名遐迩的广式烤乳猪，然后是白切鸡、红烧乳鸽、蜜汁叉烧、干炒牛河、老火靓汤、煲仔饭、广式烧填鸭、豉汁蒸排骨、菠萝咕噜肉……

如此林林总总，不一而足。

这让我们十分过意不去，马一峇瞧见他点起菜来止不住的样子，赶忙拦住他，说："真别太破费了，够吃就行。"

苏四指着旁边的儿时玩伴小狗，说："若只是大家，估计够了，但我这兄弟，食量从小就大，不点多点儿，他晚上会饿得受不了的。"

果然，一会儿菜品端上来，我们才发现这哥们的食量不是一般的大。他吃起饭来，那叫一个风卷残云，我们都有点儿被吓着了。

无酒不成宴，虽然次日有重要事情，大家还是小酌了一番。

大家伙儿一喝酒，关系迅速热络起来，而那叫小狗的年轻胖子一下子就放开了，口水都流了出来，往嘴里倒去，没一会儿，脸就变得通红，双眼迷离。

一顿饭吃了三个多小时，我心里想着明天的事情，酒没怎么喝，头脑一直都是清醒的，但其他人就不同。

特别是那小狗，他喝多了，跑过来，揽着我的肩膀说道："侯哥，你是哪门子的夜行者？"

我没想到他居然会这般直白，犹豫了一下，回答道："猴儿。"

"哈哈哈哈……"

这位叫简大勇的小胖子捧腹大笑，说："哥，侯哥，哈哈哈，你莫非是那天生的夜行者，要不然这名字怎么这么凑巧呢？猴儿，哈哈……"

他放声大笑，毫无顾忌，苏四怕我恼了，赶忙过来拦住他，然后跟我解释道："侯哥，侯哥对不住啊，我这小兄弟平日里老老实实的，但一沾酒呢，整个儿就控制不住自己了；我一般不准他喝酒，今天高兴，才没好意思拦着他，抱歉，抱歉哈……"

我摇头，说："没事的，自己人何必客气，简兄弟是性情中人，我挺喜欢。"

小狗挣脱了苏四的阻拦，一把抓住了我的肩膀，喷着酒气说道："侯哥，你也是性情中人，我喜欢你……叫我小狗，我喜欢别人叫我小狗，给你看看我的本相……"

说着话，他使劲儿一摇头，居然露出了一张凶神恶煞的恶霸犬脑袋来。

这恶霸犬外表夸张，故作凶相，仔细一看，从它那夸张的五官构成中，却莫名透出一股让人说不出来的滑稽和搞笑。特别是小狗努力地睁眼，张开嘴，舌头就从里面伸出，流下了一连串的哈喇子来，旁边的欧阳青瞧见，忍不住哈哈大笑，其余几人都不惊慌，而是捧腹大笑。

当天我们找了一家酒店住下，花费也都由苏四来出，着实让人有些羞愧。

出于安全的考虑，我们两个人分一个房间。

我和马一岙在一块儿，洗漱醒酒过后，两人坐在床上。我看见他在揉眉毛，有些愁眉不展的样子，忍不住问道："怎么了？"

马一岙回答："在推演明日的事情，因为摸不清敌人的底牌和布置，所以心里面有点儿空荡荡的，发慌。"

我说："今天来的这些人，虽然年轻，但我感觉都挺不错的。"

马一呙说："正是因为如此，所以我才需要更多的考量，避免到时候吃亏。本来今天晚上应该大家一起坐下来好好推演一番的，但江湖人，不喝一顿酒，交情就感觉浅了一些，所以我才没有阻止，也希望自己的这些考虑能让明天多一些胜算吧。"

我说："要不然我跟你聊一聊？虽然我也不太懂，但三个诸葛亮，总能抵上一个臭皮匠，对吧？"

马一呙苦笑，说："是三个臭皮匠。你这几天也累了，就好好地歇息歇息吧，养精蓄锐，等明天少不得又是一场恶战。"

我见他不愿再聊，便点了点头，躺下去之后闭眼就睡了过去。

一夜无话。

次日早晨，我听到走廊里有声音，用心倾听了一下，发现是宝芝林的少主人苏四，他在跟人打电话，而从他的语气来看，电话那头的人应该是他的父亲。

苏四差不多二十来岁的样子，这个时候的年轻人最为跳脱和叛逆，蔑视权威。所以他没讲两句，就开始争吵起来。

最后，他对电话那头说道："行了行了，我的事情你不要管了，你就安心守着你的那一亩三分地吧。"

他挂了电话后，马一呙出现在了走廊上。

看着愤愤不平的苏四，马一呙开口说道："苏兄弟，你若是不方便，就别去了。"

苏四摆手说道："没事，我爹就是这样，早些年开拓进取的时候，意气风发，到现在有了积累，整日安享的时候，胆子就变小了。唉……你甭管他，他是他，我是我，我现在倘若灰溜溜地回去，只怕会被小青笑话。"

马一呙听他这般说，没有再多言，而是说道："一会儿你叫大家来我房间，我们谈一下今天的安排。"

苏四点头，转身去叫人。

我摸了摸鼻子，看了一眼不远处的许梦月大姐和欧阳青姑娘。

我算是看出来了，苏四对欧阳青姑娘心有爱慕，只不过两人的身高差有些大，一边是一米六，另外一边是模特身高，至少得有一米七三。

襄王有意，神女无心。

美女欧阳青的出现，让这个临时的团队关系变得有些错综复杂，但这些对于我们即将面对的局面来说，都只是小事。

在马一岙的房间里，众人围绕着床上的一幅地图在研究。

马一岙跟大家简单介绍了一下黄泉引的力量，包括那个极有可能出现的猛禽夜行者，还有东兴十八罗汉等等。

他昨天晚上推算一夜，眼圈都有些红，却将事情的种种可能都推导清楚，此刻一一道来。

他思虑良久，各种可能性都让人信服。不管是谁临时提出来的问题，他都能迅速回答，没有半点儿拖泥带水。对于他的准备，无论是许梦月，还是最为沉稳的林蓝平，都十分认可。

随后马一岙在征询每一个人的意见后，开始根据个人的情况分配起任务来。

带着癸水灵珠去交换人质的事情，自然是由马一岙来做。这事儿除了他之外，也没有别的人可以顶替。

交换人质需要注意的有两个地方，第一就是步骤，"一手交钱、一手交货"这话说来容易，但实践起来却有颇多麻烦。

而第二个，则是安全撤离。

毕竟我们是真的惹到了黄泉引，这帮穷凶极恶的疯子要万一真的发起疯来，动手杀人立威，这事儿就麻烦了。

经过安排，我和阿水搭成了一组，因为远近亲疏的关系，我们被安排了最为危险，也是最为艰难的任务，那便是断后。

至于其他人，则负责在途中接应。

两位女士被安排在了最后，与宝芝林的少主苏四一起在国道的路边等待。

昨天苏四答应过马一岙帮忙弄两辆车来，这事儿他今天跟我们说已经办了，所以最后的接力棒是苏四开着车，将接到的人立刻带走。

大家全部推演了一遍，再一次确定了每个人的职责之后开始出发。

我们一行人离开了酒店，打车抵达附近的一个路口。苏四帮忙联系的两辆车已经停在这儿，一辆桑塔纳，一辆金杯面包车，苏四跟司机拿过钥匙，他和小狗，还有马一岙、许梦月、欧阳青上了小汽车，而我们其他人则坐上了面包车。

两辆车一前一后，赶往了约定地点。

差不多九点半，我们赶到了约定交易地点的附近，将车停在了路边。马一岙来到了我们的车里，跟我们又谈了一遍具体的细节。

事实上，他最担心的是那个飞在头顶上的家伙。

对于这个问题，早晨讨论时一直很沉默的阿水突然表态："如果那家伙在的话，我来对付他。"

马一岙认真问道："怎么对付？"

阿水从随身的小背包中小心翼翼地掏出了一个金属球，将机关打开之后，里面居然有一把折叠弓。这折叠弓一开始很小，然而经过他一番拼装，拳头大的一团，居然拼成了一张坚硬的金属弓。

当他将箭矢摸出来的时候，马一岙忍不住倒吸了一口凉气，说："是白云山的追风箭？"

阿水点头，说："对，歪哥以前帮我弄的。"

马一岙又问："一共几支？"

阿水犹豫了一下，然后问道："三支，够不够？"

马一岙点头，说："够了。白云山的追风箭，是专门用来克制猛禽夜行者的，只要他还在扇动翅膀，就会被死死地锁定住。可以，这样就没问题了。"

阿水将底牌亮出来之后，马一岙终于舒了一口气，与我们对了一下手表，然后推开车门走了下去。

我和阿水也下了车，顺着路走。

一九九八年的时候，除了市区，羊城的许多地方都不算繁荣，这边更是避开了人群集聚区，到处都是林子。马一岙沿着大路走，而我们则在路边的防风林里，保证他在我们视线之内。其余的人也是分组行动，因为有马一岙之前的计划，所有人都知道自己该干什么，并不慌乱。

我和阿水在林间穿梭着，彼此配合。

我负责盯着林间的动静，还盯着马一岙的背影，不让他脱离我们的视线。阿水更多的则是仰头看着天空。我们撤离时最大的危险就是那个鸟人，其他的都还可以一搏。

很快，我们这边出了林子。几十米开外就是海堤。

马一岙在大路上缓缓走着，双目平视，但余光却不断地打量着，当他朝我们这边扫过来的时候，我扬起手给了他一个安全的信号。

我们站在了撤退的位置，然后开始四处搜寻着，生怕在哪个角落里藏着埋伏的敌人。就怕对方对我们太过于重视，布下天罗地网。好在没有发现异常。

在这人迹罕至的偏僻地方，我们没有瞧见什么人影，这情况并没有让我感觉到轻松，反而更加小心翼翼起来，一边隐藏着自己，一边找寻着敌人。

我们就如同黑暗森林里的猎人。

就在我将全部精力都集中在那些有可能埋伏敌人的地方时，不远处的阿水开口说话道："有人来了！"

我抬头，朝海堤方向看去，只见马一岙站在堤岸边儿上，不远处来了两辆车子，都是黑色的丰田皇冠，十分气派。紧接着从第一辆汽车的副驾驶上，走出了一个男人。

看见那人的一瞬间，我下意识地低下了头，心脏猛烈地跳动。

我不得不低下头，因为我怕自己的目光汇聚在那人的身上，会被他感应出来。

那个男人，就是笑面虎霍得仙。黄泉引东兴十八罗汉之中的老四，这个家伙的手段，我可是领教过的。

果然，那东西是从他的手里丢的，他要亲自拿回来。只不过，此人生性睚眦必报，恐怕这一次不会善了。

我们这边相隔不算远，加上我在渡过第一关头之后，听力强化了许多，勉强能听到风声里吹来的对话。

作为主动方，笑面虎在与马一岙亲切寒暄，摆足了胜利者的姿态，而马一岙却并没有跟此人闲聊的兴致，冷冷地说道："人呢？"

笑面虎并不退让，眯着眼睛说道："东西呢？"

马一岙将绸布袋子从怀里掏出，然后举了起来，说："在这里。"

笑面虎依旧质疑，冷哼一声，说："谁知道是不是真的？"

马一岙缓缓地解开了袋口的绳结，将癸水灵珠给摸了出来，那玩意儿里面有一抹灵动青光，仿佛有生命一般，在阳光下熠熠生辉。

瞧见这癸水灵珠，笑面虎顿时就控制不住心中的贪婪，下意识地上前两步，伸手想要去抢。

马一岙往后退去，厉声大喊道："你若再上前来，信不信我将它毁去，谁也得不到？"

他的威胁让笑面虎投鼠忌器。

那家伙笑了笑，定下身来，然后笑道："好，好，我不乱来，你也别乱来……"

他说罢，往后一挥手，那两辆车的门打开，只见海妮、刘爷和李爷都给黑西装大汉押下了车子，推到了近前来。

他们都被绳索绑得结实，嘴巴也被堵住了。海妮年轻，状态看着还算不错，而两个老爷子一大把年纪了，修为又散了去，此刻一番折腾，有气无力的，倘若不是有人扶着，只怕已经要摔到地上去了。

瞧见两人这状态，马一岙黑着脸说道："你这是什么意思？之前不是说了吗，东西我交出来，人你得给我好好养着。"

笑面虎耸了耸肩膀，说道："这两个老东西不想给你增添负担，没事儿还要绝食什么的，怪得了我吗？"

马一岙铁青着脸，指着人质说道："放开他们。"

笑面虎也伸手，说："东西给我。"

马一岙扬起了手来，重复了一句："放开他们！"

笑面虎不敢跟他顶，吩咐手下将海妮和两位大爷的手脚松绑，又把他们嘴里塞着的破布扯了开来。

这边一扯开，海妮就喊道："马哥，你别管我们，赶紧走，他们……"

她话还没有说完，又给那破布堵上了，而李爷也大声喊道："小马，别信这帮扑街仔，他们根本不想让我们活着离开，他们……"

三人再次被堵上嘴，被黑西装们按在了地上。

马一杳大声喊道："放开人。"

笑面虎上前一步，咄咄逼人："你把东西给我，人就给你。"

马一杳冷哼一声，说："放屁，我把东西拿给你，你回头就弄死我们。你当我傻吗？"

笑面虎说道："你想怎么样？"

第十九章

阿水一箭射苍鹰

马一岙环视一周，然后说道："这件事情，终归还是你不信我，我不信你。不如这样，你把他们给放走，我留在这里，凭你这些人，想来也不怕我跑了吧？"

他说得合情合理，然而笑面虎却十分老到地说道："我不怕你跑，我怕你把东西毁了，玉石俱焚。"

马一岙盯着他，说："你觉得我是那种不要命的狠角色？"

笑面虎理所当然地说道："不清楚，不能不防。"

这家伙说话的语气和语调，让我不由自主地想到了港岛霍家四大行走之首的风雷手李冠全，这两人虽然立场、身份和模样截然不同，但"不要脸"这一点，没有任何区别。

马一岙显然也是被气得不行，看着被死死按在地上的海妮和两位老大爷，冷着脸，说："你想怎样？"

笑面虎微笑着说道："这样，我也不是不知通融的人，这两个老不死的我可以放了，让他们先走。随后咱们各退三十步，你把珠子放在地上，我把这小姑娘放在原地，然后咱们都不动，让小姑娘自己去你那儿，东西留着，我给你半个小时的时间逃跑。半个小时之后，你别折在我的手里，怎么样？"

他一副真小人的模样，让马一岙无法拒绝，沉默了十几秒钟之后，点头，说："好。"

笑面虎一挥手，黑西装放开了李爷、刘爷。

被松开之后，刘爷扯开了嘴里的破布，冲着马一呇喊道："小马，我们都是半截入土的人了，你何必冒这个险啊？这黄泉引的话能信吗……"

笑面虎脸上笑眯眯的，目不斜视，平静地说道："老不死的，放了你们，就赶快滚蛋。别废话，不然我要改变主意了。"

李爷也要说些什么，马一呇挥了挥手，说："两位大爷，往东走，莫回头。"

东边的林子里，有钱国伟、钱国豪两兄弟接应，另外还有林蓝平与卫合道两人负责截击追兵。

李爷、刘爷都是老江湖，知道此刻的局面已经不由自己掌控，他们在这儿也是累赘，不由得长叹一声，相互搀扶，转身离开。

马一呇面无表情地看着两人的背影渐行渐远，一句话也没有再说。

没多久，笑面虎打断了沉默，说："好了，现在开始吗？"

马一呇有意拖延时间，好让钱氏兄弟将两位大爷给接应走，平静地说道："再等等。他们两位受了太多的苦头，走路都不利索。"

笑面虎冷哼一声，说："你放心，那两个老东西不过是半截身子埋黄土的角色，与我们又无冤无仇，我才不会浪费精力在这样的人身上呢，就算是他们回来，梗着脖子在我面前，我也不会对他们怎么样的。"

马一呇扬眉，说："哦？你的意思是对我有意见？"

笑面虎哈哈一笑并不回答，顾左右而言他，说："我看过你的资料，发现你这人还真是不错，倘若你是夜行者的话，说不定我就拉你进来了，这东兴十八罗汉里肯定有你一把交椅。只可惜啊，你终究还是我们夜行者的天敌、死对头。"

马一呇说："现在都什么时代了，夜行者和人类修行者是可以和谐共处的。"

笑面虎转身，一把将海妮的头发抓了起来，指着这个脸色苍白的女孩子说道："你是想说她？哼，'非我族类，其心必异'，这可是你们人类说出来的。至于她这样的垃圾夜行者，只不过是被你们洗脑同化了的产物而已。归根结底，都只是宠物一样的存在，不是吗？夜行者，什么叫夜行者？我们行走于夜间，举目四顾，苍茫大地，谁主沉浮？若是没有夜行者的尊严和骄傲，还有肩头的责任，就算是血脉觉醒了，又如何？"

他这一番话说得慷慨激昂，随后将海妮的脖子抓住，死死掐着，然后一字一句地说道："你根本不配称之为夜行者，垃圾而已。"

马一吞瞧着他面露疯狂的表情，没有再让他折磨海妮，而是开口说道："交易开始吧。"

笑面虎的目的达到，不再折磨海妮，而是将她推倒在地，然后对马一吞说道："放下珠子，我们一起退后。"

马一吞摇头，说："不，你先让你的这帮人往后退。"

笑面虎皱眉，说："你什么意思？"

马一吞竖起了一根手指来，说道："你一个人，我一个人，这样才公平，你说对吗？"

两人的目光在半空中碰撞，对视了好一会儿，笑面虎突然笑了，说："好，好，很不错，不知道为什么，我突然开始喜欢你了。"

马一吞淡然自若地说道："被你喜欢的人，没一个有好下场。"

笑面虎举起手，往后摆了摆，黑西装们瞧见，退回了车子里，随后车子发动，转弯，朝着来时的方向开走了。

这个时候，笑面虎方才回过头来，认真地说道："小子，我已经给出了足够的诚意，你如果再要什么幺蛾子，那我就收回我的承诺，带人离开了。"

马一吞这回没有再多说，而是将手中的癸水灵珠高高举起，然后放进了绸布袋子里。

他弯腰下躬，将绸布袋放在了地面上。

这时笑面虎冷冷地提醒道："别在我面前玩什么障眼法啊，我可是盯着的，你若是准备将那珠子私藏回去，我会让你后悔的。"

马一吞抬头，冷冷说道："我可不会像你那般龌龊。"

他放下东西，然后往后退。笑面虎也松开了海妮的肩膀，自己往后退。两人一同后撤，你一步，我一步，足足退了三十多米。

笑面虎开口说道："够了吗？"

马一呑朝海妮招手，让她往左边的林子去。

海妮听了话，朝我们这边走来。我总感觉有点儿不太对劲，余光一闪，下意识地抬头望去，只见一道黑影从空中倏然落下，朝着癸水灵珠快速逼近。

那人如同一道闪电，而与此同时，笑面虎脸上的笑容也瞬间变得狰狞起来。

他一个箭步朝着海妮冲去。

身处其中的马一呑比我更加敏感，在变故出现的一瞬间就反应了过来，他冲着海妮喊道："别走了，往海边跑，进水去……"

一边喊，一边快步朝前冲。

果然，黄泉引到底还是黄泉引，这帮人从来都没有打算遵守承诺和规则。他们的存在，就是为了打破规则。

事关自己的性命安危，海妮此刻也是高度紧张，听到马一呑的提醒，猛然转过身子，朝着海边狂奔而去。她离海很近，虽然笑面虎速度极快，但她到底还是先了一步，一跃进了海里去。

而马一呑这边，虽然他拼命狂奔，但到底还是慢了空中的那个扁毛畜生一步，当他冲过去的时候，那人已经一把抓住了地上的绸布袋。

在落地的那一瞬间，我瞧见了那家伙，正是之前在招待所袭击我们的人，那个东南亚降头师的师父。

那扁毛畜生抓住了绸布袋之后，陡然上升，我也已经抽出了腰间的软金索，快步冲了出去。

笑面虎瞧见我从侧面的林子里冲出来，并不惊慌，而是扬扬得意地大声喊道："两个乳臭未干的臭小子，你们真的以为要了黄泉引之后还能轻松脱身吗？虽然鼠王普爷这次没有过来，但也亲自交代过了，我们若是放过了你们，年终奖都要打水漂的。你们两个家伙也别怪我，怪只怪你们惹了不该惹的人……"

他大声喊着，堤岸边的好几块大石头突然间炸裂开，然后从里面冲出了几个人影。

一个手持长刀的矮个子，头上还绑着白色布条，中间一点红。这是二鬼子刘勇，又名本间雅贵。

　　一个体态魁梧、头颅硕大的大胖子，这家伙不但袒胸露乳，还直接显露出了夜行者的本相形态，正是一个狰狞而硕大的猪头——朱和气，就是那个杀害了老金的地中海。

　　除了这两个人之外，还有四个家伙，虽然没有如同朱和气一般显露出本相来，但是黑气翻腾，妖气萦绕周身，个个都不是简单角色。

　　这帮人一出现，立刻就散成扇形阵，朝着马一否和我扑了过来。

　　而就在这个时候，我们头顶上传来一阵尖厉的惨叫声，紧接着那个半空之上的猛禽夜行者倏然跌落。

　　而在他的身后，有一根红黑相间的细长箭矢，无声无息地没入了他的身体。

　　正是追风箭！

　　白云山的追风箭，专门用来克制这类的猛禽夜行者。看来一直潜藏在林中的阿水，此刻发威了。

　　我此刻反应最快，朝着那家伙栽落的地方快速奔跑过去，在好几人的围追堵截之中一个飞扑，从那个摔得筋骨折断的家伙手中一把夺过了那绸袋子，紧接着一滚，避开了身后的一把长刀。

　　我滚落在了堤岸靠海的一边，几个翻滚之后，从地上爬了起来，正瞧见一幅让人眦眦欲裂的画面。

　　刚刚逃进海里、潜藏不见的海妮，此刻被一根骨质长枪如同串糖葫芦一般，高高挑起。

　　一个下身如同八爪章鱼一般的家伙，望着离水半米的海妮露出了残忍的微笑，而濒死的海妮正好瞧见了我，拼尽全力地喊道："快走，让马大哥……"

　　话还没有说完，她就闭上了眼睛。

　　她永远地闭上了眼，不再醒来。

　　啊……

　　巨大的悲愤在一瞬间将我整个人的心神都控制住。

　　虽然之前有经历过失去老金之事，但那毕竟没有发生在我的眼前，远远没有此时此刻，亲眼瞧见海妮惨死在我面前来得直接。

我的心脏，在那一瞬间，仿佛被一颗子弹给击中。

瞧见海妮明亮的双眼迅速黯淡下去，随后闭上了双眼，身子再无支撑，如同一个破布娃娃一般四肢垂落下来的时候，我脑海里止不住地快速回放起了我与这个可爱而善良的女孩子交集的一幕一幕。

我第一次去羊城小院，这个女孩子泡在院子的大水缸里，用明亮而好奇的目光打量着我，清澈如水……

这世间的事情，当真很奇怪，我与海妮的交集明明并不算多，我对待她的感情，也远远不如马一吞、小钟黄他们那般深刻。从内心之中，我只是把她当作一个小妹妹，但是在此时此刻，我却难受得几乎无法呼吸。

而与此腾然而起的，是浓得无法消散的恨意。

你们这帮渣滓，凭什么可以蔑视生命，为所欲为？

你们对这世间的一切，难道就没有半分敬意？

凭什么？

就凭你们拥有的这点儿力量，就可以为所欲为吗？

不！

野兽一般的嘶吼从我的喉咙中不断发出，我双目赤红，感觉整个脑子都要炸开了。

在这个时候，那些追着我的人没有给我喘息的机会，见我陷入疯狂，不约而同地对我展开偷袭。这帮人行事毫无荣誉感，只注重结果。

然而此时此刻的我，就好像是火山喷发一般，满脑子都是杀戮的景象。我正愁找不到宣泄的地方，双手紧紧抓着那根硬如坚铁精钢的软金索棒子，朝着前方抡了过去。

棍，又称之为棒，古代还称之为"梃"。作为无刃的兵器，它素有"百兵之首"之称。

正所谓"棍扫一大片"，长棍在手，抡圆了招呼起来，在这样宽阔的地形之中，还真没人有本事闯进来。

两圈抡下来，我也终于瞧清楚了追击我的这三个敌人，正是假鬼子杨勇、杀死老金的仇人朱和气，还有一个不男不女的家伙。这三人死死地盯着我的兜，显然就是冲着癸水灵珠来的。

他们见我突然醒转过来，扬棍挥舞的时候，都下意识地往后躲开，不想与我正面冲突，免得一个不慎，将那癸水灵珠误伤到。

这帮人往后一退，我便立刻抽身出来，朝着海边狂奔而去。

我此番所去，为的是那个八爪鱼一样的家伙。

他将海妮一枪捅死之后，还不泄愤，高高挑在空中，脸上露着残忍而狰狞的笑容，仿佛是在宣示对这个"投靠"了人类的夜行者同类有不共戴天之仇。

杀了人，他还要鞭尸。

不可饶恕。

我像疯狗一样地冲向那人，而那个下身是八爪鱼的光头大汉斜过脸来，一脸蔑视地看着我，将长枪一抖，海妮软绵绵地跌落在了水里，而他则朝着我游了过来："又一个叛徒，不可饶恕！"

他对我毫不在意，八爪破开水浪，朝着我挺枪刺来，而我更是死命地加速，冲向对方。

在最后十米的时候，我突然感觉到一阵心悸。

不管对方如何狂奔，但那一杆枪，却好像锁定了我的心脏，让我感觉自己冲上前，就像是径直会撞到枪口上面一样。

前进，会死。

这是我脑海里浮现出来的，最直观的感受。

对方很强大，然而……那又如何？

软金索长棍棍尖与那骨质长枪的枪尖猛然相撞，对方是扎，如同毒蛇探穴，而我是挥，长虹贯日。

双方的意志都坚决无比，而结果让我们都有些错愕——八爪鱼站立不稳，直接栽倒在了海水里去，而我也被巨大的力量击得腾空而起。

我还没有落下来，身后就有好几处袭击逼近。

我挥着长棍抵挡周遭的时候，这几人将我给团团围住。而那头八爪鱼站在外围，吐了一口浊水，骂道："小兔崽子，还挺有力气的。这潜力去做人类的走狗，可惜了……"

他话还没有说完，突然间身后传来一道凌厉之极的剑光。

唰……

一剑袭来，八爪鱼还没有反应过来，两根湿滑粗壮的触手顿时就脱离了下身。

是马一吞。

这个无论发生什么事情都显得风度翩翩的男人，此刻双目赤红，宛如猛虎一般冲上前来。

他的身后，是追击而来的笑面虎。

然而他完全不理会笑面虎的拦击，手中的铁尺变得炙热通红，猛然挥出的时候，竟然有模糊的气息浮动。

那是……剑气？

我感觉马一吞此刻也是愤怒到了顶点，出手之时完全不讲究任何退路。

马一吞在死神的刀剑上跳舞，而我也是遇到了同样的事情，在好几个人的围追堵截下，我已经不能再如猛虎出笼一般地猛冲猛打了。因为在这个时候，除了那个假鬼子刘勇之外，其余几人，都显化出了自己的夜行者本相。

除了朱和气的亥猪，还有一头黑山羊、一头凶狠的大狼狗以及一只大狸花猫。

这帮人露出本相之后，真是什么妖魔鬼怪都有，个个肌肉发达，凶相毕露。

而且他们的手上，各种兵器，寒光四射。

在不久之前，我还是被朱和气给吊打着。此时此刻，一根软金索的长棍在手，我堪堪抵住了这一帮凶人，却也只能深陷于此，没办法前去与马一吞汇合，给予他帮助。

这样的结果让我的怒火越发旺盛，当下立刻转变了目标，盯上了眼前之人，朱和气。

既然那边我鞭长莫及，那么你呢？君子报仇，十年不晚，那是自我安慰的话，仇人近在眼前，我如何能放过？

我没有再想着往外突围，而是将长棍收回，开始疯狂地劈向了朱和气。

这家伙没想到我会突然间转变进攻对象，被我猛然一棒拍在了左肩上，"哎哟"一声惨叫向一旁退去。立刻有人补位上来，是个长着弯曲羊角的妖人，手握双锏，奋力架住了我砸下来的棍子。

可他明显承受不了我的力量，双脚陷入了泥沙之中，跪倒在地。

而我借助着他的抵抗之力，陡然跃起，一蹿三米高，又落到了朱和气的跟前来，又是一棒子砸下去。

朱和气往旁边扭开，而此时，我发现他的动作有一点儿别扭。

之前一直追逐，我并没有发觉。现在，一旦近身搏击起来，我就发现他无论是反应还是规避的动作，都显得很不流畅。而正是因为这个，让我一下子就回忆起了往事。

当初杀了老金，然后在我住处伏击我的时候，这头肥猪可是受了伤的。

尽管夜行者的身体素质远比寻常人要强太多，但这种伤势，对他的行动多少还是有些影响的。平日里看不出来，但是在这危急关头，就体现得淋漓尽致。

后面不断有人追赶而来，但在此时此刻，却只有我和朱和气两人。

一连串的长棍落空之后，精疲力竭的朱和气慌了，大声喊道："不要杀我，不要杀我……"

我的双眼之前，掠过了老金躺在停尸间的场景，他那惨白的脸色，还有刚才海妮惨死的情形……

我疯狂地一棍荡开了身后的攻击，心情突然间异常平静。

我对他说道："生死有命。"

噗……

将整个体重超过两百公斤的大肥猪怪，钉在了沙滩之上。

嗷、嗷……

长棍掼胸而过，巨大的痛苦让朱和气嚎叫不止。

他拼命地挣扎，结果越是挣扎，伤口撕扯越大，鲜血如同打开的水龙头一般，"咕嘟嘟"地往外冒，其余的家伙瞧见我重创朱和气，也急红了眼，有人大声叫着"老八"，有人叫着"八哥"。

我没有了软金索长棍，对这帮家伙也就没有了最直接的对抗资本，他们冲上前来，就是想要趁着这一下的空隙，将我弄死。

他们想要把朱和气给救下来。毕竟黄泉引的传统是从不吃亏，只有他们宰人，没有别人宰他们的份儿。

可这件事情，到我这里终结了。

做坏事，是要付出代价的。

我猛然前扑，避开了好几个家伙的刀枪剑戟，然后在那一瞬间将妖力撤去，让长棍又变成了绳索，随后将软金索打了一个死结，把朱和气整个人如同串腊肉一样从胸口串起。

随后我拉动软金索，将朱和气整个人都扬了起来，用力一甩，将他甩到了空中。

这家伙虽然很胖，但肉质细密紧致，被软金索牢牢串住，随后被我当作流星锤一般挥舞起来。

人形肉球流星锤。

被挥舞起来的朱和气大叫着，悲惨模样，让人动容，然而就在此时，我心底里有一股潜藏不住的暴戾觉醒。

他越是叫得惨烈，我越是心头畅快。人生之快意恩仇，大丈夫当如是也。

在用朱和气为锤子的人形肉球流星锤的加持下，那几个红着眼睛扑过来的家伙都下意识地停住了脚步。他们手中的武器高高扬起，却没有一人胆敢落下。他们生怕伤到了这位东兴十八罗汉之中排行第八的猪妖。

当这帮人以为我失去武器的时候，我却用四处飞舞的朱和气镇住了场面。这个差不多有两百多公斤的家伙被我挥舞起来的时候，一开始还有些勉力，到了后来有了惯性之后，却省力了许多。

只不过，作为当事人，朱和气的感受就没有那么愉快了，他刚开始还能中气十足地哇哇大叫着，到了后来，渐渐没有了声音。

事实上，甭管是任何人，被这般穿了心肺像风火轮一样的转悠，都不可能还活蹦乱跳。

即便他是夜行者。

眼看着朱和气不行了，其余人畏首畏尾，不敢上前，一直藏在人群身后的刘勇突然间冲了出来，手中的长刀朝着软金索砍来。

他这一刀，又快又利，带着一往无前的气势。

他出的这一刀，正好卡在了"流星锤"下落之时，无论是时机的把握，还是速度和力量的控制，甚至是角度的考量，都精确到了极点。

这是一个用刀的顶尖高手，正好斩在了软金索上。

在某一瞬间，我感觉到他的这一刀所向披靡，仿佛能斩断软金索，然而我立刻发现，这只不过是对方那一往无前的决绝给我带来的错觉而已。

刀索相交，火花四溅，随后刀滑落下去，正好划到了朱和气的身上。

他这刀是好刀，最大的优点就是锋利。

朱和气的半边身子就被长刀砍了下来，他连一声哼哼都没有发出来。

这个虐杀了老金的家伙，就这样惨死刀下。

随着朱和气的半边身子落地，我感觉到绳索的那一端突然一空，轻松了不少。

很快，朱和气整个身子上面有浓密的黑雾浮现，而他整个人居然如同一个装满了水的气球一般，被戳破之后里面的液体飞速流逝。

四百斤的朱和气化作了无数浆液，落到了我周围的沙滩上，也将前来围攻我的这些人浇了个劈头盖脸。他居然化作了一大摊的尸液。

这是怎么回事？我有点儿蒙。

就在这个时候，突然间一个身影倏然出现在了我的眼前，还没有等我反应过来，一记黑虎掏心重重捶在了我的胸口。

我的双眼一阵发黑，在那一瞬间，我感觉自己仿佛就要死去了一样。

在半空中飞了一小会儿，我方才回过神来，而这个时候，一只大脚将我给恶狠狠地踩在了沙滩之中。

我血气上涌，感觉到世界都在颠倒，视网膜都快要脱落了。

过了好一会儿，我才瞧见一个巨人将我踩在了地上，就像一座沉重的山峦，我拼命挣扎，都难以摆脱。

随后那人俯下身来，一把从我的手中夺过软金索。我即便是奋力拽住，也难以抵御住那恐怖的力量。

当软金索从我的手中脱开的一瞬间，我好像被抽掉了骨头一样，全身都难以发力。随后我听到了一个让我错愕的声音："王虎，把那绳子给我。"

什么？

我双目一瞪，有些难以置信地抬头看去，我终于认出了这个一下将我给击倒，又一脚踩得我无法动弹的男人。

王虎，这不就是马一吞他们院子里的傻大个儿吗？他在鹅城失踪之后的确是落到了黄泉引的手中，只不过他怎么就跟着黄泉引助纣为虐了呢？

我目瞪口呆，难以置信地看着他，脑子里嗡嗡作响，忍不住喊道："王虎，王虎，是我啊，侯漠，你不记得我了吗？"

我大声喊着，试图跟这个小巨人一般的傻大个儿攀些交情，然而当他低下头来看我的时候，我陷入了绝望。

他的双眼之中，瞳孔一片白色。

这样诡异的场景，再配合上他冷漠的表情，让我一瞬间就明白——此时的小巨人，已经不再是以前那个傻大个儿了。

他已经变成了黄泉引的杀戮兵器。

一股巨大的悲凉浮现在了我的心头，而王虎将软金索朝着后面一扔，落到了刘勇的手里。他低下头来，恶狠狠地啐了我一口，粗声粗气地说道："叛徒，凭你也配叫我的名字？"

腥臭的浓痰落在了我的脸上，就如同一层厚厚的阴霾，让我心里堵得难受。

而这个时候，好几个人都冲到了我跟前来，有人出拳，有人出脚，怎么狠怎么来。疼痛不停地刺激着我。眼角的余光处，马一吞看到了我这边的危机，没有再往海里生扑，而是朝着这边赶来，却被笑面虎给拦住了。

那边不止笑面虎一人，之前开车离开的那些黑西装回来了，另外还有十几个人，也不知道从哪里冒出来的，此刻都跑到了这边来。

敌人果然有许多埋伏在，这些都是预料之中的。而且我们都有着相应的对应之策。

唯一想不到的，是他们毫不犹豫地对海妮下手。

他们是如此的决绝和狠戾，完全超乎了我们的想象，让我们且战且退，有人阻击、有人接应的策略，全部都落了空。

我没有办法挣脱开王虎的踩踏，只有双手抱头，扶住面部和脑袋，让自己不至于遭受到致命的伤害。毕竟在这样的时刻，对方有可能做出任何事情。事实上，已经有兵器朝着我身上招呼了。

眼看着我就要被乱刀屠戮，却被人给拦住，那个刘勇喊道："等等，这个家伙，噬心魔大人点名要见他活人。"

黑山羊抓着两根沉重的铁锏，怒声吼道："他杀了八哥，我拿他偿命，不应该吗？不应该吗？"

他跟朱和气的感情显然很是不错，此刻悲痛欲绝起来，两行清鼻涕都快要甩出来了。

他抬手要再砸，却有人厉喝道："老十五，你敢违抗大人的命令？"

大人。

这个名词让处于暴怒边缘的黑山羊冷静下来，他仿佛蔫了一般，双手垂落。随后，刘勇伸手去掏我裤兜。

我一激灵，迅速伸手，将那装着癸水灵珠的绸布袋抓在手里，死死拽住。

那家伙瞧见，猛地一记手刀砸在了我的手腕上，大声喊道："放开。"

我右手疼痛欲裂，却拼死不放。旁边好几人凑过来，有人控制住我的手，有人抓我的肩，有人去掰我的手指。

而这个时候，我的脑子突然灵光一闪，大声笑了起来："想拿到这东西？做梦吧！"

我右手手掌猛然一用力，妖力陡然集中，然后一攥。

咔嚓……

癸水灵珠破碎，无数碎片扎入了我的手掌，我的右手顿时血肉模糊。

鱼死网破吧！

小时候，我曾经摔破过一个玻璃杯子。那碎玻璃碴子砸到了腿上，疼得我一宿一宿地哭，现在腿上都还有印记。

而此时此刻，十指连心，手掌的敏感程度远胜于腿，那种直入心底深处的疼痛，瞬间就爆发了出来。除了疼痛之外，我还感觉到有一股湿滑炙热，如同电流一般的东西钻进了我的手掌之中。

我下意识地去看我的右手手掌，却瞧见那癸水灵珠被我捏碎之后，那股青色碧绿、如有生命一般的东西，居然钻进了我的手掌之中。

然后我整个右臂都开始发光，紧接着一股力量将我瞬间支撑起来，还将压在我身上的一帮人给弹开了去。

当时的我，只感觉到整个世界都是一片黑暗，紧接着仿佛有绿光浮现。

在后来的一次谈话中，马一岙告诉我，当时的我就跟踩了高压线一样，整个人抽起了羊角风，将身上的这一帮人都给掀翻之后，就开始在地上打滚，而且还不是单纯地打滚，反而像是抽搐。

这癫狂劲儿，那节奏感，估计配起迪斯科的音乐都能上天了。

当时那帮人也是愣了，一开始还以为我从哪里借来了什么洪荒之力，一下子就打了鸡血呢，有人扑上来，被直接弹开了。

后来王虎也扑了上来，这个大汉，两米多的身高，猛然压下，如同山峦倒塌一样。

但他一样被弹开，没有任何商量的余地。

直到这个时候，我还是保持着那种身不由己的癫痫似的抖动，甚至还口吐白沫，周围的人都以为是被那破碎的癸水灵珠给伤到了。

怕是力量灌输不兼容，从而产生了如此诡异的状况吧？

这帮人颇有见识，知道一般出现这种情况的，基本上都一个下场，那就是爆体而亡。

所以他们为了避免溅得自己一身血浆，都往后退去。

我当时的意识几乎是模糊的，并没有什么思绪。根据马一岙的说法，我当时如同充气的气球一般，肚子、四肢甚至脑袋都膨胀起来，看得出里面有恐怖的力量在左右冲撞，让我足足癫狂了三四分钟。

那个时候的马一岙，也正在遭受黄泉引最激烈的围殴。

他将那八爪人的两根爪子斩断下来之后，就被笑面虎带人给团团围住。那个受了伤的八爪人更是用剩余的爪子卷起枪斧锤叉，发疯一般地冲着他攻去。

在这样的状况之下，他即便是想要过来救我，也突破不了重围。

事实上，他已经自身难保了。

甭管过程有多久，当我的意识恢复过来，奄奄一息地躺在沙滩上时，马一岙那边的战况还在继续。旁边几人则在四五米之外小心翼翼地看着我，虎视眈眈。

当我与其中一人的目光对视时，那头长着个大狸花猫脸的家伙一个激灵，下意识地往后退了两步。

随后有人伸出手来，一把拍在了他的脑袋上，恶狠狠地骂道："怕什么，上啊。"

大狸花猫的胆子远没有其他人那么大，有些犹豫地说道："这家伙，胀成气球了都还不死，怕不是妖怪吧？"

刘勇一脚将他给踹倒在地，恶狠狠地说道："妖怪，妖怪，你才是妖怪！"

有人恐惧，也有人凶狠，那头黑山羊显然与朱和气的感情极好，此刻毫不犹豫地就冲上前来，大声喊道："我现在可以打他了吧？"

他对刘勇刚才的阻止心怀不满，而刘勇对我捏破癸水灵珠的行为同样气愤不已。

他不再阻拦，毫不犹豫地说道："打，只要能活着就行，打残了算我的。"

听到这话，黑山羊没有了顾忌。他抽出一把匕首，用长长的舌头舔了舔刀面，陡然扑上来。

我想要爬起来，结果浑身发软，麻麻痒痒，怎么都用不上力气。

我全身浮肿，热流在体内乱窜，爬起来一小半就趴下去。

砰……

黑山羊的拳头如期而至，重重地砸在了我的下巴处，我感觉脑袋"轰隆隆"一阵响，被直接砸飞几米开外。

随后那家伙暴风骤雨般一顿拳打脚踢，朝着我的身上倾泻而来。

他真的把我当成了人肉沙袋。众人瞧见我只是一只纸老虎，也没有再多犹豫，纷纷冲上来就是一阵暴打。

我无力反抗，只有抱住了头颅，尽可能地让这帮家伙不伤到我的要害。

此时此刻，人为刀俎，我为鱼肉，对方想要发泄，所以才没有真正下狠手，但我将癸水灵珠捏毁这事儿，又如何能善了？

一阵暴揍之后，好几人将我按住。黑山羊伸手过去，将嘴里咬着的匕首取了下来。

他回头问刘勇："本间先生，大人要的是活人，但不一定要他周全吧？我把他的手筋脚筋都给挑断了，这样是为了避免他逃跑，你说是不是？"

这黑山羊显露本相良久，此刻维持不住，恢复了人脸，一副尖酸刻薄无二两肉的模样。再加上那黑黢黢的山羊胡，还有常年吸烟导致的大黄牙，十足恶毒奸诈。

刘勇听了，阴沉如水的脸上浮现出一丝狠戾的笑容来，狠狠地说道："当然没问题。"

说罢，他还冲着黑山羊举起一根大拇指来，赞叹道："论阴招，还是你东兴老十五厉害，佩服。"

黑山羊咧嘴，露出一口大黄牙来，然后狠狠地对我说道："我先把你的手筋脚筋挑断，再废了你的丹田，就算是你能熬得过这会儿，恐怕也没有未来了。我也算是为了八哥报仇了。对了，你刚才对八哥说了什么？生死有命？这话，我还给你！"

他恶狠狠地笑着，然后将手中的匕首高高扬起。

这架势，仿佛不是割断我的手筋脚筋，而是要一刀插在我的胸口，让我毙命。

就在他将匕首扬到了最高处的时候，突然间，我听到了一声响。

嗡……

紧接着这个黑山羊的胸口处，变戏法一样，多出了一支箭羽来。那箭羽是用某种鹰隼的羽毛制成的，油光水滑，泛着亮光，箭杆黑红相间，十分诡异。

追风箭。

白云山的追风箭，一箭射苍鹰，第二箭，射到了这个家伙的胸膛之上。

咚……

黑山羊的匕首终究还是没有落下，因为他整个身体已经被高速射来的追风箭穿过，巨大的惯性将他钉在了沙滩上。

原本扬扬得意的黑山羊此刻被钉在沙滩上，双脚蹬地，泥沙泛起。他双手下意识地往前抓了两把，随后无力地垂落。死了。

围在这儿的众人都愣住了，随后朝着箭射过来的方向望去。

一个疤脸年轻人站在了堤岸之上，弯弓搭箭，射出了第三箭来——嗖……

啊！

一声巨吼，这回中箭的那人，是刚刚以绝对的力量将我压垮的王虎。

　　不过这个傻大个儿在进入黄泉引之后，反应能力明显强了许多，在千钧一发之际往旁边平移了一些，直指心脏的一箭最终射在了他的左臂之上。

　　追风箭的巨大力量，将他带着朝后连着退了七八步。这力量，当真恐怖。

　　而就在阿水射出了手里所有的追风箭之时，他的身后突然间浮现出了一个巨大的黑影。

　　是那个被他从空中射下来的猛禽夜行者。

　　那家伙被射中后又从半空中摔下来，我都以为他已经死了，却没有想到生命力这么顽强，这个时候还找到了阿水。

　　那家伙将阿水扑倒在地，两人在地上厮打起来。

　　这时，我又看到了意料之外的另外几个人。

　　钱国华、钱国豪两兄弟，江门林蓝平、茂名卫合道，还有那位说好了在远处接应我们的许梦月以及小胖子简大勇，再有那个宝芝林的少主苏四。

　　他们这些人，在感觉到情况不对之后，并没有按照马一舀指定的"弃车保帅"计划离开，而是全部都赶了过来。

　　事实上，此时此刻的状况，他们应该都能直观地感受到。

　　他们在此之前也听过马一舀对于黄泉引力量的描述，明明知道此番前来凶多吉少，但终究还是选择了过来。

　　我的心中十分激动，随后我瞧见被一箭射中致命处的黑山羊，竟然如同刚才的朱和气一样，整个人都化作了一摊腥臭的尸水，十分骇人。

　　还没有等我想明白这事儿，不远处的笑面虎就放声大笑了起来："甚好，甚好。"

　　他一刀逼开马一舀，然后大声喊道："既然都不怕死，那我黄泉引今时今日就要大开杀戒，所有人都得死；我要让从今之后的二十年，整个江湖，闻我黄泉引而色变！"

第二十章

天才夜行者，小狗斗群狼

笑面虎立下如此狂妄话语，其余人也都杀气腾腾，纷纷大声吼叫起来。

霎时鬼哭狼嚎。

那十几个黑衣人全部都摸出了随身携带的甩棍，朝着从堤岸上方冲下来的一众人等杀去。刘勇等人也都转身，冲向了我这些增援而来的同伴。

只有被追风箭射中的王虎，他将左胳膊上面的箭支折断之后，朝着我走过来。

他俯下身，一把抓住了我的脖子，将我控制住。

追风箭的力量恐怖，但这家伙的胳膊发达得跟别人大腿一样，就算是受了伤，里面还插着箭支，都不会有太大影响。至少控制住浑身力量消解的我，已经足够。

堤岸之下的沙滩，随着众人的加入，战况瞬间就变得不同，马一吞这边的压力减缓许多，但那些冲下来的同道却在一开始就遭受到了最猛烈的阻击。

卫合道手中抓着一根坚硬如铁的木棍，一马当先，迎战一大帮的黑衣人。

他一开始如猛虎出笼，一手出神入化的五郎八卦棍的确也挑飞两人，还将一人砸倒在地，然而当一个手长过膝的男人冲到他面前的时候，这冲势顿时就终止了。

那个男人从头到尾都没有显露本相，但从他身上散发出来的腾腾妖气昭示了他夜行者的身份。

那人双手没有任何武器,只是伸手,便从漫天棍影之中,将卫合道的铁木棍抓住。

卫合道往回一扯,却发现纹丝不动。对方的力量,到底还是太强大。卫合道冲势顿住,钱家兄弟就站了出来。

这两人是打熬筋骨、修行外门横练功夫的路子,浑身上下都是茧子肉,硬得如同披上一层铠甲,双手的力量强悍得很,没事儿捏捏核桃玩,一捏一个碎,戳铁砂、砸石头,最不怕的就是硬碰硬。

兄弟同心,其利断金,他俩一起上前,双手之上穿着铁环手套,猛然抓住了这个长手男子的双臂。这两人一左一右,扣住那人胳膊之后,猛然一拉。

这阵仗,有点儿像是五马分尸。

然而看着健壮如牛的两兄弟,却并没能将那个长手男人撕扯开,那家伙如同钢筋铁骨一般,一动也不动,而且抬起头来,一脸漠然地打量着他们。

因为角度的关系,我并没有瞧见那人的正面。但他的眼角处,有一抹寒光浮现。

我的心在那一瞬间开始狂跳不止。

一瞬间,我突然间有了一个对于力量的认知——今天所有的人里面,最棘手的不是笑面虎,也不是刘勇,更不是那个猛禽夜行者。而是这个一直都置身事外的男人。

一如之前黄泉引的长戟妖姬。

永远都置身事外的人,并不是执行者,也不是指挥者,而是监督者。

那是上头派来的监军,是捧着尚方宝剑的顾命大臣。也是随时能出来撑住场面的家伙。

眼见这人出手,即便是被王虎死死控制住的我,也止不住倒吸一口凉气。

黄泉引从来不吃亏,倒也不是没有缘由。

对方出动的人马,无论是数量还是质量,实在是太超出我们的想象了。

果然,以一敌三,那人游刃有余,双手一用力,胳膊居然就增大了一倍,让钱氏兄弟完全没有办法握住他的胳膊。

随后，长手男人猛然一抖，钱氏兄弟就如触电般往后跌倒。

他并没有停止动作，紧紧握住了那根铁木棍。卫合道再也拿捏不住，只有放手，没想到手刚刚一放，那掌握住了铁木棍的长手男人立刻反手一棍，冲着卫合道当头砸来。

而此刻的卫合道有些反应不过来，眼看着就要被砸中脑袋。

铛……

一声铮然之声出现，卫合道以为自己必死，却不料有人接下了这一棍。

来人是匆匆赶到的许梦月。

这样的打斗仿佛过了一个世纪，然而从客观时间上来说，却只不过是前后几秒钟而已。

许梦月使的是一对袖手剑，这种短剑仅仅比匕首要长一些，剑格处稍长，加粗，平日里藏在袖子里，几乎看不出来，而一使用出来，便是杀招毕露。

她用两把袖手剑挡住了长手怪人的一棒，因为兵器短小的缘故，显得十分吃力。

不过许梦月的修为在众人之中是最强的，她甚至比马一吞都要厉害，此刻倒也不怯那人。不但如此，许梦月还冷声哼道："白眉道人，你犯了那么多祸事，不好好在澳门藏着，还敢跑到羊城来？"

那长手怪人冷笑，说："我们认识？"

他长棍下压，死死抵住了许梦月，而许梦月则开口说道："当初我师父欧阳岳和几个老前辈将你们几兄弟追得如过街老鼠东躲西藏的时候，我也在场呢。"

长手怪人听闻，双目一瞪，突然笑了起来："哦，我道是谁，原来是黄金镖的弟子。"

笑罢，他的眼睛又眯了起来，说："当年耻辱，是因为你们这帮家伙人多势众，仗势欺人，现如今那几个老不死的，死的死，散的散，早已不成气候，而我又承蒙大人启用，监督东兴，赏赐一身修为，也是该讨回场子的时候了……"

他猛地抽回棍子，瞬间又扫到面前，让人震撼。

而许梦月身法灵动，并没有被对方的威势吓住。

两人缠斗之时刘勇带着一众妖魔鬼怪也杀将而来，钱氏兄弟和卫合道、林蓝平等人就算是想要帮许梦月，都没有工夫，只有硬着头皮接下对手。

黄泉引人多势众，而且个个都是久经沙场的冷血杀手，死人堆里翻腾出来的胆气，远远不是他们所能比得了的。

所以几乎是在一瞬间，场面就显出了一边倒的趋势。

我被王虎掐着脖子几乎快要断气，然而体内一股热流却在这个时候从四肢百骸流出，朝着心脏部位汇聚而来。

这个时候的我有点儿迷糊，脑子就好像是快要烧开的水壶，一片混沌。

但我还是瞧见了，在一边倒的场面里，有一个人杀了出来。

这人就是喝多了酒之后，冲着我蠢萌蠢萌做鬼脸的小狗。

这个小胖子，此刻也如同喝多了一般，进入我视野的时候就已经是恶犬的模样，牙齿突出，脸上的肥肉耷拉，双目精光四射，穿透人心。

他长得一个恶霸犬的头，那架势，也像恶霸犬一般凶狠。他如同一颗导弹，飞身扑倒了一个黑西服，直接用满是褶子皮的脑袋，将那人给活生生撞晕了去。然后就地一滚，捡起了那人的甩棍，一阵猛攻下三路，将这几个黑西装打得嗷嗷直叫。

随后，他"嗷呜"一声，就像头狼，飞身再扑。

这回，他扑到了大脸花狸猫身上，抬手就是一拳。

这一拳扎扎实实地打在了狸猫身上，若是普通人，估计就直接倒下了，但对手是身体强悍的夜行者，就没有那般简单了。

狸猫冲着小狗"喵呜"一声叫唤，挥爪就上。

小狗一声"汪汪"，扑了上去。

两人纠缠在一起，就像小孩子打架一样，在地上滚来滚去，一开始还没有人在意胜负，没想到几秒钟之后，小狗翻身起来，而那个大脸花狸猫夜行者再也没能起来。

这就完了？

我有些惊叹，没有想到那个蠢萌蠢萌的小狗居然这般凶残。

随后小狗又冲向了人群之中。他的确是个天才夜行者，利用自己的身体优势，在人群之中快速奔走。他头脑清晰无比，趋利避害，实力比他强的，他一触即退，稍微比他弱一些的，他也不加理会，但对他而言差几个档次的，就会毫不犹豫地扑上去，而且上去就直接下狠手。

虽然没有杀人，但他一拳又一拳地猛击，势必让那人爬不起来，短时间没有战斗力。

谁能想到，他这么强？

小狗的惊艳表现在交手十几个回合之后，对方倒下了七八个战斗力。他立刻被重视起来，不但刘勇转变了方向，就连与许梦月缠斗的长手怪人白眉也朝着他扑去。

一个小狗，搅动场中风云，其余人所受到的压力顿时就减轻许多。

那个苏四也不比小狗差多少，只不过他性格比较沉稳，一直在外围游绕，而且个头儿又不高，没有那么醒目。

笑面虎、长手怪人和刘勇三人，都朝着最拉仇恨的小狗冲去，眼看着局势就要逆转，我听到了三声枪响。

砰、砰、砰……

枪声落下，我瞧见修炼硬气功的钱国伟连着退了三步，胸口有鲜血染红，口中吐血。

就在不远处，两个黑西装掏出了手枪来找寻敌人。

动枪了？

没有在禁枪国家待过的人，不能理解此事的严重性。

据我所知，在国内的任何刑事犯罪案件，一旦是涉枪案，它就绝对会比任何案件都更受重视，而且基本上都会立刻成立市级乃至省级专案组，甚至还会有限时限期破案的要求。

它仿佛是公安机关的底线，一旦越过这一道红线，都会受到毫不留情的铁拳打击。

因为涉枪案的危险实在是太大了，它严重危害到了人民群众的生命和财产安全。

这是马一奋对我说的，起源于我之前的一个提问，那就是为什么现在的江湖人，很少会用枪。

都是在这行当里混饭吃的人，没有人想总是被警方惦记。

不到万不得已，千万别动枪，不然大家都不好受，这几乎是正邪两道都会尽可能遵守的潜规则。

然而黄泉引这帮人向来无法无天，与生俱来的本事就是蔑视一切规则。他们以过江猛龙一般无可匹敌的姿态横扫一切，想要竖立起自己的威风来。所以在这形势极为微妙的时候，有人选择了开枪。

三声枪响，钱国伟倒地，而那两个枪手也端着黑黝黝的手枪，开始朝着其余人瞄准。

身手敏捷，四处乱窜的小狗并不是第一目标，毕竟他有几位大佬盯着，基本上是逃脱不了。

而其他人则成了两个枪手的重点照顾对象。

功夫再高，板砖撂倒。

港岛霍家四大行走之首的风雷手李冠全，都能被我藏起来的一闷棍敲倒，更别说这现代化的武器手枪了。所以这枪声一响起来，众人都有些惊了，而随后许梦月等人也立刻回过神来，赶忙朝着人群之中扎去。

越是敌我不分，那些枪手的发挥空间就越小。

他们与黑西服一帮人混在一起，那两个枪手先是瞄了一会儿，随后估计是怕误伤同伴，然后将枪口转了方向，对准了落单的马一歪。

马一歪的落单是相对的，事实上，他的对手从头到尾都一直只有一个人。

那个断了两只爪子的八爪怪。

那个上身魁梧，袒胸露乳的大胖子，此刻不但双手持骨枪，而且支撑其身子的爪子，也都拿着兵器。之前他留在海水中，而此刻笑面虎等人都将注意力转移到了小狗的身上时，就剩下这两人在对垒了。

如果说仇恨，马一歪对这个家伙是恨之入骨的。

他恨不能生啖其肉，饮其血，抽其筋，将八爪怪给挫骨扬灰了。

但海妮已死，再无挽回的可能，场间的形势又是直转而下，他现在的想法是尽快加入另一边的战斗，他想救我。

但那八爪人一直将他拖住，形成了一对一的结果。

因此，两个枪手才会针对他。毕竟目标明显，地势又开阔。而且就算是误伤，八爪人皮糙肉厚的，也不会伤筋动骨。

砰、砰、砰……

枪声再次响起，马一吞尽量地避开，然而终究快不过枪子儿，身子陡然一顿，右肩的血花炸了开来。

马一吞也中弹。

在瞧见那情形的一瞬间，一直都浑浑噩噩的我，突然听到了自己心脏跳动的声音。

扑通……扑通……扑通……

一刹那，我的视野一片血红，整个世界都在天旋地转，枪声在那一瞬间仿佛消失了，我的心跳声充斥了整个世界，它扑通扑通地跳着。

随着心脏的跳动，我感觉到力量又如同抽水泵一样，从经过弱水疏导的经脉之中，回流到了四肢百骸里去。

那僵直发麻、疼痛欲裂的身躯，又渐渐地恢复了活性。

仿佛过了一个世纪，又仿佛过了几秒的时间。

我睁开了眼睛来。

那一刻，整个世界如同倒影一般，全部都进入我的眼眸之中来，湖光山色，尽收眼底。

它从来没有一刻如现在那般明媚精彩，无论是远处的山海，还是近处的人物，又或者一只苍蝇，苍蝇翅膀上面的纹路和光的反射，又或者人脸上的一根汗毛，全部尽收于我的眼底里。

我的眼眶里，渗透出浑浊的泪水。

我有些感动于这世界的精彩。

然而这仅仅只是那弹指一念间，因为在下一秒，我收回了所有的感动，猛然一晃，双腿撑在了王虎的裆部，然后将垂落的双手勾住了对方的胳膊。

我知道王虎的力气有多恐怖，如果我这个时候要跟他硬怼，只怕那家伙一发起蛮力来，就能把我给掐死。

要想不死在这家伙的手中，就得动脑筋、想办法。

我扣住了他还没来得及拔出来的断箭伤口处，这突如其来的动作让王虎惨叫一声，下意识地放开了我。在脱离对方控制的一瞬间，我双腿一蹬，就朝着滩涂滚去。

紧接着，我如同一条疯狗，冲向了左前方的十米处。

在那里，有两个枪手如同君临天下的死神一般，他们的枪口指向谁，谁就瑟瑟发抖。

这两人不解决，我们不管来多少人，都将全军覆没。

所以王虎即便近在眼前，也不是首要目标，笑面虎、八爪人、白眉道人、刘勇这些人，统统都不是首要目标。

这两个枪手才是。

你们要当死神对吗，那就先去死吧。

我如同一道飓风，十几米的距离，陡然而至，而这个时候，那两个枪手已经反应了过来。

他们即便不是夜行者，但作为长期受训的职业枪手，反应力还是十分迅速的，几乎立刻就调转了枪口，朝着对他们威胁最大的我扣动了扳机。

当机匣发出响声的那一瞬间，刚才那神奇的一幕再一次发生了。

我居然能看得到子弹射出枪口时的瞬间景象。

我还能把握得住那弹道的轨迹。

一切，如有神助。

我都不知道是怎么回事，自己就避开了好几条弹道，冲到了那两人近前来，紧接着我一个鞭腿甩在了第一个持枪人的手上，将那手枪直接踢飞到了海里。

而下一秒，我将整个身体收缩成一团，蹲在了地上，紧接着左腿用力一蹬。

我的右腿如同子弹一般，竖直朝上，由下而上地蹬向了第二人的下巴处。

咔嚓！

一声干脆的碎裂声，那个还想拿枪来近身射击的第二个家伙，被我从马一吞那里学来的终极杀招给踢断了脖子。之后，我腾身而起，又软绵绵地着地。

随后我一滚，一把抓住了第一人的双脚，将他扯到了地上，扬起硕大的拳头，朝着那人的脑袋就是两拳。

左一拳，右一拳。

那人的脑袋，直接凹了进去。

这个时候的我已经忘记了恐惧和心慌，脑子仿佛小狗简大勇一般，异常清晰，伸手过去，从那死人的手里夺过了唯一的一把枪。

我用血淋淋的右手抓着枪，瞄也不瞄准，就朝着快步奔走而来的王虎开了几枪。

王虎快步奔来，被子弹击中，身体狂震数下，居然并没有停止向前，只是速度慢了一些。

我这时才想起瞄准头部。

我读书的时候参加过军训，两个星期的军训，最后打了三发子弹，是八一杠，跟手枪完全不同，不过我还是隐约记得教官说过的话，三点一线。

当我瞄准王虎的那一瞬间，看着他那熟悉的脸庞，我多少有一些犹豫。

尽管他此刻是黄泉引的走狗，但在此之前，他却是马一岙小院的家人。

他之所以变成如此凶恶的模样，定然是被黄泉引用了什么手段蛊惑的，否则也不会连瞳孔都是白色，一片茫然。

然而瞧见他拖着沉重步伐朝着我冲来时，我脑海里激烈斗争之后，终究还是扣动了扳机。

妇人之仁，最是害人。

咔、咔……

哎？

我终于下定了决心，却悲哀地发现没有子弹了。眼看着王虎已经近在眼前，我来不及去尸体上翻捡弹夹，只有将手枪朝着海里扔去，随后转身，冲向了另一处。

尽管全身拥有了充沛的力量，但我并不打算与王虎多做缠斗。

现在这个时候，我最关心的，是中枪的马一岙。

好在他只是右肩中枪，并没有伤及要害。但是受伤之后，战斗力大幅度减弱，刚逃到岸边，就被刘勇盯上了。

我过去的时候，刘勇刚好与马一岙激战，马一岙被其打翻在地。刘勇随手抽了一根绳索将马一岙的身子给捆住，正要打结的时候，我赶到了。

砰……

我一记飞腿，却没有踹中那家伙。

刘勇眼观六路、耳听八方，避开了我的这一脚。而我也接近了马一岙，将他身上的绳索一把抽开，随后在半空中猛然一抖，甩向了刘勇去。

那个假鬼子冷笑一声，举刀来迎。

那绳索先软，晃开了对方的长刀，紧接着瞬间变硬，重重敲在了对方的脑袋上。

咚！

一声让人牙酸的骨裂之声，刘勇双目之中顿时就涌出了鲜血，随后他难以置信地喊道："为什么？"

我提着软金索长棍，冷冷一笑，眼角处却是一阵猛跳。

我转过头去，瞧见堤岸那边又涌来了一大片人。

黑压压，人头无数。

来人很多，而冲在最前面的几个，我居然都认得。

助拳团中一直没有露面的欧阳青，她之前肯定是保护着李爷、刘爷离开了，没想到此刻居然折返了回来。而跟在她身后的，则是蓄着浓密胡须、穿着白色练功服的宝芝林掌舵人苏城之。

那个满脸严肃的老头儿，也跟在了他的身边。

不是敌人。

我的心中一松，没有再多考量，而是将手中的软金索长棍猛然一抡，就重重砸在了刘勇的天灵盖上面。

第一次，是突破缺口，而第二次，则是要对方的性命。

咚！

对待刘勇，我没有对待王虎那般心软，在这个时候，越早将敌人击垮，越能将自己身边的朋友救出困境。

然而我这恶狠狠地一棒子下去，那家伙的脑门凹了大半，居然都没有血流出来。

这是什么情况？

我有点愣，那家伙却突然抬起了头，鼻子突出，圆眼发光，乌紫色的嘴里有着上下四根尖牙。紧接着我发现他的头部变得一片深蓝，被我一棒子打垮的头颅有黏液留下，显露出了原本的模样——竟然是一个凹陷部位，呈碟状，里面有浑浊的水在晃荡。

这家伙的身子开始变矮，随后毛发从身上冒了出来，手指变成了四根，手指与手指之间还有蹼……

这是……河童？

我想起以前看过一些关于日本的民间传说，脑海里瞬间就想了起来。

难怪这个家伙明明是中国人，又起名叫本间雅贵。

因为他的本相，根本就是日本民间传说的妖怪啊！

显露本相的刘勇一刀挥来，将我手中的软金索长棍挑飞，然后他没有再往前，而是用那细小狭长的眯缝眼瞪了我一下，抽身欲逃。

我想去追这个家伙，趁着自己身上一股澎湃的劲儿将他拿下，不料身后却有人追了上来。

王虎。

这个身上中了好多枪的小巨人，居然硬顶着枪伤冲上前来，为刘勇那个河童打掩护。

我心头愤怒，回过身来，一棍子抽过去。

这棍势又急又猛，王虎没有办法如同那白眉道人一般捉住它，只有用没受伤的左臂抵挡。

他皮糙肉厚，硬生生挡住了这一棍子，我感觉就好像抽在一头牛背脊上一般，而随后王虎一把抓住了我的棍子，双手攥着，怒吼一声，朝着他的方向拽去。

他一边拽，一边大声吼道："叛徒，叛徒，投靠了人类的夜行者叛徒，你不配做夜行者！"

他愤怒地嘶吼着，疯狂地猛拽。

而这个时候，马一肴从地上踉跄地爬了起来，掏出了那根炼妖球挂链，对我说道："能控制住他吗？"

瞧见他这架势，我立刻知道，马一肴是准备用之前在港岛时的手段来对王虎进行催眠。

此刻的马一肴历经大战，又经受过枪击，身体已经快不行了，指望他来控制王虎，实在太过勉强。

我必须站出来。

深吸了一口气，我将妖力一泄，软金索长棍变软，化作长绳，紧接着我往前快步走了几步，王虎猝不及防，往后倒去，而我则趁着这势头飞扑，将他按在了滩涂上面。

王虎被我压住，怒吼一声，奋力地推我。

他的气力十分恐怖，先前一只脚踩在我胸口就能将我给压住，而此刻我整个人都压在了他的身上，都感觉仿佛一不小心就要被掀飞了一样。

即便如此，我还是咬着牙，气沉丹田，将所有的修为都集中到了手脚之上。我用了一个比较古怪的方式将他的脖子给扣住。这个时候的我心脏急速跳动，力量源源不断地从里面朝着全身扩散，倒也勉强能压得住他。

随后马一岙没有任何犹豫地冲了上来，半跪在地。

他将那铜球在王虎的双眼之上晃悠，随后咬破左手中指，将流出来的血涂在了王虎的额头之上，一边晃动铜球，一边开口喊道："灵宝天尊，安慰身形。弟子魂魄，五脏玄冥。青龙白虎，队仗纷纭。朱雀玄武，侍卫身形。赦！"

最后一声落定，他将右手拍在了王虎的额头上面，大拇指和小拇指往外滑动，按在王虎左右两侧的太阳穴，用劲一按。

那双瞳混沌惨白、满脸狠戾的大个子突然间眼往上翻，手脚抽搐，口中有白沫涌出。

如此抽动几下之后，他竟然昏死了过去，不再动弹。

而马一岙将王虎控制住之后，整个人也将近虚脱，一下子趴倒在了王虎宽阔而又染着鲜血的胸口上，脸色苍白。

我从王虎的身上爬了下来，扶住马一岙的肩膀，说："你怎么样？"

马一岙摇头，说："死不了。"

听到这话，我松了一口气，转过头来，发现随着宝芝林的苏城之带着一大票人介入，使得现场的形势瞬间逆转。

黄泉引的人从一开始还节节抵抗，到了后来，便四散而逃。

我的目光在探寻，却发现刘勇这个日本妖怪已经冲进了海里，与那个八爪怪人一起沉进了水里去，而笑面虎带着白眉道人等一帮夜行者朝我们之前藏身的防风林突围。他们留下了那些黑西装阻击追兵。

天空之上，有一个身影歪歪斜斜地扑腾着翅膀，朝着大海的方向飞去。

砰、砰、砰……

一阵急促的枪声再次响起，我下意识地缩头，朝着声音传来的方向望去，却瞧见了警察。除了江湖人，苏城之居然还把官方的人请来了。

大概是知道这一场拼斗发生了枪击事件，所以警方也没有太多的犹豫，直接用上了枪。

在真正的力量面前，黄泉引也不过是纸老虎，除了那一帮夜行者凭借着身体的优势强行突围之外，其余的黑西装，几乎没有谁能逃脱得了。他们开来的那几辆车，也都被掀翻了。

这样算是彻底控制住了场面，我有心去追人，但不知道为什么，在感到安全后，我的心脏跳动开始减缓。

随之而来的是巨大的疲倦，全身各处的疼痛也传到了我的脑海之中。

我的眼前一黑，差点儿就倒了下去，再也没办法站起来追击笑面虎。

我和马一吞对视一眼，都没能再站起来，只有躺在滩涂上，靠着王虎庞大的身体，享受活着的感觉。

我勉强坐了起来，将软金索收起来，把裤子扎紧。

这个时候，苏四和小狗两人出现在附近，朝着我们这里跑了过来。

两人一番酣战，身上也有好几处伤口，衣裳满是血迹，不过他们的精神状态还是不错的。很明显，刚才的形势虽然危急，但没有人受重伤。

苏四走过来，将马一吞扶起，问道："我看到你受了枪伤，怎么样了？"

他说话的时候，小狗也把我给扶了起来。我这个时候才发现，小狗的衣服上面全都是喷溅的鲜血，但那都是别人的，他自己倒是没受到什么伤害。

马一吞站起来，摇头，说："没事，我身体结实着呢。对了，我看到钱国伟也中枪了，现在怎么样？"

不远处，钱国豪将自己哥哥扶起来，欧阳青在帮他处理伤势，看状况还算不错。

苏四笑了，说："得亏是修炼硬气功的，一身老茧，气运全身，虽然中了枪，但子弹都没有打进深处，没伤到内脏，所以也没什么事情。倒是你，看着状态不太好啊。"

马一岙表示没啥事，而旁边的小狗则激动地对我们说道："你们两个太厉害了，太厉害了！"

这个家伙跟人干架的时候那叫一个机灵，说话的时候却有点儿拙于表达。

我苦笑说："都被揍成这熊样了，有啥厉害的？"

小狗说："还不牛？那么一大帮人围着你们两个，个个都超级厉害，你们居然还能坚持到我们过来……"

马一岙对他很欣赏，说："要说厉害，你可是真厉害，让笑面虎那一大帮人都围着你转悠。"

小狗挠着头笑，说："嘿嘿，我这都是靠运气，打游戏学的。"

马一岙愣了一下，说："打游戏？什么游戏？"

小狗说："仙剑啊，《仙剑奇侠传》你知道吗？特别好玩，里面有李逍遥、赵灵儿和林月如……"

他说了一堆，马一岙一头雾水，而苏四赶忙拦住兴奋过头的小狗，说："别理他。"

几人正聊着天，这个时候，旁边传来了一个声音："玩够了？"

我抬头望去，却见苏四的父亲苏城之不知道什么时候出现在了我们身边。

他的身边还有一个长得很像苏四，但年纪要大一些的男人。

那男人冲着苏四，一副恨铁不成钢的样子说道："老幺，你能不能懂点儿事？别人搞个光伟正的破旗号一忽悠，你就傻乎乎地跑过来给人家挡枪，你这样，哪天死了都不知道！脑子是不是进水了？你知道父亲为了你这点儿破事，费了多少功夫吗？昨天族老堂开会开到了半夜。你啊你，什么时候能有点儿脑筋啊？"

那人应该是苏四的大哥，一开腔就直接对苏四夹枪带棒，冷嘲热讽，而且还有指桑骂槐的架势，十分难听。

苏四脸上有些挂不住了，梗着脖子争执道："什么叫忽悠？江湖一杯酒，义气在心头，我这么做，问心无愧。"

苏老大冷哼一声，说："呵呵，挺热血的啊，这个时候知道顶嘴了。我问问你，如果父亲和我们不过来，你们几个，是不是就死在这里了？"

这是事实，刚才的形势实在是太危急了，即便是众人都超常发挥，但如果没有援兵，估计就得被黄泉引活活耗死。

苏四张了张嘴，最终没有跟着辩驳，反而是旁边的小狗忍不住嘀咕道："也不见得……"

"闭嘴！"

苏老大恶狠狠地指着小狗，说："你还记得宝芝林对你家的大恩吗？你爸出车祸惨死，孤儿寡母，是掌舵的力排众议，给你父亲办丧事，给你母子俩发低保，还把你带进宝芝林，陪着四少爷一起修行。就算是你有妖族血脉，我们对你的态度也从来没有变过，可你是怎么报答的？掌舵的让你陪着四少爷，是让你陪伴他、监督他、保护他，可不是让你怂恿他送死的，懂不懂？"

他这一顿喝骂，让小狗羞愧得头都快要低到裤裆里去了。苏四瞧见好友被这般痛斥，终于也忍不住了："大哥，小狗是我的朋友，不是咱们宝芝林的家养奴，你放尊重一点儿。"

苏老大毫不收敛，大放厥词："吃我们的，用我们的，难道还不让人说了……"

他的话还没有说完，旁边一直沉默着的苏城之终于开口了："够了，老大。"

相比于苏四的叛逆，苏老大显得十分恭谨，父亲一开口，他立刻闭上了嘴巴，毕恭毕敬地往后退去。

他不说话，苏四方才有机会说："父亲，我……"

苏城之也没有让他说话，而是挥了挥手，说："你也停住，我有事情要跟马小友交代，你们都走吧。"

他做了那么多年的宝芝林掌舵人，积威甚重，苏四虽然想要开口，但被小狗拉了一下衣角，不敢再违背，躬身说道："那好，我去那边看看。"

他为了让自己父亲对我们的态度好一些，腰躬得极低。

苏家兄弟和小狗离开之后，苏城之平静地看着马一岙，没有像自己大儿子一般出口伤人。

他只是淡淡说道："这次叫省厅的老马过来，是我慎重考虑过后，又跟族老们妥协的结果。毕竟宝芝林开门做生意，不想太得罪人，让省厅的人过来处理，一来官面上有交代，好收尾，再有一个，我们宝芝林也不用跳到台前来。这一点，还请你多多谅解。"

他说得客气，马一呑不敢怠慢，拱手说道："这是应该的，是我考虑不周。"

苏城之说道："你理解就好。"

马一呑感激地说道："这一次倘若不是您来主持大局，只怕我们真的就要交代在这里了。救命之恩，时刻铭记。"

他表现出了足够的谢意，但苏城之却十分冷淡，说："这件事情，用不着这么客气，你知道的，我也不是冲你，只是不希望犬子死在江湖仇杀里而已。"

他斟酌了一下语气，又说道："蒙蒙这人，自小天分极高，又年少气盛，最喜欢跟人争斗，我也很是操心，总担心他哪天重蹈了黄祖师爷的儿子肥仔二的覆辙，所以才会这般紧张。做父亲的，总不希望白发人送黑发人，你说对吧？"

马一呑十分明了，再次拱手，说："我明白了，今日之事十分抱歉，以后不会有了。"

他识相地做出了保证之后，对方紧绷的脸方才松懈一些。

点到为止之后，他没有继续这个话题，而是话锋一转，开口说道："今日之事，我尽量低调处理，希望以后有人问起，你也别说起我宝芝林。至于后续处理，我让人跟老马沟通，关照一下，不会让你们为难的。"

马一呑又躬身行礼，说："好，多谢。"

谈完了正事，苏城之这才仿佛刚刚发现马一呑伤势一样，轻描淡写地关心了两句，没有再作停留，转身离开。

这人离开了一段距离，我才终于感觉到僵硬的气氛舒缓许多，长长舒了一口气，忍不住抱怨道："这个家伙，真能装……"

马一呑一直在拱手相送，这个时候方才直起腰来。

他平静地说道："他不是装，天刀苏城之，的确有这样的牌面。"

我有些惊讶，说："这个人，很强？"

马一呑点头，然后没有再多聊苏城之，而是问我道："你上次在拍卖会场捡到的那个炼妖球呢，在哪儿？"

我从兜里掏了出来，说："在这里，要干什么？"

马一奁指着地上的王虎说道："他应该是被黄泉引动了手脚，迷惑了心智，所以才会六亲不认，如同傀儡一般大开杀戒。如果能想办法让他恢复心智，洗去心灵的污垢，他还是能回归本真的。如果他让警方带走，就太麻烦了。"

我一下子就明白过来，说："你的意思是把他装进这个炼妖球里，我们带走？"

马一奁点头，说："对，小虎跟我有三年时间了，我对他死去的母亲有过承诺，一定要带他走上正道，而且还要给他娶一房媳妇，传宗接代。"他叹了一口气，脸色有些暗淡，低声说道，"答应别人的事情，不可不做。"

我说："好，你来。"

我递给他，马一奁却没有收，而是教导我炼妖球的使用方法。

"心神沉浸其中，臆想一方世界，流通全身者，真气也，注入球中，感受机关，然后念曰——'万灵当信礼，八苦不能随；积行持科戒，提携证玉京……'，妖入其中，手在掌心，三息过后，再缓缓收回怀里，吐息收功。"

我照他所说的先练习一遍，随后施展，妖力灌注，毫不费力地将偌大的王虎身躯收入其中。

我摩挲着手中铜球，并没有感觉到重量提升。忍不住感慨，说："真是神奇啊，这到底是什么原理？"

马一奁苦笑，说："这个行业有太多东西都无法用我们已知的知识来解释。我之前听人跟我讲过一个说法，什么暗物质，什么几维空间之类的，总感觉欠缺一些意思。不过话说回来，此法失传久矣，百手神匠温伯龙能凭着一册《墨氏春秋》将其重新制作出来，着实是让人感慨。世间之人奇智者多如繁星啊。"

感慨过后，马一奁身子又是一阵晃悠，我赶忙上前扶住了他，说："你怎么样，还好吧？"

马一奁摇头，说："没事，就是有点儿累。"

我指着他的肩头，说："要不然去包扎一下……对了，先把你身上的子弹给取下来吧？”

马一岙推开了我，说：“不急。”

说罢，他朝着不远处的海面望去。我知道他想要干什么，也朝着浑浊的海面望去，没一会儿，在浮浮沉沉的水面上，我们瞧见了一个黑点。

我眯着眼睛打量，发现果然是海妮的尸体。

马一岙想要动，我拦住了他，说：“你别动了，我去就行。”

马一岙实在是太虚弱了，没有逞强，我则开始朝着那海面走去。

因为飘荡了一会儿，海妮的尸体已经到了深水处，我此刻的状态也很差劲，心中多少有一些担忧，害怕自己的体力难以支撑到将海妮打捞回来。

然而当我走到了海边，脱了鞋，下了水，那海水漫过了我的脚底板时，突然间我的身体里有一阵气息在流动。紧接着我感觉自己的右手上面，传来一阵凉飕飕的凉意。

我伸出手来，低头看去，却瞧见手掌事业线和生命线的交汇处，居然浮现出了一抹绿光来。这种绿光就好像是用强光照射极品翡翠时，浮现出来的那一抹浓重绿意。

很漂亮，也很柔和。

这是那癸水灵珠里面的光芒，如同调皮的小精灵一般，在掌心的两根线上面不断游绕着。

我盯着这抹浓重绿意，回想先前的种种场景，心头突然有了一缕明悟。

癸水灵珠虽然破碎了，但并不代表癸水灵珠消失了。它的那一抹“灵”，在经受过某种特殊的际遇之后，转移到了我的身体里来。

正是有着癸水灵珠里面的那一抹“灵”在，这才使得我即便是被重重暴揍，最终仍然能焕发出战斗力，挣脱王虎的控制，又将马一岙从刘勇的手中救出来。

而此刻，我是否继承了癸水灵珠的一些属性，比如说……

避水？

我心神浮现，紧接着神奇地感觉到一股气息包裹住了我的双脚，虽然依旧是湿漉漉的，但皮肤与水之间，却仿佛隔着一层东西，能让我在水下行走。

凭着这新技能，我顺利地将海妮从漂泊的海面上带了回来。

当我刚刚走到海边的时候，马一岙也走了过来。阿水不知道从哪过来的，也站在他身边。

马一岙快速跑了过来，一把抱住了海妮那干瘦的身躯，紧紧盯着她那被海水泡得发白的脸庞和紧闭的双眼，忍不住跪倒在沙滩上，身子颤抖着。随后，他将头顶在了海妮湿漉漉的额头上。

他的眼角，似乎有泪水划过。

海妮是一个可怜的女孩子。因为血脉太早显形的缘故，使得海妮从小就显得与众不同。她在老家那个小渔村里吃尽苦头，从小就凄凄惨惨的。

她不但被村子里的人各种非议，甚至被自己的弟弟殴打。父母对待她也是十分冰冷和淡薄，从小到大，她几乎都没有感受过什么温暖。一直到她遇到了马一岙，被接到了小院子里，与傻乎乎的王虎、热情的傻大姐肥花，和人小鬼大的小钟黄等人相处，方才感觉到活着的价值。

这些话，是当时我跟海妮一起在灶房里做菜的时候，她跟我聊起来的。

在小院子的那些时间，是海妮最开心的岁月。不用担心没饭吃，不用担心被人当作怪物，更不用担心随时会冲进来人殴打她……

听到海妮的话，当时的我心挺疼的。

她的要求，真的太简单了。

越是如此，越发惹人怜。

只可惜……她终究还是死了。

我的心情都如此悲恸，就像缺了一块什么，更不用说马一岙了。

他跪倒在地，抱着海妮瘦小的身子，低声说道："海妮，海妮，我答应过你，带你去海边玩儿的，最终还是没有实现诺言。我对不住你啊……"

因为枪伤，再加上伤心过度，马一岙终于倒了下去。

我和旁边的阿水七手八脚地将他扶起来，发现他陷入了昏迷之中。

我有些慌，不知道该怎么办，不是我不够沉稳，而是关心过度。

这个时候，许梦月大姐赶了过来，让我们将人给放平，之后帮着检查了一下，对我说："你别急，人不会有危险，不过必须得赶紧送医院了，不然时间拖长了，肯定会留下后遗症。"

我点头，说："好，好。"

　　我当时有点儿蒙,不知道该怎么做,好在许大姐是个十分有条理的人,叫人抬着担架过来,把马一岙抬离了滩涂这边。

　　弄完这些,她又过来问我,说:"这小姑娘怎么办?要不然也送去医院,到时候再通知她的家人过来?"

　　我想起海妮家人的遭遇,有些痛苦,说:"不,她……没有家人了。"

　　许大姐瞧见我脸色苍白,也有些摇摇欲坠,赶忙叫来了欧阳青把我给扶住,随后也安排了人,将我与马一岙一起送上了车,朝着附近的医院开去。

　　阿水也受了伤,不过他不愿意跟我们一起去医院。在车子启动之前,他找到我,让我转告马一岙,说他准备去一趟鹏城。

　　当时我的脑子有点儿转不过来,下意识地问他去鹏城干什么,阿水只是笑了笑,没有多说就走了。

　　等到回去的路上,我方才反应过来。

　　先前郑勇的身边有那个猛禽夜行者一般的高手照应,阿水没有办法给老歪报仇,所以才会跟着我们一起来。而现在一番火拼,黄泉引损失惨重,估计是顾及不了郑勇那个二五仔了。他这个时候赶到鹏城,说不定有机会将那家伙给拿下,祭奠老歪的在天之灵。

　　阿水这人话不多,开口闭口却总是提及老歪,两人的交情显然是极为不错的。从那三根极为稀罕的追风箭,就能看得出老歪对阿水的器重。

　　老歪没有儿子,说不定已经将阿水当成儿子看待。

　　到了医院,自有人安排给我们处理伤口,我心里想着马一岙,还有海妮的尸体,不肯第一时间处理身上的伤势,一定要在旁边看着。

　　许梦月大姐听到之后,找到了我说:"小侯,你别太绷着,先去处理伤口;这里的事情,都有大姐和其他几个兄弟姐妹帮衬呢。你放心,一切有我。"

　　她的笑容感染了我,也让我紧绷的心弦得到了舒缓,没有再坚持。

　　在急诊室处理伤口,急诊女医生和护士叫我脱下衣服之后,都被我身上的瘀青和伤口吓坏了。

　　好一会儿,旁边一个小圆脸的护士忍不住问道:"你这个,是几百人械斗吗?"

　　我摇头,不想说话。

之前心头热血澎湃，身上的伤口完全感觉不到疼，而那种紧张感松懈之后，火辣辣的感觉就像虫子啃噬一般将我吞噬。不过身体的痛感远远比不上心中的悲伤，我的脑海里一直不断地徘徊着海妮惨死之时的场景。

我想起她死去时，喊出口中的那一句话。

还有她那绝望的眼神……

每每想到这些，我都下意识地紧紧捏住了拳头，骨头捏得喀喀作响。旁边的医生开口说道："干什么呢？别用力，血都崩出来了……"

我这时方才想起这里并不是战场，我面前的这些人也并不是八爪怪人、笑面虎、刘勇和白眉道人。

我上半身和头部、脖子的伤口处理了小半个小时，随后又给我处理腿部和屁股。

当说要我脱下裤子的时候，我本能地拒绝了。

旁边的小护士一本正经地说道："害羞什么？这里是医院，你要摆正心态，知道吗？"

我依旧不肯，因为裤子一脱，我屁股后面的那一小截尾巴就露出来了。更何况是当着这么多人的面儿展示出来。

我的不配合引发了医生的强烈不满，在数次交涉未果之后，医生将医用手套一脱，愤愤不平地说道："没见过你这样的病人，一个大男人害什么羞？"

她走到门口，对外面说道："谁是病人的家属？或者他单位的，过来一下！"

她推门出去，过了好一会儿都没有回来。护士不知道情况，也跟着溜了出去，反而是欧阳青溜了进来，对我说道："侯哥，听说你跟医生吵起来了？要不然，我让他们换男医生？"

我躺在病床上，苦笑着说道："算了，一会儿我自己来吧。"

欧阳青瞧见快要被包成木乃伊的我，忍不住笑了，露出了两排雪白的贝齿，然后说道："就你这样，估计不行吧？你知道外面那些护士怎么议论你的吗？"

"怎么说？"

"她们说你真的是铁打的汉子，身上那么重的伤势，就跟在滚刀阵里趟过来的一样，居然都没有哼哼一声，实在是太了不起了。"

"还有什么？"

"她们还说你骨头真硬，要是平常人受了这样的打击，骨头早就断了不知道多少根，结果你一点儿没事。"

我瞧见欧阳青赖在这儿不肯走，忍不住苦笑，说："好吧，我坦白——我屁股后面，有一根小尾巴，不想让人瞧见。"

欧阳青听到，水汪汪的大眼睛眨了眨，对我说道："那我来给你处理伤口吧。你放心，我学过的，不会弄疼你……"

之前我不愿意让医生和护士处理，是不想在外人面前显露自己的尾巴。

在欧阳青这种同甘共苦的同伴面前，我倒是没有太多忌讳。

事实上，之前被擒住、被暴打的时候，我受伤最多的就是双腿和臀部。

毕竟有一种说法，叫作"打断你的狗腿"，而"踢屁股"这事儿又解恨又不至于背锅，故而我挨了无数的踹。

在征得了我的同意之后，欧阳青开始给我处理伤口并且敷药。

为了让我不至于太尴尬，她便跟我聊起天来。

大概聊了几句今天的状况之后，欧阳青一下子就将话题转移到了马一吞身上来。

我多多少少也在社会上混了一段时间，而且还是那种察言观色、伺候客户的推销行业，自然不会是不解风情的二愣子。欧阳青只是一个情窦初开的小姑娘，还没有太多隐藏目的的心机，我能看得出，她对马一吞其实是非常有好感的。

欧阳青问了我许多关于马一吞的事情，比如我是怎么跟他认识的，他平日里都喜欢干些什么，有什么兴趣爱好，喜不喜欢文学，最喜欢的书是哪一本？他……心里面有没有喜欢的女孩子？

我感觉头皮有些发麻。

一开始，欧阳青多多少少还收敛一点儿，毕竟有着女孩子的娇羞和矜持。但是当我跟她说起马一吞之前曾经为了帮朋友忙打拐数年的事迹，还有他的学霸经历时，欧阳青就已经放下了所有矜持，两只忽闪忽闪的大眼睛，都已经在发光了。

反倒是我，一想起还有另外一个年轻人对这个唇红齿白、清纯明媚的小姑娘有着好感，心里就发虚。都说爱情是盲目的，但我终究还是不希望马一岙跟苏四打起来。

她叽叽喳喳地问着，就算是我的伤势处理得差不多，被送进了病房里，她还是时而娇羞、时而热烈地跟我聊着。

时间不知道过了多久，终于有人来到房间，打破了我这儿尴尬的窘境。

来人是许大姐，她告诉我，马一岙醒过来了。

他说要找我。

马一岙醒了过来，要见的第一个人就是我。

在欧阳青的搀扶之下，我来到了旁边的独立病房。房间门口围着几个人，有林蓝平，也有卫合道，两人身上都受了伤，不过不重，包扎之后就坐在门口聊天。

卫合道是个老烟枪，时不时地伸手去摸兜里的香烟壳，而附近的小护士则像盯贼一样的盯着他。

许大姐带着我们过来，医生正好带着好几个小护士从病房出来。

他对我们交代道："病人的伤势很重，你们有什么事情赶紧聊，不要拖太久，要让病人保持足够的休息和睡眠。"

不远处有几个穿制服的警察，朝着我们这边看来，不过并无敌意。

有一个大眼睛的年轻女警察还冲着这边笑了一下。

我走进病房，马一岙包裹得比我还要严重，半躺在床上，瞧见我们走进来，点了点头。

他的精神并不算很好，林蓝平、卫合道和许梦月，包括我身边的欧阳青都知道我和马一岙有要事得谈，许大姐就说道："你们聊吧，我们先去跟警方谈一谈，回头等你精神好一些了，我们再说。"

马一岙表示感谢，然后问道："李、刘二老怎么样了？"

许大姐说："受了一些惊吓，不过现在好一些了，他们也想过来找你的，不过被我拦住了，老人家得多休息。"

马一岙点头，说："对，谢谢。"

几人离开之后，我走到窗前的板凳上坐下。

马一吞瞧见我也是一身绷带，问道："怎么样？"

我夸张地活动了一下手脚，然后说道："都是皮外伤。"

简单问候之后，马一吞的脸色严肃起来，问我道："那炼妖球呢，你带在身上吗？"

我赶忙从兜里取出来，说："在这儿，给你吧。"

马一吞不接，说："我现在没有保护它的能力，你拿着就行。"

我有些不解，说："王虎一直搁在这儿，会不会闷死？"

马一吞说："不，没事的，时间长了不行，但十天半个月的，不是什么问题。这东西你先拿着，毕竟我这几天内没有行动能力，如果黄泉引杀一个回马枪，来医院蹲我们，东西可能就会落到他们的手里了。"

我一听，有点儿吓到了，说："不会吧，黄泉引敢这么嚣张？"

马一吞看着我，说："这是最坏的打算，不过从这段时间以来咱们跟黄泉引打过的交道，你觉得没有这个可能吗？"

我仔细回想了一下，黄泉引给我最大的印象，只有两个字——疯狂。

太疯狂了，这帮人论起实力来说，参差不齐，但他们让人心生畏惧的是，一旦犯起浑，完全不顾任何的世俗约束和限制。就算是对待公权机关，也没有太多的畏惧，动起枪来没有任何的犹豫。

所以现在那帮人如果纠集一帮人赶到医院来补刀，也不是没有可能的事情。

我想了一下，说："那该怎么办？"

马一吞说道："我说的只是一种可能性而已，刚才我问了一下大家的基本情况，咱们这边紧急处理完之后不要再停留，找个地方先猫起来，等风声过去了再说。"

我说："我这就去跟许大姐说这事儿。"

马一吞摇头，说："不用，一会儿我会跟她聊的。我找你，是确定两件事情，第一，王虎这些天，先拜托你了。"

我说："这个没问题，我绝对拼死保住他，不把这球弄丢。"

马一吞又说："另一件是海妮的事情。我是这么想的，她对家乡虽然一直都心有芥蒂，但从内心里还是怀念的。毕竟那里的一切占据了她人生大部分的时光。现在她没了，我想把她送回家乡安葬，也算是我帮她做的最后一件事情了。不过我现在行动不方便，所以这事儿我希望你来帮我办，可以吗？"

我点头，说："好，没问题，我对那边也熟悉。"

交代完了这两件重要事情之后，马一岙跟我聊起了先前交战的事情来。我把我被众人重重围困，最后无奈，只能捏破癸水灵珠的事情跟他提及。包括我这身体拥有了避水功效的情况，也跟他聊起。

能将小命捡回来，已经是十分不错的结果了，至于癸水灵珠，从一开始马一岙都已经做好了失去的准备，所以并不可惜。

不但如此，他还惊讶我吸收了癸水灵珠之中的"灵"，获得了部分能力，于是问了我许多小细节。

譬如说："若是避水的话，那你以后洗脸刷牙和洗澡，岂不是也没有办法了？"

我跟他解释，避水这事儿，是一个主动的过程。若是不将那"灵"的性能引导出来，我和常人也无异，没有太多区别的。

马一岙点头，说："这个好，要不然以后变成臭烘烘一猴子，可就不好了。"

他能开玩笑，说明情绪已经从悲痛中走了出来，又或者说他将那深沉的悲伤压到了心底。

一番闲聊过后，马一岙对我说道："行吧，有啥事咱们以后再唠，别把外面的兄弟姐妹给晾着。人家什么也不图，千里迢迢跑过来，冒着生命危险帮咱们干架，别的不说，就凭这一点，那都是一生的朋友。"

我说："还是你这'游侠联盟'的大旗厉害，要不然人家也不会跟着过来。"

马一岙摇头，说："不，比起'游侠联盟'来，更多的，其实是大家内心古道热肠，这不是一个组织或者一个名头就能达成的。"

两人聊过，我出去找许梦月许大姐，没有看见人，一问才得知人在二楼的会议室。

他们在跟警方在交流沟通，做笔录呢。

我找过去，门口有人守着问我什么事，我说明之后，被领了进去。会议室里坐着几个人，坐在许大姐对面的，是一个右手夹着一根烟的干瘦老头子。

那人并没有穿警服，脸上满是褶子，看起来五六十岁的样子，一脸严肃，双目炯炯有神。

他眉头紧皱，一看就知道是干刑侦警务工作的老干部。

那人正在跟许大姐聊着什么，表情很是严肃，瞧见我进来，马上站起身，脸上带着笑容说："是小侯同志吧，你怎么来了？瞧你这一身伤，我们还想着一会儿再去找你呢。"

我有点儿尴尬，挠了挠头，说："不好意思，不知道你们在聊，要不然我先走？"

那老警察笑了，说："没事，正好你来了，一起坐下来聊聊。"

他走过来，跟我握手，说："马能，省厅的，以后叫我老马就行。"

我本来是着急来找许大姐谈黄泉引杀回马枪的可能，可当着警方的面儿也不好说，就坐了下来，在旁边听着。

许大姐继续说，谈的是关于黄泉引的嚣张气焰和危害，包括他们一系列的恶事以及随意绑架的行为。

老马认真听完，沉思了一会儿，表态说道："黄泉引这个组织呢，其实存在了大半个世纪。以前一直都在港澳台和东南亚以及日本活动，是国际刑警组织通缉榜单上面的常客，但在内地反而少有活动。去年港岛回归之后，才陆陆续续在大陆出现，一直到今年入夏，连续出现了好几起恶性事故，厅里面都有得到汇报，并且都已经成立了专案组……"

欧阳青插嘴说道："马叔叔，既然如此，那这帮人为什么还敢这么嚣张？"

老马苦笑一声，说："你们也知道，夜行者犯案，这是新形势下的新型问题，我们应对的经验不是很丰富。而国外对于这方面的事情也守得很严，我们很难找到突破口。"

他想了想，说："当然，正是因为如此，所以我们才会如此重视，也希望你们诸位，能发挥出自己的作用来……"

我在旁边听了好一会儿，大体听明白了一些东西。老马他所代表的官方对黄泉引这种毒瘤基本上是持坚决打击的态度。

也就是说，黄泉引但凡敢冒头，那就会见一个打击一个。

除此之外，他还希望许梦月能帮忙联系和发掘一下民间的力量，看看能不能成立一个组织出来，有必要的时候，用来协助警方打击罪犯。他甚至向在座的所有人都抛出橄榄枝，承诺说如果我们有兴趣的话，希望我们能进入省厅。他向我们保证，只要来，绝对会有编制。

这是一个极具诱惑性的条件，即便是在二十年后的今天，"编制"两个字，依旧能让许多人抢破了头。

这位马能马警官，可真是下了血本。

这话说出来的时候，当时就有人意动了——事实上，如果是在几个月前的我，估计都不会犹豫半秒就把这件事情给应承下来，还生怕对方反悔。

不过，我终究还是没有开口说话。

因为比起编制来，我眼前还有一个更加迫切需要去解决的问题。

那就是生存。

即便是从霸下秘境之中得到了弱水，并且在马一咼的帮助下冲破了第一个关口，但是对于我来说，这只不过是给我续了一时的命而已。

它也就是从悬崖边儿上拉了我一把，但并没有改变我此刻的危险。

死神的降临，或许在两年之后，或许在一年之后。

我必须不断前进，跟随着马一咼，去找寻除了弱水之外的另外四种东西。

乌金、亘木、烛阴和息壤。

除非我找到了这些东西，并且顺利地突破了另外四个关口，成了真正的夜行者，避免了血脉冲突而引起的基因崩溃，在没有性命之危后，我才会去考虑别的事情。

比如人生价值的自我实现，比如买房买车。

比如……

找一个能让我心动又愿意为她付出所有的女人，相伴一生。

所以面对着省厅老马伸出来的橄榄枝，我保持了沉默。

有人沉默，也有人最终选择了接受。

一个是鹤山云宿的林蓝平，另外一个是茂名的卫合道。这两人的性格一向都是疾恶如仇，正因为如此，所以才会愿意在所有人都拒绝我们的情况下，答应前来助拳。现如今正式加入省厅，专门打击为非作歹的夜行者，这个对于他们来说，也是一种自我价值的实现。

至于许梦月许大姐和欧阳青，则出于各方面的考虑婉言拒绝了。

不过许梦月答应，会帮忙去询问一下那些相熟的江湖朋友，如果有人怀有这样的理想或者兴趣，都会帮忙推荐的。

另外老马口中那种松散的组织形式，也可以考虑筹办一下。

毕竟敌潮来袭，不抱团取暖，就有可能被各个击破。

守望互助，这个还是需要的。

老马这个人看着在省厅的位置挺高的，位高权重，故而时间也十分宝贵。

今日还有许多的事情需要解决，特别是拘捕了不少的黑西服，这些人的审问工作都需要他去盯着，所以没有再聊太多，便离开了。

当会议室只剩下我们的时候，我跟许梦月提及了马一吞的担心。

认真听我说完之后，许大姐想了一下，说道："从道理上来说，黄泉引不会这么疯狂，不过这也说不准，防患于未然，尽早转移也是应该的。"

许大姐是一个说干就干的急性子，没多久她就给我们安排了转院。

对接医院是个挺出名的军区医院，而且远离市区。走的什么路子我们不知道，不过从安全角度上来说，的确是比之前那一家要强上许多，而且待遇方面也很不错。

每个人都有单间，我挨着马一吞，随时都能过去看看。

我在医院待了三天，然后陪同坐着轮椅的马一吞，一起去了附近殡仪馆办理海妮的火化。

一同出行的还有许大姐、欧阳青、林蓝平、卫合道和钱氏兄弟，另外李老和刘老也来了，这两个平日里向来淡然、昏昏沉沉的老头儿，在瞧见海妮被推进火化炉的那一刻，顿时老泪纵横。

苏四和小狗本来是准备过来的，但两人被宝芝林禁足了，没办法，只好求了一个师兄，过来送了个花圈，表达哀意。

海妮火化过后，我的伤势也好得七七八八了，拆了绷带之后，我抱着海妮的骨灰盒，离开了医院。我要前往的，是海妮的老家，一个靠海的小渔村。

因为担心，欧阳青执意跟着我一起去。

我没有底气拒绝，事实上，自从进医院之后，我和马一奋的兜里就空空如也，这几天都是许大姐在操持。

如果不是她们在，我们连医药费都交不起，更不用说海妮的丧葬费了。就连前往珠市的车票，都是纠结许久，跟即将要去省厅上班的林蓝平借来的。送海妮的骨灰回乡很简单，但要给她修坟的话，又涉及钱的事儿。

我没钱，但欧阳青却是个富二代。

与美女同行，本来是一件幸福的事情，但是因为沉重的主题，使得整个气氛都变得有些沉闷。

欧阳青感受到了我情绪里面的东西，并没有如之前在医院时那么活泼，反而是乖巧地坐在我的身旁，看着骨灰盒上面海妮那清秀的脸庞，以及她那双无辜的双眼。

一路上，我都抱着海妮的骨灰盒，一直都没有撒手。

欧阳青几次想要帮忙，我都没让。

一直到抵达了珠市的长途汽车站，下了车，闷了一路的欧阳青方才问道："这个女孩，对你很重要吗？"

我摇头，说："不，我认识她没有多久，也谈不上太深的感情，我心里面有的，只有内疚和自责。她对马兄可能会更重要吧。"

欧阳青轻轻叹了一声，说："对呀，她是个挺可爱的女孩，可惜……"

我没有听清楚她后面的话，伸手去拦了出租车。

抵达了小渔村之后，我们赶到了海妮的家，就是曾经是凶杀现场的那户人家，我赶到的时候，门紧锁着。

我敲了门，没有人应声。

我找到了旁边的邻居询问，才得知海妮父母死亡的当天，海妮的弟弟罗东伟的确是回来过，不过他很快又离开了，就连丧事的操办都是海妮的小叔和姑姑弄的，而为了弄这些事情，在村主任的见证下，还将房子给卖了。

一直到现在，海妮的那个弟弟罗东伟都没有再露过面，也没有人知道他去了哪里。当然，也有可能是海妮的小叔和姑姑知道，但不肯跟外人说。也就是说，这儿的房子已经不再是海妮他们的家了。

只不过因为这里出了人命官司，所以买家即使是买了房子，也不会搬过来住，而是将它晾在这儿，要等一些时间再处理。

谢过了邻居之后，我问起海妮父母的坟在哪儿。

邻居指给我说，在靠海边的那个小坡。

小坡是一个能望海的土坡，不高，但是因为靠近海边的缘故，显得十分陡峭。

这儿是一片小坟山，这个小渔村的好多人都埋在这儿，因为没有规划，所以显得特别乱。我们没有找人引，从下往上找，终于找到了两座新坟，修得并不是很好，大概是出于省钱的缘故，显得十分局促。

我望着墓碑上面的两张黑白照片，沉默了许久。

那天我和欧阳青在小山坡上待了许久，我在看大海，看那浪起浪翻，思考着人生的意义。

这么讲，或许太过于文艺，又显得多愁善感，但我当时真的看了许久。

而欧阳青，因为家学渊源，看过风水，帮着选址看坟。

两天后，一座新坟砌出，排场不大，但很精致，跟海妮一般高，离她父母的坟并不算远，又能看到不远处的海。

有海风吹来，将纸钱吹上了天空，晃晃悠悠，飘向了远方去。

我看着墓碑上的照片，那个面目清秀的女孩儿在笑，露出了一排洁白的牙齿。

她的眉眼，真好看。

如果，我是说如果，这个世界上没有夜行者，没有那么多的妖魔鬼怪，她会不会拥有一个幸福的童年，然后和她所有的同龄人一样，读书上大学，谈一场注定不会结婚的恋爱，最后拥有平淡幸福的一生呢？

谁也不知道。

给海妮办完了丧事之后，我们又回到了羊城。

苏四和小狗溜了出来，大家聚在一起，又喝了一场。

马一岙和钱国伟因为身上有枪伤，倒也没有太过放纵。

又过了十来天，林蓝平、卫合道和钱国豪走马上任，加入了省厅马能领导的麾下，成为专案组成员。钱国伟则回了老家，许梦月和欧阳青也随之离开。

我和马一吞，则离开了羊城，赶往莽山。

我在莽山待了一段时间，到了十月的时候，因为家里出了一件小事情，不得不赶回老家。

一九九八年。这是我进入夜行者和修行者世界的第一年。

那个时候的我还不知道，未来有那么多的不可能，在等着我……

第二卷　苗疆诡事

在莽山待着的那几个月里，发生了几件事情，我觉得有必要交代一下。

第一，林蓝平在入职之后给我们来了几次电话，大概讲了一下他们这些日子以来对黄泉引的打击工作，不但端了对方好几个联络点和窝点，还逮捕了两名东兴十八罗汉中的重要人物，收获颇丰。

只是随着线索的展开，牵扯出一家日企，暂且停滞了。这家日企的产值非常大，在当地也是十分重要的招商项目。调查过程中办案人员跟当地政府产生了一些意见分歧，双方正在协调。

当我和马一岙听说了那个以生产相机出名的公司时，都感到不可思议。

黄泉引怎么会跟这样的日资大企业攀上关系呢？

第二，半个月之后，发财张打来电话告诉我们，他这边已经纠集了老歪之前的大部分旧部，重新开展了业务。

他深知老歪和马一岙的关系，所以特地打电话过来。从他口中我们才得知，郑勇在得知黄泉引行动失败后第一时间就逃走了，销声匿迹，再没有出现过。他离开后，几个跟着他的小角色就苦了，伤的伤、逃的逃，不成气候。

正因如此，发财张才得以接收老歪的大部分班底，另开炉灶，所以他对我们还挺感激的。而马一岙立刻提起了我们存放在老歪户头上的那四十五万美金。

这笔钱对于我们来说十分重要。有了这笔资金，我也用不着陪马一岙下山，四处"招摇撞骗"了。

发财张告诉我们，相比当初的郑勇，他这边就显得更艰难一些。郑勇在逃走的时候，将他们这儿大部分的资料和账户都给带走了，其中就包括我们的这笔款项，他也在到处找那家伙呢。

不过他让马一岙放心，既然他想要接手老歪的产业，自然会全盘继承。他让马一岙提供港岛那家商行的具体情况，他一定会尽快把这事儿给办了。

发财张说得很积极，但同样的说辞，我们在郑勇那里也听到过。

老歪是一个有想法有底线的人物，但并不代表他的手下和助手也是如此，对于发财张的承诺，马一岙并没有特别期待，简单交流几句之后，他问起了阿水。

当初阿水跟我们并肩而战，同甘共苦。倘若没有他那三支追风箭，事情最后会发展成什么样我们都不敢去想。而事件结束之后，身上满是伤的阿水没有跟我们一起疗养，而是直接前往鹏城。现如今郑勇销声匿迹，那阿水呢？

发财张告诉我们，阿水挺好，没事。只不过当他赶过来的时候郑勇已经早一步溜了，他只找到围在郑勇身边的那几个人。不过，那帮人既然已经被郑勇抛弃，自然是没有得到太多的信息。

第三，我们把李爷和刘爷接到了莽山，跟王朝安老先生为伴，也算是多个聊天说话的人。

而随着李爷的到来，我终于有机会跟他学那一手出神入化的"推筋入脉手"了。

这玩意儿我一开始还以为很简单呢，后来才知道里面有着很大的学问，别的不说，光人体穴道和经脉的相关知识，我就学了三天时间。随后实操阶段，也是小心翼翼，因为经脉穴道这种东西十分敏感，不小心的后果可是很严重的。

经过一段时间的学习，我总算将这一整套手法给学会了。

李老都忍不住夸我，说在这个东西上面我还是挺有天分的。学会了这个，以后就算是混得再惨，盲人按摩那里也可以混口饭吃……

另外，王虎也被放了出来，但一直被捆着。我们暂时没有找到能够让他恢复心智的办法，只能日夜念经讲道，消磨他的戾气。

最后是一件小事，就是在这期间里，我去山下的乡中学图书室里借了一套《西游记》，把它从头到尾看完了。

我看得很仔细，试图从里面发现一些东西。然而并没有。

以上诸事，汇报完毕。

事实上，我在莽山的小山村待得还是挺愉快的，除了平日里的修行之外，每天都会学习各种东西。

湘南奇侠王朝安是一个很有水平的人，虽然坐着轮椅无法上手，但三言两语，就能直指问题的核心，让我有一种顿悟的感觉。

如果可以，我愿意一直过这样的日子。

我也更加适应了夜行者的身份。

然而我在给家里打电话时得知，我堂姐侯丽家里出了事——她老公外出的时候遭遇车祸，被卡车撞死了，而且肇事司机逃逸，没抓到人。

家里面正筹办丧事，我母亲希望我要是能请假，就尽量回去一趟。她以为我现在还在祥辉那儿卖药水呢，知道我特别忙，所以也是跟我商量。

侯丽是我大伯的女儿，比我大七八岁，我小时候总喜欢围在她旁边转悠，关系特别好。早在我读书的时候她就已经嫁人了，我没赶得及回去，后来听说对方的家庭条件并不是很好。

为了这事儿，侯丽跟我大伯家闹得挺僵，关系一直都不好，直到后来她儿子兜兜出生，关系才好一些。我听说她老公现在承包了一个养殖场，投资不少，眼看着就要过上好日子了，却不料出了意外。

慎重考虑后，我跟马一吞说了此事，然后准备回家。

下山时，马一吞递给我一个信封，里面有两万块钱，我有些惊讶，说："你们也需要，我用不着。"

马一吞说："钱是我师父给的，就是上次我们去港岛回来剩下的，他说你这段日子一直跟我们这儿晃悠，也没赚什么钱。这次家里有事，兜里没点儿钱，不方便。钱是男人胆，这玩意儿揣兜里面，做什么都有底气，对吧？"

他是个洒脱之人，我再推辞就显得矫情了，于是接过钱，说了声谢谢。

马一岙故意冷起脸来说："咱们两个还说这些！"

我下了山，赶往湖北老家。

我到家时，父母都不在，我放下行李，出门找邻居问了才知道，父母都去我堂姐那边帮忙了。

我赶到村东头的堂姐家，发现灵堂已经搭了起来，吹鼓手、唢呐手，还有敲锣的、敲鼓的，十分热闹。家里好多的亲戚都在，看见我回来了，都跟我打招呼，又去后院喊我母亲。

母亲双手湿漉漉地赶过来，瞧见我很高兴，问我："怎么这么快？"

我简单讲了两句，母亲说我父亲跟着先生选坟地去了，在屋子里，我见到了堂姐，发现她形同枯槁，整日以泪洗面。

我过去跟她打招呼，刚说了两句话，她就大声哭号起来，说："大漠啊，我就不该喊他去买肉啊——都怪我，兜兜馋了，想吃红烧肉，怎么说都不行，就是闹。他没办法，就骑着摩托车去镇上买肉，没想到就出了这事……"

她哭得都快要昏厥过去了，我母亲和旁边的几个亲戚都过来哄。

我站在房间里有些尴尬，说了两句话就出来了。

有人领我去隔壁屋见侯丽老公的遗体，因为还没有入殓，所以是躺在木板上的，上面盖着一层白布。

白布没有掀开，据说撞得特别吓人，我也没看，直接上了三炷香。

旁边跪着一个小孩儿，六七岁，穿着一身孝服，是侯丽的儿子兜兜。

我瞧见小孩儿累得有点撑不住了，就跟旁边的人说了一下，没想到角落里传来了一个老太太的声音："让他跪着，要不是他想吃红烧肉，他爸怎么会死？"

这是侯丽老公的母亲。

我并不认为车祸这事儿应该怪在一个小孩子的身上，但也不想在人家这么伤心的时候争执，所以就没再言语。

农村操办红白喜事，都是有威望的长辈张罗。我过来之后，因为会开车，也跟着本家三叔一起，帮忙采购。

第二天要办酒席，还有许多东西要买。三叔开着一个皮卡，带着我去城里买东西。我跑前跑后，按着主事人列出来的单子一项一项地买，也是忙得团团转。

随后又去菜市场，三叔跟卖猪肉的摊主砍价，我在旁边等着。就在这个时候，突然有个女人在身后喊道："侯，侯漠？你怎么在这里？"

听到有人叫我，我有些诧异地回过头，发现是一个瓜子脸、明眸皓齿、身穿黄裙子的女人。

她年纪不大，穿着精致剪裁的修身长裙，圆领下露出漂亮的锁骨，褶皱裙摆下面露出白皙修长的大腿，一双红色布鞋简约大方。左手手腕上是一连串的细小红圈圈手镯，头发蓬松盘起，雪白的耳垂挂着两个银白环状耳环，非常时髦。而且还化了淡妆，嘴唇上涂了淡粉唇彩，卷翘的眼睫毛忽闪忽闪的，明亮的眼眸里散发着青春的气息。

我打量着这个人，脑子有点儿乱，疑惑地问道："你是？"

她有些嗔怪，不过很快就笑了起来，对我说道："侯漠，你不记得了，我，夏梦，水泥厂的那个……"

夏梦？

对方一说名字，我立刻就想了起来。

这个女孩儿就是之前在水泥厂被保卫科科长欺负的那个小姑娘。当时我看不过眼，挺身而出，将人救了下来，结果我反而被倒打一耙，遭到排挤。更可气的是，这个小姑娘在厂子内部调查的时候，并没有站出来作证。

我当时一气之下就辞了职，去了南方漂泊。

她现在的打扮，跟之前在水泥厂穿着工衣的朴素模样截然不同，所以我一时间没认出来。

那件事我当时是很生气的，不过后来见识过太多的人情冷暖之后，也想清楚了。她一个小姑娘无依无靠的，好不容易有一个正式工作，如果当时真的站出来说出了真相，会面临什么后果？她难道能和我一样辞职南下，四处漂泊？

因此我对她早就没有了恨意，此刻遇见，也只当作普通熟人，微笑点头，说道："哦，不好意思，不好意思，很久没见了，还好吧？"

我也就是随口一说，缓解尴尬的气氛，没想到夏梦却说道："我不在水泥厂上班了。"

我先是愣了一下，随后问道："姓熊的那畜生后来又找你麻烦了？"

提及当年尴尬的往事，夏梦有些脸红，摇了摇头，说："没有，我爸有一个老战友，他把我调到了市里的招商局，刚开始做合同工，后期可能会转成事业编制……"

"那挺好的，难怪认不出你了，变化挺大的。"

夏梦看着我，说："是吗？"

"对呀，变漂亮了，我刚才都不敢认。"

两人聊了几句，夏梦见我并没有表现出反感的样子，不冷不热地应付着，她咬了一下嘴唇，说道："侯漠，对不起，之前的事情是我的不对，我……"

她没有说完，就被我拦住了，"别，以前的事情都过去了，现在大家都挺好的，说那些干什么。"

夏梦激动地和我说道："不，你知道吗，我心里一直都很愧疚，觉得亏欠了你，一直想找你道歉来着，没想到你那天走得那么突然。"

我摆了摆手，说："别说了，这件事情我并没有放在心上，而且没有那件事，我也未必能走到今天。都过去了，别多想。"

夏梦见我是真不介意，没有再继续道歉，而是莞尔一笑，说："对，都过去了。对了，你现在干什么呢？"

我没有跟她说起自己的情况，指着不远处跟肉贩子讨价还价的三叔说道："家里有位亲戚过世了，在忙白事呢，我过来帮忙搞点儿采购，跑跑腿。"

"我说的不是这个，我是问你现在在哪儿工作？"

我含糊地说："我在特区鹏城的一家企业里，负责化学药水的供应，到处跑，哈哈……"

夏梦打量了一下我，说："嗯，你比以前精神了，这是好事。"

"你也变得更漂亮了。"

"我这是工作需要，唉……对了，你在家待几天？有时间的话，我请你吃个饭呗，也算是为当年的事情，给你正式道个歉。"

"用不着，别这么客气。"

夏梦正色说道："不，不，这是应该的，而且我们好久没见了，聊一聊也挺好的……"

两人说着话，不远处的三叔冲着我喊："大漠，走了。"

我赶忙对夏梦说："那行，看情况吧，我这边有事，先去忙。"

夏梦抓住我，说："你家电话多少？到时候我找你。"

我被夏梦柔软的手指抓着胳膊，没办法，只好将家里的电话报给她。夏梦掏出了一个小笔记本来记下，然后笑着对我说："别失约，一定要来哦……"

我有些狼狈地离开，跟着三叔将装肉的筐子搬到皮卡车上。

弄完这些，三叔笑嘻嘻地对我说道："大漠，刚才那姑娘怪漂亮的，是你女朋友？"

我摇头说："您说笑呢，不是。"

三叔擦了擦手，说道："不是女朋友，就是女同学。总之看着小姑娘对你好像挺有意思的，你得主动一些啊，发展发展不就成女朋友了？看那姑娘一表人才的，在哪儿工作呢？"

他八卦心泛滥，我只有苦笑着说道："三叔，人家是市招商局的，有正经工作的人，哪能看得上我？"

三叔吹了一下胡子，说："那又怎么样？我听你娘说，你在特区一个月能拿四千呢。"

听到他这话，我更是苦笑不已。

我这母亲啥都好，就是有点儿小虚荣，爱在别人面前吹吹牛。一个月四千是我业绩很不错的时候，那时也是跟她顺嘴一提，没想到她还满世界跟人说去了，我都不知道该怎么回答。

好在三叔只是嘴上这么说，可能也觉得我跟人家市招商局里的女孩儿有些差距，便没有再多说。我们买完了肉，又去丧葬品店买各种东西，来来回回倒腾了好几趟，一直忙到了半夜才回家，母亲回来了，父亲还在灵堂那边守灵。

所谓守灵，就是摆几桌麻将在那儿打，又借了一台录像机，搬台彩电放在灵堂旁边给小孩子、年轻人看。

那个时候这玩意儿挺稀奇的，旁边好多人都来围观。我路过的时候，瞧见放的是周星驰的电影。周星驰的电影，我在鹏城的时候都看过，我又不爱打麻将，跟父亲聊了两句就回来了。

在家里，母亲拉着我问东问西，说了一大堆事情，我勉强应付着，说了一堆善意的谎言，后来扛不住了，就问随多少份子钱。

母亲说："别人都随五十、八十，我们随一百就行。"

我想了一下，回房间，从信封里抽出了五千块钱，递给母亲，说："妈，钱你拿着，拿出一千帮我随礼，其余的你留着。"

母亲接过钱，有些不舍，说："送这么多？你挣钱也不容易。"

"丽姐也不容易，孤儿寡母的，感觉那个婆婆也不是好相处的人，日子艰难。我小时候她对我不错，就当是尽人情吧。"

话都说到这个分上了，母亲没有再反对，不过还是有些不舍，念念叨叨，说我现在花钱大手大脚。

一夜无话。

后面几天，我都跟着三叔一起忙前忙后。

因为在外生活多年，我为人处世的态度和做事的能力都还算不错，三叔很是满意，经常在村子里的几个主事人面前夸我，大家也都说侯家的小子出息了。

让我意外的是，居然还有人想要给我介绍对象，姑娘都领到我家来了。

我不敢耽误人家，赶忙推辞。

上山送葬那天，请了整个戏班子搭台办事，吹喇叭、吹唢呐，好不热闹。

主持白事的先生是我们这儿的一个名人。我跟马一杳混过，与此人聊了几句，感觉挺有水平的，忍不住就又跟他多说了几句，两人感觉很投缘。

而就在这个时候，我母亲跑过来，对我说道："大漠，不好了，快出去看看，外面吵起来了。"

我一愣，说："谁吵起来了？"

母亲说："外面不知道从哪里来了一帮要饭的，跟你堂姐吵起来了。"

不知道从什么时候起，宋城这边就活跃着一帮要饭的。这些人有本地人也有外地人，拿着碗、挂着棒，谁家红白喜事都会来闹一闹，说点儿讨喜话，又或者帮着痛哭一场。

主人家磨不开面子的，就会发点儿赏钱，另外还会管饭。

当然，管饭的意思是，打发点儿有油水有荤腥的大菜和米饭，但是得出去吃，马路边或者田坎上，总之不能上桌子。

我听了并不在意，说："这些人，给点儿钱打发走得了呗。"

母亲说："谁说不是，不过吵起来了总要有人管吧？而且那帮要饭的讨厌得很，还调戏你堂姐，说什么'女要俏，一身孝'，唱了半首破曲子，不但要钱，还要你堂姐亲自送饭，马上就要大摇大摆坐上桌了。"

我听到这儿没再犹豫，一边往外走，一边说："这可就不行了，真当我们九龙湾没有人了？"

我撸着袖子往外走，没想到都不用我动手，外面那帮乞丐就已经跑了。

我走到灵堂跟前的时候，一个瞎了左眼的老叫花子恶狠狠地唱道："瓦蓝蓝的天，黑黝黝的地，叫花子走南又闯北，讨饭没得吃，饿得了肚，消不下气，吝啬鬼的主人家不敞亮，饿死鬼的魂魄不投胎，土地庙偷鸡，臭水沟钓鱼，夹壳佬的主人家哦，你们莫后悔，莫后悔哟……"

这语调古怪，听着不像是我们这边的方言，还带着小曲儿。明明是骂人的话，却偏偏唱得那叫一个欢畅。

倘若这帮人稍微客气一点儿，也就没有这些事儿了。

对方这么一来，总有几个脾气不太好的年轻人忍不住出头，其中一个是堂姐侯丽的老弟。

他因为脸长，又姓侯，是乡间野地里的混混，别人叫他"大马猴"，十七八岁的年纪，火气大。他当下就不乐意了，冲上前去，怒吼道："给我滚，知道不？"

旁边几个年轻人也都怒目圆睁，那三个乞丐不敢惹了众怒，冷冷地笑着，又唱起了讨饭歌："说凤阳，道凤阳，凤阳本是好地方。自从出了朱皇帝，十年倒有九年荒，咚咚隆咚锵，咚咚隆咚锵，咚咚隆咚锵咚锵咚锵锵锵……大户人家卖骡马，小户人家卖儿郎，俺们没得儿郎卖，身背花鼓走四方，咚咚隆咚锵……"

他们走得倒是快，大马猴怕跟这帮人打起来，一来是脏了自己，二来又误了时辰，于是就没有继续追，只是在那儿笑，说："穷叫花子，就知道图个嘴爽快，也不敢来真的。再敢来，我打断他们的狗腿。"

他解决了这边的争吵，好几个年轻人对着大马猴一阵夸赞，倒是旁边有个沉稳的老年人摇头叹气，说这娃子太暴躁，以后会吃大亏的。

我望着那一帮人，心里不由得就想到了另一个人。一个不洗脸、不洗澡、不刷牙的家伙，原本我一直觉得他是我们的同伴，然而到了后来才发现，事实并非如此。

据马一舀说，那人是丐门的人，而丐门算是江湖里的一个分支。这帮人做的是乞讨之事，而这其中有很多讨钱的残疾人，其实都是被人操控，恶意弄成残废的。这里面的事情特别残酷，令人发指。

如果那几个叫花子是丐门的人，事情恐怕未必会善了……

我这般想着，随即忍不住就笑了起来。大概是我太敏感了吧，什么江湖啊、行当啊，这些东西离平日里的生活还是太远了。事实上，倘若没有碰到秦梨落、马一舀这些人，我这辈子都未必能跟这所谓的"江湖"挨上边儿，老家这儿来了几个叫花子，也未必会联想到丐门。其实就是几个无事生非的流氓无赖而已。

这事儿过了也就过了，堂姐哭过一场之后越发伤心，旁边好多亲戚在劝。我在村里面是小辈，说不上话，就在旁边站着。

接下来就是上山，需要有人抬棺、有人哭棺、有人拦棺，放铁炮、放鞭炮等一整套流程下来，足足累死人。

好在这些事情都有专门的人来做，我只要一路陪着上山就好。

上山之后，一整套仪式下来，一直忙碌到了中午才能休息一会儿。

下棺之后，有专门的修坟匠带着学徒修坟，大马猴在这儿盯着，我这边的关系不远不近，也没有必要继续蹲守，于是就跟随着抬棺上坟的大部队下了山，去吃白席。

当时，我们那儿说穷不穷，说富不富，人们肚子里面的油水还是不多的。

油水不多就馋肉，不像现在，很多人听到红白喜事，都有些腻味了。

上山之后回来的那顿饭，在我们家乡叫正酒，基本上随了份子的人都来了，再加上前来帮忙的人员和请的戏班子，都在中午这一顿开饭。

白席上的酒菜不算丰富，但大鱼大肉都得有，席面一开，场院里就热闹起来。有的人拖家带口过来，那帮孩子吃了肉、喝了汽水，到处晃悠，闹得很。

我本来想帮忙端盘子上菜的，却被三叔拦住了。他说："这些都是那帮后生的事情，你这几天陪着我跑上跑下，辛苦得很，坐下来，陪我们这几个老家伙喝点儿酒。"

我推辞不过，只好坐下，陪着长辈们吃酒。

我胃口不是很好，又忙碌了好几天，头天晚上还守了夜，所以简单吃过之后推辞不太舒服就离了席，然后跑回家去睡觉了。

还没睡多久呢，就听到电话铃响。

我一骨碌就爬了起来，搓了一把脸让自己精神一些，然后走到了堂屋接起电话。

我以为是马一岙或者找我父母的，没想到听筒那边传来一个女孩儿的声音："喂，侯漠吗？"

我愣了一下，这才想起来："啊，夏梦？"

电话那头的夏梦娇嗔一声，说："你还记得我呢？我等了你好几天，你也不打我电话，我打给你，一直没有人接……"

"不好意思，我没有你的电话号码，我这边都在帮忙办白事，不在家。"

"那你现在怎么在家了？"

"今天出殡上山，都弄完了，我这刚吃了饭，困得不行，就回来眯一会儿。"

"那你眯会儿吧，晚上应该没事吧，出来吃个饭？"

我不太想去，就推脱："我好几天都没怎么休息，不知道这一觉睡过去什么时候才能醒，要不咱们改天？"

夏梦立刻说道："不行。"

说完这话，她大概是觉得自己的语气有点儿硬，赶忙解释道："我明天可能要陪领导去羊城参加一个招商会，你过两天也要回特区了，咱俩又要错过了。我答应过的事情做不到，心里会很难受的。你来吧，好不好？"

我听到她这般软语相求，心就有点儿软了，说："那行吧，我定个闹钟。"

夏梦笑了，说："好啊，这样子，我记得你以前挺爱吃烧鸡公的，城北刚刚开了一家，我去吃过一回，环境菜品都很不错，咱们就约晚上八点在那里？"

我说："好，没问题。"

夏梦在电话那头对我甜甜地说道："那好，侯漠，今天晚上八点，不见不散哦。"

挂了电话之后，我站在放电话机的柜子前愣了好一会儿。不知道是不是好久没跟女孩子接触的缘故，刚才跟夏梦的通话过程让我感到心情很愉快，心里面有一种小鹿乱撞的感觉。

莫非是……春天来了？

一想到这个，我忽然有点儿紧张，脑海里不由自主地想起夏梦的脸……我想着想着，精神有点儿恍惚，隐约听到外面有人在喊。

一开始我没听清楚，竖起了耳朵之后，才听到有人在叫："兜兜！兜兜！"

起初只是一两个人，到后来整个村子都能够听到此起彼伏的呼喊声。

我走出了屋子，瞧见我父亲匆匆走过，赶忙问他这是怎么回事，父亲一脸焦急地告诉我："你堂姐的儿子兜兜不见了！"

兜兜不见了？

我瞬间就想起了那个穿着一身孝服，跪在那儿瑟瑟发抖的小孩儿。

我忍不住拦住我父亲，说："别慌，到底怎么回事，你说清楚。"

我父亲焦急地说道："就是不见了啊。刚才忙上山的事情，回来又办酒，到处都乱得很。等忙活完了，阿丽找兜兜吃饭，却哪儿都找不到，问了所有人，都说没见过他。最后春山家的小子说，兜兜抱灵牌回来后，说去上茅厕。再后面，就没人见过他了。现在到处都在找，阿丽和她婆婆都快急疯了……"

我听父亲这么一说，并不紧张，说："估计他也是累了，那么小一孩子折腾这几天，说不定找地方睡觉去了。"

我想起堂姐侯丽那婆婆，脾气是真不小，大概是有点儿怪兜兜，一直没给好脸色看。这几天，兜兜除了跪在灵堂前和抬棺时捧着灵牌，其他时间也没有什么存在感。

父亲说："谁知道啊，这不是到处找着吗？"

我想起以前自己小时候爱躲的地方，说："去各家谷仓、稻谷堆，还有祠堂那边多找找，再就是山上。小孩子，受不了委屈的，找到了多哄哄。"

父亲叫我也赶紧帮忙找人。

我跟着他一起走，走到村西头，村里的大喇叭就响起来了。

我们村会计扯着尖锐的嗓子喊道："兜兜，兜兜你跑哪儿去了？快点儿回家找你妈妈和奶奶……"

播了几遍之后，又开始号召全体村民，只要有空，都帮忙四处找一下人。

我们从下午一直找到了晚上七点多，太阳都快下山了，天色灰蒙蒙的。

我和我父亲找遍了犄角旮旯。父亲累得呼呼喘气，我说："先停下吧，去丽姐家看看，说不定人找到了。"

两人往回赶，还没有到地界儿呢，远远地就听到丽姐的婆婆在哭喊，我走近了一些，才听到她在扯着嗓子骂堂姐侯丽。

她没什么见识，但泼辣无比，大概是先死了儿子又丢了孙子，整个人都陷入了悲痛的情绪里，扯着嗓子大声哭号，哇啦啦地喊。她骂丽姐是个败家子、扫把星，说她克死了自己的老公，又克丢了自己的儿子。

还说她怎么不去死，留在这世间也是个笑话，丢人现眼……甚至各种粗俗不堪的话语连续抛出来，别说当事人，我听着都有些扎耳。

她在骂着，旁边有人劝着，乱哄哄一片。

我跟父亲走进院子里找到母亲，瞧见房间里也是乱哄哄的，便问怎么回事？

母亲一说，我们才知道堂姐侯丽因为过于劳累，又伤心过度，此刻已经昏了过去。里面有村卫生所的医生在，身体倒是没有大碍，就是过于疲惫了。只是人还没找到。

母亲说："已经报了警，派出所一开始不愿意出警，说没过二十四小时，后来被闹得没有办法，就几个村都通知找人，应该能找得到的。你说这个兜兜，也真是不懂事，之前闹过一回要吃肉，把自己爸爸给害死了，现在又来这一出……"

我听母亲这意思也在怪兜兜，忍不住说道："这件事情到底是怎么回事，暂时没有定论，等有结果了再说吧。"

母亲摇摇头，说："我再去里面看看，这家里都已经够乱了，别再出什么事情。"

我走出院子，三叔不知道从哪里走了过来，递给我一根烟，说："抽一根？"

我摇头，说："不。"

三叔说："唉，伟龙家这事儿啊还真是乱，事情一桩接着一桩，撞死伟龙的那货车到现在都还没有找到呢，现在又出了这么个事……真是流年不利。不过图老三说得也对，这事儿也怪阿丽，没事儿早上去跟那帮叫花子吵架，冲了晦气，现在傻眼了吧……"

啊？我听到他这般念叨，脑子一下子就转了过来，说："三叔，你觉得有没有可能，是那几个叫花子泄愤，把兜兜给拐走了？"

三叔愣了一下，然后摇头，说："不至于吧？吵两句嘴至于拐孩子吗？再说了，兜兜都六七岁了，他们把孩子拐了去，还能卖了不成？"

我说："万一他们不是卖孩子，而是打断了腿，拿去行乞呢？"

三叔被我的话吓了一跳，有些慌神，喃喃道："不会吧？"

他这般说着，声音越发低了。仔细想想，若兜兜只是生闷气自个儿躲了起来，现在说不定已经回来了，毕竟小孩子的毅力也不强。除非真的碰到外人了，限制了他的人身自由。而所谓的外人，最有可能的，就是那帮叫花子。

三叔越想越觉得有可能，赶忙拉着我，说："走，我们去乡派出所那边，把这个事情跟田警察说一下。"

他去开他的皮卡车，我这边跟父母交代一声，也跟着三叔去了。

出门时我看了一眼墙上的钟，看到时间快要到八点了，心里咯噔一下，想起了与夏梦的约定。

兜兜的失踪，让所有事情都乱了套，我忙碌了一下午，心神紧张，牵肠挂肚，把约定给忘个一干二净。现在想起来，有一点儿不好意思。明明说好的事情，结果现在放了人家鸽子，真让人愧疚。

不过我这个时候又不可能抛下兜兜的事情跑去跟一漂亮女孩儿约会。

我有心想告知夏梦，却发现自己根本没有问她的电话号码，纠结了一会儿，三叔叫了我一声，我不再考虑，跟了出去。

半个小时之后，我们赶到了乡派出所，跟负责这件事情的田警察说起了这个情况。

田警官听完十分重视，详细地问了我们几个细节之后，拿起了桌子上的座机，开始给几个大的派出所打电话，问他们那儿的片警，有没有认得这几个乞丐的。

大约等了半个多小时，城关镇传来了消息。说的确有这么几个人，他们盘桓在火车站附近，经常行乞，附近的片警有点印象。不过那帮人行乞是行乞，不偷不抢，也没有太多过分的行为，所以片警也没关注，并不知道他们住在哪儿。

田警察告诉我们，现在还不确定兜兜到底是不是走丢了，没办法下结论，这事儿也没办法麻烦人家，得再等两天上报到区里面去，等上面的通知下来再说。

三叔有点儿不乐意了，说："等到了那个时候，黄花菜都凉了，现在不能去查吗？"

他语气有点重，田警察不乐意了，说："你以为我们都闲着呢？这一天天的，一大堆破事，你看我们这儿哪个闲着了？警力只有这么多，经费只有这么多，你要是着急就自己去调查……"他吼过之后，感觉不太好，又补充了一句说，"凡事都是有程序的，你们也别冲我发火。"

我和三叔走了出了派出所，三叔抽着烟，几次激动得火都没有点着。

我看了他一眼，又想起堂姐侯丽那儿的惨状，沉思了一会儿，说道："三叔，要不咱们自己去调查？"

三叔一愣，说："我们自己？"

我说："田警察说得没错，火车站又不是他的辖区，想要那边帮忙，必须得等上面来协调，而这个时候都大晚上了，领导肯定下班了，找人也找不到。

与其把希望寄托在这儿，不如我们先去调查，哪怕有点儿线索也是好的，你说对吧？"

三叔还是有些犹豫，说："那帮叫花子，别看平日里脏不拉几，风吹就倒，其实个个都生猛着呢，要真有个什么事动起手来，你三叔我可扛不住。"

我笑了，露出一口白牙，说："三叔，有什么事我这年轻人招呼就成，你在旁边看着。"

我见他不信，左右看了一下，随手捡起了门口一块一两百斤的大石块，双手轻松一举，然后放下。

三叔也去搬，结果憋红了脸。这时他才说道："好，我也豁出去了，咱爷俩儿走一遭去。"

两人商定，便开车前往火车站。

抵达的时候已经九点多了，两人挨着铺面问。在火车站做生意的这些商家，大部分都见过那几个乞丐，准确地说，应该是十来个，不过至于他们具体住哪儿，这个就没人知道了。

我一直问，终于，问到一家卖快餐的老板时，他居然知道，还告诉我火车站要饭的这一伙人住在东街胡同里。他去送过外卖，知道他们的地址。

许多事情，你不认真去做，永远都不知道，它并没有你想象中的那么困难。只要你能找到正确的办法。

如果是过去，我或许并不会如此执着，也不会叫上三叔跟过来找寻，最主要的原因是，我面对未知的恐惧，会下意识地将希望寄托于别人的身上。

然而这几个月夜行者的奇妙经历，让我明白了一件事情。

那就是，永远没有人会比你自己更值得信任。

除了地址之外，快餐店老板还给我们提供了更多的信息，比如那帮叫花子的人数，大约在十二到十五个，有孩子，至少有五个以上，另外还有一个女人，年纪有点大，估计是某个家伙的老婆。

另外那个瞎了左眼的老乞丐并不是这帮人的头。

他们的老大是一个叫作"胡爷"的中年胖子，那家伙因为形象的缘故，并不出摊，大部分时间都待在租住的那个小院子里。

他们的管理很严格，每个人都需要给胡爷上供，稍不如意，就会被打。

他送饭的时候，经常听到里面有哭声传来。

说完这些，老板跟我低声说道："那啥，小老弟，我跟你说这些也就是唠唠。总感觉那帮人不像是什么好人，所以才跟你说的，你可千万别往外传，我这是开门做生意的，要是惹了麻烦，可就不划算了。"

他愿意提供信息，但不愿意跟我们一起去。这事儿我们也理解，道谢之后，我们往外面的街道走。上了车之后，三叔问我："要不要直接去报警？"

我摇头，说："不，警察讲证据，我们先过去，偷摸着试探一下，等真正确定了，再去找警察来，这样比较妥当。"

三叔有些担心，舔了舔嘴唇，说："人家可有十几个人啊，要不，咱们回村叫些后生来？"

我笑了，说："三叔别怕，我们只是去看看，用不着跟人冲突。一会儿你在外面等着，我一个人进去，你车子不熄火，要真的出事儿了我就跑过来，上了车，你一脚油门轰下去，还怕他们？"

三叔得了我的安慰，没有再多说，开着车，往东街胡同驶去。

到了地方，我没有让三叔跟着，三叔瞧见我自信满满，精气十足，竖着大拇指说："咱们九龙湾的年轻人里，论人品、论胆量、论能力，你算是头一个。"

我带着三叔的盛誉走进了灯光昏暗的巷子，缓步行走着。

没一会儿，我就来到了快餐店老板所说的出租屋前，这里也有一个小院子，外面墙上镶嵌着破碎的玻璃，看上去像是专门弄上去的。因为旁边的人家都不会这样子。

这边的位置距离主街要远一些，十分偏僻，也没有什么路灯，整个一条巷子都是黑乎乎的，看不清人。

我走到围墙边，将耳朵贴在墙面上。

用弱水冲洗经脉和骨髓之后，我整个人的身体素质都变强了许多，听力也十分发达，能够听到屋子里有动静，是划拳喝酒的声音。

而院子里，则没有什么动静。

我听了一会儿，瞧见左右没人，便深吸了一口气，往后退了好几步。随后我一个助跑，两脚蹬上墙，一个翻身就落在了院子里。

我双脚落地，轻盈如燕。

院子里很乱，有好多乱七八糟的垃圾和污水，充斥着一股让人恶心的臭味。里面的屋子里，半敞开的门里有灯光出现，我沿着墙根往里走，正想要靠近呢，突然间里面吱呀一声响，走出了一个人。

我瞧见那人过来，赶忙往旁边的一个泥筐躲去，又见那人朝着我走了过来，下意识地捏紧了拳头。

我以为自己被发现了。没想到那人走到了我旁边不远处，开始撒尿。

哗啦啦一泡尿撒完之后，那人回到了屋子里。

我小心翼翼地靠近，听到有人骂道："好你个张老四，这儿明明有茅厕，你偏要撒在院子里，真不把我们这儿当人住的了？"

那出来尿尿的张老四回应道："朱广才，胡爷不说了吗？我们叫啥？丐门呢，不脏一点儿，咋混饭吃？"

一个女人骂道："懒就是懒，脏就是脏，你还有理了不成？"

最早说话的那个朱广才说道："你出外面去讨生活，要装残疾、装破落，回来了，天天好酒好肉招待着，快活似神仙一样，就不能讲究点儿吗？"

一个小孩子叫道："对呀，电视上说了，我们这一行，很久之前叫作丐帮呢，有大英雄萧峰，还有黄蓉帮主。"

另外一个童稚的声音说道："对，对，还有洪七公，降龙十八掌！"

女人骂道："天天看什么破电视剧，你们还反了天？电视上的能当得了真？咱们是啥，就是一帮叫花子，讨饭吃的，还大英雄？脑子进水了！是不是胡爷不在，你们就全都反天了？"

她把小孩子都给骂得没声儿了，这时那张老四问道："麻姑，胡爷什么时候回来？"

麻姑回答："刚才打电话过来了，说会在湘潭多待两天。"

啊？众人都愣了，说："为啥？"

麻姑说："为啥？你们觉得你们这顿酒是白吃的？还不都是因为邵老瞎弄回来的那个小子吗？"

听到这里，我的心脏一阵剧烈跳动。

那小子？我捏紧了拳头。

里面的对话还在继续，那个朱广才问道："胡爷说那个小子身上有夜行者的血脉，拿去卖给横塘老妖，能赚一大笔钱。但就算是这样，一手交钱，一手交货，也用不着这么久啊？"

张老四笑嘻嘻地说："老朱你不能这么说，我听说那边花窝子多得很，胡爷流连忘返，舍不得回来，也是正常的啊。"

那麻姑听到呸了一声，而旁边的几个男的听到这话，都忍不住笑了起来。

一时间房间里的气氛十分热烈，而站在外面偷听的我却忍不住捏起拳头。

麻姑说："肯定是那小孩子的夜行者血脉特殊，不过……"

她话还没有说完，突然间有人喊道："谁在外面？"

那人一说，门就被一下子踢开，我瞧见走出来的一个干瘦男人，下意识地往后退去，知道自己因为过于气愤，没有控制好自己，暴露了。

那人看到院子里面的我，也是吓了一大跳，大声喊道："有人在外面偷听。"

一句话说出口，屋子里面一窝人都跑了出来。

这里边的人挺多，七八个汉子，年纪大的有六十多，头发花白。年纪小的才十七八岁，青皮角色，一脸凶悍。而那个女人四十来岁，冲出来的时候虎虎生风，也是彪悍十足。

除了大人，还有几个小孩儿，不过不是断腿就是断手，还有整张脸都烂了的。

面对着这么一大帮人，我并不慌张，也没有觉得有逃走的必要，而是冷冷盯着对方。

胡爷不在，那麻姑算是这里的掌事人，她瞧见我毫无畏惧，便上前拱手，说："看兄弟神不知鬼不觉地进了院子，应该是江湖上的朋友。我们这儿是宋城丐门分支，总领头是半面鼠刘达，不知道您是哪一路的豪杰，报个姓名，免得误会。"

她江湖架势十分敞亮，但我并不是江湖中人。我眯眼打量着这一帮人，目光最后落到了发现我的那人身上。

如果我没猜错的话，这人应该叫作朱广才。

我将所有人都收入眼底之后，认真地打量着站在边上的两个人，说道："我外甥兜兜在哪里？"

这两个家伙，就是跟着那个瞎了左眼的老乞丐一起来我们村的叫花子。此刻他们吃得一嘴油，酒喝得红光满面，完全没有之前上门讨饭时的饥寒落魄模样。

听到我的话，那朱广才笑了，说："嘿哟，有苦主找上门了。"

他一说话，立刻有人往旁边走，随后两个壮实的中年人堵上了门，将我给团团围住。

麻姑没有任何犹豫，吩咐道："把他给我打晕了，回头扔铁轨下面去……"

她一发话，众人齐声呐喊，朝着我这儿冲了过来。

打！

麻姑一言九鼎，她一开口，众人就一窝蜂地朝着我这边冲了过来。在场的有八个男人、一个女人还有好几个孩子，理论上来说，拿下我应该是绰绰有余的事情。

所以他们才会这么嚣张。

如果是平常人，或许就真的栽在这阴沟里了。

但我不是。

我是夜行者，就算是血脉没有完全觉醒的夜行者，但对付这几个喝了酒的家伙，也并不是什么难事。

冲到最前面的那人，是刚才出来放水的张老四。

他手里抓着一根生锈的钢管，脸上露出凶悍的表情冲上前来，扬起钢管就朝着我的脑袋砸了过来。

我能感觉得到他挥舞钢管时的力度，也几乎能够猜测得到这钢管打在我头上的效果——头破血流。

这帮人是动真格的，没有虚张声势。

咚……

面对着这帮人的冲击，我毫不示弱，上前走两步，一个侧踢，避开了那钢管砸落的轨迹，猛然一脚蹬过去，踢在了张老四的胸口，将人如同出膛的炮弹一般，直接踢飞。

那家伙重重地跌落在了墙上，发出一声闷响，然后软软地滑落下来。

随后我又出了一脚，将身后一个提着砍刀的家伙踢到了院墙上去。

那人先是被我踢了一脚，然后又扎在了墙头上的玻璃碴子上，痛得哇哇叫唤。

两脚踢完之后，那个朱广才大声喊道："等等，等等，这小子邪门……"

其实用不着他喊，这帮叫花子出身的家伙早已停住了脚步，小心翼翼地看着我，然后将我团团围住。

麻姑的脸色一阵变幻，最终还是努力让自己变得温和，然后赔笑着说道："大，大兄弟，有啥话好好说，别这么激动，好吗？"

我走向她，一字一句地说道："我那外甥，被你们带到哪里去了？"

麻姑努力笑出来，说道："他啊，去了，去了……"

她吭吭哧哧，仿佛要说又仿佛犹豫，而就在这个时候，我的身后突然传来一道劲风。

早有提防的我猛然回头，一把抓住了朱广才的手腕，拦住了他刺来的短刀。我右手猛地一捏，那人便哎哟哟地大声叫了起来。

这人能够发现我在院子里，自然是个练家子。不过就算是练家子，离我也还是有点儿距离，此刻被我拿捏住，忍不住直哼哼，喊道："手下留情，手下留情……"

旁边好几人嚷嚷道："放开他，放开他，不然弄死你！"

这里一片喧闹，院子外面传来了三叔的声音："大漠，大漠你没事吧？"

我听到这话，下意识地朝着门口望去，却发现刚才还挂在墙头叫唤的那家伙一个翻身，跳到了墙外面去。

紧接着没两秒钟，三叔就被那人拿着半片带血的玻璃，顶着脖子，给推搡了进来。

我抓着朱广才的右手猛然一扎，将这家伙拉到了我的怀里。

三叔被人挟持住，浑身都在颤抖，双脚哆嗦，有水滴答滴答流了出来，居然是被吓尿了。

他身后的那人身上有好多处伤口，疼得脸都扭曲了，拿着玻璃片，顶着三叔的脖子，大声吼道："放开朱哥，不然我杀了他……"

我抓着朱广才，将他手中的短刀夺了过来，然后看着这一院子的人，缓缓说道："真的要鱼死网破？"

三叔是担心我才过来的，我没办法责怪他，只能想办法。

麻姑瞧见他们手里有人质，大大地松了一口气，然后说道："大兄弟，看你的样子也是江湖中人，咱们有话好商量，你放我们一条生路，然后咱们大路朝天，各走一边，你说好不？"

我没有搭理她的话茬，依旧问道："我外甥在哪里？你们唯一的机会，就是把他交回来。"

那个挟持三叔的年轻人恶狠狠地骂道："去你的，放人不？不放开，我弄死这个老头子，你信不信？"

三叔这个时候也特别不争气地喊道："大漠，救我啊！"

他在我们村子里算是十分有见识的人物了，然而在这生死关头，终究还是少了几分胆气，浑身发软，倘若不是身后挟持他的那个年轻乞丐扶着，估计他都要栽倒在地上了。

我看那人拿三叔的性命来威胁我，心中顿时一阵怒火。

我肯定不会妥协，不然还不被他们拿捏住了？

我将朱广才扭过来，用他的身体作掩护，心中计算了一下，猛地推开朱广才，手中的短刀朝着那人甩了过去。

唰！

短刀飞出，随后听到"啊"的一声叫唤，只见挟持住三叔的那个年轻人肩头扎了一把刀，痛苦地叫唤着，去捂自己的左肩。

在这千钧一发之际，我一个箭步冲到那人跟前，猛然一脚踢在了他的胸口。

砰！那人腾空飞起，重重落地，一下就爬不起来了。

我把愣住的三叔往门外推，对他说道："去报警。"

三叔听到这话，头也不回地往门外跑去，而这个时候，院子里的其他人也四散而逃，却不是奔着我来，而是想逃开。当真是"大难临头各自飞"。

我要从这帮人身上问出兜兜的下落，肯定不能让任何人走了，于是冲上前去，一人一脚给撂倒。

那个麻姑有点儿本事，挡了我好几下，后来我发了狠，伸手过去抓住了她的头发就往墙上撞，咚的一下，那女人被撞得头破血流，嗷嗷直叫，也不敢再跑。

这悍妇一倒，其余人更是轻而易举地倒下。

至于那个头发花白的老头，也是十分识趣，自己蹲在那儿，不敢动弹，这才免了一通毒打。还有屋里面的几个孩子，他们几乎都是残疾，瞧见我，都往里面缩。

我将一院子的人都给撂倒了，就听到外面传来了一阵急促的脚步声，紧接着门被推开，好几个警察冲了进来。

有人瞧见我站在院子中间，其余人都倒下去了，厉声喝道："干什么的，蹲下，蹲下……"

那人拿着警棍指着我，我有些诧异，怎么三叔刚刚跑出去不远，警察就来了呢？是他报的警吗？

我心中无愧，走上前去，开口说道："各位，我……"

没等我说完，那警棍就落到了我的身上，对方厉声吼道："叫你蹲下，听到没有？"

我挨了两下，心里也有气，不过当前的局势下，我也不能跟对方硬扛，只能蹲下身去，双手抱头，表现得顺从。

这时三叔从门口走了进来，喊道："这是我侄儿，他不是坏人。"

一个满脸皱纹的老警察走了进来，喊道："干什么呢？干什么呢，大晚上的，怎么都跑这儿来了？"

我抱着头，开口说道："警官你好，我们是九龙湾的人，这帮要饭的今天绑架了我外甥，我们在乡派出所报了警，然后得到消息，就赶过来调查。我刚刚听到他们说起我外甥，被他们卖到湘潭去了，正在这时候，我被他们发现了，他们就想要把我捉住，把我送去卧轨，杀人灭口……"

我耐心解释着，然而这个时候，那个被我打昏了的麻姑突然醒了过来。

她大声号哭道："冤枉啊，冤枉，明明是我们这帮要饭的苦啊，好不容易凑点儿钱，吃顿好的，喝点儿酒，你非要跑过来，对着我们就是一顿打。还说什么讨饭的都比你吃得好，这个世界没天理了……"

这乞丐婆红口白牙说瞎话，张口就来，赶来的这几个警察和协警听得一头雾水。

麻姑继续往下讲，不过却被老警察拦住，然后看向了我。

老警察看着这躺倒一地的人，好一会儿，然后问我道："这些人，都是你给打趴下的？"

我点头，指着地上的刀具和钢管，说："是他们先动的手，我是正当防卫。"

旁边有一个一脸青春痘的年轻警察冷哼一声，说："懂得还挺多，正当防卫都知道。"

我看了他一眼，没有多说话。

老警察打量了院子好一会儿，然后开口说道："行了，大半晚上的打架闹事，还扰民，别委屈了，全部都带走。"

他一说话，旁边几个协警都上来了。这时候里面传来了小孩子的哭声，一个只有半截腿的小男孩从屋子里爬了起来，哭喊着说道："麻姑妈妈，麻姑妈妈，你别走啊，你走了我们可怎么办？"

老警察瞧见还有好几个孩子，犹豫了一下，然后指着麻姑说道："行吧，其他人跟我们走，你留这里。"

我听到，当场就急了，大声喊道："不行！"

我是真急眼了。

这个叫麻姑的女人要是留下来的话，她要做的事情绝对不是照顾这帮缺胳膊少腿的孩子，而是赶紧去跟那个所谓的半面鼠刘达通风报信。

这样一来，兜兜可能就真的回不来了。

所以我才大喊"不行"。

然而那个脸上长着青春痘的协警就有点儿恼了，扬起警棍，冲着我喊道："嚷嚷什么？有你说话的分儿吗？"

他说这话的时候，我的余光处瞥见那个叫麻姑的女人低下头。

她在笑，嘴角处浮现出的一抹微笑，格外得意。

很显然，她觉得自己瞒天过海了。

我毫不犹豫地面对着那个冲我咋咋呼呼的协警，平静地看着他，缓缓说道："希望我再说一遍，你能够听懂我的话。这帮人，除了乞丐的身份之外，还是拐卖儿童的人贩子，屋子里面的那几个小孩，你认为是他们自己生养的吗？那是他们拐卖的小孩，打断腿、打断手，专门用来乞讨的。我现在可以跟你走，但留下这个女人通风报信，那么我的外甥，他才六七岁，他也有可能被打断手脚，给扔在街上，逼着乞讨……"

说到这里，我冷冷地看着那人，一字一句地说道："如果是你的儿子，你会这么做吗？"

那人原本还有些羞恼，然而听完我说了这一通话，张了张嘴，没有再说半句。

我不知道他是被我的道理打动，还是被我的气势震慑。事实上，听完了我的这一番话，整个院子里都陷入了一片的安静，就连外面探头探脑过来看热闹的街坊邻居，也开始纷纷议论。

我才意识到，警察并不是三叔找来的，而是这些邻居。

短暂的沉默之后，那麻姑大声反驳道："他说谎，这些可都是我的孩子啊，我可怜的孩子……"

她当真是演技派，几乎都不用情绪渲染，眼泪鼻涕就一下子都出来了。

然而那个老警察却没有了之前的宽容，恶狠狠地瞪了她一眼，喊道："闹什么闹？当我死了吗？"

麻姑被他一喝骂，顿时就蔫了。

老警察走上前来，指着在屋子里哭哭啼啼的几个残疾孩子，说："这都是你的儿女？"

麻姑愣了一下，然后小心翼翼地回答道："啊？对，对呀……"

老警察板着脸，说："是，还是不是？"

麻姑的脸一下子就僵了，不过她是常年跑江湖的人物，也很机智，赶忙解释道："有一个是我的儿，另外几个，是他们几个的……"

他这般说，老警察却没有理会，而是走到了那个叫"麻姑妈妈"的小男孩面前来。他心平气和地说道："小朋友，你叫啥名字，告诉警察叔叔？"

那小男孩有点儿紧张，低着头不说话。

老警察回过头去，正好撞上了麻姑瞧那孩子严厉的眼神，不由得怒了，说："你在这儿挤眉弄眼的干什么？"

麻姑赶忙说道："这孩子打小就怕生……"

老警察劈头盖脸地骂道："还狡辩！有谁叫自己妈还加个名字的？真当我是傻子？小林，小东，把人都给我铐了，连同孩子一起都给带走……"

到底是老资历，这老警察并没有被糊弄。

几个被点到名字的人赶紧过来铐人，青春痘走到了我的跟前，问道："队长，这个人要铐吗？"

老警察瞪了他一眼，说："你脑子进水了吗？人家是见义勇为的好市民，而且还是失踪儿童的家人，你铐什么啊？"

他这么一定性，几个盯着我的人都走开了。

我走过去，扶住了三叔，问他："怎么样，刚才没事吧？"

三叔的腿肚子都还在颤抖，说："大漠啊……"

"您说。"

三叔指着这七七八八被铐起来的乞丐，说："刚才你就一个人，把这帮拐孩子的叫花子都给打倒了？"

我不想太突出，笑着解释道："差不多吧，你别看他们个个凶神恶煞的，但一来他们是喝了酒，脚都站不稳，二来他们都是乞丐，营养不足，又欺善怕恶，所以只是表面上凶而已……"

我是这么解释的，但三叔刚才被人一下子拿住来要挟，多多少少也感觉到这帮人有点儿不对劲。至于哪里不对劲，他也说不出。

这边处理完了，老警察过来跟我说："你也跟我们去一趟派出所，做个笔录吧。"

我说："我们已经报了案，而且刚才我已经确定了这帮人就是拐走我外甥的罪魁祸首，他们的头儿将我外甥弄去了湘潭。一会儿您跟九龙湾派出所确定之后，能帮忙审一下他们，问出具体的下落来吗？我怕时间晚了，我那侄儿说不定就残疾了。"

那人听了，十分客气，说："好，先回所里去，慢慢聊。"

一行人出了院子，老警察对围观的人说道："都散了，散了，几个人贩子没啥好看的。"

他不说还好，一说出来，从旁边冲出一个蓬头垢面的妇女来，冲着那麻姑的脸就挠过去。麻姑本来就被手铐锁住行动不便，一下子又被挠了脸，满脸都是血，顿时就哇哇大叫。

旁边好几个人七手八脚地将那妇女拉扯开，没想到她拼命挣扎，张牙舞爪的样子，十分吓人。

老警察恼了，喊道："谁家的，管不管啊？不行我抓人了啊？"

旁边几个邻居赶紧过来控制住那妇女，一个老太婆解释道："春香的女儿才一岁多，两年前被人贩子拐走了。为了找女儿，她跑了好多地方，后来还是没有找到，人就疯了，听到'人贩子'这三个字，就控制不住她自己，别怪她……"

几个邻居，有老有小，七嘴八舌地求着情。

那妇人疯狂地挥着手，喉咙里面发出含混不清的声音，我认真听了一下，才听出来，说的是："人贩子必须死，必须死，全部都死……"

众人默然，也理解一个母亲失去女儿的心情，本来几个有些恼怒的警察也都叹了口气，不再说话。

押着人，我们回到了派出所，一番审问之后，这帮贪生怕死、欺善怕恶的家伙，有几个承受不住压力，撂了底。但这伙人也有嘴硬的，麻姑和那几个老家伙就是如此，其他年轻一点儿的，毕竟是乌合之众，又觉得跟自己没有直接关系，所以就溜了嘴。

这帮人不但拐卖儿童，还专门对年轻女孩子下手，迷昏之后拐到山上去，给人做老婆。除此之外，他们老大还犯过一桩杀人案。

这是一起重大拐卖案件，牵扯挺多，老警察红光满面，赶忙往上面报案，而我则问起了我外甥的下落。

老警察告诉了我一个地址，就在邻市的一个小地方。

我借了派出所的电话，给九龙湾那里打了过去，把我们这边得到的情况跟那边做了汇报。聊了没两句，电话就被抢了过去，随后我听到堂姐侯丽有些沙哑的声音："大漠，兜兜找到了？"

电话那头的情绪有些不稳定，我深吸了一口气，说道："丽姐，你放心，犯人我们抓到了，我现在马上和三叔去接兜兜，你就放心吧，在家里等着就好。"

侯丽有些激动，说："真的？"

我说："丽姐，我跟你承诺，不管怎么样，我都会把兜兜给找回来的，你放心。"

挂了电话，我对旁边的三叔说道："三叔，麻烦你跑一趟。"

三叔没有推辞，不过有些疑虑，说："这个事情不经过警察，我们直接去吗？"

我想了一下，说："对，兵贵神速，直接去。"

话虽如此，我还是找到那个姓杨的老警察帮忙开了一封介绍信，免得到时候再遇到这种情况，无法处理。

人家听到了我的要求，立刻就起草了介绍信，还给盖了公章。

拿着介绍信，我和三叔出发。路上我很懂事地出钱给车加满油，三叔脸上的忧虑一扫而空，开始聊起了我刚才以一打九的情况来。

我并不接茬，眼看着快要出城，突然间我瞧见街角的胡同口有一个熟悉的身影。那身影摇摇晃晃的，旁边还跟着几个半大小子在晃悠。

我心下一动，下意识地深吸了一口气。

车子飞快往前，我瞧见那几个半大小子动手动脚的，终于忍不住了，对三叔喊道："停车。"

三叔对我的话没有打折扣，直接踩了刹车，我从驾驶室跳下来，朝着那边箭步走去。

走到几人跟前，我大声喊道："干什么呢？"

一个十六七岁的少年瞧见我，挥拳过来，说："少管闲事……"

咚！我一拳将他撂倒，随后三拳两脚将这帮臭小子给撵走。然后俯身下去，将那个有些喝醉的女孩儿扶起来，问道："你没事吧？"

那女孩喝得满脸通红，一身酒气，看到我却笑了。

她说："侯漠，你怎么才来啊？我都等你大半天了，你真讨厌，呜呜呜……"

喝得迷迷糊糊的夏梦在瞧见我之后，一把就搂住了我的脖子，冲着我喊。

都说美人如玉，但喝醉了酒的美女，还真是难搞。

我扶住夏梦，有一股香皂和洗发水的味道，混合着浓烈的酒气扑面而来，我赶忙问道："你一个人怎么喝这么多的酒？"

夏梦醉眼迷离，双手环抱着我的脖子，有些结巴地说道："侯漠，我等了你好久，一直在等你，我还给你家打了电话，一直没人接。我以为你还是没有原谅我，我不知道该怎么办，我，我……那件事情，一直藏在我的心里，让我难受，我难受你知道吗侯漠……"

听到她语无伦次的话语，我有些惊讶，也有些感动。

事实上，关于我之前在水泥厂的遭遇，甚至关于夏梦，在经历了这么多的事情之后，在我脑海里的印象已经十分淡了。

我满脑子想着的，是怎么活下去。

然而夏梦却一直对于自己做过的错事耿耿于怀，甚至还影响到了她以后的人生，这让我很不是滋味。

我将她抱在了怀里，拍了拍后背，安慰道："傻姑娘，那件事情我早就不怪你了。"

我抱住她，只是想要给她一点儿安慰，但没有想到醉酒状态的夏梦却一下子踮起了脚，朝着我吻了过来。

我有点儿蒙，脑子还没有转过来，就被夏梦亲上了。

唔……紧接着，一条滑腻灵活的舌头游进了我的嘴里。我这时方才反应过来，夏梦居然在亲我。

我顿时就睁大了眼睛，出于男性的本能，下意识地将她的身子紧紧抱住。

那一刻，我恨不得将她整个人都揉进自己的怀里去。

呕！

大概是我太过于激动了，让处于醉酒状态的夏梦有些难受，身体的痛苦是连锁反应的，她忍不住打了一个酒嗝，紧接着一股酸臭不堪的呕吐物，就从嘴里喷溅了出来。

当时的状况，真的是尴尬到了极点。

我吐出口中的呕吐物，脑子都蒙了，而更尴尬的是，在这个时候，旁边突然蹿出一个年轻人，朝着我一脚踹来。

我往旁边躲开，那人踹了一个空，怒气冲冲地骂道："流氓，你敢非礼夏梦？"

我有点儿晕，不知道这人是哪里冒出来的，而这个时候，连续吐了一摊的夏梦回过神来，冲着那人喊道："孙杨，你发什么疯啊，我跟侯漠认识的。"

那年轻人听了一愣，忍不住说道："认识？认识还趁你酒醉欺负你？"

夏梦不好意思说是自己先动的，扶着我，对那人说道："孙杨，不是你想的那样子……"

那个孙杨显然对夏梦有意思，此刻瞧见女神这个模样，心都凉了半截。

他脸上的表情又是悲愤，又是伤心，而我着急去救人，没太多想法，问夏梦："这是你朋友？"

夏梦听我这么问，赶忙解释："是我同事，招商局的同事。"

我点头，对孙杨说道："小孙，你好，我这边有点儿急事，必须马上赶往湘潭去，关系人命，十万火急的大事。夏梦现在喝醉了，我担心她的安全，你负责送她回家，可以吗？"

"啊？"

孙杨听到我的话，也有点儿蒙，不过还是惯性地点点头。

夏梦也很意外，问我："侯漠，你要去干什么？"

我来不及解释了，将夏梦交到了孙杨手中，然后拍了拍那小伙子的肩膀，说道："拜托了。"

说罢，我转身离开，而夏梦想要叫我，见我没有停步，便大声对我说了她的手机号码。她让我回头有空了，打电话给她。

我回到了车里，感觉嘴里还有一股怪味，忍不住又吐了两口唾沫，三叔将保温杯递给我，说漱漱口吧。

我有些尴尬，将染满污秽的外套脱下来，又喝了一口水，吐掉，这才感觉好一点儿。

三叔发动了车子，往前开去，有点儿憋不住笑，身子直抖。

我跟三叔混熟了，也没有了长辈和后辈的顾忌，郁闷地说道："想笑就笑吧，用不着憋着。"

三叔哈哈大笑，对我说道："大漠，你真是艳福不浅。"

他这么一说，我又犯呕了，忍不住求饶："叔，我的亲叔，咱能不能别说这件事情了？"

三叔笑得不行，一路上都在调侃我，弄得我都快郁闷死了。

半夜的时候，我们赶到了横塘。

这是一个特别小的镇子，我们得到的信息不多，大概知道那个所谓的横塘老妖是个开饭店的。至于是哪家饭店，说的人也不清楚。

麻姑肯定知晓得最多，但那女人大概是知道了自己的罪行，死鸭子嘴硬，就是不开口。

当下也只有先打听打听，正好我们赶到镇子上的时候，一条街上有好几处亮光，有一处居然是一家卖早餐的店子。

这种早餐店起得很早，此刻凌晨四点多就生了炉子，我和三叔走过去，三叔点了一碗牛杂汤粉。饥肠辘辘的我，不但点了一碗肥肠粉，而且还要加蛋、加量。

别看这是一个不知名的早餐店，但这粉味道真的不错。汤头浓郁，粉有嚼劲，肥肠清爽不腻，再加上一勺红辣椒和香菜，那滋味，甭提多美了。

我一夜奔走，身心俱疲，那碗红油油的辣汤一口喝下肚子，立刻就精神起来。

三叔瞧见我吃得这么快，问我："还要一碗吗？"

我摇头，说："不用。"

三叔没吃完，但放下了筷子，有些发愁，说："这镇子说大不大，说小也不小，到哪里去找那个什么横塘老妖啊？"

我说："这么一个镇子，开饭店的，算上小铺子也就二三十家，一家一家地看，挨个儿问。"

"唉，到底是年轻人，想得倒是天真。"三叔有些头大地说。

我拿纸擦擦嘴，认真地说道："三叔，我明白你的意思，但是你得想一下，咱们都到这儿来了，怎么能打退堂鼓呢？我堂姐侯丽的情况你也知道，她老公死了，婆婆又是那个样子，儿子再没了，估计又一条性命没了，咱们不坚持怎么行？"

三叔瞧见我这股劲儿，叹了一口气，说："自己老了，跟年轻人没法比了。"

我笑了笑，说："您都陪着我跑了一夜，还说这话？"

结了账，我对早餐店的老板问道："老板，您知道咱们这儿有一个叫作横塘老妖的吗？"

那满脸油腻的老板一脸蒙："啥老妖？"

"横塘老妖！"

"横塘？你说我们横塘的老妖？没听过，就听说过黑山老妖……"

我们离开了早餐店，然后将小镇子大概走了一遍，多少了解了一些底细，随后等到天亮了，我们开始挨家挨户地问去。

有的饭店开得比较早，有的饭店开得比较晚，所以这个挺费工夫的。我和三叔从凌晨一直走访到了下午，累得半死，没有问出任何结果。

那帮人，要么就是不知道，要么就是拿看傻子的眼神来看我和三叔。

横塘老妖，什么鬼？

三叔有点儿受够了白眼，找了个地方坐下就不肯走了，我毕竟是做推销员出身的，多难堪的局面我都见过。这种事，只要你心态好，其他的都无所谓。

我将三叔安置在一个凉粉摊前，然后自己又出发，结果到了傍晚，还是没打听到任何有用的消息。

两人找个地方草草吃了饭，三叔叹气说："那帮家伙，是不是在撒谎？"

我摇头，说："不，我亲耳听到的，说兜兜是被他们头儿胡爷和那个独眼龙老乞丐带过来的，找的那个横塘老妖，这些都对得上，没错。我们只是没找对方法而已……"

三叔想了一会儿，说："镇上你是都找过了，你说有没有可能不在镇子上？"

"不在镇子上，那在哪儿？村子里？村里能开饭店？"

三叔说："你想，那帮人做的是拐卖人口的买卖，弄到镇子上，那得多扎眼？我知道在咱们宋城就有不少人在乡下开饭馆，叫啥来着？农……农家乐，对，好像是一种新方式，前面有鱼塘，后面有菜地，到处散养本地鸡，这样子腻味了城里生活的人才乐意来。"

农家乐？我在南方打拼几年，自然知道这东西，听三叔说着，我沉思一下，点头说对。

随后，我找到餐馆老板，问附近有没有农家乐之类的。

餐馆老板告诉我，农家乐没听过，但镇子附近的确有几家餐馆。一个在距离镇子西头两千米的小河边，一个在河对面的山上，叫什么山庄来着："那地方，我跟你说，都是城里的有钱人。"

我看着老板对我挤眉弄眼，心中咯噔一下。

对，就是那里。

餐馆老板跟我唠唠叨叨说着话，我的眼睛却是突然一亮，因为我想起那个张老四说的话，他说"那地方儿花窝子比较多，让人流连忘返"。这么一说基本上是没跑了。

我赶忙问明那山庄的地址，结了账，跟三叔出了门。

三叔还没明白状况，问我："先去哪家好？"

我说："杨名山庄。"

大概是这几天我的表现给了三叔一定的信任感，他并没有说太多意见，点头，发动了皮卡车，出发。

没多一会儿，我们到了河边的公路旁。

望着不远处山坡上的庄子，三叔问我："上去吗？"

我想了一下，说："你停路边，找地方待着，我一个人去。"

啊？

三叔愣了一下，说："你一个人？会不会有危险？"

我想起那天三叔被人劫持的事情，又交代了他一句，说："你在这儿也得小心，我们今天问了一天，太扎眼了，说不定已经被人盯上了。你随时保持警惕，万一有人接近，你别傻等着，赶紧开车离开，知道吗？"

三叔想起昨晚的事情还心有余悸，点头，说："我火不熄，随时一脚油门轰走。"

交代完三叔，我朝着山上走去。

一路上挺荒凉的，天色暗了下来，除了坡顶上有些光亮之外，路上都黑漆漆的。好在不时会有汽车和摩托车路过，光线打过来照亮了路面，让我不至于踩到坑里去。

其实不用这些灯光，光凭着月光，我也能毫无障碍地行走。

夜行者，对于我的改变是潜移默化的，并不仅仅只是表现在我的力量和修为上。更多的东西，是心理层面的，难以表达。

山坡不高，我来到山庄跟前。说是山庄，其实也就是几栋建筑组合在一起。

此刻灯火阑珊，我走到门岗前，敲门，里面走出一人来，斜眼看我，说："干什么？"

我十分镇定，说："来吃饭。"

那人打量了我一眼，说："对不起，只接熟客。"

他准备往回走，我赶忙喊道："别啊，我是刘老板介绍过来的。"

那人愣了一下，回过头来，问："哪个刘老板？"

我故意生气地说道："还有哪个刘老板，就是横塘的刘老板呗！"

那人有些犹豫，这个时候旁边走来一人，在他耳边低语几声，他终于不再板着脸，走过来开门，让我进去。

我往里走，一个三十多岁花枝招展的女人走了过来，笑着对我说道："哎哟，先生，您是一个人，还是跟朋友约好了一起来的？"

我说："就我一个，不过说不定还会来俩朋友。"

女人将我引进屋子里，我在大厅看了一下，发现这里人还挺多，十分热闹。

我在角落里找了一个位置，女人问了我两句，然后对我说道："您先吃饭，一会儿要是有什么需求，去隔壁的小厅找我。"

她带着一股香风离开，服务员走过来，等我点菜。

我随意点了两个招牌菜，又要了一壶自酿米酒——这菜单上的菜品是真的贵，比鹏城一些大酒楼都黑。

点过菜，我坐在角落，装作漫不经心地观察着这大厅里的一切。

来这儿的人分三种，一种是达官贵人，或者大富豪，这些人进来之后，直接奔楼上的包间，不会在楼下停留太久；另外一种是寻常人等，三五好友，有点儿小钱，约在这里玩一玩；最后一种人的气质很明显，都是开车的司机。这些人长期在外面奔波，手里又有钱，消费能力自然也高。

我耐着性子吃了许久，并没有瞧见我想见的人，酒都加了两壶，终于坐不下去了。我结账之后，起身离开，准备回头再想办法，结果没想到我这刚刚走出大厅门口，就被之前引路的那女人给拦住了。

她笑着对我说道："先生这是要走？"

我点头说是。

女人笑吟吟地说道："来我们这儿玩，怎么能吃个饭就走呢？我们这儿还有其他项目，在后院，要不要去看一看？"

我心知肚明，却还是故作不知地问道："什么项目？"

女人笑着说道："就是给你放松放松的休闲娱乐，你去看看不？看您第一次来，给您打个八折，啊不，给您打五折——看您这么年轻，长得又帅，我给您打五折……"

我半推半就地跟了过去，想着最好能在这里碰见那个胡爷和瞎眼老乞丐。

穿过主楼来到后面，这儿弄成温泉山庄的模样，路上有好几个水池子，热气腾腾，还有人在里面泡着。我跟着那女人，七拐八拐，来到一处偏僻的地方。看到一座小楼，走进里面去，布置得相当豪华。

女人领着我来到其中的一个包厢，让我坐下之后，对我说道："先生，您稍等，我去把姑娘们都叫过来。"

我瞧见这纸醉金迷的环境，即便知道自己是过来找人的，并不会消费，但还是有些心慌，拉着她问道："这儿，要多少钱？"

女人笑了，露出一口洁白的牙齿来，说："您想多了，不贵的。"

她离开之后，我坐回沙发前，想着如何能够找到人，还没有等我想好，门被敲开了，紧接着走进了一个人来。

只有一个人，而且还是一个女人。一个漂亮的年轻妹子。

那妹子也就十七八岁的样子，魔鬼身材，一头大波浪金色卷发发出耀眼的光芒，细长的大腿裹着一条鹅黄色的超短迷你裙，清澈明亮的瞳孔，弯弯柳眉，长长的睫毛微微颤动，白皙的皮肤透着红粉，薄薄的双唇宛如玫瑰花瓣一般，娇嫩欲滴。

美。这个女人从头到脚，都透露着这样一个字。

那女人长得虽然妖媚，但眉目之间，又透着一股清冷，我下意识地站了起来，说道："这……"

妹子走到了我的跟前，脸上挤出一丝笑容，对我说道："你好，我叫小兔。"

我点头，连说："你好，你好。"

小兔走到我的跟前，说："来，我给你脱衣服。"

我下意识地往后退，问她做什么？

小兔一愣，随即扑哧一声笑了起来。

她一笑，满脸的清冷就消退了，化作了万种风情，妖媚端庄，随即她说道："你们男人来这儿，还能干什么？有啥不好意思的？来，我给你脱衣服……"

她走上前来，动手动脚的，一股浓烈的香气弄得我有些头晕。

我下意识地往后退，然后推开她，说道："别，别，不是你想的那样。"

小兔却不管我的推脱，上前来搂住我，她这样的亲密动作，让我的抵抗有些勉强。

我是一个正常男人，又不是柳下惠，自然不可能做到多么坐怀不乱，这样一个漂亮女孩儿投怀送抱，多少还是有些难以抵抗的。

我有些心慌，下意识地咬了一下舌头。

舌头一咬，痛感传来，我精神一凛，突然间许多疑问都传到了我的脑海里。

为什么只有一个人来？

像我这样的散客，都不确定兜里能有几个钱，为什么会安排这种极品美女给我？

他们就不在乎我兜里到底有没有钱吗？

不对，不对。这里面，有古怪！

在这温柔乡里，我的脑子瞬间进入清醒状态，而这个时候，我感觉到小兔抱着我脖子的双手，这指甲也未免太过于尖锐了些……

我精神紧张，往回一收，小兔猝不及防，被我推开，脸色一变，手上一扬，居然摸出了一把尖锐的小刀，朝着我的眼睛扎过来。

我没有犹豫，一脚蹬在了她的腹部，将人踢飞了。

下一秒，包厢好几个地方都涌出了人来。只在一瞬间，房间里出现了十来个人，个个体型壮硕。

一个老婆子从门口走了进来，对我说道："听说你在找我？有什么事吗？"

第二十三章

横塘老妖和老杨

小兔被我毫不留情地一脚端中小腹，整个人飞起。然而她那宛如蛇一般的小腹十分柔软，轻轻一扭就调整了身形，整个人如同壁虎一般，趴在了对面的墙上。

满堂的壮汉簇拥着一个头发皆白、满脸皱纹，拄着拐杖的老婆子。

她冷冷看着我，说出了这么一句话来。

面对着这早有准备的鸿门宴，我冷笑一声，说道："横塘老妖，就是阁下？"

老婆子拱手，说："江湖人抬爱，不值一提。"

我笑了笑，点头说道："好好好！"

我连说了三个"好"，不再多说。

那横塘老妖有些好奇，对我说道："小伙子，你从大早上就在打听我的名字，居然还真找到了我这儿来了，到底是想要干什么？"

我手摸向了腰间，整个人的自信陡然提升了起来，微笑着说道："你……猜！"

我这话音刚落，旁边越出一壮汉，怒声骂道："猜你妹！"

他长身而出，冲着我就是一个"黑虎掏心"。

这汉子身高足有一米九，又高又壮，人黑乎乎的跟一个铁塔似的，手又长，那一下过来，气势壮到了极点。

一个字，凶！

砰！

对方气势很足，我却也不弱，根本没有给对方接近我的机会，一个鞭腿过去就直接将人给砸倒在了地下。

只一招就将对方给撂倒在地，毫不含糊。

随后我风轻云淡地看着对面。

众人皆惊，就连横塘老妖都下意识地皱起了眉头。

事实上，别看我这般果断凶狠，但其实在刚才的一刹那，我是做足了准备的。

无论是对方出拳的轨迹，还是力量，以及身位，我都了然于心，再后发先至，全身的力量在那一瞬间做了高度协调，方才会做出如此的完美一击。

为什么要这么完美？

因为我此刻处于重重包围之中，如果不能做到先声夺人，我便会陷入众人的重重包围。对方并非弱者，别的不说，光我面前的这个横塘老妖，还有墙上的美女诱饵小兔，就绝对是夜行者，而且还是觉醒多时的。

那个横塘老妖，别看整个人白发苍苍，垂垂老矣，但她那微微眯起的眼眸之中，却有着太多老年人不具备的精光。

这说明对方是一个很强悍的老牌夜行者，方才会有这样的表现。

果然，我一脚撂倒对手之后，除了那个人在呻吟着往后爬之外，现场再没有了别的动静。

啪、啪、啪……

横塘老妖的掌声打破了沉默，然后她突然笑了起来。

她咧开没有几颗牙的嘴巴，笑着说道："很好，很不错，果然是长江后浪推前浪，后生可畏啊！说出你找我的目的吧，我可以给你解释的机会，不然就凭你这本事，或许会有点儿麻烦，但绝对不可能杀出重围。"

我镇住场子，获得了平等对话的权利之后，并没有继续张扬，而是想着马一岙的教导，拱手说道："前辈，我此番前来是为了一个人。"

横塘老妖问："谁？"

"一个小孩子，六七岁的年纪，叫作兜兜，他应该是被宋城丐门的胡爷和一个独眼龙乞丐卖过来的，不知道您有没有见过？"

横塘老妖的脸上本来是有笑容的，但当我说出自己的诉求时，她的脸变得很冷。冷到如同坚冰一般。

气氛僵硬了好一会儿，她方才缓缓说道："你是那小孩儿的什么人？"

我本来以为对方会矢口否认，没有想到她居然会这么说，多多少少也松了一口气，然后说道："我是他舅舅。"

横塘老妖问："亲舅舅？"

我摇头："不，他妈妈是我的堂姐。"

横塘老妖陷入了沉思，好一会儿之后，问我："你，彻底觉醒了吗？"

我有点儿犹豫，最终还是决定说实话："没有，只过了第一重。"

横塘老妖有些惊讶："什么？你过了第一重？"

我见她满脸不太相信的样子，没有争辩，说："需要我证实一下吗？"

横塘老妖看着我，又过了好一会儿，然后喊道："老杨，你来。"

一个身型消瘦的男人从门口处走了过来，看了我一眼，然后说道："地方太小，施展不开。"

横塘老妖看了我一眼，说道："换个地方？"

我此刻前来，心意本已坚绝，自然毫无畏惧，点头说道："客随主便。"

双方谈妥，于是在一众人等的簇拥之下，我们离开了包间往外走，一路上都没有碰到人，我才知道这儿并不是什么娱乐场所。人家对我是早有防范的，所以才会把我带到这没人的地方来。

这般想着，我方才知道自己到底还是太嫩了，今天这一天的举动也着实是有些张扬。

一行人转过楼梯，来到了一个地下室。

这地下室十分敞亮，空间也宽阔，地上铺着软木地板，有三面都有镜面装修，面积差不多有超过两百平，或者三百平，高有四米多的样子。

看得出来，这是横塘老妖专门用来训练自己手下的地方。

一众人等围成一圈，而那个叫老杨的男人则站在了我的对面。

他年纪约莫三十来岁，很瘦，站定之后，脱下了身上的衣服，露出一身结实的腱子肉。他挥了挥手，举手投足之间，都有着爆发性的力量，充满进攻性。

横塘老妖对我说道："老杨是我这儿最好的拳手，曾经在澳门地下拳赛里有着很好的成绩，你若是打赢了他，我就告诉你一切。"

我捏了捏拳头，发出了"咔嚓"的声响，然后说道："好。"

老杨脱了鞋，光着上身，穿着一条短裤，双脚在软木地板上面跳来跳去，活动完了筋骨之后，对我说道："怎么样，拳脚还是器械？你擅长什么？"

我看了一眼角落里的兵器架，无所谓地耸了耸肩膀，说："无所谓，你喜欢什么都行。"

老杨做不了决定，看向了横塘老妖。

横塘老妖似乎在思考着什么，好一会儿之后，方才说道："既然都是夜行者，就没有必要决出生死，比拳脚就成。"

她看向了我，仿佛在询问我的意思。

我点头说好。

老杨早已急不可耐，听到这一声，立刻抱拳，向我行了一礼，然后说道："开始吧。"

我低头抱拳，却发现老杨已经如同一颗炮弹般冲了过来。

嗖！他一脚踹了过来，带着巨大的风压声。

我往后推开，却发现他这一套腿法是连环的，虎虎生风，我没提防他这暴烈如风的腿法，只有不断后退。

我闪开了对方暴风骤雨一般的攻击，这让他有些发恼，几次之后，忍不住出言嘲讽道："除了躲躲闪闪，你就不会别的吗？懦夫、胆小鬼……"

他分心说话，腿法就没有那么凌厉了，我则深吸了一口气，瞅准机会，猛然向前。

砰！我一拳打在了他的脚尖之上，双方的劲力在那一瞬间碰撞，轰然作响。

我往后退了两步，老杨也是如此。

这一下交锋，打了个平手。

对我而言，平手无关紧要，但老杨是势在必得的，这情况对于他来说，有点儿难以接受，当下也是厉喝一声，整个人就冲了过来。

紧接着他腾空而起，如同雄鹰当空一般，紧接着右脚朝着我的面门探了过来。

这一招夺人声势，好不刚烈。

我瞧见他这一招，心中冷笑。

你是雄鹰当空，我来黄狗撒尿，看看到底是你在天空上能够搏杀猎物，还是我扎根大地，身沉力猛。

在那一瞬间，我蹲下去，将整个身子都收缩成了一团，然后猛然出腿，如同炮弹一般踢出。

砰！

两人的双脚再一次碰撞到了一起，只不过老杨是赤足，而我则是穿着运动鞋的。

双足相交，巨大的闷响出现，老杨"啊"的一声叫喊，整个人腾空翻滚几下。而我的那一只运动鞋则受不了两人的力量冲击，整个胶底都融化开口，四分五裂。

这一下，让周围的人都大吃一惊，而翻滚落地的老杨被我激怒了，嗷呜一声，整个人开始冒出了层层黑气来。

他虽然没有显露本相，但腾腾的妖气却再也没有束缚。

紧接着他一边叫一边朝着我发起了冲锋。

这一下，他的速度几乎提高了三成，随后整个脑袋低下，朝着我的腰间猛然撞了过来。

这是……头槌？

一开始我几乎下意识地想让开，然而下一秒，我改变了主意。

我气沉丹田，扎了一个沉稳的马步，让自己的双足，死死吸住了地板。

咚！

两人再次相交，老杨那冒着滚滚黑气的脑袋，终于撞到了我的腰间。

在相撞的那一瞬间，发出了"喀"的一声脆响。

周围的众人在瞧见了这一幕之后，都起身欢呼了起来："哈哈哈，赢了，赢了！"

气氛热烈。

在众人的欢呼声中，我和老杨几乎是同时发出了一声撕裂嗓门的怒吼。

啊！同样是怒吼，老杨的声音是歇斯底里的惨叫，而我则是为了壮声势，让自己不至于退让的吼声。

那骨头碎裂的声响，并不是来自我的腰间，而是老杨的脑壳。

他那满是黑气缠绕的脑袋上面，凸出了一对尖角。这一对尖角本来是要攻破我所有防备的利器，然而在此时此刻，却被我缠在腰间的"裤腰带"给抵住了。

我这"裤腰带"别看软中带硬，跟硅胶板一样，但它的密度决定了一切，也让老杨的杀招无法施展。

让所有人目瞪口呆的情况出现了，老杨并没有凭借他那一双尖锐的弯角刺穿我的腰，而是惨叫一声，滚落到了地上。我虽然往后退了一步，却并没有伤筋动骨。

头顶双角的断裂，让老杨疼痛不已，他在地上打了好几个滚儿之后，方才跟跟跄跄地爬起来。

他还待再战，横塘老妖拦住了他。

她说："够了，你输了。"

有鲜血从脑袋上流下来，哗啦啦的，甚至都糊住了老杨的眼睛。他擦了一把，然后恼怒地争辩道："他作弊！"

本来垂头丧气的众人一听到这话，立刻就来了劲，大声嚷嚷道："怎么回事？"

"对啊，对啊，那家伙的腰怎么能够顶得住老杨的一撞？"

"说好了不用器械，那小子绝对作弊。"

众人嚷嚷着，群情激愤，横塘老妖也用怀疑的目光看着我，似乎在等着我的解释。

此时此刻，我相当淡定，对这老杨咧嘴，露出一口白牙："作弊？我怎么作弊？要说作弊的应该是你吧？明明说好比拳脚，你却露出一对角来！"

老杨憋红了脸，争执道："角怎么了？角也是我身体的一部分，你呢？你敢把你腰间那玩意儿拿出来吗？"

他咄咄逼人，显然是认为我在这场比斗中做了手脚。

我哈哈一笑，冷冷说道："拿出来又如何？"

我掀起上衣，将捆在腰间的软金索露了出来，指着这玩意说道："真的搞笑了，堂堂一澳门地下拳王，居然撞到了我的裤腰带上面，弄成这样，还好意思说啥？"

我将软金索一抖落，瞧见这软绵绵的样子，大家都一脸尴尬。

的确，这也就是一根裤腰带。

天啊，堂堂老杨，那无坚不摧的双角，此刻居然栽在了一条裤腰带上，这脸可真是丢大了。

原本还在聒噪的众人，就算是脸皮再厚的也都低下了头。

这事儿，你说怎么讲？说出去都丢人。

众人默然，唯有作为当事人的老杨最是激动，他看着我，说："不对，你下面绝对还有东西，你敢阴我，我……"

他越说越恼，激动不已，这个时候横塘老妖却发了话："够了。"

老杨有些不服气，还待再说，横塘老妖却恶狠狠地瞪了他一眼，说："你还嫌不够丢人吗？"

别看她年老体衰，威望却很高，老杨即便是心头再不服，也不敢多言。

我则乘机将软金索捆回了裤腰上。

那横塘老妖看了我一眼，然后说道："都散了吧。"

她一句话，众人都不敢违抗，没一会儿工夫，整个大厅之中只剩下了三个人。

一个我，一个横塘老妖，再加上一个小兔。

那个风情万种的女人，此刻站在横塘老妖的身后，就跟一个乖宝宝似的，而横塘老妖则看着我，好一会儿方才说道："你中了姬三娘下的十香软筋散，为什么到现在还没有倒下？"

我一愣，气行一周，并没有感觉到有什么不对劲，忍不住说道："你说笑呢吧？"

横塘老妖瞧见我的表情，知道并不是我察觉酒菜有毒，又装作不知，于是叹了一口气，说："传说中的灵明石猴，果然是天之骄子。"

说罢，她看着我，认真说道："虽然不确定你最后是否能够冲破五重关，但得罪你这样一个夜行者，并不是好的选择。所以我接下来讲的所有事情都是真的，我会以我奶奶的名义起誓，保证话语的准确度。"

我瞧见她十分严肃，点头说："请讲。"

横塘老妖说道："你那外甥的确是被姓胡的送来了，我亲自给他验过，是十分罕见的灵明石猴血脉，不过很淡薄，并不明显。对于那小孩儿，我并无恶意，甚至还有想要将他收为徒弟的想法，然而在这一切都还没有实施的情况下，变故发生了。"

啊？我瞧见她并不像在骗人，有些心慌，问："什么变故？"

横塘老妖突然问道："你知道在苗疆一带，有一个叫作'离别岛'的地方吗？"

我一愣，好一会儿才回过神来，说道："你指的苗疆是什么？据我所知，它大概是一个地理范围，说的是我们国家西南部，包括滇南、西川、黔州、湘南、渝城、广南等各省市部分，而具体的是什么？"

横塘老妖笑了，说："你地理学得不错，但对于这江湖，却什么也不知道。"

我说："我有点儿不理解，这一带十万大山，连绵不绝，哪里还有什么岛？"

横塘老妖说："你既然不懂江湖，我就这么跟你说了吧，你的外甥的确是在我这儿待过，但就在今天早上，他被一个叫黄大仙的家伙掳走了，而那个黄大仙，就来自著名的苗疆离别岛。至于黄大仙是谁，离别岛在哪里，我不想说太多，但我想说的是，我比你更想找到他。"

她停顿了一下，解释道："因为，那家伙打伤了我好多兄弟，还将我的一个心腹爱将给杀了。"

说到这里，她的脸上明显有些抽搐，恨意洋溢。

给掳走了？我不由得深吸了一口气，问道："怎么会这样？"

横塘老妖没有回答，而是拍了拍手。

啪、啪……掌声在空旷的大厅里响起，紧接着她的手下押了两个人过来，一个体型微胖，像个精明计较的商人，另外一人则是一个瞎了眼的老头儿。

那老头儿的身上散发着一股说不出来的古怪味道。

这两个，就是绑走兜兜的家伙。

他们被绳子绑得结实，然后身上、脸上有多处鞭挞的痕迹，人脑袋打成了狗脑袋，精神萎靡不振，显然在此之前是受到了许多折磨的。我一开始还觉得横塘老妖有可能在忽悠我。但当她将这两个家伙带出来之后，我就明白了她的诚意。

横塘老妖用拐杖指着这两个家伙，说："原本你没有来之前，我准备把他们浸了猪笼子丢进江里喂鱼，用来祭奠我那死去的爱将。但你今天既然来了，又赢了老杨，我就给你个面子，让你把他们带走。"

我的确是只想要把兜兜给找回来，但这并不能抹灭我心中对人贩子的恨意。现如今兜兜被那个什么黄大仙掳走了，不知所踪，我只能将气撒在这两个人贩子身上。

我走过去，一脚一个，将两人踹得老远。就没有再上前。我怕我控制不住自己的情绪和力量，把这两个畜生给弄死。

他们最需要接受的，是法律的制裁。

踹完人，我朝着横塘老妖拱手，说："多谢前辈。"

我准备拎着这两人离开，而这个时候，横塘老妖拦住了我，说道："等等……"

我有些诧异，害怕她反悔。

只见横塘老妖又拍了拍手，没一会儿，被我留在山下的三叔，居然出现在了这大厅里。

他被人带了过来，我瞧见他脸上有些惊慌的模样，一下子就明白了一切。横塘老妖既然能在刚才那里摆下鸿门宴，自然是早就知道了我们在找她麻烦。既然如此，又怎么可能放过独自留在山下的三叔呢？

所以，从一开始，三叔就被他们掌握在手里当作人质了。

想到这里，我不由得倒吸了一口凉气。我刚才的表现，但凡有点儿差池，三叔就极有可能变成了对方手头的筹码，用来威胁我就范。

姜，到底还是老的辣。

明白了前因后果之后，我再一次向横塘老妖拱手，对她的大度和通融表达谢意，而横塘老妖没有再多说什么，挥了挥手，让人送我离开这里。

一行人来到地面上，我才发现三叔的那辆皮卡车停在了不远处的场院里。横塘老妖的人将那胡爷和瞎眼老乞丐扔到了皮卡车的后面，朝着我拱手之后离开。

我看了一眼，觉得这两个大活人扔在货厢里并不合适，准备把他们移到车里来，却被留在最后的小兔拦住了。

她说道："他们放车里，我坐哪儿？"

我一愣，说："什么，你跟我们去？"

此刻的小兔换了一身利落的黑色紧身皮衣皮裤，将那凹凸有致的身材完美地展现出来。让人都不好意思去看，仿佛多看一眼，都像是冒犯她了。

我瞧见她一副理所当然的模样，有点儿发愣。

小兔则笑了，露出一对兔牙来，对我说道："你真以为姥姥将人给了你，就没有一点儿要求？"

"什么要求？"

小兔说道："这两个家伙该懂的江湖规矩自然懂得，也知道什么该说什么不该说，这个用不着我们操心。我跟着你呢，最主要的是因为，你肯定是决心要找回你侄子，对吧？"

我摸了摸鼻子，说："外甥。"

"对，是外甥，你就说你会不会去找吧？"

我说："那当然，兜兜是我堂姐的命根子，若找不到他，估计她是要上吊投河了，所以不管那什么离别岛有多难找，还是什么黄大仙有多厉害，都不能对我有所阻挠。"

小兔说："这就对了，我们目前的敌人是相同的，所以我要跟着你，一直到你找到黄大仙为止。"

我问她："跟着我想干什么呢？"

小兔那清纯明媚的脸上，浮现出了一丝狠戾来，她缓缓说道："今天早上死的那人，是我哥哥。"

听到这话，我不再多问了。此时我才发现了她的左臂上戴着一节黑纱。

小兔钻进皮卡的后排，我只好将那胡爷和独眼龙绑结实了，然后又找了一块厚毡布来盖上。

弄完之后，我将一直还在哆嗦的三叔换下，发动车子，朝着山下开去。

路上，三叔多次欲言又止，显然是想问我到底怎么回事，后排的这姑娘到底又是谁。

不过碍于那姑娘，他终究无法开口。

我开着车，时不时拿余光去看后视镜，打量着这个叫"小兔"的姑娘，发现换了一身衣服之后，先前她那妖媚的气质就消散了许多，那一张小脸蛋像极了最近一部大火清宫剧里面的丫鬟，明媚之中带着端庄，端庄之中又透着清纯，里面的气质让人难以言表。

那小兔盯上了我，开口说道："你叫什么名字？"

我这时才想起来，直到此刻，我居然还没有通报姓名。

我应该说一个假名呢，还是……就在我斟酌这里面的利弊时，旁边的三叔抢答一样地说道："大漠，我们都叫他大漠，他姓侯，侯漠。"

我瞥了三叔一眼，有些无语。

而小兔似乎并没有因兄长故去这件事影响了情绪，扑哧一笑，说："侯漠？这名字挺搞笑的，那我以后叫你……叫你猴子吧。"

猴子是什么鬼？

我翻了一下白眼，问她："你应该也不叫小兔吧？"

她回答道："我没有骗你，我姓楚，叫楚小兔。"

我有些惊讶地说："你这名字够随意的。"

楚小兔说："我觉得挺好的啊，我和我大哥、二哥都是姥姥养大的，她给我取的名字一直都挺方便的，也容易让人记得住……"

我瞧见楚小兔并不是一个高冷的妹子，心情轻松许多。

想着以后她可能要跟我相处一段时间，既然如此，那就跟她好好聊聊。这一是培养感情，免得后面的相处不愉快，二来也是看看能不能打探出什么消息。

我便跟楚小兔随意地聊着，不过碍于三叔在旁边，也没有问得太细。

我和楚小兔有一搭没一搭地聊着，三叔也挺积极的，一大把年纪了还喜欢在美女面前表现，时不时地插嘴，甚至还说一些我小时候的糗事，要不是我拦住，估计三叔会把先前我和夏梦的那件窘事都给说出来。弄得楚小兔乐不可支，笑得花枝乱颤，倒是给无聊的路程增添了一些乐趣。

湘潭与宋城相邻，我们晚上出发，到半夜的时候赶到了，我没有回家，直接赶往之前逮人的那个派出所。

当然，在此之前，我已经审问了那两人。他们的交代跟横塘老妖、楚小兔跟我说起的事情基本相同，只是细节上有一些出入。

我们赶到的时候，这儿灯火通明，不时有人走来走去，显然是在连夜攻克拐卖案。

我找到了派出所所长，就是那个老警察，将人交给了他。

当得知我和三叔两人千里走单骑，居然凭借着一个线索跑到了邻市，而且还将拐卖孩童的凶手给抓了回来，这事情着实是有一些传奇，好多人都跑过来看，不过被老警察给赶走了。

做完交接之后，老警察留下我，跟我聊了半个小时。我大概说了一下事情的经过，不过把横塘老妖给隐去了。

谈完之后，我离开派出所，三叔和楚小兔在门口等着我。

此刻天已经蒙蒙亮了，我打了一个呵欠，然后对楚小兔说道："你随便找个酒店或者招待所歇着吧，我先回家一趟，把情况跟我堂姐说清楚。"

我不想让楚小兔这样的人融入我的生活里来，特别是我的老家，这是一种下意识的防范。

然而楚小兔却指着三叔，笑着说道："三叔邀请我去他家玩儿呢。"

啊？我愣了一下，看着三叔。

三叔笑着说："对呀，你不好意思领回家里，我让她去跟莹莹一起睡。"

莹莹是三叔的女儿，十五岁，读初中。

我看着三叔一副热情好客的模样，头都快要炸了，这才知道他误会了我和楚小兔的关系，在这儿胡乱地牵线搭桥呢。

我捂着脸，不知道该怎么说。楚小兔是横塘老妖派过来的监督，我不可能硬将她给赶走，当下只有带着她赶回九龙湾。

回到村子，我们直接赶往了我堂姐家。

这会儿都五点多了，院里还灯火通明，村里好几个相熟的妇女都在这儿唠嗑，我还看到办白事的几个长辈在场院里坐着，哈欠连天，知道他们是怕我堂姐这儿出事，一直在这里守着。

我父母自然也在其中。

别的不说，就人情这一点，乡亲们还是做得很不错的。

我、三叔和楚小兔的到来，将平静的院子变得一阵热闹，大家知道我们去干什么了，纷纷围上前来，随后屋子里冲出了一个披头散发的人来，正是我堂姐侯丽。

她一把抓着我的双肩，然后说道："大漠，漠儿，你找到兜兜了没有？找到了吗？"

我见她激动的神情和苍白的脸，有些难过，扶她坐在凳子上，然后将事情大概讲了一遍。这套说辞，我在派出所已经说熟了，这会儿聊起来，也没有太多滞碍。

完了，我对满脸失望的堂姐说道："凶手已经找到了，即日伏法。兜兜也不是被卖了，是碰到了好心人，给救了。人家觉得兜兜有天赋，想收他做徒弟，所以就带走了。丽姐你放心，兜兜不会有事的，我这段时间跟公司请假，帮你去把人找回来，你就放心吧。"

这段说辞是我路上琢磨好的，用来打消堂姐心中的绝望。

果然，我这话一说完，无论是我堂姐，还是她的那婆婆，脸上都露出了轻松的表情。

她婆婆还客气地说道："大漠啊，真是麻烦你了……"

一番折腾终于将人哄住，这会儿天已经蒙蒙亮了，我困倦得很，告罪一声，也不管旁边的楚小兔，就回去睡了。

迷迷糊糊不知道睡了多久，我听到堂屋有说话的声音。

我对外面喊道："妈，怎么了？"

这时门被吱呀一声推开，紧接着我母亲领着三叔和一个村里的长辈走了进来。

那长辈在村子里很有威望，堂姐老公的白事都是他领头操持的，德高望重，年轻人都怕他。而此刻，他却是一脸紧张，搓着手。

我赶忙从床上爬起来，问："刘伯，有事？"

刘伯听我一问，眼泪一下子就下来了，说："漠儿，我家露珠失踪两天了，老三说你挺有本事的，你能不能帮忙找找？"

啊？

刘伯说起"露珠"的时候，我有点儿尴尬。她就是前几天被拉到我家来和我相亲的女生。

刘露珠比我小个五六岁的样子，小时候就在一起玩儿，也算是我看着长大的。

她小时候是个拖着鼻涕四处跑的小姑娘，没想到女大十八变，现在长得也算是有模有样，腰细腿长，十分漂亮。

不过我一想起她小时候鼻涕妞儿的模样，就想笑。

我是个背着沉重躯壳走路的夜行者，自然不会考虑在老家找女朋友，所以介绍过后也没有动心，而事后露珠也告诉我，说她有一个男朋友，那人对她挺不错的。两人聊清楚之后也就没什么了，我前几天又忙得后脚跟打头，所以完全没有注意到她。

看见平日里沉稳的刘伯此刻哭出声来，我赶忙扶住他，说："您别着急，到底怎么回事，慢慢讲。"

刘伯告诉我，这些天他在忙白事，都没怎么顾上家里。等回家的时候，才知道姑娘不见了。他是老来得女，最是疼爱，就着急问老伴怎么回事，才知道这几天他老伴一直在逼着露珠相亲，露珠听烦了，自个儿就跑了，已经有两天没着家了。

在那个年代，女孩儿结婚都早，特别是我们那里，好多与露珠同龄的女孩子，都已经结婚抱娃了。也就是刘伯对自己小女儿疼爱，才让她继续读书。

他老伴开始以为自家孩子赌气呢，也不急，一直到现在有些慌了，这才敢跟刘伯说起。

算一算时间，不是两天，差不多有三天了。

他们赶紧找人，给露珠的同学、朋友打电话，都找遍了，也没有任何的消息。

然后他们一慌神就去报了警。这种事情，报警的确有用，但人家派出所一天到晚那么多的事儿，还有兜兜这边的案子，哪里管得过来，所以只是先记录了下来，就让他们回去等通知了。

刘伯回到家里来，唉声叹气，正好碰到了回家的三叔，两人一聊，就免不得说到了我。大概是我这几天的表现着实耀眼，三叔就撺掇着刘伯过来找我问问。

听到这事情的来龙去脉，我揉了揉脸，说道："小女孩儿赌气，也就是去玩得好的同学家里躲一躲，应该没事吧？我记得她还在上高中，问过学校没？"

刘伯焦急地说道："问过了，说好几天没去上课了，要不然我怎么会这么急？"

我问他还问过其他人没有。

刘伯说："都问过了，都没有消息。我都急疯了，还跟老婆子吵了一架，现在正让露珠的几个哥嫂到处找人呢。听老三说你年纪不大，挺有办法，就想问问你，有没有什么主意？你们年轻人见多识广，我们这种乡下老头不能比……"

我连忙摆手说："您别这么说。"

我让他们等一等，出了房间，去厨房洗了一把脸，让自己清醒一些之后又回来，问了几个问题，思考了一会儿，这才跟刘伯说道："这件事情我可以帮忙，没问题。"

刘伯赶忙感谢，然后又表示如果能把露珠妹子找回来，给我出五百块的辛苦费。

我连忙摆手，告诉他用不着，露珠也是我看着长大的，总不能看着她出事。

刘伯千恩万谢地离开。三叔把人送出门之后，又折转了回来。

他有些歉意地搓着手，说道："那啥，大漠，这件事儿是叔给你找麻烦了，不过刘老哥这人很不错，平日在村子里，谁家有事他都帮着张罗。露珠这孩子也招人喜欢，我想来想去，要是咱能帮忙把露珠找回来，也是功德一件，你说是吧？"

我忍不住笑道："怎么，您是觉得给我找麻烦了？"

三叔瞧见我没有板着脸，就笑了，说："嗨，大漠，说句实话，你叔我平日里的心气儿也高，不怎么看得上人，但这两天跟你跑来跑去，真觉得你厉害，以后必成大器。"

我揉了揉太阳穴，说："三叔，麻烦你去把那个楚小兔找过来吧，这事我觉得还得请她来帮忙。"

三叔说："成，这就去。"

他转身离开，母亲则笑吟吟地走了上来，对我说道："大漠，你刘伯这次过来还拎了烟酒，可值不少钱呢，你要是还有假，就帮忙弄弄呗。"

我母亲这人什么都好，就是爱占点儿小便宜，又有些小虚荣。

那刘伯平日在村子里的威望很高，她都得捧着，这回刘伯出了事，焦头烂额，却找到了我们家。别的不说，光这件事情，就让她挺得意的。

我父亲也是，他倒是不在乎这点儿小烟小酒，而是为我被人重视骄傲。

他拍着我的肩膀，说："大漠，你刘伯在村子里的为人不错，人人说起他都竖大拇指，你要是能帮，就多尽点儿心。"

两位老人家将基调一定，我也不能再说什么。

其实按照我的计划，是准备明天启程前往莽山的。为什么呢？无论是马一岙，还是王朝安，他们对于江湖上的许多事情都很了解。我想找到兜兜，知道那个什么离别岛和黄大仙的下落，还是得听一下他们的建议才行。

不料人还没有出发，就出了这么一档子事情。乡里乡亲的，人家都张了这口，我还能怎么办，只有赶紧解决。

没多一会儿，三叔领着楚小兔到了我家。

瞧见这么一个漂亮的小姑娘，我母亲的双眼都瞪直了，一会儿上茶水，一会儿摆糖果，跟招待新上门的儿媳妇一样，殷勤得很。

我无奈，只有等我母亲忙活完，叫开她，这才说道："事情三叔路上应该都跟你说了吧？"

楚小兔笑吟吟地应付着我母亲，此刻空下来，喝了一口茶，说道："你家这儿挺不错的呢……"

我正色道："咱说正事。"

楚小兔说："事情我知道了，很简单，宋城丐门都被你打了大半，用不着怀疑他们。至于其他可能，你现在有没有想法？"

我也不藏着掖着，开口说道："我觉得这件事情无外乎两种可能，第一，露珠自己找了个地方躲起来，或者同学家，或者朋友家，不想露面。第二，她离开家之后遇到了坏人，被控制了人身自由。"

三叔说："第一种，我觉得可能性很小。你看刘大哥他们都已经报警了，露珠就算是不上课，这消息传到她耳朵里，估计也怕了，会自己回来的。"

我点头，说："对，这是应有之事，所以刘伯他们才会这么急。"

楚小兔看着我，说："你是不是心里早就有想法了，别绕圈子，直接说吧。"

我咳了咳，说道："的确，前几天我跟露珠见过一面，她跟我说她有一个男朋友了，而这件事情，刘伯并不知道。所以我在想，事情的突破口或许就在她的那个男朋友身上。"

我简单分析了一会儿，三叔问道："大漠，你直接吩咐吧，我们该怎么做？"

我看着三叔萎靡不振，时不时打呵欠的状态，说道："三叔，你这状态不太好，今天先休息一天，如果明天事情还没有结果，我们再一起去。"

三叔不愿，说："这怎么行，事情是我揽的，怎么能光让你来跑？"

"我是年轻人，精神头足。来日方长，别急于一时，您说对吧？"

三叔没有再坚持，把他那辆二手皮卡的钥匙给了我。

撵三叔回去之后，我看了一下堂屋的挂钟，才中午十一点半，母亲准备好了饭菜，我和楚小兔在家里随便吃了点儿，然后出门，前往区里面的第二高级中学。那是露珠读书的学校。

路上，我看了一眼副驾驶室的楚小兔，说："你胃口不太好？"

我母亲看楚小兔在，特意多加了两个肉菜，结果楚小兔却不怎么吃，偏偏挑着蔬菜下饭。

楚小兔对我说道："我吃素的。"

一路无话，两人来到了中学门口，我把车停在学校附近，然后去找门卫聊了两句。

按理说学校是不准外人进入的，但我并不怕，上去跟门卫说明了情况。那人瞧见我的模样和气场，又看了一眼我身后漂亮得耀眼的楚小兔，最终让我们登记了一下就放行了。

我们到的时候正好是放学，我找到了露珠的班主任。

说明缘由之后，班主任十分帮忙，不但跟我介绍了一下露珠的学习生活情况，还叫来了她几个相熟的同学。

三个女同学，一个男同学，大家在一个课外活动室里面坐着，没有老师。

　　我怕有老师在，同学们会拘谨，没想到现在的学生，远比我们那个时候要活泼。男同学一进来，眼睛珠子都快粘在楚小兔身上了，而女同学都嘻嘻哈哈地问我与露珠的关系。

　　我感觉女孩儿们看着我的时候，眼睛也在冒光。

　　聊了几句露珠的生活情况之后，我话锋一转，说道："露珠有没有男朋友，你们知道吗？"

　　"没！"

　　"没有。"

　　"她，没有吧？"

　　男同学和两个女同学相继回答，只有最后一个眼镜妹犹豫了一下，小声说道："好像有一个，最近跟她走得挺近的……"

一气呵成

　　一个问题两种回答，所有人都看向了那个眼镜妹，而眼镜妹则小心翼翼地说道："我，我也不是很确定……"

　　她有些心慌，我赶忙说道："你别着急，实事求是地说。"

　　眼镜妹犹豫了一下，说道："其实我也不知道，就是听她跟我说过几次，还神神秘秘的，后来我在台球室门口瞧见过，露珠跟一个小黄毛在一起，两人挺黏糊的。"

　　我眉头一皱："小黄毛？"

　　眼镜妹赶紧低头，说道："对，对，那人是个社会青年，露珠跟我说，他在外面混得可好了，好多人都叫他稳哥，我们学校好几个出名的大混混都不敢惹他。"

　　"你的意思是那个什么稳哥，小黄毛，就是露珠的男朋友？"

　　眼镜妹摇头，说："我不知道，应该是吧，除了他，没别人了。"

　　我听完之后，心里很是窝火。

　　我虽然没有读过市里的高中，但之前读中专时的情况也差不多，很多女孩子、学生妹，对于外面那些混混都有一种莫名的好感。她们不知道是古惑仔看多了，想当"小结巴"，还是心里有些虚荣心，总之很容易沉沦在这些小混混的手段里。

而那些小混混里面能够有几个心智、道德正常的人？

如果露珠真的是陷在了那小黄毛的手里，问题可就严重了。

我又问了几句，对几人表示了感谢之后，离开了学校。

出了校门，楚小兔对我说道："那个叫李洋的男孩子，应该是喜欢露珠的，听到她有男朋友了，好像很难受的样子。"

啊？

我心系露珠的安危，没有注意到这一点，说："是吗？怎么感觉他对你的兴趣更大一些？"

楚小兔白了我一眼，摸了摸自己满是胶原蛋白的红润脸蛋儿，骄傲地说道："他看我，是小孩子看美女的心态，但是对于你那露珠妹妹是发自心底的喜欢，结果没有想到自己心中的女生被外面混社会的小流氓泡走了，你说他心里难不难过？"

"别扯这么多，赶紧去找人吧，那个叫稳哥的家伙，平日里在哪个台球厅混着，我们找过去就行了。"

两人没有开车，步行前往，没多一会儿就来到了那个校外台球室。

台球室不大，在一栋旧建筑的二楼，里面乌烟瘴气，好多穿着奇装异服的小年轻进进出出。有人在打球，也有人叼着烟大声叫嚷着，还有一些小姑娘缩在男人的怀里调笑打闹。

不过我们的到来让喧闹的台球室一下子就陷入了古怪的宁静中。

我自然是没有这个本事的。

所有人的目光，都集中在我身边的楚小兔身上。男人毫不掩饰自己垂涎欲滴的饥渴，而女人的目光则充满嫉妒。

总之，我们的到来吸引了无数人的目光。

我看了一眼楚小兔，她用甜甜的声音对这台球室收银台的光头佬说道："您好，请问您知道稳哥在哪儿吗？"

她说的是甜甜脆脆的普通话，光头佬被这么一问，嘴都笑咧了："美女，你找老稳啥事儿？"

楚小兔按照我们来时的商量，说道："我是他一远房表妹，过来找他玩儿的，没想到到处都找不到他。听说他经常在这儿玩，就找过来了。您知道他在哪儿吗？"

光头佬嘿嘿笑，说："知道，太知道了。"说着，他冲着左边里间喊道，"大贼罗，大贼罗，你小弟老稳有个表妹过来找他，你接待一下。"

他连续喊了两遍，一个戴着大金链子的短脖子男人从里面走出来。

他大大咧咧地骂道："光头强，喊啥啊，没看到老子……哎，美女，你是老稳的表妹？他怎么没有告诉我他有这么一个漂亮的表妹呢？"

这短脖子男人嘴里嚼着槟榔，穿着拖鞋，一脸油腻，瞧见年轻漂亮的楚小兔，眼珠子都快要掉出来了。

他一边说话，一边往前凑。

楚小兔在横塘老妖那儿见惯了各种人物，脸上没有丝毫不耐烦，笑吟吟地说道："他也不会什么话都跟您说，对吧？"

短脖子男人从腰间摸出了一个大哥大来，拨通一个号码，然后喊道："老稳，你小子在哪儿呢？"

电话那头说了两句，短脖子男人就不耐烦地说道："你赶紧到台球室来，快。"

放下了电话，他对我们发出了邀请："来，到我办公室聊。"

我跟楚小兔往里走，短脖子眉头一扬，看着我说道："你是谁？"

楚小兔笑吟吟地挽着我的手："他是我男朋友。"

这身份一表明，短脖子的脸色就有点儿不好看了，不过他也是场面上混的人，没说什么，领着我们进了里面的房间。

说是办公室，其实就是一储物间，里面摆着两排破沙发。还有个打扮得很妖艳的女子，脸上涂脂抹粉的，还抹了个大红色的口红，看不出实际年纪，应该不大。

短脖子一屁股坐下，支使这女孩去倒茶，然后色眯眯地盯着楚小兔，开始问东问西。

楚小兔对付这种人很有经验，有一搭没一搭地应付着。

差不多过了一刻钟的时间，一个穿着紧身皮衣的黄毛年轻人，风风火火地跑了进来。

他是个急性子，一进来便开口嚷道："老大，你这也太急了，那个妞儿刚刚卖掉你就找上门来了，真是……"

说完这番话，他才瞧见屋子里面的楚小兔，忍不住吹了一个流氓哨。

我本来还打算耐着性子跟那黄毛好好周旋一下，没想到对方居然这么嚣张，一进来就满世界嚷嚷，仿佛害怕别人不知道他的战绩一样，我顿时就恼火起来。

不过我没有立刻动作，而是安之若素地端坐在沙发前。

马一吞说过，越是愤怒，越得控制住自己。

这是对自己性子的一种磨砺，也是一种修行。

短脖子瞪了黄毛一眼，说道："满嘴跑火车的家伙，来，你表妹找过来了，赶紧介绍我们认识一下。等会儿咱们去吃火锅，热闹热闹……"

他冲着黄毛挤眉弄眼，而黄毛则是一脸蒙，打量着明艳不可方物的楚小兔，说："表妹？什么表妹……"

他不知道怎么天上掉下来了一个妹妹，而我则站起了身来，伸手向黄毛握了过去："稳哥对吧？"

黄毛伸手来握，嘴里说道："我哪儿来的表妹啊……"他话还没有说完，就被我顺势一弯腰，一个过肩摔重重地摔倒在了地板上。

砰！一声炸响，那黄毛哎哟一声差点儿背过气去，而巨大的声音也将原本端坐着的短脖子，以及他身边的妖艳女郎吓了一大跳。

我这边一动手，楚小兔就跳到了门口，将门给关上。

见我这动作，短脖子一下子就站了起来，手往沙发后面一摸，抓住了一把开刃的砍刀来，指着我的鼻子，说："你干什么？"

他身边的那女人更是一声尖叫。

我没理会他们，半蹲下来，右手捏住了黄毛的下巴，微微一用力，那家伙就跟杀猪了一样，哇哇大叫："哥，哥，别捏了，要碎了……"

我盯着他，一字一句地说道："那女孩，卖哪儿去了？"

黄毛有点儿蒙："啊，你说什么？"

我左手扬起，朝着他的小腹处猛然一拳砸去，那家伙疼得像个煮熟的虾子一样，全身蜷缩，哭着喊道："别打，别打！"

见我在修理黄毛，完全没有理会他，短脖子有点儿恼了，大叫了一声，挥刀朝着我的脑袋砍了过来。

我头也没回，一脚飞起将人直接踢到了墙上。

他从墙上滑落下来，再也没有爬起来。

楚小兔冲着那鬼喊鬼叫的女人喝道："叫什么叫，想死吗？蹲下！"

她笑的时候，甜得像化不开的蜂蜜水，而板起脸来的时候，又是满脸寒霜。

女人不叫了，蹲在短脖子的身边，忍不住抽泣。

我处理完旁边聒噪的短脖子之后，将黄毛给抓起来，扔在了沙发上，然后捡起了短脖子跌在地上的砍刀，对准了他的手。

我冷冷说道："告诉我，你拐走的那个女高中生人在哪里？我不跟你废话，数三声，三声过后，我斩你一根手指头，再数三声，你还不答话，我接着斩。"

没吃过猪肉也见过猪跑，《古惑仔》全集我一集不落，都看过。怎么威胁人，还是挺熟悉的。

黄毛并不是什么厉害角色，听我这么一说，赶忙交代："我说，我说……您，说的……是哪个人，总得说个名字啊。"

得，敢情这家伙干的还不止一件事。

"露珠，刘露珠！"

黄毛松了一口气，说："在……在滨湖会馆。"

滨湖会馆。

从几乎吓尿了的黄毛口中，我得知了事情的前因后果。

这个家伙别看模样长得不咋地，但是个情场高手。他专门负责去学校找那些涉世未深的女孩子，用谈恋爱的借口将女孩子骗出来，先将人给祸害了，随后就用缺钱的理由，挑唆女孩子出去卖。

如果女孩子被爱情洗了脑，愿意的话，他就亲自带，当作自己的印钞机。如果女孩子不肯，他也有办法，就是直接卖给一些夜场之类的地方，赚一笔快钱。

凭借着高明的泡妞技巧和花言巧语，黄毛无往而不利，赚了大把钱。栽在他手里的，据他自己交代，就有十三四个。

听完他的讲述，我恨不得直接一砍刀下去。

不过我得忍。现在毕竟是法治社会，如何判决他，并不是我的事情，而我目前需要做的，就是赶紧把刘伯的小女儿露珠从那滨湖会馆里救出来。

问清楚之后，我揪着黄毛和短脖子出了门。

门外有一堆人围观，见我拖着两人出来，都吓了一大跳。

这里面有许多短脖子的人，瞧见自家老大这样，就有些蠢蠢欲动。短脖子被我一把掐住了喉咙，赶忙说道："别动，别动，江湖恩怨，这位大哥只是带我们去办点儿事，你们别参与，知道不？"

他既然这么说了，其余人也不敢妄动，我轻而易举地将人带下了楼，回到车上。楚小兔则驾轻就熟地捆人。

随后我开车，在黄毛的带领下去了滨湖会馆。

接下来的事情进行得很顺利，为了确定露珠人在这儿，我故意很低调，让黄毛来谈。将露珠找出来之后，我果断动手，大闹会馆，将门店给砸了。

随后我扬长而去，让楚小兔照顾好饱经折磨的露珠妹子，又押着黄毛和短脖子去当地公安机关投案。

在路上，我跟他们说："你们要是肯自己承认，那就进局子里待着。该咋判咋判，我管不着。要是不肯，没关系，你们自己回家，回头我找到你们，挨个儿打断腿。"

打断腿，这一辈子都残疾了。不但如此，我还要废了黄毛的子孙根，让他再也没办法祸害人家姑娘。

我说得很诚恳，很认真，希望他们能够选择其中一个。

无一例外，他们都选择了第一个。

他们刚才瞧见过我在滨湖会馆里一个人打八个的样子。看见里面专门雇来当打手的大汉，几乎是一照面就叫我撂趴下了，他们就知道我刚才说的话，应该是没有折扣的。

我把这两人送到了局子里，报了警，搞得接待的人都挺惊讶的，听了这两人的叙述之后，愣了半天，赶忙去请示领导。没多久就来了好几个人，将人分开审问了。

我们这边有证据，有苦主，连当事人也愿意投案自首了，所以过程并不复杂。

唯独有一点，那就是关于滨湖会馆的事情。我能够感觉到，负责做笔录的人谈及此处有一些谨慎，所以我就知道这里面有一些古怪，我想要以一己之力将其端掉的想法算是落空了。

当然，对于这个结果，我其实早就有所预料，所以并不纠结。

这样的认知，除了我自己这些年混迹南方的人情世故之外，还有就是马一盎的教导。他跟我说，不要妄图跟大部分人作对。至少不要跳在明面上来。心中有正义，但是得做一些妥协，绕点儿弯子，不然就容易被当成愣头青、出头鸟，被人一枪端掉。

这句话我深以为然。

弄完这些，基本上都是晚上了，我借了警局的座机，给村里打了电话。

我给刘伯报了平安，没有多说其他，只说很快就带人回来。电话那头的刘伯满口感激，有点儿哭腔。

一个领导送我出来，临别之前跟我握手，低声说道："这件事情谢谢你了，你要相信我们，就算是克服再大的困难，我们也要将这些乌烟瘴气的东西给打掉，请给我们一点时间。"

我跟他使劲儿地握了握手，说我相信他，也相信大家的决心。

领导对我说道："侯漠，我都听说了，你挺厉害的，一个打八个。有没有想法来我们这里，正好局里面有几个特招名额……"

我摇头说："不了，其实……南方省厅那边，对我也有想法。"

"哦……"

领导若有所思地点了点头，又用力地跟我握手告别。

我回到车上的时候，手上满是汗水。

楚小兔陪着露珠坐在后排，我将车子发动起来，说道："露珠，你怎么想的？"

露珠抱着双脚，将头埋在膝盖里面，痛哭了起来。

我沉默了一会儿，说道："警局这边，我打点过了，至于家里，我不会跟刘伯说，也不会跟任何人说。你跟家里人说的时候，就说跟同学去玩了，知道吗？"

露珠这才抬起了头来，抽抽噎噎地说道："漠，漠哥，谢谢你，谢谢……"

我摇摇头，说："这件事情就算是过去了，回头让刘伯带你回学校，那两个拐骗你的人也受到了应有的惩罚……"

没等我说完，露珠突然插嘴问道："王安他会怎么样？"

我一愣，问："王安是谁？"

露珠犹豫了一下，方才说道："就是你喊的黄毛。"

我的脸色严肃起来，回过头看着她，说："他是死是活，关你屁事？要不是他，你会变成这个样子？你是不是脑子进水了，还以为你跟他是真爱呢？你傻了吗，你知道他骗过的女孩子没有二十也有十三四个，你算什么？在他眼里，你就是一堆钱而已，懂吗？"

我有些恼了，说话毫不客气。事实上，到了这会儿她还念着那黄毛，就已经不是运气不好，而是真正的脑残了。

别的都可以挽救，但如果脑残，那天王老子下来都没办法。

露珠被我骂得头也不敢抬，低着头抽噎。

我原本还不错的心情被露珠这孩子的脑残问话搅得一阵心烦，也没有了继续教训她的心情，发动油门，只想着赶紧将人送回家，算是完成了任务。

回到九龙湾，把露珠送回家之后，刘伯自然是无比感激，他的几个儿子儿媳也对我十分热情。

我的心情不太好，简单交代两句，也没有再管，告辞回了家。

楚小兔想跟着我一起，被我说了几句，气得直瞪眼，说："你有气撒在那脑残妹子身上啊，关我什么事情？"

我冷冷看了她一眼，说："你可别忘了，横塘老妖也是做这种皮肉生意的，跟滨湖会馆一样。"

楚小兔不服，跟我说他们那儿的姑娘没有一个是被迫的。

我冷哼，谁知道？

楚小兔气得半死，骂了我一路。我并不管她，将车子还给了三叔之后，回家睡觉。

次日清晨，我早早起来，跟父母聊了一会儿就准备离开了。我得赶紧回莽山去。

临别前，母亲才想起来，说："对了，昨天白天，有一个叫马一吞的人打电话过来，问你在不在。"

我一听，赶忙问道："他说了什么？"

母亲说："也没说什么，我跟他讲了你的事情，他就没有再说什么，挂了电话。"

我赶忙跑堂屋，给马一吞的手机打了回去。

结果提示我，拨打的电话不在服务区。

到底怎么回事？

如此，我归心似箭，赶忙收拾东西准备离开。结果走出家门口没多远，就碰到了冷着脸的楚小兔。

她见我背着包，冷冷说道："怎么，想甩开我，一个人溜？"

我赶紧说："没有，正准备去找你呢。"

楚小兔说："你睁着眼说瞎话呢，三叔家在西头，你往村东头走，这是去找我吗？"

我没有接话，绕开她走。

楚小兔追在我后面，说道："你要是真嫌我烦，那好，我不跟着你就是了。不过，我得提醒一下，你外甥兜兜身上被婆婆埋了点儿东西，只要在二十里范围内，我都能感应到……"

啊？听到这话，我停下了脚步，问道："当真？"

楚小兔冷哼一声："你以为我是过来监视你的吗？婆婆是真喜欢兜兜，才叫我过来帮你的，你当我爱跟着你这个臭脾气啊？"

我听了赶忙拱手："好，好，是我的错，跟你道歉，走吧。"

楚小兔扬起头，用圆润莹白的下巴对着我。然后，她鼻子里哼出了一声话来。

"势利眼，哼！"

走到村口，一辆破烂的摩托车拦住了我，车上一个穿着皮夹克的年轻男人冲我喊道："漠哥，漠哥……"

我抬头一看，原来是跟我一起从小长到大的伙伴二胖。

这小子打小不爱学习，上了初中就没读书了，后来据说出去打工了，没想到这会儿又在村子里碰了面。

我跟他打招呼："二胖？"

二胖下了车，咧着嘴苦笑，说："漠哥，别叫我小时候的诨名啊，你看我现在也不胖。"

我皱着眉头想了一下："哎呀，你大名叫啥来着？吴，吴……"

二胖赶忙说道："你是贵人多忘事，吴照华。"

"哦，照华，照华，怎么样，现在忙啥呢？"

"嗨，做点小生意，IP 电话你知道吗？我在中学门口摆了个摊子，牵了根电话线，给学生们打电话，另外还卖点儿文具啥的。"

我着急走，点了点头连说，"挺好，挺好"。

我一边说话，一边往外走，二胖赶忙拦住我："漠哥，别走啊，我有急事找你呢。"

我一愣："找我？"

二胖说："对呀，我听说你回来了，就赶紧将手头的生意交给女朋友，特意大早起赶回来见你。看你这样儿是准备出门吗？"

我告诉他事情忙完了，正准备走。

二胖热情地说："别啊，我好不容易赶回来，你就要走了。不急吧，咱中午喝一杯，我特意弄了两斤田鸡，咱们今天吃红烧田鸡，贼好吃。"

我已归心似箭，摆手道："改天吧，咱们兄弟来日方长。"

二胖依旧拦住我，说："哥，哥，你别走，我找你真有事儿。"

我见他这样子并非偶遇，真是特地过来找我的。我停住了脚步，说："有事说事儿，别绕弯子，咱们哥俩不用说客气话。"

说是这么说，但我心里还是有点儿怕他又有什么打拐的事情找我。倒不是不想帮忙，只是不想再出岔子了。

好在二胖并不是找我帮忙找人，而是想跟我一起出去混。

他说："漠哥，我听大姨（我母亲）说你在外面混得不错，一个月能拿大几千，咱们打小关系这么好，你也得拉扯弟弟一把，带上我去发财啊！你放心，我很能干的，你说啥是啥，鞍前马后，绝不说二话。"

我听得头皮发麻，连忙说："等等，你不是说你在市里做生意，还挺不错的吗？"

二胖苦笑："话虽不假，但做生意都是要本钱的，你也知道我家条件不好，老娘今年开春又生了一场大病，折腾了不少钱，现在周转不开，我也是急得没办法。要不你借点儿钱给我，我给你开借条，要是生意好，今年年底或者明年年初，我就能还上，你看怎样？"

本来我还在头疼怎么劝二胖，毕竟我早就不在祥辉了，带二胖一过去就露底了。我倒是无所谓丢不丢面子，但这事儿让我母亲知道，问题就大了。

现在二胖这么一说，我就下意识地问道："多少钱？"

"不多，我只是周转货款，两万左右就可以。"

我摇头："不行，我手头没那么多。"

二胖看着我，说："那你能给多少啊，不够的话我再去找人凑。漠哥，咱们是打小穿着开裆裤长大的兄弟，你放心，我绝对不会坑你，也给你写借条，等到期不还，你去抄我家……"

他在这儿大声地赌咒发誓，我摆了摆手，道："用不着这样。我能借你一万，多了真没有。"

二胖有些为难地说道："漠哥，一万有点儿少，再没了吗？"

我摇头："没了，你要不要？"

"要，要。"二胖怕我反悔，赶忙点头。然后从兜里拿出纸笔来，给我写了借条。

我数了一万的票子给他。二胖拿到钱，感动得热泪盈眶，千恩万谢，拱着双手，说："哥，漠哥，真的不知道该说什么好，以后你有啥事随时招呼，刀山火海，一句话。"

二胖骑着摩托车走了，旁边的楚小兔笑吟吟地过来，搭我的肩说："漠哥，你真有钱，也赏我一点儿呗？"

我瞪了她一眼，说："没钱。"

楚小兔踢了我一脚："有钱给别人，没钱给我！"

"二胖是我打小一起长大的兄弟，现在有困难了，我伸出援手。你有什么困难？"

楚小兔不屑地说道："呵呵，打小长大的兄弟。你就是个傻子，人家从一开始就算计你呢，你还拿人家当兄弟，脑子进水了。"

我很不爽，瞪了她一眼说："你说什么呢！"

楚小兔昂着头往前走，飘过来一句话："自己悟吧，你个傻子。"

两人出村，搭了车去市里，然后乘坐火车抵达郴州。

路上我不怎么搭理楚小兔，不过她是个开朗的性子，没事儿就跟我聊天，我又不能冷着脸，两人有一搭没一搭地聊着，气氛渐渐又融洽了。

很快，我们到了莽山脚下的小镇。我对楚小兔说道："你在这儿等我，我去找一个人，很快就回来。"

楚小兔没有了之前的闹腾，而是睁着一双水汪汪的大眼睛，问："多久？"

我想了一下："最迟明天下午吧。"

楚小兔咬着红润如樱桃般的嘴唇，犹豫了一下，说："好，这次我信你，你要是骗了我，以后就再也不信你了。"

此时此刻的楚小兔，显得格外柔弱，我无奈地笑了笑，连连说好。

我将楚小兔安排在镇子里一家比较干净的酒店里住下，安顿妥当之后才启程离开，赶往山上的村子里。

抵达村子的时候，已经是夜里，我走进山间院子。

推开门，就有狗叫。这狗叫阿黄，是家养的，跟我也熟，瞧见是我就跑过来摇尾巴。我进了屋，瞧见小钟黄在剥花生，便问道："小钟哥，你师兄呢？"

小钟黄瞧见我回来了，很高兴，拍着手招呼我，说道："师兄出去了。"

我以为马一奤只是寻常出门，没有多想，跟着去拜见王朝安。

等见到王朝安的时候，我才得知，马一奤去了湘西。之所以去湘西，是因为他听到了一个消息是关于肥花的，他本来打算叫我一起，但是给我打了几次电话都没打通，就决定先赶过去了。

他说等我回来，让我自己赶过去。

我问是什么情况，王朝安老师傅告诉我，一个叫拐角六的人打来了电话，说有人见到肥花出现在湘西的一个苗寨里。那个苗寨在地图上没有标识，只有这个行当内一些人知道。

马一奤在得到消息之后，怕事情会有变故，所以没有等到我回来，便在第一时间就赶过去核实了。

得知了消息，我有点儿尴尬，解释了一下我回家遇到的事情。

王老爷子听完之后，坐直身子，问我道："你确定你那外甥也有灵明石猴血脉？"

我挠了挠头，说："这个我不确定，只是听那个横塘老妖说过。"

王老爷子点头，说："横塘老妖这个人我知道，做事八面玲珑，谁也不得罪。手下又有一批非常得力和忠心的夜行者，算是湘南之地夜行者家族里比较出挑的。而从你的描述来看，就能知道她的眼光有多强，长袖善舞……我没有跟她打过交道，也不能肯定她的话是真是假。"

我问道："既然我有灵明石猴的血脉，我外甥兜兜也有，这个应该也算正常吧？"

王老爷子笑了："你以为夜行者血脉是菜市场的萝卜白菜，遍地都是？这么跟你说吧，经过了几千年、上万年或者数万年的融合，许多正常人的体内或多或少都会有一些隐藏血脉，但这些只是一个或者几个的片段，根本无法变成显性基因，所以夜行者才会少之又少。再有，传说中同一个时代只能够出现一个灵明石猴的血脉，你懂我意思吗？"

我摇头，说："不懂，之前秦梨落告诉我，很久之前，就只出了一个真正意义上的灵明石猴。"

王老爷子说："不冲突，他是他，那是唯一一个，但后面，陆陆续续也出过一些血脉拥有者，但都没有办法度过五重关。而这些人，同一时代不可能出现第二个，即便是有，也是假的，是其他的灵猴血脉，你懂吗？"

我听得有点儿晕，不过大约是懂了。

王老爷子又说道："估计那个横塘老妖是认识你的。"

"啊？这怎么可能？"

王老爷子笑了："这个江湖，说小不小，说大其实也不大，南方和湘南相隔不远，很容易有消息传过来。事实上，估计她是知道你和我的关系，所以才会这么配合。"

我问："为什么？"

王老爷子长长叹了一口气，缓缓说道："因为……其实那个黄大仙，跟我曾经是肝胆相照、患难与共的朋友。"

黄大仙原名黄裳元，苗族人，在三十年前，曾经与王朝安老爷子并走西北，探寻丝绸之路的遗迹。然而因为某种变故，他们最终分道扬镳，不再联系。

这里面到底发生了什么故事，王老爷子不愿意多说，我也不敢问，只知道了关于"离别岛"的一个大概范围和区域。

除此之外他告诫我，千万不要在黄大仙的跟前提起他的名字，一个字都不许说。如果说了，就很有可能给我带来不好的遭遇。

说完这些，他的脸色突然变得很差，止不住地打起了呵欠。我知道他身体有些扛不住了，便赶忙告辞。

本来快要睡着的老爷子突然睁开了眼睛，叫住我："侯子，不管怎么说，夜行者总是逆天而为，路途坎坷，我送你一句话。"

我躬身道："您请讲。"

王老爷子张开了口，缓缓说出了八个大字："但行好事，莫问前程。"

我听到浑身一震，感觉醍醐灌顶，全身的毛孔都张开了来。

随后，我长身一躬，说道："受教了。"

当夜，我又去拜见了李、刘两位大爷，然后跟小钟黄聊了一会儿天，方才睡下。

一夜无话。次日我早早起来，与小钟黄说了一声，告辞下山。

山路崎岖曲折，到了山下已经是十点多，我赶到楚小兔住着的招待所，远远地就瞧见她站在路口，朝着来路张望。

那个时候，太阳光从东方斜斜落下，金色的光辉落在了她鹅蛋形的绝美脸庞上，即便相隔很远，我都能够感觉得到她脸上那甜甜的微笑，以及眼神之中充满期待的情绪。

这种被人期待的感觉，让我在一瞬间突然有了一种心跳加速的错觉。

我有点儿迷失自己，几乎是下意识地甩了甩头，将心头所有的杂念都抛开，然后深吸了一口气，走到楚小兔的面前，说道："走吧。"

楚小兔看着我，问："去哪里？"

"湘西。"

她双眸明亮，盯着我，很激动地说道："你知道离别岛在哪儿了？"

我犹豫了一下，没有说实话："大概吧，跟着我走就是了。"

我往车站走去，楚小兔跟在我后面，一边走一边问："你不能骗我哦，你知道吗，我昨天晚上都没睡好，一直都有蚊子在房间里嗡嗡地转悠，讨厌死了……"

我苦笑着说："我要是骗你，还过来找你干什么？"

两人一边走一边聊，搭伴而行，乘车去了火车站，准备前往位于湘西之地的要道鹤城。

鹤城地处湘中丘陵向云贵高原的过渡地带，自古以来就有"黔滇门户""全楚咽喉"之称，是我国中东部地区通往大西南的"桥头堡"，从这里往西走去，就是传统意义上的苗疆地区，也就是十万大山的门户了。

一路上与楚小兔的争吵调笑自不必言，下了火车之后，我在火车站附近的小卖铺买了一张地图，仔细研究起来。

随后我又前往市区的邮政局，在卖手机的地方徘徊了好久。然而我此前回家给了母亲五千，又借给了发小二胖一万，再加上这几日奔波的花销，早已是囊中羞涩，终究还是没钱买。

楚小兔看着我那纠结的表情，问我："想买？"

我点头，说："对。"

她很奇怪，说："这鬼地方信号差得要死，稍微往乡下走一点儿就没信号了，你买它干吗？"

我说当买一份保险。

楚小兔盯了我好一会儿，然后从兜里拿出了一个小巧的手机来。

我盯着这手机愣了半天，方才说道："你有手机？"

楚小兔白了我一眼，说："废话，我没有这东西，怎么跟姥姥沟通啊？"

我犹豫了一下，说："借我用一下。"楚小兔没有拒绝，点头说好。

随后我把电话拿了过来，拨打马一岙的手机，还是没接通。

这事儿让我有些郁闷，连着又拨了几回，都是如此。

当我把手机还给楚小兔的时候她笑了，露出一口贝齿，说道："都跟你说了，这玩意儿到了乡下地方当砖头都不够硬，你打电话那人，估计在哪个山窝窝里蹲着呢。"

我叹气，说："好吧，不过还是拿着吧，你记得充电，别关键时刻掉链子。"

两人在市区逛着，我找了一家专门做砂锅饭的小店吃饭。

这家的砂锅饭看着门面不大，油腻腻的，但是客人却出奇得多，我们还排了十几分钟的队，看着有些微糊焦香的锅巴和白米饭，再加上点缀着的腊肠以及几碟随堂小炒，实在是让人食指大动，胃口大开。

为了照顾吃素的小兔，我给她点了两个素菜和不加腊肠的砂锅饭。

这点儿贴心的举动让她十分感动。而她报答我的方式也很耿直，一口气吃了六碗砂锅饭，弄得老板差点儿都忙不过来。

我瞧见她狼吞虎咽的样子，忍不住说道："你慢点儿啊，饿鬼投胎一样。"

楚小兔瞪了我一眼，说："你不知道，我昨天晚上都没吃饭。那儿的油不对，有一股下水道的味道，我吃了就吐，肚子早就咕咕叫了。"

我笑着说："没事，你跟着我，不怕没好吃的。"

楚小兔说："你对吃怎么这么有研究？那么多店就挑中了这一家，贼好吃。"

"那是，你不知道，我以前有个梦想就是开一家餐馆。所以我对于吃的要求很严格，每到一处地方都会去挑最有当地特色的馆子吃饭，然后记住这个味道，多多学习，想着自己能不能做出来。"

楚小兔眼睛亮了，说："哇哦，那你做菜岂不是很好吃吗？"

我很得意，说："有机会让你尝一尝，保准你舌头都要咽下去。"

听到我的话，楚小兔十分期待。于是她又吃了三碗。

傍晚时分，我拉着吃撑了还要嚷嚷着再吃的楚小兔离开，两个人赶上了前往西边一个县的最后一班车。这班车很是破烂，车厢里面有着浓郁的汽油味，沉闷无比，还有人在前面不断咳嗽，弄得我都有些脸色苍白。楚小兔因为晚上吃得太多，差点儿就要吐了。

那个时候的公路并不是很好，国道都破破烂烂的，一路摇晃。

到了晚上十点多，终于来到了一个小镇。

　　我们下了车，楚小兔走出了几步就不行了，趴在不远处的田坎上吐了起来。

　　我在路上买了水，等她吐得差不多了就走过去，帮着拍了拍背，把水递给她漱口。

　　楚小兔漱过口，勉强回过神来，对我说道："我们到底要去哪里？"

　　"去一个叫错木村的地方。"

　　楚小兔又问："那我们要去干什么呢？"

　　我说跟我一个朋友汇合。

　　"他知道离别岛在哪儿？"

　　"不，他不知道，但是想要找到离别岛就得找到他，不然谁来也白搭。"

　　"到底什么意思？你能不能说清楚了再行动？我感觉自己就像个傻子一样，跟着你到处晃悠。"

　　"你可以不跟来。"

　　"傻子，我就知道，你这个王八蛋，从头到尾就是想要把我甩掉，哼，就是不如你的愿。"

　　两人吵吵闹闹并不进镇子，而是沿着这条公路往前走，在前面的山坡前转弯，开始沿着小路朝山里走去。

　　当时的情景直到现在我都还记得——月光在头顶的某一处地方高悬着，白月光如水一样地洒落在地面上，楚小兔咬着嘟起的嘴唇，无辜地看着我，眼眶里面仿佛有雾水一样，十分委屈。

　　当时的夜，月亮美，人也美。不知道为什么，我有一种想跟着这个有点儿小闹腾，又有点儿小活泼的女孩子，一直走下去的冲动。

　　不过这样美丽的情怀，终于还是被山路的曲折给打败了。大概是下了雨的缘故。一开始还好，越往后走那山路越发泥泞，有的时候一不留神一脚踩在泥坑里，拔出来的时候满脚的泥巴，让人心烦意乱。

　　不过这情况是仅对于我而言的，深入山林，楚小兔就跟一只猴子般灵巧无比，走上走下，每一次都能绕开泥坑，走在草堆上。我一开始还在领路，后来却不得不让她走前面，我在后面亦步亦趋。

　　如此一直走到了凌晨三点多，我们终于来到了一个夜幕笼罩的村子。这个村子规模很小，一眼望去也就十来户人家，而且家家都是木房子、吊脚楼，非常原生态的样子。

我有些激动，下坡的时候差点儿摔了一跤。

随后我来到了村子从下面数上去的第六家，敲开了人家的门。

叩、叩、叩……

如此敲了两回，里面传来一个慵懒的人声："是哪个哟？"

我恭敬地回答道："'千古风流今在此，万里功名莫放休，三山五岳成一快，降妖除魔是朋友'，后辈侯漠，拜见联盟前辈。"

第二十五章

落花洞女

　　吱呀一声门打开了，有人从木门后面探出了脑袋来，打量着我们。

　　我也在打量对方。这是一个五六十岁的老年人，脑袋上包裹着一张蓝色帕子，脸上满是老人斑和皱纹，眼睛浑浊不堪，左眼好像还有一些白内障，总之给人的感觉十分不自然。

　　而对方身上的气息也让人很不好受，有一种长期没有见到阳光的陈腐气息。

　　除此之外，他还是一个瘸子，行动很不便。

　　这是一个苗人，从他说话的口音就能够听得出来。

　　我按照以前马一吞教导的，将双手伸出，左右手的拇指相扣，左手手掌朝外，右手手掌朝内，然后一齐放平，分开，又聚合。

　　如此三次之后，再拜，说："晚辈侯漠。"

　　那人打量着我，又瞥眼瞧向了我身后的楚小兔，好一会儿方才打了一个呵欠，说道："侯漠，这个名字，耳生啊？"

　　我恭敬地说道："有一个人，应该跟您提过。"

　　那人眉头一扬："谁？"

　　我看着他，平静地说道："马一吞。"

　　听到这话，对方的脸上终于露出了笑容，说："啊，原来是那个小崽子啊，对，他跟我说过你，来吧进来，进来烤火。"

十月的天气，在鹏城还是秋老虎时节，十分炎热，然而在这苗疆的小村子里，深夜里露水寒重，夜风吹来，微微发寒。寻常人早已受不了了，也就是我们一路疾奔，火急火燎，方才没有太多感觉。

进了屋子，里面黑漆漆的，点着一盏煤油灯。

我才发现，这儿居然还没有通电。

屋子是很寻常的吊脚楼布置，堂屋里没有沙发，没有电视，除了神龛和几个竹制的板凳之外，其他什么都没有。

穿过堂屋，来到旁边的灶房。那地灶有余温，老头儿用火钳扒开外面的灰，露出里面的火星来，又从旁边的竹筐里钳出了黑色的木炭，放在了火塘里。

他将火塘里面的火弄起来，又在火塘上面的支架上挂了一个吊锅，又舀了水上去，对我们说道："你们坐，我去叫虎子起来。"

他离开了灶房之后，我在火塘旁边的竹凳上坐下，楚小兔则没有。

她一脸疑虑地打量着这有些狭窄的灶房，走到人家的大灶前看了一会儿，打量着人家的锅碗瓢盆，又走到了门口往堂屋望了一会儿，若有所思。

我被她走来走去的样子弄得很烦，忍不住说道："你能不能坐下来？"

楚小兔走到我跟前，压低声音说道："你不觉得奇怪吗？"

"有什么好奇怪的？"

楚小兔见我一副毫无防范的样子，又好气又好笑，说："你真的是好天真好幼稚啊，你听说过湘西有三怪没有？"

我摇头："什么鬼？"

楚小兔伸出右手，五指纤长，莹白细嫩，随后一根一根地竖起来："湘西有三怪，蛊毒、赶尸、落花洞女。后面两个我不跟你仔细讲，就讲第一个，蛊毒。这玩意儿是苗人独有的，听说是用无数种毒虫蛇鼠，用尽种种秘法在一个独特的器皿之中炼化出来的毒物，一旦你沾了这个，生死就操控在别人的手中了……"

我耐心地听她说完，问道："嗯，然后呢？"

楚小兔恨恨地说道："养蛊人虽然威力甚大，翻手之间将人灭杀，但从本质上来说，跟寻常的普通人无异，所以很难像夜行者一样，一照面就认出来。但也不是没有漏洞——蛊毒之物，最喜洁净，所以一般农户家中地上一尘不染，东西摆放齐整，完全没有生活气息，就有八成以上的可能，家里是养了蛊的。"

我听她这般说，这才下意识地打量着我们所处的这地方。

我本身就是乡下人，也去过许多地方，对于乡下农家比较了解。

其实并不是农村人不爱干净，而是因为沉重的劳务活动，使得他们没有太多精力来打理，所以家里通常都会显得比较乱。即便是很爱干净的人隔三岔五地整理打扫，还是会有一些疏漏的地方。最常见的，就是地上的泥巴、桌子上的灰还有房梁间的蜘蛛网。这些都是不可避免的。

然而这里的确如同楚小兔说的一样，整个吊脚楼的内部窗明几净，一尘不染。即便是最容易脏的灶房，也几乎没什么油渍。

从这一点来看，的确是很不正常的。楚小兔的推测，说不定是真的。

不过……

楚小兔瞧见我即便是听完了，也是一副无动于衷的样子，顿时就焦急起来。她指着我说："还愣着干什么？赶紧跟我说，你来这儿是干什么的，看你们也不熟，你小心点儿啊，别真的中蛊了，到时候身家性命都是别人的了，就是让你跪下当狗，你也不得不做……"

她还想说，堂屋传来了脚步声，紧接着灶房的门"吱呀"一声响，有人进来了。楚小兔不敢当面说人家坏话，赶忙闭上了嘴巴。

这回来的不光是那老苗人，还有一个十三四岁的少年人。

这少年虽然一脸稚气，但非常壮实，一双大眼睛黝黑发亮，显得十分有活力。

老苗人对我们说道："这是我孙子，小虎——罗小虎。"

带着孙子见过我们之后，老苗人坐到了我们对面，而那个叫小虎的少年则去碗柜端了三个粗瓷碗来，在里面各放了一点儿茶叶梗子。

没一会儿水烧开了，他给我们各冲了一碗茶。

老苗人拿过自己的那一碗茶，用粗糙的右手中指在碗里面搅了一会儿，然后沾了沾自己的额头。随后他冲着我们咧嘴一笑："请。"

老苗人端起冒着腾腾热气的茶水，开始美滋滋地喝了起来，而我也没有犹豫，端起茶水喝了一口。

这茶水，入口烫，随后苦，等那味道在口腔里完全散发之后，却有一股奇异的甘甜和芬芳在口腔中回荡不休。我喝了一口之后，忍不住叹道："好茶。"

老苗人瞧见我喝得爽快，笑眯眯，然后又扭头，看向了旁边的楚小兔，说："怎么，不合胃口？"

楚小兔有些紧张，说："我，我不渴。"

老苗人眯眼瞧她好一会儿，方才说道："小姑娘，你是怕我在你的茶里面下蛊，对吧？"

楚小兔没想到对方这么直白，身子下意识地就绷直了，有些语无伦次："啊，没，没有，这个，我，我不是这个意思……"

瞧见她一脸惊恐的表情，老苗人不再逗她，而是从怀里摸出了一根烟枪来，弄了点烟叶进去。他用炉火点燃之后，深深吸了一口，缓缓吐出，这才对我说道："马一呑，他师父我认识。你呢，你是谁的弟子？"

我来之前，听王朝安老爷子交代过，没有跟这位来虚的，实事求是地说道："我是夜行者，刚刚觉醒，虽然跟马一呑以及王朝安老先生学了一些东西，但目前是没有师承的。"

听到我这么说，老苗人点了点头："嗯，年轻人最重要的品质就是诚实，这一点，你很不错。"

随后他又抽了几口，缓缓说道："我跟小马说了，回头让我孙子小虎带你们去那里，不过有几句话我得说在前头，你要是同意，随时可以出发，要是不同意，那你也别闹腾了，哪儿来的回哪儿去。"

我恭敬地说道："请讲。"

老苗人说："马一呑去的地方，叫作坨弄寨，那是一个很恐怖的地方，需要过黑风沟。那儿近十年来，没有人能进入之后生还而出的。小虎是我唯一的孙子，他父母死了之后就是我的命根子，所以他虽然送你们过去，只能够送到黑风沟。剩下的路，你们自己走。"

我说好。

喝过了茶，老苗人说："今天天色已晚，你们也赶了一天的路，先在这儿歇着吧。"

我着急走，然而老苗人却坚持一点，磨刀不误砍柴工。

这般说，我也没有再多聊，点头应下。

谁知道等小虎给我们安排房间的时候，我们才发现只有一间客房，我瞧了里面的床铺犹豫了一下，说："要不然我跟小虎一起睡吧？"

小虎一脸嫌弃，说："不，我不喜欢跟男人一起睡。"

呃……

我看了楚小兔一眼，又看了一眼十三四岁的小虎。这孩子已经到青春期了，让他跟楚小兔待一块儿也不妥。

楚小兔反倒没有我的心理负担，说道："行了，行了，小弟弟你赶紧去睡吧，不用管我们。"

她送走了小虎，然后瞪了我一眼，说："走一天路了不累吗？赶紧睡吧。"

楚小兔是江湖儿女，百无禁忌，自个儿躺在了木床的里面。

我有些尴尬，瞧见这房间里空荡荡的，连个椅子都没有，正打算躺地板上呢，楚小兔打了一个呵欠，说道："你上床来，睡地板小心虫子爬身上。"

我对虫子其实挺膈应的，想了一下，还是上了床。

我们都穿着衣服。吹了煤油灯之后，黑乎乎的。我闭上眼，却怎么也睡不着。空气中飘浮着楚小兔身上发出来的幽幽女人香，耳边是她均匀的呼吸。我不确定她到底是不是睡着了，心乱如麻。

不知道过了多久，我忍不住扭过头，看向了里面，却发现黑暗中一双大眼睛忽闪忽闪。原来她也还没睡。

我吓了一大跳，刚要说话，楚小兔突然扑哧一声笑了："怎么样，想不想来一次？"

这样的夜色。深山之中的小村子，风情独特的吊脚楼中，身边有一个全身都在散发着浓郁女性荷尔蒙气息的大美女。

她睁开了宛如璀璨星辰的双眸，对我甜甜一笑，发出了如此香艳的邀请。

讲实话，只要是生理正常的男人，特别是精力旺盛的年轻男人，应该都很难去拒绝这样的邀请吧？对不对？

我又不是柳下惠，又不是和尚，更不是身有隐疾，当下也是做出了一个所有男人都会做的选择。

我说："好啊，怎么来？"

等等，她说出这样的话来，难道是……她喜欢我？

我的心跳突然有些急促，然而就在我瞎想的时候，里面却伸出了一条腿，一下子就把我给蹬下了床。

我满心激动，没来得及防范。

等我滚下床去之后方才回过神来，有些恼："你干什么？"

楚小兔将被子扔了出来，对我说道："你想什么呢？我还没说什么呢，你脑子就想歪了，露出丑恶的真面目来了吧？前面还表现得多大义凛然，好像是谦谦君子一样，容不得半点儿世间的丑恶，现在却是个假正经，满肚子淫秽海盗，男盗女娼。告诉你，我随身带着把剪刀，你要是敢对我做什么，我就把你的命根子给剪了，知道不？"

听到她这义正词严的警告，我被色欲冲昏的头脑终于清醒了过来。这种感觉，就好像是被冰水浇了头一样。

知道被耍了，我很不甘心，下意识地瞄了一眼半坐在床上体型妖娆的楚小兔。然而当我接触到了她那明媚清亮的双眸时，所有的情欲都如同潮水一样消退下去了。我开始感觉到羞愧。我怎么会有那么禽兽的想法呢？难道是因为我体内的夜行者血脉在作祟？

我之前听马一咠跟我说过，他们修行者叫作走火入魔，而夜行者则叫作臣服兽性。理智被身体的兽性本能压制，最终做出许多不合理智的事情来。

我悻悻地回了一句："我哪有？我刚才是考虑你的感受，照顾你的面子，才会那么说的。"

说罢，我抱着被子，躲到了靠墙边的木板上躺下。躺下之后，我深深吸了一口气，然后主动观想，让自己迅速进入深度睡眠状态。

就在我迷迷糊糊之间，突然又听到楚小兔在床边轻轻说道："瞧你这人，真的是一点儿都不可爱……"

这声音近乎呢喃一般，我听在耳边都不确定是她在说话，还是自己幻听。

我翻了一个身，心中想道，又想忽悠我？没门儿！

我闭眼，很快就进入了深度睡眠状态。而不知道过了多久，突然间我的怀里多出了一具温暖的身体。这女人前凸后翘，那叫一个青春逼人，就好像是刚刚熟透的水蜜桃一般。仿佛咬一口，能够滴得一身的汁水来。

随后那具温香软玉一般的身体压着我，有饱满如樱桃般的嘴唇覆在我的眼睛上，一条灵活如蛇的舌头拨开了我的唇。我下意地哼出声来。

紧接着……

我醒了，被楚小兔的笑声给弄醒了。随后发现一场春梦之后，自己差点儿把人家的被子撕成碎片不说，还不得不去换条裤子。

楚小兔坐在床上看着躺在地上的我，笑得前仰后合。

她不断地拍着床沿，笑疯了。

我尴尬地爬起来，准备去院子里清洗一下，而楚小兔在我身后说道："怎么样，你还歧视姥姥她做的事情不？从某种程度上来讲，姥姥对于你们这些男人来说是大慈大悲的救世活菩萨呢。退一万步来说，她手下的那些姑娘和来玩儿的客人，一个愿打，一个愿挨，有什么不可以的？"

我摇了摇头，不想跟她多做争辩。

毕竟，我还得去找地方换裤子……

次日起来，我在院子里打了一套拳，让自己的身体活络起来，汗水从身上和头顶浮现，化作腾腾热气。

此刻的湘西大山已经临近冬天，早上尤其寒冷，不过我却不怕，用压水井的水洗了一回脸，通体安逸，此时小虎则打着呵欠走了出来。

他看到了我，埋怨道："你们昨天晚上也太闹腾了吧，弄得我都没办法睡觉。"

他很不满地瞪着我，让我有些莫名其妙。

闹腾？

我昨天除了被蹬下床和被楚小兔笑的时候闹了点儿动静之外，什么也没有干啊，怎么就吵着他了？

我看着小虎一脸嫌弃的表情，没有说话。

因为在那一瞬间，我的脑海里划过了昨天梦里的种种情形。

之前还我感觉十分模糊，但不知道为什么，突然一下那画面却显得如此真实，就好像是真正发生过了一样。

难道是真的？我有点儿蒙了。

这个时候，楚小兔打着呵欠走了出来，瞧见我忍不住又是扑哧一笑。

她的笑将我所有的疑虑给打消了。

三人收拾妥当，老苗人却没有来送我们，一问才知道，寨子里有个大活动，他很早就去了寨子里的鼓楼祈祷。

不过小虎对坨弄寨和黑风沟的路都比较熟悉，算是寨子里的老猎人了。由他带着，问题不大。

小虎背了一个洗得发白的帆布挎包，用布条扎绑腿，在腰间插着一把磨得锋利的镰刀，又带上了水壶和其他野外生存的装备，检查了一遍之后对我们说："走吧。"

我们出发，从寨子左边的一条山道往里走，开门就是一座高坡。那高坡上的野板栗树和山柿子树，我印象很深，除了这两种树之外，记忆最深的就是山高路险，有的地方陡峭无比，几乎都没有什么路。倘若一脚踩空，估计都要跌落十几米甚至几十米的深谷之中了。

在这复杂的深山之中行走，很多地方都没有路，只能凭着那些猎人或者采药人走出来的小径前行。而因为人迹罕至的缘故，这一大片的深山绿意盎然，生机勃勃，反倒是又平添了几分别样感觉。

路上，小虎跟我们介绍目的地坨弄寨。

那是一个很邪性的地方，传说中当年有苗族土司造反，发动了大范围的叛乱，当时的明朝政府紧急处理此事，根据情况有的拉拢腐蚀，有的分化，有的则是坚决打击。具体的情节不多叙，相传有一支苗人最后退守在了十万大山的最后一个据点，凭恃天险抵御。他们在那里与明朝军队进行了大决战。

最后的结果当然是明军胜了——事实上，那只不过是一州一府的兵力而已，而战胜了敌人之后，当时的将领为了震慑骑墙派，在那儿实施了"斩草除根，鸡犬不留"的政策。

那个曾经无比繁荣的大苗寨子，最后却成了一片白地，死地。

那个地方，就叫作坨弄寨。他们凭恃的天险，便叫作黑风沟。

近几十年来，无人能够从那里活着出来。

不知道多少年过去了，现如今的坨弄寨成了一个传说，据说居住着一群落花洞女。

什么是落花洞女呢？

这个涉及湘西的一个民间传说，但从根本上来说，她们可以称之为"神的女人"。这里面所谓的"神"指的是山神。

小虎跟我们聊着，而我的心里其实有一些疑惑。既然坨弄寨、黑风沟几十年来都没有人能够活着出来，那么为什么会有人知道肥花去了那里呢？

这里面的细节王朝安老爷子和小钟黄都不知道，我也无从得知。

但马一呑似乎很相信这个，第一时间就赶了过来。

到底是为什么呢？我心中疑虑重重。

这个时候，一直在前面领路的小虎开口说道："到了，前面就是黑风沟。"

在路上的时候，小虎数次描述过黑风沟的恐怖之处，说传闻中的神农架在黑风沟的面前简直就是小儿科。

这儿是一个地形无比复杂，地貌十分奇特，生态系统异常诡异的地方。然而真正走到了黑风沟的跟前时，我却并没有感觉这跟我们之前的来路有太多的区别。

瞧见我一副毫不在意的表情，小虎立刻明白过来。他指着左边一条道路尽头，说："你往那儿走，那里有一片滑板岩，往下走就到了黑风沟。"

"你不去的吧？"

小虎说："我爷爷还等着我给他传宗接代呢，这种送死的事情，他肯定是不乐意我去的。不过，其实我挺想去的。"

我问他："里面除了你之前所说的，还有别的吗？"

小虎想了一会儿，突然说道："狼挺多的，你们得小心一点儿，别把那畜生当成狗了，要不然被偷袭了，来一口，你们可受不了。"

我有些惊讶："现在这个年代，还有野狼？"

小虎嘿嘿笑："你们去试试就知道了。"

他说完，转身准备离去。就在这个时候，从另外一条路的转角处走来了一行人。

这一行人差不多有十个，正前方的是四个唢呐手，然后四个轿夫，最后有两人，一个是白发苍苍的老婆婆，另外一个则是一个长得十分壮实的中年汉子。

这些人，除了那个老婆婆之外，其余的人都穿得十分喜气，大红衣服。

轿子是软轿，上面有红布刺绣点缀，弄得喜气洋洋。这是大花轿。

我有点儿诧异，说："这是谁家新娘，跑到这个鬼地方来送亲？"

除了奇怪这一点，我另外还有一个疑问，那就是现在这个社会，谁没事儿了还弄个大花轿来折腾呢？

小虎幸灾乐祸地说道："山神的新娘呗。"

我没反应过来，反倒是楚小兔懂了："落花洞女？"

小虎点头，说："对。"

我心里很是疑惑，问道："说来说去，这个落花洞女到底是什么鬼东西？"

小虎不答，反而是楚小兔跟我解释："我曾经听姥姥跟我说过，这落花洞女呢，是湘西的一种特色现象，在别的地方是从来没有出现过的。就是村子里一些未婚的女子，在某一个时间点突然就得了一种类似忧郁症的病，进入了一种痴迷的状态。她面色灿若桃花，眼睛亮如星辰，声音如丝竹般悦耳，身体里发出一种沁人心脾的清香。她会每天不停地抹桌擦椅洒扫厅堂，把一个原本破败的家收拾得纤尘不染，进入一种不食人间烟火的境界里……"

小虎接着说道："老人讲，变成这种模样的女人需要将她送往深山里去，因为她已经被神看上了，而女孩儿也已经把自己许给了神。她整天生活在幸福的幻想里，她的心上人是不食人间烟火救人于水火的神，因此她不再为世俗的任何男子动心。"

我听完觉得这可是真神奇了，问道："有什么说法吗，要是没有送往深山又会怎样？"

楚小兔幽幽地看着我，说道："如果不送走，就会不饮不吃，脸上带着幸福的微笑死去，而在她们的内心之中，这是她们的郎君，也就是神，过来接她们前往天国。"

听完这话，我忍不住骂道："这不是神经病吗？"

小虎一脸敬畏，说："你不信神？"

我大骂道："信个屁！且不说这个世界上到底有没有神，就算是有，这个没事儿跑来跟我们广大光棍儿抢媳妇的臭不要脸的家伙，也不是什么好东西。"

小虎哈哈一笑，说："没有信仰的人终究活不长久，我以后都得绕开你，免得被牵连。"

楚小兔还在解释："说是送往深山去能活，其实那是一种安慰自己的想法，深山里什么都没有，到处都是虫蛇鼠蚁、豺狼虎豹，一个单身女子又如何能活下来？许多女子最终都死在了洞子里，所以她们才会被称之为'落花洞女'！"

听完这些，我在饱受震惊的同时又有些可怜那些女子。

她们在生命中最好的年华里，却不得不凄惨地死去。

这一切，到底是为了什么呢？

倒是小虎说道："你们要去的坨弄寨，其实就是我们这一带苗疆落花洞女的去处，说不定那里就有人活下来，并且一直生活到如今呢？"

我此时恍然大悟："你的意思是，那帮人就是准备把轿子里面的女子，送到坨弄寨去？"

小虎点头说："对，他们管这个，叫作'出嫁'。"

他话音刚落，突然响起一声极具穿透力的唢呐声，吹的是《春来到》。

这曲目我熟悉，因为在我们那儿结婚办酒的时候，免不了请上几个唢呐匠来，吹一些这样喜庆的曲子，除此之外，我知道的还有《大汉东山》《小汉东山》《大桃红》《小桃红》等。

那四个唢呐匠吹着曲子，走到了跟前，等他们走进了，小虎的双眼不由得瞪大了。他下意识地往草丛中躲了过去。

我和楚小兔都不知道他这是什么意思，等到那帮人走到跟前，那个满头白发的老婆婆走到我们面前，问道："你们是哪个啊？"

我不确定对方的来头，所以没说实话。

"婆婆你好，我们是来湘西旅游的驴友，感觉这一片山的风景很有味道，就过来看看。"

老婆婆打量着我们一会儿，说道："啥子是驴友哦？卖驴子的人？"

旁边有一个扛轿子的小年轻咧嘴，露出一口白牙来，笑着说道："龙婆，不是卖驴子的，就是游客，城里头那些有钱人吃饱了没事做就到处跑。上次不是有几个家伙没事爬清风山，结果走丢了，镇子里的干事组织我们去漫山遍野地找人，那事儿你还记得吧？"

那龙婆这才听明白，对我们说道："你们别在这里瞎晃了，这里很危险的。"

我连忙点头，说："哦，哦。"

我答应是答应，但没有挪步，那龙婆也只是告诫我们，并没有强制我们离开。

她带着人又走了十几米，这才让人将轿子放下，唢呐匠吹了一曲《凤求凰》之后，有人开始放鞭炮。

一连串的鞭炮放完，硝烟弥漫，龙婆开始在原地蹦蹦跳跳，犹如抽风了一般。

楚小兔低声对我说道："这人很有本事，她这是在跳大神呢。"

我有些惊讶，说："跳大神算什么本事？"

楚小兔解释说："有人跳是瞎跳，唬人的，而这位呢，是真跳，她通过自己一整套的手段和踏足的方位，与我们脚下土地里藏着的某一种'灵'沟通。"

我不太相信，说："你哄我的吧？"

楚小兔白了我一眼，说："你爱信不信，哼。"

一番折腾之后，那中年人开始号啕大哭，他想要去轿子那儿，抬轿子的几个年轻后生赶忙过去，七手八脚地将他给架开。

那几个唢呐匠完事之后也收起了家伙什儿，头也不回地走了。

走的时候，那龙婆瞧见我们还在这儿，又提醒了一声。

我点头应下，却没有动弹。

她也不管，带着人就这么离开了。这帮人一走，现场就宁静了下来，我走到那花轿跟前，瞧见周围一地的鞭炮碎屑，又打量着轿子里，不确定里面到底有没有人。

就在这个时候，那轿帘被人掀开，走出了一个明艳夺目的少女。她的年纪只有十四五岁，穿着一身碎花红裙子。这裙子仿佛是自己做的，但裁剪适宜，将她的身材很好地凸显出来。

我见过不少的美女，冷艳如秦梨落，可爱如楚小兔，但这个从轿子里走下来的少女，却并不逊于前面这两位。

我说的并不仅仅只是容貌，而是一种气质。一种出尘的仙气，这种感觉是我之前从未感受到的，若干年后有一部游戏改编的电视剧大火，那里面的女主角给我的感觉，也是如此。

我无法用语言去形容她，只能说一个词——出尘之气。

这少女从轿子里走了出来，然后径直朝着前方的黑风沟走去，完全没有看我和楚小兔，就仿佛我们并不存在一样。

"姑娘，姑娘……"

我叫了两声，没有得到理睬，想要走上前去，被楚小兔拉了一把，说："落花洞女精神恍惚，你别乱来，走，我们跟上去。"

我们跟着那少女往前走，没多久就到了黑风沟前。

望着那平滑向下的地形，我感觉不对劲，回过头去，却瞧见小虎居然跟了过来，有些惊讶，说："你不是说不进去吗？"

小虎三两步走上前来，阴着脸说道："真啰唆，赶紧走。"

眼见小虎要继续往前走，我赶紧拦住了他。

从私心上说，我当然希望有一个熟悉情况的向导能够带着我下那黑风沟，但如果因此而得罪了小虎的爷爷，这事儿可就得不偿失了。

马一吢既然能托小虎爷爷为转告人，彼此之间必然是有一份交情在的。如果我因为此事与他闹僵，问题可就有点儿严重了。

最主要的是我不愿意那老人失孤。

但小虎却没有理会我的阻拦，瞪了我一眼，阴沉着脸说："干什么？"

"你爷爷交代过，不让你跟我们一起进黑风沟。我们是烂命一条，但你不是。到时候万一白发人送黑发人，是谁的罪过呢？"

小虎往前走着，说："这是我自愿的，跟你无关。"

"到底什么原因，你总得跟我说清楚啊。前一秒还跟我说不想跟我们一起去送死，后一秒就说是自愿的。你这么说，我更不能让你跟着一起了！"

"那我不跟你们一起走，行了吧？"

我见他这么坚持，就知道是劝不回去了，不过还是疑惑，旁边的楚小兔却看的明白。

她笑着说道："小虎，你是不是认识那个女孩儿？"

小虎盯着前面一直走，头也不回地说道："认识，当然认识，我们邻寨的蔡月娘，是我们苗人的明珠。她母亲怀她的时候梦见有凤凰入怀，她生下来之后就光芒璀璨，才长到十四岁，前来求亲的人就把她们家的门槛踩破了……"

我这时才反应过来，说："你喜欢她？"

我单刀直入，让小虎的话语停顿了一下，这个时候，他终于露出了少年人所特有的羞涩表情，甚至还低下了头去。

他用细若蚊音的声音说道："月娘是这十里八乡最漂亮的姑娘，我，自然也是……"

我瞧见他这模样，忍不住笑道："瞧你这样子，毛都没长，心思还挺多。"

小虎恼了，说："你们若是想活着离开黑风沟，就得求着我。要是没有我的帮助，你们就等着死在这里吧。"

他这般一说，楚小兔立刻明白过来。她笑嘻嘻地说道："这样吧，我们帮你把蔡月娘的事儿给查清楚，不让她小小年纪就莫名其妙地死去。你也得在这个时候倾尽全力来帮我们，咱们合作，千万不要有任何保留，你觉得怎么样？"

小虎瞧了我一眼，哼了一声，说："好，看在小兔姐姐你的面子上，我就不跟他计较了。"

远处穿着红色嫁衣的苗家少女已经下了坡，顺着岩石的沟壑下到了沟底去，我们不敢多作停留，赶忙追了上去。

沟上沟下，两个世界。

之前我看小虎所指之处与来时风景一般无二，除了林深茂密，并不觉得有任何不同。

然而下到了沟底，扑面而来的是穿过谷底的冷风，让我感觉到这上下的落差，差不多就有五度左右的温度。温度是最直观的感受，而沟底的植被也让我惊讶，除了大量寻常可见的低矮灌木林之外，居然还有许多的蕨类植物。

这种蕨类植物，并不是寻常的卷柏、石韦、铁线蕨，而是那种长得十分高大健硕的类别。有好几个地方，我甚至觉得那玩意儿应该就是传说中的桫椤。

桫椤是什么？

这玩意儿又称之"树蕨"，生于林下或溪边荫地，产于我国大陆的藏边、黔州赤水一带，在尼泊尔、印度锡金、不丹、印度、缅甸、泰国、越南、菲律宾及日本南部也有分布。

它的茎干高达六米或更高，直径一二十厘米，是国家一级保护的濒危植物，有"活化石"之称。这样的东西，我只在书上见到过，没想到还能够在这里见到。

这儿离赤水还有很长一段距离。

大量低矮的灌木林和蕨类植物充斥了整个黑风沟的地表世界，再加上上方的枝干遮掩，使得这沟底下的光线有些弱。

即便是光线很好的天气，这沟底之下也是一片昏暗。

而这昏暗之中，又藏着无数虫子的鸣叫，在更远处甚至还有不知道什么动物的叫声，彼此交汇，显得格外有活力。

当然，换一个角度来看，也充满了危险。

有一条小溪在植物掩映的绿色之中出现。

溪边，有一条小道。仿佛有人指引蔡月娘一般，她顺着那条道路往前走，我们跟在后面，她浑然不觉。因为相隔得并不是很远，我也闻到了她身上的味道。那是一种算不上很浓郁，却很是凛冽的香气。它像兰花或者桂花，让人心神舒畅。

我发现正是因为这种香味的存在，使得那些隐藏在绿色藤蔓和蕨类植物下方的种种危险，都下意识地退避三舍。

好几次，我都瞧见草丛中潜伏着一条黑色或者赤红色的毒蛇。这些毒蛇充满了进攻性，仿佛随时都要弹射出来咬你一口，然而当闻到这股香味之后，它们整个身子居然都放松了下来，没有摆出任何进攻的意图。

瞧见这情况，我忍不住说道："难道，真的有山神？"

小虎瞪着一双眼睛，苦大仇深地说道："就算是，胆敢打月娘的主意，我就要跟它拼个你死我活。"

他有着年少人所独有的锐气，不过我担心他强硬过头坏了事，赶忙跟他说道："你一会儿别乱来，要是真出什么事，你让我们来处理，如果你觉得不符合你的期望，到时候你再行动，可以吗？"

小虎点头，说："行，我知道。我又不是傻子，肯定不会蛮干的。"

我们跟着蔡月娘一直往前走，今天是晴天，头顶上出了太阳，然而在这沟底之下，我却丝毫感受不到太阳光的温暖。飕飕的凉风让我感觉好像是到了寒冬腊月。

如此走了大约半个小时，小溪汇聚，前面出现了一条宽七八米的河流。

这河流挡住了我们的去路。

蔡月娘像是中了邪一样，即便是有河流挡在前面，不知深浅，也阻止不了她前行的脚步，眼看着她不管不顾地走上前，准备没有任何保护措施地渡河时，小虎终于忍不住了。他冲上去，将即将下河的蔡月娘一把抱住，然后把她往回拖。

蔡月娘这时方才发现身旁有人，下意识地开始挣扎起来。

小虎一边拉扯，一边说道："月娘，是我，我是虎子啊，你还记得不？我以前给你用芭蕉叶编过蝗虫玩具，你可喜欢了，你还记得不？"

蔡月娘这时才认出了小虎，点头，说："哦，你是罗小虎。"

小虎激动地点头，说："对，是我。"

蔡月娘反倒是一脸平静，说："罗小虎，我知道你对我有意思，但我跟你讲，我现在是神的女人了，你我之间是不可能的，你走吧，不要再纠缠我了。"

她这话十分绝情，脸上的表情也冰冷如霜，小虎听到如遭雷轰，整个人都僵在了原地。

就在此时，蔡月娘的脚突然间古怪地一扭，紧接着整个人都摔倒在了河边的草地上，她开始往河边滑去。那不是主观能动的，像是被人绑住了右脚脚踝，然后将她拉扯进了河水里。

小虎本来还在思考蔡月娘话里的决绝，此刻听到动静下意识地伸手，拉住了蔡月娘的双手。然而一股神秘的力量，将蔡月娘往河里面死命拉。即便是有小虎帮忙拉着，蔡月娘的身体也是一点儿一点儿地往河里面挪去，大半个身子都浸在水里了。

就在这个时候，我终于赶到了。此时我已经从腰间将那软金索抽出来，让它变硬之后恶狠狠地砸在了河水之中。

这一棒砸下，那原本平静如镜的河水，突然一下就晃荡起来。

紧接着，一个巨大的头颅从水里浮现出来，这玩意儿头宽大于头长，吻端圆，吻棱显著，颊部向外侧倾斜，鼻间距略小于眼间距，上眼睑宽，略大于眼间距，鼓膜显著，椭圆形。

抛开这些专业描述，简单来讲，这家伙完全就是一头体型足有小汽车大小的癞蛤蟆！

我这一棒子正好砸在了那癞蛤蟆的舌头上，痛得那畜生哇哇大叫，收回了缠在月娘脚踝上的舌头。与此同时，它浮出河面，那一对如灯笼般巨大的眼睛，放出了精光瞪着我。

下一秒，整个河面变得不再平静。

无数拳头大、足球大甚至有半人大的黑绿色癞蛤蟆，从水面之下浮现出来，一同发出了"哇哇"的叫声，充斥了整个这一片大河，让人头皮发麻。

小虎立刻将月娘拉到了河岸边儿上，将她往后推，然后大声质问道："这，就是你要嫁的神？"

月娘即便是刚刚从死亡线中挣脱出来，却也是一脸淡然的样子，平静地说道："它？只不过是神的看门狗，没什么了不起的。"

小虎说："可它想把你给吃了。"

月娘依旧平淡，说："你放心，神会惩罚它的，它的报应迟早会来临。"

我听着两人争执，忍不住说道："如果你的神能够惩罚它，那就让它快一点儿，否则就来不及了……"

没有等我说完，那些水下蟾蜍就已经按捺不住了。

随着那巨大的癞蛤蟆一声鸣叫，满河的蟾蜍都开始朝着我们这边奋力游来，有的到了河滩上，纵身一跃，朝着我们这边跳跃而来。

它们的攻击方式是张开嘴巴，从里面喷溅出一些黑色的液体。这些液体刚落在地面上，便有腾腾黑烟冒起。烟里有毒。

这些玩意儿绝对不是寻常的癞蛤蟆和蟾蜍，因为它们除了一样长得丑陋之外，还具有十分强烈的毒性，单是这一点就让它们十分恐怖了。

因为我有过相似的经历，面对这样的场面，心里多少还是能稳得住的。

软金索长棍在手，我毫无畏惧。那癞蛤蟆飞跃而来，我就如同打棒球一样，猛然一棍子挥去，将那癞蛤蟆打得远远的。

砰、砰、砰……

一连击飞了七八个大小不一的癞蛤蟆。

这时我头顶上的天空陡然一黯，天地都被遮挡住了。

我抬起头来，瞧见河中那最为巨大的癞蛤蟆，居然从中跃起，腾身于半空之中，然后呈鹰扑之势，朝着我们这边凌压而来。

我对后面的众人大声喊道："快走。"

催促着人走，我却并不逃避，而是将手中的长棍高高举起，猛然一跃，硬生生地怼了上去。

砰！

长棍重重地戳在了那如同小汽车一般巨大的蛤蟆身上，它那白色的肚皮看似柔软，却坚韧得如同橡胶一样，长棍戳中，却往旁边滑落而去，根本无法着力其中。

但我在那一刹那将全身的妖力陡然集中，喷薄而出，再无顾及。

随后那癞蛤蟆被我挑开，当我落地下来的时候，那癞蛤蟆"扑通"一声落到了河水里。它仿佛受到了重创，落水之后没有再浮现，而是沉入水中。

与它一起的是那些子子孙孙，居然也都同时退去，全部沉入了水底。没多一会儿，原本蛙声一片的河面又恢复了平静。

它仿佛一条玉带般，呈现在我们的面前。

"呼呼……"

我将那巨大的癞蛤蟆赶走之后，落在地上。因为用力过度，全身有些酸麻，不断地大口喘着气，回想起来有些后怕。

那畜生，很恐怖。

楚小兔冲上前来扶住了我，说道："没事吧？"

我摇头，说："还好。"

楚小兔冲着我眨眼睛，说："你刚才的表现很棒呢！想不到，平日里温温吞吞的你，居然会有这么超卓的表现，帅呆了。"

我苦笑，说："我平日里温温吞吞的？"

楚小兔放开了我，冲我眨了眨眼睛，说："对呀，你不知道吗？一点儿年轻人的活力都没有！"

这个时候，月娘又要往前走，准备下河。小虎赶忙拉住她，说："月娘，你疯了吗？那些蛤蟆刚下水，一定藏在水底，准备使阴招呢，太危险了……"

蔡月娘却不管，固执地说道："它已经得到了神的惩罚，应该不会再动歪脑筋了。"

我伸出软金索长棍拦住了她，说："你脑子坏了，眼睛也瞎了？刚才明明是我打退了那想吃天鹅肉的癞蛤蟆好吗？"

月娘抬起头来，看着我，一副欠揍的表情，指着天："一切都是天意，你刚才的行为也是神指使的。"说完这话，她继续向前。

小虎终究是少年人，有些慌，感觉拉不住月娘，便求我："侯哥，这该怎么办？拦也拦不住。"

我瞧见那月娘像是中邪了一般，摇头叹了一口气，然后将手中的棍子高高扬起，往下一砸。

砰！

执拗的月娘后脑勺被我敲了一棍，双眼翻白，直接就瘫软在了地上。

小虎没预料到我会对月娘动手，下意识地抱住月娘，然后愤怒地对我大叫："你干什么？"

我指着昏迷过去的月娘，说："喏，这就是办法啊。"

瞧见月娘只是昏迷，并无大碍，小虎这才放松下来，转怒为喜，对我说道："原来是这样。"

我叹了一口气，说："别跟疯子讲道理。"

小虎原本对我并不太友好，这会儿终于折服了，说道："侯哥，还是你厉害。"

表达完了敬佩之情，他又问："接下来该怎么办？"

我试探性地问道："要不，你先带着她离开？"

小虎摇头，说："就算我带她离开这是非之地，但她精神恍惚，性情大变，说不定还会回来，我防得住一时，防不住一世啊……"

旁边的楚小兔帮忙出主意："听说落花洞女都是未婚的，要不然你跟她……改变这个条件？"

小虎连忙摇头，说："不行，这怎么行？"

我说："要不我勉为其难帮下忙？"

小虎羞恼："别开玩笑了……我是说这损招不行，你们说的是被神盯上之前的条件，而月娘她现在已经成了落花洞女，她自己的心也嫁给了神，如果我现在将她玷污了，她醒过来的第一反应就是为神守节，会想尽办法去自杀的……"

我听他说完，只得说道："那我们就另外找路，绕开这条河。"

"黑水河横贯沟底，此处一样，别的地方也是一样，根本绕不过去。"

听到他这么说，我陷入了沉默。

过了好一会儿，我的心头突然一动，走向了河边。

楚小兔叫住我，说那帮癞蛤蟆睚眦必报，想必还蹲在水底里准备阴人呢，叫我要小心。

听到这关怀的话语，我点头笑了笑，然后将右手手掌放在了缓缓流淌的河水之中。一股碧绿荡漾的青光，从我的手掌心处浮现出来。

随后它迅速蔓延，落到了对面。

紧接着，让人惊讶万分的事情出现了，这七八米宽的河面突然从中截断，裂出了一条宽约一米五的道路来。河底之下，满是泥沙和鹅卵石，甚至还有水草和几头来不及撤离的癞蛤蟆。

整条河，就这样断成了两截。

这情形让众人都为之诧异，而我则催促道："行了，别傻待着了，赶紧过河。"

楚小兔回过神来，推了一把小虎，小虎赶忙将月娘背在身上，从我身边走过，下到了那条突然出现的河底，朝着对岸走去。

我待两人走过，也走入其中。所有的河水碰见我的时候都自动地让开，不敢靠近。我感觉到了那头巨大的癞蛤蟆就在附近潜伏着，但它瞧见了这神奇的一幕，也被吓到了，迟迟不敢动弹。

我们过了河，楚小兔立刻冲了过来，抱住我的胳膊使劲儿晃，激动地说道："天啊，你这是使了什么妖法，居然把整条河水都给截断了？这也太神奇了吧？"

我平静地笑着，说："小手段而已。"

我们继续向前走，林子越发茂密。在黑暗之处，的确会时不时地冒出一些古怪的嚎叫来，像极了小虎之前提过的野狼。

我将软金索收回，走在最前面，小心防范着。

走了不知道多久，突然间前面的空间一转，树林变得稀疏，林间树下竟出现了田垄，随后我看到更远处，居然有高高低低的村落出现。

我看着远处的那些吊脚楼，知道我们的目的地坨弄寨子到了。

望着远处的寨子，我恍惚觉得寨门口一处田垄上劳作的人影有些熟悉，快步走上前去，却瞧见光着上身的马一杏，正挥舞着锄头在田间劳作着。

我走过去，喊道："马兄，马兄，你在干什么？"

马一杏抬起头来，抹了一把额头上面密集的汗珠，然后一脸疑惑地问道："你叫我吗？你是谁？"

瞧见这个因为劳作而满脸通红，一身臭汗的男子，又听见他的回话，让我突然间有一种错觉。我面前的这人，难道是马一杏的兄弟，又或者亲戚？

不过他那颇具辨识度的两撇胡子，还是将我所有的猜测都给打消了。

这就是马一杏。

我看着他，说："马兄，你到底怎么了？不认识我了？"

马一杏拄着锄头，疑惑地看了我好一会儿，方才小心翼翼地问道："你认识我？你怎么知道我姓马？"

我有点儿恼了，说："我不但知道你姓马，而且还知道你叫马一杏。"

他咧嘴笑了，跟一个傻大个儿似的。

看此情形，我心里有些发虚，果然，随后马一杏开心地说道："这你就猜错了，我叫马九，可不叫什么马一杏。嘿嘿嘿，你总算是猜错了……"

见他开心得像个一百五十斤的孩子，我有点儿难过。

因为此时此刻的我，终于发现，他并没有在装。

他是真的傻了。

又或者，他失忆了，被人控制了。

就在我脸色铁青的时候，楚小兔走了过来，对我说道："这就是你要找的朋友？"

我点头，说："对。"

马一吞瞧见我身旁的美女，竟然有点儿害羞，下意识地低下了头，完全不像是之前老江湖的模样。

我见他脸上长出来的络腮胡，知道他应该沦陷在这里有一段时间了，忍不住走上前，一把抓着他的胳膊，说道："马兄，我们走吧。"

我当时的情绪有点儿激动，因为这个几乎算得上是我人生偶像的男人居然像个傻子一样。这是我难以容忍的事情。

然而马一吞被我抓住了胳膊，下意识地就反抗了起来。

他一边使劲儿扭，一边大声喊道："救命啊，有坏人，有坏人啊，大嬢嬢、二嬢嬢、三嬢嬢，有坏人要抓我。"

他的力量很强，我感觉得到他的修为还在，只不过因为心智缺失的缘故，没有方法将劲气凝聚起来，所以被我牢牢锁住。

而楚小兔很是紧张地对我说道："侯子，你别乱来啊，会出事的。"

小虎也很紧张，说："来人啦，你住手，别闹得一团糟。"

我听到这话，下意识地朝着村子望去，看见有一群人，还有几个庞大的黑影子，从远处匆匆赶来。

等走近一些，我发现来人是女人，看上去年纪都挺大的，差不多有五六十岁，更老的仿佛已经到了八九十岁，白发苍苍，满脸皱纹和沟壑。

而那黑影就恐怖了，居然是几头身型巨大的大熊猫。

这大熊猫可不是电视上那种憨态可掬、萌萌的、圆滚滚的大熊猫，每一只的身高都超过两米。虽然它们一样是黑白色，胖乎乎的，如同移动的肉山。但那脸满是肌肉，咧开嘴，牙齿尖锐锋寒，爪子也是黑乎乎的，每一根指尖都如同匕首一样修长而锋利，看上去仿佛能够生撕猛虎一般。

我可以肯定，这样的大熊猫倘若是放在动物园里，每一个看过的小朋友估计都会发誓再也不会来了。

因为，这真的是太吓人了。

杀气十足。

瞧见这几头恐怖的大熊猫跟着那一群老女人走上前来，我下意识地往后退，旁边的楚小兔则低声说道："没想到，传说中已经绝种的食铁兽，居然会出现在这里。"

"食铁兽？"

"食铁兽也是大熊猫的另外一种称呼，不过是远古的野生大熊猫种，这东西每一个成年的兽类都长得极为粗壮。力大无穷，什么虎豹豺狼在它跟前完全不够看，一掌就能拍碎天灵盖。传说当年蚩尤出山去跟黄帝打仗的时候，就是骑着这玩意儿。"

食铁兽，等于大熊猫？如果在以前，有人跟我说吊炸天的蚩尤大神骑着一头大熊猫跟黄帝干架，估计我会捧腹大笑。

然而这个时候，我却不认为是在开玩笑。

因为，这一、二、三、四……总共四头身型恐怖、肥肉堆积的大熊猫走到跟前来的时候，让我都有一种近乎窒息的感觉。这是猛兽所带来的特有压迫力，即便是我都感觉到呼吸不畅。

我下意识地放开了马一呑，而他则像一只受惊的小兔子，立刻就朝着前面那一帮老女人的方向跑了过去。

他跑到了一个垂垂老矣的妇人跟前，委屈地喊道："大嬢嬢，这个人欺负我，要抓我走。"

说罢，他躲在了一群穿着蓝色土布衣服的老妇人身后，整个身子都在发抖。

一群人走到了我们跟前，那领头的老妇人睁开满是眼屎的眼眶，用浑浊的眼球打量了我一会儿，说道："小伙子，你认识我们家的马九儿？"

我当时也有些恼了，即便是对方气势惊人，也没有示弱，开口说道："他不叫马九，他叫马一呑。"

老妇人点头，说："哦，原来如此。"

她居然没有生气，而是对身后的马一呑解释道："以前我们不知道你的名字，就随意叫了你马九儿，现在既然你朋友找上门来了，告诉了我们你的名字，那以后我们就叫你马一岙吧。"

马一岙听了反而生气，嘟着嘴说："不，马一岙多拗口啊，不好听，我喜欢叫马九，马九、马九、马九……"

他像个小孩子一样嘟嘴生气，老妇人一脸溺爱地看着他，摇头苦笑。

她转过头来，对我说道："你的朋友前些天被我们在坨弄死地附近发现，他受了伤，又一点儿记忆都没有了，我便擅自做主将他接到了这里来养伤。没想到他对这里很喜欢，也爱和我们这些老婆子待在一块儿……"

我听完她的说法，敌意消退，问道："这儿不是坨弄寨？"

老妇人点头，说："对呀，我们这儿叫作呆贵村。"

"那坨弄寨在哪里？"

老妇人指着东北的方向，说："你看到那边的高山没有，翻过那山，走到后面的林道，差不多几里地的沼泽之后，就到了坨弄寨。你是准备去那儿吗？不行，不行，那里很可怕的，白天还好，到了晚上到处都是讨命的厉鬼，还有无数的鬼打墙，但凡走进去，基本上就不可能活着离开。你朋友能够保住一条性命，算是很幸运了。"

我很是着急，问："那现在怎么办？"

老妇人说："他这种情况应该是丢了魂，三魂七魄，任何一样东西丢了就会失忆，如果丢得多了，就会变成傻子。甚至躺在床上，什么都不知道。"

我看了一眼满脸惶然的马一岙，感觉他这模样跟傻子也没有什么区别了。

我赶紧问道："能不能把魂招回来？"

老妇人点头，说："这个是可行的，不过需要等天时地利人和，缺一不可。我们有一个老孃孃，最擅长这事儿，不过她出门采药去了，过两天回来。你们要是不嫌弃，就在这里住两天吧。趁这段时间，你跟马九……哦，错了，错了，他叫什么来着？"

"马一岙。"

"对，马一岙。你跟小马多熟悉熟悉，看看有没有可能让他自己清醒过来。"

我听完，十分感激地道谢："多谢你，真的是太感谢了。"

老妇人摆手，说："没事的，我们呆贵村太封闭了，很少来外人，外面的谣言也多，其实我们还是挺热情的。对了，说起来，你们是怎么过的黑风沟？那里到处都是危险和陷阱，我们都没办法出去呢……"

我看了旁边趴在小虎背上的月娘一眼，没说实话，含糊说道："嗨，我就是心急我兄弟，就进来了，一路上也是跌跌撞撞。"

老妇人没有再追问，问我道："你们……怎么称呼？"

我将自己和身边人都介绍了一番，老妇人也给我们介绍，让我叫她大嬢嬢。其余的则是二嬢嬢、四嬢嬢、七嬢嬢等……

至于身旁的几个巨大食铁兽，她温柔地抚摸着那些恶兽的鼻子，微笑着说道："它们几个很乖的，这个是春天，这个是夏天，还有秋天和冬天，都挺可爱……"

那几头食铁兽冲着我"嗷呜"一叫，凶相尽失，立刻就变得蠢萌起来。

老妇人则笑吟吟地对我们招呼道："进村吧，远道而来的客人，我请你们喝竹筒酒，吃糯米饭……"

老妇人盛情邀请，我们自然不敢怠慢，连声道谢之后跟着进了村子。

我想跟马一吞走一块儿，然而他似乎因为我刚才的举动对我戒备心十足，我走近一些，他就走远一些，根本不愿意与我接近。

老妇人瞧见，笑着说道："他现在就像小孩子一样，你也别介意，等过两天给他招魂回来之后，就好了。"

我苦笑，说："他以前可不这样。"

老妇人回头，看了一眼小虎背上的月娘，问道："这姑娘怎么回事？是病了吗？我们这儿有医生，可以帮忙看一下。"

小虎抬头看了我一眼。

我虽然与他不熟悉，但能明白他眼神里的含义，于是说道："没有，她只是有一些不舒服，休息会儿就好。"

老妇人深深地看了月娘和小虎一眼，没有多说什么，对我说道："请。"

我与她一起前行，路过那几头体型硕大的食铁兽身边时，下意识地瞧了一眼这些大家伙，发现只要它们不露出凶相，模样跟平日里电视上瞧见的大熊猫，其实相差不远。就好像是放大版的大熊猫。

我有心想摸一下这畜生身上的绒毛，然而碍于旁边的这些老太太，终究没有伸出手来。

　　继续往前，我发现这个村子当真如同《桃花源记》里面形容的世外桃源一样，土地平旷，屋舍俨然，有良田美池桑竹之属，阡陌交通，鸡犬相闻。

　　那青石铺就的道路上干净整洁，没有一点儿垃圾出现，就连灰尘都没有。

　　几只土狗在前面晃过，田里还有水牛和马，但没有瞧见任何牲口的粪便。

　　这田野到处青草茵茵，路边栽着桂花树，微风吹拂却有异香浮动，让人觉得这地方当真是风景秀美，让人流连忘返。

　　这儿的人不多，水田里有好几个男人在劳作，都十分勤劳。他们佝偻着腰，忙忙碌碌，几人一刻都不停歇，就像机器人一样，不知疲倦。

　　进了村子，这屋前屋后除了菜地之外，还有药田。我一眼望去，认出了好几种药材。

　　那老妇人热情地给我介绍，说："我们这儿气候温和，土地肥沃，药材种植条件十分不错，黄芪、贝母、元胡、桔梗、黄连、当归、川芎、生地、白术、白芍、茯苓等等，这些药材都有出产，而且品质优异……"

　　随后她指着一个六十多岁的老妇人说道："小九儿对制药、配药等十分擅长，一会儿你们这姑娘醒了，要是不舒服，可以找她。"

　　那个被叫作"小九儿"的老妇人听到，冲着我咧嘴一笑。

　　她一张嘴，我看见她满口的牙齿都是黑黄黑黄的，也不知道是什么原因。

　　不过除了牙齿黑黄、头发灰白、满脸皱纹和老人斑之外，不知道为什么，我隐约能够感受得到她年轻的时候，容貌应该是极美的。

　　怎么说呢？我感觉她跟蔡月娘的气质有一点儿像。

　　这么对比其实很不合适，不过这就是我当时的第一反应，也是直觉。

　　村子里干净整洁，完全没有普通农村那种脏乱和局促，整整齐齐的一条青石道，两旁是精致的木质建筑，空气里弥漫着桂花香。

　　这儿所有地方都修补得很是细致，精心雕琢，给人的感觉不像是深藏在山中的村落。倒像是某一处特意搭建起来的影视基地，又或者特地规划出来给游客游览的风景区，一点儿烟火气都没有。

　　而且走进村子来，我几乎都没瞧见什么男人。

　　几个食铁兽进村之后就各自离散，其余的女人也是，除了几个年长的之外，其他的都各自离开了。

老妇人对我说道："我们这儿有客房，先送你们过去歇息一会儿，然后请你们到我那儿去吃饭，你觉得怎么样？"

我拱手，说："入乡随俗，全凭您安排。"

老妇人微笑，此时前面一个拐角处，走出来一个老头儿。那老头儿大约五六十岁，白发苍苍，身子佝偻，挑着一对粪桶，瞧见老妇人，就像瞧见猫的老鼠一般，赶忙往后退去。

老妇人的眉头下意识地皱起，喊住了他："阿大，你等等。"

那个被叫作阿大的老头儿将粪桶放下，慌忙跪下，说："大嬢嬢，我错了，我不该走主道的……"

老妇人眉头一扬，说："你站起来，都跟你说了，在我们呆贵村，用不着这样。你去跟吴阿三说一声，今天来了贵客，让他准备几桌流水席，另外让杨老七把地窖里藏着的好酒拿出来招待客人，知道了吗？"

阿大听闻，喜上眉梢，笑着说道："好，好嘞，我去叫他们弄。"

老妇人吩咐道："叫他们快点儿啊，客人赶了一天路，都饿了。"

老头赶忙拱手，说："好，好，一定。"

他挑着粪桶，美滋滋地从屋边小道离开，老妇人对我们说道："我们这儿的吴阿三，以前是个厨师，做红白喜事流水席出身的，手艺很不错，一会儿你们可得好好尝尝。"

我听到这话又赶忙躬身，说："劳烦您了。"

老妇人故作恼怒，说："你再这么客气，那我就撵人了。"

我这才长吐一口气，说："好，好，我不客气了。"

老妇人这才喜笑颜开，说："这就对了，你们是马九儿的朋友，也跟我的孩子一样……"

这村子不算大，说话间就到了供我们休息的地方。

那是一处大部分都用竹子构建的屋子，楼前有垂荫覆地的大榕树，旁边有葱茏的凤尾竹。它虽然只有一层楼，但修筑得十分漂亮，就好像是电视剧里面的建筑一样。

我们走进了这竹屋，最外面是一处客厅，里面的桌椅板凳十分齐全，大部分也都是用竹子制作而成。

老妇人给我们介绍说："这儿一共有四个房间，都有床和被褥，你们自己调配一下。屋后面有水井，不过要洗热水的话，你提前说一声，我让人给你们送过来。"

我打量了一下这周围的环境，非常雅致，墙上还挂着字画。

那些字画，笔迹秀美瑰丽，画风蔚然出色，让人感觉好像是古代学堂一般。

我满心感激，说："您想得真周到，谢谢，谢谢。"

老妇人瞧见我们很满意，也开心地笑了，然后对身边的马一岙说道："马九儿，你跟你朋友一起住两天，一会儿来吃饭，嬢嬢回去了啊。"

马一岙一听，赶忙抱住了她的胳膊，委屈地说道："我不，嬢嬢，我要跟你一起去，我不想跟他在一起。"

老妇人很奇怪，说："为什么呢？他是你朋友啊？"

马一岙头摇得像个拨浪鼓一样，说："不，他才不是我朋友呢，我都不认识他。他是坏人，我不要跟他待在一起。"

老妇人被小孩儿一般的马一岙缠得没有办法，对我苦笑道："你看这……"

我也无奈了，对她说道："没事，让他回去吧，等回头我们商量一下，怎么帮他招魂。"

老妇人淡淡一笑，说也好，就领着人离开了。

当她们一行人离开了我们的视线后，一直都没说话的楚小兔终于忍不住了，开口说道："猴子，我觉得……"

我伸手拦住了她，低声说道："止言。"

我让楚小兔别乱说话。小虎则检查了一下旁边的座椅，将一直处于昏迷状态的蔡月娘给放了下来，随后身子伏低，将耳朵贴在了地板上倾听。

好一会儿之后，他站起来，朝着我打了一个"没人"的手势之后，又去了别的地方。来回搜了一圈，小虎回到了大厅里来，对我说道："没有布置，应该不会有人偷听。"

我点头，说："好，你觉得刚才那个大嬢嬢所说的话，有几成真假？"

小虎看我说："你指的是哪一方面？"

我说："都可以谈谈。"

小虎想了一会儿，然后说道："我先说我比较肯定的事情。首先'呆贵'在苗语里面的意思是女人、美女的意思，呆贵村，按照你们汉人的话说，应该叫作女人村。"

"女人村？"我琢磨了一下，问道，"你的意思，是……"

"我能够确定的事情是，这些老女人应该都是当年进山的落花洞女。传说中的事情果然是真的，在黑风沟里面，真的有一个专门接纳落花洞女的村落，也就是这儿。"

我有些惊讶，说："这些人都是落花洞女？但为什么她们看起来并不像月娘那样，傻乎乎的就好像是没有魂儿一样？"

小虎摇头，说："我不知道。这一点我也很奇怪，可有一件事更让我奇怪，你知道是什么吗？"

我摇了摇头，说："时间紧张，你别绕弯子，直接说。"

小虎低声说道："那个小九儿，我其实是认识的，应该说是有记忆。她是我们邻村王寨的，叫王翠华，在我还只有五岁的时候，作为落花洞女被送进了山里。"

"哦，这有什么奇怪的，你当时还小，她没认出你来，不是很正常吗？"

小虎摇头，一脸严肃地说道："我是想说，我差点儿认不出她来了。你知道她被送进山里的时候多大吗？"

我听到他这么说，联系前后，不由得一脸惊恐，说道："等等，七八年前的事情？"

小虎点头，说："当年的她，只有十七岁。"

小虎的一句话，让我们都不由得倒吸了一口凉气。

那个被叫"小九儿"的老婆婆，如果真的是小虎口中七八年前进山的王翠华，那事情就变得古怪了。

到底是什么事情，会让一个年纪满打满算也才二十五六岁的年轻女人，变成了六十多岁的老婆婆呢？

楚小兔难以置信地问道："是不是你当时的年纪太小，记错了？"

小虎指了指自己的脑袋，认真地说道："我三岁修行，五岁就能背诵爷爷教我的《毒蛊经》，那可有一万多字，我倒背如流，你觉得我会记错吗？"

我伸手拦住了楚小兔，说："你继续讲。"

小虎深吸了一口气，说道："无论是当年的王翠华，还是现在的蔡月娘，她们在进山的时候都是迷迷糊糊，像是失了魂一样。不同的是，现在的王翠华不再失魂，看样子十分清醒，唯一不对劲儿的，是她突然间老了数十年，直接从少年跨越到了老年。"

他深吸了一口气："这里面到底发生了什么，恐怕就涉及这个村子里最大的秘密了。"

我点头，说："对，这里有古怪，而且很不一般！你们看到没有，这村子里面的男人都很不正常。"

楚小兔也附和道："对，无论是你这朋友马一吞，还是田里面插秧的那几个男人，再就是见到那老太婆就跪倒在地的挑粪老头儿，都是一样的，很不正常。"

小虎说道："还有他们的名字，你们注意到了没有？阿大、吴阿三、杨老七，还有他们给你朋友取的名字……"

我的眼睛眯了起来，冷冷说道："马老九。既然是捡来的，为什么知道他姓马呢？"

楚小兔说："从她们的命名原则来看，这个村子里，应该只有九个男人。"

"对，不但如此，这九个男人都承担了最主要的劳务工作，什么脏活累活都是他们在干，如果是这样的话，那些女人都在干什么呢？"说到这里，我有些头疼。

如果说这些老太婆都是落花洞女的话，那么为什么在这儿的情形跟外界是反过来的呢？明明失魂落魄、精神有问题的落花洞女，个个都精神抖擞，七老八十了还健步如飞。而其余的男人，却都傻傻呆呆的，整日忙碌，却毫不疲惫。

这样的情形，真的是太古怪了。

小虎看着我，说："侯漠，月娘能不能得救，脱离落花洞女失魂落魄的状态，安全离开，就看我们是否能够发现这个村子的秘密了。你之前说了会帮我的，对吧？"

我坚定地点了点头，说："当然，君子一诺值千金。"

小虎有些激动，说："我不想月娘变得跟那帮老枯皮一样，又老又丑。你答应我，不管出现任何事情，你都不要让她变成那样，可以吗？"

我伸手过去，抓住了他一直都在颤抖的肩膀。

我知道，这个少年郎，不管他装得多么成熟世故，但内心之中终究还是个没有经历过事情的小孩子，我必须给他足够的信心。

所以我按住了他的肩膀，认真地说道："小虎，我答应你，只要我活着，我就会为了我的承诺而坚持。不光是她，我还得将我的朋友马一岙带出去，而且他不能是一个傻子，得回到原来的模样，这一点，我用我的人格跟你保证。"

听到我低沉的声音和坚定的眼神，小虎终于松了一口气，对我说道："刚才那个老太婆说什么丢魂了啊，三魂七魄的事儿，都是借口。"

我点头，说："我知道，所谓三魂七魄这事儿，太过于虚无缥缈，并无定论。"

小虎又说道："我们在这儿得万分小心。我刚才用我爷爷教的望气之法打量了这一帮人，每一个老太婆都是很厉害的修行高手，最厉害的是那个一直跟你说话的大嬢嬢，她的气息浓郁到几乎凝结成团。如果认真起来，我们三个没有一个人是她的对手。"

我看着他，认真问道："真的？"

小虎点头，说："千真万确，不但如此，那几个食铁兽也都是驯化了的，有一定的智商和人格，如果到时候让这些畜生出来，我们想逃走也很难。"

他的话不但让我心惊胆战，也让旁边的楚小兔脸色一阵发白。

她咬着樱桃小嘴，恶狠狠地瞪了我一眼，说道："咱们不是说去离别岛找黄大仙吗，怎么会跑到这个鬼地方来了？"

我苦笑，说："离别岛只有马一岙知道，所以我才会来这儿找他，谁会想到居然变成这样了？"

楚小兔下意识地看了一眼窗外的山景，然后说道："那我们现在跑，来不来得及？"

我没有说话，反倒是小虎回答："不行。你往里面跑，是死地坨弄寨子，且不管那老太婆说的鬼打墙到底是真是假，都绝对很危险。而如果想要离开，出了黑风沟也很难，毕竟我们来的时候是靠着月娘带路，一路风平浪静，但如果想要出去，恐怕就难了……"

他这般说完，我的脑海里顿时就跳出了一个词来。

龙潭虎穴。

事实上，除了小虎所说的这些之外，我还看出了许多不对劲儿的地方，我甚至怀疑这个所谓的呆贵村，其实就是当年的坨弄寨子。因为身处其间，我总感觉到一丝丝阴冷之气。这气息，并不像是丝竹之间的淡雅，而是死气。

当然，这也只是我的直觉，没有具体的证据来支撑。

几个人在这儿低声说着，突然间门口的走廊处传来了脚步声，我们赶忙闭上了嘴，回过头去，瞧见一个稍微年轻一点儿，不过也足有五六十岁的老妇人走了进来。

当她发现我们都看向她的时候，居然有些脸红，低下头去。她说道："大姐让我过来告诉你们一声，宴席准备得差不多了，你们跟我过去吧。"

我估算了一下时间，有些惊讶，说："这么快？"

老妇人说："不算快，很多东西都是现成的，吩咐一声立刻就可以开火做了。而且你们过去，可以先喝点儿茶。"

我有些犹豫，看了小虎一眼，他赶忙摇头，说："我不去了，太累。"

我见他往月娘的身边靠去，知道他放心不下月娘，怕我们走了之后，这些老妇人会将本身也是落花洞女的月娘给带走。

但如果我们带着月娘去赴宴，免不了又会被问起，难以自圆其说。

我想了一下，对那老妇人说道："我这小兄弟有些不太舒服，我跟你们一起去吧，回头我给他带点儿饭过来就行了。"

老妇人抬头看了一眼小虎，又赶忙低下头去，说道："好。"

她转身往外走，我跟在后面，冲小虎打了一个手势，楚小兔则跟着我过来。我知道这是一场鸿门宴，不愿意楚小兔跟着我，瞪了她一眼，示意她跟着小虎一起留下来。

然而楚小兔却伸手过来，将我的胳膊挽住，装作没看到，开心地说道："好啊，终于有吃的了，这一天下来，还真的很饿呢……"

我见她执意如此，有些无奈，只有跟着她一起走出了门。

过来叫人的老妇人有些害羞，只顾着低头走路。

我们走在后面，楚小兔故意拉得远一些，然后在我耳边低声说道："姥姥教过我一些识毒辨蛊的法子，我跟着你去，免得你在宴席上被人下了药，也变成你朋友那个呆子模样。要真是那样，我们都没救了。"

我这才没多说什么，只是朝着她认真地点了点头，低声说道："谢谢。"

楚小兔抬起头来，忍着笑说道："哼，瞧你这德性。"

那大嬢嬢的住处离客房不远，走了两三分钟，顺着石板路走到尽头就到了。

她这里要比其他的木楼都高大一些，足有三层，木板上刷着桐油清漆，看上去就非常豪华。

我们进了屋，发现这儿的构造与普通吊脚楼很不像，反而类似于古装电视剧里面的场景。典雅精致。

过了堂屋，来到左厢房的静室，发现这儿的摆设十分简单，正中间是木茶几、蒲团。不远处的角落有一个屏风，上面绘着的是一个三头六臂的古代战将，脑袋上似乎还有牛角。胯下则正是凶相毕露的大熊猫。

大嬢嬢在里面等待，待我和楚小兔落座之后，她给我们沏茶，一整套茶艺行云流水，让人看着十分舒服。

喝茶的时候，只是简单聊聊，没多一会儿，有人过来说一声："饭好了。"

大嬢嬢让人撤去了茶具，摆上碗筷和酒杯，然后挥了挥手，走进来一人，居然是马一呑。他是过来上菜的，端着盘子，目不斜视。

当他放下盘子时，大嬢嬢想起了什么，对他说道："你别忙乎了，这都是你的朋友，坐下来一起吃吧。"

马一呑憨笑着说道："我在厨房吃过了。吴阿三做的饭就是香，嘿嘿，嘿嘿……"

他放下金属圆盖罩着的盘子，转身离去。

大嬢嬢伸手放在那金属盖上，然后笑吟吟地说道："穷乡僻壤，没有什么好吃的，不过东西都挺有特色的，比如这一道——吱三吱，蘸着我们自酿的酱油，味道特别鲜美……"

光滑水亮的金属盖子揭开，那纯白色的瓷盘之上，整整齐齐地摆放着十来个粉嫩嫩的小玩意儿。

我盯着看，发现这居然是一窝刚刚生出来的小老鼠。

这些小老鼠每一只都比小指头的一半小，躺在盘子里，居然还活着——有的在睡觉，眼睛都没有睁开；有的则无意识地滚动着，让人感觉到毛骨悚然。

大孃孃却咧嘴笑道："吃这个东西，是有讲究的。"

她拍了拍手，有人进来，递上了三副尖端烧得通红的铁筷子，搁在我们跟前。

大孃孃亲自给我们示范，说："为什么叫'吱三吱'呢，这里面是有讲究的。用烧红的铁头筷子夹住活老鼠，它会'吱儿'地叫一声，这是第一吱儿；再来将它沾上特制酱油时，又会'吱儿'地叫一声，这是第二吱儿；当食用者把小老鼠放入口中，咬破之时，鼠发出最后一'吱儿'……这便是"吱三吱"。讲究的是一个鲜美生动，能够让食材在口齿之间，有最大的原味保留……"

她说完之后，就将那拼命挣扎的小老鼠放进了嘴里，猛然一咬。

那小老鼠果然发出了一声"吱儿"的声音。

大孃孃咀嚼着，有鲜血从她乌紫色的嘴唇之中流了下来，她伸出舌头，将血液舔了回去，然后闭上了眼睛。

她很享受地深深吸了一口气，叹道："啊，真美味……"

我瞧见她这模样，有点儿想要呕吐。

最让人接受不了的，是她吃完之后，睁开眼睛，招呼我们道："来啊，赶紧尝一尝，这些蜜唧要是睁开了眼睛就不好吃了，腥味就会重。"

我摇头说："算了，算了。"

楚小兔也是一脸苍白，不敢尝试。

大嬢嬢看我们都不愿意伸筷子，有些失望，说："唉，现在的年轻人啊，都没有勇于尝试的精神，你们真的得试一试，这个真的很好吃。"

见我们都不肯吃，大嬢嬢又拍了拍手掌。

马一吞又来上菜，这一次就没有停歇了，先后上了油炸蝗虫配花生米、油炸蜈蚣、凉拌折耳根、血水肉、炒腌鱼、酥炸竹虫配九香虫、小白菜酿肉，最后还上了一锅牛瘪汤。

除此之外，还配了看上去黄晶晶的泡酒。

酒里面有一些碎屑，天知道是泡了什么东西的组织物。

这里的每一道菜都很有特色，而且有点儿挑战我的想象力。

特别是那个牛瘪汤。这玩意儿据说是用牛胃反刍出来的草糊糊弄出来的，有一股粪便和青草混杂的味道，再加上带着血丝的牛肉，那叫一个嫩。

全部上来之后，我的筷子伸了半天，最终都没有落下来。

楚小兔帮我做了选择，她的筷子夹向了那凉拌折耳根和小白菜酿肉，那炒腌鱼的糊米，她也会吃一点儿。

我有样学样，楚小兔吃什么，我就吃什么。

瞧见我们这小心翼翼的模样，大嬢嬢咧嘴笑了，说："怎么？两位贵客，是不合胃口吗？"

我有些尴尬，不知道该怎么说，楚小兔则说道："我们两个都是吃素的，沾不得太多荤腥。"

大嬢嬢有些惊讶，说："啊？这样啊，不吃肉怎么有劲儿干活呢？"

我赶忙接茬，说："口味淡了，估计是改不过来了。"

一餐下来，菜没多吃，酒也没喝。

大嬢嬢十分失望，也没有在宴席上跟我们谈太多，也没有劝酒，吃过饭之后，她留下我们饮茶聊天。

我跟她说着话，脑海里却盘旋着她将那一整盘的小老鼠全部吞进肚子里的情形。

事实上，此时此刻，她的唇齿之间还都是鲜血。

这样的状况让我浑身都止不住地泛起鸡皮疙瘩，有一种想马上逃离的冲动。然而我却不敢。

因为我对面的这个老女人，按照小虎的说法，修为几乎都凝聚成气，化作实质。这样的家伙倘若是跟她公开翻脸，只怕我们都没有办法活着离开这里。

要是能维持表面上的平静，那该忍还是得忍。

我小心翼翼地应付着这个老太婆，她则跟我聊起了关于如何召回马一吞神魂的事情，说需要准备这样那样的东西。像什么招魂草、八步花、罗摩叶，这些都是必不可少的，而这些东西，在园子里是没办法种出来的。

这些药草，都生长在阴气最盛的地方。而这儿阴气最盛的地方，莫过于坨弄死地那里。那地方白天都阴气森森，一旦到了晚上，那就是黑风呼呼，到处都是鬼打墙，一辈子都要困在里面，化作一堆白骨。

所以想要去找寻这些药材，就得白天去，而且在下午三点多就得立刻离开，否则就极有可能会留在那里。

她那位擅长招魂的姐妹可能会在三天之内回来，但这两天，可以先把材料配起来。

听到她的话，我装作没多想的样子，说道："那我们明天就出发。"

大嬢嬢很满意，点头说道："嗯，如此最好。你们不太熟悉道路，我让小九儿给你们领路，到时候碰到什么认不出的药草，也可以问她。"

我表现得很感激的样子，连连点头，道谢。

又聊了一会儿，大嬢嬢打起了呵欠，我赶忙告辞。她也不留，只是吩咐我们明日早点起床，不要耽误白天的时间。

出了门，夜风一吹，我感觉有点儿头晕，下意识地看了一眼旁边的楚小兔。我害怕刚才的饮食里面被人下了蛊毒。

楚小兔却不动声色地摇了摇头，表示酒菜里面是没有动任何手脚的。

我有些憋尿，对带路的老婆子告了一声罪，问哪儿有厕所。

老婆子指着屋后，说那里有一个小茅房。

我千恩万谢，赶忙跑过去，发现这儿的茅房跟湘西许多乡下的茅厕差不多，跟这儿的建筑风格多少有一些不太搭。

我本来只是想解个小手，没想到进了茅厕，被那臭味一熏，就有了便意。这世上事有几样是憋不住的，我即便是夜行者也不行，当下也是宽衣解带，一番宣泄之后，突然间发现没有擦屁股的手纸。

这事儿可就尴尬了，我左右打量，发现茅厕里啥也没有，便忍不住出声喊了两声。

我想叫楚小兔，结果她们在前屋，根本没听到。

这让我有些绝望，正琢磨着怎么离开，突然间从门口的缝隙处，伸进来一只手。那手上，拿着一截粗糙的草纸。

我接过来，十分激动，说："谢谢，谢谢……对了，您是哪位？"

门外有人粗声粗气地说道："我是阿大，您是大嬢嬢最尊敬的客人，能够帮到您是我的荣幸。"

阿大？就是那个挑粪的老汉？

我脑子里一下子就将名字跟人的模样对上了，又赶忙说了一声感谢，结果那人已经离开。

我拿了手纸，很是感动，正想要解决如厕问题，却突然间发现草纸之上，似乎有字迹。这会儿已经天黑了，光线模糊，我看得不是很清楚。我不得不将草纸高高举起来，然后借着远处的微光打量。

随后，我认出了草纸里面的字。

正面："赶紧离开，赶紧离开。"

反面："救救我们，救救我们。"

这字迹歪歪扭扭，不过能够看得出来，是在很焦急的情况下写上去的。不但如此，大概是因为激动，还把纸都划破了一些。

我翻看了一下，发现没有遗漏之后赶忙擦干净屁股，将纸扔进了茅坑跑了出来。

我这一出来，就瞧见黑暗中站着一个老太婆，是那个引路人。

她的脸如同死人一般板着，双眼翻白。

我被她吓了一跳，有些心虚地说道："怎么了？"

那老太婆盯着我，好一会儿方才说道："我刚才，好像听到你在喊什么，就过来了。"

我赶忙摇头，说："没，没。"

领路的老太婆眯着眼睛，悠悠说道："真的没有？"

我想了一下，扬起手来，说道："哦，对，这儿哪里有水？刚才不小心，手上沾了……"

洗过手，我与楚小兔离开了大嬢嬢的住处，回到了接待客人的竹楼。

将人送到了门口之后，那老太婆这才朝着我们行礼告辞。

我之前说过，这个接引我们行路的老太婆，与人交际的时候有一些害羞，或者说不太适应，给我的感觉好像是小姑娘一样。

然而当她出现在茅厕之外时，我还是被她猛然吓了一跳。当时她脸上面无表情，那眼神的阴冷还是很符合她此刻的相貌和年纪的。

我有一种被毒蛇盯上的感觉。所以一路上我都在想一件事情，那就是阿大给我递草纸，到底有没有被这个女人看到？她如果看到了，会不会发现其中的蹊跷和端倪？

我回忆了一会儿，想着那纸上虽然有模糊字迹，但已经被我那般处理了，她们还能撬开茅厕，将粪坑里面的纸掏出来？不可能。

这般一想，我的心情稍安，随后又有一些激动。

对，是激动没错。

因为阿大的求援，让我知道了一件事情，那便是这里的男人，并非所有人都如同马一岙般傻乎乎的。已经有人不再受到落花洞女的控制，开始试图与外人联络了。这是一个好现象。

我们或许能够从阿大的口中，获知这个叫作呆贵的村子里，到底隐藏着什么样的大秘密。而这个秘密，不但涉及落花洞女，还涉及马一岙的苏醒和回归。

这个，对我们来说，实在是太重要了。

至于什么还魂草、八步花和什么罗摩叶的，还有极阴之地的鬼魂等等，用这种封建迷信拿来骗我，到底又是什么想法呢？

一席酒席，虽然吃得并不多，但我却接受了太多的信息，急需与人讨论。

我和楚小兔回到了竹楼，发现大厅无人。

赶忙大声喊道："小虎，小虎……"我害怕他们被落花洞女们各个击破，趁着我和楚小兔赴宴将小虎和月娘给端了去。好在几声过后，从侧西厢房传来了小虎的回应："在这里。"

原来他已经移到了房间里。我松了一口气，赶忙前往房间。一进去，瞧见月娘躺在了竹床之上，衣衫不整，而小虎的衣服也十分凌乱。

我有些心惊，忍不住说道："年轻人，你这是……"

小虎很尴尬，赶忙挥手，说："不，不是你们想象的那样子，我，我其实只是……"

楚小兔咯咯直笑，说："没事的，少年人火气壮，美人在前，扛不住了也是正常的。不过男女之事，讲究的是两情相悦，你情我愿，你将人家给绑在床上，霸王硬上弓，这就是你的不对了。"

她说到后面的时候，脸上不由得笼罩上了寒霜。

很显然，她对待男女之事很是开放。但对于强迫女性意志这种事情，还是很敏感的。

小虎瞧见事儿闹大了，赶忙解释道："真不是你们想象的那样子。刚才有一阵风铃声响起，月娘突然就醒了，大吵大闹。我怕被外人听到，就用布堵住了她的嘴，没想到她拼死反抗，把我的衣服都给撕扯了，又去脱自己的衣服，我也是刚刚制服她，狠心把她给绑起来打晕了，结果你们就进来了。"

听到他这番话，我没有再调侃，而是严肃地说道："你是说，她听到一阵风铃声就醒了？"

小虎瞧见我相信了他，松了口气，点头，说："对。"

"哪里传来的？"

小虎回忆了一下，指着村后的方向，说："那里。"

我顺着他的手指看去，皱着眉头想了一会儿，说道："那是坨弄死地。"

楚小兔也回过神来："那个地方有问题？"

我点头，说："秘密或许就来自那后山之处，包括落花洞女，以及让马哥他们陷入失忆状态的原因，都是在后山，他们所谓的坨弄死地。"

楚小兔看着我，说："你今天还答应了那老巫婆，说我们明天一早就去后山。"

我点头，苦笑着说道："不然怎么办？没有这缓兵之计，今天的鸿门宴，估计就直接上来把我们给拿下了。"

小虎有点儿听不懂，问到底怎么回事。

楚小兔将刚才酒席上发生的事情跟他讲起，小虎听完有些疑惑，说："既然她们有足够的力量拿下我们，为什么还不动手，偏偏要等到明天，让我们出发去后山呢？"

我其实已经想明白了，说："现在不动手，原因有两个，第一，她们想要万无一失，害怕出现意外；第二，她们想让我们也变成奴隶。"

楚小兔接着回答："而变成奴隶的秘密，就在后山。"

小虎问我："那我们该怎么办？"

我深吸了一口气，将遭遇到阿大求助的事情跟他们聊起。

听完之后，小虎有些兴奋，他说："如果是这样的话，谜团就能够解开了。看样子阿大应该是在这个鬼地方待了许久，所以才会逐渐摆脱控制，恢复神智，而他对这儿的了解应该也会很多，只要我们能够联系上他，一切的秘密都将全部解开。"

我点头："事不宜迟，就在今晚吧。"

小虎苦笑："你先往外面瞧一眼吧。"

啊？我愣了一下，低声说道："怎么了？"

"你来的时候可能没有发现，在我们入住这儿之后，竹楼外面的三处地方都有人在潜伏，监视着我们的一举一动，我们被人看着呢，根本出不去。"

我犹豫了一下，说："你确定是三处？"

小虎摇头，说："我观察到的是三处，没有观察到的，估计还有。"

听到这里，我整个人陷入了巨大的忧愁之中。明明只要往前一步，就能够解开谜团。我们却偏偏不能打破僵局。

因为一旦平衡打破，我们将面临的就是落花洞女们巨大的压力，而面对着这些家伙，我们完全没有胜算。

怎么办？

就在我们都一脸忧愁的时候，我旁边的楚小兔却突然说道："我来。"

"啊？"我看着她，"你来？这样的天罗地网，你怎么出去？"

楚小兔冲着我眨了眨眼睛，笑着说道："山人自有妙计。我怎么做，就用不着你操心了。"

应下任务，楚小兔对我们吩咐道："我走了之后，你们在这里耐心等待着，如果我被抓了，你们千万别去救，一定要想办法逃离这儿，去找厉害的外援来。不然就凭你们两个，根本不够塞人家的牙缝，知道吗？"

我们点头，说："好。"

楚小兔见我们应承之后，让我们装模作样各自回房，她也回了房间。

没多一会儿，我听到有很小的动静在隔壁房间里出现，那并不是一个人，反而如同狸猫一般，随后动静落到了地板之下，紧接着再无声音。

我一开始有些困惑，然后我突然想起了之前自己在鹏城遇见的那个黑猫少年。

一切豁然开朗。

楚小兔显露出了本相，凭借着化形的变化，脱离了监控。这是出人意料的，只不过，她能够瞒过外面的监视者吗？她能够找到阿大吗？

我忧心忡忡，在这样一个陌生的深山村寨里，面对着种种古怪之处，我感受到了巨大的压力。

而除了压力之外，我还感受到的，是自己的弱小。

如果我能够"金猴奋起千钧棒，玉宇澄清万里埃"，一身修为惊天动地，那么这些魑魅魍魉，对我来说又如何能够成为滞碍？

如此胡思乱想，时间滴答滴答过去，月亮偏移。

从一更天到四更天，外面毫无动静，整个隐藏在黑风沟深处的呆贵村如同鬼蜮一般。除了虫子的鸣唱和夜空中突如其来的几声猫头鹰叫声之外，再无其他。

楚小兔一直都没有回来。

我和小虎守在月娘躺着的房间里，两人焦急以对。

作为少年人，小虎的耐心并不强，等到天色快要亮的时候，他终于忍不住了，霍然站起，对我说道："爷爷说过一句话，是一个伟人说的，'不再沉默中爆发，就在沉默中死亡'。不能再等了，小兔姐姐肯定是出事了，我们走！"

我伸手拦住了他，坚定地说道："别自乱阵脚。"

小虎有些恼了，这样的对话这一夜不知道重复了多少次，他耐不住了，说道："你若害怕，留在这里便是，我自己出去……"

他话语刚落，外面走廊处传来了脚步声。

随后，门吱呀一声响起，满身露水的楚小兔摸了回来。我们都很激动，迎上前去询问，然而楚小兔却告诉我们，她摸了一晚上，好几次都差点儿被发现，但并没有找到阿大。

她跟我们讲述了这一晚上的经历，虽然走了个大概，但总感觉有人盯着，不敢乱动。她几乎在竹楼外面趴了大半宿。

没找到人，这就很让人郁闷。我们几个聊着对策，不知不觉天就亮了，那个叫小九儿的老太太找上门来，说昨天约好的，去采药。

我们不敢拒绝，跟着出了门。

小虎依旧背着月娘，一行人走出十几米，却瞧见一个从未见过的男人，挑着粪桶从小道走过。

那个挑粪工，不是阿大。

楚小兔寻了一夜阿大，我们也担心了一晚上，现在看见挑粪这人也不是阿大，顿时就着急了。

我忍不住心中的疑惑，走上前去直接问那男人："请问，阿大人呢？"

那人瞧见我，嘿嘿笑了，说："你找阿大啊？他出去了。"

我一愣，说："出哪儿去了？"

那人为难地说道："出去了就是出去了，我就一个砍柴烧火的伙计，哪里知道这些？别问我，别问我……"他挑着粪桶，朝着小巷子里走去。

我有点儿想要追去，然而感觉到小九看向我时的凌厉眼神，终究没有行动。我停下脚步，回过头来，问道："你知道吗？"

老太太咧嘴一笑，露出一口黑黄色的牙齿来，不经意地问道："怎么，你找他有什么事情吗？"

我摇头："没啥，就是想问问。"

老太太说："这个啊，问我我咋知道？我又不是管这个的，这个得找四姐，她才是专门管人的，我又不懂。"

我见她一脸无辜的表情，想了想，最终还是没有再多说话。

其实，我刚才追问那男人的时候，就有点儿耐不住性子了。事实已经摆在了眼前，阿大出事了。肯定是出事了。

我一言不发，继续往前走。瞧见村子的清晨，有阳光从头顶上斜斜照了下来，落在那泛着青色苔藓的青石板小道上，落在那旁枝斜出的梅花和吊脚楼前。

有一个佝偻的中年男人在扫街，他是那般的仔细，整个精神都落在了地上，甚至连我们的接近都恍然不觉。

他沉浸在了自己的世界里。

又或者，沉浸在了被人控制的古怪循环之中。

我的心有些难受。

前途是美景，是花钱去旅游都难以瞧见的美好景致。然而我总感觉前方有一头横卧山丘的野兽，正在张着血盆大口，口水垂涎，等待着我们的迈入。而到了那个时候，月娘和楚小兔将会变成面目可憎的老妪。

我和小虎则如同奴隶一样，在这儿浑浑噩噩地过着每日辛苦操劳，出尽苦力却最终都不明白自己到底在干些什么。

村子不大，没多时我们就出了村庄，沿着村子后面的一条小路往后山走去。

山势青葱，脚下是石板路，路两旁是高大茂密的竹林，竹干粗细相杂，有的粗如碗口，有的细如笔杆，但都伸展着细长的枝叶，挤挤攘攘，争相生长。

沟底密林，绿得像翡翠，整个山谷像铺着绿色的天鹅绒。

不远处有一条河流。不知道它与之前蛤蟆藏身的水流是否相连，那河水像流动的凝脂，湿润的空气也给人水晶似的感觉。

密林上空，密密层层，枝丫交错，阳光很难射到地上，难得漏下的一点儿阳光，就像色彩鲜艳的昆虫一样，仿佛是在苍苔和淡红色的枯萎的羊齿草上爬行。

景色很美，唯一不足的是，大清早的，又有阳光，却让人莫名感觉到阴冷。

我一边走，一边打量着周围的竹林，脑子里想着会不会有人突然从竹林之中蹿出，又或者用那强弓利箭朝着我们射来。我总感觉自己的后脊梁上面仿佛有毒蛇在爬动一般。鸡皮疙瘩从我的后背蔓延到了全身。

越往里走，光线越是稀疏，小九儿在最前面领路，一边走，一边跟我们一本正经地介绍着那些招魂草的外貌特征，以及它们长在哪儿的知识点。

我落在了后面，与小虎和楚小兔使着眼色。

如果按照落花洞女们给我们布置的步骤来看，只怕我们这会儿过去，就是妥妥的送死。我们不能这样，就只能中途发难，将主动权抓在自己的手中。

我身边的这两个都是机灵人。基本上我使一个眼色，就立刻明白我要表达的意思。

小虎开始故意磨蹭，留在后面，打量着周围的状况。

楚小兔也是一样，确定周围除了小九这么一个落花洞女之外，再无其他人。

大概是感觉到我们的脚步越来越慢，小九突然回过了头。她阴着脸，说道："你们怎么回事？"

我赶忙上前，笑着说道："对不住，对不住，年轻人很少锻炼，走不快，您体谅一下。"

小九盯着落在最后面的小虎，指着他背上的月娘说道："你们出来采药还带一个病号。他个子那么小，你去背吧，这样也能快一点儿……"

听她这么一说，我的心突然就是一阵急速跳动。

糟糕，糟糕！

昨天我们推说月娘是疲惫所致，结果到了今天她还处于昏迷状态，这事儿就说不过去了。

这帮落花洞女，肯定早就有所怀疑了。人家不是智障，不可能看不出来。那她们为什么没有揭穿我们？这事儿真的很值得探讨。

我尴尬地笑着说道："他们是一对小情侣，男女有别，我过去背着毕竟不太方便。"

小九眯眼打量了一下我，不冷不淡地说道："好，别耽误时辰就行了。"

她转身继续带路，这个时候楚小兔走了过来，朝我打了一个手势，表明这附近并没有人跟着。

小虎也快步赶了上来，向我表达了同样的意思。他走得很快，即便是背着月娘，也是健步如飞，一下子就超过了我，走向了小九。

我朝着楚小兔和小虎打手势，让他们先等等。

这里面一定有什么我们看不出来的地方，只是还没有觉察到。

然而小虎的性子有些急躁，还没有等我说完，他就走到了小九身边。他着急了，因为再往前走，只怕就到达了坨弄死地。到了那个时候，估计我们就真的走入圈套了。

没有人想成为奴隶，浑浑噩噩地被人驱使。

当小虎将背上的月娘放在了旁边草地上，然后摸出了腰间的镰刀时，我的心在那一瞬间剧烈跳动，刚刚想要阻拦，就瞧见小虎朝着那老太婆佝偻的背影陡然冲去。

他将镰刀高高扬起，猛然斩落而下。唰！

别看这孩子年纪不大，却是艺高人胆大。一旦行动起来，坚决果断，没有任何拖泥带水。

我在他身子一动的瞬间也朝着前方冲去。尽管我感觉到了不对劲儿，但既然已经行动了，就不能拖拖拉拉。我们得赶紧将人给拿住，盘问出我们想要知道的事情。

然而当我冲到了跟前的时候，却发现情况有点儿出乎我们的意料。

那个叫小九的老太太已经躺倒在了血泊之中。

她居然就这样毫无反抗地死去了？

小虎提着滴血的镰刀，一脸茫然地站在那儿，不知道到底该怎么办。

剧本不是这么写的。

不是应该那落花洞女跟我们大战几个回合，然后我们一起上前将她给擒住，从她口中逼问出呆贵村的秘密吗？

为什么会一点儿反抗都没有，就躺倒在了血泊之中呢？

我走到跟前，一把推开了小虎，然后跪倒在地，将手伸到了这个老太太的鼻子之间。

没有呼吸。

我又将手按在了对方的脖子上，感受脉搏的跳动。

没有脉搏。

死了。

我的心凉了半截，霍然起身，一把揪住了小虎，说："你干什么啊？"

事发之后，小虎整个人都有些蒙，嘴里念叨着"我杀人了，我杀人了"。等我一推他，突然抬起头来，有些激动地说道："是你让我杀的，是你。"

我苦笑着说道："我给你打手势，是让你先别动手，事情有蹊跷。"

小虎有些神经质地说道："不对，不对，你在我耳边说了，让我把她干掉，是你让我把她干掉的……"他翻来覆去地说着话，试图想要推卸责任。

啪……一声响亮的耳光声，打破了小虎的呢喃。

楚小兔推了小虎一把，认真说道："别慌，别慌，安下神来，你得冷静，深呼吸。她们都是坏人，是想要害我们的人，你杀了她是正当防卫，没事的，没事的。"

她走上前，将小虎抱在了怀里。

小虎惊恐无比的心被楚小兔安抚着，终于从极端的恐惧之中挣脱而出，深吸了两口冷空气，然后挣脱了楚小兔的怀抱。

他对我说道："我刚才挥刀的时候，她没反抗。"

我说我知道，看得清清楚楚。

小虎又说道："不是，以她的修为和反应，绝对能够挡得住的。我就是怕她反抗激烈，打草惊蛇，才下手这么重的。"

我说："我知道，你别慌，事情既然已经发生了，我们赶紧处理一下，把人往路边拖去，别让人发现了。"

小虎点头。他俯下身去，抱住小九干瘦的身子往路边拖，往灌木丛中走了几米，突然喊道："等等，月娘呢？"

啊？

我回过头来，四处打量，发现刚才被小虎放置在路边的蔡月娘，居然不翼而飞了。

到底怎么回事？

这是一件很惊悚的事情。

当我们所有人的注意力都放在了死去的小九老太身上时，就在我们相邻咫尺的地方，一个大活人不翼而飞了。

我一脸错愕，看向了旁边的楚小兔，说："你看到了吗？"

楚小兔也是完全搞不清楚状况，说："刚才我上来的时候，她还在旁边啊。"

瞧见这活生生的人突然不见了，小虎顿时就恼了。他原本就是冲着蔡月娘来的，现如今人不见了，他哪里能够淡然处之，将小九老太的尸体往旁边一扔，就跑到了跟前来。四处打量一番，然后蹲在了刚才的那地方看。

我问："怎么回事？"

小虎一脸焦急，说："没有拖动痕迹，也没有脚印，就算是谁能够快得让我们瞧不见人影，也不可能没有留下任何痕迹吧？"

楚小兔走到跟前，深深吸了一口气，说道："没有闻到其他人的味道。"

我说："你确定人是放在这儿的吗？"

小虎抬起头来，眼睛都红了，说："你觉得呢？我刚才放人的时候，你就在我后面，你难道没看见吗？"

楚小兔瞧见我们两个都快要吵起来了，赶忙过来劝："你们先别吵，都仔细回忆一下。"

我感觉到事情很不对劲儿，下意识地深吸了一口气，努力回忆。

事实上，这一路上，从我们出了村子开始，我就感觉到有很多不对劲儿的地方，仔细想一想，落花洞女们即便是发现了许多漏洞，却并不愿意去揭穿。最终的原因，就是想要将我们哄骗到坨弄死地去。

为什么呢？

那里必然是有蹊跷的。但说来说去，它到底是什么？与落花洞女们的关系是什么？为什么会使得马一乭完全不认得我？

千丝万缕，无数疑问，让我头疼得都差点儿要炸裂。

我努力提醒自己，让自己冷静下来。随后，我走向路边，试图搜一下那小九老太的身，看看有没有什么可以参照的东西。

然而当我走过去的时候，却意外地发现，小九老太的尸身居然也不翼而飞了。

"啊……"我忍不住叫出声来，"不对，不对……"

楚小兔和小虎都赶了过来，瞧见空空荡荡的草丛，都不由得倒吸了一口凉气。

片刻的沉默之后，楚小兔从怀里摸出了一根线香，用火柴点燃。当线香燃烧，白色的烟浮空而起的时候，我们发现，在那白烟的掩映之下，我们的周围居然有七彩光芒浮动着。

我下意识地避开那光芒，问道："这是怎么回事？"

楚小兔的俏脸黑了下来，一字一句地说道："难怪如此诡异，我们已经进到人家的迷魂阵里面了。"

迷魂阵？我和小虎都十分惊讶地看着她。

楚小兔则解释道："我的这截香，叫作定魂迷迭香，能够安宁心神，祛除幻觉。这些七彩光，应该是某种矿石发出来的，平时看不见，但是配上某些植物花粉和手段，能够制造出幻境来。这样的幻境，再加上周围环境的设置和陪衬，便是迷魂阵，它通过对于人体视觉的迷惑，将人的心神操控起来……"

我听得心惊胆战，说："你的意思是，我们已经进来了？"

楚小兔点头，说："对。"

我感觉到手足冰凉，说："那帮人说坨弄死地在翻过后山，还要往里走很远的地方，居然是想把我们的思维给固定住了。我们千防万防，结果还是落到了陷阱里来。"

小虎很急，问："那怎么办？他们到底把月娘弄到哪里去了？"

楚小兔拦着他，说："你先考虑一下自己的生死吧。"

小虎红着眼睛瞪她，说："月娘要是出了事，我就算是活着，又有什么意思呢？"

我在旁边看着，有点儿无语。这小破孩子才十三四岁的年纪，居然就已经变成个痴情种，真可怕。

我深呼吸，让自己静下心来，然后问楚小兔，现在应该怎么办？

楚小兔举着手中的线香，说："我这个定魂迷迭香，是用檀香、龙涎香和多种香料用秘法配制而成，最能够提神醒脑，如果能够在它燃完之前，咱们离开这个迷魂阵，就有逃离的希望。"

"事不宜迟，赶紧走。"

楚小兔点头，领头往回路走。走了两步后看到小虎没有挪步，我叫他："小虎，走啊？"

小虎眯着眼睛，冷冷说道："你们走吧，我要去找月娘。"

我见他没有想明白，一把拉住了他，说："你在这个鬼地方能做什么？只能被人玩儿死。我们离开不是逃跑，而是出了迷魂阵，再来找这帮家伙的麻烦。月娘现在是落花洞女，不会有生命危险，反而是你，再待下去，可能就变成被人操控的傀儡了。"

小虎听了我的话，犹豫了一下，才被我拉着走。

一行三人开始往回路退去，结果走了几步，小虎突然叫住了我们："不对，他们把空间倒置了，这不是回去的路。"

我打量周围，发现果然不对劲儿，看了楚小兔一眼。

她毫不犹豫地决断："往旁边撤。"

线香不多，时间有限，这幻境之中，道路都是铺陈设定好了的，如果按照别人规定的道路行进，很可能香灭了，我们都没办法走出去，所以只能不走寻常路。

三人离开道路，往坡下匆忙行走。

走了不到十米，突然间前方一阵闹腾，紧接着那树上、草里还有石头缝中，涌出了许多的长蛇。这些长蛇有黑的、红的、青的、黄的……五彩斑斓，长的快两米，短的几十厘米，有的单独一条盘踞于某处，有的彼此勾连，层层叠叠，密密麻麻。

放眼望去，这一片片，看得人头皮发麻。

小虎瞧见，笑着说道："蛇，一般来说不会这么密集，放心，是幻觉。"

他走上前去，刚刚走近一些，一条长蛇挺直蛇尾，陡然蹿出，如同利箭一般。小虎吓了一大跳，往后一跳，手中的镰刀猛然一挥，将那长蛇从中斩断。

那蛇断开，居然还没有立刻死去，而是两截扭动，不断挺立。

瞧见这状况，小虎方才倏然惊醒："是真的？"

楚小兔盯着手中线香，催促道："怎么办？快想想办法，再拖下去我的线香就没有了。"

小虎也很激动，开口说道："你自己看看，这一片花花绿绿，每一条蛇的毒性都很强烈，只要咬上一口，绝对走不出十步，硬闯的话我们都得死……"

两人焦急无比，这个时候，我站了出来。

我伸出了左手，在小虎的镰刀上面轻轻一划。

小虎瞧见，下意识地收起了镰刀，一脸惊讶地问我："你干什么？"

我没跟他多做解释，而是用右手食指在伤口处沾了血，随后抹在了楚小兔光洁的额头、手腕、胳膊和脚上面。

楚小兔对我的信任度颇高，任我布置，随后我同样对小虎做了一遍。

小虎有些惊讶，问我："你的血能驱蛇？"

我伸手从衣服上面撕下一块布条，将伤口处扎好，然后右手摸向了腰间，将软金索抽出，在半空中抖动了两下，有炸响发出。随后它变得笔直，又粗又硬。

手持软金索长棍，我走在了最前面，义无反顾地进入了蛇林之中。楚小兔紧紧跟随，小虎则有些犹豫，走在了最后面。

我走入林中，在这到处都是软绵长蛇的地方，心中多少也有一些忐忑，但我明白，在这个时候，我必须得站出来。不站出来，大家都得死。

所幸不管是我的鲜血，还是软金索长棍，对这些无足的冷血动物都是有震慑性效果的，所以这一路往前，它们虽然蠢蠢欲动，但都保持着足够的克制，并没有上前来。

没多一会儿，前方的林子少了这些长蛇，却又多出了几分薄雾来。

这回轮到楚小兔来领路了，我们继续往前走，其中又拐了几回弯。终于，走到一片草坪子处，听到潺潺流水声时，楚小兔将所剩不多的定魂迷迭香给掐灭了。

我看了她一眼，说："出来了吗？"

楚小兔指着前方，说："你看。"

我顺着她手指的方向望去，瞧见我们居然又回到了呆贵村。不过我们之前是从正前方的长路寻来，而此时此刻，我们却是从左侧的竹林之中出来了。

我长舒了一口气，感觉整个人都轻松许多，而就在这个时候，小虎突然激动地说道："月娘果然被她们给抓了。"

我放眼望去，瞧见在村子里面，一个青石板砌出来的平地上有几个人影。

其中一个正是消失不见的月娘。只是她并没有被抓，而是与那帮老妇人一起，谈笑风生，不知道在说些什么。

这是……

没有等我想明白，楚小兔推了我一把，说："你看。"

我顺着她的手指望去，瞧见在平地的另外一端，有一个旗杆一般的木头杆子。而杆子上面，高高挑着一具头颅。

阿大的头颅。

月娘没死，与人谈笑风生，仿佛她本来就属于这个诡异的落花洞女村落。

而阿大死了，头颅被高高挑起。

即便是相隔很远，我都能看得到他那双死不瞑目的眼睛，圆鼓鼓地瞪着，仿佛在向秋风倾诉着自己的不甘和绝望。

他不应该向我们求助的，因为我们并不是能力挽狂澜的人。

在这残局中，我们也只是奋力挣扎的小人物而已。

他为什么会暴露？

是因为被小九老太发现了，还是说有人真的能够忍住恶心，去将我扔进粪坑里面的手纸捞出来，一点儿一点儿地拼凑？

在看见那头颅的一刹那，我的心情十分复杂，酸甜苦辣，五味杂陈。

我内疚得心脏直颤。

随后我瞧见那一帮人散了，朝着远处的大嬢嬢屋子走了过去。

晒谷场的角落里站着两个男人。他们望着木杆子上高挑的头颅，看着那张苍白的脸嘿嘿地笑着，仿佛在谈论着什么可笑的事情。

两个人，一脸麻木。

这两人之中，其中一个，便是马一岙。

他的脸上带着一种让人愤恨的笑容，像个二傻子一样"嘿嘿嘿"，而当有一个干瘦的身影从他的面前经过时，他又赶紧将身子躬下去，恨不得有九十度的样子。

当我的目光转移到那个让马一岙惊恐不已的身影时，也有些震惊。

那人，居然是小九老太。

被小虎用镰刀直接劈死的小九老太，此时此刻，她居然还活着。

她穿着整整齐齐，双手拎着裙摆，嘴里嘟嘟囔囔，不知道在说些什么，然后朝着大嬢嬢的屋子方向走去。她很焦急。

看见这一幕，我们都傻了。

我看向了小虎，小虎也是无奈，说：“当时的情形你们也都看了，特别是你，你还检查了呼吸和心跳，那人分明就是死了，现如今又活过来，跟我有什么关系？”

楚小兔说道：“刚才身处迷魂幻阵之中，一切的景象都是不能作真的，都是幻象。”

我说：“其实事情到了现在，反而是最好的结果，没有人注意到我们了，这使得我们更有可能探寻到事情的真相，从而找出办法将大家都给救出来。”

小虎说：“怎么做？”

我说：“我们得想办法潜入那大嬢嬢的屋子里看一看，听一听，或许就会有什么发现。”

楚小兔很着急，说：“你简直是太想当然了，你看到没有，那个鬼地方不知道有多少人把守，万一被发现了，我们好不容易逃出来，估计又得折腾进去。”

我看着她，说：“这是唯一弄清楚事情真相的机会，不管怎么说，都要搏一搏。”

小虎同意我的说法，说：“行，我跟你去。”

我摇头说：“不行，刚才小兔有一句话说得对，这样的情况一旦被发现了，必将是万劫不复，所以人不能多，你不是会下蛊布阵吗？留在外面帮着弄点儿排场，一会儿负责接应我们。”

小虎不同意：“这怎么行，我……”

我没有跟他争辩，而是盯着他，一字一句地说道：“你要是想把月娘救回来，然后娶回家当老婆，就听我的。”

想必我当时的表情是很凶的，因为小虎被我这么一瞪，双眼之中都流露出了恐惧。

随后，他点了点头说："好，听你的。"

我搞定了小虎，而旁边的楚小兔立刻说道："我跟你去。"

我刚要回绝，楚小兔立刻说道："你先别忙着拒绝我。昨天晚上我出去寻找阿大，逛了大半晚上，对她们村子的犄角旮旯都无比熟悉，知道哪里有捷径，哪有有暗哨，哪里有危险，哪里没有人……这些信息，想必你是需要的吧？"

我看了她一眼，考虑了几秒钟之后，开口道："走吧。"

时间紧迫，事不宜迟，我们往前走，越过了竹林，悄无声息地摸了过去。这村子没有围墙和篱笆，我们从竹林来到了靠村边儿的房屋前，随后在小巷子里穿梭着。

楚小兔果然跟她刚才说的一样，对这村子的地形熟悉无比。

她带着我左穿右绕，没有遇到一个人，没过多时，我们就来到了大嬢嬢的屋子附近。她这儿周遭种着许多竹子，大部分是凤尾竹，还有一大片花圃，屋后有一片小山坡。

楚小兔从怀里摸出了一个檀木片来，指了指自己的嘴巴，让我含住："这个是能让你的呼吸减缓，调解心跳的玩意儿，你含上，一时半会儿不会被人发现。"

我点头，放在了嘴里，却莫名感觉到一分脂粉香味，甜甜的。

楚小兔也摸了一片自己含着，结果一放进嘴里，脸突然就红了起来。然后她使劲儿摇了摇头，像做了亏心事一样，小心翼翼地看了我一眼，又在我的身上拍了点儿白灰。之后她又摸出了一个香囊给我。

这玩意儿无色无味，却能够吸收人身体的味道，不至于被嗅觉敏感的人发现。

这小娘子师从横塘老妖，一整套的手段倒也着实让人佩服。

两人准备了一会儿，终于开始出发了，走的是后面的小山坡，绕了很大一个圈子。当我们从后山的竹林摸过来的时候，我瞧见那小九老太才刚刚走到这边来。

这老太的脚程可是够慢的。

我们从后面小山坡摸来，很快就走到了我昨晚上大号的茅厕，我发现茅厕被翻了个底儿朝天，粪便全部掏了出来，臭气熏天，有两个男人在旁边清理着。

其中一个，就是我早上瞧见的挑粪工。

两人仿佛完全没有任何嗅觉一般，乐呵呵地收拾着，又是抬水冲洗，又是打扫，甚至还拿手去捞……好在他们将全部精力都集中在了眼前的工作上面，让我们有机会潜入屋子边儿来。

这边的楼虽然华丽，但为了避免湿气，也是吊脚楼的建筑风格。而吊脚楼，顾名思义，下面会有一层完全中空的地方，视情况而不同，它这儿是离地半米。

我和楚小兔钻进了屋子底下的半米层位置，我感受了一下脚步的走向，确定人都集中在昨天招待我们的茶室那儿。

两人小心翼翼地挪着脚步，来到了茶室下方。

刚到这里，还没有徐徐喘口气，我就听到地板上面传来了大嬢嬢有些苍老的声音："小九，到底是怎么回事？人呢，那三个小鬼到底去哪儿了？"

也是刚刚到这儿的小九老太"扑通"一下跪倒，将那楼板都弄响了。

她紧张地说道："三个小东西应该是发现了，还没到风公子的领域就提前动手了，我要不是反应及时，用蜂蛹替身躲过了他们的攻击，只怕我是回不来了！呜呜，呜呜……"

她说着说着就哭了，结果我听到"啪"的一声，那大嬢嬢使劲儿拍了一下桌子。

她怒声吼道："你哭什么？人没送到，该哭的是我们。"

旁边有一个老妇人附和道："对啊，风公子怪罪下来，我们所有人都没有好果子吃。"

小九老太停止了抽噎，说："我真不知道啊，他们几个看着挺邪门的，我明明在周围布置了长蛇阵，绝对不可能突破的，他们不可能插翅而飞，一定还在那里。"

大嬢嬢问道："你昨天跟我说，感觉那个小屁孩儿有点儿像是溪廊村东苗蛊王的孙子，有没有可能是他带着人跑了？"

小九老太说："不会，就算那个小虎是东苗蛊王罗全牙的孙子，那罗全牙也不擅长驱蛇。"

几人疑惑说："到底怎么回事？"

这般犹豫了一会儿，大嬢嬢又问道："那个月娘，安排好了没有？"

有人回答："安排了，住在闺红阁，等猪妖跟风公子百年好合了，就立刻送去，不耽误。"

大嬢嬢又问："阿大醒了，脱离控制，其余几个也都有危险。老四，这个你得盯着，要是出了岔子，我唯你是问，知道吗？"

有一个苍老的声音赶忙说道："好，好，我现在就去查，挨个儿看。"

她说罢，踩着地板匆匆离去，而就在这时候，我听到了嗡嗡的声音，紧接着那大嬢嬢说道："风公子来了信息，听说又来了小新娘很高兴，让我们把洞房准备好，他今天要过来享用，让我们把婚礼办得热闹一些。"

有人问："今天吗？"

大嬢嬢回答："对，就今天。"

另外一人有些紧张地说道："这怎么来得及？什么都没有准备好，另外那三个小鬼还困在迷魂阵里，万一被撞到了，那可怎么办？"

大嬢嬢平静地说道："他已经知道了，并且派人来了。"

话音刚落，突然门外传来一声粗犷的声音："哎哟，我听说那三个小鬼跑了对吧？瞧瞧你们这帮婆娘，办个事情一点儿不爽利，还得我老赖过来帮忙。我可说好了啊，事情我接了，但有一个条件，就是那个长腿大胸前凸后翘的妞儿，得先给我玩儿三天！"

《红楼梦》中对于小辣椒凤姐儿的描述，叫作"先闻其声，后见其人"，那言语之间，就将人物的性格甚至容貌都勾勒了出来，而我半蹲在那吊脚楼下方的阴暗潮湿处，虽然瞧不见上面的情形，却依旧能够感觉得出这个男人的大概性格。

粗犷、奔放、无所顾忌。

作为除了我们这些新来者之外，呆贵村中唯一能够保持清醒的男人，他对大嬢嬢这一帮落花洞女，完全没有一点儿敬意。不但如此，他开口就提条件，而根据他的形容，那个大长腿大胸前凸后翘的女人，估计就是我身边的楚小兔。

我下意识地朝着旁边望去，却见楚小兔正好也望了过来。

她恶狠狠地剜了我一眼，显然是想要将那恶气撒在我的头上。

我没敢跟楚小兔交流，继续耐着性子听。

这位自称"老赖"的家伙先声夺人，那大嬢嬢仿佛从座位上站了起来，招呼他道："赖公子你来了？来，坐，坐，尝尝我这儿的茶叶不？今年的新茶，黄金茶，提神醒脑，非常不错……"

老赖不耐烦地说道："去去去，什么狗屁黄金茶，一堆树叶梗子，又苦又涩，难喝死了。你要真有心，就弄点山板栗炖小鸡仔、炸蚕蛹来吃——那个壮阳！"

大嬢嬢笑了，说："行，你想吃，晚上就给你做。"

老赖说道："我想跟你讲，那个大屁股女人，你别告诉山神老爷，让我先玩儿几天。你答应我了，我现在就去把人给逮回来，行不？"

大嬢嬢有些尴尬，笑着说道："这个，这个……我们都是风公子的女人，哪里敢瞒他？"

老赖说："那行，你们自己弄，我回我的清水溪睡觉去。"

他作势欲走，屋子里的女人都急了，那大嬢嬢赶紧去过去拉着人，妥协道："这样，这样，就当这件事情我不知道，可以吗？"

老赖说："当真？我也不要你们干什么，睁一只眼，闭一只眼，不就好了。"

他美滋滋地离开，当脚步声走远的时候，原本死一样宁静的茶室，突然有人冷冷地说道："这个赖大，敢对神不敬，还觊觎神的女人，简直是不要命了。"

大嬢嬢冷笑了一声，声音显得格外阴柔："他自以为修行多年，翅膀硬了，不怕风公子了。"

前面那女人愤愤不平地说道："左右不过是一守门的癞蛤蟆，他有什么可得意的？倘若不是有风公子罩着，他早就被人三刀六洞，死无葬身之地了，哼！"

大嬢嬢说道："他怎么作死，这个我们管不着，风公子自有定夺。"

啪、啪……

她说到这儿拍了拍手，说道："各位，注意了，那三个迷路的小鬼头，自有赖大去处理解决，而我们这帮女人需要做的，就是赶紧把今天的婚礼场面给张罗起来，保证风公子开心，不能让他扫兴，才是我们为之奉献一生的事业，知道吗？"

茶室里面的所有女人都大声喊道："是！"

这句话，倒是出自真心。

大嬢嬢吩咐说："都动起来，每个人都知道该做些什么吧？张灯结彩，布置新房，还有教新娘子今天夜里如何服侍风公子。对了，这件事情我亲自跟她说。我丑话可说在前头，谁要是给我掉链子，回头就把你扔进虫窟里面去，求生不得求死不能！"

一番敲打之后，众人都各自忙碌起来，脚步声凌乱，没过多时，大嬢嬢也离开了茶室。

原本热闹的茶室，一下子就变得安静许多。

我和楚小兔蹲在半米高的楼底之下，耐心地等待了很久。随后由楚小兔去探了一会儿路，趁着没人注意，两人又往村子外面溜去。

眼看着我们就要离开村子，突然间一个无人居住的屋子里探出了一个脑袋来。我余光瞥见，下意识地将手往腰间摸去。

就在我准备猛虎疾扑的时候，那人开口喊道："进这里来。"

我这才发现，那人居然是小虎。

他没有在村外，也同样摸进了村子里来。

我和楚小兔摸进了屋子里，这里面空空荡荡，一股灰尘味道，应该是很久都没有人居住了。

我一进屋，小虎就劈头盖脸地问道："怎么这么久才回来？"

我有点儿不高兴了，说："不是让你在村外面等着吗，为什么还要进来？万一被人抓到了，那可怎么办？"

小虎被我训了，却没有之前的桀骜，低头说道："你让我作的布置，我弄得差不多了，瞧见你们还没有来，就摸进来了。她们这儿好像是有什么事，张灯结彩的，四处忙碌，反倒是放松了警惕……"

我没将刚才在楼底下听到的一切，告知于他。

听完我的讲述，小虎有些不敢相信地说道："你是说，我们进沟里来时遇到的那头大蛤蟆，居然是个妖怪，现在显化人形来了？"

我纠正道："不是妖怪，是夜行者，他是个能够化形的夜行者。"

楚小兔在旁边说道："这样说来，那个所谓的山神老爷，也就是风公子，应该也是一个夜行者，而且还是一个活了不知道多少年的妖王。"

小虎有些不太懂："妖王？什么是妖王？"

楚小兔看着我们，说："你们不懂？"

我也问道："我半路出家，不太懂这里面的说法，你来说说看。"

楚小兔叹了一口气，说："其实吧，这个也是人类最先提出来的。一般来讲，刚刚基因觉醒，获得了超出寻常人力量和速度，并且懂得行气小手段的夜行者，被称之为'生妖'，又叫作'小妖'；已然成型，稳定下来，并且能够有修行手段的寻常夜行者，被称之为'平妖'，或者'信妖'；而对于那些声名远播，名头大盛，又或者从山川野泽之中走出来的厉害角色，便称之为'大妖'；再往上……"

我眉头一跳，说："那便是'妖王'？"

楚小兔点头，说："那些站在金字塔顶端的，声震八方的领袖人物，方才能够称之为'妖王'；而最后一种，比'妖王'还要厉害无数倍的，则是'洪荒大妖''远古大妖'，不过这种，都是活在传说之中的了。"

听到楚小兔这般说，再结合我之前从马一岙那边听来的信息，我对于整个夜行者实力板块，终于有了一个清晰的了解。

此时此刻的我，算起来，居然还是最低级的'生妖'。

我问道："这种系统的评定，有什么讲究或者来历吗？"

楚小兔说："最开始其实是没有的，江湖讲究的是名声，而不是科举、职称一样的东西。不过后来在清朝中叶时期，有一个人类联盟，根据对抗夜行者的难度，划分出了这么五个分明的等级，之后就一下子就流行起来了。"

我眼皮跳了一下，说："你说的这个是游侠联盟？"

楚小兔点头，说："对，就叫这个名字。刚开始听到这个名字的时候，我都笑了，好奇怪的名字。不过后来姥姥告诉我，在七八十年前，这个组织风起云涌，横行一时，不知道有多少夜行者听了闻风丧胆，吓得瑟瑟发抖呢。"

小虎这时插嘴说道："我家的祖上，也是游侠联盟的。"

我不想多扯什么，问道："你觉得，那个幕后黑手，也就是那个风公子，有妖王级别的实力吗？"

　　瞧见我这般认真，楚小兔犹豫了一下，然后对我说道："不知道，从这家伙的猥琐程度上来看，或许并没有，估计也就比大妖强一些，不然外界不可能没有听说过他的名声。"

　　小虎一脸执着，说："不管它是什么大妖，还是妖王，它敢打月娘的主意，我就跟它拼命。"

　　我深吸了一口气，然后揉了揉发涩的太阳穴。好一会儿，我睁开了眼睛，说道："所谓的难度等级划分，对我们来说只是一个提醒而已。事实上，夜行者也是人，也有缺点，也有短处。我就曾经遇到过一头洪荒大妖，但那又怎么样，我还不是活着在你们面前，活蹦乱跳的吗？"

　　啊？

　　两人听到，都是一脸惊诧，楚小兔盯着我，说："你不是在开玩笑吧？"

　　我平静地看着她，说道："你可曾听说过霸下？"

　　楚小兔点头："听过，龙之第六子。"

　　我伸出了右手，掌心处的绿光有如活过来一般，泛着灵动的光芒。

　　楚小兔瞧见了，咽了咽口水，对我说道："算你厉害。"

　　我故意装了一回，是为了给大家对抗敌人的信心。而落到实处，我却看向了小虎。

　　我看着这个少年，问道："你的祖上既然是游侠联盟的，那有没有什么降妖除魔的蛊毒和手段能拿出来？"

　　小虎低着头，犹豫了好一会儿，方才抬头看着我，说道："有，还真有一个。"

　　说罢，他张开了嘴巴。

　　这少年郎的舌头一翻，从舌苔之下，爬出来一条黑红色的小爬虫来。

　　那条细小的虫子有点儿像是蜈蚣，身体由许多体节组成，表皮有甲壳，黝黑发红、发亮，但是没有蜈蚣那明显的步足。

　　从某种程度来说，它更像是马陆或者蚯蚓，不过很小，给人的感觉就好像是一条细线似的。如果不是仔细看，说句实话，我是完全看不出来的。

　　但小虎当着我们的面，将其吐出来的时候，场面完全不同。我和楚小兔的目光，一下子就被那条细小的蛊虫给吸引住了。

我能感受到那玩意儿纤细得近乎"无"的身体之中，蕴含着巨大的威胁。

这蛊虫在小虎的嘴唇之中缓缓蠕动着，随后爬到了小虎伸过来的右手掌心处。

小虎往前伸，楚小兔想要凑上前去，却被他叫住了："别过来，这东西除了我之外，对所有人都怀着敌意，你只要靠近它的安全范围之内，它就会立刻发动攻击。它的毒很烈，解起来无比麻烦，我身上只有两颗药丸，而且只能治标，不能治本。"

楚小兔听完下意识地往后退开，我则问道："这东西，能够对付风公子吗？"

小虎眯着眼睛，颇为得意地说道："我爷爷外号'东苗蛊王'，可不是白叫的。这玩意叫长线蛇虺蛊，为了炼制它，我爷爷跟湘西蛇王鲁庙福合作，连续找寻了湘西黔东的十五片山头，穷搜地穴，抓到了九大蛇系，七十二条罕见至极的毒蛇，甚至还托人去澳洲私运了二十七条至毒之蛇来，花了五年时间，结合我的生辰八字秘法炼制出此物。"

我有些震撼，说："你爷爷不是不擅长驱蛇之术吗？"

小虎一愣，有些戒备地说道："你怎么知道的？"

我指着呆贵村，说："那帮女人说的。"

小虎这才收敛情绪，说道："正是因为如此，我爷爷方才会反其道行之，联手湘西蛇王，将所有的希望都倾注在了我的身上。蛊分三种，其一为药蛊，其实就是一种生物毒药；其二为活蛊，其实就是变异的毒虫；其三则是灵蛊。而这灵蛊乃传说之物，万中无一，你们知道为什么吗？"

我摇头，说："对你们这个没啥研究，蛊虫的话，我只知道一个'启明蛊'。"

小虎张了张嘴，最终还是没细讲，而是说道："不说这么多了，总之一点，只要给我足够的机会，让我的长线蛇虺蛊咬中那家伙，我就能让他求生不得、求死不能，最终跪下服软。"

我看着他手掌上那不停蠕动的细线，有些心惊。

小虎突然抬头，对我说道："对了，这东西是我压箱底的手段，你们千万别跟人说，知道不？"

楚小兔被我和小虎的举动震撼，鼓足了勇气，脸上终于露出了笑容来，说："好！既然如此，今天晚上，我们就放手一搏吧。"

小虎问我："你有什么计划？"

我深吸了一口气，说道："今天晚上，那个家伙会过来，宴席上有机会，但我们未必能插得了手，而且人多眼杂，很容易被发现，反倒是月娘栖身的闺红阁这边有可能。"

小虎冷着脸，说："月娘整个人都被那畜生迷得团团转，未必肯帮我们。"

"不用她帮，我们只要能将那家伙制住，后面的事情就简单了。我的想法是，你能不能将你的长线蛇虺蛊布置在门口的地方，能够让那家伙在没有防范的时候中招？"

小虎有些担心，说："可以是可以，但我如果离开这小东西一定的距离，它未必会受我的控制，到时候胡乱伤人，害了月娘怎么办？"

我问："多远距离？"

小虎斟酌了一下，然后说道："最远十米，不，八米，八米我比较有把握。"

我沉思了一会儿，说："如果是这样，你就要在傍晚的时候，潜到那闺红阁的楼下去藏着。去早了，容易跟那帮布置新房的人撞到；去晚了，恐怕就来不及了。所以时间上，我们得好好把握住。"

小虎点头，说："对。"

我继续说道："你下毒放蛊的时机一定要把握住，如果失败了，立刻撤离，我和楚小兔在这边掩护你；如果成功了，你也得及时撤离，因为那家伙在没有弄明白状况的情况下，一恼怒，很有可能就会杀你泄愤。"

小虎说："成功之后呢，该怎么办？"

我说："你保证好自己的安全就行。成功之后，由我出面跟那家伙谈判，让他将落在月娘身上的手段和我兄弟马一岙的控制都解开，然后护送我们离开黑风沟。"

小虎有些不甘心，说："就这样放过那家伙了？"

"你想弄死他？可以。但弄死他之后，你能救出月娘和我的朋友，然后带着大家逃离这个鬼地方吗？"

小虎小心问道："那如果离开这里了呢？那时候可以了吧？"

我沉思了一会儿，说道："那家伙能有今天的成就，绝对是不知道熬了多少岁月的老东西，这种老狐狸的门道和手段挺多的，我们得好好想想……"

三人谈妥之后，各自找地方歇息，轮流放哨，思考着今天晚上需要注意的种种事项。

小虎是个孩子，虽然有着超出年龄的冷静和能力，但终究还是有些稚嫩。楚小兔虽然行走江湖，但终究还是个女孩儿，不能让女孩儿承受这么大压力。

所以在这个时候，我必须站出来，成为大家的主心骨。

这样一来，我就变得很累。但我也知道，这些都是我应该承担的。如果我遇事逃避的话，所面临的结局，最终可能就是基因崩溃、血脉乱流而惨死。

我得搏命。

一下午的时间我都在思索，不知不觉就到了晚上。

这一天，村子里的人都在忙碌，男人们不下田了，都在清扫街巷，打理路边的凤尾竹和花坛，有的人张罗着给几处主要的建筑张灯结彩，还有人张罗宴席。

男人们不够用了，女人们也挽起了袖子。别看这帮女人一个个年老色衰，但体力都挺强，毕竟落花洞女个个都是修行者，上蹿下跳的，忙得不亦乐乎。

等到了傍晚时分，处于黑风沟深处的呆贵村早已昏暗无比，那大红灯笼高高挂起，将场间照得透亮。

有人不知道从哪儿弄来了一大蓬的萤火虫，在村子的主要场所放开。一时间到处都是那萤火虫忽闪忽闪的光芒，宛如梦幻仙境一般。

有芦笙吹起，呜呜作响，又有山歌响起，热闹非凡。

大嬢嬢带着几个老婆姨从闺红阁中走了出来，一边走一边说笑着。月娘穿着大红嫁衣，顶着一红盖头出门送客，被大嬢嬢劝了回去。

我们此时，已经潜伏在了附近，虽然隔得较远，但还是能够听到大嬢嬢欢快的声音："你回去吧，今天晚上好好伺候郎君。"

月娘甜甜地说道："好呢。"

虽然隔着盖头，但我似乎能感受到盖头下面那布满霞云的娇羞脸庞，有多激动。

每一个落花洞女，最幸福的事情莫过于被"神"临幸了。这是她人生中的一件大事。也是唯一的大事。

月娘回到屋子里待着。大嬢嬢则领着身边几人，走向了自己的大屋。

大屋前面的坪子早已是张灯结彩，摆着六张宽大的八仙桌，上面摆着冷盘凉菜，另外在后厨那儿有浓烈的香味传出来，飘散很远，连我们这儿都能嗅得到。

马一岙这家伙十分积极，在席间穿梭着，不断张罗，摆碗摆筷，仿佛自己就是那个新郎官一样。

天色越发黯淡，小虎已经匍匐在地，顺着黑暗的角落摸到了那边的闺红阁去。

我看他小心翼翼地爬动，心都快要蹦出来了。万一被发现，事情就麻烦了。

不过好在小虎十分谨慎小心，虽然速度很慢，但最终平安钻到了那边楼下，将自己藏在了黑暗之中。

我和小兔换了地方，靠近会场方向，走到一半时，就瞧见有一个人大摇大摆地走了过来。我们赶忙缩到了角落的阴影处。

我嘴里含着那满是脂粉香的檀木片，尽量用余光打量过去。

来人是个男的，长得五短身材，估计才一米六不到，横向也有一米六，脑袋大脖子粗。

他走到边缘处，就开口大骂道："老乞婆，老子找了一天，鬼影子都没有看着，你们是不是哄我呢？"

这人一开腔，我立刻知道了，他就是那个癞蛤蟆的夜行者，赖大。

大嬢嬢瞧见他怒气冲冲地过来，赶忙迎上去，说："怎么了，怎么了？我的祖宗啊，山神老爷马上就要来了，您可别给我出什么幺蛾子！"

赖大骂道："你个老乞婆，我把整个迷阵都搜了一遍，地洞都钻了三回，愣是没找到人，你是不是诓我呢？"

大嬢嬢一脸诧异，说："您是说，您没找到人？"

"对，没找到，你……"

他还想再说，突然间天空中，传来一阵嗡嗡的声响，紧接着一大片的黑云浮现。黑云密布，遮蔽天空，又有七彩光芒，穿透黑云落到了整个村子的上空。紧接着鸿音缥缈，仙乐阵阵，异香迭起，将整个村庄化作了人间仙境。

他，来了。

在那一瞬间，整个昏暗的村庄光芒大放。

七彩光芒，赤、橙、黄、绿、青、蓝、紫，笼罩而下，落在了场间每一个人的脸上。

原本脸色阴郁的落花洞女们，这些看上去七老八十的老太太们顿时就疯狂起来。她们"扑通"一声直接跪倒在地，高举双手，激动地大声呼喊道："郎君，郎君，我的爱人……"

就连那看上去如同枯树皮一般阴沉的大嬢嬢也放开了赖大，冲着光芒落下来的地方冲去，大声喊道："郎君，你来了！"

疯了。

我瞧见这些落花洞女状若疯狂的表现，忍不住嗤之以鼻。

不过就是一个夜行者而已，披着个"山神"的帽子，弄点儿戏弄人心的招数，你们居然就变成这个样子了。自己什么样，心里没点儿数吗？你们为什么会变成这个样子，难道现在都还没弄明白？

我心中冷笑着，却发现那一阵黑云消散，一个穿着白色长袍的身影，从半空中缓缓落下。那状态，仿佛谪仙落下凡尘一般。

无论是气度，还是风姿，即便是没有露面，都让人为之震撼。

果然……

我心头有些惊讶，只见不远处站立在场的赖大看见那人落地之后，也不情不愿地半跪在了地上。

积威甚重。

这个赖大表面上看起来粗犷放荡，桀骜不驯，然而当这位风公子山神老爷从天空之上徐徐落下之时，他终究还是将自己心头所有的孤傲收敛了起来。

他半跪在地上，低着头，表示臣服。从这一点上来看，那个风公子还真的是让人畏惧，不管多厉害的人，终究是不敢招惹他。

他，到底什么模样？

那人一落地，我心里就生出了一种强烈的好奇心，想要打量清楚，然而从我这边看过去，只能看到侧面。但也仅仅只是这么一点儿侧面，我就能够感觉得出来，这应该是我有限的人生里面见过的最帅的男人。

他简直就像是少女美梦之中走出来的男子，有着一种近乎完美的形象。

从我的角度望去，他那光洁白皙的脸庞，透着棱角分明的冷峻；浓密的眉毛叛逆地稍稍向上扬起，长而微卷的睫毛下，幽暗深邃的冰眸子显得狂野不拘，邪魅性感。英挺的鼻梁，像玫瑰花瓣一样粉嫩的嘴唇，立体的五官刀刻般俊美，整个人发出一种威震天下的王者之气，邪恶而俊美的脸上，似乎噙着一抹放荡不拘的微笑……

我的天！

这样的人物，再配上"风公子"的名号，怎么都不觉得有多突兀。

我下意识地扭头，瞧见身旁的楚小兔双眼迷离，里面仿佛有小星星冒出来，小脸儿如同蒙上了红布一样，呼吸急促，身子忍不住地前倾。

她想要靠近那个散发着迷人气息的男人，哪怕是一点点。

我赶忙拽住她，将她往后拉。

楚小兔下意识地想要反抗，我赶忙附在她的耳边，低声说道："犯什么花痴？这人就跟吸血鬼一样，你也想变得七老八十吗？"

楚小兔伸出粉嫩的舌头，舔了舔红唇，呢喃说道："牡丹花下死，做鬼也风流……"

这话听得我忍不住翻起了白眼。好在她也就这么一说，此刻已经从花痴的状态中挣脱了出来。

我摸了摸她的脑袋，然后将身子伏低下来。

那白衣男子落地之后，环顾一周，然后看向了激动得难以自持的大嬢嬢，满脸柔情地说道："爱妃，好久不见了。"

那在我眼中心机深沉的大嬢嬢，如同小女孩儿一般扑了过去。

她不敢去抱住心中的神，甚至都不敢用自己的身子玷污对方，而是趴在了白衣男子的脚下，用额头去触碰对方的皂色布鞋。

她激动地直颤抖："秀秀，秀秀想您，日日想，夜夜想，想得辗转反侧，难以入眠……"

白衣男子伸出修长灵动的手指，抚摸着大嬢嬢的满头白发，说："嗯，我知道的，知道的。"

其余十来个老妇人都如同犬类一般，趴在白衣男子的跟前，倾诉着心中的思念。

男子十分温柔地跟每一个人聊着，笑容恬淡如水。他记得这里每一个人的名字，甚至还调笑一二，让那女人激动得都快要疯过去。如果这些老妇人都变成美少女的话，画面还是相当温馨的。但是换作一帮满脸皱纹、老眼昏花、满头白发的老太时，那场面真的是相当违和，让人觉得着实太古怪了。

女人们都疯了，而男人们则都如同木桩一般蠢立着，面目僵直。

马一杳在坪子的边缘处，头低着，看不到脸。

唯独只有一人，胆敢抬头看着那白衣男子，那便是赖大。

从我的这个角度来看，虽然觉得那白衣男子的笑容如沐春风，但不知道是不是心理作用，莫名觉得一阵虚假。他的眉目之间，其实有着难以掩饰的不耐烦。

事实上，任谁需要面对着这么一帮老婆子，还得当情人一样对待，估计心里都不太高兴吧。

但他却演得很好。这演技，就算不是奥斯卡级别的，至少也能拿金鸡百花奖吧？

应付完了一大帮的女人之后，白衣男子终于抽出点儿空来，看向了旁边的赖大，然后平静地问道："赖将军，事情处理好了吗？"

赖大原本挺有性格的一人，此刻居然慌忙抱拳拱手，说："属下该死，花了大半天时间，还没找到人。"

"嗯？"

白衣男子的眉头一掀，冷意一下子就浮现出来，随后他平静地盯着赖大，眼神清冷，像初冬的雪水。好一会儿之后，方才缓缓说道："既如此，还不快去找？"

赖大不敢有任何解释，赶忙起身，说："是。"

说罢，他转身欲走，然而那白衣男子却淡淡说道："且慢。"

赖大转过身来，却听到白衣男子的声音如同寒冬进入了初春一般，温软了许多："跟你开玩笑的。要找人，明日去便可。今天是我的大喜之日，你留在这儿，喝杯喜酒再走也不迟。"

赖大听完，紧绷的身子终于放松了不少。不过他不敢继续停留，躬身说道："我辜负了山神老爷的嘱托，我该死，今天不找到人，我就不回来了。"

白衣男子听了，脸色越发温和。

他平静地说道："难得你有这份心思，那好吧，秀秀……"

他挥手，那大嬢嬢赶忙上前来，恭敬地问道："郎君，怎么了？"

白衣男子扬手说道："去拿壶酒和两个杯子来，我跟赖大喝一杯，让他也沾沾喜气。"

大嬢嬢听了，赶忙跑到最近的八仙桌上，拿了酒和杯子递给两人，如同最温柔的少女一般，给两人斟满。

白衣男子举杯，温言说道："故人南台旧，一别如弦矢。今朝会荆峦，斗酒相宴喜。为余出新什，笑抃随伸纸。晔若观五色，欢然臻四美。赖将军，你为我镇守山门，奔波忙碌，挡住俗人，劳苦功高。没有你，便没有坨弄的悠闲，这杯酒，我敬你。"

赖大赶忙举杯，小心翼翼地用杯口碰了一下白衣男子的杯身，然后激动地说道："您客气，您客气。"

他斟酌了一下词语，又说道："我是个粗人，不会说话，老爷，我对您是忠心耿耿，您指东我不敢往西，您让我打狗我不敢撵鸡，有什么事，您吩咐一声就是了。"

说罢，他一口饮尽。

白衣男子那如同少年人一般满是胶原蛋白的脸蛋微微舒展，笑着说道："好，好，赖将军是个实诚人，我没看错。"

他仅仅用嘴唇沾了沾酒杯，便将杯子拿开。

赖大不敢再作停留，再次躬身之后转身离开。

白衣男子笑吟吟地看着赖大离去，然后回过头来，问大嬢嬢："秀秀，新娘子呢？"

大嬢嬢脸上浮现出几分嫉妒之色，随即收敛，指着闺红阁说道："在那儿呢，是个美人，年纪小，身子嫩，知道今天是好日子，兴奋得坐不住，好几次都想去找您了……"

"哈哈哈……"

白衣男子得意地笑了起来，随即说道："情花蜂向来挑剔无比，它们布花粉的对象必然是精选而出的。我对我的孩子们，向来都是信任的。"

大嬢嬢问道："您需要现在过去吗？"

白衣男子洒脱说道："良辰美景奈何天，便赏心乐事谁家院。大喜之日，若不饮酒，少了几分雅致，来来来，我们先饮酒，等月上眉梢，再将美人抱于窗前，月光如水，美人如玉，少女娇羞，峰峦叠嶂，方才是最妙的时刻……"

大嬢嬢涎着脸，说："是，是的哟。"

一众老太婆陪着白衣男子，在主桌前坐下。旁边的男子有的吹着芦笙，有人添酒添菜，倒也十分热闹。

如此折腾了一个多小时，不知道怎么回事，那黑云"嗡"地散去，却是无数蜜蜂离散，随后白衣男子看着头顶洒落的白月光，大笑道："碧玉当年未破瓜，学成歌舞入侯家，今时今日，良辰美景，正好……"

他大步朝着斜对面的闺红阁走去。

眼看着他走上了木台阶，伸手摸向门环时，我的心脏几乎停止了跳动。

而仿佛有所感应一般，白衣男子的手伸到了一半时，也停住了。

第二十九章

螳螂捕蝉，黄雀在后

一步天堂，一步死亡。

当时的情况有多揪心，我实在难以描述，只感觉在那一瞬间，我整个人都有些僵住了。

我全部的注意力都看向了那边。因为我知道，只有那个白衣男子的手搭上门，甭管他此时此刻有多么的威风凛凛、英姿勃发，都得跪倒在长线蛇虺蛊的剧毒之下。

然而白衣男子仿佛有所感触一般，手伸到了一半时却停下了，这事儿就让人有些着急了。

为什么呢？

他是发现了什么才这样的吗？

我下意识地朝着闺红阁的下方望去，却并没有瞧见小虎的任何踪迹，此时此刻的他将自己藏匿得十分隐秘，完全没有任何迹象露出来。

那么，这白衣男子是怎么感觉出来的呢？

时间在那一刹那仿佛定格了一般，又过了几秒钟，白衣男子突然往后退，回到了木楼梯的门口来，冲着这边喊道："秀秀，秀秀！"

大孃孃一行人都簇拥在宴席坪子这边，望着心爱的男人去临幸别的女人，那种感觉真的是糟糕透了。她们的心中，想必也是醋意大发吧？

而当白衣男子喊出声来的时候，这个原本满脸阴郁的老妪立刻笑容满面，迎上前去，问道："郎君有何吩咐？"

她心花怒放，然而白衣男子却是一脸冰霜，冷冷问道："你是对我有什么不满吗？"

老妪被这么一问，如遭雷轰，惊慌说道："这是什么意思？"

白衣男子平静地说道："若不是对我有所不满，又何必在房中暗藏杀机？你知道我是谁吗？我可是山神，你们的一举一动，都在我的眼中看着呢……"

老妪惊惶不已，浑身颤抖。

她激动地表白道："我的天啊，郎君你怎么能这么想我？秀秀入山已有十八载，没日没夜地都将心中所有的爱恋放在郎君的身上，不敢有半分亵渎和怠慢，如何会害你？"

她悲痛欲绝，而这个时候，闺红阁中也传来了急促的脚步声。

紧接着，那扇描着红喜帖的门，被人从里面推了开来。

这是蔡月娘。

她等不及了，听到外面的动静便主动出来解释。

当门打开的一刹那，却听到月娘一声惨叫，紧接着摔倒在地上，大红色的盖头落了地上，露出她那滑如凝脂、白若牛乳的脸庞来。上面霞云密布，是一个等待夫君宠幸的新娘子。

而此刻，一团黑色雾气，将她整个人都给包裹起来。

轰！

白衣男子恼怒不休，猛然一脚跺在了木板铺陈的吊脚楼平台之上，紧接着怒声吼道："还说没有，这是什么？"

随着他这一脚跺下，无数木块陡然炸开，一个黑影从地下跳了出来。那人就是藏匿多时的小虎。

小虎出现之后，并没有如我们计划之中一般，直接冲向那白衣男子，而是扭头，朝着趴倒在地的月娘冲去。紧接着他的手往怀里一摸，又朝着月娘的唇间送去。

看见他这慌乱的表现，我的心有点儿疼。

万万没有想到，那长线蛇虺蛊咬中的，并不是白衣男子风公子，而是小虎的暗恋对象蔡月娘。

这情况让我和楚小兔都有一些蒙，不知道该怎么处理才好。因为这个意外，并不在我们的预想范围之内。

谁知道白衣男子居然会有这么强的警觉性，还能感受到此间的危险呢？

更让我们想不到的，是蔡月娘这新娘子居然还主动开了门。

小虎应该也没有想到，所以才会使得长线蛇虺蛊在没有受到他控制的情况下，主动出击，咬伤了蔡月娘。

一切都乱套了。

计划不如变化，在看见这一幕的瞬间，我的心情是无比糟糕的，几乎有一种想要抽身离开的冲动，但我终究没有走。

小虎是我带进黑风沟里面来的，我对他是有责任的。

我深吸了一口气，按住了准备冲出去的楚小兔，让她继续潜藏着，我则双脚一蹬，人就冲向了闺红阁。

当我冲到屋子前的时候，白衣男子差点儿就把整个楼房都给拆了。

他愤怒地吼道：“我给你们吃穿，保障你们的安全，大慈大悲，让你们能够活下来，你们居然是这么算计我的。啊、啊、啊……”

这个风度翩翩的美男子，在此时此刻陷入了一种暴走的状态。他挥舞着双手，整栋楼从摇摇欲坠到悉数垮塌下来，也只用了几秒钟的时间，而这个时候，我也听明白了，他在怀疑。

身处高位，孤独寂寞，高处不胜寒，这个家伙居然开始怀疑起了大嬢嬢等一伙人，认为这些被自己控制和掌握的人背叛了他。

他到底有多么的焦虑和恐惧，才会认为这些视他如终极偶像和爱人的落花洞女，会背叛他呢？

我不知道，但在那一瞬间，想明白了一件事情。

敌人的内部，并非坚不可摧的。

当一个团体的领袖开始怀疑起自己的手下时，所有的信念都将崩塌，他与自己的这一大帮手下将会产生出一个很严重的问题——信任危机。

既然如此，我为什么不顺水推舟，将这潭水给彻底搅浑呢？

想到这里，我大声喊道：“苍天已死，黄天当立，诛杀伪山神，众人得自由！"

我振臂高呼着，不远处的落花洞女们瞧见我，如同看傻子一般。

然而我却不管不顾，继续振臂高呼着："诛杀伪山神，众人得自由，众人得……自由！"

我吼得声嘶力竭，却瞧见一道白光浮现，那白衣公子怒气冲冲地从闱红楼的台阶之上一跃而下，朝着我猛然冲来。

他人未到，却又有一物骤然而至。

对于那东西，我是看不见的，只是感觉到心头一阵急颤，下意识地扭身避开，却见那东西直接打在了青石板铺就的街面上，紧接着那一整片的青石板瞬间变得黑烟缭绕，焦煳的恶臭腾然而出。

暗器？

我心头一跳，往旁边退开，那白衣男子却不消气，继续冲来。

他的身手迅捷，宛如鬼魅一般，身子微微一动就来到了我的身边。长手一抓，擒住了我的左肩，将我猛然一抖，想要把我朝着天上扔去。

我在刚才的那一瞬间有点儿反应不及，不过当他拉我的那一下，却终于回过神来。

我深吸了一口气，气沉丹田，稳住了阵脚。没有让他把我甩飞，而是猛然一扭，紧接着将手摸向了腰间。

面对着这样顶尖的夜行者，我唯一能够做到的就是在一瞬间亮出底牌。

而我的底牌，就是那根从霸下秘境中捡回来的软金索。

它在一瞬间变成了长棍，棍尖顶住了那白衣男子的手腕，让他不得不放开了我的肩头。紧接着两人疾退，我将手中的长棍猛然一抖，挽了一个棍花作为威慑。

那白衣男子瞧见我一根裤腰带化作了一根长棍，有些惊诧。他将手往腰后一摸，抓出了一把折扇，"啪"的一声响，折扇展开，上面用狂草的黑色墨迹写着七个字——本地山神，风公子。

他手中的折扇，是用某种玉石做的扇骨，扇面则是材质很好的纸张，上面的书法上朔二王，侧锋取态，铺毫着力，遂于离乱之际独饶承平之象，尽显风流之态。

这白衣男子落定之后，瞧见手持长棍如临大敌的我，哂然一笑，说："有意思，有意思，小兄弟，你手中这东西是什么？"

我摇头，说："不知。"

白衣男子如同看美人，打量着我手中的软金索长棍。

他摇晃着扇子，缓缓说道："我今天很生气，真的很生气。但如果你能够将手中的这件宝物交予我手，让我参研，我可以饶你一命，让你不死。"

我冷笑，说："不死？你的意思是，我可以离开这里？"

白衣男子一脸惊讶，说："这怎么可能？我让你活着就已经是天大的仁慈了，你如何能走？你得在这里劳作至死，用你的余生弥补对我的惊吓，知道吗？"

我听完哈哈大笑，说道："痴心妄想！我侯漠一世，永不为奴！"

我将长棍高高扬起，而白衣男子则摇头笑了。

他仿佛发现了什么极为好笑的事情，笑得有些腹痛，随后他抬起头来，对我说道："让你活，你不想活，那便……死吧。"

他脸色肃然变冷，如同寒冬腊月天，紧接着他的手扬起来，从村子的各个角落，涌现出了一团团的黑云。

那黑云，却是无数凶狠的蜂子构成。

它们不断凝聚，笼罩于村子上空，将月色都给遮掩了。

杀人蜂……

这样的气势，无人可挡。我深吸了一口气，感觉死亡即将来临，有些心伤。

然而就在这个时候，突然间浓烟滚滚，整个村子在一瞬间陷入了火海之中，炙热的火焰冲天而起。

我心中陡然一惊，有点儿搞不明白到底是什么状况。

这火，是谁放的？

我们下午的时候，的确是有了一些布置，但只是在撤退的路线上做了手脚，并没有能力弄出这么大的场面。这个村子毕竟人多眼杂，我们人生地不熟，能做的也很有限。

然而此时此刻，赤色高扬的火焰仿佛在一瞬间笼罩天空，浓烟滚滚，大火烧天。

呆贵村本来就是以木头和竹子为材质的结构主体，此刻火焰一起，我们所有人都陷入了一片火海之中。

原本胜券在握，宛如谪仙一般的白衣男子在火焰腾起的一瞬间，波澜不惊的脸色终于变了。他一脸惊恐地望着周围腾然而起的火海，激动地大声骂道："你们这是要干什么？你们所有人，都不想活了吗？"

我这时方才发现，他的声音在焦急之时，已经没有了之前的温柔和悦耳，反而像是太监一般尖细。

而他那些遮蔽村子当空的杀人蜂，被热浪逼迫和浓烟卷席之后，一散而开，不再聚集。

白衣男子火冒三丈，没有再顾得上风度，将手中的折扇猛然一展，厉声骂道："蝼蚁，蝼蚁，去死，去死……"

这状态，哪里还有刚才那浊世佳公子、谪仙落凡尘的模样，简直就是一个骂街泼妇。

不过暴怒之下的白衣男子还是十分恐怖的，那折扇挥舞，却有阵阵罡风扑面，宛如风刃一般。

我挥舞手中长棍，奋力抵挡，却感觉左右受困，难以支撑。

那家伙身子一转，出现在了我的左边，猛然一脚踹来，我连反应的时间都没有，被一脚踹飞，落到了不远处的花丛中。

就那一下，我感觉整个内脏都要移位了，当下也是胸口一闷，喉头一甜，一大口鲜血就喷了出来。

白衣男子犹未解气，没等我落地，就如同饿狼一般猛扑而来。

我在空中无法用力，心想坏了，老子要折在这里了吗？

就在我无计可施之时，没曾想半路突然杀出了一个程咬金，抓着一根燃着烈焰的房梁，朝着那白衣男子猛然砸来。

白衣男子对于火焰这种东西，似乎有着天然的畏惧，望见这么一大团火焰挥来，下意识地往后退去。

而这个时候，一只柔嫩的小手拉着我的胳膊，开口喊道："走啊！"

来人却是楚小兔。

她将我连拖带拽，拉着我往前方的一条小道走去。

我感觉身后有人正在与白衣男子对抗，下意识地扭头，却瞧见一个身型消瘦的高个儿男子，正抱着一根着火的房梁，奋力挥动呢。

他显然是知道白衣男子的弱点，一边挥动，一边将旁边建筑的火焰拨动过来，将整个空地弄得一片火星飞扬。犹如人间地狱。

我一边往小道边儿退去，一边打量那背影，整个人在那一瞬间处于一种极度激动之中。

这个背影，我简直是太熟悉了。

马一岙。

万万没有想到，这个家伙居然并没有受控制。

他应该是潜伏在这鬼地方，探寻肥花的下落，也正因为如此，使得他有足够的时间和精力来做这样的布置。也使得呆贵村在一瞬间就变成了火海。

说到演技，前面那一拨人都是渣渣，我这哥们儿才是真正奥斯卡级别的大人物啊。

我往后撤退，还有点儿担心马一岙，却不曾想马一岙且战且退，来到了一处草垛前。我们的周围到处都是火海，这里居然什么都没有。而就在白衣男子准备冲将上来之时，马一岙手中的房梁猛然一戳，那草垛子瞬间燃烧，将整个空间照亮。

下一秒，马一岙用手中的梁木一挑，将草垛子的火弄得到处都是。

随后他将手中的木头一扔，转身就朝着我们跑了过来。

他跑得很快，一下子就追上了我们，然后对我们喊道："那里，从那里走。"

他在这村子待得有段时日了，而且一直在策划烈焰烧村，所以哪条路好走，哪条路不行，都是门儿清，我没有多想，跟着他前行。

我们转过两个弯口，瞧见小虎背着月娘，从右边不远处的一堵土墙上跳了下来。

我赶忙喊道："这边。"

小虎赶忙跟了过来，我招呼道："怎么样了？"

小虎一脸自责，说："被咬了，先用药压住，不过她失心疯了，非要跟我纠缠，说要跟那妖怪洞房，说什么春宵一刻值千金，被我打晕过去之后才停止了聒噪。"

我瞧见身后一片火海，那白衣男子没有追来，赶忙问前面的马一岙："你怎么回事？"

马一岙在前边儿带路，听到我的询问，不由得苦笑起来："我被人骗了，确定了那人不是肥花之后，本来准备悄不作声地离开，结果你们又跑了过来。这帮落花洞女盯得我挺紧的，我不敢跟你们联系，只有背地里活动，不想还是出了岔子。"

"你装的？你怎么能取信于那帮老婆娘呢？"

"大概是她们过于自信了吧。"

我没有再多说，因为此时此刻，我们七绕八绕已经跑出了村子，来到了村边儿的稻田前。不知不觉，我们已经离开了呆贵村。

大家伙儿来到水田边，都不约而同地停下了脚步。

这一番匆忙奔走，都有一些疲惫了，特别是我，临走前被那白衣男子结结实实地踹了一脚，即便身体还算结实，还是有些扛不住了。

停下脚步之后，我直感觉气血奔涌，胸口郁结不化，干咳了两下，又吐出了一大口黑色鲜血来。

马一岙和楚小兔瞧见我这样，赶忙上前来。

楚小兔是干着急，而马一岙则精通医术，给我把了一下脉之后，从怀里摸出了一个小瓷瓶，对我说道："里面是特制的枇杷糖浆，你喝了。"

我接过来，将信将疑，问有用吗？

马一岙耸了耸肩膀，说："我不知道，是从这坨弄寨的药房里找到的，应该是好货吧。"

"坨弄寨？"我一边服下，一边说，"这里不是叫呆贵村吗？"

马一岙笑了，说："那帮婆娘说的你还真信了？这儿其实就是当年的坨弄寨子，他们说的山后那坨弄死地，其实也是之前坨弄寨的一部分，现在被那马蜂王盘踞，弄了一个巨型的蜂巢。还好你们今天反应及时，要是真的到了他的蜂巢，可就跑不掉了。"

小虎在旁边疑惑地说道："不是说蜂群的主心骨都是蜂后吗？这家伙怎么

是个男的？"

马一畚忍不住笑了,说:"你还真以为他是马蜂成精啊?这家伙也是个夜行者,估计是觉醒了血脉,凭借着血脉的力量驯服这几窝蜂群,不断炼制调教,才成了现在的气候……"

小虎点头,原来如此。

我感觉好受许多,想起肥花,问道:"你找到肥花了吗?刚才怎么又说人不是她,这里是一个圈套?"

马一畚说:"也不能这么说,那女人的确是亥猪一族,与肥花很像,不过终究不是,我不确定是发财张那边出了问题,还是别的。这个不谈,这个故弄玄虚的风公子很厉害,咱们别跟他正面冲突,得赶紧走。"

楚小兔问道:"他属于妖王呢,还是大妖?"

马一畚听到,愣了一下,说:"什么?"

楚小兔说:"你不知道对于夜行者的评论体系吗?生妖、信妖、大妖、妖王和洪荒大妖……"

马一畚这才回过神来,说道:"这个啊,很久之前的说法了。这么说吧,我觉得这个人的境界和血脉觉醒程度,大概也就介于信妖和大妖之间,但如果是在这儿,天时地利人和之下,的确也有妖王的实力和水准……"

楚小兔听了有些惊讶,说:"这什么情况,这家伙实力的上限和下限,相差得这么大吗?"

马一畚领着我们从水田的田埂上走。他一边快步走着,一边解释道:"这个事儿怎么讲呢?这个人与人正面冲突的实力其实一般,但他非常善于利用人心,而且手段十分恐怖,对于控制和奴役等法门都有独特见解……"

他话还没有说完,突然间我身后的小虎一声惨叫,竟然摔到了旁边的水田里。

我回过头来,瞧见竟然是那月娘醒了,双手掐着小虎,张开嘴巴一口咬在了小虎的脖子上。这可不是小情侣的打打闹闹,她是真的下得去嘴。

瞧那狠劲儿,仿佛要撕扯下一块皮肉来才会甘心。

我顾不得水田泥泞,跳了下去,掐着月娘的脖子,然后按住了她的嘴巴,将她的牙齿顶住,让她无法用力,随后将她拉到了一边,摁在水田里。

我算是发了狠，而小虎被咬着脖子，使劲儿捂住了伤口，对我喊道："你别闷死她。"

"不闷留着过年吗？"

小虎大喊道："她是被蛊惑的，她自己什么都不知道呢……"

我无奈，将人放开，那月娘从泥巴田里挣脱出来。

她新娘妆花了，披头散发，厉声骂道："你们胆敢冒犯神灵，这是大不敬，都得死，你们——都得死！"

我控制住了蔡月娘，正好离她很近，看见她眼眶里那白色多过于黑色的古怪瞳孔，以及里面流露出来的深深怨毒，下意识地打了一个寒战。

说起来，我是一个胆子很大的人，而且自认为这段时间以来，什么场面都见过了。但是看见她如同厉鬼附身了一般的模样，还是有点心寒、肝儿颤。

不过我也不是吓大的，也懒得跟一个被人控制的女人计较。

我抬起手来，重重地朝着她脖子处一拍。还以为蔡月娘能再一次晕过去，没想到她却仿佛只是被挠了挠痒一样，脖子僵硬地扭了过来，盯着我，然后缓缓低下头去。

下一秒，她的右腿猛然抬起，屈膝，朝着我的裆部顶来。

我没有预料到这女人竟然如此难缠，还一下子顶到了实处，一股难以言表的剧痛，充斥了我整个脑海。

啊……

我几乎是下意识地蹲坐在了泥地里，紧接着这女人转身就朝着村子的方向逃跑。

这个时候，大家再也顾不得许多，落在队伍最后面的楚小兔一个跃身就抓住了蔡月娘，将她扑倒在了水田泥地里。污浊的泥巴和水，将月娘鲜红色的嫁衣弄得一片污秽。

但她仿佛像中了邪一样，突然间力大无穷，猛一挣扎，居然将楚小兔整个儿甩飞到了几米之外。

她想继续跑，却又被小虎扑倒了。

这会儿小虎已经从衣服上撕扯出了一片布条，将脖子处的伤口绑住，防止流血不止，随后死死压住了月娘，不让她挣脱。

走在最前面的马一岙大声喊道："别管她了，我们得赶紧走，被那家伙追上，谁都逃不掉。"

我感觉身后那村子的大火越烧越旺，仿佛将整个天空都给映红了，心中也慌。

我喊了小虎一声："小虎，别管她了。"

小虎将拼命挣扎的月娘死死按住，然后抬起头来，红着眼睛说道："我说过，不把她救回去，我就算是活着，又有何用？"

这个痴情种，真的是……

我有点儿无语了，叫上楚小兔："走，去把她绑住，我们拖着走。"

楚小兔点头，在那水田之中，深一脚浅一脚地走着，而就在这个时候，有一道光华从远处的火海之中倏然飞来。

紧接着天空之上，传来一声清冷的厉喝："放开我的新娘，你们这帮蝼蚁……"

轰！

一声巨响，我感觉一股冲击力从前方陡然出现，然后朝着这边冲来。

倘若不是我稳住了身子，差点儿就要被吹翻了。

那光芒落地，泥水飞溅，小虎整个人腾空而起，落到了十米之外。

那个白衣男子居然从村子里赶到了这儿，他站在水田中，泥水没过小腿，而身上的白色长袍在这满是泥巴的水田之中，居然一点儿都没有沾到。

他气布全身，将所有的污秽都给屏蔽开了。

感受到了他的到来，原本疯狂得如同野狗一般的蔡月娘在一瞬间变得温柔无比。满身泥污的她从那水田之中跌跌撞撞地爬了起来，一脸迷醉地抱住白衣男子，深深吸着对方身上的气味，然后呻吟着说道："郎君，郎君，我的神，你终于来了……"

那一刻，她幸福得就像是碰见了偶像的脑残粉，沉醉在遇见白马王子的幸福之中，然而被她紧紧相拥的白衣男子却显得很不自在。他有洁癖。

这男人伸出了手，将在水田之中翻来滚去如同泥猴儿一般的月娘推开。

月娘如同快要溺死的人抱着救命稻草一样，男人也是费了很大的劲儿才将她分开，也许是用力过度，让月娘有些错愕。

她就像是小兔子一样，一脸惊恐地看着自己心目中的如意郎君，不知所措。

而白衣男子看着自己的一身污秽，整个人都气得颤抖。

他盯着站在田埂上，神清气爽、全身整洁的马一岙，伸出手，指着那个虽然不帅，魅力却不输于他的男人，愤恨无比地说道："原来是你在背后捣鬼。"

马一岙先前着急离开，匆匆忙忙，甚至想让我们放弃蔡月娘。然而在瞧见没办法走的时候，他却沉下了心来，微微一笑，说道："对呀，是我。"

白衣男子有些难以置信，说："为什么你能够清醒，不受琼脂酿的控制？"

马一岙冷笑，说："我既来此，自有准备。你的这琼脂酿的确是种罕见之物，居然能控制住人的思想，清除记忆。不过我一来早有准备，在口中含了高地棉花吸收，让身体减少摄入，又及时在这村子附近找到了对应的草药缓解。正所谓'万物相生相克，蛇咬十步之内，必有解药'，我不但给自己解除了控制，还帮着村子里的大部分男人都摆脱了。"

白衣男子咬着牙，说："女人呢，那帮婆娘呢？"

马一岙神秘一笑，说道："你觉得呢？"

白衣男子恨声说道："果然，我就感觉到不对劲儿，原来是你在捣鬼。小子，你死定了，你死定了……"

他愤愤骂着，突然改口："啊，不，我不能让你就这么轻松地死去，我要折磨你，我要把你丢到虫窟之中，让你日夜经受虫噬蛇咬，日日痛哭，夜夜哀号，我要让你求生不得，求死不能。你知道你惹了谁吗？你惹的，可是本地的山神老爷！"

他狠毒地说着，旁边一脸迷恋的月娘眨了眨眼睛，有些疑惑。

这个神，怎么会说出这样的话来？

是听错了吗？

马一岙听到，一脸古怪地笑容，说："你当真以为我这几日什么都没干吗？狗屁山神，哼，当初不过就是一破落户，被人四处追杀逃窜，最后落到了这山沟沟里来。凭借着些下九流的手段和幻术，四处招摇撞骗。又得了些宝器，才敢这么肆意妄为，采阴补阳，吸食精血，换得今时今日的一副少年皮囊而已。我说得没错吧，夺命马蜂岳壮实？"

岳壮实？

听到这么一个通俗的名字，再联系到对方那丰神如玉、貌若潘安的容颜，我顿时就忍不住"扑哧"一下笑出声来。

楚小兔也是乐不可支，因为这名字，实在是落差太大了。

而那白衣男子听完，就如同被人扒光了衣服一般，面红耳赤，青筋浮现，怒声吼道："我要杀了你们，所有人！"

他将身边的月娘猛然一推，紧接着手中的折扇一抖，扇骨之上，有锋利的尖刺浮现。他足尖轻踩，腾空而起，落向了马一吞。

这个家伙身轻如燕，居然能凭空飞起。

岳壮实气势如虹，马一吞不敢硬拼，就地一滚，躲开了他的斩杀。

随后两人在方寸之间交手数个回合，只见马一吞从怀里摸出了两个瓶子，往前一扔。

岳壮实右手之中的折扇一转，然后朝着前方猛然斩去。

哐啷……一声脆响，那两个瓶子都炸开，里面有液体飞出。

而就在这个时候，马一吞的手中甩出一物，却是一张黄符纸。纸在半空之中无火自燃，然后与那液体接触，瞬间扩散，将整个空间都给弄得明亮如白昼。

烈火焚身。

那瓶子里面装着的，是汽油吗？

我有些惊叹，没有想到马一吞居然会这般"阴险"，而同样没有想到的还有那白衣公子岳壮实。

他完全没有想到马一吞会这般没节操，上手居然用火攻，猝不及防之下身上被那液体沾染，火焰在一瞬间就将他吞没了。

我眼看着这家伙被大火吞没，心头狂喜，却也不敢放松，提棍而上。

果然，被火灼烧的岳壮实越发愤怒，猛然抬手，几道黑色之物就朝着马一呑刚才站立的地方射去。这是暗器。

马一呑很有自知之明，晓得那家伙一旦发狂，他也扛不住，所以在动手之后立刻就撤退了。不过还是有暗器飞向他的面门，被我挥棒挡住。

我一根长棍，护住马一呑和其余人，而那岳壮实在着火之后，也顾不得自己的洁癖了，直接在烂泥水田中翻滚着。

不过也不知道马一呑的那液体到底是什么东西，那家伙不管怎么翻滚，都没有把火熄灭。眼看着这个岳壮实就要被马一呑投机取巧地烧死，突然间，那家伙居然倒伏在水田之中，一动也不动。

这样的寂静让我心惊，不过还是下意识地往前靠近，想看看这家伙到底在搞什么鬼。

然而就在我往前走了几步时，我身后的马一呑大声叫道："侯子，别上。"

我停住脚步，却感觉到身后不对劲儿，扭头过去，瞧见原本被火烧得不成模样的白衣男子竟然光着身子，出现在了马一呑的旁边。

他手中的折扇，朝着马一呑的脖子处猛然斩去。

他的脸上满是鲜血和燎泡，在这一瞬间，显得是如此的狰狞和恐怖。

马一呑完全没有察觉。

而与此同时，小虎却是腾空而起，朝着那家伙挥手扑去。

时间在那一瞬间，再次定格。

这样的动态视角，在今夜，已经是第二次出现了。

时间如流水，然而在此时此刻，却如同那被截断的水流一样停滞不动，让我感觉自己整个人仿佛抽身事外一般。

这种感觉很奇妙，但仅仅只是在一瞬之间。

当时的情况，是原本在烂泥水田之中扑腾的岳壮实突然伏地不动，而下一秒，那黑影依然伏地，但马一呑的身后，又出现一人，却是光着膀子的岳壮实。

这家伙金蝉脱壳之后，面目狰狞，显然是想要在瞬间置马一呑于死地。

而在马一呑身后的小虎也反应过来，奋力朝着那家伙扑了过去……

高手较技，生死只在一瞬之间。

砰！

下一秒，我看见马一奤整个人蜷缩成一团，蹲在水田之中，随后腰间转动，那右脚如同出膛炮弹一样，陡然蹬了出去。角度，斜四十五度。

这不是一脸忧郁地仰望星空，而是马一奤教过我的终极杀招。

作为老师，马一奤无论是力量，还是角度，还是那腾然一脚踢出去的气势，都远胜于我。

从理论上来说，白衣男子岳壮实的实力，应该是能够碾压我们在场所有人的。

然而他到底还是太久没有与人争斗了，失去了作为大妖的锐气，一开始就被马一奤的火海浓烟弄得发晕，随后又被暗算，浑身着了火。

他即便是弄出金蝉脱壳的诡异手段，想要突袭，却终究没有预料到，马一奤这人的"阴险"和谨慎。

砰！

马一奤这一脚，由下而上重重地端在了岳壮实的裆部，结结实实。即便是对方罡气布满全身，也终究扛不住，发出一声惨叫。

这痛感，男人都懂。

他被一脚端得飞起，这时小虎也是适时而至。

小虎上前，袖口一展，有一物落到了岳壮实后背上。

"啊……"这一声，比前面的惨叫要来得更加惨烈。

只见那白衣男子岳壮实的身上突然冒出了腾腾的黑色妖气，就像是爆开了的自来水管子一样，四处喷溅，将整片水田染得浓稠不堪。

紧接着，这个家伙的身体开始变异。

他脚下的黑色长裤裂开，一大坨黑乎乎的玩意儿从屁股后面冒了出来。

那玩意儿呈现纺锤状，流线型，黑黄两色，十分古怪。

随后他的身体里开始有东西往外挣脱，没多时，一对锋利而坚韧的节肢就从腰腹部生长出来。

而他的脸也开始往外撑开，脸皮碎裂，里面血红的肌肉翻滚，最后化作了三角形的硕大脑袋。这脑袋上，一对又黑又亮的巨大复眼几乎占据了大部分的地方，紧接着是如钳子一般的口器，还有一对足有一米多长的黑黄色触角，高高挑起。

而他的后背，也伸出了一对薄如蝉翼的翅膀。

变化是在几秒钟之内产生的，滚滚而出的黑色妖气让我们下意识地往外退开。当他真正显露出本相来的时候，我才发现，这玩意儿还真就是一只大马蜂。

一只扩大了千百倍，身长足有四米的恐怖昆虫。

这玩意儿显化本相之后，并没有立刻发动攻击，而是在烂泥水田之中不断翻滚着。接着他又振翅，在半空中飞了两下，随后锁定了小虎，朝着他猛然扑去。

小虎哪里能让这家伙如愿，撒丫子就跑。

他跑的方向也是有心思的，根本不往外面走，而是朝着村子的火海扑去。

那大火连绵，已经将整个村子都给烧着了，吊脚楼、竹楼和周围的植株、草垛等一起燃烧，热浪扑向了几百米之外。

那大马蜂惧热，每每下定决心，准备向前冲去，却又被滚滚热浪逼得往后退。

它发出尖锐的叫声，与振翅发出的"嗡嗡"声相映成趣，随后还没有等他再次发动进攻，就突然跌落下来，砸在了水田之中。

瞧见他这举动，我突然间意识到了一件事情。得手了。

对，肯定是小虎的长线蛇虺蛊得手了。

也只有这样，才能够让这头实力上限几乎比得上妖王的家伙变得如此狼狈。

相比较于事先知晓情况的我，马一奤则是完全蒙了，朝我喊道："他怎么了？失心疯？"

我指着在火海边缘徘徊的小虎，说道："长线蛇虺蛊，是长线蛇虺蛊！小虎的看家蛊毒，那东西咬中了岳壮实。哈哈哈，我们成功了，卤水点豆腐，一物降一物。甭管他有多牛，现在该吃屎就吃屎，没得商量！"

马一吞听了,兴奋得直发抖,说:"好,好样的! 我们快过去,趁热打铁拿下那畜生。"

他快步上前,我也是没有停留,提着棍子就往前冲。

原本乌云压头,山雨欲来,所有人的心情都是压抑得不知道该怎么自处。最坏的结果,就是死亡。然而事情在一瞬间却陡然起了变化,这让我们立刻燃起了生的希望。

既然对方中了小虎的蛊毒,那我们就得"趁他病,要他命",不能给他半分喘息的机会。

因为如果小虎被那家伙抓到,他就有可能翻盘。

没有人会怀疑白衣男子的翻盘能力。事实上,如果不是他给我们机会,此时此刻,我们所有人恐怕都已经葬身在这烂泥沟里面了,无人例外。

杀! 我感觉有一股气息在我胸膛中不断回荡着,浑身就如同火烧一般。

一种说不出来的兴奋感,让我像个毛脚小青年一般忘记了所有的胆怯和恐惧,也顾不得那玩意儿的恐怖和古怪模样,提棍而上。

很快,我和马一吞先后冲到了那家伙的跟前。

马一吞飞扑进去,结果被一翅膀甩开,而我的长棍正扎在了那怪物的胸腹之间。

我拿棍作长枪,猛然一捅,才发现对方的身子看似柔软,其实坚硬如钢,根本捅不进去。不但如此,那家伙腰腹间伸出来的一对"手",将软金索长棍死死抓住。

我进也不是,退也不是,一时间有些慌张。

好在这个时候,马一吞及时赶到,也伸手过来帮我这抓住了那长棍,然后往回拔。

三方如同拔河,挣扎了好几秒钟。此时此刻的这大马蜂怪物仍是力大无穷,倘若是正常状态,我和马一吞是完全没办法抗衡的。

最终我们还是将棍子抽了回来。

打败那家伙的并不是我们,而是小虎的长线蛇虺蛊。

那家伙放开了软金索长棍之后,又在泥地里打了几个翻滚儿,随后摇摇晃晃地撑到了不远处的村道边。

他挥动翅膀，先是在地上撞了两下，最后居然强撑着疼痛，飞向了村子的后山方向。

他选择逃跑了。

我还待追击，却听到身后传来声声大叫，扭头过去，瞧见披头散发的落花洞女们，在那大嬢嬢的带领下，正冲着小虎杀去。这些女人乍一看暮色沉沉，七老八十，然而此时此刻，却如丧考妣一样，拿着锄头和镰刀就冲了过来。

这帮人也是刚刚脱离火海，被熏得跟鬼一样，有的甚至被烧伤了半边身子。但那又如何？我们这些人，将她们最亲爱的郎君逼迫成如此模样，这让她们如何甘心？

杀、杀、杀！

唯有用我们的死亡，方才能够安慰她们的心神。

我赶忙朝着那边赶去，一边跑，一边问马一呇："你刚才跟那大马蜂说的话，是真的吗？"

马一呇也跟着我跑："什么话？"

"你说你找到解药，能让她们摆脱控制的事，是真的吗？"

马一呇苦笑，说："如果是男人，我还有把握，但女人，特别是这帮将妖怪当成性命和信仰的落花洞女们，我也不知道……"

他说得很委婉，我却一下子听懂了。

或许从生理上，马一呇能够用药物的办法让这帮落花洞女们认清现实，知道到底怎么回事。但她们是否愿意认清现实，是否愿意从梦中醒过来呢？身体上的伤害可以治疗，但精神上呢？

当我和马一呇冲到了跟前时，小虎已经被那帮老太太打得抱头鼠窜，瞧见我们赶来，他大声喊道："别来了，这帮老太婆太强了，我们赶紧走，别跟她们正面对决。"

我瞧见这锄头、镰刀和猪草耙子，以及一帮凶神恶煞的老妇人，心头直颤，赶忙点头，说好。

我们且战且退，绕开了路，来到了进村的青石板山道前。

小虎缓了一口气，左右打量，然后喊道："月娘呢，月娘在哪里？"

楚小兔扶着不知道怎么就陷入昏迷的蔡月娘，在远处喊道："在这儿呢，我管着她，没事儿的。"

小虎放了心，与我、马一岙且战且退，朝着不远处的山坡跑去。

那帮落花洞女还待追击，马一岙从怀里又摸出了两个瓶子来，往地上一扔，紧接着轰的一声，又有烈焰腾起，将道路阻隔。

趁着这工夫，我们快步奔走，与那帮老妪拉开距离。

而当我们爬过一个山坡，前面突然走出几个人来，我吓了一大跳，提棍就要上，却听到有人喊道："马兄弟，马兄弟是你吗？"

第三十章

宜将剩勇追穷寇

来人居然是村子里的几个男人。

之前他们每一个人都傻傻呆呆的，如同木头一般，而此刻，黑暗中所有人的眼睛都亮晶晶的，充满希望。他们的神志是清醒的。

马一吞瞧见他们，赶忙问道："怎么只有你们几个人，其他人呢？"

那个挑粪工走了过来，开口说道："没逃出来。"

马一吞有点儿激动，问"为什么？"

一个满脸褶子的老头儿叹了一口气，说道："娘娘们，疯了……"

他讲述不多，却把原因都给说清楚了。

信仰崩塌，那帮原本是受害者的老妪们就开始疯了。这帮人经受过夺命马蜂岳壮实的雨露恩泽之后个个都变成了修行者，而且实力强悍无比，刚才倘若不是岳壮实对她们心生怀疑，甩开了她们，我们未必能这么容易就逆袭成功。

如果有这样一帮老妪在旁边护翼，那岳壮实简直就是无敌的存在。

事实上，如果之前的那个赖大没有走，情况也会有所不同。

这样一大股力量没有用在正面战场，村子里这些几乎没有什么战斗力的男人成了泄愤对象，也是可以预料到的事情。

不过马一吞还是有点儿难过。他脸色铁青，恶狠狠地一脚踢在了旁边的一棵小树上面，将那碗口大的树给直接踹断了。

这帮可怜的落花洞女，原本是受害者，此刻却成了帮凶。

顶替阿大的挑粪工上前来劝，说："马兄弟，别难过，这跟你没有关系。都是那个妖怪太厉害，那帮婆娘太歹毒。如果不是你将我们弄醒，只怕我们一直到死都浑浑噩噩，如同狗一样地活着。"

另外一个人也劝道："对，对，小八在死前还跟我讲，说没能当面感谢你，真的是太遗憾了。不过他不后悔，至少他知道自己是为何而死的，死得其所。"

旁边的人纷纷相劝，马一爻方才控制住自己的情绪，带着大家往林中深处藏去。

没走多久，一直被楚小兔扶着的月娘突然间强烈呕吐起来。她趴在地上，双手按住满是露水的草地，"呕呕"地吐着。

因为许久没有进食的缘故，她几乎没吐出什么东西来。后来，吐出的污秽之物都呈现出黄绿色。这玩意儿怕不是苦胆水吧。

小虎对她最是上心，赶忙冲上前去，一把推开了楚小兔，说道："你干什么？"

楚小兔也是一脸诧异，说自己什么也没干啊？

小虎扶住了月娘，很是关心地说道："月娘，月娘，你怎么了？"

那原本中邪了的月娘在一阵呕吐之后，脸色苍白，眼眸却变得分外清冷明亮，抬起头来，有些疑虑地看着我们，然后说道："我……这是在哪儿？"

小虎一听，顿时大喜，激动地说道："你醒过来了吗？你醒过来了啊，哈哈……"

月娘揉着太阳穴，有些艰难地说道："我……好像是做了一个梦。"

小虎激动无比，扶着月娘，整个人都快要跳起来了。而这个时候，马一爻却走上了前去。他从兜里摸出了一个黑色的瓶子，拧开瓶盖，对着她说道："别扯那些没用的，喝。"

那瓶子里也不知道装着什么，一股刺鼻的辛辣怪味儿，别说首当其冲的月娘和小虎，就连站得有点儿远的我，都忍不住想吐。

月娘往后面闪去，小虎上前来，拦住马一爻，说道："你干什么？"

马一爻盯着小虎，说道："小虎，我跟你爷爷聊过，他应该也跟你说过，我的江湖经验比你多一百倍，所以你得听我的，知道不？"

小虎本来怒气冲冲，结果马一呑将他爷爷搬出来，顿时就有点儿哑火了。

月娘朝着小虎的身后缩去，惊恐地说道："救我，小虎救我。"

这娇滴滴的声音充满了魅惑，柔弱无比，让人生出一种想要保护的冲动，然而小虎却并不是中二少年，犹豫了一下，还是让开了路。

马一呑快步走了上去，一把拉住了月娘，然后对着旁边的楚小兔喊道："帮我控制住她。"

啊！楚小兔撸起袖子就上，月娘惊声尖叫着，却被马一呑一把抓住了嘴巴，抄起那瓶子就往嘴里倒。

他出手的时机果断迅速，月娘想避也避不开。她拼命挣扎着，还是被咕嘟嘟地一阵灌。

那带着恶臭黑乎乎的液体入了肚，月娘就好像是吃到了死老鼠一般，开始不停地干呕。她之前呕吐过，胆汁都快要吐完了，这会儿还真的没什么好货了。

不过就在我以为她什么也吐不出来的时候，就听到月娘的肚子里传来了一阵咕噜噜的声音。紧接着她开始放起响亮的屁，不但如此，又开始呕吐。

这回的呕吐物就多了，几乎是喷出来的。这些黏稠的液体里，有许多白色蛆虫一般的玩意儿，细小浑圆，又有鱼卵一般的黏液，一片片的，里面还夹杂着黑色的鲜血和碎肉块。

最后，从里面吐出来一节一节的爬虫。

我感觉那玩意儿有点儿像是蜂蛹，但似乎又多了几分诡异。

这一吐，又是好几分钟。

等月娘稍微缓过神来，原本严厉无比的马一呑摸出了一条毛巾，还从旁人的手里接过来一个竹筒水壶，一起递给了蔡月娘。

接过这东西，月娘漱了口，又用毛巾擦了擦嘴巴，方才难过地说道："怎么会这样？"

说着话，她的眼泪一下子就流了下来，连续不断。

马一呑看着宛如泥猴儿一般的月娘，说道："你的幸福不在那虚无缥缈的神，而是在于眼前的缘分。任何看上去很美的东西，必然会有污秽的阴影，你应该很庆幸自己没有和那帮前辈一样，又老又丑又堕落。就算她们想回去，也没有办法了，只有将希望寄托于虚无缥缈之间。"

他这般劝说着，月娘却越发地伤心难过，双手捂住了脸，失声痛哭起来。

马一呑三言两语，将状态古怪的蔡月娘搞定之后，大家都松了一口气。

小虎瞧见此刻的蔡月娘，很是感激地看着马一呑，说道："我们接下来该怎么办？杀出黑风沟吗？"

马一呑看着小虎，说："杀出黑风沟？"

小虎说："不是吗？"

马一呑嘴角一挑，冷冷说道："当然不是，既然已经变成这样的局面，我们又如何能够离开？不给这帮冬瓜皮一点儿教训，我如何对得起死去的阿大，还有其他兄弟？"

这个男人，最开始想要拼命逃离，而此时此刻，却准备反击了。

头这么铁吗？

小虎救回月娘，并且让她恢复神志，已然心满意足，听到马一呑这话，有些心虚，怕马一呑太骄傲。

他低声劝道："虽然我们九死一生活了下来，但论起硬实力，恐怕还是比不过对方。别说那个风公子，就这一帮落花洞女，都能压倒我们。更何况还有那个蛤蟆精，我们如何能赢得过？"

马一呑盯着他，询问道："你的那什么蛊……"

小虎赶忙回答："长线蛇虺蛊。"

马一呑点头，说："对，你的那长线蛇虺蛊毒性如何？那家伙是否能够抵得住？"

小虎立刻来了精神，得意地说道："他吃了我这一下，伤口会迅速肿胀、发硬、流血不止，剧痛，皮肤呈紫黑色直至坏死，淋巴结肿大。六到八个小时之后，可扩散到头部、颈部、四肢和腰背部。随后体温升高、心跳加快、呼吸困难、不能站立。鼻出血、尿血、抽搐。如果他激烈运动，发作的时间会更快，并伴随着兴奋不安、痛苦呻吟、全身肌肉颤抖、吐白沫、吞咽困难、呼吸困难，最后卧地不起、全身抽搐、呼吸肌麻痹而死亡！"

他激动地说着，我突然想起一件事，说："你的长线蛇虺蛊呢？"

小虎的脸色一下子就晦暗起来，他沉默了几秒钟，方才垂头说道："被那家伙给弄死了，我……没有召回来。"

啊？听到这话，我愣了一下，随即想起来，对于寻常人来说，长线蛇虺蛊或许难以触及。但对于白衣男子，那个自谓"山神"的男人，它终究是过于弱小了。费尽多年心思炼制而成的长线蛇虺蛊，毁于一旦。

马一吞听完，说道："既然如此，小虎你带着他们先去找一个地方藏着，我和侯子去后山，将那家伙的老窝给端了，毁去岳壮实盘踞之地，让他无处可归，也让这帮家伙没有办法再去害人。"

小虎有些惊讶，说："可是……"

马一吞挥手，说："这事儿听我的。天亮之后，如果我们没赶回来，麻烦你带着他们离开这里，拜托了。"

他往后走了两步，然后双手合拢，抱拳，朝着小虎拱手托付。

而这个时候，楚小兔却开了口："我跟你们一起去！"

小虎也想跟我们一起去，他担心不跟着来显得不够义气。

不过马一吞赋予他的责任也很重大，那就是照顾这一帮老弱病残，特别是小虎的心头肉蔡月娘，这使得他不得不硬着头皮撑住，目送我们离开。

三人走了一段路，我看向了楚小兔，说："前路危急，你何必陪我们一起赴难？"

楚小兔笑了，说："你觉得咱们这是去赴难的？"

"难道不是吗？"

楚小兔看向了马一吞，说："那谁，小马哥，咱们这是去送死吗？"

马一吞笑了，说："你觉得呢？"

楚小兔摇头，说："不，我怎么觉得咱们这是去捡洋落呢？落花洞女在湘西这地方由来已久，不知道有多少年的时间了，甭管之前的事情是否与这岳壮实有关，就说此刻，那家伙老巢里的积蓄必然是足够丰富的。若是搁在平日里，咱们别说摸过去，见都见不着。咱们可说好了啊，马老大，见者有份，一会儿分赃可得有我一份。"

马一吞大笑，说："好，就凭你这见识，铁定少不了你的好处。"

说罢，他又回头看向了我，说："侯子，你去哪儿找来的小姐姐，就这见识，可比你强一百倍。"

我苦笑，这才将楚小兔的来历跟马一岙说了一遍。

随后我又给两人正式做了介绍。

马一岙听完，点头说道："原来是横塘老妖的人，难怪有这样的素质。横塘老妖虽然在湘中，但影响力还是很广的，关键是这个女人情商极高，做人做事都很有一套，谁也不得罪，混得也是风生水起。"

他并不是极端派，对于夜行者的存在也保持着淡然的态度，只要不作恶，他就都当平常人一般对待。即便是横塘老妖这种游走于灰色边缘地带的人，他也是可以容忍的。

反倒是楚小兔，在得知马一岙乃湘南奇侠王朝安的徒弟时，肃然起敬。

她说："我姥姥平日里心高气傲，眼界颇高，许多人都是瞧不起的，唯独王朝安老前辈，却终是赞不绝口。无论是他的师承出身，还是行事的作风，都是让人为之敬仰的。只可惜他的为人太过于方正，无法结交……"

马一岙有些尴尬地笑："家师平日里，的确是有些太过于……"

两人聊着，心照不宣，没有继续。

说话间，我们已经绕到了村子的后方，在远处火海的映衬下，原本阴沉的道路也变得柔和起来。

而走到一段转坡口的时候，马一岙蹲在路边，不知道在翻找着什么。

我走过去问怎么了？

马一岙拔出了一株青色发黑如同芦荟一般的植株来，对我说道："嚼着，这玩意儿能够让你保持镇定和清醒，不至于被幻光石迷住。"

我接过来，打量着这肥厚的叶子，说："什么是幻光石？"

旁边的楚小兔接过来，放进嘴里，一边嚼一边说道："就是我们白天走过时，发出七彩光芒的东西，这玩意儿具有天然的放射性，如果被人合理运用的话，就会根据布置扰乱人心，形成迷阵，也就是传说中的'鬼打墙'。"

她嚼着那芦荟一般肥厚的叶片，原本粉嫩如樱桃的小嘴开始染黑了，就如同拙劣电影里面的鬼怪装扮一般，有些难看。

一个大美女都不顾及形象，我自然也不敢啰唆。还别说，这玩意儿有点儿像是薄荷叶，清清凉凉的。

嚼过了那玩意儿，我一嘴都是黑乎乎的，吐出来的唾沫都跟墨水一样，但整个人却分外精神。

随后马一旮带着我们往前走。

他边走边跟我们说道："这岳壮实之所以能够自谓山神，除了他本身的实力之外，还因为湘西独有的一种蜂群——这种蜂群在苗语里面的意思叫作噬心蜂，这蜂群的主宰是蜂后，而其余的雄峰与工蜂和蜂后的联系，远比其他蜂群要紧密得多，如同一体。生产的蜂王浆又叫琼脂酿，对于控制人的心神有着绝佳效果……"

除了琼脂酿之外，这儿还有一种特产，叫作痴情花。这是本地的叫法，至于它是否有学名，马一旮也不知道。他只知道那岳壮实在外界找寻下手的未婚少女，就是通过那采了痴情花花粉的雄峰，经过秘制之后，去外界帮他播粉。

而那被播过粉的未婚少女，就是现如今我们看到的落花洞女。

这种经过特别炼制，甚至能附上岳壮实意识的雄峰，炼制的条件也极为苛刻，成品也不多，因此落花洞女的数量方才不多，没有让这家伙祸害太多的人。当然，每一个落花洞女也都是经过特别挑选的，必须符合许多严苛的条件才行。

而岳壮实能够保持此刻的年轻与活力，正是靠吸取这些女子的精血而得来。他并不只是简单的吸阴补阳。这样的家伙，倘若让他苟延残喘下来，必将是一大祸害，所以即便是他中了小虎的长线蛇魃蛊，听上去好像命不久矣的样子，但我们仍然不能放松。

必须将这鬼地方捣毁了，特别是岳壮实赖以立身的那几窝噬心蜂群。只有这样，才能永绝后患。

马一旮在这儿卧底多日，知道的东西很多，路也算是熟悉，很快就带着我们越了几道山梁。我们走过了白天的道路，前方突然间出现了一道弯儿，那里有一个深潭，深潭对面是大片的花丛，花香阵阵。即便是夜里，我们依旧能够感受到绚烂的色彩。

紧接着，我听到一阵古怪的声音。

马一旮停下了脚步，侧耳倾听一番，然后说道："出来吧。"

他这一声不知道是对谁说的，前方空空荡荡，并无回响。

马一杳却并不上当，冷冷说道："你别躲在那儿观察了，实话告诉你，岳壮实那家伙已经被我们下了蛊，就算他身体强悍，能挡得住蛊毒蔓延，但也不可能守得住这老巢了。你若识相，就让开一条路，我留你一条性命，你自己找个地方藏着。而你若是不识相，我就以游侠联盟的名义把你了结，也算是为民除害。"

他说得强硬，没多一会儿，那水潭之中浮现出一个人来。

那家伙五短身材，正是先前离开的赖大。

他长得很丑，满脸青春痘，有些凸起的双眼紧紧盯着我们，说道："游侠联盟？"

马一杳冷笑着说道："怎么，不信？"

赖大叹了一口气，说："你们追了他五十多年，怎么还不放过他？"

马一杳说道："做了恶事，还不知悔改继续作恶，如何能容得了他？"

赖大指着远处被火焰照得透亮的半边天空，舔了舔嘴唇，说道："你们放的火？"

马一杳笑了，说："怎样？"

赖大又说道："他真的不行了？"

马一杳不耐烦地说道："他若是没事儿，我们会出现在这里吗？废话少说，让还是不让？"

赖大瞧见马一杳的态度，赶忙解释道："不，您别误会。我是想说，您这次去山神庙，是想干什么？想来您对那里并不熟悉，要不要人带路？我没别的意思，只是想说，那狗日的将我修炼出来的妖丹拿了，没有那东西，我平日里只能显露本相，连人形都难以维持，所以我想说，若是我领你们过去，能不能帮我把妖丹还我？"

马一杳盯着他，说："你跟着他，恐怕是没少做恶事吧？"

赖大慌忙摇头，说："您误会了，我只是一个老实人。"

他怕我们不信，赶忙说道："当年我就是一砍柴的樵夫，老老实实，媳妇都没有娶，做啥都靠双手。后来被这家伙领上了路，帮他做个看门狗，还整日里被欺负，憋屈得很。我跟您讲，若说恨，没有人比我更恨他……"

这家伙表着衷心，我在旁边冷眼旁观，脑子里莫名想起了先前他在茶室里与大嬢嬢的对话。

他，绝对没有自己形容的那般悲惨。

不过马一畚此刻也是用人之际，不在乎对方是否说谎，考验了几句之后，点头说道："带路。"

得了承诺，那赖大高兴地转身，带着我们绕开了水潭，越过花丛往里走去。

如此又走了数百米，前方出现了一座庙宇。这庙宇红墙黑瓦，显得无比庄严，几进几出的院子十分气派。唯一让人感觉到有些不太对劲儿的是里面的"嗡嗡"声。

这声音未免也太过于密集了，让人听了莫名就感觉有些头皮发麻。

马一畚从怀里又摸出了一个大瓶子，吩咐道："找点儿干柴来，我们点上弄点儿烟，把那些工蜂熏走。"

楚小兔瞧见他手中的瓶子，笑着说道："小马哥，你难道是机器猫不成？"

马一畚扬了扬手，说："这是从村子里拿到的浓缩蜂浆，这玩意儿黏稠，用来引火最是方便。"

几人在门外拾着柴火，突然间屋子里传来一声厉喝。

那岳壮实愤怒无比的声音从里面传来："你，你们，真的太过分了，要赶尽杀绝吗？"

轰……

这家伙，居然真的在。他以为我们占了便宜，就屁颠屁颠儿走了，没想到我们不但没有走，而且还杀到了他的老巢。

这事儿，让原本就被蛊毒折磨得难以招架的"山神老爷"岳壮实更加恼怒不堪。

而马一畚完全没有和平共处的思想，在听到岳壮实的话语之后，没有任何犹豫，将瓶子里面的原浆抖落在了柴火上，然后一脚踹向了大门。

他一边冲，一边喊道："放火。"

楚小兔早有准备，他这边一吩咐，立刻划开了火柴，往木柴堆里一扔，里面松叶枝丫等易燃之物腾然而起，快速蔓延起来，浓烟滚滚。

砰！

马一吞一脚踹开了山神庙的大门，随后一个铁板桥，身子陡然向后闪去。

就在他下腰闪开的时候，一个物件几乎是贴着他的身子落下，重重地撞在了马一吞身后的青石板上。

随后里面有黑压压的马蜂朝着我们这边猛然扑来。

嗡嗡嗡……

狂蜂扑面，无惧浓烟，瞧见这一幕，我知道那岳壮实也是使出了压箱底的手段。

眼看着马一吞就要被蜂群吞没，我心急如焚，下一秒一个大胆的想法从我的脑海里掠过，紧接着我再一次抽出了那根缠在腰间的软金索。

妖气灌入，此物迅速地变粗变长。

我奋力往前冲，继续将修行而来的全部妖气以及血脉之力，全部都灌注其中。软金索从没有一刻如此时一般的粗大。

它完全就是一个大棒子。碗口粗的软金索长棍，长到足足有两米多长，然后停止了增长，然而停不下来的是腾然而起的黑气，把整个空间都给笼罩住。

当我挥出去的那一瞬间，连我自己都害怕了。

这是我发出来的妖气吗？

它，怎么这么强？

轰……

气息蔓延，原本犹如日本零式战斗机一般扑面而来的大马蜂，瞬间四散而开，没有一只胆敢闯进来。

一千八百年前张飞怎么守的长坂坡，我就怎么守的山神庙。

一夫当关，万夫莫开。

软金索长棍散发出来的腾腾妖气将所有大马蜂都给震慑住了，不敢前进。而马一吞翻转过来，手伸向了身后的青石板上，哈哈大笑。

他说，今天的第一件战利品，到手了。

我扭过头去，瞧见马一咼的手中，抓着一把展开的折扇。

这折扇的扇骨皆是玉石，却宛如精钢一般坚硬，尖端处有机关，弹出锋利的尖刃，扇面虽然不知道是什么材质构成，但上面书写的文字，却飘逸如二王之作。

一个字，美。

扇面之上七个大字——本地山神，风公子。

这是岳壮实的贴身之物，也是用来与我们交手的得意兵器。而此刻，他却慌不择路，将这玩意儿给直接扔了出来。

这代表着什么？我和马一咼对视一眼，眼中都涌现出了狂喜的表情，紧接着马一咼没有再犹豫，朝着前方猛然扑去。

我紧跟他的身后，冲进了山神庙中。

一入庙中，奋力前行，进了大厅，便瞧见那周遭的墙壁之上，有七彩光华浮动而出。

口中嚼着那芦荟野草的我丝毫不受干扰，瞧见这房间里面，居然有三大坨蜂巢，每一个蜂巢都连接到了七八米高的顶端，又宽又大。

它上下有些窄，中间宽，如同纺锤一般。

每一个蜂巢最细小的根部位置都有七八人合抱一般的宽度。

此时此刻，蜂巢外围，爬满了密密麻麻的蜂子。这些蜂子与先前瞧见的马蜂不一样，反倒是与蜜蜂一般，只不过体型有些大，而尾部处，多了一环红色。

这红色，如同鲜血一般鲜艳。

我下意识地喊道："这个是……"

"这是噬心蜂的蜂巢，岳壮实那家伙就是控制了这三窝蜂巢的蜂后才能够为所欲为的。只要掌握住里面的三只蜂后，就相当于他的腿断了一条，再也嚣张不起来了……"

说话的人，却是半路投诚的赖大。

这家伙提着一根湿淋淋的铁钎子进来，左右打量着，仿佛在找寻他的妖丹存。

而当他一出现，角落里突然传来了一个尖细的嗓音："赖大你个不得好死的东西，你居然跟这帮土贼走到了一起？我知道了，都是阴谋，原来你们所有人都背叛了我。死！我要你们全部都死……"

原本打算潜藏着偷袭的岳壮实在听到赖大的声音之后，整个人都不好了。他疯狂地叫着，紧接着整个空间陡然一震，我感觉脚下一阵颤抖。

马一呑也感受到了，冲着身后喊道："小心。"

轰……

我们头上的屋顶在一瞬间垮塌下来，巨大的木头和砖瓦砸落下来。还站在门口处的楚小兔朝着门外猛然滚去，而身处其间的我们，却没有办法逃离。我感觉到头顶一暗，知道逃是逃不了了，只有朝着最近的一根柱子扑去。

随后我舞起了手中长棍，将砸落在头上的东西给全数挑飞。

但人力有时尽，无数的砖瓦跌落下来的时候，我还是顶不住，被直接盖在了瓦砾堆中。

好在那个时候，我已经抱着头，尽可能地蹲在了角落处。

砰……一瞬间，我的后背被狠狠地砸中，一股说不出来的压力陡然生成。

我后背疼痛欲裂，不过这事儿来得快，去得也快，几秒钟之后，压力骤减。我撑着手中长棍，猛然一捅，将压在我头顶上的瓦砾给掀开了。

这个时候，整个山神庙的大殿都已经垮塌，三堆蜂巢也给压扁了。

当我艰难地从水瓦砾堆中爬出，却瞧见有两个人纠缠一处。

而当我完全爬出瓦砾堆，走到上面来的时候，又有人加入。

先前两人，是马一呑与一身破烂的岳壮实，而后面的那人，却是楚小兔。她刚才没有被压倒，所以及时赶到。

战况十分激烈，不过从场面上来看，马一呑几乎对岳壮实形成了大优势的压制。

从那家伙跟跟跄跄的身形来看，小虎在他身上留下来的长线蛇虺蛊毒依旧存在着功效。

除此之外，岳壮实的左手还抓着一个布袋。这布袋里的东西使得那个一开始拥有碾压实力的岳壮实，此刻正在节节后退。

楚小兔的加入，成了压倒骆驼的最后一根稻草。那家伙没有再与马一岙纠缠，而是扔下了手中的东西，在几秒钟之内显化出了本相，随后振翅高飞，朝着天空摇摇欲坠地逃去。

这个时候，瞧见他的状态，我很担心他飞到一半的时候会坠落下来。

然而让我失望的是，他并没有坠落，而是越飞越高，最后不见了踪影。在此期间，我和马一岙都尝试着投掷石块，想将他打下来。但都没有成功。

这个时候，我突然在想，倘若是阿水在这里，那一手追风箭，能不能将人给留下来？但也只是想想，对于这个能够张开翅膀飞走的家伙，我们终究还是束手无策。

这让我心中多少有一些遗憾。

就在这时，身后传来一个声音："他果然是中了毒，要不然怎么会这样？"

我回头过来，看着赖大眼神有些飘忽。

赖大让我一瞧，浑身打了个冷战，慌忙说道："那个啥，别杀我，我跟你们是一伙儿的。"

我心情有些浮躁，手持长棍，总想找个脑袋砸下去。

而这个时候，一只手搭在了我的肩膀上，马一岙的声音传来："这个家伙还算识相，饶他一命。"

我回头看着马一岙，点了点头。

赖大松了一口气，马一岙继续说道："岳壮实那家伙，就算是苟且活下来，熬过了蛊毒发作，也成不了大气候了。而且，他还留下了这个，算是自断手脚吧。"

他弯腰拾起了布袋，将其口子打开。我探头一看，瞧见三团软绵绵的东西。这东西差不多有三个月的小孩儿大小，浑身软绵绵的，外貌很像是蜜蜂，但翅膀和爪子都退化了，只有那硕大的屁股，跟玩偶抱枕一样，格外突出。

我有些不确定地说道："这个，就是蜂后？"

马一岙点头，说："对，噬心蜂蜂后。没有这东西，那家伙完全使不出幺蛾子。"

我有些犹豫，说："那咱们，把它们给弄死？"

马一岙摇头，说："这东西算是极为稀见的异种，千金难求。咱们分了，回头我跟你说有啥用。"

说罢，他看向楚小兔，说："你有啥东西装不？"

楚小兔摸出了一个圆溜溜的小圆球来，开口道："炼妖球。"

马一岙豪爽地拎出一只来，扔给了楚小兔，然后又给了我一只，说道："你也收好，东西不分好坏，人心才分，这一只蜂后代表着一个族群，回头有大用场的。"

三人分完了战利品，马一岙又看向被压垮的山神庙大殿，对我说道："走，里面还有好货。"

"什么好货？"

马一岙激动地说道："蜂王浆啊，噬心蜂的蜂王浆不光能够提炼琼脂酿，用来入药，对修行者来说，也是极大的补品！"

蜂蜜和蜂王浆，听上去好像很像，但严格地说，它们几乎是截然不同的。

蜂蜜是蜜蜂从植物的花中吸收花粉、花蜜之后，在自己的第二个胃里面经过十五天左右地反复酝酿，分泌出来的营养物。而蜂王浆则是蜜蜂巢中培育幼虫的青年工蜂咽头腺的分泌物，它是用来供给将要变成蜂王的幼虫的食物。

简单来讲，蜂蜜就好像古代平民吃的红薯，管饱。

而蜂王浆则是王孙贵族的肉糜，营养。

这样的比喻或许不太恰当，因为蜂王浆实在是太珍贵了，在寻常的蜂群之中，它就有"液体营养黄金"的说法。而在这噬心蜂群之中，在如此苛刻的条件下，更是无比珍贵。

人们谈及这玩意儿的时候，基本上是论克来计数的，而在接下来的大半个小时里，我们从倒塌的大殿瓦砾之中抢救出了足足四桶出来。

这桶子是山神庙平日里用来挑水的木桶，每一桶差不多都有四十斤。

除了蜂王浆，还有未破茧而出的蜂王幼虫。也就是蜂蛹。

这玩意儿如果在族群没有蜂后的条件下，就会重新酝酿，出现新的蜂后，不过因为噬心蜂的独特性，使得这种过程会显得格外漫长。

但我们不会留下任何的漏洞，尽可能地将这些蜂蛹收集起来。

因为我、马一岙和楚小兔一人一个蜂后在手，所以过程并没有太多危险，那些蜂子在经过蜂巢垮塌、挤压和蜂后被俘之后，并没有表现出太多决绝之意，反而显得格外的顺从。

果然如同赖大所说，只要掌握住了蜂后，岳壮实的腿就算是给打折了一半。

除了蜂王浆，我们还在后院的库房之中找到了多年来存留下来的噬心蜂蜂蜜。

相比较于蜂王浆，这些蜂蜜就显得普遍许多。它们被用比人还高的大缸装着，一缸一缸，差不多得有十来缸的样子。

楚小兔爬到了上面去，推开木盖，用手捧了些蜂蜜来尝，甜得直眯眼，大声说道："这样品质的蜂蜜，简直就是千里挑一，难怪那风公子长得如此年轻呢，除了采阴补阳，恐怕每日以此蜂蜜为食吧？"

马一岙点头，说道："这噬心蜂的蜂蜜，富含多钟维生素和矿物质，以及保健因子、泛酸、乙酰胆碱等，能够促进神经恢复，改善造血功能、风湿症、强化肾上腺皮质机能、活化间脑细胞，促进智力发展、提高记忆力，人体衰老组织活化、延缓衰老、促进代谢、美容养颜等等。正是因为这些，那家伙才能够在中了蛊毒的情况下坚持到现在。"

我在旁边听了心惊胆战，说："你讲的这些，好像是不死仙丹一样呢。"

马一岙一愣，说："啊，你知道？"

"怎么就我知道了？我完全都是蒙的好吧，到底怎么了？"

马一岙说："我刚才不是让你把那蜂王给留着，作用后面告诉你吗？其实我想说的是，传说中当年徐福奉旨炼丹，最后东渡蓬莱，带领三百童男童女去取药，其实只是避祸。传说中的长生不死药早已炼成，其中的构成药物，从典籍的记载中看，就是这种蜂王浆，而包裹药丸的也是这种蜂蜡。"

我倒吸了一口凉气："你这话，当真？"

如果是真的，那这玩意儿可就真值钱了。

马一岙笑了，说："我也不知道，典籍里面的用词十分含糊，也没有具体到名字，但与这种蜂蜜上面的描述，大部分是相同的。"

楚小兔在旁边听了，也是十分激动，不过除了激动，她还有一些忧虑。

她望着这十缸比人还高的大缸子，一脸忧愁地说道："这么多，我们怎么拿走啊？"

这些蜂蜜，我们当然是想要带走的。

正所谓"天与不取，反受其咎；时至不行，反受其殃"。

这是一方面，另一方面就是这些东西留下来，天知道会不会成为岳壮实再次起家的资本。就算是岳壮实跑掉了，留下的这些东西说不定也变成了那帮落花洞女恶婆娘的战利品。一想到这个，我们都有些不甘心。

马一岙瞧着，叹了一口气，说："实在不行，就象征性地取一些，然后一把火烧了吧，总比留给那帮婆娘们要强得多。"

楚小兔一脸焦虑，趴在上面恶狠狠吃了两口，说："这样的蜂蜜，要是天天能吃一勺，那该多美啊！"

马一岙劝她说："没事的，你不是有一只蜂后吗？回头养起来了，蜂蜜不差。"

楚小兔说："这玩意儿难养，能不能活还两说呢，就算是活了，想要产蜜又得很长一段时间呢。"

马一岙笑了，说道："咱们赶紧去旁边看看，这个穷乡僻壤，虽然没有什么好东西，但除了蜂蜜之外，药草也挺丰富的。那家伙打架不行，但奴役劳工和迷幻术还是有一手的，炼丹的技术还行，咱们去药房看看，说不定还能找到不错的东西……"

楚小兔恋恋不舍，看着这些大缸子难过地说道："那……好吧。"

我在旁边看着她的模样，有点儿好笑，突然之间，又觉得哪里不太对劲，左右一看，说道："那赖大呢？"

马一岙指着左边的建筑说道："奔药房了，那家伙时时刻刻都在想着自己的妖丹。"

我赶忙走，说去看看。我倒不是害怕赖大找到自己的妖丹，而是怕那家伙凭借着自己对于此处的熟悉，将好东西都给捞完了。

好在见识过我们的本事，特别是不知道我们谁有下蛊能力之后，赖大显得格外乖巧。他虽然进了药房，却并没有藏私，不但如此，他还将岳壮实的药房都给翻了一个遍，然后十分狗腿地堆到了门口。见我们进来，便涎着脸，对我们说道："两位老大，这位姐姐，你们赏眼看，这是那岳壮实几十年来炼出来的丹丸，都在这儿呢。"

他说"这位姐姐"的时候，我格外别扭，楚小兔的脸色也不太好。事实上，他先前谈及楚小兔的时候，用的词语是"那个长腿大胸前凸后翘的姐儿"，不但如此，他还放下过豪言，说要是抓到了，得给他先玩儿上几天。

这会儿他看向楚小兔的眼神，那里面传递的敬重，就好像楚小兔是他的亲姐姐一样。

我有些不太适应，反而是马一咼老江湖，完全不在意，笑着说道："来，看看都有些什么？"

赖大献宝一般地说道："天生的不多，不过这盒子里面的百年何首乌是真的不错，另外还有这个紫色灵芝，听那家伙吹嘘过，说有三百年的存积，固本培正，是一等一的药材。另外这些菩提子也有一些来头。再就是丹药——这个是蜜蜡固气丹，这个是驱散宁神丹，还有这个行脉导气丹，都是不错的丹药。再就是这个专有的拨乱反正丹，给人服上一颗，控制消减。至于这一瓶……"

他十分神秘地笑了："你们猜一猜，这个是什么？"

马一咼不吃他这一套，皱着眉头说道："别废话，赶紧说！"

赖大不敢怠慢，赶紧说道："这个叫作不老丸。"

"啊？"听到这个，楚小兔的双眼都在冒光，说，"这个，就是传说中的长生不死药？"

我的呼吸也有些急促了，反而是马一咼十分淡定，瞪了赖大一眼，说："别卖关子了，赶紧说。"

赖大赶忙解释道："不是长生不死药，而是延缓衰老，重新焕发青春的丹丸。这东西据说是那家伙的师父留下来的方子，通过噬心蜂蜂王浆来做主味，再加上他采补那些落花洞女之后的精血凝练而成，一颗服用，青春焕发，绝对是神奇得不能再神奇的东西了。"

马一吞听了，夺了过来，打开瓶子一看，说道："里面有十颗……我们一人三颗，剩下一颗，赏你了！"

赖大听到，大喜过望，躬身唱喏："谢谢老大，您真的是太敞亮了……"

他跟着岳壮实不知道多少年头，哪里受过这待遇，当下也是心花怒放，反而是我有些疑虑，听到这是那些落花洞女的精血所炼，心中怜悯，说："这个有啥好的，不要。"

楚小兔冲着我说道："你脑子进水了啊，赶紧拿着，这样的好东西，过了这村儿可就没这店儿了。"

我还想多说什么，突然间，不远处传来一声兽吼。

紧接着，那"嗷嗷"的叫声由远而近，与此同时出现的是，我们脚下的整个大地都在颤抖。

这是……我一开始有些发愣，随后脑海里浮现出了两种颜色。

黑。白。

天啊，我想起来了，那几头一直没有出现的食铁兽，终于赶来了。

第三十一章

马侯驯兽

这猛兽的叫声，让我瞬间就回想起了那几头畜生魁梧的体型，以及传说中能够生食钢铁的牙口，顿时就有些心惊胆战。

经历了几场酣战，此时此刻，我其实已经十分疲惫了。

倘若不是这满满的收获带来的兴奋感撑着，我躺下去都能立刻睡着。太累了，不但累，而且我的身上还有多处伤势，就连裆部都还有隐隐的痛感传来。

这让我如何提起足够的精神头儿去应对那四头食铁兽呢？

不但是我，那叛变而来的赖大也是十分惊恐，牙齿打战，开口说道："那四头畜生很厉害呢，一旦发起狂来，只怕谁也拦不住……你们谁行？反正我扛不住……"

马一吞瞪了他一眼，说："你好歹也是一个老牌夜行者，怎会怕那么几头畜生呢？"

赖大摇头，争辩道："什么畜生啊，这是异兽，远古遗种，天知道姓岳的到底是从哪里搜罗来的，凶得很。有一次从神农架来了一癞毛大野人，足足有四米多高，肩上能跑马，想要占住这儿开山建府，结果呢，还不是被这几头大胖子给活生生撕了。"

马一吞眯眼，说："你的意思是，它们很厉害？"

赖大点头，说："相当厉害，我估计它们一旦发起狂来，我们谁也拿不住。

不如，走吧？"

马一吞笑了，说："你的妖丹不要了？"

赖大赔笑说："比起妖丹来，当然是小命更重要。"

两人说着话，而这个时候，远处突然间传来了一阵巨大的轰塌声，却是那几头食铁兽将院墙推翻，朝着这边冲了过来。

楚小兔有些慌，问马一吞："要不然，我们先撤？"

马一吞伸手，说："别慌，咱们得先确认一点，那就是这帮圆滚滚的东西到底是被那岳壮实驱使着冲着咱们来的，还是另有目的。这件事情，关系重大。"

楚小兔着急了，说："这不是都一样吗？难不成，你在这儿待了几天，跟那几个大胖子混成朋友了？"

"朋友倒不见得，但也不一定是敌人呢。"

说罢，他转过身来，对赖大说道："琼脂酿在哪儿？"

赖大有些尴尬，马一吞厉声说道："你别跟我打马虎眼。岳壮实的下场你是看到的，你若是有信心承受，那就别说实话。"

食铁兽的脚步声已经越来越近，形势紧迫，马一吞的态度开始变得强硬起来。

赖大不敢再有隐瞒，将衣服掀开，摸出了一个水囊，有些不情愿地说道："都在这里，没有藏私。"

马一吞伸手接了过来，打开水囊的口子闻了一下，然后说道："走，去看看。"

我们趴在药房的门口，小心翼翼地往外瞧，却发现脚步声停住了。

夜色之中，几个无比魁梧的身影正围着大殿的废墟在扒拉着，瓦砾的声响从远处传来，在这样的夜里，显得格外明显。

我们小心翼翼地摸了过去。

刚才在山神庙门口点燃的柴火还没有灭，在那火光之中，我瞧见那几头身型巨大的食铁兽正在扒拉瓦砾。其中一头已经顺着我们先前挖开的地方钻了下去。

随后，有呼吼的声音从下面传来。

其余几头食铁兽听到，争先恐后地摸了过去，没一会儿，几个胖家伙捧着远比自己身体还要巨大的一块蜂房，然后开始往嘴巴里面送。

那蜂房的周围，还有残余的蜜蜂爬动着，它们却浑然不觉，大吃大嚼。

呃……瞧见这几个家伙，我们相视无语。

原本以为它们是岳壮实叫过来钳制我们的利器，没曾想它们过来的目的很简单，就是被那蜂蜜的香味吸引。

它们过来，就是奔着蜂蜜来的。几个吃货。

这四个圆滚滚的家伙趴在废墟之上，连吃带咬，还跟旁边的同伴打闹，一副大快朵颐的模样，完全没有朝着我们过来的架势。

瞧见这个，我忍不住问道："这个……咋办？"

楚小兔眼睛亮晶晶的，说道："要不然，大家井水不犯河水，相安无事？"

我说："你意思，别管？"

楚小兔刚要点头，马一吞却说道："不，趁此机会，咱们将这几头食铁兽给收服了。若是我们什么都不做，回头那帮老女人指使着它们为祸一方，可不是好事。"

我问他有办法吗？

马一吞看向了赖大，这个气质卓著的男子如此一瞪眼，赖大不敢保留，赶忙说道："这个，按理说，拿琼脂酿来喂食，应该可以驯服它们吧？"

马一吞眯眼说道："喂食，我自然会，但如何通过琼脂酿来驯服对方，让食铁兽听我的话，这个才是问题。"

赖大摇头，说："不，岳壮实平日里做这种事情都是很隐秘的，我如何能够得知？"

马一吞一把揪住了他的衣领，说："真不知？"

赖大都快哭了，慌忙摇头："我真不知道啊，我若是知道了，岂不也是山神了？"

马一吞见没问出来，知道赖大应该不会有所藏私，沉思了一会儿，然后对我说道："一会儿要是真的干起来，你用你的棍子试着看看。"

我的棍子能够震慑爬虫和蜜蜂，但对于食铁兽这种远古遗种是否有效果，谁也不知道。但有的时候，还得去尝试。

我深吸了一口气，说好。

马一吞说："我去布置，你在后面压阵。小兔姑娘，你去药房那儿等着，如果情况不妙，将丹药全部拿走，别留下来。"

楚小兔点头，说好。

马一岙向前走去，临走时给了我一个眼色，让我看好赖大。他对这小子终究还是不放心。

马一岙朝着山神庙大殿的方向摸去，他先是在库房和药方这边的空地上布置了好一会儿，方才向前，每走一段距离就停下脚步，蹲身洒了一些琼脂酿。

如此这般，差不多有半个小时的工夫，他终于来到了山神庙大殿的瓦砾堆附近。随后他洒了一瓢噬心蜂的蜂王浆，落在了大殿旁边的台阶上。

紧接着他赶忙将自己藏起来。

我们抢救出来的那蜂王浆，气息浓郁，远胜于寻常蜂蜜，那几个不断打闹进食的圆滚滚的家伙一下子就嗅到了不寻常的香味，先是犹豫了一会儿，紧接着争先恐后地朝着这边跑来。

它们四脚着地，完全没有平日里的蠢笨模样，就好比那撒丫子奔跑的哈巴狗，快得让人吃惊。随后四头都来到了马一岙刚才泼洒蜂王浆的地方。

它们伸长了粗糙的舌头，开始舔舐那满是蜂王浆的青石板，为了抢夺更多一些，它们之间还爆发出了激烈的冲突。

推搡之间，一个个子稍微小一点儿的食铁兽一骨碌就滚到了边缘上。

别看这帮食铁兽个个如同大熊猫一般憨态可掬，但真正发起狠来，却是十分凶悍的。不过那个被推远的食铁兽却也是因祸得福，因为它嗅到了比蜂王浆还要香甜的气味。

那玩意儿自然就是经过秘法炼制，稀罕无比的琼脂酿。

它揉了揉挨踹的肚子，趴在地上，开始舔舐。

马一岙洒下的蜂王浆不多，那三头很快就舔完了，正恋恋不舍呢，瞧见不远处那同伴美滋滋的模样，立刻就反应了过来。

别看这帮圆滚滚的家伙憨态可掬，其实还是挺精明的，瞧见之后，立刻拔腿过去。接下来，都用不着马一岙参与，这帮食铁兽一边走一边抢，终于来到了马一岙设置了许久的地方。

那儿的琼脂酿比别处的要多了许多。

四头食铁兽在那儿撅着屁股舔舐。这琼脂酿是秘法炼制的蜂王浆，平日里珍贵无比，即便是用来控制，分量也是反复斟酌的，这帮家伙哪里能够肆意吃到，当下也是拼命地吃着。

而就在这个时候，它们外围的地方突然间有一大团火焰腾然而起，将它们包围其中。

火焰腾起，食铁兽顿时就吓到了，拼命往中间缩去。

它们你挤我，我挤你，很是慌张。

这个时候，马一岙跳了出来。他高高举着手中的那一袋琼脂酿，大声喊道："趴下，趴下。"

我感觉马一岙的语调有些古怪，显然也是心底发虚，没有底气。不过他这人有一个优点，那就是胆子大，在这个关键时刻，他的语气严厉无比，莫名就有了几分威慑力。

那帮食铁兽瞧见马一岙，张开了嘴巴露出利齿，又挥舞爪子表达愤怒。

我深吸了一口气，也冲了出来。

我再次拔出了腰间的软金索，使劲儿敲着地板，然后大声叫道："趴下，趴下。"

我的出场，特别是那妖气腾腾的软金索长棍，让圆滚滚们有些惊慌。

随后马一岙大声喊道："趴下的，有吃的；站着的，就得死！"

他说得杀气腾腾，而我的长棍则敲到了火圈外围去。

马一岙反复说着。双方僵持，剑拔弩张，仿佛一触即发。

时间似乎过了一个世纪，终于，最肥大的那头食铁兽"嗷呜"一声之后，顺从地趴在了地上。

我与马一岙相视一笑。

琼脂酿的药性起了作用，这帮圆滚滚的家伙们，终于被降服了。

火焰圈中，琼脂酿的药效开始渐渐发作，四头身形硕大的"大熊猫"低下身子，将肚子趴在了青石板上，脸上的表情也不再狰狞。

这个时候的它们显得如此憨态可掬。瞧见它们这般模样，我松了一口气。

琼脂酿还真是恐怖，这帮食铁兽在服用之后，暴躁的性子收敛，小心翼翼地趴在地上。它们两眼泪汪汪，仿佛很委屈的样子。

马一岙并不放心，继续说道："起立，都站起来。"

这回用不着他威胁，几个庞大腰圆的"大熊猫"立刻爬了起来，而马一岙又重复了好几个指令，半蹲、小跳、晃动肚子之类的。他一边喊一边做，那四头"大熊猫"听了，居然也照着做，争先恐后的样子，让马一岙笑开了怀。

随后他撒了泥土，把火圈弄出了一片缺口，指引那四头食铁兽走了出来。

圆滚滚的"大熊猫"们走出了火场，乖乖地在马一岙跟前排成一排。有稍微怠慢一些的，我就一棍子抽去，将这老赖口中的凶兽吓得屁滚尿流，乖乖地半坐着。

马一岙则大声喊道："大春，大春是谁？"

一只肥嘟嘟的手举了起来。

马一岙又继续喊道："大夏是谁？夏天，大夏！"

他挨个儿喊着，并且让它们按照"春夏秋冬"的位置排好，而"大熊猫"居然都脾气不错地照办着，让人看着都有些错愕。

不过马一岙是打一棒子，就给一甜枣，这帮大熊猫排队站好之后，他叫老赖去缸子里舀了几勺蜂蜜来，给它们加餐。

蜂蜜在前，食铁兽们又故态复萌，开始打闹争抢起来。

我一通棍子下去，又都变乖了许多。

如此来回折腾几次，它们终于听话了许多。这个时候，楚小兔也将药房里面最宝贵的东西都给打包妥当。

我们又继续搜罗，却发现这地方除了蜂蜜和药材、丹药之外，穷得出奇。后来再没有什么能够看得入眼的东西。

哦，对了，从那岳壮实的卧室里，我们还搜出了一大堆的刺绣绸布来。至于其他的，估计是他回来搜刮了一趟，所以啥也没有了。那幻光石虽然还算不错，但因为有放射性，我们都没准备拿。

之后，我们在山神庙后面的一个地窟里发现了许多白骨。不知道有多少人惨死于此。除了白骨，还有无数毒虫在里面蠕动着，对于这个，我和马一岙的意见十分统一，一把火烧光。

接下来我将山神庙搜了一遍，马一岙则回到了库房前，盯着那十来个巨大的粗瓷缸子许久，突然一拍胳膊，对我喊道："我想到了，想到了。"

"什么？"我不明所以。

马一岙指着院子里老老实实蹲着的食铁兽，说："那些缸子我们搬不走，但它们可以。这帮畜生力大无穷，搬点儿东西也不是啥困难的事情。"

"这个，可行？"

"试试就知道了。"

接下来他的表现，让我很是诧异。他先是找来那一大堆估计是落花洞女进贡的刺绣与布匹，将这些食铁兽和蜂蜜缸子给包裹起来，做成牢固而结实的"背篓"，随后将各个缸子的蜂蜜调配，确保每头食铁兽背上的缸子是满满当当的。随后他找到了厚实的布匹，捆住缸口木盖，又用蜂蜡密封。

弄完这些，他开始指挥着那帮食铁兽前行，让我用棒子在旁边驱使着，使它们保持平衡，不让缸子倾斜，将蜂蜜洒出。

这一切，由他指挥调度，甚至与那些食铁兽沟通交流。他来回不断的交流，显得十分认真，有耐心。

功夫不负有心人，食铁兽们在棍棒和琼脂酿的双重指引下，终于驼住缸子，稳稳前行，没有洒出来的可能。

此时，我们已经将山神庙梳理干净，将一切能带走的东西都给带走了。

最后，马一岙否决了我一把火烧毁这地方的提议。

他说："既然黑风沟的秘密被揭开，那我们就还有回来的可能。这些数十年累积下来的蜂蜜琼浆，这次不能一下子带走，但之后还是有机会回来拿的。"

用它们来补偿小虎和那些受尽奴役的男人是个不错的主意。听到这话，我放弃了彻底了结的念头。

我们满载而归，唯一失落的人是赖大，因为他翻遍了整个山神庙，都没有找到自己被收走的妖丹。而这会儿他已然坚持不住了，变回了癞蛤蟆的本相。

其实这事儿并不让人意外。岳壮实对他这个内奸恨之入骨，怎么可能将他的妖丹随意舍弃呢？必然是随身携带着。

恢复癞蛤蟆本相的赖大不能在外面久留，向我们告罪一声，就回到了山神庙前的水潭里面了。临走之前，它答应了我们，不再助纣为虐。

当然，这话我们也不较真。他是否会信守承诺，不得而知，但仔细想想，他得罪了岳壮实，想回头的可能性很低。

　　我们搜刮妥当之后，马一吞将那固本培元的丹丸给我们分吃，我们恢复了一些状态，休整之后开始出发。

　　沿着山路回转，到了半途，突然杀出来了三个落花洞女，其中一人，就是小虎认识的小九老太。原来是担心后山出事，被大嬢嬢派过来侦查的。

　　其间免不了一番恶斗，最终还是我们胜利了。

　　从某种程度上来讲，这帮落花洞女之中，修为最深的是那个大嬢嬢，至于其他人，都算不得厉害的角色。所以虽然有一些麻烦，但也没有太多耽搁。

　　倘若不是马一吞阻止了那四头食铁兽上来相帮，说不定结束得更快。

　　我们将这三人制服之后，马一吞叫来了楚小兔，让她给每个人喂一颗拨乱反正丹。

　　相比较于马一吞配置的那瓶腥臭药水，这丹药则温和许多。而且它本身就是琼脂酿的解药，速度更快一些。

　　果然，服用之后，她们呕吐得比月娘更加厉害，没多一会儿，那地上就吐得一塌糊涂，花的花、绿的绿，还有许多的黑色血块和虫尸，看得人毛骨悚然。

　　吐过之后，三人的眼神都恢复了清明，彼此相见，都脸色苍白。

　　我不认识别人，就问小九老太："记起自己的名字了吗？"

　　小九老头双手捂面，哭泣着说道："王翠华，我叫王翠华，呜呜……"

　　得，这算是想起来了。

　　我叹了一口气，说道："事情的前因后果，需要我跟你解释吗？"

　　小九老太捂着脸，难过地说道："不用，不用，我都知道的，其实我午夜梦回之时，隐约能够想明白，不过每一次想往深处思量的时候，又有一个声音在蛊惑着我，让我无法从梦中醒来……"

　　马一吞在旁边说道："事已至此，话不多说，你在山外若是还有家人，可以前去投奔。"

　　小九老太没说话，旁边一个老妇人却号啕大哭起来："我们都变成这个鬼样子了，哪里还能回得去啊，还不如死了呢……"

　　另一个人也哭着附和，说哪里还有脸回去见家人。

　　三人悲痛欲绝，我们也没办法劝解。

可怜之人必有其可恨之处，她们在这与世隔绝的山中寨子里，虽然受了岳壮实的迫害，由花季少女变成瘪嘴老太，但也改变不了她们欺压那些男人的事实。所以，我们对这些落花洞女的态度也十分矛盾和复杂，一方面她们是受害者，另一方面她们又是施暴的一方。

我们是个体，不是团体，也不是法庭，没办法去审判任何人。

所以她们一旦表现得无害，我们也没有办法多加责难，除了安慰之外，马一岙只提出了一个要求。

那就是让她们帮忙，将所有的落花洞女都唤醒过来。

之前马一岙手中调制好的药液不够，但这回我们抄了岳壮实的老家，手中的拨乱反正丹足够，为了避免争端，我们不得不认真面对起这个事儿来。

三人在悲恸之后，都点头答应了。

随后我们一行人走过山道，回到了大火肆虐过后的村子。

在这三位老妪的帮助下，事情变得很简单了。楚小兔被我们安排在了村外，看着食铁兽和我们的战利品，我与马一岙则跟着那三位老妪进了村，各个击破，不断地擒人。

等到我们被发现的时候，大部分人都已经服用过了拨乱反正丹，双方力量的天平开始倾斜，使得即便是大嬢嬢想要力挽狂澜，最终还是失败了。

我们费了九牛二虎之力，将那大嬢嬢按倒，给她喂了拨乱反正丹。

这一切结束之后，天差不多已经蒙蒙亮了。

大火过后的村寨，哭声一片，而晨光拂晓之时，远处的青石板长道上，走来了一大群人。

粗略一看，差不多二十来个。

这二十多人里领头的那个，我们是认识的。

小虎的爷爷，那个瘸了的老苗人，东苗蛊王罗全牙。

这个老头儿先前看上去一团和气，然而此刻进了山谷，却是怒气冲冲，带着二十来个与他一般打扮的苗人，气冲冲地就杀到了这儿来。

我在队伍之中并没有瞧见小虎，知道他们应该是还没有会合。

二十多人里，好多个受了伤，显然在没有落花洞女的领路之下，他们进了这黑风沟里来，也遇到了许多机关，好几个甚至都不能自己行走，得在旁人的搀扶之下方才得以勉强同行。

至于小虎爷爷，更是一瘸一拐，十分艰难。

不过他们终究还是赶来了，气势汹汹。

马一吞赶忙带着我迎了上去，双方见面，并不友好。

小虎爷爷别看人瘸了，力气却大得吓人，人也灵活，上来就推了一把马一吞，气势汹汹地质问道："我孙子呢，我孙子小虎呢？"

马一吞被推翻倒地，我上前去理论："大爷，您别着急。"

小虎爷爷瞧见我气就不打一处来，摸出腰间的旱烟锅子，指着我的鼻子大骂道："我之前是怎么跟你说来着？小虎是不是只负责领路，不能进这儿来？现在人呢？人在哪里？他父母走得早，就给我剩下这么一个独苗苗，倘若他是有什么三长两短，你让我一个孤寡老人怎么活？白发人送黑发人吗？他人呢，人在哪里？"

我苦笑，说："他不在这里……"

小虎爷爷的脸色一变，烟锅子都快要伸到我鼻子前了，他怒气冲冲地说道："他折在这里了？"

他正骂着，身后突然传来一声叫唤："爷爷！"

啊？小虎爷爷回过头去，瞧见自家大孙子出现在了水田那一片，身后还跟着几个脸色黑黢黢的男人和一个脏兮兮的大姑娘，顿时就是一愣。

随后他顾不得我们，一瘸一拐，几乎是飞跑了过去。

爷孙见面，分外激动。

我也将马一吞给扶了起来，问道："怎么样，你没事儿吧？"

马一吞苦笑，说："没事，罗前辈这人其实挺沉稳的，这会儿是爱孙心切才会不讲道理。不过这一下，咱们也得受着，毕竟如果没有小虎的长线蛇虺蛊，我们未必能这般顺利。回想起来，这一切实在是太简单了，如有神助一般。"

"那也不能不问青红皂白就是一顿骂。"

我被喷得一脸唾沫，心中不爽。马一吞则笑了，对我说道："结局是好的，再想想那些东西，心里面是不是好受一点儿？"

听到他这么一说，又想起这一夜的收获，我不再多言。因为确实如马一吞所说，今天的收获实在是太大了，盆满钵满，让人都有点儿难以置信。

山神跌倒，我们吃饱。

两人低声聊着，这个时候，小虎爷爷罗全牙也带着自己孙子走了回来。

此刻的他红光满面，对着马一呑说道："算你还懂些道理，什么危险的事情都自己去顶着，这事儿就此揭过吧。"

他说的是我们让小虎带着妹子留下来，而我们去敌人后山老巢清除后患的事情。

这时我方才明白，原来马一呑的安排，竟然有如此深意。

马一呑拱手，满是歉意地说道："对不起罗前辈，让令孙卷入这件事情了，我很抱歉。"

小虎爷爷也有一些不好意思，说："这事儿我刚刚问过那小兔崽子了，是他自己强行要来的，跟你们无关。倒是两位一直都照顾他，危险的事情自己顶着，让他躲在后面，这情分我记着了。对了，这边情况怎么样了？"

马一呑赶紧跟他说起昨天一夜发生的事情。他的讲述很有讲究，哪些需要重点说的，哪些需要简略带过，抑扬顿挫。听得我大受启发，加深了对这家伙的敬佩之情。

听完了我们的讲述，小虎爷爷翘着胡子，说："就这么放过那帮助纣为虐的臭婆娘了？"

马一呑苦笑，说："也不能这么讲，她们也是被人控制的神志，现如今从梦中醒过来，对她们来讲，已经是最大的惩罚了。"

小虎爷爷仍然不甘心，说："话虽如此，但那个狗屁山神在此盘踞，没有她们的帮助，这一带也不会变得如此。你们是不知道，这些年来这一大片区域，不知道有多少女子受害，多少男子失踪……"

马一呑认真地说道："罗前辈，她们，正是受害的女子。"

唉……事已至此，说再多的道理已经没有意义。

这是一个死结。

说到底，唯一的罪魁祸首，其实就是岳壮实那个家伙，若是没有他，一切都清静了。

小虎爷爷不再纠结，而是问道："你刚才说，那伪山神庙中还有许多积蓄？"

马一呑点头，说："对，这噬心蜂的蜂蜜不知道存了多少年，一人高的大缸子，十来缸，我们拿了四缸，剩余的准备出山之后，找你们帮忙来运呢。"

小虎爷爷听到，脸都笑开了来，说："好说，好说……对了，这些东西的分配，你有什么想法没有？"

马一吞沉吟一下，说道："我之前也想过一些，我带了四缸出来，我、侯子和小兔妹子一人一缸，小虎虽然没去，但此次事件他出力甚大，而且连累得长线蛇虺蛊也没了，自然得占一缸。至于剩下的蜂蜜和东西，您这边组织张罗，不能白忙活，自然得占一份，那几个兄弟，长年在此遭受奴役，吃尽了苦头，我想分他们一份——这一份包括今夜死于混乱的老兄弟们，他们若是有家人，就给他们分去。再有一份，留给这些落花洞女。"

小虎爷爷听完，点头说道："很公平，不过留给那些落花洞女，有必要吗？"

马一吞说道："我刚才询问过了她们的意见，许多人在这儿已经生活习惯了，无脸出山去，而此刻这里的村子被我烧毁了，损失重大，想要重建，还是需要一些积蓄的。我们，总不能看着她们饿死。"

旁边一人吐槽道："饿死就饿死，活该。"

那是一个满脸络腮胡的中年男人，马一吞看了他一眼，又看向了小虎爷爷。

小虎爷爷能够走到今日的地位，除了修为之外，人情世故自然也是极好的。

他沉吟一番，然后说道："这说得很有道理，理当如此。不过说起来，你们几个有点儿委屈了，今夜的功臣是诸位，让湘西一带免受那妖怪荼毒的人也是诸位，怎么可以只拿这么一些呢？"

我听到这话，差点儿都忍不住要笑出来了。大爷，你真以为我们是无私奉献的活雷锋啊？我们是拿得都有点儿不好意思了。

马一吞比我沉稳许多，谦虚了几句。

小虎爷爷见劝解无用，便开口说道："好，既然你信任得过我，那我便负责收尾工作吧，无论是这边的安置，还是物品的处理，以及找寻那些受害者的家人，都由我来。事后我会专门跟你作一次汇报，倘若是有什么不公平之处，你回头指着我的鼻子骂，也是没问题的。"

马一吞拱手说："您言重了，我们对这儿不熟悉，还得多多仰仗您。"

小虎爷爷带着人进了黑风沟，我们带着他去见了那些落花洞女。除了大嬢嬢闭门不见人之外，其余的都还挺配合的。

紧接着我在村后面找到了楚小兔，让她将食铁兽们带进大火过后的村子，将东西卸下。

马一吞又带着人去了后山的山神庙。

我因为昨天与岳壮实拼斗的时候受了些伤，就没有跟着跑，而是留在了村子里，一边监管照看着那四头憨态可掬的食铁兽，一边休息。

小虎也没有去，照顾好了月娘休息之后，过来与我叙话。

两人有一句没一句地聊着，说得最多的却是感慨这一次的好运气。

事实上，一旦任何环节有些许差错，结果就会完全不同。黑风沟在这一带凶名鼎盛，就连他爷爷东苗蛊王听了也色变，不敢触碰，并不是没有道理的。那岳壮实的上限，还真的就有妖王实力。

当朝阳的光华从头顶落下，照在这劫后余生的村庄时，我打了一个呵欠，而就在此时，不远处传来了一阵凄惨的哭号声。这哭声将我的瞌睡虫都给赶走，我从一头食铁兽温暖的肚子上爬了起来，朝着那方向望去。

哭声是来自落花洞女聚集的屋子。

那屋子在大火之中奇迹地保留了下来，损毁得并不严重，此刻成了那些落花洞女的聚集地。

我跟小虎赶了过去，走到门口碰到小九老太，赶忙问怎么回事。

小九老太红着眼睛，哭着说道："大嬢嬢，她吞金自杀了。"

大嬢嬢的自杀，是意料之外，情理之中。

其实在服用了"拨乱反正丹"之后，她的情绪一直都处于压抑的状态，别人号啕大哭，寻死觅活，她却是一声不吭，仿佛完全没有改变一般。

事后她把自己锁在了房间里去，再也没有出来过。

要不是她看上去没有攻击性，估计我们都会把她给控制起来。其实，马一吞临走时还特地叮嘱我，让我小心点儿那婆娘。

他担心大嬢嬢有可能接受不了心中的落差，说不定会鼓动这帮落花洞女团结起来，再把我们给端了。

然而马一吞终究还是高估这些女人的承受能力，在发现自己的容颜变成了七老八十的模样，垂垂老矣，然后幻想全部破灭之后，她们最想做的不是争权夺利求生存，而是只求速死，一了百了。

唉……

我和小虎走进了房间里，瞧见宛如睡着了一般的大嬢嬢，心中感慨。

好一会儿，我看向了旁边的这些落花洞女，低声问道："她临死之前，说过什么话吗？"

有人递过来一封拆开的信，我接了过来。

小九老太则在旁边说道："她一直接受不了现实，将自己锁在屋子里。发现的时候，已经死了。这是她留下来的遗书。"

我拿过来那张纸，信很短，字迹很清秀，上面写了大约几百字。

内容并不多，我大概扫了一遍，主要有三点。

第一是忏悔，醒转过来之后，之前的种种恶事浮上心头，这些事儿就如同毒蛇一般，吞噬着她的内心，让她的精神陷入了崩溃的境地。

忏悔之后是怨恨，对于那个岳壮实恨入骨髓的怨恨。梦醒时分，对于一切都看得分外清楚。

最后，她才提到了自己的真实名字，以及自己的老家。

她希望能够将贴身的一块玉石，让我们帮忙送回去，给她母亲留个念想。

她想妈妈，却不敢见。

刘秀秀。

这是一个很普通的名字，听着有几分简单和质朴，如同一个柔弱的山里女娃儿。

我看完了信，那玉佩也递交到了我的手里。

落花洞女们并没有马一岙预料之中的烈性，对我们也没有任何仇怨，反而多出了几分信任，让我十分感慨。

而没多久，从后山回来的马一岙，又带来了另外的一个消息。

他们在那个毒虫洞窟之中发现了大量的尸骸，其中有很大一部分尸骸与人类不同。那是夜行者。

而且是显化了本相之后的状态，大部分还是女性。

马一岙找到了之前被他误会成肥花的亥猪夜行者，此刻的她已经死了，身体都被虫子啃食了大半，而且又经过灼烧，面目全非。

他们随后又在一处夹缝之中找到了一本书，叫作《摄生九要·房中奇书》。

这本书里面记载了一个获得永生的法子，那就是集齐十二生肖"鼠、牛、虎、兔、龙、蛇、马、羊、猴、鸡、狗、猪"女性夜行者的精血，就能够炼精化气、炼气化神、炼神还虚、炼虚合道，最终成就永生之基业。

书上面写有大量的批注和文字记录，根据这些文字，马一岙推导出了这个家伙至少祸害了鼠、牛、虎、兔、鸡、狗、猪九人，总共七类女性夜行者。

正是因为这东西，使得岳壮实这个活了至少六十年的老东西，现如今还是青春年少的模样。这状态，可不光只是落花洞女能够提供出来的。

这事儿让人胆寒。

除了《摄生九要·房中奇书》之外，他们还搜到了一本医术，叫作《药解真注》，我们在药房里面找到的所有丹药，都能够在里面找到炼制方法。

不过这是残篇，中间有几页被人为地撕走了。琼脂酿等控制人心的玩意儿并没有在其中有所体现，想来是被岳壮实给毁了。

双修书被毁去，而医书马一岙留着。

交流完信息之后，我将大嬢嬢的遗书递给了马一岙。与此同时，还有那块玉佩。玉佩不算什么名贵的材质，不过从质感上来看，应该是温养了许多年。见玉如人，留个念想。

小虎爷爷带着人将剩余的几缸子蜂蜜拉了回来，走过来的时候打量了一眼，不由得皱起了眉头，说："这……"

马一岙问道："有什么问题吗？"

小虎爷爷将信接了过来，仔细看了一下，嘴里念叨着说道："刘秀秀，刘秀秀……"

马一岙是个谨慎的人，瞧见他这状态，赶紧问道："出了什么事吗？"

他担心大嬢嬢在死了之后还出什么幺蛾子，然而小虎爷爷却摇头，带着我们进了房间里。

落花洞女们收殓好了大嬢嬢，准备弄个木盒子将她入土，小虎爷爷赶到，将盖在头上的白布掀开，一打量，方才跺着脚说道："原来你竟然被抓到了这里来，天啊，我早就应该想得到的……"

我们听了，大为震惊。

这大嬢嬢，居然是老爷子的熟人？

我们等小虎爷爷的情绪发泄完了，方才问道："这个，是您的……"

小虎爷爷摇头，说："与我无关，但她应该是小虎的小姨，她妈妈最小的妹子，失踪了十来年，莫名其妙就不见了。我那亲家找她找都快要找疯了，因为之前也没有落花洞女的种种迹象，并没有想到这一点，没想到她居然在这儿……"

这大嬢嬢，居然是小虎的小姨？

瞧见这床榻之上干瘦如柴的白发老妪，我们都陷入了沉默。

岳壮实，真是害人不浅。

小虎爷爷认出了刘秀秀之后，叫来了小虎认亲，然后与落花洞女们商量，打算将人带回她老家去安葬。

对于他的提议，落花洞女们犹豫之后答应了，至于那块玉佩，也将由小虎爷爷来转交。

第二天，我们在黑风沟待了一天，处理后面的相关事宜。

十来个落花洞女之中有六个准备离开，她们因为过于思念家人，想要回家看看。其实是没有信心重新融入外面的世界，所以很可能还会回来。其余人则留在这里。

其他事情，在东苗蛊王罗全牙的帮助下，都处理得很顺利。

我们空闲下来便整理战利品。那些蜂蜜和蜂王浆都按照之前说好的分发，至于一众丹药什么的就由我们三人对分了。

事实上，那蜂王浆小虎都不肯接受，说这是我们赢得的，与他无关。

但马一吞还是十分敞亮地给了他。

另外就是那四头身形硕大的食铁兽，这些家伙长得虽然很像大熊猫，但到底不同，别的不说，那牙口就很是锋利，马一吞试着喂了半根锄头，居然都被咬下吃进肚子了。

对于这东西的归属，我们很是头疼，不管怎么说，它到底是属于大熊猫的种类，带出去了，别人也认为是大熊猫。而私人豢养大熊猫是违法的。

马一吞和楚小兔手中的炼妖球品质并不算是很好，猫啊狗的或许可以，但想要容下这两米多高的食铁兽，完全不可能。

我的倒是可以，但塞进去一头，王虎就得扔出来。

最后我们商量的结果是，先放在小虎爷爷这里帮忙养着，蜂蜜和蜂王浆也搁在他这儿，等我们回头有空了，再想办法带走。

对于我们的请求，小虎爷爷犹豫了好一会儿，最终点头答应下来。

之所以要回头再来取，是因为我跟马一岙说起了我外甥兜兜的事情。马一岙向来就是个急公好义的性子，更何况这是我的事儿。我的事，就是他的事。

事不宜迟，第三天，我们与小虎和他爷爷告辞，然后踏上了前往离别岛的道路。这地方，马一岙听他师父说过，知道大概的位置。

出发之前，我们特地随身带上了一些蜂蜜、蜂王浆，说不定会用到。

除此之外，就是跟那四头食铁兽辞行。

这几头畜生别看相貌凶悍，但驯服之后，还是十分可爱的，而且它们的智力水平差不多有人类小孩一般，很是懂事，对于马一岙的离开，十分不舍。

那只个儿最小的大冬，甚至都流下了眼泪，嗷嗷着叫唤。

马一岙虽然不舍，但到底没有办法带它们离开。或许有一天，我们有足够的炼妖球方才可以吧。

出了村子，我们去了很远的镇子上，然后坐车去市里，坐上火车，一路向西。火车轰隆隆，一路上风景如画，走湘西，过黔北，到达了川渝地区。

最后我们抵达了横断山脉的东部地区。

离别岛，就在这一带。

第三十二章

川西小城

千里川藏线，天堑二郎山。

路上，我与马一夯交流夜行者分级的情况。这事儿是从楚小兔的口中得知的，但我知晓，夜行者对于别人称自己为"妖"，是一件非常厌恶的事情。

所以这所谓的"生妖、平妖或信妖、大妖、妖王及最顶尖的洪荒大妖"一套说辞，绝对不会是内部的称呼。

马一夯也承认，这是游侠联盟干的事情。

清朝中叶，七大妖王崛起，其中一脉，甚至坐镇朝中，倒行逆施，天下间的百姓不知道受了多少苦楚。

他们对于修行者的打击，也是前所未有的强烈。

哪里有压迫，哪里就有反抗，天地会、红花会等各种反抗组织纷起，在遭受清廷的严厉打击之后，转为联合，形成了游侠联盟。

那些与夜行者、清廷有着血仇的修行者，开始积极对抗，并且建立了一整套可行的机制。这一套分级制度，就是其中几个激进的联盟成员设立的。

它能够在短时间内确定敌人的实力，从而安排和部署相关人手针对，故而风靡流传起来，就连夜行者的内部也在用这套体系。

当然，对于极端主义的夜行者来说，这是一套具有侮辱性的分级。

之所以提及此时，是我在想，自己的定位是什么？

马一岙告诉我："你呢，按道理来说，是小妖，也就是刚刚觉醒的生瓜蛋子。但你现如今得了《九玄露》，踏入了修行之途，又天赋异禀，奇遇连连，从实力上来论，又接近于平妖阶段。而你这软金索长棍十分奇特，是说不得的厉害武器，若是加上它，就会有冲击更高级别的可能。"

不确定性，这是马一岙对我的总结评价。

当然，如果我的五劫皆过，那实力百分之百应该是妖王打底。

他对于如何区分了解不多，不过他知道在北方津门，有一个叫作"铁嘴断江山"的前辈。他的地位很像是东汉末年时主持月旦评的许劭兄弟，对于看人和看夜行者，都是十分了然的。一眼看穿。

一路交流着，又经过换车，我们抵达了一个小县城。

过了西川盆地，我们在西侧边缘徘徊，此地山势雄伟，峰峦叠嶂，入目处遍地的山峦，而这里的大山，比之湘西又多了几分雄浑。

下了长途汽车，我与马一岙正聊得火热，一直在旁边乖巧不言的楚小兔突然说道："你们认识那人吗？"

我听到后顺着她的手指望去，却见一个驼背男子，正挑着一副担子走远。

"不认识，怎么了？"

楚小兔说道："刚才你们在聊天的时候，那个人一直在偷摸打量着你们，我看他的时候，他又很自然地回过头去，总感觉像是行内人。"

马一岙有些吃惊，说："不会吧，我们刚才说话，可是压低了嗓门的，他如何能够听得见？"

楚小兔摇头。

我担心节外生枝，问马一岙："要不然追上去问问？"

马一岙沉着脸想了一会儿，摆了摆手，说："不管他。"

我们出了汽车站，往县城走去。马一岙张罗着我们去吃饭，对于这事儿，我自然赞同，毕竟作为一个吃货，而且是一个对料理有着特殊研究的人，我每到一个地方，就特别喜欢品尝一下当地美食，并且从中获得不同的感受。

之前，我还跟老金商量过，等再做两年有点儿积蓄了，我就去开一个饭馆。老金也觉得，凭着我的厨艺，那饭馆做起来绝对是亏不了。

好多人吃了我做的饭，都是赞不绝口。

与南边的大建设不同，这个位于二郎山脚下的小县城还处于一种宁静的状态，过了一座桥，便瞧见一幢幢古色古香的木质房屋，矗立于桥头这边，一条小溪穿街而过。

我们抵达时，已是黄昏时刻，小县城的老居民们悠闲地在街边散步，商户们也十分悠闲。经过一番对比，我们挑了一家简陋而干净的小餐馆，根据老板的推荐，要了一个大盘鸡肉、两大碗抄手和一瓶毛梨儿酒，再加上一份酒酿汤圆和时鲜蔬菜等。

鸡肉是著名的桥头堡凉拌鸡肉，伴着麻油，香甜爽口，另有鸡汤香浓。抄手又作馄饨，皮薄馅厚。至于那毛梨儿酒，则是采自高山之上的野生猕猴桃酿造而成的果酒，清醇可口，提神美容。当服务员用木盘托着，端上来的时候，那鲜红的颜色让人看着胃口大开。

我搓了一下手，开始品尝美食。

美食让人满足，几天的疲惫旅程一下子就消减许多。

当我沉浸在食物的美好之时，旁边的马一岙突然说道："快点儿吃，我们准备走了。"

我一愣，有些不甘心地说道："啊，我还打算再点一碗呢。"

马一岙显得特别严肃，说："回头再吃。"

我不明所以，赶忙吃完面前这一碗馄饨，马一岙则将钱拍在了桌子上，起身往外走。

我和楚小兔在后面跟着，有些奇怪，低声问道："怎么了？"

楚小兔的江湖经验比我足很多，低声回答道："被人盯上了，从进了老街开始，一直到刚才最终确认。"

啊？

我下意识地想要往后看去，走在前面的马一岙却仿佛知道我要干什么一样，制止道："别回头，跟着我。"

我不敢再乱动，跟着马一岙往前走。

他对这儿似乎挺熟悉，在老街的街巷里走着走着，突然右转来到了一处小巷之中，随后又转，如此几回，他拉着我们藏在了一处狭小的墙缝间隙，然后用竹篓子挡住。

我们三人蹲伏在角落里，没一会儿，就有几个急促的脚步声赶来，紧接着有一个川音在不远处响起："人咧？"

另外一个人说道："大概是发现咱们，跑了。"

前面那人焦急地说道："那怎么办呢？上面可是下了死命令的，一定要盯住这个瓜娃子，别让他跑了？"

一个女人恨恨地说道："让你们小心点儿，个个马大哈！现在好了，人被惊到了吧？还愣着干什么，找人啊！那谁，白七，你拿老头子的名帖，去当地的青头袍哥会拜码头，让他们也出人来帮忙找。"

第一个人很不情愿地说道："这个……"

女人不乐意了，说："怎么的，我说的话不算数是吧？"

那人没再啰唆。

三人简单交流了几句离开了。

夜色之中，我们几个你看着我，我看着你，都有些不知道该怎么说。怎么平白无故的，就惹上这样的人了呢？

马一吞沉默了一会儿，说道："我在这儿有一个朋友，应该是信得过的，跟我走吧。"

在夜色的掩映下，我们小心翼翼地走着，七拐八拐，来到了一处前庭后院的木房子前。这儿已经是县城的边缘地带了。

马一吞去敲门，三长一短，九下一顿，没多一会儿，里面传来一个不耐烦的声音："谁啊？"

马一吞低声说道："是我，小马。"

吱呀。

门开了，一个半边脸被烧伤了的男人出现，他的左脸凝结成了一团，嘴也歪了，眼睛也斜了，再配合上他僵直的脸，在这样的黑夜里看着特别吓人。

不过他对马一吞的态度还算不错，十分热情地说道："小马你来了，进屋，屋里坐。"

他将我们带进了屋子，马一吞给我和楚小兔作了介绍，然后对我们说道："这是老秦，秦江，我以前的一个朋友，铁兄弟。"

老秦招呼着我们，然后朝着屋子里喊道："小宝，倒茶。"

里面跑出一个穿着蓝色校服的小男孩儿，大概上小学五六年级的样子，走出来瞧见马一岙，甜甜喊道："马叔叔。"

马一岙瞧见他，也露出了笑容，说："嗨！好久不见，长这么大了啊。"

我们在堂屋坐下，男孩儿小宝给我们倒茶之后，又回去写作业了。而那老秦看着马一岙，长叹了一声，说："小马，你这个时候，来得不太凑巧啊……"

瞧见老秦欲言又止的样子，马一岙喝了一口茶，说道："老秦，咱俩之间用不着绕圈子，你直接说就是了。"

老秦尴尬地笑了笑，他的半边脸都毁了，本来挺难看，这么一笑更难看了。

他沉吟一番，说道："后天是二郎山花老太的八十大寿，她在这二郎山盘踞一甲子，又偏偏颇能生养，儿孙满堂，经营多年。几个儿子也都争气，知交遍天下不敢说，在这西川、陇西、陕西一带朋友还是颇多的。这次生日是大寿，请了不少人。这人一多，就容易龙蛇混杂，我前两天就瞧见了黄风寨的人。"

马一岙听到，眉头皱起说："黄风寨，他们还真是阴魂不散。"

我在旁边听着，脑子一动，说："好像在哪儿听过这名字。"

马一岙苦笑，说："巫山黄风寨，妖王鲁大脚。上次在赣西江州与我们一起的马丁，就是受到了他的要挟，想起来了吗？"

"原来是这家伙，这都多少年过去了，还惦记着你呢，当真是睚眦必报。"

老秦在旁边说道："这件事情到底怎么回事，大家自有公论，但鲁大脚那厮是个好面子的人，当初他通告全西川，说要杀你泄愤，但最后还是让你走了，自以为奇耻大辱。事后他不但放出豪言，让你一辈子都无法进西川，而且还到处挂悬赏，说要你性命。这话到底是说说还是用了心，谁也不知道，但现如今整个西川的江湖人物都集合在这儿，他自然也会到……"

他话还没有说完，马一岙便点头，说："老秦，别说了，我了解。"

我在旁边听着，方才晓得那鲁大脚对马一岙的仇恨有多深，马一岙必然也是知晓的。按道理说，鲁大脚对马一岙虽恨，但世界这么大，他未必能找得到马一岙。但现如今马一岙自己找上门来了，问题可就不同了。

而马一岙在明知道来西川就有可能遇到鲁大脚和黄风寨的情况下，还义不容辞过来了。这情分，我真的不知道该说什么才好。

我想了想，对马一岙说道："要不然……"

没等我把话说完，马一岙却对老秦说道："我这次过来也不是想要跟鲁大脚唱对台戏，而是为了离别岛的黄大仙。"

"黄大仙？"

老秦倒抽了一口凉气，说："一个鲁大脚还不够，还要摊上一个黄大仙？小马，你可真能惹事啊。"

马一岙摇头，说："没有，你想多了，是那黄大仙惹到了我们。我这兄弟侯漠，他有一个外甥，被黄大仙掳走了。他堂姐在家里寻死觅活的，我就寻思着过来看看。那黄大仙江湖风评不差，看看能不能讲一讲理，把人家孩子给送回去。"

老秦说："你这是揽事，跟惹事差不多。"

马一岙指着我，说："侯漠是我兄弟，他的事不就是我的事？"

老秦沉吟了一番，说道："黄大仙这人脾气很怪，他好的时候，奔波千里，只为一诺，那叫一个义薄云天。而恼怒起来，动辄杀人也不是什么了不得的事儿。一般来讲，他从不做无意义的事情，那我问你，他掳走侯兄弟的外甥，到底是什么意思？"

马一岙看向了我，我则看向了楚小兔。

这事儿当时我并不在场，能了解那黄大仙动机的也就只有她了。

提到黄大仙，楚小兔的眼里满是仇恨，瞧见我们都朝着她望了过来，她摇头，说道："不知道，他就好像是喝醉了酒，或者疯了一样，进来就乱杀人，然后将人掳走，我们如何得知？"

老秦犹豫了一下，跟马一岙商量，说："小马，这事儿我觉得别着急，要不然你先回去，我这边再找人帮忙问问？"

"怎么问？"

"当然是先找人打听打听到底有没有这么一回事儿。若确定是真的，就找一个名望比较高的前辈当中间人，帮忙传个话，问问黄大仙他本人的意思。"

马一岙看了我一眼，还没等我说话，他就摇头说："不，我还是想要见一见他。"

老秦低下头，仿佛在思索。

好一会儿，他说道："花老太的大孙子就在离别岛，而且地位还挺高，因为这一层关系，据说这次离别岛的人也会来参加，黄大仙也是客人之一。"

马一吞有些惊讶，说："果真？"

老秦叹气："唉，按理说，我不应该跟你说这个的。"

马一吞沉默了一会儿，然后看了一眼里屋，站起了身来，对老秦说道："我明白，花老太的寨子应该是在二郎山的青钢岭，对吧？"

老秦点头，说："对。"

马一吞点了点头，诚恳地说道："多谢！我们走了，你当我们没有来过。"

他往外走，老秦上前来拦，说："唉，也别急着走，来都来了吃个饭呗。家里也有菜，你们等等，我搞个火锅，再叫小宝去打点米酒来，咱们好久没见了，走一个……"

马一吞摆手，说："不用，不用，我们来前吃过了，就是徐维映家，她们家的桥头堡凉拌鸡肉是真好吃，我有做梦都能想起来。"

老秦将我们送出了屋，门关上。

走了几步，我回了一下头，问马一吞，说："这……"我以为我们今天晚上能在这儿留宿呢，没想到马一吞却急着要走。

楚小兔也不明白，问他为什么走？

马一吞一直领着我们走出了街口，方才说道："老秦以前是个洒脱的人，但现在不同了，有小宝在，他不想去冒险了。现在的情况你们也知道，黄风寨的人倒也罢了，他们还去找了当地的袍哥会。袍哥会，又叫哥老会，最早起源于湘南鄂北，盛行于西川和渝城，各地都有分会，而且彼此不相关联，算得上是地头蛇。既然是地头蛇，办法肯定很多，咱们就不要给老秦惹麻烦了。"

如果只是老秦一个人，我们可以说他胆小怕事、不够朋友。但如果是为了那个男孩儿小宝，我们都没有太多怨言，反而更加能够理解一个父亲的心情。

他不是怕事，而是怕自己出了事，儿子没人照顾。

楚小兔问道："小宝妈妈呢？"

马一岙苦笑，说："被鲁大脚那个神经病孙子给祸害了，发现的时候，人已经死透了。"

原来如此。

楚小兔嘴一撇，还想再说什么，我拦住了她，然后问马一岙："我们现在去哪里，难道去二郎山青钢岭，守株待兔吗？"

马一岙点点头："只有如此了。那黄风寨的人一旦跟本地的袍哥会拉上关系，城里面估计到处都是找我们的人，还不如到乡下去，往山里走来得安全。"

三人商量妥当之后，沿着建筑的阴影往外走，出了城。

马一岙之前听说过二郎山青钢岭，寻摸过去问题应该不大。我们没敢搭车，害怕暴露，只有徒步赶往。

十月下旬，在这川西之地已经临冬，中午还好点儿，早晚的温度都很凉，到了夜里，那冷风飕飕刮来还是挺冷的。三人迎风而行，走了好几个小时，到了后半夜，大家就都有些疲惫了。

寿宴定在后天晚上，所以我们也用不着这般着急，几人商量一番，决定先找个地方歇下来，养精蓄锐，等到了明天，再过二郎山去。

既然已经被盯上，我们就不敢住旅店了，去民居更不合适。睡在哪儿呢？这大冷天的，总不能找个野地就直接睡下去吧？

正头疼间，我们来到了一个小镇子，川西边境的小镇十分简朴，一眼望去黑乎乎的，只有几盏灯在亮着，大部分都是木头房子，砖石结构的都是当地公营单位。

我们摸黑进了镇子，很快找到了一个不错的去处，粮站。

这个名字，很多小一辈的人估计都没听过了，但在当年，即便是供给关系取消了，很多地方还是存在着的，它是农村收获谷物后，换取金钱和完成任务的地方。在二十世纪九十年代，每家农户都有谷物上缴要求，也是通过粮站来完成的。

我们来到粮站，绕开了门口的保卫，翻过了院墙。马一岙弄开了一个谷仓的门锁，我和楚小兔先进去，马一岙则在外面把门又用那铁将军锁上，然后通过一个通风口翻了进来。

谷仓之中堆放着许多稻谷，角落里还堆着一些生石灰袋子用来防潮。

楚小兔找来了几个麻布袋，在谷堆旁边铺好。

我们各自躺下，谷仓之中的温度还算不错，没有特别冷，所以睡着还是蛮舒服的。

第二天还有很多事，我们又是一直赶路，十分疲惫，所以几乎是一躺下就睡着了。

然而不知道过了多久，睡得迷迷糊糊的我却被人推醒了。我没睡熟，一下子就醒了，有些惊慌，这个时候，听到马一吞在旁边低声说道："有人来了！"

有人来了？巡仓？还是发现我们赶过来堵人的？

我赶忙从地上爬起来，问在哪儿呢？

马一吞指了指刚才他爬进来的那通风管道，然后拉着我和打着呵欠的楚小兔，连带着我们垫在地上的麻袋，退到了谷堆的后面。

我们这边刚刚藏好，就听到几个落地的脚步声。

从通风管道进来，自然不可能是粮站的职工，而不是职工，又是什么人呢？难不成黄风寨的人找过来了？不可能吧？

我的睡意消散，人瞬间就精神起来，屏气凝神。

此时旁边的楚小兔则推了我一把。我扭头过去，瞧见她指了指自己樱桃一般粉嫩的小嘴，我先是一愣，随后瞧见了她嘴唇里含着先前潜入坨弄寨的檀木片，立时明白，赶忙从兜里也拿出檀木片。

我这边刚刚含住了那带着脂粉香味的檀木片，那几人就走到了我们刚才躺着的地方了，一个年轻女人说道："就这儿吧，挺热乎的。"

有个男人十分嫌弃地说道："干吗要住这个鬼地方，还偷偷摸摸的？这镇子里应该有招待所之类的吧？"

另外一个男人用沙哑的声音说道："赵师弟，你以为我们是来干什么的？旅游吗？"

女人说道："对啊，我们可是来刺杀封敬尧的，此事不能有任何闪失，要是被封敬尧提前得知，有了防备，那咱们这次过来岂不是赴死吗？"

那赵师弟冷笑，说："咱们这一次，不就是赴死吗？"

年长一些的那男人听了，忍不住厉声说道："赵师弟，你想说什么？"

那赵师弟毫不客气地说道："这次那二郎山花老太的八十大寿，来的都是这西川道上有名的江湖大豪以及顶尖儿的人物，咱们在这场合闹事动手杀人，你觉得能跑得脱？左右不过是一死，有何区别？"

女人听着这话有点儿恼怒了，说："赵师哥，你不想给我爹报仇，那便走好了，我也不拦着你。"

年长那人也冷哼，说："对，你还是回锦官城里，麻将打着，小酒喝着，多自在。"

赵师弟被这般讥讽，有些急了，说："你们真觉得我是怕死？"

年长那人说道："难道不是？"

赵师弟拍着胸脯，大声说道："我赵康从小就是个孤儿，无父无母，师父将我抚养长大，又传授我一身修为，对我恩重如山。现如今他被平天鼠封敬尧那浑蛋暗算了，我没了师父，你鞠婧师妹没了父亲，我又如何不气愤？只不过，咱们行事得三思而后行，不可贸然而动，要不然真的折在这里，整个锦官自然门，到了我们这一代就算是断了。你们说说，师父愿意看到这样的情况发生吗？"

年长的人冷笑，说："对呀，所以我劝你赶紧离开，回茶馆去心安理得地等着，也好给咱锦官自然门留点儿血脉，对吧？"

赵师弟恼怒，说："辛师兄，我说了这么多，你还不懂？"

辛师兄冷然说道："懂，我如何能够不懂？只不过，杀师之仇，不共戴天，若是没有人站出来，大家习惯了安逸，说不定就这般淡忘了，还谈什么十年不晚？另外你说什么自然门，我觉得，师父在，锦官自然门就在，师父都没有了，你觉得谁能够代表锦官自然门？"

两人争吵着，那个叫鞠婧的女孩子则长叹了一口气。

她说道："赵师兄，我师父生前是最疼你的，也一直说想让你继承他的衣钵，现如今你既然这么说，那便走吧，回锦官城好好把我爹的法门发扬光大。"

赵师弟急了，说："小师妹，我不是那个意思……"

"够了！"小师妹鞠婧大声喊了一声，对赵师弟说道，"你走吧，现在、立刻、马上！"

她说得十分坚决，语气之寒冷让人想到了坚冰。

话音落下，场面陷入了沉默之中。

良久之后，辛师兄开口了："小师妹，你刚才声音太大了，我们得换一个地方，免得被人找到。"

他这般说，小师妹鞠婧应了一声，然后两人离开了谷仓。

至于那赵师弟，在原地待了许久。十分钟，二十分钟？

我在角落里蹲得有些不耐烦了，有点儿想要站出来，结果那赵师弟终于开腔了。

他跺了跺脚，叹声说道："师妹啊师妹，你这是被仇恨蒙蔽了双眼，那辛师兄哪里有他表面上看起来的那般儒雅温良，急公好义啊，他……唉！"

说罢，他也离开了。

一直到赵师弟走了许久，我们才从黑暗中走了出来。

马一岙小心地检查过了谷仓周围，然后回过头来，问道："锦官自然门？这是个什么东西，谁听过吗？"

楚小兔回答，说："自然门是民国初年创立的一个修行门派，相传徐始祖乃黔贵人氏，人皆不祥其名，只知姓徐。因其身形矮小，下颌刚甫桌面，故俗称徐矮子，以徐矮师而著名的南北大侠杜心武，便是徐矮子的弟子，也是自然门的第二代。等到杜兴武将自然门发扬光大之后，徒弟来自各地，这锦官自然门，估计就是其弟子传承下来的一脉吧。"

马一岙点头，说："原来是南北大侠的一脉。"

我听马一岙跟我聊过民国十大家，其中就有南北大侠杜心武，心下高兴，说："那这几人，岂不也是游侠联盟的人？"

我们几个人在西川，孤立无援，就连马一岙之前的好友老秦都不想掺和到这件事情里，让人不免有些唏嘘，而此刻瞧见游侠联盟的人，我自然是兴奋无比。

不过相对于我的激动，马一岙却显得很是平静。

他从怀里摸出了那本破旧的笔记本，用手电照亮，翻阅了一会儿，这才摇头说道："我没找到师父的记录，也就是说，这些人的身份并不确定，就算是杜大侠的一脉传承，也不能说明什么。"

"咱们不去联络一下？"

"不用，大家的目标不一样，用不着搭到一起。"

两人说着话，这边楚小兔却打起了呵欠，说："哎呀，这几个人好讨厌，人家睡得正香呢，就摸进来了。我好困啊，要是没事，我先去睡觉了。"

这半夜的小插曲只是打断了我们的好梦，既然人走了，我们也不再多想，相继睡去。

一夜无话。

次日清晨，天刚蒙蒙亮，我们就早早爬了起来，然后避开人群，遁入乡野，进了山。

山中行走与道旁又有许多不同，虽然艰险，但用不着担心碰到眼线。

一入山中，便能够感受这山势雄伟，峰峦叠嶂，悬崖峭壁，道路艰险。不过入目处是满眼的古树野花，千姿百态。又有飞瀑流泉、山溪淙淙，还有穿峡入谷，千回万转，端的是人间美景。

因为少了左顾右盼、小心翼翼，我们行进的速度反而大大增快了，差不多到午后两点多，我们来到了那青钢岭的山脚下。

青钢岭在二郎山中，并不算最高的山峰，但岭上地貌奇特，上宽下窄，只有一条道路可以上山。那道路掩映在郁郁林木之后，倘若是不仔细，还真难以找寻。

上岭的道路只有一条，下方是青石条，而到了上面，有一大段是修筑于悬崖峭壁之间的栈道。倘若是守着一人，便是一夫当关，万夫莫开，绝对的易守难攻。

正是因为如此地利，那花老太方才得以在此修身养性。

对了，我前面忘记提，这个花老太也是一个夜行者，这二郎山上，就盘踞着一个以她为首的夜行者家族。

我们没敢上栈道，而是藏在山下的一片云杉林中，耐心地等待着。

大概是头一天的关系，我们并没有看到太多客人。倒是瞧见有骡马队从山下走来，仔细打量，发现是花老太这儿布置寿宴的人手。

我们几个，从下午一直守到了夜里。

一开始我们三个都守着，到后来开始轮班儿守候，到了晚上的时候也陆陆续续来了一些客人，不过都没有我们要找的黄大仙。

估计他得明天才到。又或者他已经提前到了，而我们并没有撞到。

等到晚上九点多，天色黑压压的时候，马一吞突然开腔说话了："这样守株待兔肯定不行，我们得想办法上岭峰，才有跟黄大仙碰面的机会。"

我说："怎么想办法？你刚才也说了，这儿地形险要，只有一条道上去。至于别的地方，就算是我们能爬上那悬崖峭壁，在上面轮班值守的人也不是吃素的。"

马一吞着急地挠了挠头发。

就在这个时候，楚小兔突然喊道："那个驼背！"

驼背，就是在中巴车上，偷听我们说话的那个家伙。

正是因为他，使得我们随后就被黄风寨的人给盯上，不得不远走山里，不敢在那小县城中停留，生怕被人逮到了又是一堆麻烦。

没想到这个家伙居然也赶来了青钢岭。不过转念一想，那花老太做寿，此时出现在二郎山这一带的大部分江湖人物，估计都是前来贺喜的。所以他过来也并不稀奇。

与驼背在一起的还有一个身材娇小、柔媚如水的漂亮女人。

两人一边走，一边聊，因为隔得比较远，所以我们也听不清楚内容。但是从那人的侧影看过去，我却能够知晓——她，就是昨天在巷子里发号施令的那个女人，黄风寨的人。

两人沿着山路而行，渐行渐远，望着他们的背影，我忍不住说道："这个花老太，好大的排场啊。"

我们蹲了这一天，瞧见人来人往，在这样的一个人迹罕至的山中之地，偏僻之所，却能招来那么多我们平日里几乎不可能见到的神龙见首不见尾的人，只说明了一件事情，人家混得好。

马一吞说："她本身的实力就十分强大，生下的这些孩子里，也有好几个觉醒了的夜行者血脉，个个都十分出息。最关键的是她的子孙中，还有人去入了修行者的门下，居然也有所成，如此枝繁叶茂，相互支撑，自然不会差太多。"

我望着天色渐黑的夜色，忍不住问道："那啥，黄大仙这人，听说厉害得很，为什么你还要找他当面谈，而不是背地里偷摸着将人带走呢？"

马一岙看了我一眼，说："你对黄大仙这人了解的多吗？"

"我问过你师父，他说他年轻之时，曾经与黄大仙一起并肩去西域闯荡，后来因为某些误会就分道扬镳了。至于其他的，倒也不是很清楚。"

马一岙点头，说："黄大仙这人怎么讲呢，亦正亦邪，很难讲他到底是一个什么样的人，但公认的是他脾气很怪，所以我师父跟他闹翻，是不可避免的。"

"你上次也说过他脾气怪，怎么个怪法？"

"怎么讲呢，这个人很讲究眼缘，第一眼看对了，啥都好说，对你就跟家中长辈或者自家兄弟一样。而若是不对眼就不好说了，甚至有可能一不留神，就要了你性命，没有任何理由。"

我听了，忍不住吐槽道："这不就是疯子吗？"

马一岙说："倒也不能这么说，很多被他杀了的人都是恶贯满盈的恶徒，从某种意义上来说，他这也是行侠仗义，故而江湖的风评还算不错。"

我说："这看对眼的事儿还真的很难讲，他难道就没有看错过吗？"

"也有。所以说，江湖上对此人的评价是毁誉参半，喜欢的人很喜欢他，不喜欢的人恨之入骨。当年我师父就是因为他无故杀人，跟他分道扬镳的。"

我有点儿无语了，而旁边的楚小兔却笑嘻嘻地说道："那啥，你知道怎么给他留下好印象吗？"

马一岙一愣，说："你要干什么？"

楚小兔朝着我们两个抛了一个媚眼，红唇噘起，一副国色天香的妖娆模样，说道："我想让他爱上我，然后……"她的脸色变得狰狞起来，"然后，我一刀杀了他，为我二哥报仇。"

呃……

马一岙看了我一眼，我明白他的意思，对楚小兔说道："报仇的事情，并不是你我能够搞定的，现在咱们先把我外甥救出来，再从长计议，如何？"

楚小兔瞧见我如此郑重其事，扑哧一笑，说："你放心，我不是没轻没重的二愣子，这次过来只是探一探那家伙的底细。至于报仇，还得姥姥来张罗。"

得了她的承诺，我放心一些，而马一吞则说道："色诱的事情你就别多想了，知道川中妖魅吗？"

"你说的，莫不是西川第一美女王萌萌？"楚小兔问道。

马一吞点头，说："对，二十年前，王萌萌一出江湖就艳名远播，不知道迷倒了多少热血男儿，让多少年轻人英雄气短，儿女情长。我虽然没见过，但听我师父讲起当时她的艳容芳姿，就连我师父这样道心稳固的人，都不得不去冲一会儿冷水澡才能消解。可是，你知道王萌萌最后是死于谁手吗？"

楚小兔很惊讶地说："我的天，你师父都去洗过冷水澡？这么妖娆吗？"

呃……

我以为楚小兔会说"难道是死于这个黄大仙之手"，结果她的关注点居然在这里。

不过想起来也挺搞笑的，堂堂一代大侠王朝安，居然被逼得洗冷水澡。

马一吞也无语了，恼怒地说道："你有没有搞清楚重点？"

楚小兔却是一脸妩媚地看着我们，粉嫩的小舌头在饱满的红唇上轻轻舔舐着，然后媚眼如丝地说道："说老实话，你们两个，有没有为我去洗冷水澡？"

马一吞翻了一下白眼，说："朋友妻不可欺，我这点讲究还是有的。况且就你这柴火妞的身板儿，离当年的川中妖魅王萌萌，差得还有点儿远。"

我听了顿时就着急了，推了马一吞一把，说："你说什么呢？"

楚小兔瞧见我又羞又恼的反应，忍不住笑了，然后对马一吞说道："我知道你的意思，既然王萌萌都不行，我也不敢乱来的。"

马一吞伸手揽住了我的肩膀，说："你有这个自知之明就好。"

他回头对我说道："所以这就是我为什么想要跟他谈一谈的原因，这个家伙脾气古怪，但也不是没有讲理的可能，如果能从他那里得到一些说法，远比我们深入离别岛那个毒虫窝里去要来的简单。"

我不再质疑，而是问道："道理我都懂，只不过，咱们如何碰到那黄大仙呢？"

马一吞说："上山，在岭上的机会远比在这儿守株待兔要多。"

楚小兔翻了一下白眼，说："这边的情况，你刚才也瞧见了，就拐角那地方，就有花老太的人在守着，每波人都需要有请柬才能放行，至于其他路，你也说了，悬崖峭壁且不说，而且还有人看着，完全没办法潜入……"

马一呑揉了揉太阳穴，说："车到山前必有路，咱们再等等。"

深夜，我们并没有找地方歇息，而是轮番值守。关于那黄大仙，马一呑认识，楚小兔也见过，唯独我，只能够听别人的描述来瞎蒙。

一直到了第二天早上，我们都没有瞧见一个符合条件的人。

这天是寿宴正酒，来二郎山的人就渐渐变得多了起来，经常能够瞧见一群群一伙伙的，隔个几十分钟或者半个小时就来一群。

我们依然没有瞧见黄大仙。

等到了下午，马一呑开始着急了。

我瞧见他的眉头皱起，忍不住劝道："要不咱们等他们办完了寿宴，下山了，再看一回？"

马一呑摇头，说："不行，黄大仙神龙见首不见尾，离别岛更是只闻其声，虚无缥缈。这次倘若是错过了，你那外甥估计就再也找不回来了。我们必须混进去。"

"怎么混？"

"事到如今，咱们只能出下策了。"

说罢，他摸出了一把小刀来往自己的脸上招呼，几秒钟之后，他那留了不知道多少年的两撇胡子就被他刮了下来。

这胡子是马一呑最有辨识度的特征，一旦刮下来，整个人都模样大变，一下子就年轻了四五岁。而且脸型都好像不同了。

我有些惊讶，不明所以。

楚小兔却明白了，说："你是想，咱们去前头找一拨人少的截了道，然后拿着他们的请帖，冒充上山？"

马一呑点头，说："事到如今，也只能如此了。"

楚小兔有些担忧，说："这未免太危险。"

马一呑咬牙，说："狭路相逢勇者胜，现如今也只有这个办法了。"

他收拾了一下刮下来的胡须，小心收了起来，然后带着我们往远处走去，蹲在了一个山路的拐角处。

　　时间一点一点地过去，前后又过了几拨人，要么是人太多了，要么就是来人太强悍了，我们都不敢下手。好不容易等到了三个行人，其中还有一个女的，看着稚嫩，马一舀便示意我堵住后路，然后自己蒙着面上去拦。

　　马一舀挑的人很不错，这三个都是绵阳的世家子弟，家中长辈不在，哥几个自己过来见世面的。结果世面没见着，半路上却遭了闷棍。

　　我们只是将人打晕，然后将衣服换上，又搜罗了请柬。

　　正当我们准备将人拖到林子的时候，突然间远处传来一个声音："你们几个，在干吗？"

第三十三章

冤家路窄

　　我们干完了坏事，突然有人大声呼喝，这一下顿时让我心惊胆战起来。我几乎是下意识地就要往腰间摸去，而马一吞却伸手，抓住了我的手腕。

　　他说："别慌。"

　　我这才回过神，朝着那边望去，却见来者并非别人，就是前天与我们相见的老秦。他居然也上了青钢岭，准备给花老太祝寿。而且还是一个人。

　　老秦是马一吞的朋友，就算是不愿意帮忙，也不可能出卖我们。

　　我松了一口气，而老秦则已经走到了跟前来，看着我们，又问了一句："你们这是准备干什么呢？"

　　马一吞说道："准备混进去。"

　　老秦很焦急，说："混进去？你们打算去干什么？知不知道昨天黄风寨和青头袍哥会找了你们一整天？现在已经将范围扩散到了周围地区，看得出来，鲁大脚对你是真的恨在心头了。你们还不赶紧离开避风头，反而跑到这风口浪尖来，不是找死吗？"

　　马一吞微笑，说："也不能这么说，你仔细看看，我现在的样子他还能认出来吗？"

　　老秦一愣，仔细打量马一吞，好一会儿方才说道："你这胡子怎么刮掉了？你不是说这胡子是为你故去的父亲留的吗？"

马一呑摇头，说："那都是托词，我留胡子只是想比较有气质一点儿，现如今想起来，着实有点儿幼稚。"

老秦惊讶地看着他好一会儿，说道："就算是没了胡子，你还是会被人认出来的。"

马一呑摇头，说："小心一点儿就行了。"

老秦叹了一口气，问道："一定要这样？"

马一呑沉默了一会儿，方才说道："人命关天，无法坐视不管。"

老秦不再多言，脸色黯淡，说道："好自为之吧。"

说罢，他提着礼物朝着前方走去，独自离开。

老秦走了，我们将三人拖到了山路旁边的林子里，然后用衣服搓成绳索，将三人绑在树上。

弄完这些，马一呑对楚小兔说道："你留在这里接应我们。"

啊？楚小兔一听，有点儿炸毛，不带我去？

马一呑认真地解释道："这天寒地冻的，将他们几个扔在这里，不绑吧，一会儿他们醒了会上山坏事，绑了吧，要半夜冻死了那可怎么办？咱们跟他们无冤无仇，年轻人只不过是想要过来见见世面，咱们把人请柬收了，礼物抢了，已经够过分了。再把人弄死了，岂不是犯了大错？你在这儿看着，多少能照顾一些，而且还可以在山下接应我们。"

我明白了马一呑的意思，也劝说道："再说了，你这小模样长得跟小仙女一样，让人印象深刻，想忘都忘不掉，一会儿上了山，被人认出来怎么办？"

楚小兔瞪了我一眼，说："你还不是一样？论起醒目来，你不比我差多少吧？"

我揉了揉自己的娃娃脸，柔声劝说："听话，乖。"

楚小兔被我弄得一身鸡皮疙瘩，使劲儿摇了摇头，说："唉，算了，怕了你了，真恶心。我留在这儿就留在这儿，你们自己小心点儿，知道不？"

我点头，笑着说："好，没问题。"

将楚小兔留下之后，我们整理了一下身上刚刚换上的衣服。大棉裤、绿色军大衣，这一打扮上，人顿时就多了几分乡土气息，然后又揉了揉头发，感觉整体气质都变了模样。

随后我们回到路上，往山上走去。

马一岙一边走一边跟我讲解身份以及一会儿的应付之策，而我则有些好奇，问他老秦到底是干什么的，为什么还能参与这寿宴？

马一岙告诉我，老秦的全名，叫秦江。他籍籍无名，但爷爷辈却有能人。

他爷爷叫作秦大茂，在当时川藏一带是十分有名的，最著名的事迹，就是在金沙江畔与一头肆虐西康省的午马野妖交战。那头午马夜行者是从藏边之地跑过来的，常年在深山野泽之中生活，不懂人语，行事作风全凭本能，故而烧杀抢掠，无恶不作。当时的政府还出巨资悬赏过此人。秦大茂与其激战三天三夜，从金沙江上游打到了中游，且战且走，斗智斗勇。

他最终将其头颅斩下，一战成名。最让人值得称颂的，是他后来凭着人头领了大洋之后，将钱尽数散给了因为战争而流离失所的难民们，一时之间，名声大噪。

秦家几代都是修行者，只是一代不如一代，到了秦江这一辈，修为已经远不如先辈了。即便如此，他还曾与马一岙并肩追击过人贩子，不输侠义。只不过他娶妻生子之后，人就变得安稳了，特别是妻子死了之后，更是将性格收敛，变得谨小慎微，不敢轻举妄动。

马一岙见识过了秦江的意气风发，也瞧见过他的痛苦绝望，对于他，倒也挺理解。

不管他如何，马一岙对他都保持着一份敬意。

敬往事，也敬如今。

听马一岙聊完这些，我对于刚才老秦的表现也释怀了许多。

我叹了一口气，说："这事儿倒也真怪不得他，毕竟有个小孩儿，也有牵挂，不可能跟着咱们，草莽江湖。其实如果有得选，我也愿意过这种老婆孩子热炕头的生活，到时候再开一家餐厅，每天做点儿糊口生意，天黑关店，侍弄妻儿，那感觉，嘿，美滋滋。"

马一岙笑了，说："那老婆，是秦梨落，还是楚小兔呢？这两个人，哪个都不是甘于平淡的妞儿，你可踏实不下来。"

我有些尴尬，说："瞎说啥呢，我跟她们有啥关系？"

马一岙看见我一脸通红，说："你对谁没意思？"

我说："两个都没有。"

马一岙拍手，说："好啊，你既然这么说了，那我就不客气了。这个楚小兔，长得漂亮，人又可爱，最重要的是为人懂事，你不要，我可就追了啊？"

我朝他翻了一下白眼，说："行啊，你想追就追吧。"

话说完，我有点儿后悔。楚小兔说起来还真是挺可爱的，这样的女孩子当女朋友，别的不说，至少每天都会很开心吧？

两人边说边走，来到了一处山道前，两个穿着蓝色长衫的人拦住了我们，问道："哪儿的？"

马一岙递上了请柬，说道："绵阳肖家。"

那人接过了请柬打量了一会儿，有些疑惑地说道："肖炳义是你们的谁？"

马一岙拱手，说："是家父，他有事去了东北，长辈们让我过来，见见世面。"

那人冷笑，说："去了东北？哼哼，抱歉，两位面生，没有保人的话，是不好放你们进去的，毕竟今天来的都是道上的贵客，万一冲撞了谁，可是要怪到我们头上来的。"

我听了知道这人在为难我们，忍不住说道："你怎么能这样？我们……"

没有等我把话说完，那人就挥了挥手，说："走走走，要么你们去找到认识你们的保人，要么就打道回府。请柬上面写着肖炳义，我这儿就只认肖炳义，至于其他的猫猫狗狗，抱歉。"

他说得坚决，我有点儿恼火了，当真是"阎王好见，小鬼难搪"，正要跟他理论，却被马一岙拦住了。

他笑着对那人说道："两位，两位，我这弟弟年纪小，没见过世面，多多包涵。你看啊，我们就是替父亲过来送个礼，也算是完成个任务。送完礼，我们就回去，我们要是就这么回去了，回头被我父亲知道了，可不是要打断我们的腿？"

他一边说，一边伸手过去，那手掌之中有一小叠钱。看着差不多有三五百的样子。

那人瞧见，眉头一竖，说："年纪轻轻，哪里学的花架子？收起你这玩意儿，爷不吃这一套。"

这家伙一副廉明清正的模样，软硬不吃，让我和马一岙都有些尴尬。

我们进也不是，退也不是，而就在这个时候，山路上走来一人，笑着说道："哎呀，柳浑兄弟，这两人我认识，就放了他们上山吧？人家礼都带来了，灰溜溜回去也不是个事儿，您说对吧？"

我抬头一看，正是之前扬长而去的老秦。他大概是不放心我们，特地在上面等着，瞧见我们被为难，就过来解围了。

那人瞧见老秦，方才说道："原来是老秦你的朋友啊，行，这事儿给你个面子，走吧，走！"

我们这才得以上山，走上去十几米，马一岙方才对老秦说道："多谢。"

老秦没有跟我们聊太多，低声说道："客气了。"

三人一前一后上了山岭，一直到峰顶位置，这儿十分宽敞，依着山势建了十来套院子，其中有一套大的，得有四进院子。那院子跟前，有一大块的平地，用青砖铺陈，上面搭了台子，下面搭了暖棚，还摆了二十几张的八仙桌。

此刻山上的人挺多，大部分在暖棚里面搭桌子打麻将，在暖棚之外又分了几圈人，在那儿叙着话。

老秦去接待那边送礼，而马一岙的脚步却停了下来。

我问："怎么了？"

马一岙低下了头去，小声说道："收礼台旁边那儿那个大光头、脖子处有个大瘊子的老家伙，就是鲁大脚。"

啊？

川东大寇鲁大脚这个人的名字，我听了好多次，但直到今天，方才见上了面。

这人的长相也对得起"川东大寇"的名字——大光头，一脸横肉，脖子上有着一个比拳头还大的肉瘤子，光滑锃亮，就好像是脖子之上又长了一个小脑袋一般，五短身材，也就一米六左右。

他的身子却很宽，感觉如同螃蟹一般，而脸上，从右眼到嘴角处有一条狰狞可怖的疤痕，像蜈蚣一样分布着。这疤痕使得他整个人都显得格外凶悍。

从外貌上看，他的年纪算不得大，顶多也就四十多岁。但我却知晓，这个人，至少在川东就横行了五十多年。

半个世纪啊。

一个夜行者，而且还是个作恶多端的夜行者，能够在西川这种藏龙卧虎之地横行多年而不死，是需要很多本事的。鲁大脚就是这样一个很有本事的人，不但活着，而且还越发风生水起。

怎么办？

老秦已经走到了坪子跟前的接待台，找负责登记的人送礼签字，那鲁大脚在跟几个相貌不凡的中年男人说着话，虽然并没有瞧这边，但如果我们上去，很容易就会打照面。

鲁大脚对马一吞恨之入骨，就算是他剃了胡子，也不可能认不出来的。

就在我们两人驻足之时，一个花家的仆从走了过来，推了我们一把，说："干什么的，怎么挡着门口呢？"

花老太势力颇大，宰相门前七品官，这些跟着混饭吃的帮闲、仆从，个个都牛气无比。

我被推了一把之后，脑子反应过来，对那人说道："兄弟，我这兄弟闹肚子了，上山的途中肚子就咕嘟嘟叫了好多次，我说你要不然找个地方解决呗，他说不行，这青钢岭是花奶奶的地盘，可不能污浊晦气。不过现在实在是忍不了了，您这儿哪里有茅厕？"

那人听了一脸嫌弃，指着左边的一条小道，说道："走走走，去那里，赶紧的啊，别半路拉出来，晦气得很。"

马一吞有些犹豫，我从他手里接过了礼物，又推了他一把，说道："你赶紧去，不是快憋不住了吗？"

我用眼神示意他，马一吞朝着我点了点头，然后转身离开。

而我则朝着接待台那边走去。

说起收礼这事儿，很多小一辈的朋友可能都不太清楚，因为现在摆酒，大部分都是在酒店之类的，红白喜事啥的都是由当事人在门口收礼就成。但是在以前，人情往来可是一件很严肃的事情，需要有专门的人张罗，而接待台，就是专门登记这些事儿的。

我走到了接待台，将礼物送上。

绵阳肖家准备的礼物，有两根老山参，年份很久，然后就是一些小特产以及一个大红包。

红包里有多少钱，我们刚才没有拆，这边的接待台要入账，所以直接拆开了，我看着人数了一遍，居然给包了四万。

四万啊……这是什么概念？在当时，我们老家的人情往来，大部分都是几十块钱。上百都已经算是很阔绰，关系很铁了。

从刚才几次被刁难的情况来看，这个所谓的"绵阳肖家"，在花老太这儿几乎是没有太多牌面的，也没有给予足够的尊重，但肖家却为了这个寿宴弄来这么多的礼物，还包了一个堪称巨款的大红包，在让我错愕的同时，也感受到了花老太以及二郎山的影响力。

不过钱财于我，此刻已经是身外之物。让我在这儿心惊胆战的，是旁边不远处的鲁大脚。

前日我们在县城被跟踪时，我估计也是被关注过的，倘若是鲁大脚对我有了印象，上前来盘根问底，只怕我也扛不住。

不过好在鲁大脚这人，虽然凶悍，但孤傲，眼睛都是朝天看的。他跟那几个看上去颇有地位的中年人交流都有些装，更不用说看旁边这些无关紧要的小人物了。

所以尽管我一直心存忐忑，担心得不行，但最终还是顺利地办完了送礼事宜。

负责接待和收礼的人看在绵阳肖家这大红包的分上，对我还算客气。

他们告诉我，寿宴在五点开席，现在如果无聊，可以去暖棚里面搭台打麻将，也可以跟前来赴宴的江湖同道们聊聊天，又或者可以四处看一看。这儿除了私人房间和山顶的藏书楼之外，大部分的公共场合都是开放的，可以四处走。

说句实话，这青钢岭上面的建筑修得很有风格和特点，给人的感觉好像是旅游区一样，休闲舒适。远处是漫天云雾，左右打量，入目处皆是美不胜收的风景。

对于这一点，二郎山的人颇有底气。

我得了允许，赶紧说道："我兄弟去了茅厕，我先去找找他。"

我趁着鲁大脚不注意，就赶紧离开，往刚才的那条小道走，走了十几米，转过一棵参天古树，却是一个小院子。

院子的左侧是一排公厕，青砖砌成，男左女右，周围林木茂盛。右侧，则是一排浴室之类的建筑。我去了一趟男厕，挨个儿找，并没有瞧见人，有些诧异。出来之后，转去那边的浴室打量，也没有看到人。

去哪儿了？

我有些惊讶，正在这时，听到浴室后面传来了动静，便绕过了房子，小心翼翼地走过去，却瞧见这儿居然有人在拼斗。

在这喜宴之中，居然有人敢挑事儿？

我有些心惊，随后发现马一吞并没有卷入其中，拼斗的双方另有其人，一个是之前我们瞧见的那个驼背，而另外一边则是一男一女。

那男人三十来岁，国字脸，长得一脸正气，而女人则娇小玲珑。她个儿不高，但样貌却是极美的，身段也极为窈窕，桃腮杏脸、婀娜娉婷，有着西川美女所特有的灵韵，让人看了我见犹怜。

两人一左一右，手持短刃，正在围攻那驼子。

不过两人虽然凶悍，但那驼子也不是简单角色，他拿着一根铁扁担，仗着手长的优势，力敌两人，绰绰有余。

他一边抵挡，一边笑道："我当是什么厉害角色，两个初出茅庐的小东西，就敢在我面前充大个儿，你们这不是来送死吗？"

那女人急攻不下，又急又恼，对那人说道："杀父之仇，不能不报，送死吧！"

她一开腔，我就听出来了。这人就是我们前天夜宿谷仓的时候，机缘巧合跑进去了的那三人之一，就是那个叫鞠婧的小师妹。

我们从昨天到今天下午，一直都在道口守着，并没有瞧见他们，以为他们并没有混进来呢。没曾想，这两人如此执着，居然也到了山上。

而更让我没有想到的是，这个驼背居然就是他们的仇人，平天鼠封敬尧。

那驼子封敬尧笑着说道："你爹就是个死心眼儿，没事儿给我使绊子，也不想想，我弄死他不过是分分钟的事情。而你呢，更可笑，居然还想在这个地方偷袭我，真的是活腻了！不过你放心，我不会让你现在就死的，瞧你这细皮嫩肉的俏模样，想来还没有找男人吧？这女人活一世，连个男人都没有，未免太悲催了，我大发善心，先把你给睡了吧！"

说到这里，他的铁扁担越发犀利起来，虎虎生风，不但将那辛师兄给打伤，还将鞠婧逼到了山崖边儿上。

瞧见这小美人儿被逼到了绝境，那驼子更加激动了。

他咧嘴露出一口黄牙，笑道："小妹妹，你来之前没有想过，自己会被杀父仇人给抓住，然后会被压在身下，辗转反侧，日不能休，夜不能寐吧？哈哈哈……"

他大声笑着，步步逼近。

那鞠婧听了，俏脸飞霞，被逼急了。她咬着牙，朝着那驼子又刺了过去，却被铁扁担一下打在手上，把匕首给拍飞了。

没了武器，小美女更是束手无策，而辛师兄躺在地上，完全帮不上忙。

不知为何，我总感觉那辛师兄有点儿不对劲。

这一边，鞠婧被逼到了悬崖边，又再无反抗之力，被那驼子的污言秽语污染着耳朵，又羞又恼，特别是那家伙说的不堪入耳的话，让她开始有点儿害怕了，浑身瑟瑟发抖。

她几次进攻都被打断，最后被一扁担直接拍在右臂上之后，滚落地上就再也没有还手之力。当驼子准备上前，要拉她来折辱之时，鞠婧一咬牙，恨恨骂道："封敬尧，今生无法报仇，我来世化作厉鬼，也要缠着你，让你日夜不得安宁……"

说罢，她毅然决然地转身，想要朝着那悬崖边跳下去。

我瞧见了，一阵心惊肉跳，想着自己要不要上前搭救，正犹豫间，右边的墙角处冲出一人，对那小女子喊道："等等！"

鞠婧停下了动作，而那驼子也大为惊讶，拱手说道："花三少，你怎么在这里？"

山顶论佛

被那个被驼子称之为"花三少"的男子，大约有二三十岁的样子。他没有穿常服，而是一袭白色长衫，头发打理得油光水滑，像极了电视剧里面的翩翩佳公子。

驼子原本凶神恶煞，此刻瞧见那花三少，却十分恭敬有礼。

花三少瞧见他，也拱手，温言说道："封前辈，你们这是……"

驼子封敬尧咧嘴露出一口大黄牙，笑着说道："这个妮子，没事儿偷跑进山里面，刚才藏在暗处，想要偷袭于我。倘若不是我足够机警，又还算是有点儿本事，说不定就血染你奶奶这寿宴了。"

花三少有些疑惑，说："为何如此呢？"

驼子咧嘴，说："这里面的恩怨情仇，鸡毛蒜皮的事情多得是，就不细提了。花三少，容我些工夫把这小妞给处理了，不脏你的地方，等回头开席了，我去给你敬酒。"

花三少却摇头，对他说道："封前辈，我恰好跟这位姑娘认识，而且今天又是我奶奶的大寿，不宜见血，不如卖我个面子，这次就放了她。至于日后你们的恩怨，我也不管，如何？"

驼子听到先是一愣，随即笑了，说："好，好，好得很。花三少既然这么说了，驼子我怎么着也得卖你一个面子。"

说罢，他指着崖边的那鞠婧说道："算你命好，能遇到三少这样的好人，若是不然，今天可就真的有你受的。不过，以后别老是想着找我报仇，不然，嘿嘿嘿……"

他大笑着，朝着花三少一拱手，扬长而去。

封敬尧离开之后，那花三少走上前来，将地上的鞠婧扶了起来，温言说道："鞠姑娘，你还记得我吗？"

形势峰回路转，本已陷入绝望，准备跳崖自尽的鞠婧这会儿方才回过神来，被花三少扶起来之后，恍如隔世重生一般。

她对这男人满是歉意地说道："上次误会了您，以为您是个浪荡登徒子呢，多有得罪，还请三少原谅。"

花三少哈哈一笑，真诚地说道："那家伙是个草莽，胡口乱叫，什么三少四少的，跟个纨绔子弟一样。我姓花，名果然，虚长你几岁，你叫我果然哥就好。"

果然哥？这称呼听得我有点儿反胃，那花三少虽然表现得风度翩翩，但我总觉得有点儿假。

鞠婧仿佛也有同感，不过对于自己的救命恩人，还是不敢违背，低着头，轻轻叫了一声："果然哥。"

"哎！"

花果然听了，眉眼儿都笑了。

此时旁边的辛师兄也爬了起来，朝着他拱手说道："花兄弟，在下锦官自然门的辛追，之前我们见过的。"

花果然不愧是大家子弟，行事滴水不漏，一边回礼，一边说道："辛兄许久不见。"

那鞠婧一心想要报仇，瞧见这花三少颇有牌面，便激动地说道："果然哥，那个封敬尧是杀害我爹的凶手，你能不能帮我主持公道，将他给抓起来？"

她满怀期待，而花果然却有些尴尬，解释道："这个啊……他是我奶奶请来的客人，贸然将他抓起来，有些不妥。"

他说完，大概感受到了鞠婧的失望，又赶忙说道："不过你也别担心，公道自在人心，这事儿总会有一个了结的，就算是别人不管，等我日后掌了大权，也定会帮你主持公道。"

他画了一个虚无的大饼，鞠婧听了十分兴奋，情不自禁地抓起了花果然的胳膊，激动地说道："果真？"

花果然傲然说道："我说的话，一口唾沫一颗钉，真的不能再真。"

鞠婧有些激动，连声道谢。

花果然很自然地抓起了鞠婧的小手，温言说道："今天是我奶奶的大寿，这儿人多眼杂，你们且随我来，去我的院子里稍坐，免得又惹出什么事儿来。"

辛师兄在旁边讨好地笑说："好，好，都听花兄弟安排。"

三人离开崖边，而我在角落里瞧着，总感觉有哪里不太对劲，这时有人在我身后说道："你什么时候来的？"

我回头，瞧见马一岙就在我身后，赶忙问道："你刚才去哪儿了？"

马一岙指了一下房子的上面："刚才趴在那儿呢。"

"你也瞧见刚才的事情了？"

马一岙点头，说："我一过来就认出了那辛师兄和鞠婧小师妹。没想到那个驼子就是他们要找的封敬尧，所以就趴在上面看了一会儿。"

"刚才情况那么危急，我以为你要是在，会出手相助呢。"

马一岙撇嘴："我出什么手？反正都是演戏，那个小姑娘不管怎么样都不会有危险的。"

啊？我有些不太明白，说："什么演戏？"

马一岙说道："那个叫赵康的年轻人没有说错，这个辛追辛师兄当真不是好人，估计他早就和那花果然、封敬尧串通好了，演了一场戏给那傻姑娘看呢。"

我不是蠢人，马一岙这般一提点，我所有的疑虑都串成了一条线出来。

原来如此。我说我们混上山来这般艰难，这一对师兄妹却这么容易，原来是有人在前面做了安排和布置。还有刚才那一幕，一切都不过是做戏，这事儿反而就说得通了。

我问："这到底怎么回事？"

马一咼摇头，说："谁知道啊，那封敬尧要么就是配合演戏，让花果然抱得美人归，要么就是那花果然看上了花容月貌的小师妹，在背后运筹帷幄呢。"

听到马一咼的分析，我不由得浑身冒冷汗。如果是后面一种，那么这个看上去风度翩翩人畜无害的花果然，实在是太有心机，太狠决果厉了吧？

马一咼瞧见我不相信，摇头，叹道："人心啊人心，这才是最狠毒的东西。"

两人相视一看，都有些感慨。

随后他问我那边的情况，我如实回答，他松了一口气，然后说道："刚才扫了一眼，没有看到黄大仙，也没有看到离别岛的任何一人，那边的人到底是来了还是没来，又或者在哪里休息呢？"

"这个得找找，说是五点开席，之前可以自由活动，到处走走，看看。"

"行，我们分头找，免得目标太大。"

"好，我去山上，你去山下。"

"一会儿要是出了什么事儿，你别硬扛，能应付就应付，不能应付，撒腿就跑，别慌。"

他交代妥当之后，两人对了一下表，约定下午四点五十分，在会场边缘汇合。

我与马一咼分离之后，走向了上山的一条路。

沿着那青石板铺就的道路，我缓步朝上。这边的坪子只是半山腰，往上走还有许多的路途，其间又瞧见好几个院子和凌空的阁楼，只是规模都很小，有一处甚至只有一个单间。

这些地方都有人聚集，但并没有发现黄大仙。马一咼跟我形容说，黄大仙是一个留着灰色长发，常年穿一套蓝色土布的老头儿。另外我还看到有一个洞穴，在一条小路的尽头，旁边的山壁之上，刻着许多文字。

我有些好奇，走过去看，发现居然是大片的佛经。我仔细阅读了一下内容，好像是《般若波罗蜜多心经》。

就在我认真打量那佛经的时候，旁边有一个人问道："年轻人，你还懂这个？"

我吓了一跳，赶忙回头，瞧见一个有些富态的老头儿在旁边瞅着我。

他白白胖胖的，穿着一个公园里老头儿练太极的白色唐装，笑眯眯地看着我。

我被他这神出鬼没的架势给吓到了，先是左右打量一番，发现就只有他一人，这才说道："您从哪儿出来的？"

老头指着旁边的大石头，说："我刚才在这里，你没注意？"

我摇头，说真没注意。

老头指着那石壁上面的佛经，说："你懂这个？"

我不知道他为什么会问这个，开口说道："这个……'观自在菩萨，行深般若波罗蜜多时，照见五蕴皆空，度一切苦厄'，应该是《般若波罗蜜多心经》吧，它是《金刚经》的降伏其心篇，简称《心经》，全经只有一卷，二百六十字，宣扬空性和般若，也被认为是大乘佛教第一经典和核心，嗯……差不多就是这些吧。"

我读佛经是从小养成的习惯，我母亲比较信佛，家里面有不少佛经，有正版印刷的，也有手抄的。而这些都是儿时的记忆，有些模糊了。

老头儿听到我的话语，脸上的笑容不由得更多了一些，点头说道："嗯嗯，确实是懂的，现在的年轻人，夸夸其谈的多，有真本事的人却少之又少。你算是我这几年见过的年轻人里面，少数几个不骄不躁，言之有物的，可以，可以。"

我被夸得有些耳热，谦虚地说道："您过奖了，我也是母亲信佛，小时候背过一些，囫囵吞枣，不求甚解。"

老头儿点头，说："不错了，能这么清楚认识自己的年轻人，真不错，挺好……"

他夸着，突然问道："对了，你，是什么属相的夜行者来着？"

老头儿不动声色地揭穿了我的身份，而且还单刀直入，问起了我具体的属相来。

只这一句，就把我给弄蒙了。

什么情况？

瞧见我一下子就变得警惕起来，那老头儿忍不住笑了，说："你别紧张，老头子我也是夜行者，这一山头的人，各路牛鬼蛇神都有，没有能拿你怎么样的。咱爷俩儿也就是没事闲聊，唠唠家常，没别的意思。"

我瞧见他一脸和善，犹豫了一下，方才模棱两可地说道："猴儿。"

"猴？这属相倒是寻常可见。"

的确，在最常见的十一生肖（龙这种传说之物除外）之中，基数最大的夜行者便是猴。毕竟从物种进化里面来讲，人也是猿猴变成的，虽然猴类夜行者与人类的进化方向出现了偏差，但回溯根源，却还是一样的。

也正因为与人类一般，所以猴类夜行者都算不得什么厉害的血脉。甚至可以这么讲，猴类夜行者的血脉和天赋，在夜行者这个族群里，基本上算是垫底的。

当然，传说中的四大奇猴除外。

老头儿瞧见我的语气有点儿古怪，以为我是沮丧，便开口安慰我："天生我材必有用，修为是没有上限的，而是看你的悟性和努力，付出越多，收获就会越多……"

老头儿逮着我就灌了一大口的心灵鸡汤，让我都有点儿蒙。

我又不敢反驳，只有点头，说："是是是，您说得对。"

如此一通聊下来，下坎的院子里传来了热闹的唢呐声，锣鼓喧天，是那寿宴快开始了。

我的天，时间怎么过得这么快？我分明是要去找人的，怎么在这儿跟一老头儿聊了半天呢？我心中又急又恼，而那老头子却问道："哎，年轻人，你叫什么名字？"

老头儿刚才实在是太热情了，弄得我挺感动的，各种肯定和心灵鸡汤灌下来，让我都有点儿不好开口说假话，想了想，才回答道："姓侯，您叫我小侯就行。"

老头儿一听，哈哈大笑："小侯？小猴子，你这名字，太逗了。"

他说罢，拉着我的手，说："走吧，我们一起下去，你坐我旁边，一会儿我们再接着聊。"

啊？听到这话，我心头万马奔腾，然而被他一搭手，我顿时感觉到对方身体里面的力量，比江河湖海还要宽广，让我竟然没有了反抗的想法。

这个人，是高手。

而且不是一般的高手，至少得有七八层楼那么高。

我被他拉着胳膊往下走去，心里有点儿慌，生怕这老头儿认出了我的身份，要拿我下去给黄风寨。

但不知道怎么，我总感觉这人的格调很高，未必会跟黄风寨与鲁大脚是一路人。

我就这般心怀忐忑地被他拽着，走下坡，来到了主会场这边。

这会儿十几张大八仙桌旁，差不多已经坐满了人，我没有瞧见马一夯，但是看到了老秦，他被安排坐在了角落处，瞧见我跟着老头儿大摇大摆地走了过来，不由得一愣。

他差点儿就站起身来，惊讶得说不出话了。在他的想法里，像我此刻的境况，不是应该缩在角落里不出来，偷偷打量着见机行事吗？

这般大摇大摆地出现，到底是什么意思？

我瞧见老秦朝着我瞪眼，心里也很无奈。倘若有可能，我也不想这样子。

但我没有办法，这老头儿那干枯如柴的手就仿佛磁石一般，将我的手腕紧紧抓住，让我完全没有办法挣脱。

事实上，我也不敢挣脱，因为我一挣扎，就代表我心虚了。

在这样的高手跟前，我是没有反抗能力的。

我十分尴尬地被老头儿拉着，穿过了坐得满满的八仙桌前，瞧见他准备往主桌那边走去，我赶忙说道："您去就行，我这种小人物，找个边边角角落座就成……"

我这是真心的，因为我感觉自己跟着这老头儿下来时，好多人的目光都朝着他望了过来。我就好像一下子到了聚光灯下面一样，完全没有任何遮蔽。

这让我这么一个混进来的身份，格外尴尬。

我说完话，准备挣开老头儿的手，结果他却笑吟吟地说道："没事，没事，让人挪一挪就成。"

说着，他领着我，居然一路来到了主桌前。

我走过主桌外围的第三桌时，一个身形娇小的女人瞪大了双眼看着我，一脸不可思议的样子。

我从她的双眼之中，看到了惊讶、惊慌和说不出来的情绪。

而她旁边的几人，也是一脸古怪，跟生吃了蟑螂一样。

我瞧见这人的轮廓，认了出来，她是黄风寨里发号施令的那个女人，而很明显，她是认出我来了。在这一瞬间，我的心情低落到了极点。

因为暴露了。

然而很快，我从她惊恐的眼神之中又隐约把握到了什么，于是索性将心一横，不再彷徨，跟着那老头儿来到了主桌前。

与此同时，我还在打量四周，却并没有瞧见灰色长发、蓝色土布装的黄大仙。

这家伙，没过来？

走到了主桌前，这里的主位上坐着一个满头银发、面容慈祥的富态老太太。她应该就是此次的寿星花老太，而周围则坐着好几个看上去年纪颇大颇有威势的老人，唯一年轻一些的只有三个。

一个应该是花老太的大儿子，叫作花勇，另外一个，则是……鲁大脚。对，就是黄风寨的鲁大脚。

第三人，就是刚才在那边大发威风的驼子封敬尧，他也坐到了主桌前。

而我身边这老头儿过来的时候，一帮人，包括花老太都站了起来，众人纷纷点头招呼，说："前辈，您来了。"

那花老太对老头儿说道："越秀兄，刚才我们还在说你，怎么都快开席了，还不见你人影，还担心你不习惯我这俗务，甩手离开了呢。"

老头儿这时方才放开了我，笑着说道："红袖妹子，别人的事儿我可不想管，但你不同，当年的情分，我可没忘。"

花老太高兴极了，笑得满脸的褶子都散开了，对他说道："来来，你坐我右边……"

整张主桌，就留了一个位置。而那个位置，也就是花老太的右手边，这个通常来说，应该是留给场中客人里面身份最尊贵的那一个。

老头儿却没动，而是拍了拍我的肩膀，说："我刚才在上面，就是你们家的闭关洞穴前偶遇到小侯，跟他相谈甚欢，心里面十分喜欢，便拉他过来边吃边聊……"

啊？这富态老头很有意思，说完话就瞧着旁边的人，既不肯坐，又不肯走，还一副笃定的模样，让众人都为之惊讶。

我在这一瞬间，几乎是被聚光灯照着一样，所有人的目光都朝我望了过来。

我余光处瞧见了鲁大脚的脸色有些难看。他似乎在与那边桌子的女子用目光交流，随后眼睛一下子就眯了起来，显然也是知道了我的身份，正是马一岙身边的人。

不过即便如此，他却还是沉得住气，没有说一句话。

我知道自己的身份暴露了，而此时此刻，心情却突然间变得很平静。

事情已经坏到了这个地步，再坏还能怎么样呢？

事到如今，我反而淡定下来，面带微笑，不卑不亢地站着，然后拱手说道："在下小侯，见过各位前辈。"

我这边淡然自若，富态老头儿那边又不肯坐不肯走，压力不知不觉间就传递到了别的地方去。

主桌上的好几个人，目光都看向了驼背封敬尧。

得，这家伙在这一圈人里面，江湖地位最低，既然富态老头儿表了态，想让我跟他坐一桌，那就只有让地位最低的人主动离开。

我是破罐子破摔，扛住了压力，而封敬尧却不行。

他其实也认出我了，却不知道为什么，没有点破，不但如此，他还得乖乖地站起来，对我身边的老头儿说道："越秀前辈，您请入席吧。"

老头儿笑着回应："好，好，小封不错。"

空出了位置来，他还不满意，让人挪位，一群人十分配合，即便是不情愿，也没有拒绝。弄完之后，老头儿带着我入席，随后那花老太站了起来，举杯，说了祝酒答谢词。

众人纷纷举杯相应，之后她与我们这一桌人碰过杯之后，方才歇下，请我们品菜。

这边的宴席格调挺高，都是川内名菜，富态老头儿吃起饭来，毫不客气，不断往自己的碗里扒，而且还招呼我，给我夹菜。

他一边给我夹鸡腿，一边说道："别客气，在这种地方客气是吃不饱的。"

我不知道该说些什么，只有低头吃饭。

而我对面的鲁大脚等了好一会儿，方才摆着笑脸，对我说道："小兄弟，你刚才说，你姓什么来着？"

夜行者

第一季

3

南无袈裟理科佛 著

天津出版传媒集团

天津人民出版社

第三十五章

顾左右而言他

鲁大脚既然已经看穿了我的身份，现在提问，肯定是另有目的。

不过我刚才当众说过，自然也不能改，只有放下筷子，拱手说道："在下姓侯。"

那鲁大脚一脸惊诧，说："姓侯？可我怎么听说你是绵阳肖家的子弟？"

这话一出口，本来就引人注目的我，一下子又成了众矢之的，就连一直在胡吃海喝的富态老头儿，都停下了双手，看向了我。

我不知道鲁大脚是从哪儿得到的消息，居然能这么快就查到了我的底细。

我晓得事情要被揭穿了。我伸手摸向了那杯刚刚浅饮过的酒杯，一口喝尽，然后平静地说道："阁下是什么意思？"

我没有惊慌，这反应大大出乎鲁大脚的意料。

不过他显然是用眼神跟自己人沟通过了，此刻也是有恃无恐，站了起来，先是朝着宴席的主人花老太和带着我过来的富态老头儿拱了拱手，这才拍拍手，示意周围劝酒的众人安静下来。

黄风寨的名气在川内还是很响亮的，他这边一示意，没多一会儿整个场面就安静下来。

鸦雀无声。

随后鲁大脚冲着次席上面负责收礼的先生，拱手问道："李先生，这位过来送礼，用的是什么身份？"

那个负责收礼的先生轻抚山羊须，摇头晃脑地说道："如果我没记错，应该是绵阳肖家。"

鲁大脚确认道："没错？"

山羊胡傲然说道："我李一手虽然修为没有诸位强，但论起记忆力，在座的各位，胜过我的却没有几个。绵阳肖家，肖炳义去了东北，没有亲自过来，遣了家中子弟前来，送了两根七十年份的老山参、极品小叶紫檀手串一对、沉香木镇纸一方，另有红包四万……鲁寨主，要不要我翻账本给你核对一下，是否有误差？"

鲁大脚笑了，说："都说花家的二管家李一手天生聪慧，一年前的事情都记忆如新，果不其然。"

两人一唱一和，倒也还算默契。

随后他朝着山羊胡拱手过后，又对着周围前来参加寿宴的一众客人说道："诸位，有谁认识绵阳肖家以及肖家子弟的，还请帮忙站出来。"

众人惊诧，最终从左边走出了一个额头上满是皱纹的独眼老头儿。

他拱手说道："我是绵竹上冲坳的苏远方，跟肖老弟有些交情，和肖家的后辈子弟也都是见过面的。"

那鲁大脚脸上的笑容越发欢快，朗声说道："背后藏刀苏远方，阁下在上冲坳常居，教化子弟，养精蓄锐，当属川北豪杰。你的话我们自然是信的，那么请问一下，这位侯小哥，你可认得？"

那独眼老头似乎不太喜欢鲁大脚，看向他的眼神也多有厌恶。

不过即便如此，他还是说了真话："不认得。"说罢，他补充了一句，"据我所知，肖家前来拜寿的是炳义老弟的长子肖克轩、次女肖克琴以及侄子肖克虎，我们在锦官城内，还见过一面；至于这位侯小哥，为什么能够代替他们三人前来送礼，我也很想知道。"

他对鲁大脚虽然并不感冒，但出于对老友的关心，却还是站了出来。他想知道那肖家子弟们的下落。

"啊……"

"这人怎么回事，居然冒充肖家子弟上山，是有什么图谋吗？"

"黄老到底是怎么跟这人认识的啊？"

"这个小子，面不改色，是个人物呢……"

苏远方的话语一出来，众人皆惊，主桌上的老江湖还好一些，而其他桌上的宾客则顾不得仪容，纷纷议论起来。

而大家看向我的眼神，也有几分不善。

事情到了这一步，鲁大脚却反而没有继续，而是朝着主桌正中的花老太拱手，说道："老太太，不好意思，刚才我瞧见这位侯姓小哥实在是有太多可疑之处，害怕黄老被他蒙骗，这才会越俎代庖，说了这么多，扰乱了您的寿宴，还请见谅。"

说罢，他居然坐下了来。

作为寿宴主人，花老太的脸色就跟吃了屎一样难受，不过她却不得不顾及富态老头儿的感受，看了他一眼。

富态老头儿此刻的表现却让所有人都诧异。只见他饶有兴趣地看着我，而在花老太询问他意见的时候，却是耸了耸肩膀，说："我只是跟这位小哥一见如故，很是投缘，对于他的底细，我也不甚了解。红袖妹子，你若想问便问，用不着顾及我的感受。"

他这话摆明了两不相帮，那花老太终于放宽了心。

随后，她的脸上露出了怒容，一股说不出来的威势从她的身上散发了出来，直逼我这边。她伸手，旁边的随从递过来湿热毛巾，她擦了手和嘴，然后拄着拐杖站了起来。

她对我说道："这位侯小哥，对于刚才鲁寨主的指控，你有什么可说的吗？"

她瞪着我的时候，我感觉到似乎有一座大山，正如同倒塌一般朝着我压了过来。很凶。

花老太能够混到今时今日的地位，可并不只是能生养而已，除了她一身精湛如海的磅礴修为之外，还有那行事的狠戾手段。别的不说，光凭她的这些子孙，都随着她的姓氏，而不是她的夫家，就能够得知她并不是一个循规蹈矩的人。

她若是一个安安稳稳、一脸慈祥的老太太，就不会有这么多人又敬又畏，眼巴巴地跑过来给她祝寿。

这一次，虽然是鲁大脚扰乱了寿宴，但源头，却是来自我这里。

我感受到了如山一般沉重的压力，而唯一能够凭恃的富贵老头儿，在这个时候却表示撒手不管，而且还饶有兴趣地在旁边看热闹。这使得我在一瞬间，陷入了绝境。

对于寻常人来说，估计此时此刻就已经蒙了，不知道该怎么应对。但我没有。

作为一个朝不保夕，都不能预期死亡何时来临的人，在深刻认识到安稳平静的生活早已离我远去之后，我已经是光脚的不怕穿鞋的，有着一股初生牛犊不怕虎的劲儿。

我豁出去了，还怕什么？

在所有人的诧异之中，我突然笑了起来。

随后我伸手抓起盘子里的一根鸡腿，三两口将其啃完，然后对那富贵老头儿问道："杯中残酒，我喝掉？"

富贵老头儿笑嘻嘻说："不嫌弃，喝吧。"

我毫不客气地端过来，一口喝下，感觉那酒液劲道至少有五十多度，入喉便如火，烧得我心里灼热。

酒劲儿上来了，我抓着那酒杯就往地上猛然一掷。

哐啷……

酒杯碎了，我的心也活泛起来，大笑着，指着那鲁大脚的鼻子骂道："鲁大脚，你不是想知道我是谁吗？那好，老子跟你讲，你可听好了——老子叫侯漠，侯嬴、侯霸、侯君集，那是我祖宗，漠是大漠的漠，撒哈拉沙漠的漠。老子兄弟叫马一岙，你记得吧？对，就是与你那神经病大孙子千里纠缠的那个马一岙，打拐小能手！"

我开门见山，挑明身份，这让鲁大脚直接就蒙了。

他没有想到我居然会这么大胆，当着所有人的面儿讲出这一大段话来。

是真不要命了吗？

他有点儿蒙，而我却趁着酒劲起身，走到了场中，朝着众人拱手行礼之后，大声说道："嘿，正好今天花老太的寿宴，群贤毕至，少长咸集，蜀地周遭的豪雄皆聚于此，我年少德薄，还请大家帮忙评评理。鲁大脚鲁寨主，他这孙子自小顽劣，到处采花，不知道败坏了多少女人的名节。他若是讲点儿脸面，别来硬的，咱也就算了，他偏偏各种荒唐，强行坏了人家的身子不说，还把人给弄死了，这样的糟心事儿，各位应该听说过不少吧？"

我环视众人，但凡心存善念的人，都下意识地低下了头。

也有无所顾忌存心想看笑话的，笑吟吟地看着我。

我瞧见鲁大脚快要爆发了，赶忙说完："我朋友马一叁，正巧碰上他那神经病孙子行那恶事，就出手管了，不料被他那神经病孙子记恨，带着人穷追百里，从渝城追到锦官城，从锦官城追到了大凉山，最后碰到了大雪山的川西圣手冯老前辈，将其料理了。我就想问了，这事儿跟我朋友有半毛钱关系吗？你鲁大脚若有本事，尽管去找冯老前辈报仇啊，有必要整日盯着马一叁不放手吗？"

"够了！"

鲁大脚被我一通揭老底，怒声喝道："侯漠对吧，你既然想替你朋友出头，那好，我成全你，来，来，老夫给你机会，单打独斗，生死契约！"

鲁大脚此言一出，当时的场面轰地一下炸开了。

众人都不淡定了，纷纷议论起来："我的天？这个叫侯漠的年轻人，应该就是个普通人吧？看不出什么修行的痕迹啊？"

"对啊，对啊，一个横行川东五十年的夜行者大角色，跟一个刚刚入行的小年轻决斗？"

"这是急了，急红眼了啊？看来这个侯漠刚才说的话都是真的。"

"自然是真的，这事儿你们难道不知道？"

此刻聚集在二郎山青钢岭上的一群人，都是这川陕一带有名有号的人物，有人怯于鲁大脚的威势而不敢言，自然也有不怕鲁大脚的。甚至有人不但不怕，反而对这家伙还心怀恨意，就等着他出丑。

故而说话的人声音很大，虚张声势。

这些话鲁大脚都听入耳了，不过他却直直地盯着我，一字一句地说道："可敢？"

这人积威一甲子，凶名震川，此刻将所有的气机都引导到我这儿来了，让我的压力陡增，仿佛空气都停滞了一般。

我有点儿喘不过来气。然而喝过了酒之后，我的豪气也上来了，哈哈大笑道："来，来，来，司马迁说过，'人固有一死，或重于泰山，或轻于鸿毛，用之所趋异也。太上不辱先，其次不辱身，其次不辱理色，其次不辱辞令，其次诎体受辱'，嗝……"

我打了一个酒嗝，继续说道："那啥，你有脸跟我单挑，我就有胆子接着，让西川豪雄看一看，到底是你的脸大，还是老子的胆儿肥！"

我说得豪气万丈，自有附和的群众大声喝彩："好，说得好。"

以堂堂一寨之尊，与我这等名不见经传的小人物生死决斗，这绝对是鲁大脚被我挑衅得冲昏了头脑，此刻瞧见周围众人的脸色都有些嘲讽和不屑，这才回过神来。

他冷冷一笑，说："杀鸡焉用牛刀，白七，你出来。"

一个穿着一身蓝黑色运动装的年轻男子，从边缘一桌站了起来，快步走到场中，拱手说："师父。"

鲁大脚冷声说道："白七是我最不中用的徒弟，让他来跟你较量两招，免得别人说我为老不尊，以大欺小。"

我既然已经豁出去了，自然不畏惧任何事儿，朗声说道："随你。"

两人走到了场边的空地上，拉开架势。

那白七身材挺拔，一表人才，精、气、神，无不凝而为一，朝着我拱手说道："黄风寨鲁寨主门下，白七，见过阁下，还请多多赐教。"

他说得礼貌，眼神却凶悍无比。

很显然，他对于自己师父在这寿宴之上出了洋相一事还是很着急的，对我自然也是恨之入骨。

而这个时候，旁边有人出言提醒，说："当真是好脸皮，这白七是他鲁大脚最得意的关门弟子，一身修为，可是川中年轻一辈的翘楚，而且血脉特殊，贪狼主东，达到了平妖之上，大妖未满，还好意思说是最不中用的徒弟。要真如此，为何不派那个连入席都没有资格的麻五来呢？"

听到这话，鲁大脚急了，瞪着那人骂道："胡老三，你是不是也想出来跟我签个生死状？"

那个被他盯着骂的中年男人并不畏惧，嘻嘻一笑，说："咋了，事儿办得这么不地道，还不能让人说了？"

鲁大脚气得直冒烟，作势上去，旁边走来一人，却是驼背封敬尧。

那驼背拦住了他，说："鲁兄，这胡老三就是一个破落户，口无遮拦，你跟他着什么急啊？且看白七教训那小子才对。"

我耐着性子看完旁边的争端，方才应付一下地拱手，说："来吧。"

白七瞧见我连名号都不报，脸色顿时一变。这是看不起他啊。

白七本来就是怒意满满，此刻被我轻慢，更是憋着一肚子的火。不过众目睽睽之下，他还是得显示出一些教养的，朝着我拱手说："小兄弟，你想比拳脚，还是刀枪？"

我说皆可。

白七冷笑："甭管比拳脚还是刀枪，你既然辱我师父，我自然不能让你活下来，所以咱们比斗之前，得按江湖规矩，立下生死状。你最好也选你拿手的，免得到时候黄泉路上还在懊恼。"

对方当真是鲁大脚的得意弟子，说话也是咄咄逼人。

不过对方傲，我得更傲，当下也是冷哼一声，说："你放心，我不会杀你的。我来这儿也不是杀人来的，只是来讲道理的。"

白七哈哈大笑，说："在江湖，无论是夜行者，还是修行者，道理是用拳头来说的。"

言罢，他看向了旁边的二管家李一手，拱手说道："李爷，我字儿不好，肚子里的墨水也不够，这生死状，还得您来帮忙。"

李一手回头，望向了寿宴的主角花老太。

花老太对我这个在她寿宴上闹腾的家伙也是十分不满，不动声色地点了点头。

李一手拿了纸笔，挥毫泼墨，一蹴而就，然后摆在桌子上，请我们两人过目。我一目十行看过去，通篇只看到两句话。

一句话，是"生死两不追究"。另一句话，叫作"生死有命，富贵在天"。

满满的血性与狠戾。这就是江湖。

"好！"

我大叫一声，伸手过去，抓起了那一竿毛笔，签上了自己名字。

我小时候是练过书法的，先是庞中华的硬笔字，后是仿魏碑，至于此刻，心情激荡，写得狂草，韵味十足。

旁人瞧见，忍不住拍手，大声赞叹："这小哥，人豪气，字也飘逸，是个人物。"

一个年轻的漂亮姑娘念道："侯……漠！"

念完之后，她的小脸儿都红了，眼睛水汪汪的，仿佛有秋波荡漾。

反而是那白七，人看着一表人才，但文化水平就差了点儿，写字的功夫更是如此，签上了三个字"白坚强"，就这仨字还歪歪扭扭，难看得很。

那李一手写的生死状，用的是隶书，蚕头雁尾、一波三折，通篇下来，笔形优美。而我的签字如同狂草，虽然只是简单两字，却在激荡心情衬托下写得豪迈苍凉、委婉激越，端的是风雨雷电、水流花开、天地肝胆、大泽龙蛇。

众人皆称赞，说是锦上添了花。

结果一篇书法作品，却被歪歪扭扭的"白坚强"三个字给毁了。

只可惜，比斗的不是书法，而是生死。

两人签过了生死状，回到空地前，相隔五米，有人早已抬来了兵器架，刀枪剑戟、斧钺钩叉，那上面皆有摆放。

白七见我并没有去拿兵器的意思，不愿意丢了脸皮，当下也是抖了抖手，大吼了一声："受死吧。"

说罢，他便冲了过来。

此人上前，长手长脚，施展的是八极拳的架子，一上来就生扑，想要先声夺人，将我一举拿下。

却不料我在觉醒之后，先后跟随着马一岙和湘南奇侠王朝安学习，虽然并没有被收为弟子，但他们传授皆不藏私，使得我在这一段时间里进步飞速，至少在与人拳脚的拼斗上面并不吃亏。

来人凶猛，披挂有风，胸口藏着一团火，暴烈如牛。

我不与他硬拼，而是游击侧翼，不断腾挪，让他没有办法接触到我的身体，只是通过四肢来感受对方的力量。

几个回合之后，我能够感觉得出来，这个白七，是真的很有实力。

之前有人友善地提醒我，说白七是川中年轻一辈的翘楚。此言不虚。

此人无论是修为，还是与人交手的经验，又或者说，杀人的经验，都是十分丰富的。

他此刻虽然急躁，有些乱了自己的节奏，但从硬实力上来说，绝对是比我这个初出茅庐的三脚猫要强的。而且还强上不少。

不过我并非没有优势，除了我本身的一些际遇之外，我想我最大的优势，就在于心态吧。一个人，被逼到了绝境，展现出来的潜力，绝对是会超出所有人的想象的。包括我自己。

拼斗开始，我与白七周旋着，不急不慢。

两人不断试探，白七进，我退，他再进，我再退，总之不给他任何可乘之机。

这样的场面让众人都为之惊讶。因为在他们的想法里，我这样名不见经传的小人物，碰上白七，基本上就是应付三两下，然后就被撂倒，随后就是收拾残局，继续寿宴，没想到节奏就这般拖了下来。

鲁大脚的脸色十分阴郁，耐着性子等了一会儿，忍不住冲着白七喊道："你磨磨蹭蹭干吗呢？上啊，杀了他。"

反倒是主桌上的几个老东西都表情平静，那富态老头儿也笑眯眯地看着这边。

白七受了催促，攻势越发急促，暴风骤雨，连绵不绝。

他一急促，反而没有了太多防备，我且战且退，到了某一处节点之时，我突然间将整个身子缩成一团，面对着那家伙腾空而起的虎扑，右脚朝上，猛然一下蹚去。

黄狗撒尿。

这一招的恐怖之处在于示敌以弱，门户大开，让敌人以为能够马上将你拿下，下意识地去进攻，反而露出破绽，从而给予一击必杀的机会。

只可惜我这一脚往斜上方蹚过去的时候，正好碰到了白七虎扑而出的右手。两人相交，白七一声惨叫，在半空中翻腾一圈，落到了地上。

他的右手，被我这一脚给踹得有些麻。随后他的目光，落到了旁边的兵器架上，下一秒，他已经游到了兵器架旁边，伸手过去，抓起了一根长枪。

他猛然一挥，让那枪头在半空中摇晃一下，指着我说道："来，挑兵器。"

他拿了长枪，很有风度地退到了一边，让我自己去选。

我一眼望去，有刀有剑，还有各种奇形兵器，甚至还有一把强弓。不过这些对于一个从小学习数理化，而不是耍枪弄棒长大的人来说，实在是太不友好了。

俗话说得好，年刀月棍，一辈子的枪。

兵器这东西，并不是一拿上手就能用的，你得练，日日练，月月练，年年练，得花大量的时间和精力去了解武器的属性，了解它的特点，包括长处与不足，还得用它与人对练，甚至真实的拼斗。只有这样，方才能够说掌握了这东西，而不是随便挥挥砍砍。

它跟现代兵器之中的枪不一样，虽然枪也需要练习，才能够打得准，但那玩意儿只需要扣动扳机，就能够杀人。

我的目光巡视一圈，最后落到了一根米黄色的棍子上面。

这些日子，若说什么兵器我练得最多的话，莫过于棍棒。

我伸手，拿起了这长棍，在手中掂量一二，虽然不如软金索长棍用的顺手，但到底还是有点儿熟悉的感觉。

当我拿起这棍棒的时候，旁边有人点头，说道："这个少年郎，当真是宅心仁厚。"

立刻有人接上："的确，对方拿枪，摆明想要杀人，他却选了这么一个没有攻击力的兵器，到底还是不想闹事。"

也有人讥讽说："那是，他被杀了，并无苦主，而那白七若是被杀了，凭鲁大脚的脾气，能让他下山？"

众人纷纷议论，显然是看白七久攻不下，开始讥讽起来。

这些话落到了白七的耳朵里，让他的脸很红。

红，是激动的。也是恼怒。

待我将长棍拿着，回到场中的时候，那人将手中的点钢枪一晃，没有任何言语，就猛然扎来。那家伙使枪绝对是一把好手，长枪扎来，宛如毒蛇探穴，狠戾无比。

我感受到对方那腾腾的杀意，也知道鲁大脚以及周围的众人给予了他太多的压力。

正是如此，使得他的攻势凶狠果决。

铛！我挥动长棍，挡住对方的长枪，却不料那家伙长枪上前，猛然一荡，随后一躬身，那枪却从一个不可思议的角度陡然刺来。

我没有注意，差点儿就被一枪扎了个透心凉。

而即便是我勉力避开，那家伙也是占得了先机，枪出如龙，不断地捅刺而来。

两人在瞬间就交手十几个回合，我因为血脉觉醒第一层，再加上《九玄露》的修炼，倒也没有太过于慌乱，稳扎稳打，不过仍是好几次都被对方抓到机会，让我屡次落到了生死边缘。

而这个时候，我开始感觉到自己的情绪一下子就上来了，浑身发热，头脑的思维和反应能力开始逐渐提高。

我的呼吸也比平日里要快速许多。

这是我身体里夜行者的血脉在发作，在面临死亡的时候，出于自救的天性，它将我全身的素质都给予了大幅度的提高。

这对于我来说，是一种奇妙的感觉。

随着时间一点一点地累积，让我变得越发冷静，胸腹之中的酒气也消散了。

两人激斗，棍枪交击，宛如幻影一般，时而接近，时而分开。

众人瞧见这般激烈的交手，也都忘却了最开始的立场，每每到了精彩时分，都会鼓掌喝彩，惊喝连连。

随着时间的逝去，无论是我还是白七，又或者在场的所有人，都看出了一个迹象来。

我越打越稳，越打越有自信，从防守到反攻，张弛有度，进退自然。

反观白七，从一开始的凶神恶煞，屡屡方寸之间的杀招，到了后来，就开始变得心浮气躁，脚步不稳。

我一棍一棍地拼着，当气势拼到了极点的时候，猛然一棍将其长枪挑开。随后我奋力一下，朝着那家伙的腰间击去。

我这一下，是想要决定胜局的。

然而就在此刻，那白七却是露出了狞笑，怒声吼道："来得好……"

说话间，他整个人就开始冒出了腾腾青气，随之而来的是他的身子如同吹气球一样膨胀，那套宽松的运动服被撑到了极限，然后有黑乎乎又硬又粗的毛发，从间隙之间膨胀而出。

他的脑袋也变成了一头长吻凶狞的狼头，一双眼睛通红如血，里面仿佛弥漫着尸山血海一般。

而这个过程，甚至都不到一秒钟的时间。

他已经从一个一米八左右的硬朗帅哥，变成了两米四五的巨大狼属夜行者。

他手掌的力量甚至直接将长枪的枪声捏断，而我这奔着对方腰间砸去的长棍，也因为高度的变化，落到了对方的大腿下方去。

原本杀气十足想要将对方一棍子摞倒的架势，此刻却如同挠痒痒一样落到了那家伙坚实的下盘处。

哳……一声闷响。那家伙不但没有丝毫后退，反而是猛然一巴掌抓住了那棍子，随后一用力，将我直接朝天掀了起来。

紧接着他另外一只手，带着炮弹出膛一般的架势，朝我的胸膛戳来。

之所以说是"戳"，是因为这家伙手掌的指甲，如同匕首一般锋利，任何人挨上这一下，估计不死也得残。

啊……

围观的众人，不少人忍不住叫出了声来。

没有想到这个白七是如此心机，居然假装不敌，然后在一瞬间设计好圈套，故意让我击中，随后在一瞬间显化出了本相，借此对我完成击杀。

不愧是鲁大脚的弟子，两个字——狠辣。

我抓着棍子，被对方直接掀上了天，眼看着那满是锋利爪子的手朝着我心窝子里戳来，我的心脏在那一瞬间就陷入了停滞。

而下一秒，大量的肾上腺素涌动，我感觉到整个世界仿佛陷入了停滞一般。

上一次在那个苗寨子出现的境况，再次出现。

紧接着，我放开了棍子，落地，随后在下一秒将手摸向腰间，猛然一下，朝着对方再一次地甩去。

当时的场面，快得让周围的人都难以感受。

唯有身处其间的我和白七，方能体会得到其中的微妙。

那家伙感觉到我落地之后，摸出了一根裤腰带来，脸上浮现出了不屑的笑容，而下一秒，一根又黑又粗散发着腾腾妖气的棍子，再一次砸在了他的腰间。

砰……

腰间传来的恐怖力量，让白七的脑子有点儿迟钝，他难以置信地看了一眼右手之上的那根棍子。

这棍子，在自己手中。那么砸向自己腰间的棍子又是从哪儿来的呢？

他的脑子，有点儿蒙。

我没有给白七任何机会，一棍子将他的平衡打破之后，反手一撩，软金索长棍由下而上，重重敲在了那家伙的裤裆处，硬生生地跟这家伙拼了一回刺刀。

夜行者的身体素质，特别是显露本相之后的身体素质，绝对是要比寻常人强上许多倍的。但即便是强上百倍，也扛不住软金索长棍这样的硬碰硬。

砰！

这拼刺刀的结果，自然是软金索长棍要更胜一筹，而原本变得妖气腾腾的白七，"嗷呜"一声，还没有发挥出自己的凶恶，就出师未捷身先死，双腿一夹，跪倒在了地上。

而我并没有停手，第三棍如期而至。这是一记横斩，当对方跪下的时候，长棍以一个很适合的角度，重重地砸到了白七的狼头之上。

那家伙的狼头，坚硬如钢。但即便如此，他终究还是没有撑过软金索长棍带来的力量，一棒子砸过去之后，他那血海一般浓郁的双眸有些失神，随后身子一抖，眼睛闭上的同时直接趴倒在了地上。

砰！

这一下，是一个两米五的巨汉倒地之声。

众人皆惊，而鲁大脚却是早已按捺不住，陡然冲来，猛然一掌挥出，刮出劲风无数，将我击退之后，扶住了倒在地上的白七。

我往后退了两步，冷嘲一声："别慌，我没打算杀他，只是昏了而已，睡一觉就行了。"

鲁大脚抬起头来，恶狠狠地瞪着我，然后一字一句地说道："小子，扮猪吃老虎？"

我长棍在手，冷然笑道："谁是猪？谁是虎？"

鲁大脚将昏迷之后回复人形的白七抓着，扔向了场地边缘，然后拍了拍身上的灰，指着我说道："小子，可敢与我一决生死？"

他说这话，是询问，也是命令。

在这样举目无亲、四顾无人的情况下，我无法拒绝。

于是我笑了，说："好，车轮战而已，有何不敢？"

至此，有人可能会不理解地问："侯漠你一个初出茅庐的小毛贼，连马一岙都被这鲁大脚逼得不敢进川，四处追杀。你又有何德何能，胆敢跟此人决斗？"

是，远远及不上鲁大脚这一点，我从来都不否认。

事实上，从我被富态老头儿牵着胳膊，从山顶走下来被人发现的那一刻，我就已经处于死地了。

此时此刻，我除了置之死地而后生之外，还能干什么呢？

不过我并非一味的有勇无谋，逞口舌之快。

首先，在战胜了白七之后，我并没有乘胜追击，按照生死状上所说的"生死有命，富贵在天"，将人给直接弄死，而是点到即止，将他打晕了事。

随后，我在应承下鲁大脚的生死挑战时，用了一个词——车轮战。

如果之前，鲁大脚直接上来与我相斗，此刻的我估计早就已经趴下了。但他偏偏贪图脸面，叫了白七这么一个弟子过来，以为能够凭借着白七的实力，将我碾压。

那样的结果，对于鲁大脚来说自然是美滋滋的。但他没想到，实力相差悬殊的白七，居然被我干掉了。而且还是以这样的一个方式。

现在的鲁大脚，被我一句话逼得进也不是，退也不是。

然而没有等我高兴太久，那家伙居然丝毫不要脸面地喊道："李管家，来，草拟生死状。"

他居然完全不在乎旁人的看法，誓要将我拿下。

这么狠？

当花老太的二管家李一手重新草拟生死状的时候，我方才回过神来，听到旁边议论纷纷，大部分都是在讲鲁大脚不要脸皮的事情，然而他却不管不顾，待李一手写完了生死状之后，伸手过去，抓住毛笔，签上了自己的名字——鲁有法。

原来鲁大脚并非他的真名。

签过了字，鲁大脚将毛笔扔在桌上，指着我杀气腾腾地说道："来，签了它。"

我瞧着桌子上面的生死状，余光扫量周围。我发现尽管大家对于鲁大脚的行为并不满意，却没有一个人愿意站出来，阻拦这场决斗。

不是他们不想，是因为鲁大脚和黄风寨的威势太大，没有人愿意得罪他。

能够掌控场面的人，都在主桌上。

然而此间主人花老太对于我这个扰乱她寿宴的家伙估计是恨之入骨，其余人也都是看客心态，唯一让我能够寄托希望的那富态老头儿，却作壁上观，饶有兴趣地望着场中的一切。他向我看来，还微微一笑，朝我点头。

我知道，该来的还是要来的，逃也逃不过。

我深吸了一口气，走上前准备提笔签名，就在此刻，有人高声喊道："且慢。"

一声清喝，让众人都忍不住回头，朝着出言之人望去。

在坪子的边缘处，走出了一个人，马一吞。

他不知道什么时候赶过来的，此刻在我被逼到悬崖边缘的时候，终于挺身而出，迈着方步，走到了场中。

他先是对此间的主桌拱手行礼，说道："在下马一吞，湘南奇侠王朝安是我的师父，今日叨扰了寿星，还请多多见谅。"

王朝安在江湖上的名声不小，即便是偏居一隅的花老太，也不得不回礼，说道："客气，客气，王先生的大名真是久仰，只可惜一直未曾得以见面。不过从小哥的风姿，仿佛如你师父在眼前。"

马一吞又朝着独眼老头儿苏远方说道："苏前辈，在下和朋友侯漠情非得已，不得不拿了肖家兄妹的名帖，实在抱歉。不过对他们倒也没有伤害，他们就在山脚下，毫发无损。"

那苏远方本来就不喜鲁大脚，只不过因为肖家的一层关系才冷眼旁观的。

此刻他听了，微笑点头，说晓得。

树的影，人的名，马一吞出现，先是抬出自己师父的名头，让此间主人不至于苛责，然后又安抚住绵阳肖家的朋友，这才转过身来，看着鲁大脚。

他眯眼打量着这位川东大寇，然后缓声说道："冤有头，债有主，你我之间的恩怨，你我之间来了结。"说罢，他一字一句地说道，"生死状，我来签。"

鲁大脚从马一夵出现的那一刻，脸色就显得阴郁无比，此刻听到马一夵的表态，哈哈大笑，说：“好，好，你居然还敢出来，果真是初生牛犊不怕虎。”

马一夵走到台前来，手拿住了毛笔，在那砚台上蘸了点儿墨汁，然后说道：“我为什么不敢来？”

鲁大脚阴沉着脸，说道：“你害了我的孙儿，唯一的孙儿，我如何能饶得了你？”

马一夵说：“杀你孙儿的是川中圣手，大雪山的冯老前辈，与我何干？”

鲁大脚恨意凛然，说：“如不是你把他引过去，我孙儿能死？”

马一夵已经将名字签完，毛笔扔在了一旁，笑道：“哎哟，就因为我制止了你孙儿对人家女孩子的恶行，让他无法得逞，他便带着人穷追千里。我想问我哪里做错了，难道我要看着他对那无辜的女孩子施暴，坐视不管？还是我就应该束手就擒，自愿被你那神经病孙子杀呢？”

鲁大脚越发愤怒，冲着他大声吼道：“他还小啊，他才十六岁，不懂事，你就不能理解吗？若是再给他两年时间，等他长大了，成熟了，他会这样？”

啊？不但是马一夵，全场都为之愕然。

还有这样的？

敢情您那祸害了方圆数百里良家妇女和小姑娘的大孙子，在您眼里不过就是一个熊孩子闹事，无关痛痒？这，也太无耻了吧？

马一夵走回到场中来，拍了拍我的肩膀，示意我去旁边休息，然后对鲁大脚说道：“这事儿你别问我能不能等他两年，你得问那些被你孙子祸害了的几十个姑娘肯不肯，你得问那些被你孙子杀害的亡魂愿不愿。每一个熊孩子的背后，都是有一个熊家长的，而你，呵呵……”

鲁大脚知道自己失言，底儿被人翻了个天，没有再啰唆半句，阴沉着脸，走到了场中。

正如他徒弟白七所说的，这江湖，拳头才是正理。

鲁大脚缓步朝前走。

他每走一步，都会在那青石板上面留下深深的一个脚印。

这脚印，一个比一个更深。

凭空在那青石板踩下脚印，这事儿对于我来讲是无法想象的事情。天知道需要将修为练到什么境地方能做到这样，而我更加无法想象的是，他这样的一拳过来，若是打实了，我是否能够承受得住。

气息，凝如实质。鲁大脚此人，虽然为人行事多被人诟病，但他能够活到今天，并不是没有理由的。此人的修为，让人震惊。

从他进入战斗状态的那气势来看，我感觉并不比之前在山谷中那全盛状态的山神岳壮实差多少，甚至在杀气方面，还要强上太多。

这种杀气，并不是凭空凝结而成的。

它是在杀过不知道多少人或者夜行者之后，自然而然凝集而成的血腥之气。就如同屠夫一般，日积月累而来。

岳壮实到底什么实力呢？之前是这么说的，叫作"平妖以上，妖王未满"，也就是说，此人实力的上限和下限都很高，起伏太大，让人无法断定。

更多的，恐怕还得依靠天时地利人和来弥补。

但这个鲁大脚却不是。长期的实战经验，以及在川中这个复杂地域的历练，让他的实力能够稳固在大妖之上，甚至隐约触及到了妖王的边缘。

这样的人，每一个单独拎出来，都是了不得的人物。

反观马一呑，虽然也算是个佼佼者，但与鲁大脚比起来，到底还是有一些差距。

想到这里，我忍不住地握紧了手中的软金索长棍，准备随时上前支援。在这里，我若不上，谁能救下马一呑？

我整个人都处于临战状态，肌肉绷得很紧，而鲁大脚走了七步之后，在他身后，留下了巨大的脚印。

这时他的气势也凝聚到了极致，陡然暴喝道："受死吧，逞口舌之利的小辈，今日便让你瞧一瞧，我鲁……"

他说话的每一个字都如同响雷一般，在这青钢岭之上炸响。

轰……气机牵引，原本都有些昏暗的天色，此时此刻，更是乌云浮现，狂风乱涌，无数的山风不知道从何而来，呜呜吹过，让人的心神都为之震慑。鲁大脚的状态，已然攀登至巅峰，就等待着击杀马一岙，将自己的心神弄得圆满了。

这是一种禅。

然而就在他那如同活火山一般的力量即将爆发之时，突然有一只手，搭在了他的肩上。

有人轻轻说道："小鲁，这个小朋友的师父与我有故，我不能坐视不管，要比，你跟我来斗上一场吧……"

第三十六章

三年之约

搭在鲁大脚肩膀上的手，是那个富态老头儿的。

说真的，我因为想随时上前帮忙马一杳，所以对场中的局势几乎是一直瞪着双眼看的。但我愣是没瞧见这个老头儿到底是怎么从主桌那儿突然出现在鲁大脚身后的。

不光是我，鲁大脚都没有感应到。他听到这话，下意识地猛然一扭，想要将那个放在自己肩膀上的手给弄开。

但他终究没有成功。那只手，如同磁石一般，几乎黏在了他的肩膀上，无法挣脱。

好在鲁大脚瞧出了这人的身份，没敢继续晃荡。

他长长地呼出一口气，将积累的气势强行压了下来，然后躬身，朝着那富态老头儿拱手说道："您，这是什么意思？"

那富态老头儿瞧见他这般懂事，收回了手，慢慢悠悠地说道："这俩小孩儿的确是不太懂事，居然敢在我花妹子的寿宴上闹事，着实不应该。不过一个很对我眼缘，而另外一个呢，又是我故友的徒弟。虽说我跟那故友闹翻了，老死不相往来，但这会儿我若是视若无睹，又总感觉不太对劲。不如这样，你们之间的赌约延后三年，三年之后，峨眉金顶，再作交手，如何？"

三年之后？

鲁大脚的脸一下子就黑了，抬头看向了富态老头儿，好一会儿方才缓缓说道："黄老，一定要这样？"

富态老头儿的笑容逐渐收敛，说道："理由，我已经讲明，你今天给我一个面子，我记着这情分，从今日起，每年给你黄风寨的启明蛊增加一倍。你不给没事，我陪你玩儿，也别让人家说你为老不尊对付一个小辈，还车轮战。如何？"

这个笑眯眯的老头子，乍一看就好像是蹲在村口前懒洋洋晒太阳的老大爷一样。然而当他冷下脸来的时候，场中的空气，仿佛都冻住了。这气温凭空降下了四五度，就连站在场边的我都下意识地直哆嗦，更有人站立不住，一屁股坐在了地上。

我们尚且如此，更何况直面他的鲁大脚呢？

刚才他对上马一吞的时候，如同出笼猛虎，洪荒猛兽，仿佛陡然蹿出就要将人给吞噬进肚子里面一样，凶焰滔天。

而此刻，面对着那个同样气势冲天的富态老头儿，却又显得有了几分弱势。

没有对比，就没有伤害。

他沉默了几秒钟，终于开口说道："你指的是谁？侯漠，还是姓马的这小子？"

他心有不甘，还想争取一下。

然而富态老头儿却完全没有给他一点儿余地，果断说道："两人都是，三年之后的今天，峨眉金顶，我给你们主持比斗，在场的众人，也都可以来参加。至于你们双方，谁不来就是孙子，以后也别在这江湖上混了。"

"好！"

请将不如激将，那鲁大脚听到，非但没有生气，反而哈哈大笑起来。

他对那富态老头儿说道："黄老，你既然认为这两个小子在三年之后能与我一战，那我就等着，且看三年之后，谁胜谁负。只不过，我这里多嘴说一句，倘若三年之后，你还护着他们……"

富态老头儿断然说道："我给他们争取了三年，倘若三年之后仍是这样，我也是仁至义尽了，他们死不足惜。"

鲁大脚伸出了手，说道："君子一言……"

富态老头儿与他击掌："快马一鞭。"

两人击掌为誓。

鲁大脚走到了桌子边，将那生死状拿着，朝着在座的众人拱手说道："在座的各位川陕豪侠、江湖兄弟们，你们在此做个见证，三年之后的今天，峨眉金顶，我与马一盇、侯漠两人进行生死比斗。这两人若是不来赴约，到时候我再干什么，大家可都别说风凉话。"

看热闹谁不喜欢？众人听到，纷纷答应，说好。

鲁大脚又走到了主桌前，朝着寿宴的主角花老太拱手，说道："花大姐，今日之事是我不对，回头我私下里再给你赔罪，今天我先告辞了。"

花老太起身还礼，客气两句。随后鲁大脚手一挥，带着一票人等起身离开。

除了他的几个弟子之外，我瞧见那驼背封敬尧也走了。

鲁大脚一走，气氛就融洽了许多，富态老头儿领着我和马一盇来到主桌，让我们给花老太赔礼道歉，然后说道："花妹子，借个地方，我跟这两个小子说几句话。"

那花老太的大儿子花勇赶忙起身，领着我们前往里面的一处客厅里坐下，又叫人给我们沏茶。

如此一番忙碌，人都离开之后，马一盇冲着富态老头拱手说道："晚辈马一盇，多谢黄前辈。"

黄？我在旁边，经历了这前后一堆事儿，心里隐约猜到了什么。我下意识地打量着那老头儿。

那富态老头儿则笑着说道："还以为你跟你师父一个狗脾气，都是一本正经呢，没想到还算是通些事理的，行了行了，别说这些客气话。"

对方在说自己师父的坏话，倘若是别人，马一盇早就拔刀了，但此刻却不得不憋着。倒也不是委曲求全，而是他知道自己师父与对方的关系。

他就当没听到一样，给我介绍道："我这兄弟叫侯漠，不知道有没有冲撞了您老？"

富态老头儿笑了，说："没有啊，我跟小猴子聊得挺好的，很投缘。"

马一叅这时才对我说道："侯子，你大概还不知道黄前辈的身份吧？他就是离别岛的大教谕，黄大仙。"

得……我一脸郁闷地打量着这个老头儿，然后对马一叅说道："你之前说的那些相貌特征，一个都没对上好吧？"

马一叅也有些无奈，说："这我怎么知道，我又没有照片。"

听到我们两人说着话，黄大仙问道："听你们这意思，你们上山来，并不是想要找鲁大脚，而是特意来找我的？"

我点头，说："对。"

黄大仙眯起了眼睛，说道："果然，我就说，就算鲁大脚那家伙横行霸道，你们避着他就行了，没必要把自己处于险地去。刚才那情况，倘若不是我在，你们两个，估计是活不下来了。说吧，找我有什么事情？"

马一叅朝着我点头，让我来说。

我深吸了一口气，然后对这个让我很有好感的胖老头儿说道："那啥，前辈，你前段时间，是不是去过一趟湘北一带。"

黄大仙并不否认，点头说道："对，去过，我去那边找个老朋友，怎么了？"

"你是否在一个叫横塘老妖的地头，带走过一个小孩儿？"

黄大仙听到，眼睛一下子就眯了起来。好一会儿，方才问道："你们，是横塘老妖派过来找我麻烦的？"

我感觉他的态度开始变得冷淡，赶忙解释道："是，也不是。这么说吧，那个小孩子是我堂姐的儿子，是我的外甥。他父亲出了车祸，家里办丧事的时候被几个乞丐拐走了，我知道后，顺藤摸瓜找到了横塘老妖那里。这才从她口中得知，我那外甥兜兜，被你给带走了……"

听到我的话语，黄大仙面色一松，打量了我一会儿，说道："你是兜兜的舅舅？"

我点头，说："对，堂舅，不过我跟他母亲关系很好，不比亲的差。"

黄大仙听完，对我说道："伸手，让我查一下，可敢？"

我知道他想要干什么，看了一眼马一岙，马一岙点头，我方才伸出手去。

黄大仙伸手，三根手指搭在了我的手腕上，按了两下，我感觉到一股热流从对方的指尖流出，在我的身体里流动，下意识地想要推开，但最终还是强行忍住了。

差不多一分多钟，黄大仙看着我，说："你竟然是灵明石猴的血脉？"

我点头，说："对。"

黄大仙又说："你居然还冲破了第一关？"

我又点头，说："对。"

"用的是什么来冲的关？"

"弱水。"

"什么时候开始进入觉醒期的？"

"几个月前吧。"

"那是用什么觉醒的？"

"被人塞进了启明蛊。"

……

黄大仙问了几个问题后，闭上了眼睛，深吸了一口气，然后说道："我明白你的想法了。你别担心，你外甥兜兜现如今在离别岛，而且在三天前，已经在岛主和离别岛的见证下，被我收作徒弟了，我是不会害他的。"

我听了，长松了一口气，说道："如此就好。"

凭着我对黄大仙的初步印象，觉得兜兜若是拜了他为师父，只能是一场造化，并非坏事。至于黄大仙说谎的可能，我相信是没有的。

黄大仙又解释刚才对我们生出的敌意，说："那个横塘老妖就是个人贩子，你们若是她派过来的，我说不定就动手为民除害了。"

这……

我苦笑，跟他解释说，横塘老妖其实也是想要收兜兜为徒。

黄大仙眉头一掀，说："她说的？放屁！"

我瞧见他的情绪很是激动，有点儿不解，问道："怎么这么说？"

黄大仙不屑地说道："那横塘老妖就是个老鸨子，是个人贩子，倒买倒卖的事情不知道干了多少，她的那窝点儿不知道有多少夜行者孩童中转过。稍微有点儿潜能的她就收着，纳为己用。若是不明显的，就倒卖给各处的夜行者家族去。不知她造成了多少父子离丧，骨肉分离，别的不说，那鲁大脚和他的黄风寨，便是横塘老妖的忠实顾客……"

啊？

我之前对横塘老妖的印象算是不好不坏，就觉得她是个很会做人的老太婆，谁也不得罪，圆滑得很。而马一呙的师父王朝安，对她的评价也是长袖善舞，算是个人物。

此刻听到黄大仙的评价，还真的是让我有点儿心惊。

如果是这样的话，那横塘老妖的话还真没有太多可信度。

不过我并非偏听偏信之人，毕竟我跟黄大仙也是刚刚认识，而且之前马一呙也说过，江湖人对于他的评价，也是毁誉参半。

我不能因为他救了我们，就什么都相信。

正好我想起一件事来，说："对了，那天你把兜兜抢……救出来的时候，是否伤过人？"

黄大仙回忆了一下，点头说道："对，是个丑牛夜行者，不但伤了，而且我还下了死手，务必不让此人有机会活下来。"

丑牛？我说："你确定不是卯兔？"

黄大仙扬起了眉头来，说："我从头到尾就杀了一人，到底是什么，我如何记不得？"

我脑子有点儿乱，毕竟楚小兔说是自己的哥哥，我以为是亲哥，必然就会跟她是同一属相。却不曾想楚小兔发誓要报仇的那人，居然是另外一种属相的夜行者。

旁边的马一呙说道："就算是横塘老妖不对，但您这动辄杀人的毛病，还是有点儿不太好。"

黄大仙这样的人物，听到的话从来都是夸赞，很少有人会这么顶撞他，眉头一下子就皱了起来。随后他又笑了，说："你觉得我这样做不好？"

马一爻并没有因为他的身份而低头，坚持说道："的确是有待商榷。"

"哈哈哈……"

黄大仙大声笑着，然后揉了揉鼻子，看看我，又看看马一爻，并没有继续在这上面跟马一爻作纠结，而是问道："江湖传闻，我看人很奇怪，见一眼，喜欢的人厚待，不喜欢的人，随意残杀，完全没有任何道理。你们觉得，这是为什么？"

啊？听到他谈起这么一个话题，我有点儿蒙。

事实上，我也很是奇怪，并不知道自己为什么会让黄大仙一见如故，对我这般的好。马一爻当初问起这问题的时候，我也在思考。而即便到了现在，我也是百思不得其解，并不知道自己在哪儿就投其所好，让黄大仙喜欢了。

马一爻听到他这般问，斟酌了一会儿，试探性地说道："您，在望气之道上很有造诣，有观人之术？"

黄大仙问道："为什么这么说？"

马一爻犹豫着说道："因为尽管你经常会意气用事，但通常情况下，你杀的人大部分都是恶贯满盈的家伙，正因为如此，江湖人对你的风评方才会是大于非。而唯一让人诟病的，是你经常会杀错一些无辜之人……"

黄大仙看向了我，笑道："比如我在横塘老妖那儿杀死的丑牛夜行者？"

我瞧见他并非生气的样子，便鼓足勇气点头，说对。

黄大仙并不与我们争辩，而是继续问道："那你们知道，我为什么能见了面就知道这个人是否恶贯满盈，是否可杀吗？"

马一爻摇头，说这个他也不知道。

黄大仙瞧见马一爻没有言语，长叹了一口气，说："这件事情，我曾经跟你师父说起过，他觉得是无稽之谈，那么我现在再跟你说一遍。我有一种天赋，就是能够在第一次见到某人的时候，看到他后面人生的几段画面，而这些画面，都是具有转折性的。当然，这种天赋，不是随时触发的，得挑人……我这么说，你们懂我意思了吗？"

马一爻瞪起了双眼，而我也忍不住惊呼道："你的意思是，那些看上去无辜之人，他们或许会在几年之后，行下恶事？"

黄大仙点头，说："对，而且还是极恶之事，不然我不会出手毁我名声的。"

"这……"

我本来想说"这怎么可能"的，然而回想起关于黄大仙的种种传说，却最终没有说出口。因为这样的解释，其实是说得通的。

马一吞没有回答相信不相信，而是问道："你看到侯漠的时候，应该看到了他几年之后的境况吧？要不然你不会对他这么好的。"

黄大仙点头，说："对。"

我忍不住问道："你看到了什么？"

黄大仙笑了，说："这种事情是不可能对当事人说的。因为这样，会让事情发生偏移，而我并不想发生这样的事情。"

马一吞又问："那你瞧见我的时候，有没有看到什么？"

黄大仙摇头，说："我刚才已经说过了，这种情况是对人的，不是时时刻刻都会发生，所以……你，没有。"

我忍不住问道："那你之前杀了的那个丑牛呢？"

黄大仙眯起了眼睛来，沉默了一会儿，说道："我看到了他在杀人，杀了好几个，然后放了一把火，最后将一个叫他'哥哥'的女孩子压在身下。"

他仿佛陷入了回忆之中，深吸一口气，然后继续："那也是一个夜行者，卯兔，对，是卯兔夜行者，很可爱的一个小姑娘，却被他给……我无法忘记那个女孩儿绝望的眼神，就好像世界都失去了颜色一样。所以我才一定要将他击杀，避免那样的惨剧发生。"

啊！黄大仙的话语，让我更加惊讶。

他口中的那个女孩子，分明就是楚小兔。想到楚小兔会有那样的遭遇，搁我这儿也不会给那家伙一条活路。

我沉默了一会儿，不知道该说些什么。

马一吞也哑口无言。

毕竟这件事情实在是太离奇了，它已经超出了我们的想象。

黄大仙并不在意，笑着说道："这件事情，你们信也好，不信也罢。对我来说都无伤大雅，倒是你们被鲁大脚给盯上了，事情可就有些麻烦了。"

我说："那家伙不是已经灰溜溜地走了吗？还有什么好担心的？"

黄大仙瞧见我一派乐天模样，摇头叹息："你还真是心大，那鲁大脚这些年来的功力一直都在精进，若是给他一点儿机缘，只怕已经突破了妖王之境，到了那个时候，我都压不住他，你们觉得，三年之后你们能够赢得了他吗？"

我说："我能不能活过三年还两说呢，想那么远干什么？"

黄大仙看向了马一咘："你呢？"

马一咘苦笑着说道："您有什么好的建议吗？"

黄大仙摇头，说："我们走的路子不同，对你，我没什么建议，但是……"他指着我，说，"对小猴子，我倒是有点儿说法。"

我赶忙拱手说："请讲。"

黄大仙说："你知道，我刚开始是想要收你为徒，将我的所学都交给你的，但就在刚才，我却改变了主意，你知道这是为什么吗？"

我摇头，说："不知道。"

说这话的时候，我的心有点儿滴血。因为在我认识的所有人里面，除了马一咘的师父王朝安，就眼前这一位给我的感觉最厉害。从他刚才的言语之中，我能够感受得到，他应该也是拥有妖王实力的。这样的大腿不能抱，我还是挺失落的。

黄大仙并没有感受到我失落的情绪，而是说道："传说中度过五关的灵明石猴，能够'通变化，识天时，知地利，移星换斗'，而自古以来，大圣之后再无灵明石猴，这诅咒无人能破，我才疏学浅，也没有办法帮你度过。所以收你为徒，只会误人子弟，不如静待有缘人。"

我很是失望地说道："我的有缘人，在哪里？"

黄大仙沉默了一会儿，说道："按道理讲，我是不应该说的，但我若不说，你或许会就此颓废下去。你的菩提祖师，并非男人，而是女人；而你的转折，需要在你'万籁此俱寂，唯闻钟磬音'心死如灰之时……"

女师父？

我愣了，不知道该说些什么好。

而黄大仙却闭口不提此事了，而是对我说道："鲁大脚此人，我或许可以扑杀，但黄风寨已成气候，我身后有整个离别岛，不能凭着自己的好恶行事，免得引发冲突，祸及他人。所以我只能给你们争取三年的时间，三年之后，你们是否能够将他战而胜之，这件事情，好自为之吧。"

说罢，他起身，对我说道："你堂姐家的地址，你可知道？"

我愣了一下。

黄大仙叹道："兜兜年纪不大，对家里的具体地址并不知晓，你若是知道就告诉我，我回头让他写封信回家，报个平安，也算是让你完成了任务。"

黄大仙提到兜兜的时候，基本上就是代表我们的谈话结束了。

这个人说话办事十分讲究，如同之前，他在遭受马一岙反驳的时候，并没有恼怒或者争辩，而是将话题引向了另外一个方向，然后又从侧面迂回而来，让我们不得不信服。

而此刻提及兜兜，则是想要向我表明，兜兜虽然在他那儿，但是是有安全保障的。他绝对不会亏待兜兜，也会让兜兜与我堂姐联系。

这是一件值得庆贺的事情，以黄大仙此刻的身份地位，是绝对不可能撒谎的。

我这边确定了兜兜的下落，任务基本上算是已经完成了，至于后面的事情，就是黄大仙怎么让兜兜与我堂姐联系了。关于这一点，并不是我能够掌控的。

我报上了地址，黄大仙认真地记在了纸上，然后对我说道："你们且坐，我去跟此间主人交代一二，毕竟你们潜入青钢岭，扰乱了她的寿宴，终究不是件好事。"

我们起身恭送，待黄大仙离开之后，马一岙喝了一口茶，对我说道："这个人，唉……"

我瞧见马一岙欲言又止的模样，问道："怎么了？"

马一岙说道："他对我们，似乎有所保留。"

我有些惊讶，问他："什么意思？"

马一畚说："他若是真的心底无私天地宽，就应该带着我们去离别岛，让你跟兜兜相见，然后不管是放兜兜回家，到时候再回返，还是让你带信回去，都远比私下联络更加可信。但他却偏偏提都不提启程离别岛的事情，可见对我们，其实还是有所保留的。"

我听了一阵心惊，说："你的意思是，他刚才说的都是谎话？"

马一畚摇头，说："不，关于兜兜，他既然说出来了，应该不会有假，至于其他，我就不得而知了。"

我想起黄大仙的所有能力，说："感觉他很像是真的啊？"

马一畚看着我，说："你相信他的话？"

我见马一畚并不像是很认可黄大仙能够预知未来的说辞，张了张嘴，然后说道："不管是对于我，还是楚小兔那边，我觉得都不像是假的……"

马一畚没有继续谈及黄大仙，而是说道："对了，你打算怎么跟楚小兔解释？"

我有点儿没反应过来："啊，解释什么？"

马一畚笑了："敢情你没有考虑过这事儿？那黄大仙杀了楚小兔的哥哥，用的是对方未来有可能杀人的说辞，这说法你愿意相信，我也愿意相信。但对于楚小兔，你觉得她愿意相信这么一个荒唐的说法吗？"

我沉思了一下，摇头说："不会。"

"既然这样，我问你，我们这次上山来发生的事情，在众目睽睽之下，一定会有消息传出去的，她必然会知道我们是接受了黄大仙的庇护才得以安然离开。那么她就会问你，离别岛在哪里？黄大仙什么情况？而这些都是横塘老妖交代她来刺探的，你应该怎么回答？"

我挠了挠头，说："我也不知道啊？"

"你是不知道，但你想过没，黄大仙表现得跟你我的关系如此密切，你却说什么都不知道，楚小兔若是得知了这个消息，会怎么想？"

他这般说，我的头都有些大了，说："这可怎么办好？"

马一畚笑了："你若是真的喜欢那个姑娘，你可得好好想想怎么说，免得到时候那姑娘对你怀恨在心，觉得你在耍她，阻止她为兄报仇，那可就麻烦了……"

我十分头疼，与马一岙商量，但最终也没有聊出结果来。

正在这时，我突然间听到外面有喧哗声，紧接着一个男人从东侧的过道匆匆赶了过来，冲着我们喊道："鞠婧在哪里？"

我瞧见来人，是之前露过面的花三少爷，也就是那位果然哥。

只见他此刻双目狠戾，脸上带着浓郁不散的怨毒，直接冲到了房间里，指着我们两个，再一次重复地说道："鞠婧在哪里？把人交出来。"

我有点儿蒙，马一岙则起身拱手，说道："您，这是什么意思？"

花果然冷笑，说："少在这里跟我装，别以为我不懂，你们跟鞠婧认识，故意在我奶奶的寿宴上闹出动静，吸引所有人的注意力，好让人将鞠婧从我房间里掳走，对吧？"

他这一番话说得没头没尾，马一岙也有些晕，问他道："你想说，你房间里有人失踪了？"

花果然说："不是失踪，是逃了。"

马一岙问："那人是谁？为何要逃？"

花果然做贼心虚，恼羞成怒地骂道："少在这儿给我废话，直接把人给我交出来！不要以为你们两个有黄大仙庇护着，就能为所欲为，你们可别忘记了，这里可是二郎山，是我花家的地盘……"

他色厉内荏地威胁着我们，而这个时候，突然有人打断了他的话："够了！"

我们望了过去，来人正是花老太的大儿子花勇。

花勇打断了花果然的话之后，瞪了他一眼，说："你来这里干什么？"

花果然瞧见他，一脸委屈："爸……"

花勇在花老太和黄大仙等人面前，恭谨有礼，姿态摆得很低，然而在自家子弟面前，却十分威严。他平静地看了花果然一眼，就把那纨绔子弟吓得低下了头，随后他有些恼怒地呵斥道："滚，不要在这里丢人现眼！"

气势汹汹的花果然屁都不敢放一个，灰溜溜地就走了。

不过出门之前，他还是回过头来给了我们一个恶毒的眼神，还做了手势，表示这事儿并不算完。

花勇对自己儿子的小动作孰视无睹，而是对我们说道："黄老准备离开了，有事儿要跟你们交代一下，请随我来。"

我们赶忙起身，跟着走了出去。

我们并没有前往宴会区，而是被引到了一处路口，黄大仙在这儿等待着，身边还有好几个人，有中年人，也有老者，其中一个年轻人长得跟花果然很像，只是多了几分沉稳和淡定。

黄大仙瞧见我们过来，对我和马一咅说道："我们准备走了，你们两个，是否需要同行离开？"

他说这话是怕鲁大脚表面答应，背地里铤而走险。我们本来就不想留在这山顶，再加上花果然刚才闹的那一出，更是归心似箭，此刻也没有拒绝，准备一同离开。

而这个时候，有人远远叫了我们一声，然后快步赶了过来。

我望了过去，发现来人是那个叫苏远方的老头儿。

他带着两个年轻人赶了过来，对马一咅说道："小马兄弟，我那老友的儿子和女儿……"

原来他是放心不下肖家兄妹，才急匆匆赶来。

我们本来就对肖家兄妹没有做过分之事，所以此刻心里也并不惊慌，马一咅跟苏远方解释了一下，然后相邀一起下山去将那肖家兄妹给接走。

除了苏远方，还有一个人赶了过来。那人却是老秦。

他过来低声说了一句话："我与你们一同离开吧。"

说完这句话，他又用只有我和马一咅才能听到的声音说道："花家表面上豁达，但一定会秋后算账的。我给你们两人上山作保，到时候花家或许不会对你们如何，但绝对会找我麻烦，所以我得赶紧下山，带着小宝离开这里。"

听到这话，马一咅有些愧疚地说道："老秦，此事是我对你不住。"

老秦摆了摆手，说："事已至此，说什么都没有用了。"

一行人结伴下山，人多眼杂，路上并无多说，等到了青钢岭下，我们要去与楚小兔汇合，而黄大仙则赶时间与离别岛的同伴离开，便与我们辞行。

临走前，他跟我交代道："你若是想跳出现在的格局，就需要去北方，记住了，北方。"

我问："北方是哪里？"

黄大仙用手指了指自己的左胸，然后微笑着说道："天机不可泄露，言尽于此，你自己悟吧。"

说罢，他带队离开，而老秦也跟在队伍的后面一起往山下继续走去。

我们则带着苏远方，朝着路边的林子那儿走。

我们走到林子里，低声喊道："小兔，楚小兔，你在吗？"

没有回应，这诡异的气氛让人心情一下子就压抑起来，就连苏远方的脸上也充满了疑问。

不过很快，我们就在之前约定的地点找到了肖家三兄妹，他们被捆在树上，嘴巴被布条堵住。苏远方瞧见，连忙带着人过去解绑，那肖家小妹被拿开嘴里的布条，顿时就号啕大哭起来："苏伯伯……"

苏远方好言安慰，而这个时候，一根短剑出现在了我的身后。

那锋利的剑尖，将我后背顶住。

我想要回过头来，却传来了楚小兔冷冷的声音："别动。"

在众人诧异的目光中，我缓缓地举起了手，然后沉声说道："小兔，你别乱来，听我解释。"

楚小兔用短剑的剑刃顶住了我的后背，情绪很激动地说道："解释什么？你想怎么解释？你当我没有瞧见你跟那家伙有说有笑的情形吗？你跟黄大仙关系不错啊，是不是都已经把我给卖了啊？"

我举着手，缓缓转过身来。

楚小兔并无动作，而我用胸口顶住了楚小兔的短剑，直视着她那宛如月牙湖一般清澈的双眸。

我认真说道："你，愿意听我解释吗？"

楚小兔被我的认真给吓到了，眼神有些躲闪，不过还是说道："好，我听你编故事。"

我伸手示意马一吞和其他人不要过来，然后沉声说道："本来，我路上想到了很多借口，但最终我觉得，我必须用实话，用真诚来打动你。"

楚小兔的脸上浮现出一抹红霞，低头说道："花言巧语。"

她说着话，顶在我胸口上的短剑下意识地松开了一些。

我深吸了一口气，然后将黄大仙之前的说辞，跟她一一讲来。说完之后，我认真地说道："倘若是我有黄大仙的能力，就算是被你恨死，我也会和他一样去做的，因为我不希望你受到任何伤害，哪怕那种可能，只存在于未来。"

楚小兔认真地听我说完，沉默了许久。

突然，她抬起了头，然后抬手就是一巴掌，重重地扇在了我的左脸上。

啪……

她是用了狠劲儿的，即便是我，被这一巴掌扇下去，整个脑子都在"嗡嗡嗡"地响着，然后感觉上嘴唇热乎乎的，我用手一摸，是鼻血。

紧接着我的脸一下子就肿了起来。

马一呑立刻向前走了两步，我伸出手，制止了他。

楚小兔怒气冲冲地对我说道："你不但编了一个拙劣的借口，而且还侮辱了我哥哥。你知道他对我有多好吗？若不是他，我未必能够长这么大，十几年前，我就已经死了……"

我盯着情绪十分激动的楚小兔，深呼吸，让自己脑袋的眩晕减轻一些，然后说道："我知道的，都告诉你了。"

楚小兔冲着我喊道："那你外甥呢，兜兜呢，你也不管了？"

我说："他已经被黄大仙收为弟子了。"

楚小兔听到往后退了几步，哈哈大笑起来。

她笑得眼泪都快要出来了，好一会儿，她的笑声渐渐低了下去，然后抬起头来，用袖子抹去眼角的泪水，指着我的胸口说道："侯漠，你是想说，从此之后，你就跟黄大仙站在一边了，对吧？"

我摇头，说："不，我和他，自始至终都只是路人而已。"

楚小兔对我失望至极，摇着头说道："那你告诉我，离别岛在哪里？"

我说："我不知道。"

"哈哈哈……"楚小兔大笑着，然后用那短剑指着我，"敢情你带着我跑了这么一大圈，就是遛狗呢？你逗我玩儿对吧？"

"不是，这个……"

没等我说完，楚小兔将手中的短剑往地上一掷，然后用脚猛地一踩，那剑居然从中断开了，然后楚小兔对我说道："侯漠，我会记住你今天的虚伪。你我之间的情分，犹如此剑！"

说罢，她转身就走，几个起伏，人就消失于夜色之中。

我本来想追，然而追了几步，却感觉心中一阵巨大的失落涌现而出，无力感笼罩全身。我停下了脚步，回过头，俯身过去，将那断剑拾了起来。

看到这断开的剑，万千情绪一下子就涌上心头，就像打翻了五味瓶一样。

马一吞走过来，看着我。过了一会儿，他不但没有安慰我，还笑了起来。

我心情很差，抬头看了他一眼，说道："你还笑？"

马一吞伸手，捅了我胸口一下，说道："你还说你们之间没事。没事会是这个样子？老实说，你跟那个兔女郎，到底有没有发生那事儿？"

我瞪了他一眼，说："你怎么会这么想？"

"果真没事？"

"没有，绝对没有。"

他瞧见我说得这般坚决，不由得笑了，揽过我的肩膀来，笑着说道："好男儿志在四方，岂能因为一个小女子弄得黯然神伤呢？其实你想想，她跟你过来的目的是什么？不就是解救你外甥兜兜吗？现如今兜兜变成了黄大仙的弟子，也算是一次造化，又何必将兜兜带回去呢？你想想，按道理来说，兜兜是被拐走的，甭管是谁做的恶，最终是不是落到了横塘老妖手中？"

"对。"

"黄大仙对横塘老妖如此不屑，并不是没有道理，事实上我之前也听过一些关于她的风评，从来都不是正面的。那么既然现在事情已经办完了，又何必把兜兜送到横塘老妖那个火坑里去呢？"

我这时方才想明白，的确是这个道理。

马一吞说："楚小兔生气，这是有道理的，因为她哥哥被黄大仙所杀，但这跟我们有半毛钱关系吗？你认识那个什么丑牛吗，你凭什么去帮他报仇？

这事儿不应该是横塘老妖来办吗？"

"这……"

"好了，楚小兔之所以如此，而且对你不对我，是认为她跟你关系不错，现如今你抽身出来了，她心里失落而已，以后想通了就会好的。"

我苦笑："只怕以后是没有办法相见了。"

马一杳拍了拍我的肩膀，说："你要是真喜欢她，回头就去找横塘老妖提亲去，有什么见不到的？"

我摇头，说："你开什么玩笑呢？不存在的事情，我刚才只是觉得对不起人家小姑娘，现在想来，是我想岔了……"

"果真？"

"对。"

马一杳没有再多说什么，拍了拍我的肩膀，然后拉着我走到了苏远方以及肖家三兄妹跟前，正式道歉。

那肖家老大叫作肖克轩，是个敞亮人，对马一杳说道："我刚才听苏伯说过了，花家势大而嚣张，本来我就不太愿意过来，但家父所托，不得已而为之。如今能够认识湘南奇侠王朝安的弟子，以及能够力压黄风寨气焰的侯漠兄弟，也不算是白来一场。"

他妹子肖克琴也说道："小兔姐姐对我们挺照顾的，没有为难我们。"

对方的开明让我们都有些不好意思，连连道歉。

那苏远方对我们力敌黄风寨鲁大脚的事情十分钦佩，在旁边周旋一二，然后笑着说道："两位倘若是有歉意，不如请我们几人去找个地方喝一顿酒。喝过酒，朋友交上，就没有什么不好意思了。"

马一杳是个酒脱的性子，听到这话，拍手说道："如此最好。"

一行人不再停留，结伴同行，往山外走去，在一个小镇子里，找到了一个小酒馆。

大家温了几壶小酒，又点了些下酒菜，开始聊起天。

刚开始，大家都有些拘谨，毕竟关系实在是太复杂了，特别是肖家三兄妹，之前还被我们擒住了，弄得十分尴尬。

好在酒这东西就是用来缓解气氛的，三杯两盏淡酒下肚，热力上来，大家就开始热络了。特别是肖家兄妹，除了那个肖克虎比较沉闷之外，其余两个都是开朗之人。

而苏远方虽然年龄大一些，但没有架子，与我们喝酒聊天，完全没有障碍，而且还能够作为年长者，将方方面面的人都照顾妥当，就连他身边的随从，也都招呼得很好，这一点着实让我大开眼界。

这一顿酒喝了大半个晚上，一直喝到了店家打烊。

席间气氛十分热烈，我们也结交了这几个朋友，算是不虚此行。

店家打烊之后，苏远方带着人离开，他们有车过来的，离得又近，去找司机，可以直接回家。

我和马一吞则准备在镇子上找个招待所住下。

我因为心中有事，十分烦闷，不知不觉就喝得有些多，反而是马一吞，因为防范黄风寨的缘故，所以还能保持清醒。

他扶着我，在街上走着，准备找地方歇息。

我本来喝得头昏脑涨，但清爽的夜风一吹，人又清醒了一些，我使劲儿摇了摇头，然后问马一吞，我们接下来去哪里？

马一吞笑了，说："你终于想起来这事儿了。"

我撸了一下鼻涕，说："今天是我失态了，比起儿女情长的事来，还是小命比较重要。那黄大仙告诉我，让我去北方，还指了一下左胸，到底是什么意思？"

"这个……"

他的话还没有说完，就听到远处传来一声厉喝："别跑！"

我吓了一跳，瞧见长街那头有一群人追赶而来，左边的小巷子里，有两个人正快速跑了进去。

我瞧那背影很是熟悉，而马一吞也说道："鞠婧？她怎么在这里？"

第三十七章

半夜惊魂

　　我和马一舀站在街口，望着那一群人都有点儿蒙，随后我瞧见追逐而来的其中一人，正是在二郎山青钢岭山门前拦住我的那个家伙。

　　他只是其中一员，而领头的人，居然是那个驼背封敬尧。

　　他之前跟着鲁大脚一起下山，我以为他已经走了。没想到，他居然会出现在这里，而且好像是在追杀那鞠婧和另外一人……

　　那人，哦，对了，应该是那个叫赵康的师弟。

　　我见过鞠婧的师兄辛追，这背影不像。

　　一群人兵荒马乱地冲着，直到路过有些发蒙的我和马一舀时，封敬尧认出了我们，停下了脚步。他一脸戒备地看着我俩，然后很不客气地质问道："你们两个怎么会在这里？"

　　我当时酒喝得有点儿上头，最受不了刺激，当下也是红了眼，直接说："关你屁事？"

　　封敬尧听到我的口气很冲，没有上前，而是下意识地左右打量着，问道："黄大仙跟你们在一起？"

　　马一舀按住我的肩膀，不让我说话，然后朝着那人拱手，说："封敬尧，我们很熟吗？"

封敬尧脸色有些阴冷，说道："跟黄大仙有约定的是鲁寨主，可不是我，你们若是没有眼色，不识抬举，参与这里面的事情，可别怪我不讲情面。"

马一吞说："我不知道你在说什么，也不关心你这点儿屁事。"

封敬尧的双拳都已经捏得咔嚓作响了。

从这个人动手击杀鞠婧父亲的行为，就能看出他的脾气并不是很好，是个动辄就杀人的枭雄恶汉。就刚才与我们的对话来看，也是随时都要暴起的样子。

不过他最终忍住没有动手，而是恶狠狠地指着我们，放下狠话，说："我若是动手宰了你们两个，鲁寨主会背黑锅，不过你们也小心点儿，不然……哼哼。"

此人带着身边一群人走开，我这才发现，这帮人只有几个是花家的，其余人应该都是封敬尧的手下。

看着这些人的背影，我有些担忧，说："咱们要不要帮忙啊？"

马一吞说："你能干什么？"

我张了张嘴，没说出什么来。

我也想路见不平拔刀相助，但问题是，这个鬼地方是人家的主场，贸然卷入之前，我们得问一问自己现在这个状态，能不能承担随之而来的后果。

马一吞伸手揽着我的肩膀，说："那个赵康能在不知不觉间将那小师妹弄下山，自然是有一些本事的，你也别太担心。"

我们走到街尾，有一个招待所，条件一般，屋子里连洗手间都没有，而且感觉四处漏风的样子。为了防止变故，我和马一吞住在二楼的同一间房，楼道尽头有一间厕所，黑乎乎的，灯也没有。

我喝多了酒，虽然还是有点儿放心不下那两个年轻人，但酒劲上来了身体有些不受控制，都不知道跟马一吞说了什么，便感觉眼皮沉重得如同挂铅，不知不觉就睡了过去。

夜里，我被尿憋醒了，睁开眼睛，四处黑漆漆一片。我勉强坐直起身子，发现马一舀在另外一铺床上歇着。

我披了件衣服起来，下了床，然后推门朝外走。

这会儿已经是深夜时分了，走廊里除了一盏昏黄的灯泡之外再无他物，有风吹来，刮过楼道呜呜作响，宛如鬼泣一般。

我睡过一觉，酒醒了许多，朝着楼道口厕所的位置走了过去。

这个招待所的厕所是老式的，远没有那么卫生，进去之后一股浓烈的臭味传来。里面黑乎乎的，不知道谁把灯关了。

我也找不到开关，只能凭借着走廊处微弱的光瞧见左边是一个水槽，右边是一排开放式蹲坑，临窗的方向有一排尿槽。我头有点儿疼，先在尿槽那儿美滋滋地放了一回水，然后开始洗手，又洗了一把脸，感觉完全清醒了一些，这才准备离开。

然而就在我准备走出厕所时，我突然感觉不太对劲儿。

在角落处的蹲坑那儿，仿佛有两个人蹲着。

蹲坑有人并不奇怪，但这大半夜的，明明有空着的蹲坑，这角落的最里面，一个坑位却蹲着两个人，这事儿就让人奇怪了。

谁在这儿？

我缓步走过去，想要看个清楚，却没想到我刚刚走到跟前，里面就有一人突然暴起，手持利刃，朝着我的胸口处陡然刺来。

我早有准备，并没有被这人的偷袭到，而是趁着那人进攻之时身子不稳，一下子就将人给撂翻倒地。

当我将那人死死按在地上时，手上传来了惊人的柔软和弹性，这才感觉到有点儿……女的？

男厕所里怎么会有女人？

而且见面还这么凶？

我脑子有点儿蒙，不过作为一个"正人君子"，我还是如同触电一般，赶忙将放在人家胸口的手缩了回去，然后打量了一下对方的脸，这才惊讶地低声喊道："是你？"

那女人被我一下掀翻倒地，又急又恼，瞧见我收回了手，银牙一咬，又要刺来，我赶忙说道："别乱来，鞠婧姑娘，我对你没恶意。"

那匕首刺到了一半，对方停住了，惊讶地问道："你是谁，怎么会认识我？"

鞠婧虽然停了手，但还是满脸的戒备。

我张了张嘴，却发现没办法表明身份，因为虽然我认识她，但两次都是在暗中，说到底，我们其实并不认识。

好在这个时候，角落里有一个虚弱的声音传来："这人叫侯漠，跟封敬尧他们不是一伙的。"

鞠婧从地上爬了起来，喊道："赵师哥……"

她将缩在蹲坑里的赵康扶了出来，这时我才发现，这个年轻人身上有多处伤口，最严重的是小腹处，此刻还在滴滴答答地流着血，使这儿弥漫着一股浓郁的血腥味。

刚才我被厕所的恶臭熏到，没有闻到，此刻瞧见，有些担心，说："你还好吧？"

赵康苦笑，说："死不了，不过……也走不了。"

我说："你认识我？"

赵康说道："你在青钢岭顶与鲁大脚得意弟子白七交手时，我在旁边看见过，对阁下挺佩服的。"

我看见赵康脸色惨白，身上满是伤痕，刚才为了躲避人追击，与鞠婧藏在那角落里，导致衣角处还沾染了些许秽物，看着十分狼狈，忍不住说道："我和我朋友就住在这家招待所，你若相信我，便与我一起去，先帮你处理一下伤口。"

听到我的话，旁边的鞠婧一双水汪汪的大眼睛一下子就亮了起来。

然而赵康却摇头拒绝了。

他说："好意心领了，只是对方人多势大，我受了重伤，血止不住，那帮人一定会循迹而来的。我若是跟你过去，只怕会连累阁下和你的朋友，万万不可。"

"没事，我们不怕。"

赵康是个固执的性子，就是不肯，我不想在这儿争执，就说："两位稍等，我去叫我朋友过来。他是湘南奇侠王朝安的弟子，师祖是千斤大力王王子平，他的主意比我多，我问一下他的想法。"

我转身准备离开，赵康却叫住了我，说等等。

赵康朝着我拱手，说："侯漠兄弟，我满身血腥目标太大，估计走不了，但我师妹目标小，你能否帮忙将她藏起来？"

鞠婧听到拼命摇头，说："赵师哥，不行，要死一起死，我岂能独活？"

赵康抓住她的肩膀，认真说道："小师妹，你若没有被抓住，我就不会死，而你若被抓住了，我绝对活不了，这道理你能懂吗？"

听到这话鞠婧愣住了，此时，我一把抓住了她的胳膊，说："都这时候了，别磨磨唧唧的，你先跟我走，赵兄，你稍等。"

我带着鞠婧出了楼道的厕所，快步回到房间。

进门的时候，我瞧见床上居然没人，吓了一跳，赶忙转身，看见马一舀已然起来，站在门口。他的手上拿着岳壮实留下的那把玉折扇。

我见他作势欲扑的样子，赶忙说道："是我。"

马一舀将门关上，说道："这个时候你还出去找妹子？要不要我去重新开一个房间？"

我被他调侃得有些无语，指着一脸惊慌的鞠婧说道："仔细看看。"

马一舀这时方才看清楚人，说："原来是锦官自然门的小师妹，你们怎么会……"

他的话还没说完，突然楼道尽头那边传来一阵怒吼。

紧接着，整个楼道都轰然作响，仿佛地震了一般。

轰！

整个房间都在颤抖，听到这动静，原本刚刚松了一口气的鞠婧立刻又紧张起来，下意识地朝着门口扑去。

我没还反应过来，马一舀却反应迅速，伸手拽住了她的胳膊，说道："慌什么！"

鞠婧激动地说道："那帮人过来了，他们一定是抓住赵师哥了。"

马一吞拦住他，自己将耳朵紧贴着木门向外听去，随后，他挥手让我将鞠婧拉到门边，然后小心地推开了门，探头朝着外面望过去。

楼道的动静闹得很大，整个楼都快要拆了，自然有不少客人推门出来。

结果那边传来一声厉喝："都看什么？看个屁啊，黄风寨办事，把脑袋塞回裤裆里去。"

又有人朝着这边走来，大声嚷嚷："各位，二郎山办事，都回吧。"

两边一呼喝，那帮人又是气势汹汹，原本半夜被吵醒满心怒火的客人被吓到了，纷纷关门。马一吞不想与这帮人正面冲突，也关上了门，然后将耳朵贴在了门边儿上耐着性子听。

我将鞠婧拉到了窗边，朝着外面望了一眼。

这儿的层高倒不算高，一跃而下对我们谁都不成问题，但我看到外面的空地上也站着几个人，守株待兔，虎视眈眈，就等着有人从窗子里跳下来，好将人给擒住。

我回过头来问马一吞："外面什么情况？"

楼道那边又哭又闹，乱成一团，马一吞对我说道："有外地客人不信邪，现在被那帮人教训呢。他们估计是想要杀鸡儆猴，所以动静闹得大，但应该不会出人命。"

我倒吸了一口凉气，说："这帮人真敢这么嚣张？"

马一吞叹气，说："越是穷乡僻壤，越是无法无天。这个还算是寻常的，你是没去过那种特困地区，我有一回去打拐，救一个被拐卖的姑娘出来，结果被发现了，整个村子两百多号人，男男女女，扶老携幼的，举着锄头耙子过来，非要把我给杀了……"

我听得瞠目结舌，鞠婧则焦急地说道："我师兄被抓起来了，你们还有心思在这里逗闷子？"

她焦急无比，而我这个时候已经回过神来，认真地看着她那如花颜容，然后说道："鞠婧姑娘，刚才你师兄说的一句话很对，他被抓了不要紧，若是你被抓了，他才是真的无路可逃，只有死路一条了。"

鞠婧慌张地说道："那该怎么办？"

马一吞问我："到底怎么回事？"

我赶紧简单地跟他解释一遍，听完之后，马一吞沉吟一番，说："这事儿有些难办。"

鞠姑娘很是焦急地对我说道："我听赵师哥说，你胆敢在二郎山上与鲁大脚的徒弟白七交手，而且还能活着下山，肯定是有大本事的人，你难道就不能过去将人救下来吗？"

瞧见这花容月貌的娇俏小姑娘，以及她满是期待的小眼神，我有点儿尴尬。

马一吞在旁边说道："妹子，你面前这哥们儿，小半年前还只是个普通人，别说封敬尧这样的川西凶人，便是你，也能撂翻他这样的七八个。你现在真当他是那常山赵子龙吗？"

鞠姑娘听到很是失望，又问马一吞，说："那你呢？"

马一吞苦笑，说："妹子，我们都是小人物，倘若不是有前辈帮忙罩着，也是没办法活着下山的。所以单枪匹马杀过去将人救回来这种戏码，你就别奢望了。你也别激动，保全自己这个事儿，无论对你，还是对你的赵师兄，都是最好的结果。所以，稳下来，别乱动，知道吗？"

马一吞说得诚恳，而那妹子也并非蠢人，虽然很不甘心，但还是点头答应下来。

说话间，外面的楼道已经安静下来。马一吞让我们都蹲下，然后将耳朵贴在门上听着。我在旁边看着窗外的微光落在了这个女孩儿的侧脸上，脸颊的绒毛细微可见，显得异常美丽。

红颜祸水。

我深吸了一口气，低声问道："你不是被那花三少请到院子里去了吗？怎么又弄成这样？"

鞠婧一愣，有些惊讶地看着我，说："你怎么知道？"

我将两次遇见她的事情说起，那鞠婧震惊不已，说："那天在谷仓里，你们也在？"

我说："对。"

鞠婧盯着我好一会儿，方才确认了这个事实，然后说道："杀害我父亲的人是封敬尧，但幕后黑手就是花果然那个恶棍。我之前并不知晓，要不是赵师哥及时赶到，并且让我偷听到了姓花的那畜生和辛师兄的谈话，我差点儿就要委身于杀父仇人的身下了……"

果然。

听到她的话，我松了一口气，说："你能早点儿认清楚那家伙的丑恶面目，是好事。"

鞠婧听到突然掩面痛哭起来："我信错了人，要不是赵师哥及时赶到，我真的不知道该怎么办。可现在，赵师哥也被他们抓住了，我，我……"

她低声抽泣起来，就在这时，窗外突然传来一阵亮光。

紧接着有人朗声说道："鞠婧姑娘，你师哥在这里，你若是不出来，我们可就不客气了……"

什么？鞠婧姑娘听到，一下子就站了起来，朝着窗边冲去。我伸手想要拉她，却被她拨开了。紧接着，我瞧见她浑身都开始颤抖起来。

我也站在了窗边，往外望去，只见在招待所前面的空地上围着一群人，正是封敬尧一行人。

他们差不多有十来个人，从气势上来看个个都彪悍无比。赵康已经被人抓住，强行按着，朝着我们这边双膝跪倒在了地上，双手向后被绑住。

封敬尧抓着他的头发，强行将他的头拉起来，然后冲着这边喊道："鞠婧姑娘，我数十声，不管你在哪里，答应一声，不然十声过后，你这赵康师哥的头，我就给你揪下来了。"

说到这里他哈哈大笑起来，说："这人头可跟别的不一样，揪下来就算是重新安上去，也是活不成了哦，你好好想想吧。"

说罢，他环视一周，开始倒计时："十、九……"

封敬尧凶相毕露，念着倒计时，我回头对马一夳说道："他应该不敢吧？这众目睽睽之下……"

马一夳叹了一声，说道："这家伙是个疯子。"

"六、五……"

倒计时仍在继续，大概是感觉到自己大限将至，那赵康突然奋力抬起头来，大声喊道："小师妹，别管我！你快走，离开这里，冯老前辈答应过我，会收留你的，到时候你就会……"

他话喊到一半，就被封敬尧掐住了脖子，这驼子冷笑着，说出了最后的倒计时："三、二……"数到这里的时候，他双手按住了赵康的脸颊，准备用力了。

以他的力量，双手一用力，赵康的头颅就会被拧下来，这是确定无疑的。

"等等……"

情绪一直处于崩溃边缘的鞠婧姑娘终于撑不住了，猛然推开了窗户，大声喊道："我在这儿，放开他！"

窗户打开的一瞬间，马一夳就扑了过来，但还是晚了一步，瞧见鞠姑娘痛哭流涕地大声喊着，马一夳又急又恼，冲着我低声喊道："你怎么不看着她？"

我一脸无奈。

话音刚落，楼道那边就传来了急促的脚步声，眼看着就要朝我们这边冲过来了，马一夳将床猛然一拉抵住了门口，然后说道："先挡住，再想办法逃。"

我点头，冲到了窗户边瞧了一眼，发现一帮人在封敬尧的带领下，朝着这边冲了过来。有一个家伙是夜行者，居然直接显露出了本相，是个巨大的黑猫，他纵身一跃，朝着二楼扑来。

我心想完了，一切都完了。

这么一大帮敌人，我们如何能够战胜？更何况还有鞠姑娘。

怎么办？

我的心一下子就坠落低谷，却不料在众人都匆忙冲来的时候，有一个黑影从远处的阴影之中悄然而至，然后将那个留下来看守着赵康的家伙给击倒在地。

那个身影到底有多么飘逸，我的笔力有限，实在是无法仔细形容。

因为他如惊鸿过隙，让人在猝不及防之间，感受到了许多的美感。

一直到后来，我有一次偶然的机会看见《卧虎藏龙》的视频，方才觉得，当时的场景与电影里面的打斗，有着异曲同工之妙。

在此之前，我从来没有看见过，杀人，会有这么惊心动魄的美丽。

那黑影倏然而至，在看守赵康的那人脖子后面轻轻一点，对方就直接倒地。黑影伸出手，将人扶住，缓缓放平，又伸出手来，只一挥，被紧紧捆住的赵康就解脱了束缚。

不过他到底是伤势过重，一解开绳索，人就朝着前方扑去。

那人却适时伸手揽住了赵康，随后将他给平地放下。

一切都悄无声息。

而就在这个时候，突然间门口处传来一声爆响。

砰！

整个房间都为之一震，我回过头去，瞧见那门被人从中间破开，有一个巨大的身影，正挤破了门框朝着里面冲来。

就在这门被破开的时候，我身处的窗边也是一阵炸响。

碎玻璃漫天飞起，一只锋利如刀的爪子划破一切，朝着我迎面而来，是那头化身黑猫的夜行者冲上了二楼，破窗而入。

瞧他这凶猛模样，是想将我给直接击杀。

我知道这一切乱事的源头，只不过是因为一场"恶少夺民女"的荒唐事，但对方肆意妄为的凶狠还是让我心惊，当下也顾不得别的，往后疾退两步，然后猛然一脚，朝着对方的空门踹去。

两人交手，顿时就感觉到了对方的难缠，那黑猫与我相击之后，落到了房间这边。

我伸手拦在了鞠婧姑娘的跟前，然后手往腰间摸去。

另一边，马一岙挡在了门口，手中的折扇展开，化作利刃无数，抵挡住了那凶猛扑来的巨大黑影。

敌人很强。

我深吸一口气，准备拼死而斗，却不料窗外传来数声惨叫，紧接着"呼"的一声，一个人影出现在了破开的窗口处。紧接着，那人扫了一眼黑乎乎的房间。

我被那人看了一眼，尽管黑乎乎的瞧不清楚对方的相貌，却仍然被那如电的眼神震慑得心中狂跳。

好强的气息。

下一秒，那人出现在了黑猫的身后，伸手将其捉住。

黑猫敏捷无比，下意识地就扭身反抗，却被那人擒住肩膀，朝着墙上猛然一掼。

砰！

那架势看着并不凶，然而当黑猫的后背撞在墙面上时，巨大的震动从房间里传递而来，当黑影子放下黑猫的时候，那家伙已经如同纸张一样滑落下去。落地之后，就再也没有起来。

举重若轻。

那个凶狠暴烈如豹子一般的黑猫夜行者，差点儿就要把我给弄死了，结果在一瞬间，被那人一招撂倒。

这事儿着实让我震惊，都有点儿怀疑世界了。

然而那人的行动却还没有停住，他身子一扭，又冲到了马一岙与那个巨大黑影的中间，一掌拍去，将马一岙轻飘飘地避开之后，将那大个子猛然一搂，紧接着两人倒退而飞，又从那破开的窗口飞了出去。

砰！

下一秒，窗外的楼下传来了一声巨大的闷响，仿佛有人跌落在了招待所前的坪子上。

这样的意外状况让我和马一吞都有些蒙。而门外还有一两个帮闲，并不算是什么厉害人物，瞧见自己方的两大高手都被瞬间搞定，犹豫了一下，与我们目光对视之后，头也不回地跑了。

马一吞这时方才反应过来，蹲身下去，将手摸向了那个晕死过去的黑猫夜行者。

这人昏迷之后恢复了本相，是一个相貌平平的中年妇人。这样的妇人，我经常在菜市场或者马路牙子边儿上看到，实在想象不出，刚才那头恐怖的黑猫，竟然是她化身而成。

我问："她咋样？"

马一吞说："没事，就是昏迷了，下手的轻重拿捏得恰到好处，这人一时半会儿估计是醒不过来。"

"刚才那人是谁，怎么会这么厉害？"

马一吞深吸了一口气，说："似曾相识。"

缩在角落里被吓得半死的鞠婧姑娘此刻回过神来，一脸激动地喊道："是赵师哥请来的援兵，一定是的。"

我很诧异，说："援兵？谁？"

鞠姑娘摇头："我也不知道，赵师哥说他去找了一个前辈，那人很厉害，但是谁他不肯说，我感觉他好像并没有信心能请到那人，所以才会这样……"

马一吞没有理会我们两人的对话，而是走到了窗边。

这窗子被那中年妇人扑成了一个大窟窿，冷风呼呼地朝里面灌。

而当他出现在窗口的时候，底下有一个女人的声音传来："小马儿，你怎么会在这里？"

小马儿？我顿时就愣住了，脑子有点儿转不过弯，想不出这地界谁能叫马一吞作"小马儿"，随后马一吞将我心底里的疑惑给解开了。

他冲着楼下喊道："千叶师姑，你怎么会在这里？"

千叶师姑。

黄千叶，王朝安的师妹，马一夯的师姑，她居然出现在了这里，当真是让人意外。

她回答："我来川西找冯老先生，辗转数月，终于找到了神龙见首不见尾的他，本来想要带他去见一下你师父，帮忙看看，结果他说这边有事情，得过来一趟，不想却遇到了你……"

马一夯跟下面招呼一声，回过头来对我说道："你带鞠姑娘走楼梯下去，我先下去拜见冯前辈。"

说罢，他从窗口一跃而下，落到了下面。

我走到窗边，瞧见马一夯正在跟一个白发老者说着话，旁边则是他的师姑黄千叶，和她师姑的女弟子，一个瘦瘦小小的小姑娘。

马一夯说得不多，我却一下明白过来了。

这个老者应该就是大雪山一脉的川西圣手，冯自然。

他老人家怎么来了？

我领着鞠姑娘往外走，一边走，一边问道："你家赵康师兄，认识冯自然？"

鞠姑娘一脸蒙，没明白我话里的意思，问道："哪个冯自然？"

我笑了，说："你们西川，有几个冯自然？"

鞠姑娘当时就愣了，说："是，是那个……冠绝西川的川西圣手冯自然？"

我没有回答，领着她往外走。

此刻楼道这边空无一人，走到楼道口，看到尽头的厕所整面墙都被砸垮了，一片狼藉。

我们走到了一楼，来到大厅，发现赵康被人搀扶着进了招待所，躺在门旁边的沙发上，冯老前辈正在给他检查伤势，鞠姑娘瞧见，慌忙上前，带着哭腔地问道："我师哥怎么样了？"

黄千叶走上前拦住了她，说道："你别急，让冯老先生给他查看一下。"

鞠姑娘不敢再闹腾，等了一会儿，那冯老先生抬起头来，说道："没事，伤势我已经处理了，不过想要恢复，估计得一年半载才行。他的伤，着实太重了。"

鞠姑娘紧张地说道："我师哥，不会死吧？"

旁边有一个童子傲然说道："有我师父在，就算是死人也能救活，何况他只是重伤？"

鞠姑娘听到，长舒了一口气，支撑她的意志松懈下来，整个人就瘫坐在了地上。

黄千叶的徒弟赶忙将她扶住。

马一呑趁此时对那冯老先生说道："前辈，这是我兄弟，侯漠。"

那白胡子老头儿抬起头来，看着我点了点头，说："你好。"

我感觉他对我的态度有些冷淡，不过不敢怠慢，赶忙朝着他招呼说："冯老前辈，久仰大名。"

双方寒暄过后，那冯老前辈说道："这有点儿乱，咱们就别留在这里了，免得一会儿官家过来，说不清楚。走吧，我在城里有一个弟子，去他那儿，先给赵小子治伤。"

大家都说好，马一呑很有眼色，过去将赵康背在身上。

我回房间把随身背包带上，最后一个离开招待所。

我走出来的时候瞧见空地上躺到了一片人。他们大部分都只是昏迷，只有一个人是真的死在了那里，血流了满地。那个人，叫封敬尧。

这家伙刚才凶神恶煞，而此刻连那驼背都被掰直了。

驼背虽然直了，人却死了。

我从旁边走过，看着那个躺倒在地上再无气息的凶人，心中多少有些难过。

我也不知道自己为什么会难过——兔死狐悲？不，绝对不是。

想了一会儿，我终于想明白了。我是在心疼自己，觉得我实在是太弱了。那个驼背封敬尧对于此时此刻的我来说，简直就是能够决定我生死的终极大BOSS，之前倘若不是他顾忌鲁大脚与我们之间的三年之约，估计直接就将我们给弄死了。

　　然而就是这样的人物，再加上一众手下，甚至还有两个觉醒了的夜行者，最终却被冯自然冯老前辈一人给撂倒。

　　一代凶人封敬尧，横行霸道、为非作歹，不知道有多少人对他恨之入骨，一直都安然无事，却在此时此刻，因为遇到了冯自然，命丧当场。

　　这样的夜景之下，寒风凛冽，周遭散落着七八个不断呻吟哀号的人，越发的萧瑟和落寞。

　　一山更比一山高。

　　这突然的变故，让我明白了两个道理。

　　第一，不管你有多强，总会有人比你强，而且你在那些人眼中，都不过是随手捏死的虫子而已。

　　第二，相比于其他人来说，我，是处于食物链最底端的。

　　我并不会为这件事情而感到屈辱，因为正如同马一呑所说，在小半年前，我还只是一个为了生计而奔波、忙忙碌碌的普通人而已，实在没有必要对自己要求太高。

　　只是，这种生死被掌控于别人手中的感觉实在是很糟糕。如果可以，我真的希望自己能够迅速成长起来，不畏惧任何人，也不会被谁左右。

　　当天，我们离开了这个我都不知道叫啥的小镇子，赶到了城里。

　　冯老前辈的那个弟子在城东头有一处很大的院子，因为提前联系好了，我们赶过去的时候，他已经在门口等待，毕恭毕敬。随后冯老前辈带着赵康进了房间，给他深入地处理伤势，而黄千叶师姑就在外面，与我和马一呑聊起了分别之后的事情。

　　她一走几个月，中间发生了不少的事情，特别是拿到了癸水灵珠将王朝安心口的毒素转移，让他得以苏醒过来的事情，这个得赶紧跟她汇报。

　　除了这事儿，还有其他种种事件。尤其是黄泉引那帮人在南方横行霸道，引起了官方重视，上面开始组建专门的部门予以应对。

　　听到这些，黄千叶师姑十分惊讶，特别是对我的变化，更是啧啧称叹。

　　我们这边聊得热烈，而旁边的鞠姑娘就有些心不在焉，时不时地往里间望去，显然是放心不下自己的师兄。

尽管跟在冯自然前辈身边的童子夸下海口，但赵康身上的伤势着实是太严重，也难怪她会担心。

好在一个多小时之后，冯前辈走了出来，对她说道："内伤外伤都处理妥当了，接下来就是药物调理了，这个急不来，需要时间来慢慢找补。你若担心，可以去见见他。"

鞠姑娘听后很是激动，给这白胡子老头儿鞠了一躬，然后赶忙跑进了后院。

冯前辈走到了我们这边，看我们都站了起来，摆了摆手，示意我们都坐下，然后说道："别客气，都坐。"

他坐在了黄千叶师姑的对面，朝着我们点了点头，然后对黄师姑说道："那孩子的伤势有点儿重，我们可能需要在这里再待两天，我等他的情况稳定之后再启程，真的不好意思。"

黄师姑赶忙说道："您能跟着去给我师兄看病，已经是莫大的荣幸了，何必这般客气？"说罢，她又说道，"那个叫赵康的小伙儿资质不错，冯老前辈您这是爱才起意了吧？"

"哈哈哈……"

冯前辈哈哈一笑，抚须说道："你还真没看错，那小赵是我这几年来瞧见过的后辈里，无论是资质还是心性，都是一等一的。这样的年轻人，倘若是愿意拜在我的门下，我还是愿意接受，传授他真本事，让他日后能够降妖除魔，造福世人的……"

黄师姑极力吹捧，说这是他的一场造化，如何不愿？

夜已深，一路奔波，就连冯老前辈这般修为的人也免不了有些疲惫，他对我们说道："早些休息吧，明日再聊。"

他离去之后，有人送我们去房间歇息，我与马一畚一屋。

他背着赵康的时候，身上沾染了一些秽物，到了地方就赶忙去浴室洗澡。我也一起去了，马一畚瞧见我尾椎骨后面的凸起，说："怎么感觉好像长了一些？"

我告诉他上次用了弱水冲关之后，的确长了一截。

马一呑没有多说，我心中憋闷，忍不住问道："那啥，冯老前辈是不是对我有点儿意见？"

马一呑一愣，说："你为什么这样想？"

"总感觉他对我有些冷淡，倘若我不是跟你们一起的，估计他都会把我扔在招待所里。"

马一呑沉默了一会儿，说道："很多年前，他的妻子死在了一个夜行者的手中。那时候的他，还远远没有如今这般强，使得那家伙能够逍遥法外，逃脱升天。正因为此事，让冯老前辈感受到了巨大的屈辱，从此对夜行者也是格外愤恨，疾恶如仇。所以他今天对你的态度已经算是很不错了。"

我听到，忍不住叹了一声，原来如此。

我能够感觉得到，冯自然的修为甚至比我先前见到过的黄大仙还要强一些。至少他动手时的那种轻松飘逸，是我见所未见闻所未闻的。

黄师姑说得对，赵康倘若能拜倒在他的门下，当真是一场造化。

其实，若是有机会，我都愿意拜在他门下学习。

只可惜……

那天我很困，但辗转反侧许久都没睡着，第二天起来的时候，双眼红得吓人。

我们在那宅子里待了两天，冯前辈等赵康的病情稳定之后，与我们一起朝东行。

一路上，我都不敢招惹冯前辈，甚至尽可能地不出现在他的眼前。

回到湘南莽山之后，冯前辈与王朝安相见，两人曾是旧识，许久未见，相谈甚欢。

随后冯前辈给王朝安查验病情，基本上肯定了张清高老先生的判断，说此毒已经深入心肺，想彻底解除已经不可能了，或许真的需要借助传说中那颗后土灵珠的力量才行。

不过他此番前来，倒也不是一点儿手段没有，他随后开了几服药，可以用作缓解和稳定。基本上，一两个月的疗程之后，离开轮椅自己走一走是没问题的。只是千万不能剧烈运动。这东西能让毒素涌入血管，通过循环直达心肺。

冯前辈在莽山住了三天之后，启程离开。

我抽空给家里打了一个电话，询问我堂姐和兜兜的事宜，得知已经有人赶到了他们家，将兜兜写的亲笔信交给了我堂姐。

不但如此，人家还给了一笔钱，算作是补贴家用。

因为之前我跟堂姐就已经有过沟通，所以对于这人的来历，她倒也没有质疑。她终于解开了心结，走出了阴霾，没有再整日里寻死觅活了。

我跟母亲说了些家常话，又跟堂姐聊了一些，让她放宽了心。

一个星期之后，马一吞告诉我，他接到了楚小兔的电话，我听到了又是激动，又是惊讶，患得患失地询问："是找我的吗？"

马一吞说不是。楚小兔之所以找到马一吞，并不是为了别的，而是之前我们在坨弄寨里弄出来的战利品。

那些东西，有的楚小兔拿着了，比如蜂后，以及一部分蜂王浆和丹药。

还有一部分战利品，则是因为行程的原因，并没有带走，而是留在了小虎爷爷那里。她跟马一吞沟通，是想找人去将那些东西给取走。她跟小虎爷爷不熟，所以需要让马一吞帮忙，居中斡旋。

对于这个事儿，马一吞自然不会拒绝，表示他会跟小虎的爷爷讲明白，到时候属于她的那一份，只要她赶到，就能带走。

听马一吞说完，我有些失望，说："没提到我？"

马一吞摇头，说没。

我的心恍然若失，不知道该说什么好。

我曾经很冲动地想要去找楚小兔，但最终没有行动，因为我想了许久，还是觉得，就算是找到了楚小兔，我又能够说些什么呢？

既然什么都说不了，又何必去呢？

如此兜兜转转，时间来到了一九九九年。过完了春节，我对马一岙说起了我的想法。

黄大仙告诉我，让我去北方，又指着左胸。我觉得，他是想让我去祖国的心脏，我思前想后，还是选择相信他，所以决定去一趟首都，看看有没有什么机会。

马一岙跟我说好，他陪我一块儿去。

第三卷　京华烟云

第三十八章

霸王餐

据说春秋战国时期，战国七雄中的燕国，就是因临近燕山而得国名。

燕京，其国都被称为"燕都"，一个有着三千年历史的古都。公元前一零四六年，周武王灭商以后，就在燕京召公。

远古时代的九州之一幽州，也指燕京一带。

这也是黄大仙所说的，心脏。

马一吞本来是准备跟我一起前往燕京的，但临行之前他接到了一个来自鹏城的电话，是发财张打过来的。

他告诉马一吞，说之前我们托老歪存的钱有着落了，但眼下还有一些问题需要了解，让马一吞若是有空，就去找他一趟，免得再拖了。

这个电话对于马一吞来说是意料之外的。毕竟老歪是老歪，发财张是发财张，对于他是否能帮我们找回那笔美金，其实我们从来都不抱期待。

但人是一种社会生物，需要吃喝拉撒。特别是我现在没有工作了，马一吞也有一大堆的负担，如果我们手里宽裕一些，做什么都比较有底气。

所以，他准备去鹏城走一遭。

本来我打算跟马一吞一起去，但他拒绝了，说让我先去燕京打前站，他随后就到。

我先将炼妖球里的王虎和那噬心蜂的蜂后都放在了莽山，然后孤身一人背着包，踏上了北上的路程。由于我之前的工作是跑业务，所以孤身旅行，对我来说也不算什么。

虽然当时的火车已经提速了，但跟后来的高铁动车是完全没法比的，等到抵达燕京西站的时候，我感觉自己全身上下都馊了。

出了火车站，走在人头拥挤的街头上，我感觉自己仿佛是清晨里一朵潮湿的小花儿，就连初春的清冷都遮盖不住我身上的黏稠酸臭。

燕京很大，人多得让我都有点儿怀疑人生，但这种拥挤与鹏城的热闹相比，又有着不一样的感觉。总之，这是一个伟大而神奇的城市，让我忍不住跃跃欲试，有种想要赶紧探寻的冲动。

我四处参观晃荡，世纪之交的燕京正处于一个传统和现代激烈碰撞的变革时代，它每一个地方都让人为之动容，流连忘返。

相对于美景来说，能满足我口舌之欲的美食，更让我为之欢欣雀跃。燕京烤鸭、炸酱面、卤煮炒肝儿、爆肚百叶，其次还有花椒盐的白水羊头、烧羊肉、涮羊肉、酱牛肉、芝麻烧饼、老头酱猪肘……单凭这些美食就能让人恨不得一辈子都住下。

除此之外，燕京还是一个包容性极强的城市，什么川鲁粤苏、浙闽湘徽，乃至世界各地的美食都汇聚于此，由此又让人多了几分期待。

五天后。

我站在合城居羊蝎子饭馆外，透过玻璃窗户看着里面的食客们正享用那热气腾腾的羊蝎子。

我看见他们从铜锅里取下满是肥美羊肉的骨架，有的蘸酱，有的直取，然后将那鲜嫩喷香的羊肉咀嚼下腹，这时我的肚子也不争气地咕噜噜响了起来。

燕京居，大不易。本来我兜里就没有什么钱，上次出门时花了一点儿，这回又玩儿了几天，此时我已经弹尽粮绝了。

我用兜里的最后一点钱给马一盍打了个电话。但奇怪的是他的手机一直都没有接通，也不知道发生了什么事。

初春的天气，我在公园的长椅上睡了一宿，清晨在公厕里洗漱过之后，就一直徘徊于此，没有离开过。

从早上十点一直蹲到了下午一点半，我决定出手了。

我大摇大摆地走进店里，在服务员的引领下坐在了一个角落的位置，然后开始点菜。我点了一大锅羊蝎子、两屉包子、一大碗卤煮，又点了拍黄瓜和炸花生米两个小菜，最后还要了一瓶一斤装的牛栏山二锅头。

尽管兜里没有一毛钱，但我没有半点儿惶恐。

如果放在以前，我绝不可能做出这种事儿，但现在的我却是抱着一种随遇而安的态度，做人做事，也远比之前要洒脱豪气得多。

这是我刻意而为的，因为我知道自己从此以后的人生已经改变，那些安稳的生活也早就离我远去了。我甚至都不知道，自己会不会突然死掉。

所以我显得很平静，慢慢享受着美食。

一直到三点多的时候，那个满脸青春痘的服务员见我桌子上一片狼藉，却丝毫没有想要离开的意思，于是满脸堆着笑上前来问："大哥，怎么样，味道还不错吧？"

我拿着牙签，剔着牙缝里面的羊肉，漫不经心地说道："还成。"

"青春痘"又问："那您看还添点儿什么吗？"

那两屉包子很瓷实，吃得我有点儿噎。我打了一个饱嗝，说道："不用，不用。"

"青春痘"指着饭馆里空下来的桌子说："那行，承蒙惠顾，一共八十二块，老板说给您抹一个零头，您给八十正好。"

啊。我打了一个酒嗝，有些迷蒙地盯着对方，好一会儿才说道："这个，八十？"

"青春痘"以为我对价格有所异议，很委屈地说道："大哥，我们这儿是明码实价，您也看到了。再说，您这一顿够四个人吃的了，八十不算多。"

我笑了笑说："去叫你们老板过来。"

"青春痘"见我端坐在椅子上气度不凡，有点儿摸不清楚我的来路，犹豫了一下转身离开。没一会儿，一个俏丽少妇跟着他走了过来。

她态度还挺好，冲我笑盈盈地说道："先生，我是这儿的老板，怎么着，口味不合适？"

这少妇看上去大约有二十七八，或者三十出头的年纪，穿着一件天蓝色的连衣裙，露出纤盈修长的小腿，瓜子脸丹凤眼，皮肤白里透红，体态轻盈、风韵娉婷，长得十分漂亮。而且说话的声音也很好听，有着一股燕京地道的萝卜脆爽劲儿。

这样的女子应该出现在电视上、舞台中，又或者机关单位，以及文艺工作战线上。很难想象她居然是这么一家不大不小的饭馆的老板娘。

她的眼睛黝黑，带着几分明亮，我坐在她面前，有些自惭形秽。

尤其是想起自己即将要干的事儿，我就更加羞愧。

少妇见我不说话，有些不悦，不过她很有教养地没有表现出来，而是又问了一句："先生，先生……"

我知道这事儿避不过了，只好局促地站起来，说道："那什么，您这儿还招厨师吗？"

少妇原本挂在脸上的笑容，一下子就收敛了起来。她那水盈盈的眼睛里流露出了几分恼怒，盯着我说道："先生，你是手头没带钱对吧？"

我点点头说："对。"

她勉强维持着一丝笑容对我说道："我们这里装了电话，你手头不方便的话，可以打电话给你的亲戚朋友，或者单位同事过来，帮你支付。"

我摇摇头："不好意思，我是从外地过来的，刚到燕京没几天，举目无亲，谁也不认识。"

少妇盯着我："你这是准备吃霸王餐，对吧？"

我说："不是，我是想问问，您这里需不需要厨师？如果需要的话，我可以拿工钱来抵扣今天的饭钱。"

少妇抿嘴咬住了红润的嘴唇，眼睛里也浮现出了水雾。她转过头去，沙哑着嗓子说道："小六，报警。"

那个满脸青春痘的服务员"唉"了一声，去柜台打电话了。我赶忙拉住他说："哎呀别急啊，我跟你说，我做菜是真的好吃，行不行你也得试一下啊？"

青春痘见我拉他，下意识地甩胳膊，却没有甩开我。

他感受到了我手臂上的力量，大声叫道："老图、杏儿，快过来帮忙啊，这个吃白饭的家伙要打人了……"

"哪儿呢？哪儿呢？"

一个五大三粗穿着白褂子的胖子从后厨冲了出来，手上举着一把锋利的菜刀，大声喊道："谁啊？是谁？"

随后一个前胸比后背还平的柴火妞儿也拿着擀面杖冲了出来，狐假虎威地说："太过分了，娜姐已经这么惨了，你还来这儿吃白食，到底有没有良心？你别跑，让警察给你逮进去，好好关两天。"

瞧着这一屋子的苦大仇深，我不由得苦笑起来，对那满脸哀容的少妇认真地说道："谁都有落难的时候，您给我一个机会，让我炒个菜，您吃了再做决定，行吗？"

少妇盯了我好一会儿，问道："你会炒什么？"

我想了想，对她说："越简单的菜式，越能体现出厨师的心思和手艺。这样吧，我给您做一个羊肉炒饭，您看怎么样？"

炒饭，是厨房中最简单的菜式，可想要做好，却有着许多讲究。

特别是羊肉炒饭。众所周知，羊肉鲜美，但它带着一股令人讨厌的羊膻怪味。处理不好的话，食客就会下意识地抵触。

我在以前上班附近的一家清真饭馆里学过十种去腥膻的办法，可时间有限，这几个气势汹汹的餐馆员工未必能让我自由发挥，所以我直接用了锅里煮好的熟羊肉。

手掌大的一块熟羊肉，过水放凉之后迅速切丁备用。洋葱、胡萝卜洗净之后，也切好备用。

我的刀功本来就不错，再加上成为夜行者之后，对于力量的把控更加精巧，所以切起东西来，又快又稳。

哆哆哆……声音清脆，画面利落，让人赏心悦目。

随后我特意挑了稍微肥一点儿的羊肉，加了适当的料酒，用筷子快速搅拌。一分钟后，我烧锅倒油，温度适宜时放入肥羊肉下锅煸炒，待它稍微出油，又放入切好的洋葱和胡萝卜。

炒羊肉的锅子里能闻到洋葱的香味之后，倒入羊肉丁，加盐、孜然粉和少许酱油。另一个锅子上打入鸡蛋液，倒入冷饭，快速煸炒，将凝聚成团的冷饭打成饭粒。

羊肉味炒香之后，两锅并作一锅，紧接着就是大颠勺。

一切进行得很快，在把握住火候之后，我的动作如行云流水，尤其是大颠勺的动作，在夜行者体质的配合下，完成得十分漂亮。

那些一颗颗包裹着蛋液的饭粒，在半空中抖落着，厨房的光照射过来，形成了一种说不出来的美感。

五分钟之后，撒上葱花，羊肉炒饭出锅。

我盛了四碗黄灿灿的让人胃口大开的羊肉炒饭，端到厨房门口的桌子前。

裹着黄色鸡蛋的白色饭粒，酱色的羊肉和泛着油光的肥肉，再有白紫色的洋葱和橙色的胡萝卜丁，上面还撒着翠绿的葱花。这画面十分具有冲击力。

在那热腾腾的气雾映照下，平胸柴火妞惊讶地说："咦？你这个跟老图做的好像不一样啊，真好看。"

跑堂小六对我最是不屑，推了那女孩儿一把，说："杏儿，你说什么呢，不就是一碗炒饭吗，有啥？"

厨师老图也很是不满，对杏儿说道："我是大厨，料理的都是大菜，羊肉炒饭是果腹的主食，做那么花哨有啥用？不过这小子刀功的确不错，用来配菜……"

他一边说，一边伸手过去，端起碗来用筷子往嘴里扒拉了一口。

炒饭一入口，他当下就"唔"的一声，然后眼睛一下子就亮了。

跑堂小六看到后，赶忙说道："怎么了，老图，不行就赶紧吐出来，别噎着……"

他的话还没说完，老图就像饿了好几天一样，使劲儿往嘴里扒饭。

他咽下之后，冲我问道："你到底在里面放了什么，怎么这么好吃？羊肉的鲜美，洋葱和胡萝卜的混合口味，鸡蛋的爽嫩和米饭的充实感，再加上孜然的点缀，在入口的一瞬间全都爆发了出来，还有一种莫名的甘甜。羊肉炒饭怎么会这么好吃？"

　　跑堂小六听到老图的话，觉得有点儿奇怪，说："老图，他是不是给你钱了？你这一串儿乱七八糟的话，是从电影上学来的吧？"

　　说完，他也端起碗来，小心翼翼地吃了一口。

　　结果，他的眼睛也亮了起来。

　　随后他将碗端到了邻桌，自顾自地往嘴里快速扒拉起来，生怕别人会抢他的饭一样。

　　我则对厨师老图说道："我炒饭的时候，你全程在旁边看着，放了什么，你会瞧不见？主要是火候的掌握，火候是料理的灵魂，当然，食材的新鲜是必不可少的因素……"

　　我讲得冠冕堂皇，听上去好像言之有理，其实没有一点儿核心内容。

　　这一碗羊肉炒饭之所以那么好吃，除了我本身对于厨艺有着极高的天赋，以及有四处探寻美食的经验之外，还有一个最重要的原因，那就是我在刚才一顿眼花缭乱的操作中，趁着旁人眼花，放了一点儿噬心蜂的蜂蜜进去。

　　这次出来，无论是噬心蜂的蜂蜜，还是蜂王浆，我都带了一些。虽然不多，但也足够了。这也是我胆敢在这儿吃霸王餐的底气。当然，另外还有一个原因，我发现这家饭馆看着挺大，可人手不足，应该是需要招人的。

　　正是观察到了这一点，我才走进这家羊蝎子小馆。

　　或许有人会有疑问，既然我身上带着噬心蜂的蜂蜜和蜂王浆，为什么不拿出来在街头贩卖，用来换钱呢？毕竟有了钱，不至于这般落魄，还跑去吃霸王餐？

　　且不说这东西是否能被人看上花钱买走，就算是有人买了，它能卖多少钱？况且在这个人流匆匆的街头，我给人讲噬心蜂的保健作用，谁会理我？

　　要融入燕京的生活，那就必须找到一个突破口。

　　我得在这儿扎下根来。

　　还有一个原因是，我从小就有一个开餐馆的梦想，之前为了生活奔波忙碌，来不及实现，之后又为了性命奔波，更不可能实现。

　　现如今，我也算是圆梦了。

在加了料的羊肉炒饭的加持下，原本提着菜刀怒气冲冲的厨师老图，脸色缓和了许多。老板娘娜姐吃过之后，皱着的眉头也松了下来。

老图看了老板娘一眼，然后问我："学过厨师？"

我摇头，说："没有系统的学过，但这些年走南闯北，跟过一些师父，学了个大杂烩。"

旁边的杏儿尝过我的手艺之后，一下子热情了许多，问我："走南闯北？跟过一些师父？是不是都像刚才这样干的？"

我笑了笑，撒了个小谎，说："对，有手艺傍身，就想趁着年轻，多见识一下这个世界。"

老图在旁边听了，沉吟一番，对老板娘建议道："老板娘，虽然只是一道菜，但能看出这小子是有料的，而且他的刀功很利索，着实厉害。您看，自从老板走了之后，咱们饭馆里的人手就一直不够，我在厨房也是苦苦撑着。这小子要是能来，至少咱们能轻松点儿。"

他提出建议后，满脸期待地看着老板娘。

那异常美丽的少妇盯了我好一会儿，又问了问我的基本情况，我都一一回答了。

这些话有真有假，不过对方是听不出什么的，之后她还跟我谈及了待遇的问题。我只是想在燕京落脚，对于待遇什么的没有太高的要求，按照基本的帮厨给就行。不过我提了一个条件，我归还饭钱之后，如果想离开，可以随时走。

对于这个条件，老板娘也没有拒绝。毕竟我留下来的主要原因，就是用工资来抵霸王餐的饭钱。

随后我们签署了临时工合同，老板娘检查了我的身份证。不确定我是否常驻，也没有给我办理其他的手续。

我们约定好，如果两个月后我还待在这儿，就给我办暂住证、健康证等。

走完简单的程序，我跟着老图去了厨房，并没有一下子就去主导，而是老老实实地多听、多看、多学，毕竟人家老图的手艺是真不错。特别是那一锅羊蝎子，味道简直是一绝。

我在厨房忙碌着，繁重的帮厨工作对于一个夜行者来说并不是难事儿。无论是羊肉的前期处理，还是蔬菜的清洗工作，我都在老图的指挥下有条不紊地进行着。外面没人的时候，跑堂小六和杏儿也会来后厨帮忙。

这几人里面，除了小六对我还有些嫌隙之外，老图和杏儿对我的到来都表现得很热情。他们看见我干活干净利落，没多久就和我变得很熟了。

通过交流，我得知老图是内蒙古人，四十五岁，全名叫满都拉图。小六的大名叫张扬，家中排行老六，冀北人，二十一岁。至于杏儿，全名杨杏，安徽人，十七岁。

而我们这家饭馆的老板娘叫刘娜，燕京本地人。她老公，也就是前老板，在两个月前死于车祸。前老板一死，原本十分红火的合城居顿时人心惶惶，再加上斜对面的品和轩出重金挖人，使得偌大的饭馆，一下子就只剩下了几个人。

家庭的剧变，让平日里衣食无忧的刘娜不得不站出来接手这家饭馆。

听完这些，我明白了这儿的情况，也放下了心头的疑惑。

时间缓慢流逝，不知不觉就到了傍晚。眼看就要来客了，老图张罗说："大家抓紧啊，一会儿来客人了，就要忙起来了……"话音未落，就听到餐馆里传来了激烈地争吵声，紧接着"砰"的一声，好像有桌子被掀翻了。

原本忙着张罗的老图听到后，手中的斩骨刀恶狠狠地往砧板上一剁，气呼呼地骂道："这帮不要脸的，是要逼死人家孤儿寡母吗？"

他骂是骂，却没有如之前对我一般拎着刀冲出去。

我有些诧异地问道："怎么了？"

老图咬了一下嘴唇，摇头叹气，说："唉，不说了，清官难断家务事……"

"家务事？"我有点儿蒙，"什么家务事，是娜姐家的人吗？自己家人，怎么会闹得这么凶？"

旁边的杏儿一脸激动地说道："不是她家里人，是宽哥的弟弟和妹子，还有他父亲，也就是娜姐的小叔子、小姑子和公公。当年宽哥跟他们分了家，而且几乎是净身出户，就连准备拆迁的房子都没要，自己一个人打拼，好不容易才弄出这么大的饭馆来。不料，天有不测风云，一转眼人就没了。之后他家里人就来闹，两个月闹了五回，说什么娜姐是娇小姐一个，这个店迟早要做垮的，与其便宜别人，不如给自己家人来做……"

我说："也可以啊，咱们这儿不是缺人手吗，再说自己家人知根知底，也可以啊？"

"呸！"老图不屑地说道，"宽哥这人没得说，老马、老柳他们几个跑到品和轩，我没走，就是感念他的情分。但他家里这几位是真的没出息，一个个又懒又馋、尖酸刻薄，粘上毛跟猴儿一样精，他们哪能做好？他们指望的是咱合城居这块地，知道咱这背后是什么吗？燕大听懂了没？别的不说，就这地，才是真值钱……"

杏儿插嘴说："对，他们好吃懒做，哪里是做饭馆的料？真要给了他们，宽哥这些年来创下的合城居老字号，就砸手里了……娜姐原本可以把饭馆卖了，带着萌萌安享清闲，为什么要这么辛苦呢？还不就是为了宽哥手里的这块牌子。"

站在厨房门口的小六有些担心地说道："话虽如此，但他们说的也有道理，宽哥毕竟是他们的哥哥，老李头儿的儿子，从法律上来说，这合城居也有他们一份……"

"狗屁！"老图一脸讥讽地说，"老板娘不是有一个学法律的同学吗，她那天请人家来咨询的时候，我在旁边可都听说了，这饭馆，还有车子、房子，都是老板娘和萌萌的，跟他们一点儿关系都没有，就算是打官司，也不怕。"

杏儿说："可问题在于，他们不打官司，只是闹……"

几个人缩在厨房里聊着，都不敢出去，显然是被这几个人闹怕了。我听到外面动静越来越大，管闲事的心思一出来就再也忍不住了，作势就往外走。

老图看见我的架势，赶忙拉住了我："你干什么去？"

"你没听到吗，老板娘都吓哭了。咱总不能让她被一帮烂人欺负吧？"

"你出去能干什么？咱们也就是个打工的，你去出头万一闹出点儿什么事来，能担得了吗？"

我听到这话，看了老图一眼，终于知道为什么别人都走了，就他一个大厨留在此处了。这汉子的性子，可真老实。

我甩开衣袖，拨开在门口偷偷打量的小六，走到了饭馆的正厅，看到门口一片狼藉。一个大桌子被掀翻了，上面的餐具摔了一地，老板娘刘娜脸色通红，气呼呼地站着。她对面有四个人，一个五十好几的穿着白褂的老头儿，一个二十出头的年轻姑娘，还有一对看上去大约有三十岁左右的夫妇。

那老头儿身型消瘦、尖嘴猴腮，眼睛很灵活，一双眼珠子滴溜溜地乱转，有着他这个年纪少有的贼劲儿。

旁边的年轻姑娘也有他六七分的样子，长得还算不错，只是脸上的颧骨有些过于凸出，使她整个人的面相有些凶，看着就十分刻薄、不好相处的样子。

至于那对夫妇，男的相貌跟老头儿如出一辙，眉眼儿嚣张，只不过老头儿的注意力在店里的财物上，而他的眼珠子却瞄着老板娘高耸的胸部。他旁边的妇人看着跟个男人一样，面相凶悍、身体壮实，和保养良好的老板娘一比，像是比她大七八岁的样子。

此刻她是吵得最凶的一个，还指着老板娘的鼻子骂道："好啊你，敢掀桌子了！也不想想，你是谁家的媳妇儿，敢在公公面前这么闹？"

老板娘秀美的脸庞上满是悲伤，眼里蒙着一层水雾。她强忍着悲恸说道："做公公也要有做公公的样子，阿宽这才死了多久，你们就天天逼上门来，到底想要怎么样？"

那小姑子眉头一扬，忍不住说道："什么叫天天？你数数总共来了几次，来也是跟你商量事情，是为了给你减轻负担，你好在家带萌萌，你怎么就不识好歹呢？"

老板娘眼睛里噙着眼泪说："你们是为了我好？你们扔出三万块钱就想要了这店，这不是抢劫吗？"

她那小叔子不乐意了："嫂子，看在我那死去哥哥面子上，我叫你一声嫂子，什么叫就出三万块，这钱是买你的股份而已。这饭馆是我哥的，他死了，我爸才是第一继承人，我和你弟妹还有小茹，都是有份的，你知道吗？"

两人唱完了黑脸，老李头儿站出来开始唱红脸："小娜，你看你生了萌萌之后，好久都没有出来工作了，你知道怎么打理这饭馆吗？我这才几天没来，人都跑了大半，以前这个时候生意多好多热闹，再看看现在，冷冷清清的。这饭馆放在你手里，没几天就得关张了。你怎么这么倔呢？不如给小军、小茹他们来做，你也不用那么辛苦。"

那胖妇人大叫："对，对，赶紧把饭馆交出来，不然我们天天来。"

面对这一家人的咄咄逼人，老板娘一脸委屈："你们再这样，我就报警了。"

她这么一说，那小姑子顿时就火了，走上前来，用手指戳着自家嫂子的脸："报警，你去啊，我倒是让警察来评评理，凭什么你一个外姓人就能霸占我哥的财产？"

这人一闹，餐厅顿时乱作一团，特别是那小姑子，一脸刻薄，着实凶悍，手指都差点儿戳到老板娘的眼睛里。

我知道不能再看下去了，便走上前，拦在了老板娘的面前。

我大声喊道："别乱来啊，信不信我给你扔街上去？"

这家人都是横行霸道的角色，饭馆里的员工都不敢管，此刻见我走出来，顿时也就恼了，那小叔子大声骂道："嘿，谁的裤裆没拉上，把你小子给露出来了？"

他一边说着话，一边想上手过来将我擒住。这家伙长得又瘦又矮，力气也不大。凭着一脸凶悍和老板弟弟的身份，吓住老图和小六是没问题。但对我来说，就是老虎脸上拔胡须，嫌自己活得太长了。

我也不客气，揪住他的胳膊一拧一扭，就将他的力气卸了下来，然后带着人走了三步，来到门口，掀开帘子，猛然一掷，就将人给扔到大街上了。正好有人骑着单车路过，一个没留神差点儿将他轧在车轮子底下。

见我真动了手，那帮耍横的家伙顿时就被镇住了。

他们来过这儿好几回，也是这般闹，愣是没人管，却不想半路杀出我这个程咬金，谁也没反应过来。反而是那小叔子的胖老婆，看见自己老公吃亏，当下就发了疯，冲着我又骂又挠："杀人了，杀人了，你小子别跑，我叫警察把你抓起来……"

她凭着自己的泼妇架势想要挠我，我虽然不愿意跟女人斗，但也不能让她得逞，伸胳膊把手一翻，就将她那两百斤肥肉直接放倒在地了。

我死死按住这肥婆，然后抬起头来对剩下两人说道："还闹吗？"

见我动了真格的，老李头和小姑子也不敢放肆了，吓得一直往门口溜。那小姑子一直走到了门口，才怯怯地说道："你，你放了我嫂子。"

我说："你哪个嫂子？"

小姑子快要哭出来："我胖嫂子……"

那妇人被我踩在脚下，听到这话顿时就不乐意了，杀猪一样号叫："小茹，我哪胖了？我为了你们这个家，一点儿锻炼时间都没有，不然能成这样吗？"

我挪开脚踢了她一下，说："滚。"

妇人以不符合身材的灵巧，一下子就爬了起来跑出门外，然后站在门外叉着腰，大声骂道："好你个刘娜，难怪敢这么横，我那可怜的大哥才死了多久，你就找了小白脸。有男人当靠山，了不起了对吧……"

她满口污言秽语，听得我额头青筋直跳。我快步走出门，这一家子人又被我镇住，吓得连连后退。

我指着他们，冷声说道："一分钟，再不从我眼前消失，见一个打一个。"

几人听到，慌忙逃开。

看见这帮欺善怕恶的家伙逃离，我才回来，对满脸通红，眼角挂着泪水的老板娘问道："你还好吧？"

老板娘低头，擦去眼泪，脸色变得冰冷："你走吧，那饭钱我不要了。"

我万万没想到，帮老板娘出头的结果，就是被辞退。

我顿时就愣了，说："什么意思？"

老板娘秀美的脸因哭过而更显柔弱，眼神却很冷。

她抬起头来，对我说道："我的意思是，你今天欠的饭钱我不要了，你也不用在这里打工还债了，现在就走吧。"

"为什么？"

老板娘摇摇头："没有为什么，你这人很奇怪，让你白吃一顿，你还不离开？"

那一帮闹腾的李家人刚走，缩在厨房的三个人就都出来了，瞧见老板娘要赶我走，杏儿顿时就叫不平了："娜姐，漠哥刚把那胡搅蛮缠的一家赶走，你不但不夸他，还要他走，这是为什么啊？"

老图也是不理解，说："老板娘，小侯这人真不错，有他在后厨帮忙，我们合城居一定能重新做起来。"

就连最不喜欢我的小六都忍不住说道："对呀，有漠哥在这儿，那家人以后都不敢来闹了，多好。"

想起他之前对我百般挑剔，这也不满意，那也不满意。现在他一开口却叫起了漠哥。我顿时觉得自己的拳头没有白亮。

然而不管三人如何劝说，老板娘的秀眉都始终紧皱着，还问我："你到底走不走？"

如果是事情发生之前，我走了也就走了，大不了换一家饭馆，继续吃霸王餐，但瞧见了刚才那一幕，我就不打算离开了，索性双手一摊说："不走。"

老板娘很不理解："为什么啊？"

我说："我现在很落魄，就算你不收我今天的饭钱，我出去了还是双手空空，没吃的没住的。如今我好不容易找到工作，为什么要走？"

老板娘用那一双盛满秋水的双眸盯着我："看你那本事，也不像是找不到工作的人。"

我朝旁边的三个人眨了眨眼睛："我这人最讲究的就是两个字'投缘'，我觉得我跟老图、杏儿和小六很投缘，不想走。"

三个人听到这话都很高兴，特别是杏儿，小脸儿莫名一红。

见我如此坚决，老板娘沉默了一会儿，叹了口气对我说道："身份证给我吧。"

我说："什么意思？"

老板娘说："我这公公他们一家人都不是什么善茬，今天在你这儿吃了亏，他们肯定还会找回来的。即便是他们明着不敢，暗地里也会使阴招。你把身份证给我，我托人给你办些手续，不让他们有可乘之机。"

我点点头说："好。"

我把身份证交给老板娘，她收入柜台之后，深吸了一口气，对我们说道：“好了，事情过去了。今天我公公他们过来闹，不管有理没理，但有一句话是没说错的，再这样下去我们合城居饭馆就垮了。所以我刘娜在这里拜托大家，希望你们能陪我一起，把阿宽这些年立下来的牌子，给保下去。”

说完，她朝着我们几个，深深鞠了一躬。

老图赶紧带着大家还礼，我却动也没动，受了她这一拜。

大家一起收拾好地上的一片狼藉，没有人闹事儿了，很快就有人来上门吃饭了。

第三十九章

神秘的白老头

　　我和老图在后厨做菜，小六负责传菜，杏儿在前边儿招呼，老板娘刘娜收银。

　　很多人都是奔着合城居老招牌的羊蝎子来这儿的，这煮炖出来的羊蝎子有独家秘制配方，是前老板宽哥综合了十几家最有名的羊蝎子店，又远赴内蒙古海拉尔，以及呼和浩特等地去学习才最终确定下来的。

　　这配方只有老板娘刘娜能掌握，食补药补，最是不错，在这一带也颇有名气。

　　因为之前尝过我做的羊肉炒饭，杏儿在前面接单的时候极力推荐，使这并不是主打的主食一下子就热销了，几乎每桌都会点。

　　我也没有辜负杏儿的强烈推荐，在有着充分的准备时间后，羊肉用料酒揉搓，生姜与甘草同煮去腥，这种办法让在去掉羊肉腥膻的同时，又保持了羊肉的鲜美和独特香味，远比熟羊肉炒出来的更有口感。

　　结果一不小心，羊肉炒饭就火了。没一会儿又有一堆单子递到厨房。

　　我有些诧异，说："这几桌客人都没走呢，怎么又上了？"

　　杏儿笑得眉眼弯弯，说："你不知道吧，羊肉炒饭一上桌，客人们一尝都打起架来了，没一会儿就吃光了，还嚷嚷着赶紧再来一盘……漠哥，你这羊肉炒饭是真好吃，我在旁边闻着，口水都快要下来了。一会儿打烊了，你可得给我们炒上一大盘，让我们解解馋。"

老图这个主厨听了也不嫉妒，他对这合城居是有感情的，真心为这样的场面高兴，在旁边乐呵呵地说道："对呀，小侯你这炒饭的手艺是真不错。"

我说："行，等晚上打烊了，我给大家做。除了羊肉炒饭，我还有别的拿手绝活儿呢。老图，你明天去采购前，我给你列个单子，你帮忙买一点儿回来。"

主厨兼采购的老图笑眯眯地说道："好嘞。"

结果这做炒饭的承诺终究没有做到。不是我不肯，而是还没到晚上八点，羊肉炒饭的主要材料冷米饭就已经告罄了。

炒饭最主要的材料是米饭，而且最好是隔夜的冷米饭。这样的米饭颗颗分离，吃起来口感才好，而刚蒸出来的米饭太黏，完全炒不出那种独特的口感和味道。

不但我们没吃到，很多顾客也没吃到，有人甚至都恼怒起来。

"凭什么他们那桌有，我这桌就没有了呢？差别对待吗？"

害得老板娘只好挨桌儿道歉，好说歹说，才将顾客安抚住。

不但如此，第二天的位置也订出去了大半。

等到晚上打烊送走了所有客人，一番盘点下来，老板娘告诉大家，今天的营业额比以前多了三成。而这三成基本上都体现在了那一份羊肉炒饭上。

大家都为我鼓掌，连脸上很少有笑容的老板娘，都朝我投来了感激的眼神。

搞好卫生之后，杏儿跟老板娘回家，老图也有自己的去处，只有小六在这儿守店。当然，现如今多了一个我。

趁老图走之前，我写了一下第二天做菜需要的调料，老图有些拿不准，让老板娘刘娜来参考。大概是今天生意火爆的缘故，她对我给予了足够的信任，并没有否决，只不过将主要材料的数量从二十个下降到了十二个。

她的解释是，先慎重一些，等到生意真的好起来再增加也来得及。

送走了他们三个，我们将门关上，把临街玻璃窗边儿的窗帘拉了下来，随后将桌子拼在一起。小六从角落的柜子里掏出铺盖铺在桌子上，然后对我说道："漠哥，你没有铺盖，先用我的，咱们一起啊。"

我看着这个并不算大的铺盖，两个人挨一块儿挺挤的，摇摇头说："不用，不用。"

小六还以为我嫌弃他，我不得不跟他解释："我这人身体素质好，不怕冷。"

听到这话，小六很激动："哥，漠哥，你会武吧？"

我一愣："啊，你哪里看出来的？"

小六说："我老家在沧州，沧州你知道吧，著名的武术之乡。我们那儿有很多高手，我也是从小听着这些故事长大的，虽然因为家里穷，没条件去拜师学艺，但是我对这些一直都很憧憬。你今天一出手我就看出来了，你还是了不得的高手呢！"

"算是吧，学过点儿三脚猫功夫。"

"不可能，你这还是三脚猫功夫，怎么可能？你这是深藏不露……"

我有点儿无语，说："我要真是高手，还能混到这步田地？"

小六笑了，心领神会地说："我懂，前几天刚看了《唐伯虎点秋香》，您这是看上了我们老板娘，准备学唐伯虎，对吧？不过也是，她一个人，又带着一个女儿，特别不容易。她父母都是大学教授，还有一个哥哥出国了，娘家没人才被老李家那帮人欺负，你要是能帮她，我们都支持……"

呃……

我被小六的误会弄得一脸尴尬，不过我发现他这人放开了比白天时要可爱许多。

那天我跟小六聊了很多，除此之外，还蒸了一大锅米饭放着，然后我才躺在桌子上睡觉。

次日清晨，我早早起来，老图也提前到了，他把我要的东西都给了我，然后问道："现在弄吗？"

我点头说："对，这东西因为没有老汤，所以得久熬，熬得时间久了，香味才能渗出来，胶原蛋白也会充足。"

老图说："好，我给你打下手。"

我没有拒绝，两人忙了一上午。等到早上十点左右的时候，老板娘带着杏儿也来了，见她询问此事，我就将锅盖打开，浓郁的酱香味顿时就传遍了整个屋子。

众人纷纷走上前来，我端来一个碗，切了一点儿给大家尝。

结果还没吃呢，外面就有人大声嚷道："哎呀呀，老板，你这做的什么啊，也忒香了吧？"

只见一个歪眉斜眼、身材矮小的老头儿从饭馆的大厅直接走进了厨房，大声叫嚷着。

这人的眼睛亮晶晶的，显得机敏灵活、诙谐幽默。老板娘看到他并不责怪，而是欢喜地招呼道："白大爷，是哪阵风把您吹到这里来了？"

那老头儿嘻嘻一笑，使劲儿吸了一下鼻子，急不可耐地说道："美食当前，所有的事情都不是事。小娜娜，这是你们新研究出来的菜式吗？我在门外隔着厚厚的门帘子都闻到了，这是什么啊？"

老板娘将刚刚盛好的那一份递给他，说道："刚出锅的酱猪蹄儿，还没有试吃呢，要不您来尝尝？"

老头儿当仁不让地说道："行，我老白别的不行，但是品起味道来，那绝对是一流的。"

老图在旁边捧哏："对，您白知天白爷的老饕名号，在这四九城内也是有名有号的。"

老头儿端起碗，拿起筷子，用筷尖戳了一下肉。因为熬煮颇久，猪皮如冻，一戳即破，但是并未散开，而是形成了胶质一般的果冻模样。他夹起一块，往嘴里送去，抿嘴含住，当下眼睛就圆了，随后又微微眯住。

好一会儿，他才将那口猪蹄儿吞咽下腹。

"啊……"他发出一声长叹，美美地吸了一口气，缓缓说道，"酱猪蹄儿好吃，需要注意三点。第一是味道的处理，一旦调制不当，再浓郁的酱香都掩盖不住猪蹄儿的骚味；第二是火候的掌握，软而不烂，糯口弹牙，才是真正的上品；第三点是汤汁的处理，不能淡，也不能浓，鲜咸适中，又得透着一股淡淡的甜，方才是最佳状态。这么多年，我吃过的酱猪蹄儿无数，能像今天这般，集鲜咸、酥软、色艳、浓香于一身的，再无其他……"

老板娘刘娜小心翼翼地问道："那您觉得，这味道……还合适？"

白老头儿激动地说道："岂止是合适，照我说，这酱猪蹄儿可比你家小宽子的羊蝎子都要强。来来来，就给这么一小坨肉怎么行，给我单独来一份……"

娇俏美丽的老板娘听到后很高兴，说："行，您去外面稍等一下，我让人给您盛一份出来。"

白老头儿等不及了，伸手就往锅里抓。

他一边抓，一边说道："这食物啊，都是有脾气的。最好吃的就是刚刚出锅的那一瞬间，如果时间耽搁了，空气里的有害物质进入就会影响口感，我还是现在吃吧。"

他将那滚烫的酱猪蹄儿抓在手里，一边啃一边哎哟哟地叫唤，然后问道："唉，对了，这谁做的？老图恐怕没这手艺吧？你研究的？"

刘娜的瓜子脸一红，指着旁边的我说道："是他，小侯。"

白老头儿一愣，上下打量了我一下："新来的伙计？"

我见这老头儿虽然形式洒脱，但气度不凡，还一种说不出来的威势，赶忙点头说："对，新来的。"

白老头儿有些诧异："厨师，还是帮厨？"

我有些尴尬，不知道该怎么说我的身份，好在有旁边的老板娘解围，说："对，厨师。"

白老头儿盯了我好一会儿，方才说道："年轻人，小小年纪，手艺真不错。"

他抓着猪蹄往外走，边走边对跟着的老板娘说道："我今天早上听人唠叨，说那家人老是找你麻烦。到底怎么回事，你跟我说说……"

我被刚才那老头儿看得有些发毛，见两人走出厨房，忍不住问旁边的老图："这位爷是谁啊？"

老图的眼睛直勾勾地盯着翻滚的酱锅，一边咽着口水一边说道："白爷，白知天。他是老板娘的长辈，之前是燕大的看门大爷，退休之后好像也在那儿，他跟刘教授关系不错，一直很关照老板娘，反而对老板看不上眼，总觉得老板配不上咱们老板娘。估计是他听到了什么风声，特地赶过来给老板娘撑腰的。"

我有些不解，说："他一个退休老头儿，凭什么给老板娘撑腰？"

老图说："嘿，你知道燕大是什么地方吗？那地方出了太多的大牛，无论是从政、经商，还是学界，都有厉害无比的校友，他老人家当了半辈子的门卫大爷，随随便便认识一人，就能将那帮上蹿下跳的老李家人给掐灭了。"

我抹了一把额头上的汗水，说："听起来好像很厉害的样子。"

两人说着话，旁边的小六有些猴急："哥，哥，别光顾着说话啊，我们还没试菜呢，您不给我们来一点儿尝尝？"

我耸了耸肩膀，说："你去问老板娘吧。"

旁边的杏儿赶忙说道："我去问。"

她匆匆走到门口，喊道："娜姐，我们也想试菜，一会儿好推荐。要不然，我们几个分一个酱猪蹄儿，可以吗？"

她说得小心翼翼，老板娘却十分大方："四个人分一个哪里够？你们一人吃一个吧，回头打电话给肉市的老张，让他送三十个猪蹄儿来。"

杏儿甜甜地应了一声："好嘞。"

她匆匆回来，急不可耐地让我盛出来。这时外面的老板娘进来补了一句："不行，三十个太少，五十个吧。"

说完，她还看了我一眼，有点儿商量的意思。但是她天生丹凤眼，也就是桃花眼，那水汪汪地一瞥，让我莫名地一阵心神荡漾。

我愣了一下，赶紧回答道："好，没问题。"

老板娘被我盯得有点儿慌，赶忙出去了，好在其他人都在埋头处理碗里的酱猪蹄儿，并不觉察。

这三个人常年在餐馆里工作，按理说不缺好吃的，主要是这酱猪蹄儿实在是太香了，浓香扑鼻，不知不觉就将人肚子里的馋虫全都给勾了出来。

我也忍不住拿了一个啃起来，确实是肉质软糯，汤汁浓郁。特别是我还放了少许噬心蜂蜂蜜，将这里面的味道勾勒，形成一种极度的鲜美，让人回味无穷。

杏儿不仅啃完了肉，还舔着那棒骨使劲儿嘬，然后说道："我还以为很油腻呢，怎么吃到最后反而有一种淡淡的清香，像花蜜一样啊？"

小六更恶心，舔完了骨棒子，开始吸手指了。

老图则问我："的确有点儿花香的味道，这是怎么做到的？"

我不想说破自己的秘密，摊开手说道："酱油、精盐、大料、桂皮、花椒、葱段、姜块、干红辣椒、冰糖、陈皮、草果和料酒，这些都是我当着你的面加的，区别只是火候而已。"

老图点点头说："对，对，小侯，你这手艺是真的绝了。"

虽然他是大厨，但对我并不嫉妒，反而是有着十足的信服。

我们吃完酱猪蹄儿，就开始忙碌起来。不知道老板娘跟那白老头儿聊了啥，没多一会儿，她走进厨房对我说道："你做的酱猪蹄儿实在是太好吃了，白大爷说想跟你聊会儿……"

羊蝎子的秘制配方在她手上，要怎么处理，她得在厨房忙活。我听了她的话，点了点头，走到大厅。

白大爷朝着我点了点头，招呼道："出去聊。"

我俩掀开门帘，来到嘈杂的大街上，他往兜里一摸拿出一盒香烟来，问我："来一根？"

我低头一看，这香烟是绿壳子的，封面上有两个胖乎乎的大熊猫在啃竹子，旁边印着两个金字"特供"，我顿时就有点儿惊了。

我不抽烟，但常年跑业务，对于香烟还是有所了解的，也知道这种烟专门给高层内部供应，它基本上不会在市面上流通。一般人别说抽了，就算见到都是一种荣幸。这老头儿，哪儿来的？

我心中疑惑，表面上却十分淡定，摆了摆手说："我不会。"

白老头儿笑着说道："男人嘛，不喝酒、不抽烟，岂不是白活一世，你说对吧？"

他自顾自地拿出打火机点上，深深吸了一口，冲着我咧嘴笑。

我感觉他的笑容意味深长，低着头说："这个，每个人的追求不同，我就不是这样。"

白老头儿看着我说："真的？"

我点点头说："对。"

他说："那你的追求，是什么？"

他说这句话的时候眼睛不知道为什么，一下子就变得深邃起来，就好像是没有光的黑洞一样，将我的心神都吸了进去，而我几乎是下意识地说道："我只是想，能活下去……"

"是吗？"

我当时整个人的精神都是模糊的，下一秒一股剧痛从我的手腕上传过来，将我整个人都拉回了现实。

我低头一看，发现自己的右手手腕上，不知道什么时候多了一个梅花桩的烙印。

还是白老头儿用烟头烫出来的。

紧接着，他伸手揽住我的肩膀，缓声说道："希望你记住今天所说的话，不要耍小聪明，因为我会盯着你，知道吗？"

他放在我肩头上的手，沉重如山。

这力量不比黄大仙差，我整个人都僵住了，有点儿摸不清对方的底细。随即他却放开了手，冲着我嘻嘻笑着说道："你的厨艺是真不错，如果对我家小娜娜是真心的，那我也是挺欢迎的。"

他拍了拍我的肩膀说："好好努力，我看好你哟。"

说罢，他扬长而去，留下一脸蒙的我，独自在风中凌乱。

我看着远走的白老头儿愣了半天才回过神来——原来他也误会了我，觉得我跑到这儿来是为了刘娜这个丧夫不久的俏丽小少妇。

从刚才他的表现来看，我知晓这是一个顶尖的高手。

他绝对跟黄大仙是同一等级的，或者更高。

或许是我的层级实在低微、弱小、限制了我的想象力，使我并不能准确地感受到对方的实力。但我明白，他一眼就认出了我夜行者的身份。

正因为如此，他才会觉得一个夜行者没事儿潜伏在这个即将倒闭的破饭馆里，肯定是居心不良。

往好了想，觉得我是对这个娇俏柔美的老板娘心里有想法。

往坏了想……

我伸出手来，打量着右手手腕上那个烟头烙印——它像是梅花，中间最大的是烟头烙出来的印子，周围有六个比印子小许多的圆形，也不知道他到底是怎么弄上去的。

刚才他弄这个的时候，我整个人都在恍惚。此刻回想起来，让我不由得倒吸一口凉气。还好他只是给我弄了一个烟头梅花烙，而不是别的。

看来他并不是一个极端的人，也相信我在此的善意，这才没有上来就对我下狠手。

我想，并不是我看上去多么无害，或者白老头儿有多仁慈，而是那份热腾腾、香喷喷的酱猪蹄儿，让他没有狠下心来。

燕京这个地方不愧是天子脚下，当真是藏龙卧虎。随便走到哪儿，都能碰到像黄大仙那样神龙见首不见尾的顶尖儿人物。

难道在燕京这地界，真的是妖王满街走，大妖不如狗？

我感到瑟瑟发抖。

我一个人在合城居门口待着，东边走过来两个年轻人，看见我穿着的厨师服，问我："嘿，哥们儿，饭馆开了吗？"

我这才回过神来，说："开了，您里面请。"

一个肥头大耳的胖子问道："你们今天还有羊肉炒饭吧？嘿，我这个哥们儿说了，他昨天吃过，差点儿连舌头都要一起咽下去呢。我范泓博吃遍这四九城就没遇见过这么夸张的事情，您这儿真有这么神？"

旁边那眼镜男说道："你还以为我骗你？咱们可说好了，要是好吃你请客，不好吃我掏钱，咱可不许耍赖啊！"

胖子范泓博说道："得，别的事情不好说。对于吃，我向来虔诚，从不耍赖。"

我看着这两位，忍不住笑了："两位里面请，好饭不怕夸，是骡子是马，拉出来溜一圈就知道肥瘦，您说对吧？"

胖子笑了，说："您真有意思，就冲您这句话，我就算不白来。"

我说："那可不。"

我领着两人进屋，见饭馆里没有人，估计大家都在厨房里忙，便招呼两人坐下，然后走到厨房，对里面喊道："杏儿，有客人来了，点菜。"

杏儿还在那儿舔骨头呢，听到这话有些愣："这才十点半不到，怎么就来人了？"

杏儿走出去，还没招呼呢，那胖子范泓博就喊道："服务员，你们厨房在炖什么啊，怎么这么香？"

杏儿一脸幸福地说道："这是咱家新推出的酱猪蹄儿，您要不来一份？"

胖子一脸馋相，说："好，好，来一份。"

我走进厨房，看见老板娘在炖羊蝎子的大锅前忙碌，她提前配好了酱料包，此刻放进去熬煮就行，过程并不复杂。我进来的时候，她基本上已经忙完了，看见我便问道："白大爷跟你说了些什么？"

我知道老板娘对夜行者和修行者这些事情完全不懂，也不想说给她听，便敷衍道："就是查了一下户口而已，他担心我是坏人。"

老板娘微微一笑："他做了半辈子的门卫，练就了一双火眼金睛，好人坏人，一打眼就知道了。"

"那他说我是好人，还是坏人？"

"他若觉得你是坏人，你认为你还能留在这里？"

我点点头说："也是。"

生意的好转让老板娘的忧愁少了许多，她冲着我点了点头说："加油干，到时候给你涨工资。"

我苦笑着小声嘀咕："总共也没有多少。"

老板娘转身走了出去，厨房剩下我、老图和小六。老图和小六负责张罗羊蝎子馆以前的菜式，而我主要负责羊肉炒饭，一番忙碌，将两盘羊肉炒饭做好，我才闲下来打量右手手腕上的梅花烙。

说来也奇怪，这玩意儿其实就是前一阵儿给我烙上去的，但我现在一点儿痛感都没有。

除此之外，它直接就凝结成形，完全看不出半点儿伤痕的样子。就好像这是天生的胎记一样。刚才我那一晃神的工夫，到底发生了什么呢？

我努力地想，最终还是没有想明白。

小餐馆的工作，容不得有太多时间来思索人生，随着饭点的到来，厨房一下子就变得忙碌起来。合城居的地理位置算是比较优越，而且也有一些特色，即便是遭受到了两个月前的打击，斜对面出现了一家强大的竞争对手，但也还是有一些忠实顾客的。

另外，合城居的人手着实是有一些少。我这边忙完，又过去给老图帮忙。什么切菜、配菜的，我做得远比小六要强上许多，不但速度快，而且刀工齐整，绝对是一等一的水平。

搞得老图都忍不住感慨："侯子，就你这手艺，真是屈才了，我老图都感觉自己像是五星级饭店里的大厨了……"

大厅不断来单，有羊肉炒饭、酱猪蹄，也有羊蝎子锅，后厨忙得跟打仗一样。

中午十一点半，肉市的老张送了五十个生猪蹄儿。处理这么多猪蹄，忙得我头昏脑涨。我刚准备下手，杏儿就进厨房，冲着我招手："漠哥，漠哥，你过来。"

"干什么，没看我忙着呢？"

"外面有两个客人，吃过了你的羊肉炒饭和酱猪蹄儿，非要见你，不见不走，还不买单呢。"

我忍不住笑了，说："嘿，还有人敢在我面前吃霸王餐？"

我撸着袖子走出去，看见那两个人正是我刚才招呼进门的两位。

那胖子瞧见我撸着袖子，气势汹汹地走出来，一副要打架的样子，赶忙喊道："嗨，哥们儿，等等，我不是找茬……"

我说："不是找茬？你不买单，这不就是找茬吗？"

胖子赶紧摸出两张"老人头"说："买，买，我带钱了。我刚才跟那小妹说想见见做饭的厨师，原来您就是给我们做饭的厨师啊？"

我看他一脸疑虑的表情说："咋了，不信？"

胖子赶忙点头："信，我信。"

我说："鸡蛋好吃，也没必要知道下蛋的母鸡是谁。我后厨忙着呢，你赶紧结账。"

说完我就准备走，胖子又上来拦住我，递了一张名片说："我是《京都都市报》的专栏作者范泓博。平时我喜欢写一些美食专栏，对吃也有一些研究，刚才吃了您做的羊肉炒饭和酱猪蹄儿，真是惊为天人。说真的，我吃过那么多美食，能让我吃到感动得流泪的，您这儿独一份……"

我摆了摆手："我只是打工的，您要有什么问题，可以直接去问我们老板娘。"说完我指了一下收银台那儿的老板娘，然后不再管他，回到厨房，继续拔猪毛。眼看着酱猪蹄儿都卖了大半了，我若再不抓紧，没多久就该断档了。

过了一会儿，在外面传菜的小六过来对我说道："漠哥，你知道吗，那位真的是记者呢。"

"咋了？"

小六一脸吃惊："咋了？那是记者，人家要是给你报道一下，你可就出名了。等你有了名气，还至于窝在这儿忙死累活的？"

我笑了笑说："怎么，你对老板娘和合城居不满？"

旁边的老图正往小铁锅里面装煮熟的羊蝎子，说道："对呀小六，你看你还不如人家刚来的侯子呢……"

小六被我们一训，有些悻悻地说道："我也就那么一说。"

我在后厨一顿忙碌，还是挡不住食客们对酱猪蹄儿的热情，没过多久就卖完了，没买到的人觉得不公平，很是生气，幸好我们这边羊肉炒饭的材料准备的充足，加上老板娘和杏儿的劝阻，方才将火气熄灭。

别的还好，酱猪蹄儿这道菜是真的需要时间熬煮，火候不到，完全没有那个味道。

即便如此，很多没有吃到的人也都愿意等，还有的人要打包，带回去跟家人分享。

于是，三点多钟的时候，第二次出锅的酱猪蹄儿一下子就被哄抢了大半。

送走了人，我累得腰酸背痛，满心欢喜地对老板娘说道："这样不行啊，您这价格得再往上提一些，还得每天定量。"

老板娘跟我商量说："你觉得一天多少合适？"

我说："一百个吧，物以稀为贵，随时随地都能买到的话，反而就不吸引人了，咱得细水长流，慢慢来。"

老板娘笑了。她这一笑，就像十七八岁的小姑娘一般，让人莫名觉得十分欢欣。

她说道："好，听你的。没想到你的鬼主意还挺多的……"

我笑了笑，刚要说什么，饭馆帘子就被掀开了，走进来两个身穿制服的人，冲着老板娘说道："我们是卫生局的，查从业人员健康证。"

突如其来的检查人员，让老板娘和我都蒙了。

我毕竟是走南闯过北过来的，知道餐饮业的从业人员如果没有健康证的话很容易被查。而且一查就出事，罚钱还是小事，严重的得关门歇业。

正是知道这里面的麻烦，所以我几乎是在对方一开口时就转身往厨房走，避免这次突击检查，还一边走一边将身上的白色厨师围裙解下来。却不料刚刚走了两步路，那两人就直接冲了上来，说："你干什么呢，想跑吗？"

其中一个人抓住我的肩膀，不准我离开。

我转过身来，眯眼瞧着这俩人，一个国字脸，一个斜眼睛，两个人都一脸严肃正气。我几乎是下意识地想要甩手，但想起此刻的身份还是忍住了，问道："你们要干什么？"

国字脸冷冷地说道："你想干什么？心虚吗，怎么一见到我们就要走？"

另外一个斜眼睛问我："你是不是这餐馆的员工？"

我抿着嘴没有立刻回答，而是看向了旁边有些惊慌的老板娘。我不确定她的想法，如果她害怕被牵连的话，我就会立刻决断，直接冲出去。

这两人没有执法权，在没有证据的情况下，是没办法为难她的。

让我意外的是，这个看上去柔柔弱弱的少妇居然十分有担当，对那两人说道："我是这里的老板，有什么事情找我就行，别吓坏我们家的员工。"

斜眼睛笑了，说："嘿，还挺有担当，那行，把你们这儿的人都叫出来，查证。"

他们两人这样说着，也并没有放开抓着我胳膊的手，还严防死守。

我并不是刚出社会的人，看这两人的架势，就知道他们是冲着我来的。至于为什么，原因其实不难猜。

毕竟昨天李家那几个人刚刚来闹过，在被我扔出去之后，以他们那种小人心性，是绝对不可能将这口气吞下去的，总得搞出点儿幺蛾子来出出气才行。

老图、小六和杏儿都出来了，两人装模作样地检查了一番，然后就轮到我了。国字脸一脸正气地对我说道："出示你的身份证和健康证。"

我没有说话，平静地看着这俩人。如果是在以前，我或许会惊慌，或许会不知所措。但是自从成为夜行者，我整个人的心境都产生了变化。淡定从容是其次，最主要的是，我感觉自己都有点儿融入不了正常人的生活了。

力量的快速成长，让我总有一种"暴力可以解决一切"的想法，正是有着这样的凭恃，使我不会畏惧任何人。

唯一让我有些犹豫的是，如果我真的大闹一番，会给合城居造成不好的影响。

所以我岿然不动。

我的沉默与淡定，落在了对面两人的眼里就变成了挑衅。斜眼睛推了我胸口一把，说道："拿出来！"

他显得格外严厉，这时老板娘说道："他昨天刚来，证件还在办。"

国字脸眉头一挑："也就是说，没证？"

老板娘说："不是没证，是没到。你们明后天来，应该就有了，两位帮帮忙，通融一下。"

她从口袋里摸出一包软中华，上前递烟。国字脸一脸正气地说："别来这一套，我们办事都是有章程的，你们作为餐饮行业，收容无证人员做厨师。如果他有什么传染疾病的话，这是不是对顾客的一种不负责？发生这样的事情，是不是我们的不作为？对于这种事情，我们是零容忍的，决不能做出这么玩忽职守的事情来……"

他长篇大论一番，表现得特别严肃，老板娘十分生硬地赔着笑，面色通红。

我看着不忍，正要说话，这时一个高挑的身影走进了餐馆。

来人是一个短发女孩子，看上去二十七八岁，都市职业女性的打扮，长相秀丽，脸部轮廓还有些立体，有点儿像西方人的模样，眉目之间也很强势。

她走进来之后，看到这一幕有些惊讶，朝着老板娘问道："娜娜，这是怎么了？"

刘娜看上去并不适应这样的场合，被那两个卫生局的人都快要说哭了。此刻看到她，顿时就红着眼跑了过去，抱着那短发女子强忍着难过，跟她耳语了几句。

女子听完，从随身的小包里拿出了一份文件袋，递给那两位工作人员，说："他的证件在这里，两位请查阅。"

国字脸将信将疑地接了过来，打开之后查看了一下，有些疑惑地说道："这个……"

短发女子又从小包里摸出一个亮闪闪的名片夹，说："我是大通国际律师事务所的合伙人王颖。另外，你们区里的王东，他是我哥。"

"王副区长？"

国字脸先前还不觉得什么，当短发女子说出后面那个名字的时候，不由得肃然起敬，双脚并立，恨不能挺直敬礼。

连斜眼睛都努力将那眯缝眼给睁开了，害怕对方误会自己不尊重她。

两人都大气不敢出一声。

短发女子见那俩人不知道该说些什么，就问道："还有问题吗？"

国字脸连忙摇头，说："没有了，没有了。其实我们对这儿没有任何意见，主要是接到群众举报，不过来处理一下终究是不好的，王小姐，您多多理解。"

短发女子却不接受他们的歉意，而是不耐烦地说道："没问题那就走吧。人家在这里开门做生意，你们蹲这儿多不合适。"

两人忙不迭地离开了，在我们面前都不苟言笑的老板娘，此刻就像小女孩儿一样，搂着短发女子的胳膊，欢呼雀跃："颖子，你来得真及时，要不是你，我这儿说不定就要被他们封店了……"

短发女子王颖用高挺的鼻子哼了一声，说："借他们一百个胆子也不敢。对了，我不是说了吗，真要有什么拦路小鬼来折腾你，你报我二哥的名字就行。"

老板娘说："我不是怕给东哥添麻烦吗？"

王颖说："他会害怕麻烦？"

两人窃窃私语地聊着，我拿着刚才递给我的文件袋准备回后厨，结果王颖突然叫住了我："唉，侯漠对吧？"

我停下脚步，回过头来看了她一眼，说："有事？"

王颖眉头一挑："你也不说一声谢谢？"

我愣了一下，方才回过神来，说："谢谢。"

说罢，我转身离开。听到身后的王颖对老板娘说道："你招的这个小哥哥还真挺有意思的，而且人长得也帅，很精神，怎么样，有没有想法？"

我虽然进了厨房，但夜行者的听觉异于寻常，我听到老板娘回答："去你的，宽哥才走了多久，我怎么可能想这个！"

"逝者已矣，活着的人还得继续生活。你真不考虑？"

老板娘的声音低了许多："不考虑。"

王颖的声调却拔高了起来："真的啊？你不要？真不要？不要我上了啊，这小帅哥长得真好看，你有没有发觉，他的侧面长得很像《重庆森林》里面的金城武？你不是说他做饭还特别好吃吗？长得又帅，又会做饭的男人，简直是极品了……"

我没有继续听了，忍不住苦笑起来。

人不可貌相，海水不可斗量。那短发女子虽外表一副性情冷淡的样子，没想到私底下这么热情。老板娘也是，平日里整天愁眉苦脸的，私底下却跟一个爱撒娇的小女孩儿似的。

没多久那短发女子进厨房来找我了。先是跟我聊家常，又问我酱猪蹄儿的做法。她似乎对酱猪蹄儿这种有些油腻的食物不感兴趣，但听我说羊肉炒饭有不油腻的做法，又赶紧让我做给她尝尝。

结果，尝过了羊肉炒饭之后，王颖便忘了之前对酱猪蹄儿油腻的评价，让我给她赶紧上一份。

吃了一大盘炒饭和酱猪蹄儿之后，王颖捂着鼓起来的小腹说："好饱啊，不行了不行了，要不是下午还有事，我真想再吃点儿……"

女人过分热情也让人郁闷，我不太喜欢这种性格强势的女人，只能硬着头皮应付。

好不容易将她送走了，临走时她又停下脚步，对老板娘说道："侯漠做的饭实在是太好吃了，我以后天天来啊……"

我听到这话，差点儿脚软。

大概是事情解决了，去了老板娘的心病，王颖走了之后，她的笑容也多了起来。不但进厨房来帮忙，还跟我聊起了家常，询问起我的家庭情况，甚至还拐着弯儿地问我的感情状况。

晚上，合城居不出意外的满座了，宽敞的餐馆被人挤得水泄不通。就连门外都排了七八桌客人。

合城居只经过一天的工夫，就彻底火了。

接下来的几天，生意并没有爆发性的增长。但是很稳定，只要一到饭点儿，大厅里基本上都坐满了。而且那一百个酱猪蹄儿，铁定都能卖光。

这饭馆除了招牌菜秘制羊蝎子之外，羊肉炒饭也基本成了必点的餐食。

随着生意的好转，老板娘刘娜脸上的笑容也多了，对我们也是有说有笑，让人觉得像是原本枯萎的鲜花一下子又重新拥有了活力一样。

她的情绪也感染到了其他人，老图、小六和杏儿，都精神头儿十足，尽管很累，但脸上都洋溢着笑容。

我也看见了老板娘刘娜的女儿萌萌。

那是一个两岁的小女孩儿，完全继承了母亲的漂亮基因，粉雕玉琢，跟一个小洋娃娃似的。还特别聪明，丁点儿大就能说好多词语，虽然都是叠字，但对于她这个年纪来说，实属不易了。

萌萌之前一直都是老板娘亲自带，但是老板两个月前出了车祸之后，她不得不过来接手生意。一时半会儿找不到合适的保姆，就只有将她交付给附近的一家亲子园。

早晨她将萌萌送过去，晚上再让邻居家奶奶帮忙一起带回来，老板娘付给她一定的报酬。

其实这事儿完全是可以找夫家帮忙的。但依照老李头儿一家的习性，萌萌落在他们手中，说不定就成了争夺合城居的筹码了，老板娘也不放心。

当然，这些都是暂时的，她已经在挑选带小孩儿的保姆了。只是她提的要求比较高，难免就有些迟。

老板娘的女儿和我特别投缘，见到我并没有像见到陌生人一般害怕，反而伸出胖嘟嘟的小手支支吾吾地说道："叔叔，叔叔，抱抱……"

当我把这么一小团肉乎乎的宝宝抱在怀里时，不知道为什么，心中多了许多的怜悯。多可爱的小孩儿，她本来应该拥有美好幸福的人生。可惜，现在却没了爸爸。

这几天还有一个人经常出现，那就是老板娘的闺蜜王颖。

据说这个人是一个很牛的国际事务所合伙人的大律师，她不但有极其深厚的背景，而且个人能力也是十分强悍的。在很多人的眼里，她就是天之骄女，仿佛天生就带着光芒，走路带风。

自从那天她强势亮相之后，所有的魑魅魍魉，以及宵小之辈都消匿得毫无踪影。不但如此，时不时还有人过来表达关怀和结交之意。

但是在我的面前，这个女强人有着十分温柔的一面，甜甜地一笑或者一个妩媚的眼神，都能够让人为之着迷。

都说男追女，隔层山，女追男，隔层纱。

我作为一个血气方刚的单身男青年，面对这么一个能力强又漂亮的年轻女子，倘若是没有一点儿幻想，那肯定是生理有问题。

我生理有问题吗？自然没有。但为什么没有跟王颖迅速打成一片，主要有两个原因。第一，老图、小六和杏儿都先后跟我说起过这位小姐以往的强势作风，让我感觉到如果我和她在一块儿，自己很有可能就变成了一个唯唯诺诺的人。

这并不是我想要的男女关系。

再有一个原因就是老板娘有意无意地跟我提及王颖跟异性的交往，她从高中开始就十分大胆，从大学到出国，再到回来的这几年里，不知道处了多少个男朋友。

这一点，对我的决断也起到了很重要的影响。

虽然我不是那种思想守旧的男子，不会对交往过男朋友的女孩子有着天然抗拒，但说句实话，这样开放的女孩子，我着实是有点儿驾驭不住。

基于这两点，我刻意地与王颖保持距离，但她仿佛并无觉察一般，每次都兴致勃勃地过来找我玩儿。所谓"玩儿"也并不是什么生追硬上，而是跟我聊聊天说笑几句，然后直喊"饿死了"。

她告诉我，自从吃过了我做的饭之后，她吃别的就没有什么胃口了，每天都想吃我做的羊肉炒饭和酱猪蹄儿，只有这样才觉得这一天没有白过。

王颖是一个十分聪明的女生，距离把握得精准和微妙，让我都为之赞叹。

她与我保持不远不近的距离，既不让我反感，也没有疏离感，这样的距离让我感觉很舒服，能够把她当朋友对待。而这样的感觉，比老板娘远，又比老图、小六他们近上许多。如此的差别对待，又让我有着几分被优待的小虚荣。

当我感觉到自己开始每天期待王颖的到来时，我才突然发觉到，自己可能被她带偏了。

这是一个聪明的女人，让我为之敬畏。

时间就在这样的纠结中，缓缓过去。

其间还发生了两件特别值得一提的事情，首先就是迟迟未到的马一岙，我打过几回电话给他，但都提示手机没有开机。这让我心中隐隐有些担忧这个南下收账的兄弟，不过他这人，没事儿也不会经常开手机，这个也很正常。

第二件事情，就是我以为会时不时露面提点我的白老头儿，总共就来了一次，而且还是行色匆匆，一副很忙的样子。

但吃货就是吃货，他一来就点了一大桌子的菜。除了招牌羊蝎子火锅之外，还点了羊肉炒饭、酱猪蹄儿，以及我新开发出来的酱牛肉。

对于我的菜，他是赞不绝口的，但他的吃相也颇为难看，哗啦啦一会儿，一大桌子的菜就都下了肚，就好像是几天几夜没吃饭似的。

而且更可气的是，他还不付钱。

吃完后，老爷子叼着牙签把我叫到了门外，然后揽着我的肩膀，说道："小子，听说你最近干得挺不错的。"

我弄不清楚他到底是什么来历，不敢造次，只有低头说道："一般吧，只能说对得起这饭碗。"

他掏出香烟来叼上，又给自己点上，深吸一口气，在肺里打了一个滚儿，又长长地吐了出来。见我有点儿往里缩的架势，忍不住笑了，说："你别怕，我不会对你怎么样的。"

我干笑，说："不好意思，下意识的反应。"

白老头儿吐着烟圈说："你也别介意，那天我给你留下的这个是有名堂的，这叫作'身怀六甲'。以后你就知道了，它对你来说是利大于弊的……"

说到这儿，他拖长了语调问道："老李家的人，最近来捣蛋了吗？"

我摇摇头说："没有。"

白老头儿用左手的小拇指拱着鼻孔说："我还听说，老王家的小闺女在追你？有没有这回事儿？"

我听得直打战，原本心里燃起来的欲望小火苗一下子就被他掐灭了。

于是，我赶忙摇头："没有，没有，她就是闹着玩儿的，我没敢搭理。"

白老头儿点头，语重心长地说道："这就对了，好男人都是从一而终的，你既然喜欢娜娜，就不要三心二意，知道吗？"

我一脸无奈，说："没有，我对老板娘没有半点儿逾越之心。"

白老头儿一愣，盯着我好一会儿才笑了，说："你这人啊，目前看来，其他方面都好，就是有点儿假正经。娜娜长得漂亮，有气质有风韵，你喜欢就喜欢，大胆追求就是了，这样是要干什么呢？明明心里喜欢，又要强行憋着，怎么跟那帮道士一样？唉，无趣，无趣啊……"

他拍了拍我的肩膀，也没有为难我，扬长而去，留下我一个人，在风中凌乱着。

合城居的生意，在第五天的时候达到了一个爆发点。

我们打开门后，十点多钟，就开始有人排队了，不一会儿就排得很长。好多人不堂吃，直接挥舞着手中的钞票和饭盒，让我们给一个炖猪蹄儿，或者一块酱牛肉。

到了第六天，队伍排得都有二三十米，十分夸张。

这时我们才知道，先前想要采访我们的胖子范泓博写了一篇报道，将我们这儿的东西吹上了天。许多人跨越大半个城区跑来，就是想尝一下"此味只应天上有"的美食到底是什么味儿。

即便如此，我们仍然保持每天定量的标准，坚持以往的老口味。

生意红火，老板娘美得冒泡，甚至开始琢磨着招人了，每天走路的脚步都轻快无比。

时间一天天过去，生意火得一塌糊涂，老板娘每天都精神焕发。

一直到了第十五天，她接到一个电话，顿时就精神崩溃了。她"哇"地一下哭出声来："萌萌出事了。"

经过十来天的相处，我与老板娘算得上比较熟了，见她接到电话崩溃得一下子就哭起来，我赶忙过去扶住她，问道："这是怎么了？"

刘娜的整个身子都是软的，此刻泪流满面。

她哭着说道："萌萌出事了，我得赶紧过去。"

我见她像是丢了魂一样，有些担心，说："到底怎么回事，说出来大家一起解决。"

刘娜满脸泪水，抓着我的胳膊说："那帮畜生，他们不是人。"

我一惊："谁？谁不是人？"

"亲子园的那帮畜生，我说怎么这些天萌萌没有以前活泼了，还动不动就哭，问她什么也不敢说，只知道哭。我还以为她没有适应新环境呢，刚才邻居家的奶奶打电话过来我才知道，她们那帮畜生，居然在亲子园里虐待孩子……"

我一愣："虐待孩子？不会吧？"

刘娜不想跟我说太多，慌张地四处张望，然后说道："你看着店，我得赶紧过去看看。"

我见她六神无主的样子，放心不下，于是说道："现在也过了吃饭高峰，让杏儿和小六他们招呼着，我陪你去。有什么事情，我也可以帮你出主意……"

老板娘点头说好。

此刻的她实在是心慌意乱，有个男人在身边也是好的。

随后我简单交代了一下，就跟着刘娜出门了。

亲子园就在刘娜住的小区附近，离这儿有几站公交的路程。此刻的刘娜心急如焚，便打了个出租车朝那家亲子园赶过去。

在路上，我得知这家亲子园是一家私人企业的附属机构开的。那家企业挺大，算是旅游行业的龙头，亲子园的硬件条件也挺好，招生的广告也做得很不错。因为是内部供应性质，所以为了把萌萌给弄进去，刘娜还请邻居家的大哥帮忙托了关系，甚至还塞了钱，费了许多工夫。

本以为这样的地方，能教会萌萌与其他小朋友们好好相处，培养出不错的性子，却没想到竟发生了这样的事情。

一路上刘娜的情绪都很激动，我没有办法问太多细节，只有不断地安慰她说："没事的，没事的。"

等到了地方，映入眼帘的是一个绿色的三层小楼，院子里有着滑梯、秋千等小孩儿玩耍的设施，还有彩虹色的跑道，看上去硬件条件的确不错。

原本是儿童嬉戏的乐园，此刻却吵吵闹闹，一大堆人堵在门口，就连警察都赶到这儿来了。

刘娜急乎乎地冲到门口，却挤不进人群里去。

她在外围大声呼喊道："我是李萌萌的家长，请让我一下……"

但挤在门口的围观群众特别多，大家都群情激奋，大声嚷嚷，没有人注意到声音柔弱的刘娜。我看到这状况，没有言语，伸过手去一把拉住了穿着粉红色毛衣的刘娜，然后朝着人群里挤去。

我的个子在北方人眼里只能算一般高，但力量很大。我往人群里一钻，前面的人就不由自主地朝着两边让开了。

很快，我带着刘娜挤进了小楼里。大厅里面，小朋友的家长正在跟亲子园的工作人员对峙，警察和协警在中间拦成人墙，挡住两边。家长这边，孩子们哇哇地哭着，整个大厅乱成了一锅粥。

刘娜在人群里惊慌地打量着，很快就看见了缩在角落的萌萌。

她被一个面善的老太太拉着，整个人就像是寒风中的小鹌鹑一样瑟瑟发抖，大概是哭得有些厉害，此刻已经没有了声音，脸上满是泪痕。

老太太的另外一只手则拉着一个年纪稍微大一些的小男孩儿。那小男孩儿脸上有着很明显的瘀青。

看到那如风中蒲公英一般可怜的萌萌，刘娜崩溃地大声哭着，冲过去，一把将自家女儿抱住。

她心疼地哭着喊道："萌萌，萌萌，你没事吧？"

小女孩儿的双眼无神，没有聚焦点，仿佛被吓跑了魂一样，此刻听到母亲的呼唤，顿时就"哇"地一下哭出声来，大声喊道："妈妈，妈妈，你怎么才来啊，我以为你不要我了呢……"

刘娜抱着自己的女儿，半跪在地上，哭着说道："怎么会？怎么会？"

这样的场面十分糟心，与此同时，那边一个戴着眼镜的中年男人扯着嗓子喊道："各位家长，各位家长，你们是真的误会我们了，我们并不是虐待孩子，只是想教孩子道理。现在都说独生子女是家里的小皇帝，一点儿的管教都不行，这是不利于他们成长的……"

一个三十多岁披头散发的女人大声骂道："只是管教？真的只是管教？我盯你们好几天了，体罚、恐吓、灌辣椒水……我孩子一个星期进了三回医院，拉得粑粑都不成样子，你敢说你们一点儿责任都没有？"

其他家长见状也怒气冲冲，大声责骂着。

刘娜看见女儿的脸上有一大片绿色的痕迹，她一边哭，一边掏出纸巾，想把萌萌的脸擦干净。结果她刚刚伸手，旁边的老太太就拦住了她，说："别动。"

刘娜一愣，说："为什么呀？"

老太太一脸激动地说道："这帮不要脸的东西在抵赖呢，他们根本不承认自己做的事情。他们不知道，这几天好些家长都注意到不对劲儿了，今天特意中途赶过来，不顾阻拦冲进园里，才看到真实的情况。这个是证据，你要擦了，等回头追究起来，可就难了……"

刘娜一愣，说："这帮家伙给我家萌萌脸上抹了些什么？"

萌萌哭着说道："妈妈，是辣椒，好辣辣，萌萌不想吃，菁菁老师一定要喂我。我不吃，她就打我，打脸，好疼啊，呜呜呜……"

这孩子说话十分含糊，但我听懂了。尽管不是自己家的孩子，但听到这话，我的心中顿时燃起了一团火。

太过分了。

旁边的老太太纠正道："不是辣椒，他们说这个叫什么瓦什么萨米，哎呀，我也不知道，反正说是日本人的东西，怕不是老虎凳辣椒水哦。这帮黑心肠天杀的，拿对付特务的法子来整孩子……"

"芥末？"

听到这话刘娜一下子就疯了，站起来冲着那边正在解释的秃顶中年男人说道："你们这帮畜生，竟然喂孩子芥末，这是孩子能吃的吗？别说小孩子了，就是大人沾上一点儿都受不了。"

那中年男人一脸委屈地说道："这位孩子妈妈，你别激动，芥末这东西是高级食材，贵着呢。它的作用很多，能够杀菌除臭、美容养颜、降低血脂血压、开胃消食、温中利气，还有明目利膈等。而且它富含蛋白质、脂肪、碳水化合物、胡萝卜素，维生素和各种微量矿物质，只有最高级的日本有钱人才能够得以享用，你知道吧……"

这人应该是亲子园的领导，他从兜里摸出了一管牙膏一样的软管来，滔滔不绝地说着芥末的好处。

到了最后，他还意犹未尽地说道："你们知道这一管要多少钱吗？很贵的知不知道？我们不找你们家长加收费用，已经很不错了。"

他满脸油光，露着会心的笑容，显然是在为自己的口才得意。说着说着，他都快要把自己给感动了。

刘娜哪里见过这样无耻的人，浑身气得直发抖，刚要反驳，我已经一个箭步冲了上去。

我绕开拦在中间的公职人员，一把夺过那家伙手中的软管。用闪电一样的速度拧开了瓶盖，然后伸手捏住了那家伙的嘴，将整整一管的芥末都挤进了他的臭嘴里。

我挤得很坚决，一滴也不剩。

这家伙既然在这儿夸夸其谈说芥末的好处，我就让他尝一尝这日本有钱人才能吃到的东西，到底有多美味。

因为之前跑业务的时候，一个客户特别喜欢吃日料，所以我也请过两回，知道这玩意儿的呛鼻程度不是一般人所能够忍受的。如果沾上生鱼和酱油，或许还可以慢慢咀嚼，但这样硬生生地吞咽，别说小孩子，就算是大人都受不了。

这帮畜生既然给孩子来这一手，那我就满足他们，让他也做一回日本的上等人。

"啊……"

亲子园这位口才极好的领导大声叫着，拼命挣扎，但就他这小鸡崽一样的力气，哪里能弄得过我？等到整管芥末都被他吃到肚子里，脸色出现一片惨白时，旁边的人才反应过来，两个膀大腰圆的警察过来拦我，冲着我喝道："你干什么呢？"

我事儿办成了，也不跟公职人员顶着来，放开那中年人，然后举起手来，笑嘻嘻地说道："没有啊，我听这位领导说了那么多芥末的好处，就想让他先吃点儿。"

因为我此刻举起双手，表现得十分配合，警察并没有擒住我。

他推了我一把，说："在事情说清楚之前，都别乱来，知道吗？"

我往后退，一脸认真地说："嗯，听您的。"

我这边说着话，那边的中年人发出了凄厉的叫声，他双手捂住自己的脖子，惨白的脸一下子又变得通红，就好像是熟透了的番茄，或者冬天锅炉里烧透了的木炭。他不顾一切直接在地上打起滚来。

他大声叫道："救命啊，救命……"

这家伙浑身直抽搐，在地上乱打滚，警察瞧见，冲着我吼道："你刚才干什么了？"

我听他这么一说，就知道对方并没有吃过芥末。

当时，国民生产总值不高，大家都不富裕，警察工资也不高，没吃过芥末也很正常。

正是这样的背景下，那家伙才能够满口胡诌，甚至都没有人反驳。

想到这里，我平摊双手一脸无辜地说道："没有啊，就是让他吃了日本人的高级食品，别的也没做什么。"

跟我说话的是一个老警察，旁边稍微年轻的那个应该是知道芥末的，在他耳边说了两句。

老警察这才明白过来，他没有为难我，而是指着我说道："这件事情的是非对错肯定是有结论的，你们也要相信人民警察为人民，肯定会为大家做主的。但也希望你们不要激动，如果做出什么过激的事情来，我们会很为难的，知道吗？"

我替萌萌出了气，胸口的一团火焰也消解许多，看到那家伙在地上翻滚着开始呕吐，没办法再聒噪下去，心满意足地朝他点头，说："行，听您的。"

见我这个刺头服了软，对方很满意。

我回到了刘娜这边，对她说道："别哭，孩子看着呢，你若不坚强，她还能靠谁？”

　　她看到地上乱滚的亲子园领导和旁边那些慌乱的亲子园工作人员，脸上露出了不好意思的笑容，对我说道："嗯，我知道了。"

　　我蹲下身子，没有理会那个老太太的唠叨，用衣袖把萌萌脸上的芥末酱擦干净。

　　我对满眼恐惧的萌萌说道："萌萌，相信大漠叔叔吗？"

　　萌萌来过餐馆几次，与我特别投缘，此刻见我惩戒坏人，心中有了安全感。她很认真地点头，说："嗯，嗯，相信，叔叔。"

　　我摸了摸她的头，说："好，叔叔一定会让那些坏人都得到惩罚的，好吗？"

　　萌萌可怜兮兮的脸上终于露出了笑容，点了点头。

　　我安抚好萌萌，站起身来碰到刘娜的目光，两人的四目相对，刘娜有点儿害羞，不敢看我，不过还是很认真地说道："谢谢你，侯漠。"

　　我微微一笑，说："没事，别担心，一切有我呢。"

　　越来越多的家长赶到这里，气氛变得越发激烈。

　　亲子园的人把刚才那个满口说瞎话的中年人拖下去之后，就一直没有人站出来答复，对方冷漠的态度让本来就心怀不满的家长们越发气愤，冲突开始升级。

　　好在警方介入，将双方隔离。一边求助当地的居委会，一边又找到了亲子园的上级单位。

　　随着事态的发展，众人才知道，虽说亲子园是打着大型私企的旗号，但它并非亲子园的直属单位，只是把这个业务拿给这帮人承包而已。承包方是挂靠在当地妇联的一个私营企业，企业法人听到出事之后直接躲了起来，根本不露面。

　　现在园方的最高领导是这儿的副园长，但那个小姑娘是企业法人的小姨子，属于只拿工资不干事儿的人，根本做不了主。此刻她被堵在门口，自己都哭哭啼啼，哪里能扛事？

　　家长们完全没有想到事情居然还有这么多的曲曲折折，承包方躲起来之后，根本找不到相关的负责人，家长们顿时就炸了。他们每天辛辛苦苦上班，没办法带孩子，只好将孩子交给企业办的亲子园，却没想到是这么一个情况。

我全程陪着刘娜和萌萌，此时我已将整个事情的脉络都弄清楚了，也知道了那几个作恶的老师到底是谁，叫什么，长什么样。只因顾及家长的情绪，这些人被警方隔离看管了起来，并没有让他们露面。

紧接着又有消息传出来，这个亲子园还没有取得相关的经营手续，是无证经营。

事情越闹越大，为了防止发生群体事件，警方催促这家大型私企的相关领导出面，找到相关的负责人。另外还给予了家长们郑重承诺，让大家冷静一点儿，他们一定会把这件事情彻查到底。每一个有责任的人都会受到处罚，该处理的处理，该坐牢的坐牢，绝对不会姑息任何人。

孩子们经过这么一下午的闹腾，都有些扛不住了，听到如此严肃的保证，家长们都陆陆续续地撤离。我和刘娜带着萌萌和邻居家的老奶奶及孙子离开。

出门的时候，我感觉有些不太对劲，下意识地朝着巷子那边望去，看到了一个让我有些意外的人。不过当时已经是傍晚，天色也有些黑，我看得不是很清楚。

一眨眼，那人又不见了。

亲子园距离刘娜她们的小区并不算远，我不想多生事端，将刘娜和萌萌送回了家。

这是一处刚刚落成不到两年的高档小区，六楼大三间，简洁中带着精致装饰的装修风格，让人觉得很舒适。我将两人送到家之后，陪她们聊了一会儿。见这母女俩都饿了，就用冰箱里面的食材做了三碗西红柿鸡蛋面和一碗小炒肉丝。

我没有加噬心蜂的蜂蜜，这只是很寻常的家常饭，但她们都吃得很开心。

临走的时候，萌萌拉着我不肯让我走，还说让我跟她一起睡。

我苦笑，说："那你妈妈呢？"

小女孩儿天真地说道："妈妈？也一起睡啊，萌萌家的床，很大……"

一句童言无忌的话，说得我和刘娜都脸红了。

　　回到饭馆已经很晚了，因为我的离开使得餐馆的生意没有之前那么好，不过老图他们知道了这件事情后，也没有抱怨什么。

　　第二天，我很早就起来，把酱猪蹄儿和酱牛肉做好后，就陪刘娜一起去亲子园等待处理结果。

　　然而一直等到了中午十二点，我们才得到一个说法。

　　一切事情都是亲子园临时招聘的保洁阿姨的私人行为，目前这两人已经被刑拘起来了，亲子园停业整顿，并积极配合调查。

　　除此之外，再无其他。

第四十一章

招兵买马

如果是在对事情的来龙去脉完全没有了解的情况下，我们或许会认可这样的说法。但经过昨天的一番折腾，我们知道这并不只是一场简单的凌虐事件，也不是一两个人的行为，不但是那个长着一口龅牙的保洁阿姨，就连亲子园聘请的幼教老师也都有参与。

而且整个过程中，几乎没有人站出来制止这样的行为。那些本该保护孩童的亲子园工作人员，他们的看客行为也是应该受到谴责的。但如今，除了这样一份告示之外，园方居然没有一个人站出来给受害的学生和家长道歉。

这样的行为，着实让人诧异。

此时此刻，亲子园的铁门紧闭，除了这么一份告示之外，什么也没有。这样的冷漠行为，让人心凉。

一同前来的学生家长看到告示顿时就炸了，有的踢门，有的大闹。刘娜气不过，也想要做点儿什么，被我拦住了。

我拉着她说："我们先走。"

刘娜不愿意："凭什么这么便宜他们？这简直太过分了，昨天明明承诺得好好的，今天一转眼又变成这个样子，这怎么行呢，还有没有讲理的地方？"

我指了指旁边的萌萌："孩子在呢，你的情绪稍微控制一点儿。"

刘娜的情绪从激愤之中回过神来。她抱住孩子，还是有点儿不甘心，说："不管怎么样，说到就得做到，这不是最基本的吗？"

我将她拉到了一边，说："你还记得昨天公司过来做的解释吗？为什么这个亲子园不自己搞，而是给别人外包呢？你想一想，能够硬生生挤走别人拿下承包权的人，难道就没有一点儿背景？这后面有很多细节的博弈，不是一时半会儿能够分明出来的，也不是闹一闹就好的。咱们先回去，当务之急是想办法让萌萌安顿下来，别让她天天跟着咱们跑。"

刘娜说："先前杏儿跟我说过，她有个堂妹想来燕京，她说她妹子人不错，下面有五个弟弟妹妹都是她帮着父母带大的。我相信杏儿，已经让她把她堂妹叫过来了，这几天就会到……"

她这边说着话，手机就响了。

那个时候，如果不是跑业务的，能用得起手机的人都是真大款，以前生活优裕的刘娜自然也是如此。

她接了电话，说了几句之后挂掉，对我说道："真是说曹操曹操到，杏儿她堂妹到了，在火车站呢。另外老图还说，前天招的人也到了店里。"

招人这事儿是生意火爆之后开始说起的，老图认识几人，熟门熟路，有两个还是厨子出身。这些人如果能加入合城居，应该能大大缓解此刻的忙碌状态。

老板娘刘娜考虑了一下，决定带着萌萌先回合城居。至于这边的事情，来日方长，总会有说法的。

我们来到合城居，门口挂牌不营业，我们掀开帘子走进去，餐厅里坐着四个人，两个三十来岁的汉子和两个十七八岁的小伙儿。

他们无论是相貌，还是衣着打扮，看上去都挺老实本分的。

小六正在招呼他们，看我们走进来，对他们说道："这是我们合城居的老板娜姐，这是漠哥。"

四个人慌忙站起来，朝我们躬身行礼，喊道："娜姐好，漠哥好。"

老板娘虽然没有王颖那般张扬大气，但待人接物也是落落大方，十分得体。她先请几人坐下，然后问小六："其他人呢？"

小六说："老图在厨房忙着准备，杏儿去火车站接人了。"

刘娜点头，然后看了我一眼。

我说："要不然我去替老图，让他出来给你介绍？"

刘娜想了一下，说："要不厨房先停一下，老图介绍的同时你也帮我做个参考。"

我挠了挠头："我这眼神不太好，哪里能参考？"

刘娜白了我一眼："愿不愿意？"

她是桃花眼，眼眸黝黑透亮，看得我心中一荡，不由自主地就点了头，说："好。"

我去厨房叫老图，帮着他将里面的事情简单处理之后，也跟着出来。

刘娜将萌萌交给小六，然后坐到靠里的餐厅桌子边，由老图来给我们做介绍。

这四人里的两个中年人，一个是老图的连襟，叫马云腾。另一个比他稍微小两岁的叫金沐凡，是老马的朋友，两人以前在同一家店工作。两个小年轻，长得帅一点儿的那个叫王月月，是老图的邻居，最后一个叫钟仁海。

面试花了一个多小时，刘娜没有当场决定，而是让他们先走，然后与我商量。

我询问了她的意见之后，给出了自己的判断。

从每个人的个性来看，王月月这个孩子年纪虽然不大，但最是沉稳，而且机灵，培养得好，主管一个店完全没有问题。钟仁海一般，但可以胜任帮厨和跑堂工作。至于马云腾，这人是真不错，跟老图的个性有点像，又比老图活泛一些，对于新事物的接受更强。

唯有那个老金，虽然厨艺没有问题，但性格有点儿独，也听不进别人的建议，我不太建议他加入合城居，多多少少会影响这儿的气氛。

刘娜对我的话十分认可，这基本符合了她的判断。现如今看，一个团队的稳定是大于一切的。

所以在考虑良久之后，她最终听取了我的意见，并且将结果反馈给了老图，让除了老金之外的三人先去体检，她这边会帮忙办理相关证件，然后安排上班。

薪资待遇方面她自有说法，我并不过问。

弄完这些之后，饭馆开张，客人依旧络绎不绝。中午，杏儿的堂妹到了，是个长得清清秀秀的妹子，跟萌萌还算投缘，至少经历过亲子园阴影的她并不排斥这位姐姐。

一切都朝着好的方向发展，但我仍旧感到刘娜的眉头上隐约有一缕愁云。

其实，我的心里也有一些担忧。

到了晚上歇业打烊时，我把刘娜单独拉到一边，跟她说起了为什么我做出来的菜式这么好吃的原因，并且将背包里剩下的那一罐噬心蜂蜂蜜交给了她。

其实这东西对于食物是一种口感上的升华，用量也不需要太多。这么一罐，对于现在的合城居来说，能用上三个月。至于三个月之后，我可以让人从莽山寄过来。

刘娜听我说完这些，并无高兴，眼神里反而有一些慌乱。

她小心翼翼地问道："你，是要走了吗？"

这句话她说得无比委屈，让人心生涟漪。

我笑着说道："怎么可能，我工资都还没领呢，霸王餐的饭钱也没有还，怎么可能走？"

"可是你的这一罐蜂蜜，还有你这些天来的表现，价值都已经远远超出那一顿饭了。"

"一码是一码，跟你说这些，是因为这两天我可能要请个假。"

刘娜说："你要干什么去？"

我深吸了一口气，说道："昨天亲子园闹腾的时候，我在街角看见了你那小姑子。她看到我很惊慌，像是做了什么错事一样，慌慌张张地跑开了。我就在想，萌萌这儿出事，会不会跟他们老李家有关？"

"啊？"刘娜当时就愣住了，犹豫了一下，"不可能吧？他们哪有这种影响力？"

"不怕贼偷，就怕贼惦记。总之一句话，萌萌这几日受到的折磨和虐待肯定不会就这么完了的，不管是不是李家人在背后捣鬼，我都要给这些可怜的孩子们讨回一个公道。"

看到我这么表态，刘娜既高兴又担忧，说："你不会想干什么违法的事情吧？要不然我去找找颖子？"

我说："不用，我只是想私底下调查一下。"

刘娜还是很担忧，她告诉我："事情都已经过去了，现在有了保姆，我也不会再将萌萌送出去了，你千万不要出事。"

两人简单聊过，我又将酱猪蹄儿、酱牛肉和羊肉炒饭的配方，以及操作过程，一一写在了本子上，交给刘娜，让她保管。

然后，我又去找了老图，跟他交代了一番。

他对我把羊肉炒饭的做法教给他这事儿显得很激动。

老图感激地说道："小侯啊，不，漠哥，我就知道你是心胸开阔的人，你以后肯定前途无量……"

旁边的小六冲着我挤眉弄眼："可不，说不定以后漠哥就是我们老板呢。"

我踢了小六一脚，然后开始认真教起了老图。

羊肉炒饭，这些天我不知道当着老图做过多少次，步骤他都已经烂熟于心了，但一直做不出我的味道来，最主要的就是那一滴噬心蜂蜂蜜。

现如今我将谜底揭开，他顿时豁然开朗，连续试了几次，味道基本上与我做的相差无几了。

午餐晚餐，一天忙碌。打烊之后，我和小六把门关上。我去狭窄的洗手间冲了一个冷水澡，换上黑色运动服，又揣上刘娜临走前给我的活动经费，然后对小六说道："你在这儿照应着，我出去一趟。"

出了合城居我就往东走，朝着那边的老城区走去。

老李家的地址，我之前是打听过的，再加上我在燕京也待了有一段日子，找过去并不麻烦。

燕京的初春，夜里多少还有一点儿冷，不过还没有十几二十年后的雾霾天气。

我不急不缓地走着，心里寻摸着一会儿到那之后的事情。

大约走了二十多分钟，我赶到了老李家所住的地方，这是一大片的胡同，还没拆迁。

我往胡同深处走去，里面地形复杂。老半天我才找到了老李家所住的大杂院儿，这大院子并非只有老李一家，是七八家人一同住着。

我推门进去，在昏暗的院子里左右打量着找李家人具体的房间。

很快，我就找到了。倒不是我记得门牌号，而是听见了房间里面的争吵声。李家人都十分奇葩，我印象深刻。我小心翼翼地走过去，然后趴在墙角处，听到房间里面传来嘈杂的吵闹声。

当我集中精力仔细听时，就听到刘娜的小姑子说道："哥，都是你出的馊主意，说什么让萌萌出点儿事，刘娜放心不下女儿自己带，饭馆忙不过来就不得不求咱们了。结果呢，你看看，现在出事儿了吧？"

我一惊，这事儿老李家还真掺和了！而且还这么巧。

我几乎是下意识地左右张望，确定没有人发现我之后继续听，只听那小叔子说道："什么馊主意？明明是你那新交的男朋友不靠谱，就让他整萌萌一个，结果所有小朋友都被整了，关我什么事？哼，再说了，之前你可不是这么说的，看着合城居现在门庭若市，比大哥在的时候还热闹，你还不是急得跟热锅上的蚂蚁一样？"

小姑子说道："哼，你以为是那个小贱人的本事吗？我都听说了，就是那天把你扔出去的小白脸，听说那家伙是个大厨师，做的酱猪蹄儿很好吃，都上过报纸了。"

小叔子无比嫉恨："什么玩意儿，刘娜那贱人肯定是跟人家上床了，要不人家会这么死命帮她？"

"够了！"

一家之主老李头儿终于发话了："你们够了，一口一个小贱人的，她毕竟还是你们的大嫂。"

小叔子的老婆在旁边讥讽："得了吧！爹，最想拿回合城居的，不是您老人家吗？"

老李头儿的脸上有点儿挂不住："我那不是为了发扬老大留下来的招牌

吗？不然你们还真的以为我是贪图那点儿钱啊，唉，你们这帮不省心的小祖宗……"

这时院门突然被推开了，有人往院子里喊道："李茹，李茹你电话。"

我因为躲在阴影角落处，没有被人发现，但还是被吓了一大跳。

我赶忙往狭缝处缩去，刘娜的小姑子匆匆出来去外面接电话，过了一会儿她匆匆跑回来，跟老李头儿说道："爸，我得出去一趟，尚良找我呢，估计是这次的事情，你们啊，把他给坑惨了。"

她边说话边披着大衣往外走，那小叔子李军愤愤不平地说："别说我们，你也在里面。"

看到李茹往外走，我也跟着出了门，不远不近地跟着。走了十来分钟，前面出来一个男人，两人相见抱在一起，随后开始兜兜转转，往那小巷子里钻去。

我看到这架势有点儿蒙，不知道这两个小年轻到底准备干什么。

两人一顿钻巷子，终于到了一个死胡同停下，我跟在后面，也停住。

里面黑乎乎的，什么也看不到，只听到窸窸窣窣的声音，突然李茹一声惊叫："良哥，你干什么？"

那年轻人急乎乎地说道："来啊，快。"

李茹娇嗔一声："你怎么这么猴急啊？"

那个叫尚良的年轻人说："我能不猴急吗？憋好几天了，来，赶紧给我。"

李茹好像是推了他一把，说："哎呀，你想要，也别在这里啊，人来人往的被人撞到了，多难堪啊！你真想要，咱们找个酒店或者旅馆，我陪你慢慢来，行不？"

她仿佛在哀求对方，但尚良却急不可耐："酒店也去，这里也来，回头我去家里一趟，再去找你。"

李茹不愿意，说："哎呀，有人。"

我下意识地用后背贴紧墙壁，尚良停顿了一下，有点儿恼怒了，说："李茹，你别在这儿跟我装，你知道这次我为你惹了多大的祸事不？说不准我老爸要打死我的……"

他很是恼怒，李茹则软了下来，柔声说道："哎呀，良哥，你别生气嘛，我给你来，你别生气成吗？唔，唔……这里不行，你没洗澡……"

这对狗男女在昏暗的死胡同里寻找刺激，接下来的事儿实在是污浊不堪，无法描述。

我躲在附近听得面红耳赤。

一阵激烈地喘息之后，他对李茹说道："这是酒店的房卡，618 房间，你先过去，我得回家应付一下我老子才行。"

激情过后，李茹的声音显得格外柔媚，娇滴滴地说道："好的，我等你，良哥你快点儿啊。"

两人事成之后分道扬镳，我犹豫了一下，决定跟着这尚良。因为我需要搞清楚，这个尚良到底是什么人，为什么他能影响亲子园的人。

我又跟踪了二十多分钟，来到了一处独门独院的大宅子前，等他进去之后，我想要翻墙，却莫名感觉到一阵心悸。我犹豫了一下，没有跟进去，而是在附近转悠了一圈，在小卖部装作买烟的样子，跟人打听了一下。

小卖部老板瞧了我一眼，说："那是尚大海尚爷的宅子，你不知道？"

听到这名字，我浑身一僵。那个承包下亲子园的老板，就叫尚大海。

我总算是将事情的前因后果都弄清楚了。

原来，这里面还有如此深层的关系。居然真的是老李家在捣鬼，只不过他们是想让萌萌出事儿，让老板娘不得不将心思放到萌萌的身上，这样就无法经营合城居，如此一来他们就有机会把财产夺回来了。

只是在沟通和执行中出了一些差错，使事情最终演变成了当前的情况。

我心中感到有点儿悲凉，身子有点儿发冷。

世间怎么会有如此薄凉、冷漠的人，为了自己一丁点儿的利益，竟然能将暴戾加诸于懵懂无辜的孩子身上。

不但如此，在出了这么大的事情之后，他们居然还能逍遥法外，不但没有任何的愧疚和不安，还在这肮脏潮湿的小巷子里行那等苟且之事。

这是人吗？

不，是畜生，实打实的畜生。

我感觉自己的脑子"嗡"地一下就炸了，过了好一会儿才发现那店老板一脸诧异地看着我喊道："嘿，哥们儿，你要什么烟？"

我目光游离，开口说道："大前门吧。"我又问老板，"有汽水吗？冰的。"

老板给我拿了一瓶，我接过来打开盖子，一口气将那冰得让人心发凉的液体全都灌进了肚子里，然后放下瓶子离开。一肚子的冰汽水在腹中晃荡，但是这种凉意远没有我此刻的心凉。

我缓步走着，脑子里飞速思索，目前我到底能做些什么。

仔细思索了良久，我做出一个决定。

不管如何，这个世界终究是需要道义和公正的。如果生存在"坏人不会受到惩罚"的世界，我想我连呼吸都会变得十分困难。

当天夜里，我在那家几进几出的大宅子门外蹲了许久。一直蹲到我双脚发麻的时候，看到有一个人从侧门那儿悄不作声地走了出来。

我眯着眼打量，发现那人正是尚良。

他跟李茹约好了在酒店共度春宵，先前看着这家伙的模样，我就猜到今天晚上他肯定会出来。只要他出来，我就能用自己的方式，来完成我自己心里的公正。

尚良悄悄地出门后，朝着外面的大街走去。

我紧跟在他身后的不远处，与他保持一个适当的距离，以至于不被他发现。然而我没有想到这家伙居然有车。

眼看着他就要钻进停在路边的一辆黑色小轿车里去，我没有再犹豫，一个箭步冲了过去，手穿过车窗，将准备发动汽车离开的尚良的脖子给揪住了。

他刚想要抬头看我，我另一只手就朝着他的眼眶猛然打去。

这一下我没留手，因为我心里藏着太多的个人情绪。所以只是一拳，就把他打得快要晕过去了。随后，我将他拖出来，塞进第二排车厢里，我也坐了进去。

我按住他的头，不让他看我，然后说道："尚良，知道我为什么打你吗？"

骤然遭受袭击，而且还是被下重手，满心想要前去共度春宵的尚良完全蒙了，他被我按在座椅上，痛苦地挣扎了两下，发现完全无济于事，于是哭着说道："哥，大哥……哦，不，爷，您有事儿说事儿，别这样没头没脑的。"

我说："你做的恶事太多，想不起来了？"

说完我又给他的肚子来了一记窝心捶，他嗷嗷直叫，还是没想起来。

我不确定这家伙到底是不是脑子短路了，不得不提示道："你老子名下的那个亲子园出现的虐童事件，是不是你指使的？"

听到我的话，尚良浑身一震，随后大叫冤枉："爷，爷，这跟我没关系啊，我老子是我老子，我是我……"

我见他到了这个时候还拼死抵赖，就知道不动真格的是不行了。

我伸出右手，掐住他的脖子，一点一点地收紧，说道："我给你两个选择，第一，你老老实实地坦白交代，然后让警察去招呼你；第二，我现在就掐死你，回头再去找那姓李的一家人麻烦。你自己选一项，给你十秒考虑时间，十、九、八、七……"

我的语气冷漠，一点一点地数着数。

每一个数字都敲打着尚良脆弱的心灵，当我数到"三"的时候，他终于扛不住了。

他大声叫道："爷，爷，我说，我都说，都是李茹指使我的。具体办事的人是老汤和他手下的那几个娘儿们。我只是帮忙传了个话。别杀我，别杀我啊，呜呜……"

如何击破尚良的心防，我在蹲守的时候就想好了。我需要让这家伙感受到自己的生命是真的受到了威胁，而不是虚张声势。所以我将妖气逼出，让他感受到了浓烈的杀气和杀意。

从心理上，我又点出了"姓李的一家"这个关键词，就是想让尚良明白一件事情，我是有备而来的，整件事情，从头到尾我都了如指掌。

果然，如此软硬兼施，内外逼迫，使得这个叫尚良的家伙一下子就软了，不敢硬撑。

在他崩溃之后，我将早就准备好的纸笔拿出来，让他将整个事情的起因和过程都写下来，包括参与此事的都有什么人，具体是怎么交接的，都一一交代。

我告诉他，整件事情我都清楚，所以如果哪里出了岔子的话，我一眼就能看出来，不会给他第二次机会。

尚良听了，唯唯诺诺，不敢抵抗，低头去写。

我摸到后车厢有一个棉绒帽，能将脸遮起来的那种，就顺手拿了过来，将自己的脸给挡上。

尚良磕磕绊绊写了二十多分钟，我审核之后，摸出了一把小刀，割破了这家伙的右手大拇指，让他在自白书上按下手印，这才算完。

弄完这些，尚良小心翼翼地问道："爷，行了吧？"

我冷笑一声："你觉得呢？"

当下我让这家伙坐到前面的驾驶坐上，我自己坐在了副驾驶上，然后让尚良开车，载着我前往他跟李茹约定的酒店。

我手上只有尚良的自白书，证据链不扎实，还需要李家人的证据。这帮作恶的狗东西，一个都不能跑。跑了一个，我的念头就会不通达，呼吸也不顺畅。

接下来的事情就简单了许多，在尚良的带领下，我们先去了酒店，把李茹教训了一顿，逼她写下了一式两份的自白书。按下血手印之后，我们又驱车回到了李家的大宅院儿，将那一大家子人都叫醒了挨个儿写。

他们做的事情实在令人发指，我越看越生气。

我全程都蒙着脸，故意将声音压得十分沙哑，让他们不知道我是何方神圣。其间也有人试图反抗，对于这样的突发事件，我表现得十分果断，上去就是一顿暴打，打到对方没有反抗的心思为止。

并不是我行事暴戾，而是因为这帮家伙根本不是人。

弄完这些，已经凌晨四点多了，我去李家的厨房找来一大罐子的醋，让这帮人各自匀了一碗，然后看着他们咕嘟嘟地全部喝下去，这才消解了心头恶气离开。

回到合城居，我小睡了一会儿。第二天中午，王颖来到饭馆，我把她拉进房间，跟她谈了一会儿。

我没有讲自己昨天的事情，只是对她说，我这里有一份材料，交给别人不放心，问她能不能给她二哥，然后通过他交到相关部门？

王颖用满是异彩的眼神看着我，点了点头说可以。

事情由王颖出马之后就变得好推动了许多，在那份材料递上去的第二天，我们就收到消息，始作俑者的李家人，李军和李茹都进了局子。除此之外，虐童案件的相关人等也都受到了相关处置。

因为司法程序的缘故，并没有立刻就有结果，但一样是大快人心。唯一让人有些遗憾的是那个叫尚良的家伙，居然提早一步离开，并没有将他给逮住。

不过即便如此，学生家长们还是长出了一口恶气。

关于此事，虽然我不让王颖将事情跟任何人说，但老板娘刘娜对我还是另眼相待，而在王颖与刘娜一番长谈之后，她对我更是热情。如同小太阳一般，差点儿就要将我融化了。

李家两人被抓起来的第三天，傍晚时我提前请了假，去了一趟附近的市场。

我想找寻一种能够临时替代噬心蜂蜂蜜的食材，结果逛了许久都没找到。准备回去的时候，听到有人叫了我一声。

我回过头，没有任何防备的，一根铁棍子就朝着我的脑门儿直接砸了过来，当时我的脑子就嗡地一下，感觉整个世界都黑了下去。

砰！

在燕京待了大半个月，平淡而充实的日子让我的反应力都变得迟钝了，感觉自己已经完全融入了平凡的生活。

然而这突如其来的恶狠狠的一棍子，又将我砸回了腥风血雨的江湖里。

我眼前一黑，感觉整个世界都在摇晃，一高一低的，紧接着有温热的鲜血从我的额头上流了下来，遮住了我的眼睛。

这时，我才感到了额头上的剧痛。前后左右，不知道从哪儿伸出来好几只手，七手八脚将我飞快地拖到旁边一小巷子里。等我回过神来的时候，那拳脚已经如同雨点般不要命地落下来。每一拳每一脚都避开了致命处，但都是扎扎实实的。

我听到有人在不远处喊道："往死里打，留一口气儿就成，小良说这家伙是个夜行者，身体结实着呢……"

小良？良？

这声音在我脑海里回荡了好一会儿，我才明白过来，那个被我教训得跟死狗一样的尚良，居然有这样的背景和势力。

他也知道夜行者？

瞬间想明白过来的我，从遭受巨创的昏迷中挣扎过来，猛然睁开了眼睛，看见昏暗的巷子里有七八个彪形大汉。

他们有的空着手，有的提着铁棍砍刀，正朝我疯狂而来。

地头蛇啊！

一拳打在了我的右脸颊上，我使劲儿甩了一下脑袋，手往腰间摸去。下一秒，我抓着瞬间变硬的软金索长棍，扫向了周围。

坚硬的棍子与钢管、砍刀和人的身体扎扎实实地碰触，巨大的力量将这些家伙都给扫到了一边儿去。紧接着我扬起手中长棍，朝着跟前一个手拿钢管，叫得最凶悍的汉子一棒挥去。

"哐当"一声响，那人手中的钢管被我挑飞，长棍重重地砸落在他的腰间。他"哎哟"一声喊，两百来斤的身体直接腾空而起，重重地砸在了旁边的墙壁上。

一击得手，我深吸一口气，让自己的神志清醒一些。

随后我猛然后退，挥舞长棍，朝着周围用力劈去，三两下就将围在我身边这一大帮子人都给逼退了回去。

我这一发力，旁边的人都感受到了压力，有人喊道："他有武器。"

"对，这棍子到底是哪里来的？"

"腰带，是裤腰带。"

"狗屁，谁的裤腰带砸人这么疼？哎哟……"

周围一片慌乱，都被我的凶悍给吓到了，纷纷朝着后面退去。就在这个时候，有一个人不退反进，陡然冲来，抬手就朝我拍出一掌。

轰……这一下，仿佛天地轰塌一般，无边妖风，呼呼吹来。

行家一出手，就知有没有。

如果说刚才的那几个不过是学过拳脚的练家子或者癫汉，那么此刻出来的这个男人，就是真正用来镇场子的高手。

对方既然知道我是夜行者，那么必然是有所提防的。

我感觉对方过于强势，不敢轻举妄动，唯有先后撤，然后用软金索长棍去招架，却没想到对方的掌劈到棍子上时，一股汹涌奔腾的力量骤然传来。

与此同时，还有一种过电的酸麻，让人浑身一颤。

高手！我深吸了一口凉气，感觉情况有些不对劲，下一秒，又有一个黑塔般的壮汉从另外一边朝我轰隆隆地冲来。这个家伙如同一台人形坦克，仿佛能碾压一切。

我有与人决死的勇气，也有审时度势的眼光。

在那一瞬间，我感到自己陷入了重重埋伏中，只要我在此逗留下来，就会被这两人缠住，一直到将我拿下。

在棍子回荡过来的一瞬间，我没有任何犹豫，直接一个矮身朝旁边蹿去。

所有人都没有想到，我会在被砸得将近昏迷的状况下暴起，还能一下子就弄伤好几人。更让他们没有想到的是，我在气势如虹的情况下与人交手半个回合之后，能没有任何征兆地抽身撤离。

在这儿设圈套围堵我的人里，好手不少，但真正能够掌控场面让我感到害怕的人，却只有两个。一人在与我交手，一人在堵我后路。

至于其他人，都因为我的凶悍散开了，无形之中就让出了一些空隙。

这条巷子靠近市场，地形复杂，并非是一条路通到黑。所以当我抓到了空隙后，迅速突破了包围圈。

斜巷里有一个狭长的小巷子，我一棒子撂翻一个壮汉，然后夺路而逃。那个与我交手的高手快步走来，猛然一个飞扑，大声喝道："站住，受死……"

我怎会站住？

当下我也是一棒子挥去拦住那人，之后头也不回地开始跑。

一群人你追我逃，冲出了那个巷子时，那个铁掌高手与那坦克一般的铁塔壮汉居然还紧紧地跟在我的身后，前后相距不过半米多。

这是一个伸手就能触摸的距离，也是死神的分割线。我但凡稍微慢一点儿，就会被对方抓住，然后就是一顿爆锤。那个时候我的下场如何，用屁股都能想得到。

出了巷道，我就一直往北跑，穿过大街小巷，在人群之中快速躲闪着。

而那帮人对我也十分执着，顾不得周边一脸诧异的群众，紧紧地在我身后跟着，不死不休的样子。

一开始的时候，我肾上腺素分泌，全身发热，完全没有任何的感触。随着时间延续，我感觉到头开始越来越晕了，眼前的景色也变得晃荡起来，周围人看我的眼神和面容，也变得扭曲古怪。

整个世界都在晃荡扭曲，我的双眼被鲜血遮住了。

我在人群拥挤的大街上狂奔着，手中的软金索长棍变得碍事，我把它变软死死扎在了腰间，然后提出一口气来，让自己稍微清醒一些。

但越是如此，我的眼皮越发沉重。

刚才的那一棍子实在是太狠了，又经过我这一番激烈奔走，伤势就越发严重，它让我的身体越来越沉重，四肢僵硬，呼吸迟缓。

更严重的是，那一棒子仿佛将我的视网膜都打得不对劲儿了。不管我怎么抹去眼帘上的鲜血，眼前仍然模糊一片。

世界在我的眼里变得混沌黑暗，而我身后的追兵却并没有停歇。那种浓郁的煞气一直跟在我的身后，仿佛一旦我停下来，就会落在他们手上。

终于，当我感觉自己快要不行的时候，前方突然出现了一堵墙。这时我感到身后的脚步声变得有一些犹豫了。我察觉到眼前仿佛有一道光，生机浮现。

没有任何犹豫，我直接一个脚步向那墙冲了过去，紧接着我的足尖在墙面上一阵蹬，纵身而上，双手也终于摸到了墙头。

摸到墙头的那一瞬间，我感觉到自己的手掌被尖锐的利器扎到了。十指连心，手掌的疼痛感瞬间传入身体里，正是这样的刺激，让我心中又生出了一股狠劲儿，一口气提到嗓子眼儿，猛然翻身，落到了墙里面的草地上。

我循着模糊的视线，朝着里面跑去。感觉身后的追兵，居然奇迹般地停了下来。我回头朝院墙望去，没有看见有人翻墙而来，这样的情况让我心中诧异，觉得不可思议。

不过这个时候的我已经想不了太多了，只能踉踉跄跄地朝前走。

走了一段路我才发现，这儿居然是一个学校，而且还是一所大学。长长的石板路上，满是青春朝气的大学生来来往往，不远处的湖边草地处有人在高声背诵着英文，或者某些拗口的文章。远处的小林子里，还有牵手的年轻情侣，他们的脸上都洋溢着幸福的笑容。

一切都是那么的朝气蓬勃，但也越发衬托出我此刻的狼狈。我满头的鲜血着实是有些扎眼，陆陆续续有很多人朝我投来惊诧的目光。

我虽然不明白那帮人为什么不继续追来，但知道一件事情，那就是我现在很醒目，只要那帮人进来一问，我就会暴露，无路可退。

所以我绕开大路，朝着林子里走，把上身的衣服撕下来一块，将脑袋上流血的伤口包裹住。

我跌跌撞撞来到了一处看着像是图书馆的地方，然后从一个办公室的窗户翻了进去，又是一阵摸索，来到了一处小厅里。

这儿并不是大图书馆，虽然堆着许多书架和满满的藏书，但好像没什么人的样子。

直到这个时候，在这安静的图书小厅里，我坐在黑暗的角落中才松了口气。

这时，剧烈的眩晕控制了我大部分的精神意志，我感觉自己仿佛就要死掉一样。

突然我闻到一股熟悉的香味儿，紧接着有一个人出现在了我的跟前，推了我一把，然后很是惊讶地说道："侯漠，你怎么会在这里？"

我迷迷糊糊地抬起头来，看了那人一眼，也是一惊。

"秦梨落？"

此刻我的双眼本来就已经很模糊了，听到这声音，便努力地睁开眼眸。虽然依旧昏暗，但还是能看见秦梨落那张极有辨识度的美丽脸庞。

她就像是一道光，照在了我昏暗的世界里，让我的精神为之一振。

秦梨落走近前来，蹲下身，有些惊讶地说道："真的是你？"

我苦笑，说："一叶浮萍归大海，人生何处不相逢，没想到我们居然会在这地方相见。想一想，真是奇妙啊……"

我与秦梨落，有过敌对，有过博弈，也有过误会。但后来当我听到黄毛尉迟告诉我，她是因为主张将那后土灵珠借给马一岙才被发配去了东南亚时，我便感觉我与她之间所有的恩怨情仇，都一笔勾销了。

直到此刻，我再一次看见秦梨落，竟然有一种恍如隔世的感觉。

秦梨落见我如同傻子一样地笑，皱起了眉头："你怎么会在这里，还搞成了这个样子？"

我见到秦梨落后，原本绷得紧紧的神经莫名放松了许多，看见她皱眉，也越发开心，说不出是为什么。

秦梨落伸手摸向了我捆在脑袋上的布条，说："我掀开了啊？"

我半靠在墙上，耸了耸肩膀："随意。"

她小心翼翼地松开了我头上包裹的布条，不由得倒吸一口凉气："我的天，这么大的口子，而且还在流血，到底是谁把你敲成这样的？"

我说："这个嘛，说来话长。需要我给你仔细地说道说道吗？"

秦梨落用手拍了一下我的肩膀，说："起来去我宿舍吧，我那里有医药箱，给你包扎一下再说。现在说，估计你还没有说完，人就失血过多而死了。"

她扶着我起来，我却感觉自己全身发软，怎么都站不起来。

秦梨落扶了好一会儿，见我根本没站起来，不由得恼了，凝如牛乳一般的雪白脸庞上浮现出了几分恼怒："你是不是故意的？"

我苦笑："你是这么想我的？"

秦梨落见我是真的不行了，便说道："我用力了，你别乱动啊。"

她手上一用力，我就像是被捏鸡仔一样站起来了，随后她说道："走吧，去我宿舍。"

我说："小心点，我现在被人追杀，别让人看见了。"

秦梨落没好气地说道："你放心，没事儿带一个臭男人回宿舍，这要是被人瞧见了，我跳进黄河都洗不清，我比你还紧张呢。"

我有些担忧："你们宿舍有多少人啊？"

秦梨落伸手把我给背了起来。她个子本来就高，一双大长腿，九头身的比例，背着我并不吃力。随后她一边带着我往窗边走去，一边说道："你放心，我是来这儿交流的学者，有独立的宿舍。除了我，没别人。"

我一听，不由得愣了："这里，燕大？"

秦梨落打开窗户，背着我从外面跳下去，紧接着她避开路灯，一路在黑暗中快速奔跑着，如同羚羊一般轻快。

她一边儿跑一边说道："你跑到这儿来，还不知道这是哪里？"

我趴在秦梨落的香肩上，闻着她乌黑秀发里发散出来的好闻的洗发水香味儿，呢喃说道："不好意思，我被这当头一棒敲得有点儿晕，真的不知道哪儿是哪儿。"

这图书馆离秦梨落的宿舍并不远，很快就到了。

她住二楼，因为背着我的缘故，她并没有走正门，而是爬墙。

她让我双手紧紧箍住她的脖子，然后双手双脚，如同吸盘一般在外墙面上攀附着。没多一会儿，她人就抵达了窗边，打开之后将我放下，又谨慎地朝外面望了一眼，才关上窗户拉上窗帘。

我落地之后，打量了一眼房间，虽然此刻眼睛昏花，但勉强还能看见是个不错的单人宿舍，有床有书桌，还有独立的洗手间，甚至还有冰箱和电视。这可不是学生宿舍的配置。

我说："你刚才说，你是什么交流学者？是什么东西？"

秦梨落推着我坐在了书桌前的椅子上，打开灯，打量了一下我头上的伤口，忍不住讥讽道："你上过大学吗？"

我有点儿心虚："呃，没有，我中专毕业的。"

秦梨落说："那不就得了。走，去洗手间，我先给你处理伤口，完了再跟你汇报一下工作，可以吧？"

我被她讥讽了一下，特别是提到了我的学历，这让我有些自卑，下意识地闭上了嘴。

接下来，秦梨落帮我把头上的伤口给清理了，然后又从床底下拿出了一个医药箱，问我："你是要缝针呢，还是给你涂点儿金疮药？"

"有什么区别吗？"

"缝针的话，能让你脑袋上的窟窿早点儿愈合，不过事后会留下蜈蚣一样的伤疤。至于金疮药，我的这个还算不错，再加上你夜行者的体质，应该不会留疤。但近几天内，你不能跟人冲突，否则伤口崩开了，你不死也会丢掉半条命。"

我想了想，说："还是敷药吧，好歹别破相。"

"你头上的伤口太大，我需要把你的头发剃了，没问题吧？"

我苦笑，说："行，都听你的。"

秦梨落对于处理伤口很有经验，她找来一个塑料凳子，让我趴在上面，然后给我处理。全程她都很严肃，一直到最后，用那医用纱布将我包裹得严严实实，手也包过之后，才拍了一下我的后背，说："行了，出去吧。"

我来到房间里，看了一下她那小碎花的床铺，很自觉地坐在了椅子上，说道："那个，谢谢啊。"

秦梨落将手洗干净，此刻正在拿毛巾擦手，听到后看了我一眼："别客气，毕竟是熟人，而且我之前还欠你一份情。"

我苦笑："算了，我们之前早就两清了，现在是我欠你的。"

秦梨落没有跟我争，而是问道："后来风雷手遇袭，背后被人敲闷棍，是你们干的？"

我想了一下，没有瞒她，说："是。"

后来我们跟黄泉引那么一闹，事情肯定都传开了，我没有必要瞒着秦梨落。

她忍不住笑道："风雷手一直以这件事情为平生的奇耻大辱，你可小心点儿，别被他看到了，否则他绝对跟你没完。"

我说："你不抓我？"

秦梨落的脸色变得有些冷，盯了我好一会儿，才说道："他是他，我是我，我们不一样。"

我没有继续深究他们港岛霍家的内幕，而是说道："你不是问我怎么到这里来的吗？我跟你讲一讲吧……"

然后我把这些天发生的事情，跟她一一讲了。

秦梨落听完，沉吟了一番，然后说道："你说的那个尚大海，我想我应该认识。"

"啊？"我愣了一下说，"你认识？"

秦梨落点头："对，燕京这地方藏龙卧虎，最出名的有四个比较大的夜行者家族。那个尚大海，他的外号叫作'胖大海'，是西门仇家的门下档头，算得上比较有实权的人物，在这一片的势力也很大，黑白通吃。我前些日子来燕京拜码头，在仇家那里见过他，这个人表面上和和气气，其实睚眦必报，是个很小气的人，你惹上他，会很麻烦的。"

我有些惊讶："他也是夜行者？"

秦梨落说："对呀，你都惹上他了，难道还不清楚？"

我苦笑，说："我真不知道啊，我就碰到过他儿子，那家伙就是一软脚虾，我哪里知道他参会这么厉害？"

"这种事情在夜行者里面很正常，因为他儿子还没有觉醒，根本就是一个普通人。得，你这几天悠着点儿，就在我这里养伤吧，胖大海那个人最是丧心病狂，而且十分护犊子，指不定现在就在外面到处找你呢。"

"外面？他们难道不敢进来吗？"

秦梨落笑了："进来？开玩笑，这是哪里？咱们国家的最高学府之一，藏龙卧虎。到了这里，是龙您得盘着，是虎您得卧着，别说他胖大海，就算是仇家的家主来，也得打个报告，提个申请。"

"这么厉害？"

"当然。"

两人聊着聊着，大概是我失血过多的原因，有些头昏眼花，瞌睡不停。

秦梨落见我这个状态，说："行了，你早点儿上床歇着吧，不要强撑着了。"

我听到她的话，打量了一下房间，宿舍的床是一米二的，一个人没事，两个人……

秦梨落是何等冰雪聪明的人，瞪了我一眼，说："想什么呢？你睡床，我自己打个地铺。"

我说："不好吧，还是我打地铺。"

"倘若平日里，我也不跟你客气，但你现在是一病人，我可不想背上一欺负病号的名声。行了，江湖儿女，别婆婆妈妈的，还是个男人吗？"

我本来不愿意，但是被她这么一激，心一横，便脱鞋上了床。

秦梨落的小床很整洁，有一股淡淡的清香，混合了沐浴液和洗发水的香味，以及一种说不出来的奇异味道。我躺在上面，小心翼翼，动也不敢动。

秦梨落将灯关上，屋子里陷入了一片黑暗。

我闭上眼睛，莫名感到一阵心安，不再多想，呼吸放缓，不知不觉就睡了过去。

不知道是什么时间，我听到窗外有鸟叫的声音，空气里飘着青草香，睁开眼睛却突然发现，我看不到东西了。

我瞎了？

这个想法在我的心头浮现，一下子就将迷迷糊糊的我给吓醒了，当下我使劲儿睁大眼睛，睁到最大的时候终于感受到了光线，以及模模糊糊的景象。

我发现自己还在秦梨落的宿舍里面，但房间里空空荡荡，并没有人。

"秦梨落，秦梨落？"我喊了两声，没有回应，赶忙从床上爬起来，努力地朝着周围看，终于在床头柜那儿发现了一张卡片。

我拿起卡片，放到了眼前才看清楚这是秦梨落的学生牌。

牌子上面素面朝天的秦梨落依然美丽，多出了几分清纯学生的气息，笑容如春天和煦的微风。

而下面，我看见那名字，秦嫒？

什么，她不叫作秦梨落，而是秦嫒？又或者，"秦嫒"这个名字是她的化名？

我脑仁儿还是疼，伤口处隐隐有抽痛的感觉，显然是昨天被敲闷棍的后遗症，但最让我担心的还是我的视力。此刻我看任何东西都感觉黑沉沉的，除非在眼前，否则根本就看不见。

这是那一棍子敲下来的原因吗？我有点儿慌，毕竟视力这东西对任何人来说都是极为重要的。人感知这个世界，第一就是视觉，其次才是听觉、味觉和触觉，如果现在我成了一个瞎子，基本上就废了。更重要的是，如果我变成了一个瞎子，那我接下来的渡劫就成了镜花水月，我岂不是只有死路一条了？

想到这些，我顿时心死如灰，感觉自己的整个人生都无比晦暗。

我摸索着走到了洗手间，瞧了一眼盥洗台前的镜子。镜子里面的我是一个脑袋包成木乃伊、脸色惨白的男人，一双眼睛即便是睁到了最大，也是眯眯眼儿。看着是要多凄惨有多凄惨。

原来我就是这么个模样啊？

想起昨天我拥着散发着秦梨落香味的被子入眠时，心底还暗自有些小得意，觉得是自己的帅气才使秦梨落对我这般好，甚至都将自己最隐私的小窝给让了出来。

现在想来，人家真的只是可怜我而已。要是不认识，就凭我的这个凄惨模样儿，扔在街边估计都没有人管。我既伤心又难过，心情很是低落。

就在这个时候，门开了，有人走了进来。

我的警觉性很高，几乎是下意识地往后躲，随后我就听到秦梨落的声音传来："侯漠？你在洗手间里？"

我这才松了一口气，推门走出来："嗯，刚起来。"

秦梨落手上提着东西，放在了书桌上，然后对我说道："我刚出去了一趟，买了点儿毛巾、牙刷之类的洗漱用品，我还去食堂给你打了早饭，包子豆浆可以吗？"

我点头，说："行，都行。"

秦梨落走到我的跟前，双手扶住我的太阳穴，一对大拇指顶住我的额头，瞧了一会儿，说道："看着还行，你的恢复力比我想象得还要快，这就挺好的。行了，你先吃，还是先洗漱？"

"我先洗一下吧。"

我接过毛巾牙刷，进了洗手间。秦梨落站在洗手间和房间的连接处，对我说道："我昨天说的果然没错，刚才我去学校外小超市的时候，看见了好几个眼熟的人。上次我去仇家拜码头的时候见过。尚大海那家伙果然睚眦必报，估计在学校的各个出口处等着你呢，只要你一出去，他就能知道。"

我小心翼翼地洗了一把脸，开始刷牙，抽空说了一句："是吗？"

"可不，你知道吗，其中一个人还认出了我，跑来跟我打招呼，还给了我一张印刷单，上面印着你的头像，让我帮忙找你呢。我差点儿忍不住笑出来，这帮人还真是会找人……"

她在旁边说着，脸上还有笑容，我牙刷到了一半，鼻子就是一酸。说真的，我也不知道为什么，不但鼻子酸，眼泪都忍不住流了出来。

秦梨落还在旁边说话呢，好一会儿才发现我哭了，有些惊讶。

她说："唉，你怎么了？你到底怎么了？我跟你说，没事儿的，别怕，他们不敢进来。就算是进来，也只能找一些普通人来帮忙找人，不可能进到我这宿舍的。只要你不出去，我可以跟你保证……"

我深吸了一口气，抹去眼泪，将口中的泡沫吐了出来，轻轻说道："秦小姐，我瞎了。"

"什么？"

秦梨落一开始没反应过来。

"什么瞎了？"

"我看不到东西了，早上起来的时候，我睁开眼睛一片晦暗，看东西重影，模模糊糊的，根本看不清楚。一直到现在，你在我眼前都是雾蒙蒙一层，你不说话，我都认不出你来，需要很近……"

秦梨落沉默了一会儿，说道："你这个应该是遭受撞击的后遗症，你也别想太多，到底什么情况，我们去医院看一下，再行确定。"

我苦笑，说："你刚才也说了，外面到处都是胖大海的人，我别说去医院，就算是出个门，估计就得被宰了。昨天晚上的阵势，我基本上感受到他们的态度了，那就是不弄死我誓不罢休。"

"没事，我去外面探探。"

她没有安慰我太多，收拾好东西之后，背了一个包，出门了。

房间里又陷入了一片安静中。

我坐在床上，思索了一会儿，莫名感到秦梨落这个人，如果没有对立冲突的话，给人感觉还是比较暖的。

她并没有说什么好听的话，也没有刻意地照顾我，却在点滴的细节中给予了我温暖，让我感受到了她的细腻。

我下了床，坐在椅子上，看着搪瓷缸里面的豆浆和纸包里的包子。

豆浆加了一点儿糖，还是热的，喝起来有一股浓郁的豆香味儿。包子不算美味，但很瓷实，三两口下肚，那种温暖的饱腹感将我低落的情绪一下子就消解了一大半。

我吃过早餐，将搪瓷缸洗过之后，坐在书桌前。书桌对着窗外，透过窗帘的间隙，我能够感受到照进来的阳光。那种温暖如同一道光，照进了我满是阴霾的心灵。

我的脑海里突然间回响起一个人的声音来。

他告诉我，去北方。然后他指着自己的心脏说，在那里，我一定会有自己的机缘所在。

我回忆了一下自己来燕京后发生的种种事情，这些事都是我随意去做的，无论是选霸王餐的地点，还是后来做的这些事情。但到最后我却发现，兜兜转转，我还是没跳出这个江湖。

我还不是夜行者的时候，完全不知道世界的表面之下还会有这么多复杂的事儿，然而等我介入后才发现自己完全没有办法挣脱。

这会儿，我已经完全想清楚了，不管我做得有多小心翼翼，只要是我做过的事儿，在人家的地盘上只要想查，将前因后果一核对，我就无处遁形。

所以，此刻的我有些担心刘娜和合城居。至于我的眼睛，只能随遇而安吧。

当我真正想开了，才突然发现，我并不是那么在意生死。反而是昨天晚上拥被而眠时的安心更让我怀念。若是没有发生这样的事情，即便我与秦梨落如此贴近，估计终究还是两个世界。

很难想象，我们能在一个狭小的空间里待一个晚上。

秦梨落去了很久，快到中午的时候才回来。而且她不是一个人回来的，还带了一个人。那是一个女孩子，具体的容貌我没办法看清，但是她的性格比较柔弱，身上有股淡淡的橙子香味。

秦梨落给我介绍说这是她的一个朋友，叫全小米，是燕大医学院的研究生，对于眼部学科很有研究。

全小米伸手与我相握，她的小手柔柔的，朝着我微笑，说："你好。"

离得近了，我能感受到她那有些好奇的眼神，以及里面隐约可见的疑惑。

秦梨落在旁边低声说道："那个……我今天去了附近的几家医院，都见了他们的人，那帮家伙像是铺了天罗地网。所以，我只有找朋友过来，先给你检查一下。"

我点头说："好。"

仝小米让我坐下，然后拿出强光手电开始给我检查。她的确十分专业，无论是手法还是提出的问题，都让我感觉很厉害。即便是条件如此简陋，也能够根据情况来快速判定。

等全部检查完之后，仝小米没有立刻对我说什么，而是把秦梨落叫了出去。

两人出去后，我竖起了耳朵，听到走廊上仝小米对秦梨落低声说道："他的视网膜差不多完全脱落了，复杂的机理我不跟你讲，只说一点，他这种情况，基本上再过十几天，就会全瞎掉。"

对于仝小米的判断，秦梨落似乎早有准备，低声说道："就算去医院，也没有办法吗？"

"视网膜脱落有好几种情况，原发性、继发性，以及外力导致。像他这种，按照常理来说是很难变成这样的，毕竟人体的眼球是一个很精密的结构，轻易不会脱离，然而一旦脱离，又不是病理性的话，就算是通过手术也很难恢复。即便有那么一丁点儿的成功率，能恢复多少也很难说。这么说吧，他以后的人生，基本上就是个盲人了。"

"咱们这儿暂时没有办法的话，别的地方呢？日本、法国和美国呢？"

仝小米说："他这种情况还不能完全叫作视网膜脱落……怎么说呢，去那些地方能提高的只是成功率而已。可能从百分之二提到百分之五，但是那又有多大意义呢？"

听到这如此冷静的判断，秦梨落陷入了沉默之中，这时，仝小米又说道："对了媛媛，这人是你男朋友？"

"啊？"

秦梨落似乎在想着什么，听到这话愣了一下："什么意思？"

仝小米低声说道："媛媛，我们认识也有好些天了，我对你也算了解。你是从港岛来的，打小就家境优越，导致你待人接物都过于理想化，人也天真。这是优点，但你得想一下，这人如果以后真的就是个盲人了，你还能照顾他一辈子不成？我觉得吧，不管你有没有跟他发生实质性的关系，都得考虑现实问题了。"

听到这话，秦梨落沉默了几秒钟，居然没有否认，而是对她说道："行，这事儿我知道了。对了，这件事情千万别跟任何人说，知道吗？"

仝小米答应："这是当然，咱们是闺蜜，我怎么会出卖你呢？"

她与秦梨落又聊了两句，然后离开，秦梨落则回来了。

当她推门进来的时候，我赶忙走到了床边，没想到秦梨落进来关上门之后，对我说道："都听到了吧？"

我苦笑，说："你怎么知道？"

"夜行者如果连这点儿听觉都没有，那还怎么混？"

"你的朋友对你是真的好，只可惜她不知道，我们只是萍水相逢而已，并没有她担忧的那些事情。"

"那你现在是怎么想的？"

听到这话，我忍不住苦笑起来。

我能怎么想？

现如今的我，不但寄人篱下，而且出门就会被追杀，现在又面临着失明的残酷现实，如果没有秦梨落收留我，此刻的我只怕早就挂了。

可如果人生能够重头再来一次的话，我觉得我还是会一样去做先前的事情。

我一样会抓住尚良，逼他写出供状，送李家的那些浑蛋去局子里待着。

我一样会去实现自己心中的正义，义无反顾，无怨无悔。

想到这里，我笑了起来，说："失明而已，又不是没命，而且我觉得吧，那小妞儿有点儿夸大其词了。"

秦梨落笑了。

"我果真没有看错你，如果你到了这个时候表现出颓废的样子，我就真的要看不起你了。"

　　秦梨落一脸骄傲地说："夜行者是什么？我们可是上天选定的骄子，你的前辈，曾经的那位灵明石猴，别说失明，就算是脑袋掉了，还能重新长出来一个。你听我说，你别放弃，中医的路也可以走，我前些天认识一个特别厉害的老先生，他可是大内御医，一会儿我给你打完饭回来，就去找他。"

　　"大内御医？这会儿还有……哦，我知道了。"

　　秦梨落走到了我跟前，头凑上来，刻意离我很近，我们的额头差点儿就要碰上了。

　　此刻我能够看到她黑亮的双眸，正在凝视着我。

　　几秒钟话之后，她对我说道："天将降大任于斯人也。答应我，你以后一定要做下一个'齐天大圣'。"

　　不知道为什么，我竟然会被一个女孩子看得有些心慌。

　　心慌意乱的"心慌"。

　　我慌乱地点头，说："好，尽量吧。"

第四十三章

深夜来客

秦梨落用手指捅了一下我的胸口,说:"加油吧,我之前其实是骗你的,港岛霍家也没有办法让你渡过五重关。事实上,再厉害的机构和组织都没有办法让你安然渡过五重关,否则千百年来,早就出现第二个大圣了。不过呢,我总感觉,你应该能够成事,或许说我觉得你是可以的……"

她说完这话,往后退了两步,然后问我:"想吃什么?"

这话题跳跃性实在是太大了,让我都有点儿反应不过来,随后我告诉她:"随便一点儿就行,用不着太讲究。"

秦梨落看着我:"夜行者与寻常人终究不同,身体机能也不一样,我给你弄点儿肉补身子吧。"

我点头说:"好。"随后,我又问她,"这里有电话吗?我想打个电话。"

秦梨落掏出随身的小包,递给我一个十分小巧的手机:"你用这个打吧,我正好去给你打饭。"

她对我很信任,将手机递给我之后,人就离开了。

我坐在书桌前的椅子上,先是给迟迟没有消息的马一岙打了一个电话,依旧是关机。这种情况已经持续大半个月了,我觉得肯定是出了什么事儿。只是我现在自身难保,实在没有办法帮他。

随后我给刘娜也打了电话。电话很快就接通了，刘娜正因我的突然失踪患得患失，起初以为我不告而别，可当她听了我的遭遇后，不由得赶忙问我是否需要帮忙。

我想了一下，告诉她自己小心就好，暂时不用管我。

打完电话没过一会儿秦梨落回来了，给我带了一份香喷喷的红烧肉，我确实饿了，顾不得别的开始狼吞虎咽。

吃过饭之后，秦梨落又交代了我许多，让我在这儿待着，千万别乱走，也不要发出任何声音。就算有保卫处的人来查房，也别轻易开门。她婆婆妈妈地再三交代后方才离开。

秦梨落走了之后，我盘腿坐在地上，开始修炼《九玄露》。

夜行者的体质与普通人不同，普通人的手如果伤成像我这样，肯定需要休养一两周，但我仅仅一个晚上过去，双手的伤痕就已经开始结痂不再疼痛了。

我的脑袋上被铁棒敲破的口子，也开始愈合了。

至于我的双眼……现在回想起来，恐怕是敲我的那人手确实太黑，而且是个很强的修行者，才会对我有如此深的影响。我好好调息几天说不定能有一些好转。

修行打坐需要将心神沉浸其中，我这一坐不知道过了多久，直到听到门外有人在敲门，我才睁开眼睛，发现已经天黑了。

我将气息提起，再回到丹田处，我眨了眨眼睛，感觉双眼的沉重感减轻了许多，不过依旧是模模糊糊的看不清楚。门外的敲门声在持续，叩叩叩，叩叩叩……

我左右打量了一下，发现秦梨落并没有回来。说明敲门的另有其人。

我按照秦梨落交代的，屏住呼吸，并不出声回应。

等了一会儿，那人不但没有离开，我还听到门口处有门锁被捅的声音。

这架势让我一下子就紧张起来，缓步往后退去，退到了窗边下意识地往外望了一眼。我视力有限，看不到太多，只感觉到外面有一股让我很不舒服的危险感。

紧接着，门被人弄开了，外面涌进来几个人。

此刻人影幢幢，光线又黑，我下意识地朝腰间摸去，却听到有一个人沉声说道："侯漠，你若是敢要反抗，我们就弄死她！"

紧接着一个女孩子带着哭腔的声音传来："对不起，对不起，我不是故意的，我也没有想到张俊和左媞她们两个嘴巴这么大，我叫她们保密的……呜呜呜，对不起，我不想死，求求你们别杀我，我还年轻，我们全村人都指望着我呢……"

全小米声嘶力竭的呼唤，让我为之动容。

我动容的点在于她的话，通篇都没有背叛朋友的愧疚，都是对自己未来的恐惧和担忧。她到了这个时候还在思考自己的生死和前途。

君不密失其国，臣不密失其身，几事不密则成害。

秦梨落落入了惯性思维中，觉得没有人敢进校园里来抓人，而我被她的自信所感染，也不觉得会有什么危险。却不曾想到那个全小米竟然将我与秦梨落的事情当成了谈资说给别人听。我更没想到这帮人居然这么快就知道了，并且还将手伸进了校园里。

需要屈服吗？

还没等我想明白，门口的人就闷声说道："老实点儿，乖乖地配合我们保你不死，否则我们不但杀了她，你也跑不了，知道吗？"

那人不说话还好，一说话，我瞬间就想明白一个道理。

我有必要为了一个出卖我的人，屈从不反抗吗？

不。我与全小米之间，除中午见过一次面她给我检查过之外，就再无一丁点儿关系了。让我为了她牺牲自己，这可能吗？

不，我得将动静闹大，闹到那些给秦梨落信心的人都知道了，这帮人反而会投鼠忌器，不敢乱来。

想到这里，我将手伸向腰间，准备拔出软金索长棍大干一场，杀个痛快。然而当我即将抽出裤腰带的时候，却听到扑哧一声，我的右手胳膊处一阵局部疼痛。我低下头去，看见一记针管状的飞镖，扎在了上面。紧接着我的胸口和大腿处，也中了两镖。

麻木的感觉从中镖的位置朝着四周迅速蔓延，我感到一阵天旋地转，下意识地想张口喊一句，却发现自己已经没有控制身体的能力了，直接瘫软下来。

麻药。功夫再高，也怕菜刀。

我瘫软在地，看见有人从门口走来，停在我跟前，随后我又看到一把精致的手弩。

刚才那麻醉镖，就是从这儿发射出来的。

我心中后悔，但事已至此，就没有挽回的余地。我只是有点儿震惊于敌人的手段，本以为这儿是一方净土，是象牙塔，是不会有污浊混进来的，但现实恶狠狠地打了我的脸。

我四肢无力，但意识还在，我感到有人匆匆过来将我按住，然后有人说道："这个家伙腰间有东西，那玩意儿可软可硬，先抽出来，快快……"

有人去摸，结果被软金索电了一下，哎哟一声，闷哼了起来。

那人受挫，压低嗓子说道："这家伙腰间的东西很古怪，拿不动……"

先前那人吩咐："拿不了就算了。我们都是普通人，不是修行者，将人带出去，外面自然会有人接应，别耽搁。"

普通人？我脑海里所有的疑惑都消解了，原来如此。

如果是修行者或夜行者，出入校园时必然会被人盯上。因为据秦梨落说，这学校门口是有能人的。想起先前给我烙下烟头印子，让我没有任何反抗能力的白老头儿，也曾经在这儿做了半辈子的门卫。

但如果是普通人，就未必能查得到。

按理说，普通人过来并不会对我造成多大的威胁。但一来我眼睛受了伤，二来他们用全小米的生死威胁我，让我分了心，最后他们居然还准备了麻醉弩，让我在猝不及防的情况下，一下子就中了招。

麻药的劲儿上涌，让我没办法挣扎。那帮人从我身上搜出了很多东西，包括我的钱包和证件。但这些东西都被扔到了一边。在确定我身上没有别的武器之后，我被人扶了起来，负责指挥的那人说道："走，赶紧带走，别拖延了。"

有人问："这个女的呢？"

旁边的仝小米还在哭哭啼啼，不过嘴被人堵住之后，就只能听到低低的抽噎声了。那人问了一句之后，又低声说道："要不然，杀了？"

仝小米拼命挣扎想要说话。

指挥的那人则说道："她出卖自己的朋友，害得侯漠被人带走，她若敢说出去，会有人找她麻烦的。所以她不敢乱说。将人绑了，扔在这儿就成。"

说完，立刻有人把仝小米绑住，指挥的人则半蹲在仝小米的跟前，低声说道："我刚才说的意思，你懂吗？"

他问完，伸手过去把堵在仝小米嘴上的布团拿开。

仝小米嘴里的布团被拿开，赶忙像小鸡啄米一样地疯狂点头："对，对，我知道，我绝对不会透露你们的消息，我不会的，谢谢爷能饶我一命。我不能死，我一定不能死，我肩负着我们全村人的殷勤期望，我要是死了，我……"

她极力表白着心迹，那人却听得不耐烦了，将布条堵了回去。

处理好仝小米之后，就有人往我身上泼二锅头。

我身上被泼得满是浓郁的酒味，又有人从后面拿了一件军大衣给我披上，然后两个男人一左一右将我扶住，朝外面走去。

我被人扶着，身体完全动不了，感觉自己的魂儿都在半空中飘着。我的双眼一片昏暗黑沉，完全看不到任何景象了。

有人领头，有人搀扶着，一行四五人扶着我出门，走过楼道，又下了楼。就这样明目张胆地走着，也没有人过来问。一般人一看见这种情况，肯定认为是我喝酒喝大了。通常遇到这种事儿，别人都是避之不及的，哪里还会过来询问？

走了一会儿，到了学校其中一个门口，我们被拦住了。一个年轻人的声音从耳畔传了过来："嘿，嘿，嘿，干什么呢这是？"

那个一直负责指挥的家伙迎上前去，开口说道："老师好，我们同学喝醉了，跌破了头，我们去医务室处理了，但医生说需要送医院去。"

另外两人都点头，说："对，对。"

年轻人应该是保安，听到这话，说："出示证件。"

没想到他们还真有，将证件递上之后，指挥的人对那保安说道："他们几个忙着送人，没来得及带。"

保安接过证件，打量了一会儿才交还回来，然后朝着我走过来。

朦朦胧胧中，我看见一个人影走来，知道是门卫。虽然看得不清楚，但隐约能够感受到这个人的气息，不是一般人。这绝对也是一个修行者，虽然算不上很强，但如果我能给他一点儿警报，他或许能拦住这帮人，并且通知其他的同事过来，阻止这帮人的阴谋。

我张了张嘴想说话，却没能说出口。

此刻，我还处于麻醉状态。

就在这个时候，旁边扶着我的人突然呕了一下，吐出一股酸水，差点儿喷到那保安身上。

年轻保安身手灵活，一下子就避开了，然后有些恼怒地说："干什么呢？"

扶着我的人赶忙道歉，说："对不住啊，喝得有点儿多，肚子里都是气，一时忍不住。"

经过这一打扰，那保安不再查验，不耐烦地挥了挥手让我们赶紧离开。

出了校园，搀扶着我的那几人就没有那么温柔了，将我拖到路边，把我给塞进了一辆面包车。

我感觉到车里有几个高手在。

上了车，油门一蹬，车子就启动了。一路上兜兜转转，约莫四十多分钟的样子，车停下，他们把我领到一处像是个废弃厂房的地方。

这样的夜里，外面还有些冷，里面却是热气腾腾。

有人将我往地上一扔，又有四五个人不知道从哪儿冲出来，对着我就是一顿拳打脚踢。

我知道这叫杀威棍。我被一番痛揍之后，人有点儿蒙，过了好一会儿听到远处有人叫停，还缓缓走到了我的跟前。

那人问了旁边的人几句话，我没听到问的是什么，但听到对方回答说麻醉过，劲儿还在。

那人放心了，朝着我软绵绵地踹了几脚，蹲下身子。他揪着我的脖子，把脸凑到我的跟前，一字一句地说道："嘿，前些天你不是挺牛的吗？怎么现在像条死狗一样了？我听说你被豹爷敲成了瞎子，还能看清楚爷吗？没想到吧，爷不但没有进局子，还能在这儿出现。你继续能啊，跳啊，你以为你代表着正义和公理吗？"

朦胧中我看见一张有些扭曲的脸孔。

这张脸上，满是扬扬得意。

我知道自己这一回是凶多吉少了，所以毫不犹豫地朝着他吐出一口浓痰。呸！

我这两日身体受了内伤，虽然用《九玄露》将全身经脉推行过，但终究还是有暗伤在。身体里有暗伤，痰自然会很浓，它直接黏在了尚良的脸上，恶心无比。

他"啊"的一声跳了起来，叫人拿来毛巾，擦过脸之后他揪起我的脖子，左右开弓，朝着我的脸扇起了耳光。

尚良的老爹胖大海是一个夜行者狠人，但尚良并没有觉醒，目前只是一个普通人，而且还是被一个酒色财气掏空身子的普通人。所以他的力气有限，即便是憋足了劲儿，对我来说也算不得什么。

虽然我的脸火辣辣得疼，但更重要的是，这家伙的耳光牵动了我头顶的伤口。已经快要凝结好的伤口此刻又裂开了，剧烈的头疼从天灵盖上蹿了出来，疼痛让我整个人都抽搐，感觉自己快要死了一般。

即便如此，我也没有发出任何声音。因为我知道自己这次恐怕跑不掉了，依照这帮人的凶残手段，我眼前就只有死路一条。既然如此，在这人生的尽头，我又何必要被一个让自己瞧不起的小子耻笑呢？我得撑着，像烈士一样。这就是我心里的一口气，人活着，不就是为了这一口气吗？

啪、啪、啪……不知道过了多久，我感觉自己被打得都不是自己了，浑身都疼，大概是被疼痛给刺激了，又或者有别的什么原因，先前那麻药的效果在渐渐消逝。我感觉力量又开始慢慢回到了身体里，传达到了四肢百骸之中。

这状态让处于绝望之中的我，多了几分期冀。可即便如此，我也没有轻举妄动。

一来是因为我身受重伤，浑身都难受，即便是恢复了一点儿力量，在不能确定一举擒住尚良的前提下，我只能强忍着疼痛不敢动弹。第二，也是最重要的一点，在这个灼热无比的空旷厂房里，除了绑我来的那几个家伙和尚良之外，还有好几个厉害人物。

因为视力的关系，我不确定这里是否有那天抓我的两个人，但作为一名夜行者，我还是能感知到凛冽的杀气。

这种无法用言语形容、无形无色的杀气，让我不敢轻举妄动。我感觉自己只要一动，就会有四五个人从不同角度冲上来将我扑倒。到那时，我就连最后一丝翻盘的希望都没有了。

我像一摊烂泥一样蜷缩在地上，尚良打累了站起身子，不解气地又连踹了几脚，这才说道："爽了吧？强出头是吧，打抱不平是吧，大爷是吧，没事儿打人脸很好玩儿是吧？现在怎么样，后悔吗？来来来，告诉我，你后悔了没有？"

我艰难地睁开了眼睛，眼前一片迷茫，人影绰绰，已经完全看不清事物了。

就在这个时候，我还在出言挑衅："我是后悔了，我后悔当初怎么没杀了你这个狗杂碎！"

听到我的话，尚良再次大怒，朝着我又是一阵猛踹，口中大骂："我杀了你，我要杀了你！"

然而他终究还是没有再俯下身来。我故意激怒他，就是为了让他俯下身来抓我，我好借着近距离瞬间掌握住他的要害，借以挟持离开，这是我唯一的机会。

但这家伙迟迟不动，再次发泄完，他停下手脚，站在我不远处歇息。

这时旁边来了一个男人，高个儿，伸手揽住了他，说道："小良，你爸说了，你该撒气撒气，撒完气让我们来处理。"

尚良很不甘心："豹哥，我亲自杀了他不行吗？"

那男人说道："小良，有的事情，你爸不跟你说，是不想让你卷入这些纷争和矛盾里。但我不得不跟你说，京中有一个十分神秘的部门，专门处理咱们的这些事情。那帮人的手段很多，就算咱们再小心都会有暴露的风险。所以虽然这个家伙是个无根无缘的小妖怪，但正所谓'君子不立危墙之下'，这种有风险的事情，还是让我们来干吧。"

尚良问："那你们想要怎么处理？"

豹哥说道："旁边的那个澡池子，你看到没有？刚刚从锅炉里接出来的水，八九十度的高温，将这小子弄进去，没多一会儿就熟了。等熟了之后，再把这小子肢解分尸，然后把肉给剔出来，绞肉机里绞一绞，最后扔到两里地外的下水车间。到时候人都四分五散了，这家伙就算是冤魂不散，也找不到咱们这儿来。这个叫不沾因果，知道吧。"

我被他这话里的残忍和冷漠吓得一阵心惊胆战，不由自主地想着自己变成一盘发酸的红烧肉，或者变成一锅酸豆角炒肉末，整个人就吓得浑身发抖。不过我依旧强撑着，不让他看出半点儿恐惧。

我小心翼翼地调整着呼吸，然后感受着尚良所在的方向，并且在脑海里预演着接下来我扑向他之后可能发生的种种状况。然而不管我怎么想，都觉得希望渺茫。

如果是在之前，我身体里的麻药消散了，此刻说不定已经挟持着这家伙跟跑离开了。然而时间终究是无法回溯的。时也，命也。

尚良在大声笑着，说："好好好，粉身碎骨，碎尸万段，这种死法我喜欢。嘿，小子，怎么样，喜欢这样的下场吗？爽了吧现在？别这么看着我，一会儿等你熟了，信不信我把你的眼睛给挖出来下酒？哦，错了，我忘记你现在已经是个瞎子了。豹哥，你昨天那一棒打得是真准。"

旁边的豹哥颇为得意："嘿嘿，我的雷音豹劲，螺旋之中又带着强电，那家伙只是眼瞎了，身体算是很结实了。"

我抬起头来，恶狠狠地说道："尚良，你放心，老子就算是做了鬼，也不会放过你！"

我极力挑衅着尚良，他却不再亲自动手。大概他是被豹哥说的神秘部门给吓住了，不敢再上前来。

好几人冲上前来，抓住我的手，擒住我的腰，豹哥在一旁开口说道："这家伙腰间缠着的玩意儿十分古怪，把它抽出来，免得一会儿出岔子。"

有人去摸我的腰间，被软金索震了一下。但那人却并不在意，将软金索给抽了出来，然后说道："农哥、豹哥，你们过来，瞧这是啥？"

好几个人围了过来，打量我那根软金索。

软金索长棍是我从霸下秘境中弄出来的，这东西十分罕见，好多人见了都不知道到底是什么，既然这几人是胖大海的手下，自然也不是见多识广的人，但他们研究了一下，终究没弄明白。

有一个人说道："这东西看着挺奇怪的，还记得先前这小子突然抽出来变成长棍的情形吧？"

那豹哥走到了我跟前，用脚踩住我的脸，说道："小子，这东西到底是什么？"

我"哼"了一声，没有理他。

豹哥没有再追问，而是对旁边的人说道："那个谁，齐三儿，你不是认识潘家园的大牛吗？那家伙见多识广，回头让他过来看一眼。"

被吩咐的那人高兴地说道："成，回头我叫他来。"

紧接着，我感觉自己的身子被举了起来，那豹哥将我托住，走了好几米，然后猛然一掷，大声说道："小子，去吧！你也别怨豹哥，下辈子投胎的时候念着一句话——没有真本事，就别多管闲事，知道不？"

扑通……我腾空而起，重重地落到了一个满是沸水的水泥池子里。

开水滚沸，咕嘟嘟嘟……

在跌落滚烫沸腾的热水池子里时，我在某一瞬间，觉得自己仿佛是一只脱了毛的光猪，被那滚烫的温度弄得快要丧失意识了。

而下一秒，在我沉入池底之时，猛然一捏右手，让那与我的身体融为一体的癸水灵珠散发出它的力量来。

我之所以到最后都没有反抗，唯一的原因就是癸水灵珠。

与癸水灵珠合二为一的我，拥有御水的能力，这种掌控水的能力犹如本能一般，不管我现在是否恢复了足够的力量，它都是存在的。

在我不确定周围到底有多少凶人之前，这个表面看似滚烫无比的开水池子，反而成了隔绝我们的天然屏障。至于为什么不在刚一入水时就开启，主要的原因是我惧怕那一股青蒙之气，让敌人反应过来。

我需要时间。

身体沉入池低，思维和感知发散，我感觉得到这个池子很深，至少有六米以上，深深嵌入地面之下。面积差不多有二十平方的样子。

感知了一下，我又努力睁开眼睛，眼前还是一片朦胧，雾影重重。我的眼珠又麻又痒，而且还发酸，疲惫不已。与此同时，刚才入水时被烫遍全身之后，那种灼热后的麻痒感也瞬间传遍了我的全身，让我不由自主地运行起《九玄露》来，通过气劲的流动，来阻止神经末梢处疯狂涌动的麻痒。

虽然癸水灵珠能隔绝热水的侵袭，但并不能阻挡热量的辐射传递。我感觉自己仿佛身处在熔炉之中，热量逼得我想要挣脱。理智告诉我，倘若我此刻爬上池子，估计会被敌人直接弄死。

我知道此时此刻已经站在了人生的十字路口上，往左走，是死，往右走，也是死。

难道就没有一条活路了吗？炙热的温度让我的思维在一瞬间陷入空白。随后我从空白中回过神来，猛然睁开眼睛，发现自己裸露在外的肌肤开始变得血红，甚至还有血丝从上面渗透出来。这些血丝呈现出黑红色，一点点、一丝丝、一絮絮鲜血浮现，我感到沉重的身体似乎轻松了不少。

我刚才在外面被拳打脚踢以及各种虐待留下来的暗伤，在此时此刻生死攸关的情况下，被急剧的高温逼出了体内，仿佛自己是热锅上的一块肉，吱吱作响，并渗出油来。

难道我真的快熟了？要死了吗？

我在思索着问题，身体里却下意识地运转着《九玄露》。不知道时间过了多久，在某一个极致的时刻，我感觉自己就要死去，突然脑子里"当"的一响，仿佛有人在吹唢呐一般，当当当……当当当……一股雄浑奇异的唢呐声在我的脑海中浮现，紧接着我感觉那些辐射的热能在瞬间化作了实物。

它们化作刀枪剑戟、斧钺钩叉，无数兵器一齐朝着我残破不已的身体陡然撞来。

这个时候的我已经处于弥留状态。

我不确定当时的我是否是清醒的，因为我能很清晰地看见自己全身蜷缩，双手紧紧抱着膝盖，光头上面包裹的纱布在脱落，衣服被汗浸润成了一团……

我感觉自己的神魂挣脱于身体之外了，好像是另外一个人。我看得分明，衣服上的每一处褶皱、皮肤上的每一根毫毛，都纤毫毕现。

随后，那些热量变成扭曲的兵器朝我射了过来，凶狠无比，仿佛要将我斩杀一般。就在这个时候我右手手腕上泛起了金光，那金光呈梅花形状，梅花的花瓣之上浮现出了六个金甲金盔、雄壮无比犹如天神一般。

他们六人，有人持剑，有人捉刀，有人耍棒，有人拿枪，有人扛盾，有人执戟，将我紧紧护住。他们如同走马灯一般忽大忽小，将所有的攻击都给挡下。

突然间我的脑海里有一个人的声音在怒吼："甲子神将王文卿、甲寅神将明文章、甲辰神将孟非卿、甲申神将扈文长、甲午神将书玉卿、甲戌神将展子江，六甲何在？"

六人合力怒吼："喏！"

又有人用无比威严的声音，高高在上，一字一句地说道："一敕乾卦统天兵，二敕坤卦斩妖精，三敕震雷动天兵，四敕离火烧邪魔，五敕兑泽英雄兵，驱邪押煞不留停，六敕巽风吹山岳，飞沙走石追邪兵，七敕艮山展威灵，闭地户、封鬼路、穿鬼心、破鬼肚，封镇凶神恶煞八卦宫中藏，八敕坎水纳千祥，凶邪秽气化无踪，太极两仪镇中央，六十四卦排布阵，妖邪鬼魅化为尘……鬼神走不停，神兵火急如律令，急急如律令！"

这一段话十分冗长，但我听出了说话人是谁。

就是之前去合城居吃酱猪蹄儿的门卫白知天，此时此刻居然有他的声音传入此中，如此神奇。

当他把一大段的咒诀念完时，特别是最后一句话"急急如律令"落定之时，无数热能化作重重火焰朝着我的脑袋汹涌而去。它们的落点，正是在我的双眼之上。

烈焰灼烧，烛火翻滚，我的眼皮子仿佛被烧穿一般。不知道过了多久，那六位金盔金甲的神将身子一扭，化作了无数细小的光束。等到最后他们化作虚无之时，我看见蜷缩在池子底部的我，突然间睁开了眼睛。

在睁开眼的那一瞬间，我的脑海里涌进了一大片的画面。我看见一个满身是毛还有着一张马脸的怪物，正蹲在我的头顶，睁着黑黝黝的双眸，幽幽地打量着我。

两人对视，下一秒无数的画面交汇，最后那浑身是毛，犹如人形的怪物消失得无影无踪。我从池子底部缓缓地站直了身体，抬头朝着池子上空望去，透过翻滚不休的水面，有几张脸孔，落入我的双眼之中。

不再有模糊，不再有扭曲，我能清楚地透过翻滚的池水看见那些人的模样，他们的脸上满是惊慌。

我还看见他们的身上有着浓郁不化的气息，有的呈现出藏青色，有的呈现出赤红色，各有规模，有浓有淡，甚至还有的十分稀薄，几乎不可见……

此时此刻那滚烫不定的热力也不再对我产生烦扰了。我抬起头，凝望着那些人。那些人，也在看着我。

他们很奇怪，为什么这个家伙被扔进了沸水池子里还能活下来？这不合道理啊？见鬼了？

突然有人拿着一根长长的刺钩，朝着池底之下的我捅过来。那钩子又快又疾，直奔我的脑袋。很显然，那豹哥刚才虽说并不想沾染什么所谓的"因果"，但看这局面有些失控了，便毫不犹豫地露出爪牙，想要将我弄死在这池子里。

不过此时的我已经从人生的最低谷走了出来，不会再任人宰割！我在池底深处，避开了这一下凶狠的钩镰，随后猛然伸出手一把抓住了杆子，让它动弹不得。

却不料有人跳上水池边，还掏出了一个黑黝黝的铁块儿来。

那是枪，手枪。

当手枪的枪口对准我的一瞬间时，我感到一阵发自内心的窒息，而下一秒，不知道怎么回事，我莫名一动，然后猛然一脚，朝着左边池子的墙壁踹了过去。

我将那池子墙壁上的污垢踹开，发现那里居然有一个门把手。

与此同时，那人也开枪了。

子弹钻入水中，带着极为明显的轨迹朝着我射来，我也不知道怎么回事，扭开身子，伸过手去，一把拧开了那半人高的门阀。

门阀一开，一股巨大的吸力从打开的洞口传来。

下一秒，我就被吸进了那未知的孔洞里。

啊……我感觉自己仿佛陷入了抽水马桶里。在这过程中，我没有抵抗。因为我知晓一点，即便是我的视力恢复了，有软金索长棍，我也抵不住那好几个夜行者高手，以及那些带着现代兵器的家伙。

留在这儿是死路一条，还不如随着这水流往下冲。说不定落到了哪个下水道里，然后我爬出去，反倒能逃出升天。

我抱紧身子，顺着巨大的水流冲击穿过了一条狭长的管道，最后重重地落到了一个污水池子里。那污水池子差不多有一米五六的深度，我重重地摔落之后，浮起来时闻到了陈年恶臭。这臭味像发酵的泔水桶，让我顿时就吐了出来。

我站在污水坑中吐了好一会儿，头顶上冲下来的水流也慢慢减缓，直至消失。我使劲儿甩了一下头，才发现自己身处于一个狭小的空间，脚下是天然而成的泥坑，泥坑旁边则有泥土浇灌的坪子。

我朝着泥坑的边缘走去，感觉泥坑的污水之中不知道混合了多少垃圾。还感到有活物在我两腿之间晃荡，甚至往我的裤裆里钻。

这种未知的恐怖，让我不得不加快速度爬到坑边，我手脚并用爬了上去，感觉浑身发痒，我把身上湿漉漉的衣服一扯，脱了下来，听到一阵哗啦啦的声音，不知道有多少活物从里面蹦了出来。紧接着我将裤子也脱了，一抖落，也有不少活物。

我低头打量，看到有一种大拇指般大小的活鱼，还有半个拳头大的癞蛤蟆，以及一条细小如蚯蚓的小蛇，以及……我的大腿内侧还吸附着一条正在快速膨胀的蚂蟥。

这些玩意儿让我全身发痒，我在坑边蹦跶了一会儿，处理完这些之后，我才想起一件很重要的事情。

这个地下空间里，到处都是黑乎乎的，我是怎么看到的这些？

想到这个，我下意识地眯起了眼睛，发现随着自己瞳孔的收缩和扩张，我居然能够调节光线的强弱，通过这样的调节，我能在黑暗中看到一切东西。不但如此，我还能通过瞳孔的调节将远处的物体放大，又或者将近处的物体缩小。于是我将所处空间的所有东西，都瞧了个分明。

我的整个世界，从未有一刻像现在这样明晰过。这种情况，对于我来说简直是欣喜若狂。

几个小时之前，我还担心自己即将面临瞎掉的苦难人生，而现在我却如同换了一双眼睛一样，重新认识了整个世界。

这简直是太神奇了。

在看清楚这一切之后，我在这么一个满是恶臭的污水坑边上，面对着一大堆的活鱼、蛤蟆和小蛇，竟然感动得流下眼泪。

随后，我抬起右手打量起手腕上的那个梅花烙。这个东西是先前那个啃猪蹄儿的白老头儿弄上去的。我之前以为他是吓唬我，但此刻才发现，他当初说的话没有一句是假的。

所谓的"身怀六甲"居然是这么一回事。他居然在我的身上种下了"六甲神将"，在这最关键的时刻，护住了我的安危，让我得以在必死的局面下活了下来。

由此，我突然间解开了另外一个疑惑。

那就是，先前我翻身进了校园，被那么多人看见过，却为什么没有人过来找我麻烦呢？

按理说，这事儿肯定是得查的。因为从胖大海那帮人的投鼠忌器来看，燕大校园的安保工作绝对是很强大的。至于为什么没有查过来，我觉得恐怕是来自白老头儿的指示。

他应该是知道这一切的，所以才会如此。

既然刚才白老头儿出手助我，他必然也通过"梅花烙"知道了我大概在哪儿，也就是说，只要我能够在一段时间内保证自己的安全，那么他就很有可能找过来。到了那个时候，不管是胖大海的人，还是他上面的燕京仇家，都未必能拿得住我。

想到这里，我紧绷的全身放松下来，将上衣和裤子里的水拧掉，又弄了一下鞋子，把那些吓人的东西全都处理干净了。

就在这个时候，上面忽然扑通一声，掉下来一个黑乎乎的东西。它重重地砸落在污水池子里。

听到这动静，我吓了一大跳，肯定是那帮人看到热水池子里的水全部排出了，又看到了池子底部的缺口，知道我跑了，所以追了上来。

我没管那落在污水泥坑中的东西，转身就朝着不远处的一个出口跑。我踮着脚往里面跑，速度飞快。

这个地底下很古怪，能看得出有人工营造的痕迹，但并不是现代的，没有水泥和钢筋，而是平铺了许多的青石方砖，有的地方因为年份颇久，露出了斑驳的墙面，上面全都是土黄色的泥坯和青苔。

这里不是燕京的地下防空洞，而是有年头的地坑。

这也不奇怪，这儿是千年古都，不知道发生过多少动乱，不知道有多少人在自己家下面挖了坑道。想必这里也是，不知道谁出于什么样的目的，在这儿弄出这么一处地下坑道来。不过随着我的探索，发现这并不只是一处藏身或者逃生的简单通道，因为我在狭长的地底通道中发现了好几处尸骸。

我还从这些尸骸的身上，看到一些不同寻常的东西。旁边的墙壁也显示出这儿有机关。

无论是坑道，还是刺板或者铁箭镞，都表明了这些人是非自然死亡的。

我小心翼翼地走着，生怕自己踩中某一处机关，一不小心就交待在这里了。再往前走，通道变得复杂起来，甚至还出现了好几个岔路口。

我先让自己沉住气，然后仔细打量，随后我发现，有的地方有隐隐的黑气弥漫，有的地方则有青色气雾萦绕，剩下的那一条通道却有淡淡的白色气雾在翻腾、旋转。

我每次选择的都是颜色最淡薄的甬道，一路过来都十分畅通，并没有遇到什么古怪的事情。

如此大概走过了四个岔路口，我出现在一个相对比较空旷的地方。靠里的位置居然出现了一扇门。还是一扇用黑曜石筑成的巨大石门，高度差不多有三米，宽度也有四米，看上去十分宽阔，石门上还刻着浮雕，朴实无华。我走上前去看这浮雕，上面有着仿佛是鹿一般的图案。在石门的正中间，还有一只美丽的大鸟，正张开翅膀朝着上方飞去。

从技艺和手法上来看，这浮雕十分朴实简单，不存在惟妙惟肖的感觉。但不知道为什么，在那黑曜石本身的光华映衬下，这只巨鸟以及下方的群鹿，看上去仿佛就要跳出黑曜石大门，冲出外面来一样。

这大概就是浮雕艺术的最高境界吧？

我走到门口，双手按着那两扇门，奋力前推，却发现里面宛如完全被浇筑了一般，纹丝不动。我咬着牙拼命地往前推，那石门依然没有挪动一分一毫。

我没再用力，往后退开，左右打量，看见左边的不远处有一个一米五高的石台，石台上面有一个古怪的轮盘。我走近一看，发现轮盘上面刻着天干地支等许多古怪的符文，看上去十分艰涩深奥，让人搞不明白。

我打量了好一会儿也没有弄明白，就在这个时候，旁边突然传来一阵动静。紧接着有一东西朝我猛然扑来。

我没有回头，让了一下，然后猛然抬起脚来，往下重重地一踩。

吱……一声闷响，我低头一看，是一只巨大如猫一般的黑毛老鼠被我踩在脚下。这玩意儿又凶又恶，浑身毛皮发亮，恶臭扑鼻，即便现在被我踩住，也在奋力挣扎，给我的感觉不像是一只老鼠，更像一只凶恶的狼狗。

不但如此，我还看见它的脑袋上面有一根若隐若现的红色丝线。

我伸手朝着那丝线挥了挥，发现我手挥过之后，它依然存在，这玩意儿是无形的。

倘若不是我的眼睛发生了变异，未必能够看得见。

我脚下用力将这挣扎的恶鼠踩死，它没了气息之后，红线消失。我心中一动，开始往回走，走到第一个交叉路口的时候，听到不远处有一阵急促的脚步声。

紧接着，我听到了豹哥的声音："快走，那小子就在前面。"

果然，那头巨大的老鼠就是敌人的急先锋。说不定先前从上面掉落下来的黑影就是这个玩意儿，它应该就是这帮人养的。

我不动声色地朝着另外一条道路退去，然后藏在一个转角处。没过半分钟，就听到有人走到了刚才的路口。

紧接着他们停下，有人问道："豹哥，往哪条路走？"

豹哥那极富男人魅力的中低音传来："在……这儿？"

我听到有人开始朝着我这边走，心底里顿时就是一紧，想着是不是就要跟这帮人正面冲突了，然而他们没走两步，又听到那豹哥喊道："等等，不是，是这儿。"

有人停住脚步，说道："阿豹，你到底确不确定？"

豹哥苦笑着说道："温爷，我的小黑没有消息了，我也不确定发生了什么，只能凭先前的印象感应。不过从目前来看，应该是没错的。"

那个温爷有些不耐烦地说："真是麻烦，早知道如此，不如将人直接剁了，何必费这么多的手脚？"

"对！"

有人附和着说道："刚才下来的时候，那个池子里到处都是虫子和活物，我到现在浑身都是麻麻痒痒的，说不定身体里钻进了几只蚂蟥呢，哎哟，疼……"

啪！那人用手掌在身上拍了一下，其余人也纷纷抱怨起来。

被众人责怪的豹哥终于忍不住了，冷冷地哼了一声："你们都是皇城根儿下的人，应该知道'天机处'到底有多难缠，他们要认真起来，咱们谁也跑不了。不复杂点儿，你们来？"

他说得很严肃，旁边抱怨的人都不再说话了。

有人低声劝道："行了，行了，谁也没想到，那么一个小妖怪还能耐得住这么高的温度不死？更没想到，这沸水池子下面居然藏着这么一个别有洞天的地下通道……臭虫，你们之前清理厂房的时候，难道没有发现这地方？"

一个尖细的声音说道："我们都清理了，谁都没想过还有这么一个地方。"

"对，这个地方看着不像是现代的地下洞穴，说不定更早。"

"刚才那尸骨上的青铜箭镞看到没？那个至少有一千年了吧？也许更早。"

"你这不是扯胡吗？就这点儿地方，一千年都没有被人发现？"

"对呀，对呀，怎么可能？"

几人议论纷纷，豹哥终于发怒了，说："走，快点儿走，我的小黑估计被那小子给弄死了，你们还有闲心在这里胡扯！"

他说着朝着前面的空间走去，其余人似乎对这个豹哥有些惧怕，没有人敢再多言。不多时，停留在岔路口的这帮人全都走了。我从另一条路上缓步走了出来，如同幽灵一般慢慢跟在了他们的身后，又如同一个猎手一般，等待着随时上前，给这些实力远远超出我的家伙们来上致命一击。

自从明白了自己的处境之后，我就从来没有退缩、怯懦和等待过，也从来不指望别人来为我主持公道。我受过的屈辱和伤害，都会一笔一笔地讨回来。

没过一会儿，我跟到了那个拥有黑曜石大门的宽阔洞穴。我小心翼翼地朝里面打量，见那帮人都集中在黑曜石大门之前，便藏在了洞口附近的阴影里，听到里面传来了一阵阵的抽气声，紧接着有人问道："温哥，您是老江湖，知道这玩意儿到底是啥不？"

温哥沉吟说："这个还真难猜。"

那人问："怎么说？"

温哥说道："黑曜石这种东西，又被称之为'龙晶''十胜石'，虽然在宝石里不算很珍贵，但它主要产自中美洲和北美洲地区，咱们国家虽然也有，但大多数产自藏区。在咱们这京师之地，有这么一大块浑然天成的黑曜石，实在是不寻常。再看上面雕刻的手法，这种反逆光、大重回的手段失传已久，至少是东汉三国时期的模样，而这壁画上的鹿……"

有一个人说道："这个，好像是五色神鹿吧？"

"对！"

温哥说道："对，除了这鹿，还有这鸟，它们让我想起了一个流传数百年的传说。"

众人纷纷问道："什么传说？"

温哥说道："明熹宗年间，燕京西南隅的工部王恭厂火药库发生了大爆炸，造成两万多人死伤——这次事件使辽东的火药供应告急，虽然努尔哈赤率军攻打宁远时被袁崇焕阻拦，受伤退军，但终究无力北侵，收回土地。导致努尔哈赤死去之后，皇太极顺利继位，清王朝从此昌隆。那时就有传言，说当时有人在王恭厂火药库下发现了一处秘境，正是那处秘境，导致了王恭厂爆炸案的发生……"

那个叫"臭虫"的男人问道："什么秘境？"

温哥说道："张宿秘境！"

"张宿？"

众人纷纷惊讶，唯有那豹哥回答道："张宿？你说的可是二十八宿之一，南方第五宿的张月鹿？"

"对！"

温哥回答道："张在《尔雅》中曾言'鸟张嗉'，注称为'嗉，鸟受食之处也'，可见张宿取意于朱鸟。张宿秘境，又称朱雀秘境之城，朱雀为南方之火，正是那火星子点燃了王恭厂的火药库，方才酿成两万人惨死的状况——据说那张宿秘境之中，蕴含了三昧真火的秘密，甚至传言中的烛阴之火也藏在其中……"

周围人纷纷倒吸了一口凉气，惊声说道："大妖朱雀？"

温哥回答："然也。"

众人皆惊，唯有豹哥有些将信将疑："光凭一只大鸟，你就能分析出这么多？不会是猜的吧？"

温哥说："我之前曾在故宫的藏书楼和国家档案馆里，看到过关于张宿秘境的记录。而我们所在的这个地方，正是当年王恭厂火药库的原址附近。还有，你们看这里——八鹿拱聚，奔东而弓，逐升为华，巍巍月明。所有的线索都指向了江湖传说里的几大秘境之一。穿过这道门，我们应该就能抵达张宿秘境，得到传说中朱雀大妖留下来的旷世富藏。"

这是个极有诱惑力的事儿，加上经过温哥这么一说，周围众人的呼吸顿时就变得急促了。大家都没有说话，但气氛瞬间就热烈了起来。

连我这个局外人都能够感觉到。

就在众人都为之激动的时候，有一个不太和谐的尖细嗓门突然说道："等等，这件事情是不是需要告诉海爷，还有咱们上面的各位大佬们啊？"

气氛在这一瞬间，顿时就为之一僵。

没有人说话。一秒钟，两秒钟，三秒钟……

终于，那温哥开口说道："对，臭虫你说得很对，不管怎么说，没有主家的庇护，我们这些牛鬼蛇神也不可能在这偌大的京都生存下来。现如今这事儿关系重大，我们不能走挺而走险，毕竟侯漠那小子也没有找到呢——这样吧，你上去，带着马六一起，通知一下海爷。"

"我？"

提出建议的臭虫万万没有想到温哥居然会说出这样的话，愣了一下，很不情愿。

温哥却显得十分严肃："对，这件事情十分重要，你必须办好。如果办砸了，你自己想一下后果吧。"

臭虫这个时候知道自己得罪人了，说道："回路这么长，我一个人怎么走？"

温哥问："你想带谁去？"

臭虫的目光在周围七八人的身上巡视着，没有一人愿意与他对视。

他有些灰心，叹了一口气，说道："行吧，我回去。"

这时有一人开口说道："等等，这玩意儿你带着，见到海爷的时候递给他，让他叫人帮忙鉴赏一下到底是个啥。"

臭虫不愿意："这玩意儿挺奇怪的，我怕受伤。"

那人说道："放心，用布包着呢，伤不了你。"

他把东西塞进了臭虫怀里，然后问温哥："那这门，该怎么开呢？"

温哥开口说道："你们看，这旁边有一个石台，刻有天干地支，还有二十八星宿，只要我们对准了时间，然后转动轮盘，问题应该不大——你们放心，整个京城里，比我熟悉易经八卦的，不超过五人。"

有人奉承说："对，您老是谁？鬼谷子一门的传人呢！"

他们几人说着话，臭虫则朝着我这边走来。我不敢在门口与人冲突，往后退开差不多五十多米远，蹲伏在角落处，等待着那个叫臭虫的家伙走过来。

他一边走一边低声嘀咕着，显然是在臭骂那边的一堆人。

然而他却不知道，自己的命运，即将转变。

砰！砰！

我沙包大的拳头重重地敲在了那个叫臭虫的可怜男人的脑袋上，感觉像是砸在一块石头上似的，手疼得厉害。

不过我没有犹豫，直接将那人给打倒在地，也没有给他反抗和呼喊的机会，捂住他的嘴巴，抬手就是一顿胖揍，没有留情，也没有不忍。

从先前他们对待我的残忍手段来看，我知晓，这帮家伙都是畜生。

我打得他再无反抗之后，才朝他的手边摸去，很快我拿到了那根属于我的软金索，将其缠在腰上。

随后，我拖着这个家伙朝另外一条路上走去。我将臭虫扔在相隔百米之外的另一条路的浅坑之中，临走前我还再敲了一回，确定他一时半会儿醒不过来，才重新回到了刚才的空间。

我再回来的时候，那帮人居然真的打开了沉重而厚实的黑曜石大门。我听到轰隆隆的响声，整个空间仿佛都在颤抖，连脚下的石子都在跳动。

紧接着，传来了一声欢呼，随后众人都走进了门里，只留下一具硕大的鼠尸，在门口不远处被人安放齐整。

我没敢立刻露面，等到脚步声走远之后，才缓慢靠了上去。

在黑乎乎的偌大空间里，那黑曜石大门露出了一条可容一人行走的缝隙。

我站在门口，里面有风往外呼呼地吹着。

我犹豫了很久。

从生存的角度来说，一个刚刚脱离生死危险的人最应该做的，不是与一帮凶残无情的家伙靠近，而是应该远远地避开。

既然白老爷子能够通过我右手手腕上的梅花烙找到我，那么我找个地方躲起来，其实就是最安全的办法。因为我不用跟这帮凶残的家伙面对，也用不着与他们生死相搏。毕竟作为一个刚刚觉醒不久的小家伙来说，我就算再进步神速，也不可能是这帮家伙的对手。特别是那个豹哥和温哥，他们给我的感觉至少都是大妖以上的级别。

也正如他们所说，此刻之所以寄于在京都仇家的麾下，不过是为了寻求庇护，得以在此生存而已。这样的几个人，单独拎出去都是极其厉害的人物，更何况还有随时可能到来的胖大海，以及他背后的京都仇家。

但是，有一个原因让我不得不留下来。刚才那帮家伙提到了一个词，它如同磁石一般将我深深地吸引住，无法离开。

烛阴。烛阴之火这东西和乌金、叵木、息壤一起，是我接下来想要冲击劫难渡过难关的重要引子。我只有得到这四样东西，才能渡过五重关，才能真正觉醒夜行者的血脉天赋，成为一个真正的夜行者。否则我就会因为血脉的冲突，以及上天的诅咒，最终基因崩坏而死。

古往今来，能够成功渡过五重关的灵明石猴血脉夜行者，有且只有一人。那个人后来被称之为"齐天大圣"。

我万万没有想到，自己居然在这样一个鬼地方听到了几乎是传说中才有的词语。别的不说，光是"烛阴"这两个字，就足以让我拼尽全力。

搏命，也可。

我深吸了一口气，缓步朝着前方走去，走进了呜呜作响的门缝来到里面，发现这个不算很大的石室之中，正中处居然有一个下沉式的阶梯。它一直往下，很深。

我沿阶而下差不多数百级时，有强光手电的光束在不断晃荡，还有隐隐的声音传了上来。

这台阶的材质很奇怪，我仔细打量，居然是某种会发光的石头。

石头很齐整，差不多两米的长度，五十厘米的高度。在台阶的两侧雕刻着大量的浮雕。我眯着眼睛，调节瞳孔，努力打量那台阶两侧墙壁上的浮雕。

我发现墙壁上壁画与浮雕的风格和黑曜石大门上的截然不同，这里的浮雕十分张狂得意，里面充满了浓烈的个人意识，而且这些浮雕仿佛都是一人绘制的，是用金铁之物快速勾勒，然后用烈焰焚烧而成。

里面的内容到处都是杀戮、拼杀与尸山血海，从那凌乱的勾勒中，又能看见许许多多的具体形象。我看见许多熟悉的动物，以及夜行者的模样。认识的，不认识的，仿佛无数图像都在这台阶长廊中显露出来。

我在下到第二十级的时候，看见了一个十分熟悉的影像，霸下。

就是那头活了千年，憋足了劲儿准备重回人间却坏了事儿的大乌龟，它也出现在了壁画中。

当然，这样的壁画勾勒当真是写意无比，犹如书法里面的狂草。倘若不是亲眼瞧见过那头大乌龟的模样，又能从壁画浮雕之中感受到其中张狂霸气的风韵，说不定真的不知道这一堆线条勾勒的到底是个啥。

我越看，越是心惊。

有一个词形容得十分恰当，叫作"鬼斧神工"。

这样的场景根本不是人力所能达到的。

到底是谁完成的这一切？是那洪荒大妖朱雀，还是在它之前就已经存在了呢？我不知道。

我满心敬畏，不知道该如何表达，就在我全神贯注地观察那霸下妖兽之时，一束光从下方深处朝着上面射了上来。

我在感知到光的一瞬间，直接趴倒在了台阶上。

我尽可能地轻一些，不让人听到太多动静。因为那帮人已经走到了最下面，光束照上来并没有落到我身上，大概是出现了视觉盲区，所以打量了一会儿又离开了。

这让我在松了一口气的同时，也多出了几分警惕。

此时此刻，并不是我欣赏奇迹的时候，我首先得要活下来。我等那光束消失好一会儿后，才小心翼翼地继续往台阶下走。而且我随时警惕着，一旦有任何被发现的征兆，就立刻伏低身子，不让人瞧见。

下台阶的过程十分漫长。我都不知道下了多少级台阶，总之得有半个多小时，当前方出现回声时，我知道差不多已经下到底了。

这个时候，我必须格外小心。因为刚才时不时有强光手电朝着上面照过来，这说明底下的这帮人其实也在怀疑。

毕竟他们能发现这张宿秘境，最根本的原因是追逐我而来。我生怕那帮人会在底部设下埋伏，等我一露面，几个人一同出现，把我擒住。

我在快到达底部的时候，越发小心，到后来，我几乎是一步一步地往下匍匐前进。

因为双眼的变化，我的视力在极黯淡的情况下，也能发现细微之处。

也许是我多想了，在快到达底部的时候，并没有发现有埋伏的迹象。

如果是之前的话，或许我就不假思索地下去了。

但有了之前的经历，我知晓了这帮人的歹毒和狠戾，于是显得更加有耐心，并不惊慌，稳稳地趴在地上，望着下方不远处的空洞出口，耐心地等待着。

一分钟，两分钟，三分钟……

不知不觉中时间悄悄地过去了，我突然听到下方传来一声巨大的轰鸣。

紧接着有人尖厉地叫道："大坨，张大坨……"

听那动静，应该在很远的地方。突然，出口处有急促的脚步声出现，然后朝着远处疾奔而去。我按捺住了性子，足足等了五分钟，方才蹑手蹑脚地往下摸去。

没想到刚刚走到台阶底部下的口子处，就有一道劲风迎面而来。

这一下虽然来得十分狠戾，但我早有准备也并不害怕，顺势朝着后方跳去，只见一个身形高大的男人出现在我的前方。

他手中握着一把锋利的匕首，一击不中，护住了胸口。

那家伙恶狠狠地说道："混帐东西，你杀了我的小黑，我让你给它偿命！"

我听到后立刻明白过来。这人，是豹哥。

刚才那边的动静非常大，原本埋伏在这儿的两个人都赶了过去，此刻那儿已经没有了动静了，也不知道发生了什么事情。但这位豹哥却一直潜伏在这儿。

他在等我。他知道我一定会来，所以在这儿蹲我，蹲得那么有耐心，像钉子一样扎在了这里，料定我一定会下来。

等我终于下来了，他也终于出现了。

仇恨。

我能从豹哥的双眼中感受到极为浓烈的怨恨，那种恨意就仿佛我杀了他爹娘一样。除了那恨意浓烈的眼神，我还瞧见他的身后有一股黄煞之气。

这种气息在不断涌动，仿佛烟云一般，浓密不化。

我手往腰间一抹，抓出了软金索，猛然一抖将它化作长棍一根，然后缓缓朝着前方指去。

那家伙在看见我手中的长棍时，脸色陡然一变，冷然说道："臭虫被你杀了？"

我平静地说道："你，是第二个。"

在面对面的时候，我就已经认出了这个豹哥，他就是当日在菜市场附近与我交手的高手。这家伙的手掌，劈出来都是呼呼带风的，整个空间都有炸声。

他，很强。

那时候就是因为他，逼得我满地乱窜，最终跑进了大学校园里。

而此刻，当他再一次站在我的面前，我却没有再跑。

前方，是烛阴，后退，啥也没有。

我不得不拼了。

我深吸一口气，将长棍前伸，缓缓向前，最终让它平齐在我的胸前，指向了不远处的豹哥。

而对方则眯着眼睛，冷冷打量着我，好一会儿方才说道："你不过是一个刚刚觉醒、全凭本能的小妖。而我，是做了二十年的平妖之后，突破瓶颈晋升的大妖。在这藏龙卧虎的京师之地，我能排进前五十名，你如何能比？"

我说："的确不能比。"

豹哥脸色极为严肃，一字一句地说道："那又如何敢来？"

我深吸一口气，缓声说道："向前，我还有一丝生机，若是退后，便会陷入万劫不复之地。如此想想，我还是来了，若一去不回，便……一去不回。"

"好！"

豹哥大声喝彩，脸色变得越发肃穆，随后他向后一跃，双手一转，把那匕首藏在腰间，不知道从哪儿又摸出了一把长剑。

长剑锋寒，剑尖犀利。

他抱剑而立，一字一句地说道："冀北保定，大刀王五后人，王岩。"

我肃然而立，平静说道："宋城，侯漠。"

他朝着我拱手说道："请。"

说罢，他跃身上来，剑走如游龙，直刺我的胸口，我向后跃开，然后提着手中长棍，猛然一荡，想要避开对方的长剑，却不料那家伙的剑法高超无比，居然与我的长棍差之毫厘地让过，随后陡然前刺。

他在那一瞬间前进两三个身位，避开了我的防备，就扎到了我的胸前。

我感觉自己仿佛就要死在剑下一般。

下一秒，我回过神来，顾不得狼狈，朝着旁边猛然一扑，连人带棍在地上打着滚儿，避开了他凶狠的一击。

而这只是开始，那家伙一招占据上风之后，手中长剑锋寒，朝着正在地上狼狈打滚儿的我猛然扎来。

一阵脆响，那剑尖在长条石铺就的地上不断斩下火花，而我在一阵翻腾之中，勉强避开了对方暴风骤雨般的攻击，然后翻起身来猛然一棍子，朝着对方砸去。

豹哥王岩也正好挥足了长剑，朝着我猛然斩来。

这是两人的第一次较量，都用足了气力。

铛……

一声巨响，恐怖的力量从对方的剑刃之上传来。

除了巨大的劈砍之力外，还带着几分螺旋和电劲儿，如同细针一般，扎得我双手发抖，差点儿就握不住这软金索长棍了。

但那家伙也并不好受，他被我一棍子砸中，有点儿吃惊我的磅礴气力，连着退了四五步方才站住。

他人虽然退了，但嘴上却不输气势："就你这点儿三脚猫的功夫，也好意思在我面前要狠。"

我也不屑地说："大刀王五前辈，一生行侠仗义，靖赴国难，那是人人称颂的一代豪侠，可你呢？你是什么东西，一个为非作歹、助纣为虐的狗东西而已，好意思自称是王大侠的后人？我呸！"

被我大骂后的王岩脸色十分难看，他没有再言语，而是挥剑而上，越发凶狠。

两人越斗越快，始终没有分出胜负来。

这情况让王岩惊讶不已，在他看来，作为一个步入"大妖"这般境地的夜行者，对付我这种刚刚觉醒的小角色，理所应当是手到擒来的事。之前就让我从他手中溜走，而此刻更是过分，鏖战许久，居然没伤到我半分毫毛。

这事儿让他越发焦急，不知不觉间，他身后的妖气变得越发浓厚起来。

当那妖气浓郁不散几乎凝为实质的时候，他整个人的样貌开始改变。

他裸露出来的皮肤上长出了黄色毛发。他的嘴也变成了三瓣嘴唇。这是一张猫脸、虎脸又或者是豹子脸，总之逐渐显露出了本相的王岩，无论是力量，还是速度，都开始大幅度地提升。而那一股让人为之畏惧的恐怖电力，也近乎显形，每一次的挥舞，都能看到那蓝紫色的电光在摇曳。

这电光刺啦啦一阵响，让人感到一种说不出来的畏惧。

这人不愧是步入大妖境界的强者，他刚才说自己能够列入京师之地前五十的行列时，我还有些不屑。此刻看来，我是碰到了钢板。

不过即便如此，我又有什么可惧怕的呢？我难道还有退路不成？

没有烛阴，我就只有死路一条。

挡我者死。

我咬着牙，开始奋力嘶吼，每一次挥棍都用尽全力。

眼看着我就要承受不了了，突然周遭一片雪亮，紧接着我们脚下的长条石地，开始激烈地颤抖起来。

这种颤抖让人惧怕，我感觉到整个世界都在随着一起晃动。仿佛只要一下子，整个秘境都会坍塌。

果然，两人再一次地交击之后，一起向后跃去的瞬间，我一脚踩了个空。

那原本坚实平整的地面，居然莫名露出了一大块窟窿。

我竖直向下，直接跌落了下去。

我下意识地挥舞着软金索长棍，想要卡在什么地方将自己给固定住，然而在那急速的坠落过程中，并没有任何能让我借力的地方。

下落的过程令人窒息，在这一瞬间我的脑子一片空白，随后的数秒钟，仿佛几十年那般漫长。

紧接着黑暗散去，灼热而明亮的光出现在了我的眼前。

下一秒，我跌入了一片炙热之处。

在落身其中的一瞬间，我感觉到了前所未有的灼热，而这种灼热远甚于之前我被扔进那沸水池子之中的温度。它要胜过十倍、百倍甚至千倍。

因为我感觉身上的所有东西，在那一瞬间都被气化了。

包括我手中的软金索长棍，在那一瞬间都缩小了几分，而随后它变得无比沉重，带着我直往下坠。

当双脚没入通红发亮的溶液之中时，我才发现，自己掉进的地方居然是一处熔浆。

熔浆是什么？

这玩意儿就是在高温下融化成液态的岩石，这所谓的高温，或者是七八百度，或者是一千多度，而以此刻这儿的亮度来看，我觉得绝对是一千度以上了。

人进入其中，最大的可能性就是化作焦炭，随后气化，最终与熔浆融为一体。

但是我并没有。

在坠入的一瞬间，我就启动了癸水灵珠的青色气息，将自己全部包裹住，利用它的特性将融化为液体的岩浆隔离开。

即便如此，那热辐射却是无法阻隔的。它化作无数射线直接射进了我的身体里，破坏着我身体里的组织和器官。我感觉自己仿佛是一个炮仗，随时都会爆炸一般。

我下意识地想要往上爬，却发现自己越挣扎就越往下，咕嘟嘟，直接沉入了岩浆底部，无法挣脱。

当灼热的岩浆把我封印在下面的时候，在某一时刻，我感觉自己仿佛已经死去。

事实上，我觉得自己真的已经死了。

没有人能够在这样的环境下还能生存下来吧？

当我脑海里划过这么一个想法的时候，突然感觉自己的右手手腕上，除了癸水灵珠的气息之外，还有六道气息涌出浮现在我身体的四周围，开始不断游动，帮我阻隔那让人窒息的热量。

当然，它并不能阻隔全部，只能保持我生存的状态。

紧接着，我感觉温度开始渐渐降了下来。

我再也动弹不了了。热力如火一般侵袭，而我在两股力量的相互交叠下保持着一丝气息，努力抵挡着。这状态不知道持续多久，仿佛永无止境。

突然，脑子里迷迷糊糊的我，听到了一声长啼。

穿破苍穹。

第四十五章

巅峰之战，化身为石

黑暗。

无边无际、肆意蔓延的黑暗在我的世界里翻滚不休，让我以为自己都已经死去了。而这一声刺破苍穹的动静，如同惊雷一般，将黑沉沉的天空陡然撕裂。

紧接着，我感到自己的身子一轻，居然脱离了一切束缚，挣脱了出来。

先前那宛如地狱一般的灼热温度，骤然消失不见了。

我浑身轻松，感觉自己变得无比强大，仿佛我想去哪儿就能去哪儿。

我想出现在那熔浆表面，下一秒就已经出现在了熔浆表面。我左右打量，发现四周都是一片翻滚不休的熔浆，宛如湖泊，无边无际，充斥着整个地下洞穴。

不过从远到近，却逐渐变得暗红，仿佛要冷却下来一般。

紧接着，左边的方向飞来一群火鸦。这些火鸦与寻常乌鸦一般大小，不过它们通体红亮，透着一股炙热的光芒，挥动翅膀的时候不断有火星子从身上落下来。

一大群火鸦，就如同一大片流云焰火，形成一股罕见的壮观气势。

我被这气势吓到，下意识地往后退了两步。然后发现这些火鸦陡然一转，又朝着另一边飞了过去。

我一直看着它们消失不见，心情方才轻松一些。

就在这时，突然有人在我的身后低声说道："哥哥，哥哥……"

我愣了一下，回过头来，看见一个拥有着火红色头发的小女孩儿，不知道什么时候出现在我的身后。她大约五六岁的模样，肥嘟嘟的小脸蛋，穿着一件火红色的绣花长裙，头上编着乖巧的小辫子。

小女孩儿抬头打量我的时候，一对灵动的大眼睛，看得我的心都要融化了。

"哥哥，哥哥……"

她又叫了两声，我方才回过神来，有些诧异地说："你叫我？"

小女孩儿满脸哀伤地对我说道："哥哥，对不起。"

啊？

我还没闹明白这个小女孩儿到底是怎么出现在我身后的，而她莫名其妙的话更是让我脑子里一片模糊，愣了好一会儿，方才小心翼翼地问道："你，叫我？"

红色头发的小女孩儿望着我，很伤心地说道："哥哥，你不认识我了？"

我很尴尬，因为我的确不认识她。

但她那可怜巴巴的小脸，以及即将涌出泪水的黝黑眼睛，又让我于心不忍，当下便说道："你，怎么了？"

小女孩儿伸出肉嘟嘟的小手，双手捧着，对我说道："哥哥，对不起。"

我顺着她的口吻，说道："没关系，没关系的……"

小女孩儿哭着说道："对不起，我没有办法再守护它了。哥哥，我累了，坚持不下去了——夜行者的未来和命运，我守护不了了，现在，我交给你吧……"

她伸出手来，将双手捧着的那一洼液体递到了我的跟前。

我低头一看，她手中捧着的居然是一大团晃荡不休的火红色的液体。

这玩意儿乍一看仿佛煮了许久的牛油火锅，然而随后我发现，这玩意儿看着仿佛是液体，如同水银，但在不停地晃荡下又有着火焰一般的特性，里面仿佛蕴含着无尽的力量，随时都要爆发一样。

我有些惊讶，说：“这，到底是什么？”

小女孩儿忧伤地抬起头，一脸悲切地说道：“哥哥，你真的忘记了吗？”

我当时很想说小妹妹你是不是认错人了，但见她那悲切得让人心痛的小眼神儿，我终究还是开不了口，没有再问。

我伸出手，接过那一掬火红色的液体。却没想到，当它从小女孩儿的手上落到我捧住的双手时，却没有停留，而是穿过了我毛茸茸的双手，朝着下方跌落下去。

我愣住了，目光往下，看见自己脚下的熔浆深处，居然还有一个人。

一个全身通红，仿佛融于熔浆里面的男人。

那个男人的手中有一根黑红色的长棍子，那棍子大部分都是岩石的状态，里面又有错乱分布的红色熔浆，在空隙处流动着。

他也如同岩石铸就的一般，肉身消失了，化作岩石与熔浆凝结的造物。

他的身上有青蒙蒙的气息在游绕，将他那即将崩溃的身子归拢住，否则只怕就会“啪”的一声炸开，化作无数碎片，融入岩浆之中。

在他的身体四周有六道光芒，分别是红、白、黄、绿、蓝、黑，那六团光芒一会儿化作人形，一会儿又化作猛兽。

那猛兽，分别是虎、豹、熊黑、恶狼、牛和蛇蛟。

猛兽们在奋力抵挡着，却抵不过那热力灼烧，最终融化，变成黑沉沉的铁块，又被那灼热滚烫的熔岩碾轧，化作带着金属光泽的各种甲片。

砰……

那些光芒，最终融入了那男人的身体里。

随后，我看见小女孩儿递给我的那一团火红色烈焰一般的液体，居然也落到了那男人的身上。

我有些诧异，越看那男人光溜溜的脑袋越觉得熟悉。

这时，小女孩儿猛地推了我一把，将我推倒在了熔浆之中，然后愤怒地说道：“你骗我，你不是他。”

我很是尴尬，开口说道：“小妹妹，我……”

没等我说完，那小姑娘就往后猛然一跃，紧接着她融进了炙热无形的熔浆之中。

我赶忙冲上去，想要叫住她跟她解释一下，却不料在这个时候，左边不远处传来了恐怖的巨吼，随后一个身高两三丈的巨大身影，直接跃到了炙热的岩浆之中。

这是一头浑身布满黑色毛发的丑恶的巨大猩猩。

它肌肉健硕，身体宛如大理石一般结实坚硬，充斥着炽热的雄性气息。

那上千度足以融化一切的熔浆池，对它完全没有作用。它在里面打着滚儿，仿佛在泥坑里玩耍一样。当它腾然而起的时候，那炙热火红的岩浆竟然从它光洁的皮毛中滑落下来，没有伤它分毫。

它落入此间后，在巨大的熔浆池子里翻腾着，时不时跃起，伸手去捉那些到处飞曳的火鸦，将这些神奇的生物统统抓在手中，然后猛然一捏，将其化作粉末。

眼看着偌大的一群火鸦在短时间内四分五裂、消逝大半的时候，从那恐怖的熔浆湖泊中，飞出了一道光。

那是一道快如闪电的光芒。

起初它一掠而过，并不庞大。然而当它停滞下来挥动翅膀的时候，却遮蔽了大半个洞穴的顶端，仿佛一片无边无际的火海。

那是一只鸟儿。

它拥有宛如烈焰一般的火羽，修长近乎完美的体型，以及锋利的鸟喙与利爪，陡然张扬之间，如火山喷发一般庞然。

那大鸟双翅一扇，恐怖的热风便吹向前方。

它化作恐怖的力量，将那正在熔浆湖泊之中肆意蹦跶的巨大黑猩猩直接掀翻倒地。

砰……

那黑猩猩在滚烫的熔浆池子里翻滚一圈，勉强爬起来，双手擂胸，"砰砰"的闷响传遍整个空间。随后它张开嘴巴，露出了雪白锋利的牙齿，嗷嗷直叫。

这声音将整个天地都震得发抖。

空间在颤动。它"嗡嗡嗡"地颤动着，让人感觉世间的一切，仿佛都随着它的节奏在动荡一般。紧接着它陡然腾空跃起,扑向了那浑身充满火焰的巨鸟身上。两者交击,力量在整个空间中来回动荡,随后轰然而下,落进了熔浆湖泊之中。

这时,一个身高一丈多直立行走的大灰狼,出现在了岩浆湖泊旁。

它离这边的战斗核心处差不多有百米之远,而下一秒钟,它双腿一蹬,如同导弹一般,快速落在了战场中。

那家伙看上去虽然没有这两位相搏的巨兽一般庞大,但速度和力量却并不弱。

它陡然扑来,也搅入局中。

三方拼斗,那巨鸟以一敌二,并不落下风。

它凭借着自己坚硬如钢的鸟喙和利爪,将这两个恐怖的家伙弄得血肉模糊,而火羽之上恐怖的高温,则将那两个家伙熏得灰头土脸,火焰烧身。

就在这个关键时刻,居然又有一头高六米的黑色巨熊冲入其间。

只是那蠢东西有些畏热,站在岩浆湖泊旁几经试探,最终都没有介入其中。

我能看出,无论是那个头恐怖的巨型猩猩,还是后面的灰狼和黑熊,都是夜行者的身份。甚至那头奋力拼杀的巨鸟,也很有可能是夜行者。

眼看着战斗越发激烈,突然,一股恐怖的黑云弥漫了整个空间。

紧接着,我感觉到空间陡然变冷,炙热的熔浆湖泊在这一瞬间,居然全部变得坚硬,随后那散发着灰黑色的表面,还凝结出了冰霜。

那与人奋力拼杀的巨大火鸟,在那一瞬间化作了冰雕。

通体冰霜,晶莹剔透。

好恐怖。

我感觉浑身一阵战栗,下一秒又感觉到天旋地转,身体一下子就僵硬了,眼前一片黑暗。

当我再次睁开眼睛时,发现自己冻在了岩石之中,动弹不得。

我想深吸一口气,却发现在这狭小的空间里,没有任何空气能吸入肺中。让我更惊讶无比的是,即便如此,我也没有任何憋闷的感觉。

仿佛我的体内构建成了一个自己的闭环式循环系统。

我的眼前黑漆漆的一片，什么也看不见，却能感受到身处的空间里在不断地颤动着。

轰、轰、轰……

巨大的震动让我确认先前看见的那一切，应该都是真实发生的，并非我自己臆想的。

我这般想着，下意识地捏了一下双手，这时发现，我的左手掌心处有一个圆滚滚的东西。

我使劲儿捏，发现不用力还好，一用力那玩意儿就会变得炙热。而炙热之中又带着几分软绵，跟软金索好像是一样的材质。

想到软金索，我方才反应过来，我右手抓着的正是软金索，只是它此刻经历过了变化，与之前有所不同了。但至于是哪里不同，因为身处坚固的岩石层中，我也没有办法第一时间去打量。

等等，岩石层？

大概是脑子用得有些过度的缘故，我一直到现在才反应过来——岩石层？我之前不是在近千度高温的岩浆之中吗？怎么这会儿又跑到了岩石层中了？

这也太烧脑了吧？

我下意识地深呼吸，发现自己憋在一个极为狭小的空间里，又像是被灌铸在岩石层中，完全没有办法呼吸。

而正是这种境况，让我结合无数的爆炸信息，将前因后果大致整理清楚了。

一切都要从我掉进那炙热得仿佛能够融化一切的岩浆之中说起。

在那一瞬间，恐怖的热度将我整个人都烧得不成模样，倘若不是我体内的癸水灵珠气息，还有白老头儿烙在我右手手腕上的六甲梅花烙将我的身体护住，只怕我此刻已经成渣了。

我当时还被逼得连神魂意识都离开了身体。正是如此，我才会感觉到浑身轻松，觉得自己想去哪儿就能去哪儿。

尽管我对于神魂这种东西没有什么研究，但从我之前得到的种种信息来看，它应该是能够观察世间一切，但没有人能够观察到它的。

为什么那个小姑娘却能看见？她非但看见了，而且还产生了美丽的误会，她把我认成了她的哥哥。

为什么会这样呢？

我绞尽脑汁，终于想了起来，尽管我当时并没有足够活泛的思维去考虑自己，但当我向下看去的时候，能够看见一对毛茸茸的双手。

这双手，让我不得不回想起了先前那个倏然消失的家伙。

就是我在沸水池子里双眼变异时，睁开眼睛看见的那个满身是毛、一张马脸的怪物。

那是一个猴子。

之前我没有足够的时间思索，现在回想起我才发现，那个家伙，其实就是我。

另一个我。或者说，我的本相。

灵明石猴血脉下的，夜行者的本相。

如果是这样的话，一切就说得通了，那个小女孩儿之所以把我错认成了她的哥哥，说不定她的哥哥曾经是某一个拥有着灵明石猴血脉的夜行者。

一直到她将双手掌心处那一掬如同水银状态的液体交给我，而我无法接住的时候，她才发现她认错了人。

对，是这样的。

一定是这样。

我在出魂状态下，也的确看见了熔浆之中自己的本体，就是那个让我眼熟的大光头。

那是我在天灵盖受伤之后，秦梨落亲自帮我剃去头发显露出来的模样。

我手中抓着的珠子，也许就是小女孩儿给我的那一掬液体。又或者，它只是其中的一部分。而其余的，进了我的身体里。

因为我当时看见那个大光头，也就是我的本体，几乎已经融化了。没有融化的地方也都被炙热的火红色的熔浆充满了，只有癸水灵珠护着的地方化作了灰黑色的岩石。就连那六甲，也都融炼破碎。

照理说，肉身凡胎在这样的情况下，早就已经不行了。

我现在还能活下来，感觉到自己存在于世，说不定就是那一掬不知道是什么鬼东西的液体救了我一命。

也许是这样的吧？

我脑子有点儿蒙，感觉好像是理顺了，又好像还有许多细节没有把握到。

比如那个小女孩儿她到底是谁？如此柔弱的她，为什么会出现在这个地方？她说的那些话到底是什么意思？她给我的这一掬火焰熔浆一般的玩意儿又是什么？

我明明是在熔浆之中，为何此刻又化身为岩石了呢？另外那一大群的火鸦，以及腾然而起的火焰巨鸟，还有那仿佛巨人一般的恐怖猿人，宛如钢铁战神一般的灰狼和那个畏惧火焰、不敢入场的黑熊，又都是些什么鬼东西？

还有，那一团无端恐怖的黑云。将我出魂的意识直接逼回体内，并且在出手的瞬间，将那本来占据了绝对优势的火鸟变成冰雕的家伙，又是什么鬼东西呢？

我完全不知道。

难道说，我之前看见的一切都是假的？

就在我脑子乱成一锅粥的时候，突然不知道多远的地方，传来一声愤怒无比的吼声："傅俣，你果然没有死？"

紧接着，又有一个穿刺云霄的声音传入我的耳中："放下朱雀的身体，你这浑蛋！"

这两个声音穿越厚厚的岩石，通过震动，传到了我的耳中。

随后，一个让人心中莫名惊栗的不似人言的话语，仿佛在我耳边响起一般，陡然回荡："昨日之恨，今日不休，山高水远处，魔潮临尔头……"

这毫无任何逻辑的话语，在整个空间里来回晃荡，我甚至感觉到整个岩石层都在颤抖。而我的身体里，莫名就多了几分凛冽的寒意。我总有一种说不出来的感觉。

这声音，就是那团黑云所发出来的。

我自入行起，也见过不少的厉害角色。修行者，我见过顶尖儿的，夜行者,也遇见过起码是妖王级别的。但所有的厉害角色加到一起,给我的感觉仿佛都不如这一团黑云恐怖。

那是极端的大恐怖,像是统御世间一切邪恶的源泉和王者。

那声音来回晃荡,到了最后,消失无踪了。

我听到头顶之上传来了暴躁如雷的骂声,以及某些结构倒塌时的轰然之响,便知道那黑云走了。

剩下几个什么都没有捞着的家伙,在乱摔东西,自个儿撒气呢。

突然,有一个人沉稳严肃的话语传到空间中来:"仇千秋、欧阳江山,还有薛麻子,你们不在家里好好待着管好你们的徒子徒孙,跑到这儿来撒野作甚?真觉得没人能管你们了?"

比起先前将整个空间都震得抖三抖的架势,这声音显得十分温和,平缓之中又带着几分警示的意思。这话如潺潺流水划过,平缓而持续。它很平淡,却充满威严。

紧接着,我头顶上所有的喧嚣,在一瞬间骤然收敛,再无动静。

宁静、寂静、安静。

死一样的静。

走了,都走了,没有任何的声音出现,仿佛我与整个世界都变得安宁下来。

开始我还挺高兴,觉得这些让人畏惧的人物离开后,我总算没有生命危险了,然而我突然间想到了一件事情。

那就是,我会不会就这样永远待在这儿?

想到这里,我开始慌了。我努力地蓄劲儿,想要动弹,然而身体却如同灌注在水泥柱子里面似的,根本无法动弹。仿佛我与大地浑然一体。

我挣扎过,努力过,甚至差点儿将牙齿都咬碎了,但最终还是没有任何效果。

到最后,我丧气死心了,没有再乱动。

时间在我的身上仿佛静止了。一秒钟、一分钟,或者一年、几十年,甚至一百年,对我而言,没有任何的意义。

我以为，我会死在这里。

我认命了，然而就在以为自己再也没有活路的时候，突然间我的头顶上，传来了嘈杂而刺耳的电钻声。

这种声音是如此刺耳，但是在我听来，却如同仙乐一般。

有人发现了我。

经过耐心的等待，在长时间的寂静之中，我已经学会了用脉搏计量时间，估摸着用了两个半小时，终于有人将我连同我身体外的一大坨石头拖到了外面的空间。

接着至少有四个大汉，拿着拆迁用的那种八磅锤，在我身上敲打。

砰、砰、砰……

当我最终从石头里面挣脱出来的时候，有一个人扶住了我的手，哈哈一笑，说："原来是石猴啊！"

我睁开眼，瞧了那人一眼。

果不其然，是白老头儿。

紧接着，我双眼一翻，直接昏死过去。

当我再次醒过来的时候，已经是三天之后了。我还没有睁开眼睛就闻到了一股充斥鼻间的消毒水气息，随后我看见自己身处一个高级病房中。

之所以这么说，是因为整个病房里面，除了我身下的病床之外，再没有第二张床。我还看见旁边有沙发和电视。

我想坐起来，却感觉浑身僵直酸软，如同石头一般没有知觉，忍不住"哎哟"一声。

这时阳台外面走进了一个人。她看到我醒了过来，十分惊喜地喊道："侯漠，你醒了？"

我看见那人，也是一脸惊讶："老板娘，你怎么会在这里？"

说话的时候，我感觉脸有点儿僵。这人居然是合城居风情万种的老板娘刘娜。

她双手湿漉漉的，好像是刚刚洗过衣服，她甩了甩手，将修长白嫩的手指搓了一下，然后对我说道："是白爷告诉我的，他说你遇到点儿事，受了伤住在这里。我就赶过来了……"

白爷？

我脑子有点儿晕，张了张口想要说些什么，她却说道："你等等，他们交代过，你醒过来的第一时间就要通知他们，怕你身体有问题。我去叫医生过来，给你检查。"

刘娜急匆匆地走出了病房，留下一缕淡淡的女人香在病房里弥漫。

他们？

说真的，刚刚醒过来的我，脑子当真是一团糨糊，身体很是疲乏，僵硬如铁，完全动弹不得。

没多久，房门推开，有两个人走了进来。

这两个人都是男的。一个四十多岁，穿着棕色皮衣，戴着黑框眼镜，脸上挂着随和的笑容，旁边那个年轻一些的表情就严肃许多，他手上拿着笔记本和钢笔，跟在后面。

黑框眼镜走到病床前，见我想要爬起来，赶忙拦住了，温和地说道："你别起来，医生交代了，你的身体还处于极度虚弱状态，需要静养，别乱动，你躺着就行。"

我没有动，黑框眼镜拉了一个凳子过来，坐在了我的床边，对我说道："当前情况，一切从简。简单自我介绍一下，我叫苏烈，是419办的人，专门负责处理一些比较麻烦和棘手的案件和事务。不过你别多心啊，白知天老爷子以前是我领导，他也跟我特意交代过，你跟其他人情况不同，咱们这儿也就是走一个过场。另外他那边也接到通知了，很快就赶过来。"

这人从面相上看，其实挺威严的。然而此刻却是满脸堆笑，总感觉有些小心翼翼。

不过他的话也说得很明白，人家主要看的是老领导白老头儿的面子。

可那白老头儿不是门卫吗？怎么又变成这人的老领导了？

等等，419办？那不就是传说中的天机处吗？公门中人。

我脑子里思绪万千，此刻却只能小心招呼，说："您好，需要我配合做些什么吗？"

苏烈笑着说道："不，不，你别担心，我们只是做一个简单的记录，备个案就行。其他的事情，由我的老领导过来跟你谈。你只需要把大概的情况跟我们聊一聊就行。还有，你有什么想问的也可以问我，我知道的，尽量都跟你解释清楚。"

人家的姿态放得很低，我感觉白老头儿的面子还真是大，也没有了拘谨。我先是问了一下时间，得知现在已是三天后。然后又问了一下我的身体状况，苏烈说这个太专业了，需要老领导过来跟我解答。不过他让我放心，我这边其实只需要静养，差不多一个星期左右就能恢复正常了。当然，这个是他听老领导说的。

他说道："老领导很快就过来了，咱们走一个过场吧。你能简单聊一下整个事情的经过吗？就是随意聊一聊。"

苏烈说着，他身后的年轻人正襟危坐，拿出了钢笔和笔记本，准备记录。

我见这个是要备注在案的，就留了心，没怎么多聊，只是大致说了一遍。也就是我在街头被人袭击后躲在一个地方，后来被人找上门，把我拖到了一处废弃工厂，扔进了水池子里面……

我尽可能地不去谈及秦梨落，也没有说起在张宿秘境里面的情形。当然，我是不怕的，主要是我也没有做啥错事，心底无私天地宽。

我讲述得模模糊糊，照我之前在局子里做的笔录，早就该被打断八百回了。

但是在这个级别要高上许多的地方，人家却笑吟吟的，没有丝毫异议，还配合我嗯嗯啊啊的，表现得十分投入，搞得我都有点儿不好意思了。我忍不住问道："您觉得，这样说可以吗？"

苏烈点点头说："挺好，挺好的，您继续。"

我看他没有反对的样子，又继续说下去，不过还没有等我说完就有人敲门了，紧接着白老头儿的脑袋就伸了进来，问道："搞完没有？"

苏烈听到，急忙站了起来，冲着他毕恭毕敬地说道："老领导，您来了。"

白老头儿挥了挥手，说："行了，行了，我就一退了休的老东西，叫啥老领导？你现在就是一领导，别跟我这儿矫情。怎么样，做完笔录了没有？"

苏烈说："差不多了，还有一点儿收尾。"

白老头儿说道："差不多就行了，你以前不是在文联待过吗？后面的那些，自己编点儿吧……"

编？

苏烈有点儿尴尬，苦笑着说道："咱们这个是需要入档的。"

白老头儿有点儿不高兴了："咋了？要不然我帮你弄？"

苏烈没敢再多逗留，赶忙说道："行行行，我后面对照别的笔录补充完整吧，您先忙。"

说罢，他又对我说道："侯漠同志，我们的笔录到此结束，感谢您的配合。今天你的身体有些不方便，等回头你恢复了，到我们局里坐坐，咱们好好聊聊，说不定有合作的机会。"

他将一张名片放在我的床头柜上，然后带着那个记录员离开了房间，临走前，还帮忙将房门给关上了。

这真是让胖大海手下都闻风丧胆的天机处的人？怎么感觉像一推销员？

我有点儿蒙，白老头儿却笑嘻嘻地走进来，一屁股地坐在了苏烈的椅子上，又一下子跳了起来，说："怎么这么烫啊？"

我苦笑，说："人刚刚坐的，能不热乎？"

他蹲下来，朝着那椅子吹了两口气，然后才又坐下，伸过手来在我脸上捏了捏，说："咋样，石猴，感觉如何？"

"什么感觉？"

白老头儿诧异："我捏你脸，难道你一点儿感觉都没有吗？"

我愣了一下，缓缓说道："被你捏着，有点儿恶心。"

啪！他朝着我的脸扇了一巴掌："我问你身体什么感觉。"

我深吸了一口气，然后说道："不疼，有点儿痒。"

之后他又在我的脖子、小腹和膝盖上面揉了一下，然后说道："看来你恢复得差不多了，我以为你得像植物人一样，在床上躺个一年半载的呢。对了，刚才你们都聊了什么？"

我说："大概讲了一下先前发生的事情。哦，对了，先前在那沸水池子里，是您救了我，对吗？"

白老头儿得意地嘿嘿一笑："除了我，还有谁？"

我说："多谢您。"

白老头儿瞪了我一眼："你谢我？呸，老子费尽心思在你身上种下六甲神将，结果你却把这结界给破了，害得老子猝不及防，差点儿破了功，你知不知道？"

我有些晕乎，说："这个真不知道，不过并不是我故意的……对不起。"

白老头儿挥了挥手，说："没怪你。那天我第一眼见你，就看你这印堂发黑，都快跟包公一样了。我若不帮着你点儿，你个小屁孩儿估计就折腾完了。对了，你一南方人，没事儿跑北方来干什么？你难道不知道你自己不利北方，一路往北，越走越凶，而且还是凶多吉少，如果不小心，还会危及生命吗？"

啊？

我被他都说愣了："您是说，我来北方不对？"

白老头儿看我脸色有些不对劲儿，一下子就猜出来了："得，敢情是有人怂恿你过来的？"

我点点头说："对，有人说我在北方，有大机缘。"

白老头儿眉头一竖，瞪着眼说道："谁，谁？"

我被他说得心虚，小心翼翼地说道："他本名我不太清楚，外号叫作黄大仙。"

白老头儿一听，双眼一翻："我以为是谁，原来是那老王八蛋，我说怎么会这么不靠谱呢，竟然是他。"

我没有想到他会这么说，忍不住问道："有问题吗？"

白老头儿骂完，却不愿意谈黄大仙的事，而是对我说道："别说这个，你先尝试着张开你的双手——先前医院的护士为你清理伤口，想把你手里的东西弄下来，结果没成功，叫了其他人还是不行，于是找到我。我倒是可以，但用起蛮力来，你的手估计得折，你自己试试，也让我瞧瞧里面到底是个啥。"

白老头儿倘若不说，我还真没在意自己的双手间到底捏着什么。

虽然醒了这么久，甚至都跟天机处做完笔录了，但事实上，我感觉自己处于活动状态的，差不多也就是脖子以上。其余的地方更多的是僵直和麻木，并没有太多的感觉。

我这情况有点儿像是高位瘫痪。

得到提醒之后，我小心翼翼地抬起头来，然后尝试着将双手举起。

这动作十分艰难，仿佛我骨头的关节处生了锈一样。好一会儿，我才将手举了起来，然后缓缓张开。发现我左手中，居然握着一颗里面泛着火红色光芒的珠子。而右手则拿着小拇指大的一根小棍儿。

那珠子比乒乓球要小一圈，十分软，但软中又有点儿带硬。

它很像我们小时候玩儿过的弹球，可相比于塑胶材质，它的表面又多了几分釉质，感觉如同陶瓷或者珍珠一般，总之这种感觉是多变的，难以描述。

之前的种种记忆涌上心头，我下意识地将这珠子捏紧。没想到刚刚一捏，一股炙热的气息从那珠子表面的釉质部分传递到了我有些麻木僵直的左手上。它将我的记忆瞬间拉回到先前在熔浆池子里的感觉，同样也刺激到了我的左臂，乃至左边的身子。

我下意识地用劲儿，感觉那珠子滚烫不休，里面仿佛有无数热腾腾的气息准备朝整个房间肆意蓬勃而出。

我对于自己这近乎高位瘫痪的身体十分不满，下意识地还要用劲儿，谁知白老头儿却慌张地大声叫道："停停停，你个傻瓜，再捏的话，这朱雀妖元就要被你捏爆了。到时候别说咱俩，估计整个医院的人都得给你陪葬——大圣，收了你的神通吧。"

呃……我被白老头儿的话弄得有点儿无语，张开了手，说："要看看吗？"

白老头儿一愣，说："啊？可以？"

我说："有什么不可以的？"

白老头儿有点儿激动，说："真敞亮，那我就看看，就只是瞧一下……"

说完，他从我的左手中接过了那火红色的珠子，结果却发出了"啊"的一声叫唤，我闻到了毛发烧焦的臭味，紧接着病房的楼板微微一震，仿佛很重的东西砸在了上面一样。

我吓了一跳，说："怎么了？"

　　白老头儿翻着白眼，说："就知道你没安好心，这玩意儿怎么会这么烫？"

　　我说："你不能等它缓和一些再拿吗？"

　　白老头儿蹲在地上，半趴着去观察那珠子，而我则打量起了右手掌心处那根小拇指大小的东西来。

　　这玩意儿有点儿粗糙，如同生锈的钉子，两头大，中间直，上面仿佛蚀刻了许多纹路，给人的感觉好像是天然的，内中又仿佛有着无数的联系。

　　仔细打量后，我发现里面有许多细小的缺口。我将它放大在脑海中，居然化作了符文，不断旋转，里面又仿佛蕴含了大千世界，无比神奇。

　　这东西乍一看不怎么样，但真正打量起来却又是别有洞天。

　　我用大拇指掰了一下，发现它的材质软中带硬，硬中又带着几分柔和。

　　我有点儿想哭了。因为我记得，当初我右手抓着的，并非是这么一点儿的萝卜丁。我抓着的，可是软金索长棍。

那软金索长棍即便是沾染了许多岩浆融灰，被高温侵蚀后，它也是能提起来砸人的，此时此刻，这玩意儿又是个啥呢？

我的心在滴血，一想起自己那根随时可以抽出来打人的裤腰带没了我就泪流满面。

没有等我伤心多久，我又听到了一声惨叫。

"啊！"

白老头儿的叫声不像是作假，我忍不住问道："怎么了？"

床沿上冒出一个脑袋来，正是白老头儿，他怒气冲冲地对我骂道："你个小兔崽子，敢玩儿你大爷？我等了这么久，那珠子也就你能拿，其他人别说拿，碰都不能碰，就知道你没安好心。"

我苦笑，说："这个……我真不知道。"

白老头儿挥手："别扯了，你赶紧拿走，否则这楼底都要被烧穿了。"

我说："这怎么办，不是我不想，是我根本坐不起来。"

白老头儿叹了一口气，说："唉，我扶你起来吧，不然真得烧穿了不可。"

他过来扶我，我也配合着用力，甚至都听到了自己骨骼在咔嚓作响的声音。一番折腾，好一会儿我才勉强俯身，将那火红色的珠子抓在手里。

它在我手中，不用力就没有任何热力，凉悠悠的，就一个正常的珠子。

白老头儿将我扶起来，又把我扶到床上去，他看上去仿佛跑了个马拉松，浑身都出汗了。他坐在椅子上喘气，说："你个石猴，是真沉啊。"

我苦笑，说："您这话说得没头没尾，我怎么就石猴了？"

白老头儿指着我说道："你敢说你不是灵明石猴血脉的夜行者？"

"我还不够格称之为夜行者，毕竟还没有完全觉醒。"

"也是，你知道你在昏迷的这段时间，都发生了什么事情吗？"

"什么事儿？"

"先前你在熔浆深处待了太久，高温破坏了你的身体结构，使你的身体机能都丧失了。不过因为某些机缘巧合，你摄入了大量的金属和硅元素，你的身体变得出奇的坚硬，这就是传说中的'铜皮铁骨'。并不是说你整个人是一堆破铜烂铁，而是你的身体发生了奇妙的变化，比如……"

说着，他从旁边拿出了一个铁勺子，在我胳膊上面轻轻地敲了敲。

铛、铛、铛……一阵清脆的声音传了出来，那是金铁交击之声，铮然作响。

他继续说道："当然，这都只是表象，并非持久。你现在之所以难以动弹，就是无法掌控这样的状态，等你完全适应后，就可以通过调节气息，下床正常走动，回到以前的模样。"

我听得有点儿绕，说："您的意思是，我以后不会这样，对吧？"

白老头儿问我："你现在修行的是什么法门？"

"《九玄露》。"

白老头儿一愣，说："什么《九玄露》，没听过啊？"

我苦笑，将那修行方法的由来说了一遍，白老头儿摇头，说："王朝安那家伙有点儿忽悠你啊，一本不知来历乱七八糟的残本都敢给你练——得嘞，回头我去我们学校的藏书馆，给你淘一本好书，让你先把这状态解除。"

我听到这话，有些激动，不过还是小心翼翼地问道："那，那个啥，要钱不？"

白老头儿瞪了我一眼，说："你觉得呢？"

我小心说道："多少合适？"

"呸……"白老头儿喷我一脸口水。

我却开心地笑了，问道："您说我拿的这个，真的是朱雀妖元？"

那老爷子点头说："我忘了问，这朱雀妖元，你是怎么拿到的？"

我愣了一下，回忆了几秒钟，方才说道："是一个小女孩儿给我的。"

白老头儿不信，说："呸，人家怎么不给我？"

我不想瞒他，就把当时的情况告诉他了。那白老头儿思索了一会儿，说道："若是如此，那只有一个可能，你说的那个红裙小姑娘应该就是朱雀本人。估计她是睡迷糊了，认错了人，才将身家性命交给了你——可惜啊，她这偌大的一身法力，几千年的修为，最终竟然落得如此下场。"

我心中惊疑，便问："她怎么了？"

白老头儿说："当时我因为六甲神将被损，没有及时赶到现场，所以去的是老方，好像是那朱雀的身体被噬心魔带走了。"

"噬心魔？这又是什么鬼东西？"

"你不懂？"

"对，真不懂。我就知道夜行者，但魔到底是个什么东西？我真不懂。"

白老头儿耐着性子给我解释，说："古语有云，'人心癫迷为魔'，魔并非自然造物，而是有人想要满足自己心中的欲望，与远古大妖、妖元融合，心入魔道，违反天地至理。这便是入魔。"

说到这里，他的表情变得严肃起来，继续说道："魔，并非自然造物，它是受到诅咒，无法繁衍、无法定性的生命。它天生就以杀戮和破坏为最大的乐趣，喜欢操控人的生死和心灵的恐惧，是逆天而成的生灵，也是最受唾弃的存在。每一个魔的诞生，都是一场巨大的劫难，让无数生灵为之消亡——夜行者不可怕，人也不可怕，怕就怕这种失去理智、陷入沉沦，以杀戮为乐趣的魔，它是人族和夜行者一族共同的大敌。"

我听他说完，忍不住说道："我想起来了，你说的魔是不是一团黑云？"

白老头儿摇头，说："不，不是云。魔，从本质上来说，也是人。"

随后白老头儿跟我补充了我昏迷之后发生的事情，那个叫作噬心魔的家伙，卷走了生死未卜的朱雀，而先前与朱雀相斗的那几个恐怖夜行者，则是京城几个鼎鼎有名的大人物。

他们在阻拦噬心魔的过程中，多多少少也都受了一些伤。

我忍不住问道："朱雀，是凤凰吗？"

白老头儿摇头："作为天之四灵与四方星宿之一的朱雀，与礼记四灵之一的凤凰，是存在极大不同的。它是沐浴星宿之光而生，从理论上来说，更具神性，比之凤凰这个族群而言，更加独一无二。"

我听得一头雾水："是不是说，它比凤凰更厉害？"

白老头儿对我的简单思维无话可说，撇了一下嘴角，说："你可以这么认为。"

我对那个红裙小姑娘一直心存歉意，于是又问道："对了，你说那个什么魔，它为什么要抓走朱雀？"

白老头儿说："朱雀作为远古大妖，一身磅礴修为，活了那么多年，显化本相之后全身都是宝贝。另外如果它还活着，那数千年的见识，也是一笔丰富的宝藏和财富，不过值得庆幸的是它并没得到自己最想要的东西。"

"是什么？"

白老头儿眉头一皱："我刚才说的话，你到底有没有听明白啊——人之所以为魔，是与远古大妖或者妖元融合，心入魔道，违反天地至理。现如今它已经是魔，最能增长修为的就是妖元，也就是妖丹。但这玩意儿现在不是在你的手上吗？"

我心中一紧："那朱雀，她会不会死？"

白老头儿看见我这模样，拍了拍我的肩膀，说道："虽然我不知道你们之间到底发生了什么，但我不得不告诉你，那朱雀基本上是没有活着的希望了——可惜啊，我听说，那朱雀一身修为登峰造极，光凭自己的力量就能将张宿秘境之下的一片岩石融化，化作熔浆岩海？"

我说："你没看到？"

白老头儿摇头，说："我赶到的时候，整片熔浆岩海都已经凝结成块，把你从那里面弄出来就花了我不少的工夫，哪里来得及看？"

我突然想起一事，便说："那个张宿秘境，现在还在那儿吗？"

白老头儿笑了笑说："张宿秘境又没有长腿，哪里跑得了？"

我想起里面的烛阴来，小心翼翼地问道："白前辈，你也知道我是灵明石猴的血脉，既然如此也应该知道，我想要活下去，安然渡过五重关，就必须有一种叫作烛阴的东西。据说，那张宿秘境之下，有……"

白老头儿哈哈一笑："你想回那秘境里，将东西找出来？"

我点头赔笑，说："对。"

白老头儿朝我的胸口擂了一拳："你想都别想，在这天子脚下，京师之地，出了这等事情，你觉得上面会坐视不管吗？那破地方肯定已经被封锁起来，任何人都不能出入了。别说你，就算是我这张老脸想要进去，都得找人批申请呢。你别打鬼主意，京师这地界藏龙卧虎的，就你这点儿本事，想要偷偷溜过去，死都不知道怎么死的。"

"不会吧，这么严？"

白老头儿说："我不是吓唬你，虽然上面对夜行者并无歧视，也没有刻意规范，但一般来讲，只要是夜行者犯事，就会当成枪案，专案专办，而且从重从严，用严打的标准。你要是不想一辈子蹲在牢房里蹉跎终生的话，最好别越线。"

我苦笑："别说蹉跎终生，我若是不能渡过五重关，觉醒成夜行者，估计只能活个一两年。"

见我这般沮丧的模样，白老头儿笑了："得，看在娜娜的面子上，我帮你去问问吧。"

我十分惊喜，说："真的？"

白老头儿拍了拍我的肩膀，语重心长地说道："瞧见没，又是送功法，又是破格帮你问这事儿，你大爷我真的是费尽心思了。你小子以后倘若敢亏待娜娜，看我不打断你的狗腿……"

面对这老爷子，我也是没办法，苦笑着说道："白前辈你误会了，我跟老板娘之间是真的没啥。她对我也只是老板对员工而已……"

白老头儿指着我的鼻子说："装，看你给我装。"

"真不是，宽哥刚走没多久，老板娘又是重情重义之人，怎么可能会想这些呢？"

白老头儿吹胡子瞪眼："食色，性也，这是人之常情，这有什么？你别看我老头子七老八十了，我还有一个小我五十岁的老婆呢，这有啥？"

见这老爷子一副理直气壮的模样，我也是一脸的无奈。

而且他这架势，好像还有点儿扬扬得意，实在是让我不知道该怎么接茬。

我低头不说话，他却拍了拍我的肩膀，说："行了行了，女人呢，有时候矜持，不方便开口，男人嘛，总得主动一些，你说对不对？得，娜娜在外面都等急了，怕我欺负你呢，你在这儿待着吧，别着急，医药费有人报销，用不着你管。"

他笑吟吟地站起来，假模假式地给我整了一下被子，然后离开了。

白老头儿刚走，老板娘刘娜就走了进来，一脸关切地问道："他们都找你干什么啊？怎么这么久？"

我不确定她知不知道这里面的事情，所以含糊地说了两句。

老板娘说道："白大爷以前是学校保卫处的，跟公安局那边的关系不错，别人也给面子，应该不会出什么问题。对了，你刚醒，感觉好一点儿吗？要不要吃东西？"

此刻我脑袋里塞了无数东西，只想静一静，便说道："不用，我想再躺一会儿。"

老板娘很担心："是不是哪里不舒服？"

我说："不是，就是头有点儿晕而已。"

这时老板娘才松了一口气，坐在我旁边，说："你昏迷了三天，就算是铁打的人也扛不住，我带了点儿鸡汤，你稍微喝一点儿吧。"

见她这样说，我也没有拒绝，说："好。"

此刻我全身僵硬，有点儿动弹不得，老板娘把病床调了一下，让我半躺着，然后一勺一勺地喂我。

我脑子里想着很多事儿，却不得不跟老板娘聊一下合城居的事儿。

她告诉我，老图叫来的那几个人都不错，特别是那个王月月，更是一把好手，让她都轻松了不少。至于生意，虽然没有我主厨，流失了一些口味刁钻的老饕，但大众食客的评价还是不错的，所以影响不大。

对于我的失踪，她也跟着担心了好多天。幸好我这边虽出了事，但没有什么大碍，也还算好。

我与老板娘聊了一会儿，天色渐晚，她要回家去照顾萌萌，只能先离开。

临走前她问我想要吃什么，明天给我带饭过来。

我说不用了，让她这两天先别来——事情有点儿复杂，我担心她也被卷进来，希望她跟我保持距离。

这话听得老板娘很激动，问我到底怎么回事。

我不想把这世间的丑恶跟天性纯良的老板娘说太多，便含糊其辞，说我过两天会跟她一一道来的。老板娘便不再多问了，起身离开。我感觉她走的时候情绪有点不太对劲儿，也不知道是不是我想多了。

我满心疑问，无数问题在脑海里挥之不去，又没有办法找人询问，自己又跟瘫痪病人一样，半夜上厕所都得请几个护工帮忙。好在这个时候，我的身体开始变软，没有让人感觉太费力气。

次日，白老头儿找到我，给我拿来了一本《月华录》，还为我仔细讲读了一遍，另外他又告诉我一件事情。

经过这几天激烈的博弈，之前对我进行迫害的豹哥，以及始作俑者尚良，都被逮了起来。仇家的当家人也做出了承诺，会对此次事件里的所有相关负责人给予处置。过两天尚大海还会过来亲自给我赔礼道歉。

说完这些，他还给我带来了我的背包，包括里面的钱包、证件，还有我的那颗炼妖球，都给我带了过来。

当我看见这些东西的时候，忍不住问道："白前辈，我有一个朋友，叫秦梨落……"

白老头儿听到，叹了一口气，说："我知道，那丫头挺不错的，她能收留你，说明你们两个之前也认识，并且相处得还不错。不过……她死了。"

啊？死了？

在听到消息的那一瞬间，我感觉就好像有大锤子砸了我的脑袋一样，"嗡嗡嗡"直响。它让我都有点儿说不出话来，等我回过神来的时候，慌忙紧急求证，说："等等，等等，白老头儿，我想你是不是弄错了？我说的人，是港岛来的交流学者秦媛，就是……"

一激动起来，我连"白前辈"都不喊了，直接叫出了心底里的称谓。

白老头儿也不责怪，说道："当然，我知道是谁。秦媛是她的化名，她本应该叫秦梨落——大美女，我怎么会不知道？

我问道："她好好的，怎么会死？"

白老头儿一脸诧异："你不知道啊？"

我都快急哭了，说："我怎么会知道？"

之前我一直想问来着，不过心里有些担心会给秦梨落惹上麻烦，毕竟她是改名换姓隐藏身份而来，必然是有一些不可公开的地方，所以才一直忍着。

然而我万万没有想到，她居然会死。

白老头儿见我确实不知，叹了一口气，说："那孩子也是命不好，当日她去拜访大名鼎鼎的梅花仙针高满奇，回来后，得知你被掳走了，她想办法找到了西郊的那个工厂，在我们之前进入地下通道。在张宿秘境中，她跟人起了冲突，具体的我不知晓，后来听说是被那噬心魔顺手摆了一道，浑身精血被吸走大半，只剩下一具残躯，最后油尽灯枯了……"他有些惋惜，"她跟你其实就在一个医院，她特意交代不让人告诉你，不想让你知道这件事情，让你觉得欠她人情。"

我听他说着，脑补着当日我离开之后发生的事情。

全小米没死。

当时那帮人将全小米留在了宿舍，秦梨落应该是在不久后赶回来的。她得知我被人强行掳走后，凭借着她的智慧很快便猜测到掳走我的那一伙人是谁。

至于她为什么能在那么快的时间里赶到西郊工厂，这个我不得而知。但从当日出现在张宿秘境的仇千秋、欧阳江山以及薛麻子等不同势力方来看，这里面肯定是有着什么我不知晓的故事。

又或许秦梨落在没有办法的情况下，求助了上面三个人中的任何一个帮忙。只是，她求人帮忙，旁观就是了，为什么还要卷入里面来呢？

噬心魔有多可怕？尽管我没有对仇千秋、欧阳江山和薛麻子进行过望气，但能够感觉到，他们或许都有妖王的实力。

而那噬心魔居然能在三大妖王的围攻之下，把朱雀这么一头洪荒大妖瞬间冰封，然后带走。这是多么恐怖的实力！这样的力量，像我们这样的小虾米，不是应该有多远躲多远吗？

她去干什么啊……

我的心头满是悲愤，好一会儿才回过神来，发现自己的眼角居然有些湿润。

我问白老头儿："她走了多久？"

白老头儿一愣："什么多久？哦，她还没死……"

我听到这话有些抓狂了，说："你说话能不能说清楚一点儿，死没死这种事情你都能开玩笑？"

白老头儿大概是见我心生希望，叹了一口气："现如今她油尽灯枯，只有一口气没咽下去，其实跟死了差不太多。"

我着急了："人没事，不是应该就有办法吗？"

白老头儿说："药医不死病，佛度有缘人。生死这种事情，对于夜行者来说，很多时候已经上升到了天命之上。你为什么要渡过五重劫才能成为真正的夜行者呢？这就是命数。对她来说亦是如此，若是真的有办法，你觉得我会贸然下结论？现如今，她已经基因崩坏全身败血，没有任何办法补救了……"

"那个什么梅花仙针的御医，也不行？"

"神仙来了，都不行。"

他的断论如同雷霆，让我实在无法再说侥幸之语。想了很久，方才问道："如果她还活着，我能不能见见她？"

白老头儿摇摇头说："我不建议你见她。"

我有点儿激动，冲着白老头儿大吼："为什么？说起来她是为我而死的，我为什么不能见她？"

白老头儿见我情绪激动，站起来安抚我："别冲着我吼，这是那小姑娘的意思，与我无关。"

我诧异，说："为什么？"

白老头儿叹气："你并不知道基因崩坏对于夜行者来说，到底是个什么情况，全身流脓、恶臭满身、手脚僵立，甚至有的地方随便一撕就能扯下皮肉来，比麻风病人更加悲惨。对于临死之人来说，那种痛苦更是难以忍受。你应该见过秦梨落风华绝代、娇颜如花的时候，你想一想，她愿意让别人看见她现在的模样吗？"

我愣了："您的意思，是……"

"不愿见你，或者不愿意见任何人，这是她自己的决定。现如今，在所有人里，唯一一个能够见到她的是从港岛赶来的一个霍家人，那人是过来处理她后事的。"

我陷入了沉默。因为我不知道我该说些什么，这消息听得我锥心的疼。

我想要做些什么来表达自己的情感，但我什么都做不了，此时此刻的我，还只是一个躺在病床上，仅仅比高位截瘫病人强一点儿的家伙。

我甚至都不能下床，连上厕所都没办法自己解决。这样的我，谈什么去帮忙想办法？

可不知道为什么，我又无法忍受在秦梨落人生的最后时间里，我不能去跟她做一个告别。哪怕都不用言语，我只需要看上她一眼，让她明白，我在想着她就好。

可是……

白老头儿见我沉浸在伤感之中，便站起身来，对我说道："行吧，你也别多想，每个人都有自己的命数，那小姑娘是个无福之人，这也是没办法的。你谁也帮不了，先得想想自己……"

说罢，他准备离开。我想起一事儿来，问道："您说她在这家医院，在哪一间呢？"

白老头儿指着楼道尽头："就在这栋楼，尽头的那一间便是她的。"

我点点头说："好。"

说完，我又补了一个谢谢。

白老头儿知道我情绪低落，摆了摆手，说道："对了，烛阴的事情我问过了，但没有具体情况反馈回来。你也知道，这些事情一般比较紧，程序比较多，你也别着急。"

如果是之前，对于这个关系到我性命的东西，我肯定是很关注的。然而此时此刻，我却是索然无味，只是麻木地点了点头。

白老头儿离开我的病房后，房间里陷入了莫名的安静。我的脑子里，开始止不住地想起秦梨落，思维如柳絮一般，随风飘逝。

我想起第一次见到秦梨落的时候，她是如此的惊艳，即使是在 KTV 那种污浊的地方，她也如同一朵出淤泥而不染的莲花。除了令人窒息的女性柔美外，我还能从她那宛如满天星辰的双眸中，感觉到一些别的东西。

事实上，当时老马等人去调戏秦梨落，挨个儿灌酒的时候，我就有种想拿酒瓶子敲这帮浑蛋脑袋的想法。

后来，我再见秦梨落是满心恐惧的。因为那时我已经知道了，她与我并不是一个世界的人。当她出现在我的房间，给我种下启明蛊，以及后来对我说出她是我的引路人时，我的心里满是恐惧，不过除此之外，我还有几分的窃喜。我觉得，像我这样的小人物，居然能和她那样的大美女有了联系，这真的很让人兴奋。

再后来，我在霸下秘境见到她。她先是骗了我，又在最后，把助我冲入第一重关的弱水给了我，让人无法理解……直到在十分戏剧的情况下，我和她在校园里重逢。

这一幕幕、一幅幅的画面，在我的脑海里飞掠而过。突然间，我发现这个本来与我没有太多关系的女孩子，已经占据了我心神的大部分。

不行，我得见她一面，不管如何，我都得去见她。

我没有再多想，而是将心神全部沉浸在了白老头儿给我的《月华录》上，这是我能站起来的关键。

时间缓缓流逝，直到半夜时分，我长吸一口气，如同机械一般，缓缓地从床上爬了起来。然后我推开门，门口有一个人在睡觉，见我出门，赶忙站起来。

我指着走廊尽头，低声说道："我去看看朋友。"

那人问道："我扶您？"

"不用。"

我扶着墙，一点一点地往前走。就在快要走到尽头的时候，旁边走出一个人，看到我，恶狠狠地骂道："你还敢来？"

砰！他一拳打在我的脸上，发出闷响。

我没有动，那人却疼得收回拳头，直抽凉气。

我看着面前的黄毛尉迟，缓声说道："我，想见秦梨落一面，当面感谢。"

"滚！"

黄毛尉迟如同一堵坚不可摧的墙，堵住了我与秦梨落见面唯一的可能。

我揉了揉还没有变回原样的坚硬脸庞，认真说道："帮帮忙。"

尉迟京朝着我瞪眼，恨意凛冽，一字一句地咬牙说道："你还有脸找到这里来？要不是你，梨落会变成这个样子？说实话，要不是梨落拦着，我早两天就过去把你给弄死了——你以为那些保护你的人能够拦住我？"

他指着我的鼻子，毫不留情地数落着。

我平静地看着他，说："梨落要死了。"

尉迟京抬起手又想要揍我，但最终没有落下来，而是一把揪住我的衣领，将我推到墙面上，话语从牙缝里面迸出来："你知道，还来？"

"生死是大事，此次不见，有可能就要阴阳永隔了。"

"那又如何？"

"你就当帮帮忙，放我进去，让我与秦小姐见一面。我侯漠认你这份大人情，以后有机会，我慢慢还，可以吗？"

尉迟京脸色铁青："听听，以后有机会。但你知道吗，梨落从此以后就再也没有机会了。她本来可以拥有一个更美好的未来，甚至还有可能继承霍家的一切资源，成为霍家的执掌人。你知道吗？你个穷小子，你知道霍家有多大吗？你知道霍家的财富有多少吗？你知道……"

我被他一顿训，听完他痛心疾首的一通话，方才缓缓地说道："这件事情，我也不想，我也不知道……"

"你还敢推卸责任？"尉迟京气得肺都快要炸了，指着我的鼻子骂道，"你以为我刚过来，什么都不知道？梨落到这边来的时候什么都好好的，倘若不是碰到你这么一个灾星，就不可能无缘无故地牵扯进这些屁事儿里面，也就不可能碰到噬心魔那大魔头，更不可能被人吸去全身血脉精华和修为，落到现在这个基因崩溃的下场。"

我叹了一口气，说："我没有推卸责任，我只想告诉你，我想见秦小姐一面，跟她表达一下谢意。"

尉迟京毫不留情，将我向后推去，然后又说了一句："滚！"

我深吸一口气，还想再次争辩，结果尉迟京补了一句话："你别觉得委屈，这事情是梨落定下来的，她谁也不愿见，特别是你！"

听到这话，我再次沉默了。

白老头儿跟我说起过夜行者基因崩溃时的情形，这事儿对于一向爱美又素来洁净的秦梨落来说，实在是一件太过残酷的事情。

所以，秦梨落不想见任何人，我是能理解的。

但是……我想起秦梨落是因为我才变成这样的，心里就疼得不行。

如果她对我真的只是表面上看起来的那样平静，那么在回到宿舍从全小米口中得知我的行踪之后，她大可以觉得自己已经尽到了责任，不用去管了。

如果是那样的话，她真的是一点事儿都没有，但她偏偏赶到了张宿秘境。在那样短暂的时间里，还多了几个实力让人敬畏的顶尖人物。尽管我不知道这里面的来龙去脉，却也能从浮光掠影中，感受得到秦梨落对我的关心，以及……一点点的感情。

所以，我必须当面跟她道个谢。

要是不能，我会在接下来有限的余生里，陷入极度的自责和悔恨之中。

见尉迟京不肯让，我开始强行往里面挤。

尉迟京作为港岛霍家在外的四大行走之一，本事还是有的。方寸之间，小擒拿手，一牵一绊就将我掀翻倒地，然后死死按住。

他刚才打过我，拳头还疼，这会儿学聪明了，死死按住我之后，开始掐穴道。

我感觉身体的肌肉和筋骨被他弄得酸软发麻，浑身都开始不由自主地颤抖，甚至还有白沫从口中冒出。

这时，刚才说要扶我的那人匆匆赶了过来，对那尉迟京喊道："尉迟先生，侯先生，两位请住手。这里是医院，你们不要闹，否则我只有请示上面来处理了。"

尉迟京对官方还是比较忌讳的，听到这话，将我给放开，然后说道："你别让这家伙过来打扰我们，知道吗？"

那人点头，说："好。"

说罢，尉迟京离开。那人过来搀扶我，低声说道："侯先生，我们工作难做，您多体谅。"

我看到他的眼神也很坚决，知道自己算是没戏了。

我没有继续再闹，而是点头说："好。"

在那位 419 办工作人员的帮助下，我回到了自己的房间，躺在床上思索了一会儿，然后艰难地盘腿坐了起来，开始继续修炼白老头儿从藏书馆里给我带来的夜行者修行典籍《月华录》。

与《九玄露》这种残篇比起来，《月华录》则更加系统和基础一些，它虽然是文言文，但里面有很多备注和解释。从我手上的这本书来看，里面的注释并非出自同一人之手，甚至都是不同年代的，每个人都会写上自己的理解和实际情况。这点儿倒很像当时刚刚兴起的 BBS，让人的眼界一下子就开阔了许多。

而且它还提出了一种专有化的修炼方法，就是对着月华吞吐，提炼体内的血脉之力，化作妖力，最终凝练成内丹。

不得不说《月华录》里面的许多理论和知识，都让人耳目一新。

我甚至还在文末的注释中，看到了有人对夜行者级别的定论。说刚刚觉醒血脉的夜行者，能够使用的血脉之力，也就是妖力，藏匿于四肢百骸，需要用的时候，调动复杂，难以一蹴而就。至于平妖、信妖，则融练于上、中、下三处丹田之内，宛如涓涓细流，循环流通。而大妖，就已经是半固体的状态，随时随地都能够凝练成形，即便是本相，都可以转化自如。

有的大妖甚至能通过"丹鼎"之术，熔炼宛如实质的内丹。夜行者的内丹，也被人称之为"妖丹""妖元"。至于妖王，不但拥有最基本的妖丹，而且还能够觉醒远古时期的大部分血脉神通，显然已经不是寻常人间的角色了。

月华，其实就是月光。

对着月亮修行，这样的感觉，让我不由自主地想起了对着圆月嚎叫的狼。

第四十七章

临死一吻

　　我在房间里老老实实地修炼，其间419办的哥们儿放心不下我，偷摸着来看了我两次，感觉我这样一个差点儿成为高位截瘫的人，应该制造不了太多的麻烦。所以没多久，我就听到他轻微的鼾声传了过来。

　　我继续修行，将全身的经脉以及滞涩的地方都给打通，让自己的身体不再如同钢铁一般僵硬。

　　恢复柔软之后，我在病房里来回走了两遍，适应了一下自己的身体。

　　果然，白老头儿挑的书着实不错。一晚上修炼下来，我都已经可以行走自如了。虽然还有一些郁积之处，但正常行动已经没问题了。

　　我走到窗边，打开窗，深深吸了一口气。

　　这会儿大概是凌晨与早晨的交界时间，清冷的晨风吹进屋子里，让我为之一凛，随后我轻轻活动手脚，朝着外面攀爬过去。

　　秦梨落的房间在左边走廊的尽头，和我隔着七八个房间。

　　我双手如钩，攀在了墙面上，如同一只蜘蛛一样朝着那边攀爬。

　　这对于一个大病未愈的病人来说，并不是一件轻松的事情，好几次，我都差点儿从这四楼跌落下去，不过我最终还是坚持住了。

　　当第一缕的晨光从天际露出来的时候，我缓缓推开秦梨落房间的窗子，如同一只轻手轻脚的猫，走到了病房里面。

这病房比我那里的要大，有外间和里间。

我来到的房间是里间，病床被一顶蚊帐遮得严严实实，尽管遮得住光，却遮不住气味，一股海鲜市场里独特的腥臭气味，从里面悠悠传了出来。它与外面浓烈的花露水、香水味混合在了一起，有着一种十分古怪的恶臭。

我能够感觉出来，这是一种，人之将死的气息。

我缓步走到床边，躺在蚊帐里的人轻轻动了动，然后用十分沙哑的声音问道："尉迟？"

这声音几乎变形了，但我还是能听出这是秦梨落的声音。

顿时，我感觉有些悲伤，还有锥心的疼。

我把蚊帐轻轻掀开一个小缝，开口说道："不，是我，侯漠。"

我看到一只满是流脓烂肉的手，猛地抓住被子，将自己盖得严严实实，然后慌乱地喊道："你怎么来了？快走，快离开这里。"

我张口，一股浓烈的恶臭冲到了鼻间。想起以前宛如女神一般完美无瑕的秦梨落，我的眼泪不由得一下子流了出来。

我哽咽着说道："我只是想过来，跟你道个谢……"

秦梨落缩在被窝里，慌乱地说道："你走，你走，我不想你看到我现在的样子，你不走我叫人了。"

我听到这话，脑子里如同被闪电劈了一般，一首歌浮现在了我的脑海。

我忍不住轻轻吟唱道："开始的开始，是我们唱歌，最后的最后，是我们在走，最亲爱的你，像是梦中的风景，说梦醒后你会去，我相信……没忧愁的脸，是我的少年，不仓皇的眼，等岁月改变……"

我因为在变声期的时候没有注意到声带的保养，使得嗓音坏了，说话的声音很低沉。唱歌自然也不好听。

不过这次我唱得十分认真，而且很奇怪的是，平日里乐感并不算好的我，居然在这个时候，唱出来的每一句话都在调子上。

我的情感在这个时候完全投入其中，不知不觉间眼泪就流了下来。

这回被子下面的秦梨落没有再狂躁，也没有催着我走，她仿佛沉浸在了这首歌曲之中，没有说话，也没有动弹。

时间仿佛在这一刻静止下来，如果不是被子下面的身躯时不时抖一下，我甚至都以为这儿什么都没有。

当我唱完了整首《青春无悔》，房间里陷入了一片寂静之中。

许久之后，被子里传来了秦梨落低低的声音："你，这是在同情我，可怜我吗？"

"不是。"

"如果你只是想要过来说声谢谢的话，那么我听到了，你也可以走了。"

我深吸了一口气，看着被子下面的女人，想着她曾经的绝代芳容，然后问道："我过来，除了感谢，还有一个疑问，你能够给我解答吗？"

"你还想知道什么？"

"你我之间，萍水相逢，就算是之前有些恩怨，但用你的话来说，都已经两清了，按理说你可以对我置之不理，为什么还要赶去张宿秘境找我？"

秦梨落有些惊讶："啊，那里，就是张宿秘境？"

我点头，说："对。"

"如果那是张宿秘境的话，里面说不定会有能让你渡过五重关的烛阴，你拿到手了没有？"

我盯着被窝认真地问道："请回答我的问题。"

里面沉默了一会儿，不知道过了多久，秦梨落才回答道："你是被我引入这个行当的，我是你的引路人。而我这个人做事情呢，有点儿强迫症，不喜欢半途而废，所以……"

她努力找着借口，结结巴巴地说着，完全没有了她平日里的利落与气场。

我没等她说完，直接打断了她，单刀直入，开口说道："你是不是喜欢我？"

"啊？"

被子之下的秦梨落很是惊讶，她完全没想到我居然会说出这样的话。

我再一次地认真说道："我想问，你是不是喜欢我？哪怕只有一点点。"

"一点点？"秦梨落斟酌了一下说，"的确是有一点点。"

"我也喜欢你。"

听到我飞速的回答，我感到秦梨落顿时就愣了，她完全没有想到，我居然会在这样的情况下跟她表白。这情况，着实是有些不太对劲儿。这都什么时候了，还跑出来谈情说爱？

秦梨落结结巴巴地说道："你这是什么意思？"

"你不懂我的意思？"

"我，我们不合适！"

"我知道我们不合适，论学历，你是高高在上的留学海龟，上的是法国名校，我只是一个中专生，连国内的高等教育都没有接受过。论家世，你是港岛霍家的几个继承人选之一，师父、养父都是顶厉害的人物，而我父母都是种地的农民。论财富就更不用说了……"

"不，我说的不是这个，而是，是……"

"是什么？"

"我现在都这个样子了，你说这些有意义吗？"

"就是现在，我才敢把心里的话说出口。之前的你高高在上，如同皎月一般熠熠生光，让人自惭形秽，我根本不敢说出任何有可能冒犯你的话，生怕惹恼了你。"

"那你现在就敢说了？是不是觉得我反正这个样子，也……"

"不不不，不是这样的，我只是怕如果再不说的话，我的余生，都会在无尽的痛苦和悔恨之中度过。一个男人，如果连喜欢都说不出口，那还有什么用？秦小姐，不，秦梨落，梨落，其实我从第一次见到你的时候，心脏就一直怦怦跳。虽然后来再见你的时候，有那么一点儿畏惧你，但每一次午夜梦回，辗转反侧的时候，我都在想，如果你我之间……"

说到这里，我深吸了一口气，将自己狂跳不止的心脏安抚下来。

好一会儿，我才小心翼翼地继续说道："如果，我是说如果，你也有那么一点儿喜欢我的话，我们之间能有一段爱情。那么，我就算是现在死去，也没有遗憾了。"

被子之下的人，此刻陷入了沉默。

秦梨落并没有回应我。

我有些灰心，又有些后悔，觉得自己冲撞了她。

或许我刚才慌乱又没有逻辑的话语，让她觉得，我此时此刻的表白，只不过是乘人之危而已。

过了许久，秦梨落突然开口说道："我，我没有谈过恋爱。"

啊？

我愣了一下，不知道她为什么会说出这么一句话，于是我小心翼翼地问道："然后呢？"

她用平淡的语气说道："我小时候就是个孤儿，进入霍家之前的记忆已经很淡了。我一直都在霍家大屿山的一个秘密营地里受训，是同批人里表现最好、悟性最高的小孩儿，加上我的血脉又十分特殊，被叫作'七彩锦鸡'，外表天生媚形丽质，所以被义父秦三千收为养女……"

她对我讲述了她之前的经历，包括被秦三千收养之后又被秦家的二号人物收为徒弟，觉醒之后，修为神速。

除了修行，小小年纪的她还接受各路名师的培育，无论是基础的课程，还是琴棋书画，甚至是专有领域的研究，她如同填鸭一般被灌输了许多的思想，甚至还去巴黎上了四年学。

而这所有的一切，都是为了给港岛霍家培养接班人。

在霍家门下的后辈中，她是其中的几个佼佼者之一，为了成为接班人，她如同机器人一般，每天都忙忙碌碌，不知道做了多少事情。

说完这些，她认真地说道："我会的很多，但唯独不会谈恋爱。"

我耐心地听着她的话，心里流淌着一种说不出来的温暖情绪。

这个可爱女人前面的人生我虽然没有参与，但在这一刻，我却仿佛和她共同经历过一般。一种莫名的情绪浮现在我的心头，一直到当她说出"我不会谈恋爱"的时候，我的心又开始狂跳。

我深吸了一口气，说道："然后呢？"

"如果，我是说如果，我没有死，活了下来，而你也不嫌弃我的模样，我应该，会愿意跟你试一试。"

我睁大双眼，激动地伸手抓住她，说道："真的？"

被窝里面的秦梨落没有挣扎，她说道："但那只是如果，现如今我基因崩溃，油尽灯枯，倘若不是强撑着，早就死了。我在这个世界活了十九个年头，很高兴能在死去的时候，听到有一个男孩子对我说出这样的话，谢谢你侯漠，我……谢谢你的喜欢。"

听见她的话，我心中充满了悲伤和恨。

悲伤，自然是为了秦梨落，她是一个多么高傲善良的人，但在此刻，她却显得如此的低姿态，小心翼翼。恨，则是对于那个不知道从哪儿冒出来的噬心魔。倘若不是它，秦梨落就不会变成这样，卑微且颓废。

如果真是那样，我和面前的这个姑娘，说不定就有未来了，只可惜……

我满心悲伤，可这个时候，秦梨落却突然说道："侯漠，你能满足我最后一个遗愿吗？"

我赶忙说道："你讲。"

秦梨落深吸了一口气，然后说："我来到这个世界上，从来没有接过吻。我看过书和电影，也听人说过，听说特别美好，你，能不能……"

我没有等她说完，赶忙说道："能，我能。"

秦梨落抽泣着地说道："可是，我现在浑身都开始化脓，除了脸，其他地方都溃烂发臭了，我……"

我很坚定地说道："能。"

秦梨落犹豫了一会儿，方才说道："那……你，闭上眼睛吧，可以吗？"

我点点头，闭上了眼睛，说："好，我闭上眼睛了。"

黑暗中，我感觉到前面传来一阵动静，过了一会儿，秦梨落小心翼翼地靠近我。她屏住呼吸，缓缓地凑了过来。

当我感觉到两瓣柔软的嘴唇触碰到我的双唇时，我再也忍不住潮水奔涌一般的内心情绪，伸手过去，一把抱住了面前的女子。

我将她紧紧拥入怀中，然后伸出了舌头剔开了她的牙关，吮吸着她柔嫩的舌头。

一股咸腥的气息传入我的舌尖，这时，我突然感觉自己兜里传来了一阵灼热高温。这高温又从我的身上传递给了我怀中的佳人。

秦梨落感受到之后，咬住了我的舌头。我感觉自己的舌头快要断了，秦梨落张开贝齿，大声叫道："啊，这是什么？"

轰！

我感觉我的身体陡然一震，下意识地睁开了眼睛，秦梨落却伸手将我的双眼捂住，娇羞地喊道："别看！"

因为基因崩溃的缘故，秦梨落的双手满是燎泡和脓液，捂在我的双眼上湿漉漉的。

我的舌头被她咬到了，疼得直流眼泪，忍不住说道："呜呜呜呜……"我说了两句话后才发现，因为舌头流血的缘故，我说出来的话特别含糊。别说别人，就连我自己都听不懂。

而这个时候，房间里面光华大放。我感觉兜里面的那颗妖丹也开始不断晃动，我下意识地伸手去捂，结果它却早我一步溜了出去。

我愣了一下，随即松开了秦梨落的身子往后退，结果一下子就跌落到了床下。

我当时最担心的并不是那颗珠子掉了，而是秦梨落此时此刻的状况哪里经得起如此折腾？那珠子灼热无比，倘若是碰到了她，那可不得了——它那恐怖的温度，就连白老头儿都受不住。

我一个晃荡滚落床下，病床上方罩着的蚊帐被我勾住，整个都垮落了下来。我在蚊帐的纱布中挣扎了两下，勉强爬起来，却看见眼前金光大放，床上也着起了火。

我吓了一跳，下意识地往后退。下一秒又反应过来，赶忙向前想将被子下面的秦梨落救出来。当我把满是火焰的被子掀开时，看见了秦梨落。此刻的她，并非燃火，而是如同亮起来的电灯泡一样，浑身散发着炙热又刺眼的光芒。

这光芒如同太阳一般，让人难以直视。

我伸过手去，想要拉起秦梨落，结果双手触到她的一瞬间，就感觉自己的指尖一阵灼热，差点儿要被烧焦了。我下意识地收回了手，大声喊道："梨落，你怎么了？"

秦梨落痛苦地蜷缩成一团，声音颤抖地说："我，我好难受啊……"

床上的被褥开始燃烧，我跌倒在床下，看见身处于火焰之中的秦梨落仿佛完全不受影响，那些火舌从她的身上掠过，却没有伤到她分毫。

随后，我又看见她身上的衣服都被烧成了灰烬，露出了满是燎泡和血痂的身体。

秦梨落的身材是极好的，再配上她冰清玉洁的绝美脸庞，无论走到哪儿，都是一处迷人的风景。

而此刻，她身上的衣服被烈焰焚烧，露出来的是一具让人为之惊惧的躯体。那光芒还由内而外地扩散。

过了一会儿，我注意到那光芒居然是从秦梨落的胸膛散发出来的。她整个人仿佛都化作了一团亮光。

最核心处有一颗圆形的东西，那东西在不断转动，无数光线从里面激发出来，将秦梨落照得通体通明。紧接着，那光芒如同潺潺而流的清泉一样，将秦梨落身体表面的污秽全都冲洗了下去。

我还莫名闻到了一股说不出来的清香，有点类似于桂花，但似乎又多了几分浓郁。浓郁不散的灵气从里面激发出来，让人头脑为之清醒。

直到此刻，我终于看清了停留在秦梨落胸膛里的那东西到底什么。

就是，朱雀妖元。是那个红发小姑娘交给我，最终凝结成的一颗珠子，我实在是没有想到，它居然溜到了秦梨落的身体里面，而且还弄出了这样的场面。

大火在持续，秦梨落的身体被光线弄得一片绚丽，宛如五光十色的灯泡一样。

她忍不住疼，开始大叫起来。

这时，门外传来一阵焦急地喊声："梨落，梨落你怎么了？"

门突然被猛然撞开，黄毛尉迟从外面冲了进来。

我本来就站在离门口不远处，那家伙进来，在看到我的那一瞬间，抬手就朝我脸上打来。

我的身体已经柔软，所以他这么一拳打过来，我还是挺疼的，整个人都腾空而起，重重地砸在了墙上。

"梨落！"

尉迟京大声喊着，朝着全身火焰正盛的秦梨落扑去，结果他也受不了炙热的温度，刚靠近半米又下意识地往后退去。

这会儿的秦梨落还有意识，对他喊道："我没事，你别靠过来，小心伤到自己。"

尉迟京大声喊道："到底发生了什么事？"

他问秦梨落，秦梨落也不知道答案，他一下子转到了我这边儿，一把揪住了我的衣领将我扶起来，按在墙上，恶狠狠地问道："你到底怎么她了？"

我被他勒得脖子疼，努力解释道："我没有，没有……"

砰！

尉迟京给了我一拳，大声骂道："我不是告诉过你，让你离她远一点儿吗？她都已经这样了，你还想怎么样？你这浑蛋，我要杀了你，杀了你！"

他情绪十分激动，使劲儿掐着我的脖子，我感到呼吸到的空气越来越稀薄。

其实我心中是有愧疚的，所以尉迟京朝着我挥拳打来的时候，我没有躲避。然而当他情绪失控，想要杀我的时候，我回过神来。

我双腿在墙面上猛然一蹬，借着这力道，我将尉迟京压在地上，然后双手齐出，紧紧压着他，大声说道："你冷静一点儿行不行？能不能先把事情弄清楚了，再说别的？"

尉迟京猛然一脚将我踢开，爬起来想要过来下重手，却被秦梨落叫住了："尉迟，你别乱来，这事儿跟他没关系。"

尉迟京满脸悲愤："你都快死了，还护着他呢？"

秦梨落用双手捂着胸口，全身蜷缩，宛如一个火人。此刻又羞又恼，对他喊道："我不是护着他，他是在救我。啊，不行了，我好热，热得受不了了，你们别打架，我去洗手间。"

她三两步跳下床，进了卫生间，不一会儿，那虚掩的门缝里传来了腾腾的白色蒸汽。

看到秦梨落蹦跶下床的劲儿，尉迟京这才回过神来，惊讶地问我："这是什么情况？"

我听白老头儿说，那朱雀一身修为融炼而成的热力，能将岩石化作熔浆。那妖元作为朱雀一生所学的产物，自然而然地继承了主人的炙热特性。冷水浇上来，便化作了白色的水蒸气，朝着外面滚滚冒出。

尉迟京将我按在墙上，一脸悲愤地说道："你到底给她吃了什么迷药，都到这个分儿上了，她还护着你？"

我没有说话，满脸紧张地看着卫生间。

这时，豪华病房的外厅里传来了一阵混乱的脚步声，紧接着门被一下子推开，那个守在我门口的男人看到这里面的情况，大声喊道："住手，别乱来！"

这话也不知道是对谁说的，尉迟京被好几个人瞪眼瞧着，也不敢张狂。他将我放下，解释道："不是我……"

一个长得十分普通的中年妇人走进了房间，冷着脸问道："到底怎么回事？"

男人躬身说道："田副主任，只是误会。"

中年妇人冷脸打量着被大火烧得只剩下通红钢架的床，又打量了一眼我们，方才指着卫生间说道："怎么回事？谁在里面？"

尉迟京开口说道："我们霍家的秦梨落秦小姐。领导，是这小子在捣鬼，他对秦小姐意图不轨，被我抓个正着，我才忍不住出手的。"

中年妇人看到那仿佛快要燃起来的卫生间木门，眯着眼睛说道："都出去。"

她走向卫生间，身后的其余人则过来拉我们。

我不愿走，想在这儿等，害怕被朱雀妖元侵蚀的秦梨落会受不住，爆体而亡。然而那几个涌进房间里的家伙个个都是高手，又没有先前的客气，伸手擒住我之后生拉硬拽地将我拖到了外面的走廊上。

我很是焦急，还想进去，却看到尉迟京也被扔了出来。

这时，之前给我做过笔录的苏烈赶了过来，拉住我的手说道："你别着急，刚才进去的是我们的田英男副主任，有她在不会有问题的。"

我看了一眼苏烈，忍住了心头的焦躁。

如此等待了二十几分钟，终于有人走了出来。他对外面的人吩咐道："田副主任说了，人没事，不过得修养一段日子。去叫护士推一辆车来，这屋子不能住人了。"

旁边鼻青脸肿的尉迟京听到，陡然一惊，大声问道："休养一段日子？ 她不是基因崩溃，马上就要死了吗？"

那人翻了一下白眼，像看傻子一样地说道："马上要死？ 你有病吧？"

被人怼一顿，尉迟京不但没有生气，反而欣喜地问道："怎么，她没事儿了？"

那人不耐烦地说："刚才不是跟你说了，需要休养一段时间吗？"

尉迟京说："但她之前不是因为基因崩溃，整个人已经油尽灯枯了吗？你们这儿最厉害的医生，那什么神针亲自诊断过，下了定论，还说也就这两天的事儿，她哪里还能休养？"

那人眉头一挑，说："这事儿你别问我，这是我们田副主任判断的——田英男，田副主任，你知道吗？"

尉迟京一脸敬畏，咽了咽口水："知道，天机女皇，名门之后，你们官方排名第五的大人物，曾经亲手斩杀了黑风老妖，还有蜘蛛女皇两大妖王，还在与日本前来交流的三神社祭祀活动中大败天皇的首席阴阳师顾问……大陆修行者的顶级牌面，就是刚才的那位？"

那人得意地说道："你说对了一半，不过有件事儿得提前告诉你——田副主任最不喜欢的，就是别人叫她天机女皇。这种草莽江湖的称呼，你最好不要当着她面儿叫出来，否则到时候吃了生活，可别说我没有提醒你。"

尉迟京问道："什么叫'吃了生活'？"

那人没有理他，转身进了病房。我在旁边，忍不住解释道："就是'教训'的意思。"

尉迟京看了看我，说道："你到底搞了什么鬼？"

我心里有些不太舒服，眉头一皱，说："你觉得我是在搞鬼？"

本来必死的秦梨落，这会儿却莫名其妙地活了下来，而且在田副主任的判断中，属于休养一段时间就没事儿的情况。这样的结果，黄毛尉迟就算是再迟钝，也应该知道是我在其中起了重要作用。

他之前对我横挑鼻子竖挑眼，是因为觉得秦梨落变成如今的模样是我的原因。现如今形势陡转，他也很快放下了面子。

尉迟京拱手对我说道："之前是我太着急了，多有冒犯。我这也是为了梨落，你别介意。"

我说："我真没有介意，事实上，我现在都不知道到底发生了什么事。"

尉迟京一愣："你也不知道？"

我在脑子里把刚才发生的一切捋了一遍，有些不确定地说道："也不是，我大概知道一些，但不确定到底是不是真的。"

尉迟京说："你就说你知道的。"

我不想对他说太多，又觉得心中不安，想起这家伙走南闯北，见识肯定很多，便问道："梨落之前的这样子，说是必死无疑了。但如果有一种东西，就是妖王级别的内丹、妖元与她融合，你觉得会不会有逆天改命的可能？"

尉迟京听了，嗤之以鼻："妖王级别的内丹，还妖元？你做梦呢吧？别说你一个刚刚入门的小妖，就算是港岛霍家这样沉淀了数百年，拥有一两个妖王级别的夜行者家族也不可能拿出这玩意儿来。你与其去做这样不切实际的梦，还不如脚踏实地想想接下来该怎么办。"

我听到他夸张的话语，忍不住笑了："你觉得，他们为什么说梨落没事儿了？"

尉迟京一愣，随即瞪圆了眼睛，一把抓住我的衣领，想了想，又赶忙松开。

他有些紧张和激动："你刚才，把那顶级妖元，拿给梨落融合了？"

我点点头说："应该是的。"

尉迟京说："你是怎么想到的？"

我苦笑，说："哪里是我自己想到的，分明就是那妖元主动跟梨落融合的，和我完全没有关系。"

能够成为港岛霍家在外面四大行走之一的尉迟京，自然不是蠢笨之人。他眼睛一转，立刻就将此关节想通了，把我拉到走廊的一处拐角，低声问道："你从哪儿弄来的妖王内丹？"

"就从梨落出事儿的张宿秘境里面。"

尉迟京的呼吸变得粗重起来，他激动地拉着我的胳膊，早就没有了之前的愤恨，而是一脸热切地问道："那颗妖王内丹的品质如何？"

"我怎么知道？我对这个又不懂。"

尉迟京有些着急了，说："那你说说，那内丹到底是谁的？这东西对于融合者来说，实在太重要了。你知道吗？要是相性相符的内丹和修行者就能无缝连接，毫无排斥，甚至还能相互影响。但如果是相性排斥的，就如同输错了血会加速死亡一样，如果是那样的话……"

"应该是相性相符的，要不然也不可能主动融合，你说对吧？"

"那你说，与梨落融合的妖元，到底是什么？"

我看了他好一会儿，才缓缓吐出了两个字："朱雀。"

"朱雀，朱雀……"

尉迟京在嘴里念叨了两句，突然一对眼睛瞪得硕大，差点儿就要掉出来了。紧接着，他像是断气了一样捂着脖子，好一会儿才缓过劲儿来，有些难以置信地说道："你说什么？你再说一遍。"

我摇头，说："你知道就行。"

尉迟京紧紧抓着我的胳膊："你刚才说了朱雀，对不对？就是那张宿秘境的守护神兽朱雀，对吗？我的天，那可是洪荒大妖啊。洪荒大妖什么概念？夜行者金字塔里最顶尖儿的一小撮，古往今来，出过几人？你真舍得将朱雀妖元拿给梨落用？这也……"

"怎么了？"

尉迟京冲我举起了大拇指，说："大哥，你泡妞是真的下了血本呢。"

我没想到他居然会有这么大的反应，也没想到，那朱雀的来头居然如此之大，算得上古往今来的少数几人。

听到这话，我的眼前莫名就浮现出了那个红裙小女孩儿的模样。

她会是大名鼎鼎的朱雀吗？还是朱雀的什么人？

不管那朱雀妖元有多么珍贵，对于我来说，都不如秦梨落能够活在世间更加让我珍惜。

只要她能活下来，我都无所谓。

想到这里我下意识地抹了一下嘴唇，想起了事发之前我与秦梨落那生离死别的吻。

当时的她，全身腐烂，虽然脸还没有蔓延，但身体机能的崩坏也使得腐臭的气息充斥全身。即便如此，当我的嘴唇在黑暗中与她柔软而饱满的樱唇相触的一瞬间，我还是有了一种过电的感觉。

这种感觉，对我来说，着实有一些陌生。

但又是那么的新奇。

我活了二十多年，在情感上也是新兵。虽然我有过两次恋爱，但都是平平淡淡的感情经历，从开始到现在，我都只是一个俗人，与芸芸众生并无区别。

我不是一个翩翩佳公子，也不是理想大于生命的文艺男青年。在经历过两段失败的感情之后，我甚至都觉得，男女之间其实也就是那么回事儿。它不过是在荷尔蒙的分泌下，精神和生理的需求而已。

我如果想要女人，会有很多机会去花天酒地。但我面对这些机会时却让它从我的指尖溜走，因为没有未来的我并不想与任何女人有牵连，也不想为某个人去牵肠挂肚，撕心裂肺。

其实我一直都没有准备好再开始一段感情，但爱情却总在不期而遇间出现。

当我看到原本高傲、清冷，又异常美丽迷人的秦梨落，如同一只受惊的小猫咪一般缩在被窝里，还表现出了我从未见过的惊慌和软弱时，我的心在那一瞬间就莫名融化了。

我不期待与她能拥有什么样的结果，却十分想告诉她"我喜欢你"。

我喜欢高傲的你，喜欢清高的你，喜欢美丽得如同白天鹅一样的你，喜欢学识渊博，仿佛懂得全世界的你，但同样，我也喜欢柔弱得如同一个小女孩儿般的你。

即便你浑身恶臭，我也喜欢你。

我喜欢你，与家世、背景、学识等一切的一切无关。

只与爱情有关。

只是……

秦梨落之所以愿意"和我试试"，是因为她当时已经处于人生的尽头，在没有经历过任何感情的情况下，又恰好有了这么一个我。

但如果，她的身体好了呢？

她还会如此吗？还会喜欢平平无奇，没有任何背景，甚至随时都有可能死去的我吗？

想到这里，我又多了几分担忧。

病房内外人来人往，有医生把秦梨落放在担架车上推了出来，她陷入昏迷，被白布裹着，我们想要上前，却被人拦住了。

苏烈告诉我，让我好好养伤，至于秦梨落的事情，由他们来处理，如果想知道什么情况，可以问他的老领导。

秦梨落被送离了我所在的这栋楼，尉迟京作为霍家的人，也跟着离去。

临走前，他给我留了个电话号码。

这个男人对我的看法，从我说出"朱雀"这两个字开始就发生了天翻地覆的变化，他热情地拉着我的手，说道："别担心，梨落交给我，我帮你盯着，想知道什么情况，随时打电话给我。"

说完，众人各自离散，只剩下苏烈留在我旁边。

我看着他说："你不走？"

这时，天光已然大亮，苏烈冲着我笑："不，我是特地过来找你的。"

我有些诧异："你找我干什么？"

苏烈伸过手来，揽住我的肩膀说："找你也不一定有什么要事，我虚长你几岁，你就把我当大哥，咱们随意聊聊就行——对了，你跟刚才那姑娘，是什么关系？"

此刻的我心中充满了甜蜜，几乎是下意识地张口，想要宣布我跟秦梨落之间的关系。然而话都快说出口了，我却忍住没说。

原因有二。其一，虽然我与秦梨落算是一吻定情，但在那种情况下，到底算不算数还未可知。事后秦梨落回想起来，会不会觉得我是在乘人之危？这件事在我没有确定之前，贸然宣传出去，着实有一些不太尊重人。要是她反悔了，大家岂不是很尴尬？

其二，则是鉴于苏烈与白老头儿的关系——白老头儿可是一直都在撮合我与老板娘刘娜的。虽然这只是他的一厢情愿，但如果这个时候爆出我与秦梨落的消息，必然会传到白老头儿的耳中，到时候他会怎么想，还真不好说。

那家伙可是很厉害的，也很古怪。

尽管我心底无私天地宽，但我也不喜欢给自己找麻烦。

话到嘴边在我的嘴里转了一下，我回答道："之前就认识的朋友，而且她变成这样，就是因为我……"

苏烈点了点头说："了解，走，去你房间，你先洗个澡，咱们再好好聊聊。"

听他这样说，我才反应过来，我身上满是秦梨落之前基因崩溃时散发出来的气息。

我点头，说："好。"

我们回到病房，我去洗手间洗澡，然后换了一身衣服出来，问道："怎么样？"

苏烈揉了一下鼻子，小心说道："要不然再洗一遍？你别怕费香皂，使劲儿用。"

见他这副模样，我才体会到秦梨落之前心中的绝望。

她之前可是让人高不可攀的女神，就在前几天，却化作一个让人嫌恶的病人，这样对于一个美女来说，如何能承受得住？

也正因如此，才使得我之前的举动显得很真诚。只是，越是如此，我越发觉得自己实在是乘人之危了。如果是之前的秦梨落，我未必能有一亲芳泽的机会。

我重新洗了一遍澡，然后回到病床。

苏烈叫护士过来处理洗手间的衣服，然后拉了把椅子，在我旁边坐下。

我有些着急："你们会怎么处置秦小姐？"

苏烈一愣："怎么处置？什么意思？"

不管是我主动的，还是秦梨落主动的，总之现在的情况是，秦梨落的身体里已经被种下了朱雀妖元。这事儿我知道，那么作为天机处顶尖牌面的田副主任，自然也知道。

我很担心田副主任，以及天机处会在这里面做什么手脚，如果是这样的话，我就算是拼死，也要站出来阻止。

不过这只是一个可能而已，从目前的情况来看，419办，也就是所谓的天机处，给我的感觉还是极为友好的。

我盯着苏烈，不说话。

他是聪明人，稍微思索一下就明白了我的意思。

虽然他可能不太知道这其中的情况，但大致能够猜到，他笑了笑，说道："秦媛小姐是从港岛中文大学过来交流的港岛学者，秦梨落则是港岛霍家的法定继承人之一。港岛中文大学在亚洲学术领域享誉盛名，而港岛霍家在促使港岛回归，以及经济繁荣方面，起到了极为重要的作用——不管是前面的学者身份，还是后面的夜行者家族身份，只要不发生什么原则性的问题，我们都不会对她怎么样的，只会尽可能地维护她的利益。"

说完，他停一下又补充道："另外，她在燕京也有许多颇有权势的长辈，这些长辈个个都能在上面说上话，而我们这些具体的办案人员都是受气的小媳妇儿，还熬不成婆婆……"

听到他的这话，我忍不住笑了。

这哥们儿表面上看起来十分严肃，随便扔到哪里都有一种高官的架势，此刻在这儿跟我说话，都是小心翼翼赔着不是，着实是好笑得很。

我说："行吧，你有啥事就说，咱别绕弯子。"

苏烈哈哈一笑："行，咱们也不绕圈子了，我听老领导说，你想要张宿秘境里面的烛阴，对吧？"

我听到烛阴，整个人都变得精神起来，说："对的。"

苏烈看着我说："烛阴这东西属于传说中的物件儿，听上去很玄，但除了用来鼎炉炼丹之外，用处其实并不大。你要这东西，到底是要做什么？"

我一听就知道，白老头儿并没有将我的全部情况跟苏烈和他身后的部门全说，他是有保留的。

我知道这是白老头儿对我的保护，于是也做了保留，说："这个，一个朋友需要。"

苏烈说："你说的这个东西，我们有，但这些资源属于战略性用品，是封库保存、登记录册的，不可能随意拿来送人。为了你的事情，老领导跟上面的人发生争执，甚至还拍了桌子，闹得很大，让我们现在的头儿也很为难。天机处并不是一个独立的部门，它有许多监管机构，任何决定都会被掣肘。我老大去跟人沟通了几回，最后得到一个回复，说是东西可以给你，但不是现在，而且还有一个条件。"

"什么条件？"

苏烈看着我，犹豫了一下，说道："其实，也不算一个，你有两个选择，第一，加入我们天机处，如果是这样的话，你就是自己人，申请调用战略性物资，就属于内部供应。这个是理所当然的，没有任何人会反对。"

招安？我听到这话，脑海里第一个反应就是《水浒传》里面的梁山招安。

事实上，这并不是我第一次面对这样的事，之前在羊城的时候就接到过公安厅的邀请，不过当时我就拒绝了。倒不是说我有多么清高，也不是我对编制这铁饭碗一点儿都不心动。主要是灵明石猴的血脉让我完全没办法停下来，我没办法过上安稳的日子。

同样的理由，对于苏烈的这个提议，也是一样的道理。

我摇了摇头，说："不好意思，我……"

苏烈仿佛早就知道我会这么说，哈哈一笑，说："没事，你还有另外一个选择——下个月，会有一个前往长白山为期两个月的集训营。这个活动是我们419办联合各大协会、部门组织的，是用来针对噬心魔的集训。届时会邀请全国各地富有潜力的年轻人和名家过来参加。集训营会有几个部分，包括培训、对练与推演，还有结业演习等等……"

他跟我介绍这一次的集训活动，从主题上来讲，充满了积极的正面意义，甚至于有点儿像古代武侠小说里面"武林大会"的架势。

但做过药水供应商的我隐约从这里面嗅到了丝不一样的气味。

很明显，天机处希望通过这一次的集训活动，加强各地修行者和夜行者之间的沟通交流，并从这里面发掘出有潜质的人才，加入他们。

从本质上来讲，这跟综艺节目的选秀活动很像。

而且即便是有人不加入，也能对当下的江湖局面有一个很重要的了解，甚至监控。

之所以选择年轻人，大概是觉得那些成名已久的大神思想已经过于稳固，有了自己的势力范围，也少了许多的热血意识，反而不如年轻人好培养吧。当然，这个活动对我而言，也有着很积极的正面意义。最主要的原因就是，它其实是对抗恐怖噬心魔的一次演练。

而我与那噬心魔，虽然从实力上相差甚远，但并没有减弱我对它的警惕和恨意。至少朱雀的身体还在噬心魔的手中呢。

介绍完了集训营活动之后，苏烈说道："这是第一届集训营的活动，后面还会视情况组织第二期、第三期，总之我们会努力跟民间高手交朋友，加深沟通，消除误会。上面说了，从南方那边递过来的资料看，你侯漠算是比较有典型代表的一位民间夜行者，如果你来参加，能够起到很好的号召作用。"

我有些心动："你是说，只要我能参加第一届的集训营，就能拿到烛阴？"

苏烈摇头，笑道："哪里有这么简单？"

"还需要干什么？"

"上面说了，烛阴会拿出来当作奖品，分布发给这次集训营表现良好的学员，如果你真想要的话，那就在一个月后的集训营里好好表现。"

对方给了两条路，第一条路，算是搭头，那就是我点头了，他们高兴，不点头，他们也不在乎。第二条路，表面上好像是很给面子，但实际上，我不但需要去给人家捧场，而且还需要撸起袖子来奋力表现，如果拿不到名次的话，烛阴也跟我没有半毛钱关系。

这算计……只能说，堂堂正正，是阳谋。

看着苏烈温和的笑容，我竟然没办法生气。因为他把一切事情都摆在了明面上，没有遮遮掩掩，让我实在没有办法发作，反而激起了一种说不出来的劲儿，就想要争那么一口气。

不过我并没有立即答应，而是告诉苏烈："信息太多了，我有点儿头疼，需要消化一下。"

苏烈点头："对，你好好想想。"

随后，他又说道："最多给你半个月时间，半月后我们需要核定与会人员——这件事儿对你来说或许不算什么，但对于大部分的修行者来讲却是一个很重要的机会。名额有限，我们需要仔细地审核和筛选，不能拖太久。这个，请你理解啊。"

我听到后点点头："好，我一定提前给你答复。"

苏烈离开之后，我半坐在病床上，阳光从窗外洒落，斜斜地落在了我的脸上。

初春的阳光，有些温暖，让人迷醉。

我深深地吸了一口气，然后从兜里摸出了一样东西。我将它捏在手心处，缓缓平摊开。

掌心里有一根软中带硬，硬中又有几分软的玩意儿，它如同玛瑙软玉，又仿佛是藏区流传的天珠，透着玉质的光泽，又有金属的质感。落在手中有些沉甸甸的，上面还有许多熔浆凝结之后的岩石痕迹，仿佛是某种说不出来的奇妙符文。

这就是落入熔浆之后的软金索最终留下来的残骸。倘若不是我与它十分熟悉，还能够感受到它的气息，我实在是无法接受，原本长到可以用来当裤腰带的绳索，此刻就只剩下了这么一小截，甚至还没有我的小拇指大。

中华大地，藏龙卧虎。

我从来不认为自己是什么顶级厉害的人物，也不觉得自己有可能成为天选之子，在见识过南方、西川和燕京三地的江湖之后，我越发深刻地认识到了这一点。

虽然在此之前，我从来不觉得这个世界有什么不同，但当真正深入其中的时候我才发现，这天地之英才，何其多也。我若是想在这次的集训中获得前三的成绩，实在是很难。难如登天。

但天机处却并没有将口子收拢，因为它这次集训虽然主打的目的是对付噬心魔，但针对的群体对象，却是全国各地最有潜力的优秀年轻人，而不是成名已久的大人物。

从这一点上来说，又给了我足够的希望。

那么像我这样一个刚刚入行的小年轻，凭什么能在这样的集训中脱颖而出呢？

想来想去，我只能想到一点。

那就是我手中的这玩意儿。

我深吸了一口气，然后将全身劲力（也作妖力）牵引，陡然贯注到掌心的这根小东西上。尽管我之前并没有执行过，但它却如同我所预料的一样，开始迅速膨胀起来，并且放光，金光。

一如之前的软金索。

当此物最终成形，化作了一根茶杯粗细，长达半丈的长棍，它的两头处满是熔浆凝结之后宛如陨铁一般的黑灰色。中间则是金属被蚀刻之后，显露出来的狰狞、粗犷的痕迹。

整根长棍相比之前来说，要粗粝丑陋许多，却又显露出了某种说不出来的肃杀之气。凛冽之中，又带着许多熄灭不了的灼热。

长棍的重量匀称，两头重，中间轻。我跳下床，在狭窄的病房里耍了两回，感觉十分的得心应手。

我要弄了十分钟之后，将这玩意儿收了起来，然后走出房间。

门口换了一位守卫兄弟，问我怎么了？我说我想打个电话。

那位兄弟领着我来到医生办公室，跟医生说明了一下。

医生对这人还是挺尊重的，表示可以。

临走前，他还忍不住说道："那什么，别往国外打，我们这儿的国际专线是有指标的……"

我看到医生一脸担忧，忍不住笑了。

"不会，我打给南方。"

医生离去之后，那位工作人员也随之离开，还贴心地将门给我关上了。

我拨通了一个烂熟于心的电话号码，马一焘。

我已经不知道给他打了多少次电话了，虽然一直都没打通，但我还想再打一次。若是打不通，我想我可能需要在伤好之后去一趟南方，第一是找到马一焘，第二则是想办法给合城居寄些噬心蜂的蜂蜜。

之所以想找马一焘，是因为他是我能想到的双保险。

单凭我，未必能在这次的集训活动中获得好成绩，但如果是我们两个人呢？

双排总比单排强，至少概率大。

我本以为这次依旧打不通，但让我意外的是电话打过去，不再是不在服务区，或者您拨打的电话已关机，而是嘟，嘟，嘟的声响。

响了五下之后，有人接了："喂？"

时隔许久，再一次听到马一焘的声音，我竟然有一种恍如隔世的感觉。

而电话那头则显得不耐烦了，喂了两声之后，说道："谁？报上名字，再不说话，我就挂了。"

我激动地说道："是我，是我，侯漠。"

马一焘听到，很是惊喜："侯漠？嘿，你小子终于舍得打电话过来了，什么情况啊？一走就这么久，一点儿消息都没有，害得我都担心了，还准备这两天去燕京找你呢。"

我有些无语，说："你这真是猪八戒爬墙头，倒打一耙。你自己看看，我这些天给你打了多少次电话，可你一直不开机，我有什么办法？"

马一焘不好意思地嘿嘿轻笑，说："我的错，我的错，前段时间发生了些破烂事，特别忙。"

"到底怎么了？咱们的钱要回来了吗？"

我关心起我们的那一笔美金来，毕竟夜行者也是人，也得吃喝拉撒，而且还有一大家子的人得照料，这些都得花钱。钱是男人胆，没有钱，我总不能再去吃霸王餐吧？

马一爻在电话那头大骂，说："呸，发财张那王八蛋，真是黑了心，你真当他是好心给咱送钱呢？"

"不然呢？"

"那家伙是被港岛霍家的风雷手李冠全威胁的，然后在鹏城设下圈套，准备弄我。"

我一听就明白了为什么前一段时间一直联系不上马一爻，赶忙问道："然后呢？后来发生了什么？"

马一爻说："还好我机警，没有中招，不过这里面又发生了一些事情，说来话长——对了，你呢，你现在在燕京吗？待得怎么样，那个黄大仙的话到底准不准？"

我脑子里还在想着港岛霍家的李冠全与我们为敌之事，听到马一爻的问话，一时没反应过来。

马一爻说："黄大仙说你利在北方，会在北方遇到你的大机缘——这事儿准不准？"

黄大仙的话，到底准不准呢？

从结果来说，黄大仙的话是一语成谶，因为我不但误打误撞找到了张宿秘境，而且还莫名其妙地得到了朱雀妖元。

这里面的遭遇实在是太离奇了，巧合到让人难以置信。它总让我感觉，冥冥之中自有注定，让人不得不佩服黄大仙那极富预见性的话语。

但从过程上来说，白老头儿说我这人的命与北方不符，越往北就越是凶险。他说黄大仙的话很不负责任。白老头儿这人虽然十分不着调，但他的话还是很靠谱的。

所以……

我苦笑一声，说道："这个，说来话长。我现在在燕京的一家医院里呢，给你这里的电话号码，你要过来就给我打电话。"

"妥了。"

我心中一暖，想着跟他聊一下集训活动的事儿，却不料医生办公室的门被人"砰"的一声踹开，白老头儿站在门口，指着我喊道："嘿，你个小兔崽子，居然还好意思在这里打电话？"

白老头儿嗓门极大，一进来就吵，把电话那头的马一岙都吓了一跳。

他赶忙问道："怎么了，怎么了？"

我见白老头儿怒气冲冲的样子，虽然弄不清楚到底是怎么回事，但也知道一时半会儿无法再打电话了，于是抓紧时间对他说："电话号码，你记住了吗？"

"都在脑子里面呢，你那边怎么回事？你为什么会在医院呢？"

"我这边有点儿事，咱们回头再联系啊……"

我话还没有说完，白老头儿就冲上前来，一把将我按倒在桌子上。

"砰"的一声，他将话筒扣上，把我的脸按在桌子的玻璃板上，死死抵着，然后骂道："给哪个狐狸精打电话呢？"

我被他按住，也不敢反抗，苦笑着说道："男的，我一朋友。"

白老头儿不信："你这个小王八羔子，满嘴谎言，谁信？"

"白前辈，真是男的，王朝安您认识吧？就是千斤大力王子平的徒弟，电话那头的是王朝安的徒弟马一岙。您若不信，就重播键打过去，一问便知。"

见我说得这般认真，白老头儿将信将疑，把我放开，这才说道："我打过去干什么，神经病不是？"

我被他放开后揉了一下发疼的脸，有点儿无语。

见我一脸蒙的模样，白老头儿瞪着我说："你不知道我为什么要打你？"

我点头，说："对呀，为什么呢？"

白老头儿伸过手来，使劲儿捏住我的下巴，然后一字一句地说道："昨天发生了什么事，你心里没一点儿数吗？"

糟糕！

我的下巴都快被捏下来了，却没敢乱动。白老头儿如果真想杀我，我再如何反抗，估计都逃脱不了死亡的命运，既然如此，我还不如表现得顺从一点儿。这样反而更安全。

见我没有说话，他更恼怒了，把我猛地一推，推到了墙角，然后恶狠狠地说道："你跟姓秦的那个女娃儿，到底是什么关系？"

我苦笑，说："您觉得呢？"

白老头儿怒气冲冲："我原本以为你们是很纯洁的朋友关系，没想到你挺能的，半夜爬到人家小姑娘的房里也就算了，还把朱雀妖元给了人家。这什么情况？你知道为了保住你这颗朱雀妖元，老子费了多少力气吗？你觉得这东西没人知道是吧，要不是我拦着，你信不信你醒过来的时候，手都被人剁走了？"

我苦笑，说："您消消气，能不能听我解释？"

白老头儿指着我的鼻子说："你说，不说出一个一二三四五来，我饶不了你个兔崽子。"

"我昨天，哦，不，应该说是清晨的时候，我的确是去了秦梨落的房间。你知道的，她是为了我才被那噬心魔弄成这样的，她就要离开人世了，而且还是以那么一个痛苦的方式，如果我不过去看一看表达谢意，您说我还是人吗？这跟禽兽有什么区别？"

白老头儿的脸色稍微缓和了一些："算你小子有点儿良心，不过你就算是再愧疚，也不能把朱雀妖元给她啊。你知道那东西有多珍贵吗？你啊你，真是不知好歹……"

连他都如此心疼，可见朱雀妖元的确是举世难见。

我不敢说我与秦梨落的一吻定情，害怕他一拳头打死我，只是说道："真不是我给的，是那朱雀妖元自己与她融合的，我拦都拦不住，等我去阻止的时候，已经烧起了大火，之后很多人赶到。后面的事跟我一点儿关系都没有了。"

白老头儿听到这里一愣，盯着我说："当真是那朱雀妖元自己选择的？"

我举起手来，赌咒发誓："我要是骗您，天打五雷轰。"

白老头儿深吸了一口气，脸上露出了凝重的表情。

好一会儿之后，他才问道："你知道姓秦的那个小姑娘，她是什么本相的夜行者吗？"

我犹豫了一下，说道："好像是……七彩锦鸡。"

白老头儿听到，当下就是一跺脚，恨恨地说："果然，果然，七彩锦鸡，这玩意儿又叫龙凤鸟、凤凰鸟，血脉之中，天生就残留着凤凰一族的血脉。而凤凰一族又与朱雀有着千丝万缕的联系。这一边是血脉崩溃，油尽灯枯，只有一副残破的躯体，另一边则是千百年的妖元修为，两者之间，一缕联系就能互相吸引，啊啊啊……"

他痛苦地大声叫着,像个小孩儿一样到处乱蹦跶,弄得我都有些不知所措。好一会儿他才停下来,然后一把揪住了我的衣领,一字一句地说道:"等等,我搞岔了,我来是想问你,你跟那秦女娃到底什么关系?"

我苦笑:"您希望我和她是什么关系呢?"

白老头儿盯着我,脸色数变,最后格外严肃认真地问我:"告诉我,你喜欢那个女娃儿吗?"

我很尴尬,低着头说:"这个,这个嘛……"

啪!

他朝着我的脑袋猛然一拍,恶狠狠地说道:"你个小兔崽子,喜欢就喜欢,不喜欢就不喜欢,一个大男人,连敢爱敢恨的性格都没有,以后还怎么承担大事儿?我跟你说,你的回答很重要你知不知道?它将影响到那个女娃儿后面的人生——我不是跟你开玩笑,这件事情很严肃。"

我有些不解,问道:"为什么会影响到后面的人生?"

白老头儿瞪着我:"朱雀妖元啊,你个崽卖爷田不心疼的小兔崽子当然不觉得,但这东西可是世间罕见的。我听说了那东西现在已经跟秦女娃融为一体了,如果完全成功后,秦女娃整个人就会脱胎换骨,虽然不会一下子跃入顶尖水准，但潜力无限。"

他盯着我说："这样的夜行者将是战略性人才，加入任何一方都是沉重的筹码，你觉得，上面那帮人会白白放走吗？"

我不明白，问道："你们跟港岛霍家不是挺好的吗？"

白老头儿朝我翻个白眼，说："统战工作，讲究的是团结一切可以团结的力量，但霍家本身其实有很多问题。换作是你，你愿意在这方面受制于人，还是自己掌握？"

"倘若秦梨落不肯接受束缚的话，他们会怎么做？"

白老头儿严肃地说道："怎么做，我不知道，但你得多想想，政治这东西，有的时候，比茅坑还肮脏。"

"那这件事儿，跟我又有什么关系？"

"那当然不同了，倘若你喜欢她，并且觉得能把她搞定的话，老子就豁出去了，帮你找人疏通关系，把那女娃保下来。如果你拿不下那女人，我也懒得去管，自有人来处理。"

我十分诧异地说："您老不是在撮合我和老板娘吗，怎么这会儿就又变了风向呢？"

白老头儿情绪复杂地看着我，说："你个小王八蛋，如果你真对娜娜一心一意，我也就不说了。但你要对那姓秦的女娃儿念念不忘，我还能强行按着你的头不成？老子也是男人，这点儿事我又不是不知道……"

我见他一副极端开明和民主的模样，心有余悸，总感觉这老东西有一点儿钓鱼执法的意思。不过这事儿关系到秦梨落的未来，我犹豫了一会儿之后，还是选择了说真话。

"我跟梨落，其实早就认识，而且相互之间也都有好感……"

啪！还没有等我把话说完，又一个重重的耳光抽了下来，打得我眼冒金星。

我很是委屈地说道："你干什么？不是说好讲实话的吗？"

啪、啪、啪……

白老头儿左右开弓，连着呼了我三五个巴掌方才停下来，指着我的鼻子，说："我理解是理解，但心里还是不爽，你也别怨我。这巴掌，我是替娜娜抽你的。"

他打完耳光舒服了，长舒一口气，指着我的鼻子说道："你啊你，就瞎浪吧。"

说完，他就走了，如同来时一般，行走匆匆。

我捂着红肿的脸在办公室里发愣。

哎哟，疼。

接下来的几天时间，白老头儿都没有出现。反而是老板娘刘娜来了，她不但带来了萌萌，还把老图、小六和杏儿都轮流叫了过来，陪我聊天说话。

我找机会问了一下刘娜，她告诉我，是白老头儿叫她过来的，而且还让她转告我，说他答应的事情，会尽量帮我做到。

第三天，马一岙找到了医院，见我脑壳上长出了一片青茬，忍不住笑了。

"侯子，你跑这儿来做和尚呢？怎么没被点上戒疤？"

前一秒钟还在嘲笑我在这儿做和尚，紧接着就看到一个柔情似水、气质超卓的成熟美女，这让马一岙为之一愣。他整个人都呆住了，过了几秒钟之后，才呢喃说道："你这生活，不错啊？"

我下了床，对帮我洗衣服的刘娜说道："老板娘，这是我朋友马一岙。马哥，这是刘娜，我打工那家餐馆的老板娘。"

刘娜见马一岙那略微带着审视的目光，顿时就有些惊慌了，不敢久留，跟马一岙简单地打了个招呼，又对我交代两句，便赶忙离开了。

见这颇具知性韵味的美女离开后，马一岙走到我的跟前，朝我胸口擂了一拳，笑着说："可以啊，难怪你不喜欢楚小兔，原来是这样的口味。不过话说回来，刚才那位美女，成熟性感，举手投足间又带着几分书卷气，真是不错。"

我苦笑着请他坐下，然后说道："你想多了，她只是我的老板娘，没有其他关系。"

马一岙撇嘴："你当我没有看到？谁家的老板娘会给员工洗内裤？"

呃……听到这话，我顿时有点无语。

刚才老板娘说要帮我洗衣服的时候，我一开始是拒绝的，这毕竟有护工在，后来实在是拒绝不了，我就让她把筐子里面的衣服洗了，没想到她居然把我藏起来的内衣裤都洗了，还被马一岙给看到了，着实是尴尬得很。

见我说不出话，马一岙笑了，将肩上的背包卸下来，对我说道："这蜂蜜就是给她带的？"

"对，人家孤儿寡母不容易，对我又特别照顾，我总得帮点儿忙才行。"

马一岙没有再笑我，而是认真地看了我一眼，说："哎呀，我怎么感觉你来北方一趟，整个人的气质都不同了，你到底经历了什么奇遇，怎么又躺医院里了？电话里说得含含糊糊的，搞得我满腹好奇，来，说说。"

我朝门外打量了一眼，然后说道："事情有点儿复杂，我跟你慢慢说吧……"

对于别人，我或许有所保留，但对于知根知底的马一岙，我没有太多的顾及，将事情的来龙去脉，从头到尾地跟他说了一遍。

我是江湖新丁，对这些乱七八糟的事情并没有多少判断能力，还需要马一岙帮我分析。他应该能给我提出相对正确的建议。我甚至把和秦梨落之间的事情都跟他说了，毕竟这事儿在白老头儿那里没问题，但在马一岙这儿却是瞒不住的。

拿朱雀妖元来泡妞儿，许多人估计都不理解，但马一岙却能帮我出点儿主意。

听我说完这些，马一岙忍不住叹气，说："我的天，我以为我这段时间的经历已经够丰富了，没想到你这儿更是一波三折，还差点儿把小命都给丢了。要说起能惹事儿，还是你厉害。"

我一脸郁闷："说事就说事，别扯这些有的没的。"

马一岙看着我："你叫我过来，是想让我跟你一起去参加他们那个什么全国第一届民间修行者高级研修班？"

"对，你如果有空，最好一起。因为我总感觉这地界藏龙卧虎，高手如云，我未必能拿到前三。如果没有名次，我也拿不到那烛阴之火，更谈不上渡劫了。"

"我的时间是没问题，但关键在于，我能参加吗？"

"为什么不能？你虽然虚长我几岁，但也是年轻人啊。"

马一吞翻了一下白眼："我刚才听你说了一下，就知道这个班其实挺厉害的，也就是你身上有一个灵明石猴的血脉，所以才能挤进去。至于别人，未必有这个机会。我可以跟你这么讲，为了这个名额，不知道会有多少人削尖脑袋准备挤进来呢。"

"啊，那咋办？"

马一吞笑了笑："没事，这事儿说难也难，说容易也容易，这需要找到对的人。我在燕京上过大学，有些人脉。另外我师父也有一些老朋友，回头我去跑一跑，问问情况吧。"

"行，这事儿你得上心啊，那可关系到我是否能够渡过第二重关呢。"

"妥。"

聊完了一同参加集训营的事情，马一吞又问："你真的拿朱雀妖元去泡妞儿了？"

见他这八卦模样，我顿时有点儿头疼："不是跟你说了，那妖丹是主动融合的秦梨落，并不是我的想法。我哪知道那东西能救她？"

马一吞认真地问道："那如果知道呢，你会不会给？"

"当然，这个还要问吗？"

马一吞哈哈一笑，说："得嘞，看来你是认真的了。不过侯子，这事儿你得考虑清楚啊。不是我给你泼冷水，你马哥我也是过来人，想得多一些。人家秦梨落名门出身，受的都是精英教育，见识的少年才俊不知道有多少。倘若她是落难了，凤凰不如鸡，那也罢了，现如今你说她融合了朱雀妖元，未来不可限量，你又有多少信心，她还会选择跟你……"

我被他说了一通，有点儿恍惚。

马一吞见我这状态，哈哈大笑，说："我只是说了一个可能而已，如果那小妮子有良心，是不会忘恩负义过河拆桥的，你也别多心。"

我脸上有点儿挂不住："倘若她真的只是因为那朱雀妖元，迫于道德压力跟我在一起，我反而觉得不如不在一块儿。"

马一吞瞅着我："你还有这样幼稚的想法呢？"

我眯着眼，说："如果纯粹是为了满足欲望的话，满世界都是女人，没有必要在一棵树上吊死，所以我要么不找，找的话就找一个志趣相投、三观相符的心灵伴侣。"

马一吞嘿嘿一笑，说："啧啧啧……行了，不扯了，那妹子现在咋样了？"

"昨天跟尉迟京通过电话，说人还在昏迷中，天机处不知道从哪儿调来了几个老道士和大和尚，勉强将情况稳定下来了。"

"嘿，这回他们倒是挺上心的，至少没有想着将朱雀妖元剥离出来。"

我陡然一惊，说："还会这样？"

马一吞说："之前有过这样的说法，但也看情况，毕竟这种事情实在是太伤脸面了，所以也就少了。"

随后我和马一吞聊起了白老头儿，他思索了一会儿，说："我之前在燕京待过，并没有听过白知天这人的名字，不过这事儿也很正常，毕竟京城之地，藏龙卧虎，而且从你的叙述来看，我觉得他对你是没有恶意的。"

我很苦恼，说："我现在挺怵他的，这老头儿人倒是不错，之前倘若不是他在我的手腕上烙上那六甲神将的符印，说不定我早就死了。但他老是撮合我和老板娘，而且一副我们不在一起就弄死我的架势，我就有些慌。"

马一吞问我，说："那你对这位老板娘，到底什么意思？"

我苦笑，说："窈窕淑女，君子好逑，刘娜你也见过了，人长得好，身材好，又聪明又有气质，人还成熟温柔。要说一丁点儿想法都没有，这个太假，但一来我们并不合适，走不到一块儿，再一个我已经跟秦梨落好上了，怎么可能脚踏两只船？"

马一吞说："那行，这事儿我来办。"

我十分惊讶："你打算怎么办呢？"

"怎么办你就甭管了，总之给你办妥当，不留首尾就行。"

他信誓旦旦，我虽然不太相信，也没再说话。

随后马一吞跟我聊起了南方那边发生的事情。

事情其实挺多的，首先就是我们的那笔钱，基本上是没有着落了，而且发财张已经投靠了港岛霍家，一时半会儿还真拿他没辙。

再有一个就是,阿水在潮汕地区居然真的堵到了郑勇。却不料郑勇身边有人,双方展开激战之后,死了两个路人,郑勇潜逃,阿水也消失了。目前他正在被通缉,无人知晓情况。

当初与我们一起并肩而战的卫合道,在一次执行任务的过程中,遭遇到了高手,被人震碎心脏而死。马一吞去参加了卫合道的追悼会,在会上还碰到了林蓝平、钱家兄弟、宝芝林的苏蒙蒙和小狗、香山古镇的徐梦月和欧阳青,以及当日并肩而战的所有人,除了我,基本都到场了。

聊到这事儿时,我很是唏嘘,感慨良多。时至如今,我依然能回想起卫合道,以及他那一套出神入化的五郎八卦棍。只可惜……

两人默然,许久之后,马一吞对我说道:"你身体好一些没,可以出去走动吗?"

我点头,说:"行,在医院修养了好多天,跟人动手还是勉强。但出去走一走,是没问题的。"

马一吞说:"好,那你收拾一下,我带你去拜访几位前辈吧。"

尽管我身上没有背负什么案子,不过我在419办备了案,想离开的话,还是会受到限制。但这也只是形式上的,门口那人让我稍等一下,他打电话请示了上级,拿来了一个出院通知让我签字,基本上就没问题了。

对于这些办事人员,我还是挺感激的,跟他们攀谈了一会儿方才离开。

随后马一吞带着我离开,出门打车。他在燕京这地方上过好多年学,老师、同学和朋友都很多,不过这会儿也没有时间聚,只是带着我拜访了几处长辈。

我跟着马一吞,拜访了一圈,感觉着实是涨了不少见识。

这些长辈虽然有的名声很大,有的修为高深,有的位高权重,但当他提及这次的集训活动时,都表示爱莫能助。

有人表示没有听过,有的人则说这个班面向全国各地民间的大神,上头对这个十分重视,还拨了很多款作为专项基金。很多人听到风声,纷纷想把自己家里的后辈子弟塞进去,但名额有限,有太多人盯着,负责此事的人慎之又慎,轻易不松口。

　　在这样的情况下，每一个名额都跟早些年出国留学的指标一样抢手，弄得没有一个人敢拍着胸脯保证可以让马一岙进去。

　　这一圈儿走下来我才知道，那么抢手的名额，苏烈居然答应给我留半个月的时间，实在是太看得起我了。我越发地感觉到，白老头儿在天机处的地位确实是有些高。除此之外，最大的可能是我的血脉是灵明石猴，可能已经不再是秘密了。

　　天机处并不是没有高人，白老头儿不说，别人未必看不出来。而且他们还有从南方那边调过来的资料，可以参照。

　　次日中午，我和马一岙去了一趟合城居，老板娘刘娜看到我，有些惊讶，又带着几分责备的语气，对我说道："你走了也不说一声，早上我和杏儿去医院，扑了个空，医院的人也不知道你去了哪里，而且也没有你的联系方式，我们都快急死了。"

　　我赶忙道歉，然后将马一岙带来的一罐噬心蜂蜂蜜，交给了她。

　　我们说话的时候，旁边凑过来一个胖子，冲着我嘻嘻笑，说："大厨师，没想到你真的在？哎呀呀，赶紧给我来一盘羊肉炒饭吧，我可馋死了。老图做的虽然也不错，但跟你的手艺比起来，却还是差了意思。"

　　我回头看见这张油乎乎的脸，愣了一下："你是哪个来着？"

　　那胖子咧嘴一笑："我啊？范泓博，您不记得了？我是都市报的记者，上次还给你们店宣传来着。"

　　小胖子一脸邀功的表情，看得我忍不住笑。不过他说得也对，合城居现如今的生意之所以如此火爆，除了我的手艺和餐品的味道之外，跟他的宣传也有一定的关系。

　　我想了想，说："行，你等着，我去给你做。"

　　马一岙在旁边笑着说道："我记得你手艺挺不错的，不如给我也来一份？"

　　我笑了，看了看旁边的老板娘，说："行吗？"

　　老板娘眉眼弯弯，笑着说道："可以啊，你的朋友就是合城居的客人，随便吃，吃多了就留下来洗碗，现在咱们这地方，多得是活儿干。"

　　现在是中午时分，合城居当真是火了，只几分钟的时间，就来了好几拨客人。

生意好了，老板娘的心情自然也好了许多，我不再多言，而是让马一岙在外面与老板娘叙话，我进了厨房，跟老图，以及新招来的几个厨师、帮厨打招呼。

见我回来，老图十分高兴，顾不得浑身油腻，过来与我相拥。

随后他跟旁人介绍："这是合城居的首席大厨，咱们这儿的当家菜，除了羊蝎子火锅之外，可都是他研制出来的。今天侯哥在这儿做菜，你们都学着点儿——他可是有真本事的人，你们但凡是学到一星半点儿，那可是能吃半辈子的。"

他之前叫我"小侯"，此刻却喊"侯哥"，不知不觉间将我的身份都抬高了。我和大家客气几句之后，便来到了灶台前，开始忙碌。

从江湖的风风雨雨，重新回到小饭馆厨房里的灶台前，我莫名感觉到一阵说不出来的轻松惬意。

一手菜刀，一手炒勺，我对着单子开始行云流水一般的操作。一份份油光鲜美的羊肉炒饭从炒锅中倒入盘子里，装点上蔬菜端出去。没过多久，杏儿兴高采烈地跑进了厨房，又递来了一大堆单子。

我看见后，不由得一愣："怎么会这么多人要羊肉炒饭？"

杏儿眉毛弯弯，开心地说道："客人们听说您回来了，而且亲自下厨，都顾不得吃没吃饱，赶紧点上一份。所以，麻烦您了……"

我有点儿无语，不过这种被人期待的感觉，又让我十分高兴。

如此忙碌到了下午两点半左右，才闲了下来。我原本挺饿的，闻了一中午的菜味，油腻腻的，再也没有了胃口。我找老图要了个馒头，又弄了点儿羊汤，凑合对付一口，就出了厨房。马一岙早就吃完了，趴在收银台前和老板娘正聊得欢呢。

平日里十分矜持、戒备心很重的老板娘在马一岙面前放下了心防，笑得花枝乱颤，像个小姑娘一样。

她看到我走出来，脸有些红，下意识地想要憋住笑，却被马一岙的话逗了一下，扑哧一下笑出声来，憋得满脸通红，十分可爱。

　　我从没有见过老板娘刘娜这样开心快乐过，心中莫名就是一阵恍惚。随后我突然明白了，马一岙先前说帮我搞定白老头儿的那句话到底是什么意思。

　　不知道为什么，我心中仿佛松了一口气，隐约中又有一丝怅然若失。

　　也许男人，就是这般贪心吧？

　　马一岙对合城居，以及合城居的老板娘依依不舍。尽管如此，下午三点半，他还是与我一同离开了，因为我们需要赶赴下一个地方。这个约见对于马一岙来说很重要，据他所说，他这回能不能进那个什么长白山的集训活动，就指望这一次了。

　　他约人是背着我的，有些偷偷摸摸，我问他，他又闪烁其词，搞得十分神秘。我问不出具体的事情，只能晕头转向地跟着他来到了什刹海的醇王府。

　　这里外面是供游人浏览的景点，绕过一道小门，往里走，过小巷，就到了一个没有挂牌子的单位。这单位别看没有挂牌子，门口却是有武警守着的。

　　马一岙上前与人接洽。

　　守卫听到之后，进去与保卫室的人聊了几句，打电话给单位里面确认之后方才出来，说会有人过来带我们过去，让我们先在门卫室等一下。

　　我走进门卫室，见这并不算宽敞的门卫室里，居然有三个人——一个五十多岁在看报纸的半老头子，一个三十来岁正在啃大饼的大肚汉，以及一个二十来岁脸色冷峻的年轻人。

　　其中那个年轻人接待我们，表现得不卑不亢。我站在马一岙的身后，任由他去接洽。

　　我发现，这三人身上居然散发出不同程度的凛冽之气，而这些气息又如有实质一般。最浓郁的是那个戴着老花镜看报纸的老头儿，他身上所散发出来的气息颜色只比白老头儿要差一点。即便是那个年轻人，气息也比我和马一岙要浓郁。

　　自从我的眼睛经过了上一次的变故之后，又加上这么多天的休息和调养，望气的能力已经越来越强大了。它并非主动的能力，而是在不经意之间才能清楚。越是刻意认真去看，反而看得越模糊。

　　不管怎么说，这三人都是极为厉害的高手，用这样三个高手来守门，着实有一些吓人。我这时才明白马一岙为什么会如此神秘。

没等一会儿，就有一个戴眼镜的年轻人走过来，上前问了马一岙两句话，就领着我们进了院子。里面的空间十分宽敞，我们走过一个小花园，到西边的一间厢房前停下，那人对我们说道："领导在会客，你们等几分钟。"

马一岙点头，说："好。"

我们站在门外的长廊等候，碍于那个叫徐秘书的年轻人在旁边，我即使是满心疑问，也不好问马一岙太多。

如此足足等了十分钟左右，里面终于有人出来了。

徐秘书走进去询问了一番，然后出来，对马一岙说道："你们有十五分钟的时间，自己把握一下，可以吗？"

马一岙点头，说："好。"

随后，他领着我们进了办公室，我跟在马一岙后面。进去之后，看见一张古香古色的檀木书桌后面坐着一个短头发的女人，头也不抬地说道："你们坐，我签几份文件……"

听到这话，我浑身一震，有些不可思议地望着对方。

这个人，我认识。

她就是田英男，天机处的田副主任，官方排名第五的大人物。

马一岙要找的人，竟然是她？

如果不是之前在医院有过一面之缘，这么一个长相普通的妇女，在我看来跟菜市场里买菜，或者在学校门口接小孩儿放学的女人，基本上是没有什么区别的。

她无论是长相，还是穿着打扮，都太普通了。扔在人群里，即便是努力记住了她的相貌，也很难第一时间找到她。她长了一张让人很容易忘记的大众脸。

但她背着的头衔却让我不得不为之心惊。马一岙先前到处托关系，求而不得，但如果这位肯点头的话，去那个什么集训就是板上钉钉儿的事情。

马一岙怎么认识她的呢？他之前为什么没有讲过？

我满腹疑问，坐在办公室进门的椅子上等待着。田副主任在看文件，浏览了一会儿，提起笔来，在纸上唰唰地做着批示。随后又换了一份文件开始浏览，完全没有看我们一眼的意思。

一开始我还觉得新鲜，以为这位田副主任着实是日理万机，忙得不可开交，不敢多说，只有耐心地等着。然而随着时间的缓慢流逝，我发现她居然没有停下来的架势。她对我们是视若无物，完全没有理会。

我想起进来时，徐秘书交代我们只有十五分钟的时间，其余时间都是安排了人的。如果在这段时间内，我们没有跟田副主任谈完事，那么这次会面的机会，岂不是白白浪费了？

想到这里，我开始着急了。我来回打量着，看了一会儿马一吞，又看向了办公桌后面的田副主任。

马一吞低着头，眼观鼻，鼻观心，如同老僧入定。

又过了一会儿，我感觉差不多有十来分钟了，见那田副主任还没有停下的架势，我终于忍不住了，想起身跟那位领导搭话，身体刚要起来，肩膀就被人搭住了，把我起身的姿势压了下去。

我转头一看，是原本入禅一般的马一吞，他平静地摇了一下头，示意我不要轻举妄动。

我这才知道，他自有主意。我没有再着急，重新坐好耐心等待着。没一会儿，办公室的门被轻叩而开，随后那徐秘书走了进来，对田副主任说道："田主任，黄主任和赵处长他们都到了，准备开会。"

田副主任唰唰唰地写完最后一点儿，抬头说道："好。"

徐秘书又看向端坐角落里的我们，说道："两位，请吧。"

听到这话，我心急如焚。我还以为马一吞有什么主意呢，敢情还真的就坐在椅子上，等到了会面结束啊。

我着急得很，站起来，开口说道："田……"

我话还没有说完，马一吞便伸手拉住了我，拱手说道："田副主任，告辞了。"

他拉着我往门外走去，我虽不愿，但也不知道马一吞葫芦里到底卖的什么药，只有跟着离开。结果刚刚走到门口的时候，就听到后面的田副主任说道："等等，马，马一呑对吧？你的名字是真怪，说吧，你来找我有什么事？"

马一呑回过头来，朝着走过来的田副主任拱手，说道："我旁边这位兄弟，他要参加 419 办举办的全国第一届民间修行者高级研修班，我也想一起。"

田副主任有些不理解，说："你师父王朝安不是挺能耐的吗？有这样的名师在，你有必要来参加这种级别的培训班吗？"

马一呑恭声回答："家师教导我，要出世入世，红尘炼心。"

本来都已经跨出门外的田副主任停下了脚步，一脸讥讽地回过头来，脸上挂着古怪的笑容，说："你师父告诉你，要红尘炼心？"

马一呑点头，说："对。"

田副主任恨恨地说道："这世间谁都有资格说这句话，但是他没有。就他那个榆木脑袋，他好意思说红尘炼心？炼个屁吧！"

说完这句话，她转身就走，朝着长廊那边扬长而去。

徐秘书在后面紧紧跟着，留下我和马一呑两人在这儿傻眼，不知道该说些什么。

好一会儿，我才回过神来，对马一呑说道："你师父和她，有故事？"

马一呑苦笑："早知道就不过来了。"

我一脸八卦："我的天，还真有？"

马一呑揉了一下脸，说："本来我是不想过来的，但找了一圈人，都告诉我这事儿他们没办法，想办就只有找天机处。可天机处能够说得上话的人，我找来找去，也就只有她。"

"你刚才一直没有让我说话，是害怕我搞砸了，对吧？"

马一呑苦笑："本来关系也不是很好，我这次过来，人家能不甩脸子愿意见咱，就已经很不错了。"

我说："那现在怎么办？"

马一呑伸过手来，拍了拍我的肩膀："本来是有希望的，但现在不行了——也怪我，心存侥幸，没事儿提我师父干什么？唉，侯子，不好意思，这次估计得靠你自己了。"

我见他一脸懊恼和愧疚的模样，顿时就笑了："这有啥？本来就是我的事儿，叫上你，只是想要双保险而已。"

马一峦见我并没有灰心丧气，便笑了起来，说道："其实，我觉得没有我，你也不一定会输。你在燕京这段时间进步很大，还有许多地方没有练透，咱们找个地方，我给你好好把握一下，让你能在短时间内掌握自己所有的底牌。等到了那个集训营里，还能学到不少的东西，最后演习的时候，你只管好好表现，不留遗憾就成。"

听到他的鼓舞，我的心中重新燃起了昂扬的斗志。

两人聊透之后，开始往外走，快要走到大门口的时候，有人从后面跑来，叫住了我们。

我回头，见来人是徐秘书，有点儿意外，马一峦也是，他问道："徐秘书，怎么了？"

徐秘书有些喘气，说："你们两个跑那么快干什么？"

马一峦奇怪："我们没有跑啊。"

徐秘书没时间跟我们争辩，挥了挥手："行了，别说了。你们两个跟我去一趟培训部，把资料填一下吧。"

啊？

这话说得我和马一峦都愣住了，好一会儿，我才反应过来："您的意思是，我们都入选了？"

徐秘书不耐烦地说道："快点儿啊，我没时间跟你们解释，一会儿领导开完会，我还得过去安排下面的事情呢。"

他不容置疑地带着我们去了右厢房的一处房间，找负责人要了两张表格，让我们把表格填妥。完了之后，还让人拿了两张塑胶牌卡给我们，说："记住，不到一个月了，到时候提前两天去黑省冰城集合，路上的交通费用你们留发票，可以找我们报销。不过有一点得提醒你们，千万不要迟到，迟到了名额取消，没有人会等你们的，知道吗？"

我们点头，说："知道了。"

徐秘书弄完这些后，对我们说道："那行，我就不送你们了，自己走吧。"

说罢，他匆匆离开，留下我和马一岙两人，还处于犯傻的状态。

我都不知道自己怎么离开的天机处。一直到了外面的胡同巷子里，我才回过神来，问马一岙："看田副主任那样，恨不得把你师父撕了，怎么这事儿还办成了呢？"

马一岙苦笑："女人啊，嘴上说一套，心里想的又是一套。所以说，女人是男人读过的最复杂的一本书。这话没毛病。"

我们往外走，马一岙又对我说："行吧，既然弄到准入证了，咱们也就别蹉跎时间了。"

"咱干什么去？"

"我在沧州有一个朋友，他那儿有个大农场，很宽阔。咱们去他那里，争取在去之前的这段时间内把自己的潜能逼发一下。特别是你，看看能不能在进那个什么班之前，达到一个更好的状态……"

第五十章

农场特训

　　沧州离燕京并不远，在千年之交那会儿，坐汽车也就几个小时而已。临走前，马一岙又特地去了一趟合城居。

　　此时他已经跟老板娘刘娜打得火热，而这次，也不知道马一岙这家伙到底跟她说了些什么，刘娜没有了先前的尴尬，正常地与我打招呼，也没有了羞涩脸红，显得很坦然。

　　老板娘还跟我聊了一些关于之前那个亲子园的事。据说老板露面了，也有具体的办事人员出来张罗，跟每一位受害儿童的家长作了沟通，还给了不菲的补偿，将事情平息得差不多了。

　　不过刘娜没有要他们的钱，她只要一个道歉。但那位老板并没有回复，具体的办事员赔笑，终究也没有承认自己的错误。因为承认错误这事儿，对于他们接下来的经营会造成很大的影响。

　　这个结果，老板娘是不能接受的，虽然相关人员一直在努力安抚，但是愿意把孩子继续留下来的家长仍然很少，然而大家对于疼痛的记忆是薄弱的，随着时间的推移，也就渐渐淡忘了之前的恨意。

　　任何事情都有时效性。过了，也就过了。

　　在合城居待了大半天，我将心得跟老图交流完之后，出来与老板娘道了别，方才离开。

马一舀的那个朋友并不在沧州城内，而是南郊的一个小镇边缘。

他在那儿包了一个大农场，主要种玉米和大豆，还有一大片的梨园和枣树。除此之外，他还有一个鱼塘，里面养着各种河鲜，边儿上养着奶牛、黑山羊和几匹血统不错的马，甚至还有一个十分火热的藏獒配种室，里面的五头藏獒雄赳赳气昂昂，别说普通人，就算是我看一眼，都有些发怵。

马一舀告诉我，藏獒这玩意儿最近十分火热。别说藏獒本身，光那些种獒去配一次种都能赚不少钱。总之，他的这位朋友是实打实的土豪。

马一舀的这位朋友，叫赵生。赵家在沧州是一个大家族，赵生的太爷爷曾经是清末四大名臣之一张之洞身边的随从，是位极厉害的民间高手。后来清朝没了，他太爷爷开枝散叶，在沧州这个武术之乡占据了很重要的地位，跟好多个沧州出身的顶尖名家都有交往。

既然家学渊源，那么这位赵生自然也是修行者中的一员，而且还是一位佼佼者，是赵家传承的集大成者。

马一舀跟他关系特别铁，我们赶到沧州车站的时候，一个电话过去，他就直接开车来接我们了，一路他都在侃大山，有着燕赵豪雄特有的热情。到了地方就开始喝大酒，吃烤全羊，火辣辣的"十里香"喝起来很舒服，一顿饭下来，喝得我头晕眼花，不过却很快和他攀上了交情。

赵生热情，一顿酒喝下来，感觉我这人诚恳、豪气、不矫情，不搞什么虚头巴脑的东西，所以拉着我的手，迟迟不放。

头天喝得昏昏沉沉，到了第二天，他去市里面买饲料，马一舀则带我来到一处水洼子旁边。

我前两天把事情都跟他聊透了，他也没有再铺垫什么，让我直接开始。

第一项，就是验证我铜皮铁骨的身体。

这玩意儿是我在熔浆之下练就的，它并非出于我的主动觉醒，而是机缘巧合，在各种不可预知的情况下造成的。事后我还因此受困，修炼了好久的《月华录》，方才从僵直的状态中恢复过来。

虽然它对我而言也存在着困扰，但从实战的角度来看，着实是一项非常大的加强。这相当于别人修炼了几十年才成就的金钟罩、铁布衫，我一日而成，甚至更强。

不过，这铜皮铁骨用比较通俗的说法来讲，它并不属于被动技能，而是需要主动激发，如果思维和反应力跟不上的话，很有可能就会被一颗子弹给报销掉，而且还会影响到我的敏捷度。

如何让自己的反应能力跟上，以及让身体的坚硬程度与反应敏捷上取得一个平衡呢？只有一个办法，那就是大量的适应和练习。

好在马一吞是一个经过系统培训的修行者，出身名门，并且在修行上面有着科学和独到的见解。对这事的分析和判断，都能高屋建瓴地进行系统指导，在短时间内，给予了我很大的帮助。

光这一项，我们差不多就练了一上午，即便如此还是有一些不太熟练，它需要长时间的积累和训练。特别是需要配合白老头儿给我挑选的《月华录》心诀，通过这东西，让我的身体机能更加润滑和舒畅，不至于"过刚易折"走向另一个极端。

简单用过中饭之后，我和马一吞又研究起了那根小拇指一般大小的软金索残骸。当听我把它的来历讲清楚之后，他忍不住笑着说："你这完全就是大圣归来的套路啊。这玩意儿不就是金箍棒吗？"

我苦笑，说："你别开玩笑了，完全不一样好吧。"

马一吞说："我这回算是理解天机处为什么求着你去参加集训班了，你啊你，简直就是天选之人，搁在小说里就是男主角。"

两人开过玩笑之后，最终给它定下了名字——熔岩棒。

这东西的前身虽然是软金索，但经过熔浆历练之后化作如此模样，从本质上来说已经截然不同，再叫软金索就不合适了。

马一吞让我测试这东西的极限，发现它跟我身体里存在的妖力是相关的。涌入的妖力越多，这棒子就越大，最大的时候差不多有两丈的长度，小缸一样粗。不过这状态我并不能维持住，挥一下都十分艰难，感觉身体被掏空一样。

经过不断地测试，我们发现，当它维持在原来软金索长棍的状态时，才是最不费力的，而且我也是十分顺手。

除了长度和直径，再就是重量。它的重量跟我的妖力灌输也是有关系的，而且是一个放大的效果。不但如此，我感受的重量和马一岙感知的重量也有很大不同——我这儿抓着也就十几公斤，马一岙却感觉这东西得有上百斤。

为此马一岙惊叹不已，说这东西实在是太神奇了，他唯一能够想得到的科学解释就是，它变成了一种记忆金属。但为什么会有如此神奇的特效，他也搞不清楚。不过他可以断定，这东西对我的加持绝对是倍增的效果。有熔岩棒和没有熔岩棒的我，绝对不是一个人。

更厉害的是，这根棒子在我的力量陡然灌输之下，甚至会变成火红的颜色，里面还蕴含着极为恐怖的高温，放在水里，大片的水域都咕嘟嘟地变得沸腾，水汽腾腾冒起，鱼都死了一大片。

如何使用熔岩棒，我们也练习了许久。

这样的钻研是极其让人迷醉的，感知着力量一点点地攀升，对我来说，宛如喝酒一样，越来越兴奋。

下午赵生回来，并没有责怪我们把他家的鱼塘弄得一团糟，而是兴致勃勃地和我们一起探讨。聊到兴起之处，赵生提出来要与我比试一番。

对于这提议，我有些犹豫，马一岙则笑了，说："你别担心，赵生是沧州这一带有名的豪侠角色，家族里出了好多厉害人物。他自己在燕赵一带也有个诨号，叫枪棒双绝，别的不说，那棒法是一绝，你别怕伤着他，用心学就好。"

听到马一岙的话，我收起轻视，与赵生在枣林边上交起手来。

赵生用的是一根熟铜棍，两边扎口，势沉力重。那棍子往地上一跺，地皮都在颤动。

我知道这是真的高手，没有留手，直接祭出了熔岩棍，与赵生拱手示意之后，开始交手。

铛！

两根棍棒，陡然相交，在那一瞬间，我就知道马一岙所言非虚。赵生的这一手棍法，宛如泰山压顶，不论是砸落下来的力道，还是螺旋的气劲，以及角度和时机等等，都把握得极为精妙。只一下，我就被震得连退了四五米。

感受到了赵生的厉害，我一咬牙，开始奋力而往，双方在短时间内，连续交手了十几个回合。

比起我这个刚入门不久的初学者来说，赵生进退有度，招式的把握和力量的爆发，都呈现出了碾压之势。我被逼得处处受制，好几次都被他的棍子敲到了身上。

要不是对方留手，以及我反应及时凝聚了铜皮铁骨，说不定早就败下场来了。

见我比斗章法颇乱，赵生眼中有了几分失望，往后退去，开口说道："今天就到这儿吧……"

他准备抽身而出，我却在那一瞬间有一股血直冲脑子。

我大声喝道："再来！"

说出这话的一瞬间，我身上的衣服居然燃了起来，化作数团火焰。紧接着，六股气息浮现，在我的头上、胸腹、四肢和下身处凝结。一瞬间，我居然变化成了一位金甲战将。

在身体发出熊熊烈焰，六股气息朝我身体不同的部位覆盖的时候。我的耳畔仿佛听到了极为激昂的唢呐声。这唢呐声是如此的热血，让我忍不住举起了手中的熔岩棒，奋力地往地上一跺。

轰！熔岩棒砸落在地的那一瞬间，周围的大地都开始颤抖起来，紧接着一股灼热通红的裂缝，朝着赵生陡然蔓延而去。

他看到后脸色露出了狂热之意，大声喝道："好好好！好久没有这种感觉了，再来！"

两人长棍一指，双腿齐蹬，冲向对方。

铛！

再一次的棍棒相交，我没有任何的退步，虽然感觉到力量狂涌而来，但越发的兴奋，双脚往地上一站，就跟钉在了那儿一般，纹丝不动。紧接着我怒声吼着，身上的火焰更深。

　　我轻轻一抖，那熔岩棒就迸发出了恐怖力量，源源不断的妖力注入，然后回流，将那棒子弄得通红。

　　每一次的撞击，都有火花飞溅。

　　这样的状态，在夜里或许会十分绚烂，但是在白天透露出来的，则是极度的凶险和恐怖。恐怖的力量交叠，使两人手中的棒子，都"嗡嗡嗡"地响着。

　　整个空间，都为之震荡。

　　不远处的水面上涟漪不断，不断有鱼儿浮出水面，白色的肚皮朝天，已然被余音震死了。

　　这就是修行者之间的战斗，它并不仅仅只是拳脚之上的胜负那般简单。

　　无论是气场、磁场还是能量场域，都会被影响到。

　　当然，这些是马一岙跟我说的，我自己不懂。

　　我只能感受到，却无法用科学的思维去解释。

　　接下来的战斗中，我发现了另外一件事情。那就是我的双眼，在经受过磨难之后，对"望气"这件事越发的纯熟。尽管我在棍法之上的造诣与赵生是天差地别的，但我能在那一瞬间抓住某个节点，通过判断对方的运动轨迹，做出相应的回应。

　　也就是说，在这能力的影响下，我的反应力得到了极为强大的提升，从一开始的被动挨打，到后来已经开始渐渐站住了阵脚。

　　而随后，我已经开始伺机反击。

　　战斗在持续，我越战越凶，信心在持续不断的战斗中组建累积。

　　当我整个人放开之后，今天这一天的培训结果就渐渐展现出来了，那熔岩棒越发明亮，将原本完全压制住我的赵生击得节节败退。

　　到了最后，我厉声一喝，陡然一棒，朝着对方的正面砸去。

　　这一棒是我筹谋许久的，无论是力量还是气势，都在那一瞬间，攀升到了巅峰。

　　啊……

　　怒吼声中，退无可退的赵生举棍与我陡然相撞，轰然作响之下，两人脚下的土地开裂，空气变得格外炙热，方圆十米之内，大地都颤抖着。

赵生顶住我的攻击，怒声吼道："通天……"

没等他说完，一道劲风陡然闯入其中，随后那劲风化作柔和的气场，将我和赵生黏在一块儿的棍棒分开了。

我当时战意勃发，还想再战，马一岙却开口喊道："大圣，收了你的神通吧。"

我陡然一惊，将熔岩棒往后一扯。马一岙又说道："老赵，你那通天域施展出来，我们能扛得住，你家池塘里面的几万尾鱼，估计就都得死了。"

听到这话，赵生也往后撤，慌不迭地说道："是，是，还指望着这一批鱼苗过年呢。"

两人抽身后撤，这时才发现刚才战斗过的地方一片狼藉，到处都是坑坑洼洼，还冒着青烟，黑灰掠过，仿佛有野猪群在这儿奔了一回。

我身上的火焰缓慢熄灭，并不觉得炙热，还发现自己身上的金色盔甲却有实质，用手敲上去，居然有金属回响。

马一岙走了过来，问我："你这是什么鬼东西？"

我捏了捏，深吸一口气，那金色盔甲便开始消失，收进我的身体里。

这种感觉很古怪，就好像是挺起来的小肚子吸了回去。它明明还是存在的，但视觉上却没有了。

我还没感悟出这里面的妙处，就感觉胯下凉飕飕的不太对劲儿。低头一看，这才发现刚才身体里冒出来的烈焰，将我全身的衣服都给烧没了。

此刻的我，全身上下除了几缕布条之外，都是挂着空挡呢。如果是在澡堂子里的话，我可以坦荡自如。但在这么一个地方，即便是赵生清了场，周围没有农场工人，但当着马一岙和赵生的面，我还是一脸尴尬。

我双手捂住裆部，窘迫地说道："那啥，有衣服吗？"

马一岙哈哈大笑，脱下了身上的夹克，给我遮住下半身，然后说道："感觉如何？"

"凉飕飕的。"

马一岙憋着笑："没问你这个，我说的是你刚才那浑身火焰，一身黄红色盔甲的帅炸的模样，感觉如何？会不会热，或者滚烫，或者别的什么感触……"

我努力想了一下，发现当时的自己满脑子想的都是如何战胜对手，至于其他，一时半会儿还真想不起来。

我摇了摇头，说："不知道。"

我虽想不起什么感觉了，却感觉这盔甲，极有可能就是白老头儿给我种下的六甲神将经过熔岩变异之后的产物。

马一吞又问："那么这种'超级赛亚人'的状态，你能够持续多久呢？"

我愣了一下，说："什么是超级赛亚人？"

马一吞扶额而叹："你连超级赛亚人都不知道？你的童年是怎么过的？好吧好吧，我的意思是你刚才那打鸡血、帅炸天的状态，你觉得自己能够维持多久？"

我思索了一下，说："不确定，感觉应该可以维持一段时间，不过有点儿累。"

赵生此刻也回过神来，见我光着大半身子的模样，忍着笑说道："你们聊，我去帮你拿一套衣服来。"

他转身离开，马一吞继续说道："当然会累了，你知道赵生有多厉害吗？当年在白洋淀，有一个成形的黄鳝夜行者到处为非作歹，据说那人有大妖的水准，而且让人难以提防。那是五年前吧，老赵单枪匹马，在白洋淀的芦苇荡里潜伏了五天五夜，水米未进，终于蹲到那家伙，冲上去就是一顿打，最终用那根熟铜棍将那夜行者活活打死，暴尸荒野……"

我暗自惊叹："这个老赵，有大妖的实力？"

马一吞说："对，你一个入门不久的夜行者，能跟老赵打成这个模样，实在是让人惊叹，而之所以能达到这样的效果，是你透支了自己的潜力而为——在那种状态下，你持续得越久，就越累。倘若不控制住，说不定状态一松懈下来，就会落得任人鱼肉的下场。所以，如何把握，真的很重要，知道不？"

"懂。"

"行了，今天的训练就到这吧，吃晚饭过后，我帮你松一下筋骨肌肉，然后你晚上好好打坐养气——那《月华录》你可以修炼，但是《九玄露》也很厉害，我师父说它如果有全本，绝对是超一流的夜行者修行法门，所以你也别放弃。"

"好。"

当下我们没有再练习，等赵生给我带来衣服之后，我们便回去了。

因为我的原因，晚饭就没有喝酒。

接下来的几天，我一直都在这个农场里练习，因为头天的动静闹得太大了，所以后面我们都去了树林子里。

为了测试我的上限，马一吞也亲自下场与我过招，并且不断地挑战我的极限，搞得我每日都精疲力竭。除此之外他又拜托赵生买来药材，给我做药浴，又帮我推拿经脉，免得我因为训练而受损。

如此高强度的训练，一个星期下来，我整个人的实力显著性地拔高了许多，感觉与来时的自己，截然不同。

此刻的我和之前的我对比，估计一个能打五个。这并不是说我的实力提升了五倍，而是说经过了强化训练之后，对于高强度的战斗，我有了更深刻的理解。

对于自己的上限和下限，我也有了超出寻常的认识。

这个才是最难得的。

有这样的结果，马一吞的帮助是至关重要的。

另外除了训练，我几乎每天都给尉迟京打电话询问秦梨落的情况，但每次听到的回复都是，还没有醒过来。

朱雀妖元，并不是寻常之物，而且当时秦梨落的身体也是油尽灯枯极为虚弱的，所以即便两者相当契合，但想要真正融合成一体，还是需要时间的。

我每日都十分担忧，但又没有任何办法，只好将心思放在训练上，让自己变得更加强大。

快到五月集训的时候，一个来自南方的电话打破了我们的生活节奏。

电话是苏四打来的。

他离家出走了，同行的还有他的儿时挚友小狗。

电话打到了马一奋的手机上，感觉那头的苏四十分绝望。他告诉我们，他和小狗正被他父亲苏城之以及黄泉引的人追杀，现在已经走投无路，不知道该怎么办了。想来想去，只有尝试求助马一奋，问有没有办法帮忙，将他们带离南方。

听到这话，马一奋很是惊讶。

如果说黄泉引追杀他们两个的话，这个很好理解，毕竟之前的行动中，他和小狗算是黄泉引计划的破坏者，所以黄泉引要对付他们是名正言顺的。

但他父亲苏城之为什么也要对他下手呢？

都说虎毒不食子，苏城之又是堂堂宝芝林的掌舵人，怎么可能对自己的儿子下狠手呢？而且还与黄泉引在一起。经过之前那件事，现如今黄泉引在内地，至少在南方地区的名声，已经很臭了。就像过街老鼠，人人喊打。

像苏城之这样爱惜羽毛的人，怎么可能会跟黄泉引站在一起呢？

接到电话的马一奋有点儿蒙，脑子乱得很。然而当他将心头的疑问说出来时，苏四却并不愿说，支支吾吾地不肯回答。

苏四的反应非常奇怪，而且他没聊几句就挂了电话，当马一奋再次打过去的时候，就提示关机了。

马一奋把这件事情跟我说，我也有点儿晕。

苏城之到底有多爱自己的儿子，我们几乎是有目共睹的。

他之前拒绝我们的求援，是为了宝芝林的生意能够安稳，然而后来又愿意掺和进来，就是因为他的儿子。

如果他没有带着省厅的人及时赶到，只怕我们就没命了。

这都是出于他对儿子的爱。

没想到，这才多久过去，事情就变成了这样子。

这事儿，可能吗？

我和马一岙都觉得这事儿就像是编故事一样，不过马一岙想起当初我们走投无路、四处求人的时候，是苏四和小狗，以及其他人站出来帮了我们一把。正是有了他们，我们才能在那次与笑面虎霍得仙和黄泉引的对抗中笑到了最后。

这一次，不管苏四出了什么问题，我们都不能置身事外。

知恩图报，这是做人的根本。

不过马一岙并没有冲动，毕竟这事儿很麻烦，因为南方现在的情况很复杂，如果那里是个泥潭的话，我们回去，陷入其中，不但会耽误集训营的集合时间，还很有可能在那儿送命。

所以他想了许久之后，决定先给几个认识的朋友打电话。

第一个，当然是打给正在南方省省厅任职的林蓝平。这哥们儿与卫合道留在省厅之后，发展得很是不错，马一岙与他最近的一次见面，是在卫合道的追悼会上。

当时的林蓝平已经升为行动小组的组长了，而且行政级别非常高，尽管马一岙没有具体问，但是能够感觉得到林蓝平的前途是不可限量的。他现在正处在机关部门的关键位置，消息灵通，所以马一岙第一个想到的，就是林蓝平。

然而电话打过去，林蓝平表示并不知道此事。

他很是茫然，等马一岙说明情况之后，他说他需要打个电话问一下，等弄清楚状况了再打过来。

马一岙没有等他，又给许梦月许大姐打了电话。

但是电话关机了，没有打通。

等他打到欧阳青家里的座机时，才得知许梦月和欧阳青两人，在两个星期前已经出国去了新西兰。至于什么时候回来，接电话的人说不知道。

又过了两个多小时，林蓝平的电话打了过来，说他已经通过自己的渠道侧面打听了一下，发现宝芝林最近的气氛的确有一些紧张，那位苏家四公子许久都没露面了。如果需要的话，他可以亲自去一趟宝芝林，探寻此事。

马一岙思索了一会儿，最终婉拒了林蓝平的建议。他让林蓝平不要对任何人说起此事。

打过电话之后，我在旁边问马一岙："是不是苏四那小子在开玩笑？"

马一岙认真地看着我，说："你觉得苏四的性格，像是喜欢开这种玩笑的人吗？"

我摇头，说："不是。"想了想，我又说道，"之前发财张跟港岛霍家合作，将你诓骗过去，在那儿守株待兔蹲你。而苏四这回有没有可能是受到了胁迫，设局想诓骗你回去呢？"

马一岙说："如果苏城之这样做，我信。毕竟那人城府太深，深藏不露，旁人看不出他的喜怒来。但是苏蒙蒙，他不会。"

的确，苏四这人年纪不大，但一腔热血，最是豪侠少年时。这样的人疾恶如仇，在遭受胁迫的情况下，宁愿死都不可能出卖朋友的。

马一岙沉吟了一番，然后与我商量："苏四这人，你我都是知晓的，当初我们走投无路，他是少数愿意伸出援手的人。现在他有难了，迫不得已电话都打到了我们这儿，必然是找不到求助的人了。我觉得无论是出于交情，还是恩情，咱们都得回去一趟，你说呢？"

我点头："自然，游侠联盟，君子一诺。"

两人商量妥当，把结果跟赵生说了，这哥们儿听到后没有任何犹豫，不但帮我们定了最近航班的机票，还亲自送我们前往机场。赵生说，如果需要帮忙的话，他也可以跟我们一起去南方，但马一岙婉拒了他。

说句有点儿丢人的话，这是我第一次坐飞机，毕竟当年的飞机票很贵，一般人是坐不起的。不过这倒不算啥，反而是在过安检的时候，警报乱响，让我苦恼不已。

我的身体里含有太多的金属，当时的技术检测不出它们在哪儿。这事儿挺尴尬的，折腾了许久，差点儿耽误了登机时间，让人心有余悸。

飞机在天空中穿梭，腾云驾雾，瞬息万里，比火车快多了。傍晚时分就抵达了羊城机场。

我们下了飞机，马一乭打开手机，没多久就接到了苏四的第二个电话。他说他和小狗藏在芳村的一所废弃民居里，已经藏好几天了，外面都是耳目，他们根本不敢出去。这几天都没有吃东西，只能喝点儿自来水充饥。而且手机也快没电了，随时都有可能关机。小狗受了很重的伤，整天都在高烧说胡话。他很担心，害怕小狗撑不住，离开他。

这个时候的苏四再也没有了先前的坚强，几乎是带着哭腔说完这些的。

他害怕了。少年老成的他之所以会如此，是因为太过关心小狗了。这是他从小玩儿到大的发小，两人自从有记忆开始就一直待在一起，情同手足。现如今小狗倘若有个三长两短，他很难独自面对接下来的人生。

马一乭没有再问缘由，趁着最后的一点儿电量告诉苏四，我们到了，很快就能赶过来，将他们接走。

苏四在电话那头松了一口气，告诉我们他所在的具体方位。他刚刚讲完参照物，电话那头就传来了嘟嘟声。

马一乭再打过去，对方已经关机了。

收了电话，马一乭有些沉默，好一会儿，他才看着我说道："问题很有可能出在苏城之的身上。"

我点头，说："对。"

受伤的人是小狗，不是苏四。这说明什么？那个未知的敌人要对付的人不是苏四，而是小狗，苏四只是被迫卷入这场纷争中的。

至于苏城之和小狗之间，到底又发生了什么事情呢？

这个我们不得而知。

两人没有久留，打车前往芳村。

芳村地处珠江西岸，北接荔湾西关，东接海珠，南接番禺，是羊城很重要的交通枢纽，也属于一个三不管地区。

当时这片地区的管理比较混乱，有很多的城中村和古老民居。我们从机场赶过来的时候，路上有点儿堵车，等到了芳村已经九点多钟了，这个时间，在北方还有些寒冷，路上几乎都瞧不见人。但是在南方，即便是羊城的郊区，大街上还是人来人往，十分热闹。

夜生活，才刚刚开始。

我们下了出租车，走在街头，绕过大街，往小巷子走。

前边是一片出租房，一楼店铺，上面几层楼都是建来给外地人住的独立单间。再往里走，会看到巷子里时不时有一两个装扮艳丽的女人，大概三十来岁，涂着厚厚的粉和夸张的口红，有的还画了眼影，小一点儿的还有十七八岁的姑娘。

我和马一吞从狭长的巷子口往里走，不断有人招呼，甚至还有的直接上来拉人。这些妇人都比较有狠力，差点儿就把马一吞的衣服都撕烂了，搞得我忍不住偷笑得肚子疼。

马一吞见我乐不可支，忍不住说道："你笑个屁？"

"我笑你这人长得比较老成，所以才会这么招蜂引蝶——你看看，她们怎么不过来拽我呢？对吧！"

马一吞忍不住翻起了白眼："你浑身都杀气腾腾的，还透着一股冷厉，她们敢拽你吗？不怕被一棒子当成白骨精打死？"

我有些发愣："啊，我真的很凶吗？"

刚好我们走到前面一转弯，马一吞指着角落处的一扇玻璃，说："你自己看看。"

我凑到了那门面的玻璃面前仔细打量，发现我的模样虽然没有什么改变，但一双眼睛却变得狭长，黝黑的眼珠子发亮，时不时有红光浮现。而且我的眉眼与鼻子，仿佛都拉伸过，嘴角是下垮的，整个人都显得十分冷厉，凶相外露。

我不在意还好，此刻仔细一打量，再一瞪眼，那凶相简直能瞪死人。

这情况让我很是惊讶，忍不住继续打量，却听到有人在旁边低声说道："大，大哥，来玩儿一下不？"

我听了，浑身一震，缓缓抬起了头，打量对方。

那叫我的女人在我抬起头来的时候，也愣了一下，紧接着像是被踩了尾巴的猫一样，陡然一下跳了起来，随后朝旁边的屋子里跑了进去。

我站在原地，记忆在脑子里不断转动，突然后背被人推了一把，回过头来，看到是马一咼。

"咋啦，熟人？"

我犹豫了一下，然后点头："对，熟人。"

马一咼忍不住笑了起来："看你这人平日里规规矩矩、无欲无求的，没想到这儿还有熟人呢？"

我没有回答，低着头往前走。

马一咼追上来，问我："咋了？"

我想了想，说道："我认识她的时候，她还没做这个，那时她在一家电子厂上班，我们不算太熟，只能算点头之交——不，不能这么说，我当时对她比较有好感，毕竟她长得漂亮。不过她有男朋友，那男的特别浑蛋，脚踏几只船，没多久我跟着老金去了祥辉，再后来，就再也没见了。"

说完这话，不知道为什么，我心头很堵。

马一咼伸过手来，揽着我的肩膀，说道："别想多了，每个人都有选择自己生活的权利，同时也要有面对这种选择后果的准备。你无法决定每个人的人生，只能尽可能让自己的人生过得好一点儿……"

我点头，说："我知道。"

两人往前走了一会儿，马一咼突然问道："她，叫什么名字？"

我埋头走，许久，方才缓缓说出两个字："姜莹。"

虽然才过了一两年时间，但是过往的事，过往的人，对我而言就仿佛上辈子一般。它让我恍如隔世，莫名就生出了许多不真实的情感。

还没有等我从偶遇故人的伤感情绪中挣脱出来，马一咼突然拉住了我，低声说道："小心。"

他把我拉去巷子阴影处，我不敢多动，往后走着。

藏好之后，马一咼低声说道："九点钟方向，那颗芒果树旁边的家伙，你看一下。"

我看见一位个头不高，穿着花衬衫的中年男人，正靠在树下，还有另外一个身穿黄色Ｔ恤的年轻男人正在给他点烟。

那地方的光线不强，但是在打火机的火光照耀下，我看见了这两人身上各自散发出了不同的气息。花衬衫是青色凝黑的颜色，而黄Ｔ恤，微微带着几分粉红色。

这是妖气。

夜行者身上散发出来的气息与修行者身上散发出来的气息，并不相同。修行者大部分是黄色，天地玄黄，宇宙洪荒，差别的只是颜色的深浅和浓厚。夜行者则是五花八门，不同颜色，有点儿绚烂缤纷、百花齐放的意思。

除了颜色之外，还有形状。

我现在的境界还是浅，只能隐约看出一些形状。不过即便如此，我还是能够感觉到，如果我的修为更加精深一些，说不定能直接通过望气瞧出夜行者的本相来。

这对于与敌交手来说，可是一件很重要的事情。

我缩回来，低声说道："在这附近？"

我问的是苏四的藏身之所。

马一奤点头，说："对。"

他指了指右边的一处小塔楼："塔楼往西的第六户人家，就是苏四他们的藏身之所。"

我点头，说："知道，不过那帮人堵在这儿，我们怎么过去？"

马一奤说道："过去肯定没问题，不过我们得搞清楚一件事情，苏四他到底是真的遇到麻烦了，还是在那儿摆一个陷阱，等着咱们钻进去呢。"

我问道："这个怎么确定？"

马一奤指着另外一边通道尽头，说："那里有一个公厕，我包里带了个工具箱，一会儿咱们化一下妆，打扮一下——无论是宝芝林，还是黄泉引，看咱们都是脸熟，我们稍微乔装打扮一下，尽量别被人认出来。"

他带着我去了公厕，洗手池那儿有块镜子，他掏出工具箱，拿出刷子、假发等等，照着镜子给自己弄了一会儿。

等到他回过头来的时候，我看见一个四十多岁的猥琐男人出现在了我面前，再戴上老头儿帽，年纪仿佛更大了一些，看上去跟他截然不同，即便是很熟悉的人，都未必能认出来。化妆术的神奇让我为之惊叹，随后马一岙又给我弄，刷了脸，垫了下巴和鼻子，又戴上假发和无镜片眼镜，绝对一小文艺青年。

弄完这些，我们又整理了一遍才离开，慢慢走到那边的街巷里。

第五十一章

山雨欲来风满楼

　　路上我们仔细地观察了一下附近，发现了三拨人，其中有两拨夜行者，一拨人修行者。其中一人，我似乎在宝芝林见过，眼熟，但具体叫什么，想不起来了。

　　这些人并没有待在一个地方，他们仿佛也在找寻什么。

　　第二拨夜行者中，有一个长得很矮的成年人，他不停地吸着鼻子，仿佛在嗅什么一样。

　　见这阵势，我们有些紧张。

　　这配置，是要干什么？

　　我和马一夯从塔楼边上走过，路过苏四与小狗藏身的破落院子，不过并没有进去，而是不断用余光打量四周。

　　我们走到尽头，在小卖部买了包烟，故意吸着烟走在路上，中途又在旁边的一家台球馆打了半小时，确定没有人盯着这四周之后，又回到了小卖部。

　　我们买了饮料、面包和方便面，拎着一袋子吃的从另一边走回去。在一个小巷子里翻墙而入，当我们走到屋门口的时候，发现房间里是死一样的寂静，但我却感觉到里面有着隐约的杀气。

　　按照约定，马一夯用三长两短的敲门声轻轻叩门，随即里面传来了苏四沙哑的声音："谁？"

马一咎回答之后，门开了，消瘦沧桑的苏四探出头来。

他瞧见我们的模样，很是一惊。好在我们及时出声，将误会打消。即便如此，他还是朝我们身后打量了一番，确定没人跟踪，才将我们拽进了屋子。

房间里黑乎乎的，苏四一把抓过我手中的塑料袋，拿出一个面包，撕开塑料袋就往嘴里塞。

马一咎问道："到底怎么回事？"

苏四三两下将那面包吞咽下肚，愣了一下，方才缓缓说道："我老豆，不是好人，他要杀了小狗。"

苏四说起他"老豆"的时候，我脑海里下意识地浮现出了那个宁静如水、翩翩君子的中年男人。天刀苏城之，听听这外号，这气势……

马一咎将饮料递给苏四："喝点儿水，别着急，到底怎么回事？你电话里不肯讲，现在总可以跟我们解释一下了吧。我和侯漠为了来这儿，奔波千里，连口水都顾不上喝呢。"

苏四接过水，咕嘟嘟地一口气将那一瓶水喝到了底，又摇了摇，问道："还有吗？"

马一咎将一袋子都给了他，说："别着急，管够。"

苏四却没有再喝，而是领着我们进了里间，我看到许久不见的小狗躺在一块木板上。此刻的他已经没有了我印象中的活力四射，身体有些蜷缩，黑暗中透着一股沉闷的臭味。

这种气息跟之前秦梨落基因崩溃之后的气息很像，不过又透着几分血腥。

马一咎走上前去，蹲下来拍了拍小狗的脸："小狗，醒一醒，醒醒。"

小狗迷迷糊糊地哼了一声，却没有醒转过来。

苏四走过去，跪下，将小狗扶了起来，摇了摇他，发现没有醒。他拿出一瓶纯净水，拧开，对小狗说道："狗子，狗子你醒醒，喝点儿水吧。"

这个时候，我才发现小狗的嘴唇上满是裂痕，上面的血都已经结痂了。而他的胸口，还有右臂处都绑着布条。那布条被鲜血渗透，透着一股怪味，就像是下水道的死老鼠的恶臭，或者是垃圾郁积了许久之后散发出来的劣质气味，让人发呕。

喂了水之后，小狗恢复了一点儿气力，睁开眼睛，用极其虚弱的声音说道："哪儿来的水？"

苏四带着哭腔说道："是马先生，马先生和侯大哥他们从北方赶过来了。狗子，你别怕，马先生他们会把你我接走的。我们去北方，去一个我老豆找不到我们的地方生活，好吗？"

小狗咽了咽口水，说道："四哥，我不行了，你把我放下吧，回去跟苏先生认个错，一切都会过去的。"

听到这话，苏四显得异常激动。他使劲儿捏紧了拳头，憋着气说道："放下，为什么？你的意思是让我把你交给我老豆，让他将你好不容易凝练出来的内丹拿去，让你死掉，换取我的自由，对吧？这样的自由，对我有什么用？用自己兄弟的死，来换取我的自由……"

他情绪变得异常激动，而我和马一岙在旁边，则听得一头雾水。

内丹？

我忍不住打断了他激愤的咒骂声，捂着他的嘴，说："小声点儿，这附近都是眼线，听到你的声音，说不定下一秒就扑进来了，你想死，我们还想活呢。"

之前我脑袋被人开了瓢，秦梨落帮我剃了一遍头，此刻虽然长出了一层青茬，但大体还是个光头。不但如此，因为身体的变化，使得我整体气质都有了改变，满脸凶相。

此刻我一脸严肃认真地盯着苏四，让狂躁不已的苏四冷静了下来，随后我问道："小狗才多大，就凝结出了内丹？"

先前我对夜行者的概念并不清楚，但白老头儿送给我的《月华录》却是一套夜行者修行的典籍，里面介绍得十分全面。我也知晓，能够凝练妖丹的都是妖王级别的强者。或者是那巅峰状态的大妖，以及利用丹鼎之法修炼而成的大妖夜行者——小狗不管从哪方面看，都不像是前面的那几种。

内丹这玩意儿是什么？

是夜行者的劲力，称"炁"，是妖力在体内凝结，实质化的体现。

它的功效远比什么丹田之气，又或者凝结成液体的状态要强上不知道多少倍。打个比方，如果说流动于奇经八脉之中的妖力如同拖拉机、发动机的话，那么这内丹，就是航天飞机的发动机，孰优孰劣，一下子就能够感觉到。

这就是强大的夜行者为什么能对低级别的夜行者形成压倒性优势的原因。

只是，像小狗这样觉醒没多少年的夜行者，怎么就修炼出内丹了呢？

见我的质疑，苏四有点儿恼怒，说："你可知道，小狗是什么夜行者？"

"是什么？"

苏四冷冷一哼，说："他是极为罕见的哮天犬夜行者，此物并非民间传说中二郎神的宠物，它最早出自干宝的《搜神记》，是极为神奇的品种，又名'地中犀犬'。有诗云——仙犬修成号细腰，形如白象势如枭。铜头铁颈难招架，遭遇凶锋骨亦消——如此稀有品相，如何是凡人所能及之的？"

他指着小狗，继续说："他打小就觉醒了，跟着我一起学习宝芝林的家传绝学，加上自己的血脉天赋，十五岁的时候就进入了平妖的巅峰期，一手狼牙拳出神入化。两个星期前，更是心有所悟，直接突破大妖境地，成就之日，凝聚出了内丹。"

我听到此话，止不住地吸气。

没有对比，就没有伤害，小狗的年纪只是个少年郎，谁能想到他居然已经是大妖境地，而我呢？我都不算是觉醒，只是一个小妖境界。

真是人比人，气死人。

马一吞走上前来，说："倘若小狗是哮天犬的夜行者血脉，那么这小妖修成大妖，甚至凝练出内丹，也不是什么稀奇事儿。这是好事啊，为什么会闹到如今这步田地？"

小狗突破大妖境界，对于宝芝林来说，得增强援，按道理说，应该是十分高兴的事情。怎么会落得追杀的境地呢？

苏四也是火冒三丈："对啊，这无论是对宝芝林，还是对苏家，都是顶好的事儿，我都为小狗高兴疯了。当天宝芝林也举办盛会为小狗祝贺，不料我喝多了酒，醒过来的时候没发现小狗，被告知他临时接到任务去了海南。可我怎么都联系不到人，心中就起了疑惑，跟踪了我大哥两天，在郊区的一处仓库里找到了小狗。这才发现，我老豆准备拿他的内丹来增强自己的修为……"

啊？

这话听得我都快要傻了。

拿别人的内丹来增加自己的修为？

这不就是魔吗？

马一吞在旁边问道："这件事情你是亲眼所见，还是听别人说的？"

苏四说："我是听关押小狗的那几个人说的，他们之中有一个人我认得，是我老豆最贴身的随从和保镖。他除了我老豆的话，谁都不听，是心腹中的心腹，是绝对不可能造假的。"

马一吞说："于是你救了小狗，带着他逃了，对吧？"

苏四点头："对，小狗是我的兄弟，虽然没有血缘关系，但在我心里比我大哥他们几个都要亲。我如何能让他受到伤害呢？小狗凝练内丹并不算久，贸然剥离的话，他只有死路一条，而我老豆显然并不在乎这个，他只想一心一意拿到内丹，完全不在乎小狗的死活。"

他深吸一口气，说："若我不救他，难道眼睁睁地看着他死在我老豆手中？"

我在旁边听着，有些默然。小狗在苏四父亲和他大哥的眼中，到底算什么呢？

我并不觉得他会因为自己的实力受到多少尊重，还不是照样受不到半点儿的优待。

在那些高高在上的人眼中，他甚至都不如一件贵重物件更值钱。这一点，在之前羊城一战的时候就看出来了，尤其是苏四的大哥对着小狗颐指气使的样子，已经表现得很明显了。

夜行者虽然与人有一些区别，但终究还是人啊。

他如何能够下得了手？

马一岙没有接话，而是开口说道："都让开点儿，我给小狗处理一下发脓的伤口，帮他重新包扎一下，你们都让开点儿，将空间腾出来。"

他掏出随身的背包，从里面拿出了一堆医药用品，给小狗处理伤口，我和苏四则往旁边站开。

马一岙处理伤口是专业的，我们没有什么发言权。

之前的处理是苏四弄的，他在条件有限的情况下，匆忙简单处理，但并不太专业，此刻都已经流脓发臭了。好在马一岙很有经验，既耐心又专业，花了差不多二十分钟，医用酒精都用掉了两瓶，才将小狗身上的伤口，全部处理了一遍。

弄完之后，小狗也有了点儿精神，睁开眼睛摇了摇头，开口说道："我饿了。"

饿了，表示人的身体机能开始恢复。我们赶忙给他递过吃的，小狗吃了一些，苏四也吃了起来，两人狼吞虎咽。马一岙则在旁边讲起接下来该怎么撤离。

他提出了几个方案，都很有实际的可操作性，然而没等他说完，外面就传了哐啷的响声。仿佛有什么东西掉在了院子里。下一秒，一声巨大的轰鸣充斥了整个空间。

轰……

陡然出现的震荡，让房间里面的所有人都为之一愣。

我感觉脑袋仿佛被重锤了一下，双耳一阵蜂鸣，世界都为之一黯。

嗡……我整个人天旋地转，好一会儿才回过神来，看见这破房子的木门被人猛地一脚踹开，随后一个身高腿长的家伙，在漫天散落的碎木片中出现。

他双目如电，有光溢出，扫量了房间一周，大声喊道："就在这里。"

那人声音一落，一左一右，立刻有两个人冲进破烂的门框，手中还抱着一个匣子，进来就"咔咔"摇了起来。

他们每摇一下，就有一支羽箭朝着我们射来。

这玩意儿有点儿像是强弩，又仿佛是某种机关。

总之这一切都如行云流水一般，显然是早有预备。

黑暗中，我看得不是很清楚，便往后退护住了苏四和小狗。马一奋则向前，从腰间摸出一把玉质折扇，陡然展开，然后兜转，将那诸般羽箭全部挡下。

被发现了。这个想法，几乎在同一时间出现在了所有人的脑海里。

马一奋挡住羽箭之后，手往腰间一抹，抓出了一颗小球，往前猛然一扔，"轰"的一声，房间门口顿时烟雾缭绕。

随后马一奋往后退，对我说道："你掩护他们两个撤退，跳窗走，往人群集中处跑，那样他们不敢肆意妄为。"

马一奋焦急无比，而我却是心头一阵冷厉，反而大笑起来："来得好。"

各位可知，为何马一奋如此慌张，我却这般兴奋？

须知，从见到姜莹开始，我心中就充满了一股郁积不散的怨气——至今我都记得那个女孩子的天真烂漫，以及她那时对世间未知的所有好奇。

我记得团体活动时，她第一次吃到肯德基表现出来的快乐。

我记得她开怀大笑时宛如瓷器一般的贝齿。

还有某年某月某日，她买了一条红裙子，裙下露出来的……那凝如牛乳的白皙长腿。对于当时一个负气南下，生活各种苦闷、不如意、不得志的年轻人来说，意义绝对不仅仅只是荷尔蒙的分泌那么简单。

它代表了我逝去的青葱岁月。

尽管我后来我见到过许多极品美女，孤傲美艳如秦梨落、可爱活泼如楚小兔、成熟知性如刘娜……尽管如此，对于我来说，那一抹充满了青涩的白色，是我永远都无法忘却的记忆。

但是，她最终毁了。

一个对生活充满希望、阳光朝气的女孩子，现如今却缩在这个让人喘不过气来的狭小城中村，带着不符合她年纪的虚伪笑容，对我说道："大，大哥，来玩儿一下不？"

当年求而不得的美好，在这一刻，彻底粉碎。

马一奋告诉我，每个人都有选择自己生活的权利。

这个我知道。我也并不是那女孩子的什么人。就算是我恼怒，也没有办法将其施加于任何人身上。但是在我心里，憋着一股很重、很重的怨气。

我的青涩青春就这样被人踩蹿践踏，想想就让人愤怒。

我恨不得跟人大打一场。

不管是谁。

一根又长又粗宛如岩浆浇筑一般的棒子被我从黑暗之中抓了出来，陡然砸在了水泥地上。整个空间都为之一震，头顶上的房梁都在抖，灰尘簌簌落下。

咚！

熔岩棒与地面接触，周遭呈现出蛛网一样分布的裂痕，随后我冷冷说道："老马，你带着他们走，我来断后。"

马一岙感受到了我身上散发出来的森严杀气，愣了一下。熟知我性格的他一下子就明白了我的想法。他没有阻拦，护着苏四与小狗往后退，然后对我交代道："别恋战，来日方长……"

我没有等马一岙交代完就冲了上去。

长棍向前。

我在冲出去的那一瞬间，将那棒子的下端抵住地面拖行了两米，陡然一抬，朝着门口这几人横扫而去。

我在沧州待了一段时间，对于棒法，赵生指点过我许多。还记得他的外号吗，叫作枪棒双绝。

枪，是长枪，棍子的尖端，装上一把利刃。

棒，又称之为棍，或梃，为无刃之兵，被称之为百兵之首。

能被称之为枪棒双绝，赵生自然是有真本事的。他告诉我，所谓套路，就跟跳舞差不多，真正的实战，到了极致出手就伤人。而棒法呢，来来去去其实都很简单，无外乎拨棍、扫棍、抡棍、戳棍、劈棍、立圆舞花和提撩舞花这七种手法。

而诀窍，则在于圈、点、枪、割、抽、挑、拨、弹、掣、标、扫、压、敲、击十四字为诀，变化多端，又万变不离其宗。

铛！

长棍横扫，我一招将涌进屋子里来的三人全都逼出了门外，一棒子戳在了一个半跪在地上的家伙的心窝里，那人"哎哟"一声，就飞到了外面地上，再也动弹不得。

最先冲进屋子里面来的男人被我逼退，有些羞恼，大声喊道："点子扎手，速来。"

话音刚落，我对面的一整面墙就陡然垮了下来，尘烟中，好几个人从外面冲进来，朝我生扑。我在黑暗中瞧见好几道不同颜色的光。其中有两团我特别熟悉，就是之前在街边的芒果树下看见的那两个。

敌人很多，也很强。

我并不是稍微有点儿力量就不管不顾，被愤怒冲昏头脑的人，见敌人一下子涌进来，当下就把手中的熔岩棒猛然一挥，砸在了那些簌簌下落的砖瓦上使之拍向前方，我抽身往后，朝里屋退去。

这时马一舀已经带着苏四、小狗离开，我堵在里屋门口，一棍在手，拦住了三五个人，其中还有两个夜行者。

那帮人被我"一夫当关，万夫莫开"地守着，久攻不下，大声喊道："拆屋，拆屋……"

外面有人喊道："翻墙跑了，快追。"

对方指挥混乱，显然不是一拨人，所以两边的话一说，有的人来砸墙，有的人则退出了这摇摇欲坠的破屋子。

我的正面压力减轻一些，却不曾想，有一个莽汉直接用身子将里屋的整整一面墙生生撞出了一大个缺口。

吼……

那汉子是个夜行者，身上散发出如同野熊一般的气息，双目瞪得滚圆，张嘴大叫着，气势汹汹。还有那个双目如电一般的夜行者也没有走，他显然是盯上我了，手中抓着一把青钢刺，每一次袭来都如幻影一般，让人难以招架。

我的熔岩棒在狭窄地形中的发挥有限，所以我不想跟这帮人纠缠，便抽身后撤。

当那野熊一般的壮汉撞破墙壁的一瞬间，我也用熔岩棒捅破一面墙，冲出了外面。

我们从那破落院子跑到了外面的巷子里。

那帮人在这一带投入了大量人手，我这边一跑出来，就见另外一条巷子里，苏四背着微胖的小狗奔跑，马一呑在后面，且战且退。

而我这里，迎面就碰到了一群人。为首的那个是先前我们看到的那个小矮子，这家伙的鼻子不停耸动，看见我的一瞬间，大声喊道："这个家伙，堵住他。"

说完，立刻有四五人朝我冲来，后面还有两个夜行者，一瞬间我陷入了重重包围之中。

"啊……"我怒声一吼，长棍抡起，整个人在这一瞬间气势陡然攀升。紧接着我一步踏前，熔岩棒与当前一人的砍刀相撞。

我将他那厚重的刀子挑飞后，猛然一棒下去，砸在他的膀子上。那人如同高尔夫球，直接腾空而起，落到了十几米远的地方。

随后我又是一棒，将另一个家伙的腿敲折了。

从见面到交手，我在一瞬间就废了两个人，听到这哀号声，那小矮子有些惧怕地往后缩去，大声喊道："来人，来人，这家伙疯了。那个谁，你过来拦住这个家伙。"

唰……

那人刚刚吩咐完，一个脸上蒙着青纱的白发老者，单手一柄青锋，剑尖微颤，嗡嗡作响，如同毒蛇一般，直指我的心魂处。

我被这青锋长剑指着，感觉如同被毒蛇盯住了一样，莫名心寒。

这人并不是夜行者。

他的身上散发着浓郁的黄色，宛如橙汁一般浓艳。

在看到对方的那一瞬间，我脑子里划过一道闪电，这人我见过。

是苏城之身边那个须发皆白的老者，宝芝林的族老。

尽管他蒙着脸，我依旧能认出来。

就在这个时候，我身后的那两个夜行者也杀到了。我手持长棍，深呼了一口气，平静地望着周遭的一众人等。

探虎穴兮入蛟宫，仰天呼气兮成白虹。

那个双目迸射劲光、身高腿长的夜行者，和一身蛮力雄壮如熊的家伙，见我与那白发老者对峙，也都停下了脚步，谁都没有冲上来围攻于我，而是朝着两边散开了。

白发老者的青纱之下，微微一动："你们去那边，务必抓住那头狗妖，这人我来对付。"

两人对视一眼，又看了一眼鼻子硕大的小矮子。

小矮子吩咐："听他的。"

两人迅速撤离，其余闲散人等则补上空缺，将我团团围住。

白发老者手持青锋长剑，对着周围冷冷说道："我不喜欢与人交手的时候旁边有人打扰。翻地鼠，管好你的人，否则别怪我长剑无情，杀了他们。"

那小矮子嘿嘿笑，说："拿得住这小子，你说啥就是啥。拿不住，就别怪我的人多管闲事。"

"哼！"白发老者身穿青色唐装，胸口处有蟠龙一团，身材微躬，仙风道骨，青纱之下，发出一声冷哼，"这小妖虽然厉害，但对我而言，拿下他还不算什么难事。"

说罢，他转过头来，青锋长剑指向我的咽喉，一字一句地说道："跪下投降，饶你一死，负隅顽抗，不得存活。"

这话说得是如此的冷厉果决，仿佛他是高坐庙堂之上的判官。

我，不过是一介草民而已。

对于他的堂堂威风，我的回答，只有四个字："去你丫的。"

嗡！长棍在话音落下的一瞬间陡然迸出，如同那出膛的炮弹，朝对方的胸口猛然戳去，白发老者早就觉察出我的桀骜不驯，冷然一笑，大声叫道："来得好。"

他年近六旬，一生与人交手的经验丰富无比，此刻我只是一动，他就立刻判断出我的意图。那青锋长剑，如同毒蛇，与熔岩棒差之毫厘地交错而过，随后朝着我握棒子的双手刺去。其精准程度让人叹为观止。

只一招，细微之处，就表现出了对方的实力。

不是修为，不是力量，而是技巧。

一招杀人，招招致命。

好在那家伙出手老辣，但我也不是新丁，双眼变异之后，我对动态事物的观察已经达到了一种更高的境界。即便是面对这种老江湖，我也能应付。

交错拼杀，剑光棍影，叮叮当当，仿佛进了打铁铺子一般，而两人激发出来的气劲，也弄得周围一阵鼓荡，飞沙走石，宛如修罗场。

我们这边打得凶狠，旁人都纷纷闪开，那小矮子翻地鼠瞧白发老者久攻不下，忍不住出言讥讽道："都说宝芝林的墨大先生是一等一的强者，死在你手下的平妖不知有多少，便是大妖境界，也都纷纷折于你手，却不曾想今时今日，居然在这儿折戟沉沙。"

请将不如激将，这话语让那白发老者的双眼，瞬间就变红了。

那双眼如同血色海洋，陡然蔓延，而他手中的剑也在一瞬间，"嗡"的一声，穿越空间，化作了万千剑芒，朝着我周身戳来。

这攻势让我避无可避，被他戳中好几处。

那家伙的青锋长剑贯注劲气，如同出膛子弹一般，无坚不摧。

他本以为能在我身上弄出几个血洞来。然而我已知无法避开，将妖力鼓荡全身，把那铜皮铁骨的神通显露了出来。所以即便是身上被刺中，但除了咚咚的金属声之外，别的什么也没有。

我不但没受伤，还趁着他的招式老化，陡然还击，打了他一棒。

这熔岩棒并非凡物，我这边是举重若轻，但砸下去却有千钧之力，即便是墨大先生这样的老江湖，也是一阵踉跄。只见他脸色一红，仿佛有鲜血涌出，却又被他硬生生地憋了回去。

以伤换伤，这回不亏。

见我身上那被剑刃割破的衣服，没有一丝血痕出现，一直十分淡定的墨大先生忍不住惊声呼喊："金钟罩？"

我没有理会他，继续挥棍而上。

此时此刻的我，已经知晓了敌人的修为上限，应该是大妖之境地。

但要说强许多，这个就有些扯淡了——翻地鼠说有不少大妖被他折服，估计并是非单打独斗。这样的家伙，跟沧州赵生比起来，还是差了一些意思。

我经过前些日子的紧急训练，在拼尽全力的情况下，已经能和赵生勉强五五开了，所以战胜眼前的家伙，并非不可能的事。

真正的交手，并不是加减乘除的数学运算。这里面的变数太多了，谁掌握的底牌多，谁就能笑到最后。

是时候亮底牌了。

向前冲出去的那一瞬间，我将身体里的妖元疯狂灌注，熔岩棒在我的掌控之下并没有任何形状的变化，里面却是越来越炙热。

等我冲到了墨大先生的跟前时，那熔岩棒已经化作了一根烧得火红的烙铁棍儿。与他的青锋长剑相交，顿时就有炙热的火星飞溅，而上面的力量，也在瞬间爆发出来。

"啊……"

原本占据强攻优势的墨大先生，在这个时候，忍不住地惊呼出声。

这一声，则拉开了我转守为攻的序幕。

我仿佛又听到了慷慨激昂的唢呐声。

长棍在手，我宛如一头发疯的猛虎，每一次挥击而下，都有极为恐怖的火星飞溅。在一棒又一棒的砸落之间，我的力量呈几何倍数的增长。

终于在十数招之后，我猛然一棒下去，将对方的青锋长剑挑飞。

紧接着我一棒子砸在了那家伙的腰间，将人砸飞几米。

这个时候的我，浑身发热，汗水腾腾地在我的周身扩散，宛如熔炉一样。我感觉自己的皮肤发烫，看到不远处的玻璃上映衬出了一个凶相毕露的光头男人，并且浑身通红，仿佛就要冒火了一般。

这会儿是我的力量攀升到小巅峰的一刹那。

下一秒，我并没有乘胜追击将那墨大先生击杀，而是陡然回转，朝马一吞他们逃离的方向追去。虽然我浑身热血沸腾，杀气凛冽，但并没有烧坏脑子。

不要恋战。这是马一吞临走之前对我的交代，他是希望我不出事，也是想要我能过去给他帮忙。

因为墨大先生的自负，使我身边围着的人都开始后退，他们并非什么厉害角色，甚至都不是夜行者。所以我一棒子就掀飞好几个，硬生生打出了一条路。

我夺路而逃，后面一帮人反应过来，自然也是急追。

我不管后面，只顾往前疾奔，循着前方的动静来到了一处巷子，看见马一吞他们被堵在了不远处的一个死胡同里。

他一人力敌三个显露出本相的夜行者，手中的折扇忽展忽收，化作一道白光，破空的炸声撕裂空间。而苏四也将小狗放在了巷子的最里处，自己抓着一把不知道从哪儿夺来的开山刀，与任何胆敢靠近小狗的人血拼。

因为战况激烈，所以寻常人等都往外面退开，战场的核心处几乎都是夜行者和修行者。

巷里一群，巷外一群。

双方彼此交汇，融和一团，各种颜色在上空飞腾。金属之声，铮然作响。

我赶到的时候，战况已经到了白热化的境地，马一吞的身上也挂了彩，脚步踉跄，与他相斗的那三个夜行者，其中一个身上冒着粉红色气息的黄T恤男子，已经翻倒在地，生死不知。

即便是受了伤，马一吞也显得彪悍无比，完全没有平日里的风度翩翩，守在巷口处，拼死抵挡着。

我手提熔岩棒，人挡杀人，佛挡杀佛，一路上连续敲翻了四五个小角色，冲到战场中心。突然，有一人从墙头跃下，手中长鞭陡然一抽，在半空中发出一声炸响，随后落到了我的身上。

我的熔岩棒被那鞭子一缠，顿时就难以前进半分。

那人用鞭子将我拉扯到了巷子之外。我眯眼打量，这才发现，用鞭子缠住我的这个短发女人，我居然也是认识的。

长戟妖姬。

这个人是黄泉引的大司马，她的地位到底有多高，我不得而知，但我知晓，即便是对东兴十八罗汉，她也有绝对的领导权。

这样的人，已经是黄泉引的高层角色了。一般来讲，她都是置身事外，不会参与任何的斗争。

但此刻，她却出手，将我缠住。

在这人露脸的一瞬间，我的心中莫名多了几分绝望。

我实在没有想到，黄泉引对这事儿居然如此看重，在形势如此紧张的情况下，还派了这么多的人过来压场。

只怕那几个与马一夯拼斗的夜行者，也是东兴十八罗汉之中的人。

看着他们个个都是强者，我额头冷汗直流。这时，我突然听到一声凄厉的叫声，看到不远处的巷子深处，苏四被一把过分修长的利刃捅穿了胸口。

这是什么情况？

我的双眼微眯，瞳孔收缩，见那长刀是穿透了苏四的左胸，也就是说，它绝对刺破了心脏。又稳又准，果断狠决。

看到这一幕，我脑子在一瞬间嗡然作响，感觉浑身的血液都在沸腾，而熔岩棒也开始变得越发炙热。

那缠住棒子的绳索发出腾腾黑烟，下一秒，直接烧断了。

我没有再停留，纵身而过，越过马一夯以及那两个与他缠斗的夜行者，冲进巷子里。

我猛然一棒砸在了那个长刀的主人身上，那人将苏四一刀捅了个通透，也有些蒙，以至于我的熔岩棍砸落过来的时候，他都有些反应不及。

最后时刻，他不得不就地一滚，避开这一棒。

熔岩棒砸了空，在墙上撩出一连串的黑色痕迹，那人也趁机后退，退到了巷子里另外几个人的身边。

我没有继续进攻，而是箭步冲到了苏四的跟前。

我将烧火棒子往地上猛然一杵，立住，然后伸手抱住了向后倒去的苏四，捂住他胸口喷涌而出的鲜血，大声叫道："蒙蒙，蒙蒙……"

苏四躺倒在我的怀里，口中不断有鲜血涌出。

蜷缩在地上的小狗也艰难地爬了过来，一下子扑在了苏四的身上，哭号着喊道："四哥，四哥，你怎么了？你怎么这么傻？你不帮我挡就没事的，没事的，你……"

他浑身颤抖，哽咽得说不出话，像个孩子一样无助。

这个时候我才知道，原来苏四是为了救小狗。

不然，以他的身手，未必会这般狼狈。

苏四口中不断冒血，双眼也开始翻白，在生命的最后时刻，他艰难地伸出手，循着小狗的哭声摸去，握住对方的手。

当两只手挨在一块儿的瞬间，他紧紧握住，就仿佛溺水的人，抓住了最后的一根稻草。

他吐出口中的血沫，艰难地说道："小狗，小狗，简大勇，我的兄弟……一时兄弟，一世兄弟——对不起，接下来的路，不能陪你了，我……"

噗、噗……

苏四没有把最后的话说完，因为口中涌出来的血呛得他没办法说话。

我伸过手去想要帮他，但伸到一半，我停住了。

因为我感知到苏四已经停止了呼吸。

他死了。

"啊……"

小狗仰天长啸，号啕痛哭。

我的手在停顿了半秒之后，伸向了苏四那没有闭合的双眼，轻轻一拂，将他没有瞑目的眼睛覆上，让他安息。

不远处，我听到长戟妖姬在痛斥那个刀手："蒋重八，你是脑子进水了吗？你怎么把苏城之最爱的宝贝儿子给杀了？"

那刀手满腹委屈："我想杀的是那个小胖子，奈何这破孩子太疯了，我留不得手啊，一有懈怠，死的就是我了——不信你问老九他们几个。"

旁边几个与刀手一起围攻苏四的人连忙附和，说："对，对，这小子跟疯狗一样，我们哪里敢留手？"

一帮人纷纷发言，推卸责任，原本杀气腾腾的战场，此刻停滞下来。

我抱着苏四的身体，感受到了他伤口处温热的鲜血流到了我的身上，而他的身体却在逐渐地变凉。

一股让我难以释怀的情绪，在胸口回荡不休。

这个年纪不大、个子不高的年轻人，对我而言，是值得尊重的。

当初我们走投无路，四处求爷爷告奶奶时，能够站出来帮助我们的人少之又少。其中就有他和小狗，坚定不移地站了出来。

他的血，是热的。

他的心中，有的只是公义和坚持，但现在，他的血却冷了。

他为了救自己的好友，在遭受围攻的情况下露出了破绽，被人一刀捅穿。

如果他没有掺和进这一次混乱中来，他完全可以做他的宝芝林少东家，甚至在多年之后，接掌宝芝林这个实力强大的团体。

他拥有别人为之羡慕的一切，却视如敝屣。

在他心中，友情、朋友、义气，是占第一位的。他甚至愿意为了这些东西去死。

这样纯粹的苏四，代表着我们心中最向往的品质，不掺杂丝毫的利益。

但他的人生，永远都停留在了这一刻。

少年时。

"啊……"

一声愤怒的吼声陡然响起，一开始，我以为是我的吼声，随后我发现并不是。

怒吼的人，是小狗。

这个被伤病折磨得连行走都困难的小胖子，在挚友为了自己而死去的时候，迸发出了最为恐怖的吼声。

紧接着他整个人开始冒出腾腾黑气，那微胖的脸庞开始不断变化，浓密的黄色毛发从他的皮肤下陡然蹿出，下一秒，他化作了一头身高两米浑身是毛的巨大野兽，朝着敌人扑去。

他扑向的，正是刚才那个一刀捅死苏四的刀手蒋重八。

不要命了。

我在小狗冲出去的一瞬间，猛然一捏拳头，感觉浑身炙热，流淌在血管里面的鲜血都燃烧了起来。下一秒，腾然而起的烈焰，将我身上的衣服给全部烧毁。

火舌舐舐一切，随后六道颜色不同的气息冒出，覆盖在我全身各处，让我在那一瞬间，变成了一个威风凛凛、杀气凛然的金甲战将。

我睁开了眼睛，光芒在一瞬间照透了整个昏暗的巷子。

"啊……"

我怒吼着，抓住了那同样变得炙热的熔岩棒，冲向了前方围攻苏四的另外两个人。

拨棍、扫棍、抡棍、戳棍、劈棍……招式很简单,一招一式,无不透露着大道至简的原则。但力量,在这个时候陡然增加。

我每出一分力量,都倾尽全力,能一招撂倒对方,我绝对不会用第二招。能两招的,我不会用第三招。

拼命谁不会?

怒发冲冠,凭栏处,潇潇雨歇。

抬望眼,仰天长啸,壮怀激烈。

杀。

我杀红了眼,先前是为了逝去的青葱岁月。而此刻,则是为了苏四这个我算不上熟悉,但绝对敬佩的少年。

少年死,死于理想。

我呢,要么死,死于乱刀之下,要么生,生于敌人伏尸之处。

仅此而已。

红了眼的我一番拼杀,小狗也是发了狂,我们两人一前一后,将气焰嚣张的黄泉引压得有些哑火。

面对我们的这些哀兵,他们并没有硬扛,而是避其锋芒,在损失几个人之后,他们往后收缩,抱团取暖。

这时,马一吞也抽身过来,护在我们左右。

双方战得正酣,那边的人也匆匆赶到,领头的人是受了伤的墨大先生,他瞧见巷子深处趴倒在地的苏四,顿时大喊起来:"四少爷,四少爷……"

苏四冰冷的尸体趴在地上,一动也不动。

墨大先生并非蠢人,几声过后,很快明白了此刻的境况,双目顿时变得赤红。

他冲着指挥众人与我等缠斗的长戟妖姬喊道:"到底怎么回事?我们家四公子怎么死了?谁干的?"

长戟妖姬十分阴柔,与我几次对抗未果之后,并不站出来,而是退到后面指挥,此刻听到问话,居然毫不犹豫地指向我,说道:"就是这个浑身冒着火焰的家伙。"

此刻的我，身穿金甲，浑身冒火，先前马一呑在我脸上抹的泥和妆容，全部消失。

墨大先生看到，惊呼道："你，你是那个侯漠？"

我长棍在手，又将一个夜行者的双剑砸得破碎，抬起头来，冷然看着那个糊涂老头儿。

我哼声说道："苏四与我，情深义重，我千里奔波而来，如何会杀他？那娘儿们的话，到底是不是谎言，你用你的狗脑子想一下不就知道了？墨大先生，你们宝芝林与虎谋皮，现在害得苏四兄惨死，还不醒转过来？"

相比长戟妖姬，我的话更加朴实可信，那墨大先生僵立原地，不知道该如何是好。

就在此时，外面有人喊道："有人来了，很多。"

听到这话，长戟妖姬不再缠斗，而是呼喝起来。

这帮人个个训练有素，一听招呼，几乎用不着怎么言语，有的向前，有的断后，还有人去扶地上的伤者。

只有那墨大先生还在发愣，有人过来拉他。也不知道那人说了什么，墨大先生深深看了我们一眼，转身离开。

宝芝林跟黄泉引合在一处，这事儿可是天大的丑闻，他们不敢有任何证据存留，否则宝芝林就算是家大业大，也经不起这般折腾。稍微一动荡，就会灰飞烟灭。

我、马一呑和小狗自然不愿这帮人如此轻松撤离，疯狂留人，却不料对方也有对策，猛然往地上扔出一大片的钢珠，顿时就有滚滚烟尘腾腾冒出。

这烟雾白中带黄，散发着刺鼻恶臭，又极为辣眼，我们冲进去，却都给呛了出来。

等我们继续往前的时候，那帮人已经撤得干干净净。

唯有小狗，他扑住了那个杀死苏四的刀手，将他按在地上，然后悲号一声，将拳头高高举起。

正在此时，突然有人大声吼道："住手，靠边站，否则开枪了！"

突如其来的呼喝声，让我为之一震。

随后我看见一群穿着黑色制服的人，从各个街巷里涌了出来，前面几人甚至还持有手枪。

看到这一幕，我才明白为什么黄泉引的人要撤走了。

他们并非害怕我们。这帮人也是夜行者出身，知道我和小狗的这种热血状态，都不是常态，只要那气势降下去，就会变得异常孱弱。等到那个时候，他们就能够兵不血刃地拿下我们。所以刚才长戟妖姬的对策，就是组织人手，不跟我们正面冲突，而是拖延时间，务必等到我们的血气消散，再作纠缠。

但是她的计划却被这帮突如其来的黑制服们打破了。

长戟妖姬是个审时度势的精明之人，来得快，去得也快，而且毫不犹豫，赶在了这些人到来之前，匆匆离开。

我见小狗陷入了狂怒状态，别说是那些黑衣人，就算是我，估计都拦不住他。

而那边的人，见小狗准备一拳轰杀地上这人，也毫不犹豫地举枪。

他们准备暴力制止。

在那一瞬间，我没有任何犹豫，直接冲上前去，将妖气凝聚全身，随后伸手握住了小狗的手臂。

铛、铛、铛……

我的后背，仿佛被重锤敲击一般，承受了好几下，差点儿就扑倒在地。

那是子弹。

我甚至听到了金属撞击之声在耳边回荡，身体也因为撞击，血脉紊乱，口中微微发甜。这就是现代火器的威力。

但我还是义不容辞地挡在了小狗的前面，紧紧握住了他的手。

随后我听到马一呑在大喊："老林，林蓝平，是我们。马一呑、侯漠和小狗，别开枪。"

我不顾马一呑与黑制服的交涉，只是稳稳地抓住小狗的手。

小狗此刻有些疯狂，抬起头来，显露本相的狗头冲着我狂吼，随后奋力挣扎，想要脱离我的掌控。

我依旧抓住，忍着疼与他直视，然后喊道："小狗，小狗，看着我，我是侯漠。"

"侯……漠……"

小狗凶狠冰冷的双眼与我凝视，变得有些恍惚，口中呢喃着，突出的长气中有晶亮的口涎流出。

我将右手的熔岩棒收了起来，伸手扶住他的肩膀，柔声宽慰道："小狗，我是侯漠，苏四没了，但我们还在。我和老马是你一辈子的兄弟。你累了，别撑着，这王八蛋，他只是一把刀，现在弄死他是便宜他了。我们要通过他找出幕后的凶手来，懂吗？"

小狗的目光有些游离，眼皮开始闭拢，停滞了两秒钟，说道："我，不懂……"

"没事，我来处理，你相信我吗？"

小狗看了我一眼，头垂了下去，低声说道："我……信！四哥说了，你和马哥，都是值得相信的人。所以，我信你。"

我拍了拍他的肩膀，说："你的身体过度透支了，睡吧，凡事由我来处理。"

小狗点头，说道："好。"

话音刚落，他轰然倒地，趴在了那个被吓成一摊烂泥的刀手蒋重八身上。而这个时候，好几个人冲到了我的身边。

他们想要抓我，却被人喊道："别乱来，这是自己人。"

说话的人，正是之前与我们有过并肩作战情谊的林蓝平。

居然是他来了。

我感觉后背有些发痒，伸手去摸，发现是几颗压扁了的弹头。

我摸了一下，弹头落地，这时方才发现身上的甲衣开始渐渐消散，融入体内，赶忙喊道："老马，帮忙……"

说这话的时候，我的双眼一黑，感觉整个人的精神都如同潮水一样落去。

我差点儿就像小狗一样，昏倒在地。

不过想起自己赤身裸体的模样，我昏沉的脑袋顿时又是一清。

羞耻感让我不得不强打起精神来，马一岙看见我，脱下了外衣，递了过来。

我将它围在腰上，遮住下体，然后对旁边的林蓝平说道："苏四死了。"

"啊？"

林蓝平大惊，问我："人在哪里？"

我指着那边的小巷子，说："在那里，凶手就是这个家伙。"

那个蒋重八被小狗揍得只剩下一口气，他大概是觉察出了林蓝平官方的身份，忍不住混淆视听，辩驳道："放屁，杀人的是你好吧，关我屁事？"

他这般说着，除了林蓝平之外，旁边的几个黑制服脸色都有些不对了。他们看向我的眼神也有些疑虑。

我感觉，他们大概是觉得我的面相过于凶恶了。

而且一个赤身裸体的变态，说话也的确没有什么可信度。

唯有林蓝平，毫不犹豫地站在了我们这边，冲着他呵斥道："不想死的话，闭上你的狗嘴。"

我交代完毕，感觉精神一阵恍惚，头有点儿发晕，一个趔趄差点儿栽倒。好在马一呑伸手过来，一把扶住我，然后跟林蓝平说道："侯子和小狗都透支过度了，你们有救护车没，先让他们歇着……"

林蓝平说道："没有救护车，要不然先去车上歇一下？你的情况也不好，你看看，身上都是伤。"

马一呑有些不放心，说："那边巷子里的，还躺着几个家伙，把人都扣上，这件事情，关系很深……"

说到这里，马一呑附在林蓝平耳边，低声说了两句。

他显然是在说宝芝林与黄泉引勾结的事儿。

不过这件事情，实在是太惊悚离奇了，即便林蓝平跟我们是并肩而战过的生死兄弟，也有些不敢相信，他看着马一呑，说："不可能吧？"

马一呑显得很严肃："你觉得我会骗你吗？"

林蓝平摇头，说："骗倒不会，不过兹事体大，我也做不了主。这样，咱们先把现场处理一下，将人证物证搜集清楚，回头再继续聊吧。"

他跟一个看样子像是带队领导的中年人说了几句话，然后过来，带着我们两人，以及昏迷过去的小狗，到街边的一辆改装面包车上。

我们上车之后，林蓝平又弄了一套衣服给我换上。

他告诉我们，救护车已经在来的路上了，他先过去，让我们等他一下。

我们点头，说好。

林蓝平离开之后，车里就只剩下我、马一呑和昏迷的小狗。望着车外的黑制服和远去的林蓝平，马一呑低声说道："唉，老林进了体制后，变了好多。"

"啊？"

我不知道马一呑为什么突然说出这么一句话来，先是一愣，随即感到毛骨悚然。

"你的意思，老林跟那帮人是一伙的？"

马一呑摇头，说："这肯定不会，不过因为立场的缘故，他不可能站在我们这边了。你有没有想过，苏四为什么会求助到我这儿？为什么不求助在省厅任职的林蓝平，或者钱国豪呢？"

大战之后，我感觉力量在迅速消失，疲倦爬上心头，眼皮沉重，思维也变得异常缓慢。

对于这些乱七八糟的事儿，我分析起来有些力不从心，只能问道："为什么？"

马一呑摇头，说："我也不知道，但总感觉苏四不太相信他们几个，才找到我们的。"

听到这话，我眯起了眼睛。

好一会儿，我才低声说道："林蓝平，不至于吧？"

马一呑说："谁知道呢？反正我们彼此留点儿心眼吧。"

因为车外有人在，我们不确定他们否能够听到我们的对话，所以两人都缄默其口，不再多言。

没多久，有人过来敲车窗，对我们说道："救护车来了。"

我们下车，有工作人员过来帮忙将昏迷的小狗抬上了救护车，我和马一呑担心小狗，执意与小狗坐一辆车离开。

双方几乎起了争执，好在林蓝平及时赶到，帮忙解了围。

最后我、马一奋和小狗一起，随车赶往了最近的医院，林蓝平也跟了过来。

我和马一奋只是进行简单的包扎，并无大碍。而小狗则是直接送进了急救室里进行抢救，林蓝平和我们一起全程陪同，十分上心。

我一番酣战下来，因为铜皮铁骨的关系，除了受了点儿内伤，以及极度困倦之外，并无其他伤势。反倒是马一奋，身上好几个血口子，看上去十分吓人。好在他是修行者，本身又懂医，自我调养的法子多得很，倒是用不着人操心。

我经过简单的伤口处理之后，就跑到了急救室前来等待。

苏四已经没了，我不希望小狗再出事。

小狗的伤势十分严重，刚才又透支了潜能，情况危险，一直在抢救。我有些困倦，跟林蓝平有一搭没一搭地聊着，不知不觉就靠着长椅睡了过去，等我听到旁边有动静的时候，迷迷糊糊睁开眼睛，看到了一张铁青着的脸孔。

看到这人的一瞬间，我脑子里所有的睡意，都在刹那间化作了乌有。

这个人，是苏城之。

天刀苏城之。

我一阵激灵，直接从长椅上跳了起来，刚要说话，就被一只手拉住了。

我猛然扭头去看，发现竟然是马一奋。他不知道什么时候来到我的身边，脸色平静地看着正在交谈的苏城之和林蓝平，然后用身子将我挡住。

我从睡梦中醒来，一脸蒙圈，不知道该说些什么，也不知道自己该怎么做。因为在我的想法里，此时此刻，事情已经败露了的苏城之，要么是被人逮了起来，要么就是在跑路的途中。不管怎么说，他都不应该堂而皇之地出现在医院里。

他追到小狗的手术室门口，是为了斩草除根吗？

但是，在官方的面前，他敢？

我几乎是下意识地将手往兜里摸去，想要抽出熔岩棒，与这家伙相斗，却没想到旁边的林蓝平满脸恭敬地与苏城之说道："大概就是这样，等到病情稍微稳定之后，我们会去请岭南药王张清高老先生过来，毕竟他是这方面的行家，如果能帮大勇同志彻底地检查一下，我想会避免后续的很多麻烦。"

苏城之点头，说："好，大勇是小儿蒙蒙最好的朋友，我待他也视如己出。现如今小儿已经死去，我不希望大勇再有任何闪失。"

两人聊得很正式，我瞧见林蓝平完全没有敌对的态度，而马一岙又在我前面挡着，脑子转了好一会儿，又收回了手。

不管怎么说，苏城之来到这儿，肯定是有原因的。我不能轻举妄动。

苏城之与林蓝平又聊了几句，方才转过身来，看着我和马一岙，说："我听说，小儿死之前是跟你们在一起，对吗？"

马一岙说道："对。"

苏城之是一个十分有城府的男人，喜怒不形于色，但此刻露出的悲恸中又带着几分欣赏的表情。

他略微有些哽咽地说道："小儿蒙难，对我这个年过半百的老头子来说，实在是天大的打击。不过他临死之前，能够有你们这帮兄弟陪着，对他这种平生以义气为先的性格来说，也算是一种慰藉了。作为父亲，我得谢谢你们。"

马一岙客气地说道："您客气了，这都是我们应该做的。"

苏城之又转过头来，对林蓝平咬牙切齿地说道："我万万没有想到，我平日里对墨寒这么好，待他如同兄弟，他却跟黄泉引勾结，还杀了我最喜爱的儿子。此仇不报非君子，不杀了他，我苏城之誓不为人！"

他赌咒发誓，一副悲痛欲绝的慈父模样，看得我都有些傻了。

我几乎是下意识地揉了一下眼睛，三观尽毁啊。

这么说，墨大先生成了最后的背锅侠？整件事情与宝芝林一脉，完全无关了？

我瞪大眼睛，而林蓝平还在不劝导，说："您也别太伤心了，这件事情，一切都得依照法律为准绳，不要私底下有任何过激的行为，要相信政府，相信我们。当然，如果你有关于凶手的任何消息，也可以第一时间通知我们，要对我们有信心。"

苏城之听到，连连点头："对，对，是我的觉悟不高，不过林队长，无论是对墨寒，还是对黄泉引的那一帮畜生，我这辈子，都是视之为死敌的。所以你放心，我一定配合你们，让黄泉引没办法在内地，至少是在咱们南方省落地生根。"

林蓝平与苏城之握手，说："多谢苏先生支持我们的工作，我代表局里，向您表示感谢。"

两人说着官话，苏城之说道："我还要去办理我儿的遗体交接，就先走了，一会儿大勇醒过来，请第一时间告诉我。"

林蓝平点头，说："肯定的，大勇同志是您的员工，您是单位领导，我肯定会通知到的。"

"那就好，那就好。"苏城之说着话，又看向了我们，"虽然小四儿走了，但宝芝林还在，我也还在。以后有时间了，没事儿去家里坐坐，小四儿的朋友也是我的朋友，有什么事情都可以找我，凡是我能帮的，一定义不容辞，知道吗？"

马一岙满面笑容，说："世叔客气了，以后一定叨扰。"

双方客气一番之后，苏城之离开，我看见在不远处等着几人，其中有一个是苏四的大哥。他守在不远处，眼神阴鸷地盯着这边，仿佛要上来啃我们一口。

然而看到我瞧过去，他的脸上立刻又露出了几分温和的笑容，如同名门贵公子一般，气度俨然，让人如沐春风。

先前看到的那一眼，难道是错觉吗？

从外貌上来说，这位大公子强上苏四不知道多少倍，玉树临风，如同电视剧里面的男主角。但在我心里，他的形象却比苏四要矮小太多。

一行人离开，我才回过神来，问林蓝平："到底怎么回事？"

我的语气不善，有点儿质问的意思，林蓝平不是傻子，感觉到了我心底里的怨气，苦笑着说道："你也看到了，所有的事情都是临时工干的，跟宝芝林无关。"

我恼怒地说道："事情就这样定性了？问我们了吗？"

林蓝平看着我，说："我知道你想说什么，也明白你此刻的情绪，但是，法治社会讲究的是什么？是证据，你说苏城之跟黄泉引勾结，宝芝林跟黄泉引勾结，那证据呢？"

"我不是证据吗？老马不是证据吗？对了，你们还没有给我们做笔录呢，来吧，来，我给你们作证……"

马一岙见我如此激动，伸手过来把我拉住，说道："侯子，冷静点，这件事情，不是老林能决定的，也不是你我能决定的。当务之急，不是将苏城之绳之以法，而是保护小狗的安全，不能让他落入苏城之的手里——这个才是正经事。"

我本来情绪是很激动的，因为我感到了不可思议，以及世间的不公，这种事情是最让人气愤的。但听了马一岙的话，我的愤怒渐渐消散，摆在面前的现实状况，让我不得不认真面对起来。

如果小狗苏醒了，再将他交给苏城之，交给宝芝林，这岂不是羊入虎口吗？

如果是这样，那么我们之前的努力又有什么意义？

苏四的死，又有什么意义？

我看向了林蓝平，说："小狗醒过来，就得交给苏城之和宝芝林，对吗？"

林蓝平点头，说："按理说是这样的……"

他话还没有说完，马一岙走了上去，擂了他胸口一拳，说："好好讲话，你没看到侯子都快急得暴走了吗？"

林蓝平也很郁闷，说："我能说啥？你们非要把我看成跟苏城之一伙儿的，我无话可说。"

马一岙伸手过来，揽住了我的肩膀："来，老林生气了，给他道个歉，让这老油条来给咱出个主意。"

我看了林蓝平一眼，发现他果然有一些不太开心。我不是蠢人，一下子就明白了林蓝平此刻的处境。毕竟他刚进入这个系统没多久，上面还有一大堆的领导要伺候，他又做不了主，而我们对他的态度又颇多猜疑，这让他就像是风箱里面的老鼠一样，两处受气。

这事儿搁在我身上，我肯定也是受不了的。

想到这里，我赶紧跟林蓝平道歉。他也借坡下驴，说道："小狗的命，是你们两个拼死，再加上苏蒙蒙以命换命救回来的。现如今我虽然没有办法将苏城之这个大老虎绳之以法，也不可能看着小狗落入火坑。不管你们是怎么看我的，但我自始至终都把你们看作是过命的兄弟。所以，等小狗醒过来，恢复点儿行动能力之后，我找人帮他做一个笔录，然后你们就赶紧带他离开这里，别给他们反应时间，不然后面的事情，我也控制不了。"

马一吞伸手，握住了林蓝平的胳膊，说："好兄弟。"

林蓝平沉默了一会儿，开口说道："还是苏四的那句话——一时兄弟，一世兄弟。"

与林蓝平这边做过沟通之后，我们放下了心，准备轮流去看苏四的遗体。

这样做，是为了避免宝芝林趁我们不在，对小狗下手。

不过我过去的时候，并没有看到苏四。他的家人将我拦在了外面，其中有一个看上去比苏城之大上十岁的老妇人瞧见我，又听旁边一女的说了两句，冲上来就打我，边打边哭，说："都是你们这帮乱七八糟、不三不四的坏朋友，要不是你们带坏了我儿蒙蒙，他现在会这样吗？滚，再也不要让我看到你。"

我被乱拳打得都蒙了，连铜皮铁骨的神通都没有施展出来，脸都被划出了几道血印。

这是我第二次在太平间被人打了。

每一次，都是我最珍重的朋友，每一次，都是同样的理由。

等大妈被人拦住的时候，我转身离开，心底里暗暗发誓，以后，我一定要努力保护好自己身边的人。我不想再出现这样的事情了。

带着极为复杂的心情，我回到急救室里，见那一阵热闹，我走上前去，一问才得知。小狗醒了。

小狗的苏醒，如同导火索一样，火药桶即将引爆。

如果说之前的局势还算是平静，那么小狗醒来后，情况就会变得截然不同了。因为小狗先前是被苏城之的人囚禁起来的，也是苏城之违法的活证据。

即便苏城之将所有的事情都推给了墨大先生，但官方也不是没有明白人，只要稍微一调查，这事儿是很难兜住的。

除非小狗死了，他苏城之才能彻底放下心来。

医生出来后，林蓝平和马一呑跟医生交涉了一番，终于得以进去。我来得晚，想进去时被一个满脸雀斑的小护士拦住了。她义正词严地拒绝了我的请求，然后咬着牙，满脸惊惧地看着我，就像奔赴就义的烈士一般，整个身子都有些发抖。

我被她那可怜的小模样儿逗乐了，没有为难她，退了出来。

之所以如此，是有林蓝平和马一呑两个聪明人在里面，怎么安抚和劝慰小狗，用不着我来操心。我在外面还能帮忙放放哨，不让苏城之的人过来搅局。

我站在急救室门口不远处，林蓝平和马一呑在里面跟醒过来的小狗谈事，医生离开了，还有两个小护士在门口说着话。

我本来没有注意，结果听到一个小护士低声说道："你怎么了？为什么牙齿都在抖？"

那个拦住我的雀斑小护士说："你不觉得刚才那光头好凶吗？他瞪了我一眼，我都有点儿站不住呢，像一头噬人的猛虎！"

"凶？那叫男人味好吧，你有没有发现他的侧脸，很像金城武呢……"

"什么金城武，明明像古天乐好吧。"

"不，我还是觉得像金城武，有一股说不出来的冷峻，啧啧……"

两个小护士以为我隔得远听不到，说话也是肆无忌惮。

好在我并没有等待多久，小狗就被人用担架床推了出来。我走过去，见小狗整个人都被缠得结结实实，人还在昏迷之中，让我有些意外。

不是说人已经醒了吗？为什么现在又昏过去了？

我看了跟出来的马一呑一眼，他朝着我使眼色，让我不要说话。我没有开口,跟在后面,两人跟着担架床,转向了重症监护室,将小狗安置妥当之后,马一吞把我拉到了一边。

他低声对我说道:"人醒了,不过因为消耗过度,现在行动不了,为了他的安全考虑,我们建议他暂时别醒。"

我有一些惊讶:"装晕?"

马一吞点头:"对,这是避免小狗与苏城之见面最好的办法,不然两人一旦碰面,后果可就不堪设想。"

我点头,说:"那小狗现在的情绪怎么样?"

马一吞说:"当然不稳定了,换作是你,如果是我为了救你而死——当然这是不可能的啊——我是说如果,你的心情会怎么样?"

我说:"当然是想杀人报仇啊。"

马一吞说:"杀谁?"

啊?我脑子转了一圈,想着杀害苏四的那个家伙已经被抓了,等待他的肯定是法律的制裁。但那家伙说起来就是用一把刀杀死苏四的,除了黄泉引之外,最重要的责任人,其实是苏四的父亲,苏城之。

这是一个悲剧。

小狗能杀了苏城之报仇吗?杀了苏城之,难道苏四的泉下之灵会开心?

而且,他能杀得了苏城之吗?

尽管我没跟苏城之交过手,但别忘了,我可是会望气的。

先前我瞧见苏城之,扑面就是一股近乎凝结的玄黄之气,这样的情况,在我觉醒之后,还是头一次见到。

白老头儿……

哎呀?我好像没有瞧见过那家伙的气息呢……

总之一点,天刀苏城之,很强。

即便是小狗成就了大妖之境,在苏城之面前,也只是个任人鱼肉的存在。

如此想来,还真的是……

"那你们是怎么跟他说的?"我问道。

马一岙说："还能怎么样？卧薪尝胆呗，苏四是为了救他而死的，他得把苏四的那一份好好活下去，而且小狗还有一个母亲，他得好好考虑一下自己的事情。"

所以他目前需要的，是活下来，然后再谈报仇的事情。

我又问："后续怎么处理呢？"

马一岙说："我征求了他的意见，目前的话，先去我师父那儿养伤，等到我们从集训营回来，到时候再聊别的事情，他认可了这个方案。"

我点头，说："好吧。"

两人在重症监护室外等待着，林蓝平安排完小狗之后，又匆匆离开。毕竟这是一次大事件，他还有许多的事情要做，不过他在临走之前，给我们安排了人做笔录。

因为有了他的吩咐，所以什么该说，什么不该说，我们的心里都有底，负责记录的人也知道。一套流程下来，也没有太多麻烦。我和马一岙都有些心不在焉，因为担心苏城之找小狗麻烦。

不知道是不是为了避嫌的缘故，苏城之一直都没有露面，反倒是来了两个宝芝林的工作人员。他们简单问询之后，也没有太多停留。倒是后来，我们听说了一件事情，宝芝林的人，没有同意官方给苏四做尸检，而是打算直接将他的遗体带走。

这么做，当然是不合程序的，所以官方和宝芝林之间还起了冲突。

对于这件事情的处理，我和马一岙都很关注，甚至还特意下去听了一会儿他们之间的争吵。好在这件事情最后由上面的大佬出面协调解决了，最终的结果是，苏城之将苏四的遗体带走。

所以一直到最后，我都没有见苏四最后一面。

对于这件事儿，我挺耿耿于怀的。

苏四母亲对我的态度，让我实在是没有办法厚着脸皮凑上去。苏城之离开医院之前，还来了一趟重症监护室。但他并没有进去探望，只和医生做了简单交流就离开了。整个过程中，他表现得十分自然，这与他的身份非常符合，让人挑不出半点儿毛病。

苏城之离开之后，我们也不放松，毕竟他人虽然走了，但在医院留下了耳目。

一直等到早晨六点多钟，天刚蒙蒙亮的时候，林蓝平赶到了医院。他没有带其余的人，而且特地将周围的人做了清场，然后带着我、马一岙走进了重症监控室。

这个时候的小狗，已经醒了过来。

原本十分活泼的他脸色阴沉，眯着眼睛，问林蓝平："那个小子，现在在哪里？"

林蓝平说："人被关起来了，虽然他抵死不认，而且极度不配合，但我们目前已经基本确认，他就是黄泉引旗下东兴十八罗汉中的穿林刀蒋重八。他死定了，但至于什么时候执行，这个得看后期的公审结果。"

小狗又问："其他人呢，抓到多少？"

林蓝平说："人撤得很快，基本上都跑了，剩下的几个与你们争斗时受了伤，还有晕厥过去的，目前正处于证据收集阶段。"

小狗沉默了好一会儿，最终问道："真的，没办法扳倒苏……"

他大概是从小习惯了，一时半会儿改不了口。

林蓝平懂得他的意思，看着他，说："目前不行，那家伙的关系很深，没有证据是最根本的原因。我跟上面的老马聊过，他告诉我，这件事情目前先别提。老马这人我知道，他虽然跟苏城之关系不错，但绝对不会因此庇护他。这个案子是真的有困难，所以，你们也多多理解。"

林蓝平口中的"老马"，就是之前招揽过我们的省厅领导，我见过，人的确是很方正，疾恶如仇。所以他这么说，我还是信的。

听到了林蓝平的解释，小狗没有再多说，紧接着林蓝平亲自给他做了笔录，在适当的引导下，并没有直指苏城之。

从头到尾，苏城之都没有直接露面，所以即便想要牵扯上他，也是没有办法的。

简单的笔录过后，林蓝平对我们说道："苏城之在医院安排了很多耳目，我担心我的同事里也有人会跟他通风报信，所以你们要走就得赶快，别等到中午。"

马一岙点头，说："对。"

我们没有再久留，在林蓝平的指引下，绕过耳目，离开医院。

他给我们安排了车子，直接朝着火车站驶去。我们坐火车离开羊城，抵达湘南之后，将小狗护送到了莽山，将他交给了马一岙的师父王朝安。

小狗本来就身负重伤，一路奔波，抵达莽山之后，整个人都垮了。

好在王朝安精通调养，问题不大。

我们在莽山又待了些时间，调养好了身体之后，在集合的前两天，没有等小狗康复，我们就坐火车北上，前往冰城。

大圣觉醒　我命由我

夜行天下　向死而生

夜行者

第一季

④

南无袈裟理科佛 著

天津出版传媒集团

天津人民出版社

夜行者

第一季

④

南无袈裟理科佛 著

天津出版传媒集团

天津人民出版社

第四卷　边境传奇

如果时间允许的话，我们可能不会这么急着赶去北国冰城。

这一去，才感觉地理跨度是如此巨大，相隔万里。而且，苏四公子苏蒙蒙的葬礼也在同期举行，从道义上来说，我们应该在场的，毕竟他与我们的关系很密切。他临死前还与我们并肩而战，那是生死与共的情谊，做不得半分假。

按道理说，我们就算是推迟这次集训营活动都没毛病。但问题在于，苏四的葬礼非常神秘，听说不但没有进行火葬，还直接拉回了禅城老家。而且不但是我们没有接到邀请，就连林蓝平、钱国伟这种官方人员都没有参加。

甚至连匆忙赶回国参加葬礼的许梦月、欧阳青，都被婉拒了，说是出于当地风俗的考虑，不希望有外人在场。

什么是外人？

许大姐、欧阳青与苏家可是世交，结果最后也没能参与这一场葬礼。

这事儿从头到尾都透着一股阴谋的味道，要不是我们亲眼看见苏四身死，断了气，没有了脉搏，差点儿都以为他其实没死，这次的葬礼不过是掩人耳目呢。

对于这件事情，我们也没有办法，更不能强求什么。毕竟在人家看来，是我们这些"坏朋友"，害死了苏四。

一路上，我和马一夯都沉默不语，心情有些低落。

一直到我们抵达冰城火车站，来到了这个北方城市，下了车，看着川流不息的人群以及热情奔放、大方开朗的冰城姑娘，我们的心情方才好一些。

出站之后，我们就看到了几个穿着黑色制服的工作人员，举着大大的招牌。招牌上写着"第一次全国爱鸟协会研讨活动"的字样。

这是障人眼目的手段，其实就是来接我们的。

只不过"爱鸟协会"这个名字，着实是有一点儿辣眼睛。

我们上前表明了身份，并且递上了身份证。对方十分热情，说道："欢迎来到我们美丽的东方莫斯科，我们是此次高级研修班的接站人员。您二位稍等一下，这趟列车还有一个同学要过来，等人齐了，让司机把你们一起送到学校去。"

我们点头，表示感谢。

没多一会儿就有人过来了，看样子是一个十七八岁的少年郎。

他剃着短寸头发，小眼睛，一米七左右的匀称身材，身子有点儿绷，如同猎豹，仿佛随时都要暴起一样。他走起路来也十分有趣，像是踏着鼓点一样，很有节奏。这样的状态能让他在很短的时间内快速反应，随时暴起，应对突如其来的袭击。

这是我们专业角度的看法，而在寻常人眼中，这不过就是一个走路比较飘的年轻人而已。

少年穿着一件洗得发白的灰旧军装，脚下一双解放鞋，他看见牌子之后，走上前来。从他与工作人员的交流中，我得知他的名字叫作唐道。大唐的唐，道法自然的道。这是他自己说的。

少年的话语不多，确认了身份之后，就不再多言。

工作人员分出了一个叫小强的年轻人来，带着我们离开了火车站，其余人则继续等待下一批同学。

我们跟着小强出了车站，马一夯对那少年客气地伸手，说："认识一下，马一夯，这是侯漠。大家以后都是同学，相互照顾。"

面对马一呑的热情，少年显得十分冷淡，伸出手来，轻轻一搭："好。"

他甚至都没怎么看我们。马一呑是老江湖，什么人没见过，对于唐道的冷淡也泰然自若，并不尴尬，也没有再跟少年攀交情。

等上了小强的吉普车，我和马一呑坐后排，唐道则坐在前排。

三人没有多聊，一路欣赏车窗外的街道和风景。

好在负责接待的工作人员小强对我们十分热情，一边开车，一边跟我们介绍起冰城这个东北最重要的城市，倒也没有太冷场。

临时的营地是西郊的一个学校。

这儿原本是一处军营，大裁军之后转给了地方武警，然后又转过一遍手。现在它划归了 419 办，用来做一个临时的培训基地。正是有着这样的渊源，使得学校周围的建筑十分低矮，不远处还有军营，附近的管理也十分严格。

我们一路过了两道岗，进大门时有全副武装的保安检查行李，并且收缴一切通信设备，用纸袋封存之后放入储存箱里保管。

一切的一切，都显得十分严肃和庄重，让人感到气氛凝重。

经过一系列的检查之后，来了一男一女两个人，都三十多岁。男的姓赵，女的姓谭，是我们这次集训的带班老师，他们负责所有学员的生活和后勤等相关工作。

简单认识之后，给了我们一人一本学员手册，然后就是简单的讲解和聊天。

学员手册很厚，开篇第一句就是保密原则，这是最基本的。

除此之外，还要求遵守纪律，不许请假，不许私自外出，打电话必须提前申请，信件需要经过中转等一系列乱七八糟的事情，总之事无巨细，都有说明。

这架势显示出了 419 办对于这次活动的高度重视。

我和马一呑在来之前就有了心理预期，所以对于这么多的规矩，并不意外。但那个叫唐道的少年郎，却是越听越不高兴，甚至都皱起了眉头。

等谭老师简单介绍完之后，唐道眯着眼睛说道："别的我没有问题，唯独一点，我每天早上和晚上都需要喝一瓶 AD 钙奶，要不然就一天都没精神。所以我需要去外面采买两箱，放在宿舍里。"

谭老师一听，不由得奇怪，问他："这是什么毛病？"

少年淡淡地说道："不是毛病，是习惯。"

赵老师毫不客气地说道："我不管你是毛病，还是习惯。在这两个月的时间里，你就得老老实实地按照研修班的规定来。如果你觉得自己适应不了，那就在这里签一个字，确定退出之后，我们会安排候选学员来代替你。"

他拿出一个本子，递到唐道的跟前，然后摸出一支钢笔，敲了敲笔记本的皮封面。这时候，我看见那赵老师很是生气恼怒，身上还散发出了浓郁的黄色气息。

而少年唐道，则冒出了浓黑如墨的气息。

夜行者？

我心头一跳，刚想上前打个圆场，那少年就接过了学员手册，低头不再说话。

他终究是不敢擅自离开，毕竟这次高级研修班的机会十分难得。他的身上不知道寄托了多少人的希望。

赵老师训斥过了唐道之后，又看向了我和马一吞，说道："你们还有什么意见吗？"

我俩赶忙说道："没有，没有。"

赵老师说："好，让谭老师带你们去后勤处办理入住手续。"

我们跟着谭老师来到旁边不远处的一排小平房，在一个办公室里办理了入住手续，拿到了房间钥匙。

谭老师跟我们讲解了一些食宿以及生活上的一些细节问题之后，转身离开。

我想了想，上前问道："老师，我要是想给外面打电话，要怎么办？"

谭老师看了我一眼，说："去找后勤的张大姐申请，获得许可后就可以打了，但是不能打国际长途。"

我点头，说好。

谭老师离开后，唐道没打招呼，人就走了。

我们跟在后面，来到了一栋三层宿舍楼前。这是以前的军营改建而成的，一楼、二楼住着男学员，三楼则是女学员。

另外，房间的格局也有改变，缩小了许多，一人一间的格局，倒是照顾到了很多人的生活习惯。

唐道直上二楼，我和马一岙住在一楼，比邻而居。

宿舍的门前贴着各自的名字，很好认。

这儿的宿舍很小，但床、书桌、椅子和独立的洗手间都有，可谓是麻雀虽小，五脏俱全。

我简单整理了一下行李。马一岙过来跟我聊了两句，说起唐道来，他说："这人听口音应该是西川的，说不定就是西川唐门——那是一个很有名的家族，用毒是一等一的厉害。当然，我只是猜测，唐门是个修行者家族，而那哥们儿看着应该是夜行者。"

我点头，说："对，是夜行者。这孩子打小被惯的吧，要不然怎么会这样？"

马一岙说道："能来这儿的都是天南海北，最有潜力的年轻人，什么性格的人都有。看破不说破，咱们是来争夺烛阴的，不是来广结善缘、长袖善舞的，低调一点儿，不容易被针对……"

我点头赞同。两人刚刚达成共识，门外就传来了敲门声。

有一个女人的声音在门口喊道："你好，可以进来吗？"

我们应了一声，走进来一个英姿勃勃的俊俏女子，笑着说道："这位是王朝安师傅的高徒，马一岙马师兄吧，我叫李安安，武当剑仙李景林的后辈……"

"李安安？"

马一岙先是一愣，随后眉头舒展，恍然大悟，说："你是武当李连晋师傅的女儿，对吧？我听我师父说起过你，生女当如李安安，五岁练剑，十三岁大成，十八岁单剑纵横河西之地，不知多少豪雄皆败于你手，传说中的天之骄女，没想到能在这儿见到你，失敬失敬。"

他朝着那英气女子拱手致意，态度温和。

女子笑了，说："马师兄不必客气，你我都是江湖儿女，一点儿修为精进而已，何必如此。倒是你，几年时间，奔波南北，不知道让多少家庭破镜重圆，功德无量，这才是真正让人敬佩的事。"

她满脸笑容，说道："我看了学员名单，知道您要来，高兴得好几晚都没睡觉呢。这不，一听说您来了，就赶紧过来认识一下。"

她一副小迷妹的模样，两眼冒光，显然对于马一夯之前的所作所为十分认同。

马一夯与她简单聊了两句，然后介绍旁边的我："这是我兄弟，侯漠。"

李安安伸手过来，与我相握，说："你好，这个班总共六十一人，阁下可是排在了第一位，甚至都在李洪军的前面。我们一直都在好奇，到底是何方神圣能够得到天机处如此优待？今天总算是见到本尊了……"

相对于马一夯，李安安对我虽然依旧热情，却没有先前的那股亲切劲儿。很显然，她对我更多的是好奇。她大概也在想，到底是谁，能在这六十一人之中排在头名的位置？

要知道，国人对于排名这事儿是很有讲究的，从名著里的天罡地煞一百单八将、红楼十二钗，再到现如今的大小排名，会议排座，都有着很深的讲究。所以能在学员花名册里排第一位的，自然是有其原因。

我当时真不知道自己的名字居然能排在第一个。

我也想不明白这里面的事情，只有苦笑，说："我也不知道这里面到底有什么事儿，我是真不清楚，要不然你回头问一下学校的相关领导？"

李安安见我这模样是真不知道，也没有再问，只是好奇地打量了我一会儿，然后说道："你们刚到，先收拾一下，一会儿到了饭点，去食堂吃饭。我给你们介绍几个朋友，都是特别喜欢你的。"

李安安离开之后，我笑着对马一夯说道："可以啊，没想到学员里还有你的小粉丝呢。"

马一夯耸了耸肩膀，说："你想多了，人家那是情商高，特地过来打个招呼而已。你不是会望气之法吗？没有留意到那妹子的修为有多厉害？"

我一愣，回想了一下，说："唉，我还真没注意到她的气息。"

马一夯说："你这望气的神通，怎么时灵时不灵呢？"

"这东西讲究的是随意而为，太过于刻意，反而看不出什么所以然来，我也没办法。"

马一夯说："这么跟你讲吧，她刚才也说了，自己的先祖是武当剑仙李景林，而李景林则是武当'丹'字派的传人。李景林之所以出名，是因为他将历来秘传的《武当剑谱》于二十世纪二十年代刊印发行。然而实际上，武当剑法分三乘九派，上乘是偃月神木，分字、柱、极三派，精于神；中乘是匕首飞术，分符、鉴、七三派，精于飞；下乘是长剑舞术，分釜、筹、丹三派，精于舞。但道教收徒甚严，有'宁可失传，不可误传'之古训，传承至今，上乘和中乘剑法已经失传，今人所见，仅有下乘功法而已。而这位李安安……"

他停顿了一下，一字一句地说道："据说，她是武当'极'字派的唯一传人，你自己想一下，她需要追捧我吗？"

我深吸了一口气，说："既然她这般厉害，为何还过来拉拢你呢？"

马一吞说："要不然说人家情商高呢，我们两个过来是一脸蒙。可别人呢，对着名单仔细研究，哪些人该结交，哪些人该拉拢，哪些人可以置之不理，这些都是有讲究的。"

我回想起那个英姿飒爽、朝气蓬勃的短发女孩儿，给人的感觉的确是很不错。忍不住说道："你这是什么意思？咱们离远点儿？"

"你傻啊，人家过来找咱，除了我师父的师父那里有点儿香火传承之外，也是因为她看得起我们，这才找咱搭个话，带咱们一起玩儿。咱来这儿人生地不熟，谁也不认得，有几个熟人也好过一些，对吧？"

"她看得起的人是你，跟我没有半毛钱关系，你把'们'字给我去掉。"

马一吞哈哈一笑，说："你这人还真小气，至于吗？"

我说："人家对我一打眼就知道我是夜行者了，态度不冷不淡，显然是对夜行者没有太多的好感。不过托了你的福，倒也没有对我太排斥。"

马一吞摇头："你呀你，这么说有点儿偏激了。"

过了一会儿，我跟马一吞说了一声，出了宿舍，直奔后勤处跟张大姐作了报备。

这事儿也只是个程序，人家张大姐挺开明的，得知缘由后，没有多说，让我只管打。不过她也没离开，在不远处的办公桌上写写画画。

我并不避讳什么，拿起电话来给尉迟京打了过去，结果居然不在服务区。

我打了两回，都没打通，想了一会儿，又给合城居打了一个电话。

电话是老板娘刘娜接的，对我打去的电话感到很是惊讶。

我们聊了几句，说了下境况，然后我问起了白老头儿的联系电话，刘娜没有犹豫，直接给了我一个号码。我没跟刘娜多聊，挂了电话，直接按照号码打了过去。

接电话的是一个年轻人，等我说出白老头儿的大名时，他问我是谁。

我说我叫侯漠。

"哦，我听说过你，我是他的徒弟。你等等，我师父在馆里教小孩儿呢，我去帮你叫。"

没多久，白老头儿的声音从电话那头传了过来："喂，你个小猴子，怎么想起给我打电话来了？"

"无事不登三宝殿，有个事儿要问您。"

"就知道一准没好事，还以为你良心发现，想起跟我问声好呢。有事说事，我这儿忙着呢。"

"我没打通尉迟京的电话，所以想问问您秦梨落小姐那边的情况，您知道吗？"

"啊，秦梨落？不知道啊，用我帮你问问吗？"

"好，劳驾您。"

"帮你问可以，但你得先跟我说说，你跟娜娜到底怎么回事？上次我去合城居，她居然跟我念叨起了王朝安姓马的那个徒弟。你什么情况啊，自己的女人还被别人抢了？我听说你跟姓马的那小子，关系还特好？"

我被他这一顿数落，颇为尴尬，大概解释了一遍，当然其中自然少不了春秋笔法。

白老头儿听完，在电话那头叹气："你啊你，瞧你这点儿出息……"

他挂了电话，我大概等了五分钟，电话又打了进来："喂，事情跟你问清楚了，人已经醒过来了，现在被尉迟京和港岛霍家的人接回港岛去了。"

"啊？秦梨落走了？"

"对啊，走了，两天前吧。"

"你之前不是说天机处不会放她离开吗？怎么她就走了呢？"

"此一时彼一时,听说是港岛霍家的当家亲自赶到了燕京,跟天机处的负责人密谈,至于这里面有什么猫腻,我就不知道了。你也知道,我就是一退休老头儿,人家能给我面子,放给我消息,已经很不错了,没必要给我交代太多底细。"

"秦梨落人呢,她的身体没问题了?"

白老头儿笑了:"自然,不然能让她离开吗?我可听说,天机处在她身上砸了不少资源,好多稀罕无比的材料与药材都不要钱的给。就这条件,别说是她,就算是一死人,说不定都给弄活了。"

我张了张口,最终没有再多问什么。

秦梨落虽然醒了过来,但身体到底还是发虚,行动不便,没有办法做主,所以也只能随着霍家,返回港岛。而且我也没有联系方式,她当时联系不到我,也是正常。

至于她对我到底是什么态度,我只能等有机会了想办法再去一趟港岛,或许才会有最终答案。

带着一种恍然若失的心情,我回到了宿舍,还没进门,就被马一岙拉着去吃晚饭。

我们来到食堂,人还挺多,报道时间是三天,这才第一天,人员就已经来了大半。

先前跟我们打过招呼的李安安在门口等着我们,瞧见我们来了,赶忙挥手打招呼,然后指着旁边的两人说道:"这位是孔祥飞,内蒙古人,太极逍遥一脉的。这是马思凡,岙哥你的本家,他是江阴人,玄真太和一脉的……"

她这边介绍着,突然间旁边传来一阵骚动,紧接着好几个女声惊呼道:"他来了,他来了。"

"谁?"

"李洪军啊,天机处扛把子李爱国的孙子,年纪轻轻就突破先天之劲的青年高手,被洪瞎子点评为'当代年轻一辈第一人'的李洪军啊!"

好多个女学员如同热锅上的蚂蚁站不住脚,也顾不得心中的矜持,纷纷迎了出去。即便是男学员,也有四五个人耐不住性子,离开食堂,朝着不远处的宿舍楼走去。

这个叫作李洪军的人，就如同四大天王中的刘德华一般，颇受追捧。

不过我们身边的这几位，都没动。不但没动，而且那个叫马思凡的哥们儿还忍不住哼了一声，说："有什么好追捧的，不过就是个官三代而已，李洪军倘若没有他爷爷下狠心，往他身上砸东西，他能在十九岁之前踏入先天之境？笑话。"

马思凡是一位个子不高，但看上去很踏实的男人，我打量了一下他的模样，有点儿猜不透他的年纪。他的面相老成，说二十七八岁也可以，说三十多也行。再老点儿，三十五六，也不是没有可能。

显然他对那李洪军有一些意见，瞧见离开的这些人，很是不满。

旁边的李安安开口说道："李洪军如果是个扶不起的阿斗，就算是给他再多的资源，也是没用的。现如今他的修为境界也的确配得上加诸在他身上的所有荣誉。"

孔祥飞说："话虽如此，但洪瞎子当真是个瞎子，这华夏之地，藏龙卧虎，贸然称之为'第一人'，着实有些偏颇。别人不说，光安安你，便不逊于他李洪军。"

李安安摇头，说："什么第一人不第一人的，都是虚名而已。说正事，这位是马一奋，千斤大力王王子平的徒孙，湘南奇侠王朝安的徒弟。当年他千里追拐，不知道帮助多少家庭团圆，是真真正正用心做事的人。这位是他的好朋友，侯漠。"

马思凡和孔祥飞纷纷向马一奋表示"久仰"。

随后马思凡问我："你就是名册里面排名第一的侯漠？不知道您是什么师承？"

修行者，千门万派，各有渊源，但从修行的功法上来说，大体分为三宗五秘，总共八个流派。五秘，说的是太极、丹鼎、玄真、剑仙和符箓，而三宗说的是佛门禅宗、密宗、天台宗。禅宗修为可概括为一个"性"字，密宗修为可概括为一个"神"字，天台宗修为可概括为一个"气"字。

这里面的讲究很多，不过基本上讲出你修行的流派，就能知道你的所学之处。譬如李安安，她出身武当，具体说却可以算作是"剑仙"一脉的修行。

不过他这么问，显然是不知道，我其实并不是修行者。

我是夜行者。

我有点儿尴尬，苦笑着说道："马大哥，我这个……"

"哈哈哈……"

我这边话还没有说完，旁边的李安安和孔祥飞都忍不住哈哈大笑起来。

我有些发愣，说："怎么了？"

孔祥飞捂着肚子，说："侯漠，你多大了？"

我说："我二十四岁。"

孔祥飞指着马思凡，说："那你知道他多大吗？"

我见他这状态，小心翼翼地说道："二十五？"

李安安摇头："再猜。"

我有点儿蒙，问："到底多大，是高了，还是低了？"

孔祥飞不再卖关子，笑着说道："思凡今年刚刚满十九。"

十九岁？

我望着马思凡那年少老成的脸，愣了好一会儿，方才缓缓说道："呃，您这长得也太着急了吧……"

哈哈哈……

大家又是一阵笑，而马思凡也很郁闷，说："相貌是爹妈给的，我能有什么办法？前两年我高中快毕业的时候，一学妹找我问路，完了说谢谢叔叔，说得我想死。"

如此一聊，又是一阵笑，大家都感觉彼此亲近了许多，相互簇拥着进了食堂。

这儿食堂的标准挺高，自助餐形式，九菜两汤，六荤三素，主食有米饭和馒头、花卷以及俄式面包，总之非常丰盛。

大家拿着盘子挨个儿取菜，然后坐在角落里的一张桌子前，边吃边聊。

李安安给我们介绍的这两个朋友都十分有趣，马思凡是个开朗活泼的性子，喜欢说话，思维敏捷，聊起天来天马行空，妙趣横生，不过有点儿愤世嫉俗的潜在气质，时不时会针砭时弊，发表些过激的看法。而孔祥飞则显得沉稳许多，说话做事都相当靠谱，而且很会与人沟通，让人觉得跟他说话很是舒服。

至于李安安，则是三人的核心，她的话语不多，但往往说一句就能直指要害，如同剑法一般，十分犀利。

用不着刻意接近，五个人聊着聊着，就自然而然地熟悉亲近起来。

这食堂的伙食是真不错，特别是其中的红烧肉，做得相当地道。我一路折腾，早就饿得前胸贴后背了，当下也没有太多顾及，弄了一大盘狼吞虎咽着。

等我吃完一盘，准备起身再去打一份的时候，却瞧见身后围了一圈儿人。

被人如同众星捧月一般簇拥在中间的，是一个身高一米八几，双目深邃的青年男子。

那人算不上英俊，但脸庞轮廓的线条却看上去颇让人舒服，再加上他匀称修长的身材和还算不错的穿着打扮，以及眉宇之间挥散不去的孤傲之气，让人觉得他是一个气场很强大的人——天之骄子。

我刚才可能是专心对付盘中堆叠的食物，都没注意到身后什么时候来了这么多人。我们这儿是食堂的角落，不是过道，也不是门口，所以这么多人过来，只能是找人。我不认识这人，下意识地认为他应该是来找李安安或者马一奋的。

所以我让开身子，想要从人群的间隙走出去，再打上几勺油汪汪的红烧肉和一盘麻婆豆腐，以及一大碗晶莹的东北米饭——嘿，那感觉，真的是甭提有多美了。

然而我刚刚往左边走开，那人却也往左边平移了一步，挡住了我。

我再移一步，他也动了一下，又挡住了我的去路。

我这才意识到，对方是过来找我的，抬起头来，看着他，说："找我？"

那人点头，说："对。"

他伸出了手，说："认识一下，我叫李洪军，桃李不言的李，洪水无情的洪，人民军队的军……"

我一愣，随即才想到，面前这位看上去十分有气场的男人，居然就是刚才被许多人追捧、热议和嫉妒的李洪军，而且还是天机处当届领导人的孙子。

我回过神来，伸出手，想要与他相握："你好，侯漠。"

我刚刚吃饭的时候弄的满嘴油，手上也是，李洪军看见，手都没有跟我碰就收了回去。

他对我说道："侯漠，我知道你，我爷爷特地跟我提过你，让我向你学习。所以我过来认识你一下，看看你到底是何方神圣。"

他说得客气，但没有跟我握手的这事儿却挺过分的。我的手伸到了一半，伸不是，收也不是，特别尴尬，不知道该怎么办。

李洪军没有等我回话，转过头去，看向了李安安。

他打招呼道："安安，你也来了。"

他这架势仿佛刚刚看到李安安一样，而李安安的确如同马一岙所说的一般，情商极高，点头招呼道："对呀，洪军哥，我之前去燕京的时候，去了你爷爷家拜访，不过那天你不在。"

李洪军直接坐到了我刚才的位置，说道："我听爷爷说了，他说你过来了，我还不信呢……"

他跟李安安拉起了家常来，完全忽略了旁边的马一岙、马思凡和孔祥飞。

仿佛他的世界里面，只有李安安一人。

我挤出人群，又打了一份饭菜，想回去的时候，发现已经挤不进去了，索性在旁边找了一个桌子，坐下吃饭。结果一直等到我吃完了，那边的人群还没散呢。

这个时候我才发现，我对面坐着的居然是之前跟我们一起过来的那个少年郎唐道。

他是两耳不闻窗外事，抓着筷子，慢条斯理地夹着一根土豆丝，往嘴里放。吃完一根，又吃一根。

自助餐有九个菜两个汤，但唐道就吃一个菜，就是那个醋熘土豆丝，加上两个馒头，果然很有个性。我站起来，想跟对面这位打招呼，然而见他沉浸在自己的世界里，我想了想决定还是不打扰他了。

我看见马一岙他们那边围了一堆人，一时半会儿好像散不了场的样子，就没过去，准备先回宿舍收拾一下东西。然而没想到的是，我刚刚走出食堂门口，迎面就走来了两个让我意想不到的人。

一个是尚良，另一个，则是王岩。

那个在张宿秘境之中与我有过交手的豹哥王岩。

他们两个，怎么会在这里？

尚良是谁？亲子园虐童案最直接的责任人，也是张宿秘境开启的引子。

他与我之间有深仇大恨，我差点儿没死在他手里。

至于豹哥，这家伙与我在张宿秘境之中拼斗，最终让我跌落在熔浆池子之中，差点儿没变成灰烬，而他却从此消失了，再没出现。

这人我可以容忍，毕竟是帮凶，可尚良这小子，听说不是被逮起来了吗？他怎么会出现在这里？

我见这家伙的胸口处居然还挂着高级研修班的学员牌，脑子顿时就是一阵蒙。紧接着，我没有任何犹豫，朝尚良冲了过去，二话不说，举拳就揍。

此刻夜色朦胧，两人开始都没有注意到我，当我走近的时候，尚良方才看到。

他一边往后退，一边大叫道："救命。"

他倒是知道，我与他之间的关系是真的会要命的。

我怒气冲冲，一拳过去，却被豹哥给格挡住了。那家伙的修为很高，要不然当初也不会将我弄得那么惨，不过此一时彼一时，当初他能对我形成碾压之势，全面压着我打，而现在，他与我对上一拳，整个人就腾空而起了。

他并非输我太多，只是没有预料得到在这么短暂的时间里，我的进步居然会这么快。他有点儿猝不及防。

豹哥腾然而起的一瞬间，我没有乘胜追击，而是双臂一展，朝着尚良冲了过去。

这家伙是个孬种，瞧见豹哥王岩没能保护好他，顿时大声叫道："军哥，军哥，救命啊，我是尚良，侯漠杀人了……"

他大声叫嚷着，我却没有停下脚步。眼看着我的拳头就要轰到尚良的脑袋，突然间，有一只手掌挡在了我前行的路上。

这力量轻柔而平静，让人觉得不过是温吞水。然而当我骤然发力的时候，对方的回应却相当迅速，陡然变化，含蓄内敛、以柔克刚、急缓相间，行云流水的手段连绵不断地使出来，却是将我所有的劲力都给卸到了旁边去，让我东倒西歪，根本没办法站稳身子。

交手三五回合，那人陡然一推，我不知道自己是怎么回事，身子就腾云驾雾一般，腾然而起。

我重重地落到了食堂的外墙上。砰！

陡然一声，我后背与墙面亲密接触，感觉整个身子一震，而那食堂的建筑主体，也是为之一抖。

当我滑落下来，双足一用劲儿想要往前冲的时候，却有一人从旁边冲出来一把拽住了我，是马一吞。

他伸手拦住了我，双手如铁箍，紧紧抓住我的胳膊，低声说道："老师来了。"

果然，不远处谭、赵两位老师发现了这边的情况，已经朝着这里快步冲来。

而刚才接下我所有攻势，最终将我一掌拍飞的人，虽然是先前特地过来与我打过招呼之后又跟李安安热聊的李洪军。

这位被人称之为"当今年轻一辈第一人"的男人，的确好强。

我都不知道怎么跟他交的手，莫名就被拍飞了，到此刻都还没回过神来。

我瞧见尚良躲在李洪军的身后，而豹哥则在旁边，将他护住。我心头一阵急跳，深吸一口气，将胸中的戾气给收了起来。

这个时候，谭、赵两位老师赶到了跟前，怒气冲冲地喊道："怎么回事？不是告诉过你们学校里不能私斗吗？到底怎么回事？"

我没有说话，李洪军也没有说话。

两人对望，彼此的眼神都有些阴冷冰寒。

这个时候，尚良开口了："报告老师，我跟王岩同学收拾好行李，准备过来吃饭，这个侯漠就莫名其妙冲了出来，想要杀我。倘若没有王岩同学和李洪军大哥的阻拦，只怕我已经死了。"

赵老师瞪着我，说："侯漠，他说的是真的吗？你真想杀他？"

我被一脸严肃的赵老师盯着，脸上有些发热。

我看着他，又看着旁边一脸得意的尚良，心头的火一点一点地燃起来。

我深呼吸，努力让自己变得平静，不至于被愤怒操控，然后才说道："在一个月之前，这个家伙，带着他身边的这个走狗和一帮流氓，将我抓住，差点儿将我弄死……事后他被抓了起来，我本以为他能获得应有的惩罚……"

"够了。"

没等我将事情的缘由说清楚，赵老师毫不客气地打断了我。

他走到了我们中间对着我以及周围围观过来的同学大声喊道："我不管你们在此之前有多少的深仇大恨，也不管你们之前是干什么的。但你们得知道一件事情，那就是你们过来这里，是来学习的，是来接受培训的，就得守这儿的规矩——任何不守规矩的人，第一次，关一天禁闭；第二次，三天；第三次，给我滚蛋！"

他几乎是咆哮着吼出来的，然后盯着我，如同雷鸣一般大声吼道："听到了没有？"

说这话的时候，他身上的气息，浓烈如浆。

我看着他脸上冒出来的青筋，知道自己可能是被当作出头鸟了。

来这里的个个都是年轻人的翘楚，个个都有着棱角分明的性格，每一个都不服管。而这样的情况，显然是不正常、不健康的。为了让这帮人认清现实，校方就必须得做点儿什么，比如此刻，杀鸡儆猴。

我当时脑子一热，差点儿要说"老子不干了"，然而下一秒，当我瞧见尚良那扬扬得意的嘴脸时，顿时就回过神来。我这个时候走，那就是个灰溜溜的失败者。我得留下来。

我得知道，尚良这个手无缚鸡之力的家伙到底是怎么混进来的。并且，所有的恩怨情仇都不能耽误我拿到烛阴，度过五重关的计划。

我得忍。

所以我当下也没敢多言，立直身子，大声喊道："知道。"

赵老师见我没有反抗，反而逆来顺受，很是诧异，看了我几秒钟，随即吩咐旁边两个全副武装的黑色制服人员，说道："将他带到禁闭室，关上一天。"

两个黑制服的工作人员敬礼，然后过来抓我。

我没有反抗，朝着马一岙点了点头，示意他不用担心我。

等我走出几步之后，那赵老师又说话了："你们两个，把他也给我关到禁闭室去。"

尚良大声质疑："赵老师，我可什么都没有干，凭什么关我？"

赵老师大声骂道："质疑我的决定，你是准备关三天吗？"

我没有听完后续，却在心底里笑了。看得出来，赵老师虽然拿我当了出头鸟，但并不是偏听偏信之人，他还是做到了一定的公平。

想到这里，我没有再多想法，跟着一起被押解到宿舍楼斜对面的一处楼前，直接到地下室里的一个小隔间。

这里的空间十分狭小，屋顶低矮，完全没办法站直，只能坐着或者蜷缩着。当门关上之后，这里是无尽的黑暗。

我端坐在狭窄的屋子，哦，错了，应该说是格子里，没有太多的焦急和恼怒，只是在想，尚良和豹哥到底是怎么混进来的。

因为有过与马一岙四处求人的经历，我知道，这次的集训营活动名额十分难得。但是，尚良这样的家伙，身上背负着案子，而且跟修行者完全搭不上，却能够进得来。

不但如此，他们还塞了豹哥王岩进来，给他保驾护航。

这得多大的面子啊？

而且，他似乎跟李洪军还认识。

我想了好一会儿都没明白，感觉有些心烦意乱，于是盘腿而坐，不再思量。因为关在这么狭小的空间，我没办法修行《月华录》，就只有盘腿打坐修行《九玄露》，如此下来，整个人的气息通畅许多，睁开眼来才想起自己被关了禁闭，也不知道过了多久时间。

这格子间里，躺下来无法将整个人的身子伸直，我久坐之后，脚有些发麻，伸伸腿，甩甩手，感觉没有多少困意，便看向了墙壁。

尽管小黑屋里一点儿光线都没有，什么也看不见。但我的双眼自从变异之后，却能在极度的黑暗中看到一些光和形状。

我眯了好一会儿眼睛，才将瞳孔调节清晰。

突然间，我发现小黑屋靠里的墙上，居然刻着一大片东西，上面不但有文字，还有图像，最让我为之诧异的是，在角落里写着一段话。

第五十四章

开学第一课，贪狼擒拿手

　　"《九玄露》中最诡异的，莫过于贪狼擒拿手——贪狼者，北斗解厄之神也，性属水，体属金，化气为桃花，乃祸福之神。在数则喜放荡，于人则矮小，其性机关，心多计较，化作擒拿，随波逐浪，受恶作善，奸诈瞒人，往往能出人意料之外，极尽奸恶淫巧之能事。"

　　"该死的赵鹏，等老子功法大成……"

　　"由着熟而渐悟懂劲，由懂劲而阶及神明。然非用功力之久，不能豁然贯通焉，虚领顶劲，气沉丹田，不偏不倚，忽隐忽现。左重则左虚，右重则右杳，仰之则弥高，俯之则弥深。进之则愈长，退之则愈促。一羽不能加，蝇虫不能落。人不知我，我独知人。英雄所向无敌，盖皆由此而及也……"

　　"《九玄露》七法，老子只会贪狼擒拿，至于巨门金刚身、禄存探云手、文曲勾兑丹、廉贞披风剑、武曲破天枪和破军千步……老子一个不会，那又如何？"

　　"赵鹏你个王八蛋，你要不是找了人来当帮手……"

　　"唉，吾纵横一世，从南海踏浪而来，纵横南北西东，如今竟然落得如此下场，想来是命不久矣了。"

　　"老子倘若是得了《九玄露》的全篇，如何会落得如此下场呢？可恨啊可恨，我那两个师弟，居然背叛了我，要不然……"

"听说《九玄露》之上，还有一项法门，便叫作《八九玄功》，此法乃阐教之镇教护法神功，封神一战之后，不知所踪。若是能够习得，老子定然有通天彻地之能事，又何惧一二宵小？"

"对了，我听说八九玄功，好像在昆仑无相禅寺出现过，只不过，昆仑昆仑，云隐山中，如何能够得见呢……"

狭小的小黑屋里，连身子都不能伸直，人得像狗一样蜷缩着，而出口处是一个小孔，里面散发着一股恶臭的气息。这儿对于寻常人来说，别说待一天，就算是待一分钟，都是扛不住的。

但从那墙壁上用石子刻出来的涂鸦来看，那人仿佛在这里待了许久。

我用鼻子轻轻一嗅，就能感受得到那墙壁里渗透出来的血腥味，很浓郁。

这墙上的涂鸦，应该是一个人刻上去的，但从内容的表述来看，却不像是一下子弄出来的。上面有着太多的心路历程，看上去，这里面仿佛蕴藏着太多太多的故事。

一个人从平静到坚守，到最后的崩溃、疯狂，然后到重新恢复平静，又陷入绝望之中，从头读下来，会有许多感触。

除了上述所言，这墙壁上还有许多废话，包括诅咒、谩骂和呓语。甚至还有许多的图画，有随笔发挥，以及招式对抗的小人图，甚至还有人体经脉图——让人震惊的是，这个图居然和我所习的《九玄露》一模一样。

从这上面的信息中，我可以总结出几点信息。

第一，这个人，也是修行《九玄露》的夜行者。

第二，这个人，来自南海。南海是哪儿？是我们现在理解的南海海域吗？还是海南岛一带？

第三，这个人被人伏击了，关在此处，抑郁而亡（或者没死）。

第四，《九玄露》那残破的部分，就是被撕去的书页，居然还有七法，还都是杀人的手段。

如果他没有妄语的话，《九玄露》上面还有厉害手段。只不过，那《八九玄功》，听起来怎么那么耳熟，仿佛在哪里听过一般。

第五……信息太多，而且是真是假，我也筛选不了。毕竟我的见识有限。

但唯一让我确定的是，这个贪狼擒拿手看上去很像是真的。我将目光凝聚，避开一众涂鸦，落在了贪狼擒拿手之上，一点一点地打量着，认真地将其记在心中，并且按照它上面的口诀心法运行。

虽然没有办法在这狭窄的地方腾挪跳跃，但心中推演一番，却能够感觉得出，的确是行之有效。这东西不是套路，而是一整套与人搏斗、博弈的理念。

理念熟悉之后，烂熟于心，再与人对抗，战斗力顿时就能成倍增长起来。

我先前大部分与人搏斗的经验，都来自马一吞的喂招，并没有形成一个系统的概念。而此刻学习此法，越发感觉得到有了理论的指导，整个人进攻与防守的思路都精进了很多。

甚至我有一种想立刻出去，捉住一人与我相斗的冲动。

只可惜，我现在还不得不在这小黑屋里关着禁闭。

在这样狭窄封闭、静寂无声的空间里，不知道时间流逝的我，全神贯注地打量着墙壁上的内容。特别是贪狼擒拿手的部分，将它尽可能地印在了我的脑海里。

当我将其在心中复数三遍之后，外面的铁门传来动静，没一会儿，有光亮射进了小黑屋里。

有人粗声粗气地说道："禁闭结束了，出来吧。"

我沉默了一下，有些不舍地望着墙壁上面的涂鸦，然后应了一声，躬身摸了出去。

门口是一个穿着灰色唐装的老者，他守在门口，有些警惕地望着我，然而瞧见我神清气爽的走出来，还向他点头致意，不由得愣了一下。

很显然，在他的想法里，每一个从关禁闭的小黑屋里出来的人，都应该垂头丧气，仿佛霜打的茄子一样。我这种状态，着实有些异常。

我被老者送出小楼，门外的不远处，瞧见了同样出来的尚良，除了那个自称"能够在燕京之地排上前五十"的豹哥王岩之外，还有两个人前来接他。

　　那家伙就是真正的萎靡不振，仿佛被抽掉了魂儿一般，倘若不是有人扶着，他差点儿就摔倒在地了。当他瞧见我朝他望来时，赶忙往前走，像是见了猫的老鼠一样。

　　我目送着尚良被人扶走，旁边有人过来，对我说道："你和尚良的事情，在这两个月的时间里暂时搁下吧，等回头我陪你一起去弄他。"

　　我回过头来，见是马一吞，便说道："放心，我不会那么短视的。"

　　跟马一吞过来接我的，还有李安安、马思凡和孔祥飞。

　　三人看见我这般精神，都有些惊讶，那年少老成、长相过分苍老的马思凡对我笑着说道："漠哥，小黑屋里面有妹子吗，怎么感觉你这红光满面的样子，像是刚刚去了一趟怡红院呢？"

　　我冲着他笑："想知道，自己进去试试。"

　　马思凡摇头："算了，瞧见尚良那小子一副衰样，就知道并不好受。"

　　李安安说道："侯漠兄当真好男儿也，别的不说，光这心态，以及意志之坚定，绝对远胜于那尚良，从这一点上来说，你已经赢了。"

　　马一吞说道："侯子已经一天一夜没吃饭了，先去食堂吃点儿东西吧。"

　　他不说还好，一说，我的肚子就咕咕直叫起来。众人皆笑。

　　食堂开饭是准点的，我出来得晚，到了食堂的时候，人已经挺多了，那尚良并没有来。我们打了饭，坐在角落里的桌子上边吃边聊。

　　大家见我并没有受到禁闭的影响，神态自如，都纷纷称赞，不再担心。

　　吃完饭，各自回了宿舍，我找到了马一吞，把我在小黑屋里的发现说给马一吞听。

　　马一吞仔细听我说完，点头说道："那人应该没有说谎。"

　　我说："对，没说谎。"

　　马一吞说："后面有一个篮球场，我们过去，你把那套贪狼擒拿手耍出来，我帮你看看。"

　　我们没有耽搁，走到了篮球场那边。此刻天色已黑，路灯颇远，没什么人在，我深吸一口气，将烂熟于心的诸般口诀要点在心里又过了一遍，然后开始施展。

贪狼擒拿手的诀窍与太极相似，讲究的是借力打力。而核心，在于奸狠狡诈。我一番腾挪施展，虽然第一次使出来，却也是像模像样。

马一杳见此，上前而来，与我试招。

两人搭手，施展了十几个回合，这时有灯光照了过来，远处有人喊道："谁在操场打架，停下来……"

我和马一杳听到这个，不敢逗留，赶忙往宿舍跑去。这地方规矩严，可讲不了理的。

我们回到宿舍，额头皆是汗水，缓匀气息之后，马一杳说道："你这个练熟之后，别的不说，拳脚功夫不输大家之法。"

我点头，心中高兴，说道："你若有空，帮我打听一下到底是谁在这儿留的字迹。我想确定他里面所说的内容，哪些真，哪些假。"

"好，我尽力吧。"

我们正说着话，门就被敲开，李安安在门口对我们说道："班主任通知了，让我们去教学楼三楼会议室开会。"

"啊，开什么会？"

"分班，分组。"

教学楼在宿舍楼的斜对面，是一栋三层的方楼，会议室在三楼左边一部分，空间很大。我们抵达时，阶梯会议室里已经来了很多人。

前面挤得满满的，从上面往下看，到处都是人头。好在马思凡和孔祥飞提前来了，朝着我们招手，叫我们过去。

我们来得挺晚，周围人少，而且三人之中，李安安的名气不逊于李洪军。马一杳更是有着"打拐英雄"的头衔。而我一来就因为打架关了禁闭，所以颇受瞩目。

不但马思凡两人招呼，坐在第一排的李洪军也在喊："安安，坐这儿，给你留了位。"

面对着两边的邀请，李安安最终冲着李洪军笑了笑，说："洪军哥，我坐后面就好。"

李洪军听了，也不生气，而是很绅士地笑了笑，并且向我和马一杳欠身，算打招呼。

我们坐下，马思凡对我说道："你们刚才干什么去了？我去找你俩的时候，两个房间都没人。"

我说："出去透透气。"

马一岙问道："怎么突然就开会了，一点通知都没有？"

李安安说道："我不是过来通知你了吗？"

孔祥飞指着李安安说道："这位是我们第一届高级研修班的副班长，班干部，知道不？"

马一岙拱手，说："失敬失敬。"

几人低声说着话，没一会儿，会场嘈杂的声音消失，变得安静下来。

我抬头看，瞧见主席台上已经坐下了七八个人，领头的居然是天机女皇田英男，而在她旁边坐着的这几位，无论年长还是年轻，个个的气息都凝如实质，或有直冲云霄之人，个顶个都是顶尖的强者。

至于田副主任，她的气息反而并不浓郁，凝而不发，守拙内里，居然看不出半分外露的气息来，仿佛一个普通的中年妇人。

刚开始，我以为是我的望气之术没有效果。然而随后当我看见她旁边的其他人时，方才知道，这个人大巧不工，朴实无华，已经返璞归真到了极致。

这样的人，才是真正可怕。

主持会议的是我们这次高级研修班的班主任谭洁老师。她先综合论述了一下研修班组建的意义和上级领导的关心，之后又谈及了本届学员的选拔标准。

她告诉我们，大家都是从五湖四海，全国各地选拔而来的精英，将会在接下来的两个月时间里，共同度过一段难忘的时光。

说完这些，她给我们开始介绍在场的领导。

身份最高的，当然是天机处的副主任田英男，接下来是培训部的刘斌主任，再就是下面的几位老师——这些老师都是天机处的大牛人物，年纪大、资格老，平日里不出任务，只是在总部对新晋成员进行培训。

将这些人请过来，足以证明天机处对于此次集训的重视和用心程度。

所有的人介绍完毕之后，由田副主任致开幕词，随后由培训部主任总结发言，一阵掌声过后，又分别由李洪军、李安安和一个叫王大明的年轻人作为学员代表，分别作了发言。

一切结束，这一届高级研修班也算是正式开始了。

领导们在开幕式结束之后相继离开，留下班主任谭洁和后勤负责老师赵毅给我们开班会。班会的主要内容，是分班分组。

这一次过来的学员，总共有六十一人，在这六十一人之中，也是有所区别的——一部分人，是早有一些江湖名望的青年修行者，譬如李洪军、李安安和马一岙这种；另一部分，则是一些比较有潜力、根骨和悟性的年轻人；最后一部分，就是夜行者。

因为是第一届，所以招收的标准都很严格，对于名额的控制和人员的选拔，都有些接近于严苛。

老师拿着名单念了一遍，高级班二十人，基础班二十一人，再加上夜行者班二十人，每个人都有分班。通过这份名单，我能够感受得到，在主流朝堂之上，修行者远远比夜行者要更加受到重视。

这一点，从人数上就能够感受得到。

分班之后，就是班干的提名。

校方根据每一个人的履历和情况，提出由李洪军就任我们第一届高级研修班的班长。

他下辖三个副班长分别分管三个不同性质的小班，这三人分别是李安安，她负责分管高级班。另外一个叫王大明的，就是作为代表发言的那一位，一个白白胖胖的年轻人，负责分管基础班；最后一人，居然是王岩。

豹哥王岩，他居然是夜行者班的小班班长，也是三个副班长之一。

对于这个结果，我一开始感到很是诧异，随后想明白了——不管王岩到底是什么情况，但他的实力着实是一等一的，而且他出身于燕京四大夜行者家族之一的仇家，根子比较硬。天机处的领导对他也很熟悉，所以让他来当夜行者班的班长，合情合理。

唯一让我觉得不舒服的，是我也在这个夜行者班里。也就是说，从今天开始，往后的两个月里，我都得和这个让我讨厌的家伙，在一个班里。

事实上，我也能感觉得到，那家伙虽然刻意隐藏了自己的情绪，但对我的敌意依然是很浓烈的。仿佛只要有机会，他就会陡然爆发出来。

分完班之后，班主任宣布，让小班的班长领着各自班级的人去相关教室，五人一组，选出一、二、三、四总共四个小组，以及小组长。

为了考验三个副班长的能力，下面的这些班务，都将有他们自己负责决断。一个月之后会对这三个副班长进行考评，如果有一半以上的人对其工作提出质疑，那么将会由班级里的全体成员重新选举出自己喜欢的小班班长。

设置这个机制，是激励所有的副班长为自己的集体服务。如果不称职，到时候被换下来可就丢脸了。

我们来到会议室旁边的一个教室，二十人坐下之后，小班班长王岩走到了讲台上，看着所有人，先做了自我介绍。

这里面，自然免不了将大刀王五他老人家又拎出来，讲过一遍。

展示完了背景和肌肉之后，他清了清嗓子，说道："我这里有咱们夜行者班级成员的名单和资料，经过跟老师的协商和相关人员的访谈，暂时做了四个分组，分别是……"

他将四个分组的人员分配逐一念完，然后又提名了四个组长的名字。

我被分在了第四组，被提名的组长居然是那个喝 AD 钙奶的少年唐道。

之后王岩给每个组长都做了履历介绍，我才知道，这个唐道居然真的是西川的，至于是不是所谓唐门，就不得而知了。

提出组长人选之后，王岩询问众人是否有意见。

在场的诸位都是从天南海北过来的，在这样一个新环境里，人生地不熟，对于周围的人也都不是很了解，自然没有人愿意站出来当出头，所以几乎是全部通过。

我坐在第四排的角落，完全没有存在感，而王岩全程也没有跟我有过眼神的对视。他有些心虚，估计是怕我这个时候站出来，跟他唱反调。不过他显然是把我给看低了。

我这次过来，只想要拿到演习的名次，得到烛阴，这是我的终极目的。

至于这些什么班干什么的，对我而言都不过是浮云而已。我完全不在乎。

班会顺利开完，散会之前王岩告诉我们大家，为了让同学们熟悉起来，明天下午会举办一个联欢会，每个小组都必须出一个才艺节目。不管是单人的，还是集体的，总之都得弄出来，不能缺席。

散会后，我随着人流走出教室，刚走出两步就被叫住了。抬头一看，我发现那人居然是李洪军。此人肌肤白皙，身姿修长，不板着脸的时候，气度温文尔雅，颇有几分名门贵公子的模样。难怪有那么多人崇拜他。

他走到我跟前，对我说道："侯漠同学，昨天的事情不好意思。"

我愣了一下，说："什么？"

李洪军诚恳地说道："就是昨天与你交手的事情，我不应该贸然出手，害得你平白无故被关了禁闭，真的很抱歉。"

我虽然不明白我关禁闭跟他到底有什么关系，但是人家堂堂一大班长跑过来与我道歉，我当然不能矫情。当下我也是十分客气，与他寒暄两句，等到李安安等人过来时，他方才离开。

马一吞走过来，问我他找我干什么？

我说道歉。

马一吞愣了一下，随即笑了，说："当真不愧是世家子弟，做人做事，滴水不漏。"

两人回了宿舍，我因为被关了一天一夜的禁闭室，有些疲惫，早早就睡了。

第二天早上，大清早就有人过来敲我的门。

我喊道："谁呀？"

外面有人回答道："董洪飞，跟你一组的，过来找你商量下午节目的事情。"

我睡得挺沉的，迷迷糊糊好一会儿才回过神来。的确，这个叫董洪飞的家伙，是我们夜行者班四小组的。

只不过，我昨天晚上全部的精神都放在了那个王岩的身上，所以我们组里除了 AD 钙奶之外，其余的人也就记住了这一个名字。

至于其他人，印象都很模糊。

我下了床，打着呵欠将门打开，一个满脸络腮胡的男人站在门口，对我说道："别组的人都已经在风风火火地排练节目了，只有我们组一点动静都没有，所以我们几个商量了一下，为了不至于丢脸，还是得在一起商量一下联欢会节目，你说对吧？"

我揉了揉眼眶里的眼屎，打着呵欠说道："啊，你们，指的是？"

董洪飞说道："我，还有马小龙和马小凤。"

马小龙、马小凤是一对龙凤胎，两人二十一岁，基因好，男的长得帅气，女的长得漂亮。

我回顾了一下，发现马小龙竟是我们夜行者班里的颜值担当，而他的孪生妹妹马小凤，即便在整个高研班里，也是能够排到前三的美女。

我的脑子开始逐渐活络过来，问董洪飞："那组长呢？"

说到 AD 钙奶，董洪飞就气不打一处来，气恼地说道："我刚刚叫了他，他说不关心，让我们自己做主。我据理力争之后，方才勉强点头，说一会儿跟我们去运动馆的比武道场见面，到时候商量出一个最终的方案来——唉，侯漠你说说，凭什么他一小破孩子能当我们组的组长？当了也就算了，还这么不负责任，真是让人生气……"

他一肚子抱怨和牢骚，我忍不住笑了，说："你既然有意见，昨天为什么不提？"

"我哪里知道是这个情况啊？再说我也不了解大家，本以为他有什么特殊来历呢。对了，侯漠，我看你在我们集训的名单里排头第一个，这是什么情况啊？"

我没想到他会问这个问题，忍不住笑了，说："我真不知道。而且你也别多想，我既没有特殊关系，也没有特殊背景。"

董洪飞说："别的不讲，光凭你一来就被关了禁闭，而且昨天晚上，班长还亲自过来给你道歉。我觉得你比那个小破孩儿更适合当组长。"

我笑了笑，没有继续这个话题，而是说道："你稍等我五分钟，我洗漱之后，过来找你。"

董洪飞离开，我匆匆洗漱之后出了门，正好碰到马一杳。

他看着我往外走，有些奇怪，说："你干什么呢？"

"我们组要排节目，几个人约好去东面的运动馆聊一聊——说真的，咱们这到底是干什么，明明是修行者和夜行者的研修集训，怎么还要搞文艺节目？"

马一盎笑了，说："你得习惯，毕竟是官方出面，而且这个办法的确能促进大家的沟通，快速熟悉起来。"

"你怎么不去呢？"

"李安安把我划到了她那一组，孔祥飞当组长，又有马思凡这个活宝在，文艺活动哪里用得着我来操心？"

我苦笑："你别说了，真是羡慕嫉妒恨，王岩这家伙居然是夜行者班的班长。"

"我正想找你说这个事情呢，那家伙对你肯定是恨之入骨，这期间你千万得忍着，不要触犯禁令。就算是触犯了，也别被人抓到把柄——忍一时风平浪静，退一步海阔天空，人家李洪军都可以，你为什么不行呢？对吧？"

我点头："晓得，你别担心，我还是有点儿城府的。"

马一盎交代完毕去食堂吃早餐，我则走到了斜对面的运动馆。

这个运动馆在学校的南侧，紧紧挨着院墙，不远处就是一个军营，远远地能听到有士兵在晨练，一二三四的号子声传到这儿来，让人顿时就感觉神清气爽。

运动馆很大，有上下两层，据说地下也有一层。不过那是靶场，并没有对我们这些学员开放。比武道馆在运动馆的东侧，半个篮球场那般大小，地下铺着橡胶地板，脚踩上去很有弹性。

我来到这儿的时候，董洪飞和马小龙、马小凤都已经到了。只有 AD 钙奶没来。

三人对于我都十分好奇，见我进来，都迎了上来，那马家兄妹朝着我问好。马小凤性格泼辣直爽，开口就说道："侯漠哥，他们都说你跟咱们学校的名誉校长田英男有关系，到底是不是啊？"

我一愣，忍不住笑了，说："谁讲的？"

"大家都在说，要不然凭什么李洪军昨天过来跟你道歉呢？"

我耸了耸肩膀，说："谁知道呢？"

马小凤见我不承认这事儿，也没有继续追究，不过看向我的眼神依旧充满了好奇，显然是不太相信我的话，以为我只是托词，想要低调一点儿而已。

而这个时候，比武道馆的门口出现了一个有些单薄的身影。

那人，正是 AD 钙奶男孩唐道。

他打着呵欠，缓步踱了过来，眯眼打量着我们几个，问道："商量出什么结果了吗？"

董洪飞怪里怪气地回答道："这不是要等你这个大组长来决定吗？"

唐道平静地看着他，说道："如果你是对我这个组长的头衔有意见的话，我可以跟班干部和老师说一下，让你来做。"

他说得十分平静，没有一点儿开玩笑的意思，让原本憋着一肚子怨气的董洪飞顿时就没了言语。很显然，唐道并不在意这个安在他身上的头衔。

但实际上，大家都知道，无论是班干部还是各组的组长，都是根据履历和硬实力来进行分配的。一般来讲，有头衔的人，必然是在修为方面有一定的成就，要不然也坐不稳。

董洪飞被唐道一句话憋了回去，没有再说话，马小龙则出来打圆场："既然大家都到了，不如商量一下节目的事情呗。"

我说："对，谁要是有才艺就站出来。"

大家都看向了小组里面的美女，而马小凤赶忙摇头，说："你们别看我啊，哎呀妈呀，我嗓音贼难听，这一嗓子出来，别人还以为我是野狼夜行者呢。"

董洪飞也摇头，说他不行。

马小龙还没有表态呢，唐道突然说话了："我们做这行的又不是文艺积极分子，不会也很正常。既然没有人愿意出来，不如大家相互比斗，最弱的那人负责出节目，你们看如何？"

这小孩不鸣则已，一鸣惊人，居然提出用比斗的方法来解决此事，让人为之一愣。

随即我明白过来，他这是在亮肌肉。

别看这小孩平日里仿佛沉浸在自己的世界里，但他并不是什么都不懂，自然也知道组里有人不服他，更知道在我们这个行当里，以德服人那是屁话，真正能压得住场子的，是拳头。

比斗之后，如果他赢了，谁还能够对他提出异议？

所有人对有本事的强者，容忍度都很高。

他一句话，将原本有些尴尬的气氛顿时就搅和起来了。

作为组里最不喜欢唐道的董洪飞毫不犹豫地说道："我同意，既然大家都不积极，这个办法最好。"

马小龙、马小凤这孪生兄妹也相继点头。

大家最后看向了我，我无所谓地耸了耸肩膀，说可以。

既然谈妥，而且还在比武道馆，那么就直接开始。

学校严禁私下斗殴，但并不禁止学员之间的比试切磋，甚至还是鼓励的，这个比武道馆也正是因此而设立的。

当然，如果学员之间切磋的话，需要找人报备，而且得有学校的工作人员在场。

我们来到比武道馆旁边的办公室，跟里面的老师提出申请之后，很快就得到了允许，一个有些佝偻的光头老者过来给我们当裁判。

他姓黄，我们叫他黄老师。

捉对比试，需要抽签，我们小组是五人，有一人轮空。

抽签用的是木条，最短的轮空，最长与次短、中间两人进行比斗。

在黄老师的组织之下，唐道居然轮空，我对董洪飞，而马家兄妹内斗。

这结果让人诧异，不过既然是抽签，那就听天由命，没什么好说的。

先是马家兄妹来，两人在我们面前表现得有些拘谨，没有太放得开。十几招之后，马小龙卖了个破绽直接落败。这比斗如同儿戏，让人完全看不出两人水平。

随后是董洪飞与我。

他对我的印象还是不错的，朝着我拱手，说："侯子，千万别留手了，咱们认真来。"

我点头，说好。

两人躬身行礼，然后上前，董洪飞移动步伐，如同鼓点一般，不断变换身位，最后猛然一冲，直拳袭来。

而我没有动弹，当拳头临体的一瞬间，陡然出手。

贪狼擒拿手。

砰！

一招，董洪飞就被我腾然抓飞，随后摔在了地上，想要起来，却发现半边身子发麻，完全僵直，动弹不得。

众人皆惊，这……

歊野山川动，嚣天旌旆扬。

吴钩明似月，楚剑利如霜。

我不动如山，侵掠却如火，本来还打算给董洪飞留点儿面子，但他既然说不要留手，而我最近这贪狼擒拿手又正是练得手热之时，自然没有太多的顾及。

当下我也是瞅准了董洪飞的弱点，陡然出击，一顺一带，将他的力道轻松卸去，然后陡然一拨。

当董洪飞倒下之后，我擒住对方关节，让他在那一瞬间动弹不得，拿下了他。

董洪飞没有想到我会如此厉害，挣扎两下之后放弃了，憋红了脸，说："哥，漠哥，你这也太认真了吧，一点儿面子都不给留。"

我放开了他，往后一跃，说："行，那我们再来？"

董洪飞爬了起来，摇头说道："算了，算了，打不过你，何必自取其辱？你们继续吧。"

旁边的黄老师眯眼打量着我，然后说道："剩下三人，再抽签呢，还是……"

他的话没说完，一直在旁观的唐道说道："不用，我对马小凤，然后再与侯漠比斗。"

他没有再多占抽签的便宜，而是直接说出了解决方案。对于他的提议，当事人马小凤并无意见。她显然已经意识到，最后的决赛会在我与唐道之间进行，而她不过是陪衬而已。

不过即便如此，她仍然显得十分慎重，在与唐道的比斗中，主要以防守为主，全力防备，不断后退，采取周旋游击的策略。

这办法的确有效，唐道一开始铆足了劲儿，想快速拿下马小凤，但最终没有得逞。

三招之后，唐道势头一缓，由强转弱，随后陡然一晃突然出现。马小凤瞧见他人在前面，当下一个大推手，却不曾想唐道的身子陡然一晃，居然化作了一个幻影，下一秒出现的时候，却是在马小凤身后了。

他猛然一下擒住了马小凤的双手，紧接着一个大翻滚，将人死死锁在地上。

赢了！

就在所有人都以为两人就要拖延下去的时候，唐道一个由快转慢，又陡然鬼步瞬移，用节奏将局势给直接翻转，拿下马小凤。

光这一下就让所有人都为之震惊。事实上，刚才连我都没有注意到，唐道他到底是怎么出现在马小凤身后的。

瞧见这情况，连一直对唐道很是不爽的董洪飞都露出了钦佩之色。

还是那句话，修行行当，不相信眼泪，只相信实力。

马小凤落败之后，最后的对决就变成了我和唐道。

事实上，如果选择最后一人来出节目的话，应该是在董洪飞和马小凤之间进行，而不是我和唐道之间。

但所有人在这个时候，都选择忘掉这件事情。

我与唐道走到了场中，两人躬身，向对方表达敬意。

随后我抬起身来，眯着眼，盯着眼前的这个少年郎。

他年轻气盛、孤僻冷静，如同一匹孤狼。

同样的气质，我其实在另外一个人的身上看见过，那人就是曾经跟着老歪混饭吃的阿水，那个男人平日里冷酷寡言，但总能在关键时候做出让人惊艳的表现来。

唯一不同的是，唐道比阿水更冷。

仿佛在这个世界上，唯有他是孤独的。

高处不胜寒。

两人目光对视，三秒钟之后，不约而同地向前冲去。紧接着，唐道的拳头如同机关枪一般，在一瞬间打出了十几下。

我双手交叉，挡住了他的双拳，感觉对方的力量，很足。小钢炮一般。

两人相交，数个回合之后，我出手了。

贪狼擒拿手，绝对的刁钻，直奔下三路去，凭借着我双眼的动态视力，我对唐道的攻击还是能把握住的。

两人一来一往，转眼间，唐道就落入了下风。

不是他不强，而是我刚刚习得的贪狼擒拿手如同滑鱼一般，而且借势打势，形如搏兔之鹘，神如捕鼠之猫。静如山岳，动如江河。蓄劲如开弓，发劲如放箭。曲中求直，蓄而后发。力由脊发，步随身换。一整套下来，将初闻此法的唐道弄得五迷三道，屡屡受挫。

然而他即便是落入下风，也能够守住门户，不让我有一举拿下他的机会。

甚至他都能够让我碰不到他的要害。

不过随着战斗的开始，特别是与唐道这种不知深浅的厉害角色交手，我原本并不算熟练的贪狼擒拿手在飞速进步，特别是面对他的反击之时，我越发能够理解到贪狼擒拿手的精粹之处，并不在于与敌拼强，而是周旋。

气以直养而无害，劲以曲蓄而有余。

收即是放，放即是收。

断而复连，往复须有折叠，进退须有转换。

随着时间的继续，唐道发现我的攻势不但没有减弱，反而如层层叠浪，越发强悍凶狠，而且天马行空，超乎想象，脸色顿时就变得严肃起来。

在刚才的交手试探之中，两人都能知晓，对方的修为，不弱于自己。

至少没有太大差距。

既如此，那么能够拼斗的就是双方临场应敌的手段。

相对于带武器的搏杀，拳脚之间多少还是少了几分凌厉，没有那种一瞬间就分出胜负、行走于钢丝之间的快感，也没有与死神跳舞的紧张。

但是在你来我往之间，却能够感受得到搏击的极致魅力。

不过唐道没有再继续这般玩儿下去。他开始提速了，与刚才与马小凤相斗的情形是一样的，在我正面的唐道瞬间消失。

下一秒，我感觉身后一道劲风扑来，几乎是没有反应，直接蹲身，一个黄狗撒尿踢向对方，而唐道的身子轻盈，反应能力超级恐怖，居然在千钧一发之际刹了车，然后差之毫厘地避开了我的脚尖。

只差，一点点。

不过就这一点，也足以让唐道冷静下来，他往后一跃，深吸了一口气，突然吼道："喵呜……"

话音一起，他整个人都呈现出了一股蓬勃扩张、极具侵略性的恐怖状态。

他的身体周遭散发出来的黑色气息，浓郁如墨，而半空之中，却有一对祖母绿般的双眼，正高高在上俯视着我。

黑猫？

我的心头一跳，旁边却有人"咦"了一声："九命猫妖？"

说话这人，是一直在旁边压阵的黄老师。

我知道这唐道竟然是猫妖夜行者，心头一颤，感觉那家伙如同闪电一般，陡然扑来，比之先前的速度也快上了数倍。

倘若不是我的双眼拥有极高的动态视力，说不定都瞧不见他的身影了。

唐道在激发出了浓郁的妖气之后，整个人比起之前来却有天壤之别，气势如虹。

不但如此，他也逐渐占据了上风。他凭借的并不仅仅是夜行者本身的天赋，还有他长期以来修行的手段和与人搏斗的法门。

我渐渐开始落了下风，不由得深吸一口气，然后厉声一喝，浑身散发着炙热的气息来。

我吐气成火，整个人也变得精神起来，上前交击。

两人都用上了真本事，越打越快，越打越急，到了最后，居然纠缠到了一块儿，宛如两道幻影，彼此不分。

在这个时候，我整个人的状态都已经发挥到了极致，看见依旧攻不下唐道的防守，心中不免有些惊讶。

我先前能将王岩击飞，心理优势其实挺大的。我觉得夜行者班之中，我的实力即便不是第一，也必然占据了前三的位置。

然而此时，我方才晓得，能够进入这儿的都不是寻常角色。

这个高研班当真是藏龙卧虎。

看见唐道不但滴水不漏，而且越发精神，我甚至都有点儿想要激发全身血脉，显露出全盛姿态来了。

不过当我想起这不过是一场没有任何意义的比斗时，却又收了点儿心思，而就在这时，一直在旁边观战的黄老师果断出手，出现在了我与唐道之中，将我们拦下来。

我与唐道都是动了真本事的，拳拳到肉，凶猛非常，此时此刻插入其中，是会受到双方攻击的。

然而他却稳稳站住，毫无波动。

将我们隔开之后，黄老师说道："你们别再战了，不然我这地方，可就叫你们毁了……"

说罢，他双手一抖，一股绵延之力传来，将我和唐道各自推向了十数米之外去。

唐道往后一退，还想再战，我却收起了战斗的姿势。

我深吸一口气，气息变缓。

董洪飞和马家兄妹瞧见我们这一场激斗，都为之折服，赶忙上前来打圆场，董洪飞说道："好了，好了，节目我们来出，下午我和小凤妹妹就合唱《东方之珠》吧？"

马小凤听了，叹一口气，说："好吧，只要不唱《纤夫的爱》，我都是可以接受的。"

几人给我们打了圆场，然而唐道却走了上来，盯着我说道："你还有杀招没使出来，对吧？"

我看着小朋友不太服气的样子，咧嘴一笑，说："对呀，怎么？"

唐道盯着我好一会儿，方才说道："我知道，我只是想要告诉你，我也有一招，即便是你施展出所有的手段，我也能让你死。"

说完这句话，他转身离开，没有丝毫停顿。

AD 钙奶用强大的实力，证明了自己足以胜任夜行者班第四小组的组长一职。当他表现出了足够的实力时，没有人敢再质疑他。

不过我这种看上去更加平易近人的家伙，显然更容易获得大家的好感。

所以当 AD 钙奶离开之后，其余几人都朝着我围了过来。

对于夜行者来说，本相就跟女人的年纪一样，是个秘密，所以他们并不好询问，而是八卦起了离开的 AD 钙奶来。

董洪飞有些震惊地说道："九命猫妖？万万没有想到，他居然会是这么一个本相。这也难怪了，据说属相为猫的夜行者，性格也跟猫一个样，难怪他那个样子，我总算是理解了。"

我问："九命猫妖是什么意思？难道有九条命吗？"

马小龙说道："有没有九条命我不知道，但是历史上好几个活过一百五十岁的名人，据说都是九命猫妖，属于怎么杀都杀不死的那种，脑袋掉了都能活下来……"

我说："你这个说法不符合原理，那已经不是九命猫妖了，而是蚯蚓和蟑螂了。"

众人纷纷叹服，而黄老师则走过来，拍了拍我的肩膀，说："年轻人，这两天若是你与人比武的话，一定要记得叫我，其他人未必有制得住你的能力。咱们部门的经费紧张，要是真的给你弄垮了，重建费钱不说，一时半会儿也找不到别的地方……"

瞧见他那语重心长的模样，我很是汗颜，郁闷地说道："好，我记住了。"

这次的节目评选，的确让小组的成员迅速地熟悉了起来。当然，主要还是我、董洪飞和马小龙、马小凤兄妹几人。至于 AD 钙奶，大概是出于他特殊夜行者血脉的缘故，几人虽然不太喜欢他，倒也没有了太多的质疑。

下午的联欢会举办得十分成功，无论是修行者，还是夜行者，都没有了印象之中的刻板。

他们不再黑着脸、浑身冰寒，他们和普通人其实没有两样，一样有喜怒哀乐，性格也是各有不同。

有人还颇有才艺,那个叫王大明的年轻人,唱歌比蒋大为还要洪亮,而马思凡一手吉他弹得很是不错。我听人说,这手法应该是大师级的。在我看来就他这样的吉他手段,拿去校园里泡妞,简直就是无往而不利。

除了这些,还有相声、口技、剑舞、口琴等等,缤纷多彩,让人为之诧异。

而整个联欢会里,最引人瞩目的,就是李洪军和李安安。

李洪军能够弹得一手行云流水的钢琴,乐符在整个厅堂里跳跃起来,随着他修长的十指和起伏的身子,将现场的气氛推升到了极致,引得无数的女学员为之欢呼。就连男性学员也都忍不住起身,疯狂鼓掌。

至于李安安,则唱了一曲很经典的俄文歌《喀秋莎》,一开腔,那如同王菲一般的灵魂唱腔,直接就将所有人都镇住了。

高山流水,余音绕梁。

这样的嗓子,如果去混演艺界,那些靠搔首弄姿的偶像歌手,哪里还有饭吃?

联欢会办得十分成功,整场办下来,别的人不说,至少对于那些登台表演的人来说,多多少少也有了一些表面上的了解。

而会后,我也将董洪飞和马家兄妹带到了李安安、马一吞那里去。对于这事儿,三人都表现出了浓烈的兴趣,我一问才得知,他们对于李安安都怀着近乎瞻仰的心情。

李洪军和李安安,这两人是高研班里的明星学员。能够认识这两人对于他们来说,本身就是一个非常重要的收获。事实上,他们对我这般亲近,也是因为我跟李安安之间还算亲密。

第五十五章

黑夜里的袭击

开学典礼和联欢会之后，就开始正常上课了。

因为基础的不同，所以全班在一块儿的大课很少，除了第一节的思想政治教育之外，其余的都是以小班为单位，各自开讲。

给我们夜行者班上第一节课的老师，是一个老兔子。

大家别误会，这真的就是一只兔子。

卯兔夜行者。

而且他上来就直接凝化出了本相，整张脸都是兔子模样，毛茸茸的还有一对长耳朵，看上去很萌。

不过从他那一把灰白色的胡子就能看出，老头儿的岁数不算小了。

这人叫作楚中天，楚教授。

戴着一对小圆眼镜的楚教授走到了讲台前面，咳了咳，在黑板上写完了自己的名字之后，敲了敲黑板。

他说道："我知道，你们很多人都在想，我为什么会以这样的形象出现，而不是用寻常人等的模样？对于这事儿，我不介意告诉你们，原因很简单，那就是我的妖力消失，再也无法恢复原型了。"

"自古以来，许多夜行者的寿命远远低于人类，除了争强好胜、贪勇好斗之外，最主要的原因就是基因的崩溃。"

"什么是基因呢？ DNA，脱氧核糖核酸，又称去氧核糖核酸，是一种生物大分子，可组成遗传指令，引导生物发育与生命机能运作。主要功能是信息储存，可比喻为'蓝图'或'食谱'。带有蛋白质编码的 DNA 片段，就称为基因。

"每种生物身上都会携带着垃圾 DNA，也就是毫无用处并无表象的垃圾 DNA。根据美国科学家发现，生物越复杂，其携带的垃圾 DNA 就越多。在西方，垃圾 DNA 仿佛是无用之物，如同阑尾；但在夜行者的理论世界里，这些垃圾 DNA 里蕴含的基因片段都是远古祖先遗留下来的丰富财产。

"夜行者，其实也正是这些基因片段从隐性变成显性之后，最终成为的新人类。

"在科学上，这种垃圾 DNA 又被称之为'基因间区'，它是指穿插在基因与基因之间的 DNA 序列，这些序列不编码蛋白质，在人类基因组中占了绝大多数。除了少数可能具有基因表达调控的功能外，基本上没有明确功能，或者说功能未知。

"但如果将其激发之后，恢复远古消逝的能力，这个就让我们拥有了超出同辈的状态，我们称之为基因锁。无论是基因区间，还是基因锁，总之一点，随着细胞分裂的次数的增加，这种状态越来越强，细胞的存世性就遭受到了巨大的挑战，从而导致过度衰老，甚至基因崩溃，而我这个，其实还算是好的……"

这个长着个兔头的老头儿，讲得远比当初的马一奁要精细许多，还拿出许多的研究基础和资料来举证，说得头头是道。

夜行者也是人，只不过他们拥有了太多的垃圾 DNA，也就是解开了基因区间，从而让自己因为这种或者那种的原因，细胞快速分离，成为与修行者截然不同的所在。

如果说之前，我对于夜行者存在的原因和理由还有些模糊。那么此刻，却是对自己有了全新的认识。

按照楚教授的说法，历史上许多让人诧异的疑点，以及让人无法相信的事实，背后都存在着夜行者之间的影子。

而民间传说中的鬼怪和神话，也都隐藏在夜行者以及修行者之间……

这个戴着小圆眼镜的老兔子，他曾经是看守特殊档案的研究员，在给我们上的第一节课里，不但从科学上详细讲述了夜行者的起因和结果，而且还跟我们讲起了世界上的诸多传说。

甚至他还跟我们聊起了"魔"这种恐怖的存在——人心癫迷为魔，最可怕的不是鬼怪，而是人心，魔是心存不满的人，融合了妖元之后形成的特殊存在，被这世间排斥。

而那个噬心魔，则是传闻中最为恐怖的老东西，它的存在，据说已经有了百年时间。

它曾经被人联手击败过，烟消云散，却不曾想在一甲子之后，又重现在这个世间，而且还是以如此的状况之下……

恶迹累累。

一节课上下来，我的观念发生了天翻地覆的变化，也从那神秘学和宗教吸引力之中挣脱出来，更加愿意去相信科学的解释。这个时候我才发现，这次的高级研习班，对我而言着实是一次极为有用的培训经历。它对于我开阔眼界、增长学识，起到了极大的帮助。

接下来的几天时间，除了这位楚教授之外，又陆陆续续来了另外几个极为有名的老师。

这些老师，个个都有干货，无论是夜行者的历史，还是修行者的讲究，从过往回归到现在，让人的视野渐渐开阔和清晰。

到了第三天的晚上，马一杳找到了完全沉浸于学习之中的我，告诉了我一个让人惊讶的消息。

之前被关在小黑屋的那个大妖，叫作南海凶鳄。

而那个赵鹏，其实还活着。他还是天机处几个还活着的创始人之一，目前是天机处的名誉顾问，他现在在中俄相交的小兴安岭北麓，边境城市黑河退休养老。

他会在半个月后的集训拉练中露面，并对我们进行指点。

时光如水，半个月不知不觉就过去了。

在这半个月的时间里，我们在天机处从国家图书馆、各个宗教协会、道门、佛门等地请来的老师的教导下，对于修行者、夜行者等概念，有了一个从无到有的了解。

除此之外，在这段时间里，无论是夜行者班，还是整个高研班，大家也都算混了个脸熟。当然，也都按照不同的来历和性格，形成了不同的小团体。

小团体主要分成三派。

第一派是以明星学员为主的精英，第二派是以地域和师承为主的朋友，再有一个，就是修行者与夜行者对立的血统划分。

当然，这也只是泛泛而论。

事实上，表面上大家都保持着和谐的状态，即便是我与尚良、王岩之间，也保持着相互克制的态度。

让人值得一提的是那位 AD 钙奶男孩儿唐道。

他仿佛一只幽灵猫，从来都不合群。他每天都来上课，坐在角落，安静得像一件家具。他不参与讨论、不参与任何活动，甚至在食堂吃饭的时候，他必然在角落里孤孤单单一个人吃饭，而且只吃蔬菜。

有醋熘土豆丝的时候，只吃土豆丝。没有土豆丝，就吃青菜。日复一日，皆是如此，但没有人会对此奇怪，因为这个人的血脉，可是九命猫妖。

传说中的夜行者血脉。

半个月后，我们被告知在冰城的集体训练课程结束了，接下来，我们将前往小兴安岭的北麓。我们将在北麓的大森林中完成接下来的受训。

学校给了我们半天收拾行李的时间，然后在第二天，用一辆大巴、一辆中巴，将我们往北拉去。带队的班主任谭老师很会活跃气氛，一路上欢歌笑语，完全不像是修行者的集训班，倒像是某个单位的旅行团一样。不断有人站出来高歌一曲，或者老歌，或者时下流行的歌曲，还有吹口琴的，热闹得很。

我跟马一呑坐在车尾处，我琢磨着先前马一呑跟我说起的话。

这次去小兴安岭北麓，那位赵鹏赵老，将会露面。这位在天机处，或者说在国内，到底是一个什么地位呢？可以这么讲，在我们心目中觉得高高在上的天机女皇，在人家面前都不得不恭恭敬敬地喊一声"赵老"。不服不行。

人家可是419办，也就是天机处的创始人之一。当时中央下令为我们这些人成立一个专门的监管部门时，他就已经在这其中了。

经历过了那么多年的风风雨雨，无数老一辈的人物都陆陆续续敌不过岁月的侵染而死去，唯有几人得以存活下来，有的已然缠绵病榻，彻底退休。像他这样还能在二线发挥余热的，实在不多。

我若跟他老人家谈及南海凶鳄的事情，他会是怎样的反应呢？

我满腹疑虑，但心中又隐隐有几分期待。

因为在这半个月的时间里，我已经将贪狼擒拿手练得十分纯熟了。而越是纯熟，我越能够感受到这法门的恐怖之处，不愧是南海凶鳄口中"《九玄露》中最诡异的法门"。

它的意义，不在于擒拿，而是思路。

与人搏击的思路，无所不用其极，着实是让人大开眼界，仿佛打开了新世界一样。

我越发地想知道，除了贪狼擒拿手，其余的六法，到底是什么？

南海凶鳄在禁闭室小黑屋里的留言，到底是不是真的？

带着这样忐忑的心情，我们抵达了小兴安岭北麓的一处森林营地。这营地除了中间的两层红砖小楼之外，其余的建筑都是原木小屋，两人一间，分配给六十一名学员，以及跟随过来的集训营老师和相关领导居住。

营地里也有人员留守，虽然都没有穿军装，但给人的感觉很明显是军人的气质。

先前在冰城体育馆里遇见的黄老师，也跟着过来了。

我们抵达营地后受到了热烈的欢迎，当天晚上，在红砖楼前面的空地上，办起了篝火晚会。除了大量丰盛美味的菜肴之外，还有十几只烤全羊，油脂四溢，香气扑鼻，而且还破例提供了冰城啤酒，无论是老师还是学员，都享受着这短暂的美好时光。

因为据说明天开始，我们就会进行严酷的半军事化训练，又叫"魔鬼训练"。

十五天的适应期之后，真正的集训，即将开始。

我和马一岙与李安安，以及其余一些人，围在一个篝火前，享用着抹了蜜和孜然的烤羊肉，喝酒聊天，十分畅快。大家都喝得挺尽兴，我因为心里想着事，没喝太多。

分房间时以班级划分，高级版在靠外面土路的一片木屋，基础班靠近红砖楼，而夜行者班，则在林子深一点儿的地方。

我没有跟马一吞同一个寝室，与董洪飞一起。

夜已深，我扶着喝得醉眼朦胧的董洪飞回房，安置他在床上睡下，又在公用盥洗室里简单洗漱后，方才回房躺着。因为路途劳顿，我闭上眼睛，没一会儿就睡了过去。

不知道过了多久，我听到有嘈杂的声音，开始我以为是做梦，随后被人猛地一推。我睁开眼睛，看见董洪飞使劲儿推搡着我。

他大声喊道："漠哥，漠哥，出事了，快走。"

我一骨碌爬了起来，朝着窗外瞧去，火光冲天，外面还有怒吼声、惨叫声、拼杀声，无数杂音全部都落入耳中。

我有一点儿蒙，看向了董洪飞，说："怎么了？"

董洪飞满身酒气，使劲儿晃了晃脑袋，说道："我也不知道啊，到底怎么回事？"

砰！

两人说话间，木屋的房门被陡然踢开，紧接着马小龙从外面冲了进来，对我们说道："赶紧走，噬心魔知道了我们这次的集训，居然趁着院方领导和天机处的高手没有抵达之前对我们下重手。好多人都死了，刚才我碰到王岩班长，他让我们往林子里跑。"

听到这话，我一个激灵，整个人顿时清醒过来。

不光是醒了，我的心都是拔凉拔凉的。

噬心魔，这是什么？

别人不知道，我却始终忘不了那一大团黑云，倏然而过之后，恐怖炙热的火鸟却化作冰凤凰，再无生机。

如此恐怖的噬心魔，居然袭击了这里。

我顾不得许多，从床上跳了起来，朝着两人喊道："跑，快往林子里跑。"

我几乎是下意识地想要逃离，冲出木屋之后发现周围一片混乱，到处都是奔跑的黑影。通向几百米外红砖小楼的路上，燃起了熊熊大火。这火焰迅速蔓延，已经将前面几栋木屋都给点燃了。

烈焰之下，有许多蒙面人在跳跃，他们手持棍棒刀枪，正在冲着那些刚刚从睡梦中醒来的学员们动手，大肆屠杀。

不过有杀戮，也有反抗。

我看见夜行者班的班长王岩，正率领着四五个团聚在他身边的学员奋力反抗。

在其他地方，也有零星的学员对抗。

然而这些都抵不过凶猛的敌人，那些蒙面人个个厉害无比、训练有素、攻势如潮，王岩等人还没有稳住阵脚，就已经不断有人跌落在地。

形势居然如此严峻，让人为之惊诧。

我是一个十分有危机意识的人，在看见这场面的一瞬间，就忍不住浮想联翩起来。

这是，想对我们一网打尽？

我望着远处的拼斗，却不曾想，从右侧的木屋旁杀来几人，气势汹汹。

马小凤从另外一个方向冲了过来，满身是血，马小龙惊慌失措，冲过去喊道："小凤，你咋了？"

马小凤这个东北妹子，平日里彪悍无比，此刻却"哇"的一声哭了起来，大声喊道："哥，哥，赵老师死了，他死了。"

马小龙瞧见情绪崩溃的妹子，一把抓住了她，问道："你没事吧？"

马小凤摇头，说："我没事，但赵老师为了掩护我，被人乱刀砍死了。他临死之前告诉我，往林子里跑，不要跟他们硬拼。"

她边说，边往森林里面跑去，我们不知道情况，也跟着往里跑。如此跑了两百多米的距离，进了茂密的老林子里，山风一吹，我才回过神来，马一峦和李安安等人还在外面呢。

我停下脚步，而这个时候，从草丛那儿冲出几人来。

当先一人手持长枪，朝着最前面的马小凤心窝扎去。稳如磐石，刁钻如蛇。

嗷呜……

马小凤在遇袭的一瞬间，直接闷吼一声，紧接着整个人的身子迅速膨胀，然后双手一振，抓住了那枪头。她猛然一带，那人直接飞了起来。

而这时，我看见了马小凤此刻的模样，她居然是一头母老虎。

逢此大变，处处凶险，到处都是大火与死人，再亲眼看见朝夕相处的赵老师死在跟前。在这样的刺激之下，马小凤的神经已经崩到了极点。所以在骤然遇到袭击的一瞬间，她就没再撑下去。

她如同吹气球一般，直接膨胀两米多。让人惊讶的是，她外面的衣服虽然就此撕裂，但内里如同贴身游泳衣一样的衣服，却没有因此崩坏，反而紧紧贴合着身体。而她展露出来的部分身体，全是黄色毛发，带着黑色条纹，头圆耳短，耳背面黑色，中央有一白斑甚显著。

她的脑门处呈现出复合型的"双王"图案。

董洪飞在我旁边，瞧见马小凤的变身，忍不住惊叹一声："寅虎？"

"不！"我摇头，有些惊叹地说道，"这是彪。"

何为彪？谚云：虎生三子，必有一彪；犬生九子，其一为獒。这彪，是虎生，但最犷恶，极其威猛凶残，战斗力远胜于一母同胞的同类。

此刻的马小凤亦是如此，她显露出了本相之后，纵身一扑，将那人扑倒在地，猛嚎一声之后，居然毫不犹豫地张大了满是獠牙的嘴巴，朝着那人啃了过去。

夜行者，即便是显露出了本相，也是能够控制住意识的。

是人，就不会生咬活人。

由此看来，之前一直表现得十分温柔可爱的马小凤，内心中绝对藏着一头猛兽。

不过她即便凶猛非常，那使枪的家伙也是格外矫捷，也不知道用了什么手段，身子一缩，人就从马小凤的身下滑了出来，往旁边一滚。周围立刻有人过来接应，几根长棍戳来，将马小凤打得嗷嗷直叫。

自己妹子受了欺负，马小龙哪里受得住，当下也是猛一声吼，整个人也开始变得高大魁梧起来。

他也显露出了本相。

同样是寅虎，但他并非马小凤那般彪悍，似乎还矮了一截个头儿。

不过正因如此，使得他的身子十分灵活，右手一扯抓过来一根长棍，在手中猛然一抖，将周围的敌人都给击退，这才对我们吼道："走，别停下来。"

马小龙和马小凤相继显化出了本相，是想在这危急时刻迸发出最强的力量来，稳住阵脚，然后逃离。

但我并不这么想。我眯眼打量着眼前的这六七个人，深吸了一口气。

被人欺负上门了，还要跑？

这事对我来说，简直就是侮辱。

对于我来说，这半个月过得实在是太安逸了，除了之前与 AD 钙奶有过一场还算过瘾的交手之外，其他的时间大部分都在学习课堂知识。要么就是做做早操什么的，骨头早就闲得发痒了。

刚睡醒的时候我还有点儿蒙，此刻回过神来，听到种种噩耗，看到这些凶狠的敌人，我反而多了几分期待。

啊……

我感觉到自己浑身的血液都开始燃烧，随后我调整了呼吸，瞧见前面的人影在晃动，猛然冲上去，一个错步，欺身上前，抓住了一个家伙。

那人正在和马小凤周旋，被我一把抓住，猛一扭身，那瘦弱的躯体里传来了巨大的力量。

普通人被这么一甩，恐怕就直接栽倒在地了。

但我没有，贪狼擒拿手施展，一顺一带，那人立刻就失去了平衡，摔倒在地。然后我猛然一拳，朝着那人的面门砸去。

那家伙也算是机灵，没有让我这一拳砸实，就地翻滚。

他避开了我两下将泥土夯实的拳头后，大声叫道："有硬货，点子扎手。"

他这一声大叫，我的身后立刻有一道狂风扑来。虽然那风隔得很远，我却是感觉到一股难以表达的心悸，仿佛针扎一般，钻心地疼。

我没有任何犹豫，不再对这家伙下手，而是就地一滚，朝着旁边逃开。

轰……

我这边刚刚一闪开，就听到我原来站立的地方，传来巨大的炸响。我回头，瞧见刚才那儿居然出现了一个至少半米深的土坑。漫天的泥土飞起，而一个蒙着脑袋的矮个子，出现在了十米之外。

那个差点儿被我轰碎脑袋的家伙，逃到了那矮个儿的身后，大声叫道："这个家伙，很邪门！"

那矮个子用一种很怪的腔调说道："再邪门，不过是一小雏儿……"

说罢，他陡然向前，一步直接跨越了七八米。

紧接着，他突然出拳，朝着我胸口轰来。

他在出拳的一瞬间，我感觉到周遭的空间陡然凝固，仿佛被水泥浇灌了一般，自己的整个身子都动弹不得，僵直得跟一根木头似的。

随后我发现，并非是我的身体僵固，而是我的意识被对方封锁住了。

对方在出现的一瞬间，用恐怖的精神意志将我给震慑住，让我下意识地动弹不得，然后出拳。

轰！

在我回过神来的那一瞬间，我避无可避，只有将双臂交叠，横呈在了我的胸前。

那一拳骤然轰在了我的双臂之上，即便是在铜皮铁骨的神通加持下，我也感觉像是被一辆东风重卡给撞到一样，整个人就腾然飞了起来。

我横跨十几米，后背重重地撞到了一棵三人合抱的大树之上，将那大树撞得直晃荡，树叶簌簌落下来。

我从树上滑落下来的时候，瞧见那矮个儿没有朝我追来，而是攻向了其余三人。

这家伙到底有多恐怖？

原本马小龙、马小凤兄妹两人显化本相已然将整个场面都给控制住了，但这个矮个儿的加入，却将局势扭转。他三两下就给了身高两米的马小龙一个过肩摔，重重把他砸落在了混含着青草和泥土的地上。

然后他一个鞭腿过去，将冲上来解围的董洪飞直接踹飞。

这架势就跟成年人胖揍幼儿园小朋友一样，轻松惬意，没有半点儿负担。

这样的情形，不但没有将我吓住，反而让我生出了无端的怒火。我瞧见马小凤上前，气势汹汹，却并没有难倒那矮个子，他反而如同戏耍狗熊一样，生扑几回，弄得马小凤焦头烂额之时，猛然一脚踹在了她的后脊梁上，马小凤一声闷响，直接扑倒在了地上。

马小凤显化本相之后，是一头狰狞模样的猛彪，奋力爬起，却又被小矮子踩在了双肩之上。他往上轻轻一跳又落下，仿佛将马小凤全身的力气都给抽干净了一般。

无力反抗的马小凤痛苦嘶吼着，声音沙哑，显出了浓浓的不甘心。

矮个子那怪异的腔调响起："哼，什么垃圾，一个能打的都没有。"

"啊——"

我怒吼着，从兜里摸出了熔岩棒，妖力灌注之后，那手指一般大小的玩意儿顿时就化作了一头粗一头细的长长的棒子。

那上面凝固的熔岩带着粗砺的气息，冒着炙热的温度，当头砸向了那人。

那人瞧见我这气势汹汹的模样，完全不慌，居然伸出手来，想要凭借肉掌去接下我这一棒。

我见他如此托大，心头发狠，将妖力灌注，当熔岩棒落下来的时候，已经化作了通红炙热的模样，仿佛能够锤破一切。

我信心满满，以为能将他直接轰杀。

然而熔岩棒最终还是停住了，被那人用单手接住。不过随后，他又伸出了另外的一只手，双手撑住了如泰山之势下压的熔岩棒，然后开始变得认真了起来："有点儿意思。"

他双手一托，一股巨力传来，将我直接推开。

而这个时候，另外一边，一个头上长着双角的魁梧大汉，悄无声息地冲到了跟前。

我瞧他这一身穿着打扮，知道是刚才被甩飞的董洪飞。

此刻的董洪飞，双眼通红，仿佛流了血一样。他的鼻孔中，冒着腾腾的白色雾气，仿佛用着直冲云霄之势。然而他刚刚冲到跟前，就被诡异的一脚直接踢倒在地。

从草丛中赶来一人，将他弄倒之后，生扑上去。

好强。

我见周围的几人已经朝我围了过来，而那个矮个子也开始发力。他朝我陡然冲来的时候，我脑子里的第一想法，是跑。

而随后，我知道跑是跑不了，但如果能够挟持住一个重要人物，或许能够将其余的人，都给救出去。

我奋力向前，把熔岩棒挥舞得虎虎生风，与那矮个子斗成一团。

双方都用了狠力，越打越凶，彼此不留手。

而将董洪飞扑倒那人也加入了战斗，两人联手，给我产生了巨大的压力，倘若不是对方留了点儿手，我只怕早就已经死掉了。

就在战况最为激烈的时候，我准备激发出最终形态。

正在此时，我们的头顶上，突然传来了冷冷地哼声："够了，不要再演了，楚老师，黄老师。"

啊？

我抬头望去，瞧见左边三人合抱的大树之上，坐着一个人。

那人正是 AD 钙奶男孩儿唐道。

他坐在树丫上，双脚悬空，一晃一晃，打量着我们下方。

我往后退开，将熔岩棒砸落在地，然后带着满腹的疑问，望向了面前这两个围攻我的人。

楚老师，黄老师？

我凝视着眼前的人，那两位被唐道说破了身份之后，没有继续进攻，而是停在了原地。随后，那个矮个子将头上的面罩取了下来，果然就是先前给我们上过理论课的老兔子楚中天楚教授。另外一人，将缠在脸上的布条取下，也正是先前在体育馆的专职裁判黄老师。

我满脸错愕，说："你们这是？"

楚教授并没有回答我的问题，而是抬头看向了树上的唐道，说："不下来吗？"

唐道身子前倾，从六七米的树上跳下，落地之时毫无半点儿声音，仿佛脚下长了垫子一样。

楚教授问道："你怎么知道是我们？为了今天，我们可做了很多准备。"

旁边的黄老师也说道："对，我们模拟了十几遍，是不可能出错的。"

唐道平静地说道："从进入集训营以来就一直禁酒，滴酒不沾，今天却让人敞开了喝，又说明天就要进行魔鬼特训，但也没有提几点钟集合，需要做什么，这就很有疑点了。另外就是住宿的问题，之前在学校没有这么严格的要求，而这里却按照分班来住宿……"

楚教授听到很是疑惑，说："即便如此，那你怎么知道我和黄老师的身份呢？"

唐道说道："我这人从来都不喜欢在床上睡觉，而是睡在屋顶，有一点儿风吹草动都会知晓，所以你们暗地里都做了些什么，我其实都看在眼里了。"

听到这话楚教授哈哈大笑起来。

这时旁边走来一人，他脱下头罩，正是在马小凤口中已经死去的赵老师。

他问道："他这个，算什么标准？"

楚教授看着脸色平静的唐道，说道："虽然没有下场交手，但能在危机之前保持冷静的大脑，才是真正厉害的。如果让我来说，我给甲 A。"

黄老师点头，说附议。

几人说完，我这才反应过来，开口问道："原来你们弄的这些，只是一项测试。"

负责我们生活和后勤管理工作的赵老师点头，说："对，经过了十五天的理论学习之后，我们对大家的性格和修行基础都有了基本了解，但为了让你们更好的投入这次的集训学习中，并且针对每个人进行专业化的导向，就需要清楚你们每个人目前的实力和能力。"他平静地说道，"只有这样，才能为你们研究出最适合你们本身的训练方案来。"

虽然他说得很有道理，但我听在耳中却多少感到有几分刺耳，我感觉自己好像是被愚弄了。

在刚才的战斗过程中，无论是马小龙，还是马小凤，又或者是董洪飞，他们都在生死之间的激斗中显露出了夜行者压箱底的底牌，也就是本相。

对于这个，夜行者从来都是很忌讳的，甚至都不愿意跟别人提及。

我们在这些日子以来的交往中，即便是十分亲密，也没有问起过别人夜行者本相。因为这个是一种讲究，也是一种忌讳。但是在刚才的试探过程中，我想没有显露出本相的人，除了我和唐道之外，其余的恐怕是少之又少。

这样到底是对是错，我总觉得不太对劲儿。

不过我并非头脑简单之人，虽然心里不舒服，但也没有当场表露出来，而是开口说道："既如此，我们还打吗？"

楚老师耸了耸肩膀，说："想要试出学员的极限，需要在生死边缘毫无保留，并且完全不知情的状况下。你现在既然知道了我们的身份，再比斗下去毫无意义——行了，你们的考核结束了，就地休息吧，我们还要去别的地方对学员的表现进行点评打分呢。"

说罢，两人将头套再次带上，转身离开。

赵老师走了上来，对我们说道："今天的测试，你们或许会觉得不舒服，不过……"

唐道平静地打断了他的话："不，只有被耍者才会觉得心里难过。对我来说，刚才的事情只不过是打扰了我的睡眠而已。赵老师，如果没什么事，我先回去睡觉了，晚安。"

说罢，他转身朝着刚才陷入一片混乱的聚集地走了过去。

他的身形很快，几个起落，不见人影。

看见他离开，赵老师苦笑一声，然后对我说道："他就是这样的人，但你可别走，帮我扶这几位同学起来，带到医务室去。有伤的治伤，该休养的休养。两位老师下手还是很有分寸的，一般来讲，休息一晚上就可以了，不会耽误明天的课程。"

董洪飞从地上爬起来，叫屈道："什么有分寸啊，我到现在还疼着呢……"

马小龙干脆趴在地上，哀号着："对啊对啊，好狠啊，我感觉浑身都疼，爬不起来了。"

马小凤倒是没有出声，而是趴在地上，幽幽地看着赵老师。她原本以为赵老师是为了救她而死的，结果人家只是配合着演了一场戏。对于这事，这个已经恢复成了常人模样的小女孩儿，心情挺复杂的，不知道该如何说。

赵老师的脸本来都已经板起来准备训人了，结果被马小凤这么幽幽地一瞪，顿时就将所有骂人的话语咽回了肚子里。

他对我说道："你负责将人带回去，我去前面计分了。"

他转身离开，而我则是一脸郁闷。我又不是组长，凭什么吩咐我这活儿？

赵老师一走，原本哼哼哈哈的董洪飞一骨碌就爬了起来，走到我的跟前，瞧着插在泥土里面的熔岩棒，满眼好奇。

"漠哥，你这个是什么？看着好像是一根烧透了的铁棍，烫不烫啊？"

我看见恢复人形的董洪飞，忍不住笑了，说："你试试？"

没想到他果真去试，结果手指一挨着棒身，立刻就冒出了一股黑烟，董洪飞疼得哇啦啦大叫，我赶紧趁机将熔岩棒收了起来。

相互搀扶着过来的马家兄妹一脸诧异，说："漠哥，你那根棍子呢？哪儿去了？"

我说收起来了。我不愿多谈熔岩棒的事情，问他们道："怎么样，身体还好吧？"

马小龙是个懂事的年轻人，见我不爱说，也不追问，笑嘻嘻地说道："您还别说，咱们这帮老师，一个个都是大牛。刚才看上去好像是要人命一样，骨头都快给我弄折了，但这回过神来，其实都没有伤筋动骨。"

董洪福扇着手，说："你没伤筋动骨，我可是疼得难受，你看看我这一片，都瘀青发黑了。"

我拍了一下他的后背，疼得他"哎哟哟"的叫唤，我则说道："行了，别在这儿瞎叫唤了，我会点儿推筋活脉的手段，回去帮你弄一下，保准你第二天醒过来，精神抖擞。"

董洪飞将信将疑，说："真的？"

我笑了笑，没说话。

一行人出了林子，回到了木屋，这儿已经有人在收拾了，见我们相扶而来，立刻有人走上前，询问有谁受了伤。

我指着旁边三人，他们或多或少都受了些皮肉之苦，便跟着去了前边的一排长屋。那里有专门的医疗团队，十来个人的配置。

他们是专门为了集训营活动，从各地调派过来的。

我没有失信，要了点儿橄榄油，用李爷教过我的推筋入脉手，给董洪飞来了一次推油。很久没推过，没想到我这手艺不但没有退步，还随着我对于劲力的运用精细入微，越发厉害了，很快就将董洪飞的暗伤和凝滞的经脉理顺了，只要歇息几个小时，又是一条生龙活虎的好汉。

我走出房间，看见马一吞正在门口不远处跟马小凤聊天，见我出来，跟我招呼一声。

我走过去，马小凤识趣地离开，马一吞则带着我往外走。到了一个僻静之地，马一吞问："怎么样？"

"这只是一次针对夜行者班的临时检查吗？"

马一吞摇头，说："不是，不过高级版和基础班都是意思意思而已，来的人都不算什么，但夜行者班，有很多老家伙坐镇，就连赵老也来了。"

我眉头一挑，说："赵鹏？"

"对。"

我不由得深吸一口凉气，说："怎么没见到他？"

马一吞笑了，说："他能让你见到？"

我点了点头，说："这次的事儿，应该不仅仅是单纯地测试大家的实力那么简单吧？"

马一吞盯着我好一会儿，方才说道："当然。"

今天夜里这么大的阵仗，将好几栋原木屋子都烧着了，自然不仅仅是一次突然抽查那么简单。

马一吞告诉我，恐怕学校的最终目的，是想知道夜行者班里所有人的本相。

因为无论是修行者还是夜行者，大部分人都是桀骜不驯之辈。这六十一人的学员里，想必愿意加入天机处旗下又或者体制内的人，不到一半。甚至更少。

毕竟许多有本事的人，是受不得约束的。

既然如此，官方就得对我们有一定的掌握能力，无论是制约手段，还是情报调查，都得做好该有的功课。

所以才会如此。

这是阳谋，堂堂正正。

所以我先前即便是知道了这个可能，也没办法说出来，因为人家名正言顺。

马一岙是担心我心有不满，特地过来安慰我的，见我状态不错，他拍了拍我的肩膀，说："行了，既然你这儿没事，我就走了。刚才听李安安跟我说了明日的安排，课程很密集，跟之前比起来截然不同，你早点儿休息。"

"明天几点？"

"考虑到今天晚上的特殊情况，九点半集合，能早不能晚，否则中午没饭吃。"

我一愣："现在几点？"

马一岙指了一下亮着灯的屋子，说："我刚才进去了一下，三点半。"

我听到后不敢逗留，赶紧回去歇息。

次日清晨，我起床洗漱，然后走出门来，正看见董洪飞精神抖擞地从外面回来。

他看见我，高兴地打招呼："漠哥，你那手艺是真的神了。我在病房里躺了一宿，早上醒来，感觉浑身都有力，完全没有任何不适感。反而是小龙小凤兄妹俩，腰酸腿疼的，那精神状态跟霜打的茄子一样。"

我说好，那就好。

我不敢跟他多打招呼，匆匆赶往森林营地的大食堂。

集训营里虽然规矩颇多，但伙食倒是挺照顾我们，高能量、高热量，吃过之后，神清气爽，感觉一天都有精神。

马一岙和李安安等人也早已起来，大家在食堂没有提一句昨夜之事，仿佛什么都没有发生一样。

其间我瞧见了王岩，他是和尚良过来的。那尚良先前看见我，就跟老鼠见了猫一样，能避则避，然而此刻，对我却是漠视，完全不放在眼里。

不但如此，他的食量还特别的大，玉米粥能喝三盆，没错，就是盆，洗脸盆的盆。牛肉包子，他一屉一屉地吃，仿佛肚子里永远都是空的，根本吃不饱。

见他这模样，我下意识地转过头来，向众人投去了询问的目光。

果然，消息最灵通的马思凡开口说道："据说，在昨天夜里，发生了几件让人诧异的事情。第一件，就是出现了一个直接洞察了校方计划的学员，毫无意外地获得了甲Ａ评价。第二件，就是有一个人，居然力敌楚教授和黄老师两人夹攻，毫发无损。不过这些都不及第三件，那就是这个叫尚良的小子，血脉觉醒了。"

啊？

马一岙说："前两件事我知道是谁，而尚良这个模样，我也知道他肯定是觉醒了夜行者的血脉。只不过，这事儿怎么就让人诧异了呢？"

这回是李安安做了回答："他觉醒了并不算新闻，但赵老在昨天见到尚良之后，将其收为关门弟子，这个算不算呢？"

"什么？"

这下我们都为之震惊了。我甚至都直接站了起来，弄得周围的人纷纷朝我投来了诧异的目光。

马一岙不动声色地将我按回座位上，指着我面前的豆浆，说："慌什么啊，喝一口，别这么不淡定。"

我哪有心思喝东西，焦急地问道："安安，为什么啊？"

安安没有答话，反而是马一岙说道："能有什么？以尚良的关系肯定是搭不上赵老的，能够让他心生收徒之意的，只能是爱才、惜才。所以唯一的解释就是，尚良觉醒的这个夜行者血脉，特别厉害，以至于赵老这样身份和地位的人，都按捺不住心头的矜持，将人给收入门下。"

我问："到底是什么血脉？"

安安这时才说道："你自己也知道，夜行者的血脉是一件不可公开的秘密，尚良现在既然已经成为赵老的关门弟子，那么更是如此。"

她说这话的时候，看着我，欲言又止，最终没有把话说出来。

其实她不说，我也知道。她是想要劝我，冤家宜解不宜结。既然尚良现如今有赵老这样的人物罩着了，那么我实在没有必要再揪着以前的恩怨不放，要不然最后吃亏的人，只能是我。

我明白李安安的意思，心里却很是无奈。

事实上，并不是我揪着以前的事情不放，而是人家一直揪着我不放。

用过早餐之后，我们来到了红砖小楼前的广场集合，应到六十一人，实到五十八人，其中有三人缺席。不是他们不愿意过来，只是昨天晚上过于认真，现在还躺在医院里，没办法参与今天的集训。

给我们作集训讲话的，是天机处培训部的刘斌主任。

他简单介绍了一下昨天夜里的行动，然后重点表扬了三个人。

第一个，就是夜行者班四小组的组长唐道，在行动之前就发现了一切，并且没有让任何培训教官察觉出来。

第二个，是基础班的尚良，他为了拯救队友，甚至都不惜牺牲自己的性命。

最后一个，特别值得一提的是李洪军同学，他不但稳定住了局势，而且组织班级同学进行反击，让校方不得不中断测试，免得造成真正的伤亡。

这三人在此次的突袭测试之中，均获得了甲A的表现。

除了他们，分别有十五名学员获得了甲B，二十七名学员获得了乙A，十一名学员获得了乙B，最后有五名同学获得了丙级的评价。

在学校的评论体系里，甲A是非常优秀，甲B是优秀，乙A是中等，乙B是合格。

而丙级，则是不合格。

随后由班主任谭老师宣布了所有人在昨天夜里的表现评价。

甲B里面，排在第一的是李安安，我与马一吞也都在其中，我们小组的其余几人都列在了乙A之中，表现都还算不错。

对于这个名单，我有点儿意外。吃早餐的时候，我听马思凡说起昨夜的新闻，我自以为能排到甲A的行列。没想到，反倒是完全如同寻常人一样的尚良获得了这个殊荣。

虽然我对于这种甲等乙等评级的事儿并不热衷，但这件事情，我却像是吃了蟑螂一样的恶心。甚至我觉得，尚良那家伙很有可能是作弊了，提前知道了计划。要不然以他的那种性格，怎么可能做出舍己为人的事情呢？

就在我满腹疑惑的时候，赵老师宣布了评价体系里实际的效果，那就是，在接下来的一个半月里，所有获得甲A的学员，将获得最完全的资源，包括单间、完整的饮食补给、丹药补给和量身定制的教案。

而甲B的，获得的资源将会减半。

到了乙A，则在前一等级的基础上再减半。

乙B，别说没有专门的配给方案，连饮食的标准都只能够给80%。

至于丙级，饮食标准只有50%，其余的需要去林子里面自己找寻，到一个月之后，所有评价为丙级的学员，将会无缘最终的演习行动，直接打包回家。这些人，也将无法获得这次高级研修班的结业证。

对于大部分人来说，结业证其实并没有用。但话说回来，好不容易得到的名额，并且在这两个月的时间内咬牙坚持，最终却连一个结业证都拿不到，也着实是有一些讽刺了。想想都难过。

当赵老师宣布了一整套评价体系和相关待遇下来之后，学员们都忍不住议论纷纷。

校方并不介意大家的议论，还帮忙解答了众人心中的疑惑。

这个评价体系并不是一成不变的，而是七天一次变更，至于如何加分、如何减分，一会儿会给每人发一个小册子，供大家研究。

说完这些，赵老师又讲了这周的基本训练计划。

每天早晨六点，全体成员进行十五千米的山路负重越野，然后在森林深处开辟出来的训练场里进行体能训练，紧接着是一小时的上课时间，由专家老师分班教授格斗、血脉运用以及各种体系的知识，然后是午饭以及一个小时的自由活动时间。下午继续上课，与上午课程不同，然后是十五千米山路负重越野，最后返回营地，晚上还有定制"加餐"。

整个训练计划，无比密集。

讲解完毕，班主任谭老师宣布散会，众人议论纷纷。

这个时候，赵老师过来叫我，说让我去办公室一趟。

我问："怎么了？"

赵老师犹豫了一下，说："赵老要见你。"

赵老师也姓赵，但是他口中的"赵老"，却是专指一人。

江湖人称"天机处"的419办创始人之一，至今仍然活跃在二线，也就是曾经将那南海凶鳄囚禁于小黑屋里的那位赵鹏赵老。

或者说，尚良新任的师父。

问题是，他找我干什么？

我问赵老师，他摇头，说："领导的意图，我怎能理解？我要是什么都知道，就不会在这里混了，你说对吧？"

我见他笑吟吟的样子，仿佛不像是我犯了错误，不再多问，硬着头皮跟着他走。

红砖楼的二层东侧办公室，赵老师恭恭敬敬地敲门。

领着我进去的时候，我瞧见一个满头银发的魁梧老者，正背负双手，眺望窗外远方的操场。他望着外面的景致，等我们都进了屋子，方才回转过身来。

这是一个看上去气度颇具威严的老人，红光满面，唇上留着两撇精心修饰的白色胡须，比马一岙之前的要浓一些，双目炯炯有神，仿佛能够直刺人心。

我印象中的赵鹏老爷子，应该是百岁老人，垂垂老矣，然而此刻一瞧，仿佛不过六十，花甲之年。

当然，修行者的年龄是很难看出来的。有人年过半百，却如同少女娇嫩。马思凡年方十九，却如同三十四五……哈哈哈，这家伙是个例外，长相天生成熟。

我躬身，与赵老师一同问好，那个老者凝视着我，许久之后，方才说道："小赵老师，你辛苦了，我想跟侯漠小同志说两句话。"

赵老师点头，说好，然后告退。

当办公室的门从外面关上之后，房间里面陷入一片沉寂。死一样的沉寂，给我带来了强大的压迫感，随之而来的，是让人喘不过气来的恐惧。

我与这位赵老，是第一次见面。

但我们之间的纠葛，却是不少。

他望着我，不说话，如此足足大约五分钟，我听到这个老者缓声说道："果然不愧是老白看重的人，沉稳淡定，是个大将之才。"

他说出这句话的时候，我提在半空中的心，算是落下来了。

老白是谁？白老头儿，白知天。

别看他现在只是一大学退休的门卫，但过去跟这位赵老一样，都是在天机处干活的人，一样是朝中宿老。

这一点，从苏烈等人的尊敬就能够看得出来。

只不过沉稳淡定，是我刚才的表现吗？

我抬起头来，看着赵老。两人对视，他深凹的双眼里，满是平静之色。

虽然他比我要矮上一些，身子也因为年长而有些佝偻，但不知道为什么，我总有一种对方居高临下，俯视着我的感觉。仿佛自己被看了个透明。

我拱手，说："您夸奖。"

赵老平静地说道："其实，叫你过来也没有别的意思，老白打了电话过来，跟我说起你的情况，让我对你多多照顾，帮忙提点一二。能让老白如此上心的人，除了女的之外，男的我没见过几个，所以就特地叫你来见上一面，看看到底是何方人物。"

老白头儿居然如此交代。

听到这话，我的心中对那个看上去一点儿都不靠谱的老头儿满是感激，当下也是恭敬地说道："您太客气。"

赵老说："客气的不是我，而是老白。那家伙倘若不是因为男女关系混乱，说不定能当上天机处的领头人。不过即便如此，他现在的影响力也是不小，既然他开了口，我自然会好好照顾你。但你也别误会，所谓的'照顾'，是更加严格、更加认真地集训，能让你在短期内的特训之中，得到稳固的提升，所以你会比别人更加辛苦。我今天叫你过来，也是想提点你一下，不要以为是校方对你有意见，知道吗？"

我恭敬地说道："当然不敢。"

见我恭谨沉稳，没有任何抱怨的话语，赵老很是满意，脸上也露出了笑容，对我说道："很好，不错，现在的年轻人里，能有你这样态度的人，已经不多了。对了，我听说你跟尚良之间，有些误会？"

误会？

尽管我心里早就有了些心理准备，觉得赵老肯定会谈及我和尚良之间的事情，毕竟那小子是赵老刚刚收的关门弟子。但是我没想到，他老人家居然直接将这里面的事，定义为"误会"。

什么是误会？我和尚良之间，是误会吗？

那是赤裸裸的谋杀。

我内心有些愤怒，不过在赵老面前，我却不敢发作。

尚良到底是个什么人，在天机处的面前怎么可能掩饰？他甚至在此之前还被逮起来过，要说赵老不知道尚良的为人，这我是不信的。

就算他收徒之前不知道，但事后也必然会有人告诉他。

毕竟是天机处，政审绝对比其他地方更加严格。而现如今，赵老却是把这件事定义为"误会"，我就知道他到底秉承的是一个什么态度了。

我会傻到跟这位历经过无数风雨的老者去讲内中原因，让双方都为之尴尬吗？不能。

所以我躬身，点头，说："对，的确有些误会。"

赵老对我的态度很满意，说道："年轻人性子不定，总会弄出一些乱七八糟的事情来，在这件事情上，你们都有些问题。你们现如今既然能坐在一起，成为同窗，就要多多沟通，将误会消除。你说对吧。"

"的确如此。"

赵老拍手，三下之后，说道："进来吧。"

门"吱呀"一声响，走进来一人正是尚良，他看了我一眼，然后朝着赵老躬身说道："师父，我来了。"

赵老瞪了他一眼，说："什么师父，都跟你说了，在公共场合，你是集训营的学员，我是天机处外聘的名誉老师，如此而已，知道吗？小小年纪不学好，搞什么封建社会的师徒？"

他一上来就定调子，尚良不敢对抗，只有连忙点头，说："是，是，赵老师。"

赵老指着我，说道："刚才我跟小侯同志谈了，你们之间的事情，的确是有误会的，现在你跟人家道个歉，争取得到人家的原谅，知道不？"

在赵老面前，尚良是个乖孩子。

听到训斥之后，他连忙从善如流，对我恭谨地说道："侯漠同学，之前我们有些误会，在这里，我给你道歉，希望你别往心里去。"

他说得恭恭敬敬，就好像是认识到了自己错误的孩子。

但我一想起早晨在食堂时他看见我的那一副嘴脸，就知道这不过是表面现象而已。

狗能改得了吃屎吗？不能。

所以尚良的道歉是真的吗？不是。

但我不得不做出深明大义的样子，对他说道："既然是误会，过去了也就过去了，你我同学一场，这是缘分，以后慢慢处着，来日方长。"

见我如此表现，那赵老笑着说道："看见你们这些朝气蓬勃的少年，我就会忍不住想起自己当年青春年少时。唉，岁月不饶人啊，老了，老了，精力不济。你们出去吧，既然是同学，那就好好处着，相互关心，相互帮助，为国家，为社会多做贡献，这个才是正理。"

我们闻言，躬身离开。

出了门，尚良朝着我拱手，说："我先走了，回见。"

说罢，他转身离开，就在他回过头去的一瞬间，我双眼超常的动态视觉能看见他嘴角处微微扬起。那小小的幅度，能让我感觉得到，他心中的得意和骄纵没有一丝减少。

我也转过了身，在心中告诫自己。

当年韩信，能够受人胯下之辱。

我为何不能？

为了烛阴之火，为了能够活下去，无论让我做什么，我都在所不惜。何况是与尚良这样的家伙表面相处呢？

人生那么长，总有一天，这位赵老会故去。那个时候，谁能是尚良的靠山？

所以，自己的强大，才是正理。

其他的一切，都不过是浮云。

第五十六章

八十万禁军枪棒教头

我接着往外走，在红砖楼左边的平地上瞧见了马一岙。

他走上前来，看着我，说："怎么样？"

我看见他满脸的关心，忍不住笑了，说："你不会以为我会傻到在里面打起来吧？"

马一岙看见我的状态不错，松了一口气，说："我听说赵老找你，估计是想要压一压你，让你不要对尚良轻举妄动。以你的个性，虽然会低头，但心头肯定是愤怒的，所以就赶过来，怕你这边着急上火。现在看来情况还不错，你们到底说了什么？"

"你猜对了，的确是强行按住我的头，说我与尚良之前发生的事情全都是误会。误会？尚良联合王岩派人袭击我，将我脑袋开了瓢，眼睛差点儿打瞎，之后又追到校园里，将我从宿舍里带走，拖到郊区的废弃工厂，把我扔进沸水池子里，准备煮熟之后分尸，然后扔进宰猪场的下水里面去……这样的做法在他眼里居然只是个误会！"

马一岙见我用旁观者的语气缓缓说出，有些惊讶，说："既然如此，那你还挺高兴的样子？"

"就在刚才，我想明白了一件事。"

"什么事？"

"我看着面前的这个老头儿在想，听说他已经过了百岁，或者更长——人，终究会有死去的那一天，或许是他先走，或许是我先走。但如果他比我先走，那谁来罩住尚良呢？胖大海？所以，我有的是机会，君子报仇，十年不晚。我能等，他，或许不能。"

听到我的话语，马一吞看着我好一会儿，突然笑了，说："行，你懂得就成。"

短暂的休息之后，就要集合，继续体能训练。

所谓体能训练，因为条件的简陋，无外乎蛙跳、俯卧撑、哑铃、石械，还有背剃去枝丫的大树，各种短途急速奔跑等。这个是我们预想之中的，但这些训练的量却很足，无论男女都是一样。

譬如俯卧撑，上来就是两百个。不服，再加一百。

这样沉重的体能训练，即便是作为修行者，又或者夜行者，都不是能够轻松完成的。所以操练了一上午，到了中午吃饭和休息的时候，我看见大部分的人都在抱怨。

这样的训练量，一上来就能将人给练垮。

不过能够来这儿的人个个都是年轻人之中的翘楚，要么也是心志坚定之辈。这样的人，不到最后一秒是不会轻言放弃的。至于我，为了活下来，不但需要在这集训之中坚持下来，而且还得拿到名次，所以得更加拼命。

事实上，在这集训营之中，我已经感觉到了好多人对我其实都是有威胁的。他们此刻固有的实力都已经是远远超出于我的。

如果我不能在接下来的时间里有一个突飞猛进的增长，那么我将与"烛阴"擦肩而过。那样的话，我接下来面临的恐怕只有死路一条了。

毕竟，烛阴只在张宿秘境之中存在。

这个事儿好像是真的。

中午吃饭的时候，我们这个小团体的人依旧坐在了一桌，等周围的人逐渐减少之后，一向都消息灵通的马思凡带给了我们一个关于尚良的消息。

对于这个家伙，大家的猜测很多，不过目前最靠谱的，有两个。

第一，这个家伙很有可能是亥猪一族之中，一种极为稀有的血脉，叫作"帝江"。帝江此物，出自《山海经》，是洪荒凶兽的一种，书中说它"状如黄囊，赤如丹火，六足四翼，浑敦无面目，是识歌舞"，是很厉害的血脉。

而另外一种，则是传说中的四大凶兽之一，饕餮。

就是形容"吃货"时经常用到的那个词，不过此"饕餮"是真的很恐怖。

它那强大的消化能力和恐怖的力量是成正比的，如果真的是，那么尚良以后的发展可就真的厉害了，相当于人生直接走上了快速通道，登峰造极，指日可待。

听到这个消息，我的心情有些晦暗。

先前自我安慰的时候，我告诉自己说，没事的，我未来的发展是无可限量的。

没想到，尚良这个家伙的发展，也是无可限量。

对于马思凡的消息，也面临了一些质疑。

最主要的是尚良的父亲尚大海，据说是一个很厉害的夜行者，但并没有听说过他拥有前面提到的那两种恐怖血脉。但李安安告诉大家，夜行者这事十分复杂，并不是老子是什么血脉，儿子也必须是什么血脉。

我们前些天学过了关于夜行者的基因锁理论。

理论之中，每一个夜行者的觉醒都需要一把钥匙来开锁，而在我们的遗传基因之中，其实是隐藏了许多远古失去的能力。所以什么能力会觉醒，谁也不知道。

我听到这话，想起了被黄大仙收为徒弟的兜兜。

虽然是亲戚，但我是灵明石猴，他却不是。

几人聊着天，旁边的孔祥飞提醒我们，评价体系的补给制度，从中午这一顿就已经开始了。那几个评价为丙级的同学，食堂只提供标准量的百分之五十。

这样的能量摄入，其实是没有办法维持目前高强度的训练计划的。如果这样弄下去，说不定几天之后这些人就撑不住，提前退场了。

不过评价体系里面有许多的加分项，比如态度友善，帮助同学，努力积极地协助校方工作等。

这些东西，将由老师来掌握。通过这些条款，让校方在桀骜不驯的学员之中，找到了一定的平衡点。

而排名前列的同学，在饭后也得到了药物发放。

这些药物大多以丹丸为主，有点儿像是参苏丸之类的东西，外面封蜡，里面的丹丸颜色各异，有红色的，有黄色的，还有黑色的。

每一种药效都不一样，比如我分到的叫作行军丸，服用之后，在肚子里会化作一团暖洋洋的东西，药效扩散之后全身都感觉暖，不但如此，先前因为高强度训练之后的肌肉酸痛，也得到了缓解。

中午短暂休息之后，下午一点，我们就背着二十公斤的装备，开始朝着山里进发。

十五千米的路程，说远不远，说近也绝对不近，特别还是山路。

前期十五天的学习时间，大家仿佛都挺轻松的，而此刻，集训营的负责人一上来就给我们来了下马威。在短途行军的过程中，不断有人掉队，甚至有人走到一半，就两脚打摆，难以前行。

而这个时候，赵老师和班主任谭老师都站了出来，告诉这些人，他们平日里的表现，都会记录到评价体系里面。如果有谁这个时候放弃了，那么就直接滚出去。

没有人愿意如此，所有人都咬着牙，努力前行。

抵达森林更深处的训练营地时，许多人已经是大汗淋漓，甚至都要瘫倒在地了。而这个时候，分班的实战演练培训，又开始了。

我们夜行者班被安排在一处松树林中间的空地前，在这儿等待着的，是一个四十多岁脸色黝黑的男人。

这人五短身材，貌不惊人，然而一双眼睛，却如同苍鹰一般犀利。

他眯着眼睛，看着在场疲惫不堪的一众人等，之后看向了旁边的赵老师。

赵老师让大家围着空地盘腿坐下，然后给我们介绍这位老师。

此人名叫杨林，所在的单位是保密机关，但用《水浒传》里面的话来说，这人算是"八十万禁军枪棒教头"的角色，一身枪法出神入化，是技战派最厉害的人物之一。

男人听赵老师介绍完背景之后，开口说话了："各位都是夜行者，天赋异禀，在你们面前聊起这事儿来，多少也有一些尴尬。不过呢，荀子在《劝学》里面说过一句话，'君子生非异也，善假于物也'，我觉得也挺适合在座的各位。你们虽然各有手段，但如果多一些器械方面的造诣，对于将来与人交手时的情形，多多少少也是有所帮助的。"

说完，他的右腿一踢，草丛之中突然间蹿出了一杆白蜡杆子来。这杆子并无枪头，但尖端处却系着红缨。

那人伸手，抓住白蜡杆子，猛然前戳，然后一边舞枪，一边说道："我之所学，精髓在于杨家枪，此法为南宋末年红袄军首领李全的妻子杨妙真所创，《宋史》卷四七七《李全传》有载'二十年梨花枪，天下无敌手'。古代的兵书《武编》《纪效新书》《阵记》等书均有记载，在近代，却是清末少林拳正宗第二十八代宗师，有"铁掌震东海"之称的杨秀山先生所传……"

此人边说边舞，白蜡杆子作长枪，如探龙出海。

那枪舞动时，寒星点点，银光烁烁，泼水不能入，用以临敌，矢石所不能摧。

他一边舞动枪法，一边讲解着枪法的来历，以及舞枪时需要注意的种种事项和窍门。至于经诀，他也不吝啬，张口即来。

一整套舞下来，大约十分钟之后，他将手中的白蜡杆子猛然一掷，插在了王岩身前的半米处。

然后他伸手，开口道："王岩，你来。"

那白蜡杆子的前段并非削尖，而是圆弧，此刻落在泥土里，竟然直入土中半米深，显示出了那个叫杨林的精妙的枪法。这并不是只凭借着力量就能办到的。

白蜡杆子入土之后，杨林发出邀约，而王岩听到，眉头就皱了起来。

两人之前似乎认识，所以杨林才会找他来实战喂招。

旁边有赵老师在，一言一行都会记录在评价体系里，王岩自然心里清楚，所以听到邀约，虽然心里不高兴，但还是站了起来。

他看着杨林，说道："怎么来？"

杨林开口道："长枪之法，并非江湖格斗所用，更多的是脱胎于战场之上的杀人技法。所以任何脱离了实战的枪法，都是软绵无力的，我也教不来。你来与我拼斗，尽管全力对付我，我来帮你喂招，给在场的所有同学观摩一下，看看这枪法的真正奥义到底在哪里。"

王岩这些天在班上其实挺低调的，能不说话尽量不说话，是个孤狼一样的性子。所以如果有可能，他绝对想不出来与杨林老师来这么一回。

既然被点了名，他也不可能拒绝。拒绝不了，王岩就有些恼怒，他平静地看着面前这个貌不惊人的男人，缓缓地说道："果真要，用尽全力？"

他说这话，一字一顿，显然是压着火的。

别人给他找麻烦，他就会毫不犹豫地还回去，这是他的性格。

夜行者班，全班二十人，为何偏偏找他？

他想让杨林老师丢脸。最直接的办法，就是在这场课上将前来教授我们枪法的杨林老师击败——一个失败者，如何还有脸来教别人？

但是他很狡猾，在动手之前故意说了这么一句话，就是想要告诉旁边的赵老师，对方是允许的。只有这样，他才能避开后面的苛责。

我对王岩是从头到尾都不喜欢，所以看见杨林老师难为他，心里其实还挺高兴的。不过当看见王岩那一脸认真的模样，又不由得为这位枪棒教头担起心来。

在旁边席地而坐的总共有二十个人，他却偏偏挑了一个最硬的茬子。

这个豹哥王岩，曾经自谓他自己的实力能排进燕京前五十名。如果他说的是真话，那么在燕京那个藏龙卧虎之地，能够排到前五十名的，已经是相当厉害的了。

从我的观察来看，这位杨林老师虽然枪法厉害无比，但从个人修为上来看，比之王岩还是有差距的。

两人相斗，如果王岩用上全力的话，杨林老师落败的可能性是很大的。几率很难去计算，但我觉得，杨老师真的很悬。

然而面对这王岩近乎于挑衅的话语，那个长相普通、身材五短、脸色黝黑的男人，平静地说道："尽全力，别放水。"

说罢，他往后退了两步，脚一挑，又一根白蜡杆子出现在他的手上。

杨林老师将身子微微弯了下去，如同择人而噬的猛虎。

或者猎豹。

两人目光相对，凝视许久，王岩最先按捺不住，一步跨前，抓住了那根白蜡杆子，然后猛地一拔，将那根深深插入泥土之中的棍子轻松脱离。

紧接着他长枪前指，朝着杨林老师陡然刺去。

他这一枪，势如奔马游龙，破空竟有炸响，轰然之间宛如火炮攒射之势，让人为之惊叹。

此人一出手，我就知道，王岩和杨林老师之间早有恩怨。若非如此，没必要在这样的场合用下死力。

瞧他这劲儿就不是下不来台那么简单。

王岩先刺三枪，被杨林老师轻描淡写地挑开了，然后开始抖枪。

面对着王岩汹涌如潮的攻击，他显得平淡许多，手中的白蜡杆子如同长枪，扎、刺、挞、抨、缠、圈、拦、拿、扑、点、拨、舞花，简简单单的动作之中，却蕴含着万千变化。

用枪，力是一方面，另外一方面，是斗枪的劲儿。

枪法通神，这一句话用在这位"八十万禁军枪棒教头"的身上，我觉得恰如其分。

他的枪法游走不定，变幻莫测，攻敌必守之地，行走于死亡之间，闲庭信步。他甚至还能在如此激烈的拼斗之中，帮我们讲解与人拼斗之时的注意事项，还能在关键时刻讲解道："五锁转连环，一转身，中平枪为首，二转身十字枪当先，三转身剥枪为和，四转身安膝枪，五转身白牛转角……"

此为五种转身，又比如突进，却分九种："进、分进、缠进、帖进、攻进、拱进、哄进、揭进、急进。其次有十七灵神劲：停、领、闪、站、钩、挂、缠、绞、颤、转、随、合、出、入、进、退、杂步……"

他挨个儿示范，浑然不觉这是与人拼斗之时最紧要的时刻，反而像是与小孩子喂招一样。

瞧见与王岩轻松交手的杨林老师，我的心中满是敬畏。

提到枪棒，不得不说起另外一人，那便是沧州赵生。这位马一岙的好友，论起枪棒，也是一流人物。我曾经在农庄中与他有过交流，至少在棍棒之法上，他算是我的半个师父，对于他的本事，我也是十分佩服的。

但即便是那样的"枪棒双绝"，比起这位"八十万禁军枪棒教头"来说，又着实有一些差距。

那白蜡杆子在杨林老师的手中如同通神一般。即便是在硬实力和修为之上，他离王岩这样的大妖有些差距，却能完全凭借着枪法将其弥补。

他甚至轻松惬意地拿住了对方，让其无法挣脱。

这样的手段，让人为之倾倒。

不光是我，在场的所有人都瞪大了双眼，盯紧场中，生怕错过一点儿细节。

作为当事人，豹哥王岩却又是另外一种感受，瞧见杨林的闲庭信步，他越发着急，整个人已经开始冒出了腾腾黑气，即便是没有显露本相，也将一身雄浑妖力攀升到了最巅峰的状态。

而那杨林老师反而不同，越战越内敛，一开始身上还散发着修行者的黄色之气，到了后来，整场就只瞧见他手中的枪。人，反而化作了虚无。

砰！

最后，两人手中的白蜡杆子陡然相交，一声脆响，王岩手中的白蜡杆子被杨林老师用一个十分精妙的角度，陡然刺断。

紧接着，长枪气势不止，骤然顶到了王岩胸口，将他推倒在地。

两人挨得很近，紧接着我看见杨林老师口中，发出了一句含糊的话语。因为隔得比较远，许多人都听不到。

但我五感通明，勉强能够听到一句"现在知道，谁是真正的'豹子头'了吧？"。

王岩落败了，赵老师适时地站出来解了围。他一边夸赞杨林老师出神入化的枪技，一边又宽慰王岩，说能够与授课老师相斗如此之久，也是十分厉害。

杨林老师与王岩激斗过后，满头大汗，却并不停歇，而是给我们所有人复盘起了刚才的战斗。

让人惊讶的是，刚才那么快节奏的战斗，居然全部都落在了杨林老师的脑海里。

每一次的交手，他都能够基本复盘，不但如此，他还能在每一个时间节点里给出三五种选择方案，并且一一讲解其优点、缺点。

这事儿听得所有人都呆了，我也是。

泱泱华夏，当真藏龙卧虎，这位杨林老师当真不愧是"八十万禁军枪棒教头"，不说他那出神入化的枪技，光是他这强大的记忆力和分析能力，以及缜密的复盘能力，都让人叹为观止。

而我最让印象深刻的，反而是他战胜王岩之后所说的那句话。

豹子头。

古时候的豹子头，是谁？林冲，"误入白虎堂""棒打洪教头""风雪山神庙"，水浒传里的林十回，最值得大书特书的人物。

杨林老师这"八十万禁军枪棒教头"的外号，也是由此而来。

而王岩，他的外号是什么？

我听人叫他"豹哥"。

豹哥只是内部人的称呼，对外难道他敢叫"豹子头"？

难怪杨林老师要挑他来打。

若是我有这样的本事，也要挑他揍一顿，让他知晓什么叫厉害。

一堂课上完，众人意犹未尽，觉得当真是来集训营中上过的最有质量的一堂课。当然不是前面的老师课上得不好，又或者不如杨林老师厉害，而是这位相当接地气，不扯淡，不泛泛而谈，上来就拿干货，让人学习之后还颇有感悟，深受启发。

上完课，赵老师讲了几句之后，让大家自由活动十五分钟，然后送杨林老师离开。

我看见人即将离去，犹豫了一下，捏着手中的熔岩棒，快步走了上去。

我快步上前，开口叫道："杨老师，杨老师……"

杨林抱着三根白蜡杆子，在赵老师的陪同下，朝着不远处的林中小屋走去，听到我的声音，回过头来，疑惑地看着我，说道："这位同学，你有什么事吗？"

我本来心中已经想好了说辞，然而对方的气场着实有一些强，而且携胜之威，让我很是忐忑。我鼓起了勇气，看着这个男人，问答："老师，您既然是枪棒教头，为何只教枪，不说棒呢？"

杨林老师凝视了好一会儿，问道："你用棒？"

我点头，说对。

两人刚刚说上一句话，旁边的赵老师就插嘴说道："侯漠，杨林老师还有事情要忙，你有什么问题，等以后有机会再问吧。"

说罢，他对杨林老师说道："我们走吧。"

两人准备离开，可我没有放弃，因为前十五天的课程里，除了少数几个常驻教授之外，其余的老师都是只上一两节课就离开了。我不确定这位业务繁忙的大教头到底是什么情况，于是继续跟上去，说道："杨林老师，我想问您，您下次上课是什么时候？"

看见我如此执着，杨林老师再次停下脚步。

赵老师有些不悦了，开口又要说话，杨林老师却说道："你用什么棒？钩棒、抓子棒、狼牙棒、杵棒、杆棒、大棒还是夹链棒？"

我摇头，将手指般粗细的熔岩棒拿出来。

此物在妖力灌注之后迅速增长，化作了一根又粗又硬的长棍。

杨林老师枪法如神，就算是修为有差距，也能够用手段来弥补——这事儿对我的刺激其实是相当大的。为了留住这位让人生畏的枪棒教头，我甚至不惜在人前显露出熔岩棒的真面目。

果然，杨林老师瞧见之后，脸上露出了认真的表情，走上前，看着那根如同凝固熔浆一样材质的棒子，深吸一口气，说："你这个，是什么？"

我摇头，说："我也不知道，目前我将其称之为'熔岩棒'。"

杨林老师伸出右手，食指缓缓靠近。在即将接触到那棒身的时候，他突然停下，开口说道："我感受到了浓烈的朱雀真火之力，这棒子跟大妖朱雀有关系，对吗？"

我想起在张宿秘境里发生的事情，点了点头，说对。

"等等……"

杨林老师突然叫了一声，随后他深吸了一口气，说道："不对，不对，你这个除了强烈的离火之气，还有一种玄黄厚土的气息。这个，这个应该是……玄武的气息？怎么可能，同一样东西，居然会有两种水土不容的气息，这到底是怎么回事？"

他皱着眉头说着话，我越听越心惊。

这个人除了一身绝顶的枪棒手段之外，这眼光也是顶厉害的。

我躬身，说："对，您说的都对。这东西的原身的确是在霸下秘境之中找到的，所以您说沾染了玄武气息，也不算错。"

杨林老师很敏锐地捕捉到了我话里的重点，说："原身？这是什么意思？"

"它之前是一捆绳索般的模样，软中带硬，硬中又带着几分韧劲儿，往里面灌注内劲，就能将其变得坚硬，后来掉进岩浆之中后，就变成如此模样了。"

杨林老师收回了手，点头说道："有点儿意思。"

他看着我，说道："这东西目前看来，已经是专属于你了，并且携带方便，难怪你如此在意棒法。我会在接下来的一个半月里给所有的学员授课，你们夜行者班安排的是五节课，然后还有两节全体的大课，所以你不用担心我很快离开。不过论枪法，国内之中强于我者，只有三两人，但论棒法、棍法，我却未必能够挤进前十。"

啊？

我听到这话很是惊讶，忍不住问道："怎么会呢？"

杨林老师说道："正所谓'闻道有先后，术业有专攻'，习武之事也是如此。毕竟人这一辈子精力是有限的，除了某些生而知之的天才，大部分人都只能在最擅长的领域有所建树，而其余地方也都只能算精通而已。所谓'棍棒不分家'，你若有志于在棍棒之道上有所发展，我给你讲讲北方之地的两个半大家。"

我一愣，拱手而立，说："还请赐教。"

　　杨林老师说道："燕京西郊有一位棍棒大家，叫作'一棒朝天'，名曰杨彬平，此人体形肥胖，一根杆却棒得出神入化，最厉害的是他棒法的意境，有一种上天入地，一棒朝天的恐怖。而鲁东泉城，有一人外号叫'身后藏棍'，此人杂家出身，年轻时名声不显，到了四十，陡然悟道，一根丈八长棍，竟然不知道从何抽出，诡异多变处，世间无人知晓，宛如话本小说里面的'小李飞刀'。"

　　说到这里，他停顿了一下，然后说道："刚才瞧见你的熔岩棒，我方才想到，他的那丈八长棍与你的也许有着异曲同工之妙吧。"

　　我点头，说："应是如此。"

　　杨林老师继续说道："所谓半个，便是南下数百里的沧州之地，那地方是武术之乡，有一赵家，当地豪强。当今出了一人，叫作枪棒双绝赵生，单凭棒法，此人打遍河北之地无敌手，也算是一人物；不过此人我只有听闻，却并不得见，故而在我这里，只能算半个。"

　　我一惊，说："我倒是见过他，他的棒法的确有精妙绝伦之处，是大家之风。"

　　杨林老师点头，说："我上面说的三人，你想见终究是能见得到的，但还有几人，并不入世，想要一见，全凭机缘。譬如嵩山少林的残叶大师，他的'降龙伏虎棍法'当世一绝。苗疆亦有一人，名曰巫棍南华，也为顶尖行列。再谈国外，最强者乃韩国的守护石佛朴永烈，外号天棒石佛，继承了上古高丽的秘法，见过他的人都说是镇国强者……"

　　这位老师视野之开阔，眼光之超卓，才是真正让人为之惊叹的地方。我为之折服，躬身："多谢老师指点。"

　　杨林老师朝着我点了点头，说："刚才谈了那么多，也希望你以后能够成为他们其中的一员。"

　　说罢，他与赵老师离开，朝着远处的小木屋走去。

　　我站在原地，想起杨林老师刚才的话语，当真受益良多。指点江山，大家之言。尽管这位赵老师并不是我遇到的修行者里面最强的一位，但他展现出来的品质和专业素养，让我为之折服。

这样纯粹的人，才是真正值得人尊敬的。

我想了许久，返回来时发现大家都在休息。赵老师不知道什么时候过来了，对我冷脸说道："学员侯漠，围着训练场跑二十圈，现在、立刻、马上！"

"是！"

我没有多话，当下就照着赵老师的吩咐开始跑步。其实我知道刚才我追着杨林老师提问的时候，赵老师就有点儿不高兴了。特别是在他明确提出意见的情况下，我还坚持己见。

不过对于我来说，评价什么的对我并不重要，因为不管怎么样，我都不可能落到丙级。最终的名次决定也并不是这个所谓的评价体系，而是后面为期一周的实战演习。

训练场说大不大，说小也不小，二十圈跑下来，学员们都已经休息结束，准备回程了。我准备跟着离开，却被楚中天老师给叫住了，说我不能走。

我很是惊讶，说："我不是跑完圈了吗，还要干什么？"

楚中天说道："上头吩咐了，那三个得了甲 A 的同学，加上你和李安安，总共五人，需要留下来加训。"

听到这个，我才知道原来并非针对我一人。这甚至都不是惩罚，而是特殊待遇。

我被留了下来，望着马一岙等人朝着我挥手，然后远去，心中颇为尴尬，却也知道我一个评价甲 B 的人，之所以能留下来享受这特殊待遇，肯定是赵老发了话。

李安安是除了我之外，另外一个非甲 A 评价的学员。

她瞧见我一脸尴尬，走过来拍了拍我的肩膀，低声说道："没事，学到真本事才是最重要的。"

没过一会儿，我们被领到一片空地上，下午几个给各班上课的老师都走了过来。我瞧见杨林老师也来了，心中不免有些激动，知道这是要给我们开小灶。

果然，楚老师宣布，说一会儿给我们和各位老师一小时左右喂招和单独教学的时间，让我们认真把握，努力学习，争取能够学到有用的东西。

我心中激动，然而随后，我最期待的杨林老师居然分给了唐道。

而我，则被楚老师拉到跟前，这个老兔子对我说道："上次咱们意犹未尽，这次再来练练手吧……"

如果可以说不，那我一定会严词拒绝。

但经过这些天的了解，我知道这个看上去有点儿滑稽的老头子，在天机处，至少是在学校这边的地位，还是十分高的。

即便如此，我还是有点儿郁闷，说："您不是说自己一身妖力全部散去了吗？怎么还这么能打？"

这位楚教授一脸嫌弃，说："对呀，我要不是妖力散去，打你这样的还不是一个打五个，手到擒来吗？"

呃……

我小心翼翼地问道："瞧您这架势，巅峰时期，难道是妖王级别？"

听到这话，楚教授满脸怒色，对我骂道："什么妖王级别，妖什么妖？给你们上了那么久的课，到现在还没有弄清楚？夜行者也是人，只是我们的基因显性不同而已。你以后再在我面前提这个，信不信我直接抽死你？"

呃……

听到这话，我忍不住翻起了白眼，说："这个……"

之前听秦梨落跟我说夜行者中，有很大一批人是很忌讳别人叫他"妖"的。这是一件很得罪人的事情，脾气火爆的，甚至一上来就会干架。没想到还真是这样。

我忍不住心头的疑问，说："这个分级，对于咱们来说的确是有点儿不太友好，但从实际理论出发，还是挺不错的，对吧，难道你们内部不用？"

楚教授摇着脑袋，头上的兔子耳朵一动一动的，小圆眼镜后面的眼睛眯着，说道："我们天机处自然也有分级，叫作天地玄黄，内中又分四等，甲乙丙丁，细致入微，远比游侠联盟那帮愤青要强上许多。而天字号夜行者之上，还有超凡一流，则是民间传说中的陆地神仙了。"

我十分受教，原来如此。

楚教授跟我讲解完了天机处对夜行者，甚至是修行者的实力划分之后，对我说道："闲话少扯，你看旁边，人家都练起来了，咱们时间有限，赶紧开始吧。"

我点头，躬身说好。

楚教授往后一跃，对我说道："我知道你专精棒法，但拳脚功夫也是衡量修行者重要的手段，毕竟短兵相接，还是这玩意儿管用。"

他上来就定调说论拳脚，我虽然刚上了杨林老师的课，手中痒痒，但有人帮我磨砺贪狼擒拿手，也不错。当下我拱手，说请。

周围的几组人，都已经施展开来。一对一，捉对厮杀，你来我往，颇为激烈。

楚教授也不再等待，见我没有主动上前，也不在意，滑步上前，猛然一拳砸来，看着是黑虎掏心的架势，但瞧他那轨迹，就知道留有余地，还有后招。

我当下权当不知，故意傻乎乎地上去，瞧见他果然是虚招，手下一晃，一记撩阴脚就踹了过来。

好在我有贪狼擒拿手，各种诡变的思路都在脑中，身子一晃，用脚挡住，问道："照着子孙袋来，你的良心不会痛吗？"

见我还有心思说话，楚教授嘿嘿一笑，说："看来你是没有感受到压力啊。"

说罢，他猛一扭身，拳脚密集，暴风骤雨一般袭来。

这架势着实是让人应付不及，我一不小心就被打了几拳。

别看这家伙拳头出来软绵绵的，但其实是用了暗劲儿，打在身上，一开始并不觉得，后来就有刺骨一样的疼痛，让人浑身酸麻难挡。

我与他缠斗，发现对方虽然力量并不强，但身法之诡异，拳脚之无形，着实让人惊讶。这是不知道积累了多少年的战斗经验，如果我没有学会贪狼擒拿手，说不定早已落败。

然而即便有贪狼擒拿手撑着，我也是岌岌可危。五分钟之后，我被这家伙一个过肩摔，后背重重地撞在了地面上，整个人天昏地暗，脑壳发疼。

楚教授并没有扑上来，而是往后纵身一跃，对我说道："再来。"

两人再次交手，这次我能坚持得久一些，与他有来有往，然而在十分钟之后，楚教授一个晃身，又将我摔翻在地。

如此连着将我弄倒四次之后，他没有再动手，而是用袖子抹了一把毛茸茸的额头，说："行了，就到这了。"

我喘着粗气，浑身关节酸疼，难过地说道："怎么会这样？"

楚教授说："我看你贴身短打也是有些章法的，不过有章法，却无老师，很多时候十分晦涩，转折之地又没办法润滑，这才给了我可乘之机。你得记住，与人搏斗，如同悬空走钢丝，稍不注意就会跌落深渊，没有后悔的可能。所以，从此以后，你都得将每次对练，当作实战。"

我点头，肃然说道："懂了。"

这时有一个矮壮汉子走了过来，给他递了一条毛巾，楚教授擦了一把脸，然后说道："最后奉劝你一句，'天赋无法决定，命运自己做主'。"

楚教授离开，此时我才发现，周围的人都已经结束，都在等着我呢。

训练场这儿有几栋小屋，老师们都不会离开，而我们学员还要前往林中营地去。

我这会儿感觉浑身发疼，走了两步，很是难受。这时尚良居然走了过来，递给我一个水壶，说："侯哥，给您。"

我见这小子满脸真诚的模样，有些发愣。我实在想象不到，他居然敢如此坦诚地来面对我。好一会儿，我看见李安安在给我使眼色，这才接过来，喝了一口，还给他，还违心地说一句："多谢。"

尚良一脸的阳光灿烂，说："我师父……哦，赵老师专门跟我说过，要我多跟侯哥您学习，您别客气。"

这家伙骤然的温良恭俭，让我颇为尴尬，不知道该怎么适应。好在这个时候李安安上前来解围，说了两句笑话，大家都哈哈一乐，便不再多言，启程离开。

回程的路上，李洪军走在最前面给我们领路，尚良十分狗腿地跟着。

我与李安安在后面走。

至于唐道，他落在了最后，一不小心就看不到人。

不过他也用不着我们来担心，这个夜行者血脉为"九命猫妖"的少年郎，一身本事不逊于谁。

一开始，前面四人还能边走边聊，到了后来，夜色降临，大家都走得很快，一前一后拉开了距离。

这个时候，李安安开腔了，不断地对我夸赞："你刚才与楚教授交手的时候的确很厉害——别人都是过了十几招就被找出破绽了，你却能够坚持那么久。"

我说："还不是因为他实力太弱了。"

"实力太弱？"李安安乐不可支，说，"你知道吗，你这话若是说出去，会被别人打的。楚教授在十年前就强得厉害，号称天机处夜行者的四大天王之一的'天机兔'，这是他专有的代号，你居然敢说他实力太弱？"

我忍不住吸了一口凉气，说："他以前居然这么辉煌？"

"那是自然。"

"那他怎么就变成这样了呢？基因崩溃？"

李安安摇头，说："不是，据说好像是在几年前，他与一个很厉害的魔头交手，重伤之后变成这样的。那次是天机处近年来损失最严重的事件，好多在天机处供职许久的人员都死于那一役，以至于天机处现在的缺口很大，我们班很多人，估计毕业后就会被特招进天机处去呢。"

"你会去吗？"

"不会，我们武当一派，特别是修行剑仙一脉的修行者，讲究的是出世入世，红尘炼心。如果局限于一城一池之地，难以达到通明之境，最终是会毁了自己的。"

我见她那英气之中又带着几分秀美的侧脸，忍不住问道："我听说，你修行的剑法是武当最上乘的'极'字派？"

李安安说："马一岙跟你说的吧？其实剑法就是剑法，无所谓上乘还是下乘，最主要的在于人，而非道。我祖上是十大家的武当剑仙李景林，他出自'丹'字一脉，但当时他修行到巅峰之时，剑尖逼发出来的剑气足足有三十九米远，一剑过去，相隔甚远，亦能杀人。如此出神入化，又何必用上下乘来判定呢？"

我有些发愣，说："为什么是三十九米远？"

李安安笑了，说："我怎么知道，我又没见过他老人家，只是听家里说过。"

我听她说起往昔，心驰神往，不知不觉就已经回到集训营地。

因为一路上聊着天，也不觉得如何，然而抵达营地之后，先前与楚教授相斗之时的所有副作用就一下子涌了上来，让我十分难受。

好在校方早有准备，不但准备了缓解疲劳的丹丸、泡脚的药水，甚至还给我们配备了专门的按摩师，帮忙放松肌肉。

不过说到按摩，还有一人比专职的按摩师更加专业，那就是马一叁。

马一叁跟按摩师简单聊完之后，让人走开，然后用推筋入脉手给我疏通筋骨和肌肉。

弄完十分钟后，门外有人敲门。

紧接着，赵老居然走了进来，打量了一眼趴在床上的我，然后说道："我听说，你会贪狼擒拿手？"

看着赵老那严厉无比的目光，我的心中"咯噔"一下，顿时就有点儿心慌。

这状况跟之前在红砖楼那里见我时表现的和蔼、平静截然不同。

很显然，无论是贪狼擒拿手，还是南海凶鳄，在赵老这儿的态度都是十分警惕的，甚至是敌对的。要不然，神出鬼没、颇有威严的赵老，也不会这么冲到房间里来，而是派人让我过去找他。

我当时有点儿蒙，不知道该说些什么。

赵老见我不说话，越发严厉，说道："你跟南海凶鳄那个大魔头，到底是什么关系？赶紧说……"

大魔头？听到这话的时候，我的心中没由来的就是一阵跳动。

大魔头这话如果是别人口中说出来的，我自然不会在意，但我面前的这位是谁？那可是天机处的创始人之一，泰山北斗一样的人物。

在他眼中，恐怕大妖都如同蝼蚁，而能够被他称之为"大魔头"的人，那实力恐怕也就只有"噬心魔"这样恐怖的家伙才会如此吧？

如果是这样，他又怎会被人关在小黑屋子里，郁积忧愤，在墙壁上画满涂鸦呢？

这事儿有点怪。

我没有说话，旁边的马一吞走了上来，对赵老和他身后的谭老师、赵老师问道："各位老师，南海凶鳄是谁？"

赵老平日里城府颇深，不怎么与下面人言语，此刻却显得有些激动。

他盯着我，说："你既然会贪狼擒拿手，如何连南海凶鳄都不认识？侯漠，你站起来，告诉我，到底怎么回事？"

此刻我已经从床上爬了起来，因为是光着身子，所以用被子包裹着。我说道："我的确不知道南海凶鳄是谁，还请赵老赐教。"

我不是傻子，瞧见赵老这么不淡定的态度，我就知道，如果我主动提及此事，肯定会背锅的。反正我的确不知道南海凶鳄是谁，所以装傻或许才是正理。

毕竟马一吞比我要聪明和世故，考虑颇多，他既然主动提及，就是想让我打死不认，我自然不能当"猪队友"。

当下我也咬了牙，决定不管如何，都不能说漏嘴。

见我抵死不认，赵老没有再继续逼问。

或许他觉得自己撸着袖子上来，着实有些跌份。于是他看了赵老师一眼。

赵老师心领神会，上前说道："南海凶鳄是几十年前纵横江湖的一个夜行者，因为作恶多端，被天机处擒住，废去一身妖力，囚禁于地底之下。却不料，那家伙卧薪尝胆，花了三十多年的时间，竟修行成魔，越狱而出。天机处为了擒拿此人，召集了许多高手，虽然最终将其拿下，但元气大伤，连楚教授的修为也是那次跌落的。如此之人，你敢跟他有瓜葛，那就是原则性问题了。"

原来如此。听了赵老师的话，我才知道，这里面居然有这么多的曲折，就连楚教授都被牵连其中了。

赵老这时方才缓缓说道："南海凶鳄成魔之后且不说，但他之前赖以成名的手段，便是这贪狼擒拿手。诡诈多变，阴狠下流，极尽诡异之能事，若非有人指点，寻常人还真的学不来。你赶紧坦白，你是怎么会这手段的。现在交代，你还有救，否则……"

他的气势很凶，凝重如山，将房间里的气压一下子就给降得很低。

而就在这个时候，马一奋却哈哈大笑起来。

众人都看向了他，马一奋则开口说道："我道是什么情况呢，原来是这个。贪狼擒拿手，出自夜行者修行奇书《九玄露》，此书是我师祖王子平当年与人交手的时候获得的，传至我师父王朝安手中，后来侯漠第一次见我师父，作为长辈，我师父就把《九玄露》作为见面礼，授予了侯漠，如此而已。"

啊？

听到马一奋的说辞，特别是他还将自己的师父和师祖都搬了出来，众人都为之一愣。

无论是王子平，还是王朝安，都是近代修行者中不可忽视的人物。

有这样的人物作证，他话语里面的可信度着实是大幅度增长，即便是赵老本人，都是无法忽视的。

即便如此，赵老还是有些疑惑地问道："果真？"

马一奋笑了，说："赵老，侯漠也就是今年才觉醒踏入我们这个行当的。之前一直都是个普通人。至于后来，我基本上都跟他在一块儿，你若是不信，我来给他作保吧。"

他的脸虽然在笑，但双目凝聚，却是说得很认真。

赵老打量了一会儿我，又看了一会儿马一奋，良久之后，方才说道："既然如此，那就是我误会侯漠了。不过我不得不多说一句，现如今的社会，对于夜行者的态度已经宽松了许多，但如果误入歧途还迷途不返，那就很危险了。你们是高研班的学员，我不希望你们以后会变成社会和人民的敌人，知道了吗？"

我和马一奋脸色肃然，老老实实地说道："知道了，谨记赵老教诲。"

第五十七章

夜游杀人

众人匆匆而来，匆匆而去，留下我和马一岙面面相觑。

良久之后，马一岙侧耳倾听，等外面没有动静之后，笑着说道："这回总算知道什么来头了吧？"

我苦笑，说："对，知道了。但没想到那家伙居然这么厉害——若真如此，他又如何能被一个小黑屋困住？"

"那个时候，他还没成魔。"

因为担心隔墙有耳，我们简单聊几句之后，便不再多言。

马一岙给我推拿完，差不多已经是凌晨时分，我全身通泰。回到住宿的木屋，董洪飞已经呼呼大睡，我也是困乏不已，躺下之后沾着枕头就睡了。

第一天的林中集训结束了，而第二天高强度的体能训练和负重越野还在等着我们。

时间越是往后，这些训练的强度，在班主任和授课老师的调整下，除了基础之外，还会针对每个人的体能极限进行挑战。如此折腾下来，即便是我有血脉力量的加持，以及体内妖力的蓬勃变化，也是有点儿吃不消了，几乎所有人都在背地里叫苦。

但为了面子，也为了能留到最后，没有一个人在校方和老师的面前多说什么。

当然，作为重点照顾对象，我们留守最后的五人小组，则是更加辛苦。

唯一让人感觉到动力十足的，是每天下午时分的实战演练课。

校方请来的老师，或许并不是最顶尖的高手，但培训学员的经验和调教水平，给我的感觉都是一流的。

这些人几乎没有一个弱者，每一堂课都能给我打开一个新世界，让我觉得原来这个世界上还有很多有意思的事情，两人格斗、多人混战，这里面居然还有如此多的讲究。

集训营中没有太多虚头巴脑的东西，讲的都是实打实的干货，如何战胜敌人、杀人技以及游击战等。

除此之外，学校还专门请了很厉害的特种作战专家，以及有过境外作战经验的人员，来给我们传授野外生存技巧和许多完全不对外传播的知识。

我就像海绵一样努力吸收，让自己迅速成长起来。

因为这些东西，很有可能在不久的将来救我的性命。

在所有的专业课程之中，我最期待的莫过于杨林老师的课，接下来的几天里，他给我们又上了一节课。让我惊喜的是，他这次讲的却正是棍棒之道。

虽然杨林老师谦虚地表示，自己的枪法或许顶尖，但棒法却未必能排到前十之列。

但，前十是什么？

这个体量如果上升到全国的范围内，也是极为恐怖的，而这一点，从他讲课的内容之中，我就能够看得出来——无论南派还是北派，他都有着自己独到的理解，举一反三，能够发人深省，让人明白这其中的奥义。

这一点是非常重要的。

如此充实的训练之下，不知不觉，林中集训的第一周就这般度过了。

校方果然没有失言，在第一周结束之后，召集众人，公布所有人新的排名，除了甲A的三人不变之外，每个人的状态起伏特别大，特别是丙级，从最开始的五名变成了九人。

我的名次却是稳中有涨，前进了几名。

排名公布之后，所有人的心情各有不同，有的高兴，有的激动，也有的垂头丧气，甚至如丧考妣者也都有，如同古代科举一样。

不过唯一相同的是，所有人的心情都变得凝重而认真起来。

因为丙级是没有办法参与集训营最后的实战演习的，也无法拿到本届高研班的结业证。

气氛有一些压抑，众人也更加努力。在第二周的时候，班里的风气为之一变，所有人都变得认真刻苦起来，果然，第三周结束的时候，丙级评价从九人又变成了三人。

然而让人意外的事情出现了，第三次评价公布的第二天，一名丙级学员突然死了。

那位叫作黄晓月的基础班女学员，死得十分突然和离奇。在此之前，她已经连续三次获得了丙级评价，这是一个垫底的情况。

我听人说，这个姓黄的女学员来自鄂北荆门，是当地一大家族的子弟，来头颇大。

不但如此，她从小就勤于修行，对于修行法门的理解十分强悍，过目不忘。有人看过了金庸先生的武侠小说，都拿"神仙姐姐王语嫣"来形容她——这里说的，并不是黄晓月的美貌，而是她的博闻广识，以及对于修行的理解程度。从某一方面来说，她对于修行的理解已经强于前些天给我们上理论课的老师了。

正是凭借着这样的本事，使得她能够前来这个名额十分紧张的高研班占据一席之地。

然而也正是因为这事，使得她在体能上面的储备极其有限。毕竟人家根本就不是走力量这一路子的。

就我们目前的训练量来说，着实是有一些大了，别说女人，就算是男人，是男性夜行者，都有点儿扛不住。更何况她还是一个身娇力弱的女孩子。即便她也是修行者。

正所谓"闻道有先后，术业有专攻"，所以对于她落在"丙级"评价这事儿，大家都很坦然，觉得她的价值并不在于此，也并没有因此而歧视她。反而很多人因为她的指点和评价，实力快速积累增长起来，所以对她抱有很大的善意。

甚至有不少单身男子，对她充满了爱慕之情。

可以说，黄晓月是高研班里面，除了李安安和马小凤之外，少数几个极具吸引力的女孩子。

我因为整天跟马一吞、李安安和马小凤等人在一起玩儿，跟黄晓月接触得少，但是也能够感觉到这个女孩儿很温和，心地善良，不急不缓，性格相当好。

而就是这样的一个人，在第三次评价公布之后，被人发现死在了营地的女厕所中。

被发现的时候，她全身蜷缩，伛偻着身子，身上沾染了粪便，整个人的皮肤萎缩，头发变成了灰色，就仿佛被人吸干了精气一样——以上的言论，是高研班百晓生马思凡跟我们说的，应该是八九不离十。

因为有人员损失，所以这天的晨练并没有如期举行，大家在营地附近的训练场自由活动，然后不断有人被叫到红砖楼去问询。

到了中午午饭前，所有学员都集中在红砖楼前，有人通告了黄晓月的死讯原因。

而且原因居然是自杀。

自杀？什么鬼？

所有人在听到这个结论的时候都有一些蒙，随后校方安排老师找每一个学员谈话，询问我们最近的思想变化和动态。重点照顾是那些目前停留在丙级评价，以及曾经得过丙级评价的学员。还有专门的心理医师过来与他们开导，宣传一个理念，那就是排在末尾并不可怕，可怕的是执拗与认不清楚现实。

这个才是真正恐怖的。

我和马一吞无论从哪里来说，都不属于需要被心理辅导的一类人，所以在简单地谈话之后就得以自由。我们前往食堂，草草用过饭之后，在训练场的边缘处散步。

两人边走边聊，聊得最多的就是关于黄晓月的死亡事件。

其实，只要不是瞎子，都能瞧出这里面的猫腻。

黄晓月是自杀的吗？绝对不是。

她那么一个温润如水、与世无争的女孩儿，怎么可能会想不开自杀呢？

事实上，如果不是家里面的压力太大，她都未必愿意过来。

大家对于此事，心里都很不满，而最不满的则是校方隐瞒消息，不肯将真实的情况宣布出来。

这事儿他们或许自己考虑过，或许是想要麻痹凶手，然后暗地里将人给揪出来……

不过，不管怎么说，我都觉得事情不应该这么做。

学员死亡事件如同一场闹剧，在众人都接受了所谓的"心理辅导"之后，就再无消息了，大家继续接下来的训练。

繁重的训练课程让大部分人都无暇思考太多东西，因为只要稍一松懈，就极有可能掉队，到最后就有可能离开这里。尽管很多人对于离开这个鬼地方其实是心存向往的，但他们的身上多多少少都肩负着责任和别人的期望，所以都不得不咬牙坚持着。

时间匆匆，又一周过去了，在各方刺激之下，大部分学员的成绩纷纷上扬，就算是没有提高，本人的实力也是有所累积。这说明此次集训的效果是显著的，卓有成效。

停留在丙级评价的学员，有且只有一人了。

然而让人诧异的是，结果宣布的第二天清晨，又传来了一个让人为之惊愕的消息。

那个叫刘志安的学员，居然也死了。

同样是死在了宿舍之外，一个排污的水道之中。

这次马思凡没有带来任何消息，因为没有人知道当时的情况，校方将消息封锁得极其严格。紧接着有一队穿制服的人进驻了我们这个位于小兴安岭北麓的森林深处，进行了非常专业和严苛的调查。

我们的训练依旧在持续，然而时不时就有人被叫走，过去配合前来查案的专案组成员进行调查和谈话。我也被叫过去谈过两次话，不过我显然并不在怀疑的重点对象里，跟我聊的也大多只是一些泛泛的问题，更多的是旁敲侧击，想要从我们这儿得到一些线索之类的。

在调查期间，流言开始在学员私下之间慢慢流传。

有人说死亡事件是学生之间的恩怨，因为大家都来自一个复杂的社会和江湖，彼此之间并非多么和睦，不少人在私底下其实是有仇怨的，所以才会出现这样的恶性凶杀事件。

有人说或许前面的那一次真的是意外，要相信校方的调查。至于这一次，既然有警察在，那么耐心等待结果就是了。

当然，也有诛心之言，说死的人为什么偏偏都是丙级评价的学员呢？会不会是校方动的手？如果真的是这样，那这一次可就真的是死亡集训营了。

甚至还有人脑动大开，说黄晓月和刘志安很可能没有死，他们只是配合着校方演了一场戏。而之所以如此，是校方想要给我们加强压迫感，让我们在死亡的压力下，激发出最大的潜能来……

在各种谣言疯传的情况下，学员们分成了两种极端，一种是拼命学习，希望自己的评价能够提上去。而另外一种则是自暴自弃，想赶紧离开这个鬼地方。

当然，前者的人数还是最多的。

一晃眼，又过去了一周，当再一次的评价公布之后，有六名学员上榜跻身丙级之列。

而这一次，校方也是如临大敌，对所有的学员都严加管束，特别是那些获得丙级评价的学员，更是专门有人盯着，生怕他们出什么问题。

第二天过去了，早晨集会的时候，众人聚拢到一块儿相互打量，发现没有人死亡，不由得都松了一口气。看得出来，之前所有的猜测都是虚妄的，那只是一个巧合而已。

在这样轻松的氛围之下，我们负重越野，阴霾一扫而空，许多人都有说有笑，十分轻松。然而，等我完成了一天繁重的训练任务与其余四名特训人员返回林中营地时，看见许多人都没有睡觉，而是三五成群，在房前屋后以及操场上聚众闲聊着。

不远处，我看见马一呑和马思凡几人在说话。

我和李安安走了上去，还没有等我们开口询问，就听到马思凡这个少年老成的八卦精压低了嗓子说："听说了没有，今天早上又死人了。"

啊？我和李安安面面相觑。

李安安说道："我们今天早上不是过数吗，一个学员都没少啊？"

马思凡脸色严肃地说道："这回死的，不是学员，而是……老师。"

死的这个老师，我们不算熟悉，但他是负责森林营地安保工作的老师，营地里的工作人员和便装保安，都归他管理。

用通俗的话来说，他应该算是学校保卫科科长。当然，在天机处培训部下辖的这个学校里，不能用这样的称呼。但本质却是如此。

这样的人本身就是很厉害的高手，丙级学员和他相比，天差地别。

但就是这样一个专门负责保卫工作的老师，居然在昨天夜里被人杀死在了离营地一里地的野外。

这位老师的尸体是被晚归的学员发现的，所以现场的状况都流传了出来。

据说他整个人都蜷缩成一团，体型都缩小了一圈儿，后脑勺破了一个洞口，原本满是脑浆的颅骨空空如也。脑子居然都没有了，周围却没有一丝血迹，要不是有人路过被草丛里面的尸体给绊了一跤，说不定都没有人能发现。

脑子没了，这是十分恐怖的，以至于我们晚归这么久，还有人久聚不散在讨论这件事情。

那位老师到底有多厉害，别人不知道，但精于望气功夫的我却知晓。用夜行者来对比的话，我想恐怕至少也是大妖级别的实力——当然，天机处内部也有一整套对于修行者的评定，天地玄黄啥的，不过这些我不是很懂，也没办法来做参照。

总之一句话，作为一个大妖级别的修行者，却毫无声息地离开了人世。这件事情，无论是对校方还是对学员，冲击都是很大的。

此时，我们刚刚聊了几句，一个集训营的工作人员朝着这边走了过来，对李安安说道："请跟我来，学校召集所有班干去会议室开会……"

李安安点头，朝着我们挥了挥手，转身离开。

这场会议一直开到了深夜。

到了一点多，有人过来告诉所有的学员，让大家回去睡觉。如果一刻钟之后，谁还在外面聚集和逗留，将被扣分。而且很重。

简单一句话，将所有桀骜不驯的学员都给治服了。

到了这个时候，没有人敢对评价不重视了。

因为评价越低，得到的资源就会越少，而资源少了，就很难在接下来的训练过程中坚持下来，这才是真正让人畏惧的。

如果是刚开始，或许大家也不会如此执着，不行就不行了，无外乎是面子问题。但集训营的日程已经过了大半，都坚持了那么久，就差最后的一哆嗦了。行百里者半九十，没有人想在半路上掉链子，所以只能咬着牙关，继续扛着。

不过因为这个评价制度的缘故，强者恒强，越是排名前列者，成长的速度越是飞快。短短一个多月的时间里，大家的气质跟刚进来的时候相比已经截然不同。

这些，都是被残酷的训练磨砺出来的。

次日，大家起来，像往常一样晨练，一样越野和上课，不过气氛却变得十分压抑。

每个人看向旁人的目光，都充满了怀疑和不信任。特别是越野行走的时候，很多性格比较孤独的学员都跟旁边的人保持距离，不敢多做靠近。

如此几天过后，气氛才渐渐缓解下来。

那位老师死后的第四日，杨林老师给我们全体高研班的学员上枪棒大课。

在这堂课上，他给我们讲解了疯魔棍法的真义。疯魔棍法，是来自嵩山少林的一种棍法，以刚强猛烈而举世闻名，少林棍僧，多习练此法。

它棍法多变，但万变不离其宗，讲究的是"抡、劈、扫、挂、搅、点、崩、挑、盖、砸，圈、拦、滑、拿、截，砍、搜、提、撩、扎"，一来一往，颇有精妙之处。在杨林老师这样的枪棒大家口中说出，又给我们实际操练演示，着实是让人心潮澎湃，颇有所感。

不管别人是怎么想的，这节课我是全神贯注的，而且跃跃欲试，就等着老师叫人喂招的时候我好上去与他交流。

然而就在这个时候，突然间从斜对面来了一队人，领头的一个正是赵老。

赵老带着学校的几名老师，包括班主任谭老师、后勤赵老师，以及专案组的好几个成员。

他们来到基础班班长王大明的跟前，赵老黑着脸，指着一脸蒙的王大明说道："是他吗？"

一个黑脸的专案组成员说道："对。"

赵老喝道："拿下他。"

几人上前，王大明这个时候才回过神来，往后一跃，大声喊道："你们想要干什么？"

那个黑脸的专案组成员厉声喝道："王大明，你连续杀害同学，之后又对学校的保卫老师下手，双手血腥，罪恶累累，现在事实就摆在面前，难道你还想反抗不成？"

王大明瞪圆了眼睛，说："我杀害同学？杀害老师？这是什么屁话，我什么时候做过这样的事情？"

专案组成员冷冷说道："我们在你的床下找到了死者的头发和皮肤，还有结缔组织，最重要的是，在你的箱子里搜到了三个死者的头骨。那东西被你磨成了一个又一个的珠子，上面刻满了符文，炼制成了法器，事实和证据就摆在眼前，你还敢狡辩吗？"

王大明愤怒地大声喊道："我是被冤枉的，被人陷害——对，我是被人陷害的，一定是有人栽赃我。"

此刻他已经被四五个涌上来的人，按在了地上。

即便如此，王大明还是在奋力挣扎着。

黑脸走上来，盯着地上奋力抗争的王大明，冷冷说道："陷害？栽赃？我们如果没有人证物证，会对你动手吗？田德智——"

学员行列中，走出一个人来。

我打量对方，见他是基础班的学员。高研班分为三个班，差不多每个班二十人，要说脸熟没问题，但要是都认得，是有点儿难的。毕竟每天的训练任务实在繁重，没有时间和精力去跟每个人打交道，大家只是对自己身处的小班或者小组的成员更熟悉一些。不过这个人，我之所以知道并且有印象，是因为他经常跟尚良、王岩等人在一块儿。

那个田德智越众而出，走上前来，朝着赵老躬身，又朝着黑脸汉子拱手。

黑脸指着地上的王大明，说道："你讲吧。"

田德智看了一眼王大明，舔了舔嘴唇，说道："我跟大明哥，哦，不，跟王大明是同屋，他有夜游症，每天都自个儿坐起来念叨，神神道道的，也不知道在说些什么。我叫他，他也不应，每天都要折腾半个小时到一个多小时才歇下，有的时候他还自己跑出去……"

黑脸问："他跑出去几回？"

田德智果断地说道："一共三回。"

黑脸问："都什么时候？"

田德智报了三个日期，当他说完，所有人都吸了一口凉气。这三个日期居然跟三次凶杀案的时间，是重叠的。一模一样。

田德智又问了几句话，然后盯着地上的王大明说道："你还有什么想要说的？"

王大明沉默了好一会儿之后，他猛然一抬头，冲着田德智怒声骂道："田矮子，亏我对你那么好，你居然陷害我——我恨啊，你这个没良心的……"

他破口大骂，愤怒起来，满脸通红，青筋冒出，整个人都处于一种极为崩溃的状态，让人觉得王大明很有可能并不是凶手。

一个能被选为副班长，并且负责一个小班班级工作的人，必然是有着深厚背景以及渊源的。这样的人，怎么可能无缘无故地去杀人？

然而这个时候，赵老却定了调子："王大明，你别闹了，或许你的主意识里，觉得自己没有杀人，没有做过任何错事。但潜意识之中的你，到底又是一个什么模样？你在梦游的时候会不会杀人？又或者说，你的身体里是否住着一个魔头？这些，你都不知道吧？"

啊？

听到这话，原本疯狂挣扎的王大明，终于停歇下来。

他双目通红，瞪着面前的赵老，良久之后，他垂下了头去，低声说道："我，没有杀人。我，是被冤枉的。"

"带走！"

赵老瞧见他认命了，没有再多说什么，一挥手让人将他带走。

随后，他看着一众学员，平静地说道："好了，事情已经结束了，你们所有人，还是将心思放在学习中——再过几日，就是集训营的最后阶段，也就是实战演习了，你们在高研班学习了这么久，到底学到了多少，都将在这里得到体现。所以，都加油吧。"

演习开始

王大明到底是不是被冤枉的？这件事情，随着最后一周实战演习的到来，变得不再那么重要。

在此之前，校方再一次地公布了排名，因为所有人都拼尽全力的缘故，使得再也没有丙级的学员出现，而甲Ａ一级，则多了一个人。

那个人并不是我，是高级班的班长李安安。

至于其他人，各有升降，不过从总体上来说，并没有太大改变。

时间临近，所有人的心态都变得紧张起来。连续死人的阴影也随着这种紧张感而烟消云散。

在实战演习的前一天，最后一节大课上完之后，培训部的刘斌主任特意从燕京赶了过来，与赵老一起坐镇。

随后，由班主任谭老师跟我们讲解起了此次实战演习的核心内容。

实战演习，将分为红蓝双方，蓝方模拟噬心魔掌控下的大队，正在前往小兴安岭密林之中一处叫作燕子矶的制高点，那里有一处刚刚出土的天材地宝，如果噬心魔获得那东西的话，实力将会大大提升，危害社会，所以红方必须要阻止它。

如何阻止呢？

演习导演组给出了三种解决办法，其一，便是将噬心魔手下的队伍重创，当对方人员减员百分之八十的时候，就可以判为敌人算是输了。

而反之，红方如果人员损失达到了百分之八十，便算作是红方输掉。

其二，谁拿到了那个叫"陨星土"的天材地宝，并且带出燕子矶百里之远，交到了演习导演组的手中，便算是那一方赢了。

其三，演习组将会邀请一位江湖上顶尖的厉害人物，来扮演噬心魔本人，他虽然并不参与争斗，如果有人能发现此人，并且将其制服，也将算是红方赢了。

三个条件，十分简单，不过从某种意义上来说，仿佛是红方占了便宜。但事实上，在抽签分组的过程中，校方将会把评价体系相同或者相近的学员分开，放入不同的抽签池之中，然后尽可能地将评价体系里获得高评分的学员，往蓝方的队伍里面导入。

这么说或许有一点儿复杂。简单地讲，就是无论最后的抽签结果如何，呈现在纸面上的实力，蓝方永远都比红方要强上许多。

以上是演习计划，然后是演习规则。

虽然这次演习是实战性质的，特别希望有真实感，但校方自然不会让集训营里面出来的同学拼死厮杀。所以，所有的热兵器都不可携带，但冷兵器可以，不过全部都要经过处理，没有太多的杀伤力才行。除此之外，如何计分，如何算是击倒对手，如何判定胜负等等这些，都有一整套手册标准。

而且天机处还会集结培训部大部分的老师和教职工，以及临时从各方面调遣过来的高手在周围监督，尽可能地把握每一次的战斗。

即便投入了这么大的人力物力，校方还担心其中出纰漏。

他们给每个学生配发了一个火柴盒一样大小的黑盒子。这东西具有定位和跟踪功能，能够实时监控每个学员的位置和身体状况。

如果有必要，学员可以按下盒子里的按钮，寻求援助。

不过如此一来，此学员也相当于放弃了实战演习。

演习的时间是七天，除了一块压缩饼干和一个水壶之外，校方不提供任何东西。

而所谓的燕子矶和好几个关键地点，虽然演习计划上有写，但校方不直接给出坐标和答案，这些东西需要在森林之中翻寻线索。

所有的学员都会在演习导演部的带领下，分散在密林的各处地方。这样会有效地避免抱团，更加强调个人生存状态。

另外一点那就是，所有人的红蓝方身份，都不会公布。

学员只有在临出发前，才能得到自己的身份标识，在接下来的七天里，他将携带着这个具有特殊标识的身份牌，在茫茫群山和森林之中进行搜索和战斗。如果碰到了其他学员，就必须通过种种手段，来判定对方的身份。

如果将对方击倒、制服、战胜，学员可以拿取对方的身份标识。这个将会作为后面评分的参考，也可以用来欺骗敌对阵营的其他学员，赢得对方的信任之后，进行偷袭。

谭老师将实战演习的计划从头到尾讲完，然后给我们每个人都发了一个小册子，让我们仔细研究。所有人都捧着小册子认真看着，生怕错过什么细节。

我越看，越是心惊。

这演习计划，设计得相当精妙，高明之处让人止不住地拍手称绝。里面如何厉害，如何最大限度地调动学员的积极性，这个我就不多言了，最让人值得称道的，是身份标识的环节。

每个人都有自己独有的标识，别人在此之前，除了击败你，又或者具有足够的信任之外，是没办法确定你的真实身份的。

所以这里面就存在了太多太多的不确定因素。

它并不只是仅仅考验个人实力，更多的还是考验一个人的判断能力以及头脑。也就是说，这个东西更加接近于实战。

这才是让人叹为观止的。

台上的领导们又说了一大堆台面上的话，比如"友谊第一，比赛第二"等等，最后宣布了第一名到第十名的奖励规则。

这奖励无比丰厚，就连第十名都会获得一枚宫藏的大还丹。

此物是丹鼎派的巅峰之作，一颗服下肚，修为都会提高很大的一个幅度——当然，这个幅度得看服用者的实际情况，基本上修为越高，效果越低，而如果是寻常人服用，用"脱胎换骨"来形容这效果，也不为过。

除此之外，还会获得一次在天机处实习和试训的机会。当然，这只是一项福利，如果无意在朝堂发展，可以直接放弃。

而第一名，更是让人眼馋，不但会获得大量的丹药支持，还会得到天机处顶尖高手一个月的指导机会，并且能从国家典藏图库里面获得一本你属意的修行法门。除此之外还能得到三份特殊供应的战略性物资，具体是什么，包括前面的修行法门，这些到时候都会提供一个清单，可以从中选择。

后面的奖励，依次减少。

三份、两份、一份，而到了第四名的时候，那个所谓的特殊供应物资就没有了。从这点来看，白老头儿当时跟我讲的，必须拿到前三名是真的。

听完之后，我心中暗暗下了决心，一定要拿到前三名。

否则我所有的努力，都将没有意义。

其余学员在听完实战演习的整个计划之后，都议论纷纷起来，校方也完全不阻止，宣布散会之后，没有再安排后面的训练任务，而是让我们自由活动。

医疗中心的设备以及医疗人员也随时待命，给所有学员提供最好的服务，务必保证让所有学员在临出发前，保持最旺盛的精力。

当天晚饭过后，我与马一吞两人相约来到了操场附近。

我们在计算这次实战演习中，对我们有威胁的人员。

一个一个地数，除了好几个不显山不露水、我们不太能确定实力的低调人物之外，两个人算出来的人选，差不多有十个左右。由此可见，此次高研班当真是藏龙卧虎。

这里面，李洪军和李安安，是头名最有利的争夺者。

对此，我们都不意外。

人家是含着金汤勺出生的孩子，从出身到天赋，又或者这些年来积累的资源和修为，都远远不是我们所能比得了的。

不过马一吞向我表示，他私底下已经跟李安安等人沟通过了。如果她和身边几位拿到了前三，希望他们能从战略物资里挑出烛阴，交给我们。

当然，我们自然也需要付出回报。至于是什么，以后再做商量。

然后就是比赛推演，最顺利的就是我和马一岙被分配在了一方，如果是那样，我们就可以集合在一起占据人数的优势，如果不是的话，这事就有点儿糟糕了。

不过也没关系，我们可以相互掩护，一直到最后，再决出胜负。其实这样也挺好。

那天我们研究到很晚，次日清晨起来，虽然感觉没睡够，但我仍然精神抖擞，觉得浑身充满了干劲儿。

然而当我们出来时，却得知一个消息。

被关押在营地小屋里的王大明，昨天夜里离奇失踪了。

因为临近结业，所以王大明的事情对大家虽有影响，但不严重。甚至很多人都已经将这件事给抛在了脑后，不再多想。

但知情者都晓得，这件事情的影响实在是太恶劣了。而且王大明本人矢口否认，坚称自己没有杀人，他是被人陷害的。而且杀人者很有可能就是那个陷害他的田德智，又或者是与他交好的人。所以专案组并没有将人带走，而是继续留在了红砖楼旁边的一排小木屋子里审问，进行证据的搜索和证词的累积。

这段时间，对于专案组来说的确是十分痛苦。在他们的想法里，王大明必然是杀人凶手无疑，一切的证据链几乎都形成了闭环，唯独让他们心虚的，是关于王大明梦游杀人的可能性到底有多大。

因为李安安告诉我们，在王大明被关押的这段时间里，并没有梦游的状态，他十分安静。这里面或许有他自我控制的原因，但另一个方面，也说明了梦游杀人这事儿疑点实在太多，根本都立不住。这种滑稽的说法是没办法在法庭上说出来的。

他们也没有任何证据表明王大明是被魔头附身，然后做出的这些事情。

如此，整个案子就陷入了凝滞状态。更让专案组痛苦的是，如果他们再找不到实际证据的话，王大明就很有可能因为没有证据而被释放出来了。

毕竟能够当选为高研班三个副班长之一，并且还是基础班班长的王大明，并不是没有来头的。若有证据还好，铁证如山，王大明背后的关系再硬，也需要按照法律程序来办。

但如果没有证据，专案组哪里还有借口拿住人不放？

所以据李安安和马思凡那边传来的说法，专案组现在是猪八戒照镜子，里外不是人。正心急如焚呢，结果王大明又离奇失踪了，而且还是在严加看守的情况下。这无论是对专案组还是校方，都是一件无比头疼的事情。

到底是王大明畏罪潜逃，还是有人在这里面动了手脚，想杀人灭口？谁也不知道。

现在甚至还有一种说法，那就是专案组目前承受的压力实在太大了，使得他们兵行险招，铤而走险，将人给弄走了。

最后的这种说法，尽管在我们看来，绝对是用心险恶，也绝对是不可能发生的事情，但却是最有市场的一种解释，而且还甚嚣尘上，让原本全力备战的学员们人心惶惶。

好在所有的一切都随着实战演习计划的推进，变得不再重要。

红蓝方的名单，早就已经由培训部的刘斌主任抽出，在密码箱中收藏着，一直到演习开始的早上，由班主任和赵老师，发到了每一个学员的手中。

所有人都拿到了一个小袋子，里面装着一块压缩饼干和一个装满水的军用水壶，以及学员专有的标志牌——这个代表着阵营的标志牌，并不能当即打开，而是要等到演习开始之后单独一人时，方才可以。

当培训部的刘斌主任和天机处荣誉顾问赵老，共同宣布演习开始时，我们的头顶上传来了嘈杂的声音，紧接着有风声从上而下地吹了过来。

我身边的董洪飞抬头，然后表情变得十分夸张，低声喊道："哇哦，大场面啊！"

的确是大场面，我原本还在想如何将五十多名学员散落到方圆数百里的偌大森林之中去呢？现在校方直接给出了答案。

军用运输直升机。

一来就是四架，看见这机舱腹部硕大的运输舱，所有人都为之震撼。

赵老师开口说道："过来领头罩吧。带上头罩之后，会有专人指引你们登机，等轮到你之后取下头罩，十秒钟之内爬出机舱下滑，不能东张西望，不能确定机舱人数，不能有任何违反手册里的行为出现，一经发现，就会有工作人员介入，取消演习资格……"

他说完后，有工作人员过来，给我们每个人发了一个透气的黑色头罩，这玩意儿戴上去之后，眼前一片黑暗。

随后，他们又给我们戴上了头戴式的耳机，里面传来了嘈杂的声音，让人无法听清楚外面的情形。

如此，差不多五分钟之后，我被人引领登机。

因为看不到、听不到，我没办法确定身边到底有没有人，有多少人，只是如同木头一样，被人指引着进机舱，然后绑上安全带。

没多一会儿，我感觉身子开始腾起，那是运输直升机在起飞。

这期间，直升机快速向前，时不时颠簸一下，好在有安全带绑着，没让我们在这里面到处颠簸滚动。

不知道过了多久，其间似乎有些声响，以及直升机悬停的状态，似乎有人已经下了去。等到了我的时候，安全带被人解开，我被引领着来到了一个风口很大的地方，紧接着有人将我的头套和耳机取下。

我下意识地想回头，却被一个工作人员制住，严厉地说道："不要东张西望，抓住绳子，往下滑。"

那人这般说，我便停下了回头的动作，不过还是从余光里打量出，这儿与机舱内部中间布置了一道帘子，让人无法看清楚里面的情形。

我走到了舱门口，抓紧机降绳，往下望了一眼，发现高度有十几米。

骤然下望，我有些眼晕，不过很快就适应了。

我接过了旁边工作人员递过来的帆布手套，又检查了腰间的小袋子，抓紧机降绳，深吸了一口气，迎着呼呼的风往下滑去。

人出机舱，立刻就被大风吹得一阵零落，我之前听过机降的一些讲解，赶紧往下滑落，不敢逗留。

很快，我来到了离地面两三米的距离，这个时候机降绳已经到底了。

我没有犹豫，往下一跳，就地一滚，安全着陆。随后我抬头朝着头顶上的直升机望去，看见那个工作人员朝着我比了个"胜利"的手势，然后直升机开始往上攀升，不再停留，朝着东边的方向飞去。

东边？我之前看见四架直升机，心中就已经估算好，这四架的朝向恐怕是东南西北四个方向。不过这样的想法当然也有误区，做不得准。

望着直升机远走，我也没有停留，朝着不远处的林子里俯身跑去。

一分钟之后，我置身于林中，从林中枝叶的缝隙里抬头望天，发现这边是阴天，云层不高，黑乎乎的。

我左右打量一番，并没有感觉到什么动静，这才蹲下身子，开始检查我腰间的化纤小包。里面有一块封闭完好的压缩饼干，还有一个装了水的绿色军用水壶以及一个黑色小盒子，最后就是一个类似于狗牌一样的金属片。

金属片的一面涂着红色颜料，另外一面则标注了"04"的数字。除此之外，没有任何标识，连我的姓名都没有。

"红04"，想必就是我在这次实战演习中的编号，这个是在演习导演组那里有过备案的，别人并不知道。如果我遇到了蓝方的人，将其击败，夺了他的金属标识牌，那么我就多了一层身份。这就是实战演习之中烧脑、复杂的地方。

除了马一吞，谁都不能信。

我将这东西检查清楚后，又将手摸向了臀部处，将熔岩棒掏了出来，心中稍安，随后左右打量一番，开始朝附近的林中隐去。

不到六十人的演习成员，划作两方，分散在了方圆数百里的偌大森林之中，相遇的可能性其实很小。

而演习的时间，足足有一周，也就是七天。我们手头分配到的后勤物资，却只够一顿。

当下最重要的并不是找到演习成员，确定身份或者完成任务，而是在这茫茫林原之中，活下来。

只有活下来，才能去谈更多的东西。

实战演习并非人与人之间的对抗，更多的时候，是人与自然之间的对抗。

好在六月末的天气，祖国的北方也是很不错的。虽然天阴沉沉的，也丝毫不影响林中的温度。

如果是冬天，我估计能受得住严寒的人没几个。如果是那样的话，我想我获得前三名的概率应该会很大。

至于现在，我还是小心翼翼地缩着，弄点儿粮食储备再说吧。

打定主意的我没有太多停留，想了想，朝着直升机的反方向前行——这么走有两个原因，第一，直升机的速降落点在导演部那边是有标记的，很容易被人掌握；第二，为了增加实战演习的对抗性，同机组人员必然会是红蓝混杂的，如果继续朝着东边的方向前行，我将有很大的概率撞上蓝方，从而过早地发生冲突。

如果我能够拿住对方，获得对方的身份标识，那么就能拥有双重身份。

但如果双方的实力均等，彼此拼斗，我万一有个什么闪失，即便不落败，自己受了伤，那么就很有可能被残酷的演习环境给淘汰掉。

所以在没有绝对的把握之前，我应该做的就是避免争夺。

正所谓"高筑墙、广积粮、缓称王"，这样的政策，用在目前的演习过程中，也是十分正确的。

东北边境的密林之中，我在那高大的乔木与低矮的灌木丛中穿行着。此刻是夏季时间，也是整个东北温度最适宜的时候。行走了一个多小时，如我所想的一般，并没有遇到参赛学员，也没有瞧见据说是"无所不在"的天机处培训部老师。

更多的，是一望无尽的莽莽林原，还有身处其间的无数生灵。

一路上，我凭借着之前培训时所学习到的知识，采摘了不少野果、龙葵、野山楂、野蓝莓、黑加仑、香蒲、小根蒜，还有无所不在的马齿苋——这东西低伏在地上，拥有长椭圆形厚厚的叶片，看上去很恶心，口感也十分难吃，但对于维持生命是有一定效果的。

我穿着学员服，其实就是没有任何标识的迷彩服，一件外衣，一件短袖。

因为林中有太多的蚊虫蛇蚁，所以我只能将短袖给脱了下来，用它做成一个包裹，将这些浆果收拢起来。至于配备的干粮，我尽可能地不去碰。

那玩意儿是用来救命的，不到万不得已，我是不会吃的。

利用野外生存知识，我用野菜和浆果填充了肚子，因为这些都是一些不能果腹的东西，所以依旧有些饥饿，我强忍着胃中不断泛起的胃酸，努力前行。

小兴安岭这一大片林区，都是人迹罕至的原始森林，茫茫林海，山势险峻，进出十分艰难，不过却是生灵们生息繁衍的绝佳之地，只要用心寻找，就绝对不会饿着。

夜幕降临时，我收集到了更多的食物。除了浆果、野菜、坚果以及一些可食用菌类之外，我还找到了一种东北老林子里的特产，野山参。

这东西是我在一片松林之中发现的，因为有过培训，所以我对于这一带的植株都有所了解。远远看过去，第一眼并不觉得，第二眼时，那种让人激动的感觉一下子浮上了心头。

我趴在地上，小心翼翼地用手将那玩意儿刨出来，仔细观察，发现它参体灵秀、五形俱佳——这一根，体态精悍强健，质实玲珑，须长弯绕，龙蛇飞舞，珍珠点突出，芦头见长，二马牙圆膀圆芦多。按照先前老师教授的知识，这根野山参，没有一百年的时间，也得有七八十年的岁月培育、成长。

它藏在一片草丛之中很难发现，倘若不是我的双眼动态视力无比强悍，说不定也就错过了。

我小心翼翼地将其取出，将根须上的泥土弄掉之后揣在怀里。

这东西的功效很多，补五脏、安精神、定魂魄、止惊悸、除邪气、明目、益智、久服轻身延年，而对于修行者来说，则是补气宁神的不二之选。

与人缠斗颇久，又或者在长途追逐的过程中，在口中含上一块参片，能够帮助修行者快速回气，恢复状态，重新投入战斗。

对于这意外收获，我十分欢喜，揣在兜里，贴身收藏。

即便如此，我还是觉得不太方便，这个时候我忍不住怀念起了我的炼妖球。那玩意儿在参与实战演习的时候取下，交给校方统一保管了，毕竟那里面能装不少东西。如果戴上，在里面装上补给的话，对于别人来说的确很不公平。

我将这颗八十年的野山参收好之后，准备离开，突然闻到一股说不出来的腥臭之气，抬头一望，发现一对黝黑发亮的大眼睛正死死盯着我。

这是一个大家伙，身子又大又粗，整个身高足足有两米，四肢短而粗，掌、跖也很粗大，爪强而弯曲，全身黑色，胸部有一新月形的白斑。

当我瞧向它的时候，这畜生嗷呜一声，后腿一蹬就朝着我发疯一般地冲了上来，犹如一台高速行驶的坦克。

熊瞎子。我瞧见那畜生的一瞬间，立刻就想起了东北老林子里的这种特有猛兽。

这玩意儿看着笨头笨脑、蠢笨无比，却是东北老林子里的一代霸主。两只膀子的气力能够生裂狮虎，而且无论爬树还是入水，都没有任何障碍。

特别是它身上那磨蹭松脂凝结而成的身板子，让人感觉有点儿刀枪不入的意思。

它的眼睛里面充满了愤怒的情绪，竟然让我有一种与人对视的感觉。这畜生的智力很高啊。它不会是专门守着这颗野山参的吧？

我脑子正在思索着，人往后退，瞧见那熊瞎子身子庞大，却灵巧无比，行进冲锋，近乎高速，眼看着就要到跟前，挥掌拍来。

我往后退，让它拍空。

砰……

一声巨响，那熊掌落在了一棵碗口大的松树上，那棵树木应声折断，跌落在地，而我也感受到了这畜生恐怖的力量。

不过我并没有太多惊慌，不断地与这熊瞎子绕圈子，然后打量着四周。

这东西又吼又叫，嗷嗷的闹出了很大的动静，我担心周围倘若有学员经过，会被吸引过来。这么一头大狗熊，对于以前的我来说，是不可逾越的高山，但此时此刻对我而言，不过是一大坨行走的粮食而已，我有一万种办法来对付它。

真正让我畏惧的，是身处于密林深处的高研班学员们。

如此纠缠了一会儿，我发现周围并没有人，便掏出了熔岩棒，灌注妖力，将其变得炙热之后，瞅了一个狭小的空间引那畜生进来，然后提棒而上，三两下敲碎了这畜生的脑壳，将其解决掉。

那熊瞎子很凶狠，但终究不过是一畜生，被我敲死之后，躺在地上，流了一摊血。

我走上前，抬了一下它的胳膊，发现这一头熊差不多有四五百斤的重量。

这一堆熊肉，如果制成肉干，完全能让我扛过一个星期的时间，还绰绰有余。不过如何处理，这才是让我真正头疼的事情。

首先，我得找到水源，将这头熊瞎子处理一下，然后我还得对其进行切割，另外……更让人头疼的是，我手上除了有一根熔浆棒之外，什么也没有。

我决定先去找水源。找到水源之后，我再回来，将这头熊拖去处理。等等，这么大一头，我还是只带一部分吧，太多了反而成为负担和累赘，而且很容易被人盯上。

打定主意之后，我开始出发，好在有熊出没的地方，水源还是很丰富的。很快，我在离那里有五分钟路程的地方，找到了一处小水潭。我先美美地喝了一大口水，感觉水质清凉凛冽、甘甜可口，浑身的疲劳顿时消散了许多。

随后我洗了一把脸，这才往回走。

我满心想的都是如何处理那头大狗熊，熊胆是个好东西，另外熊肉虽然不太好吃，但够饱腹，而且熊掌据说是一等一的美食材料，虽然并不是冬天的熊掌，但……

想一想，都美滋滋。

我满怀着期待地往回走，然而等我走到了原来存放狗熊的地方时，却发现除了一摊血迹之外，什么都没有。

到底怎么回事？

当你满腹饥饿就等着吃大餐的时候，然后一转眼工夫，大餐就进了别人的肚子，这是什么感受？

难受，想哭。

这种感觉对于我来说实在是太糟糕了，然而更加让我为之紧张的是，一头四五百斤的大狗熊，突然间就不见了。

在确定那家伙脑壳都被敲碎、绝对起不来的情况下，我瞬间就意识到了一件事情。

有人过来了。又或者，不是人。

我有些紧张地东张西望，四处打量，却没看出任何异常情况。

我没敢往熊瞎子原来躺着的地方走，而是在外围巡视，在差不多走了一整个圈儿都没有看见人的情况下，方才小心翼翼地靠近。

我想从原本的痕迹之中找到一些"肥肉"不翼而飞的线索。

然而当我露头的一瞬间，感觉到周围的林子都在晃动，紧接着一股腥臭无比的气息，从我的四周传来。

随后，我感觉脚下的黑土地在颤动。

有问题。

我深吸一口气，朝着动静的反方向跑去，结果刚刚跑出十几米，前方的林子里突然冲出了一个巨大的黑影。

下一秒，一个巨大的蛇头，张开巨口朝着我猛然咬来。

那蛇头不大，但张开的嘴巴居然能呈现出超过一百八十度的姿态，里面獠牙遍布，口中的红色蛇信陡然射出，一下子就将我的双臂缠住了。

眼看着那巨蛇就要将我吞入腹中，我的身上，突然着火了。

轰……在巨大的妖力灌注之下，我的身体开始燃起熊熊烈焰。这烈焰将我身上的衣服灼烧，然后朝着那蛇信子舔了过去。炙热的温度将大蛇极为敏感的蛇信灼烧得赶忙收缩，而我在挣脱了控制的一瞬间，掏出了熔岩棒。

我不退反进，直接冲向前方。

那熔岩棒在妖力灌注之下，迅速变粗变长，被我塞进了巨蛇的嘴巴里。

随着一声轻响，巨蛇的嘴巴被直接戳破。紧接着我一跃而起，跳到了大蛇的上空，伸手朝着那戳破了脑袋的棒子抓去。

我猛然一抽，在半空中又是一个转身，紧接着长棒在手，朝着那蛇的脊柱骨七寸处猛然一砸。

咔嚓……一声轻微的骨裂声，巨蛇整个身子脱了节。开始还在疯狂扭动，而随后，它停止了挣扎，死了。

我落地，收敛气息，火焰消散之后，从口鼻之中喷出两道白气。

只是刹那间的工夫，我就将那大蛇砸死了，然而付出的代价却是外衣和裤子都被火焰烧得破破烂烂，完全没办法再穿。

火焰之身，已经不止一次地救过我性命，但每一次都让我无比尴尬。

我又不是暴露狂，没事儿总裸奔谁也受不了。别人如此，我也如此。

好在将那大蛇给弄死了。我扯开身上烧焦的衣服，打量这条大蛇，只见它十来米长，水桶一般粗的身子。而在蛇身中段，有一个巨大的凸起。

瞧那模样我立刻就明白了，让熊瞎子的尸体不翼而飞的罪魁祸首，就是这条大蛇。

这家伙很是聪明，知道我还会回来，所以在这里守株待兔。它想捡个漏。

然而让它万万没有想到的是，我并非善茬，在短暂的时间内顺利完成了反攻，将其击杀。

确定此事后，我走到了那箩筐一样硕大的蛇头前，将它的嘴巴掰开，发现里面的两根獠牙颇为尖锐，于是上前去用棒子敲了敲，随后拔下了四根獠牙。

我将尖牙的底部的毒腺擦了擦，试着比画了一下，发现十分尖锐，宛如匕首一般。

我想起之前在霸下秘境时的情况,于是用这蛇牙将其脑袋划开,又用熔岩棒稍微细长的一端往里撬。弄了一会儿,我发现除了一堆白花花满是血丝的玩意儿之外,其他的什么都没有。也就是说,这单纯就是一条长蛇,并非是霸下秘境之中脑子里面藏有精元珠子的妖兽。

只是,普通的蛇哪里有长这么大的?

而且还知道守株待兔?

我的心中满是疑惑,却也知道得速速离开此地。

不过这一条大蛇、一头狗熊,对我的诱惑实在是太大了。思索了片刻,我决定按照之前野外生存教官教授的知识,用那尖锐的蛇牙做刀,剥离下部分蛇皮、蛇胆、毒腺以及几块不错的蛇肉。

另外我还将那腹中的狗熊给弄了出来,取了几颗熊牙、四对熊爪、两条背脊肉以及熊胆、熊心、熊筋等物。

如此七七八八弄得差不多之后,我将简单鞣制过的蛇皮用熊筋扎成了一个口袋,然后小心离开。

整个过程我都小心翼翼,时不时停下手头的工作,四处打量。

再加上手头的工具有限,那蛇牙即便是再锋利,也终究不能与匕首相比,所以如此弄完,差不多已经到了黑夜时分。月亮上了头顶的树梢,我估量了一下,感觉应该是晚上八点多了。

大概是血腥味的吸引,这儿聚集了许多蚂蚁和虫子,远处还时不时地传来古怪的兽吼狼嚎。我没有敢再待着,收拾妥当之后,拖着那蛇皮口袋就往水潭的方向走。

很快,我抵达了水潭处,确定安全之后,我将东西放下,跳进了水潭里将浑身的鲜血和污秽洗净。之后,我爬了上来,又忙着将蛇皮口袋里的材料腾出来,放在潭边的大石头上处理。

感谢先前给我们授课的特种军人,他们教会了我太多野外生存的技能,这些都是我过去的人生里没办法接触得到的。此时此刻,我却无比从容。

很多东西,如果不及时处理,等失去活性之后就会腐烂。

所以我顾不得先弄吃的,用之前收集的浆果、坚果等物果腹之后,一直忙着处理。等到了下半夜，我做了两套蛇皮衣服，一个蛇皮袋子，还有一块熊皮披肩，材料一大堆。

我将身上破破烂烂的衣服弄下来，穿上了粗糙的蛇皮衣，沉思了许久，方才决定在山石后面生火。

生火的过程并不复杂，熔浆棒在灌注妖力之后急剧升温，然后点燃干草和柴堆即可。

有了火，我开始处理手头的蛇肉和熊肉。

分条抹上浆果汁，并且掰了一小块压缩饼干上去调味，随后又找石头扔火堆里烧制高温后拿出来，熬油烤炙——一切我都弄得有条不紊，一边吃，一边制作熊肉干和蛇肉干，用来当作今后几天的干粮。

如此差不多弄好之后，我将化作拇指大的熔岩棒插在大石头的正中，用来逼开那些蛇虫鼠蚁，然后让烤肉干自然风干。

而我则将火熄灭，在周围巡视了一圈后，躲在岩石背后假寐。因为先前生了火，所以我有些紧张，不敢真睡过去。所幸我们试训的地方实在是太大了，学员分散，落到各处。因此，即便是生了火，也没有人摸过来。

一夜无梦，次日清晨醒来，我收拾好东西，背着一蛇皮口袋的干粮和物资，继续出发。

正所谓"兜里有粮，心中不慌"，我这一袋子的肉干，足够我这一个星期的食物补给了，所以我并不担心生存问题，行走之间，颇多悠闲。

因为没有找到演习重要目标"燕子矶"的方位，所以我显得有些漫无目的。不过与昨天不同的是，我现在的目标是开始是找人了。

解决了生存问题，那么接下来的，就是名次。

如何在这一场实战演习之中，获得靠前的名次？

校方其实并没有给出标准答案，但在我认为，就是要表现出足够强大的实力来。而这实力，该如何表现呢？

那就是尽可能地给敌对阵营造成压力，甚至损失。

简而言之，就是打倒的敌对阵营学员越多，评价可能就会越高。

又或者……将那个饰演"噬心魔"的民间高手给拿下。如果是那样的话，演习直接结束,而拿下他的人,想不是第一,恐怕都难了吧?

经过昨天一天的时间,参与演习的所有成员都应该有了足够的准备,散落各处。

有的人或许都已经找到同伴了。

而我,该怎么办?我的脑子里一直都在思索着。

到了中午的时候,我看见了一条掩映在森林之中的小河,或者说是小溪,它差不多三五米的宽度,深浅入膝。

我瞧见这个,便藏于林处,然后往上游搜寻。

果然不出我所料,等到了午后两点半(黑盒子上面有时间与日期显示),我终于看见了演习开始之后的第一个人。

那人居然是田德智。

对,就是与王大明同屋并且站出来指认他杀人的田矮子,田德智。

在我的注视之下,田德智小心翼翼地左右打量着,然后摸出了一根用树皮藤蔓鞣制的鞭子,往水里啪啪地打着。

没一会儿,一条条手掌宽的鱼就被他卷到了岸上。

我瞧见他的这手段,有些惊讶。须知,鞭子最不好掌握的就是尖端那一点,因为它中间太过于柔软,需要将劲儿集中很难。我在莽山的时候练过几次,终究没有成功,欠了太多火候。这个需要心灵手巧。

所以这就是为什么练鞭子的大多都是女性的原因。

让我没有想到的是,这位田德智同学居然也是用鞭高手,而且出神入化,那鞭梢儿如同手掌一样,将那圆滑的鱼卷着,无论如何挣扎都不能摆脱。

我潜在暗处,等待了许久。

我在思考。

出手,需要注意的事情太多了,最主要的,就是这个田德智的阵营问题。

如果是敌对阵营的,那就没有什么好说的,我将其击倒,淘汰了他之后拿走他的阵营标识和补给品就行了。但如果是同阵营的,因为尚良的关系,我很难对他产生太多的信任。

而他也同样如此,如果是这样的话,我反而暴露了自己的底牌。

那可就尴尬了。

关键是，同阵营的没办法淘汰对方，这是很无奈的。我不敢违反演习规则，否则就会立刻失去演习资格。怎么办？

就在我苦恼的时候，田德智已经从河里捞出了十来条鱼，斩杀清洗干净之后，用一个藤蔓编织而成的网兜将鱼拖着，朝着密林之中走去。

眼看着他就要消失在我的视线之中，我没有再多犹豫，弓着身子，朝着他的方向摸去。

有心算无心，我很快就摸到了田德智的附近，算了一下他的方向，我绕了点儿路，埋伏在他前进的路上。我放下了手中的补给，耐心等待着。

很快，田德智来到了我埋伏的跟前，十米、五米、三米、一米……上！

恰如猛虎出笼，扑杀而出的我一把擒住了田德智的腰身，将他往旁边的草地里扑去。

这么短的距离，根本不容人有太多的反应。田德智在地上跟我翻滚了两圈之后，方才反应过来，右手手腕一抖，那跟绳索缠绕到了我的脚上，死死拉着。

随后他的身子一扭，宛如滑蛇一般，想要逃脱出我的掌控。

我筹谋许久，哪里能够让他逃脱，当下手上用劲儿将人按住之后，抬起手来，照着他的脸上"啪啪啪"就是几个大耳刮子。

我一顿耳光将田德智给打蒙了。

在感受到了我凛冽的杀气之后，已然看清楚我的模样的田德智慌张地说道："侯漠！啊不，侯哥，漠哥，漠哥别闹啊，我们是一伙儿的……"

我瞧见他有放弃挣扎的意思，一把按住了他的脖子，双目一瞪，恶狠狠地说道："我都没有亮牌子，你怎么知道我跟你是一伙的？"

田德智赶忙问："您是哪个阵营的？"

我扬起手来，作势又要拍去，田德智赶忙说道："啊啊，别，我说，我说，我是……红方的。"

我手停了下来，疑惑地看着他，说道："真的？"

田德智瞧见我的模样，赶忙说道："是真的，不信你看。"

他从怀里摸出了一个红色金属片，正面涂了红漆，背面则刻着一个"26"的阿拉伯数字。

我瞧见这个，心中咯噔一下。居然还真就是同一阵营的。

我犹豫了一下，却没有放开他，问道："你落地之后，遇到谁没有？"

田德智一脸茫然，说："没有啊，我昨天躲了一晚上，今天饿得实在不行了，就出来了。漠哥，你别淘汰我，我能烤鱼，我烤鱼的手艺很不错的，而且我这里还有盐。"

啊？我眉头一皱，说："你哪儿来的盐？"

田德智看我没有对付他的意思了，心情轻松许多，笑着说道："山人自有妙计，人在野外，盐这种东西是必不可少的，我知道要出来，就特地去了一趟厨房带过来的。"

"他们不是搜身了吗？"

"总会有办法的，你说对吧？"

看他这模样，我就知道或许这里面有我不清楚的内幕，不过既然如此，我也没有理由再对付他，于是放开了他，说："你先前在哪儿呢？"

田德智指着不远处的小山包，说："那边有一个熊瞎子洞，不知道是不是废弃了，没有熊，地方还算宽敞，我昨天就在那儿来着。"

我点头，说好，让他带路。

田德智从地上爬了起来，拿起那一兜鱼，我则回到草丛中，背起了自己的补给。

两人朝着小山包走去，田德智见我这打扮，忍着笑问道："漠哥，你这是干什么呢？"

我昨夜蛇口脱险，将衣服烧了，好在有一件装浆果的短袖，此刻穿着蛇皮裤、蛇皮衣，还套着那件短袖，全身贴身紧绷。特别是裤子，跟后来那摇滚届的半壁江山一样性感，前后都凸，着实尴尬。

这里面的缘由我也不想与田德智多说，只是冷冷看了他一眼。

田德智被我盯得发毛，不敢多言，埋头领路。

没多一会儿，我们就来到了他所说的山洞，的确是一个熊瞎子的窝儿，从那刺鼻的粪便味儿和散落的毛发就能看出来。不过里面除了有点儿尿骚味之外，铺垫了许多干草和一堆堆松果之类的东西，感觉还算不错。

因为离我昨天挖到野山参的地方相隔比较远，所以我也不确定这个地方是不是我昨天遇到的那头狗熊的老窝儿。

我们进到里面，田德智忙前忙后，拾来柴火，在洞里生火。虽然这样会有一些烟熏，不过总比在外面生明火的目标小一些，也比较安全。

然后，田德智开始烤鱼。

还别说，这家伙心灵手巧，弄这些还真的是一把好手，忙前忙后都不用我操心，等那鱼串儿快要烤好的时候，他从洞子的角落里摸出了一个小袋子来，里面是白色的细盐。

这玩意儿平日里不觉得，但是在这野外，特别是长途跋涉之后，特别有诱惑力。

我昨天、今天一番折腾，流了很多汗，尽管吃了东西，但是没有盐分的补充，现在瞧见这细盐，忍不住舔起了嘴唇。

田德智见我如此，忍不住笑了，说："漠哥，稍等啊，我这里还有好东西。"

随后，他从旁边干草堆里摸出了几个叶子包裹，扯开扎在外面的干草，里面却是各种酱，有果酱、野菜酱，还有小颗粒的野山椒酱……

我看见这些有些发愣，说："你昨天还弄到这些？"

田德智笑了笑，说："那是当然。"

他把这些拿出来之后，开始往篝火上的烤鱼身上涂抹酱料，时不时还撒一些香料。没多一会儿，整个山洞都飘出了喷香的味道，让我忍不住深吸两口气，感觉胃部在收缩。浓浓的饥饿之意，浮上心头。

这烤鱼烤熟，还需要些时间，但我却饿得难受。我有心将蛇皮袋子里的熊肉干、蛇肉干拿出来简单烤一下吃，但先前没拿出来，现在又拿，多少有些尴尬。

就在我内心交战的时候，突然外面传来了动静。尽管是很轻微的动静，但我立刻就感受到了。我从地上一下子蹦了起来，潜身向前，刚刚走了几步，就瞧见有一个脑袋往洞子里拱了进来。

洞里有篝火，光线充足，我一下子就看见来人的模样。

马小龙？

看见这个相处甚久的小组同学，我皱了一下眉头，而马小龙瞧见我，也吓了一跳。

他的第一反应是往后退，退了两步，却想起了什么，对着我讪笑，说道："漠哥，这么巧？"

他大概是想起了我们之间的差距，索性也不跑了。

我例行公事地问道："你属于什么阵营？"

马小龙与我相处挺久的，对我还算信任，很干脆地拿出了标识牌，说道："红方。"

又是一个红方？

我愣了一下，伸手过去，马小龙没有犹豫，直接递给了我。

我接过来，瞧见这是一个"红21"的牌子，回头看了一眼躲在篝火后面的田德智，心中很是疑惑。这事儿，有点儿奇怪啊。

这么小的圈子里，出现了三个红方阵营的人。

难道说，我之前的猜测是错的？

红方阵营，都空投到一块儿来了？

这是想增加团队对抗吗？

我的脑子转了一圈没想清楚，不过还是将牌子交给了马小龙，然后问道："饿了吗？吃点儿？"

马小龙看见我的反应，长长松了一口气，然后走上来跟我使劲儿来了一个拥抱，说道："漠哥，能碰到你真是太好了，我这算是有人罩了吧？好香的鱼，烤好了吗？肚子里都是野菜，寡淡无味，难受死我了……"

马小龙是个敞亮的人，亮明身份之后，也没有要求我将牌子拿出来，而是大大咧咧地朝着篝火那边走过去。

他看见脸色有些不自然的田德智，说："哥们儿，你难道是蓝方的？"

田德智指着我，说："我给漠哥验证过了，红方。"

马小龙一屁股坐在了篝火旁的石头上，一脸馋相地看着烤架上的鱼，问道："快熟了没有？"

田德智护住自己辛劳小半天的结果，说道："你想干什么？"

他能接受我的压迫，却不想让马小龙也白吃。

马小龙却不管他，指着我说道："漠哥说了，让我也吃点儿。"

田德智一脸无语，又不敢触怒我，委屈地说道："行吧，那你等等，我弄点调味料，不然这鱼腥得很。"

马小龙满脸期待地望着那篝火的火舌舔舐着烤鱼的身子，瞧见那鱼油滴落下来，佐料在温度的激发下，散发着强烈的香味，肚子止不住地咕噜噜响了起来。

他舔着舌头，回头问我："漠哥，你看到我妹妹没？"

我摇头，说："没有，你们两个是我目前唯一看见的人。"

马小龙问道："漠哥，你水壶底下的图案拿出来看看，咱们三个人拼一拼，说不定能凑出燕子矶的方位来。"

"啊？什么图案？"

马小龙说："你没发现吗？水壶底下的图案，拓印下来就是一截地图的部分。我猜测，如果搜集一定数量的拓印图案，说不定就能确定燕子矶大概的位置。如果是那样的话，我们就可以提前拿到那个什么天材地宝，有了那个，咱们红方就有胜算了。"

我立刻掏出水壶，借着篝火的光线打量了一下，发现壶底之下的确有图纹。

我退后一点儿，在泥地上一印，果然是一小块地图。

原来如此。我说这燕子矶的线索到底去哪儿找呢，原来是在这个地方。

两人聊着天，田德智提着一根木签串好的烤鱼，一脸讨好地对我说道："漠哥，来，尝尝我的手艺，看还合胃口不？"

我闻到那烤鱼上浓郁的香味，忍不住吸了一口气，刚要说好，结果旁边的马小龙更着急，一把抢过来，说道："饿死了，漠哥，我昨天都没吃啥东西，饿得眼睛放青光,给我先尝尝吧,要万一不好吃……"

我刚想说话,结果田德智的脸上就挂不住了。

他伸手过去,想抢回来:"马小龙你过分了啊,这鱼明明是给漠哥烤的,你啥事儿都没干,能让你吃已经很不错了,怎么着,你还想加塞?赶紧还给我,先给漠哥吃,听到没?"

他的样子很凶,马小龙愣了一下,不过没听他的,而是朝我望了过来。

我觉得田德智这事儿有点小题大做了,摇了摇头,说道:"算了,那条差不多也烤好了,我吃那条就行。小龙,你悠着点儿,这鱼有刺,别被刺卡到喉咙,听到没?"

马小龙使劲儿点了点头,笑嘻嘻地说道:"好嘞。"

他将那烤鱼拿到了面前,深深吸了一口洋溢在空气中的香气,然后一口咬在那冒着油光的鱼背上。

他双眼闭上,又陡然睁开,激动地说道:"太好吃了,外表酥脆,里面香嫩,烤得很入味儿。太好吃了,简直就是我吃过的最好吃的烤鱼……"

他大快朵颐起来,而田德智则赶忙回身,将那条快要烤好的鱼身上,手忙脚乱地刷了些酱料,递到了我面前来。

我瞧见那酱料有些生,虽然肚子有点饿,还是说道:"先等等,再烤一下吧。"

我本身就是厨艺高手,对吃这事儿还是挺讲究的。

田德智看上去有点儿着急,对我说道:"这酱料一定要生的口感才会好,不信您先尝尝,如果不喜欢,我再来帮您烤,好吗?"

我摇头,说:"不,我还是喜欢熟的。"

我以为他有点儿不耐烦烤鱼,特别是刚才我驳了他的面子,于是接过了那烤鱼,凑到了篝火前,准备将上面刚刚抹上的酱料烤入味一些。

田德智见我如此坚持,也不再多说,往后退了两步,好像是去干草堆里翻找东西。

我烤着那鱼,看见在火力的舐舔下,那酱料不断翻滚冒泡,有一股特别清新的香味在弥漫……

等等，这味道，让我的鼻子有点儿发麻。

舌根也是……

我陡然停止了呼吸，而下一秒，我听到马小龙"啊"的一声惨叫，下意识地回过头来，却瞧见有一个身影，直接撞到了我的怀里。

紧接着，一个锋利的玩意儿朝着我的脖子处抹来。

谁袭击我？

我脑子有点儿迟钝，不过铜皮铁骨的神通却仍然反应很快，那尖锐之物撞在了我坚韧无比的皮肤上，并没有对我造成多大损伤。

而随后，我反手一抓，将那人直接按倒在地。

啊……袭击我的这人，正是刚才任劳任怨的田德智。

这家伙不知道从哪里摸出了一把磨砺锋利的骨刃，即便是被我按倒在地，还在拼命挣扎着。

我对于他的举动十分意外，转身看去，只见原本正在啃食烤鱼的马小龙已经跪倒在地了。他双手捂住脖子，油腻的嘴里开始往外面吐白沫，双眼有点儿发直了，直往上面翻。

瞧见痛苦得快要不能呼吸的马小龙，我脑子"嗡"地一下，怒火中烧，一把揪住了田德智的脖子，豁然起身，将其高高地举了起来。

我怒声吼道："你自己人都动手？这是违规……"

田德智是基础班的学员，实力欠缺，与我差距过大，自知不敌，也不反抗，苦笑着说道："我是蓝方的，自然得向你们动手。"

我一愣，随即反应过来，瞪着他，说："那你手中的标识牌……"

"那是张绍帅的。"

张绍帅，是基础班的一个学员，平日里不显山不露水，我印象不深，没想到直接被田德智给干掉了，还被他借了身份用来迷惑我。

我看见马小龙双手勒着脖子，口吐白沫，仿佛快要死过去一样，心头的愤怒越发旺盛。

"即便如此，也不必下如此毒手啊！这是实战演习，但绝不能伤人性命。田矮子，我告诉你，如果马小龙死了，我绝对会让你为他赔命，你也别指望有人来救你，我现在就弄死你。到时候谁都没办法来捞你，知道不？"

听到我杀气腾腾的话，还有越来越紧、宛如铁箍一般的手掌，田德智害怕了。

他指着角落一包草说道："他中的是马氏毒蝇鹅膏菌毒，服用之后会产生幻觉、心肌梗死。旁边的清沥草，能让他在短时间内处于缓解中和的状态，但如果想要彻底救过来，只有洗胃。"

我一把将田德智扔在地上，重重地踩了一脚，让他痛苦地大叫起来。

我指着他，说："催吐不行吗？"

田德智摇头："不行。"

"你别动，否则有你苦果子吃，知道不？"

田德智被我一脚踩得快要背过气去，哪里敢说"不"，当下也是小鸡啄米一样地点头，说："好好好，你别杀我就成。我弃权了。"

说完，他还怕我反悔，从怀里摸出了黑盒子，按下了那红色按钮。

这按钮按下之后，他就不再是演习成员了，任何人都不能对他动手，否则就是违反演习规则。他倒是十分机灵。

瞧见他放弃了，我没有再管他，赶紧跑过去拿起那清沥草，将马小龙按倒，给他喂进嘴巴去。

进入幻觉之中的马小龙拼命挣扎，却终究抵不过我的气力，吃过之后，神志恢复了一些，也放开了手。

他迷迷糊糊地看着我，说："漠哥，我怎么了？"

"你中毒了。"

我还待再说，马小龙摇了摇头，双目又开始迷茫起来。

旁边的田德智开口了："你赶紧帮他按下那黑盒子，让导演组派人过来将人接走去洗胃。要是时间拖久了，真的会有问题。"

我听到这幸灾乐祸的话，猛然回头，田德智被我一瞪，慌忙后退，说："你干什么，你干什么？我可退出比赛了，你不能碰我。"

见他这嘴脸，我心头恨意浓烈，却也没有办法。

我又给马小龙嚼了点儿清沥草，然后问田德智，按了之后，多久来人？

田德智说差不多二十分钟吧，反正张绍帅是这样的。

这时马小龙又稍微清醒一些，我抓住他的双肩，快速将情况说了一遍，然后问他："小龙，如何决定，由你。"

马小龙恨恨地看了田德智一眼，叹了口气，说："我来按吧。"

他摸出自己的黑盒子，按下之前，对我认真地说道："漠哥，如果你碰到我妹妹，帮忙……多多照顾一下吧。"

说罢，他按下红色按钮，退出演习。

短暂的时间里，连续两人退出了演习，让人有些猝不及防。特别是马小龙，如果不是他，只怕现在中毒的人就是我了。

眼看着马小龙的双眼又开始转悠，时不时地眨眼睛，我就知道田德智下的毒又开始发作，转头看向了那始作俑者，没想到他在放弃演习资格之后，显得无比放松，居然大摇大摆地烤起了剩下的烤鱼。

他倒是不客气。

我心头有火，走上前去，对他呼喝道："你，把衣服脱下来。"

田德智正啃着烤鱼呢，听到这话，下意识地护住了身子，脸色大变，说："你想干什么？侯漠啊侯漠，没想到你居然还有这种爱好？"

我皱眉："什么爱好？"

退出了演习，这家伙也就不再演戏，对我的称呼也不再尊敬。他往后退，有些紧张地说道："那个啥，我最近在拉肚子，而且还得了痔疮，你还是换人吧，成不？"

我听到这话气乐了，说："你脑子进水啊？你既然退出了演习，那么你的东西都属于我的战利品了，铭牌、所有补给和那个水壶，都给我交出来，赶紧的。"

田德智松了一口气，倒也没有抗拒，将东西都交出，然后问我道："怎么着，要不要吃一点儿？"

他指着快要烤好的鱼说道。

我"哼"了一声，"还是别了，我怕被你毒死。"

田德智笑了，说："你放心，马氏毒蝇鹅膏菌毒是这一包，其余的都是调味料。我出身滇南世家，祖上是五毒教的信徒，曾经出任过长老一职，对于植物和毒虫的特性最是熟悉，知道什么可以吃，什么不可以吃。还有，你别担心马小龙，他服过了清沥草之后，虽然迷糊，但不会有生命危险，等导演组的人到了，送去洗胃，一切如常。他毕竟是我同学，彼此之间也是有情分的。"

"看来你的心情还不错呢。"

田德智笑了："实战演习的评价，我大概揣摩了一下，除了存活的时间更长之外，更重要的是看能不能淘汰敌对阵营的学员。以我这般的实力却能淘汰两人，从成绩上来说，我已经算是不错，没有辜负家人的期待。"

听到他这般说，我才想起来，大家都是为了完成任务才这样的。

如此想想，我对田德智的恨意稍减了几分。

我将田德智的铭牌收缴，是"蓝 27"，这编号与学员平日里的评分体系有关。

他的这个算是排名靠后的，而能够以这般的成绩交上答案，其实还真算是很不错了。难怪他的心情不错。

在得知马小龙无事之后，我总算是将紧张的心情放缓，催促田德智将身上的衣服扒下。等到那家伙只剩下一条内裤的时候，他有些尴尬地说道："哥，我的亲哥，要不然，你把你那前凸后翘的小皮裤给我吧？"

我瞪了他一眼："我不把你的内裤扒光，已经很给面子了好吧？"

我给田德智留了一条遮羞布，换上了他的衣服之后，感觉舒服了许多，又趁热吃了些烤鱼，感觉着实不错，又没收了他私藏的食盐。

至于那些酱料，我想了想，还是都不要了。万一那家伙留了一手，我也后悔不及。

在等待导演组工作人员前来的时候，我用手中的四个水壶，拓印出了四份地图残片，仔细打量一番，发现并不关联。

我决定强行记忆，将这些图案都印在脑海里。这样才是最保险的。

我花了十几分钟记忆，随后又整理了一下手头的东西。

搜集物资的时候，我发现马小龙真的是个双手空空的穷鬼，连紧急使用的压缩饼干都吃掉了，田德智倒是弄了一大堆的药草。不过我并不信任他，所以也就弃之不用。

随后就是铭牌标识和水壶，我手中共有四块，除了我自己的"红04"之外，还有马小龙的"红21"，张绍帅的"红26"，以及田德智的"蓝27"。

另外田德智的那一块压缩饼干和一小袋盐，也归了我。

导演组在茫茫密林之中，安排了许多高手巡视，监视着所有学员的动向，不过因为范围实在是太大了，所以这次来得比较晚一些。差不多半个小时的时间，洞口出现了动静，我小心翼翼地守着，外面的人主动表明了身份。

居然是赵老师带队。

他走进来之后，看着熊窝子里面的三人，皱着眉头，问怎么回事。

我将情况说清楚，他点了头，让我离开，这里交由他来处理。我交代了一下马小龙的情况之后，带着补给，离开了这边。

我有些不放心，故意在洞的几十米外等待着，过了五分钟，赵老师出来了。

他带着一队穿着迷彩吉利服的工作人员将人带走了。临走时，一个年纪有些大的马脸男人朝着我这个方向望了一眼，然后转身离开。我能感觉得到，这是别人对我的警告。

他的手中有一个掌上电脑般的东西。那玩意儿能锁定我们所有学员的方位。正是凭借着这个，他们能时刻掌握所有人的动向。

我得到了告诫之后，转身离开。

因为补给充足，又吃饱了肚子，我没有太多生存危机，于是我一边小心翼翼地潜行，一边在脑海里拼凑燕子矶大概的方位。

参与的人有五十多个，如果需要这么多份才能拼凑出整张图，我觉得这事儿有点太复杂。最有可能的，是每个人的壶底图案其实是有编号的。

一、二、三、四、五，分作好几组，也许只需要七八张或者十几张，就能最终拼凑出真正的地图来，这样才比较合理。

所以我手中有四份小地图，再多拼凑一些，或许就能找到燕子矶的方位。

我一边潜行，一边思索。大脑在飞速运转，不知不觉，天色就黑了下来。我深吸一口气，开始快步向前，朝着不远处的小山坡跑去。黑夜里在林间赶路，不但需要防备来自演习学员的攻击，还要小心这林间的凶物。昨天那头大狗熊，还有巨蛇，让我记忆犹新。

当天色完全黑下来的时候，我已经攀爬到了这一小片区域的制高点，一处险峰之上。

迎着夜风，我嚼了五根熊肉干，又喝了几口水。补充完体能之后，站在一处高高的岩石上，往下方巡视打量着。

尽管这法子属于搂草打兔子，全凭运气，但我想了想，感觉可以一试。

如此过了十二点，困意爬上眼睛。

我准备找个地方休息，然而就在这个时候，在西北方向，我突然瞧见了一点微光，橘黄色的，还有些跳跃。

篝火。

我的心中咯噔一下，站起身子，眼睛微微眯着，朝那个方向继续望去。

随着我的瞳孔收缩，瞧得更加仔细了。

确实有人。

我估摸一下距离，离我差不多五六里路的样子，思索了一会儿，我决定摸过去。不管是敌是友，我都应该主动出击。

实战演习的时间是一周七天，现在已经是第二天了，我唯一的战绩就是击败了蓝方阵营的田德智，让他失去演习资格。

而这成绩，甚至连田德智本人都不如。如果我再不主动出击，前三名的名次就离我越来越远了。

对于名次的追求，让我不得不变得更加主动。

我深吸一口气，决定将补给分出一半，连同别人的水壶，放在这具有辨识度的峰顶，找一处石头缝隙藏起来。随后我带着最紧要的装备，轻装前进。

五六里的山路，说远不远，说近不近。我花了不少时间，摸到了目的地。而此时此刻，那篝火已经灭了，我只能感受到炭火留下的一丝余光。

黑乎乎的林中，仿佛藏着怪兽，让我有些不敢上前。

我趴在草丛中，等待了许久，最终决定一点一点地挪动向前。

没多久，我终于爬到了近前，却没瞧见一个人影。仿佛什么都没有。

我调整呼吸，尽量让自己如同身边的石头、树木和草丛一般，融于环境之中，然后小心翼翼地观察着。

终于，我在篝火灰烬的五米之外，瞧见了一个蹲伏的人影。那人仿佛在收拾着什么，低头忙碌。我看那人的身形多少有些熟悉，然而还没有等我琢磨过来，突然间在左前方的不远处，冲出了一个黑影，朝着那人陡然冲去。

还有人？

我看这情况，心头一震，下意识地伏低身子，瞧见后来出现那人，手中拿一根棍子，冲向前人。

在这一刹那，周围突然多出了几根火把，将场间照得透亮，随后从另一方向，又跳出两个身影，朝着那持棍的人冲去。

这是……埋伏？

光亮一起，我看见了篝火旁那男人的面容——王岩。

如果只是一个豹哥王岩，我还不会太紧张，但另外两人的模样一进入我的眼帘，就让我这一颗躁动的心整个安静下来。不但安静，而且发凉。

那两个在旁边埋伏的人，一个正是马小龙拜托我帮忙照顾的妹子马小凤。

另一个，则是本届高研班的班长，李洪军。

这个从小就含着金汤匙出身，并且被誉为"当代年轻一辈之中第一人"的李洪军，天机处扛把子李爱国的孙子，集万千宠爱于一身的男人，他到底有多厉害呢？我先前不知道，但经过前一个多月的集训和课后加训，我逐渐明白，他身上的光环并不只是来自他的家世和背景。最重要的是他的实力。

越到后期，我越能感受得到李洪军身上所散发出来的压迫力。这种感觉，并没有因为他刻意压制实力而停歇，反而变得越来越沉重。

这是一个想有所作为的男人。

他的目标，绝对不是前三，是第一。

在看见李洪军的一瞬间，我立刻就放弃了前进，不过我并没有逃，而是趴在树林的阴影深处，打量着这一场战斗。或者说并不是战斗，而是一场压倒性的"屠杀"。

贸然出手的这人，我依稀有一些印象，叫作孔旭，在高研班也是一人物，整个高级研修班里的水平应该说是中上水准，不过却是个独来独往的性子。他不爱与人交流，所以我跟他也没说过几次话。

这人手持一棍，虽然是临时制作，但选材不错，颇有威力，再加上他身手厉害，倒也是气势汹汹。

只是，他终究是形单影只，又身陷埋伏。

三人围剿，有心算无心，更何况是如此三人，短瞬之间，他就挨了数下。虽然极力抵挡，却终究不敌，没多一会儿就落败了。

王岩出手颇为凶悍，招招致命，反倒是李洪军此人很有大将风度。他瞧见孔旭落败，反手拦住旁边两人，低语两句让他们住手。

随后李洪军走上前去，将孔旭的黑盒子掏出，按下红色按钮。

之后，孔旭整个人都垮了下来，不再反抗。王岩和马小凤上前，将孔旭的身上搜了一遍，然后李洪军给了他一点儿烤肉，拍着他的肩膀安慰了几句。

随后他朝着旁边的草丛里指去，那儿站起两人，尴尬地朝着孔旭挥手。

又是两名学员。

只是他们此时此刻也都与孔旭一样，失去了演习资格。

这守株待兔的把戏，让人心惊胆战。我回想起来，心脏止不住地抽搐，想起刚才的情形，倘若不是我忍住了，只怕此时此刻落败的人就是我了。

接下来，让我更加头疼的事儿出现了。

这三人到底是属于什么阵营的呢？

如果是红方，那么我与他们或许能直接汇合成大部队，并且拼凑出燕子矶的地图来。但如果是蓝方，麻烦可就大了。

这三人合流，能够与之一战的人少之又少，几乎是不可能的事情。我倘若想有所建树，就必须找到自己的同伴才行。要不然，我也如同孔旭一般，最终憋屈落败。

就在我小心潜藏的时候，李洪军走了过去，跟那两人说道："嘿，哥们儿，麻烦你们再等待一下，导演组的人应该很快就要到了，不过我们还得蹲守一下，看看附近还有没有人过来……"

草丛那儿一个被淘汰的学员苦笑着说道："军哥，你还准备再蹲几个？"

马小凤笑着说道："搂草打兔子，能有几个算几个呗。"

另一个被淘汰的学员说道："你们这办法实在太缺德了，差不多得了。反正你们蓝方稳赢了，还担心什么啊？"

王岩黑着脸，说："愿赌服输，什么叫缺德？"

李洪军却拦住了他，说："这事儿不一定呢，你们想想啊，我既然是蓝方的，那么红方必然也有高手。李安安，她肯定是红方的吧，另外还有几人也得注意，比如……侯漠。"

骤然听到李洪军说起我的名字，我的心"扑通"跳了一下。

我以为他是发现了我。

不过很快，我发现并不是，那刚刚落败的孔旭有些不解地问道："排在前列者还有数人，那个侯漠平日里的排名都达不到前十，如何能让你念念不忘，这般重视？"

李洪军沉默了一会儿，开口说道："因为，我听我爷爷说，这个侯漠的夜行者血脉，叫作'灵、明、石、猴'！"

灵明石猴？

众人皆惊，那马小凤更是惊讶地喊道："齐天大圣？"

"哼……"

瞧见众人这惊讶无比的表情，王岩有些不痛快了，不屑地说道："齐天大圣？他差得还远呢！传闻灵明石猴的夜行者血脉，虽然在天赋之上远超出寻常夜行者，但大概是前辈表现太过于优秀的缘故，受到了上天的诅咒，需要闯过五重关方才能够真正觉醒。即便如此，还有无数道路要走，这修行之路的坎坷，远甚于常人。"

李洪军点头，说："对，那五重关一重难于一重，想要安然渡过，难于上青天。故而自古以来，便只有一个'齐天大圣'，没有第二人。"

有人问："若是渡不过，那又如何？"

王岩冷笑，说："天将降大任于斯人也，世间哪有如此便宜之事？所以他若是渡不过，不说三两年，至多活不过三十岁。这样的人用来浪费宝贵的培训名额，我都觉得很不妥了，没想到他还能享受军少和良少的待遇……"

原来他是对我享受的特殊待遇而愤愤不平。

李洪军微笑着说道："他能参与课后特训是赵老打了招呼的。怎么，你敢质疑赵老的决定？"

王岩脸色一变，赶忙说道："那我可不敢。"

李洪军说道："我有一种预感，侯漠绝对是红方的，而且就在不远处，要我说，咱们蓝方最大的敌人是谁？我可以告诉你，绝对是他。所以，不管你们如何瞧不起他，都得打起一万倍的精神来，否则到时候输了，被人赢走奖品，你们可别傻眼。"

王岩和马小凤皆点头称是。

几人说完闲话，安排那三名被淘汰的红方队员躲着，三人继续埋伏。

没多一会儿，就有一队人马赶到此处，来者是体育馆的黄老师，还有先前带走田德智和马小龙的那个马脸汉子，也在其中。

这队人马赶过来之后，也没跟人多做交流，清点战绩之后带着人就离开了。

随着他们的离开，我也悄然退下。

蓝方，李洪军居然是蓝方的，王岩和马小凤也是。至于红方，我知道的就有五人已经被淘汰了。

五人，六分之一，而且这才是第三天的刚开始。

其他的方向呢？

后面的战斗，将会更加激烈。

我感到强烈的威胁，跑回了我之前待着的山顶处。看着自己的储备，我开始盘算着，最后决定将储备的肉干吃掉一小半，养足精神之后朝着另一个方向前行。

很快，通过大范围的搜索，我先后遇到了两个蓝方学员。这回我没有再客气，在辨明身份之后直接上前，与人交击。这两人毫不意外地被我淘汰。

我又获得了两个牌子，蓝19和蓝21。

过程不用多言，不过他们的壶底拓图，有一张与我先前掌握的四幅图之一是一模一样的。这也验证了我之前的猜测，那就是这地图分作好几组，只要收集到一定数量的小地图，就能拼凑出燕子矶的方位图。

想到这里，我的心情有些低落。因为我感觉，按照李洪军等人的实力，或许已经快凑齐地图了。若真如此，我很有可能就要输了。

我越发地积极地开始四处搜寻。到了第三天傍晚的时候，我来到了一处峡谷中，闻到了一股浓郁不化的血腥味。

有情况。

我几乎是第一时间就猫起了腰，然后朝着峡谷深处快速走去。

我越过了一片茂密的树林和灌木丛，来到了一条溪水边，瞧见岸边一片狼藉。远远望去，好像是什么动物的尸首。

我稍微走近一些，在差不多三十米左右的时候，终于看清楚了，是老虎，一头体型硕大的东北虎。只是它的大半个身子已经被啃了个干净，脑袋也只剩下了头骨，旁边还有一堆骨架，看上去仿佛是狍子或者野鹿之类的兽类。

让人不寒而栗的是这些都是被生吃了的，旁边并没有架起篝火。但从这些骨架的堆积上看，感觉又像是人为的。

到底怎么回事？

我吸着散发强烈血腥的空气，突然间听到远处传来一阵凄厉的惨叫声。

是人。

听到尖叫的一瞬间，我浑身的肌肉都紧绷起来，如同豹子一样四处张望，随后朝着声音发出来的方向急速狂奔而去。

夜风吹拂着我的脸庞，周围的草丛在我身边翻飞。两边的景色，被我飞快地抛在了身后。

加速，加速，加速！

高研班有将近六十人，除了身边的人，其他人我也说不上很熟悉。照面或许能认识，但光听声音还是欠了点。不过对于我来说，不管是谁，在如此诡异的情形下，我所要做的，就是破局。

一个能将一头东北虎以及数头麋鹿活生生吃掉的家伙，不管是人是妖，还是野兽，都是有危险的。我不能坐视不管。

马作的卢飞快，弓如霹雳弦惊。

数百米的距离，化作山路却是很远，即便是我用尽了全力，赶到的时候，战斗已经结束了。抵达现场的我，只看到一片血迹，周遭都是飞溅的鲜血，地上到处都是凌乱的脚印。

似乎有两人在此搏斗。

我将补往地上一扔，伸手入怀摸出了熔岩棒，并不灌注妖力，而是弓着身子，左右打量着，然后步入战场，感觉自己还是来得太晚。

此刻周遭再无声息，一切都陷入了死一样的寂静之中。

突如其来的叫声将本就紧张的我吓了一跳，随后我抬头，瞧见有鸟儿腾然而起，朝着天上的黑暗之中飞去。

我眯着眼睛，调节瞳孔，朝着有动静的地方扫量而去。然而在这样的密林之中，即便是我的双眼有过变异，通晓望气的神通，还是什么也没有瞧见。

我调节呼吸，缓步走到了场中。

我用脚尖，一点一点地探索。

哐啷……

突然的一声，让我下意识地低头望去，却瞧见了一个水壶。

我脚尖一挑，那水壶挑起落在了我的手中——这是一个被踩瘪了的水壶，从它那夸张的模样，能感受得到先前加诸于它身上的力量到底有多强。

我的判断没有错。

我的左手，抓着那瓶底，快速记忆着上面的纹路，而余光处却在四处打量着。

如果那逞凶之人并没有走，这会儿说不定就会生扑上来。若真如此，我就抽出熔岩棒，给他来一个大大的惊喜，让他知道我这棒子敲人是真疼。

然而即便是我故意露出破绽，依旧没有任何动静。

我等了两分钟，将那水壶朝着黑暗中扔了过去。

水壶在树干上砸出声响，落地之后再无动静，而周围除了虫子的低鸣之外，再无其他。仿佛这儿从来没有发生过任何的战斗。

好有耐心的对手。

我缓步向前走着，两只耳朵恨不得直接竖起来，想听到些许动静，能让我判断敌人的方位，又或者望气之法在这个时候凸显奇效，能找到敌人的位置去。

但依旧没有。

我开始四处找寻，然而除了那个瘪了大半的水壶之外，再无其他。

尽管什么都没看到，但我仍然感受到了极为强大的压力，这压力是从四面八方传递而来的，不管是气场上的，还是心理上的，让我对于周围的黑暗心惊胆战，草木皆兵。

又过了一会儿，我开口说道："尚良，你出来吧，我知道是你。"

尚良。这是我的猜测，传说中那家伙拥有帝江或者饕餮的夜行者血脉，这俩玩意儿无论是哪一个，最大的特点就是吃。

事实上，我和马一咘不止一次地怀疑，先前的那个连环杀人凶手，很有可能就是这个刚刚觉醒不久的家伙。

这家伙也许是凭借吸取别人的精血迅速成长起来的。之前还有天机处培训部下辖的校方工作人员扰事儿，现在他完全没有顾及，可以直接放飞自我了。

如果真是他，那事情可就严重了。这已经不再是一场演习，而是实战，关系到生死性命的事儿了。

我喊出了这名字，然后立刻打量四周。我需要感受潜藏在暗处那人的反应。

然而让我遗憾的是，那家伙始终都没有出现，不知道是不是跟我昨天一样，悄然离去了。我在这待了一刻钟左右，没再敢停留，也撤离了。

随后我开始在周围不断潜行，并且根据地形判断，进行了小范围的搜索，但最终还是没有找到一个人影。

当夜，我在这一片峡谷之中一直搜索，直到凌晨五点多，皆无收获。在困意浓烈之时，我放弃了搜索，找到一棵大树往上攀爬，直接在树梢上面搭了一个架子，然后安歇。

不知道过了多久，我再次醒过来。我是被血腥味唤醒的。

这种淡淡的气息，让我感觉到自己仿佛身处于一个屠宰场的下风口处，那种油腻中散发着微微恶臭的味道，让我一激灵就醒了过来，害得我差点儿从树上摔下去。

随后我透过大树的枝丫，朝四周打量。

没多一会儿，我瞧见西北方向有炊烟浮现。

头顶上太阳正高，第四天中午。

我滑下了树木，朝着那方向快速疾奔而走。

尽管先前我遭遇到李洪军等人的故意设伏，但此时此刻我已经管不了太多，决定到了地方之后，先不轻举妄动，留在外围观察。

由于相隔不远，我很快就抵达了冒烟的地方，那是一处山石的背面，很是隐秘。

我的位置瞧不见那儿的情形，不得不绕了一个圈子，等到我找到一个还算不错的观察角度时，发现山石之下摆放着九种野兽。

它们分别是灰色野狼、狍子、黑熊、水獭、猞猁、紫貂、狼獾和黄鼠狼——多亏了先前的野外生存课，让我对于这些兽类多少有一些认识，否则我还真的瞧不出那排列整齐的玩意儿到底是什么。

九种野生动物，现出九宫格的排列方式，皆开膛破肚，死状凄惨。

在它们的正中心，有篝火燃烧。

我刚才闻到的血腥味儿，正是从这里散发出来的。

我趴在一处灌木丛中，一动也不敢动，感到有一股强烈的寒意从心底里浮现出来。如果是守株待兔的钓鱼局，大可以像李洪军等人一样找个人在那儿守着就成，用不着搞出这么大的动静来——这场面不但恶心，还有某种莫名的诡异。

它仿佛是邪教仪式，让人看一眼都感觉到心里很不舒服。

这些兽类死了有一段时间，周围有一大群的苍蝇和其他飞虫在盘旋，还有许多的蚂蚁爬过去。

我朝着周围看，却没看到任何身影。

到底是怎么回事？

我的心中满是疑惑，就在这个时候，突然在正东方那儿传来一阵犬吠声，紧接着有三五个灰黄色的身影出现，朝着那九具尸体奔走过去。

这些灰黄色的家伙，看上去很像野狗，但骨架大上一些，脸也有些尖，介于狼和狐狸之间。它们的双眼很有灵性，左右打量，鼻子一吸一吸地嗅着什么。

这个难道是东北老林子里特有的一种生物——狍？

又过了一会儿，我见它们小心翼翼地靠近了那片区域。

一头身形娇小的家伙，一点一点地靠近。

这些是食腐生物，看到它们那干瘪的身子和骨架，就知道它们应该是饿了好多天了。

然而就在它们即将靠近那片区域的时候，一头体型大上许多宛如狼一般的家伙，突然间狂吠起来，并且冲上前去，用牙齿咬住了前面的那头，将它往后拖拽，仿佛发现了什么极为恐怖的东西一样。

几头野狗或者狍在圈外兜了几圈，不断地狂叫着，仿佛在争吵一般，最后由那领头模样的野狗招呼着，朝着我这边疾奔而来。

我的心瞬间提了起来，我以为我被这些畜生发现了。

但随后，它们在离我五十米左右的距离停下了，然后开始刨草丛，仿佛里面有什么东西，它们甚至开始厮打争抢。

过了一会儿，我看见一头野狗的嘴中拖出了一只手来——人手。

瞧见这血肉模糊的手掌，我的脑袋"轰"地一下，一种极为不祥的预感从心头浮现。我再也忍不住了，低伏着身子朝那几头野狗厮打的地方摸了过去。

就在我即将摸到近前的时候，咕噜噜，从坡上滚落了一个圆乎乎的东西下来。

我定睛一看，浑身僵直，就仿佛中了定身法一样。

这个圆乎乎的东西，是一个脑袋——人脑袋。

而那人的脸，我却是认识的，就是先前跟着赵老师一起过来接淘汰学员的马脸男子。

他，死了。

如果是学员死了，极有可能是实战演习的过程中，相斗的双方没有控制住劲力，过失杀人。但死的这个，可是导演组的工作人员。

无论如何，参与演习的红、蓝方学员，都不会对工作人员下手。

这事儿不太对劲。但……

想到这里我箭步上前，不让那帮野狗破坏现场。

不想，我刚刚冲过去，那五头野狗就反应过来，这些刚吃过人肉的畜生双目发红，泛着血丝，口中张开，惨白的牙齿里面还挂着许多人肉残渣。

它们在瞧见我的一瞬间，立刻就有两头停止了厮打，朝着我陡然冲来。

这样的恶犬，普通人碰到只怕会死得很惨吧？

只是，你们遇到了我。自求多福。

憋了两天闷气的我，面对着这几头丑恶的食腐生物，没有任何犹豫，将右手猛然一抖，那熔岩棒便迅速变长。

紧接着，一头满身癞皮的野狗腾空而起朝着我的脸扑了过来。

没想到小小的身躯之中，居然蕴藏着如此巨大的力量，让人为之惊叹。

不过……

砰！

熔岩棒陡然挥去，我巨大的力量在那一瞬间爆发，砸在那尖锐的狗头之上，直接将其坚硬的颅骨敲得粉碎，脑浆飞溅。

下一秒，我回旋棍身，猛然一捅，将第二头野狗给直接钉在了地上。

嗷呜……

这玩意儿果然不是狗，连叫声都十分古怪。且不管它到底是什么，为了避免这几个玩意儿闹的动静太大，惊扰到了那边的人，我马不停蹄，箭步冲向了前方，朝着坡上的另外三头杀去。

那三头畜生有两个凶悍无比，同伴的死去丝毫没有让它们恐惧，反而越发凶狠，直接飞扑上来。倒是那个头最大的，转身就跑，头也不回。

我一棒一个，将那两头刚刚啃噬完人肉的畜生敲死，冲到了草丛中，瞧见马脸男子的身子已经被撕扯稀烂，内脏和肠子流了一地，鲜血凝固，场面十分恶心。

我左右打量着，害怕周围会有埋伏。很快我将视线收回，打量跟前这位马脸男子的身子，感觉有一些不太对劲儿。

这体型，相比之前好像缩小了许多。

我忍着恶心，俯下身来，伸出左手捏了一下马脸男子还算完整的左臂，发现他那胳膊皮包骨头，捏上去有老腊肉一样的感觉。

这是什么情况？

我立刻想到了一件事，开始在他那破烂的衣服里面翻找起来。我想要找的，是那个掌上电脑一样的东西。

这东西应该显示着所有参赛学员的坐标位置，导演组正是依靠这个玩意儿掌控着所有学员的动向，并且借此来判断许多事情。这也是限制学员的一种手段。

如果我手中有这掌上电脑，那许多事情就变得方便了，就像是开了挂。

若是之前，我并不会这么期待，因为我还想好好地参与演习，靠着自己的实力拿到名次，拿到能让我度劫的烛阴。

但现在的情况不一样了。

我不知道那人到底是谁，是尚良，还是其他学员，又或者是另外的人，总之有人破坏了规则，导致这场实战演习变得无比危险。

不只是学员，就连天机处的工作人员都被卷入进来，这事儿已经变得十分严肃了。

演习，已经没有了意义。

保证更多的人存活下来，才是最关键的。

但我并没有找到那个玩意儿。除了一张过塑铭牌，上面写着"田军"之外，什么都没有。

我转过他的身子，开始翻找，甚至还去那几具犬尸的身上找寻，但都没有找到任何线索。就在这个时候，我突然看见左前方那边的山石前，出现了两个人影。

其中一个我异常熟悉，那就是董洪飞。

他居然闯入了那九头野兽尸体摆布的范围之内去，在那一瞬间，周围有浓雾浮现，然后有一个宛如野兽一般的身影，朝他扑了过去。

啊……

我听到董洪飞愤怒的嘶吼声从那个方向传了过来，当下我没有任何的犹豫，提着熔岩棒就冲了过去。

终于出现了。

我扔掉了身上的其他东西，朝前急速狂奔着，脑海之中不断地浮现出那个宛如野兽一般的身影。那是什么？它实在是太快了，快到让我都有点儿没反应过来，此刻不断在脑海之中模拟着那图像，发现好像是一头野豹，又或者是一个飞扑的人形。

因为太快，我实在是无法判定。

但我能明确一点，这黑影十分恐怖，我与之对抗都很悬，至于董洪飞……虽然经过了一个半月的集训，让他的实力得到了飞速的进步。但实事求是地说，董洪飞的实力大概也就是平妖级别。

他距离大妖的境界还远得很，这种硬实力上的差距，并不是短暂的集训就能提升上去的，除非有什么特殊际遇，要不然就得凭借着岁月的打磨，一点一点地熬。

所以，我若是慢上一步，董洪飞恐怕就要死于非命了。眼睁睁地看着朋友死去，这事儿对我来说是绝对不能接受的。

快，快，快……

我在心里不断地对自己说着，人在那一刻整个化作了一条细线，下一秒我陡然一跃，冲进了迷雾之中。

身跃迷雾之中，伸手不见五指，我感觉到一股恐怖的气劲朝着我袭来。

我伸手抓住那玩意儿，是一根粗糙的角质状物体，上面的妖气弥漫，笼罩空间。

是董洪飞。

尽管眼前一片大雾，遮蔽视野，但我望气的神通却并没有被屏蔽，这颜色与上次扎营夜袭之时是一般模样的，让我很容易认出董洪飞。

当下我没有犹豫，借力一转，揪住了董洪飞的牛角，猛然一拽，将他往阵外扔去。

当我出手的一瞬间，就感觉到身后传来了一阵阴冷的气息。这气息比起刚才董洪飞弄出来的架势要小上许多，甚至近乎无。倘若不仔细，根本觉察不到。

但在我的第六感之中，这个才是最为恐怖的。

那杀气，凝如实质。

铛！深处迷阵，大雾浓郁，伸手不见五指，但我的双眼却能望气，通过气色判断对方的位置，当下毫不犹豫地出手，一棒砸落下去，正好打中那家伙。只听到那家伙闷哼一声，紧接着怒吼一声。我眼前的白雾，瞬间就变得通红，宛如血海一般。

我知道这是那些兽尸身上激发出来的鲜血，在不确定这玩意儿是否有毒的情况下，我为求自保，下意识地往后疾退。

然而刚走两步，我却感觉到空间不断地左右移动，核心处还传来一股极为恐怖的吸力。那吸力不但将我的身子往里面拉扯，甚至连我的神魂都是一阵摇曳，感觉整个世界都在晃悠。

糟糕！我感到一种说不出来的惊悸，当下也没有多做犹豫，一秒钟将衣服脱下，随后妖力灌注全身。

轰……

熊熊烈焰，在一瞬间从我的体表之下迸发出来。汹涌而出的火焰将周遭的一切给点燃，包括那浓稠不化的白雾，以及掩映整个空间的鲜血。当我将熔岩棒向前猛然一挥的时候，整个空间陡然一清。

金猴奋起千钧棒，玉宇澄清万里埃。

唰……

一阵如狂风般的轰鸣，前方陡然一清，我瞧见一个浑身散发着如墨黑雾的家伙，朝我猛然扑来。

那家伙浑身被如有生命一般的黑雾包裹着，那些黑雾仿佛无数条活蛇一般不断蠕动，而没有黑雾覆盖的地方，尽是蛇一般的黑亮鳞片，透着一股子让人不寒而栗的阴冷。

这是一个人。至少是人形，有头有四肢，身高一米七左右，却散发着一股浓郁不化的死气，让人望而生畏，下意识地想逃离。

不过我并没有跑，毕竟这家伙让我找了好久，此刻瞧见，我不与它战个痛快，将谜底揭晓，又如何能够罢休？

此刻的我，浑身都是火焰，金甲覆身，攀升至巅峰，正是全盛状态。

我如何会惧？杀！

熔岩棒陡然迸发出火焰，朝着对方敲去。

那家伙并没有想到我居然能破开迷雾，他刹不住车，冲到我跟前，避之不及，被我恶狠狠地敲在了双臂之上，有金属之声迸发。

我一击得手，毫不手软，再次迸发，长棒如暴雨骤然而落，一阵疾敲。

那家伙身如坚铁，被我一阵敲打，却不落下风，只是身上那浓郁如墨的黑色气息散去了许多。

当他脸上的黑气稍微散去一些，露出满是鳞甲的冷峻脸庞时，我愣住了。

这轮廓，很像一个人。

王大明——那个之前大家以为是被冤枉、又神秘失踪的男子，此时此刻，却出现在这个诡异的地方。

没错，是王大明。

我的熔岩棒一次又一次地砸落下去，将那人脸上的黑雾震散之后，他脸上的轮廓越发清晰。尽管有蛇鳞一般的甲片覆盖，遮住了大部分的神韵，但我还是能够感知到，这人就是王大明。

是，又不是。

之前的王大明，虽然是高研班的三个副班长之一，甚至还是基础班的小班班长，但对于我来说，并不算厉害角色。毕竟，基础班从来都只是那些潜力深厚、但又欠缺硬实力的修行者。这样的人，别说高级班，相距夜行者班也是有很大差距的，在我看来，不是什么难以对抗的敌人。

但此时此刻，他却是截然不同。

面前的这个人，却如同"蒸不烂、煮不热、锤不扁、炒不爆，响当当的一粒铜豌豆"，即便是熔岩棒敲在他身上，也不过是打鼓一般传来金铁之声，完全没有击伤到他本人。

坚韧！这家伙给我的感觉就是如此，仿佛那黑色雾气如同盔甲一般，让我这熔岩棒之上的千钧力道，没办法传递到他的身上。

我继续展开攻击，长棒所向，暴风骤雨。

在适应了最开始的进攻之后，浑身浓墨漆黑，表皮上面覆盖了一层鳞甲的王大明开始反击起来。

他双拳如铁，打在那熔岩棒之上火花飞溅，随后他欺身上前，贴着我厮打，从而让我失去了长兵器的优势，让我不得不在方寸之间与他腾挪。王大明一下子就将局势逆转了过来。

他凶得很。倘若我不是学了贪狼擒拿手，能在这短瞬交击的时候有着清晰的应对之策，说句实话，我早就落败了。

拳有所长，棒有所短。

在试探进攻之后，王大明变得越发激进起来，他频繁地绕过我的棍影贴身上来，除了拳与脚之外，用得最多的就是头、肘、膝，三方运用得炉火纯青，让我防不胜防，不知不觉间就被击打了好几次。

不过对方硬，我也不软。

无论是六甲神将化身的金甲，还是由内而外的炙热火焰，又或者那铜皮铁骨，对于外在的打击都是有一定抵御性的，甚至还有极为强烈的反伤。

王大明与我一阵缠斗，身上的黑雾越发地溃散而去。

一开始，他整个人都还笼罩于黑雾之中，到了现在，上半身都已经显露出来，周遭只有淡薄的烟尘萦绕，凸显出那一张脸格外的凶戾，如同一条毒蛇。

双方又是一阵激斗，各有所长。随着战斗的持续，我将手中的熔岩棒变得短小了一些，又运用上了杨林老师这些天传授的手段，逐渐扛住对方的攻势，开始占了上风。

而这个时候，我听到了一阵叫声，紧接着与我缠斗的王大明仿佛听到了什么，抽身后退，朝着阵后的山石跑去。

想走？哪有这么容易？

我好不容易蹲到真凶，如何能放他离开！当下也是箭步而上，提棒砸去，却瞧见那王大明浑身的黑色雾气瞬间变得浓郁，紧接着他朝着那山石陡然撞去，下一秒，只听得"砰"的一声炸响，撞在山石之上的那团黑雾瞬间溃散，化作了乌有。

王大明也消失不见，不知所踪。

熔岩棒重重砸落在了山石上，碎石飞溅而起，不见任何人影。

没了？我心头惊骇万分，总觉得那家伙逃走的手段实在是有点儿不可思议，足尖一蹬，三两步跳上了山石之上，四处张望，却没有瞧见王大明的任何踪影。

怎么回事？

我心中满是疑惑，而随后，我瞧见刚才被我救出阵外的董洪飞，身边又多出了两人。

一个李安安，一个马思凡。

他们不知道什么时候赶到了这儿，正摆开架势，全神贯注地打量着我，一脸警惕的表情。

我的脑子里还在思索着王大明离奇消失的事儿，好一会儿方才回过神来，知道那家伙逃走已成事实，长长叹了一口气，然后跃下山石。李安安和马思凡下意识地往后退去，走向了王大明布置的阵中。

那儿有九种不同的野生动物摆放成了九宫格的形状，之前在远处时只能瞧个大概，如今走到近前来看却发现，这些兽类的身子都缩小了许多。

就跟烘干、吊在梁上的老腊肉一样。这情形跟那边的马脸男子是一模一样的。也就是说，王大明能吸食精血。

我身上的火焰开始消失，金甲也缓缓地融入体内，眼看着自己将要再一次进入裸奔状态，我冲着李安安喊道："闭上眼睛，我要换衣服了。"

为了避免再一次无衣可穿，又或者去穿那前后皆凸的蛇皮裤，我在开打之前，将衣服和裤子一瞬间脱下，扔在阵中。这其实是很好操作的，只要熟悉，普通人也可以。当然，底裤除外。

此刻我过去将衣服找出来，发现上面除了喷溅了一些鲜血之外，倒也没有太多的破损。

快速穿上之后，我走到了李安安、马思凡和董洪飞的跟前，开口第一句就是："红 4。"

我们这些人都算是比较熟悉的朋友，即便是实战演习，也没有必要相互隐瞒。

毕竟，演习是一时的，朋友是一世的。

瞧见我刚才的威风凛凛，再看到此刻的我，三人皆有些不太习惯，不过还是陆续报出了自己的阵营。

红 2、红 11、蓝 18。

这三个分别对应李安安、马思凡和董洪飞。

董洪飞居然是蓝方阵营的。

不过在刚才那诡异的情况下，即便是敌对阵营，李安安、马思凡两人也并没有急着向董洪飞出手。因为李安安必须从董洪飞的口中得知刚才那一幕的缘由。

为了表明身份，大家都没有隐瞒，将标识铭牌拿了出来。

尽管我手中有好多张铭牌，也知道可以替换，但铭牌这东西更多的时候，还是根据学员之前的评价体系来的，再加上之前李洪军的佐证，所以对于李安安红二的身份，我并不怀疑。

李安安不用怀疑，那么其他人的身份也同样可以确定。

验证完身份之后，李安安说道："刚才洪飞跟我们说了点儿，不过十分凌乱，你也说说，刚才那个家伙到底是什么？"

"你们看不出那人的身份？"

李安安摇头，说："全身黑雾萦绕，魔气袅然，我们如何分辨得出？"

我这才知晓，自己是因为相距很近，近乎贴身，所以才能够看见。但若是隔得比较远，那人又陷入一片混沌之中。

我看了董洪飞一眼，说道："是王大明。"

啊？众人皆惊，马思凡有些惊诧地喊道："怎么会是他呢？他不是失踪了吗，怎么会出现在这里？"

我当下也没有太多隐瞒，将这两天发生的事情一一说来，从头到尾都讲得十分细致，毕竟我追这家伙已经有两天时间了，很多事情在脑子里还是思考得很清楚的。

听完我的叙述，李安安皱着眉头说："也就是说，校方的判断其实是正确的，王大明就是那个杀害同学和老师的凶手？"

我说："基本证据确凿。"

马思凡也不得不信，摇头叹气，说："梦中杀人，这事儿太玄了。不过瞧他刚才的模样，显然是走火入魔了，如果是被魔头引诱，将自己的意识坠入黑暗，的确有可能做出那样的事情来。"

董洪飞有些慌张，说："如果是这样，那我们继续参与演习，岂不是会有生命危险？"

我拍了一下他的肩膀，说："你才知道？刚才倘若不是我出手，将你扔出战圈之外，你恐怕就已经躺倒在地了，哪里还能在这儿说话？"

董洪飞回忆了一会儿，突然往后退了两步，长躬到地，说道："多谢救命之恩。"

我没想到他居然这般郑重其事，赶忙将他扶了起来，说："都是朋友，何必客气？"

董洪飞从怀里掏出了他的小黑盒子，对我说道："现在的问题实在严重，以我的实力再继续下去只怕会死。我不是贪生怕死之人，但有用之躯留来做别的事情，岂不更好？我退出了，你来帮我按吧。"

这儿有三个红方，就他一人是蓝方，抛开刚才的变故，他也逃脱不得。既如此，还不如将这人情送给我。

一来我刚刚救了他，二来我们之前的关系也挺不错，还是同屋，于情于理这都很合适。

我看了一眼李安安，她不反对，我便按下了按钮。

我们这会儿也的确需要跟导演组的工作人员取得联系。

董洪飞此时整个人都轻松许多，说道："你刚才说有老师死了？在哪里？"

我想起自己的补给和一大堆东西都扔了，指着不远处，说在那边。然后我领着他们过去，然而走到刚才的伏尸处，却一脸愕然。

那马脸男子的尸体，不见了。

不光是马脸男子的残尸不见了，就连那几头不知道是野狗还是狈的畜生尸体，也跟着不见了，我甚至都没瞧见血迹。

我用熔岩棒砸出来的泥窝子和脚印，倒还在。倘若不是这个，我甚至都以为自己找错了地方。什么情况？

跟着过来的几人都莫名其妙，李安安看着我，说："你确定那个工作人员死在这里了？"

我点头，说："当然，你觉得我在开玩笑吗？"

马思凡立刻上前，说道："漠哥的为人大家都是知道的，说一不二，不可能在这种关键事情上对我们有所隐瞒。"

李安安跟我解释说："我知道你的为人，我也挺相信你所说的话，但关键是，这么短的时间里尸体突然就不见了，而且一点儿痕迹都没留下来，这事情等一会儿来交接的工作人员听到了，他们会怎么想？"

我突然想起来："对了，如果那个马脸工作人员的身上装有定位器，或许就什么都清楚了。"

李安安皱眉，说："只怕很难。"

我有些着急了，说："咱们再找找——你们仔细闻一闻，有没有感觉到尸体的臭味？"

马思凡说："血腥味倒是闻到一些，但尸臭味……貌似没有。"

董洪飞苦笑着说道："估计没死多久，尸臭味什么的肯定是闻不出来的，还是等工作人员来的时候，咱们再沟通一下吧。"

如果有那马脸男子的尸体为证，演习恐怕会被取消，那我们接下来需要做的就是围捕王大明。但如果没有尸体，这事儿反而变得麻烦起来。

这回导演组的工作人员来得很快，一刻钟不到就赶来了一队人，领头的居然是我们的班主任谭老师。

她带着四人来到我们跟前，看向了董洪飞，说："你被淘汰了？"

每个黑盒子都是有标识的，一旦按下，导演组立刻就知道谁被淘汰。但董洪飞的表情并没有沮丧，所以她才会疑惑。

的确，董洪飞虽然也想要名次，但相比于名次来说，活着才是他最大的诉求。

此刻演习很有可能出了岔子，那么最好的结果就是退出演习，对于这事儿他很想得开，甚至觉得是一种解脱。

李安安上前，讲述了我之前的发现。听到这事儿，谭老师的脸一下子就变得严肃起来，他看着我说道："侯漠，这件事情你确定？"

"当然，我怎么可能拿这事儿开玩笑？"

谭老师问道："那田军的尸体呢？"

呃……果然，李安安说得没错，凡事都讲究证据，特别是对于天机处这样严谨的组织而言。

我们将刚才的情况说了一遍，谭老师果然不信，说："众目睽睽之下，一具残尸和几个野狗的尸体，就在你们眼皮子底下不翼而飞了，而且连血迹都不见了，这事儿你们觉得可能吗？"

我被这般质疑，心里有点儿不舒服，说："谭老师，我刚才在跟王大明拼死搏斗，哪能顾得了那么多？"

董洪飞也说道："对，谭老师，你刚才不在——那王大明入魔了，整个人恐怖得很，浑身冒着腾腾黑气。如果不是漠哥站出来全力抵挡，说不定我也死在这里了。"

谭老师问道："腾腾黑气？你看到那人的面目没？真的是王大明？"

"啊？"董洪飞犹豫了一下，看着我，不知道该怎么说。

我瞪了他一眼，说："你实事求是地说，别添油加醋，坏了事情。"

董洪飞低头，说："这个么，我也没有瞧清楚。"

谭老师又看向了李安安和马思凡，问他们看清楚没有？

两人皆摇头，说他们来得有点儿晚，那家伙瞧见他们过来就跑了，没来得及仔细打量。

谭老师看着我，缓声说道："也就是说，看到田军尸体的人就只有你。瞧见那个黑色如魔的家伙是王大明的，也只有你，对吧？"

我心头很不舒服，此刻也没有再藏着情绪，冷冷地说道："老师你爱信不信。"

谭老师觉察到我不开心了，解释道："这件事情，我持中立态度，不发表意见，但我会如实将情况反馈给导演组，让他们来做判断。在此之前，你们还是按照演习的既定方案来执行，可以吗？"

我说没问题。

李安安和马思凡都点头，说没问题。

谭老师看了一下手上的上海石英表，说道："按照演习规定，导演组的工作人员不能跟红蓝双方的学员有超过两分钟的交流，我得走了，这里的情况我会如实反馈给导演组，还有什么问题吗？"

我们摇头说："没了。"

谭老师点头，说："好，那你们多保重。"

说罢，她带着董洪飞和其余四名工作人员撤离。这些人都是练家子，没多一会儿就消失在了林中。

等人离开了我们的视野，李安安看着我，说："觉得不太舒服，对吧？"

我点头，说："对，讲真话没人信，这是很痛苦的。"

李安安笑了，说："行了，我们还是立足脚下，想着怎么赢得比赛吧——你的战绩如何，说来听听。"

我将我的情况跟她说起，并将标识牌都拿了出来。

瞧见我手中的这些，李安安忍不住吸了一口气，说："还是你厉害啊，怎么有这么多？"

"一部分是直接淘汰的，一部分是从别人手中缴获的。"

我说起了田德智和马小龙的事情，以及瞧见李洪军带着王岩和马小凤在林中守株待兔之事。

李安安点头，说："那个田德智我知道，云南大理田家的人，祖上有五毒教的底子，他家族大，爷爷辈往下的就有好多个叔伯姑姑，都是国内著名的动植物学家和药理研究人员，有家传渊源。"

我有些惊诧，说："没想到这也算？"

"当然，任何古老的技艺都得与时俱进，否则很容易被社会淘汰掉。"

我问她这几日的成绩，李安安告诉我，她在遇到马思凡之前淘汰了两个，然后与马思凡汇合之后又淘汰了一个，加上马思凡淘汰的一个，加起来也才四个。

这数量对于别人来说很多，但对于她来说，实在是太少了。

不过并不是她过于谨慎，又或者实力不够，而是她被扔到了很远的地方，周围人员稀疏，晃悠了几天都没碰到什么人。

又或者有人，但过于猥琐了，藏得太深，完全没办法。

当我说起水壶底下的地图拓印时，李安安和马思凡皆表示明了，于是几人将自己手中的水壶都拿出来。我则直接在地上，用树枝划出。

如此琢磨了一会儿，我们终于用九张不同模样的小图，拼凑出了燕子矶的大概地址。

对，只能说是大概，因为这图形也有太多的不确定性。

我们对着地图，对比了一下附近的山川地理——这个事儿是由马思凡来做的。这个家伙不但八卦厉害，而且望山观气、辨别风水的能力，也是一等一的强。

我以为这家伙是风水世家呢，结果他告诉我，他的祖上居然是土夫子出身。

什么叫土夫子？这个说法文雅了一点儿，说白了，就是盗墓贼。

据他说，当年东陵大盗孙殿英盗了慈禧太后的墓穴，他先祖是被枪逼着请去当的顾问。若是没有他先祖在，只怕孙老总不知道会死多少的士兵和弟兄。

所以，没多一会儿，马思凡就判断出，那燕子矶离我们这儿差不多有一天左右的路程。不算远。

基本弄清楚状况之后，李安安与我商量："从导演组的意图来看，我感觉到每个人的落点分配都是精心布置的。演习的进程过半，我们如果不赶到燕子矶，恐怕会落入下风，甚至失败。所以……"

我点头，说："明白，那我们现在出发吧。"

李安安看了一眼我，有些犹豫地说道："你确定跟我们一起走？"

"怎么，你不带我玩儿？"

李安安连忙摇头，说："怎么会呢？只是，我之前听一奋兄说你对前三名志在必得，如果跟我们一起，评价分数可能会被拉低的……"

"没关系，到时候你若得了，给我一份便是——那东西对我很重要，甚至决定了我的生死，你若肯给，我会尽全力回报你的。"

李安安连忙摆手，说："不用，不用这么客气。"

几人商定之后便一同出发。

有三人在，而且都是强者，前进的过程还算轻松，夜幕降临时，我们没有摸黑继续赶路，而是安营扎寨，找了个高处落脚。至于补给，大家都没什么心情，简单吃了一点儿肉干。

三人轮流守夜，为了照顾女士，李安安先守，然后是马思凡，最后是我。

所以我很早就睡了过去。

迷迷糊糊中，我听到一声又一声的咆哮和狼嚎声，陡然醒了过来，瞧见四周空无一人。

我一跃而起，下意识地往怀里摸去，准备抓出那熔岩棒来与人交手，然而刚刚攥在手中，一柄木剑压在了我的肩膀上。

随后听到李安安的声音从身后传来："下面很危险，少安毋躁。"

我转头，发现李安安一直就在我的身边。

我有些心惊，因为刚才我是左右打量过的，没感觉到任何人的声息，没想到在下一秒，她居然就出现在了我的身边。这样神出鬼没的架势，得亏她对我没有恶意，要不然我什么时候死的都不知道。果然，盛名之下无虚士。

这个英姿飒爽的女孩儿之所以能被众人为之敬仰，并不是没有原因的。之前一同训练的时候，大家都藏着掖着，我还没有太多感觉，但此刻动上了真格的，就全然得知了。

厉害！

我身子稍微往后退了一些，说道："怎么回事？"

李安安手中的那把木剑，是落地之后自己打造出来的，虽然我不知道她用了什么手法，但弄得惟妙惟肖。再加上她这几天一直以气养剑，使得那长剑虽然并不锐利，但挥舞起来时逼发气劲，也有着极大的杀伤力。

这样的东西，我可不愿意让它放在我的肩上。即便李安安是我们这一方的。

李安安回答："不知道，小马驹已经摸过去看了，具体什么情况一会儿就会知道。"

"小马驹"，这是马思凡的外号。

当然，这也得分谁来喊，李安安那是没问题的，但如果是不熟的人，说不定那家伙会翻脸的。

我松了一口气，手往旁边的青草上一抹，然后将上面的露水揉在了自己脸上。我要让自己快速清醒过来。

我的脑子恢复了冷静之后，侧耳倾听一番，然后说道："听这动静，感觉不是一两个人能够闹出来的吧？"

李安安抱剑而立，平静地说道："自然不是。"

"是我们自己的人吗？"

我所说的自己人并不是说红方，而是参与天机处实战演习的所有成员。

事实上，发生了昨天中午的事情之后，我就已经深刻地体会到，在这茫茫的北国林原之中，除了我们这一帮人之外，还有更多让人难以想象的艰险与困难，说不定还潜藏着许多的神秘人物。

就比如王大明。他为何会变成现在这副模样，不是很值得深究吗？

如果真的是他们所说的王大明入魔了，那么这个魔头到底是哪儿来的？

我耐着性子等了一刻钟，这时李安安反而是等不了了。她皱着眉头，说："怎么还不回来？不可能啊，小马驹的轻身功夫这么好，去瞧一眼，打个来回应该是很快的？"

"要不咱们下去看看？"

李安安犹豫了一下，说："还是我去吧。"

我摇头，坚持一起。

见我如此坚持，李安安没有多说，让我将补给之类的东西都放下，然后朝着下方摸去。

两人在这山峰的顶端，往下走速度很快，不过当我们赶到坡脚下的时候，发现这儿除了一片狼藉之外，别的什么都没有了。

李安安走到场中，吸了吸鼻子，对我说道："小心。"

她提着剑，往左前方的黑暗中摸去。

我虽然没有请出熔岩棒，但将其抓在右手掌心处，随时能拿出来。

我走在李安安的背后，互为依仗。

两人在这儿找寻了一番，随后李安安俯身下去，从地上拾起了一撮毛发。我走上前去，借着月光打量，发现是一撮黑色的毛发。它有一指长，我伸手摸了一下，又粗又硬，有点儿像是我小时候见过的野猪毛，尖端又有一些柔顺，满是油光。

紧接着，李安安在一片浅泥地前停留，然后蹲在地上，打量着上面的脚印。

我左右打量着，防备周遭，问道："怎么样，有什么发现？"

李安安开口说道："一共五个夜行者，不确定是什么猛兽，但身材十分巨大，踩在泥上的脚印很深。而另外一边是鞋印，是学校配发的标准军靴——双方应该是发生了战斗，有人流血了，是夜行者的血，你看这里，带着一点儿蓝色……"

她说了几个要点，我有些着急，问道："是思凡吗？"

李安安摇头，说："不是。"

"那他在哪儿？"

我对那个面相老成的年轻人很有好感，如果他出了事儿，我还真的有点儿难以接受。

李安安皱眉，说："我怎么知道……别走！"

话说到一半，她突然一声暴喝，朝着左前方陡然冲去。

我抬头一看，却见那黑暗之中居然浮现出了几对红得发亮的眼睛，在这阴森幽暗的林子里，显得格外瘆人。

李安安当真是一狠人，话音一落，人已经冲出十米之外。

她手中的木剑陡然扬起，往前一劈，就有凌厉剑气陡然迸射，斩落前方。

那剑气锋芒扫过，立有树木折断，纷纷栽落下来。好强！陡然间攀升巅峰状态的李安安一出手，就让我有一种头皮发麻的感觉。

虽然她之前跟我谦虚地说，剑法这事儿并不重要，关键的是人，但此时此刻她的出手，方才让我感觉得到，为什么在修行门道里，有人会把练剑的这事儿称之为"剑仙"。

五秘，说的是太极、丹鼎、玄真、剑仙和符箓，而最有攻击性的修行法门，便是剑仙。

明敕星驰封宝剑，辞君一夜取楼兰。

唰！李安安气势如虹，陡然间一声炸响，紧接着我听到几声拼斗，随后李安安又高声喝道："休走……"

我奋力前冲，然而前方的李安安和黑暗中的那几对红眼睛则更加迅捷，一纵一跃，就掩映在了密林深处。

我发足狂奔，跑了三五分钟，失去了敌方踪迹。

我站在一处浅坡之上，茫然四顾，心中有些紧张。我倒不是担心自己，而是害怕李安安太过冲动，陷入了重重包围和埋伏之中去。她一个女孩子，就算是剑法通神，但被有心算无心，就很容易出事。而且她脱离了我的视线，更是让我担心。

我顾不得暴露自己的位置，开始大声呼喊起来："安安，安安，李安安……"

我一边向前，一边呼喊，差不多五分钟之后，右方的灌木丛传来一阵动静，我紧攥拳头，冲上前去，却听到李安安的声音传来："是我！"

啊？我停下脚步，瞧见一身露水的李安安走出了灌木丛。

我打量着她，发现除了衣服上有一些划痕之外，看不出受伤的样子。

我松了一口气，不过还是问道："你没事吧？"

李安安的脸色铁青，心情显然是差到了极点。不过还是回答道："还好，那帮家伙凶是凶了点儿，但没有认真跟我交手。"

"那几个家伙是什么人？"

李安安说道："不是我们的人，至于是哪儿的……有点儿像是那边的。"

她往北边指了指，我有些诧异，说："不是中国人？"

"对。"

"你是怎么看出来的？"

李安安说道："一般来讲，贪狼血脉的夜行者，华夏之地并不算多，反倒是北欧和俄国最为繁荣。刚才那几人，我虽然没有仔细打量，但大约是跑不了的，而且闻味儿也很像。"

我回想了一下，感觉除了腥膻之气外，别的还真的没闻出来。当然，这也是我见识浅薄、简陋的缘故。

"如果真的是北边的，他们为什么跑到咱们这儿来，还对我们的学员动手？"

"不知道，不过你说得对，这次的集训事情太多了，只怕未必能如校方的意愿。当务之急，我们应该赶紧找到小马驹，不然问题可就严重了。"

在当前这扑朔迷离的情况下，马思凡脱离我们的视野，很有可能就是遭遇到了敌人。

如果是这样，他就可能会有生命危险。

此时此刻，已经不是实战演习那么简单了。

我说："既然那帮人已经被你赶走了，说明思凡还在原来那里，我们回去找一找，说不定能找到。"

李安安点头，说："只有如此了。"

当下两人循着原路回去，也顾不得其他，大声喊叫着，如此找寻了十几分钟，我在南半坡那儿找寻的时候听到一句弱弱的声音："我，漠哥，我在这儿。"

听到这话我浑身激动，奋力跑了过去，看见在一处草地上，马思凡衣衫凌乱地躺在地上。也不知道他到底怎么回事，仿佛脱力了一般，想爬都爬不起来。

我走上前去想要扶他，却闻到一股苦栗子加上洗衣粉的气味，随之而来的是一股让人浮想联翩的刺鼻味道。

我有些意外，问他道："你怎么了？"

马思凡光着膀子，身上满是红印子，苦着脸，左右打量，说："安安呢？"

我指着西边，说："在那儿呢，我叫她过来？"

马思凡慌忙说道："别，别……"

"你到底怎么了？"

马思凡突然失声痛哭起来，指着头顶的天空。

我朝天一望，却见圆月当空。

今天十五。

我不是情窦初开的懵懂少年，也不是谨守教条的老夫子，之前谈过两个女朋友，虽然分得很快，但男女之间的事儿还是懂得的。

我也知道，此时此刻的马思凡是怎么回事了。

马思凡哭着说道："我也不知道啊，我是摸过来查探情况的，结果什么都没看着，后脑勺还被人敲了一下昏了过去。等我醒来的时候，一头浑身棕色毛发的巨狼化作一美女，我完全动弹不得……"

我蹲下身来，问他道："真的是一女的，不是爷们儿？"

马思凡恼了，说："我骗你干什么？"

"你能起来不？"

马思凡哭丧着脸说道："不行，腿软，直打摆子。"

我忍住笑了，问他："感觉怎样？"

马思凡瞪了我一眼，说："咱能不能说正经的？这件事你可千万别告诉安安！"

这小子喜欢李安安，是半公开的事情。事实上，不光是马思凡、李洪军、孔祥飞，还有高研班的许多男人都视这位英姿飒爽、又带着几分女性柔美的李安安为心中女神。

他们都想成为摘下那朵美丽玫瑰的男人，这事儿并不是什么秘密。

不过我感觉，这帮人都没戏。

别看李安安平日里挺随和，跟每个人都客客气气的，特别是跟身边的人，更是毫无遮拦，对马一奁更像是迷妹一般。

但她的内心深处，唯一爱的只有一物——剑。

剑，才是她这一生，是她最愿意为之付出的东西。

除此之外，再无他物。

不过有的事情看破不说破，我并不想扰乱马思凡对于美好的幻想，便对他说道："这个可以，不过一会儿，你怎么跟她解释？"

马思凡犹豫了一下，说："要不，你就说我被打晕了？"

"打晕一下，至于爬不起来吗？对了，你这状态，还能继续下去吗？要不要我帮你按求救按钮？"

"别别别！"马思凡慌忙摇手，"我可以的，我只要休息几个时辰，问题应该不大。"

我盯着他，说："你确定？刚才的事情你也看到了，安安告诉我，说对你动手的那帮人很有可能是北边的夜行者，也不知道为什么会出现在这里。但可以肯定的是，接下来的过程将会更加困难，随时会有生命危险——就算如此，你还打算坚持下去？"

马思凡一脸严肃，说："为了保护安安，就算是死，我也得坚持下去。"

我笑道："得了吧，你都这样了，还好意思提安安？"

马思凡恼羞成怒，说："侯漠，我都跟你说了，我是被迫的好吗？我但凡能动弹，早就反抗了。我跟你说啊，你再说这事儿我跟你急，知道不？"

我无奈道："好吧，先前的事情，甭管是男是女，你就当做了一噩梦，忘记吧。"

我帮马思凡收拾了一下衣服，将人扶了起来，又感觉气味实在是太重了，就让他去草地里打了个滚儿，让那露珠将身上的气味弄散一些，然后叫住了另外一边的李安安，说人找到了。

李安安过来之前，马思凡收拾了一下自己，不过仍然不免颓废。他整个人仿佛瘾君子一样，奄奄一息。两人简单聊了几句，李安安不知道看没看出来，总之也没有多问，让我背着马思凡去休息。

马思凡实在是累极了，头一挨地，整个人就昏昏沉沉地睡去。

我本该是下半夜值班，所以也就没再睡，站在不远处的大石之上遥望四方。没多一会儿，我感觉到身后有动静。

我回过头来，瞧见李安安就在身后不远处。

黑暗中，她的一双眼睛亮晶晶的，有点儿像是头顶星空的倒影。

我这时才发现，其实她也长得挺美的，有着西方人一般的立体轮廓，让她的美丽变得英气了许多。

此时此刻，星光之下的李安安，有着一种说不出来的迷人魅力。

我对她说："怎么了？"

李安安说道："刚才小马驹在，我不方便问，你能告诉我，他到底怎么了吗？"

我苦笑，说："这个……我答应了他不说的。"

"其实你不讲，我也知道，不过我有点儿想不通，即便是月圆之夜，贪狼血脉的夜行者控制不住自己内心的欲望，那为什么不找同类解决，反而是拦住小马驹呢？这件事情不太合理。"

"哪有什么合理不合理？说不定与她同行的都是自己的父兄，怕耽误事儿……"

李安安叹了一口气，说："好吧，你赢了。"

我没有说话，摸了摸鼻子。

又过了一会儿，李安安突然问道："你说，这事儿真的有那么有意思吗？"

这话说得有些拗口，但我听懂了。

只是……如果是一爷们儿，我可以满口胡诌，但在李安安这个一心一意执念于剑的女子面前，我终究不能胡说。

我想了想，说道："你先前上过课，知道夜行者这事儿是几十万几百万年来物竞天择、自然的选择，也应该知道，繁衍后代也是一种亘古以来的行为，它是刻在基因秘密中的需求。如果无趣，人类恐怕早就灭绝了。至于到底有没有意思，我建议，你以后找到了自己所爱的人，可以试一试……"

李安安大概也是鼓足了勇气来谈论这个话题的，被我这般轻描淡写地讲述了一下，也没有再继续追问下去。

不过她显然不是很满意我的回答，幽幽地望着远方。

许久之后，她又问我："侯漠，你爱过别人吗？我说的，是爱情。"

我点头，说："有啊。"

李安安盯着我："很多吗？"

我苦笑，说："怎么可能？自然是结束一段，再开始一段，我又不是什么花花公子，如何能应付那么多的感情纠葛？"

李安安笑了，说："那你说说，最近你的心中，有没有一个想着念着的女子？"

我犹豫了一下，然后点头，说有。

李安安很惊讶地问道："是谁，我认识吗？"

我瞧见她一副小女生的模样，完全没有了之前女强人的气质，忍不住笑了，说："没想到你还这般八卦？"

"废话，八卦是女人的天性。快点儿，别转移话题，说来听下。"

我苦笑，说："为什么想起说这个话题？"

李安安瞪了我一眼，说："你说不说？"

这个女人双眸泛起秋波，红唇粉润欲滴，因为与人搏斗过而脸颊微红，显得分外的娇美动人，此刻冲我一瞪眼，却别有一番风情。

从她这儿，我又联想到了另外的一个女人——秦梨落。

回忆不断浮上心来，我深吸了一口气，长长一叹，说道："我不确定你认不认识她——她是我进入这个行当的引路人，如果没有她，我或许还过着自己安安稳稳的日子。开始时，我挺恨她的，但大概是人家长得漂亮吧，恨意又没有那么浓烈，后来我与她之间有些交集，谈不上谁欠谁的，一直到后来，她落魄了，从高高在上的女神变成了重病濒死的病人……"

我聊起了我与秦梨落之间的事情，当然没有说起名字，而且说得也很含糊。

在讲述的过程中，我回忆了一遍之前的事情，越发地没了自信。

反而是李安安听了很是激动地说道："天啊，你还在犹豫什么，出了集训班就去找她。"

我有些忐忑，说："你难道不觉得，我与她当时的定情实在有些不太妥当吗？我是不是有点儿乘虚而入的意思？"

李安安白了我一眼，说："怎么开始的重要吗？关键是你们双方已经产生了爱情，两个人都心动了，难道不应该去争取吗？而且我并不觉得你是乘人之危，恰恰相反，我觉得你当时的做法实在是太爷们了。如果是我，我说不定也会为这样的男人心动呢？”

“真，真的吗？”

“对呀，很多事情，你并不觉得如何浪漫，但是在别人眼里却是羡慕得紧啊……”

李安安很是兴奋，然而就在这个时候，突然有人在旁边缓声说道：“侯漠同学，你说的那个女孩儿可是港岛霍家的秦梨落？如果真是她，我劝你还是死了那条心吧。据我所知，下个月她就与霍家当家人，霍英雄的小儿子订婚了……”

第六十二章

火墙挡路

简单的一句话，让我整个人大受震动。

最让我惊讶的并不是秦梨落即将订婚的消息，而是在我和李安安全神戒备的情况下，居然有人能够近身而来，并且偷听了那么久都没有被我们发现。

如果他不说话，说不定我们都还不知晓。

不过瞬间我就释然了。因为来人不是别人，正是李洪军。

这个被誉为是"当代年轻一辈中第一人"的李洪军，不知道什么时候，出现在了我们身边的八米之外。

随着他一起出现的还有四人，除了当日我瞧见的王岩和马小凤之外，另外还有两人，一个叫殷悦，是个短发女人，还有一个叫丛明辉。这两人一个是高级班的，一个是夜行者班的，我都只是认识，并不熟悉。但我知道，这两人都是很厉害的高手。

没想到在这两天内，李洪军已经收拢了这么多人。

李安安在李洪军说话的一瞬间就猛然转身，与我背对，打量着周围。

当对方全部的人手都出现之后，李安安的目光落到了李洪军的身上，然后语气沉重地说道："你们怎么过来的？"

丛明辉笑了，说："凌晨时分，你们两个的声音这么响亮，我们就算是聋子也听到了。"

原来如此。之前我们担心马思凡的安危，四处找寻，顾不得太多，直接大声呼喊，虽然最终找到了马思凡，但也将狼给引了过来。

对于丛明辉的插话，李洪军有些不太高兴。

不过以他的涵养，也仅仅只是皱了一下眉，然后温和地说道："安安，我们之间用不着斗个你死我活，不如这样，你束手就擒，好吗？"

李安安性子强硬，冷笑着说道："你觉得有可能吗？"

李洪军又说道："那这样，你可以走，将侯漠留下，到时候我们决赛圈再见，如何？"

李安安将木剑前指，说："废话真多。"

她之前与李洪军倒是挺亲切的，毕竟两家是世交，只是此时此刻，大家的立场和阵营皆是敌对，而且李洪军又是半路杀出打断了我们的谈话，让她很不高兴。

反而是我，即便被众人围住，也没有太多惊慌。既然事已至此，我没办法再去改变什么。

只是，有的事情还是需要问清楚的。

我看向了李洪军，拱手，问道："班长，你刚才说的可是真的？"

李洪军虽然在人后将我视作最大的威胁，但是当面却温文尔雅。

他冷峻的脸庞上面浮现出一抹微笑，温和地说道："关于秦梨落，我之前听人提及过一些，说有个傻小子居然舍得将朱雀妖元拿出来将她救活，大家都颇为惊诧，没想到那人居然是你——侯漠同学，你当真是个情种。"

旁边的李安安听了，一脸惊诧，说："侯漠，你刚才只是说你吻了她，没说将朱雀妖元给了她。你哪儿来的朱雀妖元？"

她一脸八卦，让我有些郁闷，苦笑着说道："这事儿很复杂，说来话长。"说罢，我又看向了李洪军，再一次问道，"班长，你说梨落要嫁给霍英雄的小儿子，这事儿可是真的？"

李洪军点头，说："当然，霍京虽然是霍英雄的侧室所生，但也是他最疼爱的儿子，将来绝对要继承港岛霍家大部分产业的。而秦梨落获得了朱雀妖元，潜力无限，对于这样的家族成员，霍英雄自然需要极力拉拢，所以才有了这么一桩婚事。日期，好像定在七月二十八吧？我先前在我爷爷那里见过邀请函，应该是这个日子没错。"

我脑子有些发热，不过也没有立刻相信他的一面之词，而是质疑道："梨落难道没有反对吗？"

"这我就不知道了，你若有心知道，去港岛找她问问不就得了？"

"去，我肯定是会去的。"我点头说道。

李洪军笑了，说："这样吧，咱们这么熟，我也不动手了，你自己按下弃权按钮退出比赛。这样你就有时间赶去港岛，找那个姓秦的妹子亲自问一问了。我听说她长得很美，在燕京的那段日子，好多皇城根下的名门少年都心生爱慕，甚至还闹出了许多笑话来。只可惜，我当时在承德的避暑山庄修行，没来得及一见……我这么说你别误会，我知道你对秦梨落一往情深，甚至都拿出了朱雀妖元这样的宝物来当定情信物……"

我瞧着这循循善诱的李洪军，笑了笑，说："问，我肯定是要去问的。不过在此之前，我得赢下这场演习，拿下前三的名次。"

李洪军听后耸了耸肩，说："如果我是你的队友，我很愿意帮助你。但，可惜……"

他说着话一挥手，其余四人便各自站位，将我和李安安团团围住。

我的目光巡视，与马小凤的目光交接，她没敢与我对视，而是心虚地低下了头，有点儿不好意思，但我并不觉得她该如此。

虽然我们之前关系不错，但此时此刻我们的阵营不同，那么她此刻的选择才是最正确的。这毕竟是实战演习，是一件很严肃的事情。

巡视一圈之后，我的余光朝着不远处，也就是马思凡休息的地方望去。因为相隔有一些距离，而且我和李安安的目标实在太过明显，所以李洪军等人并没有发现那里。

马思凡虽然十分疲倦，困意十足，但到底还是有些警觉性的，这边的动静一起来，他就发现了情况。只是以他此刻的状态，并没有办法给我们太多的帮助，所以在犹豫了一下之后，小心翼翼地匍匐在地，朝着不远处退开。

既然没有办法解救，还不如离开。保存火种，这才是最重要的事情，他想得很明白。

没有了马思凡的牵挂，我哈哈一笑，看向了李安安，问道："你的剑，可锋利？"

李安安轻轻弹了一下木剑，轻轻一笑，说："然也。"

两人说完话对视一眼，突然哈哈大笑起来。

如今，与君并肩一战，足以慰平生。

唰！

最先出手的，是李安安。

她的木剑陡然一转，在这黑夜之中承接了九天之上的璀璨星光，一瞬间爆发出了巨大的气劲，斩向了前方。

那目标，是蓝方五人之中的最强者，李洪军。

只此一剑，无愧剑仙之名。

李安安将最难缠的敌手揽在了自己肩上，我也没有任何犹豫，将掌心之中的熔岩棒猛然一捏。那天珠一般的玩意儿在灌注妖力之后，陡然变化，化作一根满是符文熔岩的修长棒子。

我砸向了此行之中的另外一个强者。

王岩，豹哥王岩。

这个自称"大刀王五"后辈的夜行者，有着极为强悍的实力，在进入集训营之前，就已经自称是能名列燕京前五十高手的行列。经过这一段时间的磨砺和修行之后，更是厉害。

在我动手的一瞬间，一直紧盯着我的他，也赫然出手了。

这家伙双臂一震，有数十个金属圆环出现在了他的手臂之上，将其套住，紧接着他双腿一蹬，如同离弦之箭般朝着我倏然而来。

铛！我的熔岩棒陡然下砸，与对方手臂之上的金属圆环交击，一声清脆的撞击之声散热发出来。

紧接着，他的身子一扭，居然近身欺来。

这家伙看得很透，知道我这棒子很长，想要拿住我就只能扬长避短，近身交击让我没有这优势。按道理说，棍扫一大片，对于寻常人等，想要近身是千难万难。但他王岩又是何等人物，那速度快得如同骏马，如何会担心近身的这点儿小事呢？

不过王岩凶狠，我的贪狼擒拿手也不是白学的。

当下两人交击，电光火石之间，交手三两下皆是下了狠手。

毕竟我们两个，在前来集训营之前就不对付。甚至还争斗得你死我活过，现在哪里会留手，没有丝毫缓解的意思。

王岩与我虽然是仇人见面分外眼红，却并不是一心单挑的想法，在进攻受挫之后，立刻招呼左右："愣着干什么？赶紧上啊，拿下他们两个，我们蓝方就稳赢了！"

旁边的三人听了，都冲上前来。

马小凤冲向了李安安，殷悦与丛明辉则冲向了我这边。

毕竟我这儿的气势看起来着实凶悍。我举棒迎敌，丝毫没有畏惧。

正当我以一敌三之时，却听到旁边的李洪军陡然一声怒吼："二郎，逆转乾坤！"

一声呼喝，周遭气息陡然爆炸，无数的气旋从斜侧方陡然喷出来。

我立足不稳，一个踉跄摔倒下坡，王岩瞧见，冷然喝道："中！"

话音刚落，那金属圆环朝着我的脑袋陡然射来。

这力道，是要杀人啊！

虽说学员之间的动手，到了紧急时刻，大家都用上了全力，但王岩的这力量，这刁钻角度，真是让我感觉到了他身上散发出来的杀气。他是真的是想要置我于死地。

然而杨林老师这几次课，我又岂能是白学的？

当下我一棒挥出，将那金属圆环挑飞之后一跃而起，瞧见正在与李安安交手的李洪军，身上青光大放，仿佛某种洪荒猛兽一般散发着极为强盛的气息，凝如实质。

这样的感觉，让人心悸。

我这时方才感受到，李洪军的真实实力，远比之前显露出来的要强上太多。这样的水平，都近乎妖王了吧？

他这才多大，三十岁都不到，怎会有这么超卓的实力？

我心头震撼，有些担心与之对敌的李安安。然而王岩却没有给我更多打量的机会——那家伙宛如一头猎豹，陡然冲到了我的跟前，金属圆环将他的双臂紧紧包裹，让他毫不畏惧我手中的熔岩棒。

我与他交击几次，有些恼怒，说："你这个玩意儿哪来的？"

倘若说李安安手中的木剑，还有可能是利用森林之中的木材制作而成，那他这些古怪的金属圆环，就直接是作弊了。

跟田德智的那包盐，是一模一样的。

然而王岩听到我的话，也是冷笑，说："你手中的棒子又是怎么回事？还好意思说我？"

他一句话戳到了我的软肋。的确，我既然能通过隐藏的手段将熔岩棒藏到演习之中来，那别人为何不可以呢？而且我拥有熔浆棒这事儿，在一定范围之内并不是秘密，导演组自然也是知道的，但他们并没有戳破，给了我带来的机会。也就是说，其实他们对于这事儿是默认的。

既然如此，王岩他们手中有这东西也是很正常的。不存在公平不公平。

战斗在持续，随着身子的发热，我的棒子也舞动开了，尽管被三人夹攻，但我并不慌张，因为棍棒这样的长兵器，最不怕的就是群战。正所谓棍扫一大片，便是如此。

而且通过杨林老师的教诲，我对于棍棒之法的运用也渐渐有了自己的觉悟和心得，当下施展开来，也是极为凶猛。

围攻我们的五人中，除了王岩有数十个金属圆环之外，其余人都没有携带兵器。

李洪军凭着双拳，而其余几人使用的则都是因地制宜的简陋物件。

因此，除了王岩之外，殷悦和丛明辉只是在旁边策应，并没有给我造成很大的压力。事实上，如果没有这两人在旁，我或许能凭借着自己陡然的爆发，压制王岩。

和王岩一对一的话，我其实是有六成把握战而胜之的。尽管他是大妖，甚至还是大妖巅峰状态，而我却连信妖都还差得很远——毕竟我还未有真正的觉醒过来。

所以战胜王岩，我需要迸发出全部的精力，没有一丝保留。但那是不可能的。在这样的情形下，光战胜一个王岩，是解决不了任何问题的，只能找回之前的场子而已。

但那又有什么意义呢？

于是一番交手之后，我有了撤离的心思，毕竟对手着实是有一些强大，硬骨头一个接着一个，如果继续拼斗下去，我们最后的结果只有落败。

所以我在猛然一棒将王岩逼退之后，大声喊了一声："安安！"

我与这英气女孩儿相处了快两个月的时间，彼此的默契还是有的，在听到我的呼喊声之后，只听到凭空一声炸响，紧接着一道剑气，自东而来。

唰……

陡然而出的剑气凝如实质，如果说李洪军是自身的硬实力强得让人害怕，那么李安安就是凭借着一手超神剑技，镇住了众人。

剑，是普普通通的一把木剑。

但那是李安安自落地之后，就一直用气养出来的，对于她来说，已经如同臂使。

此时此刻，那一道雪亮的剑光出现，直接将整个战场分割了开来。紧接着李安安出现在了我的身边，对我说道："走？"

李安安的身子轻盈如鸿，浮现在我身边之后又是一剑，直接将王岩逼退下去。

我瞧见她能明了我的想法，很是高兴，点头，说："先走。"

我让李安安先走，下一秒，熔岩棒在一瞬间燃起了汹汹烈焰。妖力在一瞬间迸发，将周遭的树木、草丛和灌木丛，直接点燃，化作了一道烈焰幕墙，挡住前方的一切。

紧接着，我抽身后退，与李安安一同退下山坡。

王岩离我最近，也是最先反应过来的人。汹汹烈焰之中，他第一个冲了出来，怒吼一声，朝着我猛然投掷了一个金属圆环。嗡……圆环在半空中发出了让人头皮发麻的呼啸声，我伸出棒子，猛然一戳，将那圆环给串在了棒子上。

王岩想追，却被李洪军叫住了。

因为隔得远，所以两人的对话我听得不是很清楚。但李洪军的一句"先救火"，我还是听到了的。

是的。这一道火墙，最大的功效并不是阻隔敌人，而是留住对方。

在这样的天气状况下，如果火势蔓延不加阻止的话，很容易就会酿成森林大火。

我在赌。如果李洪军铁石心肠，完全不管不顾，非要拿住我们的话，我唯一的办法就只能回过头来与敌缠斗，最终分个生死，然后再去灭火。这是原则问题。

所幸，李洪军这人终究是一个以大局为重的男人，并没有王岩那般的功利和短视。从这一点上来说，他倒是一个值得尊重的人。

李安安与我一起逃到了很远的地方，方才停歇下来。回头望去，坡顶上青烟缭绕，火势显然已经被扑灭了。不过李洪军、王岩等人的追击，也随之消失。

一番激战话之后，李安安的脸蛋儿红扑扑的，额头上面满是晶莹的汗水，热气腾腾。

她伸手用袖子抹了一把额头的汗水，然后指着我手中变得朴实无华的熔岩棒，说："你这东西当真是个宝贝啊，放火的那一下着实是神来之笔。"

我将其收起，苦笑，说："我当时也只有赌了，所幸，没有赌错。"

李安安同意我的说法，说："李洪军这人除了平日里有一些傲气之外，其他的倒也还好，没有太多纨绔子弟的毛病——毕竟是培养出来当接班人的，各方面的品质都优于常人。"

"既然如此，为何还能跟尚良、王岩他们混到一块儿去？"

李安安并不知道我与尚良、王岩之间的事情，愣了一下，说："你怎么好像对这两人有很大的意见啊？"

我犹豫了一下，将当时的事情简单聊了一下。

李安安听完十分惊讶，不过她没有太多点评尚良和王岩，而是说起了李洪军："他身处于那样一个环境里，接受得最多的教育是权谋、政治，所以人的好坏，对他而言都是次要问题。是否对自己有利，是否能帮助自己，这才是主要的矛盾，这就需要他去团结一切能团结的力量。所以，可以理解……"

我听得似懂非懂，李安安也没有再继续解释，而是左右打量，说："马思凡没有被他们发现吧？"

"人已经溜了，我们需要去找他吗？"

"不，在这儿停留实在是太危险了，我们得走了。我之前跟马思凡聊过，如果他陷入困境，实在不行就选择放弃。"

"自己放弃？"

李安安点头，说："对，自己选择放弃，能不给对方太多机会，未尝不是一件好事。"

我点头。

李安安又说道："李洪军已经笼络了四名蓝方成员，而且我感觉在这几天内，他一定还淘汰了不少红方成员，所以如果我们想要赢，恐怕得先去燕子矶找到那个天材地宝才行。"

在硬实力完全拼不过对方的情况下，我们只有将演习任务中的天材地宝拿到手，方有一丝获胜的希望。否则，别说名次，我们很有可能什么都拿不到。

我点头称好。

两人商量妥当，不再停留，朝着燕子矶的方向赶去。

李洪军等人之所以出现在这里，恐怕也是知晓了燕子矶的位置，所以我们不敢停歇，一直马不停蹄地奔行着。即便是困倦了，也没有停下来，而是切了点儿老参片，两人各自含着，维持体力。

一直到了中午太阳当头的时候，我们终于赶到了地图上燕子矶的所在地。然而远远地就看见有浓浓烟尘，竖直朝天而去。

这是什么情况？我满心疑惑。

就在这个时候，前方的林子里一阵喧闹，紧接着，一头浑身是血的直立狼人朝我们这边慌忙冲来。

这家伙个头并不算高大，相比它同伴那两米多的个头要矮一些——差不多一米八九的样子，浑身棕色毛发，在兽类的狼头狰狞之中，又显得有几分柔和。只是，它那浑身的鲜血却将原本油光水亮的毛发弄得一团糟糕。模样凄惨，神色慌张，完全没有先前伏击我们的凶狠。

看见这家伙，我下意识地回过头来，想要征求李安安的意见，没想到这姑娘比我更加干脆，抽出木剑就奔向了那头狼人。

唰！一道剑气，从李安安的木剑之中逼发而出，落在了那狼人身前，斩出了一道浅印来。泥土和草屑飞溅而起，这只是警告。

如果那狼人不识好歹，下一剑只怕就会落到了它的身上。

不过那畜生并没有停下脚步，而是朝着李安安"嗷呜"一声，紧接着身子下伏，一个虎扑冲向了李安安。

它虽然气势汹汹，力量却有些弱，仿佛强弩之末。

李安安也瞧见了，"咦"了一声，往后退了几步，突然间一个弹腿，踹了出去。

李安安的腿虽然不如秦梨落的长，但胜在健美，上面尽是肌肉，而且这拳脚功夫却也是不弱的，角度和力量都找得十分刁钻。猛然一下，那头狼人"哎哟"一声轻呼，摔在了旁边。

它大概是已经到了体能极限，摔倒之后居然再也没有爬起来。与此同时，它身上的毛发迅速消失，身型也在缩小，逐渐露出了一具洁白如玉、前凸后翘的美丽胴体。

我还待仔细打量，旁边的李安安就拦在了我的前面，将身上的外衣取下，铺在了那人的身上。

这外衣，只能遮住这位狼女的上身，裸露出来的大白长腿，还是让人忍不住吞咽了一下口水。这是一个典型的俄罗斯美女，有着极为美丽和精致立体的五官，还有魔鬼一般妖娆的身材，以及雪白的肌肤和金黄色的头发。很美。

不过这种美的诱惑力只是对于异性而言的，作为同性，李安安已经一步跨越过去，骑在那美女的身上，将她的脖子按住。

她寒声问道："你是谁？"

我本以为那俄罗斯美女听不懂中文，却没想到人家居然能够说很地道的汉语："有怪物，怪物。"

这口音透着一股子东北味儿。我在旁边忍不住就笑了，说："啥怪物啊，你自己不就是怪物吗？"

走近一些，我才发现这美女身上有好多伤痕，脸色也有些惨白。她浑身都在颤抖，口中呢喃着："怪物，快走，不然我们都得死掉……"

李安安眯着眼睛，认真问道："什么怪物？"

俄罗斯美女说道："吃人的怪物，见人就吃，我的同伴都被它干掉了，掏出心脏来吃掉……它太可怕了，突然间就从森林里冲了出来，太快了，我们根本就没瞧见长什么模样，它的爪子很尖锐，身上有一股死人的腐臭，快得跟闪电一样，太可怕了，怪物，怪物……"

李安安抓住了她的肩膀，说："你先别慌，你安全了，这里没事了。"

俄罗斯美女慌忙摇头，说："不，你们根本不知道它的可怕——快放开我，放开我，我还不想死，我要活下去……"

她拼命挣扎着，突然双眼一翻白，便昏死了过去。

呃……李安安赶忙从她身上下来，伸手到她的鼻尖，试探了一下，然后一脸迷茫地问我："我很重吗？怎么就昏了？"

我苦笑，说："她本来就消耗过度，再加上情绪激动，极度焦躁，所以才会这样。"

我走过去想帮她将人扶起，李安安却拦住了我。

"你别过来，我还不知道你们男人？是不是看这妹子漂亮，想过来占便宜？"

我苦笑着说道："你还真的想多了——女的，贪狼夜行者，这两点结合起来，我甚至都怀疑昨天晚上跟思凡一夜春宵的就是这位姐们儿。我还想要拿名次呢，可不敢在她身上耗费太多的力气。"

"呸！"

李安安啐了我一口，伸手将水壶拿了出来，给那昏迷的俄罗斯美女喂了点儿水，又拍了拍背上。如此一番折腾，那美女幽幽醒了过来，瞧见我们，还想再挣扎，却被李安安一把按住，缓缓说道："你别乱动，小心伤口。你好不容易逃出来，真的死了可就不划算了。"威胁完，她又安慰，"你也别多想，我们不会对你怎么样的，就是问你几个问题。"

那女子从狼妖形态恢复成人形态之后，整个人都脱力了，此刻经过又一次的昏迷，人也恢复了理智，用那特有的东北口音说道："你讲吧。"

"先说名字吧，你叫什么？"

俄罗斯美女没想到李安安居然问起这个，愣了一下，方才说道："我的名字贼长，你叫我安娜就好。"

李安安点头："好的，安娜。我问你，你们来这边，是要干什么？"

安娜说道："你们这儿的望风岭出产一种叫蛇莓红豆杉的东西，它树上结出来的果实，能增加我们的受孕能力，让我们'Werewolves'和家族得以繁衍生息，所以我和我们的家族成员才会不远千里跑到这儿来，将其吞食入腹，然后赶在一周内找人交配……"

"Werewolves？"李安安皱了一下眉头，说："你指的，是狼人？"

"算是吧。"

李安安又问："那你们碰到了什么，让你这么害怕？"

谈到这个，安娜的脸色立刻就变了，慌张地说道："我不知道是什么，好像电影里面的'异形'一样。它很恐怖的，突然出现，有着锋利的骨刺和爪牙，我那可怜的安东尼亚表兄，他号称闪电狼，是家族里年轻一辈速度最快的男人，但是在那家伙的面前却都来不及任何反应，直接就被破开了肠子。等我们赶过去的时候，心脏都已经被掏空了……"

我听到，忍不住问道："那怪物是不是浑身都覆盖着蛇鳞一样的黑亮鳞片？"

安娜摇头，天使一般的美丽脸庞上面挂满了恐惧和慌张。

"不，不，不是鳞甲，没有亮光，它全身都是迷雾一样的黑暗，就好像是撒旦的使者，带着死神的镰刀，每一下都能收割一条生命。"

我听完更加确定了，对李安安说道："王大明来这儿了。"

"王大明？"

李安安皱着眉头有些质疑，说："就算是他，他怎么可能这般厉害？昨天我们碰到过安娜等人，我也跟她的族人交过手，如果你先前说的那人真的是王大明，他不可能如此恐怖的。"

"说不定他这几天，变得更厉害了呢？"

李安安又问起了安娜受到袭击的位置，安娜凭借着记忆指了一下，我和李安安的脸色都变得难看起来。

那个地方，正是地图所指引的位置，燕子矶。

到底怎么回事？怎么会这么巧，这帮北国的贪狼夜行者所需要的蛇莓红豆杉，正好就在导演组布置任务的核心点上呢？这到底是巧合，还是有人刻意为之？

那人真的是王大明吗？他来这儿，又是想干什么？

无数的疑惑浮现在我们心头，而就在这个时候，我感觉到不远处的杉木林中，有一个人影在闪动。

开始我以为是错觉，当那人稍微走近一些，我目光凝聚，瞳孔微调，瞧清楚了那人的脸孔——马小凤。

糟糕，李洪军等人果然也拼凑出了地图的原貌，并且找过来了。

我转过头对李安安说起此事，李安安霍然起身，看向了那边，而这个时候，马小凤也觉察到了，朝着这边望来。

两人的目光在半空之中交汇。

她们彼此打量一番。紧接着，马小凤浑身紧绷，显得十分紧张。下一秒，她头也不回地朝着后方的林中奔跑而去。

李安安脸色一变，说道："糟糕，李洪军他们来了。"

"现在怎么办？需要跟李洪军说明情况，然后联手行动吗？"

李安安犹豫了一下，摇头说道："不，我们先藏起来，让他们先去碰，我们在后面跟着……"

李安安的话，正合我意。

尽管李洪军在选择救火的这件事情上，我对他增添了许多好感，但在演习结束之前，我与他仍然是敌对阵营。我们都在争夺最终的胜利，所以冒险这事儿交给他来做，会比较妥帖一些。

眼看着马小凤消失于我的视野之外，我与李安安简单沟通几句，便由我来制造前往燕子矶方位的林中痕迹，李安安则带着那个俄罗斯美女安娜离开。

我脚印沉重，又故意弄出了许多痕迹，差不多就要接近的时候，我猛然一跃，离开了这边。随后我潜行而走，过去与李安安汇合。

两人刚刚碰头，李安安便低声说道："小心，他们过来了。"

我抬头望去，瞧见马小凤带着李洪军赶了过来，王岩、殷悦和丛明辉都在，另外还有一人，叫作胡昭勇。他是李洪军的跟班小弟，高级班的，整个学习过程中一直都跟李洪军在一起，关系非常铁。

这个人很强，别人都叫他"勇哥"，实力至少是全班的前十。

这么多人集结于此，看得出来，蓝方对于胜利已经是志在必得了。

我有些心情黯淡，旁边的李安安伸手过来，挡在了我的眼前。

我扭头看她，李安安则说道："修行之人，五感超常，远远强于寻常人，而到了李洪军这样的境界，更是对于敌意非常敏感，你这般直视他，很容易被他锁定方位的。"

我点了点头，低伏下去，不敢再直视对方，而是用余光打量。

李洪军等人来得很快，没多一会儿就赶到了我们刚才停留的地方，有人俯下身去，仔细查看着刚才我们留下的痕迹。也有人过来与李洪军商量，几人凑在一块儿说着话。

而这个时候，我发现王岩居然并没有处于核心，反而是胡昭勇、殷悦更有话语权一些。

王岩站在旁边，甚至都插不上嘴。

马小凤和丛明辉皆是如此。

我感觉得出来，对于夜行者，李洪军多多少少还是有些不太信任。

当然，这些都是小事情。很快，几人商量妥当之后，就朝着燕子矶方向的林中小坡摸了过去。那边的狼烟也接近于消散，但风声呼呼，时不时地有拼杀声传递出来。

瞧见这帮人走入林中，李安安对我说道："走吧。"

她作势要走，我却指着旁边被外衣遮住身体的俄罗斯狼女安娜，问："她怎么办？"

李安安看了一眼安娜，安娜雪白的美丽脸蛋上立刻流露出了惊慌，对她恳求一般地说道："安小姐，你刚才说过的，我只要回答完你的问题，你就放了我。你做人得实诚，可不许说话不算数……"

李安安眉头一掀，平静地说道："我姓李，不姓安。"

安娜呢喃说道："李小姐，我……"

李安安挥了挥手，说："我说过的话不会作假的。说过放了你，就会放了你。不过你这样子，还是小心一点儿，找个地方藏起来吧，我们没办法保护你了……"

听到李安安的承诺，安娜咬着嘴唇感激地说道："谢谢，谢谢你，李小姐。"

李安安朝着燕子矶的方向走去，刚走了两步，突然回过头来，对她说道："你昨天找的那个男人，叫马思凡，你知道吗？"

啊？安娜没想到李安安突然会提起此事，愣了一下，方才慌张地说道："对不起，我昨天不是故意的，是月球潮汐的引力，让我没办法控制住自己……"

李安安摇头，说："我对这件事情没有意见，只是想告诉你，那个人叫马思凡，记清楚了吗？"

安娜见李安安没有敌意，这才放下心来，随即脸颊绯红，低头说道："嗯，我记住了。马是一个很温柔又强壮的男人，不愧他自己的姓氏……"

啊？我在旁边听着这话，越琢磨越有深意。

不过还没等我想明白，李安安就用剑脊拍了我一下，说："你不走，还等着跟马思凡一样，一夜春宵？"

我见李安安脸色不好，不敢多言，低头跟着她往前走去。

两人不敢快行，走一段停一段，小心翼翼地潜伏过去。

走到一半的时候，前方的林子里突然有了动静。我和李安安下意识地藏在了灌木丛中，没多久，就瞧见一道倩影从林中冲出，朝外面跑去。

这人正是先前跟着李洪军等人一起前往燕子矶的马小凤。

不过比起之前那意气风发的样子，现在的马小凤慌里慌张，虽然没有看到明显的伤势，但是满身草屑和泥巴，失魂落魄的。

我对马小凤留有一丝情分，特别是她哥马小龙被淘汰的时候还托付过我要照顾她。所以即便是阵营敌对，我还是有一些犹豫，于心不忍。

李安安却不会。这个心中"剑"大于一切的女子，即便是之前与马小凤关系不错，但此时此刻也是公事公办。

她潜伏在马小凤的前路上，趁着对方失魂落魄的时候，猛然一扑，将人给扑倒。

马小凤被这骤然的袭击吓了一跳，整个人就慌了，拼命挣扎着。

但她的劲儿终究没有李安安大。

而且李安安的锁骨擒拿手也是一等一的强，三两下便将马小凤给死死按住，这才说道："马小凤，你输了。黑盒子在哪里？"

马小凤本来在拼死反击，然而听到李安安的声音立刻停住了挣扎，激动地说道："我弃权，我弃权！安安姐，快救救班长他们啊……"

李安安伸手入了马小凤的怀里，将她的黑盒子掏了出来。

马小凤不但没有反抗，而且还帮着递出，等到李安安按下了淘汰按钮之后，她赶忙喊道："我淘汰了，别压着我了。安安姐，你快去救救他们。"

我走上前，问道："小凤，到底怎么了？"

"呜哇，漠哥……"

马小凤与李安安虽然有些交情，但到底有一层隔膜，对我却毫无忌惮。

她哭着说道："漠哥，那边很古怪，不是演习，那不是演习——死人了，殷悦的心脏被人掏出来了，我瞧见她的心被人吞了，好可怕……"

咯噔……

听到这话，我与李安安对视一眼，脸色瞬间变得十分难看。

不过李安安到底还是大气，一把抓住了马小凤的胳膊，用上力让她的心绪平静一些，然后问道："其他人呢？怎么就只有你逃出来了？"

马小凤仿佛受到了刺激一样，哭丧着脸说道："班长叫我们快跑，我不敢停留，就跑出来了。"

我瞧见她脸色发白，显然是被吓破了胆，问也问不出一个所以然来。

我看向了李安安，说："怎么办？"

李安安脸色发青，说道："既然都已经出了人命，哪儿还管什么演习不演习？走吧，我们赶紧去看看能不能分担一些压力。小凤，你往上坡路走，去那里等着老师和工作人员……到底怎么回事，出了这样的事情，为什么导演组那边还一点儿反应都没有啊？"

我们之前就把情况反映给了谭老师，而谭老师也跟我们保证说会跟导演组反馈，并且最终给出一个回复的。但从目前的情况来看，根本就没有。

然而时间不等人，因为我们的认真，已经又导致了一名学员的丧命。这些人虽然是演习之中的敌对阵营，但毕竟也是我们的同学。朝夕相处了快两个月的同学。

李安安拔剑了，木剑出鞘，人如奔马，冲向了前方的林子里。

我紧随其后，右手的掌心处暗扣着熔岩棒。

前方，是燕子矶，实战演习最重要的任务点。而此时此刻，我们的目标却是拯救演习之中需要对抗的人。

醉里挑灯看剑，梦回吹角连营。八百里分麾下炙，五十弦翻塞外声，沙场秋点兵。换句说法，叫作"是骡子是马，得拉出来遛遛了"。

两人一前一后，冲入场中。

前方大雾弥漫，五米之外不见人踪，拼杀声从前方传了过来。

就在我们即将冲到战场中心的时候，突然间一道黑影从前方陡然冲出来，手中抓着一把阔口巨剑，二话不说，就朝着当头的李安安劈来。

李安安早有防备，猛然一剑挥去，斩在了宽两倍的金属剑身上，发出嗡嗡之响。

与此同时，李安安手中的木剑劲气逼发，将那黑影身上浓郁不化的黑气给弄得不断翻腾而起，显露出那人的真面目。

果然是一脸蛇鳞，而蛇鳞之下的脸型轮廓，无疑是我们预料之中的那个人。

王大明。

来人正是王大明。不过与两日之前的他截然不同的是,此人的修为或者说身上的魔气,又浓烈了数倍。

面对李安安逼发出的剑身之外的气息,他完全没有畏惧,强健的身子陡然一震,滚滚黑色雾气就冒了出来,将那剑气的锋芒层层阻隔,抵在了体外。

随后,他手中的巨剑又扬了起来,猛然下劈。

如果说李安安手中的木剑走的是轻灵飘忽,陡然而炸的飘逸路子,那么王大明手中的巨剑,讲究的则是一板一眼、寸土必争的战阵拼杀。

两人的路子完全不同,导致在交手的几个回合话之后,因为气势的缘故,王大明占了上风。

不过这样的情况很快就结束了,因为我加入了战阵。

铛!我的熔岩棒迅速变化,重重砸在了王大明手中的巨剑之上。恐怖的力量从我的身上传递而出,再加上熔岩棒的增幅效果,一瞬间,即便是强如王大明,也不得不向后退了三五步,方才站定住身子。

我并没有停歇,熔岩棒在手中一转,陡然出击。

我知晓对方的厉害,一上来就竭尽全力,绊、劈、缠、戳、挑、引、封、转，手中的长棒不断挥击，开展了暴风骤雨的攻势。

然而三五个回合之后，我向后一跃，有些诧异地望着熔岩棒稍微粗一些的那一头。

这棒子，什么时候多了一个金属圆箍？

铛！就在我一晃神的瞬间，王大明陡然发力了，手中的巨剑陡然扫来，将我推出几米之外。在后退的过程中，我终于想明白了过来，这金箍，是之前我与王岩拼斗的时候，那家伙最后朝我射来的金属圆环。

当时我匆匆后退，无暇顾及，后来又将熔岩棒给收回了原来模样，然后与李安安讨论撤离事宜，全神贯注在别的事情上去了，却没想到王岩的那金属圆环居然也跟着熔岩棒束在了一块儿。

他的那玩意儿到底是什么金属，什么来历，怎么能与熔岩棒融为一体呢？

还是说，这熔岩棒有能够同化其他法器的能力？

我不明白，但总之一点，就是此时此刻，我手中的熔岩棒经过这般一束缚，却是真真就变成了金箍棒——这金箍棒，可不是《西游记》小说里孙悟空的如意金箍棒，而是《兵器志》里面，在棍棒的一头圈上金属圆环，将其紧箍的一种棍棒。

这是真实存在的，童叟无欺。

瞧见这个我有点儿无语。先前马一呑就取笑过我，说我的种种境遇，跟话本小说里的齐天大圣简直是一模一样。

没想到一语成谶，现在连熔岩棒都变成了这般模样。

就在我胡思乱想的时候，却听到李安安大声喊道："侯漠，你干什么？"

一声惊呼，将我拉回了现实之中，我瞧见王大明与李安安战成一团，那浑身冒着滚滚黑雾的王大明显然是发现了我在走神，朝着我全力进攻，而李安安则拦在了我的跟前，力保我不受伤害。

看见这场面，我下意识地咬了一下舌头。

疼痛让我的精神更加集中，我深吸一口气，挥舞着手中长棒冲向前方。

我与李安安，一左一右，夹击王大明。

三人在这个时候皆用上了全力，因为生死之间是容不得半分含糊的。

这一交手，我心中立刻就浮现出了几分疑惑。虽然王大明比起前日与我交手时，又强上了不少，但给我的感觉总还是可以战胜的。

这模样跟俄罗斯狼女安娜所描述的状态，着实还是有一些差距的。

她刚才说的那怪物，弄得她和她的同伴们一点儿还手之力都没有，这样的描述到底是真是假，我实在是觉得有一点儿不对劲。

随着战况的进行，我们占到了上风。

最主要的是我在正面扛住了王大明水银泻地一般的猛烈攻击。

毕竟作为夜行者的我，在力量上还是占据着一定优势的，即便对方入了魔，也并不能改变这一点。

但真正改变战局的，却是李安安一手精妙绝伦的剑法。

被誉为"百兵之君"的剑，在这次的集训营中自然也是有重点提及的，而且前来交手的老师也是非常厉害的剑法名家。

但在我看来，他所说的剑法，到底还是匠气太重，与李安安手中那视若游龙、翩若惊鸿的长剑相比少了许多精髓之处。

剑仙，五秘三宗之中，唯有此法的取名最为飘逸。

李安安一手武当上剑，在王大明的身上开了无数个口子，在最关键时刻，她陡然出击，趁着王大明与我拼击的空隙，一剑刺入了王大明的腹部侧面。

尽管是木剑，看上去鲁钝无锋，却能够轻而易举地刺破对方宛如甲胄一般的鳞甲。

这一点必须要有极为强悍的剑法造诣，将精、气、神都凝结于肩上，以气御剑，布满剑尖，方才可以如此。

那王大明就仿佛一个气球般，当身体被戳破的一瞬间，原本如同猛虎一般的气势顿时收敛，整个昂扬的气派瞬间戳破。紧接着他身上的黑色雾气散去，轰然倒在了一片狼藉的草地之上。

随后，他身上的鳞甲也在迅速消失，恢复成了原来的模样。

这是一个穿着学员常服的年轻男人并不是王大明。

他是……夏龙飞?

我当场就愣在了那儿，这个夏龙飞是我们夜行者班的一人，名次排在最末几位，前几次都落在了丙级上面，一直到最后的考核中方才勉强挤入合格线，得以参加这次演习。

我对他的印象并不是很深，每次回想起来，估计也就是他很努力，但也很苦逼。如此而已。

但让我万万没有想到的，他居然就是刚才那个让我和李安安必须拼尽全力、联手对抗，方才能够拦得住的黑雾魔头。

这也太讽刺了吧？

王大明呢？

李安安看向了我，目光之中传来了质疑。此时，我突然感觉到一阵没由来的心悸。随即我朝着依然翻滚黑雾的林中望去，发现那儿出现了一个让我印象深刻的矮小身影。

"小心！"

当那身影举起手中的玩意儿时，李安安还没有任何反应，我当下就是一个飞身而扑，拦在了她的身后，伸出手去，将她抱住。

"你干什么？"

李安安几乎是下意识地想要反抗，而就在这个时候，那个矮小身影发动了攻击。

飕飕飕、飕飕飕……万箭齐发。

无数带着凌厉风声的暗器，朝着我和李安安的这个方向射来，尽管我将铜皮铁骨的神通全力开启，但后背之上还是感受到了痛入骨髓的刺痛感。

但即便如此，我还是咬着牙、忍着疼，将李安安抱着，朝着左前方的一块大石上面滚落过去。

在我们的身后，无数羽箭"咄咄"而落，扎在了草地上，扎在了树木中。

一落地，那玩意儿立刻散发出腾腾黑烟，气味十分呛鼻。有毒。

我们滚落在了那大石之后，李安安方才回过神来，居然有人在偷袭我们。

她一边将行动不便的我给拖到了石头后面，一边按住我的手，说："你怎么样，没事吧？"

我的后背在拥有铜皮铁骨的神通加持下，依然中了三箭，虽然入肉不深，但一股麻木僵直的感觉正从伤口处往全身迅速扩散。

我开口说道："我，中毒了。哇——"

话音刚落，一口黑血就从我的口中喷了出来，落在地上立刻冒出一股黑烟，那地上的青草都萎缩了。

瞧见这状况，被我护住并无损伤的李安安顿时就着急了，带着哭腔地轻声喊道："那人是谁啊？"

我深吸一口气，运转气劲将那毒劲儿压住，稳住心情，一字一句地说道："那个人，如果我猜得没错，应该是——鼠、王、普、锐、斯……"

听到这个名字，李安安也不由得倒抽了一口凉气："黄泉引的人？"

鼠王普锐斯的名声到底有多强，从李安安脱口而出的黄泉引中，就能够感受得到。

按道理说，黄泉引这样的团体，放在南方是很有代表性的。然而在整个华夏大地上来说，并没有那般的受重视。

毕竟在整个江湖的格局上，黄泉引只能算是偏居一隅。但李安安这位武当剑仙传人，能一下子就反应过来，无疑从侧面印证了鼠王普锐斯的凶名。

我强忍着痛，点头说："对，就是他。"

两人藏身于一块大石头上，避开了鼠王暴风骤雨的暗器袭击。李安安半跪在地上，让我转过身去，瞧见我身上的无羽短箭，嗓音中有几分哭腔地说道："你怎么这么傻？这个……这箭头上面，有毒的……"

她伸手出来帮我处理伤口，将那短箭拔出。

短箭的箭头有倒刺，拔出来的时候带出一片血肉，疼得我直咧嘴。

随之而来的，是一阵麻木。

它让我处于一种昏昏沉沉的状态之中，思维有些停滞。

鼠王普锐斯凶名赫赫，而最出名的恐怕就是他的独门毒药"千年引"了。

马一峦的师父王朝安，英雄一世，无数人听闻都忍不住竖起大拇指的江湖大拿，最终落到了那般田地，就是中了鼠王普锐斯的算计和埋伏，中了"千年引"，毒发攻心，差点儿成了植物人。

我与王朝安之间差了十万八千里，我又如何能逃得过这毒素？

我的心往下沉，感觉自己在劫难逃，却也心有不甘，无数的疑问从心头浮现而出。

为什么是夏龙飞，而不是王大明？

鼠王普锐斯怎么会出现在这里？

黄泉引在这里面到底扮演了什么样的角色？

天机处又是什么情况？

……

无数个疑问在我心头盘旋，让我无法释怀。此时身体僵直、眼前发黑的我，凭着这执念生出的力量，强压住体内的毒素使自己保持清楚。我深吸了一口气，在感受到这空气甘甜与凛冽的同时，越发觉得生命的美好。

我咬着牙，一字一句地说道："安安，你是班干，也是三个副班长之一，你跟我说实话，这次演习到底是真的，还是这一切都是假象？"

事实上，我一直都有一种不真实的感觉，怀疑我们所经历的这一切，都不过是幻象而已。很有可能是天机处在幕后操纵，左右着我们所有人的情绪和行为。

而那些死去的老师和同学，都不过是弄出来的假象而已。他们其实并没有死。

如果是这样的话，身为班干部的李安安，或许是知道一些内情的，要不然天机处不可能这般完美地操纵一切。

然而李安安却摇了摇头，说："不是假象，是真的。"

咯噔……

我心中一凉，知道自己最后的期待也落空了。

我高估了天机处的实力。

那么剩下的，恐怕就只有最坏的打算了。

我对李安安说道："鼠王普锐斯到底有多厉害，我不知道，但我晓得，你我都挡不住他。这家伙会隐身，说不定已经摸过来了。一会儿我出去缠住他，你赶紧离开，找到导演组，找到校方，将实际情况上报出去，尽可能地避免更多的损失……"

李安安愣住了，说："什么？你过去缠住他？怎么缠？"

我深吸了一口气，说道："我与他之前还有一段恩怨呢，说不定能趁着这次的机会解决掉。你别管我，'千年引'的厉害我是知道的，估计我是活不成了……"

啪！还没有等我说完这话，我的右脸上就被李安安毫不客气地扇了一耳光。

我愣住了，瞧见这个英姿勃勃的女孩儿脸上挂着清泪，冲着我恼怒道："侯漠，轮得到你来我面前装英雄吗？为什么要这么悲观，就算他鼠王凶名赫赫，那又如何？难道我们……"

"小心！"

在李安安说话的时候，我看见我们两人的身后又现出一个熟悉的矮小身影。

我一把拽开了李安安，然后提着熔岩棒，冲上前去。

大概是觉得自己的生命即将走到了尽头，在那一瞬间，我整个人的精神都凝聚成了一条线，双目凝视前方，整个世界突然变得缓慢而沉重。

我挥动着熔岩棒，将十几只无羽短箭挑飞。

这些无羽短箭，平日里骤发即至，让人一点反应时间都没有。而此时，从鼠王普锐斯身影浮现，到下一秒他射出无羽短箭，一瞬之间，我就捕捉到对方的踪影和攻击方向，将短箭全部拍飞。

随后，我一个箭步冲到了鼠王的跟前，棒头前戳，猛然下压。

我朝着鼠王的脑袋砸了下去。

砰！

鼠王可能没想到，中了毒箭的我居然还能够如此生猛。他更没有想到，我能在一瞬间挡住他的所有攻击，欺身近前来。

他没有防备，棒到临头，方才慌忙举起手中的黑盒子来挡。那黑盒子，就是鼠王用来射出暗器的法宝。破了这玩意儿，鼠王的威胁就少了一半。

想到这里，我迅速将全身的气势攀升到了最巅峰，汹涌的火舌从我的身体里喷薄而出。与此同时，熔岩棒也在这个时候涨大数倍，那棒头如装了电动小马达一样，不停颤动，还有烈焰从那岩石的缝隙里面喷了出来。

我瞬间就变成了一团火焰。

熔岩棒在这个时候迸发出了极端恐怖的力量。这力量，并不只是我身上修行而出的妖力。有癸水灵珠之力，有灵明石猴的血脉之力，还有我说不清的各种力量集合在一起。

最重要的，则是洪荒大妖朱雀留在我身上的那股力量。

除了那颗朱雀妖元之外，我的身体也在那场变故之中发生了太多太多的变化。

比如此刻我身上的金甲，以及火焰一般的战靴与披风。

比如我妖力汇聚之后，身上冒出来的真火烈焰。

比如……

铛!

熔岩棒猛然掼下，重重砸在了那黑盒子之上，小皮箱一般的黑盒子在承受了恐怖的力量之后瞬间瓦解，化作了无数金属与木头碎片，朝着四周散落而去。

鼠王在没有防备的情况下中击，一声惨叫，往后退开。

而我一击得手，没有犹豫，挥棒而上再次进攻。

趁你病，要你命。

鼠王这样级别的夜行者，是很难找到他的弱点的，现如今他因为判断失误，过于托大，使得自己吃饭的玩意儿都被我砸碎。

这只是第一步，如果我不能把握机会，用狂风暴雨一样的袭击将他压住，这家伙很有可能回过神来。那个时候，以他的实力会很快将我拿下。

毕竟此刻的我，已经中了他的"千年引"剧毒。

战斗在一瞬间就迸发至了最激烈的状态，然而情况却并没有我预想中那般简单，鼠王即便是没有了手中的暗器盒子，却也表现出了匹配他赫赫凶名的超卓实力。

即便是在如此状况下，他也能稳住阵脚，对我那近乎疯狗一般的攻击也能拿得住，并且不断改变节奏，让我无法持续。

好在这个时候，李安安也反应过来了，知道这会儿是鼠王最虚弱的时候，她持剑而上，与我并肩而战。两人一左一右，对鼠王形成夹击之势。

多了一个李安安，鼠王就再也没有了之前的轻松惬意，当然，这也是因为李安安出于对我伤势的担心，一上来就用了狠劲儿，甚至有以命搏命的架势。

这样的战斗状态，让鼠王有些难以支撑。

他步步后退，开始朝着刚才出现的黑雾深处退去，显然是想要找机会逃走。

我和李安安好不容易找到敌人的弱点，哪里能够让他如愿，当下也是步步紧逼。我更是卡在了他的退路之上，让他无法顺利撤离。

鼠王的身手十分厉害，但似乎并不擅长近身搏击，那神出鬼没的隐身之法也没有办法施展出来。

如此一番缠斗，退路被堵，鼠王突然间停止了逃避。他猛一挥手，一大股粉红烟雾腾然而起，其间带着刺鼻恶臭。我和李安安往后退去，却听到鼠王口中大声喊道："格瑞拉，快来……"

格瑞拉？听到这名字，我的脑海里下意识地浮现出一个黑毛大猩猩的形象。

那人是鼠王普锐斯的搭档，一头显露本相之后足有三米高的黑毛大猩猩——那家伙的恐怖之处我是知晓的，但也知道另外一件事，那便是被称为玄冥二老之一的格瑞拉，已经死在了港岛街头。

人都死了，叫它干吗？喊魂吗？我有点儿蒙。

然而在下一秒，一股让我不寒而栗的冰冷感觉，从林中黑雾之中倏然传递了过来。

宛如零下三十度的北方寒冬。

整个空间仿佛都冻结凝住了，下一秒，一道恐怖的气息从林中的黑暗处陡然浮现，落到了我的身后处。

我当时是全神贯注，手中的熔岩棒远比我的脑子反应更快，当下猛然一棒，朝着对方砸去。铛！

一阵恐怖的金属撞击声，从前方陡然传来。

这时我方才发现，自己的熔岩棒居然砸在了一根狰狞恐怖的蝎尾之上，而这蝎尾的主人，却是一具拥有着流线身型的神秘躯体——这具躯体浑身漆黑，光洁无毛，身子的每一处都圆润无比，整体的模样仿佛双刀螳螂一般。除了那两米长、宛如镀上金属的蝎子尾巴之外，它还拥有一对锋利如刀的镰手，节肢仿佛镀上了金属，三角形的脑袋和虫子一样的口器……

这是一种说不出来的模样，既像虫子，又像兽类，又仿佛金属机械之物。

如同虫子一般的三角脑袋上面，还有一双古怪的复眼，陡然睁开的一瞬间，我瞧出了不对劲。

这眼神，这光芒，当真与先前的那头大猩猩十分相似。

这，到底是什么怪物？

我的内心满是疑惑，而熔岩棒上面传递而来的恐怖力量，此时将我给冲击得腾空而起。

而且还没有等我落下，那家伙就守在了我的落点处，手中与螳螂一般的锋利镰刀就朝着我的脑袋卷了过来。

好快，就如同闪电一般。

此时此刻的我，整体的气势已经攀升至了巅峰状态，却感觉还是慢上了一线。当我将熔岩棒横于跟前，挡住对方的这一斩击时，已经来不及稳住身子，被那怪物猛然一斩，人直接朝着半空中腾空飞去。

就是它。我回想起了俄罗斯狼女安娜跟我们形容的怪物，那个神出鬼没，出手伤人的家伙，就是这玩意儿。

当真是恐怖无比。

我身子腾于半空之中，心头满是惊骇，火焰从身上各处蓬勃而起。我抓着那滚滚冒火的熔岩棒，舞动如风，拦住对方那狠戾怨毒的凝视。

随后，有两个身影跟着那家伙也冲到了近前。

来者并非旁人，而是李洪军、王岩这两人。

当那浑身流线光滑的怪物落在了鼠王普锐斯身边的时候，李洪军和王岩也落在了另外一边，一左一右，将这两人的后路围堵住。

他们的身上和脸上都是喷溅的鲜血，有自己的，也有别人的。

看得出来，在此之前于黑雾之中，他们已经有过了一场恶战。

我翻身落在了一棵云杉树的枝丫上，烈焰从我的脚下蔓延而出，浮动出去，紧接着我居高临下地望着场中一切。

我、李安安、李洪军与王岩四人，对那玄冥二老形成了包围之势。

事到如今，即便是不愿意相信，我都不得不承认，格瑞拉没死。

不但没死，还变得更加强大。

这流线型的身子，还有那随时都能融入黑暗之中的架势，绝对要比先前的大猩猩模样要强上一百倍。

虽然从站位上来说，我们与这二人是形成了合围之势。但从气势上，却仿佛两人盯上了我们四人。我们如同案板之上的肥肉。

李洪军和王岩落定之后，对于我和李安安的出现也都有些意外，不过李洪军随即开口说道："安安，这两人十分恐怖，而且出手毒辣，对咱们同学痛下杀手，已经是血债累累。我们不能让这两人活着离开。我建议，在拿下他们之前，我们之间的演习任务暂时搁置，如何？"

李安安手中一柄木剑，平指向前，剑尖始终是指着鼠王的眉心。

她平静地说道："我早就说过，演习有问题——我不知道导演组的想法是什么，但这二人都是国际刑警组织通缉榜单上的人，又杀害了我们的同学，在这一点上，我没有问题。"

李洪军又看向了浑身都是火焰，身披金甲、威风凛凛的我。

他的眼皮跳了跳，才说道："侯漠，你的意见呢？"

此刻的我，浑身的劲力翻涌，气血在不停流动，那毒素反而消减了许多，心情激荡，开口说道："好。"

就在双方达成共识的时候，那死而复生的格瑞拉张开了嘴巴。

它的嘴巴如同虫子的口器一样，十分恶心，外面冒着墨绿色的浆末，里面全部都是尖锐的倒刺，还时不时发出刺耳的尖叫，随后它猛然一跃，扑向了一直没有说话的王岩。

王岩的双臂之上依旧是那金属圆环，瞧见这家伙对他下手，毫不犹豫地打出了那金属圆环。

唰唰唰……

他一扔就是十几根，那些玩意儿仿佛被王岩的意志牵引一般，又快又疾，眼看着就要砸中对方，结果那如同螳螂一般的格瑞拉身子一扭，背上的那根蝎尾将身子护住，下一秒，居然消失不见了。

紧接着，它出现在了李安安的身后，那根满是倒刺的蝎尾陡然弹出，射向了李安安的后背。

铛！

李安安全神贯注于现场的所有变化之中，自然能防得住这一下。

不过她虽然挡住了，但那格瑞拉全力而出的倒刺，力量相当恐怖，将李安安直接给震飞了。

此时，我感受到了敌人的可怕之处。

这个重获新生的鼠王搭档，不但力量上延续了之前的一贯恐怖，在速度敏捷和行事诡异程度上，又有了全面的超越。

这样的角色，很难用夜行者的等级去定义它。

因为，这玩意儿就如同一柄凶兵一般，让人心生恐惧。

而格瑞拉作为曾经横行天下的鼠王，在发动的一瞬间，同时朝着周围扔下了两颗圆丸。圆丸触底，立刻化作滚滚的黄色烟雾，笼罩空间。一瞬间，他的身子仿佛就要融于这烟雾之中消失不见了。

众所周知，最可怕的鼠王就是看不见的鼠王。

这个家伙的毒，以及神出鬼没的状态才是最恐怖的。

王朝安老先生英雄一世，最终也是吃了这个亏，到现在都只能坐在轮椅上，活动不得。

不过他想隐身，却总有人不让他如愿。李洪军在这个时候，也不再掩藏手段，将手往兜里一揣，紧接着洒出了一大片的朱红色粉末，笼住了前方空间。

下一秒，我就瞧见一个朱红色的身影，以一种极为快速的状态，冲到了我的身边。那身影倘若不是沾染了李洪军的朱红色粉末，就仿佛透明人。

他既然显露了身形，李洪军就没有给他机会，当下也是一声清喝，足尖一挑，一根硬木棍儿从他的脚下飞起，紧接着李洪军伸手一抓，拿在手里之后冲向了我这边来。

他之前与李安安交手，完全是赤手空拳，而此时在最关键的时刻，他到底是用尽了全力。

他想的就是务必拦住这两人，不让他们行凶之后有撤离的机会。

铛！那硬木棍势若风雷，陡然砸来的时候，让我感受到了几分杨林老师的影子。

虽然我自己觉得在这些天的学习之中有了大的长进，特别是在棍棒的使用法门上，我应该是杨林老师最为得意的学生之一。但是瞧见李洪军这一出手，即便是骄傲如我，也不得不承认，这家伙对于棍棒之道的理解，已经达到了很深的境界。

我没有嫉妒，因为此时此刻李洪军越强，我们就越能活下来。

呼……我也上前挥棒，拦住了鼠王。

我与李洪军拦住鼠王，李安安和王岩则全力对抗恐怖的格瑞拉，场中六人，在一瞬间就战成了一团，捉对厮杀，战况陡然间就变得无比激烈。

这样的生死之战充满了拼死与挣扎，形势在每一秒之后都可能瞬息万变，让人无暇他顾。

即便如此，我的心中仍有几分疑惑。

按道理说，导演组的救援队应该到了，怎么还没来呢？

难道是马小凤那边出了状况？

这鼠王和他的搭档实力着实恐怖，即便是我此刻的全盛姿态，再加上李洪军，应对鼠王都没有胜算的把握。反而是我的气势越来越弱，身子变得越发沉重。

就在如此缠斗之时，突然又有三个黑影加入了混战之中。

然而让我失望的是，这几人并非我们的援手，而是与之前的夏龙飞一样，全身都裹在黑雾之中的人。

这……

一个修为和手段都平平无奇的夏龙飞，都能逼得我和李安安不得不全力以赴。

现在出现的这三人，从气势上来说，绝对不比之前的夏龙飞弱上半分。

我们都以为在这样关键的地点上，校方会安排人专门守候，所以当马小凤弃权之后，我们的人就会第一时间赶到，马小凤跟校方说明情况后，这些人也会过来给予我们帮助。

但令人遗憾的是，敌人的援兵却比我们自己人来得早。

当当当……

我挥舞长棍，奋力拼杀，想挣脱那后来三人的纠缠，却发现这三个家伙的实力也十分恐怖，不比鼠王和格瑞拉差多少。

这情况使得我在接下来的几分钟之内，失去了与鼠王正面交锋的可能。

好在李洪军死死缠住了鼠王，没有给他再次隐藏起来的机会。

可是我仍然感觉，我们这边已经开始落入下风。

我感觉自己的身体变得越来越沉重，血脉之力在瞬间点燃时那种仿佛要飞上天一样的畅快感，已经离我越来越远。

相反，我的每一个动作，都如同灌注了泥浆一样，显得十分沉重迟缓。一不小心，我就被人击中了几次，或者是拳头，或者是飞脚，那陡然爆发的力量，让人惊骇。

倘若不是我的铜皮铁骨神通支撑着，只怕早就倒下了。

而这个时候，又有人加入了战场。来人居然是许久不见的马一岙，此君龙行虎步，步不踏尘，目如晨星精光闪，气势如虹坐如山，行走如清风拂柳，又如疾风过不采尘，端的是化外高人之境况。

他的手中却是一把白玉扇——天知道他是怎么将这扇子给带进来的。当下他挥舞起来，无端起风，陡然将那黑雾吹散开，露出了那三人的脸庞，皆是这一届高研班排名垫底的学员。

只不过此刻他们每一个人的眸子都是迷惘无神、空洞的。

他们这是遭人控制了。

对付这样的人，马一岙显得比我们有经验许多。

但见他疾步而行,闯入战阵之中,被人施加狠手,凶恶无端。他却没有丝毫慌张,更没有我与李安安之前的狠劲儿,反而摸出了一个打磨光滑的石子,用一根粗糙的麻绳吊着,如同那炼妖球一般,在那人的眼前晃荡着,然后口中轻喝道:

"灵宝天尊,安慰身形,弟子魂魄,五脏玄冥,青龙白虎,队仗纷纭,朱雀玄武,侍卫身形,敕!"

一声喝断,那个战斗力极强的家伙,整个人如遭雷轰一般身子僵直在了当场。他脸上的黑色雾气居然也开始消散了。

"这是什么?"

我向马一吞大声询问着,马一吞游走于另外两人之间,开口说道:"这些人应该是被人迷惑了心智,将全身的潜能定向抽取了出来。对付他们,要么拖住,等到他们潜能消耗一空,自然可解;要么就是定神,阻断他们与控制者的联系,让他们形成单独的个体,潜意识与施加于他们身上的意志作对抗,就会陷入短暂的停滞之中……"

我指着前方正在与人搏斗的鼠王和格瑞拉,说:"控制者是他们吗?"

马一吞晃悠着手中的光滑石头,摇头说:"不,控制者需要全神贯注地施法催眠,即便不是绝对安静的环境,也是置身事外的,所以他们不是。"

我听后心惊胆战,这才知道,除了鼠王和格瑞拉之外,这幕后居然还有人!

到底是怎么回事?

我满心惊讶,不过还是帮着马一吞一起,游走于剩下两人的身边。

这两人远比前面那个要厉害、狡猾许多。他们没有与马一吞正面交锋,也不去看他手中那不断晃悠的石球。我不得不在旁边策应着,如此又纠缠了好几分钟,才将另外两人的身子都给定住,让他们无法参与战斗之中。

就在这个时候,左前方突然传来一声炸响。

那死而复生的格瑞拉陡然咆哮数声,紧接着皮包着骨头的身子突然变得膨胀,当我的目光打量过去第三秒时,那家伙的身子膨胀得成了一个大气球,陡然炸裂开来。漫天污秽在这一瞬间迸发出来,散落各处。

我被那迎面而来的鲜血和体液浇到，感到一阵灼烧般的火辣之意，下意识地就地一滚，用泥土和青草去擦拭身上的污秽。

当我处理完这些抬起头时，瞧见一个血肉模糊的诡异身影，朝着林中狂奔而去，无人阻拦。此时我再去搜寻鼠王的身影，却也失去了目标。

这两人再一次逃走了？

我的心都要炸了，提着熔岩棒就要追上去，却被马一呑伸手拉住，他对我说："林深太险，穷寇莫追。"

我被拉住，可李洪军和李安安却不甘心，两人没有任何商量，便跟着消失于林中了。

而王岩却在这个时候，朝着另外一个方向跑开。那是我们的来时路。

原本激烈的战场中，这一会儿工夫，居然东走西顾，豁然一空。当场面从激烈转为平静后，我高度紧张的精神缓和下来，突然就是眼前一黑，下意识地伸手找东西扶，只听到马一呑"哎哟"一声叫喊，原来是我身上的火焰烫到他了，我赶忙收起妖气。

火焰熄灭之后，熔岩棒也随之缩小，我全身一丝不挂，旁边的马一呑伸手，将旁边一个身体僵直的学员衣服脱下，扔给了我。

我勉强将其穿上，赶忙盘腿运气。

许久之后，我方才长长地吐出一口气来，却发现身上那中毒后僵直不化的感觉，居然消失无踪了。

怎么回事？

我伸手往后背摸去，旁边的马一呑问我："怎么了？"

夜行者的体质十分强悍，在刚才的打斗中，那伤口不但没有再流血，而且还结了痂。

我有些疑惑地说道："我被鼠王暗算了，应该是中了'千年引'的毒，之前还感觉有些神情恍惚，但不知道怎么回事，恶斗一场之后反而精神了许多，毒素也不知道去哪儿了。这到底怎么回事？"

马一呑笑了，说："你傻啊？我师父就是靠着癸水灵珠，从昏迷之中苏醒的，那东西天生就带着排毒转移的功效，它现如今与你融为一体，自然能帮你将毒素排出了。"

啊？不识庐山真面目，只缘身在此山中。

我之前还觉得十分诧异，现在回想起来，还真的有可能是马一岙所说的这种情况，癸水灵珠帮助我在刚才的拼杀过程中，将那毒素随着汗液给排出去了。

而我此刻的虚弱，只不过是血脉透支过度产生的。

我调息一周天，人也渐渐恢复了一些力气，从地上爬了起来，看着马一岙，问道："你怎么过来了？"

"这不是见到狼烟就过来瞧一眼吗？没想到冤家路窄，居然能在这里见到鼠王。"

他与鼠王，算得上是仇家。毕竟他师父王朝安落得现在这副田地，正是拜鼠王普锐斯所赐。

不过马一岙非常稳，在看见我身体虚弱的情况下，为了我的安全，并没有跟着李洪军、李安安等人一同追上去。这一点，我很是感激，觉得心中暖暖的。

两人简单聊着，交流了一下这几日的经历，还没说几句，身后的方向就传来了一阵凌乱的脚步声。

我回过头去，瞧见王岩带着马小凤和谭老师、赵老师等人赶到了这边。一个魁梧的银发老者也出现在了我们跟前。瞧见这人，即便是心中有再多的想法，我们也不敢多说，躬身行礼。

来人正是赵鹏赵老。

这个身材魁梧却并不高大的银发老者脸色阴沉，走到了我们跟前，看见僵立在场的那几名同学，目光落到了我们身上，问道："鼠王人呢？"

马一岙躬身行礼，不卑不亢地说道："跑了。"

"跑了？"

赵老吹胡子瞪眼，说："人都跑了，你们在这儿干什么呢？"

这话问得有点过分了，然而马一岙却显得很是平静，再次拱手，指着我说道："侯漠身上中了鼠王的'千年引'剧毒，刚才拼死与之拼斗，此刻毒发，我在这里帮他导引。另外，这边还有几位同学，我也得看着，防止那帮人打个回马枪。"

他说谎不带脸红的。

赵老阴郁的眼神扫量过那几人，冷哼一声，说："几个废物，居然被人控制住了，说不定这里面还涉及别的问题呢，他们会受到调查的。"

他这儿说着话，李洪军和李安安折了回来。瞧他们那垂头丧气的模样，就知道是没追到人。

两人看见赵老等一行人的到来，赶忙行礼。

赵老阴着脸又问了几句，然后对大家说道："从现在开始，演习结束。第一名已经出现了，而后面的名次——你们几个……"

我听到他说这话，脑子里"嗡"然作响。

第一名已经出现了？

谁？

"谁？"

比我更着急的是一直以演习第一为目标的李洪军。

在这种情况下，从赵老的口中听到了这么一个消息，他有些不淡定了，两步抢上前来，盯着赵老，一字一句地说道："燕子矶蒙尘，现如今混乱，第一名如何就定下了呢？"

他是天机处扛把子李爱国的孙子，虽然是晚辈，但面对着赵老，却也不虚。

要是这名额之上有个什么猫腻的话，他绝对会上达天听，让上面的大领导介入此事。

赵老虽然脸色阴郁，但李洪军毕竟是挂了身份的，所以他也没有太过不近人情，而是耐着性子解释道："我们这次请来的是中州大侠邹国栋，此人一身修为登峰造极，连我都需要敬畏三分，他是我们为了这次演习特意聘请而来的顶尖高手，是为了模拟噬心魔的存在而设置的。然而他在一个时辰之前，却被人给拿住了——那拿住他的人，你说说有没有领取头名的资格？"

演习之中，蓝方的终极 BOSS 居然被人拿住了？这可就真的是让人敬畏了。

尽管我并不知道那个所谓的邹国栋到底有多厉害，但既然能被请过来当噬心魔，必然就是压场子的角色。这样的人甚至要比鼠王等人还要强上数分，说不定能比得上赵老等人的实力。

他居然都落败了，使得我们接下来的争端毫无意义，拿住他的那个学员，完全可以说得上是力挽狂澜。

这样的人，的确是有获得头名的资格。

不过，这人到底是谁呢？

我环视一周，感觉高研班之中的强者都分布在列，少了的人，还有谁能有实力完成这一切呢？

AD 钙奶男孩唐道吗？

还是刚刚觉醒不久，声名鹊起的尚良？

我心头满是疑惑，李洪军则直接问道："那人是谁？"

赵老旁边的谭老师开口说道："是夜行者班的唐道。"

啊？众人皆惊。

李洪军更是难以置信地说道："这怎么可能？唐道那人我知晓，以他的修为，自保我是相信的，但能拿住演习的终极假想敌，这事儿也太假了吧？"

李安安也同样心头不爽，说："这里面难道有什么内幕吗？"

被人质疑，赵老的脸色有些不好看了，好在这个时候谭老师上前解围："你们恐怕是忘记了，唐道可是来自于西川的唐门支脉，绵阳唐家。"

用毒？简单一句话，大家都明白了。

的确，如果光是论修为，在场的诸位，能胜过唐道的人不在少数。

要说唐道是以硬实力胜过那邹国栋的，我们都不相信，但如果说他用下毒之法，将人给弄倒，这事儿还有几分可能。

不过仔细想一想，能在这茫茫林原之中，找到演习设置的终极 BOSS，然后确定身份，并且在那人的恐怖实力下，还将人给算计到。别的不说，光这些事儿都让人敬佩。

别人或许还有几分怀疑，我却一下子明了起来。以唐道那九命猫妖的手段，用毒药将人迷住，并非没有可能。

李洪军、李安安等人还是将信将疑，不过赵老却也不想再多解释，而是开口说道："演习里出了这么一档子事，实在是出乎我们所有人的意料之外。按道理说，当唐道拿下邹国栋之后，演习就应该结束的，但是……我们核定了一下分数，你们几人的分数十分接近，甚至有两人还是平局。如果贸然评定分数，或许会生出争端，所以我临时决定，如果你们愿意参与进这次演习的后续工作中来，我们会给出更多的评价。"

啊？听完赵老的话，我还有点儿蒙。

但李洪军一下子就反应过来了："您是准备让我们参与那几个家伙的追击工作？"

赵老点头，说："对。那两人一个叫作鼠王普锐斯，是国际上凶名赫赫的通缉犯，另一人，好像是用某种秘法炼制出来的，幕后似乎还有人在操纵一切。但我们的人手不太够，所以普通的学员，我们将会接回营地休整，评定分数，你们几个如果愿意加入追击团队，那我们就破例，把这行动算作是本次演习的加赛。"

班主任谭老师在旁边说道："对，除了唐道之外的前三名，乃至前十名，将会在加赛之中产生。"

听到这话，原本觉得尘埃落定的众人，目光都不由得凝聚起来。

事情还没完结。

李安安问道："有资格进入加赛的人，只有我们吗？"

谭老师摇头，说："不，还有排名靠前的好几人都愿意参加，另外我们还征求了截止一个小时前还存活下来的演习学员，其中有一小半也答应了，就连注定是第一名的唐道同学，也答应进入加赛……"

李洪军没有想到自己志在必得的头名居然被唐道抢去，对那个有些孤僻的男孩儿十分在意，开口问道："他人呢？"

谭老师耸了耸肩，说："唐道同学向来都爱独来独往，我也不知道。"

李洪军没有犹豫，开口说道："赵老，我答应进入加赛，怎么办，您说吧。"

赵老点头，并没有说什么，而是看向了其余人。

不甘心的李安安和王岩都先后点头，马一岙看了我一眼，也点头答应下来。

作为一个刚刚中了剧毒差点儿丧命的学员来说，我并没有受人重视，甚至都没有人征求我的意见，就在大家都准备撤离之时，我也开了口："我也参加。"

啊？班主任谭老师很是惊讶，看着额头上全是白毛汗的我，劝说道："侯漠同学，你在这次的实战演习中表现得已经很是不错了，别的不说，拿个前十应该是没有问题的。你现在受了伤，还中了毒，接下来最好跟我们的工作人员回营地去休整……"

我摇头，说："请务必将我的名字报上。"

谭老师还是不解，说："为什么这么拼？"

我感觉旁边有人看我，转过头去与赵老的目光对视上，两秒钟之后，我不卑不亢地说道："我有必须参加的理由。"

谭老师不知道我的情况，但作为天机处顾问团的赵老，却是知晓的。

他对旁边的谭老师说道："加上他吧。"

众人没有在这里停留太久，随着赵老过来的工作人员，正在紧急处理周围的伤亡人员。

没多一会儿，那三名被迷惑了心智的学员、重伤未死的夏龙飞，还有马小凤等人，便在这些工作人员的保护下，离开了燕子矶。

赵老则带着导演组的一票高手，带着我们走向了林子深处。

他们装备齐全，有人的手中抓着一个掌上电脑一样的玩意儿，东西别看傻大笨粗，却掌握着所有学员的方位和状态。

在赵老的带领下，我们来到了最核心的地方。这里一片狼藉，到处都是尸体，有安娜的族人，他们有的是显露本相之后的狼人状态，也有的则恢复了白种人的模样，还有许多的尸体碎片，看上去仿佛在这儿举行了某种仪式。

我在边缘的角落里，发现草丛里有一个圆滚滚的东西。

我伸脚去刨，踢出了一个脑袋。是一个女学员的，因为她实在太普通，没什么特点让我记住，所以不知道名字，但我知道，她应该是高级班的。

我往后退去，李安安走了过去，瞧见这人，立刻停住了脚步。她缓步上前，伸手捧着那满脸惊愕恐慌的脸，咬着牙，眼泪一滴一滴地落了下来。

她是高级班的小班班长，对于高级班的每个人都很熟悉。

演习之前，每个人都斗志昂扬，而此时此刻却是阴阳两隔，这般一想，如何不伤悲？

我们打量着场中惨状，闻着那浓烈的血腥味儿，我的胸口发闷，总感觉想吐。赵老手下的人在翻找检查着，大家见这惨状，每个人的心头都憋着火。

演习出了这么一档子的事故，这可是大事。

别的不说，校方肯定是要有人站出来背责任的。至于这人是谁，我就不得而知了。

如果能将这一起事故的罪魁祸首给抓住，或许还会有一些转机。这或许就是赵老要求我们进入加赛的缘故吧。

如此翻检没多久，放在外围的眼线传来消息，鼠王和另外几人出现在了防风岭附近，在那边好像有一个前来接应他们的小队。

听到这消息，赵老当即下令："走，去防风岭。这次绝不能让他们跑了。"

包括赵老在内的所有人都是摩拳擦掌，准备将这莫名其妙的闯入者给全部逮住。出发前，在内部的沟通会上，赵老甚至下了"杀无赦"的死命令。

也就是说，如果到时候没办法逮住人，那么就下死手，总之就是不能让人逃出去。

当然，除了我们这些学员之外，校方还召集了大量的人手，包括前段时间过来帮我们上课的老师等人，都被临时调集过来，在防风岭、老虎崖和老牙弯一带布置围堵。甚至还从军方借调了人手和直升机。

所有的这一切准备，就是为了将闹事的人给堵住。毕竟我们这儿不是公共厕所，不可能想来就来，想走就走。

相关的损失统计工作还在进行，我们就已经出发了，为了搜索的需求，全体人员都被分了组。我、马一吞与李安安分给了赵老师带领，朝着防风岭的方向快速摸了过去。

因为我先前与鼠王奋战而略有脱力，即便行气几个周天，还是有些疲惫，不得不又用上了老参切片含在口中，保持体力。

瞧见我这模样，赵老师有点儿不太乐意了，对我说道："侯漠同学，演习其实已经结束了，照你这样的情况最好还是先回营地里待着吧。跟过来，不但帮不上忙，还有可能失去性命，刚才的情况你也知道了……"

我知道他的想法，一半是为了我好，另一半，则是怕我拖累了大家。

不过这前三的名次，我是志在必得，所以当下也是回了一句："我不会拖累大家的。"

李安安也看不下了，看着几十米之外快速穿行的蓝方一群人，开口说道："赵老师，刚才要不是侯漠凭借着一己之力拖住鼠王，只怕我早就死了，侯漠的实力还是很强的。"

马一吞也说道："赵老师，我会照看好侯子的。"

这两人都说了话，赵老师不再多说什么，按着耳朵上的通信工具与前方沟通着，然后朝前快速前行。

我们需要抄近路，赶到防风岭之后分作几队，如梳子一样地扫过，将人给找出来。

之前赵老和班主任谭老师说得很有自信，还说调来了各路高手，军方也会在两个小时之后派人过来参与搜查工作。

但所有参与过交手的人都很清楚，这件事情其实很难。

最主要的是鼠王和那个格瑞拉，两人都有一定的反侦察和隐藏能力，如果他们不与我们拼斗，而是藏起来的话，我们的人手就算再多一倍，也未必管用。

这也正是赵老临时决定加赛的原因。毕竟我们这些混到了最后的学员，从个人实力上来说都是没得说的。至少要比其他非专业性人才要强上许多。

一行人快速潜行，防风岭很快就近在眼前了，赵老师蹲在一棵树后面，通过无线电与前面的队伍低声沟通着。

马一吞此时找到了我，问道："侯子怎么样，感觉行吗？不行你就留在这里，后面的名次，我和安安帮你抢，如何？"

我摇了摇头，说："不，我能坚持。"

李安安在旁边凝视着我，说道："侯漠，有事你说话。"

我感觉她看了我太久，于是便抬起头来，笑了，说："怎么，我脸上有花吗？"

李安安也笑了，说："没有，我就是在想，你刚才怎么那么准呢，为什么知道鼠王会从后面袭击我们？"

"我和小马哥之前跟他有过交手，对那家伙有一定的了解。"

"你当时，不害怕吗？"

我耸了耸肩膀，说："烂命一条，怕个啥？"

马一峊说道："这件事情没有想象的那么简单，鼠王那样的敏感身份，为什么会搅和进这件事上来，这个很奇怪。另外那个格瑞拉到底是怎么回事，给我的感觉不像是夜行者，反而是某种凶兽。"

李安安将之前的情况讲了一遍，马一峊沉吟一番，说道："很有可能是冲着那帮狼人来的，用他们的血肉和精魄血祭之后，将格瑞拉从某种状态复活。"

李安安皱着眉头说："总感觉除了他们两个之外，还有什么人。"

我问道："对了，你们有没有觉得奇怪——从头到尾，有一个人一直都没有露面。"

马一峊知道我的意思，说："你是指尚良吗？"

我点头说："这家伙虽然已经觉醒了，而且据说是很稀少的血脉，但到底是基础太差，即便是进了补习小组也是如此，甚至都不如董洪飞和马小龙等人。但我总觉得，此人的城府自从觉醒之后就变得莫名得深，总感觉他会在实战演习中闹出点儿什么事来。可是演习结束了都没有他的消息……"

李安安跟我都是补习班的成员，对尚良的实力也是很清楚的。

她不屑地说道："你可能太关注他了，这样的小角色，即便运气好没有被淘汰，估计也是藏在哪个角落，不敢出来吧。"

"你的意思是，他已经回到营地里去了？"

"大概如此吧。"

我虽然不太赞同李安安的话，但又没有什么证据，张了张嘴，最终没有再提及。

随后马一峊谈到了格瑞拉的复活和它此刻的状态。他曾经在某本古书上面见过，格瑞拉很有可能是《山海经》中记载的"无启国人"。

"什么叫'无启国人'？"我好奇地问道。

马一岙说道："在一本叫《酉阳杂俎》的书中有过记载'无启民，居穴食土。其人死，埋之，其心不朽，百年化为人。录民膝不朽，埋之百二十年化为人。细民肝不朽，八年化为人'——这是什么意思呢？说有一种妖民，他们的人死了，但心脏不会腐烂，如果采用某种秘法埋下，百年之后还会复活。"

李安安深吸了一口气，说："这不是长生不老吗？"

"也不叫长生不老，应该是另一种形式的复活吧。鼠王是用了某种邪术手段，通过祭祀夜行者的精血将格瑞拉最终复活出来的，但因为某种变故，或者是他过于急功近利了，才使格瑞拉变成了现在的模样……"

与那玩意儿有过交手的李安安十分认可，点头说道："现在的格瑞拉很恐怖，我感觉都不像是人，仿佛是某种生物兵器了。"

三人在低声聊着，赵老师也确定了情况，对我们说道："他们几队已经过去包围了，我们从左边往上摸过去就行。"

马一岙说道："怎么弄？"

赵老师说道："我们人手不足，得分开一点儿，每人相隔五米到十米，一旦发现任何状况，别独自行动，大声呼喊同伴，知道吗？"

几人都点头，然后开始前行。

此时此刻，天色渐晚，夕阳斜照，我感觉赵老师有点儿着急了，又或者说他们身上的压力变得越来越重了。因为被堵在此处的鼠王等人极有可能趁着夜色，逃离此处。

如果是这样的话，事情很有可能就会变得更加严重，完全没有办法挽回。毕竟死了那么多的学生，而且好多都是有家世背景的。对这些人，以及他们身后的家属，总得有一个交代吧？凶手抓不到，怎么说得过去？

我们开始分散，朝前行走，为了照顾我，马一岙执意让我在最中间，他和李安安，一左一右将我护住。

四人前行，在不远处还有其他的几队人马。

我们小心翼翼地朝着山上走去，注意着每一处的角落和缝隙，务必不让敌人有可乘之机。

如此一阵搜查，一直到了山岭之上都没有任何动静。

这情况让人有些错愕，赵老师站在一块山石上，通过通讯器与其他工作人员沟通，得到的结果让人很沮丧。其他方向也没有任何发现。

赵老甚至大发雷霆，将前期堵在这路上的相关负责人都训斥了一通。

有人怀疑鼠王一行人已经离开了。

直升机出动，开始扩大范围往外围搜索，不过此刻天色已晚，更加难以找寻。

队伍里的气氛很差，马一岙鼓励我们，说："他们一定是找地方藏起来了，要不然那么多人，怎么可能不翼而飞呢？"

此时，除了鼠王和格瑞拉之外，还有接应他们的人手。这么多人，不可能一点线索都不留下的。

马一岙这边说着话，突然间李安安吸了吸鼻子，然后问我："你有没有闻到什么？"

我深吸了一口气，眉头皱了起来，血腥味。

随后，我顺着血腥味朝左边的一处山崖走去，很快发现，那血腥味是来自于山崖的半山腰处。

我探出大半个身子往下望去，瞧见在山崖下方的十几米处，有一个凸出半米的小平台。

平台之上，有一个人躺在血泊中。

我眯眼细看，突然间浑身惊骇莫名，差点儿摔落到悬崖之下。

是杨林老师。

得益于我双眼的变化，使我能够瞧见很远之外的东西，又或者通过瞳孔的调节，将远处的东西看得更加清晰。

我甚至还能够望气，能通过那人身上的气息，辨识出很多有用的信息来。

当然，也我可以通过望气打量那人到底是死是活。

那个凸出山崖前的小平台躺着一个男人，一个让我为之敬畏的男人，八十万禁军枪棒教头杨林，我最尊重和热爱的老师。

此时此刻，他躺倒在了血泊之中，再无生机。

这个男人，虽然从修行的角度上来说，他算不得多么厉害，但关键是他的专精，以及执着的匠人精神，使得他的枪棒手段，拔高到了近乎"道"的地步。

这是一件很了不起的事儿，也正因为如此，使得我即便是见过了太多太多的高手，但对他却依然保持着一份浓浓的敬意。

此时此刻，他却死在了这里。

一个上不着天，下不着地的地方，而且悄无声息，没有一点儿动静。

或许，刚才我们有谁但凡听到一点动静，他就不会死。

或许……

我的心中满是懊恼和后悔，然而就在这个时候，我又瞧见杨林老师身边还有一个人——那人趴在了他的左边，仿佛在哭泣，又或者在干什么。

紧接着，我发现杨林老师的脸有一些奇怪。

对，莫名的消瘦，皮包着骨头，十分吓人，就仿佛农村房梁上挂着的老腊肉一样。

刚才我看见时还不是这个样子啊？

我使劲儿揉了揉眼睛，却发现趴在杨林老师身上的那个人往后退了一点，我完全瞧不见他的模样。

紧接着，杨林老师的尸体被那人用脚一踹，直接跌落到了山崖之下。

"啊……"

趴在崖边一同观看的李安安低声惊呼了一声，然后对不远处的赵老师喊道："这边有人，在悬崖的半腰处！"

"什么？"

赵老师正在通过无线电跟人说着话，听到李安安的呼喊，回了一句，而李安安大概是看得不是很清楚，回答道："有人在山崖半腰处，将一具尸体推下去了……"

我此刻已经满心怒火，翻身抓着那凸出的岩石，就往悬崖之下爬去。

马一吞在旁边瞧见，赶忙叫住我："侯子，你干什么？这太危险了……"

我见左下方有一片攀附在山崖上的粗藤，往下一跃，抓住了那藤条，然后抬起头来，咬着牙，满脸仇恨地说道："还危险什么，那具尸体是杨林老师。"

"杨林老师？"

听到我的话，马一否的嘴巴长得很大，随后他也没有犹豫，对不远处的赵老师喊道："人应该就在下面，他们杀了杨林老师，将人推下了山崖。我们先下去，赵老师，你赶紧跟上面的人说，让他们过来增援。"

他说着，也跟着往下攀爬而来。

因为他知道，敌人露了头就必须分秒必争，不能再让人给跑了。

十几米的距离，说远不远，说近不近，特别是在这么高的悬崖之上，稍微一不小心，失手跌落下去，等待我的绝对不是什么武功秘籍，而是死亡，直接摔成肉饼。

因此，我即便是心怀怒火，也不得不小心翼翼。

等我真正来到下面的时候，才发现这儿居然是一个山洞。此刻天色已黑，我跳下来，发现血泊不见了，这儿是一块凸出崖间的平台，七八平方米的样子，里面则是黑黢黢的洞穴。

我侧耳倾听，感觉洞子很深，遥遥传来急促的脚步声，显然是刚才杀害杨林老师的凶手在奔走。

那个背影虽然被遮住了大半，但我总感觉有一点儿熟悉。是谁呢？

就在我费心思索的时候，马一否和李安安相继跳了下来，看见这情况，李安安问道："人进去了？"

我点头。

李安安蹲下身来打量周遭，发现一点儿血迹都没有，不由得一愣，说："不对啊，我刚才在上面，瞧见有一摊血迹的反光，现在怎么什么都没有了？"

我深吸了一口气，说道："之前那位田军老师的尸体，也是同样的情况，不翼而飞。"

我说的是那个马脸男子。

李安安的脸色沉了下来，认真地问我："你真的看到是杨林老师了吗？"

我点头说对。

李安安有些不太信，说："可是那么远，你怎么可能……"

马一否在旁边打断了她的话，说道："侯漠不可能在这件事上骗你的，他的视力比绝大多数人强，这一点我很清楚，你不用怀疑。咱们现在需要做的，就是要不要进洞子里面去搜，将那个杀害了杨林老师的凶手给找出来。"

我已经摸出了熔岩棒，将这天珠一样大小的玩意儿捏在掌心处，往里面走去。我一边走，一边说道："时机稍纵即逝，我反正是不能等。"

是的，我要报仇。

虽然杨林老师是天机处请来给全体人员上课的，他只是教师，与我之间并无特别的关系。但是在我的心头，却一直都把他当作是我的老师。我在这世间，最尊重的几个人之一。

我本以为日后还有机会再跟他讨教，无论是枪法还是棒法，因为我觉得他即便是谦虚地说自己的枪棒手段不行，但对我而言，却依然有很多可以学习的东西。

但是，他就这样死了。而且还死在了我的附近，但凡我当时有一点儿察觉，及时赶到，或许他就不会死了。

这般想着，我的心中又是愤怒，又是悔恨。

种种情绪杂糅在一起，让我没办法忍住。

而且我有那铜皮铁骨的神通，在这狭窄的空间里，有很大的容错率。

我往前面的洞子里走去，瞳孔不断收缩，适应着这里面的黑暗，身后的马一岙几乎是没有任何的犹豫就跟了过来。

至于李安安，她跟崖顶上的赵老师交代了几句，然后在他的制止声中，也跟了过来。

三人前行，以我当先，朝着黑黢黢的洞子里走去。

开始我以为这洞子很短，能马上堵到敌人，然而没想到越往里走，那空间越发开阔，没多一会儿，我们居然来到了一处足有篮球场面积的开阔空间。

这地方顶不高，最高的地方也就四五米，低矮的地方，恐怕人都得弯着腰、低着头走路。

在这里，我闻到了一股极为古怪的尿骚味儿。

是什么……

我四处找寻着，发现这空间虽然开阔，但中间堆了许多乱七八糟的东西，有一大堆的苞米，一片乱七八糟的农具堆积，还有怪石和木头，将空间分割成了数块区域。

从我这边往前望，还发现有两扇木门，一左一右，不知道通向什么地方。

最后进入这儿的李安安停下了脚步，吸了吸鼻子，开口说道："这个地方有人住过啊。"

马一杳沉声说道："或许不是人。"

"那是什么？"

"野生夜行者……"

两人低声说着话，突然间，我的左边传来一阵动静，我毫不犹豫地箭步抢了过去，瞧见那堆废旧农具、家具的中间，出现了一个黑乎乎的身影。

我在一瞬间将手中的熔岩棒变大，抓在手中，往前猛然一敲。

砰……

却听到一声轰鸣之响，那旧农具被敲得一阵稀里哗啦，身影却不见了踪迹。

我有些诧异，感觉左边的岩壁上有动静，就猛然扭过头去。

我看见了一张格外诡异的脸，双目泛绿，脸颊和下巴尖尖，耳朵也翘起，嘴咧开，露出极为诡异的笑容。

我与那张脸对视的一瞬间，感觉到整个世界都在晃，瞬间沉浸在天旋地转的绿光之中。

随后，我感觉身边有人冲了过来，下意识地回过头去，瞧见那人也与墙上的脸一模一样，下巴尖尖，嘴角的笑容诡异。

我几乎是毫不犹豫地举棒朝着那人砸去。

那人往后一跳，躲过我的这一下，然后大叫了起来，那叫声尖锐，直刺我的心中，让我莫名愤怒。这个时候，旁边又出现一个人，朝着我叫嚷，仿佛在挑衅。

我提棒而上，朝那人打去，那人的手中有一把剑，挡住了我。

我的视野里满是绿光，心头则是无边的愤怒，挥棒前击，如此交了几次手，突然我感到前方一片光明，紧接着一阵古怪的经诀传入耳边。

我浑身一震，下意识地晃了晃头，感觉有一只温热的手掌拍在了我的额头上。

轰……

我的脑子一阵晃，睁开眼睛瞧见那个脸颊和下巴尖尖的人，居然是马一岙。

在他的旁边，李安安正一脸关心地看着我。

我深吸了一口气，说道："我刚才怎么了？"

李安安说道："你好像被什么迷住了，发疯一样地攻击我们，幸亏马哥在……"

就在这个时候，突然间左前方的门那儿传来了"吱呀"一声响。我们扭头过去，却发现那门虚掩着，但并没有人影。

三人愣了一下，我突然间感觉寒意笼罩全身，赶忙大声叫道："小心……"

唰……

看不到人，却能够感觉到人，这样诡异的情况，让我一下子就想到了一个家伙。

鼠王普锐斯。

果然，我就说这帮人不可能悄无声息地离去，原来真的是躲在这里。

随着我的提醒，马一岙和李安安赶紧互为依靠，朝着周围望去，努力打量着四周，防备着敌人的偷袭。

我则深吸一口气，左右打量着，希望通过我的双眼，找到隐身中的鼠王。

然而当我们四处打量的时候，却发现周围又陷入了一种古怪的宁静之中，没有任何动静，仿佛周围什么东西都没有一样。

如此僵持了两分钟左右，马一岙终于开口说道："进去看看？"

他提议进入刚才突然打开的门，一探究竟。

李安安却提出了反对，说："那很有可能是敌人故意弄出来的陷阱，让我们咬饵上钩。"

除此之外，她还在疑惑另外一件事情。按照之前的沟通，周围的其他小队人员，在得到消息之后应该很快赶到这边来了。为什么我们进来这么久，他们却一点儿动静都没有？

赵老师也没有进洞里来。

怎么回事？

就在她提出这个质疑的时候，我听到来路上传来一阵动静，紧接着一声巨大如雷的轰鸣声，从我们刚才进入的狭长通道处传来。

与此同时，巨大的烟尘也从外向里席卷而来。

整个空间都在颤抖，脚下的岩石在抖动震颤着，让人心惊胆战。

马一夅低声喊道："糟糕，他们把通道给断了。"

对。我刚才还在想，那鼠王出来之后，为什么不朝我们发动攻击呢。原来并不是他暗算人的法器被破坏了，而是他筹谋着另外一件事，那就是关门打狗。

他准备将我们的支援通道给堵住，然后再来对付我们。

糟糕。

我伸出手，右手上的熔岩棒在灌注妖力之后化作了一米长的棒子，顶端的金属圆环将它紧紧箍着。李安安也拔出了木剑。

马一夅折扇一甩，化作半边，上书四个大字，本地山神。至于那"风公子"的字样，已经被他不知道用什么手段给抹了。

三人全力以赴，在这个时候，如何安慰众人，如何作决断，就显出一个人的担当了。最先反应过来的，并不是李安安，而是马一夅，他对我们说："事已至此，我们必须守门而战，静待援救，不能让他们将我们给包围住，快速拿下。"

李安安一下子反应过来，指着那边的门，说："杀进去？"

马一夅点头说道："对，打他们一个出其不意，我们要变被动为主动。"

我一马当先，开口说道："我来。"

马一夅这次没有再阻拦，毕竟不管从哪方面来说，我都是最合适的人选。

我快步来到了门口，用短棍往前抵住，缓缓推开，里面一片黑雾弥漫，却没有什么攻击，让我松了一口气，往门里走去。

然而刚刚踏入门口，迎面就来了一把长刀，照着我的脑袋劈了过来。

我侧头避过这一下，不退反进，陡然往前，猛地一下闯入了对方的怀里。

这是贪狼擒拿手的法门，讲究的是一个"反其道而行之"的思路，对方完全没有想到，被我撞了一个满怀。

我与对方挨近的一瞬间，感觉到馨香满怀。还有一种让人惊心动魄的柔软。这，是一个女人。

就在我满心诧异的时候，裆部传来的剧痛让我一瞬间回到了现实之中。我赶忙运用起铜皮铁骨的神通，伸手想要抓住那女人，却没想到她身子一缩就从我的怀里逃开了。

紧接着，一阵疾风，从我的身后传了过来。

我头也不回，熔岩棒甩了过去，却传来一声钝响，我感觉巨力狂涌而来，往后退了几步，瞧见那人居然全身都藏在一个铁疙瘩里面，手中还举着一个圆盾。

在这一瞬间，我看见这个空间里，藏着六个人。除了那女人和铁疙瘩之外，还有四个人，从四面八方朝着我们这边冲了过来。

这些人，应该就是过来接应玄冥二老的家伙。

我与人一交手，立刻就知道，这帮人没一个善茬，好在马一岙和李安安的增援没有让我陷入围殴之中，三人在一瞬间彼此配合，迎下了敌人暴风骤雨的攻击。

在黑暗中，众人一阵交击，而随后，有火把燃起来照亮了整个空间。

我在这一瞬间，将这六人全部尽收眼底。

没有鼠王，没有格瑞拉。

也没有我之前在悬崖之上瞧见的将杨林老师推下山崖的人。我可以很确定，没有。

这儿空间很大，足够我施展，所以在一瞬间，熔岩棒就已经快速变长起来。紧接着我凭借着一己之力，挡住前面四人的进攻，也看清楚，这几人是三男两女，一个未知。

最早与我交击的那女人，是一个三十来岁风韵犹存的丰满少妇，她穿着一身红色罗裙，满目春色，手中抓着一把鬼头砍刀。那个铁疙瘩用金属将全身笼罩，看不出性别，但身材高大，左手持盾，右手抓着一根铁链流星锤。

还有一个秃头老者，手中一把青钢剑；一个光着膀子的年轻人，手中一根狼牙棒，身上文着九条龙，张牙舞爪；一个青涩平胸的少女，双手抓着黑色短刃，眯眼打量人的时候如同野狼一般凶狠；还有一个胖子，双手铁拳套，游离在外。

我们在激斗过后，开始收缩阵形，李安安卡在门口，将门拉住，然后回过头来，对着那几人寒声说道："驻马店六杰，你们好好的日子不过，为什么非要趟这浑水？"

驻马店六杰？

我没想到李安安会认识这几人，有些诧异，而那秃头老者瞧见李安安也颇为心惊。

他的脸色十分难看，说道："李小姐，没想到你也在这里。"

李安安先声夺人，开口喝道："汤洲明，你与我伯父有故交，与武当也是有些渊源的，现在回头还来得及。只要你与我一同抵抗鼠王等人，日后我伯父一定会有重谢……"

她说得秃头老者脸色阴晴不定，而这时，那风韵犹存的少妇却哈哈大笑起来。她对着李安安说道："好个牙尖嘴利、空口白牙的小娘子。你满口承诺的时候可曾想过，这些事儿可是要实现的？"

"自然如此。"

少妇"呸"了一口说："放屁。"

那胖子也开口说道："大哥，你可别忘了，咱们可是收了当下就能兑现的好处。况且比起那位大人来说，什么武当啊，浮云剑李东云，可都算不得什么……"

两人如同哼哈二将，如此一说，原本有些犹豫的汤洲明眼神又变得坚定。

他对李安安说道："李家侄女，这事儿你别怪俺，要怪就怪你没事儿卷进这里来吧。"

说罢，他猛然一挥手，厉喝道："全部杀了！"

老大下令，其余五人蜂拥而上，各自展露出了凶狠的杀招，汹涌连绵，让人为之惊骇。

我不明白这驻马店六杰到底是怎么回事，但一交手却也知道个个都是身手不凡之辈，特别是那汤洲明，更是有着大家气势。

他举手投足之间，风云激荡，将整个空间都弄得嗡嗡作响。

我们三人骤遇强敌，难以快速结束战斗，只有硬着头皮抵挡，又担心那鼠王和格瑞拉，以及神秘人的介入，当时就陷入了左右为难的境地。

而在这个时候，李安安也终于不再犹豫，她清啸一声，穿刺整个空间。紧接着，她手中的木剑化身成了一条蛟龙，发出精光无数，万般青锋，落于场中，让敌人纷纷后退。下一秒，李安安的身法翩翩而起，骤然转身，又消失不见。

当她再次浮身出来的时候，那木剑居然穿透了一人的胸膛。

这一剑，翩若惊鸿，宛若游龙，宛如神来之剑。

噗……

那个身上文着九条龙的年轻人，一脸惊愕地看着那穿透了后背抵达胸前还沾着鲜血的木剑剑尖，张开嘴，艰难地说道："这，这怎么可能？"

话说完，他的身子颓然倒地，而身上的九条青色蛟龙化作一团雾气，带着无数尖厉恶毒的叫声，扑向李安安。

李安安脸色淡定，抽出长剑。

她的剑刃之上莫名多出几分金光，轻轻一扫，那些黑雾里的怨气便全部消散，再无动静。

"啊！"这突如其来的变故让剩余的驻马店五杰都崩溃了，那汤洲明也红着眼睛，厉声大叫道，"尚先生，你还打算坐视不管吗？"

他的话音刚落，就听到西北角处，传来一声轰然之响。

刹那间，黑雾弥漫了整个空间。

那黑雾出现的一瞬间，一种十分熟悉的感觉在我的心头油然而生。

这黑雾我实在是太熟悉了，无论是死兽九宫格，还是燕子矶埋伏，我都与之有过交手，太知道这玩意儿的厉害了。

我也知晓，那个从头到尾的幕后黑手，就是这个家伙。

尚先生？我的心头一跳，却瞧见那浓稠不化的黑雾里，突然间射出了几根章鱼一般地触手，朝着我们的脸戳来。

我一马当先，举棍而上，朝着那章鱼触手砸去，却没想到一棒子砸了个空，紧接着那触手穿过了我的棒子，猛然扎在了我的左肩之上。

我一棒砸空，感觉不对，当那触手扎在了我的肩膀上时，一股酥麻从那儿传来。

紧接着，又有一种莫名的快感。

这种感觉，有点儿像是男女之间的那种……

等等，不对……

我是意志坚定之人，很快就从那种虚无的快感之中挣脱出来，瞧见那触手从细小变粗，不断往后抽去，如同蚂蟥一样，将我身体的精血往外抽。

这叫我如何能忍住，当下将妖力点燃，一簇火焰从左肩之上浮现出来。

那触手不受力，所以熔岩棒无法拦住它，却受不得火力灼烧，烈焰一起，它就像是受到了刺激一样，陡然扯开。

在它离开的一刹那，痛觉仿佛才重新回到了我的感应神经里。

痛……那一瞬间，我有一种痛入骨髓的感觉，在一瞬间弥漫全身，鲜血也如同戳破的气球一样，喷溅而出。

我捂住右臂往后退去，看见马一岙和李安安也中了招。

两人都被那黑雾之中伸出来的触手定住，而与此同时，驻马店六杰之中的五位，也都一同出击，配合着这黑雾触手进攻。

当我摆脱之时，马一岙已经被一脚飞踹，滚落在地。

李安安还是一如既往地凶悍，她的木剑之上，金光浮动，几剑挥洒，将那触手全部击溃。随后她一把剑护住了马一岙，且战且退。

形势在那黑雾出现的一瞬间逆转，让人有些猝不及防。

我不确定马一岙到底有没有伤到，横下熔岩棒来，妖力灌注，将其点燃，火焰冲出的一瞬间，那黑雾凝聚而出的触手受热往后退去，我则跳到了马一岙和李安安的身前，将他们护住。

李安安将地上的马一岙扶了起来，问道："你怎么样了？"

我非常关心马一岙，一边挥棒，一边用余光打量，马一岙的口中涌出鲜血，开口说道："我没事……"

话都还没有说完，他又一口血喷了出来。

瞧见他这模样，李安安左右打量，说了一句："先撤！"

她拖着马一岙往左边的方向退去，我挡在他们的后面，用余光打量，瞧见那里又有一个狭长的黑洞，估计才一米五不到的高度。黑黝黝的，不知道通向哪里。

此刻力敌，肯定是打不赢对方的，唯有保存好自己的性命，静待援兵。

我掩护着李安安和马一岙往后撤，然而那五人自然不肯，那个被汤洲明称之为"尚先生"的迷雾黑手也是不肯放过我们。当下黑雾席卷，宛如狂潮涌来，其余人也是拼死而上。

说真的，这些人如果是在以前对上一百个我，都随手给灭了。

特别是那个汤洲明和那少妇、胖子，这三人绝对是大妖以上的高手，他们每一个与我单独相斗，输赢都不一定有定论，特别是那汤洲明，我感觉还能稳稳压住我。

但此时此刻，我却不得不拼命阻挡着，再一次将妖力点燃，爆发出恐怖的力量来。

我凭借着一己之力，将这一众人等都拦在了那狭小的洞子之外。就在这时，我们刚才进来的门口，传来了一点儿动静。

紧接着一个矮小黑瘦的男人走了进来。

鼠王。

我的心顿时就往下沉。

果然，在通道被损毁的情况下，我们闯进了敌人的老巢。然而援军何时到达，我却完全不知晓。怎么办？

我脑子嗡嗡作响，拼死堵住那洞口，用一根熔岩棒拦住了所有人的追击。

见我如此悍勇，好几人都有些犹豫，知道我这是以命换命的架势。

就在此时，黑雾之中有人说道："什么驻马店六杰，全都是废物。"

听到这句话，我的双眼一下子就瞪了起来。尽管我在汤洲明喊出"尚先生"的时候，就有了些猜测，但实在是不敢确定，那个黑雾之中的家伙，居然真的就是尚良。

对，就是那个与我有过恩怨的家伙，尚大海之子，赵老收为关门弟子的尚良。

这个家伙居然是幕后主使。

这实在让我不敢相信。因为这里面有着太多的不可能——比如他一个京城世家下面头目的儿子，是如何跟鼠王这黄泉引的大人物联系上的？

再比如，他是如何瞒过重重守卫，甚至他的师父赵老连环杀人的？

再有，他如何会在这么短的时间里，获得如此恐怖的力量的？

还有……太多太多让人难以相信的事和疑点，让我有点儿蒙。然而此时此刻并不是去思考这些的时候，因为在尚良的讥讽之下，终于有人忍受不住了。

那个全身包裹严实的铁疙瘩怒吼一声，然后朝着我这边猛然冲撞而来。

瞧见他那气势汹汹的样子，我知道他是想要拼着被我一棒子砸得重伤的后果，也要将我给控制住。

我估摸着李安安和马一岙已经走了一段距离，没敢再作停留，身子一缩，将熔岩棒收起，朝着那小洞子里快速奔走而去。

咚！我缩身进洞，那铁疙瘩来不及反应，重重地撞在了那只有一米五高的洞口处，庞大的身躯将那洞子堵住。

我躬身前行，瞧见这洞子越往里越矮，中间有一段几乎只有一米二的高度，不得不手脚着地，如同野狗一般向前爬着。

而我的身后，则是尚良气急败坏的喝骂声。

很显然，他本以为志在必得所以才暴露了身份，却没想到我居然转身跑了。

一大股的血腥气从后方涌来，我听到了尚良愤怒至极的叫声。

他在喊"站住"。这家伙在慌张之下，终于没有再藏于迷雾之中，而是一马当先地冲了过来。紧跟着的还有鼠王。那家伙脚步轻盈，却具有极强的威胁性。因为他凝如实质的杀气，最是骇人。

狭窄而低矮的山洞暗道之中，一群人在前追后赶，我爬行了两分钟左右，前面居然出现了岔道。李安安和马一岙，已经不见了踪影。

怎么回事？

我的脑子愣了一下，然后眯眼打量前方，发现左边的岔路上面有些许痕迹，显然是有人刚刚走过。也许，马一岙和李安安正是从这儿离开。想明白之后，我奋力朝着另外一个岔道狂奔而去，所为的是给他们拖延足够的时间。

我这么做并不是我有多伟大，而是觉得既然有一个岔道，后面必然还会有岔道。如果是这样，我或许能不断奔行，最终将时间拖住。而马一岙和李安安，也许就腾出了时间与外面的救援者汇合，将这儿的情况跟他们说明，到时候再来救我。

这才是最好的安排。

我是这般想的，然而沿着这条岔道一直往前，却发现再也没有岔道，一条路走到头。

唯一让人觉得舒服一点儿的是洞子逐渐变高，不用爬行了。

我走到尽头的时候，发现来到了一个巨大的山洞里面。这儿比起之前那里更加巨大，洞顶最高的地方差不多有十几米，而且还有天光从不知道哪里漏了下来。

甚至还有空气在流动。

在这山洞的中心位置有一个天然形成的山石，近百平方米，离地两三米高，中间又有一根类似于华表的石柱，竖直朝上。

我走进这空间，脚下有台阶，一共十八级。

我飞快跳下，发现有许多的石头散落各处，大的三五米高，小的几十厘米的样子。我快步冲了过去，没有去正中，而是找到左边的一块大石头，躲在了它的后面。

藏好之后，我深吸两口气，努力让自己急剧跳动的心脏平复一些，强迫自己安静下来。而这时，急促的脚步声出现在了入口，随即我听到那一行人顺着台阶走下，来到了场中。

我尽量低伏身子，藏在石头后面的阴暗处，小心翼翼地躲着。

我以为自己隐藏得很好，没想到尚良却是一阵大笑，说："黄大仙，没想到那家伙居然到了你的老巢里来，还请您让他赶紧露面啊。"

嗡……

整个空间突然发出了"嘎、嘎、嘎"的一阵声音，古怪的笑声充满四周。

紧接着，我瞧见我面前的那块石头上，居然出现了一张古怪的尖瘦脸孔。那一双碧绿的眼睛，冷冷地看着我。

它，在笑。

说实在的，当从尚良的口中喊出"黄大仙"三个字的时候，我的心情是无比复杂的。因为在我的心中，川中的黄大仙黄老先生，一直都是我为之敬仰的前辈高人。

如果连他都参与进这件事情来，我实在是很难过。

但当那山壁上的脸孔浮现出尖尖的脸颊和下巴，加上那嘴角一抹古怪邪异、无比残忍的笑容，以及满目的绿光出现时，我反而松了一口气。

此"黄大仙"，非彼"黄大仙"。

这玩意儿应该就是东北民间传说中的黄皮子，也就是黄鼠狼、黄鼬。

这东西在东北的民间流传甚广，据说在东北之地，有着俄国、日本乃至朝鲜的文化冲击，特别是正道之道教衰微后，"五大仙"就被汉族民间百姓供奉——这所谓的"五大仙"又叫"五大家"，或"五显财神"，分别指狐仙（狐狸）、黄仙（黄鼠狼）、白仙（刺猬）、柳仙（蛇）和灰仙（老鼠）。

黄大仙，即黄鼠狼，被汉族民间唤作"黄二大爷"。

这事儿在南方之地不显，反而在北方越发的昌盛繁荣。最主要还是因为这事实在是很邪门，许多疯癫汉子的口中都会有这样的事流传出来，越发昌盛。

我想明白这一点，当下也是张嘴，使劲儿咬住了自己的舌头。

舌尖上的疼痛，让有些恍惚的我瞬间清醒下来，当下一声厉喝，口中的鲜血成束，喷在了对面的石头之上。

我这鲜血蕴含了我体内灼热的朱雀热力，沸腾如火，落在了那山壁之上，那古怪的脸顿时就是一阵扭曲，随后那腾然而起的白气混合着缕缕青烟，从里面浮现而出。

紧接着，一个浑身毛茸茸的家伙出现在了我藏身的山石顶端。

它站在五米高的大石之上，指着我，大声喊道："这小子在此，快过来杀他。"

那家伙身子只有一米五的高度，浑身毛茸茸，手脚细长，脸颊尖尖，正是之前岩石上浮现出来的脸庞。此刻的它，脸上冒着腾腾青烟，用手捂着，疼痛难耐。

它露出来的半只眼睛，满是怨毒之意。

我看见它，心中有些难过。

因为我突然间想起了一句话来，大概的意思是说，我的命格，不利北方。

也就是说，我越往北方走，越容易出祸事，甚至有可能丧命于此。之前我还没觉得，但是此时此刻，身处于敌人的重重包围之中，而且这里到处都是一个比一个凶恶奸诈的角色，蛮横无理，而援兵又不知何时能到，我莫名就觉得，当真是一语成谶。

这回，我恐怕是要栽在这儿了。

毕竟，我在这短暂的时间内，已经拼死爆发了两回，即便是我身体之内残留着大妖朱雀的洪荒之力，也有些匮乏。

所以我此刻，即便是咬破舌头，用精血将那黄皮子给喷伤，也没有办法再次爆发，与这帮人缠斗了。

然而即便如此，我也没有放弃和妥协，没有任何屈服的想法。

因为我的敌人并不是旁人。

而是尚良。

即便是鼠王，跟我或许都有一丝和解的可能性，但对于尚良来说，这个混进了好人阵营里的狼人，最忌惮的就是自己的身份暴露。

因为那样一来，他所有的坚持和假象，都会如泡沫一般破灭。

他害怕我泄露他的身份。

什么样的人，最能保守秘密？当然是死人。

只有死人，才是最能让尚良安心的，所以我就算是屈膝投降，也不会活下去，既然如此，那么为什么要服软呢？

不如一战。

我咬着牙，将手中的熔岩棒再次变粗变长，用尽剩余的妖力，将其点燃。

轰……

熔岩棒的表面化作岩浆模样，我奋力高举，朝着那尖脸汉子砸去，却见他一个倒空翻，落到了后面。

下一秒，一大股的黑雾席卷而来，无数的触角从黑雾之中伸出，朝着我戳了过来。

一瞬间，无数的触角浮动，射出，仿佛机关炮一样。

我挥舞着手中满是焰火的熔岩棒，抵挡这连绵黑雾。

之前的熔岩棒因为没有火焰，所以无法抵挡，而此刻火焰正盛，那黑雾也有些畏惧，不敢向前。

但尚良却不会退，只见此人一个箭步冲出了黑雾，人如奔马势如龙，陡然冲到了我的跟前，一矮身与我横扫的一棒子完美避过，紧接着近身而来，双手一转，朝着我的胸口掏来。

贪狼擒拿手?

瞧见尚良的这手段，我为之一惊，同样的手段，我也烂熟于心。

没想到赵老最得意的关门弟子，居然也会贪狼擒拿手。

这事儿说起来还真是无比的讽刺。

我被尚良近身过来，有点儿猝不及防，横棒一扫，又被他完美避过，紧接着直接撞进了我的胸口，双手一推。我感觉即便是在铜皮铁骨的神通加持之下，也有点儿扛不住，我整个人腾空而起，还未落地，头上又出现一人，猛然往下砸来。

我举棒抵住，发现是那秃头老者汤洲明含怒一击。

我落下地，身后被人猛戳了一脚，往前踉跄走了几步，又被人一把擒住了脖子，猛然一拽，按在了地上。

紧接着，那噼里啪啦的拳头就如同雨点一样落在了我的脸上。

我觉得，倘若不是我有那铜皮铁骨的神通，只怕此刻的脑袋已经成了一破碎的鸡蛋壳。

疼，真疼。即便是有铜皮铁骨的神通加持，我也感觉到疼痛难忍。

更让我为之郁闷的是，在这一瞬间，已经有好几人冲上前来，七手八脚地将我给按住，我想反抗，却被一股恐怖的力量死死顶住心脉穴道，让我无法挣脱。

我深吸一口气，想要爆发，却被那人伸手一戳，泄了气，就再也没办法动弹。

拿住我的这人，正是鼠王。

这家伙的经验远比我强上太多，在他的面前，只要我失了手，就不可能再逆转局势。

我被完全缠住之后，左前方的那个少女抓着两把匕首便冲了上来，大声哭道："好好好，按住他，我要杀了他为五哥报仇雪恨！"

她如风一般，倏然而至，右手一转，那锋利的匕首就快要扎在了我的心脏之上。

在那一刻，我感受到了死亡的来临，下意识地深吸一口气，闭上了眼。

然而，就在我的视线陷入一片黑暗之前，却瞧见有一个人陡然出现，横起一脚将那少女给侧踢开去，滚落了很远。

"你！"

压住我的几人有些愤怒，看向了出脚的尚良。

那家伙却没有理会这些人，而是看向了汤洲明，冷冷说道："我们之前的协议还算数吗？若是算，管住你的人，这里由我做主。"

汤洲明对他的举动很是愤怒，但最终还是忍住了，看向了鼠王。

鼠王微笑，摸了摸嘴角的老鼠须，说道："听他的。"

听到这句话，秃头老者汤洲明即便是再不满意，也不得不低了头。

尚良在确定了主导地位之后，走到了我的跟前。他居高临下地看着我，用鞋尖踢了踢我的脸，含笑说道："嘿，小子，你不会以为我想救你吧？"

我冷冷看着他，然后吐了一口唾沫："呸。"

那唾沫刚刚出口，就被尚良一股黑气逼迫，落回了我的脸上。

尚良哈哈大笑起来，说："瞧瞧啊，你在集训营的时候不是挺威风的吗？怎么样，现在还不是吃老子的屁？"

我自知必死，也不再顾忌，恶狠狠地破口大骂："尚良，你个龟孙，来吧，弄死老子。老子先下去等着你，反正你迟早都会下来陪老子的，到了那个时候我再弄你，搞不死你！"

我正大骂着，却被尚良伸脚踩住了我的嘴巴。

他平静地指点旁边："将那家伙手中的棒子扔开一点儿，那玩意儿有点儿邪门。"

他大概是回想起了之前不愉快的经历，想将我所有的底牌都卸掉，用言语彻底羞辱我，最后再弄死我。

如此这般，好了却他的心结。

旁边有人过来掰我的手，是那个胖子，他费了挺大的力气，才将那棒子从我手中弄开。

不过熔岩棒认主，对于他人天生自带排斥力，那人拿在手里大概是受到了刺激，哎哟一声，下意识地将棒子给扔了老远，哐啷几声，落到了十几米之外的高台旁边去。

胖子破口大骂："什么鬼东西，真扎手。"

尚良瞧见熔岩棒没了，俯身下来，揪住了我的脸颊，恶狠狠地说道："侯漠啊侯漠，你也有今天……"

他有千般言语想要羞辱于我，然而就在这个时候，不远处突然间传来一个古怪的声音："多好的东西，为什么要随意扔掉？"

啊？这声音古怪，不但我大为惊讶，其余人也都十分意外，纷纷扭头过去。

我被尚良踩着脑袋，只能通过有限的余光打量，却见在这场中，突然间之间多了一个穿着蓝色土布褂衫、满脸胡子却并不邋遢的男子。

那男子有着一张消瘦而坚毅的方脸，还有一双宛如苍鹰般的眼睛，微微眯着，朝着这边打量而来。

他身穿样式简单的蓝色土布褂衫，褂下是一具结实而强壮、拥有爆炸性力量的身体。胳膊上显露出来的肌肉，如同岩石一般坚硬。

这人说话的时候，没有开口。

他坚毅而结实的嘴唇，动都没有动一下。

但所有人，包括被死死踩在脚下的我都能够知晓，刚才的那声音，正是从他的那个方向发出来的。

无论对于我，还是对于尚良、鼠王以及驻马店五杰而言，这都是一个不速之客。

没有人知道他到底是从哪儿过来的。

又或者，他到底是怎么出现在这里的。

瞧见这人，无论是尚良，还是鼠王，都朝着我左前方那个尖脸猴腮的矮个子望去，那家伙才是此间的主人，这儿所有的一切，应该都在他的掌握之中。

然而那家伙也是一脸蒙。

他打量着不远处的那个男子，张了张嘴，方才用尖厉的声音说道："你是谁？"

男子自从出现之后，就在打量着周围，最后的目光落到了岩石高台之上的柱子上。

他凝视了许久，方才回过神来，听到那矮个儿男人问他，犹豫了一下，方才说道："我？我是谁，这个事儿，很难跟你们解释的——你们先说说，你们是谁？"

腹语。

直到此刻，我方才发现，这个男人的声音之所以古怪，是因为他用了腹腔在说话。

好古怪。

此人不显山不露水，我尝试着从他身上望出些气息来，好做判断，但让我郁闷的是，从我的角度望去，他好像根本就是一个普通人。

这不是一个修行者？

不过他的气度俨然，有着上位者天然的威势，这让尚良和鼠王等人都有些投鼠忌器。

他们犹豫了一下，终于还是最见多识广的鼠王上前去，拱手说道："阁下您好，我们这边是黄泉引办事。黄泉引是噬心魔大人一手操办的组织，您若是认识他，还请给个面子，不要掺和进这件事情里来。"

什么？

黄泉引居然是噬心魔一手创办的？

我满心惊讶，又隐隐感觉好像在哪儿听过这说法，总之心中又惊又怕，不知道该如何是好。却不曾想那男人的眉头皱起，仿佛将这话儿在脑子里过了一遍，方才说道："黄泉？"

鼠王客气地拱手，纠正道："黄泉引，全称叫作黄泉引路人，不知道阁下可曾有听闻过？"

男人有点儿头疼，摇了摇头，然后看向了我们这边，特别是看向了被人踩在脚下，又被限制住了行动的我。

他犹豫了一下，然后问道："你们在干什么？"

这人的"孤陋寡闻"让鼠王生出了几分轻视之意，没有了耐心，沉着脸，一字一句地重复道："我刚才说了，黄泉引办事，还请阁下行个方便。"

他这般强硬的态度，让那络腮胡男人有点儿不太高兴。

不过他却并没有立刻发作，而是往前走了两步，俯下身去，将我那根滚落在高台边缘处的熔岩棒拾了起来。

熔岩棒认主，对于任何非我的人都有着很强烈的排斥反应。

它对于刚才那胖子如此，对于这个神秘男人，也是一样的。当下落在了那人手中时，又是高速颤动，又是冒出火焰，将那人的右手灼烧。

不过不管它如何反抗，都被那男人牢牢地控制住了，挣脱不得。

与此同时，那男人凝视着手中的熔岩棒，双目缓缓睁开。

他的双目，仿佛一对炙热的小太阳，将整个昏沉沉的黑暗空间，一下子就照亮了。我感觉我的双眼都被刺了一下，白色光芒充斥在眼前。

不过这样的情况只持续了几秒钟，随后整个空间倏然黯淡下去。

而那一直如同振动棒一般的熔岩棒，居然也停止了反抗，乖乖地躺在了男子的手中。

神秘男子用手轻抚着熔岩棒，就仿佛在抚摸亲人的肌肤。

这种感觉很奇怪，但没有人表示质疑。

我甚至有一种他在与熔岩棒在交流的错觉，而随后，那人抬起了头来，缓缓问道："抱歉，各位，真的不好意思，打扰到大家了，不过我还是不得不多叨扰一下——请问，谁，是这棒子的主人？"

听到这话儿，鼠王顿时就紧张了起来。

他一挥手，驻马店五杰立刻拦在了最前面，甚至都挡住了我的视线。

按住我穴道的鼠王则低声对尚良说道："你要吸赶紧吸，那个大胡子看上去很邪门，我也不确定能不能对付得了他……"

吸？

尚良不是蠢人，在觉醒之后，他的智商和情商都呈现出指数级的增长，噌噌地往上飙升。此刻也感觉到了不对劲，他趁着汤洲明等人拦住了那人，赶忙扑到了我的身上来。

此刻的我，因为刚才再一次点燃身上火焰，使得身上破破烂烂，衣不遮体，尚良扑倒在了我的身上，目光凶恶，朝着我的胸口就咬了过来。

当他近身的那一瞬间，我立刻感觉到一股滑腻、嗜血、腥臭的气息扑面而来。

包裹着他的，还有黏稠如墨的黑气。

这家伙，才是最终的幕后凶手。

不管是王大明，还是其余人，都是被他控制住了神志。

他甚至还能够通过这一团黑雾，将地上所有的鲜血、碎屑都给吞入腹中，造成了种种假象，让我被人质疑。

而此时此刻，他终于露出了真面目，一脸凶悍，仿佛要将我吞入腹中。

我终于知道，这家伙为什么会变得如此凶狠可怖。

吞噬了那么多人的精血，他，已成魔。

这样的尚良，如何会简单？

在尚良咬住我胸口的肌肉时，即便是我使用了铜皮铁骨神通，让他无法下口，也不得不在心中哀叹自己即将死去的命运。

因为即便是铜皮铁骨，也是有极限的。

比如之前鼠王的那无羽短箭，就有三支穿透了我所有的防备，刺进肉中。

尚良也可以，只要破了我的防备，他就可以为所欲为。

我，要死了吗？

我在心中问着自己，脸上满是悲凉，然而就在尚良再一次张口，想要咬下来的瞬间，突然间有一根棒子，出现在了尚良的左脸边儿上。

紧接着，它猛然接近，实实在在地敲在了尚良的脸颊上。

砰！

这边，与刚才那神秘男子，相隔不远不近，而且中间还有五个一流高手在阻拦。

所以不管是我，还是尚良，都没有想到这个神秘男子能够出现在这里。

但那人却在所有人的诧异之下，出现在了这边，一棒子将尚良砸得飞起，腾空两米，然后又一棒，将人给砸到了高台之上。

瞧见他这动作的鼠王终于耐不住了，怒声吼道："你既然选择与我黄泉引作对，那就去死吧！"

他双手一展，一大股的黄绿之气从他身体里喷出，化作五条蛇蛟，朝着那神秘男子席卷而去。

这蛇蛟足有手臂粗细，脑袋呈现出三角形，浑身泛着诡异光芒，惟妙惟肖。

这一手，显露出了鼠王对于天赋和毒性的精妙控制。

然而所有的一切，都在神秘男子的下一棒面前，显得是那般的苍白和无力。

我刚才被控制住，视线很窄，而当尚良被一棒子打飞，制住我的鼠王也上前与神秘男子拼搏的时候，我翻身过来的，正好瞧见了这一棒。

这是如此惊艳的一棒。

这是如此完美的一棒。

这是匪夷所思的一棒。

这是穷极我所有想象力都无法沾上一点边儿的一棒。

仿佛挥就之间，一个世界就毁灭了一般。

仿佛整个空间，都破灭了一般。

之前杨林老师告诉我，说他的枪法非常自信，但棒法却只能够排在十名之后，我当时还不以为然，只觉得杨林老师那不过是谦虚之语。

然而此时此刻，当我瞧见了这神秘男子挥出来的一棒时，整个人就惊呆了。

世间还有如此果断凌厉、平凡无奇却带着莫大奥义的棒法。

仿佛……

天外飞仙。

原谅我贫乏的语言词汇无法去形容那一棒的惊艳，这种感觉如同三伏天吃了冰激凌，还是草莓味儿的，如同一个小棋手观看石佛和聂卫平的世纪之战，如同五音不全的街头流浪歌手观看半壁江山的嘶吼，如同……

当时的我，整个人都僵住了，除了发自肺腑的一声"哇"，再也没有别的话语说出口。

任何言语，都无法表达我当时内心之中的激动。

砰！

熔岩棒在那神秘男子的手中如同一根轻巧的玩具，破开了鼠王具象而出的毒雾，然后恶狠狠地砸在了鼠王的脑袋上。

这一下，结结实实，没有任何的花哨。

它看上去朴实无华，仿佛小孩子一样缓慢，然而鼠王的身子却一动也不动，根本就没有避开。

紧接着，这个为祸一方的东南亚大妖，没有任何的遗言，脑袋就被敲碎了。

他大半个天灵盖直接飞起，豆腐脑儿一样的脑浆喷洒而出。

我愣住了。

怎么回事？

为什么在我看来，如同山峦一样沉重、远古恶龙一般恐怖的鼠王，在这个神秘男子的面前，却连一招都没有抗住？

我浑身僵直，而那个男人一棒之后，却十分疲倦地叹了一口气。

随后，他的腹腔之中传来一句话："不好意思，情不自禁啊……"

鼠王，这可是鼠王啊！

我感觉在场的所有人，估计都跟我是同样的一个想法——那就是刚才的一切，仿佛都只是错觉而已。

纵横东南亚不知多少年的鼠王，能够在天机处眼皮子底下弄出这么大的事情还安然无事的鼠王，居然就这样，被一个过路的不速之客敲破了脑袋……

这事儿，你是在逗我吗？

难道，这是鼠王的幻术，是为了迷惑那神秘男子而弄出来的吗？

想到这里，我下意识地往旁边滚去，却瞧见汤洲明等人已经朝着这边扑了过来，而那个黄皮子夜行者也是一声厉喝，纵身而下。

这帮人也觉得这事儿不太可能，所以想要配合着鼠王过来，对那突如其来的闯入者完成击杀。

然而事情，真的是这样吗？

只见神秘男子伸手过来，一把抓住了我，将我往后猛然甩去，然后往后退了几步，这才说道："诸位，我与你们往日无仇近日无冤，不想与各位有太多纠缠，你们若是现在走开，我可以当做什么也没有发生过，不然，以我的脾气，不会给你们第二次机会……"

他说这话的时候，那帮人也是杀气腾腾。

他们大概是觉得自己占了人多的优势，再加上有一个凶名赫赫的鼠王，还有尚良以及一直没有现身的格瑞拉在，胜算很大，所以完全没有管神秘男子的劝说。

不但如此，他们还无比凶猛，各种手段，轮番而上，看得不远处的我都忍不住心惊胆战，替那男子担心。

不过很快我就发现，这个留着络腮胡的神秘男子根本用不着我来担心。

他扬起了手中的熔岩棒。

那熔岩棒没有受到我妖力的激发，也就是一根普普通通的棒子，看不出什么厉害，但是在他的手上，仿佛就是那乐团的指挥棒一般，有着一种说不出来的艺术之美。

是的，从我的角度望过去，那神秘男子的一举一动都充满了力学的美感。

就仿佛是国画大师在作画，书法大师在落笔。

张大千、齐白石，又或者千年前的王羲之，一种技艺达到巅峰状态时，近乎"道"，顿时就有了一种惊人的美感。

当然，这个也需要懂行的人才能够感觉得出。就譬如《蒙娜丽莎》，对我这种没有任何油画审美基础的人来说，衡量它价值的，恐怕除了金钱，也没有其他方式了。

而这位神秘男子的棍棒之法，在并不了解这手段的人眼里恐怕也是如此。

正是因为并不了解这神秘男子的厉害之处，使得汤洲明等人虽然有些忐恧，但还是怀揣着无知者无畏的架势，朝着他发动了宛如潮水一般的攻击。

一开始的时候，神秘男子还只是尽力抵挡，不与人产生太多冲突，然而到了后来，他的脸色就变得有些不太好看了。

那帮人，出手狠辣，招招致命，完全没有任何回旋的余地。

看得出来，他们的杀意非常浓烈。

所以在一瞬间，那个神秘男子一直处于收敛状态的架势骤然展开。

他的脚步在不停变换着，踩着某种节奏，人影在一瞬间化作无数——我听出来了，这脚步的节奏是"将军令"。

孔雀开屏什么样？

我以前没有见过，但是此时此刻，脑海里面，却骤然浮现出了这么一个形容词来。

一根棒子，化作两根棒子，化作三根棒子。

然后，漫天的棒子出现在了那人的跟前，充斥在了我的视线之中，随后我听到有人惊声叫道："我的天，鼠王是真的死了，啊……"

那人的声音戛然而止，因为他已经步入了鼠王的后尘。

而下一秒，漫天棍影，骤然收缩。

场中只余两人，便是那妖艳少妇与青涩的少女。两人大汗淋漓，仿佛刚刚从水里捞出来的一般，胸口不停起伏，显然是被刚才那激烈的战斗给吓到了。

当然，除了激烈到让人战栗的棍法之外，还有就是她们同伴的尸体。

无论是汤洲明，还是那个黄皮子夜行者，又或者其他人，都已经躺在了地上，再也没能爬起来。

神秘男子果然兑现了他的承诺。

他不会给对方第二次机会。

果断，狠决。

滴滴答答……

熔岩棒的顶端有鲜血低落下去，落在地上的血泊之中，因为场面骤然变得寂静起来，所以我居然都能够听得清楚。

两个女人，脸色难堪，身体僵直，动也不敢动。

我这个时候，方才明白刚才鼠王为什么一点儿反抗或者躲避都没有就被那神秘男子给一棒子敲死了。

最主要的是，这个男人在决意战斗的一瞬间，就将意志锁定在了鼠王的身上。那意志如同沉重的山峦，压在了鼠王的身上和他的精神之中。

这情况，让他在那一瞬间来不及做出太多的反应，等他回过神来的时候，自己的脑壳都已经被熔岩棒敲碎了，脑浆流出，哪里还能够动弹？

而此时此刻，那两个女人一动也不敢动，也是因为如此。

我从未有想过，一个人的精神意志凝聚至巅峰状态，能够有这样强大的压制效果。

场面沉寂了半分钟，那神秘男子终于开口了。

哦，不对，他说的，是腹语："你们走吧，对于女人，我能不杀尽量不杀。"

啊……

两个女人此刻的精神状态已经陷入了崩溃的边缘，听到这话儿，忍不住尖叫起来，紧接着朝着来路奋力狂奔而去，仿佛这个长相粗犷却面相温和的男子如同魔鬼一般。

我瞧见那两人逃离，有心上前去阻拦，但感觉浑身脱力，难以前行追赶。

不但那两人逃了，就连之前被一棒子砸飞的尚良，此刻也不见了踪影。

那家伙绝对是瞧见这个神秘男子太过于厉害，自己抵挡不住，所以才悄不作声溜走的。

不过在此之前，他应该也是受了重伤的。

想到这里，我心急如焚。

然而我却不敢乱动，因为我面前的这个神秘男子，就在刚才，用了我手中的熔岩棒，将这么一群人打得四散而逃。而且从他出手的架势来看，我都能够知晓，他并没有用上太多的气力。

他与这帮人的交手，说句不好听的话，根本就是如打地鼠一样简单。

越是这般，这人越是可怕。

他，会如何对待我？

我心中既忐忑又敬畏，还有些害怕地望着他。而那神秘男子则凝视了许久面前的这几人，方才回过头来，见我全神戒备的模样，他忍不住笑了。

他一笑，露出一口雪白的牙齿，温和的笑容让我莫名就放下了几分心防。

随后，他缓步走到了我的跟前，打量了我一番之后，居然将手中的熔岩棒，扔到了我跟前。

我伸手一捞，抓住了熔岩棒，不敢横呈身前，而是心随意动，让它变小。

当它最终成为拇指大的天珠模样时，我下意识地往怀里踹，却发现自己身上的衣服褴褛，根本就是衣不遮体了。

神秘男人瞧见，温和地笑了，手往腰间抹去。

下一秒，也不知道怎么回事，他就摸出了一套衣服，扔给了我，然后说道："自己织的土布，而且还穿过两次，你若是不嫌弃，先穿上吧，不然有些别扭。"

我接过来，发现与男子身上的衣服很像，蓝色土布，感觉像湘西苗族或者侗族的打扮。

我赶忙穿上，整理一下之后，拱手问道："在下侯漠，湘南人，现在正参加天机处组织的第一届修行者高级研修班。刚才那几人是黄泉引的恶徒，他们闯入演习，屠杀我的同学，还用他们的精血炼制邪物……"

我用最简单的言语，表明了自己的身份。

因为我感觉这个男人虽然话语不多，来历神秘，但一身正气，应该是个讲理之人。

我得先把自己的身份给立住了，方才不会有杀身之祸。

毕竟他刚才出手时那凝如实质的杀气，还是让我有些脚软，此时此刻，如果产生什么误会，他真的对我动手，那事儿可就麻烦了。

"天机处？"

神秘男子皱着眉头，问我："什么是天机处？"

我耐着性子跟他解释："天机处是民间的称呼，其实就是中央管理我们的组织，他们的内部称呼'419办公室'。"

他看起来完全听不懂这些事情，我便耐着性子跟他解释起来。

这个神秘男人的话语不多，大部分时间都在听我讲述，偶尔问了几个奇怪的问题，我听着也很是迷糊，不过还是耐着性子跟他解释。

大概一遍之后，我小心翼翼地说道："那个，什么，我也是刚刚进入这个行当不久，所以很多事情，我也不是很清楚……"

神秘男子的脸色十分古怪，似乎在笑，又似乎在哭，又仿佛有着许多的惆怅和难过。

不过这些情绪，很快都被他掩藏了起来。

随后他淡淡地说道："没事，我差不多清楚了。"

我瞧见这个神秘的男人，心头犹豫了一下，还是拱手问道："还未请教前辈怎么称呼？"

神秘男子犹豫了一下，腹中缓缓说道："我的名字啊，唉，这样吧，我来自苗疆，你可以叫我巫……"

我脑子豁然开朗，想起了杨林老师之前纵论天下英雄时的话语，激动地说道："我知道了，您，就是苗疆的巫棍，南华大师，对吧？"

神秘男子听到，脸上终于露出了几分笑容。

随后，他点头，说道："对，我就是南华。"

九路翻云棍法

第六十六章

原本还有一些尴尬的气氛，但都随着对方身份的解开而烟消云散。

我满心惊喜，因为先前杨林老师曾经在纵论这天下枪棒英雄的时候，跟我谈及过，无论是嵩山少林的残叶大师，还是苗疆的南华大师，又或者韩国青瓦台的石佛朴永烈，他们的身份都太过于神秘，想要得见，全凭机缘。

若有机缘，一切好说。若无机缘，这辈子都未必能够得见。

这都是传说之中的人物。

我实在没有想到，这才几天过去，我居然就见到了这么一位，而且他还将我从这般危险的境况中给救了出来——人生的境遇，想一想还真的是神奇。

我放松了对南华前辈的警惕，拱手，开口说道："前辈，多谢您的及时出手，救命之恩，难以回报。"

南华前辈摆了摆手，说道："这事儿我也只是随手为之，你用不着介怀。而且你我也挺有缘分的，用的都是棍棒之法，说起来也是天意，你说对吧？"

我点头，赶忙说道："前辈，刚才逃跑的一人叫作尚良，此人心术不正，不知道杀害了我们多少同学，您若是能够帮忙拿住他，我想……"

我极力劝说南华前辈帮忙捉拿尚良此人，因为这家伙是此次变故中最重要的幕后黑手。

虽然我不知道他到底是怎么跟鼠王等人勾结到一起的，但我却知晓，只要将他给拿住，所有的真相都将浮出水面。

而这家伙如果逃离了，没有了证据，后面的事情会十分难办。

对于我的请求，南华前辈却给予了拒绝。

见我一脸失望的表情，他脸上露出了几分疲倦之意，然后耐心跟我解释道："侯漠同志，不是我不愿意帮忙，只是因为我此前经历过了一段很糟糕的遭遇，使得力量消耗过重。你别看我现在的状态还算不错，但也只是强行提着一口气支撑而已。"

啊？

我听到南华前辈的话语，心中惊骇，仔细打量，发现他的额头上还真的是浮现出了几滴汗水，身子也有些颤抖。

果然，我赶忙问道："您没事吧？"

南华前辈摇头，说："还好，休息一下就行了。"

我想起一件事儿来，赶忙去我换下来的衣服里寻找，翻出了半块老山参。

我递给了他，说道："前辈，这是上了年头的老山参，你含一口，应该能够帮助你快速回气。"

南华前辈瞧见，忍不住笑了，说："不用，我看你身体虚弱，耗损比我还要严重，还是你自己吃吧，我有丹药。"

他也不知道从哪里摸出了一把红色丹丸，往嘴里塞去，然后把我拉到角落，说道："小心点儿，如果让那些人杀个回马枪，而你我又在最虚弱的时候，很有可能就栽了。"

我按照他的吩咐，躲在了一处角落，用那石头遮挡。

我瞧见他吞了丹丸之后，盘腿而坐，在那儿回气养神，又发现他的鼻间，每一次张合，都有一青一白两道气息喷出和收回。

而他的头顶之上，有白雾腾腾而起，看着十分厉害。

更让我奇怪的是，我根本无法通过望气的手段估摸出他的修行水平来。

这是一个谜一样的男人。

道家五秘，有"丹鼎"一脉，他大口吞服丹丸，我不敢妄猜。此刻我的身子也发虚，所以将剩余的参片全部放入口中。

我吞服之后，满口生津，气血回复，往四肢百骸处流淌而去，又行了周天，渐渐就有了力气。

如此一阵行气，我恢复了许多，睁开眼睛，瞧见南华前辈在我对面不远处，打量着我。

他看见我睁开眼，笑了笑，然后问道："侯漠同志，我在山中修行，不知岁月，刚才忘记问你，现在是什么时候了？"

我赶忙跟他说起，当听说此时是马上就要世纪之交的一九九九年时，南华前辈愣了许久。

他看着我，然后说道："侯漠同志，我请求你一件事情。"

我见他如此慎重，赶忙说道："您尽管讲，但有吩咐，不敢推辞。"

南华前辈说道："我这人呢，生性淡泊疏懒，不愿与官府中人打交道，所以日后有人问起此事，如果有可能的话，你不要提及我曾经出现在这儿的事情，可以吗？"

啊？

我愣了好一会儿，方才说道："可是，可是尚良和那两个女人，也知道您的存在啊。"

南华前辈说道："你别管他们，只需关注你自己就行，可以吗？"

我犹豫了一下，说："这……"

我并非不愿意帮忙，而是事情闹成这个样子，如果将南华前辈省略去的话，我实在是没有办法来解释这一切——无论是鼠王普锐斯，还是躺倒在地下的那几个人，实力都能够压得住我。

单凭我一人，如何能够杀得了他们呢？

南华前辈显然也是知道我的难处，他笑了，说："这样吧，我教你两手，凭着这个，你就可以解释过去。"

什么？

我很是激动，说："您这是要收我为徒吗？"

面前这个苗疆巫棍，南华先生，一身修为登峰造极不说，使棒的手段近乎道。

这样的人物，绝对是江湖顶尖的水平，如果他能够收我为徒的话，对我来说，绝对是一场大造化。

所以我无比激动，然而南华前辈却直接泼了我一盆冷水："不，你别误会，我还有事情，很快就要离开，下一次见面，不知何期。所以，我只能教你几手，但并非认师父的那种。"

啊？

我听到后，心中很是失望，不过随即我又端正了心态，拱手说道："多谢前辈厚爱。"

瞧见我能很快稳住情绪，南华前辈很是满意。

他点了点头，然后说道："很好，你能够有这样的心态，我觉得，你应该能够很快领会到我所传手段的真义。"

说罢，他站了起来，手往前伸，右手之上，凭空浮现出了一根包浆圆润的硬木棍子。

他一边给我演示，一边说道："我之所学，始出苗疆巫术——巫，从'工'从'人'，'工'的上下两横分别代表天和地，中间的'丨'，表示能上通天意，下达地旨，加上'人'，就是通达天地，中合人意的意思。它蕴含着祖先期望人们能够与天地上下沟通的梦想，也预示着，巫者，是能够与鬼神相沟通，能调动鬼神之力为我所用的人……"

呼、呼、呼……

南华前辈的一言一语，再加上棍法的变化、造诣，说得很是认真。

我更是把这事儿当作是绝佳的际遇，认真地盯着他的动作，尽可能地将他所有的言语往脑子里装。

南华前辈教学的前半段，讲的是巫门棍棒的使用手段，不过讲得很短暂，是蜻蜓点水，点到即止。

我有心求教，又怕打乱了他的讲课步骤，不得不藏在心里，不敢发声。

果然，到了中途，他的话锋一转，开口说道："前遭所说的，都是我棍法的基础，而后面我想要跟你讲的，是实战之法——棍乃百兵之首，因为主要是造成钝器伤和瘀伤，其杀伤力比刀、枪等要小，但并不代表它的实用度不够。恰恰相反，此法如果理解透彻，抵达化境，会比许多兵器要凶狠许多……"

"我此刻所说的，是这么多年，特别是近几年来，在实战之中厮杀而领悟出来的手段和法门，一招一式，都经过了千锤百炼。

"这一套总共九式，每一式又分作十八种变化，不过这些都是临场应变的手段，终究逃不脱'圈、点、枪、割、抽、挑、拨、弹、掣、标、扫、压、敲、击'这十四种手段……

"这名字，我不太会取，随便叫了一个——唤作九路翻云棍法，又作翻云棒法。你且记住，用棍者，手段雷霆，心怀慈悲，才是取胜之道。"

他跟我一一讲解，我耐心听着，又跟着演练。

这一上手，我顿时就感觉那名字虽为普通的九路翻云棒法，但其中却蕴含着万千真理。

不管敌人有任何的手段，它仿佛都有破解之法。

而且更重要的是，这棒法仿佛是从尸山血海之中练出来的一样，在南华前辈的指导下，我施展开来，立刻就将之前所学的都融会贯通进了这棒法之中。

挥舞之间，肃杀之气便扑面而来。

我越练越是激动，感觉人便是棒、棒便是人，两者合二为一。

精、气、神，仿佛一体。

见我能在这么短的时间内有如此的熟练度，南华前辈也忍不住为我鼓掌，说："侯漠同志，你天生就是一个耍棍棒的苗子，不错，很不错……"

他的话音刚落，突然入口那边，就传来了一阵焦急的呼喊声："侯子，侯子……"

是马一杳。

我一听，一下子就站了起来，朝着入口处望去，然后说道："前辈，我给你介绍两个朋友……"

我话没说完，扭头一看，发现南华前辈悄然无踪。

就在我一头雾水的时候，不知道从哪儿传来了南华前辈的叮嘱声："侯漠同志，记住我的话，不要告诉任何人，关于我的事情……"

南华前辈消失不见了，不管我怎么找寻，都没有瞧见人影。

他来得飘忽，去得离奇，彻底地贯彻了我之前对他的定论，那就是一个神秘男子。

他的身上，仿佛笼罩着一层神秘的迷雾，让人看不着、猜不透。

但我总感觉有一些不太对劲的地方，又完全没办法表达出来。

瞧见他的离去，我恍然若失，感觉仿佛错过了许多东西。

这种淡淡的伤感情绪，让我难以释怀。

一直到马一岙和李安安出现在了我的面前，我都没有缓过劲儿来，等到马一岙朝我的胸口来了两拳，我方才回过神来。

我瞧见他，就想起之前的事情，赶忙问道："怎么样？你的伤势好点儿没？"

马一岙说："我没事，有安安在呢。不过你这是什么情况？够狠的啊，这么一大帮人，都被你弄死了，太猛了，小宇宙爆发了？"

他指着不远处鼠王、汤洲明等人的尸体，有些难以置信地说着。

李安安也是，很是激动地抓着我的胳膊，说："侯漠，你可以啊，够深藏不露的，一转身，居然将这帮人全部都灭了……"

两人对现场的情况都有些惊讶，马一岙走上前去，检查了一下鼠王普锐斯那只剩下一半的脑壳，确定了人之后，回过身来抱住我，说："兄弟，别的不说，就凭这个，你这演习的头名是跑不了了。"

我苦笑，说："头名已经有了，是唐道。"

李安安笑着说道："那就是第二名。"

我有心跟他们解释一下，说这并不是我干的，而是另有其人。

然而话还没有说出口，我就想起了南华前辈跟我千叮咛万嘱咐的话语，终究还是闭上了嘴，憋得十分难受。

马一岙对我最是了解，见我欲言又止的模样，赶忙问道："怎么了，这里面还另有隐情吗？"

我虽然不确定南华前辈是否在旁边，但终于还是下定了决心帮他隐瞒，于是不再细说，而是开口说道："你们先前撤离的时候，可曾有听到尚良的声音？"

啊？

李安安和马一岙皆是一愣，随后马一岙开口说道："汤洲明口中的那个'尚先生'，就是尚良？"

我点头，说："对，就是他。你们撤离之后，他就露面了，原来那家伙就是幕后的凶手，也就是那一团黑雾的操控者。正是在他的操控下，我们的同学才会遭受蒙蔽，做出种种恶行。另外之前的连环杀人案也都是他做的——这家伙吸了许多人的精血，连杨林老师也遭了他的毒手，只可惜我刚才脱力了，没有办法将他给拿下……"

我将事情的前因后果说了一遍，两人听完，都忍不住倒吸一口凉气。

马一岙的脸色阴沉，他盯着我，说："侯子，这件事情你得确定一下，因为它牵涉到太多人了，万一要有个什么出入的话，是很难交代的，你知道吗？"

我苦笑，说："当然知道，只不过我刚才没有办法擒住他，要不然，唉……"

我一声叹息，而旁边的李安安则说道："其实这件事情很简单，最了解尚良的不是你我，而是赵老——尚良的夜行者血脉到底是什么，他最清楚不过，所以尚良到底有没有这样的能力，他应该也是知道的。到时候找到他，问一下他的意见就清楚了。"

我说："这事儿牵涉太多，他会愿意说实话？"

李安安认真地说道："你不要把赵老想得太坏，这点儿觉悟，他还是有的。"

我没有再反驳，而是跟马一岙说起另外一件事情来："尚良他也会贪狼擒拿手。"

马一岙却习以为常，说："这个肯定是从赵老那里学来的——南海凶鳄最终是落到了赵老手中，他赖以成名的贪狼擒拿手，必然也被赵老拿到手了，这种手段，交给尚良这个关门弟子，是很正常的事情。"

李安安在旁边听得迷糊，问道："除了尚良，另外那两个女的呢，我记得她们叫……"

我低头，说："那俩女的跑了。"

李安安似笑非笑地看着我，说："没想到你还挺怜香惜玉的啊？"

我苦笑，说："当时的情况，你们也都是知道的，我能够拿下这几人，已经算是走狗屎运了，哪里还能拦得住别人逃走啊。"

马一奁伸手过来，拍了拍我的肩膀，说："可以，可以，看得出来，你在燕京的际遇对你的帮助真的很大——今日过后，你侯漠的名字必将随着鼠王的死而名扬天下，所有人一提及曾经逝去的鼠王，都会绕不开你的……"

他在调侃着我，而李安安却突然开口喊道："谁？"

听到这呼声，我和马一奁都为之一震，只见李安安的身子如同惊鸿一般，陡然腾起，然后三两步，落到了中间的高台之上。

我们赶忙走了过去，瞧见高台之上，空空荡荡，除了那一根莫名矗立的石柱之外，什么也没有。

马一奁问她："怎么了？"

李安安揉了揉眼睛，说："不知道，可能是太累，产生幻觉了。"

我有点儿紧张地问道："幻觉？什么幻觉？"

李安安说："刚才瞧见有一个影子从那儿晃过去，我以为是敌人呢，所以就过来了，没想到什么也没有瞧见。"

我深吸了一口气，知道李安安并没有产生幻觉。

她一定是看到了南华前辈。

只不过，南华前辈的修为实在是太强了，以至于即便是李安安，都觉得那影子不真实。

我左右打量，想要找寻南华前辈的身影，然而最终还是没有瞧见。

他，或许真的走了。

又或者，他不愿意瞧见马一奁和李安安，所以就藏了起来。

我因为答应了他，所以不便声张，但心中总有一些说不出来的情绪。随后，马一奁和李安安检查了周围，发现没有任何人之后，回到了高台上。

马一奁对我说道："尚良和那两个女人即便是逃了，也不可能跑远，说不定还会回来的，我们得小心一点儿，别乱跑，就留在这里，等待援助就行。"

　　说罢，马一吞和李安安在附近开始布置起来，还弄了一些陷阱和手段，防备那帮人杀个回马枪，过来与我们拼命。

　　如此等待了半个小时，我们没有等来尚良，反而是等到了赵老师等人。

　　不但有赵老师，还有其他人，包括赵老、谭老师和其余的人都在。

　　李洪军和王岩等人也都来了，甚至一直神龙见首不见尾的 AD 钙奶男孩唐道，都赶到了这边。

　　除了这些人，我还瞧见一个满脸沧桑，身后背着两把长剑的中年男子。

　　李安安低声给我介绍，那人便是我们的最终假想敌，中州大侠邹国栋——此人乃豫南洛阳人，近年来声名鹊起，逐渐成了北地豪雄之中风头最盛的一位。

　　听说他也接受了天机处的招揽，成了归化的民间高手代表。

　　此人十分厉害，修为也是一等一的强，天知道唐道到底是怎么将他给搞定的。

　　这么多人赶过来，我们终于算是松了一口气，而赶入洞中的一群人瞧见死了多时的鼠王等人，都为之惊讶。一问之下，才知道鼠王等人居然全部都是我干掉的，不由得惊讶起来。

　　我能够感受到李洪军质疑的目光。

　　很显然，他在怀疑。凭借着我的修为和手段，如何能将这么多人斩杀当场？

　　除此之外，还有就是格瑞拉和另外两个女人，到哪儿去了？

　　这些都是疑点，不弄清楚，事情最后到底是什么样，谁也不能确定。

　　当我讲出尚良就是这幕后真凶的时候，立刻就有人大声反对了——领头反对的人，自然是王岩，他对我的说法嗤之以鼻，当下就问了我几个问题，用来反驳我。

　　我之前就想好了说辞，并不畏惧，与他正面冲突起来，双方都争红了眼，互不相让。一直到赵老发话，方才罢休。

　　当得知这山洞里面还有敌人残党的时候，赵老立刻让人四处探查，务必要将人找到。

我与王岩吵得不可开交，那家伙用混淆概念的做法死不承认，气得我直哆嗦。

当下我没有理他，在确定事情结束，没我什么事儿之后，我找了个地方歇下，看着大部队人马对鼠王一行人的尸体进行检查。

马一吞和李安安上前去帮忙。

这时，我旁边突然出现了一个人，对我说道："他们不信你，我信。"

啊？

我回过头来，瞧见跟我说话的人，却是向来高冷的 AD 钙奶男孩唐道，他低声说道："我瞧见过尚良好几次，不过他将自己藏身于浓雾之中，十分诡异，我不敢上前……"

听到他的话，我十分宽慰，正待说着什么，就见赵老师带着人匆匆走了过来，然后来到了赵老的跟前，低声说着什么。

因为距离很远，所以我听不到他们的对话，但能够看见赵老的脸色在那一瞬间就变黑了。

接着他朝着我这边走了过来。

我从地上爬起来，等到赵老来到我跟前，赶忙问道："找到尚良了？抓到他没有？那家伙很危险的……"

赵老盯着我，冷冷说道："对，找到他了。"

我说："那有没有……"

没有等我说完，赵老继续说道："他死了。"

尚良死了？

在我的猜测中，这一盘棋，尚良有很多种下法，最有可能的，就是逃脱升天，亡命天涯，跳出包围圈之后，再图来日。

而除此之外，他也很有可能将心一横，置身事外，然后过来与我撕逼——毕竟见过他真面目的人，有且只有我一个人。再加上他是赵老的关门弟子，到时候纠缠起来，他其实是很占优势的。

甚至他可以通过种种伪证来与我对峙，反过来诬陷于我。

但死亡，是最让我无法预料到的事情。

难道是因为刚才南华前辈的那一棒子下手太重了，使得他坚持不住，重伤而亡了？

我惊讶得半天都说不出话来，几秒钟之后，方才反应过来，问道："那两个女人呢，找到了没有？"

赵老师摇头，说："没有找到。"

我说："格瑞拉呢，就是鼠王的那个搭档，被他死而复生的男人，有没有找到那人？"

赵老师依旧给出了否定的答案。

我深吸了一口气，感觉事情越发的错综迷离，而就在这个时候，赵老却问道："我还是有点儿不太理解，你之前到底是凭着什么，单枪匹马地将鼠王以及这么一帮子人给全部干掉的？而且还是在如此突然和大优势的情况下……"

我被他的质疑给问住了。

事实上，这正是整个事件过程中，我最难以解释的东西。

不过这个时候，马一吞却走上前来。

他平静地看着赵老，然后不卑不亢地说道："赵老，侯漠的情况，想必您也是知道的．他爆发起来，到底有多厉害，您也应该知道。而您若仍然质疑，大可以等他全部恢复之后，再亲自过来试一试，这样心里也有底，您说对吧？"

赵老被马一吞如此一阵抢白，脸色就有些不太好看了。

不过他还是认可地点了点头，说："试，肯定是要试的。"

他说完后转身就走，显然是想要去查看尚良的尸体。

我瞧见后心中放不下，也跟着过去，马一吞伸手过来搀扶我，问道："你没事吧？"

我推开，说道："放心，好很多了。"

那小半截的老山参效果不错，这一会儿的时间，我就从无比虚弱的状况，恢复了小半成的实力。

我跟在后面走，赵老师在前面领路，我一边走，一边问道："确定他已经死了吗？"

赵老师说："人就在前面，你过去就知道了。"

我对尚良的印象，分作两个部分，一个是觉醒之前，一个是觉醒之后——觉醒前的尚良根本就是一个上不得台面的富二代、二流子，能够让人一眼看穿的小角色。而觉醒之后的尚良，则可怕许多。

他不但表现得温文尔雅、谦虚有礼，而且还十分的热情阳光，但内心却非常有城府，不知不觉间，将所有人都玩弄于股掌之上。

这事儿真的很可怕，我本身也是夜行者出身，知道觉醒这事儿，只是身体上面的变化。

他这种连心志都发生改变的情况，更像是另外的一种情况。

入魔。

然而就是这样的一个家伙，让我视之为"大敌"的角色，居然就这么轻飘飘地死掉了，还真的是让人有些难以接受。

一直到我瞧见了尚良的尸体时，我方才将心头的疑惑给全部清空。

他，的确是死了。

不但死了，而且模样十分恐怖，与之前我所见到的马脸工作人员以及杨林老师一样。此刻的尚良，尸体整个儿都瘦成了皮包骨头，裸露在外的皮肤呈现出一种老腊肉的古怪油光。

在他的腹腔处，还出现了一个巨大的窟窿，内脏全部都被掏空，仿佛一只刚刚从真空包装中拆封出来的……酱板鸭。

我站在人群外围，仔细打量着尚良那种略微有一些变形的脸，不知道为什么，莫名感觉出了几分凉意。

他的嘴角有些上翘，双目空洞无神，给我的感觉，好像是在嘲讽着什么。

这……

砰！

瞧见爱徒如此凄惨的死状，赵老再也忍受不住心头的愤怒，恶狠狠地伸出拳头，朝着旁边的山壁猛然一拳打了过去。

整个狭窄的山洞都止不住的颤抖起来，还有碎石簌簌往下落，砸在了我们的头上。

一直守在旁边的班主任谭老师叹了一口气，说他应该也是跟杨林老师一样，被人吸去了精血……

听到这话儿，我感觉到莫名的滑稽。

事实上，我一直都很肯定，吸人精血的那个家伙，根本就是尚良。

也正是凭借着这手段，使得尚良才能在这么短暂的时间里，从一个什么也不会的富家公子，变成了现如今一个堪称恐怖的存在。

就在刚才等待的过程中，我无数次地在脑海里回放起当时杨林老师被推下悬崖的情形，感觉那个趴在他身上的人影，根本就是尚良本人。

现如今，他却从真凶变成了受害者，这事儿还真的是滑稽，让人难以理解。

但是，只有我一个人感觉到了不对劲儿，其余人都认可了谭老师的判断。

尚良死在了一个斜岔口的地上，这儿是马一峁和李安安刚才他们逃离的路线。相比之前那条直通洞穴的甬道，这儿的路线更加复杂一些，而且还有许多的分岔口，使得这边的路况，宛如迷宫一般。

谁也不知道另外几个漏网之鱼到底在哪儿。

不过找到了尚良之后，这边的事情就算是告一段落了，像我们这些受了伤的学员，已经不需要再参与接下来的搜索过程，而是要送出洞外，一路运送到营地去休养。

还有可能会送到附近的城市或者人群聚居地去。

我这几日一番酣战，到了这会儿，即便是打起精神强撑着，也能感觉到疲惫一阵又一阵地浮现在心头。

尽管我心中有无数的疑问还没有解开，但导演组也没有让我再留下来，还是安排人手，将我给送了出去。

与我一起的，还有马一峁。

在之前的拼斗中，马一峁受了一些暗伤，尽管李安安已经给他做了简单的治疗，但那只是应急的手段而已。

既然现在一切都已结束了，还是应该退到后方去休息。

反倒是李安安状态还不错，获得了导演组的认可，留了下来，协助处理后续的搜索工作。

我和马一吞在人员的护送下出了山洞，坐上直升机，回到营地。

这儿的医疗小组早已等待多时，我们一回来，立刻就过来处置。

我这几日酣战，即便是有铜皮铁骨的神通，但还是留了许多伤口，暗伤更是无数，体内甚至还有鼠王的千年引毒药残留。

这些伤由专业的医疗小组来处理其实是挺好的。我被打了麻药，感觉自己就像一破布口袋似的，被缝来缝去。那熟悉的消毒水，以及头顶上吊着的盐水，让我感觉到分外的宽心。

我闭上眼睛，不知不觉就睡了过去。

等我一觉醒过来的时候，发现自己已经离开了手术室，回到了病房里。

病房是双人间的，我旁边躺着另外一人，马一吞。

他半躺在床上，手中捧着一本书在认真看着。

我看了一眼，发现是本英文书，封面上写着《A Brief History Of Time》。

我犹豫了一下，说道："《时间简史》？"

马一吞瞧见我醒了过来，点头说道："对，斯蒂芬·威廉·霍金的书。"

我说："你怎么想起来看这个？"

马一吞说："这玩意儿有助于我更加直观地认识世界，并且从科学上升到哲学的境地。"

我听得一头雾水，决定换一个话题："我睡多久了？"

马一吞看了一下手腕上的表，然后说道："差不多十二个小时吧——你睡得太沉了，期间来了好多人看你，发现你睡得跟头猪一样，就决定不打扰了。对了，一会儿你可能需要去导演组的调查小组报个到，做份笔录。"

我说："这是把咱们当犯人来审吗？"

马一吞摇头，说："不，除了了解整个演习过程中发生的事情，以及这次事故之外，这份笔录，也将会作为评定成绩的重要标准，所以你得好好在脑子里过一遍，别出了纰漏。"

我听到他这话儿，忍不住问道："你看出来了？"

我所说的是关于山洞里面发生的事情，尽管马一岙第一时间选择了相信我，但他对我最是了解，事后绝对感觉到了什么。

马一岙开口说道："我知道你有难处，所以不会问你，不过你得好好想一想，该怎么应付他们。"

我点头，说："谢谢。"

随后，我又问道："后来搜到人了吗？"

我还是特别关心后续的进展，马一岙却叹了一口气，说道："李安安刚才来过了，说他们搜到了几处对外的出口，那三人很有可能已经逃出去了。安安她撤了回来，但搜索还在继续……"

我将整个事情在脑子里面过了一遍，总感觉哪里有一些不对劲儿。

然而我刚要跟马一岙继续探讨的时候，医疗小组的人就走进了病房，他们发现我醒转过来之后，简单问询了几句，就通知了上面。

一刻钟后，我出现在了导演组的调查小组专用房间。

调查小组的成员，我并不陌生。有谭老师，还有楚教授，以及一个有些脸生的年轻记录员。

谭老师是本次调查小组的主导，看着受伤后没有什么精神的我，她先是温和地关心了我的身体状况一番，然后说道："你别紧张，其实每一个参与演习的学员，都会有这么一个调查笔录，算作演习报告，用来存档以及给导演组对演习表现的评级来做参考。你实事求是，如实说就行了，不用太紧张。"

我点头，说好。

楚教授坐在旁边，眼睛微微眯着，困意浓郁，仿佛给他一个枕头，他就能够睡着一样。

谭老师跟我聊了一会儿，然后开始进入正题。

她问询了我在演习的这几天里所做的一切，事无巨细，甚至还调出了我的行动轨迹图，给我参考，显得十分认真。

在整个演习的过程中，除了南华大师的这件事儿我需要隐瞒之外，其余的部分，我都没有做任何亏心之事，如此聊起来，倒也十分顺畅。

不知不觉，就说到了此次演习不得不提及、也避不开的事故上。

也就是学员和工作人员频频发生意外，被人吸干精血之事。

我毫不避讳地将锋芒直指尚良。还将唐道跟我说的话拿出来当作旁证。不过谭老师在这个时候提醒我，唐道在他的演习记录中并没有提及此事。

听到这话，我心中有些不太舒服，知道在我昏睡的这段时间里，形势有可能发生了变化。

不过即便如此，我还是坚持己见，没有改口。

在调查小组的帮助下，我完成了演习报告，前期还算流畅，但是到了后期的几件关键事项上面，我们还是有一些分歧的，包括对于我如何将鼠王以及那几人击杀的事情，谭老师还提出了好几个疑问。

而我的解释，显然没有让她感觉到满意。

不过即便如此，她也保持着极大的宽容，差不多弄完之后，她让做笔录的小哥将整篇的笔录都拿给我看，在我确认无误之后，让我每页签名，完成了这项工作。

最后谭老师宣布结束，准备让我离开的时候，一直在打瞌睡的楚教授开口说道："等等，小谭，你和小张先出去，我跟侯漠聊两句。"

谭老师愣了一下，然后说道："好。"

她带着人离开，小房间里面，只剩下了我和楚教授。

我有些疑惑地看着楚教授，而对方则长长地打了一个呵欠，随后说道："其实所有学员的演习报告都做完了，你是最后一个。"

我不知道他想要表达什么，恭敬地说道："嗯，然后呢？"

楚教授揉了揉脸，说："即便是你的演习报告没有出来，但是从整体的演习成绩，以及别人的侧面印证，你演习第二名的评判，应该是跑不了的。从我刚才听下来的过程，在我这里，第二名也是板上钉钉的事情。"

听到这个结果，我一直有些郁闷的心情，总算是多了一丝阳光，脸上也不由得露出了笑容，对他说道："多谢楚老师，多谢组织……"

没有等我说完，他就扬起了手，打断了我，说："你先等等，我还没有说完。"

啊？

我当下一阵心惊，说："您的意思，是这里面还有变故？"

楚教授点头，说："对，这就是我为什么留你下来的原因——关于尚良，你是怎么看的？"

听到"尚良"这个名字，我的脸色瞬间变得有些阴沉。

我深吸了一口气，语气有些生硬地说道："我对尚良的看法，我想刚才我已经表达得很清楚了。而组织上，特别是赵老，对他这关门弟子的看法和态度，才是最让我疑惑的。而且我很想知道，尚良到底是个什么夜行者血脉？在赵老的看法里，尚良到底能不能做出那些事情来？对于这些，你们有过真正的判断和评定吗？"

听到我满是怨气的话语，楚教授笑了。

他让我将心底里的话说完，然后才缓缓说道："你因为受伤昏迷，有件事情可能不太清楚——这次的实战演习，参与学员有五十七人，但最终活下来只有二十九人，也就是说，有二十八人永远地留在了北麓的这一片茫茫林原之中了。"

啊？

我听到这个数据，一脸震撼，说："怎么会这么多呢？"

楚教授苦笑着说道："你没有想到吧？事实上，在此之前，我们其实是有过预料的，也申请到了一定的死亡指标，就是想要凭借着这残酷的实战演练，挑出真正有担当的实战人才。但没有想到，损耗率居然会达到这么高——这次的集训营，所有的组织者，包括田英男副主任、培训部的刘斌部长，以及赵鹏顾问，乃至我们这些培训老师，都会受到相关的处罚，降职的降职，下调的下调，没有一个能够逃得掉……"

我说："您跟我讲这些，是什么意思？"

楚教授说道："我知道，你的心中是有怨气的，之所以跟你讲这些，是想告诉你，这次事故的所有相关负责人都受到了处罚，这样做，也是给所有长埋于此的英魂一个交代。不过我也想提醒你一句，尚良，他也是这次事件的受害者，他的遭遇，比你更惨……"

死者为大。

我明白楚教授想跟我谈的事情了，沉默了许久之后，我说道："您的意思，是想让我改口，放弃对尚良的猜疑？"

楚教授说道："这是大家的意思，你也应该知道，这样的猜测对于一个死去的学员来说，是很具有侮辱性的。而这样的事情，无论真假，对于死者家属来说，也是难以接受的，特别是对尚良的父亲，以及他父亲的单位，还是很有影响的……"

我沉默了一会儿，抬头说道："如果我坚持的话，校方会否定我的演习名次吗？"

楚教授没想到跟我聊了这么久，我居然还是这般坚持。

他愣了一下，盯着我的眼睛。

我毫不畏惧地看着他，不卑不亢，沉默中带着自有的执着。

好一会儿，他方才开口说道："不会，但针对赵鹏顾问的质疑，校方将会对你进行一场测试，来核定你是否有击杀鼠王以及汤洲明等人的能力。这场测试，根据医生对你伤势的专业判断，将会安排在两天之后——对于这件事情，你需要有一定的心理准备。"

我听完，问道："是跟赵老比试吗？"

楚教授听到，忍不住笑了，不过随即他变得严肃起来，说："会如何考核，目前还没有研究，不过应该会很严苛。"

我毫不犹豫地点头，说："行，我知道了。"

看我如此模样，楚教授知道我心意已决，长长地叹了一口气，然后说道："侯漠，他们让我来跟你谈这件事情，是希望凭借我与你之间还算和睦的关系，让你回心转意，不过既然你执意如此，我也无话可说……"

我站起身来，朝着楚教授长身鞠躬，然后说道："谢谢您的理解，但是有的事情，我必须坚持，因为我知道，有的时候，真理可能掌握在少数人的手中。"

楚教授摇了摇头，说："侯漠，虽然你这样的脾气以后会吃大亏，但从我个人的角度，对你的行为，还是很佩服的。"

他走上前来与我握手，说："祝好运。"

与楚教授谈完之后，我回到了病房里，瞧见李安安、马思凡、孔祥飞和董洪飞几人都围在这儿。

大家伙儿见我进来，纷纷围上前来寒暄，而百晓生马思凡则拍了拍手，激动地说道："来来来，恭喜一下咱们此次演习的亚军，侯漠同学……"

众人都鼓掌叫好，气氛热闹，唯有我一人神色落寂，苦笑以对。

马一岙第一个看出了我情绪不对，拦住了众人，然后问我道："侯子，你怎么了？"

我叹了一口气，说："我可能还有一场加赛。"

啊？

众人皆惊，问我原因，我如实回答。听到这话，大家都有些不太理解，不过又不好多说什么，只有鼓励和安慰我。

马思凡举手，说："大家稍等，我去打听打听到底什么情况。"

马思凡离开了，大家伙儿怕耽误我休息，又聊了几句之后也起身告辞。

李安安最后一个走，她看着我，咬着嘴唇，然后问我："要不要我去找李洪军，让他找人帮你问问？"

我摇头，说："没事的。"

众人都离开之后，马一岙走到了我的跟前，问我："你到底怎么回事？为什么一定要这么执拗？"

我盯着马一岙，良久之后，缓缓说道："我怀疑，尚良根本就没有死。"

第六十七章

先锋手，生死门

什么？

听到我的话，马一岙大惊失色，说："这怎么可能？当时我们都是看过尚良尸体的，而且现在还躺在营地里，过几天等着要入土呢——你这是什么话？你是疯了吗？"

我摇头，很是坚定地看着马一岙，说道："老马，你也这样觉得吗？"

马一岙盯着我，说："你很奇怪啊，到底怎么回事？"

我深吸了一口气，然后缓缓说道："其实从开始我就感觉有一些不太对劲，一直到今天我配合调查小组做演习报告的时候，那种感觉越发明显。我觉得那具尸体固然是尚良的没错，但他很有可能是金蝉脱壳，离开了那副身躯，从而破了局，跳出了所有的事情。"

马一岙倒抽一口凉气，说："这，这不可能吧？"

我说："黄泉引的邪术有多诡异，你也不是不知道。就比如鼠王的搭档格瑞拉，不就是浴血重生了吗？而尚良与黄泉引勾结在一起，会这些手段也不离奇啊。"

马一岙说："可是他离开了这幅身躯，又能去哪儿呢？"

我越说脑子越是灵活，止不住地脑洞大开，说道："你们恐怕是忘记了一个家伙，那就是浴血重生的格瑞拉——你之前说过那格瑞拉有可能是古代的'无启国人'。那家伙的体质特殊，复活之后无比恐怖，后来炸开了身体的血雾，带人逃脱，想必是受了重伤的，所以才一直没有露面。如果尚良用了什么秘法，将自己的血脉和意志都转移到了格瑞拉的身上去……"

马一呑听完，说道："为什么不是格瑞拉将尚良吞食了呢？"

我一愣，好一会儿，方才缓缓说道："这个，也有可能。"

马一呑叹气，说："不管是什么，总之有一点是可以肯定的，那就是即便鼠王死了，事情也没有结束。不管是尚良，还是格瑞拉，他们的逍遥法外是我们永远都不能容忍的。"

我叹气，说道："对，二十八个同学啊，二十八个！"

说到这里的时候，我的脑海里不由得浮现出了第一天开学典礼时的情形。

那时候，所有的学员加在一起，总共有六十一人。

而如今，却只剩下了不到一半。

差不多两个月的相处，我跟这些同学虽然没有产生出多么浓烈的感情，但不管怎么说，都是有情谊在的。

这些年轻人都是从祖国的五湖四海怀揣着理想而来，但结果最终有一半以上的人长眠于此。

这般一想，我的心中就止不住地难受。

唉……

马一呑长叹一声，然后伸出手拍了拍我的肩膀。

他说道："这件事情咱们记在心里就行，日后有机会再报仇，你也别到处宣扬了，因为会打到某些人的脸，而且会很疼的。"

关于这次的演习事故，楚教授跟我聊过，包括他在内的所有相关人等，都会遭到处分。

但即便如此，因为鼠王等人的死亡，还是给他们挽回了颜面。

如果我这边再去嚷嚷的话，恐怕很多人的脸，会更加无光。

到时候，只怕就连一直保持中立的楚教授，对我的看法都会变得负面。

我曾做了一年多的销售，为了业绩，低声下气、忍气吞声的时候不知道有多少，所以我并非不通世事的人，也没有过分的精神洁癖与执着。

我长叹了一声，点头说道："好，我知道了，我会把握好尺度的。"

马一岙想了一下，然后又对我说道："该坚持的东西，你可以坚持。但这个猜测，除了我，不要再跟任何人再谈起了。"

我点头，说好。

两人不再多言，安心养伤，中间又来了几人来看我们。

马小龙和马小凤也来了，对于在演习之中的表现，马小凤有些不好意思，跟我们道歉，我不得不好言宽慰她，说阵营不同，做法自然不同。如果我是她，想必也是这样的选择，用不着道歉。

所幸的是，他们都没有事，这是最让人欣慰的。

李洪军也过来看了我们，不过他只是意思意思，泛泛聊了两句便离开了。

一直等到了傍晚时分，马思凡跑来，这个年少老成的哥们儿告诉了我们一个消息。那就是，两天之后对我进行测试的人选，并非我们猜测的那几位，而是一个让所有人都意料不到的人选。

中州大侠邹国栋。

这个本该扮演实战演习最终大魔头的蓝方 BOSS，居然被一个少年毒翻了，导致演习提前结束，这事儿在唐道那边，被视为一个传奇。

但是对于邹大侠本人来说，这却是一个不折不扣的笑话。

所有人提及，都忍不住对那位倒霉的中州大侠取笑一番，然而这并不是我们看轻他的理由。

事实上，能够被安排在那个位置上的人，绝对是拥有着强大实力的。

就连赵老都不得不承认，后生可畏。

与马思凡一同过来的李安安，给我们提供了关于中州大侠的消息，除了之前的那些还有一点，就是他极有可能是虎头太保孙禄堂先生的传承，而他修习的行当，应该是太极与剑仙。

此人出道即巅峰，一直都是顶尖水准，能够拿出来分析的并不多，因为没有几人见过他出手。

不过从他打败的那些敌人来看，他很有可能是大妖巅峰，妖王未满的水平。

但寻常妖王，未必是他的对手。

这样的人，就好像是小说里的主角一样，头上充满了光环。

只可惜，这一次的实战演习，是他的滑铁卢。

大概聊完这些，马一岙突然问我："对了，你跟头名男孩儿的关系如何？"

啊？

我愣了一下才反应过来，摇了摇头说："虽然我们在同一个小组，但唐道这人平日里比较特立独行，也十分孤傲，所以想要从他的口中得知邹国栋的情报，我觉得会很难。"

李安安这个时候站了出来，说："也不能这么说，大家都是同学，我觉得他应该不会这么孤僻的——我去找他。"

她自告奋勇地离去，然而一直到第二天中午与我们再见面的时候，都没有搞定此事。

原因是她居然没有找到唐道。

那个家伙，两日都不见踪影。李安安还特意去问了校方，得到的回答是，唐道跟校方请了假，至于他去了哪里，就不得而知了。

或许赵老和几个大佬会知道。

这事儿挺让李安安沮丧的，面对着大家几乎一致的不看好，我却显得十分平静，安慰众人，说没事的。

事情到了这一步，局面已经很明朗了——如果我能够通过考核，名次将会是唐道第一，我第二，李洪军第三。如果是我没有通过考核的话，名次将会是唐道第一、李洪军第二、李安安第三。

即便是我不能排入前三名，李安安也可以通过她的奖励权限，帮我拿到烛阴之火。

在这件事情上，李安安也跟我保证过，她会帮我的。

确定了这件事情之后，我放下了所有心防，安心养伤。

在我们养伤期间，那些死亡学员的家人和师长，也从全国各地赶到了茫茫林原中的营地，有的是认领尸体，有的是兴师问罪……总之校方也是十分头疼，各种忙碌。

在这样的气氛之中，导演组对于我的实力考核，在一个夕阳西下的傍晚时分开始了。

我们在离营地两里地的一处空地前，除了我与对手，中州大侠邹国栋之外，还有三名比赛监督。

一个是赵老，一个体育馆的黄老师，而另外一个则让我有些震惊。

天机女皇田英男。

这个天机处的顶尖大佬，也因为集训营的意外，从燕京赶了过来，并且参与了这一次的评判。

考核之前，黄老师宣布了相关的规则。

此次比赛，不分输赢，主要是看我是否具有能够击杀鼠王等人的实力，所以并不强求我能够将中州大侠邹国栋击倒，而是想要在这一场比斗之中，考量出我真正的实力。

至于最终的结果，则由三名评审老师来决定。

而为了安全起见，比斗的双方都不能用真正的兵器，而是用校方提供的木头器具。

对于这个规定我不知道该怎么说——如果是在之前，在这三名顶尖评审在场的情况下，即便是用上称手的兵器，也是无妨的，因为他们有信心在酿成危险后果之前制止这一切。

但因为这一次实战演习出的事故，使所有人都变得谨慎起来。

一切都以安全为主，不能出现任何的变故。

所以我没办法用上熔岩棒，而邹国栋大侠，也没有办法用他的那一对陨铁剑。

这是硬性指标，即便是我有着再多的不满，也不得不执行。

比赛场地的旁边，摆着两排兵器架，刀枪剑戟、斧钺钩叉、锐棍槊棒、鞭铜锤抓、拐子流星，什么带尖儿、带刺儿的、带棱的、带刃的、带绒绳的、带锁链儿的、带倒齿钩的、带峨眉刺儿的，样样俱全。

我走上前去，拿了一根质地坚硬的枣木棍儿，掂量了一下，往后退去。

而这个时候，那邹国栋邹大侠走上前去，目光巡视了一圈，也拿了根一模一样的枣木棍。

两人相距十米，持棍在手，遥遥一敬。

请。

中州大侠邹国栋最擅长什么？用不着马思凡和李安安的情报，我也能够知晓，那就是剑。当时他出现在山洞里面的时候，我见他的第一面，就瞧见他背上插着的是一对剑。

剑，乃百兵之君，开双刃身直头尖，横竖可伤人，击刺可透甲，凶险异常，生而为杀，是一种十分难以掌握的顶尖兵器。

古代修行者对于"剑"的喜爱深入骨髓，甚至是一生之良伴，而非异性。

一般来讲，普遍的剑手，用的是一把剑。

一剑一人一马，独闯天涯。

但邹大侠用的却是双剑，这双剑可比单剑要难以操纵许多，有信心用双剑的人，左右手灵活无比，对于器械之道，显然是已经达到了大师级的水准。

而此刻，他却选了棍棒，与我的选择一模一样。

这是为什么呢？

我凝望着不远处的这个对手，他大约四十来岁，脸色枯黄，双目平实无光，脸色冷漠而沧桑，胡须没有打理，有一种古时豪侠的气概。

当我与他目光接触的时候，精芒微露，流露出了此人丰富的内心世界。

这是一个高傲的人。

在他看来，不管我此次的演习成绩有多高，不管鼠王到底是不是死于我的手中，对他而言，这些都不重要。

他之所以能够被选定为演习的终极假想敌，在于他的实力，对于所有的学员来说，都有着绝对的统治力。

而他先前失手于唐道的手中，着实是一件实在是难以接受的事情。

他不可能让这样的事情，第二次发生。

所以他需要证明自己。

如果用自己最擅长的兵器，或许还会被人诟病，所以他才会选用这根枣木棍，为的就是没有任何瑕疵地将我战胜，从而保住他维持了多少年的名声。

这一战，对我而言，很重要。

但是对于他，也一样。

"请。"

两人长棍向前，遥遥一礼之后，同时开口，紧接着也十分有默契地陡然向前，棍子朝前陡然劈去。

一模一样。

两人仿佛镜像一般，冲向前方，棍子在一瞬间陡然相撞，噼啪作响。

棍尖相交的一瞬间，我感觉到了一股巨力从对方的棍子上面传递过来。这种感觉仿佛山峦倒塌一样，拥有着一股无可匹敌的气势，一下子就将我给压得结结实实。

恐怖的力量。

我的脑海里，瞬间就浮现出了之前马思凡和李安安等人对他的评价。

妖王未满？不存在！

这人的实力给予我一种喘不过气来的感觉，那一瞬间，我面对的仿佛是一头洪荒猛兽。

而这种压力，绝对不是所谓"大妖"级别能够带给我的。

砰！

我在与对手交击的一瞬间，腾空后退，而下一秒，邹大侠没有给我任何的思考空间，欺身而上。

他手中的棍子化作无数幻影，落到了我的身上。

当当当……

枣木棍的交击之声，在一瞬间变得无比密集，与此同时，邹大侠手中的力量，也变得越来越强。

我被他一阵猛力交击，感觉双手发麻，酸疼难挡，难以向前，唯有节节败退。

我之前还有几分信心，最主要的原因，是从南华前辈那里学来的九路翻云棒。

这手段，是我从业以来，见过的最厉害的法门。

它给我的感觉，很像是《笑傲江湖》里面的"独孤九剑"，学会之后，天下武功，皆有破法。

所以就算是与邹大侠有着很大的差距，我都有与之一战的信心。

理想是丰满的，现实却十分残酷。

当邹大侠用那"一力降十会"的手段以力压人，将我噼里啪啦一阵暴揍之后，我才发现，没有了熔岩棒的加持，我的战斗力下降得简直堪称可怕。

即便是我用上了九路翻云的手段，也没办法扛得住太多攻击。

比斗现场的形势，从一开始，就处于碾压之势。

终于，邹大侠瞅了一个空隙，猛然一棍子甩来。我不得不横棍来挡，却感觉一股恐怖的气息穿透了我的身体。

噗……

一声轻响，我后背的衣服尽数撕裂，化作了碎片。

那衣服的碎片如同漫天飞舞的蝴蝶，昭示着我的弱小。

邹大侠一击得手，没有再次进攻，而是收了长棍，往后退去。

他罢手了。

两个人的实力相差得太过悬殊，根本没有比斗的必要。

他这一手精妙绝伦的"隔山打牛"，足以证实了他恐怖的实力，特别是在天机女皇这样的大领导面前施展出来，他也是心满意足，觉得充分发挥出了自己的个人实力。

他停住了手，而赵老则站了出来，冷冷打量着我，然后说道："丢人现眼！现在你还有什么可以解释的？"

我被人不屑地看着，却并没有心慌。

我将枣木棍插在了地上，揉了揉双手，平静地说道："我还能再比。"

黄老师在旁边说道："不用比了，从刚才的交手中，我们已经大概判断出了你的实力，接下来就直接进入评判的环节吧……"

他一边说，一边看向了天机女皇田英男，征询意见。

天机女皇犹豫了一下，正待说话，而这个时候，我的右手伸展，朝那暗扣在掌心处的熔岩棒陡然灌注妖力。

这棒子在一瞬间，迅速膨胀，变粗变长，最终化作了平日里的形状。

那根不知名的金属圆环，将其紧紧箍住。

熔岩棒上，火焰喷发，仿佛活物。

我将那熔岩棒往地上一踩，整个平地顿时就像被陨石撞击一般，轰然而响，地面也随之抖了起来。

所有人都感受到了这巨大的力量。

而下一秒，我深吸一口气，然后将身上的朱雀妖力激发了出来。

火焰在一瞬间充斥了我的全身，这种炽热的火焰对旁人来说，仿佛能吞噬一切的猛兽，然而对我来说，却如同春风吹拂的毫毛，又如同水一般的温柔。

与火焰一起出现的，还有那六甲神化身而成的金甲和战靴。

我在一瞬间，激发出了自己最强的状态。

汹汹烈焰之中，我仿佛听到了有人在我脑海里吹响了慷慨激昂、气势磅礴的唢呐声，紧接着，琵琶、二胡和古琴的加入，让整个氛围都为之一变。

我甚至感觉到自己的鲜血都在那一刻沸腾起来。

在这样的状况下，我的信心，也随着体内沸腾的鲜血不断膨胀起来。

原本让我为之畏惧的天机女皇、赵老以及面前的中州大侠邹国栋,此时此刻,也变得不再是那的可怕。

我的心在那一瞬间吞食天地。

我缓缓地抬起头,看着旁边观战的三位评判,一字一句地说道:"不是说要考核我的能力吗?我还没有使出压箱底的手段来,你们怎么就要退场了呢?男人没有勇气,算什么男人?而我侯漠没有'金箍棒',又算什么灵明石猴?对吧,诸位?"

在这个时候,我说话的声音铿锵有力,掷地有声。

场面一阵凝重,原本准备收手、回身撤离的中州大侠邹国栋,停住了脚步。而站在旁边观战的几人,瞧见如此威风凛凛的我,脸上的神情也变了。

无论是赵老,还是黄老师,都忍不住地看向了此间地位最高的天机女皇田副主任。

那个长相平平无奇的中年妇女沉默了几秒钟,突然露出了笑容。

她说道:"有趣。"

紧接着,她看向了中州大侠邹国栋,用询问的语气问道:"继续?"

邹国栋点头,说道:"好。"

说罢,他将手中的枣木棍朝着身后猛然一掷,也插在了地上,随后疾步奔走,冲到了那兵器架上,伸手抓了两把无锋铁剑落在手中。

他掂量一二,双眼之中迸发出了浓烈的战意,对我喊道:"来战。"

很显然,瞧见此刻状态的我,即便是中州大侠,也没有再一次的托大,而是选用了自己最惯用的兵器。

当然,这两把无锋铁剑并非他的兵器。他变得认真起来,想要赢得比试,想要赢一点儿脸面,所以才会这般做。

我平静地看着他举起双剑,在手中挽了两下剑花之后,朝我遥遥喊来。我微微一笑,然后箭步而上,熔岩棒腾然而起,重重砸向前方。

九路翻云,第一招。

先锋手。

与敌交战，首重气势，棒从里上削为剃，从外向下削为滚，先声夺人，将敌人的气势压在身下，意志凝聚，此为先锋之法。

铛！

我来得猛烈，邹大侠双剑架住，自以为会如同之前一样，能够稳稳敌住我，却不曾想那熔岩棒与寻常棍棒截然不同，对于劲力，它有一个倍增的效果。

就好像是增幅器，陡然之间力量攀升几倍。

剑棍相交，只在一瞬间，邹大侠就变了脸色，往后疾退而走。

他在这一刻知晓了我的厉害。

我没有停留，先声夺人第一式，紧接着，又使出了第二手。

第二手的名字很好听，叫作……

生死门！

与人对敌，一人，或者多人，一招过失，落于下风，三招过失，生死存亡。

生死门，其实就是一种选择，也是一种哲学上面的思辨。

南华前辈传递给我的，并不是一招一式，什么棒打狗头、反截狗臀、羹口夺杖等具体的手段，而是一种意念，一种哲学，一种与人拼斗的博弈，再将这些东西具化而成的手段。凝结成制胜之法。

九路翻云，先锋手，先声夺人。

生死门，迷惑人心，厮杀惨烈。

五行开，引导万物，地水火风。

阴阳路，分开阴阳，志在平衡与对立……

画地为牢，是集中全力，用精神意志拴住对方，猛攻一处。

风云动，指的不是风与云，而是人、棒与整个空间的联系和互动。

夺命，必杀，在种种手段之后的最后一招，一棒致命，五种死法。

惊澜，却是一种气势，所谓一夫当关，万夫莫开，讲究的就是一种蔑视千军的壮志豪情……

而最后一路棒法，叫作无棍。

它说的概念很像是"无招胜有招"，又或者手中无棒，心中有棒，但又有一些不同。

南华前辈给我示范的时候，凭空一抓，那空气居然凝聚，陡然砸落下来，肉眼根本瞧不见，连感应都十分困难，但砸在了那坚硬的石头之上，却是碎石迸飞而起。

这一招当时让我惊讶万分，后来听他聊起原理，却是通过感受世间无所不存在的"炁"，或者"灵"，将其集结，用以对敌。

这样的境界，已经远远超出了我的想象。

从命名上来说，南华前辈显得有一些随意，每一路的手法都没有一个特别厉害的名称，但从实用角度来说，却让我大开眼界，仿佛一个新世界在自己的眼前打开一样。

棒法，已经从一种训练手段、武术、修行和杀人技，上升到了"道"的境界。

它仿佛遵循了某种世间本来就该存在的道理。

能够将其解剖，并且创立出这自成一派的法门来，那位南华前辈在我的眼中，已经近乎"神"的存在。

这样从实战、血战和生命祭祀之中磨砺出来的手段，即便是在我还没有彻底熟悉，并且领悟真谛的情况下，都有着与众不同的气质，既成系统又超脱套路。

如此一番施展开来，又掐头去尾，随意挥发，一连串的手段，打得邹大侠一时之间有些发蒙。

这种感觉，就好像……

就好像突然换了一个对手，小土狗变成了大灰狼，小肥猫变成了出笼猛虎，除了凶恶，还是凶恶，扛不住的恐怖。

铛、铛、铛……

先前的邹大侠，采用的是最简单明了的手段，那就是以力压人，以势夺人，让我没有办法与他正面交击。

然而在熔岩棒的加持之下，还有我点燃血脉妖力，将力量逼发出来之后，我们之间的修为差距在缩小。在至少没有那么明显的情况下，比拼就变了，胜利的天平开始朝着手段和法门偏了过去。

而且九路翻云这门从南华前辈传承到我这儿的手段，真的有一种化腐朽为神奇的功效。

它给我的感觉，即便是普通人习得都有顽石变美玉的功效。

更何况是我？

战况越发激烈，回过神来的邹大侠也没有退让，手中的双剑挥舞，不但力求稳住阵势，而且还伺机反击起来。然而让他没有想到的是，我并没有退后，而是更加凶猛起来。

这种状态下的我与之前那个被逼得步步后退的男人，完全是两个人。

这种变化不但让邹大侠为之惊讶，旁边的天机女皇、赵老和黄老师也都目瞪口呆，就连我自己都有点儿不适应这种打了鸡血的状况。

那种感觉就好像整个世界都在自己的掌握之中。

我伸手，周围的风云都为之转动。

不过即便如此，我的心中却还是有一些理智的，知道这样的状态，我并不能够维持多久。

当我体内的妖力燃烧殆尽，难以持续的时候，根本用不着邹大侠怎么做，我就已经必败无疑了。

我必须找准时间，来一票大的。

不能再等了。

暴风骤雨的进攻之中，我与邹大侠有来有回。随后我刻意向后收缩，然后用了一路"画地为牢"的手段，陡然出击，将他整个人限制住，让他无法闪开的时候，将所有的力量，都集中在了一点上。

九路翻云棒法，夺命！

铛！

邹大侠躲闪不开,避无可避,只有架起双剑,前来抵挡,却不曾想那熔岩棒被妖力灌注,气势攀升至巅峰状态。

火焰蹿出,不但将他手中的一对无锋铁剑都点燃,化成铁浆,而且连周遭的空气,都化作了一片火云翻滚。

邹大侠手中的兵器不济,又被那火焰撩到,便下意识地往后退。

我箭步上前,当当当三下,砸得对方手酸身子麻。

紧接着我一盘一带,划了一个圆圈,将他手中紧紧抓着的双剑挑飞。

倒不是他抓不稳剑柄,而是炙热的火焰,让他难以为继。

这一下,对方的门户大开。

我最后一棒,陡然戳出,落在了邹大侠的胸前三寸处,骤然停歇。

这个时候,邹大侠方才反应过来,往后"蹬蹬蹬"地退去,双手一翻,恐怖的玄黄之气腾然而出,从他的身后滚滚涌来。

而这个时候,全力以赴之后的我感觉身子一阵虚弱,我将熔岩棒往后收去,藏在手心之下,转身而走。

火焰消散,六甲神往身体里缩去。

我深吸一口气,用最后的气力,将其留住一截,呈现于裆部,总算是没有那般狼狈和羞耻。

不过我的力量用得实在是太猛,此时此刻,那残留的六甲神将能遮住前面,却遮不住后面。

光腚……

我颇为尴尬,先前的昂扬气势瞬间歇去。而邹大侠缓过一口气来,鼓足架势,双手一伸,两把利剑出鞘,飞入手中。

他还待上前与我交击,却被天机女皇拦住了:"够了。"

邹大侠的脸上青一阵红一阵的,双目有些发红,开口说道:"我可以胜他的……"

天机女皇平静地看着他,说:"当然。不过我们此番考核,只是想要看一下侯漠到底有没有战胜鼠王的实力,而不是让他与你分输赢,此番既然已经有所了解，就不用再继续下去了，你觉得呢？"

天机女皇的话轻描淡写，显然并不在乎邹国栋大侠此刻的想法。

她得到了她想要知道的东西，就行了。

至于邹国栋怎么想的，关她什么事？若是事事都去替别人想，她的外号就不叫天机女皇，而是叫"天机大总管"了。

可怜邹国栋，堂堂一中州大侠，实战演习之中被请来担当"最终 BOSS"角色的大魔王，先是被唐道暗算，中毒退场，然后又在这一场考核之中，以这样的一种方式结束。要说不憋闷，那简直是自我安慰。

别说他，换成是我，我也憋闷。

黄老师在征得田副主任许可的情况下，脱下外套，走到了我的跟前，给我盖上。然后对我说道："侯漠同学，考核结束了，你先回去，回头会有人通知你最后的结果的。"

我点头，告了一声感谢，又后退几步，朝着三名评审，以及中州大侠深深一躬，然后离开。

考核结束之后，结果出来得很快，傍晚，我在食堂吃饭的时候接到了班主任的通知，说我获得了本次演习的第二名。

在场的同学都对我表达了祝贺，特别是那些劫后余生的同学，对于我这个亲手斩杀"鼠王"的学员表达了无比的崇敬之情。

而事后，我们这个小团体的人又聚在一块，畅聊了许久。

对于大家的恭喜，我表示了感谢，又谦虚几句。

李安安当时也在场，我瞧见她非常激动，完全没有芥蒂的样子，有些不解，说道："如此一来，你可就只能得到第四名了，心里面难道不会有些遗憾吗？"

李安安笑了，露出一口贝齿，英气而俊俏的脸上满是恬然。

她说："于我而言，名次并不重要，反而是你，对你的意义更加重大一些，所以我为你高兴。"

我听了，看着她如花的笑颜，心中微微有些感动。

宣布名次的第二天早上，此次牺牲于演习之中的学员将会举行追悼会和葬礼，校方在离营地不远的地方给他们选了一个向阳的山坡作陵园，是特别请天机处的文夫子看的，还是国内顶级风水师。

不过我听说有一部分人在参加完追悼会之后，会将某些遗体运送回家乡，埋在祖坟里。

对于这事儿，天机处也是全力支持。

追悼会上，天机处、校方、学员和死者家属集聚一堂，由天机处另外一位副主任来发表悼词："葛生蒙楚，蔹蔓于野。予美亡此，谁与独处。葛生蒙棘，蔹蔓于域。予美亡此，谁与独息……"

这次追悼会，也不知道是请的哪一路的国手，悼文写得四平八稳，文采斐然，许多底蕴颇深的人听得潸然泪下。而像我这种才疏学浅的粗鄙之辈，完全就是一头雾水，不知道在讲什么。

不过好在我也会那南郭处士滥竽充数的手段，假装兴致盎然的样子，然后用余光左右打量，观察着周围人的表情与姿态。

这不看不知道，来的人里面，大部分都是行当内的。

而且还有不少的高手。

从我这儿望过去，五彩斑斓——玄黄之色最多，这些都是修行者，也有不少其他颜色的，看上去是夜行者。

其中有一个脸色严肃的老头子，站在田副主任的身边，脸黑得跟锅底灰一样，看上去着实是有一些吓人。

但他身上所散发出来的气息，直冲云霄。

有他在，其他人的气息仿佛被压下去了一头。

这样的人，一般来说都会如同田副主任一样将气息收敛下来的。但此时此刻，可能是心情太过于悲恸的缘故，所以才没有做这种事情。

又或者说，他也有可能是想要凭借着这样的威势，向天机处表达不满吧。

此次进入集训营的学员，也就是高研班的同学，因为名额有限，所以个个都来历不凡，都是自己那一片地域的佼佼者。这些人像我这样半路出家的肯定不多，更多的都是有着师门、家族以及其他的传承在的。

只可惜，这么多优秀的年轻人最终都长眠于这北国边境的茫茫林原里了。

想一想，这都是命啊。

我站在学员堆里，用余光不断打量着。突然间，我的眼皮一跳，在半空中，与一个让我记忆深刻的中年男人的视线相对上了。

胖大海，哦，错了，尚大海。

也就是尚良的父亲。

这个男人与我见面不多，但彼此都给对方留下了很深的印象。

他的目光与我对上之后，还没有等我反应过来，他就若无其事地转过了头，看向了别处。

这种若无其事的表现，反而让我感觉特别的刻意。

有一种让我很不舒服的感觉。

然而当我认真打量他的时候，却发现这个中年男人的头发似乎白了一片，他的脸上满是哀容，还有残留的泪痕。悲恸，却又强行抑制住心中的情绪。

那种既克制又难以抑制的情感，让我莫名觉得一阵心酸。

他的表现，跟大部分中年丧子、白发人送黑发人的男人一般，让人心酸。

他这样的哀伤，让我甚至忍不住怀疑自己之前的猜测，眼前的事对这个中年男人是否有过于残忍。

追悼会过后，就是下葬陵园的程序，有超过一半的人会扶尸回乡，但也有许多人选择留在这陵园里。而我特别注意了一下，发现尚大海的选择是将尚良的遗体留在此处。

如此忙碌一上午，整体的气氛都充斥着一股哀伤，中午家长们用过简餐之后就陆陆续续离开了。

我与马一岙从食堂出来，正好看到远处的营地门口，王岩正在和尚大海，以及他的两个随从告别。

不知道他们在聊些什么，从我的这个角度望过去，隐约发现尚大海在笑。

　　他那油腻腻的笑容，跟之前追悼会上那种压抑又难受的哀容形成了十分鲜明的对比，让人感觉莫名的古怪。

　　我用手肘捅了一下马一岙，说："快看，尚大海。"

　　马一岙没有注意，抬头望去，愣了一下，然后说道："啊，就是尚良的父亲吗？我上午的时候就看过了啊。唉，挺可怜的，人到中年却丧子，想想都难受——对了，我听说尚良是独生子？"

　　我说："不是这个，你看到没有，他笑得好开心。"

　　我说这话的时候，尚大海正好将头转了过去，马一岙只看了个后脑勺，他莫名其妙地说："有笑吗？不觉得啊，看他早上那样子，别说今天，这几年估计都不会好过吧？"

　　王岩和尚大海已经越走越远，而且还是背离我们，我没有办法印证自己的猜测，只长长叹了一口气，唉……

　　我满心憋屈，突然想起来一件事儿，说："对了，你有没有瞧见唐道？"

　　马一岙摇头，说："没有，今天一早上都没有出现。"

　　我说："你有没有发现，从结束演习之后，唐道就很少出现了，他到底是干什么去了？"

　　我说着这话，脑海里却想起了在山洞时，唐道跟我说的那句话。

　　他也在怀疑尚良。

　　马一岙看着我，说道："我知道你的意思，你是想说尚良没死的事情尚大海其实是知道的，他今天是在这里演戏呢。而唐道，他也有可能知道一些线索，也许这两天他一直都在林子里晃悠。而上面也很有可能是知道一些情况的，所以才会给唐道大开方便之门，对吧？"

　　我点头，说对。

　　马一岙叹了一口气，说："这件事情不管最后怎样，上面的人也不会跟我们说，因为我们是外人。"

　　听到这话，我没有再多说什么。

　　因为他说的是事实。

除非我们愿意加入天机处，要不然这么大的事情，天机处不会跟我们这种局外人去深入探讨的。

吃过午饭，到了下午两点多的时候，校方举办了结业典礼。

相比于开学典礼的高调，结业仪式就低调了许多，可能也是因为上午追悼会的阴霾笼罩，所以没有太多的大张旗鼓。

大家凑拢在一个教室里面，由培训部的刘斌主任简单发言之后，每一位剩下来的学员都获得了结业证书。我们在会上第一次见到了受了重伤的夏龙飞，以及其余几个被迷惑蒙蔽的学员。

最后，离奇失踪的王大明也出现了。

不过对于这些人，校方似乎不愿意多谈，将他们都安排在了最后一排，领结业证的时候也都是安安静静的。

等到后来宣布演习名次的时候，我一回头，人都不见了。

也不知道什么时候走的。

当然，这些很有可能还会受到审查的学员，并不是毕业典礼的主角，主角是那些在演习中获得了名次的人。

而这里面最耀眼的则是单枪匹马将演习蓝方大魔王击败、结束了整个演习进程的 AD 钙奶少年唐道。

这个近日来一直都风头最盛、却神龙见首不见尾的少年郎终于出现了。

只不过他还是和以前一样，整个人的气压很低，有一种生人勿进的架势，脸色冰冷，仿佛只活在自己的世界里。就算会场上老师宣布了他名次，他都是一副心不在焉的样子。

唐道的表现淡然自若，生人勿进，而获得第三名的李洪军则温和大气，显得十分平易近人。

不过我能够感受到，他的心里，还是有很多失落的。

这个男人一直都以第一为自己的奋斗目标，在演习前期也是占尽优势，以为稳扎稳打，没想到又出了唐道这么一个怪物，直接拿下了第一名。

本以为委屈一点儿，拿个第二也可以，结果又出了一个我。

生不逢时啊。

对于李洪军这种天生就含着金汤匙长大的天之骄子来说，这样的名次，无疑是让他难过的。

简单的结业典礼之后，班主任过来交代了一下结业之后的相关事宜，并且请前十名的同学前往那边的教学楼领取相关奖品，说完之后，典礼草草结束。

我等老师一走就立刻冲上去，将准备离开的唐道拦住了。

虽然我们是同一个小班，同一个小组的同学，但两人的关系算不上熟悉，唐道眯眼打量着我，说："怎么了？"

我说："借一步说话。"

两人来到旁边，我低声说道："你这几天一直都不在营地里，是不是发现了什么线索？是不是关于尚良的？"

我开门见山，直言不讳的架势，让唐道有一些不太适应。

他抬头看了一会儿我，然后说道："我做什么，需要跟你报备吗？"

我没有想到唐道会直接拒绝，我眉头一挑，强忍着心头的不舒服，说道："我们是一路的，如果你有什么线索的话，跟我说说，说不定我能够给你帮助呢。"

唐道抬头看我，好一会儿，方才说道："这里面的确是有一些秘密，不过我不能跟你讲。"

我诧异，问："为什么？"

唐道说道："侯漠，在这一次演习之中，你难道就没有秘密？如果你把你的秘密拿出来与我共享，我就跟你说……"

我被唐道的话噎住了，一直到他离开，我都没有再出言挽留。

随后马一舀叫住我，让我一起去领奖品。

他是第九名。

我到了那边的临时教学楼，跟工作人员聊了两句，便被带到了一个办公室，里面是赵老师，他好像在抄写着什么，瞧见我进来，便招呼我说："坐，坐，这里有一个图册，是他们精选出来的东西，你看一下，需要什么告诉我就行了——你是第二名，有权拿两样。"

我满心欢喜，拿起办公桌上的一份图册翻了起来。

我从头到尾翻完之后，一脸疑惑地说道："怎么没有烛阴呢？"

赵老师很是诧异，说："烛阴？烛阴是什么东西？我们这一批提供的战略物资里，没有这个啊……"

赵老师的话让我整个人都蒙了，以至于接下来的谈话并不愉快，随着他叽里呱啦地讲了一通，我却红起了眼睛，双手握拳，捏得咔嚓作响。

我感觉当时的自己，气得脸都扭曲变形了。

赵老师显然是看出来了，一下子就站了起来，有些慌，说："侯，侯漠同学，你这是要干什么？"

就在我即将爆发的时候，这时门突然被推开，紧接着一个和缓的声音从我的身后传了过来："小赵，你先出去吧，这边的事情由我来处理。"

原本有些恼怒和焦躁的赵老师听到这话，一下子就像那温柔的小猫咪一样。

他赶忙点头，说："好，好。"

我转过身来，心头惊骇。

因为来者并非旁人，而是天机处的大人物，天机女皇田英男。

没想到我的这点儿破事，能够将她老人家引过来。

赵老师离开之后，田副主任走到了办公桌前，她看了我一眼，然后说道："坐下吧，站着多难受？"

在这位大名鼎鼎的天机女皇面前，我的心中即便是有再多的怨愤，也都得收起来。

我不敢发作，只有坐了下来，而田副主任则坐在了办公桌后面，然后眯着眼睛打量了一下我，方才说道："怎么，是不是觉得心里面很愤怒，觉得自己被耍了？"

她不说还好，一说，我顿时就控制不住自己的情绪了，开口说道："难道不是？"

天机女皇坐直身子，右手在桌面上轻叩了一会儿，方才开口说道："本来呢，这件事情还轮不到我来跟你谈，不过我出京之前，白老曾经找到我，跟我聊过你一次——白知天白老是 419 办的老人儿了，后来因为某些原因，退居二线，去大学看门，但也一直活跃在幕后。我进 419 办时，他曾经带过我两个月，算是我半个师父，所以他的意见，我还是要尊重的……"

我听她娓娓述来，心头感慨，没想到白老头儿在天机处还有这么深的关系呢。

不过，这些跟我又有什么关系呢？

天机女皇顿了一下，然后说道："你的事情呢，其实挺多的，咱们一件一件地来谈——首先说一点，就是你最关心的问题，那就是这本图册里面，为什么没有你最关心的烛阴。"

我这个时候回过神来，知道人家对我的重视，也不好发作，耐着性子点头，说："请讲。"

田副主任一直在桌上轻叩的手指停了下来，看着我，然后说道："之所以没有，是因为——我们的库房里，包括国家相关部门的库房里面，并没有这东西。"

啊？

我差点儿就从椅子上跳了起来，不过瞧见办公桌后面那个带着厚厚眼镜，穿着朴素的中年妇人，还是按捺住了心头的焦急，问道："那张宿秘境不是被你们掌握了吗？难道那里面没有烛阴？这怎么可能……"

田副主任点头，说："张宿秘境之中，的确是有烛阴的，不过在此之前，就已经被人给全部弄走了，所以我们手头并没有这玩意儿。"

我忍不住地问道："是谁？"

问这句话的时候，我的脑海里还在不停地思索着，想着那人到底是谁。

是王岩、胖大海还是燕京仇家的那一帮人呢？还是那头恐怖如噩梦的噬心魔，又或者是……

然而让我万万没有想到的是，田副主任伸出手朝着我指了过来。

一开始我没有理解这是为什么，然而当我与她坚定的目光对视了几秒钟之后，才回过神来。

我有些难以置信地问道："我？"

田副主任盯着我，然后认真地说道："对，是你。烛阴是什么——钟山之神，名曰烛阴，视为昼，瞑为夜，吹为冬，呼为夏，息为风，它又被称之为烛龙、烛九阴，乃远古时期的神兽。而现如今的烛阴，相传是那神兽留下来的妖元凝聚、妖力传承，一种可以操纵的火，既可以炙热无比，宛如烈日，又可以穿透人体，毫无灼伤……这样的东西，你不觉得很熟悉吗？"

听到她这般引导，我终于反应过来，我伸出手，妖力凝聚，五指收拢，掌心处有一缕火焰腾然而起。

这火焰时而青白，时而激溅，跳动不休，外焰炙热无比，仿佛能够灼烧金铁。而内焰却带有几分凉意，对我而言，并无任何灼伤效果。

甚至连最易燃的毛发，都毫无作用。

它是属于我的力量。

而这个……

我忍不住苦笑，说："这个就是烛阴？"

田副主任点了点头，眼中泛出了几分精光，随后收敛，平静地说道："对，这就是烛阴。"

有一句话怎么说来着——众里寻他千百度，蓦然回首，那人却在灯火阑珊处。又或者，不识庐山真面目，只缘身在此山中。

我又好气又好笑，而田副主任则平静地说道："关于你是如何得到张宿秘境所有的烛阴的这事儿，我不想问你，因为即便是问了你，依你这迷糊的性子，恐怕也不知晓。每个人都有秘密，而我不是寻私探秘之人，所以此段掠过。我们继续下一个话题，那就是既然你身负烛阴，白老为什么还要力荐你来参加这次的集训营呢？"

此刻的我，心情好比坐了过山车一样大起大落，着实有一些惊讶。

不过天机女皇如此一说，我方才明白，那个白老头儿看上去完全不着调，但对我的好，也是用了心的。

所以我将心情收敛，躬身说道："请讲。"

田副主任开口说道："他为什么这么做呢？理由有三，有两个是我猜的，你姑且听之。第一，像你这样野路子出来的夜行者，一般来讲，容易出头，也容易夭折，他希望你能够有一个系统的培训，为你以后的发展打下基础。另外也让你跟上级管理机关结个善缘，免得日后出了事情，走投无路，举目无亲……"

我点头，因为我能够感觉出白老头儿的良苦用心。

田副主任又说道："第二，是让你多跟当今优秀的年轻人接触，一来从他们的身上学到一些东西，让你不用坐井观天，夜郎自大。再则让你与他们结交，就算是不能成为朋友，多少也有一些同学之谊，给你奠定人脉基础。"

听到这话，我越发感动。

田副主任停顿了一下，然后说道："第三，是他多次请求的，也是他的最终目的，便是这个……"

说罢，田主任从随身的公文包里，摸出了一个蓝色的丝绸袋子，放在桌子上。

我一愣，说："这是什么？"

田副主任说道："那老头子醉翁之意不在酒，之前就跟我们约定了，如果你能够拿到名次的话，让我们将这东西交给你——此物是一片龟甲，上面有着禹疆秘境的一些线索，而传闻之中，息壤之物就存在于禹疆秘境之中。"

息壤，禹疆秘境？

听到这话，我整个人的精神都为之一震。

因为息壤，正是我冲破五重关，觉醒为真正灵明石猴的重要媒介，也是我最需要的东西。

瞧见我双目都亮了起来,田副主任开口说道:"这回你知道老头子的良苦用心了吧。说起来,我也真的是奇怪,那家伙又没有女儿,也没有孙女,你既然没有成为他家女婿的可能,为什么他会对你这么好呢?"

向来严肃的天机女皇难得开了一次玩笑,我不由得苦笑起来,不知道该怎么回答她的这个问题。

田副主任随即又提醒了我,说道:"东西你收起来,回头仔细看,不过我不得不提醒你一句,这上面只是线索而已,至于是否能够找到禺疆秘境,还得靠你的机缘才行。"

我点头,说知道。

事实上,如果这龟甲之上真的有禺疆秘境的具体位置和打开手段,恐怕国家早就组织力量去挖掘了,哪里还轮得到我来捡漏。

即便如此,我还是很知足了,毕竟有线索总比没有线索要强一百倍。

随后天机女皇又继续下一个话题:"这份龟甲,算是你的一份奖励,不过你拿了第二名,还缺一件——这图册上面的东西你都看过了,好的确是好,但论到实用,我这里倒是有一样东西特别适合你。"

她从公文包里又摸出来一个小袋子,放在了桌子上。

我打量一番,发现仿佛是某种纺织物,有些疑惑,问道:"这个,是什么?"

天机女皇说道:"我也是临时想起来的,你身上拥有了烛阴之源,能够将自己化身为火猴子,功力倍增,但问题在于,寻常的衣服完全承受不住这样的热力,以至于你恢复原来模样时着实是太伤风化,有碍观瞻。这一份,是天山冰蚕丝制作的衣服,衣服裤子一整套,轻薄易携,能防刀枪,最重要的是防水防火,对于旁人来说如同鸡肋,但是对你,我觉得还是挺不错的……"

太伤风化,有碍观瞻。

天机女皇对我光腚的评价,着实是有一些客气了。

事实上,在每一次燃烧妖力获得强大力量的同时,我都需要面对两个重要问题,一个是事后会变得十分虚弱,容易被人乘虚而入。

而第二个问题，就是衣服被烧成了灰烬，帅了十分钟后化作变态。

这跟我帅气燃烧的威猛形象严重不符。

尽管我尝试了许多种方法，但效果都很有限，没有一劳永逸的解决办法。

一想到日后自己极有可能被人冠予"光腚火猴"之类古怪而猥琐的称呼时，我就整宿整宿地睡不着觉，愁得揪头发。

正如田副主任所说，这一套什么天山冰蚕丝材质的衣服，对于旁人来说如同鸡肋，但对我来说却是久旱逢甘露，着实是解决了大麻烦。

我激动得赶紧站起来，朝着她鞠躬道："谢谢，谢谢您。"

田副主任摆手说："你先别忙着谢，先试一试，如果不行的话，你还可以挑别的东西。"

此事关系到我日后的个人形象，为了不被人当作裸奔的变态，我当下也没有太多客气，将小袋子打开，发现这玩意儿真的是轻薄，就跟女孩子用的丝巾一样。一件衣服、一条裤子，皆是短袖，很像公园里老头儿老太太练太极时穿的练功服。

它呈白色但不透明，入手冰凉顺滑，如电视上洗发水广告的美女秀发。我托在手中，宛如无物。

尽管我不知道天山冰蚕丝到底是个什么鬼，但还是能够感觉得出来这衣服的贵重。

在冰蚕丝练功服的内里，我还发现，上面用金丝和别的材料绣出了古怪的符文，这些符文看上去十分晦涩，但还是能够感觉到隐隐的气息在流动着。

田副主任看我在打量那些符文，对我说道："这是请来国家图书馆的楚惊鸿大师专门绘制，然后让国家苏绣大师田晓婧花了六个月绣上去的。这些符文能够让衣服保持一种自洁的效果，再配合上冰蚕丝本身的特性，即便是常年贴身穿着，也不会有任何污浊。"

我非常感激，对她说道："您真的是有心了。"

说罢，我再一次点燃手中焰火，去灼烧那冰蚕丝练功服，结果发现，这火焰并没有将它点燃。

不但如此,那玩意儿仿若无物,火焰还能够透过去,不影响任何发挥。

真的是太神了。

天机女皇看着我,好一会儿方才说道:"你整日跟王朝安的那个徒弟厮混在一起,对我们这些职能管理部门有误会,我是知道的,之前我也听下面的人说过,他们招揽你都被拒绝了。但我想让你明白一点,419办是服务所有修行者的职能部门,我们更多的不是管理,而是服务,是为你们排忧解难,所以也请你日后能够多相信组织。如果有什么无法解决的事情,你可以给苏烈打电话——他现在调到我手下来了,或者你可以直接给我打电话。"

说完,她掏出了两张名片,放在了桌子上。

我珍而重之地接过,贴身收着。

当我将所有的东西都拿起来的时候,田副主任伸手拿起了保温杯喝水,这算端茶送客的意思。

我知道她事务繁忙,这次之所以过来跟我见面,还解释了这么多,都是看在白老头儿的面子上。我不敢多作叨扰,起身告辞。

她没有挽留,点了点头,说好。

然而当我走到门口的时候,她却出声将我叫住。

我回过头来,只听到田副主任一脸严肃地说道:"最近生命科学研究所的专家有了一个关于夜行者的新发现。在夜行者的遗传序列里面潜藏着一支代码,是夜行者与人类在无数年前斗争时留下的仇恨,而这代码极有可能是夜行者入魔的原因——这么说可能太复杂了,简单来说,我希望你能够控制住自己,不要走火入魔,否则到时候,我可能会亲自过来对付你,知道了吗?"

我听到这警告,很是认真地点头,说:"好,我知道了。"

我离开了办公室,刚刚走到楼前,又被赵老师叫住了,他匆匆忙忙赶了过来,对我说道:"前十名,每个人都有宫藏大还丹一份,你走得急,忘记给你了。"

他朝我递了一个小盒子,我打开之后,发现里面有一颗乒乓球一样大小的丹丸,散发着一股浓烈的药香味儿。

即便没有吞服，我都感觉到满口生津，馨香扑鼻。

我收了盒子，向赵老师点头致意。

我往外走，十几米外，马一岙正在那儿驻足等我，瞧见我过来，脸上的表情欢欣，笑着说："怎么样，谈得还不错吗？那烛阴什么样，拿出来给我开开眼界吧。"

我笑了，将所有的东西都交在了左手上，然后伸出了右手。

手掌伸出，五指微曲，然后猛然一抓。

一缕火苗从我的手中冒了出来，不断跳跃，如同风中烛火。

马一岙双目一瞪，有些惊讶地说道："这个，这……"

我点头，回答了他心中的疑惑："其实烛阴早就已经在我体内了，这也是我之所以能够身出烈焰的原因。"

马一岙这才回过神来，思索一番，大笑，说："原来如此，怪不得你最近的修为突飞猛进，却来是在不知不觉间已经突破了第二重关。"

我将刚才与天机女皇交谈的内容，跟马一岙一一提及。

他听完之后，开口说道："看得出来，田副主任和白知天前辈，对你是用了心的……"

我点头，说："对，之前对人家的确是有一些误解。"

马一岙叹息，说："说到误解，最重的是她和我师父之间的事儿。"

我听到，忍不住打听道："对呀，你师父和这位天机女皇之间，总感觉发生了一些什么纠葛啊，这里面的事儿你知道吗？"

马一岙苦笑，说："上辈人的事情，如何会跟我这小辈说起呢？唉，你也别打听，知道不？"

我笑了，说："好，没问题。"

马一岙问我："今天牺牲的学员已经都下葬入陵，集训营也都结业了，刚才我碰到谭老师，她还询问我说要统计一下各个学员的离开时间，分作两批。一批是明天，一批是后天，你有什么打算？"

我想了想说："我明天想出去一趟，要不然咱们赶最后一班吧，如何？"

马一岙点头说："好，我听你的。"

回到营地木屋,董洪飞没有回来,我将那冰蚕丝练功服取出来,贴身穿着,发现这玩意儿轻薄无比,但却有型有款,穿上之后,比普通的夏装还要宽松一些,能够遮住许多东西。

特别是我屁股后面的那一截尾巴。

这玩意儿之前不觉得,此刻我有意地摸了一下,发现居然又长了一截出来。

它让我有些尴尬。

随后我又研究了一下那龟甲,发现上面只有一些古怪的图案和文字,其他的什么都没有。

我一脸茫然,只有收好,日后再想办法。

一夜无话,次日清晨起来,马一呑跑过来找我,说:"李安安、马思凡和孔祥飞等人决定今天离开,所以让我一起过去给他们送行。"

我起床,匆忙洗漱一番,然后前去送行。

集训营结束了,大家都各自回返家乡,也有一些学员接受了天机处的招揽,会集中前往燕京去培训,算是各奔前程。

我们去送行的时候,发现许多认识的人都选择在第一天走。除了李安安几人,我们小组的马小龙、马小凤和董洪飞等人也都是今天。

之前天天在一起的时候并无感觉,而今日分别,却莫名感觉到一阵心酸和难受。

人总是有感情的,此时此刻即便是最无情的人,也总会有些伤怀。

很多人也许此次一别之后,就再也无法见面。

不过比起这些人来,那些长埋于东坡陵园的年轻人要更加让人心酸,至少我们这些人的重逢还是有一些念想的。

而他们,阴阳永隔,这是谁也没办法改变的事情。

离开之前,一众人等照例去祭拜了陵园里曾经的同学们,然后来到营地前,准备离开。

大家聚在一起,聊着临别话语,许多关系都不错的人纷纷过来与我们告别,然后互留联系方式和通讯地址,约好日后见面。

一番热闹，李安安与李洪军聊过几句之后，找到了我，说："侯漠，以后什么打算？"

我愣了一下，说："打算先回去……"

没有等我说完，李安安就说道："你一定要去港岛把那个秦姑娘给抢回来啊——年轻人，总得干点儿不留遗憾的事情，再不疯狂，我们就老了，知道吗？"

我笑了，心中暖暖的，点头说道："好。"

李安安从怀里摸出了一个香囊，对我说道："这是我师父给我的，叫作玄武宁心，它能够隐藏你身上的夜行者气息，还能够静心宁神，让你不受心魔困扰，给你吧。"

我慌忙摆手，说："这么重要的东西，我怎么能要？不行，不行。"

李安安瞪了我一眼，说："我给你的东西，你敢不要？"

我犹豫了一下，她直接塞进了我的手里，说道："拿着吧，我又不是夜行者，拿这个有什么用？对了，你以后有时间了，记得去武当山找我啊。"

李安安潇洒离去，与她一同离开的还有十七八个人。

青山横北郭，白水绕东城。此地一为别，孤蓬万里征。

望着她离去的背影，我有些恍然若失。这时马一岙却凑了过来，拍了我肩膀一下，笑嘻嘻地说道："你和李安安之间，有事情啊……"

我不理会马一岙的调侃，解释道："什么事情？你想多了。"

马一岙冲着我笑，眨了眨眼睛，然后说道："我想多了？刚才跟李安安这位第一届全国修行者高级研修班班花告别的人那么多，为什么只有你得了她送的东西？而且你知道你手中的这个香囊到底有多珍贵吗？"

我忽略掉了马一岙话语的前半段，然后问道："这个玄武宁心，很贵重吗？"

马一岙点头，说："我也是听马思凡那小子说的，说李安安的师父是真正的世外高人，她手中流出来的东西自然不差。那玄武宁心，顾名思义，主要的材料是千年龟甲，而且一定要是有玄武血脉的，光这一点，就不能用俗物来衡量价值了，还有这炼制过程更是无比麻烦，工序无数……"

他将从马思凡那儿打听到的细节跟我讲完，听得我都有点儿忐忑了。

这玩意儿真的是太贵重了。

贵得我有点儿恍然若失，而马一呑则笑道："能够让李安安这种寄情于剑的神奇女子动心，侯子，你这撩妹的本事可以啊，什么时候开始的？"

面对马一呑的误会，我唯有苦笑，说："真没有，你也知道的，我跟秦梨落有约，这件事情李安安也是知道的，所以我们之间根本就不可能。"

听到我这般说，马一呑也没有再取笑，只是点了点头。

我们回食堂吃过早餐，然后我与马一呑说了一声，又去跟谭主任那里报备了一声，拿了一个通行证，然后进了山。

之所以如此，是因为我想要在离开之前再去那山洞里碰一碰运气，看看能不能再遇见南华大师。

如果是之前，我还没有太多感触，但是经过与中州大侠邹国栋的交手之后，我方才能够更深刻地感觉到，九路翻云对于我的提升有多么的恐怖。

就如同，独孤九剑对于令狐冲的作用一般。

不夸张地说，简直是脱胎换骨，化腐朽为神奇，要是没有九路翻云，我又如何能够赢过邹国栋这位声名赫赫的强人呢？

尽管那一招也只是各种取巧，但对我来说，已经是十分关键了。

所以即便他不让我称其为"师父"，也无损我心中的半分敬意。我之所以想要再见他，也是心里面有着太多的疑惑，想着如果能够再见一面的话，或许能够得到许多的释义。

毕竟之前我们两人的谈话是被强行打断的，总有一种意犹未尽的感觉。

我进了山，位置和距离又成了问题，毕竟之前进出用的都是直升机，实际的距离其实还是挺远的。

好在我做过准备，拿着地图又做了对比，所以很快就确定了方向，能够尽可能地赶往准确的地点。

如此漫长的长途跋涉，对于一个人体力和意志是极大的考验，即便我是夜行者，在这样的山路上前行也着实是有一些疲惫。

不过一想起南华前辈的音容笑貌，我就莫名多出了几分精神。

如此一路走，足足走了一整天，一直到太阳快要落山的时候，我才赶到了之前的决战之地，也就是防风岭一带。

我赶往那边的山崖，发现这里已经搭建出了一个简易的软绳梯。

我还有些担心这儿是否还有天机处或者军方的人员，然而下到了半山腰处的岩石平台上时，却发现这儿已经人去楼空，而他们还在入口处用木头做了一个大门，上面还贴了封条。

显然这里已经被搜过几遍，相关人等也已经撤离了。

我在门口犹豫了一会儿，决定撕毁封条，进洞子里面去一趟。

一路前行，相比先前初入之时顺畅了许多，也多了一些凌乱的脚印和些许垃圾，我且走且停。

过了一会儿，我终于来到了遇到南华前辈的那个山洞里，瞧见这儿的入口也被人做了门，还贴上了封条。

我既然决定进入，就不会管这么多，继续前行。进了洞子，我双眸已经习惯了黑暗，在洞里巡视一圈，除了一堆血迹和粉笔圈子（用来描述死人形态的）之外，我什么都没有发现。

随后我又来到了中央的高台之上，四处打量了一番，依旧是没有任何发现。

直到此刻我方才相信，南华前辈是真的走了。

我心有不甘，又在洞子里喊了几嗓子，除了回音之外什么都没有。

我坐在高台的边儿上喘着气，良久之后，从怀里摸出了一个装着酒的小水壶。

我将酒洒在了地上，然后朝着那华表恭恭敬敬地拜了三下，这才开口说道："南华前辈，学生侯漠，之前得到您的传授，习得九路翻云棒法，并且通过这手段赢下了考核。我深知此法凌厉，远非寻常之道，而您与我之间什么关系都没有，却愿意将如此高深的法门传授于我，即便您不肯受我弟子礼，但我内心之中还是把您当作我师父的。"

三下叩拜完毕之后，我准备离开，然而转身的一刹那，我突然感觉到那华表石柱的顶端，隐隐有几分南华前辈的气息传出来。

我之前随他学过九路翻云，对于他的气息很是熟悉，所以即便是十分隐约，却还是感受到了。

我一愣，抬起头来，朝着石柱顶端望去。

我满心欢喜，以为南华前辈就站在那十来米高的石柱之上，从上而下地俯瞰着我呢，没想到抬头望去，却什么都没有发现。

我不甘心，又眯着眼睛打量着，却发现石柱顶端之上，仿佛有一个小包裹，黑乎乎的。

想了想，我决定爬上去查看一番，也算是不给自己留下遗憾吧。

攀爬这事儿我以前不行，但自从血脉觉醒成为夜行者之后，就变得如同本能一般，十几米的高度对我来说并不算什么难事儿。

那石柱插在高台深处，十分稳固，所以我没费太多力气就抵达了石柱顶端。

这儿果然有一个麻布织成的小包裹。

我愣了一下，有点儿不太明白这包裹里为什么会散发着南华前辈的气息，不过还是将其拿下，然后爬下了柱子。

落地之后，我将小包裹打开，发现里面只有两样东西，一张折过的纸张，还有一个手掌大的福袋。

那福袋也是某种织物，正面用金丝挑绣，汇成一种古怪的符文，化作八方，绳索扎口。

我打开发现里面空空荡荡，什么都没有。

我将这福袋放在一边，将那纸张拆开了。

纸张的材质十分古怪，有点儿像草纸，拆开之后，正面写着几段话：

侯漠小友，你的朋友和官方的人离开之后，我感觉你或许还会回来，所以给你留个言——当日一晤，甚是有缘，你也颇合我的胃口，若是可以，我或许会收你为徒。只可惜，此处并非吾乡，我需要找寻回去的路，因为我一个好友有难，或许需要我。所以，抱歉。

留下一个八卦袋，我已经解除了里面的禁制，你滴血在袋中，即可认领，此物纳须弥于芥子，乃我一个很尊重的小友所做，可以藏随身之物，是我留给你的一个念想，也算是感谢你给我提供的信息。

江湖路远，来日方长，你我或许还有再见面的机会，所以，彼此珍重。

我快速看完纸张正面的话，又反过来，发现后面写着十六个字。

击鼓其镗，踊跃用兵。土国城漕，我独南行。

这……是什么意思？

我一头雾水，查看了许久，又翻出了那个八卦袋，犹豫了一下，咬破右手中指，将血滴落在了袋口的绳索之上，发现血一入内，立刻吸收。

紧接着一种十分古怪的感觉，传入了我的脑海里。

当我的手抓住那八卦袋的时候，发现里面居然有一个不大不小的空间，如同炼妖球一般。

不过炼妖球只能放置有灵气的活物，而它，却什么都可以放进去。

这是意外之喜。

我在山洞里又逗留了半个小时，反复地观看那纸条，将背后的十六字背诵于心，又玩儿了许久的八卦袋，方才收了起来，离开山洞。

等我爬上山崖，回头望去，天色已然一片漆黑，而我不知道为什么，心中恍然若失。

我一直到了第二天，方才抵达营地。

马一岙着急得不行，瞧见我回来，非常高兴，不过即刻出发，他也没有再多询问。

一直到我们返回了冰城，拿回了所有的个人物品，然后离校之后，他才问起了我昨天之事。我如实回答，只是略过了南华前辈的身份，告诉他是一个不愿意透露姓名的前辈。马一岙听闻，接过八卦袋，尝试一番，却毫无所得。

此物已经绑定了我一个人。

对于这门手段，马一舀不断惊叹，觉得简直就是划时代的技术。

两人离校，心中颇为感慨。

这是一段让人难以忘怀的岁月，或许很多年之后，我们都难以忘却。事实上，第一届高研班出来的学员，许多人也一直都活跃在后来的江湖舞台之上，还有许多顶尖高手的出现使那一届成为传奇。

当时的我并不觉得，除了心中有一些惘然之外，更多的想法，是赶紧南下。

我要前往港岛，如马一舀戏言的一般。

大圣抢亲。